她与光同行

[上册]

尤小七 作品

青岛出版社
QINGDAO PUBLISHING HOUSE

图书在版编目（C I P）数据

她与光同行 / 尤小七著. — 青岛：青岛出版社，2017.7

ISBN 978-7-5552-4527-8

Ⅰ. ①她… Ⅱ. ①尤… Ⅲ. ①长篇小说－中国－当代 Ⅳ. ①I247.5

中国版本图书馆CIP数据核字（2016）第198237号

书　　名 她与光同行
著　　者 尤小七
出版发行 青岛出版社
社　　址 青岛市海尔路182号（266061）
本社网址 http://www.qdpub.com
邮购电话 010-85787680-8015　13335059110
0532-85814750（传真）　0532-68068026
责任编辑 郭林祥
责任校对 耿道川
特约编辑 李文峰　时　瑜
装帧设计 千　千
照　　排 梁　霞
印　　刷 三河市南阳印刷有限公司
出版日期 2017年7月第1版　2017年7月第1次印刷
开　　本 16开（700mm×980mm）
印　　张 45.5
字　　数 670千
书　　号 ISBN 978-7-5552-4527-8
定　　价 79.80元

编校印装质量、盗版监督服务电话　4006532017　0532-68068638

建议陈列类别:畅销·青春文学

目 录[上]

目录[中]

目录[下]

第一章
赌约

初秋，天气微凉，Y市下起小雨，天地间笼罩着一层烟色轻纱，城市街道上不闻往常的喧哗，只听见淅沥的雨声。

与屋外轻悠的雨声相反，Y市电视台的化妆间内正发生着一场激烈的争吵。

电视台员工围成一团，看向人群正中的年轻女郎，那女子二十出头，容貌明艳，身材高挑火辣，还蹬着一双十五厘米的恨天高，她挺胸瞪眼时，整个房间都充满了她凌厉的压迫感。

她向另一名女子一指，做了美甲的指甲水钻闪耀："樊歆，你什么意思，我们第一次上节目你就迟到！你故意的吧！"

长着一张好人脸的导演赶紧打圆场："好了秦晴，樊歆都解释过了，下雨堵车才迟到的，再说，就晚了半分钟，可以忽略不计的！"

秦晴嗤笑："王导，这可不是时间多少的问题，樊歆既然跟我一个组合，她迟到就是丢我的脸，丢我们Sweet的脸！"话到此处，她的手往桌上一拍，猛地抬高音："樊歆，说你呢，听不见啊！"

三步之外，叫作樊歆的女子正坐在化妆镜前，明净的镜子映出她的身姿。与秦晴泼辣张扬的性格截然不同，她安静地坐在那儿，还未来得及上妆，脸上一双眸子清亮剔透。对方的咄咄逼人对她似没什么影响，她淡淡地对化妆师说："姐姐，节目快要录了，正事要紧，赶紧上妆吧。"

见对方充耳不闻，秦晴不顾电视台工作人员在场，扬起手中的杂志甩了过去，没砸中樊歆，却打翻了桌上的水杯。秦晴尖厉的嗓音再度响起："樊歆，迟到犯错你还能若无其事吗？我告诉你，你必须向我赔礼道歉，今天是我们Sweet的团体活动，而你影响了Sweet的整体形象！”

气氛顿时凝重起来，众人围观着旋涡中心的两人。这个名为“Sweet”的组合，是国内最具影响力的盛唐演艺公司新推出的组合，成员就是正在对峙的秦晴与樊歆。这个叫秦晴的，虽是入行不久的新人，但因颜值高、脾气暴再加后台硬，早在圈里出了名，而这个樊歆，不曾听说有什么后台，又一副纤瘦清丽毫无杀伤力的模样，也不知招不招架得住。

见樊歆没动静，秦晴眼神一厉：“你是耳聋还是脑瘫啊？道歉！”

樊歆的情绪没什么太大起伏，反而微微浅笑：“道歉？好啊，那你先给我道歉。”她笑得并不明显，只是嘴角微微上扬，两个小梨窝若隐若现。

樊歆这不怒反笑的态度让准备拿乔的秦晴怔住：“我凭什么给你道歉？”

樊歆语气平静：“你忘了？上周末拍广告，你迟到三个小时，后来干脆旷工不来，我在太阳下等了你一下午，被晒得脱了一层皮。”

秦晴理直气壮：“我那天是因为生病了，不是故意迟到。”

“生病？”樊歆笑道，“那应该去医院啊，怎么跟别人去了别处？”

秦晴的脸色微变，闪烁的目光暴露了她的心虚，但她仍强硬道：“你瞎说什么！”

化妆镜里清晰地显出樊歆此时的模样，她面色依旧温和，口气却很是笃定，她笑了笑，将证据温声细语又一针见血地抛出来：“那天你穿绿色裙子，拎黑色包。”

“你……”秦晴的话噎在了喉中，不知是被对方戳穿真相无言以对，还是摸不清对方的套路而凝神戒备。她压低了些嗓门，化为一声嘲讽：“哼，你看到又怎样，你敢去告诉我舅舅吗？”

“芝麻大的事需要惊动盛唐的副总吗？我只想摆出我的态度：我们是一个团队，我希望大家以和为贵。”见秦晴的气焰弱了一半，樊歆适时给了个台阶，“你认为呢？”

秦晴哼了一声，碍着把柄在对方手上，一口气终是憋了回去，向化妆师手一摆：“还愣着干吗，化妆！”

中午录完节目后，公司派保姆车来接，几人共乘一辆车，秦晴与助理坐在一处，樊歆单独坐在最后，经纪人汪姐也来了，坐在前排的副驾驶上。

路上闲来无事司机打开车内的新闻播报器。女主持人的声音有几分调侃也有几分沉重：“各位观众，今天头条依旧是娱乐大亨慕春寅，据Y市晚报爆料，号称国民情人的慕总经理最近与日法混血嫩模Kimi交往，被拍到两人同赴海滨美城度假。照片上Kimi身着热辣比基尼，两人贴脸亲昵羡杀旁人。想必看到照片的其他美女都得失望了，这位国民情人，终究轮不到自己呀……”

听到这里汪姐笑起来：“又是慕总的消息，全世界的娱乐报纸头条都是他！他前几天才跟国民妹妹在一起，今天就换成了日法小嫩模！”

年轻的司机爱八卦，笑着接话：“谁让咱慕总有钱有势又风流呢，每天香车美女到处拉风，记者不拍他拍谁？”

汪姐颔首：“那是，‘头条帝’的外号可不是白叫的。一年三百六十五天，有三百天的头条都是他。”

司机一边掌握着方向盘，一边开着玩笑：“听说慕总还有一个外号叫一夜七次郎，是真的吗？”

汪姐哈哈大笑：“不知道，只听说跟了他的女人都很满意！”

车后座的秦晴对这种话题不好插嘴，可耳朵竖得高高的。

突然汪姐想起了什么，扭头说：“秦晴，这阵子你加紧练习，月底有活动让你参加。”

秦晴眸子里闪过喜色：“什么活动？”

“高层要求暂时保密，但我可以告诉你的是，这是一流电视台的综艺节目，去年这个节目创下连续六期全国收视率第一的好成绩，你就算去打个酱油，知名度也会大大提升。”

秦晴美眸流转，喜道：“太好了！”她想起团里的另一个人，手往后头的樊歆轻飘飘地一点，问：“那她呢？”

汪姐道：“樊歆不去。”

秦晴勾唇一笑，向樊歆丢过去一个炫耀的眼神，得意之色不言而喻。

秦晴的小助理好奇，在一旁怯怯地问：“为什么？”

秦晴倚着车窗拨弄自己的水钻指甲，那水钻随着光影不住地变幻，一丝丝微冷的光，映衬出这一刻她眼里的轻蔑：“圈里哪有这么多为什么，高层不想她上就不让她上咯。”

秦晴对上午的事还耿耿于怀，肚里未消的火让她的话听起来阴阳怪气。

汪姐闻言微微蹙眉，朝后喊道：“樊歆。”

樊歆正靠在座位上听歌，刚才几人的对话她根本没听见，见汪姐朝自己挥手，她将耳塞拔出来：“汪姐，什么事？”

汪姐问：“给你配了助理你怎么老不带，一个人跑来跑去不麻烦吗？”

樊歆道：“只是一个简单的通告，我一个人可以的。”

汪姐看了看她手中的耳机，笑眯眯地转了个话题：“难怪苏雅老师老说你勤奋，我看你到哪儿都在听歌学习，在练功房练舞也常练到深夜才走。”

樊歆抿了抿嘴，一对小巧的梨窝又显了出来：“这条路上优秀的人太多，不努力怎么行？”

前排的秦晴撇撇嘴：“努力有什么用，月底的节目还不是上不了？”

她的话刚落，汪姐又冲樊歆道：“樊歆，我知道你用心，但这阵子你练习得不要太过，保护好嗓子，《巴格达之恋》的片尾曲还等着你唱呢！”

秦晴惊讶道：“什么，那部投资三亿的电影片尾曲由她唱？”

汪姐道：“对，今早下的通知。”

秦晴眼里掠过不甘之色，刚才的欢喜早已烟消云散，她质问道：“汪姐，凭什么我去综艺节目打酱油，她却在国际大片里独唱主题曲？”

汪姐的回答含着淡淡的揶揄：“就像你说的，这圈里哪有这么多为什么。”

秦晴气得转过脸去没再说话。她虽性子骄纵，可也知道汪姐是公司里的资深经纪人，曾带过不少红星，她不敢冒昧冲撞。

车子继续平稳行驶，前座的秦晴掐着指甲暗自恼火，后座的樊歆却平淡如初，仿佛对电影主题曲的事早就知情。

到了盛唐总部，车停在地下车库，秦晴、樊歆一前一后下了车。秦晴非要挡在樊歆前头下，临走时还不忘丢下一记恨恨的白眼。

两人离去后，汪姐蹙眉道：“这秦晴真是心眼窄，就因为培训老师曾夸樊歆舞蹈功底好，她就为这事处处跟樊歆过不去。”

司机瞅瞅四周无人，这才说道：“谁让她舅是刘副总呢，那是慕总面前的红人，谁敢招惹？”他又叹气道：“这樊歆受秦晴的气，就是吃了没有后台的亏！”

“樊歆没后台？”汪姐笑着摇头，“没后台她会在二十五岁的年纪出道？”

司机若有所思道：“也是，这个出道年龄对艺人来说算晚了，一般公司根本不考虑。”他看向汪姐：“那樊歆的后台是谁？”

汪姐摆手：“我不知道。”

“您是她的经纪人，怎么会不知道？”

汪姐双手一摊：“我真不知道，当初吴特助将樊歆交到我手上时，只说了一句话：千万看好她，出了问题咱俩都得死。”

车库外的天阴沉沉一片，小雨依旧滴答滴答地下着。

樊歆撑着伞走出车库，便见秦晴守在车库口，仿佛就是在等她出来。

车库附近没什么人，地面水渍被秦晴尖细的鞋跟踏出一串水花，她涂了桃色唇膏的红唇上掠过一抹冷笑：“樊歆，能挑大梁唱主题曲很得意吧？”

樊歆顿住脚："秦晴，你从哪儿看出来我很得意？"她指指自己温和无害的脸："这叫得意？"

樊歆的侧面回击显然超出秦晴的预料，秦晴俏脸上略显恼怒："樊歆，耍嘴皮子有什么用，会唱歌跳舞又有什么用？我舅舅主管盛唐影视业务，是慕总爱重的左膀右臂，只要我去跟他吹吹风，保准你的星途就此黯淡！"

樊歆不想多说，转身朝另一个方向走。

樊歆避而远之的态度反倒让秦晴更加恼怒，秦晴快步拦住樊歆："你给我站住！"

樊歆淡淡瞥她一眼："还有什么事吗？"

秦晴站定，收起先前的怒意与倨傲，第一次认真打量自己的团友兼对手。

眼前的女子立在斜风细雨之中，樱桃色的针织衫衬得她肌肤雪白，隔着烟青色的朦胧雨幕，她卸妆后的脸庞有浑然天成的清丽，令人联想起唯美的风景片中那山水静谧的湖上清莲、林中的白樱。

不是所有人都能将素面朝天化为美，就像不是所有人都能驾驭得住浓烈的烟熏妆，而樊歆却可以在二者之间轻易跳转，且游刃有余。

秦晴心里一堵，恼意更甚，干脆开门见山："樊歆，有种就亮底牌！你的后台是谁？"她嗤笑一声："让我猜猜，是人力资源部那肥头大耳一口黄牙的张总监，还是策划部那男女通吃的吴主管？据说他在床上口味特重，六十岁了还花样繁多……啧啧，你也受得了？"

见樊歆脸色微变，秦晴暗自得意，正欲继续奚落，谁知手机一响，来了条短信。

樊歆无意间看到她的手机屏幕，轻轻挑眉："咦，秦晴，你拿慕总的照片做壁纸……"

秦晴保持着轻蔑的姿态："少见多怪！慕总可是这个圈里最高的枝，哪个女人不想攀？"见樊歆兴致勃勃地瞧着照片，她一惊，警惕地盯向樊歆："我警告你，别癞蛤蟆想吃天鹅肉！满盛唐都是我的人，跟我争？你趁早死了这心！"

樊歆满脸淡然。

秦晴越发戒备起来："你该不会……真对慕总有意思吧？"

樊歆抿抿薄唇，她的唇色如初夏的蔷薇。她笑起来："你猜？"

秦晴有种一拳头砸在棉花上的无力感，她的眸光掠过樊歆："你要玩是吧，好！看谁玩得过谁！"

秦晴离开后，樊歆搭公交回家。她虽然是公众人物，但像她这种三四线的新人，戴上防尘口罩后根本没人认得出来。

公交车穿梭在大街小巷，路过Y市最繁华的路口，广场里巨大的LED屏幕上不断滚动着最新资讯。坐在樊歆前排的小女生指着LED屏道："看，是头条帝慕春寅的新闻，他又换女伴了吗？"

她身边的女伴一副深谙娱乐圈八卦的语气："有什么稀奇，不都说他的女人一周一换吗？"

先说话的女生显然深受傻白甜偶像剧的影响，她双手握拳，对着LED屏幕呈四十五度角憧憬凝望，嗲声嗲气道："虽说他花心滥情，可这些小缺点怎能掩盖他的光芒呢？他英俊高大、聪慧精明，十几岁就接手家族企业，现在已是Y市首屈一指的名贵，人家要是能与他好上一天，这一生就知足了，嘤嘤嘤……"

这幻想着"霸道总裁爱上我"的嗲气，让樊歆听出一身鸡皮疙瘩，樊歆朝LED屏瞅去，只见巨幅屏幕里清晰地放大出男人漂亮的脸，他勾着薄唇，略微上挑的眉眼里携着一缕风流，正搂着怀里的混血美人。

樊歆将目光收回，塞紧耳塞，继续听歌。

公交车到站是在一刻钟以后，樊歆下了车往小区走。

在这Y市顶级的富人区内，连绵精致的洋房与花木交映的花园无须多提，就连门口保安看人的眼色都比其他小区的更殷勤。

刚进家门手机便响了起来，樊歆接了电话，那头传来熟悉的嗓音，慵懒悠然却又轻车熟路地发布命令："今晚陪我应酬，在门口等我。"

话音刚落对方便断了通话，樊歆知道，她要卸下艺人的身份，以助理的身份陪主子应酬了。

樊歆迅速换了一套干练的黑色职业装，将头发利落地绾起，戴上端庄沉稳的黑框眼镜。

豪车停在门口，樊歆坐进了车后座。刮雨器在前车窗上来回地刮，窗外喧嚣的雨声中，副驾驶座上她的主子对司机道："去国辉酒店。"

车子行驶在川流不息的马路上，副驾驶座上的人问樊歆："知道去国辉干吗吗？"他的声音懒洋洋的，说这话时并未回头，背对着樊歆，立挺的真皮靠椅遮住他的模样，只露出后脑处亚麻色的中短发，在微光下泛着洋气的色泽。

车内混着莺莺燕燕的馥郁之气，樊歆不喜欢这种杂乱又奢靡的香水味，蹙眉摇头："不知道。"

副驾驶座上的人斜靠在座椅上笑了一声："某人要唱电影主题曲，我当然得去跟主创团队打个招呼。"

樊歆道："你不用这样，我没想过要走后门。"

副驾驶座上的人停顿片刻，随即笑意更浓了：“樊歆，你肯回来伺候我，我自然不能亏待你是不是？”

樊歆垂下眼帘，沉默。

见她不回应，副驾驶座上的人转过脸来。路边的灯光穿过雨幕，将他英俊的脸庞映得光鲜如暖玉，那眉眼飞扬顾盼流转，嘴角笑意盈盈，让人联想起迷迭香的奇异魅惑。这五官的完美组合如此熟悉而特别，正是下午商业街LED屏幕上的那张脸！

他就是演艺圈里的风云大佬，全国人民口中的头条帝，盛唐的老板慕春寅。

车子很快抵达国辉酒店。觥筹交错的豪华包厢里，主宾双方围绕着即将开拍的电影聊起来，场面上言笑晏晏。慕春寅作为投资方之一，自然被恭敬有加地请到上席，而樊歆作为特助陪在一旁。眼下的她一身干练的白衬衣加黑套裙，戴着文绉绉的眼镜，哪里还有艺人的模样，再加上她不声不响地坐在角落埋头吃菜，压根没人认得出来。

一群人谈兴正浓，对桌周导演忽然面露喜色地起身：“呀，有贵客来，我出门迎接！”

周导是一贯的大牌作风，待人接物鲜少这般殷切。众人不由得问：“什么贵客值得鼎鼎大名的周导亲自迎接？”

周导将酒杯往桌上一搁，分外亢奋：“大腕！国际一流大腕！有钱也请不到！有他加盟电影，那是如虎添翼！”

众人的好奇心瞬时被撩拨到半空，包括樊歆。

周导急切地走到包厢门口，刚拉开门便呆住了，对着门外的人惊喜道：“哎呀，我的贵宾！您这么快就来了，我正准备去接呢！”

贵宾已到？樊歆的目光随着一干人的视线齐刷刷地投了过去。只那一刹那，似五月晴空闪过一道摄人魂魄的闪电，她的神情陡然僵住。

包厢门口的水晶灯下伫立一人，他身材颀长，简单的薄荷色衬衫配浅色休闲裤，随意的站姿显出笔挺的身姿。斑驳交错的光影中，他身后是大片背景墙，中式的墙纸上绘着连绵的盛夏之莲，而他立于粉翠盎然的风景前，像极了墙纸里的青荷，亭亭净植，沉静端庄。他踏步上前，清隽的眉眼里有几分清傲几分疏离，目光环扫众人时稍显淡漠，但这丝毫不能阻止包厢里的热情，现场因他的到来瞬时炸开了锅，一干人异口同声地高呼：“温先生！”

每个人的脸上都带着一丝惊喜之色，唯有樊歆，她手中的香槟抖了抖，那含在口中的酒液，险些呛进气管。

蓦地一只手伸过来，捏得樊歆胳膊一疼，她远在九霄云外的魂终于回了身，她没好气地向偷袭者瞟去。不用猜，掐她的只会是慕春寅。

慕春寅扫扫那被众星拱月般围簇着的温浅，笑意浅浅，他凑到她耳边，故作惊讶地说："呀，是他！温浅！"

那边监制、导演等剧组骨干仍在围着温浅奉承。

"想不到温总肯赏脸跟我们合作，实在太振奋人心了！"

"什么温总，人家是国际天才艺术家！'总'这个字太俗气，还是称温先生吧，温文尔雅，才华卓绝，多好！"

一群人笑起来，有人接话："温先生这次亲自操刀电影音乐，再配上我们的大制作3D魔幻特效，一定能给观众带来极致的感官享受……"

那边的示好没完没了，樊歆收回视线，投向面前的香槟酒。她头顶的奥地利水晶吊灯明亮剔透，光线透过澄澈的酒液折射出冰晶般的光泽，她一动不动地瞧着，无法控制自己这一刻紊乱的心跳。

那边温浅被簇拥着朝这头走来，樊歆将脸埋了埋，尽量让自己看起来若无其事。

他终于走到她身后，双方的距离只有十几厘米。

曾经相距天涯，如今仅隔咫尺。樊歆的心跳终于飙到最高值，一下一下似要冲破胸膛。

十年了，十年！

她以为往事早已尘封，亦以为自己绝望的心早就如死水无澜，然而此刻，那些隔世经年还是从回忆深处翻涌而来，一如呼啸不绝的波涛狂潮。

她攥着台布的指节绷到发白，等着他的目光游移过她的脸。

然而，他的视线在她身上只是轻飘飘地掠过，毫不停留。

她怔在那里，说不出话。

他是她心头年深日久的朱砂痣，她却只是他陌路不相识的路人甲。

十年苦恋，他竟然没有认出她。

酒局结束，雨已经停了，依旧是司机开的车。

Y市的夜热闹忙碌，车水马龙。车子平稳行驶在二环线上，樊歆坐在车后座，呆看着窗外的夜景。慕春寅就坐在她身旁，饶有兴趣地观察着她的表情。

樊歆被他瞅得不耐烦，问："你看着我做什么？"

慕春寅骚包的脸被昏黄的车灯打了一层柔光，英俊到令人发指，他嘴角噙着一抹隐含深意的笑："我高兴。"

"你高兴什么？"

慕春寅换了个姿势，懒洋洋地歪靠在真皮座椅上："我幸灾乐祸啊！"他唏嘘几声："啧啧……十年痴恋啊，可他连你的样子都记不得。"

车窗外夜景斑斓如画，高楼霓虹闪烁变幻，记忆一帧帧如电影般快速倒退。樊歆抿抿嘴唇，目光落在窗外，沉默。

“怎么不说话？”

“不想说。”

慕春寅以手支头，笑吟吟地问：“怎么，你爱的人心里没有你，于是你心如刀绞吗？”

他的口吻明明极平静，却有咄咄逼人的架势，樊歆垂下眼帘，不理他。

慕春寅陡然倾身，捏住了她的手腕，动作粗暴：“你说啊？”

前面开车的司机握着方向盘的手闻声一顿，偷偷从后视镜里往后看，被慕春寅狠瞪一眼后赶紧将脸转回去。

车速平稳，车子不断超过街道上的车辆，车后座的两人还在僵持。

樊歆抬眸，与慕春寅漆黑的眼睛对视：“慕春寅，看我痛苦，你就这么痛快吗？”

慕春寅松了手，脸上再次浮起笑意，墨色的眸子在阴暗里熠熠生辉，他慢悠悠地说：“当然，你的痛苦就是我的快乐。”

十分钟后，车子抵达慕氏别院。

这是一幢装饰奢华的老别墅，略显斑驳的墙壁上有年月的痕迹，时光携着记忆沉淀其中，最后定格在客厅的巨幅老照片上。

照片有些发黄，明显经受了不下十年的时光洗礼。照片背景是绿草如茵的庭院，院落的白色藤椅上坐着四个人，一对微笑的中年夫妇怀里各抱着一个七八岁的孩子，左边是衬衣加背带裤的小男孩，漂亮的模样跟慕春寅极相似，右边则是小女孩，鹅蛋脸大眼睛，完全是樊歆的缩小版。

两人进屋第一眼便看到照片，眸中均翻腾着复杂的情绪，但谁都没开口，随后慕春寅换好鞋往沙发上一躺，薄唇朝厨房一努：“去做消夜，我要虾饺。”

樊歆依言进了厨房。

慕春寅的嘴向来刁钻，虾饺只吃纯手工现做的，所以全程她都得亲自动手，揉面、擀皮、剁馅、调味、下锅、配小菜。一碗小吃有着七八道烦琐的程序，可她没有任何的不耐烦，面上是习以为常的平静。

她已经习惯了这样的生活，就像她习惯了为他洗衣做饭铺床叠被，习惯了被他颐指气使地呼来喝去，习惯了所有收入都被他没收，甚至身份证、护照等证件全被他扣押……他的一切正常与非正常，变态与更变态，这些年她都习惯了。

一小时后虾饺做好了。樊歆将虾饺与配菜一盘盘端上桌，薄釉的雪白骨瓷餐具像透光的蛋壳，与琳琅的菜肴相得益彰，放置于钩花的欧式桌布上，低调中彰显着贵族式的优雅与讲究。

慕春寅舀着虾饺，漫不经心地问："我刚打了个喷嚏，是不是你偷偷骂我了？"

樊歆摇头："我没有！"

慕春寅瞥她一眼，笑得优美动人，温柔无害："你骂我也是应该，那些年我也骂了你无数回。"他的视线透过袅袅升起的热气落在她脸上，目光异常明亮凌厉："我甚至想着，有生之年如果再见，我非得掐死你。"

他的话明明是开玩笑的口吻，却有不可磨灭的冷意，樊歆明白自己触了他的逆鳞，忙将话题岔开："你今晚还出去吗？要找谁陪？还是去斯嘉丽酒店？"

她急于转移话题，连问了几个问题。没错，除开做饭洗衣外，她还负责打理他的后宫三千，譬如安排他跟谁约会，在哪个酒店睡，甚至给女伴准备礼物……总之，她既是演艺新人又是总裁生活特助的双面人生真的好忙碌。

说到这儿她一阵感叹：秦晴，你干吗跟我过不去，你要是想攀上圈里最高的枝，那你就得好好巴结我，这慕春寅如果是皇帝，我可就是那端着绿头牌的大太监了！

"发什么呆！"慕春寅用胳膊肘顶她一下，手中的茶水映出他轻佻的笑，"昨晚那个腻了，今晚你要挑哪个让我睡？"

他这句直白而露骨的"让我睡"说得自然而然，像是在询问明天吃什么菜般平静。

樊歆提出老建议："你要是没想好就摇骰子吧，摇到谁就是谁。"

她神情真切，活脱儿一个为主公出谋划策的忠心谋士。

慕春寅笑了一声，问："你就这么喜欢帮我挑女人吗？"

樊歆摆出贴心管家般的笑："这不是我的工作吗！"

慕春寅笑着，散漫不羁的表情越发让人看不透，他转了个话题："听说你跟秦晴在电视台吵了一架？怎么，你很讨厌她？"

这事没必要瞒，樊歆实话实说："反正不喜欢。"

"很好。"慕春寅打了个响指，带着促狭的笑，"今晚就是她了。"

樊歆："……"

豪华跑车将慕春寅载着离开后，家里只剩樊歆一个人。

樊歆环视四周，这房子面积太大而人太少，她每次待在客厅都觉得有冷风刮过。慕春寅这个变态，这么大的房子只让她跟他两人住，连用人都不要，家务全请钟点工，做完活就让人家走，导致家里半点儿人气都没有。

她讨厌这种感觉，起初她想住公司宿舍，可慕春寅不让，非说她这总裁生活特助必须二十四小时贴身伺候他。

贴身？确实贴身。两人虽然一人一间房，可卧室紧紧相邻，隔着单薄的一面墙，恨不得他带女人回来过夜她都听得见声响，不过倒也不能冤枉他，他从没带过。

嗡一声手机振动声响，樊歆回过神来，接了电话。

是她的闺密兼同事莫婉婉打来的，男人婆莫婉婉说话永远都是开门见山："姐们儿，恭喜你要唱电影主题曲啦！"

樊歆微笑："我这样的新人一出道就能唱大片主题曲，恐怕无数人得眼红吧。"

"哈哈，管那么多干吗，在这个时代，凡事都要抱着去他妹的心态！"莫婉婉豪迈大笑，"我只能说做头条帝的特助就是牛！你一面是总裁特助，一面以艺人身份出道，工作梦想两不误！"

"小点儿声，盛唐上下都以为我只是新艺人，除了几个高层外，没人知晓我跟慕春寅的关系。再说了，什么总裁特助，就是个铺床叠被加做饭的。"

"如果这么简单，慕春寅为什么不找其他人做，单找你啊？"

樊歆无奈道："我欠他的嘛，只能这样还债。"

这话仿佛揭开了什么，气氛沉下去，莫婉婉赶紧换了个话题："对了，我听说温浅也加入了这部电影，担任音乐总监，那你们岂不是要见面？"

提起这个名字，樊歆嗓子眼里透着涩意："今晚的酒局上，我跟他已经见了面。"

莫婉婉惊呼："呀，你们见面了？怎样，他有没有很震惊，有没有悔不当初，有没有拉着你的手痛哭流涕，说从前对不起你之类的话？想想你曾豁出性命去爱他，想想当年生离死别的一幕，老娘对这个久别重逢的桥段充满了期待啊！"

樊歆清浅的语气里带着自嘲："他没有认出我。"

"啥？"莫婉婉在那边吼了一声，"没认出来？"

樊歆轻笑："对啊，他看了我一眼，就从我身边走了过去。"

"咦？不该是这样啊。"莫婉婉沉思着，一贯嘻哈的口吻敛去，正色道，"他不是这样的人，可能是你脱胎换骨变化太大，他才没认出来。你在国外待了这么久，三月份回来时，姐见到你都不敢相信自己的眼睛！大学时的上下铺真是白睡了。"

她说得在情在理，樊歆无言以对。

莫婉婉又问："那你要去告诉他你没有死，好好地回来了吗？"

樊歆道："不，我不想再跟他有什么瓜葛。"

"为什么？当初要死要活地喜欢，如今就甘心归于陌路？"

"为什么？"樊歆低声浅笑，眉眼间有不着痕迹的苦涩，"因为得不到，所以不想要。"

她缓了缓，又补了一句："这是我在加拿大那五年，挣扎在手术台上时，悟出来的道理。”

结束电话，樊歆站在镜子前打量自己，手中捏着好几年前的照片。

欧式立镜清楚地映出她的模样，身高166厘米，96斤，长腿细腰，瘦得窈窕有致。轮廓恰好的鹅蛋脸上两道眉毛细而淡，极深的双眼皮显得瞳仁格外乌黑，弯唇时嘴角有一对极小的梨窝，及腰的长发没经过任何烫染，乌缎般柔顺黑亮，她静默不语时整个人很有言情小说封面女主角的感觉。

总之，这副皮囊起码能打九十分。

端详完现在的模样，樊歆低头看手中的照片。

发黄的照片边角有些磨损，合影中的四个女生，左二最为突出，之所以这么抢镜，是因为太胖！大腿赶上旁人的两倍粗，整张脸亦因过分多的肉而将五官挤成了一团，活像个揉开的面团子，在一堆漂亮清纯的女生中格格不入。

樊歆自嘲一笑。相片中是她刚上大一的情景，那时她因为重病服用了太多激素，简直胖到了巅峰，足足有159斤，比现在多出70斤的肉，当真是让人不忍直视。

她顺着照片继续看，忽然便黯然。

照片里胖妞的左脸有条疤痕，自左眼角一直蜿蜒到耳际，看得人心头一颤。

那是她曾经的模样，亦是最不堪的梦魇。

良久，樊歆收回照片，轻声叹息。

今夕何夕，再不同往昔。

五年前，她臃肿丑陋，带着不堪入目的疤痕。而眼下，她窈窕纤细，肌肤光滑而貌美，没经历过任何整容手术，却奇迹般脱胎换骨，温浅认不出来也是理所应当。

她又摇了摇头，觉得人跟人的差别真大。

她如今站在温浅面前他都认不出来，可她二月份回国时，慕春寅面对判若两人的她却一眼认出，火眼金睛将外逃加拿大五年的她逮了回来。

重新落入魔爪的樊歆纳闷于他的眼尖，有一日壮着胆问了。慕春寅掀掀眼皮道：“樊歆，别说改头换面，你就算烧成了灰，我也认得。”

樊歆闻言默然。

是的，他对她恨之入骨，恨到不惜奴役她折辱她囚禁她，这样的恨，他怎会认不出来。

一夜很快过去，翌日樊歆一到盛唐便见同事都在窃窃私语，表情既狎昵又艳羡。樊歆猜，她们大概是在讨论秦晴与慕春寅的事吧。昨晚头条帝说到做到，还真去找秦晴了。

樊歆走上三楼的艺人练功房。正巧秦晴就站在门口，S形的身材前凸后翘，春风得意的脸上只差写上“昨夜承恩露”几个大字了，模样像极了古代被皇帝临幸过的宠妃。

樊歆不想跟她纠缠，敷衍道：“知道你的事了，恭喜。”

樊歆这话原是无心，听在秦晴耳里却成了妒忌，她轻笑着，精心描的柳眉微挑，下巴端得高高的：“樊歆，你这是羡慕嫉妒恨吗？”

樊歆差点儿要笑出来。

什么羡慕嫉妒恨，还空虚寂寞冷呢！果然世上奇葩的想法，你永远无法预料。

她强忍的笑意却惹怒了秦晴，秦晴杏眼一瞪：“笑什么？待会儿你就要哭了！”她的手朝培训室旁一指，“汪姐在等你，她会告诉你不止一个——”她拖长的声音里很有些幸灾乐祸，“好消息！”

樊歆进了汪姐的办公室。

明亮的窗台上摆着几株绿植，微风徐徐拂过白色窗帘。这秋高气爽的好天气里，汪姐的表情却不怎么好，她惋惜地看向樊歆：“樊歆，要叫你失望了。荣光那边来电话，说《巴格达之恋》的主题曲，温先生拒绝与新人合作。”

樊歆一怔：“啊？”

汪姐以为她不懂，解释道：“温先生就是音乐家温浅嘛，他骨子里有股艺术家的清高，虽然也有自己的企业，却不喜欢别人称他温总，圈内都尊称他温先生。”

汪姐瞧樊歆呆呆的，以为她是太失落，忙道：“其实他有这样的想法也很正常，这圈里资历什么的很重要。”

樊歆垂头盯着自己的脚尖：“没关系，不合作也好。”

是的，不合作也好。其实她应该感谢温浅，感谢他替她作出果断的决定，因为她也害怕再见到他。

汪姐还在安慰她：“你别太难过，歌虽然唱不了，但公司给了你其他的机会。”说着一拍她的肩：“高层决定派你去参加这一季的《歌手之夜》！”

《歌手之夜》是某省级电视台举办的娱乐节目，就是找些具有话题性的歌手进行同台竞演，跟芒果台的“我是歌手”有些类似。这档节目这两年极火，但凡它出了新的歌手，那人必然就是头条。

樊歆微愕：“这机会不是公司给秦晴的吗？”

“是啊，这就是上次我在车里说的事。这一季《歌手之夜》还有最后两场，其中一名选手突发疾病中途退场，节目组需要有人替位补上，便联系了我们盛唐。公司想给秦晴机会，让她代表新生代歌手参加节目，秦晴不知原委前还兴高采烈，可一得知几个重量级的腕儿都在，唯恐输得太惨，死活都不肯上了。”

她说完拍拍樊歆的手，笑眯眯道：“不过好在有你啊！”

樊歆指指自己，问：“真决定让我去？”

汪姐笑着点头：“是啊，虽然你出道时间不久，也只发过几首单曲，但节目组听了你的歌声，说你很有潜力！所以加油，我们看好你哦！”

与汪姐商量完事，樊歆走出经纪人办公室。

秦晴还站在走廊上拉着公司女同事眉飞色舞地炫耀：“天哪，昨天我跟慕少约会才知道他多有情调，他懂摄影懂电影懂品酒饮茶，会玩赛车……对了，他那辆布加迪你看到了吗？那么贵的车，他一买就是四辆，原因是不同颜色的车好搭配不同的衣服……噢，像他这种有钱有貌有格调的男人怎么可能不上头条，怎么可能不成为热点，怎么可能不是国民情人呢……”

秦晴没完没了，见樊歆出来，她打住话头故作关切：“樊歆，你别装了，换了我，主题曲唱不了，还要去参加那什么破比赛，我早哭了！”

女同事跟着说：“可不是，这一季《歌手之夜》除了两个国宝级大腕儿，其余全是一线歌手，新人上去明摆着就是送死嘛。”

秦晴同情地拍拍樊歆的肩：“虽然明知你会输，但我还是希望你别被踩得太难看！”她如今攀上慕春寅这个高枝，底气足了许多，越发咄咄逼人：“别忘了，你还顶着我们Sweet的头衔呢，你丢脸，我的脸也没处搁！”

秦晴的眼神轻蔑而尖锐，樊歆脸色微沉，扭头盯住她：“如果我没输呢？”

秦晴拨弄着自己的指甲，嗤笑：“少做梦了，人家是大腕中的大腕，有实力有名气有人气，你呢？”她捂住嘴笑得花枝乱颤：“恐怕你这样的无名小卒站在屏幕中央，都没人认得出来！”

樊歆的眸光一沉，将那句话再重复一遍：“如果我没输呢？”

“呵！”秦晴眼里的讥诮像笃定了似的，“如果你不是最后一名，以后在Sweet里，你说一我不敢说二。”

樊歆颔首：“好。”她看向女同事：“你今天就做见证人，我跟她，一言为定。”

第二章

参赛

下午公司没什么安排，樊歆到点便回了家。作为一个还没出名的新人，她的通告数量远不及当红艺人，平时并不像大咖们忙到昏天暗地，所以她可以有闲暇时间来伺候慕春寅，比如给他备备晚餐、夜宵之类的。

晚上慕春寅没回家吃饭，她下班出公司时见他开着那辆骚包的布加迪载着春风满面的秦晴离开了，秦晴还将头伸出窗外，对她露出一抹示威般的笑，指甲上的水钻在夕阳下闪着炫目的光。

不用再伺候慕少爷，樊歆就随便弄了点儿吃的，窝在沙发上看前几期的《歌手之夜》。要去这个全国最红的节目，她忧喜交加——这是个机会，可能出名，也可能出洋相。

她有些紧张，但不后悔。横竖电影主题曲不能唱了，有其他事转移一下重心也好。

凌晨一点，门咔嚓一声被推开，寻欢作乐的头条帝回了家。他一面弯腰换鞋一面问沙发上看电视的樊歆："怎么还不睡？"

樊歆道："我在对《歌手之夜》的选手进行实力研究，预估自己有几成胜算。"

慕春寅浑身染着风月场中的奢靡之气，眉梢含笑："哦，那你分析出几成？"

"对手太强。"樊歆笑着摊手，"一成也没有。"

慕春寅将外套丢在一旁，懒懒地坐在沙发上："这么说，你与秦晴的赌是非输不可了？"他似笑非笑地搭搭她的肩："不如你求求我，或许少爷我心情一好，你就不会输了。"

樊歆退后一步，将两人的距离拉开，挤出一抹笑："谢谢厚爱，我不想作弊。"

输赢未定，结局还早。她想竭尽全力拼搏一把，况且，她也想通过比赛看清自己的实力。

慕春寅打量着她，眼里有些玩味：“你变了很多，从前的你安于现状，而现在的你用尽全力往上爬。为什么？你在国外的五年遭遇了什么吗？我真的很好奇。”

他的英伦风小翻领衬衣上传来浓郁的香气，樊歆嗅出是秦晴常用的香水味，身子往后避开，轻描淡写道：“没经历什么，我只是单纯想站到一个很高的地方，完成一个愿望而已。”

“什么愿望？”

逆着光线，樊歆的脸色平和如常，那双乌黑的瞳仁里却闪过不易察觉的悲伤——在加拿大待了五年，她经历了人生中第二轮生离死别，撕心裂肺后她毅然回国。为了完成那人临终前的心愿，她进入这个声色犬马、物欲横流的演艺圈，一路跌跌撞撞泥泞前行，从未有一秒后悔过。

她眨眨眼，浓密的睫毛将过去的不为人知尽数掩盖：“没什么，我去睡了。”

她起身回房，还未走出两步，手腕陡然被人抓住，接着一股大力袭来，她整个人往沙发上摔去。雅白的灯光下，慕春寅的脸色不复刚才的轻松，他将她摁在身下，凛冽的气息压迫着她，身躯将她笼罩住，幽邃的眸光里满是愤怒与猜忌：“说，你是不是为了他才回国的？”

见她不语，慕春寅右手猛地捏住她的下巴：“别给我装傻！”

她痛得皱眉，他的手劲还在加大：“呵，五年前你千辛万苦从我身边逃了出去，好不容易在国外得了自由，为什么还回来？不就是为了老情人温浅吗？你想要配得上堂堂大音乐家，所以进这个圈子，拼命向上爬……”

樊歆的下巴被捏得生疼。慕春寅这变态永远都是这样，上一秒还是嬉皮笑脸，下一秒就翻脸无情，樊歆不敢跟他硬碰，从前无数次的教训让她对他的脾气了如指掌。他一旦暴怒，什么事都做得出来。

她将口吻放得缓和诚恳：“不是的，你误会了……我对他早就没那个心了。”

慕春寅的笑陡然敛去，一声暴喝：“你骗谁呢，你当年都肯为他去死！”他一声嗤笑，满脸嘲讽的表情：“呵，这次他拒绝让你唱他的歌，你是不是很失望，很伤心，很难过？”

樊歆闭上眼不再说话。

温浅是她的伤疤，她多想这块伤疤早点儿痊愈，慕春寅却时不时幸灾乐祸地揭它，仿佛她越痛，他就越快乐。

“哦，忘了告诉你一件事。”慕春寅的手缓缓移到她的颈上，樊歆的心陡然提到半空中，他不会又想掐她吧？这个变态！

是，他就是个变态，英俊的外表下掩藏着一个恶魔的灵魂。在梦魇般的过去，他曾用尽手段侮辱她折磨她，她能活到现在简直是个奇迹。

他的手掌覆在她的脖子上，她浑身绷紧，而他的手还在下移，轻轻扶住她的肩。他将脸附在她耳边，那轻柔的笑，仿似情人间亲昵的温存："知道吗，即便温浅不换你，我也会换掉你。我不会让你有接近他的机会。"

他话落松手离去，樊歆心有余悸地大口喘气。

此后双方没再说话，再次陷入冷战。樊歆在小心翼翼中度过了几天才得到解脱——她要去C市参加《歌手之夜》。

出发当天，她去公司与经纪人汪姐碰头。

一群人提着行李从七楼往下，到五楼时，电梯叮咚开了，走进来几个人。

樊歆不经意地抬头，眼神一顿，心脏好像被无形的手猛然攥住。

三个男人并排站在电梯里，正中的男子身材高挑匀称，站姿随意却背脊笔挺，一看就是被良好教养熏陶出来的世家子弟。电梯四壁映出他英俊的脸庞，他的五官清秀、轮廓优美，簇新的衬衣配墨黑色西裤，雅致的黑白将男人的优雅与清贵渲染到极致，仿佛他天生就是如此——倘若拿乐器喻人，唯有钢琴能与之相配。

樊歆来不及多想，将脸往汪姐背后躲了躲。随即她又觉得可笑，她没必要慌，更没必要躲，即便她大大方方地站在他面前，他也认不出她。

她忽然悲伤起来，随后电梯叮咚一声脆响，她眼前一亮，电梯终于到了公司一楼。

电梯里的人陆陆续续走出去，樊歆不敢逗留，假装若无其事地从温浅身边走过去。

两人擦肩而过，樊歆刚为没被发现而松一口气，谁知脚下猛地一绊，啪一声闷响，她重重地摔到了地上，坚硬的大理石地面将她的膝盖磕得剧痛。

身后一双手扶起了她，低沉的嗓音含着歉意："不好意思，我不小心踩到你的裙子了。"

这声音太过熟悉，是温浅！

樊歆不敢回头，忍痛道："没事，您走吧！"怕他发现，她压低了声音。

又一双手扶住她，是汪姐的，她高声道："呀，樊歆，你的膝盖磕出血了！赶紧去医院！"

樊歆怕再耗下去会被揭穿，她挣脱两人的手，忍痛向前快跑："皮外小伤，真没关系。"

樊歆一口气跑到保姆车上，汪姐从后头跟着进来，恨铁不成钢地说："你跑什么，刚才那是温先生！他让你摔了一跤，你就该让他送你去医院。或许他看在你膝盖磕出血的分儿上，那首电影主题曲就给你唱了呢！"

樊歆忙摇手："不用了，真不用。"

“你傻啊！这圈里多少女人逮着机会都要接近他，你怎么就不懂？”

接近他？

樊歆的思维在一瞬间变得极慢，她早已记不清了，那些年她有多少次想要接近他。可最后她又得到了什么？

过去的一幕幕在她眼前晃荡而过。

S大校园内，柳荫下是温浅望向她的轻蔑的眼神：“你，从不照镜子吗？”

在音符流淌的琴房里，他面无表情地对她说：“你以为天天来听，就能改变什么吗？”

……

她知道，他从来都没正眼瞧过她，他与她之间的差距，就是天壤之别、云泥之分。

他出身上流巨贾之家，本身清俊高贵，才华横溢，堪称世家子弟的完美代表。而她，如果仅是平凡也就罢了，起码还可以做做灰姑娘的梦。可她连灰姑娘都不是，灰姑娘好歹有个自由身，而她自出生起就跟慕春寅绑在一起，想要自由谈何容易。

呵，这样的她，哪还有资格接近他，她早断了痴心妄想才是解脱。

C市离Y市不远，车开了三个半小时就到了。

一行人下榻在电视台安排的酒店。汪姐临时有事回了盛唐，公司里指派了另一个人暂时担任经纪人的职责陪樊歆。樊歆一见这人就乐了，酒店门口，那人身材高挑，穿着帅气的黑色夹克、马丁靴，利落的短发彰显出她的中性美，这正是樊歆大学校友兼十年闺密兼目前的同事——男人婆莫婉婉！很多初次见面的人都会被她的名字迷惑，然而人却有一颗爷们儿的心。

因为节目太火，酒店门口蹲守了大批记者，樊歆同莫婉婉走进酒店大门时，照相机就噼里啪啦一阵乱拍，樊歆眼都花了。然而记者们蜂拥而来，却不是朝向她，而是围住了她们后面的另一拨人。

樊歆向后扫了扫，只见一个穿长风衣戴墨镜的女郎站在人群正中，几名保安不住地驱赶着围观的记者与服务人员。

女郎在保安的护航下走进了酒店大厅，高冷的女王气场让周围行人都恨不得退避三舍。她路过樊歆一干人时，有名粗鲁的保安径直将莫婉婉一推，嚷道：“让开让开，没看到天后要从这儿过吗？”

被这一推莫婉婉差点儿摔倒，为了不影响樊歆的形象，她将火气压了压，说：“我是盛唐的工作人员，不是围观的脑残粉，注意你的举止，甭给你主子丢脸。”

保安还没搭话，一双尖细的高筒靴出现在两人面前，黑色的光面皮质照映着头顶的水晶灯。

苏越居高临下地斜睨着莫婉婉与樊歆，薄唇扬起弧度："慕春寅就派了这种虾兵蟹将？"

她后面没再说，丢了一记似笑非笑的目光，然后黑皮靴噔噔噔踩在大理石地面上，领着一帮人头也不回地走了。

莫婉婉气得跺脚："我去，天后就了不起啊，这也太嚣张了！"

新一期《歌手之夜》的录制在第二天开始，比赛中共有五名歌手，为了保持神秘感，导演组对外隐瞒了新替补歌手的信息，就连歌手彩排时都是分开进行，故而选手里除了曾与她擦肩而过的苏越外，再没人见过樊歆。

栏目组刻意制造神秘，莫婉婉很是担心，她说："樊樊，咱一点儿名气都没有，到时去台上冷场怎么搞？还有，姐上午偷看了其他歌手的训练，一个个唱到姐都想跪下来点赞，姐为你捏了一把汗！这次要真垫底，那小浪花就得骑到你身上去了！"

樊歆扑哧一笑："你怎么老喊秦晴小浪花呀？"

莫婉婉面有不屑，她向来对看不惯的人都是粗鲁粗暴再加爆粗口："狐狸不是妖，性感不是骚！老娘没喊她小浪货就是有涵养了，她整天穿个低胸那么露，36D了不起啊，双胸夹手机了不起啊，有种就胸口碎大石！"

话音刚落，莫婉婉的手机叮咚一响，她又爆了一句粗口："娘的，说浪花还真就是浪花啊！"

樊歆问："秦晴怎么了？"

"音乐部说《巴格达之恋》的主题曲给浪花唱了。"

"给她了？"

莫婉婉面带讥讽之色："是啊，果然跟慕总裁睡过的就是不一样！"

樊歆刚要搭话，兜里的手机一阵振动，她拿出来一看，是微信上传来的图片，发件人正是秦晴。

照片里是秦晴的自拍照，她对着镜头炫耀地笑，柳眉杏眼间是赤裸裸的挑衅，下面还有一行字——"《歌手之夜》的赌局，本小姐拭目以待！"

莫婉婉呸了一声，拿起自己的手机回了一句："温馨提示，秦小姐最好少玩自拍，不管是高丽的整容术、东洋的化妆术、泰国的变性术，还是中国的PS神术，都无法拯救你这张招人踩的鞋拔子脸！"

樊歆倒是平静得很，她起身向舞台走去："我再去练几遍。"

莫婉婉道："你都练了多少遍了，休息一下！与那小浪花的赌局你甭较真，总之做人就一句话——放自己的屁，让别人闻去吧！别跟那种人生气！"

樊歆道："我没把她放心上，我是觉得自己还不够好。"

夜里，樊歆结束了一天的练习，回酒店休息。

从沐浴室洗浴出来时，莫婉婉将她的手机丢了过去："你主子来电话了。"

樊歆接过电话。

前几天她与慕春寅冷战了一阵，可自她来C市后，慕春寅的电话又没完没了起来，一天少说有三四个，她往往敷衍得很，三言两语便挂。

她虽然不想跟他通话，但还是拨了过去。没办法，谁让他是她的主子呢。

没响几声，那边很快便接了，仿佛已等候多时。

慕春寅的嗓音听起来很不耐烦："你还要多久回来？"

樊歆道："明天录完就回。"

那边驴头不对马嘴地来了一句："我今晚没出去玩。"

樊歆回了一个"哦"字。

那边等了好久，就等了这一个字，心有不甘："你就不问问我为什么？"

樊歆敷衍地问："哦，为什么？"

慕春寅焦躁地说："都没吃饱哪有力气出去玩！"

原来是为了吃！樊歆哭笑不得，那几天冷战的不快顿时去了大半。慕春寅是个太复杂善变的人，商场上的他果断决绝、雷厉风行，为人处世中的他嬉皮笑脸、喜怒无常。对她，他时而温和相待，时而霸道专横，时而变态暴戾，可一旦提起吃，他就会奇异地回归孩子的本性。用莫婉婉的话说，那是多么单纯而固执的喜欢啊，就像狗见了肉骨头、狐狸见了鸡。

慕春寅接着说："早知道就不让你去那什么破比赛了！现在倒好，搬石头砸自己的脚，我都饿两天了，那些废物做的比猪食还难吃，还敢自称国际大厨？"

他嚷得厉害，语气里满是孩子的委屈，半点儿也不像平日里那脾气古怪、高高在上的风云大佬。樊歆觉得好笑，但仍不知该说什么，每次两人冷战后她就会沉默很久。

慕春寅察觉出她的异常，突然出声提醒："樊歆，员工合同第五条！"

樊歆嗯了一声。

见她仍不大理睬，慕春寅提高嗓门重申一遍："员工合同第五条！"

"知道啦！"樊歆道，"老板永远是对的。"

慕春寅又道："员工合同第六条！"

樊歆机械地答："老板就算错了，也是对的！"

"员工合同第七条！"

樊歆一溜将后面的全说了出来，她早就被这变态强迫将这不平等条约背得滚瓜烂熟："即使老板是错的，我也不能生老板的气！第八条，即使生气，也不许超过二十四个小时！第九条，超过了二十四个小时就必须主动和好。”

慕春寅不满地嚷道：“这次你超过了七个二十四小时，也没主动找我！”

“好啦好啦，我没事了。”樊歆努力将声音放和缓，其实她回头想想，也没啥好生气的，他一没打她二没骂她，就是吓吓她而已，比起他从前的手段，如今简直是慈爱到不行了。

她缓和了语气，说：“冰箱里还有我上次包的小馄饨。你喊吴嫂来煮。”又补了一句：“你多少吃点儿，不然胃病又要犯了。”

那边哼了哼，委屈却已消了点儿：“三鲜的吗？那我先凑合吃点儿！”

“嗯，你先将就着。”樊歆道，“我明天下午就回去，做你最喜欢的青椒牛柳，好不好？”

她回归到从前的温声细语，那边的委屈平息了七七八八：“你记得就好。总之你明天再不回，我就去C市把你揪回来，到时咱俩关系暴露了可怪不得我！”

“好好好！”樊歆道，“我明天录完节目马上就回！”

挂了电话，樊歆转过头，就见莫婉婉跷着腿横在沙发上，一脸好奇。刚才慕春寅嗓门嚷得大，一旁的她听了个十之八九。

莫婉婉道：“这慕春寅还真怪，有时像凶残的野兽折磨你，有时又被你治得像听话的大猫。”

莫婉婉虽是盛唐员工，但也是有背景的富二代，因为不肯进家族企业受束缚，她父亲便将她塞进熟人的盛唐公司，当是另一种看管。所以她名义上是盛唐的员工，实际是个玩票的角儿，故而她对盛唐老总没有旁人的敬畏，一贯直呼其名。

樊歆道：“因为他善变。”

“那你呢，你也很奇怪。你害怕他、防备他，可偶尔又会流露出家人的温情。”

樊歆沉默。

莫婉婉瞅着她：“樊樊，咱俩从大一起就认识了，我把你当作除了男人一切皆可共享的铁姐妹。但你从没告诉过我，你同慕春寅的事以及你和慕家的关系。”

樊歆躺到床上，望着头顶的天花板，弯起嘴角笑了笑，有些无奈：“从前有个大户人家生了个儿子，小孩的妈妈因为不能再生育，担心一个孩子孤单，他们便收养了一个女孩……”

莫婉婉瞪大眼：“那女娃就是你？那个大户人家的男孩是慕春寅？”

“嗯。”

“他们收养了你，所以你忠心耿耿为他们做牛做马？他们是不是对你特苛刻，仗着养育之恩就逼你做这做那？瞧慕春寅那厮，简直把你当用人！”

樊歆摇头：“不，他们对我很好。我喊慕春寅的妈妈珍姨，喊他爸爸叔叔，我虽是抱回来的，慕家却将我当亲生女儿看待。可以说，我曾过了一段豪门伪千金的生活。”

“那你跟慕春寅怎么会这么怪？一起长大，就算没点儿青梅竹马的狗血爱情，也有二十年的亲情，他怎么能对你呼来喝去的？那次晚宴我见他拽着你，眼神像仇人！”

樊歆将眸光落向玻璃窗外，屋外的夜色如墨，混混沌沌看不到尽头，她的语速很慢，仿佛克制着某种强烈的情感：“这不怪他，是我过去犯了错，他恨我理所应当。”

“什么错？”

“我可以不讲吗？我自己都害怕回忆……反正我跟他就这样磕磕绊绊好多年，后来我进了S大，认识了你。之后的你都知道了，我爱上了温浅，我把他当作灰暗人生的救赎，因为他我差点儿丢了命，再然后我身不由己地去了国外，一走就是五年，直到今年才回国。”

许是气氛太过沉重，樊歆对着莫婉婉弯唇一笑：“好啦，你不用担心我，我跟慕春寅的关系现在还过得去。说来好笑，我留在他身边，是因为我的手艺是珍姨亲自教的，珍姨不在，他只好留我做饭。”

“他把你当厨子了？”

“是啊。”樊歆笑笑，往手机上一瞟，“不早了，睡吧，明天还录节目呢。”

关了灯后，莫婉婉抱着枕头在黑暗中若有所思，过了一会儿她说：“樊歆，我知道你经历过许多悲伤，但姐一直相信一句话：烦恼不过夜，健忘才幸福。”

她握拳给樊歆鼓劲：“把那些不开心的破事统统忘掉，专心比赛！这几天不能白练，明天加油！”

樊歆拿拳头跟她的碰了碰：“加油加油！”

两人默默鼓劲，但谁都没料到，即将发生的情况远超出她们的想象。

翌日，选手们正式登台。按照规则，每个歌手的经纪人抽签，决定歌手上场的顺序，作为樊歆的临时经纪人的莫婉婉抽到了第五，于是樊歆成了最后一个上场的选手。莫婉婉拿着那五号球，差点儿自捅两刀：“我去，姐这只烂手一向最准，咱不会垫底吧？”

樊歆顾不得理会莫婉婉，她坐在包厢的沙发上，盯着LED屏上的舞台。节目已经开始，灯光一亮，音乐一响，在台下观众狂热的欢呼中，第一个出场的歌手开唱了。不愧是唱了三十年歌的老歌手，那浑厚的嗓音及扎实的功底，唱得她的心里七上八下。

眼瞅着前面的人一个个轮流唱完，樊歆的心越悬越高。前辈们果然不是吃素的，除了二号略有失误外，一个比一个强。到第四个选手时更是不得了，出场的是天后苏越。她不愧为纵横演艺圈十年的大姐大，还未开口，只凭着那一身黑衣黑靴往台上一站，女王范儿便震慑全场。在全场的静默中，她不紧不慢地开口，那首俄罗斯名家维塔斯的歌剧被她发挥得淋漓尽致，无论是真假音的转换，还是高低音的转换都游刃有余，全场掌声如雷……

后台包厢里，莫婉婉在屏幕前一面赞叹一面担忧："樊樊，你说你运气怎么这么烂呢，你要是跟二号抽到一起，哪怕你唱得再烂，跟她的失误一对比，也就不明显了……可你偏偏接在苏越后面！她实力强得变态，这场又发挥得这么好，你再怎样超常发挥，也会被她秒杀啊！"

樊歆刚要搭话，沙发上的手机叮咚一响，她打开手机，来的信息是秦晴的。这次她没有发照片，只有一句话——"樊歆，这是你人生中的第一场重大演出，作为Sweet亲密的队友，我会有厚礼相送！敬请期待！"

莫婉婉摸摸后颈："妈呀，我怎么觉得后背凉凉的。明骚易躲暗贱难防啊！"

樊歆盯着手机屏幕："我也有种不好的预感。"

两人面面相觑，包厢门突然被敲响，有工作人员在外面喊："五号樊歆，马上就是你出场，请去台后做准备。"

樊歆只得放下手机，跟着工作人员走了出去。

樊歆站在进场的通道上。此时苏越刚刚唱完，观众的掌声震耳欲聋，快将屋顶掀翻了，不断有人在台下高呼："苏越苏越！苏越，我爱你！……"

呼喊如飓风般激荡，观众的狂热让樊歆倍感压力，她担心莫婉婉一语成谶。

台上苏越挥手与观众告别，走下台时她与樊歆擦肩而过，长长的裙摆拖曳在地，犹如鱼尾，而她的嘴角弯起似笑非笑。

她走后，台上主持人介绍樊歆的串场语刚好结束，灯光一暗，主持人下台，该樊歆上了。

场内气氛凝重，樊歆稳住脚步，迎着无数双眼睛走了上去。灯光重新亮起的一刹那，台下没有掌声，而是一片唏嘘，观众一脸茫然，纷纷交头接耳低声问："樊歆？樊歆是谁啊？没听过！"

舞台下有黑压压的人群，舞台中央的樊歆看不清他们的脸，却能察觉出他们对自己的距离感与陌生感。聚光灯打在她身上，她迎着千百双或质疑或期待的目光，手心微微出汗。出道半年，她第一次上这么大的节目，说不紧张绝对是胡扯。更何况上台的前两分钟，她还收到一条不明意味的短信。

耳畔音乐渐渐响起，她深吸一口气，稳住气息，摒弃一切杂念，开始唱。

与此同时，后台另一个大包厢内，已唱完的歌手们坐在一起，亦是面面相觑："樊歆？这名字从没听过！"

有人答："据说是盛唐捧的新人，长得倒是挺漂亮。"

"漂亮有什么用，年纪太轻，实力就会弱一些……"

“怪事，盛唐慕春寅麾下猛将如云，怎么喊了她来？”

“对呀，当初说盛唐要出人时，我还很期待，谁知来了个完全不认识的！”

一群人七嘴八舌地注视着LED屏幕上的女子。舞台空旷而深邃，她孑然立在舞台正中，清越的嗓音里有些拘束。

包房里的歌手们凝神听了会儿，有人道：“她有点儿紧张。”

另一人跟着道：“可能是没来过这样的节目。经验不足，但声音不错。”

“她先前是有点儿紧张，但不怯场。你们往后听，她后面越唱越好，说明自我调节能力很强。”

有人惋惜地接口：“她这个功底在同龄人里已算拔尖的了！可惜啊，今天运气跟气场差了点儿。”

“怎么说？”

那人笑嘻嘻地看了一眼苏越，道：“这个樊歆功底虽可圈可点，但接在咱实力派的天后苏越后面，不免就受影响了。苏天后刚才那首歌唱得撕心裂肺，台下观众多少人哭了呀。他们的情绪还沉浸在悲伤里无法自拔，都没出戏怎么能去好好听下一首呢。至于气场嘛，新人没什么名气，不够引起观众的重视，观众的注意力不集中，就无法好好倾听……”

一群人点头：“言之有理。”

……

而那边的舞台现场，受苏越的影响，樊歆开唱并不顺利，但越是这样，她越不敢分心，专注地投入音乐中。

舞台上的灯光闪烁，背后LED屏不断变幻出唯美的背景，樊歆握着话筒，启唇而歌。

花，接受凋零。风，接受追寻。

心的伤还有一些不要紧，我接受你的决定。

你将会被谁抱紧，唱什么歌哄他开心。

我想着天空什么时候会放晴，地球不曾为谁停一停。

你的明天有多快乐，不是我的，我们的爱是唱一半的歌。

时间把习惯换了，伤口愈合，也撤销我再想你的资格。

你的祝福，一半甜的一半苦的，像我手中冷掉的可可。

最最教人残念的，总是未完成的，我只能唱着一半的歌……

……

歌声还在继续，这是一首略显悲伤的《半情歌》。不同于旁人唱情歌的撕心裂肺、声嘶力竭，舞台上的女子面容平稳，一字一句缓缓道来，明明没有巨大的波澜起伏，可那清越里略带沙哑的嗓音，将悲伤的意境以如冰川消融的方式缓缓渗透开来，竟让人无法抗拒。

舞台上的聚光灯时而闪烁时而重叠，歌手清丽的脸庞被投到LED大屏幕上，她对着话筒婉转低吟，眉目间含着微微的悲伤，全身心地投入音乐里。

大概是她忘我的歌声感染了台下观众，唱到三分之一时，观众慢慢从苏越高亢深情的歌剧里回了神，挥起了荧光棒，时不时还响起小阵的掌声，有人低声评价："唱得挺好的嘛！在新人里算不错的了。"

"对，比上期因病退赛的那个要好……"

"听说她是第一次上舞台，第一次能唱成这样，后面一定会更好……"

……

观众们的窃窃私语樊歆听不到，但她看见了黑暗中摇曳的荧光棒，她感到了欣喜，紧绷的心松了一半。

谁知这欣喜还未持续片刻，意外陡生。

陶醉的观众席上猛然蹿出几名人高马大的男子，在樊歆还没反应过来的刹那，几道黑影嗖嗖一闪，瞬间如投手榴弹般将东西砸到台上，然后只听见几声刺耳的轰响。

变故就在一瞬间！伴随着不断的剧烈声响，易拉罐、玻璃瓶的碎片四飞，台下一、二排的观众被飞起的碎碴扎到，猩红热血涌出的刹那，人群中爆发出惊恐声。

观众席霎时如沸水般沸腾骚乱！

"救命！"

"啊！！！"

"怎么了？"

"砸死人啦！"

……

在保安冲上来的刹那，那几个男子还在不停袭击，玻璃瓶摔碎的声响中，几人指着樊歆凶狠地大喊："滚下台！"

酒瓶继续如炸弹般往台上抛，莫婉婉冲了出来，将樊歆拉到一旁，惊魂未定的两人看向舞台上的玻璃碎碴。那数个啤酒瓶显然是朝她砸的，她虽然躲了开来，但还是有两三片滚到她的脚踝旁，若不是她躲得及时，恐怕早已头破血流。

与此同时，台里的应急措施迅速启动，栏目组停了节目的录制，有工作人员飞奔过来维持秩序。那砸瓶子的三个男人已被保安架住，被拖出去，其中一人还在冲台上的樊歆破口大骂："唱的什么东西！烂！侮辱老子耳朵！"

保安强捂着那人的嘴将他带下去，录制现场只剩下骚动不安的观众以及台上心有余悸的樊歆。她第一次上台就遇到了这样的事，究竟是出师不利，还是有人蓄意安排？

瞬间，樊歆想起比赛前秦晴的那条短信，还有那抹示威般的高深笑意。

樊歆的心七上八下。

导演走了过来，他再三致歉以后表示，因为这个节目太重要，即便发生意外也必须继续录制，现在台里已将不安全的因素清除干净。对于刚才她被迫中断的演唱，节目组会剪掉之前的片段，让她再唱一遍。

虽然没有心情，但既然来了就不能半途而废。于是几分钟后，音乐响起，樊歆拿着话筒再次登场。

倘若说，她第一次登场的心情是激动紧张和期待，那么第二次的心情就明显灰败了许多。

台下观众亦是如此。哪怕樊歆努力消除突发事件对自己的影响，全身心投入演唱中，但被变故影响心情的观众们都心不在焉，他们是被台里强行安抚留下来的，在袭击的阴影之下，他们心有余悸，时不时就往旁边瞅瞅，生怕再有什么东西会飞过来。

一曲毕，结局不想便知，任樊歆唱得再好，没有观众认真倾听，仍是无力回天。

最后，观众投票的分数出来了，樊歆毫无意外地排在末尾。

导演顶着袭击事件的压力，强颜欢笑地将结果宣布出来。

除了胜出的苏越，其他选手都在神情不一地想着刚才的事，但碍着镜头还是得笑。

樊歆也在笑，面色依旧平静，眸光却黯然。

节目结束，公司的保姆车已在外等候多时。

樊歆在座椅上坐定后，手机响起，是慕春寅的，他只说了四个字："回家做饭。"说完便挂，半点儿都不拖泥带水。

樊歆哭笑不得。她的比赛在慕春寅看来，还不如一顿饭重要。

三小时后，樊歆回到了Y市。

虽然节目还未在电视台播放，但樊歆垫底的消息已内部皆知。樊歆一回到盛唐，很多人便偷偷打量她，表情各异。

没过一会儿，秦晴招摇的脸也出现了，她脸上挂着迷人的笑，假睫毛如同纤细的花蕊，向樊歆道："恭喜你哦，樊歆。"

樊歆漠然地瞧着她，直肠子的莫婉婉咬牙切齿："小浪花，老娘法眼一开就知道你是个妖孽！舞台上那事就是你送的厚礼吧，你有种做就有种认啊！"

"什么事？"秦晴无辜地眨着眼睛，"你们说什么我听不懂。"她从背后拿了一束花，"喏，这花才是我的礼物啊。"她拖长话音，"恭喜你不出意料地——垫底。请继续保持哦！"

她话落，将喷香的花束往樊歆手里一塞，腰肢一扭，香芋紫的雪纺裙摆飞扬开来，笑盈盈地走了。

莫婉婉将花往垃圾桶里一丢，气呼呼地要追，樊歆拦住了她："婉婉，等等。"

"等什么，就是她！这气老娘没法再忍！"

"可我们没有证据，现在跟她闹，对我们不利。"

莫婉婉将一头短发揉了又揉，最后一跺脚："好，大爷报仇，十年不晚！等老娘找出证据，非把她丫的脸抽得跟胸一样！"

随后樊歆去了汪姐办公室，汪姐早已知道比赛的过程，她拍拍樊歆的肩："高层知道了这事，没关系，没有人怪你，还有两场比赛呢，好好把握就是。"又道："你累了，就先回去休息吧。"

樊歆谢过汪姐，拎着包回了家。

到家刚过五点，意外的是，往常这个点人还在公司的慕春寅居然在家。他拿着单反相机，蹲在草坪旁拍风景。他一贯爱好摄影，眼下正在拍庭院里那棵丹桂树。斜阳将坠，庭院的桂花开了，细碎的花瓣落在他身上，他一动不动，盯着镜头极为专注。

拍完慕春寅才发现身边静立多时的樊歆，他收了相机，夕阳给他清俊的脸染了层暖光，他朝头顶的丹桂树一指："妈妈种的桂花开了。"

提起"妈妈"这个词，慕春寅一改往日的慵懒不羁，眼神复杂。

樊歆亦是沉默，彼此都不说话，像护着一个共同的伤口。

随即，樊歆仰头瞅着那繁茂的桂花枝丫，温声道："过两天我把桂花摘下来，给你做米酒桂花丸子。"

慕春寅斜睨她一眼："你还记得呀。"

"当然记得。"樊歆微微笑，唇边的小梨窝若隐若现，"每次看见桂花就会想起你吃桂花丸子的场景。"

慕春寅脸上的阴霾一扫而去，他弯起嘴角，嘴朝厨房一努："快去做饭，你不在的几天，少爷我都没吃好，他们做的菜实在太难吃了！"说着他巴拉巴拉报出一串菜名："肉末茄子，青椒牛柳，干锅鸡杂，水煮鱼片……"

六点半，樊歆将饭端上了桌，两人面对面地吃。慕春寅自然是知道《歌手之夜》的结果，但他只字不提，只聊一些琐碎的事，樊歆也就敷衍地配合着，虽然她很想跟他讲讲舞台遇袭的事。

吃完饭，慕春寅一反常态地没出门找女人，而是坐在沙发上看电视，眼睛时不时地瞟向洗碗拖地的樊歆，视线不经意地凝在她的小腿上，散漫的眸光立时收紧："你腿上怎么那么多伤？"

樊歆的右腿上有三处伤，膝盖处是那天在电梯旁摔倒磕的，另外两道则是在C市舞台上被飞溅的玻璃碎片划伤的，伤口不大，只有两厘米长。当时她一心想着重唱，没顾及脚上的伤，唱完后又急着回Y市，就这样忘记了。

慕春寅盯着她的伤口："是今天在台上弄的？"

见他脸色难看，樊歆解释道："没事，小伤，过两天就好……哎，你干吗啊？"

她的话还没说完，人已经被慕春寅拽着往楼上走去。

"上药。"

"不用，小伤而已。"

慕春寅不耐烦地说道："不涂药留疤了怎么办？留了疤我看你以后还怎么穿礼服走红毯！"

他言之有理，樊歆讪讪地闭上了嘴。

在慕春寅宽大的卧室里，樊歆窝在沙发上，瞅着慕春寅给她上药。其实她是想自己上的，可慕春寅说她笨手笨脚，连棉签都不会拿。

樊歆瞅着慕春寅上药的手，瞥了一眼自己受伤的右腿。如果不是连着几道伤痕，这会是双好看的腿，小腿纤瘦笔直，足掌白皙精致。慕春寅的视线落在她的腿上，有片刻的恍惚，上到膝盖时，他好看的眉头拧了一下："这伤不是划破的，在哪儿弄的？"

"这个……"樊歆自然不敢提温浅，"昨天上楼梯不小心磕的。"

慕春寅顿了顿，而后笑盈盈地换了个话题："前几天温浅来过公司，你知道他来做什么吗？"

樊歆将目光投向别处，故作漫不经心："你问我干吗，我跟他又没有关系，他肯定是为了电影音乐的事。"

"对了一半，错了一半。"慕春寅晃晃指头，"他确实跟制作部谈了电影的事，但他还来找过我，向我打听你的事。"

樊歆心中一紧："你肯定不会告诉他真相。"

"当然。我的回答跟几年前一样，我说你已经死了。"他的话音拖长，含笑的口吻像一把淬毒的利刃，尖锐而刻毒，"早在五年前，为了他而死。"

樊歆再也维持不住面上的平静，她转过脸，沉默。

慕春寅还是笑着的，盯着她的眼睛却越发阴沉："我看他好像挺难过，走的时候脚步沉重。你说，如果他知道你还活着，会不会对你有点儿什么意思？"

樊歆垂下眼帘，浓密的长睫毛像蝴蝶的翅膀，遮住眼里所有的情绪，她低声说："别开玩笑了，他那样的人，怎么看得上我。"

慕春寅半靠在沙发上，灯光从高处打下来，他的鼻梁高挺，下颌轮廓优美，可那样英俊的五官却浮起清冽的冷意，他淡淡嗤笑着："你有自知之明就好。"

樊歆没搭话，过了会儿"哎呀"一声喊，拦着慕春寅的手道："别拿药棉戳我呀，伤口很痛！"

"你这没用的脑子，痛痛才会清醒！"慕春寅将药棉按在她膝盖的伤口上，话里有话，"已经为他死过一次，还没得到教训，还要为他受伤吗？"

他扭头看她，忽地抬高声音："再有下次，看我怎么收拾你！"

他口吻恶狠狠的，眼里掠过愤怒与哀戚，樊歆瞬间醒悟：他知道，他什么都知道！他不过是在试探她而已。

她不愿惹起他的脾气，赶紧拉住了他的衣袖："我不会再这样，你别生气。"

得到她的保证后，他的神色和缓了些，伸手抚了抚她的发。

她不习惯他突然的亲昵，本能地想避开，怕他不高兴便没动。

他似乎对她的温顺感到满意，微微勾了一下嘴角："你回房睡吧，这次节目遇袭的事，我心里有数。"

樊歆回房后，慕春寅拨出一个电话。

不多时，电话接通，那边的笑里含着殷勤："慕总，这么晚了，有什么事吗？"

慕春寅也是客气地笑："徐导，是不是我们盛唐出的人够不上你们《歌手之夜》的档次，所以连节目的安保工作都不做好，任由我们被不三不四的人袭击？"

徐导连声道歉："抱歉抱歉！我今天中午不是跟您解释了吗，的确是我们的安保工作没到位，我们没想到有人会混进观众里头下手，而且他们穿着宽松的外套，东西都藏在外套里……观众也有人权，我们总不能一个个脱光了搜身吧？总之，这事我向您道歉，诚恳道歉！至于樊歆小姐，我们也再三道了歉，还请您多多担待。"

慕春寅抛开客套，他冷笑着："道歉？道歉有什么用。她腿上两个血窟窿，徐导一句道歉，就能让这伤口不存在吗？艺人身上如果留疤，您知道这会有多大的影响吗？"

徐导仍是唯唯诺诺地道歉："真是对不起，下次录节目时我一定紧抓安全工作，绝不让这种意外再出现。"

"还有下次？"慕春寅散漫的笑里含了几分凛冽，"这次的事如果徐导不给我一个交代，那么贵台的另外两档节目里我将召回所有的盛唐艺人。届时我还要一纸诉状告上法庭，说贵节目组没有保护到我员工的人身安全，我方有权终止合作关系，另外还要追究相关的经济责任。"

他轻缓的语气像在说笑，那头的徐导却紧张起来："别别，慕总，有话好好说，咱们都多少年的朋友了……您放心，这事至多一周我就给您结果！"

慕春寅笑："好，那我就给徐导一周的时间。"

慕春寅挂了电话，走出房门。

一墙之隔就是樊歆的卧室。按他的要求，樊歆的门从来都是虚掩着不上锁。他推门进去。

樊歆已经睡了，大概是今天太过奔波劳累，她睡得很沉，长发略显凌乱地散在枕上。

慕春寅坐在床边，就那么看着她，窗外夜幕深深，而他的眸子亦是乌黑深邃。他伸出修长的手指轻点她的额，用略带嫌弃的口吻说："这蠢货，在外面吃了亏也不吭声。"

不知是不是对他的动作有所感应，她翻了个身，却没醒，将头往他那里靠了靠。

她的发无意间蹭到他的手背，他拈起一缕，掌心的白净与发丝的墨黑搁置一处，是天生最匹配的颜色。他慢慢合拢手掌，将她的发握在手心，摩挲着，似要将那些细腻的丝缕镶进肌肤里，与他掌纹中的生命线交织在一起，一纵一横化为命运的经纬。

良久他一笑，眉目舒展："算了，你脑子不好，还是少爷我替你报仇吧。"

昨夜没被慕春寅折腾起来做消夜，樊歆难得地一觉睡到天亮，早起时神清气爽。

汪姐打电话过来，说这几天没什么事，让她在家歇着，备战下周的《歌手之夜》。樊歆挂电话后，正要去给慕春寅做早餐，走进厨房时才意识到慕春寅今早五点时就走了，搭了一早的航班去国外出差。

她从不关心慕春寅去了地球的哪个点，因为翌日的花边新闻一定会准确无误地告诉整个娱乐圈，慕春寅在何年何月去了何地，跟谁去，以及做了何事，恨不得将在哪个酒店做了什么事都说出来。

果不其然，第二天的头条出来了，头条帝穿着骚包的罗兰紫小西装，招摇地出现在阿姆斯特丹街头，跟他十指紧扣的，是他性感火辣的新欢新晋歌手秦晴，照片上两人正在亲昵地挑选情侣表。

樊歆看完新闻，笑了笑。

她突然想，如果告诉慕春寅，舞台遇袭的事是秦晴做的，他会怎么办?

想到这点，樊歆又觉得好笑，她一个厨子跟一个小妾争什么，有那心思还不如想想下期的《歌手之夜》怎么办。

说到《歌手之夜》，这一期节目已经播了，发生意外的那段被剪了个干干净净，电视台播出来的是她第二遍的演唱。她在台上卖力地唱着，但台下的观众反应平平，不少观众还不耐烦地左顾右盼，仿佛听不下去，想早点儿结束似的。

这一段播出来后，不出意外地招来了广大网友的评论，有的说，唱得挺好呀，为什么没人欣赏？还有人说，果然新人就是没气场，瞧这现场都没人听。盛唐为什么要派这样没实力的人来，是作死吗?

莫婉婉看到网上这些话时，气得注册了个小号，跟在后面对骂："你们这群愚蠢的人！不知道真相就别给老娘瞎说！全回去撒泡尿漱漱口再来！”

看到这条回复的时候樊歆深感佩服，随后她默默转身走了，去了练功房。

《歌手之夜》选手们的实力一个比一个强，除开临阵磨枪，樊歆根本不知该如何应对。她只能在练功房里一遍遍地唱，从白天到黑夜，唱到莫婉婉都受不了了，劝道：“你干吗这么拼啊，你是新人，垫底可以理解。退一万步讲，就算你退出这一行啥都不做，姐也养得起你。谁让姐是富二代呢！”

樊歆停下来，目光盈盈，说了句让莫婉婉吐血的话：“婉婉，你这么多年没谈恋爱，是不是因为深深地爱上了我……”

莫婉婉呸了一声：“老娘的性取向正常。老娘喜欢‘太’字，不喜欢‘大’字。”

樊歆哑然失笑。莫婉婉的神逻辑里，将男人与女人分为“太”字与“大”字，因为“太”字比“大”字多某样东西……

在公司勤加苦练几日后，樊歆再次奔赴C市，参加下一期节目的录制。

《歌手之夜》里樊歆是半途替补的，她加入时节目已播了五期，接近尾声了，所以她录了一期后，剩下的两场就是总决赛，分上半场与下半场。

万众瞩目的总决赛自然是要花心思的，栏目组想了一个刺激的点子，即摒弃以往参赛歌手自由选歌的规则，采取抽签的形式，用一个大转盘，每个歌手轮着转一下。当然，导演组的想法并不止于此，并非转到了什么歌就唱什么。而是让五个选手轮流抓阄，排成序号，抓到一号的选手替抓到二号的人转，一号转到什么，二号就唱什么，二号替三号转，转到什么三号都得唱，以此类推。一句话，这些歌手的命运掌握在前一号的手上。

转盘活动开始了，一群人都忐忑难安，因为那上面不乏难度较高的歌曲，譬如那首唱死人不偿命的神曲《忐忑》，不管谁抽到，都会长使英雄泪满襟。

樊歆也紧张，她是三号，她的命运由二号决定。

二号手一摆，指针悠悠落定的刹那，樊歆松了一口气。

是周杰伦的《安静》，虽然不是她的风格，但也不难唱。

接下来她替四号转。

四号是天后苏越。苏越神色凝重，半开玩笑半认真地说了句：“盛唐的小妹子，可别把那首神曲转给我。”

樊歆颔首一笑，伸手抓住了转盘。《忐忑》太难唱，她可不想给苏越添堵。

转盘快速旋转，绕过两圈后停了下来，所有人都倒吸了口气。

指针不偏不倚，堪堪指在《忐忑》上！

苏越眸中闪过不满，樊歆赶紧道歉。碍着摄像机还在录，苏越什么也没说，转头给五号转去了。

选歌结束，导演组安排了一天的时间给歌手们练习，后天正式录节目。

五个人想着要唱的歌曲，有人欢喜有人忧，讨论了一会儿便散了，各自回去练习。

离开电视台前，樊歆再次跟苏越道歉。

苏越却只是抬高下巴一笑："果然是慕春寅带出来的人，好手段，跟他一样，真正的心思都藏着呢！"

当晚，樊歆回了酒店，打开周杰伦的《安静》听了一晚上。

莫婉婉在一旁陪着听了几遍，问："有感觉吗？"

樊歆摇头。

莫婉婉拍拍她的肩，一脸轻松："没事，《安静》你好歹还能唱，那《忐忑》已经疯魔……刚才姐在电梯上看见苏越的助理，她说苏越已经把《忐忑》循环播放到走火入魔的地步了，也没听懂歌词是啥！"

樊歆哭笑不得。脑回路异于常人的莫婉婉，安慰人的方式也与众不同，譬如从前她追求温浅时，每每遇到挫折，莫婉婉便说："别泄气，恋爱的过程就是干尽一切丧权辱国的事后，就可以干所有丧尽天良的事了。追男神的过程看似艰辛，未来却是美好的。"要么是说："恋爱这档子事，打是情，骂是爱，爱到深处用脚踹，他还没踹你，只是给个脸色，这算啥啊，给老娘扛住，扛不住的话，就死扛！"

"喂，樊歆，你知不知道苏越的事？"樊歆的思绪被莫婉婉拉回。

樊歆看向莫婉婉："什么事？"

莫婉婉压低声音道："苏越曾跟慕春寅在一起过。虽然两人早在两年前就分手了，但苏越绝对是慕春寅众多前任里最特别的一个。他俩当年的姐弟恋可是轰动全国的大头条，听说苏越曾为了慕春寅想要退隐，但后来两人不知为什么掰了，苏越一气之下跳槽去了盛唐的对手公司九重，不知道是不是因爱生恨。"

樊歆恍然大悟："难怪苏越对我有敌意。这死慕春寅到处惹桃花债，连累我被敌视！"

次日，樊歆连唱了几个小时都没找到感觉，莫婉婉拦住她："甭练了，再练嗓子受不了。找不到感觉咱就歇会儿。姐知道你穷，请你喝下午茶。"

樊歆无言以对，她是真穷。

慕春寅对她的看管早就到了令人发指的地步，把她的身份证、护照扣押了不说，还进行了丧心病狂的经济封锁——她所有的收入都归他保管，不管她去哪里，随身携带的现金从不超过一百块！

现在一百块能干吗？顶多上下班打个的！想去外地，别说搭乘飞机、动车这种高级交通工具了，去远一点儿的地方，连张绿皮火车票都买不了！

就这样，穷人樊歆跟着富二代莫婉婉去高档茶楼胡吃海喝了好一顿下午茶，撑到两人都吃不下晚饭，这才回了酒店。

刚到酒店房间，樊歆立刻呆住。

那位歪躺在她床上，上半身裸着，下半身裹着浴巾，美美吃着水果沙拉看电视的大爷正是慕春寅。

见慕春寅来了，莫婉婉很自觉地换了一个房间。她走后，慕春寅斜睨樊歆一眼："来C市怎么又不带助理？给你配的助理，就没见你带过几回。哪有艺人出门不要人伺候的？"

樊歆一笑："婉婉陪我就够了，我讨厌助理成群的兴师动众。"

好吧，其实莫婉婉就是个幌子，她就是不爱带助理。不，准确地说，是不爱带线人！还是慕总裁亲自挑选的线人！明着是陪她参加活动，实际上把她去了哪儿做了什么，跟哪个男人讲过话甚至说话时用的姿势眼神，全都清清楚楚地报给慕春寅！

怕慕春寅继续纠缠这个问题，她赶紧转移话题："你怎么来了，公司不忙吗？"

慕春寅似笑非笑："你这蠢货上次被人砸了场子，这期本少爷亲自坐镇，看有谁敢闹事。"

樊歆问："那你没被人发现吧？"

慕春寅拿手轻轻弹她的额头，笑里含着一丝恼："没有，本少爷全副武装才出门的。我既然向你保证不公开我们的关系，岂能食言？"

樊歆点头，轻车熟路地在另一张床上躺下来，没半点儿孤男寡女同居一室的尴尬。从前她跟慕春寅出差，他就强迫她跟他同睡一个房间，虽然是一个房间两张床，但她不愿意，可多次抗议无效后，她也就认命了，横竖慕春寅也不会对她有什么心思，慢慢也就习惯了。

慕春寅开口问："比赛准备得怎么样？"

樊歆实话实说："对手功底太强，我心里没底。"

慕春寅一笑："笨，功底拼不过，你拼其他的不成吗？"接着又问："上次垫底撇开遇袭意外，你还有其他造成失败的原因，反思过没有？"

他说得对，即便上次没有遇袭事件，樊歆也未必不是垫底的，那四个人，每一个都是高手。樊歆想了想，答："除开功底的因素，人气不够也是我的弊端。"

"你既然分析出了原因，那就对症下药。你的人气及气场不足以震慑全场，那就剑走偏锋，想个让全场惊艳到眼前一亮的法子。"

"惊艳？一上台就飙高音吗？来段海豚音？"

慕春寅用嫌弃的目光看着她："你会人家不会吗？硬碰硬只能是个死！你就不能避其锋芒，攻击不备吗？"

樊歆被他说得一知半解。

慕春寅抬起胳膊，蹙眉道："开了三小时的车好累！过来按摩一下，本少爷就告诉你。"

慕春寅那副志在必得的模样似真有什么点子。樊歆赶紧坐过去，不轻不重地给他捏着肩，狗腿地问："少爷，您还满意吗？"

慕春寅半合着眼，一脸享受，懒洋洋地靠在她身上，随后伸出手去，皇帝吩咐太监似的："再按按手心。"

掌心穴位多，慕春寅从小就喜欢旁人给他按手心。樊歆做小伏低地握着他的右手，小心翼翼地瞅着他："这个力度您满意吗？"

"嗯，还成。"

"那您的主意——"

"就知道你等不及。"慕春寅睁眼一笑，慵懒散漫瞬间散去，瞳仁在灯下幽然深邃，"我问你，除了唱歌外，你还有什么比他们强的？"

樊歆思索片刻："除了唱歌，我还会跳舞……"

是的，除了唱歌以外，她酷爱舞蹈。芭蕾与民族舞都是她的强项，她从四岁开始，跳了二十多年，这些天她虽为《歌手之夜》忙得团团转，但稍有空暇，她仍会抓紧时间练习。

旋即她又为难起来："可这节目是《歌手之夜》，又不是《舞林大会》。"

"可是节目组也没说不许啊。"

"也是！"樊歆缓了缓，有恍然大悟的惊喜，"我懂了！绕过他们的强项，用自己的强项加分！"

慕春寅用手点点她的额，修长的手指在明亮的光线中莹润如玉："孺子可教也。"

樊歆满脸喜色地起身："你这个点拨太好了，我有主意啦！"她转身套外套穿鞋子："我去电视台了，赶时间排练。"

慕春寅挥挥手："去吧，编曲跟排舞的老师都带来了，在401号房。"

樊歆顿住脚，扭头看了慕春寅一眼，道："谢谢。"

她话落小跑着离开，房里的慕春寅注视着她的背影，面色不屑一顾，嘴角却弯起一抹笑："哼，谁稀罕你的谢谢！"

夜里七点，排练室里，樊歆将自己的想法告诉编曲排舞的两位老师，三人抓紧时间协商排练。

时间紧凑，想想明天下午就要录节目，樊歆很拼，一直又唱又跳到了夜里十二点。工作人员早就收工回了家。排练室里只剩下盛唐的三人，音乐缓缓流淌，身姿窈窕的女子对着镜子下腰，俯身，旋转。歌曲的高潮部分有几个动作难度很大，她摔了几跤，拍拍膝盖后没事人似的站起来继续跳。

舞蹈老师看着房间正中满头大汗苦练的人，向编曲老师低声道："难怪盛唐里都说Sweet里强的是樊歆，如今一看，果然是。"

忙到现在编曲老师也倦了，她打着哈欠答："的确，她人聪明，悟性高，刚才的编曲排舞我们只是做了点儿协助，创意基本上都是她想出来的。"

舞蹈老师道："聪明倒是其次，重要的是她身上有股劲。你看她摔了好几次，膝盖磕紫了哼都没哼，要是换成秦晴，还不得眼泪汪汪。"

编曲老师笑着摇头，向樊歆招手："歇一下吧，樊歆，都跳了一晚上了。"

樊歆练得气喘吁吁，身上的汗亦湿透了T恤，她只扭头一笑："两位老师累了就回去休息吧，我再跳会儿。"

"樊歆，你已经跳得很不错了。"

樊歆摇头："不，我虽然掌握了动作，但舞蹈的意境还差一点儿，我再领悟领悟。"

两位老师一道走了，临走时年纪稍长的舞蹈老师说："这孩子肯定能成。这圈里的聪明人虽然多，但我觉得她的耐力不是别人比得了的。"

"的确。"编曲老师一笑，意味深长地望向练功房里通宵苦练的女孩。

空旷的练功房内只剩樊歆一个人，墙上的镜子里映出她纤细的身影，她旋转，摆臂，扭腰，自己数着节奏一遍又一遍。

那一刻，两位老师都预感这个叫樊歆的新人，假以时日，必将有所成就。

诚然，攀上金字塔的顶端路途遥远，但耐力较诸脑力，更胜一筹。

同一时间段，酒店里的慕春寅接到了一个电话，是《歌手之夜》徐导的。上次樊歆遇袭的事，他已经查出了结果。

慕春寅在听完徐导的报告后笑了笑。他一笑，徐导心头一堵，不懂这善变的头条帝到底是几个意思，他微带忐忑地问："慕总，您笑什么？"

头条帝漫不经心地道："没什么，只是与我所料一样，觉得没意思罢了。"

徐导讪讪地笑，对这头条帝越发不敢掉以轻心，又恭恭敬敬地寒暄了片刻，这才挂了电话。

通话结束后，慕春寅又拨出去另一个号码："刘总监吗？"

那边殷勤地说："是，慕总有什么交代？"

慕春寅不动声色地说："德里公司那个化妆品广告，给秦晴。"

"秦晴？"那边一愣，"可这个广告是樊歆自己争取来的。"

慕春寅没解释："照我的吩咐做。"

那边见老板的话里多了几分冷意，忙不迭地道："好，我马上安排。"

窗外灯火斑斓，慕春寅挂了电话，将视线落在繁华的街道上。城市的霓虹如星辉璀璨，车水马龙让人目不暇接。慕春寅倚窗看了半晌，若有所思地自语："这秦晴的小花招，挺多的嘛……"

他一笑，深邃的眼睛里有厉色一闪，然后闲适地靠回沙发上。

次日傍晚，《歌手之夜》的节目录制正式开始。

像往常一样，用抽签来决定上场的顺序。这次抽签的结果让莫婉婉不是想自捅，而是想自宫——她又给樊歆抽了个五号。对此，樊歆只是淡淡一笑，扭头继续看墙上的LED屏幕。演播厅内主持人已念完开场白，第一个歌手走上了台。

莫婉婉一瞅屏幕上打头阵的歌手，差点儿将嘴里的水给喷了出去："我去，这苏越为了唱好《忐忑》也是拼了，瞧这身衣服，还有那妆！"

樊歆笑不出来。苏越如今全是拜她所赐，苏越为了在意境上追求神曲的感觉，穿了身跟龚琳娜一样有着魁梧飞袖的战袍，像个厚重的盔甲，将整个人从头到脚罩住，脸上的妆面效果亦十分夸张，深红的大眼影，盘起的古怪头发。大概因为她从前都是高冷御姐的风格，天生适合穿紧身裙、长筒靴，如今一反常态，怎么看都让人觉得滑稽。台下的观众忍不住笑出声，灯光里的苏越略为尴尬。

音乐响起，苏越手一挥，开始唱。

与她往常深情激烈的情歌不一样，纵然她功底强悍，但这个路线与她的风格实在是南辕北辙，而且边唱还要边做出许多奇怪的面部表情，或瞪眼，或挤眉，或做斗鸡眼……一贯高冷范儿表情极少的苏越显得心有余而力不足，再加上那堪称一绝的歌词："啊哦——啊哦哎——啊嘶嘚啊嘶嘚，啊嘶嘚咯嘚咯嘚，啊嘶嘚啊嘶嘚咯，啊哦——啊哦哎——啊嘶嘚啊……"苏越简直分分钟出戏。

台下的观众无法接受这种邯郸学步，再次轻笑。

一曲毕后，苏越鞠躬下台，她脸上仍挂着镇静的笑，背脊也如往常般笔挺，只是那略显急促的脚步透出了窘迫。

下场后，笨重的战袍拖在苏越身后，亦步亦趋地随着她，像一个甩不掉的难堪见证。苏越焦躁地拨了下裙裾，下一刻她脚步一顿。

樊歆站在三步之外，显然是等候已久，她脸有歉疚地说："苏越姐，对不起……"这歌是她帮苏越选的，多少有些过意不去。顿了顿，她又说："其实唱得挺好的。"

苏越只有一天的练习时间，能唱到这个地步的确不容易，虽然有不少观众笑场，樊歆却是真心实意地佩服苏越，换了她，十有八九达不到这个水准。

苏越侧着脸，光影下她高鼻薄唇，透着涉世已久的锋芒感，她嗤笑："好什么，我第一次出这么大洋相，很好看吗？"

樊歆摇头："不，我真的觉得很不容易。"

苏越转过头来瞅着她，透过面具般的厚厚浓妆，她的瞳仁隐藏在深红的眼影下，眸光盈满冷意："樊小姐，客套话无须多讲，我等着看你今晚的表演。"

樊歆回了自己的包厢，LED屏上选手们陆陆续续上场演唱。

樊歆认认真真地看。

接下来的几个人选歌的运气都不错，加上本身实力就强，所以演唱水平难分伯仲。到了第四个选手时，身旁的莫婉婉一拍樊歆："这厮唱得不错嘛！"

樊歆向屏幕看去，第四个人是出道颇久的老歌手祁峰，他唱的是那首著名的嗨歌《三天三夜》。他的嗓音高亢嘹亮，驾驭这种歌游刃有余，唱到高潮时飙到极限，整个舞台都回荡着他张狂而富有感染力的歌声，瞬间点爆全场。祁峰边唱边向台下观众挥手："一起来！"

全场观众在他热情的邀请下瞬间嗨翻，观众们全部站起身，摇着手中的荧光棒，跟着他一起扯着嗓子大唱："三天三夜，三更半夜，跳舞不要停歇，三天三夜，三更半夜，飘浮只靠音乐，三天三夜的三更半夜，全身只剩汗水……"

伴随着掌声歌声，不断传来观众兴奋的尖叫，整个场面嗨到无法控制。

包厢里的樊歆看着这一幕，忍不住跟着鼓掌："赞！"

莫婉婉说："这一场他应该要夺冠！"她转头看向樊歆，目光沉重："樊樊，你这娃命苦啊，每次上台，排你前面的那个人都发挥得特别好。"

樊歆无语。

莫婉婉又道："姐的小心脏现在扑腾扑腾的，虽然你跳舞的点子挺有创意的，但未必能讨观众的喜欢，毕竟这是一个唱歌的舞台……唉，结局堪忧啊。"

樊歆默了默，深吸一口气后说："我要去后台准备了，无论如何我会全力以赴。"

气氛有些悲壮，樊歆像是去就义的英雄，莫婉婉跟她击掌："加油加油！"舞台上《三天三夜》已经唱完，祁峰弯腰向观众致敬，临走时全场再次掀起浪潮般的欢呼。

主持人上了台，介绍樊歆出场。

提到这个名字时，台下一片轻轻的嘘声。上一期樊歆的表现并不好，而且中场还出了乱子，观众们对这个名字并没有好印象。

说实话，对这个樊歆他们都不抱太大希望，特别是刚才那首《三天三夜》才结束，所有人都认定祁峰会夺冠，所以接下来这个盛唐新人唱得怎样都无所谓了。

观众们集体表情淡然地瞅着台上。灯光在主持人下台后便熄了，台上乌蒙蒙的，只有微微的光，这种出场跟其他人都不一样，这让原本抱着随便看看心态的观众又有了几分好奇。

舞台灯光还在变弱，直至黑暗。陷入黑暗中的观众们正在纳闷，耳畔忽地叮咚一响，然后有音乐传来，是悠扬的钢琴声。不同于上一首《三天三夜》的劲爆肆意，它婉转徘徊，在这视线不明的空间里潺潺回荡。

众人刚被这悠扬的音乐吸引，漆黑舞台陡然射下一束光，似茫茫的原野乍现一片月华星辉，众人眼前一亮，就见舞台上那莹莹光圈正中伏着一个人。

那一刹那所有人都一惊，不少人揉揉眼，以为自己看错了。

没错，同其他人笔挺地站着上场截然不同，那道纤细窈窕的身影此刻正伏在台上，胸几乎贴着地面。

不是唱歌吗？她这姿势是做什么？全场摸不着头脑，因为太过疑惑，视线齐齐聚拢到那束光上，刚才《三天三夜》的狂热暂时抛到了脑后。

潺潺如流水的钢琴声在演播室内萦绕，舞台上伏着的人指尖颤了颤，起先并不明显，而后随着音乐幅度动作越来越大，那曼妙的指尖如兰花般收拢又开放，合着某种节拍，一寸寸地向手腕、肘部、肩部游移。

观众中有人醒悟过来："她这是在跳舞？"

没人回答。

在《歌手之夜》的舞台上，这种出场架势从未见过，众人好奇心更盛了，纷纷睁大了眼。

音乐逐渐提高加快，舞台上的人缓缓坐起身，舞蹈动作从单纯的手部扩大到整个上半身，那双手、肩膀、脖颈，每个部位都在随着钢琴的音符律动不休。LED屏幕上投影出她的脸，她垂着眼帘，面部表情透着哀伤与惆怅，配合着缠绵低吟的钢琴声，整个舞台上弥漫着一股淡淡的悲伤。

正当观众被这股情绪稍稍感染时，一阵歌声传了过来：

只剩下钢琴陪我弹了一天，睡着的大提琴安静的旧旧的。

我想你已表现得非常明白，我懂我也知道，你没有舍不得。

你说你也会难过我不相信，牵着你陪着我也只是曾经。

希望他是真的比我还要爱你，我才会逼自己离开……

歌声随着音乐一道徐徐入耳，观众这才意识到，台上的人是在边跳边唱。那清越的嗓音含着轻微的沙哑，与她不断展开的舞蹈浑然一体。

随着歌曲第一个小高潮的到来，舞蹈节奏也越发急迫，一直半跪的人蓦然起身，她踮起了脚，舒展双臂。诸人这才看清，她穿着一件及踝的水蓝色长裙，雪纺的材质让裙裾更加灵活翻飞，尾端裙裾上镶嵌了无数颗小水钻，随着她的姿势摇曳在忧伤的浅蓝底色上，宛如情人分别时的眼泪。她一面舞蹈，一面唱：

你要我说多难堪，我根本不想分开，

为什么还要我用微笑来带过。

我没有这种天分，包容你也接受他。

不用担心得太多，我会一直好好过。

你已经远远离开，我也会慢慢走开。

为什么我连分开都迁就着你？

我真的没有天分，安静得没这么快……

唱到这段高潮，她身子前倾，脸庞微微抬起，似乎在张望什么，又似在殷切期待，那一刹那黑暗的舞台右侧蓦地出现另一束光，空旷背景上投出一道黑色的影子。

只是一团灯光投射的光影效果，但观众还是看了出来，那是个男人的身影，而台上女子注视着那道身影，面容悲切，她一个半转身，微微伸手，似乎是想挽留住那个身影，但她的手试了几次，最终却缩了回来。

台下观众恍然大悟，这男人的身影在舞台上充当了虚拟的男主，歌手想表达的是歌里的意境——失恋后的女子，无法抵御思念，在远处看着自己心爱的情郎，欲将心意倾诉，却踟蹰不前。

第一段高潮结束，歌曲迎来了第二段的前奏。

这一段是后半截高潮的铺垫。为了烘托后面的爆发，音乐放缓，舞者的动作也收敛了些，她从男人的身影旁缓缓退开，蹲在角落，双臂收拢，做出一个抱自己的动作。

她的肩膀微微抽动，似乎是在哭泣，但她怕旁人发现她的悲伤，强行捂唇压抑，那眼神真切，那眸光悲戚，通过LED屏清晰地呈现在观众眼中，不少人被这一幕打动。

观众在她的表演中找到了共鸣，注意力及感情越发投入。音乐循环推进，逐渐到了后一个高潮。

台上灯光不断深浅变幻，舞台上男人身影的旁边出现一个窈窕的女人身影，两人手牵着手的姿势告诉观众男人移情他人了。

另一侧舞蹈的女子慢慢站起身，她目瞪口呆地注视着男人与女伴亲昵的动作，踉踉跄跄后退，仿佛不敢相信男人的变心。随后她紧紧捂住了胸口。

舞台灯光随着音乐变幻，台上女子的肢体语言与面部表情配合得天衣无缝，那眼神将目睹所爱之人移情别恋的心碎表达得淋漓尽致，再加上她的歌声微染哭腔，台下有观众开始鼻子发酸。

大多数人都有类似的经历，相爱不一定换来相守，人生来即苦，世间的感情大多不圆满，分手后的痛苦、挣扎、辗转难眠、大哭大闹，皆抵不过眼睁睁看对方拥着别人离去的最后一眼。

撕心裂肺、心如刀绞、万箭穿心，莫过于此。

好的歌声能开启人心底记忆的门，越来越多的观众想起自己的曾经，有人触景伤情，有人黯然落寞，有人红了眼圈。

在一群人的共鸣中，音乐越来越响，越来越激昂，钢琴的声音夹杂着大提琴的哀鸣，全场气氛渲染到极致。

舞台上的女子起先含着哽咽，而后彻底转成了哭腔，她站起身，目光深深地望向男人的身影，一遍遍地唱，仿佛在向自己的情郎痛苦质问。

你要我说多难堪，我根本不想分开！
为什么还要我用微笑来带过？
我没有这种天分，包容你也接受他，
不用担心得太多，我会一直好好过。
你已经远远离开，我也会慢慢走开，
为什么我连分开都迁就着你……

她反复吟唱，音调逐渐抬高，压抑而刻骨的情绪亦在不断堆积，最后终于爆发到顶点。她陡然转身，伸出右手，踉踉跄跄地朝男人的身影奔去。在重重摔了一跤后，她顾不得身上的疼痛，爬起来继续朝他而去。

她一面哭一面唱一面舞，摆臂，旋转，奔跑，摇曳的舞蹈极致诠释出她对男人的深情、不舍、依恋，哽咽的歌声则牵扯出满满的凄然与疼痛。台下有观众发出低低的抽泣声。

她终于跑到他的面前，面露哀戚与祈求。她张开双臂，似想不顾一切地拥抱他，求他不要抛下自己，求他不要跟别人走……然而，她的手伸到一半，男人转过身，毫不留情地大步离开。

灯光幽幽一闪，男人的身影终于不见。她的双臂直愣愣地停在空中，拥抱空在那里，除了光影和呼吸，什么也没抓到。

她怔怔地站在那儿，前一刻的痛彻心扉化为这一刻的覆水难收——她，彻底失去了他。

灯光打到她的脸上，她一点点瘫软下去。最后她以一个半跪的姿势伏在舞台上，幽蓝色大裙裾铺开来，如折翼的蝶。LED屏幕上清楚地放大出她的脸，她黑白澄澈的眸里盈满绝望与痛楚。

她含着泪，以颤抖到难以控制的声音，轻轻唱出最后一句，发出深沉的呜咽。

“我会学着放弃你，是因为……我太爱你……”

台下观众的情绪酝酿到极限，终于随着她最后一声哽咽，潸然泪下。

音乐戛然而止，而观众们还沉浸在上一刻的悲情中，有人眼角噙着泪，有人半张着嘴沉浸在剧情里还未清醒。

直到舞台上的灯光亮起，舞台上的樊歆站起身，朝观众鞠躬致谢，人们这才如梦初醒。瞬间掌声如雷，一阵过后又是一阵。

而此时的后台大包厢里，几个已唱完的歌手看着这一幕也拍起了巴掌。

首先出声的是唱《三天三夜》的祁峰，他摸摸下巴由衷说道：“这个新人不简单！会唱，也会想。”

有人接口：“的确，她虽然实力不如我们，但换了个法子跟我们拼，今晚她的演唱已由纯粹的歌曲变成了歌舞剧，且不说歌怎么样，那舞就跳得很好，富有感染力，冲这点观众就会给她加分。”

还有人客观地评价道：“其实边唱边跳很难，特别是高潮部分，她有几个大幅度的舞蹈动作，稍微控制不好气息就会不稳，但她没出什么纰漏，可见实力不容小觑。这叫什么来着……后生可畏。”

有人还在回味刚才的歌声，感叹道：“好的歌曲善于讲述，好的歌者打动人心。她的确是个新人，但这一场，她成功了。”

一群人颔首赞同，其中一人撞撞苏越的手臂：“哎，苏天后，作为资深前辈，你也说句话啊。”

苏越是四人里唯一一个没鼓掌的，她扫扫大屏幕，面无表情：“没什么好说的。”

接下来便进入大众评委投票环节，在场观众挨个儿在箱子里投下自己公正的一票。

二十分钟后，投票结果出来了。

当导演宣布总决赛的上半场成绩时，镜头前的樊歆惊愕地捂住了嘴。她原本想着拿个不垫底的第四就好，谁知拿了个第三名，而垫底的居然是上一期夺冠的天后苏越。

当真是世事无常。节目结束的时候，樊歆想。

第三章

初胜

节目结束后，樊歆和莫婉婉是坐慕春寅的车回去的。车上只有三人，慕春寅亲自开车，樊歆跟莫婉婉则坐在车后座。

一路上，莫婉婉亢奋到不行，她在后车厢里折腾来折腾去："姐们儿，你行啊！第三名！这回去绝对要打小浪花的脸啊！"

樊歆抿嘴笑。

莫婉婉又道："呃，刚才出电视台，头一次有这么多记者围着咱俩拍啊！你想想，咱俩刚来时还无人问津呢！"她又一声大叫："呀，今晚刚好是现场直播，估计全国观众都已看到你的演出，明天你要上报了。"

前面握着方向盘的慕春寅扬扬得意地说："那是本少爷的点子好！没我的启发，这女人多半会垫底。"

"呸，明明是姐的主意好！"莫婉婉拉住樊歆问："今晚你真按我的法子去想温浅了？瞧你唱得那个撕心裂肺，把观众的不锈钢心肝都快唱碎了！"

前排的慕春寅极快地接了话茬："什么温浅？"

莫婉婉道："想温浅啊，这感情充沛，情歌才令人心碎啊……"她的话没说完，就见后视镜上折射出慕春寅骤然阴暗的脸，她忙将话锋一转："姐晕车，睡一会儿啊……"

樊歆跟着倒下去："我昨晚通宵没睡，也补一下眠……"

慕春寅没搭话，面无表情地继续开车。

凌晨两点回到家后，慕春寅的脸色并不好。樊歆轻手轻脚地放下行李箱，尽量不激起他的脾气。

谁知她刚换上拖鞋，手腕便被人一拽，人被推到了门后。慕春寅颀长的身躯堵在她身前，他慢慢凑近她，直到将她的身子整个笼罩，最后他在离她脸庞十厘米开外的地方停住："莫婉婉说的是不是真的？"

"啊？"她的背脊抵着墙，"她说什么了？"

他盯着她的眼睛，眼睛似要看到她心底最深处："温浅。在台上唱得那么好，是想起了他吗？"

她立马否认："哪有……旁边好几个摄像机，我哪敢分心！我紧张得手心都出汗了。"

慕春寅笑起来，雪白的牙齿在柔柔的灯光里晃荡，眸光却很冷："你的意思是不紧张了，身边没有摄像机了，就会想他？"

樊歆摇头胡诌："我要是不紧张就会往台下看，我想看看你坐在哪儿。"

"是吗？"

樊歆连连点头，接着用关爱满满的语气转移话题："你晚上在C市没吃好吧，胃痛不痛啊，想吃什么消夜？"

许是她的神情太过真切，慕春寅眸里的冷意渐渐消失，他将她额前的一缕刘海挂到了她耳后，懒洋洋地跷腿坐在沙发上，说："本少爷想吃三鲜面。"

当晚，樊歆躺在床上翻来覆去地无法入睡。

她骗了慕春寅，在《歌手之夜》的舞台上，在那首《安静》的表演里，她确实想起了温浅。

她将头埋在枕下，轻叹一口气。

Y市暮色深深，微风习习，天上星稀月明，同一片夜色下，亦有人还没入睡。

宽敞的工作室里，有人伏在案上通宵工作。原木色的办公桌上堆了厚厚一沓纸，上面凌乱地画着五线谱，桌旁是一架纯黑的钢琴。

有体贴的助手走了过来，递上一杯香气袅袅的咖啡："温先生，喝杯咖啡吧。"

桌前的男子抬头，棱角分明的脸被咖啡热腾腾的白雾一熏蒸，越发显得眉眼清俊。他蹙眉，将咖啡推开："阿宋，你知道的，我只喝冰水。"

阿宋关切地说："我不是担心您老喝冰水胃不好吗？"他察言观色，又问："您怎么了，电影主题曲进展不顺利吗？"

"嗯，试唱Demo我听了，盛唐那个秦晴……"温浅摇头蹙眉，"还差那么一点儿。"

阿宋道："毕竟是新人嘛，哪有那么高的水准。"他瞅瞅墙上的时钟，劝道："都三点多了，您还是回去休息吧，工作再忙也不能老熬通宵。"

作为下属，阿宋可以调休，陪着老板加夜班没什么，可他的这位老板真真拼命，别人工作时他在工作，别人休息时，他还在工作。阿宋这个做助理的都看不下去了。

他还想再劝，温浅却摇头："我睡不着。"

阿宋没再搭话。他的Boss是纵横国际的顶尖音乐家，外人看来是光鲜照人，可真正的辛苦却鲜有人知。温浅患有严重的失眠症，夜夜难以入睡。这毛病是五年前突然得的，此后到处求医，奈何无药可解。

疾病都有病因，温浅的病因阿宋并不知道，那会儿他还没有跟温浅。据小道消息说，温浅的心病是为了一个女人，但这个女人已经死了。

很狗血的桥段。阿宋正臆想着，听得耳畔温浅道："把电视机打开，随便看点儿什么，我放松会儿再去改歌。"

阿宋打开电视机，见正播着一个音乐节目，笑道："《歌手之夜》这么晚了还重播啊？"他指着屏幕里的人说："咦，这就是那个新闻上报道的新面孔吗？她好奇怪，人家上台都是唱歌，她……这是在跳舞吗？"

温浅端着冰水坐到了沙发上。

屏幕上是个二十四五岁的女子，她并未像其他选手般拿着话筒端正笔挺地唱，而是伏在舞台上，曼妙而灵活的身躯踏着节拍做着不同的动作。

阿宋笑起来："还真是在跳舞呀！边唱边跳！"

温浅抿了一口冰水，淡然地瞧着，没有回话。他的侧身被灯光投到雪白的墙上，显出清隽的轮廓与笔挺的身形，温静，沉稳，有不动声色的优雅与气场。

电视机那侧阿宋还在点评："她跳得挺好，唱得也不错，我第一次发现周杰伦的《安静》女声唱也挺好听的。"

温浅微微颔首："声音可以。"

屏幕里的女子还在唱，随着歌曲的高潮到来，她的神情与肢体表现越发张扬，似想将歌曲的意境淋漓尽致地渲染出来。

被这悲情的歌声与舞蹈感染，阿宋情不自禁地道："她的歌舞都挺打动人的。"

温浅没搭话，阿宋转过头扫了一眼，就见自家Boss正专注地看向屏幕里的那个女子。此时她已唱到最末尾的高潮，她含着泪，对着舞台上的"影子男主"一声声地唱："你要我说多难堪，我根本不想分开……"

舞台上的LED屏投影出她的模样，她跌跌撞撞地奔向男人，那表情的哀切痛楚，被镜头清晰地放大，电视机前的阿宋都忍不住鼻子一酸，道："越唱越好了，温先生！"

身边的Boss依然沉默，视线一动不动地凝聚在电视机上，凝聚在那张充满痛苦凄凉的脸庞上。

高潮唱完，男人的身影离去，被无情抛弃的女子对着镜头，用哽咽的声音唱出最后一句："我会学着放弃你，是因为我……太爱你……"

她缓缓瘫软下去，幽幽暗暗的光影中，蓝色长裙铺在舞台中央，宛如硕大的花朵瑰丽绽放。最后一个镜头是她慢慢闭上眼睛，右手捂住胸口，仿佛在绝望中抵御着锥心的痛苦。

一曲完毕，屏幕渐黑，电视机里传来噼噼啪啪的掌声。沙发上的温浅似想起什么，终于有了点儿动静，他扭头看向阿宋："她是谁？"

阿宋道："她是盛唐公司的新人樊歆。"

"樊歆？"温浅的指尖轻叩着桌面，他努力回忆着，"我怎么觉得这名字有些耳熟？"

"当然。"阿宋道，"上次盛唐选她来唱电影的片尾曲，但您拒绝了，后来才换的秦晴。"

"明天让她来见我。"

阿宋有些讶异，他家Boss一贯性格孤傲而清高，极少主动去见圈里的人，更别提一个无名的新人。好奇之下，他问："您觉得这个樊歆唱得好，所以想见见？"

温浅没搭话，手中的冰水还剩半杯，冰块在透明的杯子里发出水晶般的光，他徐徐饮了一小口，而后道："不早了，你回家休息吧。"

翌日，樊歆在盛唐被一群同事热情地围住，不管是关系好的还是关系一般的，都恭喜她在《歌手之夜》取得的成绩。樊歆这才知道，她上娱乐新闻了。

手机报和早报上都用鲜明的黑体字刊登出她的消息，且放在了明显的位置。报道的内容都差不多，标题是"盛唐新人成《歌手之夜》最快黑马""新人樊歆惊艳《歌手之夜》""盛唐新人实力不容小觑"等。

樊歆对此一笑而过。

秦晴从旁边走过，她穿着紧身包臀低胸连衣裙，脚下踩着十四厘米的恨天高，撇嘴一笑："别高兴得太早，还有总决赛的下半场呢！"

樊歆刚想回话，汪姐风一样冲了过来："樊歆，来我办公室，有要事！"

宽敞的办公室内，汪姐春风满面地说："告诉你一个好消息，下午三点你去荣光总部九楼。"

"荣光？"樊歆一怔。

汪姐拍拍她的肩膀："乐坏了吧？我得到这个消息时也很意外，没想到温先生会主动找你！"

樊歆再一惊："温先生？"

“对。他的助理今早给我打电话，说温先生昨晚看了你在《歌手之夜》的表演后，对你表示欣赏，希望能在一起聊聊。”说着汪姐递了一张名片过来，“这是温先生助理的名片，你下午直接跟他联系就好。”

樊歆将名片推了回去：“不了，汪姐，您帮我推了吧，我身体不大舒服，下午想在家休息。”

汪姐愣了：“你不去？这可是温浅哪，多少人送上门他都不见！”

樊歆说得真切：“真没法去。这几天参加节目太累了，我想休息一下。”

汪姐不死心：“那我就说你明天去？这机会咱得抓住啊。”

樊歆不愿那么直白地拒绝汪姐，毕竟她是真心实意扶助自己，只得委婉道：“看情况吧。”

下午樊歆回了家，蒙头睡到晚上。参加比赛的那三天，她一直在拼命练习，三天加起来就只睡了九个小时，确实累得够呛。

第二天她仍没有去盛唐。慕总裁给她批了假，这段时间她不用去公司，在家专心备战下一期的《歌手之夜》总决赛即可。

她以为汪姐会对温浅的事就此作罢，谁知汪姐又来了电话：“樊歆，你好些没？温先生的助理又打电话来了。”

樊歆立马对着电话咳嗽几声：“不好意思，我感冒了。”

“机会难得呀，不严重的话咱就去见一面吧！要是下一部电影他钦点你唱，那你的人气可就水涨船高了！”

樊歆更大声地咳了几声：“咳咳……我发烧了，三十九度多，正在挂药水呢，实在没法去。”

汪姐惋惜道：“那好吧。”

大概是这几天一直充斥着有关温浅的信息，樊歆翻来覆去都睡不着，脑子里全是从前零碎的片段。

一会儿是高一那年的夏天。知了聒噪的合奏声中，她在午睡时溜到教学楼五楼，偷偷去琴房的窗外听他练琴。悦耳的音乐从钢琴的黑白键上流淌而出，她蹲在窗户下，忍着暴晒的太阳，用指尖合着他的节拍。

一会儿又是高考那一年。她废寝忘食地在房间里做试题熬通宵，每天只睡两三个小时，只为了能与他考进同一所大学。

一会儿又换成大一那年。她将做好的点心偷偷塞进他自习室的座位下面。下雨天他没带伞，她以莫婉婉的名义把自己的伞送去，自己淋着雨回宿舍……

她对他的暗恋，在看不见的地方进行，不张扬，不明显，低调得像是尘埃里开出的小小花朵，小心翼翼而充满欢欣……

窗外有风吹进，晚秋的夜里有些凉意，从回忆中转醒的樊歆将毯子盖在身上，自嘲地笑了一声。

现实是一件何其讽刺的事，从前她喜欢他，发疯地想接近他，即便他给再多的冷脸，也无法摧毁她的执着。

而如今，时过境迁，他主动找她，他给她接近的机会，她却再不敢要。

樊歆打定主意不见面，谁知第三天汪姐又打来电话，樊歆找了其他借口拒绝，汪姐虽有不满，但也没勉强樊歆。

而得到消息的荣光九楼内，阿宋不敢置信地握着电话道："温先生，盛唐那边来电话，说樊歆还是不能来。"

正在听电影主题曲Demo的温浅缓缓抬起头。日光从落地窗外射进来，他清隽的脸沐浴在金色夕晖中，轮廓分明而眉目粲然。他微微挑眉："还是不来？"

阿宋惊讶地点头："这樊歆真是让我开了眼界，圈里多少人想来我们荣光见您一面见不着，她倒好，三催四请还端着架子。"

温浅沉思片刻："找她的经纪人把樊歆的电话要来。"

阿宋一愣："您要亲自给她打电话？就一个新人而已，就算参加了《歌手之夜》，也没什么了不起，值得您给她打电话吗？"

温浅面容平静："你要来就是。"

在家休息的第三天下午，待得发闷的樊歆出门散步，顺便去了附近的百货商场溜了一圈。她是干逛街，因为全身上下只有一百块。

想到这儿，她不由得一阵恼，点了一杯星巴克咖啡坐在街头边喝边看行人。

来去的红男绿女构成了这世上最繁华的风景。

咖啡喝到一半，手机铃声大响，樊歆戴着耳机，没看来电显示，直接摁了耳机的接听键。

那边直接问："在哪儿？"语气熟稔得仿佛是家人。

周围人来人往太过嘈杂，樊歆对桌的两个孩子不停地尖叫嬉闹，旁边还有门店的音响里播出的迪克牛仔的摇滚，她压根听不清手机里是谁的声音。但这么熟稔而简练的对白，只可能是慕春寅。他下班的点到了，他喜欢在这个时间段给她打电话。

于是她老老实实答："我在大洋百货侧门的星巴克。"

那边立马挂了电话。

樊歆继续喝咖啡，想着慕春寅来接她也好，两人可以去超市买点儿食材，毕竟她身上剩下的几十块是远远不够菜钱的。

她咬着吸管玩手机，戴着帽子与墨镜，倒也没什么人认出她。当她耳朵里邓紫棋的那首《泡沫》唱到第三遍时，她眼前的光线被人遮住，一个颀长的身影立在她面前。

她抬头笑道："慕大少，你……"

后面那"来了"两个字还没说出来，她的声音顿时哽在喉中。

面前的男人身着一袭浅蓝色外套，面容清隽，神情沉稳，露在衣袖外的手十指修长，指甲修剪得洁净整齐。

樊歆变了脸："温……温先生？"

温浅的嗓音动听如乐器的奏鸣："我们换个地方谈。"

大洋百货顶楼的高档中式茶馆包厢内，两人对面而坐。

双方都没有开口，包厢里古典的熏香引出一段长长的缄默，桌上的香茗散着淡香，杯中茶水潋滟如波。这一幕宛如老电影里泛黄的画面：分别多年的男女再次邂逅，静谧的茶馆，柔和的灯光，雪白墙上被拉长的阴影，男女主相顾无言，她垂下的眼帘，他安静的侧颜，缓缓拉开的慢镜头里只有一句对白。是拜伦的一句诗——隔世经年，若我们再次重逢。我该如何与你招呼，以微笑？以眼泪？还是以沉默？

樊歆恍惚片刻，隔世经年，她果然是以沉默应对，哪怕内心早已翻江倒海。

"听你的经纪人说你病了？"温浅开口。

樊歆回过神来，怕他认出来，将头埋得低低的："是的，今天病刚好。"

"那为什么不来荣光？"

樊歆将头埋得更低了，扯了个连她自己都不相信的理由："我没时间。"

温浅显然不想兜圈子，他温润的指尖轻叩茶几："没时间还来逛街？"

"我……"樊歆一呆。大概是做贼心虚，她将头又低了低。

瞬间她又很想笑。她觉得自己没必要这么躲，如今的她不仅改名换姓，还改头换面了，温浅不可能认得出来。再说了，就算她没改，温浅也未必记得她。

她暗恋他十年，曾为他血溅当场几近殒命，而他从未正眼瞧过她一眼，除了知道她胖以外，恐怕对她再没有任何印象。

她的悲哀如潮水般涌来，竟无法抑制。她不想再待下去，起身道："没事的话我就回去了。"

温浅显然没料到她这么不给面子，一贯被人捧惯了的他抬头看她，面有惊愕。

见他不信，樊歆补了一句："我真的还有事，家里的菜还没买。"

对面的温浅再次一怔。多少人求着哄着想有这样跟他单独面谈的机会，而她居然还惦记着晚上的菜！

他一时不知该说什么，而樊歆已经一路小跑进了电梯。

夜里，慕春寅出去风流快活了，樊歆在家里给莫婉婉打电话。

莫婉婉得知樊歆拒绝了温浅后，惊道："你还真不理他呀？我以为你就是气话，毕竟这么多年的感情在这儿。"

樊歆沉默片刻，道："我没有勇气再面对他，不如只做陌生人。"

莫婉婉道："只怕你想瞒也瞒不了，如果他真的要查，凭他的能力，这事迟早会水落石出。"

樊歆道："走一步算一步吧。我睡了，明天一早我还得去C市参加节目呢。"

同一时间，荣光大厦九楼，有人一口口抿着冰水，瞧着墙上的大幅LED屏。

屏幕上回放着《歌手之夜》的上半场决赛，蓝衣裙的女子像夜色里翩跹的蝶，歌舞并济地演绎着那首《安静》。

他反复看了三四遍，一旁的阿宋忍不住问："温先生，这首歌有什么特别吗？"

温浅坐在桌后，雅白的光线打在他身上，好半晌后，他答："她的人比歌特别。"

温浅从没这样形容过一个人。

阿宋好奇："哪儿特别了？"

温浅的薄唇弯起一个弧度，含着啼笑皆非的意味："我今天去找她，还没来得及说上三句话，她就匆忙走了，原因是她赶时间去买菜。"

阿宋端着的咖啡差点儿泼了。

阿宋惊讶得嘴都合不拢，而温浅则转过头去，接着看那段《安静》的视频了。

好久后，沙发上的温浅极低地叹气："总觉得她……有些面熟。看她的第一眼，就有一种奇怪的感觉，仿佛似曾相识。"

阿宋道："据说她是加拿大华侨，才回国不久，照理说，您跟她应该没什么交集。"

温浅若有所思。

次日上午，樊歆抵达C市，参加《歌手之夜》的最后一场比赛。

这次莫婉婉没来，是汪姐亲自陪同的。两人先去了电视台，听栏目组宣布了总决赛的下半场规则。为了吸引观众眼球，栏目组采取了"帮唱嘉宾"的方式，即后天的决赛里，每个歌手都可以找一个帮手上场，二人一起唱也好，让帮手给自己伴舞也好，总之，台上允许有两个人。

弄清规则后，选手们开始联络圈内可以合作的熟人，一个个铆足劲儿想找个名气大点儿实力强点儿的给自己加分。

樊歆这组也不例外，她跟汪姐回到酒店后，汪姐迅速给公司高层打了电话，请求支援。

半小时后，总部来了电话，汪姐喜得差点儿没喊出声。她拉着樊歆的手，激动地说："我的天哪！樊歆，这次你就算唱得再烂都不会垫底了。"

"怎么，总部要给我一个很强悍的人吗？"

"岂止是强悍，是非一般的强悍啊！"汪姐亢奋地嚷道，"慕总亲自下旨，让赫祈来做帮唱嘉宾！"

樊歆亦是一惊："赫祈？"

汪姐摇着樊歆的胳膊："对，就是他！跟天后苏越齐名的天王赫祈！我们盛唐的台柱子！他原本休假半年的，没想到因为这事被慕总召了回来，他傍晚就赶来，咱们等着就是。"

傍晚六点，酒店的套房里，赫祈果然到了。鸭舌帽、棒球服、窄脚裤，随意的着装遮掩不住他强大的气场。

汪姐殷勤地打了个招呼，指着樊歆向赫祈介绍道："赫天王，这就是我们樊……"她最后一个字还没说出口便咽回了喉咙，目瞪口呆地瞧着樊歆和赫祈。

斜阳在房间里拉出一片浅浅辉光，米色窗帘在霞光中随风摇曳。演艺圈里风头正盛的顶级名流走上前去，嘴角含笑，绅士地拥抱了下樊歆："嗨，好久不见。"

两人用西方的礼节贴了个面，樊歆挂着熟稔的笑问："这阵子去哪儿玩了？"

赫祈笑着答："罗马和埃及。"

樊歆又问："是不是拍了很多照片，给我看看。"

"好。"赫祈真去包包里翻相机了，边翻边说："还给你带了礼物！"

汪姐在一旁睁大眼："你们……认识啊？"

赫祈搭上樊歆的肩，笑如春风："我们可是老朋友，两年前在加拿大就认识了。"

一夜很快过去，第二天一早樊歆跟赫祈就在为总决赛选歌。两人挑了一首怀旧老歌《恰似你的温柔》。

一旁的汪姐看着两人就高兴。传说赫祈有个秘密女朋友，昨晚看樊歆与赫祈的欢乐互动，她心下难免有些猜测，但不管怎么说，自家艺人能跟这样的腕儿攀上关系，对她的星途大大有利。于是她笑眯眯地说："樊歆，赫祈来了，你更要加油啊，无论如何也得拿个第三！"

赫祈眉一挑："第三？我是赫祈呀！没拿冠亚军还有脸见人吗？"

他身侧的樊歆讪讪地摸鼻子："你的确很强，但我拉低了平均分……"

赫祈一口否决："别想这些没用的，实力不行咱就研究下战略。"他向汪姐招招手："派出去的人打听了没？"

汪姐颔首："打听了，除了苏越的打听不出来，另外三个选手的帮唱嘉宾都是大牌，其中两队是采取双人合唱形式，还有一个找了个国际顶级舞蹈家帮他伴舞。"

赫祈拿指尖叩叩茶几，沉思道："他们要么合唱要么歌舞结合，咱再这样就没意思了，得想个新鲜的让观众眼前一亮。"

汪姐不解："可台上合作模式不就这几种吗，难不成唱二人转啊？要不还让樊歆跳舞？我瞧观众挺好这一口的，要不你俩来个双人舞？"

樊歆摇头："这招上次已经用了，一次新鲜两次腻，不能再用。"

赫祈一笑："看你的样子，似乎想到了其他点子？"

樊歆双手托腮，两眼亮晶晶地瞅着他："你不是会吹萨克斯吗，我想让你给我伴奏。"

樊歆独唱赫祈伴奏的方案，汪姐原本是不同意的，她认为堂堂一个天王巨星，被樊歆派到一旁做陪衬，简直是大材小用。

她原本还想劝劝两人，但当彩排的音乐响起，樊歆窈窕温静地站在舞台中央，将那首缠绵的老歌低吟浅唱，灯光柔柔地亮着，着一身优雅正装的赫祈长身玉立，悠扬的萨克斯曲调中，他深深凝视着她……

这画面太美太动人，汪姐早忘了刚才的想法，想着就这样吧，瞧着很不错……

两人练了一天，为了保护樊歆的嗓子，他们见好就收。

晚上吃饭时，汪姐不停刷着微博，惊讶道："这电视台的动作可真快，为了抢占收视率，赫祈昨天才来的，他们今早就把风声放出去炒话题了。我的妈，整个微博因为赫祈上了《歌手之夜》而沸腾！"

樊歆扫扫汪姐的手机，就见微博上密密麻麻的全是评论，各路奇葩网友狂热上阵：

"啥，我的男神赫祈要来《歌手之夜》了？啊哈哈哈，作为C市人拉下仇恨，明天我可以去电视台门口堵他啦！"

"问君能有几多愁，不见赫祈就跳楼！国民男神，为了你，我决定把投给苏越的票给樊歆！"

"明天去C市看赫祈，为赫祈、樊歆助威！姐妹们约不约？"

"约！钱不是问题，问题是没有钱！楼上的妹纸能赞助点儿路费吗？"

……

樊歆乐得差点儿把嘴里的汤喷出来。

翌日，节目开录。

这次莫婉婉没有在场，是汪姐抽的上场顺序签。

汪姐摸出那个五号球时，樊歆差点儿给跪下去。她错怪莫婉婉了，不是莫婉婉手臭，而是她跟五号有缘！无论谁替她抽，都是五！

既然最后一个出场，樊歆就只能同上两回一样，待在包厢里先欣赏前四个了。

不出她所料，出场的竞演选手请来的帮唱嘉宾都是一流大腕儿，眼瞅大腕儿们轮番上场，这比赛几乎成了星光熠熠的盛典，惊得全场一阵阵浪潮迭起。

樊歆看着屏幕里人气爆棚的各明星，向赫祈道："幸亏你来了，不然我怎么镇得住啊。"

赫祈瞟她一眼："别庆幸得太早，苏越的帮唱嘉宾还没出现，据说是个实力比我还强的人。"

他这话刚落，汪姐面色不安地推门进来："我刚看到了一个人，你们猜是谁？"

樊歆鲜少见汪姐这个表情。

"谁？"

"温先生。"

樊歆惊了："温浅？"

汪姐颔首："对，我见他进了苏越的包厢！"

包厢内瞬间安静。最忐忑的是汪姐，这几天她一直在打听各对手的消息，另外三个帮唱嘉宾早就打听出来了，唯有苏越藏得太深她没摸出底。但听可靠的人说，苏越请的是超大牌，比她自己还大牌的超大牌。而今她看到温浅进苏越的包厢，如此想来，应该就是了。

想到这里汪姐瞟瞟赫祈与樊歆，不由得担心起来。

赫祈是大牌没错，但只是风靡东南亚。而温浅，三岁弹琴，五岁谱曲，十岁精通六种乐器，十四岁名动国际，他的名气享誉全球。

汪姐欲哭无泪。原以为公司派赫祈来便能跟苏越分庭抗礼，没想到螳螂捕蝉黄雀在后，苏越居然请来了温浅！这回真是……

汪姐颓然叹气，而一旁的樊歆，脸色也好不到哪儿去。

倘若莫婉婉在场，肯定会挂着看狗血剧的表情说："我去，樊歆，你居然要跟深爱十年的男人站在同一个舞台上对撕啊！哦哈哈哈，狗血得令人惊心动魄！"

倒是赫祈反应平静，他拍拍两个女人的肩，开玩笑地说："都这个表情是什么意思？对本天王没有信心啊！"

樊歆挤出一抹笑："哪里！你在我心里是最棒的好不好！"事已至此，她已没法改变什么，还不如船到桥头自然直，反正跟着赫祈，拿不了第一，拿个第二第三总没什么问题。

她放平心态，唇边的梨窝浅浅荡漾，赫祈忍不住敲敲她的脑袋："樊歆，我就欣赏你这心态。"

樊歆哈哈一笑："谢谢赫爷赏识，请叫我永远不灭的星光。"

汪姐看着迅速调整过来的两人，睁大的眼里只有一句话——这两人这么亲热，传言是真的吗?

三人围着屏幕看了会儿。现在轮到苏越上场了，她是第三个。

苏越穿一身黑绸缎紧身长裙，腰部配一条皮质腰带，黑色蛇纹尖头高跟鞋，长发高高绾起，露出光洁饱满的额头，再配上冷傲里有些许妩媚的烟熏妆，整套造型给人一种不怒自威的凌厉感，十足的女王范儿。

随后出来的是她的帮唱嘉宾。他穿墨黑西装笔挺地出场，全场发出一阵更猛烈的尖叫。

包厢里的汪姐也叫了出来，不是兴奋，而是愕然，她冲屏幕里那金发碧眼的老外道："威尔弗里德！"

赫祈亦是云里雾里："咦，不是温浅！"

汪姐还是老泪纵横："不是温浅也好不到哪儿去，威尔弗里德在国际上跟莎拉·布莱曼齐名。"

樊歆拍拍她的手背，安慰道："来都来了，咱就兵来将挡水来土掩。"

汪姐的泪更是哗哗直流："我担心你的土坝掩不住他，反而被他的洪水冲垮了。"

樊歆："……"

苏越唱完，轮到第四个歌手出场。刚才苏越那一队发挥极好，全场掌声如雷就没停过。不出意料的话，冠军多半会花落苏家。

好在樊歆跟赫祈的心态都极好，对此以笑相待。

几分钟后，第四个选手唱到了一半，樊歆的包厢门被工作人员敲开："请樊歆组准备，马上就是你们上场了。"

樊歆推门向外走，赫祈似乎是觉得闷，拽了拽脖子上的领带，呼吸没来由地有些粗重。樊歆没注意到他的举动，还跟他击掌两下："加油加油！"

赫祈笑得有些勉强，随后又拽了一下衣领，这才出门。

穿过长走廊便是舞台了，樊歆走在前面，胭脂色裙摆逶迤至地，层层叠叠随着脚步摇曳翩跹。

赫祈走在后面，怕踩到她的裙摆，离她三步远。

离舞台越来越近了，樊歆的心开始加速跳。她拍拍胸口，为了缓解紧张，她问后面的人："赫祈，你有什么减压的妙招？"

后面没人应，只有粗重的喘气声。樊歆一怔，难道赫祈也紧张？她笑笑："不是吧，你是身经百战的天王呀，你紧张什么！"

仍没人搭话，那喘息声却越来越大，随后扑通一声巨响，人的身躯重重摔到了地上。

樊歆一转身，吓得睁大眼："赫祈，你怎么了？"

赫祈以一个扭曲的姿势躺在地上，用手按着胸口，嘴唇发紫，仿佛喘不过来气。

樊歆扑到地上扶起他，拼命大喊："来人来人！"

不远处的工作人员跟着汪姐迅速围过来。众人七嘴八舌，有年纪大一点儿的道："这像是急性哮喘，赶紧送医院！"

赫祈在那里艰难地摆手，却说不出话。

汪姐急得向樊歆道："他这是在担心你比赛没人帮呢！"

樊歆道："哪还管得了，急性哮喘严重的话要人命！送医院！"

赫祈的事迅速在电视台传开，台里启动了应急措施，派出了最快的车将赫祈送往最近的医院急救。而另一方面，在第四个歌手唱完后，主持人宣布插播八分钟的长广告，好给这猝不及防的樊歆组一点儿时间缓冲。

这八分钟内，对于接下来的比赛樊歆与汪姐脑中一片空白。

这场决赛是现场直播，没法像平时录节目般随停随启。电视机前的全国人民全盯着呢，如果出了娄子，不是闹着玩的。

事态严重，汪姐身后的助理突然问："如果歆姐上场独唱会怎样？"

汪姐摇头："那不仅是送死还违反节目规则！节目要求两人上场，结果你就来一个人，你是瞧不起别的组想招黑是吧？"

樊歆极力让自己冷静。她转头看向编导："你们台里有没有会吹萨克斯的？"

编导还没答，汪姐便明白了樊歆的意图，有些欣慰："不愧是我带出来的人，跟我想的一样。"

那侧编导摇头："本来有，但他今天有急事请假回老家了，台里想着乐队这阵子也不需要萨克斯手，就批他假了……"

这时一个摄影师道："许导那边不是有个小伙子会吹吗？"

汪姐眼前一亮："谁？"

摄影师道："一个姓陈的圈内新人，你们要是愿意，我现在把他找来。"

八分钟后广告结束，樊歆握着话筒上了舞台。

因着上半场总决赛，观众对她这个新人已经有了印象，给了她一片哗啦啦的热烈掌声。

樊歆立在光圈正中，心跳加速。

就在几分钟之前，他们找到了那个新人，小伙子被汪姐赶鸭子上架，快速看了一下乐谱后，硬着头皮上了。

想到这里樊歆的脑海里只有三个字：死定了！

是的，五个歌手里她个人实力本就偏弱，原本有个天王可以增分，如今天王没了，还换了一个不知靠不靠谱的新人。

这一季《歌手之夜》对她来说还真是状况百出。

就在樊歆在台上惴惴不安时，后台的汪姐亦是担忧。

千算万算，谁也没料到会在节骨眼上出这样的事，她急得在走廊上跺脚。突然，一个挺拔的身躯出现在她面前，遮住她的视线。

她心情烦躁，正要出声，目光掠过来人的脸庞，顿时瞪大眼。

宽敞的舞台上，音乐已起，樊歆强敛住心神开始唱。

唱完前奏的一小段，樊歆开始紧张，因为按照彩排的模式，这一句唱完，灯光一变，就该帮唱嘉宾出场了。

而早就得了消息为赫祈赶来的粉丝们在台下窃窃私语：“赫祈呢？赫祈怎么还没来？”

有心急的粉丝还没见到偶像，就已把手中的荧光棒跟发光板举了起来。写有赫祈名字的发光板足有80英寸电视机那么大，晃得台上的樊歆眼发花。她不敢想象，待会儿粉丝们见赫祈没出场会有什么样的反应。她该怎么向他们交代？如果没有交代好，会不会引起骚乱？

樊歆的心七上八下，此时舞台灯光倏然一变，预示着帮唱嘉宾即将出场。

观众们为了迎接偶像，挥着手臂大声呼喊：“赫祈！赫祈！赫祈！”

声浪一阵高过一阵。樊歆握着话筒的手心出汗，赶紧将上台前临时撰的一段话默背了一遍。

她必须做好准备，向台下的粉丝及电视机前的观众解释原委，然后鞠躬道歉。她真诚希望得到他们的谅解，将今晚的场面控制到最理想的地步。

她深吸一口气，打算缓和两秒钟后开口解释，突然粉丝们的喊叫声停了。

樊歆不敢回头看，她看到每个粉丝的脸上都写着“震惊”二字。

樊歆的心提到了嗓子眼，她闭上眼，将话筒拿到了嘴边，做好接受一切狂风暴雨的准备，正要开口的刹那，刚才静默的演播室忽然爆发出一阵尖叫！

无数观众扯起嗓子大喊：“啊！啊！啊！！！”

这连着三声的尖叫压过了场上的麦克风的声音，压过了乐队的伴奏。观众们的热情甚至超过了国际巨星威尔弗里德上场时的热情。

樊歆的心紧得更厉害了。赫祈没来，观众们一定是失望至极。

樊歆捏着话筒强自镇定。可没一会儿她发现了不对劲，全场观众疯狂的笑里带着惊喜，仿佛瞧见了比赫祈还重要的人物。

灯光投在樊歆身上，摄像机将她的脸放映到舞台背景屏上，她一点点向后转过脸去。

粉丝们全部站起身来，高举着双手，扬声大喊。

一波接一波的呐喊中，一束灯光追随着一个挺秀身影自舞台的边缘移到舞台中央。那人步伐从容，穿簇新的雪白衬衣和剪裁妥帖的墨色燕尾服，怀抱着萨克斯，施施然向观众们挥手。

背景屏上，樊歆的表情精彩极了，又是震惊又是纳闷。

而粉丝们摇摆着手臂用尽力气高呼："温浅！温浅！温浅！"

欢呼声如浪潮席卷整个演播厅，观众们几欲疯狂。

这些年，温浅的高规格高身段世人皆知，他在演艺圈内赫赫有名，又超脱这个圈子，他是家喻户晓的巨星，更是全球有名的艺术家。他有巡回演出，但只涉足国际巅峰的艺术殿堂，他是横跨在演艺圈上最浓墨重彩的虹光，是艺术界高山之巅的云海，是苍穹尽头的罕世极光。

倘若说赫祈是通俗文化的巨星，那么温浅则是艺术顶层的人文观与艺术观，他的存在如高山，从来只供人远观。

而如今，他自遥远的云端落下，挟带着空灵之气，真真实实地出现在大众面前，观众怎么能不震撼，怎么能不疯狂？这次观众没看到郝祈，大不了下次买票去看他的演唱会，温浅却是可遇不可求的，一旦错过这次，也许这一生都不会见到活的温浅。

观众近乎癫狂地扬声呼喊，嗓子都快喊哑了。

"温浅！温浅！"

……

在演播室里疯狂的同时，后台的汪姐也要疯了。

她目不转睛地盯着LED屏幕，看着那个身姿笔挺的男人一步步走到舞台中央，明亮的光束追寻着他，像全场追随着他的成千上万道目光。

他在樊歆身边停住脚步，环视全场，略微抬起了手，没有做很剧烈的动作，就那么将掌心轻轻往下一压，姿势悠然。全场顿时鸦雀无声，刚才狂热的声浪在一瞬间消失，静得连温浅的呼吸声都听得见。

所有人都不敢随便乱动，唯恐一个冒失便是亵渎了男神。

观众们安静地看着他捧起了萨克斯。

灯光在金色的萨克斯上闪耀流转，有悠扬的声音潺潺流出。

音乐重新响起的刹那，呆立在旁的樊歆终于如梦初醒，她强稳住狂跳的心，拿起话筒继续唱。

在她开口唱的瞬间，周身多余的光全熄灭了，只留下最后窄窄的一束，打在她与温浅身上，刚好罩着两人的周身。朦胧的光圈中，她拿着话筒婉转低吟，而温浅在一步之外，深情款款地吹奏着萨克斯。

乐队没有再伴奏，全部的音乐只来源于她的歌声与他的乐器。萨克斯声缠绵而低沉，而她的声音轻柔而婉转，两种声音交汇在一起，听得人心颤。

空旷的舞台上只有一盏灯，投在舞台正中，在幽暗中给予观众最明亮的指引。容颜清丽的女子半敛眼睛，吹萨克斯的男子神情专注。柔白的光线打在他与她的身上，两人沐着银色的辉光，画面美好，宛如在梦中。

全场屏息无声，仿佛坠入了一个迷离的梦境。

良久，直到萨克斯的音乐停下，那窈窕恬静的女子将话筒拿开，静默的观众这才清醒过来。瞬间掌声如春雷般席卷翻腾，无数人站起身，挥手狂热地大喊："温浅！樊歆！温浅！樊歆！"

再没什么能比观众的呐喊更鼓舞人心，樊歆激动地弯腰鞠躬，温浅亦跟着微微欠了欠身。

向观众致敬完毕后，舞台灯光骤然亮起，两人一前一后下了台。

二十分钟后，总决赛下半场的结果终于出炉。

五个选手齐齐聚到了台上，结果出人意料又在预测之中。

第一名：樊歆。

喊出这个名字时，全场观众一片欢呼。票都是他们投的，他们真的喜爱樊歆、温浅。

现场宣布的只是总决赛下半场的单场成绩，而比赛的最后成绩要结合上下两场及网络、短信投票结果综合得出。

十分钟后，统计完结果，电视台将最终结果宣布。

冠军：苏越。

亚军：樊歆。

季军：祁峰。

……

宣布最终结果后，在持续不断的掌声中，全场再次沸腾，这一期的《歌手之夜》至此落下帷幕。

第四章
往事

樊歆走出电视台时，发现电视台门口密密麻麻地堵满了记者，天下起了雨，无数粉丝冒雨在外面欢腾呐喊，一眼看去全是黑压压的人头。一个接一个的话筒塞到她面前，记者的发问声此起彼伏。

“樊歆，作为今晚的黑马，你有什么感想吗？”

“樊歆，拿了《歌手之夜》亚军的好成绩，你现在心情如何？”

“樊歆，从不参加这种节目的温先生来《歌手之夜》倾力帮助，请问你们是什么关系？”

“樊歆，据说你原本的帮唱歌手是赫祈，为什么半道换人，中间发生了什么曲折吗？”

……

记者的提问没完没了，一群人又推来挤去，樊歆险些摔倒。

汪姐及时扶住她，在保安的帮助下，汪姐拉着樊歆往前走，还不忘向众位记者挥手：“不好意思，各位媒体朋友，我们现在不方便回答，改天再接受你们的采访，谢谢！”

在保安的保驾护航下，樊歆终于抵达地下车库。这个地方有保安把关，记者进不来。

樊歆跟汪姐进了保姆车，五分钟后却被司机告知一个悲催的消息。

保姆车出故障了，无法再开。

樊歆下了车，心急如焚地想出去打车。她担心赫祈，要赶着去医院。

她刚走到车库门口，一辆墨黑保时捷拦在她的面前。车窗摇下，露出一张清俊的脸，他的声音微沉而动听，如同萨克斯的奏鸣声：“去哪儿？”

樊歆不知如何跟他开口，汪姐从后面赶过来，冲着车上的人道：“温先生，我们要去医院看赫祈，但我们的车坏了。”

温浅略一颔首，开了车门：“上来，我送你们去。”

“谢谢啊！”汪姐受宠若惊，一屁股坐了上去，见樊歆还在车外呆站着，一把将她拽上了车：“愣着干吗，你不是火急火燎地要去看赫祈吗？”

樊歆坐在紧贴着车门的位子：“汪姐，没必要麻烦温先生，我们可以打的。”

前排的温浅截住她的话：“就当我为上次害你跌倒的事赔礼道歉吧。”

樊歆的话瞬间被堵在嘴里。

几人赶到医院，才知道赫祈的病情早已稳定下来。为了得到更好的治疗护理，他转院回了Y市。

樊歆松了一口气，向汪姐道：“我们回Y市吧，我还是要去看看赫祈。”

一旁的温浅道：“我也要回Y市，顺路带你们吧。”

“不用了。”樊歆迅速接口，“谢谢温先生的好意，温先生今天帮了我不少了，不好再麻烦你了，我跟汪姐搭高铁回去。”

“不麻烦啊！”汪姐跳出来反驳，“这下雨天的，搭高铁才麻烦，反正温先生同路嘛。”

“可是……”樊歆还想说点儿什么，汪姐狠劲地把她一推，直接将她推进了副驾驶座。

汽车在高速公路上平稳地飞驰。天阴沉沉的，小雨千丝万缕地自天上飘摇而下。

车后座上的汪姐还沉浸在《歌手之夜》的战绩中，兴奋地喋喋不休，直到见樊歆默不作声，才停下来问：“樊歆，你想什么呢？”

樊歆坐在副驾驶座上，脑子里早乱成了一锅粥，一会儿是医院里旧疾复发的赫祈，一会儿是刚才惊心动魄的决赛现场，一会儿又是身边不想碰到却偏偏躲不过的温浅。汪姐的呼喊她根本没听到。

“樊歆！”汪姐更大声地叫了一声。

“嗯？”樊歆终于回了魂。

汪姐瞪她一眼：“人家温先生帮这么大的忙，你连句谢谢都没有。”

樊歆飞快地扫了一眼温浅，说了句谢谢，神情略显平静，丝毫看不出热情。汪姐气得在后面掐了她一把，恨她有机会不知道抓住。

温浅不以为意，他握着方向盘，目不斜视地看着前方的道路，回了言简意赅的六个字：“不谢，举手之劳。”

他口吻略显冷意，汪姐以为惹他不快了，忙说：“温先生，您别见怪啊，我们家樊歆就是这性格，跟不很熟的人话不多。”

“没关系。”温浅淡然道，“现在不熟，日后就熟了。”

汪姐大喜，听温浅这口气是想跟樊歆进一步熟络，日后好合作？她正要应承一句，不料樊歆的话堵了上来：“温先生贵人事多，希望日后我别再给您添麻烦。”

这话的意思傻子都听得出来。温浅脸色沉了沉，没说话。

为了缓解尴尬，汪姐指着驾驶座旁的一支签字笔转移话题：“这笔是S.N的限量版吧？好漂亮。”她一贯对品牌很有研究。

细雨扑打在车上，刮雨器来回刮着车窗，眼前一片朦胧。温浅的余光瞟瞟笔，神色稍缓：“一个朋友送的。”

樊歆的视线原本在窗外，听到“笔”这个字时，回头看了一眼，靠方向盘的内侧放着一支签字笔，流畅的宝蓝笔身，笔帽上镶有一块小蓝宝石，在这光线并不明朗的车厢流转着幽光。

只那一眼，樊歆眸光一凝，仿佛不敢再看第二眼，她迅速扭过头去。

汪姐见她反应异常，问：“你怎么了？那支笔不好看吗？”

樊歆讪讪地笑：“好看。”

当然好看，这是她亲手挑的笔，怎么能不好看！

这支笔是她刚入S大那年的事。

她从莫婉婉那儿得知温浅对S.N的签字笔情有独钟，为了能赶在他生日之前买到，她利用课余时间连打了两个月的工，发传单做家教送外卖，甚至去街头替美容院推销产品，没赚到多少票子，反而招来满满的白眼，其间有混混指着她臃肿的腰身与脸上的疤痕放肆地嘲笑：“这么丑站在街头吓人，还有没有社会公德心？”

她窘迫到无地自容，换了一家保险公司做电话销售，一天几百个电话中，她说到喉咙沙哑嘴唇干裂，得到的是客户不耐烦的拒绝与厌恶的谩骂。

那一天，她经历了人生中最多也最脏的羞辱，但工作结束后，她捏着那张单薄的红票子，心里充满了喜悦。

一天赚一百，再硬着头皮被骂半个月，那支签字笔就可以买来做他的生日礼物了。

半个月后她终于买到了那支笔，莫婉婉却告诉她一个消息：“樊歆，他跟齐湘在一起了，前天的事。”

她哦了一声，紧捏着手中的笔，在心脏针扎般的疼痛中扬起一抹笑：“是吗？我见过齐湘，艺术系的女神嘛，很美，他们很配。”

强颜欢笑后，她尽管知晓他的恋情，那支她努力了很久买到的笔，她仍想送给他。于是她借莫婉婉的名义将笔送了过去。莫婉婉同温浅是亲戚，她禁止莫婉婉透露这笔的真正出处。

莫婉婉问为什么，她只一笑，说：“喜欢一个人，只是想让他欢喜而已。至于这欢喜是谁给的，不重要。”

那个夜晚，莫婉婉带着她的笔去了温浅的生日派对。而她，留在学校练功房独自练舞。

跳跃，扭腰，旋转……她累到气喘吁吁，脑中还想着那支笔。不知道他会不会喜欢，不知道他日后会不会用，是拿来画他最爱的五线谱，还是给齐湘写情诗？

此后她便在脑中烙下了笔的模样，精致流畅的笔身，笔帽上的宝石莹莹闪烁着光。她想起了幼年看过的童话剧，爱上了小王子的精灵，得不到王子的爱，在黑夜里整宿整宿地跳舞，最后一秒，她流下一滴蓝色的泪，如破碎的星光……

……

车窗外小雨淅沥，高速两边物景移变，在车灯中幻出迷离流光。前方蜿蜒的高速公路漫长到没有尽头。樊歆沉浸在往事之中，而车内CD正放着那首《匆匆那年》。

王菲空灵而慵懒的嗓音有种奇异的美，低处如春燕呢喃，高处又通透婉转，拖长的尾音与独特的颤音巧妙融合，再搭上林夕缠绵刻骨的词，更是将尘世里红男绿女的痴怨诉说个淋漓尽致。

樊歆默默听着，过去的悲欢离合随着旋律如电影镜头般回放，她抹掉脸上的泪珠，瞥了一眼身畔的温浅。

那一刻她想，这首《匆匆那年》写得真好，歌里面说的不就是她此刻的心情吗？

她曾为温浅不顾性命，然而事隔经年，一切都不再重要，倘若此生得不到他的爱，让他愧疚愧疚也是好的，不然，这一生痴恋，拿什么来缅怀？

樊歆想着想着，竟轻笑起来，不知是因为感动，还是悲哀。

而车厢里汪姐的话题还在那支笔上："温先生，这支笔越看越有味道，送你笔的人眼光真好！"

温浅面上腾起一丝恍惚，好久后道："一个慕姓校友送的，她很有才华。"

汪姐没再问，话题到此为止，而副驾驶座上的樊歆却扣紧了腰上的安全带。生硬的金属扣触到掌心传来冰凉的冷意，她感觉不到似的，大脑里只有两个念头：第一，温浅知道了这笔的来源；第二，他居然用"才华"两字来形容她。

呵，原来在他心里，除了厌恶与歉疚以外，他对她还有其他认知。

她心里一时五味杂陈，后面的汪姐见她久久不说话，以为她是累到了，忙道："樊歆，比赛完了你就回去好好休息几天，反正秦晴这两天在米兰陪慕总看时装秀，你们专辑的MV也拍不了。"

驾驶座上的温浅眉头微皱："还有空去米兰？我不是让她快点儿把歌再录一遍吗？上次唱得根本就不合格。"

见温浅不悦，汪姐赶紧打圆场："温先生您别生气，虽说秦晴歌曲功底不如樊歆，但我们慕总对她宠爱有加，她跟着慕总上了那么多头条，知名度也是大涨，冲这人气，这歌也是有市场的。”

温浅的回答很生硬：“我不认名气，我只认歌喉。如果秦晴不行，我会取消合作，哪怕毁约我也不要一个垃圾来糟蹋我的音乐。”

汪姐：“……”

回到Y市时是夜里十一点，温浅将樊歆与汪姐直接送到了医院门口。

跟温浅告别后，汪姐挽着樊歆的手轻声道：“这温浅性格真怪，你说他好接近吧，他僵硬得像个石头，说句话能噎死人，可你说他难接近吧，我请他帮忙救场时，他又毫不犹豫。”

樊歆笑了笑，没搭话，径直去了病房。

赫祈躺在床上，看来已没什么事。他笑着拍拍她的手臂：“我没大碍了，倒是你脸上那黑眼圈，快回去补觉吧。”

樊歆与汪姐出了医院的大门，樊歆正要拦车回去，汪姐却突然喊住了她。

汪姐有些犹豫，却还是说了出来：“樊歆，有件事我瞒你几天了，怕影响你比赛的心情一直没讲。”

“什么事？”

“那个……高层把你的德里广告给秦晴了。”

樊歆怔住。

德里是全球最大的彩妆公司，但凡能与它合作的艺人，哪怕只是一个几秒钟的短广告，知名度都会大涨，所以圈里艺人们削尖了脑袋想跟它合作。

这次德里的粉底液广告竞争激烈，樊歆没靠慕春寅的关系，毛遂自荐去的。为了拿到这支广告，她可没少花心思。如今高层随手一挥，跟德里通通气，这个名额居然就给了秦晴。

见樊歆不语，汪姐道：“你别太难过，毕竟高层有权调动员工的工作安排。艺人只能服从安排。”

樊歆问：“高层？是哪个高层？”

汪姐道：“这还用问，当然是高层里最高的那个，慕总啊。”

樊歆抿唇沉默，好久后她答：“我知道了。”她向汪姐挥手：“很晚了，汪姐您回去休息吧。”

汪姐走后，樊歆没有回家。辛苦得来的广告被慕春寅给了他人，她不可能没有气。想想慕春寅还在米兰，她也不需要回家伺候谁，便返回了医院。

赫祈虽为天王级明星，可住院时身边除了助理与经纪人，连个亲人都没有，孤儿出身的樊歆难免有同为天涯沦落人之感，再加上她入行后他帮了自己许多，她不忍心把他丢在医院。就这样，她在医院里陪了一晚上。

樊歆是第二天一早回到家的。

天气阴沉，乌云重重地堆砌在头顶，还有雨要落。庭院里有泥土的潮湿之气，空气有些压抑。

她进了家门，走上二楼的卧室。推开门的刹那，她的目光掠过一道身影，怔住。

她的白色欧式小床上，慕春寅背对着门坐在那里，雕塑般一动不动。

他竟然回来了，他不是还在米兰吗？

樊歆心下好奇，却没有开口问，广告的事她多少有些恼意，便视若无睹地走进房间，将行李箱往地上一放。

慕春寅听到她的动静，扭过头来盯着她，表情很平静："去哪儿了？"

樊歆没理她，自顾打开行李箱，将换洗的脏衣服一件件拿出来。还未等她拿完，忽然砰一声大响，床边慕春寅一脚踢了过来，整个箱子被他踹飞到门外，衣服乱七八糟散了一地。

樊歆吓了一跳，旋即整个人便被一股大力拽回推到墙上。

慕春寅压着她的肩膀，眉心沉沉，脸上乌云密布："说，整夜没回来，是不是跟他在一起？"

樊歆不知他的火气从哪儿来的，她不想跟他硬碰，当下便转过头去。

见她不理会，慕春寅揪住她的衣领，更大声地质问："说，你是不是跟温浅在一起？"

樊歆莫名其妙："你瞎想什么呢！"

"那为什么不接我电话？为什么关机？为什么连你的经纪人都不知道你去了哪里？除了跟他苟且还能有什么！"

"你胡说八道！"

"是我胡说还是你心虚？整个报纸都在说，你昨夜上了温浅的车！怎么，旧情郎登台助你一臂之力，于是你旧情复燃，迫不及待就想爬上他的床了？"

"慕春寅你够了！"樊歆本还想把赫祈的事解释一番，此刻再忍不住，她挣脱他的双臂，"你再这样疑神疑鬼，我没办法待在你身边！"

她转身朝外走，慕春寅站在房门口看她，眼神像寒冬腊月凛冽的风："你去哪儿？"

樊歆眸里一半憎恶一半不耐烦："我是个人，不是你的私有物品，我爱去哪儿就去哪儿！"

慕春寅的脸色越发难看，不怒反笑："好啊，很好。"

他一步步走近她，高大的身躯拦在她面前，挡住了窗外的光线，投下一片压抑的阴影。他慢条斯理，口吻却极冷地说：“怎么，你想散伙？想跟我撇清关系，好跟他重修旧好？”他笑起来，嗓门陡然拔高，震得窗户都在颤：“我告诉你，没门！”

他逼近身来，抓住她的肩膀往门上推去：“如果没有我们慕家收养你，你早就流落街头了！我们养你育你，可你是怎样回报的，你这忘恩负义的白眼狼！”

樊歆争辩：“我过去是对不起你，可我为你做牛做马这么多年，便是欠你再多，这笔债也该还清了！”

“还？”慕春寅猛地吼出来，将她往床上一摁，“我爸睡在冰冷的墓地里，我妈还在医院，她像个活死人一样躺了十多年！樊歆，你拿什么给我还？！”

樊歆被摔在床尾，还未回过神来，一双手已卡上了她的脖子。手越收越紧，咽喉处的窒息感让她断断续续地出声：“慕……春寅……放……放手……”

“放手？”慕春寅的笑像刀子，刮人地疼，“我的人生被你所毁！而你呢，你亲手把我推进地狱，然后装个死拍拍屁股去了加拿大！你知道你不在的五年，我过的是什么日子吗，你知道吗？”

慕春寅薄唇紧抿，眼神冷冽，刻骨的恨意宣泄而出，手扣着她的脖子，一字一顿近乎咬牙切齿：“你猜，这五年……我有多恨你？”

“呃……”樊歆答不出来话，喉里只能艰难地吐出单调的音节。

慕春寅眸中的恨意越来越深，手劲越发加大，她抓着床单想挣扎，身躯却被他压制得不能动弹。渐渐地，她眼前的世界模糊起来，灯光还在头顶上晃，朦胧的意识里，她看见了珍姨跟慕叔叔的脸，珍姨那张跟慕春寅神似的脸庞，正对她慈爱地笑：“我家慕心是世上最好的孩子……”慕叔叔也在那儿笑：“慕心，以后等我们老了，就归你照顾阿寅……你们一定要相亲相爱……”

床边慕春寅的暴戾还在继续，他身下的人却彻底停止了反抗。她松开紧捏着的拳头，微微张唇，微弱地吐出两个字。

“阿……寅……”

只那一刹那，压在她身上的人的动作骤然一僵，随后，扣在她喉上的手一寸寸松开。

下一刻，他迅速起身，砰地摔上门大步离开。

慕春寅走后，死里逃生的樊歆直挺挺地躺在床上。缓了好久她才挣扎着起身，捂住喉咙剧烈地咳嗽。

在床上呆坐了约莫半小时，她下床走到房间的角落，慢慢坐下去，双手抱住膝盖。

地板冰冷，墙壁亦是冰冷的，她将背脊抵在坚硬的墙壁上，缓缓捂住了脸。

窗外雨声淅沥，她紧闭着眼，想起那个暴雨肆虐的深夜，大桥垮塌，车子轰然坠入湖中，呼救声、喊叫声最终都随着冰冷的水渐渐被淹没……

卧房内光线昏暗，缩在角落里的樊歆浑身发抖：“对不起珍姨，对不起慕叔叔……”

已是晚上七点，窗外夜色幽静，办公室内灯光迷离，美人的眼神也迷离，她纤纤十指举着水晶杯，优雅地抿下一口香槟。见慕春寅走了过来，她精致的唇瓣勾起漂亮的弧度，娇嗔道：“慕少，从米兰回来您怎么就一副不高兴的样子？”话落，柔若无骨的双手已经攀了过来，勾着慕春寅的脖子。

慕春寅弯起薄唇一笑，顺水推舟地将秦晴放到了柔软的床上。

柔软的床榻、越发急促的喘息声，伴随着一件件甩在地毯上的凌乱衣裳，空气里荡漾着女人的甜与男人的香。

春色暧昧旖旎，男人的动作却突然止住，他用手肘撑在床沿，视线仍停留在身下楚楚动人的脸庞上，眼神却有些放空，像是在走神。

“慕少，”察觉出他的异常，秦晴娇声唤道，“怎么了？”

慕春寅保持着俯在秦晴身上的姿势，脸上却无半分情欲。三秒后，他翻身坐起，捡起地上的衣服往身上一搭，就那么下了床。

秦晴愣在床上：“慕少，您这是……”

“无趣！”慕春寅头也不回地向侧房走去，“看电影去。”

“看电影？”秦晴愕然。好事才开了个头，还没深入主题呢，他这就半途而废了？

秦晴有些不安，她跟了慕春寅快一个月了，还没摸透他的脾气。平日里他虽待她亲昵温柔，搂搂抱抱频繁得紧，却从不正儿八经地碰她，今天瞧见他这么热情，她正欣喜，谁知刚脱了外套他就不来了。

她低下头，扫扫自己的身段，一身细腻肌肤，曲线高耸起伏，怎么看都是令人血脉偾张的曼妙身姿，为何那人离去之时毫不留恋？

秦晴心有不甘，裹起衣服，向办公室的侧厅走去。

侧厅内空荡荡的，冷风从窗户外刮进来，房内除了一个超大的LED屏幕，再无多余摆设。

慕春寅就那么光着脚坐在地上，目不转睛地盯着屏幕，往常散漫不羁的眼神在这一刻仿似有浪潮翻涌。

秦晴看不懂他的表情，她的目光凝在LED屏上。

这大投影屏幕上放的是什么？不是电影，画面晃来动去的，像一段派对的录影，一家人在吃蛋糕，中年父母抱着一个五六岁的小男孩，笑眯眯说：“祝我们阿寅生日快乐！”另一个差不多大的小女孩，端着蛋糕，跟着一起笑：“阿寅生日快乐！”

秦晴疑惑了。视频里那个叫阿寅的小男孩眉目有些面熟，是童年的慕春寅吗？

照这么说，视频里的中年夫妻应该是慕春寅的父母，而那个欢笑着跑来跑去的小姑娘是谁？慕春寅的姊妹？可传闻中的慕春寅是独子，并没有姊妹呀。

“慕少，您在看什么呢？”秦晴笑着走到慕春寅身边，抱住他的肩。

端坐的人却看也不看她：“出去！”

他的口吻极冷，前一刻相偎的缠绵亲昵早已不再。秦晴一慌，却强装镇定将脸贴在他的下巴上，摆出娇滴滴的模样：“怎么不高兴了？视频里的小女孩是谁？”

许是女人的黏腻让人烦躁，又或是她提到了什么不该提的字眼，慕春寅眸光一沉：“听不懂人话吗？”手指向门外，厉喝：“滚！！”

这一声“滚”吼得房梁都发颤，秦晴头次见到慕春寅这般模样，她打了个抖，慌不迭地跑了。

秦晴走后，慕春寅面上的焦躁之色更甚，他咔嚓一声关了视频，向门外走去。

炫蓝色的顶级跑车飙出了极致的速度，夜色中道路两旁的树影随着城市霓虹如流水般掠过，他一路猛踩油门，流星追月般闯回了家。

他推开樊歆卧室的房门，房间里漆黑一片。慕春寅开了灯，被光亮盈满的空间瞬时亮如白昼，慕春寅的视线扫到墙角的那团身影时，一怔。

樊歆缩在墙角的地上，抱着自己，似乎自他拂袖离开后就没有再动过。

房里静得让人害怕，慕春寅迈步走上前去，捏着她的下巴，抬起樊歆的脸。

她被迫仰起头，脖子上的伤痕还在，脸上却什么表情都没有。

慕春寅的声音里透着不耐烦：“你为什么不哭？”

樊歆默然无声，视线落在房间的某处，瞳仁没有焦点。那些年，慕家出事后，慕春寅痛苦时便要折磨她，泄愤也好，转移痛楚也罢，她从不反抗，顶多就缩在房间墙角，将头抵在膝盖上一声不吭，不会哀求，更不会崩溃号啕，仿佛没有心肝没有感受。

她没有反应，慕春寅的火气反而更大，将她一扯：“起来，去做饭！”

她被他拎了起来。像那些年一样，她倚着墙站着，胡乱揉了一把脸，然后踩着楼梯一步步下楼，进了厨房。

一个小时后，她将饭做好，端到了餐桌上，而她自己则回了房。

她坐在梳妆镜前，盯着镜子里的自己。

脖子上有红肿的掐痕，手肘磕出了血，膝盖亦被他的腿压紫了。她浑身都在痛，拿着棉签对着镜子上药。

窗外夜色深深，不知什么时候下了雨，淅淅沥沥的声音不绝于耳。樊歆涂好了药，紫色的药水抹在白皙的脖子上，深得刺眼，像她脸上曾经那道耻辱而丑陋的疤，那亦是他给的。

那次也是这样阴雨蒙蒙的天，慕春寅疯狂地向她举起刀刃，剧痛在她的脸庞上划开，那一刹那的血液飞溅中，她的人生从此堕入深渊……

想起过去，她的手覆上脖子上的伤痕，指尖缓缓地摩挲着。她的眼角渐渐潮湿了，不知是为这一刻的疼痛，还是为这伤痕累累的命运。

此后几天慕春寅不在家，衣帽间消失不见的行李箱显示他离开了Y市。也许是出差，也许是旅游。樊歆知道，他不声不响就走，其实是不愿见她。

就像那些年一样，但凡两人争吵，他就会用这样的形式冷战。

她习惯了，也就习以为常。

独自在家的几天，樊歆没有去公司，她脖子上的伤痕隐约可见，她不想盛唐的人发现。再加上跟慕春寅这番一闹，她身心俱疲，也有些不愿见人。

汪姐不知内情，在电话里关切地说："休息两天就来吧！盛唐门口围了好多记者，大家都对你这个《歌手之夜》的黑马充满了兴趣，现在正是提高知名度的好时机啊。"

樊歆礼貌地敷衍几句，挂了电话。

没一会儿莫婉婉又打来："《歌手之夜》一播完，处处都是你的头条啊，你可抢了慕春寅的位子啦。"

樊歆无奈地一笑。莫婉婉说得对，眼下无论是报纸、杂志还是网络，齐刷刷地刊登着她的消息，内容分为两大类，第一种是报道《歌手之夜》状况的新闻稿："《歌手之夜》史上最强黑马出炉——樊歆半决赛夺冠""新秀樊歆实力不容小觑，总成绩仅次于天后苏越"；第二种便是围绕着赫祈无故退赛，而温浅突现引发的八卦话题，譬如"温浅亲临助阵，樊歆背景成谜""新晋歌手竟得国际巨星到场相助""樊歆内定嘉宾天王赫祈中途退场，是旧疾复发还是另有隐情？"，等等。

除此之外，关于她的评论更是不计其数，因着两大巨星为她到场，她成功登上了人生中的第一回头条，在微博热搜榜上人气甚至超过了天后苏越。

名气来得太快，她一时还没缓过神来。

电话里莫婉婉还在喋喋不休："你这次可真是一炮而红啊，休什么假，赶紧回盛唐，咱亲自去打小浪花的脸啊！啊呀呀，想想姐就激动得肾上腺素飙升！"

心情萎靡的樊歆哪还记得秦晴的事，漫不经心地敷衍道："知道了，我休息几天再去。"

时间一晃过了好几天，在外出差的慕总回了家。

见他回来，樊歆仍是受伤当天的反应，一言不发而神情倦怠。

慕春寅倚在门上看着她，似乎在等她过来，而樊歆却拿着拖把来回拖地，像没瞧见他这个大活人，更别提主动上前将行李箱接走。

慕春寅等了片刻见没有回应，最后将箱子往客厅重重一推，开车出了门。

车子启动的瞬间，他置气般将油门踩到最大，招摇的顶级大红色跑车轰一声冲了出去，声音大到惊人。

两个小时后，盛唐十七楼。

慕春寅坐在办公室里，将那份房地产楼盘策划案远远抛了出去。盛唐是个横跨多重产业的集团公司，影视业只是其中一项，此外还涉及地产及零售等各大领域，其中大头是房地产。近期有个楼盘项目已建成，迫在眉睫的便是楼盘的营销策划，今早项目负责人将策划书送了过来。

眼下的慕总跟往常截然不同，他一贯是散漫含笑的模样，神态常于雅痞之间完美互换，而眼下的他面色冷冽，将策划书砸在营销总监头上，暴躁道："什么东西！重新再做！"

营销总监捡起策划书，战战兢兢地走出了门。今天也不知为什么，慕总裁心情极度不好，他不是唯一一个被砸的，早在办公室门口候着时，他就听到里头的人在咆哮，吼完了影视业的再吼零售业，每个出来的人都是耷拉着脑袋的。

唉，果然伴君如伴虎。

临近下班的时候，汪姐忐忑地站在总裁办公室里。

为了人身安全，她隔着老板桌远远地站着，以防他摔东西砸到自己。

她摆出笑脸，尽量让声音听起来无辜无害不引起对方的火气："慕总，您问樊歆的事吗？"

见慕春寅猛地坐直身体，汪姐担心是樊歆犯了错，忙道："慕总您别生气，樊歆休息是情有可原的，前阵子她参加节目，前几天又在医院通宵照顾赫祈，我看她那么累，就允了假……"

慕春寅的重点却跟她不在一个点上，他紧皱的眉头一挑："赫祈生病是她照顾的？"

汪姐道："是啊，先前我也不知道，赫祈的助理才跟我说的。樊歆说赫祈帮她的忙，所以她回个人情在医院照顾。"

慕春寅道："那她上了温浅的车又是怎么回事？"

汪姐道："从C市回来时保姆车坏了，温先生顺路就载了我们一程。"

老板桌后的慕春寅眸光微闪，挥了挥手："你下去吧。"

汪姐走后，慕春寅静坐在桌前，窗外的落日彻底滑下，房间里的光线一寸寸暗下去，如被一张看不见的灰色幕布笼罩。阴暗之中，慕春寅的五官轮廓被无边的夜色所包容，心情一点点舒缓开来，末了所有的怒气与凌厉全都消散，竟浮起微微的懊恼。

墙上的挂钟指向下午五点半，樊歆做完最后一道菜，院子里传来布加迪的引擎声。慕春寅回来了。

樊歆将饭菜端上桌，两人对着吃，相顾无言。

每次被慕春寅折腾之后，樊歆便会沉默多日。她一如既往地为他做饭洗碗，铺床叠衣，只不过全在无声的状态下进行，不笑也不说话，做完事就将自己关在房间，像只蜷回壳的蜗牛。

慕春寅拿她没招。她性子看似温温和和，实则倔强入骨。他可以打她骂她折磨她，却无法折杀她的固执。

直到晚饭结束，樊歆仍然半个字都没讲。对桌的慕春寅终于忍不住，停下筷子看她："那晚既然是跟赫祈在一起的，为什么不早说？"

她表情微顿，起身收碗。他的话，她权当没听见。

第二天，慕春寅在办公室忙碌了一上午，到了午时饭点，吴特助恭敬地将几个精致的饭盒送来，对慕春寅道："这是樊小姐送来的，她说，您中午可以不用回家吃饭了。"

饭菜放在桌上，色泽好看得十分养眼，混着热腾腾的香气，连一贯沉稳的吴特助都忍不住多看了两眼，赞道："樊小姐厨艺好人也体贴，怕您累了，还特意送过来。"

"体贴什么！"慕春寅全然没有食欲大开的模样，手一推将饭菜挥开，不知是愤慨还是颓然，"她就是不想理我！"

半小时后慕总裁午饭完毕，他以手支额，遥望着窗外，似有几分苦恼。

旋即，他吩咐道："叫老张在楼下等我，我要去Vivi安礼服店。"

傍晚慕春寅回了家，手里提着什么东西，樊歆在厨房做饭，没留意。

等吃完饭，樊歆回到自己的卧房，目光一凝——床上不知何时摆满了五颜六色的精致袋子，其中一件粉紫色欧根纱长裙被整齐地摊开在床头，衣襟上的水晶珠花在灯下闪着她的眼。

樊歆将衣物丢进慕春寅的书房。那件漂亮的长裙她自始至终都没多看一眼。

彼时，慕春寅就坐在电脑前翻看项目计划书，余光扫到她将衣服扔进来，眸光一黯。

是夜，樊歆早早便睡下了。两三点时，她便被一墙之隔的脚步声扰醒。那声音就在她的房门外，一遍遍地来，一遍遍地去，脚步沉重缓慢，像含着满满的心事与过往。

樊歆自然知道是谁，扯了被子堵上耳朵继续睡。

她睡过去还没一会儿，房门吱呀一声轻响，有脚步声轻轻靠近，接着床榻微微往下一陷，来人坐在了床头。

未开灯的房间一片黑暗，来人沉默地坐着，既不说话也不开灯，就那么瞧着她。床上的樊歆已悠悠转醒，却不想睁眼，干脆装睡。

两人缄默相对，来人突然伸出手去，触上了她的脖颈。他微凉的指尖摸索着她的那道未完全退却的掐痕，她瞬时睁开眼，条件反射般地捂住脖子。

她眼里有戒备与恐惧，慕春寅的手尴尬地停在空中。借着楼道的微光，他一改白天的少爷架势，乌黑的眸子像是窗外的夜色，暗到让她产生了错觉——他眼睛里竟含着懊悔与怜惜。

他凝视着她，声音沙哑中含着歉意："我不会再那样了。"他凑过去，语气放得更软："是我误会了。"

她盯着黑暗，眸里浮起悲伤，却更像是认命，房内被她压抑的情绪渲染到极限，像这阴雨夜潮湿逼人的空气。她轻声说："我总觉得，我迟早会死在你手里。"

他一怔，伸手摸到她的脸，指尖一点点下滑至脖子，在那掐痕上反复摩挲，有小心翼翼的忏悔。他再一次重申："我不会再这样，我保证。"

见她不语，他又喊出两个字："慕心。"

她有些恍惚，为着这个许久没出现过的称呼。这是她曾经的小名，养父母取的。

"慕心。"他再次喊出来，嗓音混进这雨夜的淅沥中，带着些讨饶的意味，仿佛垂髫之时两小无猜的柔软，她原本坚硬的心瞬间便融化下去。念在过去的温情与愧疚，无论他做过何种伤害她的事，她都无法真正计较。

她闷闷地转过身去，像儿时两人闹过不快后一样，背对着他说："你说的话你要记得。下次再这样，我就不理你了。"她似乎觉得这句话没有威慑力，又补了一句："我就真不理你了，阿寅。"

这称呼意味着谅解，慕春寅的眼神一亮，乌瞳深处燃起了两簇小小的火苗。他将脸伏在她的被子上，柔软的蚕丝被传来她淡雅的气息，是熟悉的仲夏莲花香，他颔首："我不会了。"

次日，樊歆回了盛唐。昨夜慕春寅道完歉后说要给她出单曲，这是她喜欢的工作，于是她一扫前几日的阴霾，一早便赶到了盛唐。

她还没迈进公司大门，远远便瞧见门口围着一圈记者，她知道大多都是等她的。樊歆惊了惊，没料到距《歌手之夜》一个多星期了，还会有记者蹲守在这儿。

记者一见她来便蜂拥而上，七嘴八舌地将话筒塞过来。

她礼貌地回答了几句，走进楼去。

樊歆才甩开记者，一进盛唐大楼，又遭到同事们的围攻。莫婉婉在人群里高喊："姐们儿，《歌手之夜》实在太棒了呀！"

一群人跟着欢呼，有人笑道："你深藏不露呀，平时看起来低调得很，参加比赛却有两大巨星作陪！"

其余的人跟着起哄："快从实招来，你跟温浅、赫祈都是什么关系！"

樊歆正要解释，汪姐不知从哪里冲了过来，高举着手机惊喜地看向樊歆："樊樊，你的电话，是温先生打的！"

前阵子连绵不断地下了好几天的雨，今日冬雨初晴，阳光淡淡洒在地面，地下车库里仍有股潮湿的水汽味。

雅黑的保时捷车里正低吟浅唱着一首英文老歌，舒缓的蓝调里透着淡淡的忧郁。温浅倚在真皮座椅上，指尖轻轻在方向盘上合着拍子。

他的视线不经意地落在方向盘旁的蓝色签字笔上，他拿起笔，放在手心把玩。

他握着这支笔，再次想起送笔的那个人。他想了很久，有些颓然。

他对那个人的记忆太少，虽然她为他失去了生命，可他却连她的模样都没看清。如果非要找出点儿形容词，他对她大概只有两个感受：第一，丑陋；第二，才华。

丑陋，是真的不好看，他晓得她暗恋他，因为她去琴房偷听他弹琴的频率实在太高。她胖胖的，戴着一个大口罩，口罩上是一副夸张的黑眼镜，完全看不到相貌，后来他才知道，她是脸上有疤才刻意遮掩。她常来琴房，见了他便一副面容恍惚的陶醉模样。他厌烦却懒得驱赶，毕竟这样的人多如牛毛，赶也赶不完。

至于才华，她倒是真的有。就在他将她归类于打扰他练琴的讨厌粉丝之时，她意外展现的才华让他诧异。

那是在他大三的某个下午，他正在琴房里练琴。夕阳穿透玻璃，为琴房的一切沐上明亮的光。

她又来听他练琴，约莫是怕打扰他，她屏息贴着墙从他身后走过，将脚步压得低低的。

那会儿他正为齐湘不跟自己商量径自出国的事不快，本就心情不好的他，再也按捺不住脾气，抬头斥道："你怎么又来了？烦不烦！"他听见自己的声音很冰冷，眼神里亦满是鄙夷。

她没料到他的反应这么激烈，嗫嚅着说："不好意思，我只是觉得你弹得很好……"

他无声地嗤笑，视线从亚光黑的钢琴上滑过，再掠过旁边棕红的小提琴、金色的萨克斯，高档的西洋乐器被落日镀上了一层暖色调，像是油画里打了柔光的艺术品。他的口吻含着漫不经心的轻蔑："好？你这种人懂什么叫好？"

仿佛被他直白尖锐的话伤到了，她低下头，慢慢朝外走。

他瞧着她的背影，不愿她日后再来打扰自己，干脆来了句狠话："以后别出现在这里。你无知的单恋，只会侮辱我的音乐。"

她原本前进的脚步猛地顿住。许是最后一句话太过难听，她转身快步疾走，来到另一架钢琴前，一屁股坐下。

她面带负气之色，他懒得阻止，等着她上演一出自取其辱的戏码。

然而他错了。

她背脊笔挺地坐在那里，翻了翻正前方的钢琴谱，几秒后她肘部一压，十个指尖骤然在琴键上跳跃起来，仿佛被施了魔法，轻快地流连于黑白两色之间。

她专心致志地弹奏，旋律在房间里盘旋不休，过程足足持续了三分钟，从头至尾没有任何的停顿，一气呵成。

一曲毕后，他的目光由轻视化为愕然。

她顾不得他的眼光，随手拿起旁边的小提琴架在肩上。这次她连谱子都没要，琴弦已然开始拨动。

他越发诧异。这首曲子是罗马尼亚作曲家迪尼库的《云雀》，堪称小提琴高音E弦上绝无仅有的颤音名曲。

斜阳弄影的房间内，她那戴着口罩没有丝毫美感可言的脸颊靠在小提琴上，音乐时而婉转轻快如夜莺啼鸣，时而跌宕起伏若山泉飞溅。清悦的音色中，可以看出她对乐器轻车熟路掌控有余，那稳健的快弓功底及高把位的左手基础，还有急速旋律节奏弓法的灵活运用，赫然昭彰着她是深藏不露的高手，没有多年的熏陶与苦练，绝不可能达到这个水准。

两分钟后，音乐骤停。她放下小提琴，抬眸看他。

他的神情里有前所未有的愕然。虽然她戴着口罩、大黑框眼镜，厚刘海长到遮住眼睛，让人看不清真容，但他能感受到那一刻她的眼神，明亮如寒星，瞧到了他的心底去。

随即，她笑了一声："怎么，因为我丑陋、臃肿、卑微，所以我就不配懂这种高级的玩意儿吗？"

她话落将琴重重地往椅子上一搁，起身就走。一旁的吉他被她的动作震出嗡的低鸣，她却只是一笑，背影落寞。

那次之后，他收敛了对她的轻视，爱才之心让他去打听了她的信息。她叫慕心，是小他两届的学妹。

那时他的乐团里正巧缺一名小提琴手，而她无疑是最佳人选。

三天后，他在自习室找到了她。彼时，她正背对着他趴在桌上写着什么，他以为她在做笔记，没想到不是，她手下压着一沓他再熟悉不过的纸张。他趁她不注意抽了出来，下一刻便怔住："这不是我废弃的曲谱吗？怎么在你这儿？"他瞅瞅上面潦草凌乱的音符，神情凝重："我明明还没谱完，这后面是谁续的？"

他盯着她，有几分诧异和几分疑惑："是你？"

她埋着头，依旧是那副大口罩、黑眼镜、厚刘海让人看不见脸的装束："是我怎样，不是我又怎样？"

"你……"他被她的话噎住。

她搂着书包起身离开。他追了上来，拦在她面前：“你有才华，为什么要留在慕家？”

她转过身，胖胖的身躯背对着他：“谢谢温学长的关心，这与您不相干。”

他的眸子里闪过愤怒，清俊的眉眼里闪着冷光：“你知不知道你的才华意味着什么？”

“我知道。”她的声音平静到没有丝毫波澜，仿佛早已知晓，“可以被保送德国一流音乐学府M大。”

“那你为什么不去，留在慕家做一个下人，你就这么心甘情愿？”

她垂着头，黑框眼镜遮住了眉眼，他看不见她的表情，却能感受到她这一刻情绪的悲伤与复杂。好久后她说：“让温学长费心了，这是我的事。”

他不可置信地瞧着她，冷笑道：“原来是我一厢情愿……好，既然你自甘卑贱，我又何必操这闲心！”

他临去时神色冰冷如霜：“慕心，以后，我就当没认识过你。”

他一向清高自傲，从未被人这样拂过颜面，此后他再没去找过她。

就在他以为两人再不会相见时，她再次出现。也是，最后一次。

在那个炎热的午后，在那条通往音乐剧场的路上，当失控的货车撞开栏杆与绿化带，呼啸着冲向他的一刹那，有人闪电般推开了他，空中爆出大簇热烈的红。

他被推到了安全地带，而她却如软绵绵的布娃娃般飞了出去，街道上有人恐惧地尖叫：“撞死人了！撞死人了！……”

混乱的街道上，她躺在冰冷的路中央，身体里的血如泉涌般一波波出来，模糊了他的整个世界。

她被送到医院，抢救无效后死亡。慕家的人不知道把她的遗体带到了哪里，他连送别都来不及。

她离世之后，他才从莫婉婉口中得知，这个叫慕心的女生，不美丽，不可爱。却，爱了他许多年。

然而，当他知晓这一刻时，她的整个生命都为他燃烧殆尽。

……

“温先生。”

车窗外的地下车库潮湿阴冷，一团红色的影子站在车旁，她轻敲玻璃窗。陷入回忆的温浅这才回过神来，看着窗外的女子。

樊歆身姿窈窕地立在那里，桃红色的毛衣是堆堆领的设计，她小巧的下巴蹭在绣着蕾丝花边的高衣领里，衬托得肌肤越发地白。一头乌黑的头发柔顺及腰，什么装饰都没有，却偏偏清丽如出水芙蓉。她隔着车窗问他：“温先生，您找我有事吗？”

温浅将手中的签字笔放回去，慢条斯理地拿出一副白色的耳机：“你的耳机。”

“哦。”她恍然大悟，伸手去接，不想他手一缩，她扑了个空。

他将耳机握在手心，话音里似乎含了丝恼意："前几天我给你打电话，为什么不接？东西落我这里了，自己不主动来拿，就等着我送是吗？"

樊歆不知该怎么回答，前些天他确实给她打过电话，那会儿她跟慕春寅正在冷战，怕再次刺激慕春寅，她便挂了电话。

其实也不全是因为慕春寅，她自己也不想接电话，她害怕再跟他有什么瓜葛。于是她垂下眼帘，无辜又温暾地道："您可以不送来的，直接丢了就行，我再买一副。"

温浅气结："我开车在城里堵了快一个小时，又在这儿等了你十分钟。你连句谢谢都没有，就跟我说这种话？"他往外一指："而且外面都是记者，你知道我有多讨厌被狗仔看见，多讨厌被胡乱编派吗？"

樊歆想了想这几天的新闻，因为温浅上《歌手之夜》的事，她与温浅还有赫祈三人的关系，被八卦爱好者们编造了无数个暧昧的桥段。她一本正经地说："就因为记者把你跟我放在一起乱写，我才不愿跟你见面，我不想给你制造麻烦。"

她口气真切，温浅气消了大半："算了，反正我也习惯了。"

樊歆摇头："可我跟你明明没有什么，我不愿被别人乱写啊。"

温浅一怔，她漫不经心的口吻隐隐带着嫌弃，仿佛跟他上新闻是一件多么不堪的事。这么多年来，多少女人求着盼着想跟他上报道啊!

他没来由地腾起了恼意，道："彼此彼此，我也不想跟你这种人有什么。"

樊歆居然很欢快地点头："那就好。"说着她把手一伸："那请温先生把耳机还我吧，谢谢你，我这就走，免得外面的狗仔队又看见咱俩在一起。"

温浅再度气结，手里的耳机还也不是，不还也不是，一路上想着的正事也忘到了脑后。他说是来送耳机的，其实是想谈谈下一部电影插曲的事，有片商拜托他作曲，他觉得樊歆的嗓音适合那首歌。

他忖度着如何开口，一只白皙的手却伸进车窗，樊歆将耳机拿了回去，冲他弯唇一笑，唇边两个梨窝再次显了出来："谢谢啦温先生，我走了！"

不待温浅搭话，她一溜烟跑远。车内的温浅看着她头也不回地离去，愣了半晌，最后用力一踩油门，车子轰一声驶了出去。

樊歆回到盛唐办公大楼，立时又引起一片骚动，莫婉婉跟几个人围过来问："那个高高在上的大牌温浅找你干吗？"

樊歆正要搭话，一张不受樊歆待见的脸从一旁露了出来——秦晴。

她依旧是低胸敞领齐臀的性感装束，见了樊歆，她哼了一声，高扬起下巴走出电梯。一只手却在此时拦了过来。赫祈不知从哪儿冒出来的。

秦晴一愣，她与赫祈没打过交道，猜不懂赫祈的意思，但天王级的人物她自然是要巴结的，于是她摆起明艳的笑脸：“赫祈哥，有什么事吗？”

赫祈礼貌一笑，视线落在樊歆身上：“说一。”

“说一干吗？”

人群中的莫婉婉已经明白了赫祈的意图，催道：“你说就是。”

樊歆云里雾里地说：“一。”

赫祈满意地点头，同莫婉婉一起看向秦晴。

秦晴更是莫名其妙：“你们看着我做什么？”

莫婉婉哈哈大笑：“樊樊啊，果然你说一，秦晴不敢说二了。愿赌服输。我们都是证人，以后这Sweet你想怎么使唤她就怎么使唤吧，她要是敢反抗，那就是打自己的脸！”

樊歆哭笑不得，他们这是联手挤对秦晴呢！

秦晴的脸色难看到无法形容：“樊歆，你这是搞小团体吗？《歌手之夜》有什么了不起，如果不靠男人你丢人丢定了！”

樊歆本不想跟她争执，听完这话再按捺不住：“秦小姐，第二场比赛没人帮，我也没输，而且论起靠男人，我想秦小姐比我更有经验。”

秦晴被抓了把柄，还强自争辩：“我哪有！”

莫婉婉皮笑肉不笑地接口：“别谦虚啊小浪花，你哪没有？在家你靠你爹，在盛唐白天靠你舅舅靠你表哥，夜里嘛，嘿嘿，最近就靠慕总……”她夸张地大笑几声：“也许在外你还靠一群干哥哥、干爹呢！”

众人哄堂大笑，秦晴气得脸白一阵红一阵。汪姐从人群后走出来，止住莫婉婉没遮没拦的嘴：“围在这里干吗，都干活去！秦晴，你不是要录《巴格达之恋》的主题曲吗，怎么还没弄完？荣光那边都催几次了。”

汪姐去推秦晴，秦晴却恼着不肯走，她猛地回头冲樊歆道：“我靠男人又怎样，我有资本！我才给慕总吹了几句枕边风，你辛苦得来的德里广告就变成我的囊中之物了，有本事你抢回去呀！”

众人被她的无耻惊住，圈里钩心斗角虽多，各艺人间你挖我的广告、我抢你的影视角色屡见不鲜，但大多都是藏着掖着的，毕竟不是什么光彩事。如今秦晴挑衅般说出口，且理直气壮地在大庭广众之下说，这不得不让人再一次刷新对她的认识，便连最没有下限的莫婉婉都忍不住拍掌叹服：“小浪花，你的风骚，超乎老娘的想象。”

秦晴竟还得意一笑：“樊歆，你在《歌手之夜》赢了又怎样？即便你在Sweet里说一不二又怎样？我马上就不属于Sweet了，你就好好做你的光杆司令吧。”

这话让汪姐亦是愣住：“秦晴，你说什么？”

秦晴嗤笑，给了个炫耀的眼神：“汪姐，你还不知道吧，我跟慕总说我待在

Sweet里不开心，慕总决定让我单飞。”

半小时后，樊歆去了化妆室，汪姐帮她接了一家杂志的专访，时间快到了，她得赶紧化妆打扮。

莫婉婉闲来无事陪她化妆，趁左右无人时她担忧地问：“这小浪花要单飞，那Sweet岂不是要散？你们Sweet才刚闯出一点儿成绩，现在散伙不好吧？”

樊歆揉揉眉心，也有些苦恼。老实说，她虽然不喜欢秦晴，也知道散伙是迟早的事，但她并不想这么快，毕竟Sweet的第一张专辑才出来，市场反响不错。

莫婉婉还在继续唠叨：“这慕春寅怎么回事，居然把你的广告给了小浪花！×！姐当初为了你那支广告可没少跑腿啊！”

提起这事，樊歆心底亦是不舒坦，但什么也没说。

就在女人们为了单飞的事各有所思之时，十七楼的总裁办公室里，头条帝也在跟赫祈讨论着女人的事。

他们两人私交甚好，慕春寅拍拍赫祈的肩，说：“兄弟，这次真对不住，你原本在澳洲治哮喘，病还没好硬被我拉回来帮樊歆。”

“得了，这事不怪你，我是那天温度骤降引发哮喘的，我没料到C市的温差变化那么大，刚好那天上台急，随身常备的药也忘了带，是我自己疏忽了。”

“好了好了，过了就不提了……”赫祈不愿让兄弟担心，笑着换了个话题：“你今天心情不错，怎么，跟她和好了？瞧你那几天，脸色吓死人！”

慕春寅转着手中的签字笔，不以为意地哼了哼：“谁要跟她和好，是她一直求着我哄着我，又给我按摩又给我做吃的，还送到我嘴边，少爷我这才勉为其难和好的。”

赫祈扑哧笑出来：“你就傲娇吧！”他想起另一件事，问：“你怎么把德里广告给秦晴了？我真是弄不懂你，你看起来挺在乎樊歆的，为什么又把她辛苦到手的成果给别人，这不是存心惹她不痛快吗？”

慕春寅走到落地窗前，暖阳从玻璃窗外落入室内，他的五官沐浴着温煦的阳光。他环胸悠悠一笑：“这你就不懂了吧，本少爷可是为她好，你等着看就知道了。”

是夜，慕春寅回家时饭菜已做完摆好。

慕春寅慢条斯理地喝着汤，向樊歆道：“这段时间除了出单曲还有杂七杂八的通告外，你还要拍个广告，是盛唐自己的楼盘广告。”

提起广告，樊歆的脸色一沉：“我不要你的楼盘广告，我只要自己的德里代言，那是我跟汪姐还有婉婉辛苦争取来的，你凭什么给秦晴？”

慕春寅摇头叹气：“女人果然都是头发长见识短，给你好的还不要！”

樊歆一甩手进了厨房：“就不要！”

第五章

桃坞

那日樊歆与慕春寅闹归闹，但楼盘的广告还是被火速提上了盛唐的工作日程。慕春寅为这事跟公司高层连开了几次会。

会议上高层们反应不一，大多都是愁眉不展的。胆大的李副总道："慕总，不是我们不积极出谋划策，是这个位置确实难以营销。"

"对啊。"他身侧的张总监跟着道，"这位置不仅远离市区，交通不便，而且价格比市场上其他别墅高出百分之四十！这价格更让人望而却步了。"

慕春寅以手支额："所以，在你们眼里，这楼盘除开贵点儿，就没其他的优势了吗？"

张总监道："咱实话实说，我们楼盘周围的湖景看着不错，但其实那就是个孤岛。虽说湖景房也有卖点，但市场上跟咱类似的楼盘并不少。Y市的富豪虽然多，但越是富人越懂投资，他们更看重性价比与投资前景。性价比上我们的确不占优势。"

张总监指着屏幕上古香古色的中式园林忧心忡忡："而且，据市场反馈信息来看，投资者对我们的建筑风格并不认可。我们中式园林的设计虽花了大价钱，但在市场上的受欢迎程度远不及其他类别的别墅。"

"张总监说得是，我们早前的项目战略就做错了方向，我们应该将别墅风格建成简欧风带花园的那种小洋房，不少人崇洋媚外就好这一口！如今修成了中式风，除开一些有底蕴的知识分子看得入眼，其他都不买账。照本月的数据来看，认筹率不达预期的百分之三十，这前景堪忧啊！不如……"他以一个试探性的眼神看向身旁的孙副总。

孙副总极识时务地接口："慕总，咱现在骑虎难下，卖别墅吧，不好卖，空在那儿吧，赔钱。不如把那地卖给万银集团得了，他们不是早就想用这块地做度假山庄吗？眼下我们的中式庄园正好适合做山庄！”

一群人连连点头：“对，他们开的价还不错，我们卖出去，总比空在那里亏钱的好。”

一群人七嘴八舌各抒己见，他们的Boss慕春寅却只慢悠悠地喝茶。那上好的伯爵红茶泡成小小半杯，放置在透明的杯子里，里头加了几块剔透的冰。

见众人讨论完毕，慕春寅弯唇一笑：“你们说完了？”

众人点头：“我们该说的都说了，就看慕总您的。”

慕春寅颔首，手一指身后投影仪上的楼盘图。他扫视全场，眉眼间俱是笑意，口吻却含着冷冽：“说让我卖地的，我只有一句话——本少爷的东西，从没有让出去的。”

见老板的脸色难看，一群人犯了难：“可是……”

有机灵的立刻见风使舵：“那咱就不卖，还是按老计划来，先拍几个广告投入市场再说。或许广告拍得好，销售额就会往上涨呢？”

另一个墙头草跟着附和：“对，也许是咱前期的宣传不到位。咱这次广告来个狠的，在Y市乃至全国全面投放，什么广播电视、网络报纸、移动公交之类……要让大街小巷人人皆知。”

提起广告，宣传部的方总监终于有了用武之地，他积极表态：“不错，这次的广告可以策划一些噱头，提炼些经典的主题出来，漂亮点儿、唯美点儿或者另类点儿，要让看者心动闻者心痒，产生亲临实景房的冲动！”

慕春寅的脸色稍缓，朝宣传部总监颔首。随即他就顺势下旨：“既然大家都这么认为，那便集思广益，都去想想广告该怎么策划吧！”

主管演艺的刘副总问了个关键问题：“如果这广告不是模拟宣传片，要是涉及演员，慕总是想请外人，还是在自家找人选？”

慕春寅眯眼笑道：“你认为呢？”

刘副总是个直肠子：“盛唐的众多艺人里，除了赫祈等几个大牌之外，最近风头正盛的就数秦晴与樊歆两个新人，她们俩一个去了米兰时装展在各国媒体下名声初展，一个凭借《歌手之夜》一炮而红……”

刘副总的话没说完，有人便笑道：“刘副总当然是想让宝贝外甥女上了，您三个儿子没一个丫头，这秦晴您简直是在当女儿养嘛！”

刘副总频频在公司为外甥女出面拉关系也不是一回两回了，一群人早已见怪不怪。见众人打趣他，他干脆顺杆往上爬：“我的确觉得秦晴还成。”

宣传部方总监掸掸手中的烟：“可我觉得樊歆挺好，《歌手之夜》后她的名气一跃而起，眼下天天都有记者在公司旁伏击她，随便写点儿什么就能出新闻。”他说着看向慕春寅，是个奉承的口气：“慕总果然慧眼识珠，当初我们都说樊歆这个年龄出道已经晚了，是您力排众议让她进了盛唐，如今看她的表现，果然有过人之处。”

慕春寅笑吟吟的，刘副总却心有不甘：“樊歆虽在音乐上有些才华，但毕竟没拍过广告，万一表现不好，这么大的项目可不是闹着玩的。而秦晴这阵子要拍德里的广告，相信在国际顶尖的广告拍摄过程中，一定能吸足经验好好表现。”他话落向慕春寅看去，是个探询的意思：“您说呢，慕总？”

慕春寅笑得高深，似乎是赞同。他迎着众人的眼光站起身，夕阳于雪白墙面投出一道斜长的阴影，他散漫的笑里含着志在必得的精干：“都散了吧，广告人选我心里有数，当务之急是广告策划，要让广告的创意令客户心甘情愿地掏钱。”

这场会议之后，一则新的八卦消息迅速在公司里传开，人人都在窃窃私语，对某人嫉妒又艳羡。

话题主角仍然是最近风头正盛的秦晴，众人眼瞅她舅舅春风得意地从总裁办出来，便知道这秦晴又接上好活了。

果不其然，秦晴在诸人面前炫耀完毕，便去了艺人练习室，樊歆正在那里练舞。

宽敞的练习室里四面皆是镜子，将秦晴踩着恨天高步步走进的姿态映得无比清晰，连带着她脸上那抹轻蔑的笑。

她走到樊歆面前，一如既往地微抬下巴：“樊歆，知道刚刚的消息吗？除了德里广告外，公司决定将房地产的广告也给我。”

樊歆下腰完毕后接着舒展双臂，反应很淡：“哦。”

秦晴倚在镜子旁拨着指甲，故作幽怨：“唉，从前跟你在一起时还挺闲的，如今单飞后，广告是一个接一个，忙得我连懒觉都睡不了。”

她佯装艳羡地看向樊歆：“还是你好啊，《歌手之夜》后除了那些无聊的记者外，通告寥寥无几，看把你给闲的。”

樊歆仍慢条斯理地练着舞。其实在《歌手之夜》后，她的通告便呈井喷式猛涨，只是她一心想着出单曲的事，推了一大半。

见樊歆不理不睬，秦晴讥诮一笑：“别练了，即便你出了单曲出了唱片，成了小有名气的歌手又怎样呢？咱俩不是一个起点的，我舅舅之所以让我在各大广告面前露脸，就是为我的下一步铺路……你知道我下一步的计划吗？影星！届时我歌坛影坛两栖发展，你还拿什么跟我比？”

“没人跟你比，是你非要跟我比。”

秦晴被她呛住：“你什么态度？”

樊歆抬头与她对视：“我倒想问问秦小姐是什么态度？《歌手之夜》秦小姐对我做的事是什么态度？”

秦晴脸色微变：“你说什么我听不懂！”

看她略显心虚的反应，樊歆顿时了然。上次舞台遇袭的事件，她有跟汪姐讲过，汪姐汇报给高层后便不了了之。樊歆虽然怀疑幕后指使者就是秦晴，但没有铁证她无法确定，眼下秦晴这慌张的模样，倒让樊歆终于确定了自己的判断。

秦晴还在那里说："你少血口喷人，有本事拿出证据来啊。没有证据那就是诽谤，按盛唐规矩，对中伤同事的人，一律雪藏严惩！"

樊歆看着她笑了，眼底有冷意："秦小姐尽管抵赖，但这事我记着了。"

"我怎么抵赖了？"秦晴又恢复到一贯的盛气凌人，"退一万步讲，是我又怎样？我如今是慕总的人，你能把我怎么样？"

汪姐不知从哪儿冒了出来，插在两人间打圆场："行了，都是同一个公司的，少说两句……"

秦晴斜睨樊歆："谁想跟她说话。她是什么身份，我是什么身份！"

"秦晴，"汪姐忍不住提醒，"说话注意分寸，好歹曾经是一个组合的。"

秦晴漂亮的长指甲在阳光下闪耀着光，这段日子她风头正盛，越发膨胀起来，从前还顾及着汪姐是资深经纪人，如今也不在乎了。她口气不屑："不劳汪姐操心，我单飞后就不是您的人了，我说什么您都管不着！"她冷笑一声，扭着腰肢走远。

练功房里只剩汪姐跟樊歆两人，汪姐摇头道："这秦晴真是越来越没分寸！"

樊歆若有所思地问汪姐："你知道那件事是她做的对不对？"

汪姐再不好瞒她："我向高层汇报了，但高层将它压了下来。有人说这是慕总的意思。可能慕总正跟秦晴好着，不打算追究吧。"

见樊歆面色黯然，汪姐拍拍她的肩："你别把她的话放在心上，也别跟她比，你们不一样，她是裙带关系，你是实力派。这个圈子本来就不公平，靠裙带关系的人看似离成功更近，但实力派的人一旦厚积薄发，将势不可当。"

樊歆深以为然："我也相信裙带关系不能一步登天，人最主要的还是自我的向上。"

"所以将那些不愉快暂时抛到脑后，把眼下的工作先做好，你现在最重要的是单曲！"

"嗯。"樊歆点头。

是夜，慕春寅没出去寻欢作乐，他坐在卧室沙发上，跷着二郎腿看电脑。

樊歆从一旁经过，视线不经意落在他的电脑上，问："这是你那个卖不出去的楼盘项目图吗？"

慕春寅："……"

樊歆没顾他的目光，拿鼠标浏览楼盘项目的实地图。片刻后她面露惊艳："我收回之前的话，这房子挺不错的，虽然还未完工，但复古的设计很有味道，岛周围的湖水也好清。"

慕春寅笑着摇头："你傻啊，谁会为了湖水去花大价钱买房子，这种行为就像你们女人为了一根腰带去配一整套衣服。"

樊歆仍是瞅着照片出神，然后扑哧一笑："阿寅，这房子你要是卖不出去，等我出名赚够了钱，你就卖给我，我要在上面种很多桃花，就像黄药师的桃花岛一样。

"你演电视剧呢！"

"你不觉得这种想法很好吗？"樊歆道，"现代人从小就在水泥钢筋的城市生活，我相信身处于喧哗尘世的人们心中都有一个世外桃源。"

她双手托腮面露憧憬，学着电视剧里的台词，嗓音清脆如百灵鸟般婉转："比如就在那片湖水环绕的岛屿上，远离尘世喧嚣，看落花细雨，赏湖水波光，天气好时钓鱼划舟……这日子跟神仙有什么区别吗？"

慕春寅本是漫不经心地听着，但随着她生动而诗意的描绘，他的神色越发凝重。

樊歆停下话头，问："怎么了，我说得不对吗？"

"对！"慕春寅勾唇一笑，拍拍她的头，"对极了！因为你的启发，广告策划案我想到了突破点！"

慕春寅起身将茶杯往桌上一丢，继续加班去了。

樊歆坐在那儿茫然自语："我究竟说什么了？"

没有人回答她，她亦不会知晓她这句无心之言，给了慕春寅怎样的启发。

她更不会料到，数日之后，当这个启发转化为广告创意，以极致的视觉冲击力呈现在世人面前时，她的演艺生涯会随着这则独一无二的影视广告，以倾世之姿，惊艳全城。

这晚过后，慕春寅进入了忙碌阶段，一贯回家吃饭的他连着几天都留在公司加班。樊歆原本还很庆幸，以为不用再伺候总裁大人，可以安心去揣摩新歌了，谁知慕春寅一个电话就把她召到办公室，让她在办公室自带的私人厨房做饭。

盛唐的总裁办公室极宽敞，十七楼的一半面积都是他的。会客厅、休息厅、卫生间就不用说了，那什么健身厅、娱乐厅、花茶厅、洗浴厅简直让人眼花缭乱，整个办公室就是一所华丽丽的豪宅！

眼下，樊歆正在豪宅厨房内给Boss大人做夜宵。而外头的慕春寅，一晚上都在跟各路人马商量要事，主题就是那个不被看好的孤岛楼盘。看这动静，慕春寅还真把那天她说的话放心上了，如今在他办公室里不仅有主管传媒的心腹，还有高薪聘请的国际顶级建筑师与园林设计师。

一群人对着各种中式园林图片谈到夜里十二点才结束。散场后樊歆将夜宵端了出去，慕春寅斜躺在办公椅上，脸色略带疲倦，朝额头一指，道："给我揉揉。"

樊歆将手指按上了他的太阳穴，眸光扫过大屏幕上的园林图，一怔：“我那天就说说而已，你还真打算将楼盘开发成那样？”

慕春寅道：“我觉得你这蠢脑子的想法挺好。”

随着慕春寅拍定计划，之后便是雷厉风行地实施，此后一个月，慕春寅通宵加班，基本上吃睡都在办公室。

于是樊歆这个月也都在总裁办公室。白天，她偶尔练歌练舞，偶尔接受媒体的采访，保持足够的媒体曝光率，其他时间就跑跑通告，工作安排得也算充实。

夜里她就待在慕春寅办公室，他在外厅工作，她在内厅休息。为了防止旁人发现她与慕春寅的关系，有人来找慕春寅时她便躲在里头不出来，好在她在总裁办公室混了大半个月，也没什么人看出不对。

这天下午，樊歆接受完某报社的采访，还不到晚饭的时间，她便去了五楼的乐器室。

她在乐器室里晃荡一圈，不经意看见墙角靠着的小提琴。想起自己勤奋练琴的年少时光，她心下一时动容，拿起小提琴就拉了起来。

与此同时，乐器室外长走廊上，有人不紧不慢地走过，在听到音乐的刹那，那人脚步一慢，看向旁边的助手：“阿宋，你有没有听到什么声音？”

耳力灵敏的助手颔首：“我听到了，有人在拉小提琴。”

盛唐大楼里来往的人多，声音有些嘈杂，温浅凝神听了一会儿：“似乎是那首《云雀》？”

阿宋能被温浅挑中做助手，自然是因为科班出身，他眼睛一亮：“还真是，这曲子这么难，拉琴的人肯定是个行家……”

阿宋的话还没完，身旁的温浅已大步走开，脚步略显急促。

片刻后，温浅的脚步顿住，他站在乐器室虚掩的门外，静静看向里面的人。

室内琴声袅袅，光影自玻璃窗穿透而入，掠过蔚蓝的钩花窗帘，在棕红的地板上晕开一片亮。那个窈窕的身影正侧对着门，斜坐在窗台旁，肩上架着小提琴，白皙的脸颊虚虚贴着琴面，泼墨的长发及腰。她全身心沉浸在缠绵的音乐中，连屋外站了两个人都没察觉。

门外的阿宋压低声音道：“这不是那个樊歆吗？想不到她除了唱歌外，还会拉小提琴！”

温浅没搭话，他盯着房内拉琴的人，既狐疑又诧异。身旁的阿宋惦记着要事，附在温浅耳边道：“温先生，跟盛唐约的时间到了，我们还是上去吧。”

温浅回过神来，最后看了一眼乐器室的人，踱步离开。

门外的人早已远去，樊歆还陶醉在音乐声中。

直到做饭的点快到了，她才走出乐器室的门，趁人不注意，溜到了总裁专属电梯。怕人发现，这些天她进出都是用的总裁通道，因着保密工作做得不错，倒也没什么人发现。

就当她自认为保密手段高超时，打脸的事来了。

当她踏进电梯门时，秦晴猛地从旁边拐角处冲出来，拽住她的衣袖厉喝："樊歆，你竟敢坐总裁专属电梯！"

旋即秦晴更大声地向左右喊道："大家快来看呀！樊歆狗胆包天敢坐总裁专属电梯！"她揪住了樊歆的衣服，吼道："说，你偷偷坐慕总的电梯，是不是蓄意接近他？别以为我不懂你下三烂的手段！你嫉妒我，就妄想用这种手段勾引慕总，是不是？"

秦晴话一落，围观的人眼神顿时变了。

樊歆的火气一下子上来了。她一贯脾气好，秉承着人不犯我我不犯人的原则稳妥做人。但不惹事不代表怕事，秦晴屡屡针对她，她没回击已算仁慈，如今秦晴接二连三地挑衅，她便是再好的脾气也按捺不住了。

她用力拂开秦晴的手，这一下力气好大，秦晴穿着高跟鞋没站稳，踉跄了一下，不待秦晴发作，樊歆一番话已经劈头盖脸地说出来："秦小姐，你说我无耻，说我勾引慕总，拿出你的证据来，录音视频都可以。没有的话，你就是诽谤，我一样可以去公司申诉。别以为你家在盛唐有人就可以为非作歹！"

大概没想过温和的樊歆也有恼怒的时刻，秦晴怔了一下，随即喊起来："你还狡辩，我明明看到你走进了总裁专属电梯。"她环视周围人："你们也都看见了，对不对？"

周围人疑惑地瞅着樊歆："确实……"

樊歆轻笑："进总裁电梯就是为了勾引慕总？就不能有其他的事？果然心思龌龊的人看什么都龌龊。"

"你少强词夺理！"秦晴目光鄙夷，往总裁电梯一指，"人人都知道，这电梯除了慕总平时使用之外，就只供盛唐最尊贵的宾客使用。你是吗？"她尖厉地一笑，半讥讽半奚落："难不成你一个小小新人，还以为自己是盛唐的贵宾？"

樊歆还没来得及回答，一个清越的声音飘来："当然有！"

在场的人扭头向后看去，皆是一惊。

长廊那端远远出现一个颀长的身影。他慢慢踱步而来，漫不经心的眸光微显漠然，笔挺的走姿自有一股浑然天成的清贵。

有人惊讶出声："温……温先生？"

温浅懒得搭话，径直走入人群，抓住樊歆的手腕往前走。秦晴似乎想出声阻止，温浅的目光淡淡往这边一掠，浮起冷冽的寒光，无声无息却又震慑全场，秦晴的话立刻咽回喉咙。

旋即温浅低声道："我有资格，她就有。"

他面上仍是不动声色，那原本围着樊歆的人已齐刷刷恭敬地退后几步，瞬间让开了一条道。秦晴亦是不敢吱声，一群人就那么瞧着温浅畅通无阻地拖着樊歆走进电梯。

电梯门缓缓合上，众人才如梦初醒，有人愕然出声："温先生把樊歆带走了？"

有人点头："他的确是我们盛唐的贵宾，每次来都乘总裁电梯的。"

有人激动得语无伦次："我的天！今天这么近距离地见他，才明白为什么圈里有那么多腕儿，大家却只将温先生跟咱慕总相提并论，只有他配啊！气场真的好强，不说话，淡淡地看你一眼，你就觉得眼神可以杀人！"

有人还在为先前的一幕纠结："他把樊歆带走了是什么意思？莫非他俩有什么关系？"

一群人猜测："不排除。不然他为什么在《歌手之夜》助阵樊歆？就樊歆这刚出茅庐的新人，怎能惊动温浅的大驾？"

众人想入非非，早把樊歆私自搭乘电梯的事忘到了九霄云外。秦晴脸色难看至极，原本她想让樊歆难堪，如今来了个温浅，还闹上这一出，她哪肯甘心，啐道："温浅会看得上她，她也配？"说完这句还不解恨，又道："总之她私乘电梯的事我饶不了她！"

有人回她："算了吧，秦晴，温浅是盛唐的贵宾，是他带樊歆进去的，那樊歆就不算私自擅用总裁电梯了。"

秦晴被堵得说不出话来，朝电梯恨恨地看了一眼，一跺脚，走了。

就在电梯外一群人叽叽喳喳的同时，电梯里的樊歆尴尬至极。

空荡荡的电梯里只有两人，四面金属壁上清晰地映出人影。温浅穿浅色衬衣和墨黑西裤，简单的打扮越发显得他身姿挺拔。这原本是极养眼的一幕，樊歆却紧张又尴尬，被迫跟温浅待在同一狭隘的空间里，她逃也不是，躲也不是，只得把头低下去。

她的局促引起温浅的注意，他说："你每次见我都很紧张。"

樊歆立刻摇头："我哪有。"话虽这么说，她的脚步不由自主地向后退了一些，闪烁的眼神透出她的不安。

温浅没有对这个问题穷追不舍，换了个话题："你为什么擅自用专属电梯？"他看着她，一贯沉稳的目光锐利若针尖："难不成真像他们所说，为了博老板的欢心？"

"才不是！"樊歆胡乱编了个借口，"我只是享受一个人坐电梯的感觉罢了。安静，没有人吵，我可以在里面发发呆，想想我的歌曲舞蹈，仅此而已。"

温浅面上掠过质疑："是吗？"

"当然是。"

温浅微微弯唇，清眉俊眼似是在笑："那你去荣光，四十二层楼，可以在我的私人电梯里尽情上下。"

樊歆拼命摇头："不用了，谢谢温先生的好意。"

叮咚一声电梯门开，樊歆如蒙大赦，抬脚就想出去，不料温浅身子一转，拦住了她的去路。

他盯着她的眼睛，幽邃的眸里似浪潮翻涌瞬息万变，困惑，不解："你为什么会拉《云雀》？"

他慢慢上前半步，将两人的距离拉近了些，她能闻到他身上淡雅的气息。

同慕春寅馥郁的大牌香水不同，温浅身上是雅致悠然的茶香，袅袅绕过鼻间，像春深时节踏过一片细雨迷蒙的茶园。樊歆的心跳倏然加快，她绕过他兔子般逃了，边跑边说："哪有为什么，世界名曲谁都喜欢！"

她一溜烟地离开，留温浅在电梯里怔然良久。

樊歆估摸着温浅是去找慕春寅的，毕竟盛唐与荣光合作频繁。碍着温浅在，她不敢送上门，等到六点后温浅离开，她才进了总裁办公室。

办公室里只有慕春寅一人，见樊歆进来，问："去哪儿了，这么晚还不回来做饭？"

樊歆实话实说："我躲温浅。"

慕春寅抬头看她，嘴角含着一丝笑："算你老实。"他接着又问："想去荣光四十二层的电梯尽情上下吗？"

"我去那儿干吗？"樊歆说到这里表情微滞："你怎么知道的？"

"有这个自觉就好。"慕春寅哼了哼，将桌上电脑屏幕转过来，向上面一指："你看这是什么？"

樊歆的视线凝住。电脑里头放的正是楼梯里的监控，高清视频中，她跟温浅的对白与动作，一清二楚。

樊歆啪地关了视频："你监视我！"

慕春寅耸耸肩："电梯里有监控很正常。我不过是给你提个醒，无论你做什么我都知道，所以别妄想在我眼皮底下跟其他男人有什么来往。"

樊歆气极："你！"

慕春寅转转身下的椅子，跷着腿一副惬意的模样："不过你今天的表现我很满意。"顺手摸摸她的头："快去做饭，晚上我要吃蜜汁鸡翅。"

樊歆又恼又无奈，拍开他的爪子，转身去做饭。

晚饭过后，两人各忙各的。樊歆琢磨着自己的新单曲与MV。而慕春寅又投入到了繁重的工作中。这阵子为了"孤岛"的项目，头条帝每晚熬到夜里两三点，别看他平日在媒体面前一副风流不羁的花花公子模样，事业上可是一本正经。

夜里来了几个高管，同慕春寅谈话的声音大到内室的樊歆都听得见。

其中一人激动地道："慕总，一切全安排妥当，只等您一声令下了。这次咱定要大获全胜，让那些说风凉话的看看！"

另一人笑道："恐怕他们万万想不到，我们在短短一个月内就将孤岛改造得天翻地覆！"

第三个人鼓掌道："这次我们的销售战略可谓环环相扣。眼下最要紧的就是楼盘广告，此次走的是鲜明唯美的路线，相信拍出来后能惊艳Y市！"

一群人笑起来："慕总的创意够好，传媒部的影视脚本也写得好，我们好好把握，争取轰动全城！"

最后是慕春寅的总结。他似乎在跟几人喝红酒，清脆的水晶杯碰撞声中，他笑得优雅："预祝广告成功，楼盘售罄！"

"Cheers！"几人齐呼，"必须售罄！"

半夜两点，慕春寅终于将一切部署完毕。

几位心腹离去后，他揉揉太阳穴，长舒了一口气："总算搞定了。"他起身走向内室。

银灰色的简约沙发床上，樊歆早已趴在上面睡着了。慕春寅俯下身瞧了她半晌，替她整整额上的刘海，道："好好睡，明天有的忙。"

翌日清晨，樊歆一睁眼，就见慕春寅就坐在沙发旁，将她的衣服丢过来："快起来。"

樊歆瞅瞅窗外的天，乌蒙中透着淡淡的青蓝，像冷色调的油画，显示着还未日出。她又将头埋进了被子里："还早呢，再睡会儿。"

慕春寅手一伸，将她从暖烘烘的被褥里揪出来："还早？保姆车都在楼下了。"

"保姆车？"樊歆眨巴着惺忪的睡眼，"去哪儿啊，我今天又没通告。"

"是没通告，可你要拍房地产的广告。"

樊歆瞪大眼："啥？！"

二十分钟后，樊歆上了保姆车，映入眼帘的便是汪姐与莫婉婉同样惊讶的脸。汪姐道："樊歆，我刚刚收到通知，今天陪你去岛上拍房地产的广告。"

樊歆坐进车内，一脸茫然："这广告不是给秦晴了吗？"

汪姐颔首："我也这么认为呀，但今早高层突然下达通知，说秦晴另有安排，楼盘宣传片让你上。"

莫婉婉在旁大笑："哈哈哈！樊歆，你没瞧见刚才的好戏！小浪花一早就盛装打扮，人都挤进了保姆车，结果消息传来，说让你上岛，而她去拍一个三流健身器材的广告！"

莫婉婉挺着胸双手握拳，做了个扩胸运动，笑得在座位上打滚：“据说是那种扩胸器材！啊哈哈哈，当时她跟刘副总的脸都绿了！”

樊歆：“……”

抵达项目楼盘是在一小时后，车子长驱直入别墅区。

保姆车停下，车上的人漫不经心地推开车门，三秒钟后，所有人齐刷刷地蒙在了当场。

第一个出声的是莫婉婉：“这慕春寅是神笔马良啊，这楼盘三个月前我来过，没觉得有啥亮点，如今真是天翻地覆、改头换面啊！”

第二个出声的是汪姐，她的讶异比女汉子莫婉婉正常一些，她捂住嘴：“我的天，这慕总是怎么做到的呀，现在是冬天啊，他居然让桃树开花了！”

樊歆亦怔在当场，周身有浓郁的花香，一望无际的桃林灼灼耀眼，疏阔的天地间似晕开大片胭脂红，连苍穹亦染上桃花的色泽，在这湖泊中央渲染出惊心动魄的美。

云蒸霞蔚的落英深处，可见明清风格的中式复古园林，那红墙碧瓦朱色轩窗，那庭院回廊曲水小楼，掩映在桃红之中，只露出一星半点的飞檐转角，仿佛掩面半遮的娇羞美人欲诉还休，引人想入非非。

桃林边缘便是一汪湖水四面环绕，那湖水原本是澄清的，如今在桃林的映衬下，连波光倒影都似含着醉人的花香。

那一瞬，樊歆的脑中蹦出一句话——倘若世上真有世外桃源，应该就是这番模样。

三人站在桃林之中，一时竟都没回过神来。

半晌后有人走近，碰碰汪姐胳膊：“汪姐，您可来了，快带女主角进化妆室吧，拍摄准备早已做好，就等你们了。”

“哦！”三人这才反应过来，跟着剧组场务进了不远处的临时化妆间。

妆镜前，樊歆一边由着化妆师上妆，一边看着手中的拍摄脚本，不一会儿瞪大了眼：“拍古装？”

陈导演道：“对，樊歆你有没有拍过类似广告？”

樊歆摇头：“我只拍过平面跟音乐MV。”

陈导道：“那我跟你快速讲解一下。这广告不同于我们平时在电视上看到的十几秒的短广告，就专业性质讲，这叫房地产宣传片，时长约五分钟，概括的内容会很多。广告里我们不仅要展示楼盘的外观景象及建筑内在，更要展示我们的营销理念，即我们的房子可以提供一种怎样的生活。如果客户被我们的观点勾起购买欲望，我们的广告就成功了。”

樊歆试探性地问：“所以，这可以当成一个房地产影视的MV或者微电影？”

“可以吧。”导演道，“这广告的情节很简单，你要忘掉你现在所想。我们所在的这个岛，不再是现实中的楼盘，在宣传片里它叫桃花坞，是一个类似仙境的地方，而你的角色就是仙境里的一名神女，你在桃花坞里过着诗意的神仙生活，我们通过展示神女日常的片段，譬如舞蹈、赏花、煮茶、作画等一系列场景，去多角度地诠释岛上的美景与惬意，从而巧妙地达到展示楼盘的目的……懂了吗？”

樊歆点头：“那我现在是要赶快背台词吗？”

陈导笑着摇头：“这种房地产宣传片没有台词的，靠的就是纯画面与音乐效果结合展现一切，你不需要耗多少时间预习。每场戏拍摄之前，我会告诉你具体的走位、动作、表情，你只需按着我的指示做就OK了。”

“好的。导演，我准备好了。”

一小时后，古装的樊歆从更衣间走了出来，惊艳了剧组在场的所有员工。

她身姿窈窕地立在桃树之下，及腰乌发绾了个飞仙髻，斜插一支流苏银步摇，面庞上化着桃花妆，眉心贴花钿，一双眸子顾盼生辉，樱唇含着浅笑。身上一袭桃红宫装长裙，宽大的裙幅逶迤三尺有余，如落日霞光轻泻于地，使得步态越加婀娜轻盈，倒真像桃林深处的仙子。

众人一起拍手鼓掌，导演若有所思地笑：“看来慕总没挑错人，樊歆脸小，五官精致，加上身材纤瘦，穿上这种宽袖长裙的古装，别有一番宋朝美人的韵味。”他手一挥：“时间不早了，咱赶紧拍第一场戏。”

这边樊歆的第一场戏已经开始了，而那边莫婉婉拿着手机，精选一个漂亮的角度，拍了张樊歆的剧照发了出去。

汪姐好奇地凑过来一看，哭笑不得。

半分钟后，Y市某公司的摄影棚内，举着健身器材一遍遍拍广告的秦晴累得正够呛，手机叮咚一声响，她打开一看，立时僵住。

她手机里有一条微信图片，是樊歆的一张古装剧照，照片下，莫婉婉标着一行字：“小浪花，在做扩胸运动啊？累了就欣赏下新一届古装女神的美图。那啥，不用谢，老娘这么忙还亲自来伤害你，对你绝对是真爱呀！”

秦晴气得将手机一甩，下一刻一声惨叫，摔出来的手机盖弹到了她的脸!

而岛上的片场里，为了拍几个神女“天外飞仙”的唯美镜头，樊歆已被威亚吊在半空中晃荡许久。细细的威亚线勒得人皮肉生疼，NG了无数次终于从威亚上下来，她正感叹古装难拍时，不经意透过导演的监控器看到刚才自己的表现，浑身的痛楚顿时烟消云散。

屏幕上，那灼灼妖娆的桃花之中，长裙翩跹的女子身姿轻盈，自漫天花雨中流畅辗转，宽衣广袖飘飘如仙。众人忍不住都叫了一声好，导演夸道：“虽然第一场你

NG了好多次，但画面表现力不错，加油！”

樊歆备受鼓舞，信心百倍地投入下一个镜头。

忙碌的一天结束，收工已是下午六点。

天黑之时樊歆到了家。广告的事可以暂时松口气了。慕春寅也终于从公司搬回了家，她结束了遮遮掩掩上总裁办公室的日子。

晚饭时慕春寅优雅地喝着汤，问：“拍广告好玩吗？”

樊歆想起白天吊威亚的感觉，道：“挺新鲜的。”又问：“听说这广告还有男主角，是谁啊，怎么还没出现？”

慕春寅含着蛋羹，不咸不淡地道：“关心这个干吗，你希望是温浅吗？”

樊歆被堵得没话说，只得换了个话题：“公司里都说这广告你给秦晴了，怎么半道改成了我？”

慕春寅白她一眼：“别人说什么你就信什么！那媒体还说我的情人加起来有四五百个呢！”

樊歆点头：“这我还真信。”

慕春寅：“……”

这方两人共进晚餐时，相隔半座城市的荣光总部仍有人在劳碌。

放置着钢琴的办公室内，温浅靠在沙发上，指尖啪嗒啪嗒在笔记本键盘上敲得飞快，头也不抬地问推门走进来的助手：“怎么样，有她的消息吗？”

阿宋摇头：“盛唐对员工的保密工作本就做得严实，再加上樊歆是从国外回来的华侨，国内能查的资料少之又少。目前只知道她是加拿大华侨，今年二月回国，精通歌唱、舞蹈、小提琴及钢琴，于四月中旬与秦晴成立Sweet女子组合。”

温浅修长的手指轻叩着茶几：“一定不止这么简单，她给我的感觉奇怪又强烈……”

阿宋摸摸脑袋：“或许是她歌唱得好，您起了共鸣呢？”

温浅摇头，看着茶几上的笔记本。电脑里是一张胖女孩的照片，戴着大大的口罩与眼镜，臃肿的身躯在一堆青春靓丽的女孩中显得格外笨拙。

阿宋瞟瞟笔记本屏幕，一惊：“呀，这女的谁啊，这么胖！”

“我曾经的校友。”温浅逆光而坐，高鼻薄唇的侧脸上透着几分沉重。

阿宋哦了一声，又回到先前的话题：“您为什么要打听樊歆的消息，直接找她不就得了？您堂堂国际艺术家，找个乐坛新人问问话还不简单。”

温浅脸上透出忍俊不禁的意味：“她呀，是个怪人，别的女人遇到我都像见了金主，缠着还来不及，可她见了我就像见到了债主，撒腿就跑。”

“啊？”阿宋思索片刻，“她是不是跟您玩欲擒故纵？”

“欲擒故纵？”

“对啊，也许她很喜欢您崇拜您，但是她为了引起您的注意，偏偏不像普通女人那样缠着黏着。说穿了，她就是在玩心机。”

温浅微蹙浓眉：“我看她不像。”

阿宋不屑一顾：“女人心海底针，何况是在演艺圈里摸爬滚打的演技派！”

温浅没再说话，只摆摆手：“你回去吧，我再工作一会儿。”

宣传片的拍摄期共有三天，拍摄的第二天，樊歆一早便赶往片场。

岛上剧组人员已准备妥当，樊歆意外瞧见了一张熟悉的面孔，那人已化好了妆，穿着古装锦缎长袍，面容英俊。

樊歆大笑：“赫天王，原来男主角是你啊！”

赫祈笑：“没办法，慕总对这个项目十分看重啊，所以就钦点了我。”

两人相视一笑，随后投入了紧张的拍摄中。

接下来的一天里，两人合作了近十个镜头，或在庭院里凝神对弈，或言笑晏晏挽手赏花，或悠然煮茶倚栏听雨……

远远望去，画面里身着锦缎长袍的男子，长身玉立丰神俊逸，娇俏秀丽的女子一袭桃红纱裙，两人在漫天飞舞的桃花中携手并肩，倒真像一对神仙眷侣。

汪姐忍不住对着导演的监控器道：“这两人真配！樊歆要是能攀上这个高枝就好了！”

陈导附和道：“跟赫祈一起好啊。这圈里女人最想跟的男人排行榜里，除了咱头条帝慕总、国际名流温浅外，赫祈可是稳坐第三把交椅啊！”

一旁的莫婉婉插嘴：“你们别想太多，他俩没戏。”

汪姐笑着问：“怎么没戏了，你这没谈过恋爱的人知道什么呀！”

莫婉婉气道：“谁说姐没谈过恋爱！”

“那你说说，跟谁谈过了？”

莫婉婉拂拂短发，仰头望天，豪气万丈地道：“姐活了二十六年，谈过最长的恋爱就是自恋，姐爱自己，没有情敌。”

整个剧组一起竖起大拇指，惊叹：“牛！”

拍摄在第三天杀青。最后一场是夜戏，樊歆穿着宽摆长裙在亭榭里独舞。舞蹈是她的强项，这一段演得非常精彩。

夜色迷离的桃花坞正中，月光如银霜洒满整座岛屿，那身姿曼妙的美人，沐浴在月华与桃花雨中。她着红衣，绾乌发，描花钿，点绛唇，纤纤素手挥水袖，盈盈踏步扭纤腰，时而旋转不休，时而婉转低伏，时而摇曳轻颤，时而做飞天之姿……

最后一个镜头是拉开的大远景，疏阔的天地间一轮饱满的月，月下是水波粼粼的澄澈湖泊，是延绵起伏的美丽岛屿，岛上有曲水回廊，有精巧楼阁。园林四周环绕着如锦如霞的花海，桃红深处，美人红衣翩跹裙裾飞扬，而十步之外，抚琴的男主角白衣翩翩，与她深情相望。

画面在这刹那的惊艳中定格。所有人鼓掌高呼："杀青！"

杀青后樊歆同剧组人员告别，踏上了返程。

她原本是要坐保姆车的，赫祈却向她招手："我送你回去吧，不然保姆车要送你们三个女人，得在城里绕一圈。"

于是樊歆便上了赫祈的车，却见里头还坐了一个人，他穿酒红色呢子外套，头戴骚气的小翻边英伦羊毛帽，跷腿靠在车后座上看电影，身旁还放着蔓越莓小饼干跟红茶，一个人吃吃喝喝看电影，惬意极了。

樊歆有些诧异："你怎么来了？"

慕春寅吃着饼干，漫不经心地瞅她一眼："查岗啊，看你有没有跟片场的男人做违反合同的事啊。"

樊歆："……"

赫祈坐到驾驶座上，笑着插嘴："慕老板，您拿我做挡箭牌来接人，却偏要说查岗！"

慕春寅哼了一声，扭头继续看电影。

时间已是夜里一点，车子没开一会儿，劳累的樊歆便靠在位子上沉沉睡去。

车行至十字路口，赫祈方向盘往旁一打，车子一个急拐弯，睡梦中的樊歆重心不稳向旁边滑去，靠在了慕春寅身上。

慕春寅看电影正到精彩处，被樊歆压着胳膊难受，几次将她推开，可没几分钟她又迷迷糊糊地歪了过来。慕春寅嫌弃地摇头："女人就是麻烦！"怕她再动，干脆手一夹将她带进了怀里。

车速平稳行驶，主城区半夜的道路上行人不多，街道上的霓虹灯不停变幻，点缀着这城市的繁华。

车内的樊歆还在睡，大抵是靠在慕春寅身上足够温暖，她的手无意识地搂住他的腰。因着这一动静，慕春寅握着平板电脑的手放了下来，低头瞅她一眼。

她的脸贴在他胸膛，乌发散落于他的怀中，幽暗的车厢内弥漫着她发丝的香气，是仲夏的莲花淡香，明明不明显，却偏有种暗香袭人之感。他不由自主地放开了手中的平板电脑，伸手将她的乌发捋了捋，轻声道："女人就是麻烦！"依旧是嫌弃的口吻，面色却极柔和，漂亮的五官在灯光下舒展开来，长眉如裁，眸如墨点，一反往常的骚包招摇，透出安静的俊秀。

前座的赫祈从后视镜上瞅瞅两人，笑着接口："可有人就喜欢自找麻烦。"

慕春寅："……"

赫祈又问："你喜欢她？"

慕春寅恢复了一贯的散漫："笑话！本少爷这是绅士风度懂不懂！"

赫祈笑道："好啊，下次你让我这样绅士风度一回。"

慕春寅眸光骤然一凛，将樊歆往怀里一紧："兄弟，别说我不义气，整个圈里的女人你尽管挑，搞不定你告诉我一下，本少爷二十四小时等着帮你的忙。"他话音拖长一转，是个郑重告知的意思："但她——你不能动。"

"为什么？"

"没了她，本少爷会饿死。"

赫祈轻笑，转了个话题："我听说荣光的人在打听她的底细。"

"荣光温浅？"

"对，温浅起了疑心，这几天频频派自己的人在查。"

慕春寅嗤笑："我早把这女人的消息封锁了，她的过往也被我抹成空白，温浅想打探，没这么容易。"

"可纸包不住火的，你瞒不了多久，届时温浅知道她就是当年的……"

"没有如果！"慕春寅打断赫祈的话，眼里全是冷意，"这女人跑了五年，打从她回国被我逮到的那天起，我就发誓，她这辈子，别再想逃出我的五指山。"

赫祈耸耸肩："希望如你所愿。"

半小时后，车子停在慕氏大宅的门口。

樊歆还在慕春寅的怀里恬静沉睡。慕春寅原本打算唤醒她，目光扫扫她沉睡的样子最终没忍心。他脱下呢子外套将她盖好，径直打横把她抱起下了车。约莫是怕惊醒怀里的人，他的步履放得又慢又稳，月光照在他笔挺的背影上，显出难得的温柔。

赫祈目送着慕春寅离去的背影，摇头笑道："死鸭子嘴硬。"

慕春寅将樊歆抱回了家，在给她脱衣服盖被子时，床上的樊歆咕哝一声，梦呓道："陈导，又吊威亚啊……"

慕春寅哑然失笑："你还真是敬业啊，做梦都在拍广告。"

他话落，走出房间拨了一个电话，面上再无前一刻的温情脉脉，换成了不可反驳的雷厉风行："吴特助，通知公司后期各部门，广告拍摄已经完成，剪辑配乐等后续工作即刻进行，一周内我必须看到成片。另外，吩咐宣传部及市场营销部，平安夜的计划开始执行。"

吴特助道："好的慕总，我马上发布。"

慕春寅挂了电话，回头看向樊歆的卧房。

樊歆猫咪般睡在被窝里，也不知梦到了什么，嘴角挂着一丝笑，脸蛋似秋日里的海棠果，红扑扑的格外可爱。

慕春寅微微一笑："放心，你的付出不会白费。"

他将视线投向遥遥夜色，斑斓而广袤的城市映入他幽深的瞳里，他的语气很笃定："平安夜，你一定会惊艳全城！"

一个月后的平安夜很快到来。街上热闹非凡，大街小巷处处可见挂满礼物盒的圣诞树，各大卖场不停播放着欢快的歌曲，平安夜促销的广告更是满天飞。

在这喜庆的夜里，Y市的很多人都出来过节，道路上到处是拥挤的人潮，行人穿梭在各商业街之间。

九点之时，漆黑的夜空中陡然爆出璀璨的烟花。

烟花将整个城市的上空点亮，人们纷纷停住脚抬头观看。

有人惊喜地喊道："烟火！盛唐广场有烟火！"

"好漂亮，我们快去看！"

"走走走……"

节日的夜里，有场盛大的烟火点缀是件多么喜庆的事。人潮喧嚣着，向着Y市最繁华的商业广场涌动。

盛唐广场上的人越来越多，烟火也越发夺目逼人，伴随着砰砰砰的炸响，花炮升腾起五彩斑斓，时而如巨龙腾飞，时而如流星陨落，时而像火树烂漫。

在这欢腾热闹的深夜，广场上的人们驻足仰头，缤纷的烟火一波波怒放，辉映得整个夜空如巨大繁盛的万花筒，将城市的灯光霓虹尽数倾轧下去，整个繁华红尘沉浸在节日的烟火盛宴中。

烟火姹紫嫣红轮番而过，快接近尾声的时候，天空中陡然出现一株华丽的红色花树，虽是烟火，却做得极为逼真，那褐色枝丫上，托着灼灼鲜亮的桃花。妙曼的花树仿佛被倾注了无限生命力，随着枝丫不断地蜿蜒生长，抽芽，长叶，结苞，最后绽放，一簇簇的桃花成群怒放，如红色的花海浪潮此起彼伏，似要撑满整个墨色苍穹。当一树繁花开到全盛之时，夜空亮如白昼。

人们不由得为之惊叹，有人欢呼雀跃，有人拿出手机拍照。不等按到快门，苍穹中那树桃花蓦然飘落，夜空里仿佛有只看不见的神之手，将花树用力摇曳，浩瀚的天地间泼下一场桃花雨，千万个桃花瓣齐齐坠落，速度快得直扑人眼帘，仿佛下一秒就触手可及。

正当众人被这神奇的"桃花雨"惊艳时，广场周围的灯全都暗下，因着光线骤然失去，那桃花雨越发动人。夜色中那唯美的漫天花雨，似无数翩跹的红色蝴蝶，在人群上空飘落纷飞，久久不凋。

悠然的夜，广阔的场地，飞舞的花瓣，这一幕如一场奇幻的梦境。

无数人惊喜地大喊：“太美了！”

然而这欢呼不过片刻，一阵悠扬的音乐响起，众人眼前一亮，就见漫天花雨中缓缓浮起一幅漂亮的画卷，画卷里的内容不断变幻着，虚虚地呈现在半空中。

有人不可思议地问：“呀，什么东西？”

有孩子嚷嚷着问：“妈妈，这是什么？科幻片吗？半空里出现一束光，里面还有动画呢！”

有人惊叹：“我去！烟花呢？咋跟看视频似的，明明没有屏幕啊，这画面是怎么放出来的？”

有资深人士看了片刻终于了然：“这是一种国际顶尖的投影技术，这空中其实是有隐蔽的巨幅幕布的，只是设置巧妙，混在夜色里我们瞧不见，光束一打上来，画面自然就呈现了，眼下我们看到的都是光影协作产生的效果。”

周围人恍然大悟：“哦，高科技！那就当看一场特殊的电影吧。不知道广场负责人想放什么，不会是圣诞节商场的打折活动吧？瞧这开头挺艺术挺吸引人的，不像是做推销！”

“管他呢，来都来了，看着玩，只要安利咱就走！”

……

广场上的观众七嘴八舌，而半空中的画卷已徐徐展开。

屏幕上显现的是一幅山水画，宣纸泼墨，典型的写意中国风。泛黄的纸上是一支狼毫笔，笔尖落下几处丹青，一滴两滴三滴，一点点渲染开来，殷红的色泽幻作桃花的模样，而宣纸的另外空白一角，被墨色狼毫勾勒出寥寥几笔，似乎绘出一个女子的侧脸，笔墨虽不多，却极生动传神。

广场上有人喊道：“这是在画丹青仕女图呢！”

众人跟着点头，就见画卷里的笔墨越来越多，越来越快，不过片刻，一个古风美人跃然纸上，她玉面粉颊，墨发红衫，裙裾飞扬，手里别着一枝娇艳灼灼的桃花，正拈花一笑。

人群中有人啧啧赞道：“哎呀！这脸蛋可真美，可惜是画出来的，要是个真人还得了，这颜值，得是天仙啊！”

一群人哄堂大笑，不过片刻，有人惊叫：“呀，刘老五，还真被你说中了！”

先前夸赞仕女图的男人抬头望去，就见画卷上的丹青美人缓缓淡去，随着特效镜头的转化，一副花般娇艳的真人容颜慢慢呈现。

当她整个人的全景出现之时，巨大的屏幕将她的容颜映得无比清晰，她着长裙绾青丝，目含秋波唇色嫣红，纤纤素手挽着一枝鲜嫩的粉色桃花，远比刚才纸上那个画出来的美人更鲜活明艳、饱满立体。

众人还来不及惊艳，整个画卷陡然变了风格，那原本是山水画的泛黄背景逐渐隐去，豁然变成一望无际的实物桃花林画面。更令人意想不到的是，屏幕外半空中的那场烟火桃花雨还在纷飞，一刹那，分不清哪个是真哪个是假，漫天漫地都是粉色，整个世界沉浸在无边的花海里。

众人刚要为这美景惊叹，就见那画面正中的红衣女子于花海中翩然起身，如蝶般轻盈地踏进桃林，绯色薄纱长裙掠过枝丫，摇起簌簌嫣红。

这一刻的镜头格外慢。悠悠坠落的花雨里，她盈盈立在半空中，风吹仙袂飘飘举，似凌波仙子驾临人间，那周身的灼灼其华，都不及她的回眸一笑。

广场上的人群被这一刻的光影迷住了。

良久，有人缓过神来，轻声叹道："天外飞仙！"

没人回答他的话，所有人都目不转睛地盯着屏幕，视线久久凝在那空灵艳丽的女子身上。

他们看着屏幕上的她在花海中辗转翩跹，看着她纤足轻点落在地面，踏着鹅卵石铺就的小道缓步前行，长裙摆摇曳在地，似天边云霞。他们跟随着她的步伐，踏入桃林之中的精巧宅院，看见园林里的亭台楼榭，飞檐翘角，一山一石，一花一木。

随着她的足迹不断延伸，众人渐渐发现，原来屏幕中播放的是一座岛的风景，岛外四面环水，岛上遍栽落英，花海中央是复式的雅致园林。

很显然，红衣女子生活在这座岛上，日光晴好之时，她偶尔在林中散步，繁茂花树下有她窈窕的身姿；她偶尔于湖上泛舟，粼粼波光倒映着她妍丽的容颜；她偶尔于庭院中小憩，夕阳弄影的长廊转角，她倚着朱红轩窗，手中闲闲地捧着卷诗书。若碰上阴雨之际，她便坐在亭榭里悠然煮茶，她对面坐着位白衣翩翩的年轻男子，似乎是她的伴侣。两人品茗谈笑，袅袅的茶香充盈整个庭院，又是一番与众不同的意境。

屏幕上的画面一帧帧掠过，众人在欣赏着美景的同时，有人好奇地问："这地方是真实存在的吗？真美！"

也有人轻声点评："这简直就是世外桃源，要是能在这里住，我还申请国外绿卡干吗？"

旁边的人附和道："是啊是啊，比好多国内外著名的景点漂亮多了。"

还有人四处打听："有人去过这里吗？叫什么？想去看看！"

有女孩子对男朋友撒娇："亲爱的，这是旅游景点吗？到时候如果咱们的婚纱照能在这里拍，肯定美爆了！"她满脸憧憬地指着屏幕里的红衣女子："我也要穿着她那身衣服，好有感觉！"

有人甚至将画面录下来上传网络，附上一句话：“发现一处绝美之地，极想亲临一探，有人去过吗？求问路线。”

众人被撩拨得无限向往，而缓缓播放的影片已接近尾声。

红衣女子踏遍整座岛屿，回到了最初的桃林。清辉般的月华下，她长裙广袖，于亭榭中翩然起舞。

最后一个画面中，她挥水袖，扭纤腰，在无边的花雨中纵情旋转，青丝如墨，长裙缎带飘飘欲仙……镜头缓缓地由近拉远，从她曼妙的身姿上拉到整个桃林，再从妖娆的桃林拉到整座岛屿。

航拍的大远景让岛屿全貌展露无遗。澄澈如镜的湖泊包围着连绵起伏的岛屿，岛上是艳艳如霞的落英花海，花海正中簇拥着红墙绿瓦错落有致的中式园林。湖泊与月色，岛屿与花海，景致与建筑，碧蓝的湖，桃红的花，银色的月，一切美景交相辉映，所有冷暖色调和谐地组在一起，给人带来极致的视觉冲击。

就在众人忍不住要喝彩的刹那，屏幕骤然一黑。

所有喧哗都归为静止，因着这突如其来的黑暗，全场鸦雀无声，未待人们反应过来，漆黑的屏幕中赫然闪现一行鎏金大字——“盛唐·桃花坞”！

广告已播放完毕，人们还沉浸在巨大的视觉冲击中，不断热情地喝彩。

虽是楼盘广告，但全片不见任何矫揉造作的刻意推销，只在末尾的字里行间画龙点睛般揭晓用意。因着推销的手段足够高明，人们压根没产生排斥感，反而为影片里的美景所吸引憧憬。活动散场时，他们三五成群兴致勃勃，谈论的全是广告里的美景。很显然，他们不仅接受了广告的内容，而且都被打动了。

“阿寅，”最顶层的女子注视着广场上的人，惊喜地笑着，“大家好像挺喜欢我们的宣传片。”

她身旁的男子迎风而立，立领风衣将其身形烘托得笔挺如松。他眸里盈满骄傲与笃定：“慕心，你信吗，不出半小时，我们的广告就会占据各大媒体的头条。”

“相信。”樊歆轻笑，“这些天你加了这么多班，肯定不会白费功夫。”

慕春寅将手搭在她的肩上，笑吟吟地道：“走吧，熬了两个通宵我困得不行了，回家睡觉！至于等会儿铺天盖地的头条就交给吴特助吧。”

樊歆跟着他一道往回走，扬起的嘴角两个梨窝若隐若现，过了会儿她喜滋滋地说：“我头一次在这么大的屏幕里看到自己，还是穿着古装，好奇怪的感觉，哈哈。”

慕春寅的声音却有些懊恼：“早知道就不让你拍了。”

“为什么？难道我那装扮不好看？明明观众都是一脸惊艳！”

慕春寅摇头，突然捧起她的脸左右端详：“就是觉得惊艳才后悔……”他幽幽地叹气：“唉，等广告上了头条后，你就会一炮而红，我担心别的公司会挖我的墙脚。”

樊歆乐了，推开他的手："谁敢挖你慕少爷的墙脚，就算他们敢挖我敢跑吗？"

慕春寅也乐了，伸手捏捏她的脸："你有自知之明就好。"

两人有说有笑地离开，广场上的人也渐渐散去。

广场最南边站着两个人，前头的一个人身材笔挺高挑，五官轮廓在模糊的光影里显出优美的弧线。

他身后的年轻人声音中透着兴奋："呀，这樊歆真是让我刮目相看，先前我只觉得她歌舞不错，没想到古装扮相这么惊艳！"

温浅颔首："是还可以。"

阿宋戏谑地问了一句："才可以？她出场时，您那视线就没挪开。"

温浅一怔："有吗？"

"有。"阿宋点头，问起一件正事："您不是有意找她唱下一部电影的插曲吗？盛唐为什么拒绝了？我当时打电话说起这事时，她的经纪人还很兴奋来着。"

温浅道："她经纪人同意，但她的老板拒绝了。"

阿宋疑惑道："奇怪了，盛唐为什么拒绝跟我们合作？多少人想求我们都求不到，是不是因为您跟慕总私底下……"他后头的话没说出来。

在大众眼中，荣光这些年与盛唐在娱乐圈并驾齐驱，一个是音乐界的老大，一个是影视界的老大，双方有不少合作。但撇开公事只论私人关系的话，明眼人都晓得温浅与慕春寅是面合心不合，有小道消息说是为了一个女人。

对于两大Boss间的纠葛，阿宋不好多说什么，便转了个话题："既然盛唐不肯，不如咱干脆就把樊歆挖过来？您想让她唱即将开拍的那部电影，咱挖了她，她就是自己人，这事就简单了。而且她条件这么好，好好栽培，未来不可限量。"

温浅轻轻皱眉："挖？"

"嗯，虽然挖这个词不好听，但圈里这事很常见，如今这樊歆会唱会跳颜值高，估计很多公司都眼红着呢。"缓了缓，阿宋叹一口气："唉，其实我也就说说而已，瞧樊歆现在的人气，盛唐多半是不会放手的。"

温浅的瞳仁里浓黑如夜，他沉默着，似乎在思索着对方的话，又似乎在想着其他心事，最后他说："时间不早了，回去吧。"

慕春寅的判断果然正确，在樊歆一觉起来的第二天，她震惊地发现，网上全是关于"盛唐·桃花坞"的报道。除了楼盘本身的报道以外，广告里的红衣女子亦惊艳网络。

随着新闻的持续升温，积极的网民又将相关信息转到微博，广告被热情的粉丝们不断转发不断评论，在短短一天内，消息的热搜度直奔微博排行前三。

大量网民在视频下留言，内容基本分为两种，一种是夸现场景色优美心生向往之类的话，另一种是夸主角扮相美颜值高的。总之就是美得不像人间。

一片赞誉中，有网友好奇地翻查了女主角的资料，惊喜地发现女主角名叫樊歆，正是《歌手之夜》上那个以舞蹈与歌喉惊动全场的新晋歌手。

倘若说《歌手之夜》让樊歆打开了在演艺圈的星光之门，那么“盛唐·桃花坞”便是让樊歆进入了大众视野，由此一炮而红。

网上热议声汹涌如潮，而这位一炮而红的女主角此时正被无数记者堵在盛唐大门口。

“樊歆，接拍了盛唐的广告在全国引起热议后，你有什么想说的吗？”

“樊歆，据新浪的数据显示，你在广告播出以后，粉丝量一夜间暴涨几百万，你的心情如何？”

“樊歆，听说你个人的新单曲即将发行，接拍广告是为了歌曲而造势吗？”

“樊歆，这次广告是你继《歌手之夜》后再次与赫祈合作，能谈谈你对赫祈的态度吗？”

……

无数的话筒被塞过来，樊歆应接不暇，一旁的汪姐跟保安拼命阻挡，却拦不住热情的媒体大军。

一只手忽然伸了过来，将樊歆往身后一拉。

记者群中再次引起骚乱：“赫祈！”

记者的目光全都转到了这位人气天王身上。

“赫祈，接拍桃花坞的广告，你虽然是男主角，镜头却不多，如此甘当绿叶，有什么因由？”

“赫祈，听说你与樊歆早在三年前就相识，能透露一下你们真正的关系吗？”

……

发问一句接一句，赫祈却只保持着得体的笑容敷衍道：“谢谢大家关心，我跟樊歆现在不方便接受采访。”他撂下这句话，拉着樊歆头也不回地往前走，留下一群被保安拦住的记者端起相机对着两人的背影一阵猛拍。

两人刚进了公司，莫婉婉便从一旁冲过来，抱住樊歆一阵大笑：“昨晚平安夜你的广告轰动了整个Y市！晚上咱吃饭庆祝！”

赶来的汪姐跟着笑：“可不是，今天我接电话快接疯了，不仅有无数的媒体要求采访，还有很多厂商想洽谈合作。”她拍拍樊歆的肩：“他们看了桃花坞的广告，都夸你很有镜头表现力。”

樊歆又惊又喜：“那有合适的广告，汪姐就帮我留意着吧。”

汪姐手一挥：“那是必须的。”

一群人乐成一团，不住有盛唐的其他同事走过来跟樊歆道喜，只有一个人脸色难看。

这人当然是秦晴，她哼了一声，扭头便走。

莫婉婉追在后面挑衅："小浪花你别走啊，跟我们谈谈扩胸运动的感想嘛！"

小浪花站住脚，挺起傲人的胸脯，努力将平时的自信端了出来，扫扫莫婉婉一马平川的胸，傲然道："跟我谈胸部，你不自卑吗？"

莫婉婉答得痛快："胸大无脑！"

秦晴再次瞅瞅莫婉婉的胸："你还没有呢！"

莫婉婉大咧咧地将发育不良的胸部往上一托："眼瞎啊，你是胸器，老娘这是暗器！"

一群人举起大拇指赞莫婉婉："牛！"

这边一群人笑闹不断，而十七层的总裁办公室里，慕春寅正斜斜坐在真皮座椅上，周围坐着盛唐高层。

这些原本不看好楼盘销售的高层，在蜂拥而至的记者踏入盛唐大门时，才对慕春寅的营销计划刮目相看。

地产部的一位高管拍着马屁："慕总，您这广告真是让人拍案叫绝，网上全传开了。"他顿了顿，递了一个试探的眼神："刚才不少投资房地产的资深人士来电问楼盘价格，您觉得该怎么回？"

旁边的高管接口："当然是赶紧告诉他们，让有意向的人快来认筹啊。"

"不！"又一个人制止道，"我们先看看情况，如果楼盘的消息继续火下去，我们就提高原有房价。这房价不就是趁热提价吗？"

"如果要的人多，咱就继续往上提，届时大赚一笔！"

一群人七嘴八舌，老板椅上的慕春寅却悠悠地转了转椅子，抬手做了个制止的动作："告诉他们，我不卖。"

"啥？"一群高管蒙了，"您不卖？"

慕春寅摩挲着手里的水晶杯，上好的红茶在杯子里流转着水光。他弯唇笑得高深："按我的吩咐去做。"

次日晌午，一条爆炸性的消息震惊Y市：盛唐董事长兼首席执行官慕春寅宣布，盛唐桃花坞归私人所有，不对外出售。

此消息一出，业内一片惊呼。

花心血建那么大一块楼盘他不卖？这得浪费多少钱啊！再说，足足十六幢中式的极品别墅，他一个人住得完吗？莫非他还真打算给自己建个三宫六院，将那几百号情人全部接过来，供他享帝王之福？

舆论再掀浪潮，民众们一面猜测一面看着八卦新闻，反倒对桃花坞的兴趣越发强烈。而媒体为了迎合广大八卦分子茶余饭后的需求，自发去桃花坞的岛上实地探访，甚至有高调的报社在微博上放话："亲们，等着小编亲临桃花坞给各位奉献第一手资料吧！"

网友们翘首以盼。谁知一天之后，所有去桃花坞的媒体都灰溜溜地回来了，原因只有一个：主人看管森严，谁也不让进。

这消息在网上一放出来，更是炸了锅。原本广告里唯美不似人间的桃花坞在大众的心中更加神秘起来，它渐渐由一个普通的楼盘变成了一块真正的世外桃源天外仙岛。

大众的好奇心被高高吊起。得不到满足的大众生气了，他们通过各种渠道抗议，有在网站留言呼吁的，有在贴吧上商讨的，还有在微博上找头条帝慕春寅、广告男女主赫祈和樊歆的……

网友们的留言只有一个内容：我们要看看传说中的桃花坞长什么样！是不是真像广告里那么美。

对于网友们铺天盖地的呼吁，盛唐公司做出了回应：好吧，既然大家这么诚心诚意，那我们盛唐就满足大家的要求，对外开放桃花坞。

但由于桃花坞面积有限，无法容纳太多人上岛，所以每天只供二十个名额，开放时间为三天。

由于名额太少，网友们权衡之下，在网上发起了投票：以下十类人，您最想哪类人去参观桃花坞？

选项依次如下：1.政治名流2.学术精英3.商界大腕4.影视明星5.媒体记者6.建筑专家……

最后得票最高的三类人是：媒体记者，建筑专家，商界大腕。

上岛参观的人分为三批，一天一批。第一天进入的是媒体团，媒体们上午上岛，傍晚下岛，正巧卡着吃饭点。

于是抱着碗无聊地坐在电视机前看电视，或者待在电脑前刷电视剧的Y市民众就看到了来自媒体的报道。

媒体的报道几乎全洋溢着鲜明又诗意的赞叹之情，将桃花坞描绘得天上有地下无。除此之外，媒体还拍摄了大量照片。高清镜头下的桃花坞处处是美景，幕幕惹人恋，直看得全国人民眼都红了。

待媒体团参观完毕，第二天去的是建筑专家团。

专家们参观完毕后，大篇的学术论文雨后春笋般冒了出来。与媒体团的宣传不同，专家们站在理性的立场上，从园林的建筑、美学、艺术等多方面进行严肃分析。诸多专业术语文绉绉的不好理解，但观众们还是看出来了，核心内容就一个字——好。

最后一天去的是商界大腕。作为这个社会的顶端阶层，民众对他们的反馈翘首以盼。

然而民众等啊等，从早上巴巴地等到了夜里，都没见任何回音。

民众疑惑了，莫非这桃花坞不咋的，只是媒体与专家都被财大气粗的盛唐收买了，才拼命为其鼓吹？就在他们决定第二天发微博质疑时，早上七点，又一条爆炸性新闻轰动网络！

那些商界巨头哪里是嫌不好，他们是压根没从岛上回来！

他们吃喝玩乐一整个通宵，没一个人舍得回来！

至此，桃花坞已由一个单纯的楼盘炒成了全民参与的时事热点，无人不知无人不晓。每个人提起它，便面带憧憬微抬下巴，以四十五度的姿势仰望天空，幻想着心中的世外桃源。

因着名气爆棚，各种话题随之而来，其中呼声最大的便是桃花坞的私有化问题。有媒体指出，桃花坞最初的开发，是商业性质的建筑，并不是慕春寅的私家紫禁城。如今慕春寅一个人独霸整座岛屿十六幢绝美别墅，是不是太过奢侈？

此言论一出，立刻得到社会各界的支持，其中呼声最强烈的是富豪阶级，他们要求盛唐将十六套别墅面市出售。

这些顶级富豪在岛上待了一天，在那别致的、富有浓浓中国贵族气息的园林里，领略到与寻常别墅截然不同的奢华与高端，理所当然地想要占有。

面对强烈的呼声，头条帝表示十分为难，他不愿忍痛割爱。但也在微博上表示要回去好好考虑几天。

而慕氏宅邸里被下属无限膜拜的头条帝，此刻正在家悠闲地吃夜宵。

樊歆指着手机笑道："慕少爷，你的微博热度已经超过桃花坞广告上升到榜首了。"

慕春寅眉梢微挑，微微一笑："那是当然，不然头条帝是白叫的？"说着张张嘴，朝沙发旁的蜜饯一指。

樊歆给他喂了一颗，慕春寅慢悠悠地嚼着："你前几天不也是微博热度榜首吗？怎么样，被全民关注的感觉如何？"

樊歆老老实实答："有好也有不好。好的就是我的身价暴涨，广告代言跟通告也多得满天飞。我马上就要成为有钱人了！不好的就是，到哪儿都有记者拍，网上冒出了我跟赫祈的绯闻。我跟他就上了一次节目、拍了一回广告而已，可到哪儿都有人问我跟赫祈进展到哪一步了……”

慕春寅扯扯嘴角：“网民们都是什么眼神！”

樊歆笑道：“网民们眼神好着呢，这个月你带着小浪花又看了一次秀，去澳门逛了一次街……微博上都在追问你啥时能给小浪花名分。”秦晴近期作品虽然不多，但因着与慕春寅的关系也成了网上的热门话题。

慕春寅笑吟吟地看她：“你觉得我该给吗？”

樊歆想了想，眸里突然迸出希冀的亮光：“如果你结婚了，有人伺候了，是不是就不需要我了？”

慕春寅绷直身体，含笑的脸瞬间乌云密布：“你在盼着这一天是不是？”

见他表情阴郁，樊歆嘀咕：“又生什么气，我就说说而已。”她说着转身去玩平板电脑，再不吱声。

慕春寅缓和了下脸色，说：“准备下，过些天还有个广告你得去。”

樊歆抬头：“什么广告？”

慕春寅轻抚她的发：“我费了那么大的心思，会只甘心赚桃花坞这一笔吗？”

“可桃花坞的广告虽然火，房子你还没卖出去呢！听说公司高层都在喊着抬价，你打算卖多少？”

慕春寅摊开手掌，比画出一个五字。

樊歆一惊：“抬高五千万？太贵了！原本就有三千多万的价，你再加五千万，那是近一亿啊，再有钱的人都会掂量的。”

“我说的是……”慕春寅将手掌晃了晃，他放慢语速，“抬、高、五、倍。”

“你疯了！”樊歆倒吸一口气，“这贵得恐怖，谁肯要？！”

慕春寅弯弯嘴角，面上有胸有成竹的笃定：“你等着看。”

第二天一早，又一条关于桃花坞的新闻震惊网络。这次不是什么媒体发言，也不是什么专家研究论文，而是一篇石破天惊的揭秘文——《解密盛唐老总为何不肯割爱桃花坞》。

该解密文甚长，作者花了好大功夫研究了慕春寅的背景及生平过往，至于桃花坞不能出售的因由，文章有两段是这样写的。

桃花坞位于Y市上风上水之处，独享山、林、湖、岛多重得天独厚的地理资源优势，藏风聚水，负阴抱阳。

而慕春寅在岛上所建的宅院更是讲究，坐方朝亥，向方是丙，坐方亥是天皇星和紫微星所在方位，向方丙是太微星，紫微照龙，太微照向，周围有四神八将分别护卫，可谓坐金銮，纳盘龙，镇宝塔，聚宝盆，好风好水结合好方位，堪称百年风水宝地……

此言论一出，网上再起波澜。

风水宝地一说民众觉得玄乎，但追逐利欲的商业巨贾，却是抱着宁可信其有不可信其无的心，越想越眼红——要真是这么好的地，凭什么就让慕春寅独占了？

如此一来，他们软硬兼施地向盛唐施压，逼慕春寅卖楼盘。

面对社会大众的呼吁，盛唐表示压力很大。最后头条帝出现了，他自拍了一张照片上传到微博。照片背景是桃花坞，头条帝坐在落英缤纷的桃树下，抿着红茶，英俊的脸上有不舍的表情，再配上一句话："那朕就顺应民意，将朕的紫禁城出手吧。"

就这样，盛唐同意卖出桃花坞，可问题又来了，蜂拥而至的买家有商业大佬、政治高官、黑道老大，甚至还有慕名而来的国际友人，人这么多，区区十六幢远远不够分啊。

盛唐犯难了！

这天，头条帝慕春寅站在十七楼窗前，苦恼地揉揉额头，自拍一张照片上传到微博——"大家说说，我的房子到底卖给谁才合适呢？"

很快，无所不能的网友们集思广益，化身头条帝的智囊，提出一条可行之策。

——拍卖！价高者得！

此策略一出，无数人疯狂跟评。

不是社会最最强者，怎配住这神仙地？

民众越想越深以为然，甚至还有狂热的网民以资深拍卖师的身份，谋划出一篇《桃花坞拍卖策划案》。

此策划案将房地产拍卖流程及一切大小事务策划妥当，可谓万事俱备只欠盛唐点头。网友们过目后皆认为十分完美，纷纷狂转再艾特头条帝："陛下，微臣等针对桃花坞一案，已上奏微博，烦请陛下过目。望陛下体恤臣等一片忠心，千万准奏。臣定生当殒首，死当结草。"后头还有句更搞笑的——"臣等，在线坐等陛下回复。"

微博笑抽一片，不想半小时后，盛唐还真的回复了。

策划案下面，头条帝轻轻点了个赞，评论里留下两个字——"准奏。"

在社会大众的热情推动下，房产拍卖会很快开始。

拍卖位设在Y市最大的会展中心，因为社会关注程度高，为了满足广大人民对此八卦的围观心理，电视台都出动了，数台摄像机龙门阵般摆开，将拍卖会的实况同步直播。

在高清摄像机的记录下，Y市有史以来最奇葩、最别开生面的拍卖会开始了。

十六套桃花坞别墅，不设起拍价，不设封顶价，任由各个买房者随意喊价，价高者得。

……

抬压价声一声高过一声，拍卖会陷入了此起彼伏的举牌浪潮。在这大腕云集、处处巨贾的现场，人的初心原本都是为了挑一所好房子而来，而如今却在暗潮汹涌的攀比之下，变成了钩心斗角有钱人争霸赌气的会场。

豪宅陆续被一掷千金的金主们买走。到岛屿东面的最后一套时，竞争越发激烈，因这是全岛风水最好的宅子，在场大腕便抓住这最后机会，铆足劲往上砸钱。

在现场直播的镜头下，没有人愿意低头认输——房价有限，人的虚荣心与好胜心无限。这些资本巨鳄上电视参加拍卖，在全国观众千万双眼睛的注视下，代表的是自身企业的财富与实力，代表的是斗志昂扬的气势与决心，倘若连一幢房子都争不过，日后在商场上还怎么混?

事已至此，几个买家拼的都不再是房子，而是各自的资本与家底了。一帮人紧追不舍没人肯松手，价格越炒越高，越争越狠，终于，将这最后的一套别墅炒成了天价。

二亿三千万!

Y市有史以来最高房价!

当槌子落下敲定的一刻，全场哗然!

那边的会展中心一片哗然，而慕氏大院里电视机前的樊歆也吓了一跳，她从没想过桃花坞会拍出这么高的价格，简直高得离谱。

她瞅着屏幕里的直播。主持人正在宣布拍卖会的结束，因着之前慕春寅“饥饿营销”“欲擒故纵”等营销方式的大获成功，两个小时内，十六套别墅以超高价被哄抢一空。镜头前拍到房子的买家毫无被宰感，反而一个个笑盈盈的。全场唯一一个愁眉苦脸的人就是盛唐的老板，他站在主持人身边，捂着胸口做出肉疼的模样：“唉，我真是舍不得我的紫禁城啊。”

电视机前的樊歆扑哧笑出声来：“装，你给我装，两小时进账二十多亿，心里早就美得冒泡了吧！”

头条帝回到家时已是深夜。那会儿樊歆已经睡了，头条帝将她的被子掀起来，兴冲冲道：“走，我们出去庆祝！”

樊歆翻个身继续睡：“嗯……你找小浪花嘛……我好困……”

她话还没说完，身子陡然一空，慕春寅将她连人带被子从床上抱了起来，扛麻袋般往肩上一放，兴冲冲往楼下走。

樊歆的睡意顿时全无，她像被裹在面皮里的饺子馅，不住地在被子里折腾："你干什么，放我下去！"

慕春寅脚下不停，推开大门直奔车库，这次他没有选往常开的车，而是选了辆宽敞的商务豪车。他将樊歆塞进车后座，随后轰的一声引擎响了，车子冲出门去。

外面街道上一个人也没有。车后座的樊歆只穿了件薄睡衣，她狼狈地缩在被子里，欲哭无泪："大少爷，这大半夜的您要去哪儿？"

"带你去一个地方庆祝！"

一个小时后，缩在被子里再次睡着的女人被一只手摇醒："女人，快看。"

樊歆睡眼惺忪地扫扫车窗外，顿时被一阵冷风吹到了脸，她打了个抖："这是哪里啊，好冷。"她头一缩钻回了被子内。

"这是湖心岛。"

"啥？"樊歆的睡意一扫而空，"慕春寅你脑子有问题，大半夜的不睡觉把我带孤岛上来干吗！"

"让你看看。"

"我看过了啊，拍宣传片时我看了三天。"外面冷风飕飕的，樊歆缩着脑袋不出来。

"不是桃花坞。"

"啊？"樊歆一愣，将头伸出窗外瞟了一眼，四周没有灯，所幸天上的月亮极圆极亮，月华如纱般倾洒整个人间，将周遭的事物照出淡淡的轮廓。

借着柔柔的月光，樊歆瞧见一块她从未见过的岛屿。这里与已经开发的桃花坞不同，桃花坞的桃花都是慕春寅从别处移植的，烙上了人工的痕迹。而眼前的岛屿似一块浑然天成的璞玉，透出未雕琢的纯粹之美。那岛外澄澈的湖泊，那岛上葱郁的花木，那如白糖般细软的沙滩，叫人只看一眼便心生喜欢。

樊歆裹着被子轻声道："好美，比桃花坞还美。"

"还有更美的呢。"慕春寅发动车子，又前进了上百米，车灯扫过，眼前茂密的丛林里似乎有乳白的水蒸气袅袅腾起。

樊歆疑惑道："那是什么？"

慕春寅握着方向盘得意地一笑："天然温泉。"

樊歆不敢置信："什么，这里居然有温泉？"

慕春寅扭头瞅了她一眼，似笑非笑道："不信的话，你现在就可以试试水温。"

樊歆没下去，抱着被子笑。

慕春寅方向盘一转，朝着另一条路驶了过去。

车子停在一处开阔之地。慕春寅坐到了车后座，跟樊歆一起并肩看窗外的风景。

眼前的视野极为开阔。疏阔的天地间是一大片轻漾的湖水，连绵蜿蜒的湖岸线上，一轮圆月当空悬挂，让人想起“海上生明月，天涯共此时”的诗句。

夜色静谧，微风清幽，星月下的湖光粼粼，空气中氤氲着湖水的清甜之气。两人都沉浸在这醉人的美景里。

许久，樊歆问：“这岛你也打算开发成楼盘吗？”

“嗯。”慕春寅颔首，“不过只开发一幢。”

“这么奢侈！那谁买得起啊，光桃花坞里的十六分之一，你就卖了两亿多，这个要是只做一幢，那你岂不是要收几十亿？”

慕春寅悠然一笑：“给自己住能不奢侈吗？”

樊歆一怔：“留给自己的？”

“当然。”慕春寅弯唇一笑，“这地方比桃花坞还好，我怎么舍得给别人。”

他环视四周：“届时我就只建一个大宅子，前面花园，后面温泉，闲的时候在花园里玩闹，累了就去泡温泉。”他摸摸她的头发，幽深的眼神在这一刻无限柔和，宛若粼粼轻漾的湖水：“就我俩，好不好？”

樊歆点头。照他这种花心贪玩的性子，这两年要收心娶个老婆几乎是不可能的，目测他们会以眼下的状态持续很久。她没觉得有什么，这种状态她不欢喜也不排斥，反正从小到大两人都是这么过的。

见她答应了，他笑得眉眼弯弯，指指夜空：“在这里看星星是不是特别美？”

“嗯，很美。”

“你知道吗，你不在的那些年，我常一个人来这个岛，想着也许有一天会找到你，带你来这里，一起看这片星光。就像我们小时候一样，并肩坐在后花园的秋千上，看天上的星星。”

他说这话之时，目光看向车外，樊歆只能看到他的侧脸。微弱的光线里，他的嘴角上扬，语气却有些落寞，幽幽的月光透过车窗落在他身上，泛出淡淡凉意，仿似晚秋里的霜。

她蓦地难受起来，无法言喻。

她让他失去父母，本该用一生偿还，而她却因温浅的事迫不得已离开。那些年，她不在的那么长一段光阴，足足一千七百个昼夜，他一个人孤寂地过着，没有父母，没有亲人，只身孑立，形影相对。她无法想象他面对这片湖面时的孤零。

她一时间无法压抑情绪，却不知如何表达。外面的风一阵阵地吹，她掀起身上的被子，分了一半给他：“冷，你盖着点儿。”

他缩进被子里来，两人挨在一处，像是幼年时同睡在一个被窝，她摸到他的指尖冰冷，将他的手握在掌心，不住地揉搓，想将自己的温度都传给他。

他被她握着手，目光里有动容，他轻声问："慕心，那几年的经历，你还要瞒我多久？"

她在车祸后失踪五年，这段空白的过去她只字不提。回国后他无数次追问，她都是表情忧伤一言不发。他亦私底下派人追查许久，得到的却只是零散的片段。

樊歆盯着窗外的夜色沉默好久，缓缓开口："我是被我妈妈接过去的。"

慕春寅愕然："你妈妈？你不是孤儿吗？"

樊歆轻笑着摇头："我不是孤儿，我有爸爸妈妈，他们没有遗弃我，当年因为意外我们一家三口才被迫分开……反正事情很复杂，总之，我跟亲生父母虽然分开多年，但我亲生妈妈最后还是找到了我，就在我出事的当天。"

樊歆神思一转，想起五年前的那天。

那天，她去图书城买新出的CD，在那条车水马龙的街道尽头，她看见了多日未见的温浅，想起他那次拂袖而去，她低头转身，不打算与他碰面。

在她刚迈开脚步时，耳边忽地传来剧烈的急刹车声，一辆失控的小货车正狂按着喇叭，呼啸着朝人行道冲去。

路上行人纷纷躲避，只有温浅依旧在马路上。他戴了耳机，听不见喇叭声。

小货车越来越快，疯狂地撞开栏杆与绿化带，即将碾过前方的温浅。

危机扑面的刹那，她还没反应过来，人已如闪电般扑过去将温浅推开。

砰的一声震耳巨响，她瞥见自己的身体爆开一簇热烈的红，整个人飞了出去，剧痛传来的瞬间，她听到街道上有人恐惧地尖叫："撞死人了！撞死人了……"

她躺在冰冷的地上，鲜血涌泉般从嘴里流了出来。马路上一团团的人围过来，有人被吓得大哭，有人打着电话报警，救护车鸣着笛呼啸而来。温浅震惊地看着血泊里的她，她用整个生命，终于换来了他的一眼回眸。他发疯般地抱起她冲出人群，却被赶来的慕春寅夺走。

慕春寅在怒吼，似乎恼到了极点，眼睛都是红的，他咬牙切齿地说："你这蠢货，他压根不爱你！"他骂着骂着，又俯下身来抱紧了她，力气大得恨不得要捏碎她，有湿漉漉的液体落到她脸上："你欠老子的还没还，给我撑住！"

车厢里的慕春寅也陷入了回忆。那天他将重伤的她送到医院抢救，抢救成功后医生让他回去取些她的换洗衣物和生活用品来，住院用得上。可谁知等他拿着东西赶回医院，医院的人竟说刚刚送入病房的她失踪了！

他疯了一样地到处找，没有任何结果。他报警立了案，可医院当天所有的监控似乎都被人为地毁掉了，警方根本无从查起。他后悔自己没有照看好她，然而天大地大，他再也没有找到她。这一切诡异得像一场阴谋，她就像蒸发了一样，彻底失踪了。

窗外幽凉的风一阵阵吹进车窗，两人从往事中回过神来。

慕春寅问："你究竟是怎么失踪的？"

樊歆低笑一声："我也不知道中间发生了什么，我当时重伤昏迷，等我一醒来，床边坐着一个痛哭流涕的女人，自称是我妈妈。那会儿我的情况很不好，几乎全天都在昏睡，随后她想办法将我带到了加拿大……在国外，我进行了大大小小好几场手术，后续的恢复治疗持续了三年多，才慢慢痊愈。过程很痛苦，但因祸得福，在那几年的康复治疗里，我慢慢瘦了下来。"她摸摸脸颊："脸上的疤痕也是在加拿大一起祛的，妈妈给我找了一个非常好的医生，他的去疤手术效果一流，如今只有淡淡的印子，拿厚重点儿的遮瑕霜一遮便看不见了。"

慕春寅还在纠结先前的问题："为什么你在医院失踪后我就断了所有信息？"

"那是我表舅找人做的，我妈妈的表哥，他是个华裔大商人，非常有权势，我急救的医院刚巧与他有点儿渊源，所以他才能悄无声息地把我转走，让你们查不到任何信息。在他的帮助下，我跟妈妈去了加拿大，在国外他也很照顾我们。"

慕春寅又问："因为找到了亲生母亲，所以就不回来了吗？"

"不。"樊歆道，"我中途想过回国，我挂念你，但妈妈不让我回。"

"为什么？"

"我的身世有些复杂。我妈妈说，我爸年轻时脾气冲，讲哥们儿义气，跟不少道上的人结了仇，后来我爸帮一个兄弟出头，失手致人重伤，坐了牢……从前的仇家就趁我爸不在，抓我跟妈妈寻仇，他们把我们母女绑走，见我哭闹不停，就将我丢到了湖边，那时我才刚满月……后来表舅的人救了妈妈，却没找到我，其实我是被路过的好心人救了，可妈妈不知道，以为我淹死了，在国外伤心了很久……十几年后她知道我还没死，便回国找我，刚好碰到我被送医院急救。她通过表舅帮忙，给我换了身份将我带到国外，担心国内仇家得知我的身世还会找我，她让表舅将我转院后的所有信息都封锁了，去了加拿大后也坚决不让我回国……"

她静了静，低头轻声道："而且，出车祸前你我关系很紧张，我想，你应该不想再看到我吧。或许我的离开，对你我都是个解脱，所以我便没联络你了……"

慕春寅不说话了。在出事的前一天，他跟她曾因温浅大吵一番，他让她滚，永远不要回来，还说了些难听的话。她红了眼圈，却什么都没有说，只抱着膝盖在房间缩了一整晚。那个晚上，他听见她在黑暗里压抑地抽泣，而他站在房门口，没有只言片语。

提起往事，两人都陷入沉默。半晌后慕春寅问："这名字是你妈妈给你取的？"

"嗯。"提及温厚的亲情，樊歆眉眼柔和嘴角含笑，"我妈妈……真的很爱我，虽然分开了这么多年……"

慕春寅又问："那你爸呢？"

"不知道，有人说他死了，有人说没死，反正出狱后二十多年不知所终……"樊歆说着从脖子里掏出一块碧玺坠子："但我有他的东西，如果他还在，凭坠子可以相认。"

她自嘲地一笑："像电视剧吧！反正只要我没得到他确定的消息，我心里就还存着希望，宁愿相信他还活着，也在找我。也许有一天，我们会见面……"

慕春寅静静听着，被这温情所触动，他问："你妈现在还在加拿大？"

这个问题很寻常，樊歆却沉默了很久，她低声道："还在……只不过已经永远睡着了。"她垂下眼帘，微光透过车窗照进她的眸里，她有些苦涩地说："她在一个学校做老师，前年年底，死于一场校园枪击案。"

慕春寅脸色一变。

樊歆低下头去，不知是轻笑还是哽咽："我赶到医院时，她已经被蒙上了白布，我拼命喊她，可她再也听不见了……送她走的那个晚上，我坐在月光下，唱了一整晚的歌，唱给天上的她……"

她抿唇微微一笑，眼里却有水光泛起："就这样，我再次沦为孤儿。"

她再没说话，合上眼睡去了，也不知是真睡还是太难过。

起码过了一两个小时，她终于睡着了，去梦里见她至爱的母亲。半夜三点多钟，她脑袋一歪，抵到了他的肩，又顺着他的肩膀滑向了胳膊。一只手伸过来，稳稳地托住她的下巴，让她的脸重新靠在他的肩上。

怕风吹得她冷，他小心翼翼地关了窗，又将被子把她裹得严实了些。她睡得沉，并未因他的动作而醒来。她倚在他肩上，光洁的额头贴着他的下巴，平稳的呼吸拂在他脸上。空气中氤氲着她的香气，不是人工合成的香精气息，是一种淡雅而独特的莲花香。只有她才有。

他将脸贴在她额上，忽然便想起幼年时诸多往事。儿时两人嬉戏玩耍，她累了倦了不开心了，也是这般靠在他身上，轻轻软软的，似一片温静的云朵。

他伸手搂过她，将她放在自己的怀里。

良久，他淡淡地笑了笑，面向夜空里的那轮明月，他吐出几个字，声音清浅却又坚定如山岳般不可动摇："傻，你还有我。"

第六章
红毯

一夜过后，樊歆腰酸背痛地回到盛唐。

她居然跟慕春寅在车里坐着睡了一整夜，胳膊腿都麻了。

公司上下还沉浸在昨晚的兴奋里。昨晚上拍卖会结束后，盛唐所有员工再次刷新了对自家Boss的敬仰值——慕春寅说要把价格翻五倍，还当真做到了。

而网络上的找重点则转到了樊歆身上。热心的网友们不仅将视频里樊歆的截图做成精美签名档，还将她从前在《歌手之夜》的歌曲翻出来听，不少网友评论樊歆的歌喉优美，是新生代里出类拔萃的歌手。得知樊歆的新单曲《盛放》即将面市，他们纷纷给樊歆留言加油打气，表示十分期待。

看到微博上的话，樊歆心中一阵暖流涌过，她在微博上留下一句话："当你的努力被所有人期待，是一件多么美好的事。"

这边樊歆对着微博无声感动，隔着半座城市的荣光总部，温煦的冬日暖阳倾洒在九楼的玻璃窗里。

宽大明朗的办公室内放置着不少乐器，有人坐在茶几前，时而瞅瞅墙上LED屏里的广告，时而低头看看膝盖上的笔记本电脑。

阿宋拿着资料走过来，他先看看LED屏上的桃花坞广告，再瞟瞟温浅笔记本上那张熟悉的胖女孩照片："温先生，您怎么一边看着樊歆的广告，一边看着校友的照片啊？难道两人有什么联系吗？"

温浅道："我看樊歆的第一眼，就想起了她，而且这感觉越来越强烈。"

"怎么可能，这两人模样天差地别，简直不是同一个星球的产物。"

温浅没说话，拨出去一个电话。

十秒钟后电话被接通，那边的大嗓门一如既往地高亢：“啥事，温浅？”

“婉婉，你空间的访问密码是多少，我要进去一下，找一些慕心的照片。”

莫婉婉像被食物噎住了喉咙：“你要她的照片干吗？”仿佛是怕温浅多问，她急匆匆道：“那个，我还有事，先挂了。”

温浅却紧追不舍：“等等，我周六回莫宅，你在家的吧，我有事问你。”

莫婉婉越发忐忑：“我最近很忙，这周末下周末都不回家，挂了！”

下午，樊歆跟汪姐一直在音乐制作部忙着单曲的事。单曲已制作完毕，眼下就是后期的宣传了，众人商量着拍一张什么样的照片作为宣传海报。

胡总监道：“樊歆的这首歌名为《盛放》，那就去城西的花海公园拍一些唯美的外景吧，花朵背景点题应景。”

汪姐点头：“对对，虽然是单曲，咱也得制作得精美一点儿，争取在网络上有个好成绩，公司才好趁热打铁出专辑。”

胡总监笃定地说道：“樊歆这首歌唱得挺好，发布之后应该会反响不错。之前Sweet解散，我还挺惋惜的，可照樊歆的情况来看，单飞更适合她。从前唱歌都是两个人，她的声音埋没在其中，不够突出，如今独唱了，效果果然好很多。”

汪姐兴致勃勃：“单曲如果能登上MP音乐站的排行榜就好了，年底不是有个音乐盛典吗，在MP名次好的话，不管能不能获奖，都可以受邀参加盛典，届时人气会更上一个台阶啊。”

胡总监一笑，道：“音乐界的风云盛典巨星云集媒体上千，任谁上去蹭个红毯打个酱油都会名气大涨的！趁着桃花坞的热度还在，咱好好宣传，一定得上！”

那边的樊歆没听见两人的对话，她还在跟摄影师交流拍什么样的海报比较合适。其实海报只是单曲过程中的一个小环节，她却很慎重。

前阵子录歌曲时，胡总监说她已经发挥得不错了，她却不满意自己的表现，为了某字某句的完美不断重来。最高潮具有爆发力的那一句，她甚至唱了不下两百遍。

她正投入在工作中，忽然眼前人影一晃，莫婉婉冲了进来：“樊歆，有事说。”

二十分钟后，两人站在公司无人的走廊里，莫婉婉将刚才的事告知樊歆。樊歆道：“你把空间里的照片都删掉，别给他看到了。”

莫婉婉递过去一个试探的眼神：“老遮遮掩掩没意思，不如咱承认了吧。”

樊歆将视线落在窗外，早上还晴朗的天竟飘飘洒洒下起了小雨，车水马龙的Y市笼罩着一层朦胧的雨幕。

须臾，她摇摇头。

“为什么呀？”

樊歆苦笑：“坦承我的身份有什么好，让彼此面对过去，不尴尬吗？还不如只做陌生人。”

两人静了一会儿，莫婉婉将话题换到慕春寅身上：“这头条帝到底是什么意思？桃花坞广告完了后他就天天围着小浪花转，一会儿送豪车，一会儿带她出席晚宴，还让她拍了好几次著名时尚杂志的封面。这可是一线的待遇啊。”

樊歆摇头：“不知道。”

前阵子慕春寅楼盘的事太忙，没时间玩女人，如今得了闲便回归本性，再度宠幸起小浪花。不仅带她出席各种场合，还送了一辆车牌尾号为886的宾利给她。而秦晴得了豪车，便整日开着四处招摇，唯恐天下人不知道。伴随着慕春寅的宠爱，她的人气自然也是迅速往上涨，在盛唐的一堆新人里，大有与近来炙手可热的樊歆平分秋色的势头。

当然了，说是平分秋色，还是有区别的。樊歆是靠作品，而秦晴是靠男人。

有人曾将这话说到樊歆那里去，彼时她只是淡淡一笑。慕春寅宠爱谁要捧谁那是他的事，她能说什么，每天做好饭菜让头条帝吃好喝好不折腾她就够了。

想到这里，樊歆向莫婉婉道：“你就别生气了，慕春寅的事咱哪管得了。”

莫婉婉愤愤不平：“我就没见过慕春寅对哪个女人好成这样，他往常玩女人从不超过一个月，眼下都三个月了还没分。你说，慕春寅是不是真喜欢她？”

“如果他真喜欢，不可以吗？”

“不、可、以！”莫婉婉捏起拳头咬牙切齿，“小浪花扔瓶子的仇咱还没报呢，如果慕春寅护着她，这仇咱就报不了了！”她说着抓着樊歆的肩膀狂摇：“你怎么就对这事不上心呢，你就这么甘心吗？”

“我当然不甘心，但咱怎么报呢？爆她黑料，还是打她一顿？”

“背后爆黑料不是老娘的作风！姐报仇也必须大庭广众堂堂正正！至于你说打她一顿，我还真想打她来着，但照慕春寅宠她的态度，老娘不好下手啊！”

樊歆脸色平静：“正因为那两条路都行不通，所以我正在用其他方式报仇。”

莫婉婉反驳：“你哪有，每天就唱歌跳舞，要不就弹琴拉琴看书学习！”

“这不就是我的报复吗？她一直忌惮我，见不得我比她优秀，我偏要比她优秀，优秀到她无论如何都掩盖不了我的光芒。”

莫婉婉静了静，想起半个月前的娱乐节目。节目里樊歆气质温文多才多艺，而秦晴除开颜值、身材，几乎没什么能拿得出手的才能。两人同台而立，一个光芒四射，一个黯淡无光，最后那期节目上樊歆的镜头是秦晴的两倍多。

想到这里莫婉婉转怒为喜：“你这点子好！哈哈哈，我记得小浪花为这事气得几天没吃饭，后来ZQ女装在节目上看中你的气质，签了你做代言，她又气得把漂亮的指甲都折断了，因为那是她跟刘副总要了几次都没拿到的一线代言！”

“还没完呢，汪姐今天告诉我，几个广告商在秦晴与我之间，都选择了我，秦晴这回损失惨重……”

“哈哈哈，好！接下来你不还有单曲跟好几支广告吗，那咱就继续打脸！”

单曲忙完后，樊歆又马不停蹄地拍了盛唐的另外几个楼盘广告。

自桃花坞别墅售罄后，绝大多数人抱有遗憾。桃花坞别墅的价格太高，普通人承受不起。

基于此点，盛唐便将早已开发待售的另三处楼盘炒了起来，这次不再是天价，而是相对亲民的价格。房价虽便宜许多，建筑风格却延续了桃花坞的唯美气质，虽不再以桃花为主打风景，但也各有千秋，或以莲花，或以木兰，或以樱花，倒也赏心悦目得很。

也做了系列广告，譬如“盛唐·浣莲阁”“盛唐·木兰居”“盛唐·落樱城”。拍出来的宣传片虽不如桃花坞那般令人惊艳，也称得上精致如画，而女主角仍是樊歆。

因着桃花坞的势头还在，故而广告片一出，不仅楼盘再次被哄抢一空，盛唐再次大赚一笔，连带着樊歆又继续火了一把。

不得不说，这把火烧得很及时，不仅奠定了樊歆在广告界的位置，更让樊歆刚推出的新曲人气大增。

樊歆的单曲在一月底正式发布，许多粉丝是趁热而去的。

这首名为《盛开》的单曲是一首抒情歌，樊歆明亮婉转的嗓音与拿捏适中的感情，将它诠释得恰到好处，果不其然受到业内外一致好评。

有不少听众在她的微博下留言，表示自己的喜爱。因着樊歆的嗓音干净透明，甚至有人形容为“精灵的歌喉”。

此言一出，得到不少人点赞转发，一传十十传百，樊歆竟得了个“精灵歌姬”的美誉。

汪姐得知后满意地点头：“好听，有灵气也雅致！希望咱能顶着这个名字上红毯！”

樊歆的单曲成绩不错，爬上了音乐榜。汪姐没事便瞅着榜单念念有词：“名次快往上涨啊，入了前三就能进MP的音乐风云盛典了，走红毯那叫一个美啊。”转头又无限憧憬地对樊歆说：“你知道吗，这盛典有‘音乐界的戛纳’之称，目前为止，还没有一个新人入行一年就能进去的！如果你打破了纪录，这走一趟下来，身价起码又要往上翻一番！”

樊歆抿唇笑：“真的吗？希望如此吧。”

一群人笑嘻嘻地憧憬着，不想几天之后愿望成真。

那天上午，樊歆正在替某广告商拍摄宣传海报，汪姐风风火火地冲了进来，一脸喜色，挥着手里的东西道：“樊歆，心想事成了！音乐盛典给咱发邀请函了！”

樊歆也是又惊又喜：“太好了！”

两人高兴一阵，随后汪姐亢奋地去翻电话本：“届时红毯一定百花齐放，我得赶紧给你找一个不错的形象顾问！绝不能让你这头次上红毯的精灵歌姬，输了头彩！”

光阴如白驹过隙，盛典那天很快来到。

果然如汪姐所说，红毯上巨星云集，大腕横飞，各路名人争奇斗艳。

红毯的另一端，手持相机的记者里三层外三层挤得水泄不通，而观众则被保安远远拦在会场外，疯狂呐喊。

按照MP的规矩，红毯上新人在前走，资历深重量级的人物居中，而压轴的巨星靠后。所以作为新人的樊歆是先行上场的，但赫祈主动提出要跟她搭档一起走，而他又属于巨星级别，于是她便陪着等到最后。

眼瞧着前面的嘉宾三三两两地出场，想着一时半会儿还轮不到自己，樊歆便待在赫祈的休息间里休息。

她原本正在与赫祈聊天，门外突然传来一阵尖叫。

“你眼瞎啊，踩我的裙子！”

“对不起！我不是故意的……”

“对不起有什么用！你知道我是谁吗？你知道我这裙子多贵吗？你赔得起吗？”

“您别生气，我想办法帮您清理干净！”

“清什么清，我马上要走红毯了，哪有时间清！这么脏你要我怎么走？”

这声音太过熟悉，似乎是秦晴的。樊歆与赫祈对视一眼，将门略微开了些。

门外果然是秦晴，她虽然没收到邀请函，却是慕春寅带来的女伴，所以也就顺便来蹭红毯了。站在她对面的是个大学生模样的年轻姑娘，看样子应该是某个明星的助理。小姑娘把秦晴的长裙上踩出了半个脚印，一个劲地赔礼道歉，旁边亦有工作人员不停地打圆场，但秦晴就是不依不饶：“你知不知道我这裙子是从法国专门定制的，你看都不看就往上踩，眼珠子长着只是摆设吗？把你的老板喊过来，今天不给我个交代，我就要你好看！”

“还有完没完！”倏然一声高喝止住秦晴的话。

秦晴的声音顿住，看向迎面走来的美艳女子。

那女子身材高挑，凹凸有致的身材套着一件半镂空的黑色长裙，性感中透着冷冽强硬，微微上挑的眼角掠过众人时带着睥睨之势，在这美女如云的后台，衣香鬓影的女星们无一人比得过她的气场。

天后苏越。

秦晴也愣在当场："苏越？"

苏越走到她面前，红唇勾起一抹冷笑："她的主子就是我，你要怎么地？要赔钱还是赔衣服？"

秦晴的气焰顿时灭了一大半，但碍着这么多人在场，她稳住了姿态，道："你的人踩了我的衣服，本来就该道歉。"

"她都道歉了，你怎么还骂个不停？"苏越不留情面，话说得极直白，"现在的新人都是什么来头呀，一没作品二没实力的来蹭红毯，还拽得跟二五八万似的！"

秦晴强压住的火一下子冒了上来："苏越姐，就算你是天后也别这么瞧不起人。我虽然是个新人，不及你资历深，但我也不是普通新人，您要瞧不起我，也得掂量掂量我身后的人。"

"你身后的人？"苏越抬起尖头细跟高跟鞋往前踩了一步，饶有兴趣地问，"谁啊？看这圈子里有几个是我不敢掂量的？"

秦晴拨弄着亮闪闪的水晶指甲，将自己长而精致的晚礼服裙摆一撩："我是盛唐的秦晴，因为这件裙子是我的老板慕总亲自挑选亲自送的，所以被踩了一脚我心疼。怎么，苏天后想跟我们慕总叫板吗？"

苏越原本是漫不经心的表情，在听到慕总这两个字时忽地一转，她瞅着秦晴嗤笑一声，眸光一寸寸收紧，透出一丝危险的意味："慕春寅？"

秦晴抬高下巴，双手环胸，扬扬得意的姿态像只骄傲的孔雀："对，我是他的女人。"她笑吟吟地看着苏越，以为苏越是忌惮了慕春寅的身份，语气越发张扬："苏天后想说什么吗？是不是觉得我们慕少……啊！"

伴随着秦晴的尖叫，啪的一声厉响掠过众人耳膜，整个后台的人齐齐呆住。

秦晴捂着脸，不敢置信地看着苏越："你……你敢打我？"

苏越拍拍手，柳眉凤目间俱是冷意："我打的就是慕春寅的女人！"

秦晴脸涨得通红，想要还手，却碍着苏越身后的一排保镖不敢动，末了她哭起来，不住冲身边张望大喊："慕少！慕少！"

苏越好整以暇地坐在那里，仿佛就等着慕春寅出来。

两分钟后慕春寅果然现了身，几个工作人员将他簇拥到秦晴面前。他扫扫眼睛红红的秦晴，再瞅瞅对面气场强大的苏越，问："怎么回事？"

秦晴一见他就扑上来，一把鼻涕一把泪，指着苏越道："慕少，她……她打我！

她居然打我耳光！”

慕春寅皱眉，而坐着的苏越已站起了身。她逼视着慕春寅，脸上的笑意近乎挑衅：“我就打她，怎样？怎么，慕总也打算扇我的耳光替她出气吗？”

慕春寅的眉头越皱越紧，最后将秦晴往休息室一拉：“回屋去。”

一贯被人捧惯了的秦晴哪肯吃这个亏，哭得更加梨花带雨：“我不依……慕少，您不能眼睁睁看着她欺负我呀……”

慕春寅不理会她，叫来几个工作人员将哭哭啼啼的秦晴拖了回去。待秦晴离开后，他也跟着去了休息室。

见他要走，刚才还含笑的苏越敛住了笑，她挡在慕春寅面前，定定地看着他，那一声客套的慕总换成了连名带姓的称呼：“慕春寅，你欺人太甚！”

慕春寅目光微闪，最终什么也没说，转身回了休息室。

VIP化妆间里的樊歆将这一幕收入眼底。不知是不是她的错觉，她看见先前咄咄逼人的苏越，在慕春寅转身离去的那一刻，竟流露出不易察觉的凄然。

樊歆关上门，问沙发上玩平板电脑的赫祈：“苏越是不是还喜欢着慕春寅？”

赫祈对女人的纷争没兴趣，刚才看到一半就折身回来了。眼下的他正对着平板电脑上全球美景纪录片看得津津有味，他敷衍地回答：“不知道，但她曾经很爱慕春寅，为了慕春寅，宁愿放弃如日中天的事业。”

“她这么爱慕春寅，为什么后来分手了？”

赫祈摇头：“不清楚，好像是她发现了慕春寅的一个秘密。”

“秘密？什么秘密？”

赫祈抬起头，面有诧异：“咦，你还不知道吗？慕春寅有个特别的房间，终年上锁，据说里面有他最深的机密，他不让任何人进去……”

“哦！”樊歆想了会儿，还真有这个房间，那是慕春寅卧室里的侧室，他从不让任何人进去，包括她。

“那里面有什么？”樊歆好奇地问。

赫祈道：“我怎么知道，你不是跟他住一起吗，你撬锁进去不就知道了。”

樊歆摇头：“我哪敢，万一打开里面全是尸体呢！从前有个童话故事就是这样，有个变态的国王，杀了自己的王妃藏在城堡的某个房间……妈呀，太恐怖了……”

赫祈：“……”

他正要继续说，手机铃声响起来，他嫌信号不好，走出了化妆间。

房里只剩樊歆一个人，两分钟后房门被人推开，一个颀长的身影走了进来，樊歆背对着他，愉快地问：“赫天王你回来了？是不是快到咱俩走红毯了？”

话音刚落，她的瞳仁倏然一紧。

身后的人根本不是赫祈，而是另一张熟悉的面孔。樊歆瞬间绷紧了上身，放开手中的杂志：“温……温先生……”

温浅面上亦有疑惑：“你怎么在这里？”他环视四周：“难道我走错了休息室？”

樊歆只想他快走，赶紧点头：“是的是的，您走错了，这是赫祈的贵宾休息室。”

她略显不耐烦的模样让原本打算离开的温浅脚步一顿，他慢慢转过身来，问：“你很想让我走？”

樊歆从沙发上起身，退后两步，将两人的距离拉开：“我没有，我这不是怕您走错门跟我传绯闻吗？”

温浅打量着她警惕的表情，一步步走近：“如果我不在乎绯闻呢？”

“您名气大不在乎，可我只是个新人，我怕别人说我借着您炒作啊。”樊歆被他步步紧逼，退到了化妆台旁。她侧对着镜子，镜面映出她娇艳的妆容，今天她穿了件及踝的紫色欧根纱长裙，露肩紧致收腰再加鱼尾的设计衬得她的曲线曼妙异常。

温浅的目光轻飘飘扫过她的全身，平静到面无表情。

樊歆却沉不住气了，眼瞅着他越靠越近，她的背脊快贴到化妆台上了，只得出声道：“温先生，我们没那么熟，能不靠这么近吗？”

温浅没搭话，忽地前进一步，一只手撑到镜面上，将樊歆逼到梳妆台那边的死角。清晰的妆镜映出两人——他身子前倾，右手按在她肩膀。她被他突然而来的“壁咚”吓到，背脊猛地贴近墙面，有些忐忑：“你……你这是什么意思？”

他浅浅一笑，英俊的脸慢慢朝她凑近，直到只剩下十厘米的距离，他才停住动作，深邃的眸里透出戏谑：“我倒要问问你是什么意思？”

“我？我什么？”樊歆不明白他的意图，觉得此刻的姿势太过尴尬，她推了他一下：“你放开！”

他看似瘦削的身形稳如磐石，淡淡的气息缭绕在她身上，是极清爽的茶香。她耳根没来由地一热，又怕双方离得太近被他看出脸上那道被遮瑕膏掩盖过的疤印，局促地扭过头去：“温先生，请你放尊重点儿！”

她紧皱的眉头透出对他的抗拒，他敛去先前的戏谑，伸手捏住她的下巴。靠着墙的樊歆还未反应过来，便被他强硬的力量抬起下巴，她被迫仰头与他对视，他俊逸的脸近在咫尺，疏淡的神色掠过嘲讽：“你是真讨厌，还是欲擒故纵？”

“我不懂你说什么！”樊歆本就怕跟他接触，如此一来，她又脸红又气恼又局促，慌张之下抿了抿嘴唇，因着这个小动作，唇畔的两个梨窝若隐若现，衬在那粉玉般的脸颊上，倒显出几分可爱。

温浅手一松，视线停在她唇畔的梨窝上，又从梨窝转到了她的乌眉长睫。她不知是紧张还是羞怯，目光有些闪烁，并不敢看他，长而浓密的睫毛半垂着，随着她的呼吸轻颤，像是蝴蝶在风中的翅膀。

两人以这样的姿势僵持了数秒钟，突然房门被人推开，赫祈出现在门口，狐疑地瞅着两人："你们……在干吗？"

温浅松开了樊歆。樊歆讪讪的，将头低着。怕赫祈看出猫腻，她随口胡诌："没什么……温先生走错了休息室，看我脸上的妆花了些，就好心提醒……"

温浅站在梳妆台旁一笑："是吗？"

他笑容清浅，语气里却透着高深，这一笑过后，他再不管房里人的反应，径直出了门去。

屋内樊歆还站在化妆镜前，低着头，似乎有些局促。

赫祈瞧出她的异常，换了个话题打破尴尬："听说温先生是此次盛典的东道主。"

樊歆努力将语气放得平和："怎么说？"

"荣光是MP盛典的赞助商。没有荣光，这么多年来MP不会在亚洲这么火。"

"原来是这样。"

"走吧走吧。"赫祈碰碰她的胳膊，"该我们出场了。"

这是樊歆人生中的第一次红毯，若要问她的感觉，她只有两个字——闪瞎！

当她挽着赫祈的手臂，迈着优雅的步伐款款上前时，扑面而来的是媒体的喧嚣及咔嚓、咔嚓的快门声。不断有媒体向她招手，喊她的名字，示意她朝镜头看，此起彼伏的闪光灯几近闪瞎她的眼。

入行快一年了，她虽跟媒体打过多次交道，却从没见过这么大的阵势，在一声声的呐喊中，她拿着晚宴小包的手心微微出汗。

赫祈察觉出她的紧张，轻触了一下她的手臂，附在她耳畔道："十六字真言。"

樊歆瞬时想起赫祈之前交代的四句口诀："背脊挺直，步伐优雅，面露微笑，手臂轻摇。"

她笑起来，薄唇稍稍扬起，跟着赫祈一道从容地往前走。相机的快门声还在继续，她的紧张却消了大半。

她沿着红毯走向前，面对媒体露出得体的笑，偶尔配合赫祈摆一下姿势。镜头中她穿一袭粉紫长裙，露肩设计让她精致的锁骨及天鹅般的脖颈显露无遗，那长长的裙摆翩然及地，裙裾的水晶闪烁在足踝，像逶迤至地的宝石，一步一移间微光摇曳，迷醉了红毯两旁记者的眼。

而她身边的赫祈穿一身淡蓝小西装，长身玉立的模样跟她映衬得很，两人站在一起，当真是俊男美女相得益彰。

两人走完后，后面的一对便是慕春寅与秦晴。

同往常一样，头条帝走的是高调路线。他穿着玫红波点衬衫配墨蓝窄脚裤。那欢脱鲜亮而大胆的颜色，鲜少有男人敢尝试，他却这么做了，而且穿得漂亮至极，洋气、标致、英俊……他有一种奇特的气质，静默不语时，精致的五官与笔挺的身姿透出中世纪西欧贵族的优雅清贵，而一旦他露出那种招牌式的、慵懒的笑，便即刻化身巨富世家的纨绔子弟。雅与痞两种极端特质，在他身上结合得淋漓尽致。此刻他挥手朝各路媒体踱步走来，成百上千的闪光灯照耀下，不是明星却远胜明星。

而他身边的女伴秦晴，依旧走的是性感路线，宝蓝色抹胸长裙配十四厘米的鱼嘴高跟鞋。为了抢镜，她丰盈的胸被挤出高耸的弧度，后背几乎全露，纤长的双腿虽有长裙掩映，却在大腿以下开了个高衩，步履的摇曳生香中，直把一条雪白的右腿露了一大半，晃得记者拿相机的手都握不稳了。

她穿得抢镜，可下台之时，跟她擦肩而过的樊歆察觉出她的表情不怎么好，似是强颜欢笑，不知是不是因为被苏越掌掴的事。

不作死就不会死，倘若不是秦晴对那小助理咄咄逼人，今日便不会被苏越掌掴。樊歆如此想着，也就没往心里去。

走完红毯已是夜里，因为公司还有要事，慕春寅连夜坐飞机赶回Y市。老板要走，下属们自然得跟着走，于是盛唐的人便占了当次航班的整个头等舱。

飞回Y市需要三个多小时，一群人忍不住在靠椅上昏昏睡去。

头等舱的前排有两个人没睡，彼此对视的眸光明亮如常，半点儿睡意都没有。左边的赫祈往后排瞟瞟，问："怎么没跟你的新欢坐在一起？"

慕春寅拨弄着衣袖上的铂金袖扣，修长的手指在灯光下白皙如玉，他漫不经心地说："她啊，跟我闹别扭呢。"

赫祈压低声音问："你如今是个什么意思？这么积极地捧她，一会儿送她豪车，一会儿带她走红毯，是故意的吗？"

慕春寅将视线落在机舱外。窗外是茫茫的夜，飞机穿梭在云层中央，夜色如墨汁般浓郁。慕春寅看了半晌，弯唇一笑，是个讽刺的意味，却是默认了。

赫祈不紧不慢地喝着咖啡，换了个话题："我觉得，你该找个时机公开你跟某人的关系了。"他扫扫后方正靠在汪姐身上酣睡的樊歆。

慕春寅原本倚着窗喝红茶，闻言，散漫的眼神瞬间凝聚："怎么突然提这事？"

赫祈想起下午化妆室的那一幕，耸肩一笑："没什么，只是怕你被人挖了墙脚，毕竟你的对手实力不弱。"

慕春寅的神情越发凝重："怎么，今天她与某人见过面？"

赫祈笑道："我可没说，你别又找她闹，她也什么都没做。我说这些，无非是给你提个醒，自己兄弟，我总是想你遂了心愿，不然也不会给你做挡箭牌这么久。"

慕春寅哼声，端起架子来："心愿？本少爷对她能有什么心愿，她这辈子把我伺候好就够了！"

"哦，只想她做个厨娘伺候你，没想过其他的？"赫祈饶有兴致地点评道，"你果然像周珅所说，是属鸭子的。"

"你才鸭子！本少爷要是做鸭，有人给得起出台费吗？"慕春寅不屑一顾，抱着毯子起身。

他轻手轻脚地走到后一排位置。樊歆睡得正熟，大概是觉得冷，她不住往汪姐身上凑，慕春寅将手中的毯子盖在她身上，怕吵醒众人，他动作极轻。

盖好毯子后，见她的刘海有些凌乱，他给她捋了捋，这才缓步离开。

前面的赫祈瞅着他一声轻笑："属鸭子的，嘴硬！"

秦晴此刻正从睡梦中醒来，她睁开眼，将慕春寅最后一个动作纳入眼底，明艳的脸上顿时一白。

众人打道回府。

毫不意外，第二天因着走红毯的事，樊歆又上了报纸。当然，这次不是她一个人，头条帝、秦晴还有赫祈都上了。其中风头最盛的当属头条帝，毕竟名气最大，秦晴因为跟他一起也蹭了不少头条版面。

而樊歆，最近本就因拍了盛唐一系列唯美广告，风头强劲，如今走红毯搭上了天王，俊男美女的组合让媒体拍出好些漂亮的照片，再次俘虏大众的心。而网上也因为她与赫祈频频搭档引起话题，网友们越看两人越般配，竟还有人将两人的照片做成了情侣图，上面写着"人气天王，精灵歌姬"，下面有人评论，干脆把樊歆喊作了天王嫂。樊歆哭笑不得，汪姐却兴致勃勃，还当着樊歆的面用小号在微博上回复："在一起在一起……"

樊歆哑然失笑。

因着年关将近，盛唐在MP盛典五天后放了假。由于盛唐在年末卖空几个楼盘大赚了一笔，故而全公司上下都有大红包，辛劳一年拿到大红包的员工们一个个乐开了花。

要说不乐和的，那只有一个人——樊歆。她同大家一样劳碌了一年，不仅没有红包，就连自己赚的广告费、代言费等都被慕春寅扣押下来，一分不给她。

极度郁闷的樊歆连备年货都不那么积极了，她在厨房里看着腊鱼、腊肉、腊肠，各种碎碎念："小气鬼，给你吃这么多有什么用！葛朗台！铁公鸡！我的片酬都涨了十几倍，居然每天还只给我一百块的零花钱！"

她对着年货嘀嘀咕咕，慕春寅却走到厨房外，语气硬硬的，全无平日的慵懒散漫："出来。"

樊歆从一大堆年货中不情不愿地抬起头："干吗？"

慕春寅手中提了好些东西，又是衣服又是礼物的，表情严肃："去S市。"

樊歆顿时不说话了。

S市距离Y市四个小时的车程，樊歆与慕春寅每个月得去一两次。路虽然有些远，规矩却是雷打不动的。而且每到这时，樊歆是最害怕慕春寅的。

他们要去的是S市的国际康复中心，那里住着他的母亲许雅珍——因为意外变成了植物人的许雅珍。

康复中心位于S市郊区，远离城区，空气清新，而且康复科比Y市的医疗条件更胜一筹，慕春寅将她送到这里来，为的是母亲能得到更好的治疗，自己平时过来探望也不觉得有什么了。

VIP康复室内，许雅珍静静地躺在床上，不会动弹不会说话，对外界没有任何反应，说好听点儿是植物人，说难听点儿就是个活死人。

樊歆看到这一幕便眼圈一红，每次来到康复中心的感受对她来说，不亚于凌迟。床上那个人之所以躺在那里，是她过去一手造成的，亦是她记忆里最不敢回首的深渊，这么多年来，她与慕春寅共同挣扎在那场痛苦里，没有人得到解脱。

她在许雅珍身边坐了很久，慕春寅也坐了很久，没有人说话，像是共同守着一个年深日久的伤口，任何言语都会揭开血淋淋的伤疤。

房里的窗户格外大，一群小护士来来去去，几个人正愉快地讨论着年货的事。房里的樊歆听了片刻，终于小心翼翼出了声："阿寅，我们把珍姨接回去过个年好不好？"

慕春寅同意了樊歆的提议，两人同疗养院一番商议后，用专车将许雅珍与平时贴身照顾的几个护工带回了Y市。

当一行人抵达慕氏大院时，樊歆鼻子一酸，对专车上的许雅珍道："珍姨，我们回家了。"

回家后，慕春寅的心情不大好，一直不怎么搭理樊歆。樊歆知道他的心结，心下有愧也不敢惹他，乖乖跟护工一道照顾许雅珍。偶尔护工不在，樊歆就陪着许雅珍说话，虽然她听不见。

慕春寅也会过来陪许雅珍，不过多半是在深夜。

好几个夜里，睡不着的樊歆爬起来，会看见慕春寅的房间是空的。他来到许雅珍的床边，不开灯，就那么静静坐着。阴沉沉的夜笼罩着整个别墅，他的悲伤如此强烈却又如此压抑。

昏暗的光线里，樊歆立在房门口看着这一幕，心口某一处闷闷地痛。

她回到自己的房间，在大半夜的翻来覆去之后，给莫婉婉拨去了电话：“婉婉，我睡不着。”

那端显然也没睡。莫婉婉最近迷上了通宵打游戏：“干吗？头条帝又折磨你了？”

“不，他在折磨他自己，我心里好难过。”担心莫婉婉没听明白，樊歆补充道：“我们把他妈妈接回来了。”

莫婉婉好奇地问：“你们当年究竟发生了什么事，他爸妈是怎么了？”

长长的缄默后，樊歆终于将这隐藏多年的秘密说出了口：“我十四岁那年，跳芭蕾舞得了银奖，全家都很高兴，慕叔叔和珍姨陪我去领奖。颁奖地点在C市电视台，我们开车去的，阿寅不舒服留在了家里。那天下着暴雨，天气很不好，我们抱着奖杯却很高兴，路上还讨论回家怎么庆祝，可还没到Y市就出了事。车子经过跨河大桥时，桥面突然坍塌，桥上五六辆车全掉进了水中……”

樊歆紧闭上眼，用了很久才平缓了心头翻滚的情感：“后来我命大被救了起来，珍姨却因为溺水过久，脑部缺氧受损，成了植物人……而慕叔叔原本有时间逃，但为了救我们，耽误了逃生的最佳时机……”

莫婉婉那边倒吸一口气：“我去！”大概是太过震惊，她那边安静了好一会儿才说：“可这也不能怪你啊，你也不想发生这样的事！”

“话是这么说，可慕叔叔的确是因救我而死，慕春寅亦因此失去父母，家破人亡……”樊歆低低地笑了笑，“婉婉你知道吗？其实十四岁之前阿寅不是这样子的，那会儿他阳光开朗，对我特别好……他是出事后才性格大变的。”

莫婉婉感叹：“十四岁还是个孩子，没了父母不亚于天塌了，换谁都会性格大变……唉，所以你就赎罪，不管他怎么对你，你都留在他身边。”

樊歆低声道：“是。”

莫婉婉道：“得了，你既然难过，就对他好点儿吧，反正你也回不到过去将悲剧阻止了。”

樊歆深以为然：“我也这么想的。”

挂了电话后樊歆去了一楼，拖地擦窗，弄完卫生又去厨房打点明天的菜。明天是除夕，她得准备团圆饭。虽然这个家已经破碎得没办法再团圆，她还是想要制造一些过年的气氛。

一夜过后，慕春寅一觉起来，发现家里有了些变化。

客厅里纤尘不染光洁一新，窗帘与沙发都被换上了喜庆的海棠红的套子，墙上挂着中国结，屋外不知从哪里弄来了两盆金橘树，黄澄澄的果子挂满枝丫，分外可爱。除此之外，院里的桂花树、木兰树上都挂了红彤彤的小灯笼，而别墅的大门口，樊歆正踮着脚踩在凳子上贴春联。

见他走出来，樊歆面带笑意地招手："阿寅，厨房里做好了早点，你去吃吧。"

慕春寅转身走了，余光瞟到樊歆从凳子上蹦下来，又去挂门外的灯笼。

等慕春寅吃完早饭后，樊歆已经打理完院子里的一切，又进厨房忙碌了。得亲手做一桌菜，团圆饭才有意义，她得快点儿准备。

夜幕降临，护工们都回家过除夕了，硕大的别墅里只有三个人。慕春寅在许雅珍的房里陪着她，樊歆在一楼忙活年夜饭。

六点半时，一桌饭菜终于做好。樊歆没有将饭菜摆到餐厅，而是端进了许雅珍的房间。

见她将饭菜还有一大锅饺子有条不紊地搬进来，床边的慕春寅一怔。

樊歆抿嘴一笑："年夜饭当然要跟珍姨一起吃。"

她盛了一碗饺子给慕春寅，又盛了一碗端到了床边，对着床上的人温声道："珍姨，慕心给你包饺子了，是你喜欢的三鲜馅，你闻闻香不香？"

床上的人紧闭双眼，纹丝不动。

樊歆毫不在意，仍是满脸笑容，她舀了一个饺子送到许雅珍嘴边："珍姨，看看慕心包的饺子合不合格。都是您当年教的！"

床上的人依旧没有动静，樊歆的笑容丝毫不减，她握住了许雅珍的手，柔声道："珍姨，我跟阿寅陪您过年呢，您不是最喜欢这样吗？您快快醒来，慕心很乖，阿寅也很乖，我们一定会好好孝顺您……"

她眉目柔软嗓音甜糯，将头靠在许雅珍脖颈边，依稀还是多年前那个跟养母撒娇的小女儿。

一旁的慕春寅看着这一幕，眼里闪过复杂的情绪。最后，他将手中的碗往桌上一磕，走了。

慕春寅走后，樊歆坐在房间里出神。

其实她是想好好吃完这顿团圆饭的，她也努力做出愉快的模样，但是躺在床上没有知觉的珍姨，是这除夕夜里无法忽视的伤痛。

她强撑的笑终是维持不下去，扑到许雅珍身上，低低地呜咽起来："珍姨，对不起……"

伴随着砰砰砰的声响，窗外乌黑的夜空里爆出几朵绚烂的烟花，将夜空点缀得姹紫嫣红，随后便是市民们的欢声笑语："新春烟火啦！快出来看！"

伏在许雅珍身上哀戚的樊歆抬起头来。

烟火声还在持续，阴暗的天幕被这蓬勃的光彩照耀，整个Y市笼罩在一片热烈欢腾的气氛之中。

桌上的手机忽然振动起来，一声高过一声。呆看着烟火的樊歆接了起来，是汪姐的。

电话那头也是噼里啪啦的烟火声，汪姐用愉快的语气祝她除夕快乐。

樊歆努力压住因为长时间哽咽而干涩的喉咙，敷衍地应了。

挂了电话后，陆陆续续又有其他人打来，包括莫婉婉、赫祈在内，都是盛唐的同事。一群人说七扯八，她先前胸中沉闷的痛楚不知不觉间淡了不少。

与同事们道完新春的祝福，她放下手机，正要去查看床上的珍姨，手机倏然叮咚一响，一条短信进来。她以为是其他同事的，随手点了开来。

短信里只有四个字：“新年快乐。”发件人：温浅。

她握着手机，斟酌良久不知该回什么，便发过去两个字：“谢谢。”

发完这条短信，她放下手机，走出房间。

长走廊后是慕春寅的房间，门紧锁着，她敲了敲，里头没反应。

她隔着门轻声道：“阿寅，开门。”

里面的人不应她。

他每每伤心之时便会把门反锁，这是他从小到大的习惯。她有些急，更用力地敲了敲门：“阿寅，都这么晚了，吃点儿东西吧，不然等下会胃痛。”

门纹丝不动。

“阿寅！阿寅！”她连叫了几声，在得不到回应之后终于忍不住，转身找出备用钥匙，将房门打开。

房里没有开灯，黑漆漆的一片。窗外有烟花不断腾起，肆意绽放的刹那，有光线映亮房间，显出屋内一个站着的身影。

微弱的光线里，他背对着她，微仰着头，看着墙上悬挂的一幅大照片。

没有灯光看不清照片上的内容，但凭这熟悉的位置，樊歆便知道这是幅什么照片。

那是他们八岁那年照的全家福。珍姨跟慕叔叔坐在庭院的椅子上，珍姨抱着穿着粉色连衣裙的她，而慕叔叔抱着小正太慕春寅。四人偎依在一处，头顶是珍姨亲手种的桂花树，繁茂枝丫里漏出蜜色的阳光，背后是茵茵的草坪，那只叫天真的拉布拉多犬正在草地上打滚。画面无限美好欢喜，这真正是幸福的一家人。

此时那个孤零零的身影正站在那张全家福下，举目凝望，眸光深深。

窗外的烟花还在一波接一波地绽放，屋外喜庆热闹明亮而喧哗，而这阴暗的室内，是如此沉寂与压抑。

他久久伫立，没有任何言语与动作。

有无边幽凉的痛楚扑面而来，樊歆不禁心头一颤。

她不在的那五年里，他是不是每年都是如此，在每一个万众欢腾的喜悦节日，在每一个合家欢乐的幸福时刻，他都将自己锁进这个幽深的、冰冷的房间，在旁人欢笑团聚的时候，任由自己被吞噬在这寂寂永夜中。

她的愧疚排山倒海地倾轧而来。曾经他所给的折磨与伤害，她都忘到了九霄云外。她慢慢走上前，来到慕春寅旁边，伸手牵住了他的衣袖："阿寅……"

慕春寅恍若未觉，维持着刚才的那个动作，一动不动地看墙上的全家福。

樊歆不知该说什么表达此时的心情，毕竟这一切伤痛都因她而起。她只能用道歉来缓解彼此的痛："对不起……阿寅……"

见他没有反应，她握住他的手："你别这样，你要是难过，你发泄出来……"

他不看她，只慢慢地挣脱她的手。她内心的痛楚瞬间翻倍，在他抬步要走的瞬间，她猛地从背后拥住了他："阿寅，是我错了……"

窗外绚烂的烟火映出她自责愧疚的面庞，她双臂加劲，将脸贴到他的背脊上。在这回国的大半年后，她第一次道出心底的歉疚："我错了，我不该把你一个人丢下，我不该在国外待那么久，我应该早点儿回来……"

她的哀戚越发强烈，都快哭出来了，哽咽着道："阿寅……以后我不会再这样……"

他漠然的神色终于有了改变，缓缓转身，去看她的脸："真的？"

唯恐他不相信，她用力点头："我保证，我以后会对你更好……只要你开心，我什么都愿意……我们好好在一起，我们一起陪着珍姨，等她醒来……好不好？"

她的抽噎里含着急切，手臂一直抱着他，仰起的脸上满是祈求，大眼睛里漾着蒙蒙的水汽，像那一晚湖心岛上的月光。

他终于倾身，回搂住她。窗外的烟火还在继续，雪白的墙面上照出屋内两人相拥的身影。

她紧搂住他的腰，恨不得将这一身的温暖统统给他。而他的怀抱里第一次没有莺莺燕燕的气息。他将脸附在她耳畔，低声道："你要记得你今天说的话。"

她将头抵着他的肩，再一次颔首："嗯。"

安慰完慕春寅已是夜里十一点，屋外下起了小雪，飘飘洒洒，院里的树木渐渐变白。

两人待在窗前看雪，屋外虽然一派深冬的寒冷，屋内却温暖如春。樊歆见慕春寅仍是闷闷不乐，便一直找话题逗他开心。过一会儿她下楼捣鼓半晌，捧着一个小小的透明杯上了楼。

她将杯子献宝似的端到慕春寅手里："你尝尝。"

"这是什么？"穿着薄毛衫的慕春寅斜靠在沙发上，挑眉看了一眼。

透明的杯子里有金黄液体潋滟荡漾，里头可见两个黄澄澄的小金橘。樊歆得意一笑："我第一次做的金橘茶！"她拿吸管喝了小半口，舔舔唇舌做出诱惑的姿势："我加了你喜欢的蜂蜜，再配上一点点桂花，超级好喝！"

她的举动引发了他的兴趣，慕春寅接来喝了一口，共着同一根吸管："还不错。"

樊歆抿嘴笑："你要是喜欢，我还可以做无数杯！"她往院子里一指："茶的食材就是我们家树上的金橘！我刚刚去摘的！哈哈，我买的时候只当是观赏，没想到还可以吃，而且下了雪，它变成了冰冻金橘，味道更好了！"

慕春寅微蹙的眉头终于松开，瞟她一眼，见她嘴角的两个梨窝笑得好看，忍不住也弯起了嘴角："傻气！"

见他展颜，樊歆心里的石头落了地，凑过去问："晚上你都没吃，现在饿了吧，想吃什么？"

慕春寅道："除夕当然是吃饺子，我要虾仁的。"

樊歆下了一锅饺子，送到慕春寅的卧房。

窗外雪势逐渐增大，庭院已经白了一片。暖烘烘的房间里，慕春寅再不见先前的低落，他一面看着电视，一面露出纨绔子弟的表情，张嘴道："啊。"

樊歆正是哄他的关头，夹起一个饺子，蘸醋后送到他嘴里。怕他噎到，又体贴地送上汤。

一刻钟后，慕春寅吃饱喝足，摸摸肚子躺到了沙发上，往肩膀上一指。

樊歆捏拳不轻不重地捶了上去。

慕春寅被她伺候得极舒服，眯眼躺了好一会儿，忽然说："我们公开关系吧。"

樊歆捶背的手一顿，微蹙的眉头显出她对这个问题的纠结，须臾她往墙上的时钟一指，将话题转了过去："快到点了，咱得准备去放迎春炮！"说着往屋外走去。

慕春寅不满地嘀咕："每次说这个话题就打岔……哼！"

而樊歆已经跑到了院子里："阿寅，你快点儿，十二点要到了，放晚了就不够喜气了。"

她裹着厚厚的冬装，戴着帽子蹬着雪地靴，在深雪地里笨拙地往前跑，像一个憨厚的小熊。

慕春寅扑哧一笑，将刚才的不快忘到了九霄云外："笨蛋，你跑慢点儿，别摔了！"

他追了上去，扶住她的肩这才放心，两人一路走过庭院，留下一串浅浅的脚印。飞舞的雪花缭绕在两人之间，斜长的背影被庭院的灯光投在地面，她与他，肩挨肩，亲昵如一体。

热闹的喜庆声中，数公里之外的莫氏大院里，有人站在天台上，仰头看四周苍茫的雪景。有飘摇的雪花落到他的肩头，他不管不顾。

他的手机还亮着，显出最近的一条短信内容："谢谢。"发件人：樊歆。

他看着手机，想起刚才自己的举动，嘴角勾起自嘲的弧度。

两个小时前，他站在这片宽敞的天台上，目视着夜空中飞腾的烟火，倏然便想起那一日。

那一晚盛唐广场的烟火远比此刻美得多，那美不胜收的桃瓣中，有一张容颜于广场正中如花绽放。

他记得那宣传片的第--个画面，她的面庞自泼墨的山水画卷里显出，镜头以特写的形式缓缓推开，那一瞬的光影似乎被定格其中，那满屏落英，不抵她垂眸一笑。

那一刻他确有微微的惊愕，不知是因为那张脸，还是因为那烟火意境太美，此后很多天里，他的脑海里会无意识地浮起那幕特写。那灼灼连绵的桃花坞，她柳眉清目如樱红唇。

叮咚叮咚的手机声响将他的思绪拉回，他不看便知那是来自下属或合作伙伴的春节祝福，每年这个点都会这样。

他拿起手机，并不回，看一条便删一条。他是个不大重情的人，某些方面甚至略显寡情，他向来对这种节日祝福不屑一顾。都是些复制粘贴的机械操作，千篇一律的祝福语里有几个真心?

他嗤笑，目光却凝在其中一个发件人上——汪和真。

汪和真，樊歆的经纪人？她看来挺懂得维护关系的，他们虽然没见过几次面，她却留心了，想来是为了樊歆的日后筹谋吧。作为经纪人，倒是尽心尽职。

他淡淡一笑，再次想起桃花坞里的那张面孔。

她的经纪人都殷勤地跟自己发了短信，她会不会也识时务地给自己发一条？哪怕也是这种毫无诚意的复制粘贴。

他忽然便好奇起来，指尖触到屏幕，顺着众多的短信一条条往下翻。

然而他失望了，无数条短信他翻到了底，没见有她的。

他没来由地有些恼，虽然她的身份还没有查清，可好歹他也帮过她几次，她不感恩戴德就罢了，居然连些节假日场面上的应付也不给！

他越想越恼，翻出了她的号码，刚按下拨出键，他立马又挂掉。

自己这是要干吗？难不成打电话质问她“你为什么不给我发祝福短信”？

他觉得可笑，但心里着实有些不平。究其原因，不过是觉得“不公平”。

是了，不公平。这二十多年来，他将自己关在高高的金字塔顶端，才华卓绝的背后是自负与孤傲，他很少主动对人示好，更很少主动帮助提携他人。樊歆是这极少数中的一个。他以为他难得的付出总会有点儿什么回报，譬如，她愿意唱那首电影主题曲，或者愉快地接受其他的合作。

但她完全没有，相反，她见了他就像老鼠见了猫，飞奔都来不及。这让他无法想象。他又不是吃人的魔鬼！

他越发想不通，端着架子又不愿打电话，干脆发了条短信过去。他不知道发什么，最后发了一条最普通的“新年快乐”。

短信发出后，他想着，她应该也会礼尚往来地回一句什么祝福吧，哪怕复制粘贴也是句祝福，是不是？

一分钟后手机叮咚一响，他点开短信，瞬间一怔。

屏幕上言简意赅的两个字：“谢谢。”

温浅彻底无语。他还以为她会回句祝福，就算不回，跟他一样打个“新年快乐”也成，结果她就丢了两个字过来，连句简单的四字祝福都吝啬给！

雪花还在飘，路面渐渐白了。他遥望着雪花与烟花的交织，胸间竟有些愤怒。

楼下一个中气十足的女声在院内炸响：“温浅，下来吃饺子！”

他还没来得及答应，另一个稳重沉厚的男人声音响起：“婉婉，别没大没小，喊小舅舅！”

“什么舅舅！”莫婉婉的嗓门从楼道里传来，“我连他姐的身份都不承认，还认他是舅？当年他姐硬要嫁进我们莫家，我可没同意！”

男人劝道：“你这孩子怎么讲话的！你虽然不喜欢你温姨，她好歹也是你名义上的妈妈是不是？听爸爸的话，别这么对你温姨，爸爸我夹中间不好做人。”又道：“温浅虽然跟你没有血缘关系，也只大你一岁，但他毕竟是你温姨的亲弟弟，不叫舅舅叫什么？”

“我就不叫！”仿佛是跟父亲抬杠，莫婉婉仰头再次冲露台大喊：“温浅！温浅！快来吃饺子！”

温浅在十分钟后下了楼。他并不爱吃饺子，每年的这时候无非是顾及姐姐的颜面，来莫家吃一顿饭。相比这种两家硬凑的除夕热闹，他更愿意待在自己的办公室，对着黑白优雅的钢琴跟一杯加冰的水，弹上一整晚。

他不习惯客厅里莫氏家族人来人往的热闹，端着饺子，走到内厅。

巧得很，莫婉婉也在，他知道原因，她讨厌跟所谓的后妈坐一个桌。

见他来了，莫婉婉挪挪屁股，让了一点儿位置。她虽然讨厌温雅，却是对事不对人的性子，除了一贯直呼温浅的名字外，她没做过敌视温浅的事，两人平日里相处也算和气。

两人安安静静地吃着，莫婉婉边吃边玩手机。温浅无意间扫到她的屏幕，瞥见她的微信对话框里，一来一去都是跟同一个人——樊歆。

想起这一阵子的事，温浅起了疑，问："你跟樊歆很熟？"

莫婉婉立刻收了手机："没有很熟，大家都在盛唐，普通同事而已。"

温浅眉一挑："普通同事第一时间送祝福？"

"姐无聊行不行！"

温浅的眸子如寒潭深水："我很欣赏樊歆的才华，什么时候喊她吃个饭，交流下对小提琴的心得。"

"不用！"莫婉婉的反应格外强烈，"她不会来的。"

温浅神色淡然："你跟她只是普通同事，凭什么断定她不会来？"

莫婉婉被噎住，而温浅干脆挑明了说："她有意躲我是不是？"

莫婉婉不搭话，微微躲闪的眼神印证了温浅的猜测。

他曾想着樊歆是不是欲擒故纵，但那天在MP的化妆室，他将她逼在角落，她长睫低垂，闪烁的眼里透着慌张。那一刻他判断出她是真的在躲他。如果她是个欲擒故纵的有城府的女人，她不会显出那样的忐忑。

她为什么要躲他？温浅越发起疑，紧逼莫婉婉："一个人不会无缘无故地躲另一个人。樊歆躲我，是为了什么？"

莫婉婉摊手："我怎么知道？"

温浅岔开话题："你空间里慕心的照片为什么删了？"

莫婉婉眸光一变，格外警惕："你怎么又突然提到了慕心？"

温浅毫不隐瞒："我想看看慕心，我从没有仔细看过她的模样。"

莫婉婉将头摇得像拨浪鼓："谁让你当年不看！照片姐没了，一张也没有！"

温浅将她的反应看进眼底，随后起身。

走出房门的那一刹那，温浅顿住脚步，明亮的灯光洒在他身上，镀出柔柔的光圈，他回头看向莫婉婉："婉婉，如果慕心还在，我不会再像以前那样对她。"

他眸光深邃口吻真挚，莫婉婉的思绪居然跟着他走了："那你会怎么对她？"她话落才意识到自己泄露了什么，忙扭头朝窗外看去："十二点快到了，我去跟老头子放迎春炮了！姐要祈求明年旺旺旺！"她匆忙逃离房间。

当的一声响，客厅的大座钟钟摆荡起来，新的一年终于来到，窗外的迎春炮响起，无数人在呼喊欢笑："新春快乐！"

侧厅一角温浅注视着窗外的莫婉婉，拨去了一个电话。

几秒钟后电话接通，温浅问："阿宋，查得怎么样？"

"查了，越查越古怪，樊歆的过往像被人抹去了一样，根本查不到什么有效线索。"

温浅若有所思："查不到那就是最大的蹊跷，她一定有问题。"

阿宋不解："您为什么查樊歆？虽然她可疑，但我觉得她跟您的慕学妹不会有什么关系。慕心早就没了，慕家守着她的墓五六年，您不是不知道。"说到这儿他嘀咕："我才知道您每年去墓地是为了看她……前年您还为这事跟盛唐慕总差点儿闹崩……"

"好了。"温浅打断他的话，丢下言简意赅的五个字："继续查樊歆。"

慕春寅在除夕夜的温馨后再次想起了被樊歆敷衍过去的正事。

翌日，头条帝将樊歆按到沙发上坐着，郑重其事地说："开春以后，我找机会公开我们的关系。"

樊歆摇头："我不要。"

慕春寅皱眉："为什么，这又不是什么见不得人的事！再说公开搭上我这棵大树，对你只有好处。"

樊歆沉默了几秒，道："有树荫固然好，可是树大也招风，阿寅，我不想别人说我借着你炒作。"

"他们爱说什么说去！反正我就是这圈的中心，这圈里的太阳，难道闲言碎语多了，我这太阳就不转不发光了？"

"阿寅，你的确像太阳一样，可正因你的耀眼，置身于你光芒下的人，会看不到自己的光……世人会说，那樊歆没什么真本事，无非是靠着头条帝罢了！那MP什么奖肯定是买的，《歌手之夜》也是打点过的……阿寅，你愿意别人用这样轻蔑的口气揣测我吗？你愿意我做的一切努力，都因为这层关系被抹杀吗？"

慕春寅恼了："那你想怎样，难道一直这么遮遮掩掩？"

樊歆黑白分明的大眼睛里满是郑重："阿寅，再等等。等我取得更好的成绩，等我有足够的资格跟你并肩站在一起。"

慕春寅断然拒绝："我为什么要等？我这就去开新闻发布会！"

"你开了我也不承认！"

慕春寅气结："你怎么这么倔！"

谈话陷入僵局，慕春寅气得大口喝红茶。

樊歆静默片刻，问："那好，如果你现在开记者会，你要怎么说？我是你的什么人？我们俩具体是什么关系？”

慕春寅微怔，他先前只是想着夜长梦多，早点儿公开关系对双方都好，但樊歆的话让他无言以对。

他拍拍樊歆的手背：“知道了，我再想想。”

三楼露台上，慕春寅靠在白色藤椅中，正跟赫祈打电话。雪早已停了，整个院落一片银装素裹，樊歆穿着厚外套站在雪地里，头上那顶绒线红帽子亮眼极了。

慕春寅看着那抹红影，对着电话抱怨：“赫祈你说说，这女人脑子里究竟装的是什么，多少女人想跟我有关系，她倒好，偏不！”

赫祈的声音懒洋洋地从那端传来：“你还不明白她吗，她不喜欢靠别人，上次唯爱的香水代言就是，我有心给她搭搭线，可她非要自己争取。”他笑了笑：“说起来我想问问，你想公开关系？公开什么关系？”

“家人啊！”

“可家人这个词太含糊，就像感情分亲情、爱情、友情。你把她当哪一种？爱情？那就是把她当情人或者当老婆。”

“去！”慕春寅道，“谁把她当老婆了！”

赫祈笑了一声：“那么，兄妹？”

“去去！”慕春寅斥道，“最讨厌别人把我跟她说成兄妹！”

“那还能有什么，你总不能真的说她是你的厨娘你的保姆吧。”赫祈提醒着，“你再想想她的身份，想不出来的话，你就想想别人曾把你们当作什么？”

头条帝想了想，一本正经道：“我小时候，别人都说她是我的童养媳。”

“噗！”电话那头的赫祈一口咖啡喷了出来，“童、养、媳！你逗我呢？”他哈哈大笑：“那你就对着记者的话筒说：大家好，这是我的童养媳。怎么样，被本少爷圈养得不错吧！”

慕春寅：“……”

赫祈又道：“还有件事你想清楚，如果你把关系公布了，温浅肯定会知道樊歆的底细，届时事情就很微妙了。”

慕春寅漂亮的眉头一皱：“可不是！要不然我纠结什么？唉，这女人叫樊歆，还真让人烦心！”

赫祈：“……”

过了会儿赫祈说：“春春，我觉得你还没有看透自己的心，琢磨琢磨也好！希望你早日想通。”

“想通什么？”

“哈哈，请情商低的人自己想！”

“……”

愉快的假期总是结束得特别快，对于艺人而言结束得更快。樊歆大年初三就赶通告去了。拼搏期的艺人就是如此，有通告就得上，从不分什么节假日，过年能休几天她已经心满意足了。

初四那天，慕春寅将母亲送到了疗养院后便去忙公事。海外有个大项目在谈，他要去一个礼拜。

临走时他心有不甘地对樊歆说：“早知道就不让你进这个圈子了，眼下可好，一个星期见不着面，没人给我做饭，想想国外的菜我就要哭。”

樊歆哑然失笑，见司机助理一帮人都在外面等他，忙催道：“好啦，你快走啦，过几天回来我就给你做好吃的！”她话落踮起脚将脸凑过去，虚虚地贴了一下他的脸颊。

慕春寅被这举动惊得怔住。他们两人的关系虽已破冰正逐步回暖，但这个动作她却很多年都没做过，很久很久之前，她是喜欢这样的。每逢家里有人要远行，她便踮起脚跟对方贴贴脸，声音软糯地告别。

追忆过去，慕春寅的眸光柔软起来，俯下身用拥抱做了个告别式，说：“我完事就回，给你带礼物。”

这下轮到樊歆愣了，其实她贴脸就是催慕春寅快走，她在国外待了那么些年，已经很习惯贴脸这种日常礼仪，在她眼里跟挥手拜拜没啥区别，她不明白慕春寅眸里的那抹动容从何而来。

她还没想通，慕春寅的座驾已轰然远去。

汽车越驶越远，慕春寅坐在后排往后看，车窗外街道上的雪还未完全化完，那个红衣身影是白茫茫大雪里鲜艳的亮点，在他的视线里越来越小，最后再看不见。

慕春寅收回目光，抬手摸摸自己的脸。

他被她虚虚贴过的脸颊上有些热，像燃着一簇小小的火苗，他此时有些莫名的惬意。

汽车飞驰在道路上，两旁的风景映在慕春寅墨黑的眸中，斑斓如画。良久，他自语道：“不管那么多了，等我回来就跟媒体公开关系！”说完他又自言自语道：“估计这事出来又得成头条吧，本少爷果然是头条帝啊。”

他轻笑着，万万没想到，几天以后的另一件事将轰动全国，承包各大娱乐报纸的头条版面，让樊歆陷入风暴般的桃色丑闻。

第七章
风波

那是慕春寅离开后的第三天，樊歆为电视台的某档音乐节目担任嘉宾。

节目录制完以后已是晚上七点，樊歆跟汪姐一道下楼。乘坐电视台电梯时两人与一拨人擦肩而过，汪姐认出其中一个身材发福的男人，笑着打招呼："呀，这不是马上要开拍大电影的刘监制刘哥吗，好久不见。"

刘监制笑着跟汪姐寒暄，眼神时不时在樊歆身上扫来扫去，问："这是你的新艺人？好面熟。"

刘监制身边的一个中年男人认出了樊歆，道："当然面熟，这就是拍桃花坞的女主角嘛！"

樊歆微笑点头，算是应承。刘监制的眼睛瞬间亮了，语气更加热烈："我说是谁，原来是盛唐的新宠，果然漂亮，比广告里还要美三分。"

"刘哥过奖了，如果看好我们家樊歆，日后有什么事可以多多联系……"汪姐开始长袖善舞，而樊歆跟不熟的人不太爱攀谈，便站在电梯一角静听。没多久电梯的门开了，她走了出去，后面是跟刘监制告别的汪姐。

电梯里刘监制的视线还落在樊歆身上。

刘监制的眼神越发炽热，有人瞧出了端倪，戏谑道："刘哥这眼神该不会是瞧上了吧。"

都是自己人，刘监制也不瞒，他摸摸大腹便便的肚子，笑道："这圈子里有女人被我看中，那是她的福气！"

"那是。"有人附和，"咱刘哥虽然风流，对女人可一向不薄，跟他好过的女人，哪个没得好处？上次那个顾菲菲不就是吗，没有刘哥，她能当上女主角？”

“顾菲菲？”刘监制露出轻蔑的笑，“你看她平时一本正经，床上可浪着呢，为了要那个角色，一晚上跟了我三次！”他挠挠自己的秃头，猥琐地笑：“这樊歆看起来清清纯纯，不知到了床上是不是跟顾菲菲一样？”

有人撞撞刘监制的胳膊，怂恿道：“您试试不就知道了。”

有人踌躇着阻止：“那樊歆跟顾菲菲不一样，樊歆是盛唐的人，慕春寅可不是好惹的主儿！”

“盛唐？”刘监制皱眉冷哼，“从前我倒是惹不起，可如今我是九重的人，我就不信盛唐会为了一个小小的艺人跟九重翻脸！”

晚上八点，樊歆跟汪姐在某茶楼用晚餐。两人吃着牛排隔窗欣赏夜景。黑色的苍穹底下，高楼大厦车水马龙被斑斓的霓虹灯与广告牌点缀得流光溢彩。

叮咚，樊歆的手机响了。她看完后惊喜地对汪姐说：“刚才那个刘监制来短信，说他筹拍的电影有个角色我很合适，问我愿不愿意面谈。如果愿意，现在就去帝国酒店3021号房，剧组的导演、策划都在那里，正讨论着剧情呢。”

汪姐一听来了劲，刘监制的作品一向都是大制作，如果能争取到合适的戏份，对樊歆这个新人来说，绝对是不可多得的好机会。于是她点点头：“那就去呗。”

樊歆高兴后又踌躇了会儿：“可是在酒店……”

汪姐道：“不少制片导演喜欢在酒店谈戏，你别太紧张。”她不想放弃这难得的机会，便挽住樊歆的胳膊：“没事，我陪你一起。”

半小时后两人抵达帝国酒店3021号房，刚要进去，汪姐的手机一阵大响，她接了电话，脸色一变：“什么，小雯高烧都39度了？你快送医院，快点儿……”

樊歆看着汪姐一脸焦急，便道：“汪姐，你女儿发烧你就快去医院吧，不用陪我。”

汪姐迟疑着：“可你一个人我不放心。”

正说着房里有人开了门，冲两人笑道：“汪大经纪人，我们剧组都在这里，你有什么好担心的？还怕我们吃了你的人不成？”

房门全敞，可见里面坐了五六个人，正笑吟吟地看向门外的两个女人，有几个还是圈里的熟面孔。

两人略微放心，樊歆对汪姐道：“我就去坐坐，不合适我立马就走。”

汪姐想了想，最终放手让樊歆进了房。

樊歆走进房间，跟众人礼貌地打过招呼后坐下。刘监制坐在沙发中央，客客气气地给樊歆端来了水果，开始跟樊歆讲电影的事，樊歆看他有模有样的，便认认真真地听。

等她听到一半，才发现刚才的一圈人渐渐都不见了，要么是出去打电话，要么就是有急事外出，总之出去的人再没回来过。察觉到不对劲的樊歆扫扫墙上的挂钟，时针指向十点。

樊歆起身，笑着对刘监制道：“时间不早了，刘监制，谢谢您对我的厚爱，您早点儿休息吧，电影的问题咱们改天再继续谈。”

刘监制笑着拦住她，话里有话：“知道我的厚爱，你就没什么表示？”

樊歆目光微顿，而后笑道：“自然有的，明天我带上经纪人，请您喝茶。”

刘监制慢悠悠地起身，坐到沙发旁，跟樊歆就隔一步之遥，他拍拍樊歆的手背，含蓄地暗示道：“喝茶……恐怕远远不够吧。”

樊歆眸光一紧，往后退了些许，刘监制却向前挪了一大步：“樊小姐知道吗，顾菲菲当年一炮而红，就是因为我的厚爱。”

他绕了一晚上的弯，再按捺不住性子，干脆挑明了说：“她陪了我一晚上，我很满意。如果樊小姐也能让我满意，那么这个电影角色，就是你的了……”

他眯眼笑着，一口黄牙在灯光下晃荡，樊歆胃里一阵翻涌，迅速站起身道：“抱歉，我不是顾菲菲。”

她转身急走，还未走出三步，手腕被一股劲扣住。刘监制再不顾什么脸面，嚷道：“别假矜持，你这样的女人老子见多了！”

樊歆用力甩开他的手，怒道：“请刘先生放尊重点儿，不然我要报警了！”

她说着转身疾走，谁知身后一股大力袭来，她被拦腰抱起，重重摔在屋里的床上。刘监制紧按她的肩，咧嘴冷笑：“都出来卖了还装什么装！”

这辱骂太过刺耳，樊歆啪的一耳光甩去。

刘监制蒙在那里，三秒钟后他反应过来，破口大骂：“你敢动手！”他抓起樊歆的头发就往墙上撞：“叫你不知好歹！”

他这几下下手极重，樊歆的额头被磕在坚硬的墙上，直撞得头昏眼花，耳膜嗡嗡响。她还没从剧痛中回过神来，忽地一只手摸到她腰间，揪住腰带就往下扯，而耳畔刘监制猖狂的笑还在继续，他肥腻腻的脸凑在她的脖颈旁，手顺着她的打底裤粗暴地往下摸。樊歆又羞又怒，一面呼救一面连踢带推，奈何酒店的房间隔音效果太好，无人听见她的呼救，而双方的力量悬殊又太大，他肥壮的身躯压在她身上，似一座小山，她无论如何都挣不脱。情急之下，她的手摸到了床头柜上的某个东西，顾不上多想，她抡起来就朝着刘监制脑袋用力一砸。

砰一声玻璃的碎响，紧接着是刘监制杀猪般的叫声。下一秒便见刘监制脑袋上鲜血汩汩而下，而樊歆手里拿着个碎了大半的红酒瓶。

刘监制捂住脑袋哭爹喊娘，鲜血顺着他的头蜿蜒到地板上，樊歆活这么大从未伤过人，吓得转身往外冲，那半截红酒瓶还拿在手上忘了丢。

她慌慌张张开了门，沿着走廊朝电梯撒腿狂奔，身后痛呼的刘监制捂着伤口紧追不舍。

樊歆边跑边呼救，可这一层居然连一个侍应生都没有。她哪里知道，那些侍应生早就被心怀不轨的刘监制支开。而作为豪华套间区的这一层，因为价格昂贵，入住率极低，也没有其他房客。

樊歆一口气跑到电梯口，狂按电梯按钮，电梯还在运行中，而刘监制快追过来。樊歆抱起电梯旁的一盆绿植朝刘监制砸过去，绿植的瓷盆被摔碎，泥土和植物骨碌碌散了一地，刘监制被绊倒，步伐慢了慢。

千钧一发中叮的一声响，电梯门终于开了，里头站着一个身材颀长的男人，樊歆来不及看清，一个猛子钻过去，躲到男人身后，如抓着救命稻草一般喊：“救命！”

电梯中的男人微微一怔，看着吓得脸色发白、衣衫凌乱的樊歆，再扫扫满头鲜血的刘监制，右手无意识地将樊歆往后护了护，蹙眉道：“怎么回事？”

这清越沉稳的嗓音响起之时，樊歆才从惊魂中回了神，她目瞪口呆地看着护在她面前的挺拔身躯，脱口而出：“温浅？”

她颤抖着，指着刘监制说：“他……他想对我……”

她的话还没说完，刘监制高声打断她的话，却是一副义愤填膺、冠冕堂皇的模样：“这疯婆子想演女二想疯了，勾引我不成，就拿酒瓶砸我！瞧把老子给砸的！”

他心虚不敢多待，亦不敢在温浅面前放肆，捂着脑袋转身快步走远。

楼道中只剩樊歆与温浅，樊歆狼狈地缩在电梯角落，冲温浅摇头：“我……我没有，是他要对我……”她说了前半句，倏然觉得无比难堪。站在她面前的，是她曾深爱多年的男生，他是她心底最痛亦最美好的记忆，她不愿这些龌龊污染那些美好。她敛住话头，最终摇头：“算了，没什么……”

温浅打量着她，眼中有质疑：“真的没什么吗？”

她抹了一把脸，将凌乱的头发理了理，强压住翻腾的情绪：“没什么，误会而已。”

电梯叮的一声提示到了一楼，樊歆道：“温先生，刚才谢谢你，再见。”

她话落欠身告别。温浅立在电梯旁，注视着她一步步走出酒店大门。

樊歆强作镇定地走出酒店，想起刚才的事仍心有余悸。待走到无人的角落，她拨出慕春寅的号码，嘟了十几秒后却是吴特助接通的。

吴特助礼貌地说慕总正跟荷兰商人进行十分重要的会谈，不方便接电话。

樊歆又拨汪姐的电话，可话筒里传来一个女声：“对不起，您拨的电话已关机……”

樊歆无奈，收了电话走到最近的派出所。

还未进派出所的门她便停住了脚，不大的派出所内挤满了人。原来是两伙小年轻酒后斗殴，大过年值班的干警本就不多，如今对着二三十个被抓的小年轻，更是忙得团团转，根本没人注意门外裹成粽子的樊歆。

嘈杂的人群正闹哄着，某个干警喝道：“都给我安静！谁的错由证据说了算，人证物证都在，你们急个啥？”

门口樊歆闻言一愣，原本她正纠结着众目睽睽下怎么报强奸案，听到警察的这一句话后她当场怔住。

是啊，证据！她要拿什么证据告刘监制强奸？酒店房间内不会有监控，在场也没有人证。温浅虽然出现了，但只出现在电梯里，他并没看到房内的场景。

万一没指证成功被反咬一口怎么办？她拿酒瓶子砸破对方的脑袋，鲜血流了一地，对方大可以告她故意伤害。而且她跑出来时手里还拿着碎酒瓶，走廊的监控一定录了下来，这会成为她伤人的铁证。

她脑中乱得很，沿着派出所门口的小路浑浑噩噩地走了出去，不知不觉走到繁华的商业街。

思量再三，她决定谨慎行事，跟公司高层商量好再去报警，毕竟刘监制在圈内也算得上一个人物。

想好以后她准备打车回家，不料一辆黑色保时捷停在了她旁边。

车窗摇下，一张清俊的脸庞露出来，他头一摆：“上来，我送你回家。”

樊歆也不知道怎么想的，糊里糊涂就上了温浅的车。大概是被刘监制侵害后的恐慌还在，对着突然出现的熟悉的温浅，她有种心安的感觉。

“你家住哪里？”温浅握着方向盘，目视前方。

樊歆自然不敢报出具体的地址，那是整个Y市最有名的富人区，她报出的话肯定会穿帮。于是她想了个离家近一点儿的普通小区：“康华花园。”

温浅方向盘一打，朝着康华小区驶去。

一路上都没人说话，车里放着年深月久的英文老歌，街道两旁的树影与灯光不断投到车窗上，又如流水般往后飞快掠过。樊歆撑着下巴望着窗外，窗外的风一阵阵吹，她的脑中仍是乱哄哄一片，仿佛一闭上眼就能看见刘监制猖狂暴戾的脸，一声声咒骂着。

二十分钟后，车子抵达康华小区，樊歆还坐在位子上发呆。

温浅原本想提醒她到了，可侧过头见她失魂落魄的，也就没出声。

车子停在路边，深夜十一点的街道上安静无人，窗外凉风吹得樊歆打了一个喷嚏，她回过了神："哦，到了。"

她跟温浅道谢后推门出去，临去时温浅忽然喊住她："今晚的事，你没有什么要说的吗？"

她停下脚步，摇头："温先生这么忙，我的事您就别操心了。"

温浅似乎有些失望。见她举步又要走，他再次喊道："樊歆。"

她扭头，就见车里的他端坐着，背脊笔直如竹，微黄的路灯打在他俊秀的脸上，那画面像是年深日久的油画，显出静谧而色彩浓郁的美。

他说："你没必要这样。"

樊歆的双眸一睁，悲哀如浪潮浮起，随后她垂下眼帘，将所有情绪埋在长睫底下，轻笑："呵，原来在你眼里，我是这样的人。"

这个晚上，樊歆等到半夜终于等到了慕春寅的电话，可是电话里的他醉得一塌糊涂，听吴特助说，双方谈成生意把酒言欢，慕春寅被老外们灌得不省人事。

跟一个醉汉没法商量，樊歆挂了电话，躺回床上继续想对策。

这一夜她翻来覆去无法入睡，一闭上眼就想起酒店里的那一幕。她曾听人讲过这圈子的凌乱与污浊，彼时她并不全信，她甚至天真地认为只要行得正走得直，就能远离那些污秽不堪。然而事实并非如此，这个泥潭里你保证得了自己，却保证不了别人。

她望着窗外，盼望着乌沉的黑夜快些结束，慕春寅快点儿酒醒，而她要尽快去公司找高层商量对策。

而同一时刻，也有人望着窗外无法入睡。朦胧的月光从透明玻璃窗泻进房间，在三角钢琴上投下一片微光，似皎皎白纱，似幽幽银霜。

悦耳的钢琴声缓缓倾泻，潺潺如流水。温浅沐浴在月华之中，无须灯光，无须曲谱，仅凭十指对琴键的感知，一整首贝多芬的《月光》便完整奏出。

音乐在静谧的室内悠扬回响，温浅的神情里却透着恍惚，思绪似乎随着旋律飘到了别处。

某个瞬间他想起樊歆临走的场景，脑海中的画面如慢镜头回放：她立在昏黄的路灯之下，小巧的下巴抵着衣领，嘴唇被夜风吹得发白，身后是狭长的小巷，四周矮墙影影绰绰。她侧过脸看他，很受伤的表情，盯着他起码有三秒钟，在她若无其事垂下眼帘的那一瞬间，他感觉出那乌密的睫毛下是红了的眼圈。

他感到莫名其妙，他记得在此之前他只说了一句话——"你没必要这样。"

是的，她没必要这样，今晚的事她大可以跟他讲清楚，他清楚刘监制是什么样的人，如果她说，他不会不信。

她不说就罢了，还用那样悲伤的眼神看他，用自嘲的口吻说：“呵，原来在你心里，我是这样的人。”

房内琴音依旧叮咚如泉，节奏却不知不觉在加快，弹到最后，竟显出几分罕见的凌乱，很明显，弹琴之人的心绪出现了波动。

倏然，按住琴键的指尖一慢，月光下的温浅抬眸。

她是不是误会了？她以为他相信了刘监制的话，以为他在说她没必要这样，没必要靠引诱男人来上位？

琴音骤然止住，温浅起身，对着窗外茫茫的夜色自语：“讨厌解释……但还是要说清楚。”

次日一早，樊歆天一亮便去了公司。

才七点半，离上班的点还早，办公大楼里没来几个人。樊歆在盛唐旁的面包房用早餐。一群人闹哄哄地从面包屋外走过，为首的是个人高马大的胖女人，身后有拿相机的，有拿话筒的，似乎都是记者。

樊歆没在意，毕竟盛唐这个造星工厂里每天都有无数的八卦记者或者热情粉丝在门口围堵，她司空见惯。

樊歆吃完了早餐起身离开，因为步伐比较快，她追上了狗仔队伍，与人群里的胖女人擦身而过。胖女人猛地回首，眼睛睁大，一声尖叫：“就是她！”

正往前赶路的樊歆没反应过来，眼前一花，啪的一声脆响，她脸上一辣，重重挨了一耳光！

这猝不及防的变故将她打蒙在当场，而面前的胖女人已叉腰大吼起来：“就是她！就是这个没脸没皮的骚货！”

“你凭什么打我！”樊歆回过神来，她挨打之后条件反射地回击过去，可她的手还没伸到胖女人脸上，一群人就将她扯了开来：“别打别打，有话好好说！”

“老娘打的就是你！”胖女人被另一群人拉扯着，胸膛不住起伏，指着樊歆的鼻子吼道，“你这恶毒的女人，老刘不肯中你的计，你就砸破了他的头……”

她破口大骂，周围的记者闻声而来，里三圈外三圈地迅速围拢，七嘴八舌地问胖女人：“静安姐，您跟盛唐小花旦有什么过节，为什么打她？”

张静安眼神像刀子：“这女人为了演新电影的女二号，勾引我们家老刘，老刘不肯，她就拿酒瓶砸破了老刘的脑袋！”

樊歆气得嘴唇发抖：“含血喷人也要有底线！究竟是谁不怀好意色性大发，你搞清楚！”

双方各执一词，记者们蒙了，一个人大胆地问：“既然你们的说辞截然相反，那谁有证据？”

“证据？”张静安气势汹汹地说道，“你们去问问《和平年代》的剧组，去问问帝王酒店。我们老刘可是跟着一群人去谈电影的，这女人自己巴巴地找上门……还有，你们再去医院看看，我家老刘昨夜缝了十几针，眼下还在病床上躺着，不信你们现在就去拍照！”

她信誓旦旦，记者转头问樊歆：“樊小姐，你说刘先生侵犯你，那你有证据吗？”

樊歆顿时噎住。她打破对方的头是真，可对方强奸她的证据，她没有。

张静安趁机钻空大肆抹黑：“没证据吧？勾引男人还想反咬一口！”

眼见樊歆空口无凭，周围记者们瞬时眼神微妙，有人轻声道：“真想不到，这盛唐小花旦长得清清纯纯，竟是这样的人。”

“对啊，之前我还对她印象挺好……”

“这年头为了出名，真是什么事都干得出来！”

一群人七嘴八舌，张静安在人群里的谩骂越发难听。

樊歆怒不可遏地问：“你还有没有教养？”

她的愤怒被淹没在人群中。街道上的人越围越多，张静安带来的一帮人蓄意煽动，樊歆的声音压在里面根本就听不见。好在不远处盛唐的保安闻风赶来，冲入人群中保护樊歆。张静安不依不饶地带着人扭打起来，保安拽住她的胳膊往后推，大概是力度过猛，张静安跌倒在地，旋即她号叫起来：“打人啦打人啦！这臭不要脸的贱人指使打手打人了！”

随着她的号叫，现场一片混乱，有大街小巷围过来看热闹的路人，有不停趁火打劫拍照的记者，还有跟张静安一方撕扯的盛唐保安。

“住手！不要再打了！”大庭广众下动手绝非明智之举，樊歆试图制止，可张静安那拨人闹得越发凶悍。

敌众我寡，最后保安们护着樊歆想要撤离，没退两步就看见人群已堵住了去路，不少路人轻信了张静安的苦肉计，指着樊歆骂：“想出名想疯了吧，这种手段也使得出来！”

“对啊……先前看她的广告，还挺喜欢她，没想到是个卖身求荣的绿茶婊！”

有人看着在地上号哭打滚的张静安：“勾引男人就算了，还把人家老婆欺负成这样，明星就了不起啊！”

张静安的人趁机高声辱骂，此起彼伏的辱骂声响彻街头，场面越发失控，啪一声响，张静安旁边的一个男人猛地向樊歆砸过来一样东西，哗啦啦一阵油水泼地的声音，竟是一小盆脏污的剩饭泔水，没泼到樊歆，却泼了她后头的保安一身。樊歆原本已快冲出包围圈，眼见那年轻小保安浑身油腻湿透地被人围堵哄笑，樊歆折身返回去拉小保安，她冲混乱的人群大喊：“你们无凭无据，凭什么这么做！”

“凭你不要脸勾引男人！”随之而来的是更多的瓶子与垃圾，张静安那伙人越发猖狂，而外圈的记者们则抓紧机会，咔嚓咔嚓狂按快门，拍下樊歆的狼狈。

“我没有！”樊歆百口莫辩，面对一拨拨狂躁的人群，她无法形容这一刻的感受，愤慨、冤屈、恼怒……正在此时，她感到手腕忽地一紧，有股强劲的力道抓着她的手就往人群外走。

她一怔，在拥挤的人潮中瞥见一张熟悉的脸。

有人喊出来：“温浅？”

众人皆是一呆，闹哄哄的人群中像沸水里陡然加入了冰块，瞬间安静下来。

温浅面无表情地立在人群中，颀长身形如坚挺孤傲的乔木。晨光落在他身上，那衬衣似冬日的雪般清雅洁白。他牵着樊歆的手穿过人群，步伐并不快，却沉稳踏实。许是敬畏他的身份，许是瞧见他眸里那丝冷冽，不少闹腾的人收敛下来，不由自主让开了道，连先前撒泼的张静安都停下了动作。

也有人仍不挪窝，还有人仗着人多继续羞辱：“哟，还找到了帮手……”

他话音未落，温浅一眼扫过去，淡然的眸光瞬时凌厉迫人。那破口大骂的声音骤停，像被人掐住了咽喉，旋即几只粗壮的手伸过来，是温氏的人，他们直接将这满口脏话的男人拉远了。

因着这一番杀鸡给猴看，围观的路人瞬时噤声。温浅仍是那副淡淡的表情，他淡淡地环视着人群，被扫过的男女老少，都不由自主地退后几步，让开了路，眼睁睁地瞧着温浅一步步将樊歆带离人潮。

人烟稀少的地下停车场内，黑色的保时捷停在最角落，副驾驶座上的樊歆呆坐着一言不发，左侧的温浅倒是神情平静：“刚才的事……”

樊歆抬起头，乌眸里有愤怒：“我没有。”

温浅颔首：“我相信。”

只因这简简单单三个字，樊歆喉中猛地哽住，再也承受不住恐惧与愤怒：“昨天刘志军叫我去酒店谈电影，我就去了，谁知根本不是这样……他强迫我，我不愿意，挣脱不了他，就拿瓶子把他的头砸破了。”

温浅点头，仍是那个词：“我信。”声音一转：“但外面的人不相信。”

顿了顿，他接着说：“刚才那一闹，这事肯定已经轰动全城，现在整个Y市都是想堵你的记者。你打算怎么办？”

樊歆低头沉默：“我还没想好……”过了会儿她抬头看他：“我……我不想待在

这里。”

温浅的声音沉而稳：“这不理智。现在正是风口浪尖上，你是个艺人，当名誉受到污蔑，第一件事就是要做好公关应对。如果你这时逃了，大众会认为你是心虚。”

“可是……”樊歆想起刚才那一幕，所有人把她围在路中间，高声痛骂，仿佛她十恶不赦。

她从未想过有一天自己会遭受这样的暴力围堵，他们不分青红皂白谩骂侮辱，人身攻击甚至打砸袭击。如果说昨晚刘志军让她发现了这圈里的卑劣无耻，今天的事则让她见识到了什么是民众暴力。那些人的脸还晃荡在她面前，有张静安恶毒刻骨的，有记者们幸灾乐祸的，还有围观人群的，他们或讥讽或不屑，或嘲笑或愤慨，几百几千张面孔，嘴巴一张一合全是各种不堪的辱骂，炸得她耳朵嗡嗡响，头痛欲裂。

樊歆慢慢抱住了脑袋：“我的头很痛，想找个记者追不到的地方静一静……”

她抱着膝盖将自己缩成一团，双手环着自己。

温浅看了她一眼，依旧是平静如初的模样，问：“你想去哪里？”

两个小时后，两人出现在飞马尔代夫的航班上。

宽敞奢华的头等舱外是一朵朵飘过的白云，樊歆诧异地看着坐在她身边的温浅。

登机前，温浅问她要去哪儿，她张口答：“哪趟航班先走就坐哪个，越快越好。”

于是，他们就上了往马尔代夫的航班。

踏上飞机的一刻，她以为只有她自己，刚坐下几分钟，旁边空着的位子上就来了一个人——温浅。此时飞机就要起飞了，即便她不想温浅跟来，温浅也下不了机了。

她瞧着他慢条斯理地坐到身边，有些局促：“温先生，您怎么来了？”

温浅眸色轻敛，口气里有些无奈：“小姐，你一没钱二没证件，如果我不出面周旋，你躲得过记者？上得了飞机？”

樊歆无言以对。的确，她的证件都在慕春寅那里，如果这次没有温浅帮忙，她哪儿也去不了。她现在面对温浅的心理极度矛盾，明明不想跟他有瓜葛，处处躲着他，却偏偏三番五次地跟他纠缠在一起，如今还连着欠了他几次人情……真是剪不断理还乱！

事已至此，樊歆只能说：“我知道麻烦温先生了，但您让我上了飞机就好，没必要一起来。”

温浅仍是疏离的模样：“樊小姐在我的酒店受伤，我很抱歉，这就当是补偿吧。”

“啊？帝国酒店是你的？”难怪她在酒店遇到他。

温浅换了一个姿势坐着，背脊一如既往地笔直："所以你无须客套，有这个工夫，还不如想想自己的事该怎么办。"

樊歆再次沉默，将视线投向机舱外。隔着蓬松的大片云朵，万米高空之上的她看不见地面。

虽然看不到，但她能想象到，眼下她的新闻肯定已经尽人皆知了。

樊歆的猜测完全正确。

她的消息此时已经在网络上炸开了锅。在不到两个小时内，她的新闻已满天飞。报纸上的配图是当时的照片，有她被张静安当街掌掴的，有路人围堵着她，将瓶子与垃圾狠狠砸在她身上，她站在人群中央，愤慨又无助的。

随着报道的热浪掀起，网民中满是质疑声与惊讶声，有人迟疑着不敢相信，有人看着照片震惊不已，有人冷眼旁观作壁上观，还有人在肆意怒骂。

而此时的盛唐更是乱成一片，几个影视部的高管不停地往各大媒体拨电话，企图让他们删掉消息，但媒体们哪里肯作罢，新闻热点还是滚雪球般越滚越大。高管们一面焦急忙碌，一面暗怪樊歆霉，啥时候出事不好，偏偏赶在这几天。今天才大年初六，盛唐总部大多数人都还在家过年，就留了几个骨干员工跟保安在值班，而事情又发生在早上七点半，那几个骨干员工也没来上班，出事后几个保安闻风过去护樊歆，奈何人数太少，面对几百上千的暴民，完全无法抵挡。

纸包不住火，高管们在两个小时后无可奈何地将电话打到了荷兰。

那边的慕春寅似乎是酒意刚醒，闻言暴怒："你们都是死人吗，这么大的事现在才说！"

座机按的是免提键，在场高管们将他的咆哮听得清清楚楚。高管们忐忑地交换着不解的眼神。

虽然这消息是丑闻，但对于硕大的盛唐集团来说，演艺公司只是其中的一个子公司，而樊歆又是个新人，也只是小子公司里的几十分之一而已，区区的一个演艺新人爆出了点儿新闻，能是多大的事？当年十来亿的楼盘卖不出去，慕春寅也没吼得这么厉害过。

高管们摸不透慕总裁的脾气，将态度放得低低的："是，慕总，是我们疏忽了，那您看该怎么处理？"

"汪和珍呢？"那边的声音吼得更大，"我把樊歆交给她，她是怎么看人的？！"

其中一个高管嗫嚅着说："现在是汪总监的休假时间，她的电话打不通。"

"还敢给老子休假！樊歆人在哪儿？"

“樊歆被温先生带走后就没了消息……我们也正在找……”

“一群蠢货！”那边吼得电话都在抖，“给老子找，她要是少一根汗毛，你们全滚蛋！”

高管们被吼得耳朵嗡嗡响，电话里又传来慕春寅的声音，似乎是对吴特助讲的：“去机场，马上回国！”随即通话断了。

高管们面面相觑，其中一个人纳闷地问：“一个新人而已，慕总至于那么紧张吗？”

另一个人摸摸下巴，忽然一惊：“我曾在吴特助醉后听到他说，整个公司谁都可以得罪，就樊歆不行。”

“为什么？”

“我怎么知道。”

有人疑惑：“这事据说连荣光的少董也牵扯到了，但媒体不敢报，只拍了樊歆跟张静安……”

最后一人不耐烦地拍着桌子：“你们别在这儿闲聊了！不管媒体怎样，当务之急是赶紧去找樊歆，不然还真等慕总炒鱿鱼？”

樊歆是临近傍晚抵达的马尔代夫。

马尔代夫是由大大小小的岛屿构成，她跟温浅踏上了一座名为幸福岛的岛屿。外面是细白的沙、湛蓝的海、高大的热带绿植，他们选了一座单门独院的可爱小木屋别墅来住，樊歆跟温浅一人一间。

风景相当不错，樊歆却想哭。

太热了！

国内还在过春节，她是穿着羽绒服上的飞机，下飞机时傻了眼。马尔代夫是典型的热带季风气候，二月份的气温直逼28℃，不亚于国内的六月份！

穿着厚厚冬装的两人对视一眼，温浅默默回到自己的房间，将厚外套脱了下来。他只穿了两件，里头是一件衬衫，脱了大衣后穿衬衫刚刚好。

可樊歆就没那么舒服了，她外面是一件羽绒服，里头还有一件加绒的打底衫，脱了羽绒服，里面的厚打底衫依旧热死人。

樊歆将厚羊毛裤卷起来，坐在空调房里吹冷气。

温浅离开半个小时后回来时手里拿着鼓鼓囊囊的一大包东西：“岛上商店随便买的，凑合吧。”

樊歆看看袋子，里头全是夏季的衣物，打开来看，有上衣、裙子、裤子、拖鞋、帽子、太阳镜，甚至还有防晒霜……她从不知道他孤傲的外表下，竟藏着这样一颗细致的心，她心头微微动容，换好衣服后走出去。

屋外的他也换好了夏装，简单的白衬衣配米色长裤，安静地坐在遮阳伞下看落日。

海浪拍岸，涛声不绝，有飞鸟不时从眼前飞过，遥遥的海平面上，一轮夕阳落了一半，苍穹尽头云霞如锦。

他不言不语地坐在那里，目光悠远，侧颜沉静。那翻卷的海潮、飞鸣的海鸟、徐徐的海风，沿岸一切有声的景物都融入在他安静的气场中。

樊歆不忍打破这美好的一幕，将脚步放得极轻，可他还是听见了，扭头看了她一眼，幽深的眸子在蔚蓝海面的衬托下，湛湛如波。

樊歆走上前说："温先生，今天的机票钱、酒店钱还有衣服的钱，回国后我会还给你的。"她顿了顿："虽然那酒店是你的，但这事你没有对不起我的地方。我要谢谢你，要是没有你，我现在还在Y市被人追着骂吧。"

温浅回头继续看海，声音顺着风淡淡地传来："如果你坚持要谢，好，我告诉你我的原则。"

"什么？"

"我不会无缘无故帮一个人，今天我帮了你，你就欠我一个人情，下次我有需要，你就得还。"

他的声音冷静清晰，仿似在谈一桩明码标价的生意。

樊歆是自找的难题，骑虎难下，只得道："好。"过会儿她说："你已经把我送到这里来了，你可以回去了。"

温浅望望碧海蓝天，道："既然坐这么久的飞机来了，就当度假吧，反正回国也不知道干什么。"

樊歆好心提醒："今天是大年初六，你回国在家过年啊。"

"家？"温浅自嘲地一笑，看向天边扑腾的飞鸟，眉间掠过不易察觉的黯然，"我的办公室就是我的家。"

已是深夜，樊歆翻来覆去睡不着。月光从窗外倾洒进来，耳畔是一阵阵海浪声，海水的潮气随风掠入房间，有些咸腥的味道。

樊歆起身出了屋，坐在院内长椅上，瞅着月光下波光粼粼的海平面，回想起今天的事，脑中有些凌乱。

不知Y市现在的情况如何，还有，远在荷兰的慕春寅对这事知不知情？她倒是想给他打电话来着，但手机没电了，关机前她抓紧时间给他发了短信："我在马尔代夫幸福……"最后一个"岛"字还没打出来，屏幕一黑，自动关机了！

“真是运气背啊。”她对着荡漾的海面轻叹一口气。

相隔万里的Y市，盛唐十七楼灯火通明。

慕春寅将茶几上的报刊全砸到地上，向汪和珍吼道：“你这经纪人怎么当的？好好一个人交给你，就成了这样？”

一群高管噤若寒蝉，汪姐支吾着：“对不起，慕总……我昨晚是打算陪樊歆一起去酒店的，但我女儿发高烧，我就赶去了医院，今天她烧了一天，我都在医院陪着，手机放在家，没接到你们的电话。”

吴特助推门进来，道：“慕总，已经查到了温浅的行踪，他坐了上午十点的飞机去马尔代夫，随行有个年轻女人，戴着帽子，从身形上来看跟樊小姐极为相似。”

慕春寅将桌上的文件扫到地上，冷笑：“好一个温浅！把我的人拐到了马尔代夫！”他手一挥：“继续留意，还有，立刻订去马尔代夫的机票。”

吴特助恭敬地后退：“是。”

半小时后，从总裁办公室出来的高管们面面相觑。

传媒部的胡总监道：“我的乖乖，越来越觉得这樊歆不简单了。我从没见慕总这么着急过！”

有人压低声音：“就是，究竟什么来头呀？还是跟慕总有什么不可告人的关系？”

路过的吴特助顿住脚，同情地看向众人：“你们快去处理网上乱七八糟的新闻吧，摆不平的话，大家都会死得很惨。”

马尔代夫的天亮得极早，清晨的天空像蓝到极致的薄釉，薄得近乎透明，有着诗句一般淡淡的、令人哀伤的美。

温浅起了个大早，走到沙滩上吹海风。等到他走到沙滩尽头时，才发现那里坐着一个人。他走过去，看着那个纤细的身影问：“怎么在这里？”

海浪呼啸不绝，樊歆抱着膝盖瞅着海面：“我一晚上没睡，待在这里想事。”

温浅坐到沙滩上，疏淡的眼神中透出几分兴味：“那想出了什么？”

樊歆颓然低下头：“第一次从自以为是的世界中觉醒，看到了自己的肤浅与天真。”

是的，过去她的脑袋虽谈不上多灵光，但为人处世还算沉稳，起码在娱乐圈摸爬滚打快一年，没出什么差错。但万万没料到，这猝不及防的事件才真正考验了她的临场反应能力，她第一次认识到自己的天真。在此之前，她没有过多的城府与手段，只想通过自己的努力往上爬。任何事她凭的就是一根筋，参加歌曲节目她就拼命唱，参加舞蹈节目她就拼命跳，她不会拉票刷水军，不会抢镜头搏出位，更不会钩心斗角、尔虞我诈……她从没想过，有一天她遇到这种龌龊算计时，竟有种束手无策的无力感。

她长长地叹气，望向一望无垠、波澜壮阔的海面。万里无云的天空湛蓝如画，一轮饱满的旭日冉冉升起，海面上波浪翻涌，霞光万丈。

身边的温浅道："日出真美。"

深有同感的樊歆点头："如果拿音乐来做比喻，它就是交响乐。"

温浅抿抿嘴，似乎是在笑，清朗的眉眼沐浴在朝阳下，温润如暖玉。他点评道："这个比喻很恰当。"

樊歆扭头一看，看见温浅就坐在自己身边，两人只隔着一步的距离。

她迅速将距离拉开，远远地退后三步。她出门时没带遮瑕霜，左脸上的疤痕虽只剩淡淡的印子，但离得近了，仔细瞧还是瞧得见的。

温浅见她急忙后退，眉一挑，不悦道："你怎么回回见了我都像老鼠见了猫？"

"呃……"樊歆顾左右而言他，指着一波波冲上沙滩的浪潮，迎着飞溅的浪花说，"我脚上沾了许多沙子，我去洗洗脚。"

她说着还真往浅滩里走，装模作样在水里踢踢脚丫子。没多久突然大叫："啊！什么东西扎我脚了！"随后在脚下一摸，哇了一声："我……我踩到了一只螃蟹……"

她将螃蟹丢进水里放生，又发现了好几个漂亮的贝壳，便举起来对着朝阳欣赏。每个贝壳里五颜六色的虹光都值得她品上好一会儿，仿佛那不是普通的贝壳，而是精雕细琢的艺术品。

她自娱自乐，而岸上的温浅就那么坐在沙滩上，静听风声，欣赏着蓝天碧海，浪花海鸟。

风渐渐大了，浅滩里的浪越来越激荡，忽然一个浪潮打过来，樊歆躲闪不及，直接扑倒。她摔了跤却未喊痛，一骨碌爬了起来。

温浅见风大浪起，担心出乱子，便向她招手："上岸吧，去吃早点。"

"嗯。"樊歆一手提着裙角，一步一步向岸上走来，朝阳打在她的身上，镀出一圈辉亮的光圈，她的容颜沐浴在金色的光线中，面如春花。

温浅漫不经心地看着她，忽然脸色微变，喊道："小心。"

一个浪潮翻涌过来，直扑在樊歆背后，来势又急又猛，似要将娇娇弱弱的她卷到海里去。温浅来不及多想，冲上去抓住樊歆往后拉。

一阵浪头拍打着沙滩，水花四溅，两人来不及躲闪，齐齐被这巨浪拍倒下。

三秒后，被浪头撞得迷迷糊糊的樊歆回过神来，吓了一跳。她跟温浅落汤鸡般被拍在沙滩上，温浅搂着她的肩，而她的脸正贴着温浅的下巴。他的呼吸随着潮湿的海风拂在她的额头上，她的脸颊唰地红了。

她慌慌张张站起身："对不起……"

大概是太过局促，她撒腿飞奔回小木屋："我……我回屋换衣服……"

她飞奔离去，没注意到身后温浅惊愕的表情。

海浪依旧喧哗不绝，他怔在那里，脑中回荡着刚才那一幕。

她靠在他怀里，近若咫尺的距离，她左脸上那道淡淡的疤痕，他看得一清二楚！

温浅回到小木屋，拨通了助理的电话："阿宋，给我查慕心。"

"您不是一直让我查樊歆吗，怎么又改查慕心了？她都过世了呀！"

"去查。"温浅重申着，语气越发坚定。他从前想问题走入了死胡同，见到樊歆总会想起过去的慕心，他想不通透，便不停地调查樊歆，却忘了可以查查慕心。

他吩咐道："老张不是认识一个黑客能人吗，你去让他用一切渠道查慕心。"

"那黑客前几年因为破了国际金融网被抓去坐牢，才放出来呢，说是金盆洗手了。"

温浅的话不容置喙："只要他查出来，条件随他开。"

"好，我这就去办。"

国际顶尖黑客果然不是吹的。消息来得很快，下午四点时温浅便接到了阿宋传给他的资料。

阿宋的声音听起来震惊极了："温先生，想不到她就是慕心啊……她没死，变化好大！"他感叹连连："您自己看吧，这些是通过慕心的学校查出来的资料，都是老照片，网站早就删了，但那牛人居然将人家的数据库挖地三尺，翻出了宝贵的两张。"

海风舒适的小木屋里，温浅斜靠在沙发上，盯着邮件里的照片。

慕春寅虽然封锁了慕心的消息，但有些事物一旦存在，必然会留下痕迹，譬如慕心的过去。她是个活生生的人，存在这个世间二十年，一定会在社会各个角落留下印记，慕春寅就算有再大的本事，也不可能从网上数以万计的信息里将跟慕心有关的全部删除干净。

眼下，这些漏网之鱼便是阿宋发来的两张照片。

第一张是高中毕业合照。温浅一眼便认出左排第二个的慕心，她胖胖的，照片中的她与他印象中的差不多。因为是毕业照，她没有戴口罩，只戴了副黑框眼镜。将照片放大，能清楚地看到她脸上有道疤痕，位置跟樊歆脸上的那道正好吻合。

温浅继续翻下一张。

第二张是个十二三岁少女的半身照，照片中她抱着小提琴。

虽然已有心理准备，温浅的瞳仁仍是一紧。

照片上的女孩年龄还小，五官并未完全长开，却能瞧出是个美人坯子，那雪白的鹅蛋脸，大眼薄唇，活脱儿便是如今樊歆的缩小版。照片的地点是学校礼堂，礼堂上挂着大红的横幅“热烈祝贺我校慕心同学获得卡美娜国际小提琴赛二等奖”。

卡美娜是国际少儿音乐界中一个重要奖项，能得到它的荣誉，实力不容小觑。

温浅将脸凑近了些看，照片上的人浅浅地笑着，嘴角勾起，露出两个极小的梨窝。

只这一眼，温浅便能断定，这就是樊歆。那天他将她逼到化妆室的墙角，她尴尬抿唇，便露出两个梨窝，跟照片上如出一辙。

温浅将两张照片拼在一起看，一个十八岁的大胖姑娘，一个十三岁的清丽少女，截然不同的外貌，却共着同一个身份。太古怪了！

他决定将真相剖出来。

他拿起手机拨了一个电话。数秒钟后电话接通，不等那人开口，温浅开门见山地说：“婉婉，樊歆在我这里。”

莫婉婉那边一愣：“啊？在你那里？姐就回老家拜了个年，咋就出这么大的事了！她还好吧？我担心死了，打她手机打不通，到处又找不到她，急得一晚上没睡！”

温浅接着她的话头问：“真一晚上没睡？”

“那当然！”莫婉婉咬牙切齿，“她居然被那老娘们打了一巴掌，我恨不得去把那老娘们狂砍一顿！”

温浅淡淡地问：“你气成这样，还说跟她只是普通同事？”

莫婉婉那边一怔，赶紧解释：“我……我跟她真的只是普通同事，我无非是觉得她人还可以，就关心一下。”

她支支吾吾越发显出心虚，温浅早已了然，当下不紧不慢地说：“樊歆现在的负面新闻是不是到了满城风雨的地步？”

莫婉婉的声音听起来有些气馁：“是，这是她出道以来最大的风波，网上出现了许多谣言，什么难听的话都有。”

“盛唐现在的应对情况如何？”

“不怎么样。”莫婉婉道，“事发突然，高层们措手不及，等反应过来，早已全网皆知……虽然公司在尽全力补救，但我觉得结局堪忧。毕竟刘志军跟九重有些沾亲带故的关系，这一闹起来，九重必然要出面，而盛唐跟九重势均力敌，盛唐想要打赢这场口水仗，没那么容易。”顿了顿，她叹气道：“如今各自的后台都出面，就变成娱乐圈大佬们的对决了，再不搞定这破事，我担心樊歆的星途会就此中断。”

温浅总结："所以说，樊歆现在的情况很危险？"

"岂止是危险，简直是火烧眉毛！"

温浅淡然道："你想不想我帮她？"

"当然想！"莫婉婉道，"盛唐对九重势均力敌，但如果你们荣光插进来，跟盛唐一起，那么九重多半就没有胜算了。"

"可我为什么要帮她？"温浅反问，嗓音里没有一丝波澜，"婉婉，我从不做乐于助人的事。我帮她，得有理由。"

急不可耐的莫婉婉脱口而出："当然有理由，她曾有恩于你！"

温浅的眸子一亮，口吻却依旧平静："是吗，她什么时候对我有恩了？"

"她……"莫婉婉在理智与冲动间摇摆，"她是……"

见她迟疑，温浅悠悠地补了一句："算了，既然说不出来理由，那我就懒得费心思了，她是死是活跟我有什么关系。"

莫婉婉再也忍不住，一声大喊："她是慕心！"

同莫婉婉打完这通电话已是一个小时后。

时间已是下午五点，温浅走出小木屋。刚才的电话里，他将这些年的事都问了个清楚。

屋外海风轻拂，头顶的高大椰树被风吹得哗哗作响。樊歆就坐在树下，遥望着远方的海面。

温浅慢慢走上前，看着她的身影在眼前越来越大，越来越清晰，他倏然间便心潮翻涌，同那波浪起伏的海面一般，澎湃到静不下来，脑海中翻来覆去的只有一个声音——六年了，她没死，她还活着，活得好好的。

一瞬间，他喉中微哽，竟分不清是悲还是喜。

六年来，他背负着她的死，痛悔歉疚自责，无数个午夜梦回的夜晚，他都会想起曾经的那一幕——她被疯狂的货车撞开，空中爆出大朵殷红的血花。

他在这梦魇里挣扎了近两千个日夜，仿似置身在一片黑暗里，前无尽头，后无退路。

时至今日，他终于可以结束那一段暗无天日的过往了。

树下的她听到脚步声，回过头来，冲他一笑："温先生。"

他神情平静："嗯。"

莫婉婉刚才在电话里千叮万嘱，说樊歆对过去的事很抵触，如果他揭穿她的身份，她一定会逃之夭夭。

温浅觉得与其尴尬相对，不如当作毫不知情。

所以即便内里风起云涌，他面上仍镇定如初："在这儿做什么？"

樊歆戴着绲边的遮阳帽，耷拉着脑袋，有些颓然："还不是在想自己的事……"

温浅不忍见她这个模样，问："你想到了什么？"

樊歆摇头，看着天上的太阳说："就因为还没想好，才在这儿晒太阳继续想啊！"

温浅没再追问，他只是指指头顶的阳光，再指指她的影子，在樊歆莫名其妙之时，温浅丢了一个问句："你以为，阳光下就没有阴影吗？"

他转身迎向大海，风吹着他的白衬衣。

他看向温柔平静的海面，伸手一指："你以为，平和下就没有危机吗？"

樊歆一怔。

"你以为，微笑背后就是良善吗？

"你以为，真诚背后没有伪装吗？

"你以为，你本分做人，他人就不会越轨吗？"

他的发问一句接一句，声音清淡，丝毫没有咄咄逼人的意思，却敲打在人心上。樊歆讷讷地看着他，竟哑口无言。

温浅终于收住话头，总结道："你最大的错就是没有戒心。"

他一针见血，樊歆无法反驳："是……"

"你不仅没有戒心，还一步错步步错。"温浅坐到她身边，同她一起看海，"首先，你太轻信于人。你不该单独去酒店找他，在见到房间里有一群人之后，你也不该松懈。你有没有想过，万一那群人都是他的同伙呢？那你岂不是更惨？第二，张静安来找你之时，无论她对你做了什么，你应该迅速远离是非之地，将伤害降到最小。你没在第一时间撤离，导致事态越闹越大，最终一发不可收拾。"

樊歆认可："我当时是想走的，但人群把我围住了，再加上莫名其妙被打了一巴掌，谁会甘心？"

"谁让你甘心了？我只是告诉你，再大的仇怨都可以日后再报。身在这个圈子里，你就要记住，你是公众人物，就算当场报了仇又如何？无论跟她的争执是输是赢，大庭广众之下，对你只会是负面影响。"

樊歆深以为然。

温浅继续道："第三，出事后你没有采取积极的公关手段去回击，而是消极地一走了之。你一走，便给了对方更多的可乘机会，也失去了宝贵的澄清的第一时间，导致舆论对你越来越不利，风波越来越大。"

樊歆耷拉着脑袋："你说得对。"她瞅瞅温浅，面有疑惑："既然我都是错，你干吗还带我来这儿？"

温浅迎着波涛淡然一笑，海水粼粼，他的眸光亦湛湛如波："人生有谁不会犯错？错了，才会成长。”

樊歆拨弄着地上的白色细沙，似在沉思。

温浅也不扰她，由着她一个人发呆。她低头将一个小贝壳埋进细沙里，埋好后挖出来，再埋，再挖……这种单调的动作十分孩子气，温浅看在眼里，心里却有些恍惚。

他无法想象，这样一个娇娇弱弱的女生，当年是拥有怎样的勇气，才能在生死的一瞬间将他推出去。

他忽然很是感叹，很想认认真真地看着她的眼睛跟她说一句“谢谢你”。

但他没有，莫婉婉的叮嘱他没忘。

他想，总有一天，他会找一个合适的机会，说出这句话。

头顶的棕榈树被风吹得簌簌作响，树下的樊歆还在挖沙子，哪里想得到温浅此刻的心思。过了好久，她似乎下定决心，抬头说：“温先生，你分析得很有道理，我不能再拖延了，我得回去把这事说清楚。虽然我没什么有力证据，但我一定会想办法还自己一个公道。”

温浅颔首：“孺子可教。”再一看樊歆正眼睛亮晶晶地瞅着她，大眼睛里含着希冀，他一怔：“你这是什么眼神？”

樊歆双手合十，讨好道：“那个……我现在就回国……你能不能再借我点儿钱买机票……我一回去就还你！把这两天花你的钱都还你！”

她窘迫地抿着唇，唇边一双可爱的小梨窝又冒了出来。

温浅忍俊不禁，偏还装得淡淡的：“可以啊，但给你钱也没用，今天飞国内的航班已经走了，你得等明天早上。”

“还要等明早？”樊歆眸中浮现失望，她把手一伸，“那好吧，把手机借我一下行吗，我打个电话。”

温浅把手机给她，樊歆拨了个号码出去，放在耳边听了很久，然后垂头丧气地还给温浅：“打不通，还是关机。”

“你打给谁？”

“慕……哦，不，我的老板，我得跟他汇报一下我现在的情况，但他手机关机。”她踢踢脚下的沙子，沮丧地说：“打不通就算了，等下再试试。”

天已近黄昏，两人在自助餐厅吃了晚饭。

饭后樊歆沿着海岸线散步。既然现在回不了国，那她就只能当度假了，放松放松心情，兴许就能想出办法了。”

温浅跟在她身后看风景。

地上沙子细腻，海岸上波浪阵阵，夕阳西下，海鸟翩跹，樊歆长长的裙摆被海风吹拂得如绽开的花，温浅突然觉得自己买这条裙子时的眼光真不错。

金色的夕阳，潋滟的波涛，纯白的沙地，沙滩上她桃红色的长裙逶迤。

他见过的美人太多，她此刻的样子在他眼里算不上美，却让他觉得这一幕的风景很养眼。

如果非要挑出点儿不好，那就是穿裙子的姑娘略微偏瘦，让人担心一个浪头打来，就把她卷走了。

想到瘦这个字眼，温浅产生了疑问。

她十二岁的样子跟如今的模样都偏瘦，足以证明她本身是纤瘦的体形，可为什么到十八岁后会胖到不正常？这样忽胖忽瘦，是因为什么？

他拿起手机慢慢走上前，跟她并肩而行。

她本来在看风景，见他跟上来，再扫扫他紧皱的眉头，有些好奇："温先生怎么了？"在她眼里，温浅从来都是一个淡漠而沉稳的人，她几乎没见过他皱眉。

温浅揉了揉太阳穴，微显苦恼地看着手机："我一个下属在闹自杀，说是因为体形瘦小，被女朋友嫌弃没有安全感要分手。"

他的戏演得像模像样，手中假装回着短信。

"因为太瘦被甩？"樊歆目光微闪，若有所思。

温浅面有焦虑："大家都劝他，可他说减肥好减，增肥不可能。他要去跳楼，人已经站在三十八层的高楼上了……"

樊歆大惊，拽住温浅的衣袖："别让他寻死！我知道怎么增肥，有个偏方，服用含有激素的药或者治疗抑郁症类的药物就行。"

话一落地，两人都怔了怔，樊歆自觉失言，解释道："这个……其实不是什么健康的途径，还是别用了吧，叫他去正常的膳食机构制定个营养菜谱，多吃多养就胖了！"

温浅的注意力仍在她前一句话上，他紧追不放："你怎么知道那些药物会长胖？"

樊歆有些慌，支吾了许久："那个……我认识一个人，她以前也挺瘦的，后来她得了抑郁症还有其他的病，得吃很多的药。因为病情很严重，都是在过量服用药物……天长日久，激素太多，她就一发不可收拾地成了一个大胖子……"

说到最后，她的声音渐渐低沉："还是别这样吧，长胖了后很悲哀的，会被所有人瞧不起……"

夕阳彻底滑下，无边暮色笼罩着这一方天地，樊歆的面容隐在阴暗里看不清楚，她别过脸的瞬间，温浅却分明瞥见她眸光里有悲伤一闪而过。

过了好久，樊歆回过头来冲他一笑，将话题岔开："温先生，这里的夜好美。"

温浅抬头，看到夜空广袤而深邃，幽幽的月光洒在无边无际的海面上，粼粼如碎银。

耳边晚风徐徐，温浅呼吸着潮湿的空气，刚想搭话，不想一声嗤笑出现在此刻："是啊，是很美，极度适合幽会。"

温浅转身，便见一个颀长的身影立在十步之外，那人双手插在兜里，步态闲适，那嘴角含笑，眉宇慵懒，目光却在夜色中利如锋芒。

樊歆脱口而出："阿寅！"

大概是她怕温浅察觉出什么，忙改了口："慕总，您怎么来了？"

慕春寅一步步走上前，月光将他的容颜衬托得风流清俊，唇边的笑意却越发冷冽尖锐："温总都把我盛唐的人拐到了国外，我能不来吗？"

这话音刚落，就见慕春寅猛地挥拳向温浅击去，手臂擦过樊歆的耳朵，她甚至听到那力度挟带着风声呼呼而过。她吓得大叫，正要出手拉架，慕春寅的拳头堪堪停在温浅的脸颊旁，离温浅的鼻翼仅剩两厘米。

温浅眉目沉稳，身体没移开分毫，他就那么直直地看向慕春寅，不见任何慌乱或者急促，长身玉立从容如初。

慕春寅讪诮一笑："温总好镇定。"

温浅淡淡地瞥了樊歆一眼："我只是讨厌在女人面前打架，你要真想打，去边上，我奉陪。"

"别别！"见慕春寅挥拳又要上，樊歆冲上来抱住他的拳头，"慕总，这儿人来人往的都看着呢，咱还是别闹出新闻来！"她说着拉住慕春寅的另一只手，连劝带哄："再说打架不管输赢拳头都疼啊，上次您跟那叶氏太子爷打架，你把人家头打破了，可你手也紫了，不疼吗？"

她轻声细语以柔化刚，慕春寅紧握的拳头不知不觉松了些。樊歆赶紧去劝另一个："温先生，忙了一天，您也累了，回屋歇着吧。"

她一冲温浅说话，慕春寅的眉头就立刻皱起来。樊歆见状立马转头安抚慕春寅："慕总您在飞机上吃了没？要是没吃好，我陪您去用餐……"

见慕春寅仍牢牢盯着温浅，她满脸堆笑，越发体贴殷勤："慕总，您坐这么久的飞机累了吧，如果不想吃饭，我去陪您开个房间休息下。"她说着去拽他的胳膊："咱快点儿去吧，最近是旅游旺季，酒店经常爆满，我担心没房间……"

在她一波波的温柔攻势下，慕春寅面色稍缓，最后他哼了哼，将手落下，握着樊歆的手腕转身离开。

被拖着往前走的樊歆回头看着夜幕里的温浅，偷偷挥手做了个告别的姿势。

温浅仍是那抹淡淡的表情，随后亦转身离开。

小木屋门窗紧关，封闭的空间里显出几分压抑。

慕春寅坐在沙发上，不住叩着茶几的手宣泄出他内心的焦躁：“给我一个解释，为什么跟他在这里？”

“我当时被记者追得没处躲，脑子一乱就来这儿了。”

“恐怕不是吧？”慕春寅抬头看她，眼神阴郁逼人，口吻里满是嘲讽，“跟旧情郎私奔到度假胜地，你是美得冒泡呢！”

“我哪有！”樊歆解释道，“我来这里真是形势所逼，他无非是好心帮忙而已，根本不是你想的那样。”

“形势所逼？”慕春寅笑着，“所以就一起坐在海边幽会？如果我不来，你们是不是就继续这样下去，聊天，牵手，拥抱，接吻，然后——”他手朝房间里的双人床上一指，眼神陡然一厉：“上床？”

樊歆无法忍受他的无理取闹，转过头去默不作声。

她不说话，慕春寅的怒意更盛，他站起身，将她拽到自己面前：“为什么不回答？心虚？”

“你够了！”樊歆打开他的手，“我如果真是那样，就不开两间房了！”

慕春寅手一松，却不是因为这句话，而是因为她的额头。

因着生气，她气呼呼地将刘海拨到一旁，露出额上一道浅浅的血痕。

慕春寅紧盯着那道血痕：“这是什么？”

“不要你管，反正你只在乎我有没有跟他上床！”

慕春寅一手扣住樊歆的下巴，迫使她仰头看他。他高大的身躯站在她面前，将光线都遮去，眼神越发冷冽：“这到底是哪儿来的？”

樊歆推开他的手：“除了那刘志军还能有谁！”

她倏然站起身，情绪失控：“他抓着我的头将我往墙上撞，我死活挣不脱……我拿酒瓶砸了他，他老婆就带着一群人堵我，一圈记者围着拍照，大街小巷无数人看戏一样起哄谩骂，有人甚至拿东西砸我！我从没遇见过这种情况，我害怕……我打你的电话，你醉了，打给汪姐，关机……我脑子里乱得什么都想不到，只想离得远远的……”

她抱住脑袋，缩在床角喃喃自语：“我知道来这里不对，可我不想再受伤害……我……”

眼前人影一晃，身边的慕春寅倾过身，张开双臂将她纳入怀里。

“对不起……”他将下巴抵在她的额头上，轻声道。

听到这简简单单三个字，樊歆便静了下来，她将脸埋在他怀里，手攥着他的衣襟，像一个受了委屈必须得到慰藉的孩童："阿寅……"

她的脸贴在他胸膛上，久久不再说话。屋外海浪翻涌风声不绝，而房间里安静至极，只听得见彼此的呼吸。

灯光将两人的影子投到墙上，他收紧了双臂搂紧她，他的指尖摸着她额上的伤，那一声叹息里满含歉疚："是我没保护好你。"

一刻钟后两人面对面坐在沙发上，樊歆拨开自己的刘海，由慕春寅往上涂药。他一边涂一边叹气道："笨！居然以为没有确凿证据就不能报警！你当公安局白吃饭的？就算没有人证，现场各种打斗痕迹都可以成为物证！一旦证据成立，就可以推断他有罪。"

樊歆一脸惊讶："啊？早知道我就第一时间打110了！"

"现在好了，拖了这么几天，酒店现场多半被人打扫干净了……"慕春寅无奈摇头，"算了，不怪你，这方面你没接触过，太单纯了。"

樊歆默然无语，旋即她一声痛呼："啊呀，你轻点儿！痛！"

慕春寅恶狠狠地看着她："叫你不带保镖助理，被人围攻吃教训了吧！回头那七八个保镖助理你都给我带好了！"

自知理亏的樊歆没再说话，慕春寅看她讪讪地低着头，终是于心不忍，语气软了些："以后受伤了要第一时间跟我说。"

樊歆一脸委屈："我是想跟你说，可你不是电话打不通就是喝醉。"

"醉酒是我的疏忽，后来电话打不通是因为我在飞机上，赶着来找你。"慕春寅手中的药终于涂完，他凝视着她，换了个话题："慕心，你并不信任我。"

"有吗？"

"有。不然秦晴的事为什么不说？舞台遇袭的事你明知道她是真凶。"

这次换樊歆愣住："你知道是她做的？"

慕春寅仍是那句话："回答我的问题，在外面受了欺负为什么不讲？"

"你那么喜欢秦晴，我怕我讲了你也不信。"

慕春寅一声哀叹："你怎么能蠢成这样？"

樊歆这几天不停地被各路人马打击，自信心早已垮成了散沙，她抱着膝盖默默将脑袋埋下去，不说话。

见她怏怏不乐，慕春寅再次将她搂进怀里，他暖暖的怀抱温暖着她："慕心，你要记住，这世界再大，却只有你我是一家人。"

他亲昵的姿势像回到了儿时。幼年的她每当心情低落或者做了错事，独自坐在沙发上不快，他便会走过来，搂着她说："慕心别害怕，我在呢。"

忆起往昔，樊歆心中一暖："谢谢你，阿寅。"

慕春寅扭过头去，明明是愉快的表情，口吻却硬邦邦的："不许谢！"

"哦，那不客气。"

慕春寅："……"

他觉得好气又好笑，拿下巴重重地往她肩膀上一压。她招架不住歪倒在沙发上，见她不住讨饶，他这才甩开她，说："我去洗澡。从荷兰飞中国，再从中国马不停蹄飞马尔代夫，累死我了。"

他穿着拖鞋进了洗浴间，而房里的樊歆歪靠在沙发上，短暂的笑容过后，她再次陷入沉思。

半夜两点，慕春寅在床上沉沉睡去。躺在沙发上的樊歆睡不着，睁着眼睛看窗外的夜。末了她起身，给慕春寅盖好被子后，轻手轻脚走到了屋外。

月色正好，鹅卵石铺就的小路上有幽幽的灯光，樊歆沿着小路慢慢走到沙滩上。原本想找个安静的地方看会儿海，下一刻眸光一顿："咦，温先生？"

海潮起伏的沙滩旁，一个人坐在海风之中，他的背影沐浴在月华之下，显出遗世独立的清傲。

听到她的声音，他扭头瞥她一眼。

许是这月光太朦胧，他往常清冽的眸子里居然显出些许柔软，他问："睡不着？"他朝波涛一指："我觉得夜里的海最有气魄，你要是睡不着就一起听。"

樊歆原本要离开，可想着温浅三番五次相助，她直接拒绝未免太不给情面，当下只能客套几句再走。慕春寅睡熟了，她待个两分钟应该不会被发觉，于是她便找了个地方坐下。当然，她坐到了五六步之外，离温浅远远的。

听得那边温浅又问："为什么睡不着？"

"想事。想起看过的一本书，书上说，你要永远感激给你逆境的众生。以前不理解，现在倒是明白了些。"

温浅来了兴趣："怎么说？"

樊歆笑笑："在此之前，我活在自己的小圈子里，生活很简单，做得最多的事就是跳舞练琴唱歌，不精通人情世故，也没见过什么钩心斗角、大风大浪。在我的认知里，只要足够努力，专注一个目标，总有一天可以完成梦想。"

这月色太好，这夜风太轻柔，她原是害怕跟温浅过多接触的，这一刻她将过往都抛开，像对着一个普通的老同学，心神宁静："这事发生后，我曾恐慌过，怪自己没有防备，怪自己不懂反击，甚至怨自己太背。但今晚我想着这句话，渐渐不再埋怨，甚至从某个角度来说，我感谢往我身上泼污水的刘监制夫妻，他们让我认识到这圈子的阴暗，让我从自己的世界里觉醒。演艺圈是光鲜的名利角逐场，也是阴谋的滋生地，我想要在这条路上走下去，就得学会保护自己。"

温浅轻轻颔首："那你接下来有什么打算？"

"吸取教训，让自己变得强大。也许这会是个漫长的过程，也许会遇到很多坎坷，但不要紧，头破血流是成长的必经之路。"

"你想怎么应对刘志军？舆论对你很不利。"

"不论多不利，我都得回国。学会面对困境是成长的第一步。"

温浅淡淡一笑，眼睛半敛，月光下容颜俊逸："其实你不笨。"

"这是……夸奖吗？"

温浅一本正经地压压下巴："是。"

樊歆："……"

她转过头去，额上的刘海被海风掀了起来。温浅眸光一顿，瞧着她刘海下露出的创可贴："你额头怎么回事？"这几天樊歆没贴创可贴，又戴着帽子遮着，温浅没注意到伤口。

樊歆摸摸头："还不是那刘志军弄的。"

"他怎么弄伤的？"

樊歆难以启齿，但温浅的眼神越发地紧，她只得说："我不肯，他就揪着我往墙上撞……"后头的话她说不下去了，便起身跟温浅告别："温先生，我回去睡了。"

温浅什么也没说，目送樊歆回小木屋后，他疏淡的眸光迎着海风一寸寸变冷，末了只有低低的一句自语，落入这起起伏伏的海潮声中："好，好一个刘志军！"

他起身走回小木屋，拿起电话，拨出一个号码。

那边很快接通："温先生，有什么吩咐？"

温浅面容平静："3021号房的情况如何？"

"放心吧温先生，我们自己的酒店，保证一只苍蝇都飞不进去，仍保持着那晚出事后的场景。"

"很好，继续看好房间，明天我回国，除了我以外，谁也不让进。"

"是。"

第八章

反击

翌日，樊歆一行人回到了Y市。

失踪了三天的樊歆回到盛唐，诸人反应不一。高管们都长舒了一口气，而汪姐则满脸自责，拉着她的手一个劲儿地道歉。最夸张的当属莫婉婉，她冲过来狠劲一拍樊歆的肩膀："喂，你还把我当自己人吗？这么大的事你一声不吭，你知不知道老娘吓得两晚上没睡着！"

樊歆道："我看你回老家过年了嘛！"

莫婉婉气哼哼道："那也可以喊我回来啊！总之，再有下次咱俩就绝交！"

樊歆还没回答，慕春寅插话进来："不会有下次！"

他站在人群中央，忽然牵住樊歆的手，环视全场："宣传部、公关部、影视部，上十一楼开会！"

樊歆当着这么多人的面被他拉着，有些不好意思。奈何慕春寅的手握得紧紧的，她挣不脱，最后她就这样被牵着进了总裁专属电梯。

这一幕把在场的人都弄糊涂了，但谁也不敢多问什么，一股脑走进另一部电梯。待人走得差不多了，留在电梯外的秦晴抓着刘副总的衣袖，愤恨道："舅舅，我前些天就跟你说了，这樊歆肯定勾搭上了慕少，你还不信！"

刘副总轻声道："少安毋躁。"

"我还怎么安心？刚刚慕少都拉她手了！还专门去马尔代夫接她！她算什么东西，专靠男人上位，先是勾引赫祈，如今又是慕少，我从前还真小看她了！"

刘副总拍拍秦晴的手："你先别瞎想，我去会议室开会。"

宽敞的大会议室里，遮光的厚窗帘全部被拉上，将光线全挡在了外头，没有日光照明的空间里显出一丝压抑和凝重。

会议室是椭圆的大桌子，慕春寅坐在最上方，樊歆坐在他身旁，其他人依次坐在桌子两边。

慕春寅让樊歆将当天的事情简单讲了一遍，在场高管均露出愤慨之意，汪姐与莫婉婉尤其激动。汪姐道："这刘志军，太欺负人了！"莫婉婉跟着骂："老娘等下就去砍死他！"

慕春寅摆摆手，制止了会议厅里的骚动，向公关部徐总监道："把现在要面对的情况讲一讲。"

"是，慕总。"徐总监道，"刘志军、张静安夫妇向各路媒体大肆宣扬这件事，他们扭曲事实，污蔑樊歆，说是樊歆索取角色不成而进行人身攻击。为了引起舆论狂潮，他们还制造了一系列所谓的证据。"

徐总监打开投影仪，一张张照片跟报道一幕幕在投影上翻过，有刘志军在医院里头缠绷带血流满面的照片，报道加粗的大标题是"索要角色不成，盛唐小花旦怒伤刘志军"，报道还配有专业的伤残鉴定报告书。

继续往下翻照片，下一张是张静安对着镜头可怜兮兮地痛哭流涕的样子，标题煽情得很："刘志安伤势严重，其妻情绪一度崩溃"。还有张静安当街掌掴樊歆的照片，标题为"张静安发飙掌掴小花旦，众人拍手叫好"。

翻完报纸，会议室里众人神情越发凝重。徐总监道："刘志军夫妻档苦情戏演得好，目前舆论都偏向他们。尤其是那伤残鉴定报告出来后，网上舆论几乎是一边倒。"他看向樊歆："在这件事彻底消停下来之前，建议您不要上网，网民们很不理智……"

莫婉婉在旁插嘴："何止是不理智，简直是什么话都骂得出来！"

樊歆静默不语，她猜得到网上的话会有多难听，绝对会比那天当街被骂的话更难听。

徐总监继续道："目前舆论对我们很不利，如果我们找不到证据反驳刘志军，这场口水仗即便是动用关系打赢了，也会赢得很勉强。再加上九重对此事的介入，凭九重的媒体资源，想要扳回这局，不容易。"

"九重吗？"慕春寅的指尖轻叩桌面，眯眼沉思。

徐总监道："这事如果只有刘志军一方力量，我们强压下去不成问题。但他现在是九重的人，九重这几年与我们势均力敌，我们要与九重正面对拼，结局难说。"

一群人皆面露难色，门忽地被敲响，吴特助走了进来，向慕春寅道："刘志军来电话了，说要我们盛唐给他公开赔礼道歉，另外索要三千万的人身伤害赔偿，不然他就召开记者招待会把这事捅出来，然后以故意伤害罪将樊小姐告上法庭。”

他话音一落，整个会议室瞬间躁动起来，莫婉婉跳上椅子大骂：“无耻！老子不砍他，他就不知道老子外号叫莫砍霸！”

樊歆坐在慕春寅身旁，气得嘴唇微颤：“太卑鄙了！”

慕春寅在桌底下握住她的手，而后向吴特助道：“回话给他，也传话给各大媒体，盛唐跟刘志军记者招待会上见。另外，让刘志军等着我的法院传票。”

他站起身，眸光明亮逼人，倨傲地笑着：“要上法庭是吗？奉陪！”

开完会已是夜里十一点，两人回到了家。

夜里樊歆心神不宁，躺在床上翻来覆去睡不着。听到隔壁有动静，她起床走了过去。

推开房门，她发现慕春寅还没睡，他坐在沙发前，膝盖上放着笔记本电脑，指尖不断敲着键盘，时不时托着下巴沉思，樊歆知道，他在操心她的事。

她将红茶送到他手中，慕春寅喝了一口红茶，问：“怎么，睡不着？”伸手揉揉她的发：“别害怕，我在。”

“我不是害怕，我是想跟你一起想办法。”

慕春寅道：“没必要，这次是我的疏忽，你不要留下阴影。以后我不会把你留在凶险的地方，你还是可以按照从前的方式生活。”

樊歆摇头：“可我不想再做温室里的花朵。”

“可我想给你一个安全的城堡，没有风雨，没有伤害，你不用操心任何事，喜欢什么就做什么，跳舞，唱歌，演戏，自由自在。”慕春寅顿了顿，补充：“只要你乖乖待在我身边，什么都可以。”

他瞅着一言不发的樊歆，倏然拿手捧住她的脸，笑道：“怎么不说话？被本少爷感动了？”

樊歆将他的手拨开，大眼睛里盈满郑重：“阿寅，我知道你是为我好。可经历过这事后，我想了很多。自从我进入这个圈子以来，都是你或者其他人保护我，可我不能再这样依赖你们。我想要经受磨炼，我需要蜕变，我想要学着保护自己，保护身边的人。”

见她表情凝重，慕春寅嬉笑的神情渐渐敛去，他说：“我不支持你的这个决定，这个圈子太阴暗，看得那么清楚不是好事。”

“可当初你同意让我进来，就该想到会有这么一天。我既然来了，就得接受这里。”

慕春寅沉默良久，道：“你就是这么倔！”

见他默许了，樊歆高兴地掏出手机：“我在房间里想了很久，如果我们真要告刘志军就得有证据。这是那天他给我发的短信，约我去酒店，我不知道这算不算证据，但我留了下来。”

“很好，不要删。”慕春寅颔首，又问：“你在房间里想了这么久，想告他什么？”

“告他强奸……虽然未遂。”

“强奸？”慕春寅思索着，“你是公众人物，这个罪名恐怕对你的名声不利。”

“可我不能因为顾及名声就放过他。再说清者自清，我又没被他怎么样。如果我现在畏畏缩缩，放过这种人渣，日后还不知道他会干多少更人渣的事呢！”

“好，随便你告什么，我都支持。”

樊歆道：“听你这口气这么肯定，那我要是告他故意杀人呢，你有证据告赢吗？”

慕春寅笑道：“不是正在想证据吗？”他将腿往沙发上一跷：“来，给按摩一下，边按摩边给我再讲讲那天的事，从头到尾仔细讲一遍，任何蛛丝马迹都不能错过。”

“头脑风暴啊？”樊歆道，“一起来。”

二十分钟后，樊歆将事情从头到尾讲了一遍。

慕春寅若有所思：“你跟他第一次见面是在电视台的电梯里？”

“是。”

“电梯里的其他人你认识吗？”

“不认识，但看起来都跟刘志军很熟。后来我去酒店时，那些人也在房间，只不过都半道借机走了。”

慕春寅手指轻叩着茶几：“如果电梯里是他的熟人，或许就会有证据。一群男人在一起，总喜欢对某个女人评头论足。”

樊歆似懂非懂：“你这话的意思是？”

慕春寅弯唇一笑，做了个嘘声的动作。樊歆看着他拿起手机，慢条斯理地说道：“张台长，有件事请你行个方便，我要三天前电视台电梯的监控录像。”

次日清晨，一条爆炸性新闻登上了娱乐报纸的头条。内容让为娱乐圈操碎心的广大网友热血沸腾。粗黑字体的大标题是“是蓄意伤害还是强奸未遂？刘志军约架盛唐讨说法”，小一号的副标题是“双方出席新闻发布会，谁是谁非即将揭晓”。

在外面新闻满天飞的时刻，当事人樊歆就坐在十一楼的办公室里，同盛唐的高管一道开会。

慕春寅开门见山："徐总监，请对眼下的情况做个简短汇报。"

徐总监站起身，道："各大媒体挖掘出了更多的新闻，局势对我们越来越不利。"

慕春寅挑眉："怎么说？"

徐总监将投影仪打开，大屏幕上播放着最新的滚动新闻。

"有记者采访刘志军的剧组人员，几个人对着话筒信誓旦旦地表示，当天剧组人员都在酒店，大家一起商谈电影的事，刘监制并未对樊歆做过什么，更不存在对樊歆实行任何骚扰，樊歆遭侵一说，实乃无稽之谈。

"有记者采访了娱乐圈某资深前辈，该女星不评判是非，只面带高深之色地表示，这个圈里想要大红大紫，三分靠打拼，七分靠炒作。此话似乎在暗指樊歆蓄意借刘志军一事炒作上位。

"还有人采访到与樊歆同台参加节目的天后苏越，天后面带讥讽：有其主必有其仆，慕春寅是什么人，他手下能出什么人？

"甚至有记者采访了曾与樊歆同组合的秦晴。秦晴似笑非笑：樊歆嘛，才华有的……但其他方面我就不评价了，各位自己想吧，毕竟我跟她不熟。此言一出，引来一阵哗然，作为曾经的团友，秦晴竟表示不熟悉，这是暗指樊歆人品不佳还是顾及公司颜面不好戳穿真相的敷衍之词呢？"

……

报道一条条地过，会议室里众人的脸色越发凝重。直肠子的汪姐忍不住出声："这秦晴怎么说话的，同一个公司，就算有什么私人恩怨，也不该这时说这话呀！"

慕春寅晃着手中的水晶杯，亦是冷笑。刘副总忙打圆场："这孩子是无心的，她从小就是口无遮拦的性子，回头我一定好好教育她。"

没人搭话，众人对刘副总耳聋目盲的护犊行为无话可说。

慕春寅朝徐总监递过去一个眼神："继续说。"

"是。"徐总监道，"请各位少安毋躁，这些报道都只是媒体东拼西凑的言论，没有说服力。说到底，刘志军虽一个劲儿地往我们身上泼脏水，但他没有关键的证据，所以网民们也不敢完全信他的话，我们还有翻身的余地，只要……"

"不好了！"

徐总监的话没说完，会议室的门被人突然推开，徐总监的助理急匆匆走进来，道："慕总，事情不妙，就在二十分钟之前，刘志军发了一个视频到网上，现在在各大网站上疯传。原本不相信刘志军的网民，瞬间都倒戈了……"

"慌什么？"慕春寅镇定如初，下巴朝大屏幕一抬："把视频放出来。"

视频开始播放，一群人紧盯着屏幕，樊歆亦有些紧张，她不知道刘志军会玩什么花招。

下一刻，她在屏幕上看到自己的身影。

她略微一怔，在场的其他人也是一怔，唯有慕春寅怀抱双臂，唇边含笑，仿佛一切都在意料之中。

屏幕中是当天酒店长廊里的监控视频，视频只是最后一小段。樊歆快速穿过走廊，手里拿着半截红酒瓶，面色仓皇，像犯下了什么命案，而刘志军在后头追赶，头上鲜血淋漓。两人一前一后地跑到电梯口，樊歆如亡命之徒般躲进电梯，而刘志军则义愤填膺地大骂："你这疯婆子想演女二想疯了，勾引我不成，拿酒瓶砸我！"

视频的最后一个镜头是刘志军惨痛地捂住脑袋，殷红的鲜血从指缝里汩汩流出，而樊歆急忙将那半截破碎的红酒瓶丢到了垃圾桶。明眼人一眼就可以瞧出，那半截尖锐的红酒瓶，就是凶器。

视频放完，会议室里一片静默。

小助理见没人说话，小心翼翼地问："后面还有网友的评论，要继续放吗？"

"放。"说话的人不是慕春寅，而是他身边的樊歆。

见慕春寅点了头，小助理将鼠标往后拖了拖，评论区的各种言论扑面而来。

"我去！原本还不敢判定谁对谁错的，现在一看视频，瞬间了然！要角色不成就拿酒瓶子砸监制，盛唐小花旦真是刷新了我的三观！"

"作案时间、地点、凶器及伤人动机在视频里看得一清二楚，樊歆故意伤人罪名成立！"

"樊歆，人家本来是你的粉，想不到你居然是这样的人！果断粉转黑！"

"同粉转黑！可惜了桃花坞的好广告！"

"绿茶婊长得清清纯纯，手段这么肮脏，想靠勾引男人上位反被扒！刘志军老婆打得好！"

"樊绿茶，视频都出来了，还有什么好抵赖的，快出来道歉！"

……

评论还在不断地刷新，铺天盖地的几乎都是辱骂声。会议室里的高管们脸色越发凝重，有人忐忑不安地向慕春寅看去："慕总……舆论几乎一边倒了。"

有人跟着附和："是啊，此前还有很多人支持我们盛唐的，现在看来……"

看着慕春寅的脸色，他后头的"大势已去"四个字没说出口。

一时没人出声，都将视线落在慕春寅身上。慕春寅却只微微一笑，嘴角扬起三十度，吐出两个字："很好。"

在场的人都有些蒙，还未等众人反应过来，慕春寅关了视频，手一摆："散会。"

“可是……”刘副总阻拦道，“慕总，我们连方案都没有计划好，您现在散会……不好吧？”

樊歆跟着去拉慕春寅的衣袖：“对啊，明天就开记者招待会，咱什么都没有……合适吗？”

慕春寅漫不经心地看看手表：“到点了，我要吃晚饭。”

一群高管心里一阵凌乱，随后他们面面相觑地目送Boss拽着小花旦走出会议室。

晚上七点，华灯初上。

盛唐大厦十七楼的总裁办公室里，慕春寅斜靠在老板椅上，慢悠悠地吃着御用厨娘做的饭后小点，而他的厨娘坐在一旁疑惑不解：“阿寅，你就这样散会了，是不是……”

她的话还没说完，办公室的门砰砰地响了。

见樊歆要回避，慕春寅拉住她：“都这份上了还有什么好回避的。”他扭头喊道：“进来。”

来人正是刘副总。他面有担忧地向慕春寅道：“慕总，明天下午的记者招待会您打算怎么应对？”他扫扫旁边的樊歆，声音压低：“虽然秦晴跟樊歆有些不愉快，但我毕竟是主管影视这一块的，她如今出了事，我也很担忧。”

“还折腾什么呀，”慕春寅手扶着额，无奈地道，“他都把视频放出来了，咱还有什么好说的，越抹越黑。”

刘副总一愣，一旁的樊歆亦是不解，她刚要开口，慕春寅突然给她递过去了一个眼神。

樊歆瞬时闭嘴，而慕春寅还在那儿说：“那刘志军不就是为了钱吗，本少爷钱多，就当买肉包子喂狗了！”

他转头拍拍樊歆的肩：“樊歆，我相信你不是那样的人，但咱没有证据驳他，就当花钱买个教训吧。”

樊歆温顺地答：“是，慕总。”

慕春寅扭头向刘副总道：“那这事就不烦刘副总操心了，没事的话就回家休息吧，这几天你们也够累的了。”

刘副总一见如此，只得退了。

空无一人的电梯缓缓往下滑。刘副总在五楼停下，进了自己的办公室。

房间里灯光明亮，他一推开门秦晴便凑了过来，她明艳的脸上满是急切：“舅舅，怎么样？”

刘副总关紧门，压低声音道：“明天的新闻发布会，我们会选择和解。”

秦晴问："怎么，我们没有证据可以扳倒对方？"

刘副总点头："无论盛唐明天怎么去发布会上圆这个场，这事以后，樊歆的名声都会一落千丈。发展到这地步，你也该满意了，就别在背后捣鼓那些小九九了。"

"舅舅！"秦晴娇嗔，"我又没做什么事，无非是找些人去网上说了一些正义之言而已。像她这种人，靠男人上位，脚踩多条船，本来就该得到教训！"

"好了。"刘副总道，"姑奶奶你就消消气吧！"

"我能消气吗，你看看慕少现在多宝贝她呀，到哪儿都把她带着捧着，生怕别人不知道这是他的新欢！而我呢，我算什么？走完红毯后就把我给忘了……"她说到此处，脸上渐渐染上苦楚，旋即眼神一厉："我不管，我一定要把她赶出圈子！"

"但现在的情况你也看到了，慕总对她很是宠爱，他如果要护她，谁能把她赶出娱乐圈？"

秦晴不依不饶："反正我不管，慕总越被她迷惑，我就越要揭露她的真面目！"

"好啦，秦晴！"刘副总拍拍她的手，"樊歆好歹是同事，别赶尽杀绝，没事就回家吧，舅舅有事先走了啊。"

刘副总走后，秦晴独自待在办公室。片刻后她拨出去一个电话："喂，风动网络工作室吗？我要求加派人手继续刷……钱不是问题，重要的是一定要引导舆论，一定要煽动网民的情绪……"

十分钟以后，她再拨出去一个号码："是刘监制的助理吗？给你们一个可靠消息，盛唐这边没有证据可以驳倒你们……对，是的……你们可以尽情索要赔偿……呵，你问我为什么帮你们？我只有一个条件，希望你们向演艺协会要求封杀樊歆……"

夜幕深深，秦晴挂了电话，对着城市的七彩霓虹露出快意的笑："樊歆，我看你这次还怎么翻身！"

这边秦晴得意欢笑，十七楼的总裁办公室内，樊歆正面带疑惑地问慕春寅："干吗当着刘副总的面说那些话？"

慕春寅笑笑："先不告诉你，过几个小时后再说。"

樊歆默了默，然后转了个话题："好多人看了那视频后跑到微博上来骂我。你不是把电视台的那监控视频弄到手了吗？你说那是我的证据，怎么不公开？如果公开，事情就能说清楚了。"

慕春寅摇头，轻晃着杯中的柠檬红茶："我这么做一定有我的原因，你信我就对了，总之你别管网上怎么说，现在不是拿出证据的最好时机。"

他勾唇一笑，饶有兴致地问："你不是说要学习怎么在这个圈子存活吗？"他站起身，走到落地的玻璃窗前，将视线投向窗外。慕春寅双臂环胸靠在窗前，身姿挺拔，嘴角的弧度盈满骄傲：“我现在就教你，什么叫忍辱负重，绝地反击。”

夜风渐渐大起来，盛唐十七楼的窗帘拉上，两人的对白渐渐隐去，而相隔半座城市的帝王酒店里，几人在三十层长廊里走过，最后，推开了3021的门。

“温先生，”阿宋向身边的男人道，“这就是那天发生纠纷的房间。”

房里灯光明亮，温浅穿着鞋套缓步走入。房里果然被看管得很好，窗台上浅薄的尘埃显示出这几天无人进入，可以称作是保护完整的第一现场。

温浅缓缓扫视房间，茶几上凌乱地放着一些啤酒瓶，以及堆着如小山丘的烟头堆。茶几的对面就是双人床，床上被褥乱七八糟地皱着，显然是有人在上面挣扎过。

“温先生小心！”随后跟进来的阿宋指着地上的残渣，提醒道，“地上有好多碎玻璃碴，当心割到脚。”他又指指床：“呀，被子上也有！”

温浅停住脚，戴上不会留下指纹的透明手套，拈起地上的一个玻璃碴查看。阿宋在一旁说：“这好像是红酒瓶的碎片！”

温浅点头，沿着玻璃碴的方向往前看。雪白的墙面上有大片浅红色的液体印记，呈喷射状。他走了过去，俯身查看了一会儿。

阿宋问：“这墙上是什么东西？不是血，又是红色的！”

温浅指指手上的玻璃碎碴：“墙上的就是红酒。”

他话落，又往床的方向走去。阿宋眼尖，发现床头的墙上有一条红印子，手一指：“温先生你看，好像是血迹。”

温浅盯着血迹观察片刻，然后围着床走了几圈，似乎在丈量着什么。

阿宋问：“温先生，您这是？”

温浅不搭话，拿着红酒瓶玻璃碴，视线看向对面墙上的红酒渍。静静沉思半晌后，他恍然大悟，随后摇头淡笑。

“您笑什么？”

“笑她太傻，即便没有人证，这现场有这么多物证在，只要报警，警察一来便能破案了。”

他头一摆，向阿宋道：“把房间里的一切录个视频，墙上的血迹跟红酒渍，一定要着重拍几张，然后发给盛唐。”

“给盛唐干吗？”

温浅走出房间，道：“让盛唐做个柯南的游戏罢了，这么明显的证据给他们，如果还想不通，那就没救了。”

“万一他们怎么都想不通呢？”

温浅摘掉手套，手扣住金色的门把轻轻一带，慢条斯理，像是抚过琴弦，他撂下一句话："那就该我英雄救美了。"

阿宋："……"

半小时后，盛唐十七楼的总裁办公室内传来一阵手机铃声。

慕春寅一边接电话，一边打开电脑，邮箱里有封新邮件，点开一看，是个视频。

他挂了电话，将视线聚在视频上。反复看了几遍后，他轻笑出声，笑意却很冷。

"原来如此……呵，刘志军，你就等着死吧……"

二月二十七日，记者招待会如约召开。为了更好地展示事情的经过，地点就设在帝国酒店的商务会议厅，也就是发生纠纷案的那家酒店。

除了纠纷双方两家公司的人，各大媒体记者也蜂拥而至，商务会议厅内挤满了人。

"受害方"刘志军先声夺人，他顶着头上厚厚的绷带，一脸愤慨地说了上千字。总结起来就是：作为一个资深电影人，他本着提携后辈扶助后辈的爱才之心，在电视台遇到樊歆后，认为她是一个可塑之才，便好心邀请她参加那晚在3021号房召开的剧组探讨会。整个过程中他一直对樊歆礼貌相待，不曾有任何越轨的举动。会议结束后，樊歆主动找借口留下，说要继续探讨电影角色。而待众人离去只剩两人单独相对时，先前规矩端庄的樊歆却变了样，她频频言语挑逗，甚至投怀送抱，希望刘志军能提供女二的角色给她。当遭到刘志军拒绝后，她竟然撕破自己的衣衫，声称如若刘志军不答应，她就报警告他强奸。刘志军被逼无奈，与樊歆起了争执，在争吵一再升级的情况下，樊歆竟举起桌上的红酒瓶，砸向他的头，导致他当场头破血流，专业机构鉴定为八级伤残。

这一番话说完后，会议室屏幕上开始播放那天走廊上的视频，樊歆拿着破碎的红酒瓶仓皇心虚地往前跑，而刘志军满头是血地在后面追。

张静安站在屏幕旁边，不时攥着纸巾擦泪，指着刘志军的伤口向记者道："在座的记者同志，我们家老刘可真是冤啊，被砸了那么大的口子，在医院缝了十几针。医生说，砸得头骨都露出来了！"

她说着拿出医院开具的伤残鉴定书，给大厅里的众人传送阅览，那白纸黑字上盖着清晰的钢印，绝非弄虚作假。

与此同时，与刘志军同来的剧组成员也一个个接过话筒表明，那天他们几人跟刘志军同在酒店，都能做证刘志军并未对樊歆做任何不理智的举动。而樊歆因为索要角色不成便出手伤人，让他们异常气愤，他们要求严惩樊歆。

发布会进行到此处，"受害人"刘志军的人证物证皆有，证据确凿下在场记者的眼神都变了，一群人将目光投向盛唐那边："樊歆，对于刘先生的指控，您有什么想说的吗？”

樊歆坦坦荡荡地说：“我承认，我拿瓶子砸了他。”

众人愕然。

张静安在旁边抹着泪讥诮道：“视频清清楚楚，你当然得认！如果你认罪态度好，我们可以考虑网开一面不上诉，私下和解，只要你……”

樊歆截住她的话，冷冷道：“我不觉得我是犯罪。”

在场的众人一片哗然。

有记者发问：“樊歆，照你的意思是，伤人是合法的咯？”

张静安将泪一擦，指向樊歆：“大家看好了啊，这女人伤人还这么嚣张！”

樊歆没理她，对着话筒道：“正常情况下伤人的确不对。但在极个别情况中，伤人是情有可原的。”

张静安再顾不得哭，嗤笑道：“真够没脸没皮的，把我们家老刘伤成这样，还说情有可原。”

有记者问樊歆：“樊歆，那你的情有可原能说具体点儿吗？”

樊歆环视全场说：“今天我来，就是想堂堂正正地告诉大家，不是我故意伤害他，而是他意图侵害我，我不过是正当防卫。”她看向刘志军，黑白分明的眼睛里满是无畏：“刘先生，你刚才的话颠倒是非抹黑无辜，不管今天结果如何，我都会告你诽谤。”

刘志军愤愤然：“我哪里颠倒是非了？”

张静安跟着骂：“樊歆你还要不要脸？你勾引我家老刘，现在人证物证都有，你还狡辩！”

“勾引？”静默许久的慕春寅将茶杯往桌上一磕，茶沫飞溅中，他脸上的笑意挑衅而倨傲，“不想本少爷现在砸场子的话，就把这话给我吞回去！”

刘志军夫妇被他的态度激怒，对记者道：“大家看看，这盛唐慕总是打算仗势欺人吗？”

“如果本少爷想仗势欺人，你们还能好手好脚地坐在这儿？”

他微微笑着，眸光却极冷，现场的人都被他突如其来的气场震慑住，不由得缩了缩脖子。

刘志军夫妇亦是一凛，张静安讪讪道：“我们没有诽谤你，你恐吓我们也没用。”

“没有诽谤？”慕春寅端起桌上的茶杯抿了一口，悠悠问道，“刘志军，你们的证据只能显示樊歆有嫌疑伤人，但有哪个证据能证明她勾引人？有视频吗？有照片吗？有录音吗？没有就是诽谤！”

他看向剧组几人，口吻很平静：“你们只能证明在场时刘志军没对她动手动脚，你们能证明离开之后发生了什么吗？你们根本不在场，凭什么在这里大放厥词？”

剧组几人表情一僵，有人略显心虚地辩解：“反正老刘是真心想跟樊歆讨论电影的！”

见己方气势全然被压制，张静安忍不住回呛：“慕总如今扯东扯西是想转移话题吗？你扯这些有什么用，你说我家老刘侵害樊歆，你的证据呢？拿出来呀！拿不出来我也可以告你诽谤！”

慕春寅转动着手中的水晶杯：“证据当然是有的，不过在拿出来之前，我要问问刘志军，你说樊歆砸破了你的头，请问，她是怎么砸到你的？”

刘志军答：“还能怎么砸，就那样砸的呗！”

慕春寅道：“那你能说说，你们当时在房间的哪里？坐着还是站着？是怎么砸的，姿势如何？”

见刘志军不答，他笑着说：“怎么，回答速度这么慢，是被砸得失去记忆了吗？还是脑中忙着编谎话，所以一时半会儿回答不上？”

刘志军辩解道：“谁编谎话了，好，今天当着这么多人，我就说得明明白白的！当时我跟她站在沙发旁吵架，她趁我不注意，抡起瓶子，迎面就是一下。就这样砸伤的！”

慕春寅问：“所以说你们当时是面对面？”

刘志军莫名其妙：“吵架当然是面对面，谁背对背啊！慕总到底想说什么，不服气就上证据啊。”

慕春寅笑着看向记者席：“大家都记住他刚才的话了吧？面对面！”他手一摆，对身后的下属道：“好，放视频。”

屏幕上的视频开启，慕春寅向记者们说道：“大家看好了，这就是我的证据。”

记者们紧盯着屏幕，就见屏幕里出现一个房间，应是某酒店的豪华客房，房内东西凌乱，地板墙面污秽不堪。

记者们看得云里雾里，慕春寅介绍道：“这就是那天晚上发生纠纷的3021号房，出事后酒店担心双方要报案，便将这个房间封锁起来，等待警察勘查现场，所以现场还保留着那晚的场景。”他扭头看向刘志军：“刘监制，这是那天的房间吧？睁大你的狗眼看看，没错吧？”

刘志军脸色微变，转头看身旁的助理，用几不可闻的声音问：“你不是说这房间又住人了吗，怎么现场还保留着？”

助理面色焦急：“咦，我那天来问，酒店明明说房间已打扫干净有新客户入住了。”

那边慕春寅笑道：“刘监制，怎么不回话啊？”

刘监制回头，强自镇定地道：“我不明白慕总把3021号房拍下来是什么意思。”

“那你就在旁边看着吧。”慕春寅举起手打了个响指，眸光流转笑意荡漾：“各位记者，现在进入发布会最好玩的环节，你们可以把这个房间当作一个悬案现场，我们且不说谁是真正动手的人，房间里既然有打斗就会落下痕迹，而这些痕迹会告诉我们一切。有柯南细胞的人，不妨瞧瞧这个房间有哪些不对劲。”

台下记者顿时一阵骚动。有人举着相机点头赞同，还有个小年轻兴致勃勃地说：“慕总，我是半路出家才做记者的，当年可是警校毕业的，我对您这事有兴趣，但您就给个视频，也太抽象太不好观察了，能带我去现场走一遭吗？反正房间就在楼上！”

“对对！我们也想去看看。”更多的记者来了兴趣。

“好。”慕春寅朝外一指，“大家跟我来。”

刘志军却拦了出来，挡在众人面前嚷道：“慕总这是什么意思？什么柯南，什么悬案？是想故弄玄虚转移话题吗？”

慕春寅一笑：“刘监制反应这么强烈是心虚吗？不心虚又拦什么呢？”

张静安鼓动着：“老公，去就去，反正咱没做过，怕什么！”

刘志军脸色难看，又被慕春寅的话噎得无法反驳，最后眼睁睁地看着众记者跟慕春寅走了，他只得一跺脚，快步跟上。

一大拨人浩浩荡荡上了三十层，还没走到3021房便齐齐顿住脚。

3021号房门口拉着一排醒目的警戒线，几个着制服的警察正表情严肃地进进出出，看样子是在勘查现场。

慕春寅见状解释道：“哦，忘了告诉各位，就在今早，我报了案，我们的人民警察相当负责，立刻就来现场侦查了！”

他话落看了樊歆一眼，两人默契点头。今天一早慕春寅就陪着樊歆去了公安局，做好笔录后公安局便出警赶到了现场。

长长的走廊上挤满了记者，侦查现场不允许警方以外的人进入，也不允许随便拍照，记者们只能隔着线，伸长了脖子往里看。

见警察进进出出采集证物，人群里的刘志军略显慌乱。

慕春寅瞅着他笑道：“刘监制还真奇怪，被打破了头也不肯报案！”

张静安语气尖酸地替老公回击：“是我们想着大人有大量，给你们机会私下和解！但你们既然不知好歹，那咱就撕破脸皮没啥好说的了！”

“大度？”慕春寅慢悠悠地开口，“我曾听说刘监制酒席上与人争执，就因对方踢了他一脚便闹上法庭……这点儿小事就打官司，如今头破血流砸出伤残，怎么连案都不报啊？可真不像刘监制睚眦必报的作风！”

周围记者闻言连连点头：“是呀……好反常！”

樊歆接口：“原因很简单，心虚。”

刘志军摆出委屈的模样：“我有什么心虚的！你们搞清楚好不好，我可是受害者！”

慕春寅双手环胸讽刺地一笑，而那边3021号房的干警们都陆续走了出来，似乎是勘查工作已经完毕。慕春寅迎上去冲领头的警察道：“有结果了吗，张警官？”

张警官轻压下巴，目光向刘志军一扫，沉声道：“我大概有了结论，只等将证据拿回做技术鉴定，便可确定真相。”

张静安嚷嚷道：“还等什么鉴定，这女人打伤我老公有视频做证，你们快把她带走！”

慕春寅反驳：“张大妈，你净长岁数不长大脑啊？警方自有结论，你急什么啊？”

全场因为这句张大妈哄笑起来，张静安气得面红耳赤，她一拉刘志军的衣袖：“老刘，你也不说句话，这慕春寅太欺负人了！”

刘志军没理会她，他一直在盯着警方的动作，面上透出惶然。

这边的慕春寅不愿再啰唆，开门见山地向张警官道：“警官，既然现场已经侦查完毕，我们的记者同志能进去看看吗？虽然你的最终结论还没出来，但大家都非常关心这个案件。”

张警官微微点头。

旋即有人撤掉了警戒线。正当记者们争先恐后欲一拥而上时，慕春寅站在人群最前，朗声道：“各位，为了让案情真相早日大白于天下，我请张警官多留片刻，张警官一贯铁面无私，绝不会偏袒任何一方，相信大家一定信得过！”

记者们兴奋地鼓掌：“信得过！”

一切准备就绪，众人推开了门。房门后一股尘埃气息扑面而来，显示出这些天房间处于封闭状态。

记者们围在门口，按了好一阵快门后才陆陆续续进了房间。

刘志军紧紧跟在人群后面。

房间摆设果然跟视频里显示的一样，地面脏污，桌上堆着啤酒瓶，茶几上烟头很多，床上被褥凌乱……记者们搜索着蛛丝马迹，还真有那么点儿破案的感觉。

慕春寅走在最前面，指着沙发问：“刘监制，你当时跟樊歆就是在这里发生争吵，然后她拿瓶子面对面砸了你？”

刘志军目光闪躲，口中却硬撑着：“对。”

樊歆冷冷地扫了一眼刘志军的头，冲记者道：“各位媒体朋友，大家不觉得刘监制的伤口很奇怪吗？”

慕春寅跟着笑：“的确奇怪极了。”

刘志军摸摸头上的绷带：“你们觉得我这伤口是假的吗？我可以当场拆开绷带给大家看，里头可都是针印，我可没弄虚作假！”

“对对！”张静安道，“那天缝针时血都流了一地，不信你们去问医院！”

那位自称警校毕业的记者提出质疑：“是有些奇怪，面对面砸的话，怎么砸到了后脑勺？”

“对啊！”他这话一点拨，一群记者都好奇起来，“面对面应该砸到额头或者脸啊。”

这下张静安也愣住了，刘志军急忙辩解道：“是她搂住我的脖子，把手伸到我脑后砸的！”

慕春寅瞅瞅樊歆，再瞟瞟刘志军：“我们樊歆身高一米六五，你刘志军身高体壮一米八，身形差这么多，她想把手伸到你脑后得踮起脚吧，谁这么砸人？踮起脚不累啊？”

记者们跟着质疑：“就是，面对面哪有这样砸人的，伸手绕到脑后，这也太牵强了。”

刘志军随即改变说辞：“不不，是我记错了，我当时坐在沙发上，她趁我不注意，跑到我背后，拿瓶子对着我后脑勺砸的。”

警院毕业的记者笑出了声：“刘监制你这话不符合逻辑吧，两个人面对面吵架，她又不是空气，你怎么可能忽视她，让她这么大的人拿着瓶子从您面前经过，绕到你身后给你一击？”

“我……”无法自圆其说，刘监制干脆抵赖，“我当时跟剧组的人在一起喝多了，神志有点儿不清，那段我记不清楚了，反正她砸了我。”他扭头看向外面的剧组人员：“对吧，那晚我们吹了两箱啤酒，大家都醉醺醺的了。”

剧组人员称是，还指着茶几上的空啤酒瓶道：“那些是我们那天晚上喝的，的确都喝得有些高。”

张静安跟着道：“对，醉酒的人某些细节记得不清楚很常见，你们不要对这点紧抓不放。”

慕春寅耸肩：“那我就按刘监制说的吧，我家樊歆脑袋被鸡踢了，砸人绕个圈子跑到身后砸。”他又问樊歆：“你当时拿瓶子砸他时，瓶里有没有酒？”

张静安抢道：“当然有酒，不然哪能砸这么重！在医院包扎时头骨都看得见！”

慕春寅问：“既然有酒，那么砸的时候肯定会有酒液溅出来，这房间没有打扫过，酒液即使挥发了也会留下痕迹，大家看到酒液在哪里了吗？”

众记者立刻满屋搜索，须臾，有人往窗户下的墙面一指：“在那儿！”

有人凑过去在那灰红的污迹上闻了闻：“是，一股酒味。”

警校毕业的小记者挠挠头：“怪了，在沙发那边拿酒瓶伤人，酒怎么能溅到这里来？”

众人一呆，瞅瞅沙发，再瞅瞅窗户下的墙面，两点间距离足有八九米，液体怎么能喷出这么远？

警校毕业的小记者走到窗台下，仔细观察墙面上的红酒渍。红酒渍呈喷溅状，地板上也有一些，小记者看了半晌道：“不对，红酒不是从沙发那边喷过来的，从留在墙上及地板上的痕迹来看，酒液是从这边溅过来的。”他手一指，正是指着床的方向。

他走到床边，将团成一团的被褥一抖，果然，床上有些斑斑点点的红酒渍。

慕春寅将被子往众人面前一抛，问刘志军：“刘监制，你不是口口声声说在沙发那里起的争执吗？怎么又转移到了床上？”

“对呀！”有记者疑惑地问，“刘监制的话怎么老前后矛盾呢？”

樊歆道：“刘监制的话还会有更多的矛盾，大家可以继续找。”

刘监制强自镇定：“我都说了，我当时喝醉了……我真记不得那么多细节了。”

“咦？”又有人发现了不同寻常的地方，指着床角旁的墙面道，“这是什么？”

众人的目光齐齐投过去，就见床角的雪白墙面上印有几个古怪的红色痕迹，每条痕迹长约三厘米，形状相似。上面还有些刮痕，应该是警方取证过后遗留的痕迹。几个记者爬到床上去看，几秒钟后其中一人喊道：“好像是血迹！”

他们转过身来：“多半是有人在这里受了伤，然后把血迹蹭到了墙上。”

“是我。”人群中的樊歆出声，手掀起头上的刘海，额头上有道细长的三四厘米的伤口，“是我头上的伤留下的血迹。”

有个查看过血迹的小伙子爬下来对比了樊歆的伤口，点头道：“确实是她的，伤口的形状吻合。”旋即不解地问：“你们不是在沙发上谈话的吗？怎么会在这里受伤？”

樊歆将视线落在刘志军身上：“因为我抵死不从，他便抓着我的头发，将我的头往墙上撞。”

有人研究着血迹，道：“这血迹不止一道，这么说，他拽着你的头撞了许多下？”

樊歆点头：“对。”

刘志军额头微微出汗，不自在地左顾右盼：“不知道你们在乱七八糟说些什么。”

床内侧某个记者突然一声喊：“樊小姐，这是我从床角找的，是不是你的头发？”他在床内侧翻扒了半天，在角落深处拈起一根细到透明的发丝。

樊歆看后点头：“是我的头发，我在一个月前为了拍广告，曾将发根烫过一次，那里有些受损的痕迹，所以显出一点儿卷曲，不信我从头上拔一根你们对比。”

众人对比着樊歆拔下的那根，齐齐认同：“的确如此。”

检验头发后，捡到头发的记者觉得发丝算遗漏的证物，小心翼翼地捧在手心走出房间交给警方。而房内警校毕业的记者托着下巴问樊歆：“床上有你的头发，墙角有你的伤痕，所以说你曾在这个床上待过？”

樊歆点头：“我被他强行拖上去的。”

“老子拖你上床干吗！明明……”刘志军的话没说完。

警校毕业的记者猛地一拍脑袋：“我知道啦！”

他走到房间里转了一圈，指着刘志军的脑袋道：“我知道真相了！我知道为什么他的伤口在后脑了！”

慕春寅问：“怎么说？”

一群人都好奇地问：“是怎么回事？”

警校毕业的小记者道：“这事说简单也简单，我找个人现场演示一遍大家就知道了。”

人群里有个身量小巧的女记者一拍手：“我也明白了，我跟你来演示。”

两人话落，把一个开了瓶口的易拉罐啤酒放在床头柜上，随后立刻入戏将当时的场景复现了一遍。

一切再明显不过了，众人恍然大悟，均震惊地看向刘志军，便连刘志军的老婆也跟着问：“老公，这是怎么回事？”

刘志军脸色难看至极，嚷道：“你别看他们瞎演，他们血口喷人！”

警校毕业的小记者指指墙上的血：“这墙上的血迹，是你暴力对待她而留下的痕迹，那喷溅的红酒渍跟你后脑勺的伤口，都是她反抗你的证据，我哪里瞎演了！”

其余的记者跟着附和：“证据都摆在这里了，哪瞎演了？”

刘志军焦躁地吼道：“你们都胡说八道！那点儿血迹谁知道是什么？搞不好是打死了几只蚊子，赖到我头上呢。”

门口一直沉默的张警官面无表情地接口：“究竟是不是蚊子血，我们警方会有专业的技术判定。”

张静安首次显出慌乱：“老公，这是怎么回事啊？”

刘志军甩开她的手，向全场急切地解释：“刚才他说的都是猜想而已，他肯定是被盛唐收买了！大家别相信！”

就在一群人面面相觑时，张警官再次开口：“他的推断是正确的。”

刘志军怒吼：“那只是推断！再说了，我没有动机啊，我为什么要这样对她？”

“动机？”慕春寅笑着，“色字头上一把刀啊。”

“这话可不能瞎说！”刘志军脸涨得通红，气得胸脯不住起伏，一副比窦娥还冤的模样，“我刘某人在圈子里一向洁身自好，而且我都五十了，樊歆才二十多，她跟我女儿差不多大，在我心里，我把她当孩子的！怎么可能做出这种禽兽不如的事！”

“对！”张静安高声力挺，“我家老刘不是这种人！你们别污蔑他！”

刘监制剧组的几个人跟着道：“的确，我们跟刘哥认识好多年了，你们可不能平白无故地抹黑他！”

有了老婆跟同僚的帮衬，刘监制的脸色缓和了一些，底气也足了些：“总之这些推论只是你们的臆想，有种你就拿铁证，咱靠事实说话。”

张警官不想再兜圈子，原本今早樊歆做完笔录他就该传唤刘志军查问案情，只是担心打草惊蛇让刘志军跑了，才不动声色地等到了现在。而如今现场侦查完毕，证据充足，是时候将嫌疑人带走了，于是张警官冷硬地笑了一声：“法律不会污蔑任何人，你多说无用，跟我走一趟吧。”

他一摆头，外面就有干警往里面冲，不料慕春寅却拦了下来：“张警官您稍等，我手上还有一条视频证据，您看了保准能更加深入地了解犯罪嫌疑人的动机，相信回去审讯起来会省事得多！”他手一招，向记者群道：“大家跟我来。”

十分钟后，一群人重新回到商务会议室。

会议厅里的墙上大屏幕里播放着一段电梯里的监控视频。

电梯里拥挤着一群人，最左边的是刘志军，还有四五个剧组的人，右边的是樊歆跟她的经纪人汪和珍。

画面放到这里，会场里的刘志军脸色一变，他猛地蹿出来，张开双臂拦住了屏幕：“这是假的！大家不要看！”他的呼声立刻咽进喉咙里，因为慕春寅头一摆，几个保安立刻将他推开。

视频里的刘志军跟汪和珍客气地寒暄，而后汪和珍跟樊歆离开。

封闭的电梯间，刘志军对着樊歆离去的方向久久挪不开目光，旁边的人说道：“刘监制这眼神该不会是瞧上了小花旦吧。”

……

视频里污言秽语，画面定格在刘志军最后一抹淫邪的笑中，而会议室里已全场哗然。

其中反应最大的当属张静安，她呆呆地看着刘志军，脸色一点点变白，她的嘴唇不住地颤抖，最后忽然暴怒起来，扯住刘志军的衣领吼道：“刘志军！你这天杀的！你怎么跟我说的？枉我这么信任你，你……”

刘志军苍白地辩解：“静安，我没有……这都是他们陷害……”

张静安哪里肯信，不顾众人在场，对着刘志军就是一阵厮打扯咬：“你这老浑蛋，给我说清楚……”

刘志军夫妻俩扭打成一团，在场的记者亦是议论纷纷。

“想不到这事居然是刘志军贼喊抓贼！意图强奸还反咬樊歆一口！”

“混娱乐圈这么多年，真是没见过这么无耻的啊！真是可怜了樊歆，流年不利，碰到这样的老淫棍！”

“什么老淫棍，就是禽兽好吗。刚刚他还说把樊歆当孩子看的，他就这么当的？赶紧给这禽兽拍几张淫荡无耻的特写！”

“给他老婆也来几张，先前她在街头掌掴樊歆的时候，你可没见那泼辣劲啊！不分是非的母老虎！悍妇！”

……

记者抓紧时间按快门，而会议室中间，刘志军还在被老婆骑在身上，不停地打骂。

见记者一顿狂拍，张静安这才从滔天怒火中反应过来，她指着记者道：“你们拍什么拍，这是我的家务事！”

慕春寅在台上悠悠地接口：“对，这是你们的家务事，你回家再揍他。现在本少爷要谈谈公事了。”

他话落扭头朝众记者拍拍手：“各位记者朋友请注意，现在进入本次招待会最刺激的环节！”

“还有刺激的环节？”记者纷纷将目光投过来，面带好奇。

慕春寅双手插兜，一步步向张静安走去。张静安正在气头上，自然没什么好脸色：“慕总要谈什么事？”

慕春寅勾勾手指头，眸中含笑：“你来，我们借一步说话！”

张静安整整衣服走过去，刚要开口，陡然一声厉响“啪”，声音脆得像是苍蝇拍用力拍到了玻璃窗！

全场倒吸一口气。张静安踉跄倒退几步，捂住脸，不敢置信地指着慕春寅：“你……你敢打我！”

“恭喜你！”慕春寅双手环胸，笑得仪表堂堂又风流不羁，那春风得意的劲儿像在台上给艺人颁奖似的，“本少爷以为这辈子不会打女人的耳光，但你让我破了例！”

全场被这嚣张的气场震住，樊歆也吓了一跳，她懊恼张静安的嚣张跋扈，打算用法律手段回击，却没料到慕春寅居然当众掌掴。而更没料到的是，三秒钟后众记者竟鼓起掌来。

有女记者一边鼓掌一边低声道："作为《妇女权益报》的记者，面对打耳光的暴力事件我应该高声制止的呀！但我居然鼓起了掌！好羞耻……但实在是爽啊！"

"作恶就得受报应！打得漂亮，手掌完全不想停下来……"

……

众记者议论纷纷，下一刻慕春寅身形一闪，掌心闪电般掠过，又是一巴掌！声音比刚才还脆还响！

众人再次震惊！

"你欺人太甚！"连着被慕春寅赏了两巴掌，从未吃过亏的母老虎脸都被打肿了，她冲过去想要还手，却被三五个身强体壮的盛唐保安团团架住。她吼道："你凭什么打我？"

"凭什么？"慕春寅盈盈笑着，将樊歆往身旁一带，"你当街打了我的人一巴掌，我自然要还你两巴掌，一巴掌是本，一巴掌是利，本少爷从不做亏本生意。"

"你仗势欺人！"张静安扭头想叫人，却见张警官跟一群干警站在门口，将刘志军跟剧组里的几个人都架住。

张警官一脸肃然："刘志军，都到这地步了，跟我走一趟吧！"

刘志军还试图垂死挣扎："我没有！警察同志，我是被陷害的！"

母老虎也愣了，当银色的手铐铐在刘志军手上时，她顾不得脸颊高肿，冲警察大哭起来："警察同志，我家老刘没有强奸，刚才都是别人栽赃嫁祸！他这几年拍的电影都很好，难免树大招风……"她向樊歆一指："这次的事肯定是她设计的，一个十八流的戏子，想要接拍大制作的电影，就靠这种手段……"

张静安的话没说完，两个声音同时打断她。

"闭嘴！"

"闭嘴！"

这两人异口同声，方向来自一前一后，前面说话的是慕春寅，而后面……在场的人齐齐向右一转，惊呼："温先生！"

大厅门口，有人逆着光立在那里，薄荷色的风衣将身形烘托得颀长如修竹。

他环视全场，原本闹哄哄的记者席顿时鸦雀无声，台上慕春寅不屑一顾地哼了一声，去观察身旁樊歆的脸色。

樊歆将头别开了一些，表情有些不自然。

门口的温浅踱步走近，站到张静安面前，面色沉静，口吻里却有毫不留情的鄙夷："你太把你男人当回事了，区区一部电影的女配而已，樊小姐没必要用这种手段获得。"

刚才看温浅不顺眼的慕春寅懒洋洋地接口："的确，一部烂电影的女配，哪里能入我盛唐的眼。"

樊歆跟着点头："是，我虽然是个新人，渴望成功，渴望得到更多人的认可，但我绝不会出卖自己来获得成功。"

三人一来一去，记者的镜头不住狂拍。有记者好奇地发问："温先生前来，是否也跟此次的案件有关？"

温浅从容道："樊小姐在荣光旗下的酒店受伤，我代表荣光表示歉意。在这里我郑重宣布，荣光将秉承着良善正义之心，积极配合警方的工作，大力支持受害者讨回公道。"

一片掌声响起，只有张静安面色灰白。一个慕春寅已将他们夫妻打得毫无还手之力，如今再加一个重量级的荣光少董，这次就算九重的三爷亲自来，也是无力回天了。

张静安两腿发软，慢慢靠到了墙角。这一刻的她头发蓬乱，面容颓然，脸颊高肿，先前母老虎的架势也一去不复返。

收拾完母老虎后，台上两男一女静静地对站着，没有人开口，气氛微妙起来。终于站在右侧的温浅瞅了慕春寅一眼，打破这沉默："温某有一事想问慕总，盛唐的人是否一诺千金？"

慕春寅斜睨着他："这是当然，不知温总问这话什么意思？"

温浅笑了笑，却是看向樊歆，他像强调般重申："这是慕总亲口说的，盛唐的人一诺千金。"

樊歆听懂了，心里咯噔一跳。

而温浅丢下这莫名其妙的话后便挥挥衣袖走了，照相机噼里啪啦地将温浅优雅的背影捕捉下来，台上的慕春寅狐疑地问樊歆："他什么意思？"

樊歆心虚不敢答，讪笑着："我哪知道。"

碍着记者都还在，慕春寅敛住心神继续办正事。他居高临下地对着墙角的张静安冷笑道："刘太太，替我转告你的老公及他背后的保护伞，我将以强奸罪、诽谤罪、敲诈勒索罪，还有故意杀人罪，将你的男人告上法庭。"

有记者问："慕总，告强奸与诽谤我们认同，这故意杀人……不至于吧？"

慕春寅哼了哼："法院认不认可这项罪名现在不好判断，但他把我的艺人抓着往墙上撞，这么危险的动作便存在致人死亡的风险。他是个成年人，应该有这种危机意识。但他不仅这么做了，还不止撞一两下，这不排除有恼羞成怒冲动杀人的企图。"

他分析得虽然牵强，但不无道理，记者啪啪鼓掌，又问：“那敲诈勒索呢？”

“昨天我接到刘志军的电话，他为此事向盛唐勒索三千万，电话录音我会提交警方，相信法律会给我们一个公正。”他看向张静安：“你男人数罪并罚……等着把牢底坐穿吧！”

记者再次掌声如雷，而张静安崩溃大哭，捂着脸冲出了门。

慕春寅站起身，双手撑在桌面上，对着话筒做总结：“各位媒体朋友，事情到这儿总算是水落石出了，我一直相信正义不会迟到，今晚有幸同你们一起见证。”

樊歆跟着起身，向媒体微微欠身：“大家辛苦了，我一直认为公道自在人心，感谢你们为我提供了一个沉冤得雪的机会。希望在今后的道路上，各位能继续支持我！谢谢！”

记者席一片掌声，台上的慕春寅手一压，场上的所有声音瞬间小了下来。

慕春寅道：“各位，现在要进入今晚最重要的环节。”

“啊？”台下有记者疑惑地自语，“今晚似乎设置了很多环节嘛！”

有记者笑着接口：“这可是世上最花样百出的记者招待会了！有悬疑的破案环节，刺激的掌掴环节，现在又来了最重要的环节……看慕总一本正经的样子，是要宣布什么爆炸性消息吗？”

“是的。”慕春寅笑着道，“从这一刻起，我宣布我将成为樊歆的经纪人，樊歆也将成为盛唐唯一一个直属于我的艺人。”

记者们倒吸一口气。

果然是重磅消息！盛唐艺人虽多，但慕春寅从不亲自打理，只有一个例外——天后苏越。慕春寅曾经将盛唐最好的资源都拱手给她，为苏越奠定了演艺圈一姐的地位。

而如今他将樊歆捧得这么高，是打算要打造第二个苏越吗？

记者们越想越兴奋，而慕春寅却再次压了压手。

慕春寅扭头看向樊歆，先前散漫的笑在这一刻敛住，他向樊歆招招手，墨黑的瞳仁里郑重而认真：“过来。”

镜头前的樊歆看起来有些蒙，似没料到慕春寅会突然作出这番决定。

那端的慕春寅大概是嫌她磨磨蹭蹭，长臂轻揽，径直搭上她的肩，将她捞到了身边，以一个亲昵的姿势面对镜头。

台下的人瞅瞅两人的姿势，有人疑惑地问：“慕总这动作……只是经纪人吗？”

有人压低声音回：“我猜这樊歆多半是新欢，不然盛唐也不至于跟刘志军搞出这么大动静！”

……

台上慕春寅看穿众人的疑惑，笑着道："不错，我跟樊歆的关系确实不止经纪人与艺人这么简单。"

见他主动放出风声，有记者便大着胆子问："那两位具体的关系是？"

台上的樊歆瞬间因这个问题而脸色微变，在记者看不见的地方，她伸手轻掐慕春寅的后腰，可慕春寅不管不顾，对着台下笑道："樊歆是我的……"

后面的三个字还没说，樊歆陡然抬高声音压过来："我是他的管家！"

全场瞬间静止，每个人脸上都挂着蒙圈的表情。

台上樊歆似怕众人不能接受，也怕慕春寅反驳，她加快语速又一本正经地补充道："没错，我除了是公司的艺人以外，还兼任慕氏府邸管家一职，负责打理慕宅的日常琐碎。"

这年头各大豪门的生活中，再小的事都是大事，普遍都会配备管家。管家们负责富豪们的日常生活管理，从生活起居到家庭理财，同用人、司机一样，是必不可少的角色。

于是各路媒体渐渐接受了这个信息，他们先是啊了一声，而后又哦了一声。而后他们又斗志昂扬——头条帝这些年新欢旧爱一箩筐，但漂亮的女管家嘛……还是头一次听说，也算是新闻了。

于是一群记者又开始卖力地拍。而台上的慕春寅瞪着樊歆，看着她平和的眼底透出不妥协的倔强，反驳也不是，不反驳也不是，脸色难看极了。

就这样，慕少爷憋了一肚子火结束了这场记者招待会。

发布会结束后，两人在众多媒体的镜头下钻进了豪华商务车。

司机在前面扶着方向盘，慕春寅与樊歆坐在后头。车子在马路上飞驰，道路两旁的树影随着灯光一同掠过车厢，映出城市斑斓的风景。

车厢里的气氛有些闷，记者会上樊歆让慕春寅下不来台，她自知理亏，便主动哄了几句，慕春寅却只扭过头去，将视线落在车窗外的风景上，一言不发。

半小时后回到了家，慕春寅步伐重重地上了楼，砰一声将自己关进了房里，樊歆瞅瞅紧闭的房门，想着气头上多说无益，只得回了自己的房间。

莫婉婉一个电话打过来，话都来不及说一阵狂笑："啊哈哈，管家！管家啊！你是怎么想出这词的？拍电视剧哪！"

樊歆道："我当时只想堵住他的话，怕他真说什么童养媳，脱口而出就这词了，虽然牵强，总好过说是头条帝的女人吧！"

莫婉婉笑得更加厉害："啥？童、养、媳！哈哈哈……"

樊歆微带恼意："他这人就是这样，凡事都自作主张，从不问问我的意见！"

"得了！你现在介意，没一会儿气消了就去做吃的哄他。"

樊歆老老实实承认："你说得对，我的气的确消了，这管家一词听起来奇葩又好笑，但他并没有反驳我，也算是顾及了我的感受。"

莫婉婉将话题岔开："今天温浅那一诺千金是什么意思？看起来是针对你的。"

"上次在马尔代夫他帮了我，我承诺要还他人情。"

莫婉婉恍然大悟："啊！懂了！温浅之所以要把这话放在招待会上问你跟头条帝呢，就是为了防止你俩反悔！那上百个镜头拍了下来，到时你们想赖也赖不了！"

樊歆："……"

"你说，他会让你怎么还人情呢？"

樊歆道："我怎么知道，到时候再说吧。我去厨房给慕春寅做点儿吃的，这家伙生气不肯吃饭，一会儿胃又要疼了！"

莫婉婉："……"

这边是女人们的电话，而一墙之隔的主卧内，男人们的通话也在进行。赫祈在电话那端笑到停不下来："哎哟，招待会上樊歆说是管家，你脸都绿了！不过我不明白的是，你都气成这样了，为什么不反驳呢？你要是硬来她也没办法啊。"

慕春寅沉默下来。那一幕噼里啪啦的快门声中，她站在台上，就在他身边，隔着一步的距离仰头看他。那双眼睛黑白分明，有对他突然公开关系的惊愕，有不愿接受的抵触，有不轻易妥协的固执，剖开所有坚硬而倔强的外壳，他却清楚地看到了她眼底那丝卑微的哀求。

她不愿意，不愿以这样尴尬的身份，暴露在大庭广众的流言蜚语之下。

他的心倏然一软，她不愿意，那他就不强迫。

那头赫祈打破了沉默："我懂，你是在乎她。"说着安慰道："得了，你也别闷闷不乐，虽然管家这词对艺人来说完全不靠谱，但其实挺形象的。你换个角度想，你把管家后面加个婆字，是什么词？"

"管家婆？"慕春寅紧拧的眉头松开，"呀，你别说，还真贴切！家里柴米油盐都是她在管，不是管家婆是什么？"

他想起另一件事，眉头再次拧了起来："温浅那什么一诺千金是什么意思？"

赫祈道："他是不是有什么目的？"

"我懒得理他，他能把我怎么着？"慕春寅甩手道，"不说了，我饿了，找管家婆要吃的去！"

因着对战刘志军的记者招待会大获全胜，第二天的盛唐热闹得像是过年。

围在门口的记者一见到慕春寅的布加迪，便迅速包抄过去，车上的两人连车门都推不开了。

车窗外是记者对着话筒一张一合的嘴，嘈杂声一片。

“樊歆，针对刘志军侵害你一事，你有什么想说的吗？”

“慕总，有法律人士质疑您指控刘志军故意杀人是强词夺理，您怎么看？”

“慕总，听说您打算以诽谤罪将张静安一并告上法庭，是真的吗？”

“慕总，昨天您在招待会上公开与樊歆的关系，是希望打造第二个天后苏越吗？”

“樊歆，你一面是艺人，一面是慕氏管家，外界都觉得不可思议，请问你是怎么同时扮演这两种角色的？”

……

记者的提问没完没了，驾驶座上的慕春寅扶额：“太吵了。”旋即猛地将喇叭一按，趁着人群吓得往后退的空当，慕春寅将油门一踩，车子引擎大响，飞快穿过人群驶向地下车库。

两人好不容易冲破记者重围回到盛唐，谁知刚一走进大门，便又被盛唐的同事包围了。

上至高管下至普通员工，全都喜笑颜开地围住慕春寅跟樊歆，你一句我一句，说的大多都是祝贺盛唐招待会上大获全胜、恭喜樊歆沉冤得雪之类的话。

一群人热闹了好一会儿，簇拥着慕春寅进了电梯。电梯只够坐一小部分人，樊歆就在外面等第二趟。电梯里头的高管们瞥她一眼，齐齐让开位子，将她推进电梯，一个个摆着和蔼而亲切的表情说道：“樊歆，你跟慕总一起……”

高管们突然的殷勤让樊歆受宠若惊，而慕春寅很满意高管们的举动，将手往樊歆身上一搭，懒洋洋没骨头一般，大半个人都靠在樊歆身上。这亲昵的姿势让电梯里高管们的眼神顿时微妙起来。昨天慕春寅在发布会上宣布同樊歆的关系后，他们都惊了一惊，虽然这管家一词怎么听怎么不靠谱，但从慕春寅飞到马尔代夫亲自接樊歆，以及怒发冲冠怒惩刘志军的事来看，这个管家在慕春寅心中的地位，绝对举足轻重。即便不是他的女人，也是他的心腹了。

想到这儿，一群人看樊歆的眼光更加不同寻常，脸色最复杂的当属刘副总。

电梯到了三楼影视部，门叮咚一声打开，樊歆习惯性地跟着汪姐往外走，还没走出两步，衣领被人一拽，她被迫退了回来。

慕春寅敲敲她的脑袋，语气轻快：“往哪儿走啊？你现在的经纪人是我，上十七楼。”

“哦。”樊歆这才想起来，只能依依不舍地跟汪姐挥手作别，乖乖去了十七楼。

十七楼总裁办里，慕春寅正同几个高管和律师商量起诉刘志军夫妻的事。樊歆将红茶泡好后，慕春寅说：“你去休息间上上网。”

他这么说必然事出有因，樊歆便去了，慕春寅看着她离去的身影，低头一笑，杯中红茶映出他眸里柔软的笑意，而角落里刘副总的脸色越发难看。

樊歆一进休息间就看见茶几上的报纸，几份报纸的娱乐版头条全是昨天的记者招待会照片。

樊歆一张张翻着报纸，待看完以后，她拿起了手机。

点开屏幕，手指触到微博，她却迟疑了片刻，不敢点进去。

前几日她上过一次微博，那时候她因为“勾引”刘志军的事，被千夫所指，微博页面上全是密密麻麻的谩骂，她扫了几眼便匆匆关了。

那谩骂太不堪入目，她多少有些阴影，可犹豫半晌后，她还是点开了微博。

当看清屏幕内容时，她微微睁大了眼，不相信自己一夜之间粉丝量竟涨了一倍。许多人在她的微博里留言或私信，多到她根本看不完。

樊歆一条条地看，想起这几天所经历的一切，再看着粉丝们安慰的话，忽然间眼睛便湿了。

那一刻她想，那句话说得真好——正义也许会迟到，但永远不会缺席。

第九章

惩恶

中午，樊歆在办公室自带的豪华厨房里做饭，慕春寅在外面办公，一墙之隔的厨房里不时传来锅碗瓢盆的协奏曲，看文件的慕春寅听在耳里，表情很愉快。

厨房里的樊歆总算明白了头条帝为何要急匆匆地公布关系，说穿了就是为了吃。公布关系后她就只能待在十七楼了，只要没通告没节目，她就得二十四小时贴身伺候他。

这个厨娘保姆还真是做得彻底啊，樊歆一面切菜一面想。

饭后是慕春寅雷打不动的午休时间，他往休息室一躺，向樊歆手一招："过来给我捏捏肩。"

樊歆领命而去。

正是阳春三月，洒进休息间的阳光分外清透。慕春寅歪靠在沙发上，任由樊歆不轻不重地给他揉捏，那脸庞沐浴在温煦的日头中，润泽如暖玉。

放松了片刻后他问："你看了新闻跟微博，有什么想法吗？"

"想法？"樊歆想了想后答，"我沉冤得雪，不再被人冤枉辱骂，大家都来安慰我鼓励我，我很感动。其中有个人说，正义或许会迟到，但永远不会缺席，我觉得说得很好。"

"正义？"慕春寅轻笑摇头。

"难道不是吗？"

"正义不会从天而降。如果我们没有做这么多准备，你认为，你会这么顺利地得到正义吗？"

樊歆若有所思："你说得对，更重要的是自己的态度。"

慕春寅颔首："很好。"他又转了个话题："那天你问我为什么不早点儿公开证据，现在想明白了吗？"

樊歆点头："你是担心提前把证据放上去，刘志军一害怕，就不去记者招待会了，那样我们就不能当众揭穿他的真面目。"

"有进步。"慕春寅黑眸中浮起笑意，"粗浅的原因想通了，那深层的呢？"

"深层的？"樊歆倒是没想这么多。

慕春寅坐起身来，右手自然而然地搭在她肩上："给你一句提示。置之死地而后生。"

"你是说先把自己置于绝境，再出其不意扭转乾坤？"

"对，我故意不把视频放出来，就是想让外界都以为我们没有证据，我们非输不可，当所有人都认定结局时，我们却忽然一个神扭转大获全胜。比起平平淡淡的真相，媒体们更偏爱这种始料未及令人大跌眼镜的事件。他们会大肆报道此事，而作为获胜方的我们，便成了最终受益者。

"第二，我不过早放出视频让公众做出定论，是因为舆论酝酿的时间越长，猜疑越多关注越多，那么在真相揭开的时候，就越具有爆发力与震撼力。这也是为什么原本只是一起普通的演艺圈事件，今天却以极高的关注度登上《国家法治早报》。不论这件事是否有定论，你都以受害者的形象博得了政府的同情及支持，有了官方支持，刘志军将会受到法律的严惩。

"第三，你受到的不公越多，你的粉丝就越心疼，这种心疼会加强他们的忠诚度。与此同时，曾误会你的路人，会为过去的抵制谩骂心存愧疚。为了表达歉意，大多数人会变成你的粉。我是在变相地为你圈粉。衡量一个艺人的价值，粉丝量是重要因素，我在为你增加身价。"

慕春寅换了个姿势，他喝了口红茶润喉，继续说："所以这事从宏观角度看，可以理解为一场自上而下、全民参与的炒作。我们曾是受害者，但我们最终掌控了局面，那么我们就是真正的赢家。"

这一席分析有条有理慢慢道来，樊歆轻轻点头。她虽经历这事后长进了不少，却远不及他目光深远，她由衷地说："阿寅，你好厉害！"

前一刻还一本正经指点江山的慕总裁一听夸赞就扬扬自得："我什么时候不厉害了？"

他的确是有资本的，樊歆深以为然："也是，从小慕叔叔就把你带在公司，你耳濡目染，不会也难。我刚学小提琴那会儿，你已经拿股票走势图当动画片看了，我钢琴四级时你学会了炒股，我钢琴六级时，你赚了人生中的第一大桶金……反观我，从小就是两耳不闻窗外事，唱歌跳舞小提琴……咱俩虽是一个家出来的孩子，在为人处世上却截然相反。”

慕春寅笑着答：“因为爸妈对我们的定义不一样，我是男人，男人站起来是一座山，倒下是一弯桥，不仅要承担家庭的重任，还要光大家族门楣。而你是女孩子，父母的理念是名门淑女，这一生只要你衣食充沛快乐欢喜就够了。”

提起往事，樊歆沉默下来，心底隐隐作痛。过去珍姨慕叔将她视如己出百般疼爱，她却导致了不可挽回的错。

她静了半晌，低声说：“阿寅，这世上我最怨的人，就是我自己。”

至亲的死虽不是她有意造成的，却的确是因她而死。这些年她怨恨，她自责，从未得到过解脱。

慕春寅亦安静下来，他沉声道：“我最恨的人也是你。”

房里的气氛倏然压抑起来，彼此守着共同的伤口缄默无声。须臾，慕春寅将樊歆扳过来，扯进了怀里。

他搂着她的肩，力气大到她有些疼，他的下巴压在她额头上，一字一句地说：“你记着，你欠我的，这辈子都还不清。”

樊歆用力点头。

他温热的呼吸拂过她的发丝，又问：“在加拿大的五年，有没有想过回来？”

“有，有过很多次。”樊歆低声道，“想回来看你，但是怕你恨我……”

“所以回国后就跑到盛唐，躲在门口树下偷偷瞧我？”

“嗯，就想来看你一眼，看看你过得好不好，谁知被你逮到了……”

回忆起那天，樊歆还是十分诧异。她当时就在公司外晃了晃，想着他总要从大门口经过，她便乔装打扮蹲在门口的树下等。大概等了四五个小时，她脚都麻了，一辆招摇的布加迪载着衣香鬓影轰然掠过她面前。她一眼便看到车上的他，五年没见，她百感交集，盯着他远去的方向看了好久，这才转身离开。

那个下午，她回到酒店收拾好东西，决定离开Y市投奔外地的朋友。可当她推开酒店房门的瞬间，看见他颀长的身躯就立在门外走廊上，正对着房间的方向，似乎在出神。他深邃的目光藏在袅袅烟雾中，看不真切，而地上一堆凌乱的烟头，显示他已来了许久。见她出来，他将手中的烟头按在窗台上，微颤的指尖显出他内心剧烈的波动，他按了三次才按熄。

可他什么话也没说，径直拉起她的手，然后一个手铐便铐了过来，坚硬的银色手铐触在腕间冰冰凉，一个铐着她的右手，另一个铐着他的左手，像彼此纠缠的命运。

她惊在原地，他却递来一把刀，雪亮的刀刃映出他盈盈的笑脸，眸里却是鱼死网破的决绝：“想走可以，把手剁了。”缓了缓，他再补一句：“连着我的这一只。”

她自然是不敢的，就那样跟着他回了家。他房产众多，她以为他会换地方住，没想到他仍住在过去的老别墅里。沉淀着时光的墙壁与走廊上，还挂着他们幼年亲密无间的合影，花园里陈年的木质台阶上，被岁月打磨出微微的光，踩上去吱呀轻响。

家里的一切都没变，包括她的房间还保留着她走时的模样。她的象牙色衣柜、蔷薇花枝锦缎窗帘、米色雕花小床、梳妆台上她曾用的护肤品、头花、发夹一个不落，柜子打开全是她的衣服，五年的光阴就像不曾流走一般。她静坐在房间里，在这充盈着回忆的地方，禁不住红了眼圈。

……

砰砰砰一阵敲门声将樊歆的思绪拉回。沙发上的两人同时回了神，樊歆挣脱慕春寅的怀抱："有人来了。"

慕春寅走到前厅，门一打开，刘副总的脸出现在两人面前。他看起来很是焦急："慕总，我有事跟您报告。"

"什么事？"慕春寅慢条斯理地坐到老板桌后。

刘副总瞟瞟一旁的樊歆，欲语还休。

慕春寅瞧出他的顾忌，道："直说无妨，盛唐的任何事樊歆都不用回避。"

刘副总的表情更加复杂，但还是说了出来："那个……德里刚刚曝出丑闻，说是化妆品的质量不过关，粉底跟口红都查出存在致癌物。"

慕春寅长眉轻挑："那关我们什么事？"

刘副总急道："您忘了？粉底的广告是秦晴拍的，现在这事波及她了。"

慕春寅漫不经心地翻着手中的文件："哦，知道了，你回去吧。"

见刘副总心不甘情不愿地出门，樊歆问："阿寅，你怎么知道这事？"

慕春寅摇晃着手中的杯子，喝了口茶，淡淡地说："因为这个风声是我透露给媒体的呀。"

樊歆愕然："你早就知道德里化妆品有问题了？"

慕春寅压压下巴："不然我为什么把你换下来？"

"所以从最开始你就是帮我的？"

慕春寅无奈长叹："居然到现在还在纠结这个蠢问题！"

下午三点半，樊歆给慕春寅上了下午茶后，拿着两个小盆去了四楼——送给莫婉婉和汪姐。

莫婉婉毫不客气地大快朵颐，而汪姐则来不及吃东西，而是用震惊的眼光瞅着樊歆："我的天，原来你的后台根本不是赫祈，而是慕总。"

樊歆扑哧一笑。

汪姐又纳闷地问："但我好奇，你有什么特别的本事能当总裁管家啊？家务很牛？财务很牛？"

莫婉婉笑道："她是厨艺牛，头条帝的胃只认她，不信你尝尝她做的下午茶。"

汪姐低头看着碟子里的蔓越莓蛋挞，供佛似的捧着："我真是好福气，能跟慕总享用一样的下午茶！"

莫婉婉吃完自己的那份又来捞汪姐的这份，一面说一面笑："不知道一墙之隔的小浪花现在什么表情，哈哈，德里的粉底让某人毁容了！"

"嘘！"汪姐道，"小点儿声，她刚刚才哭了一场的！"

莫婉婉甩甩短发幸灾乐祸："活该，谁让她抢樊歆的广告！"

樊歆端着盘子问："德里的产品真出大问题了？"

"可不是！"汪姐道，"听说为了达到美白效果，往里面加了不少化学物质，不少买家用了后产生严重的副作用，事情就上了报纸。因为秦晴是这款粉底的代言人，一大拨记者中午堵到了盛唐门口……秦晴不好好跟记者解释还发脾气，有记者就将视频发到网上，网友看了后都骂秦晴代言有害产品，是缺德艺人，秦晴气得在楼道上闹脾气，哭了大半小时。"

汪姐拍着胸脯一副后怕的样子："樊歆，幸亏这广告被她抢去了，不然哭的人就是你啦。"

"贱人自有天收！"莫婉婉点评，"这就是搬石头砸自己的爪！"

三个女人正说着，门砰地被推开，说曹操曹操到，来人正是秦晴。她两眼红肿，看起来很是憔悴，视线扫向樊歆之时满是怒意。她直奔樊歆面前，冷笑道："樊歆，这下你满意了吧？"

樊歆挑眉："我满意什么？"

"你别跟我装，从一开始你就是故意把广告让出来的对吧？你知道这产品有毒你却不说！你处心积虑就是想陷害我！"

樊歆很无奈也很无语，心想反正早就撕破脸皮，也没什么好顾忌的了，当下便认认真真回了一句："秦晴，你是不是一直有被害妄想症？你有什么过人之处，值得我嫉妒恼火不择手段去陷害？"

秦晴噎住："你！"

莫婉婉叉腰大笑，噼里啪啦快板似的丢下一大串："小浪花，你的智商为什么永远处于脑残水平？老娘给你一句劝——脑残不可怕，可怕的是脑残志坚！"

秦晴勃然大怒："你才脑残！你们一个个……"

她的话没说完，刘副总进了屋，急忙将她拉走："好了，秦晴，别再闹了。"

秦晴一边被他拖着走，一边朝后喊："你们等着，我跟你们没完……"

刘副总一直将秦晴拖到了办公室才松手，他无奈道："姑奶奶，现在已经够乱的了，您就别再招惹樊歆了，她现在是慕总的人。"

秦晴恨恨地别过脸，手上的水晶指甲紧抠着茶几："要不是她蓄意勾引慕总，她能爬这么快？反正我不管，我就不让她好过！"

她忽然想起什么，拽住刘副总的手："舅舅，您找慕总说我的事，他怎么表态的？我想去见他，可他不见！"

刘副总道："慕总说他自有安排。"

秦晴问："他表情如何？"

刘副总的神情瞬间凝重起来，却答非所问："秦晴，你之前雇水军黑樊歆的事一定要藏好，我担心慕总已经知道了……"

"啊？"秦晴略显慌乱，"应该不会吧……好，我知道了。"

这天晚上，一贯天不怕地不怕的秦晴破天荒地没睡好，在床上翻来覆去到半夜，凌晨之时她迷迷糊糊做了个古怪的梦。梦里的自己回到了《歌手之夜》的现场，樊歆在上面唱着歌，观众席上不停有人朝樊歆扔瓶子，酒瓶碎裂声中，樊歆惊慌后退，而站在观众席最后的自己，笑得快意。

醒来后，天已经大亮，屋外阳光橙黄柔亮，她坐在床上纳闷，不明白为什么会想起那一幕。

正发着呆，床头的手机蓦地铃声大作，她舅舅的声音在电话那边炸雷般响起："秦晴！你怎么做了这档子事！"

她莫名其妙："什么事啊？"

"你自己看新闻！"她舅舅似乎十分震惊，这一句话说完便撂了电话。

她云里雾里地打开手机看新闻，猛地倒吸一口气。

同一时刻的慕家大院，樊歆一边吃着早餐一边惊讶地看新闻："咦，这事怎么被翻了出来？"

初春的阳光透过窗户洒进来，客厅电视机上，娱乐早报的主持人正用愤慨而震惊的声音说道："据报道，C市电视台《歌手之夜》的袭击事件终于水落石出，三个在台下用酒瓶怒砸樊歆的嫌疑人被警方抓获，为首的称，他们是受了盛唐某艺人的雇用而来。而这人正是过去曾与樊歆同一组合的秦晴，从嫌疑人的口供来看，秦晴疑似与樊歆不和已久，便采取雇凶恐吓对方的手段报复……"

樊歆吃着三明治问慕春寅："阿寅，是你做的吧？"

慕春寅笑而不语，暖阳照在他鲜艳的柠檬黄针织衫上，映出辉亮的一片，他说："再去榨点儿葡萄汁来。"

两人十点钟才到盛唐。慕春寅将樊歆最近的通告全推了，理由是额头上的伤还没好。其实早就好了，无非是嫌有点儿血痂不美观。

车子晃过盛唐大门驶向车库时，樊歆透过车窗瞥见外面围了一大圈记者，而中间被堵住的人正是秦晴。见慕春寅亮黄色的布加迪招摇而过，记者们放开秦晴朝布加迪蜂拥而来，将话筒对准樊歆，问的都是一个问题："樊歆，关于秦晴陷害你一事，你有什么要说的吗？"

樊歆一笑："你们去问秦晴吧，做没做过，她心里清楚。"

车窗摇下，布加迪轰地离去了，记者再次里三层外三层地围向秦晴："秦晴，樊歆刚才的意思是默认吗？你是否真的做过？"

"我没有！我都说了不是我！"

此后的一个星期，事件如风暴般继续席卷发酵。秦晴的更多往事被扒了出来，譬如雇用水军恶意攻击同行，勾结刘志军蓄意陷害樊歆，录节目迟到罢工耍大牌，机场彪悍掌掴记者，甚至通宵逛夜店……一时间，娱乐圈里风起云涌，舆论声不断，到处都是骂秦晴的人。

对着网友的种种神评论，樊歆在与莫婉婉喝下午茶时差点儿笑喷。

三楼的女人还在悠闲地喝着下午茶，而十七楼的总裁办公室里，却有人急得额头冒汗。

"慕总，"刘副总道，"秦晴的事，您不是说公司会出面吗？"

慕春寅从成堆的文件里抬起头，无奈地说道："如果是一两条负面消息我还能澄清，可现在无数条消息遍地开花，我怎么澄清得完？"

吴特助在旁打圆场："刘副总，秦晴如今负面新闻太多，就不说记者粉丝一些人的爆料了，连圈里的人都说她的不是，这众口一词、铁证凿凿……我们再操作，无非是越抹越黑罢了。"

刘副总急道："慕总，您不能不管啊，您是不知道，秦晴这几天出门都被人指着骂，您……"

"刘副总，"慕春寅打断对方的话，他慢慢坐直身体，脸上还客气地笑着，眸子里却浮起淡漠与嘲讽，"早知如此，何必当初。"

刘副总喉里的话蓦地堵在胸口，他怔怔看着老板桌后那张散漫的脸，心中一凉。

慕春寅还在继续说："老刘，去子公司待一阵子吧，等风波过了后再回来。"

温煦的阳光从落地窗上泻入，刘副总迎着日光的表情渐渐僵硬。

"老刘，"慕春寅无视对方的反应，声音清冷，"你跟了我五年，这五年里你跟你的三个儿子在盛唐兢兢业业任劳任怨，我全看在眼里，我感谢你为盛唐做的一切，所以秦晴的事，对你从轻处理。”

慕春寅的嘴角还是弯的，脸上却已没了笑意，他逆光而坐，斑驳光影下他薄唇微抿，显出与往日不同的清俊冷冽，那双幽深的眸子看过来，含着警告的意味：“但如果再有因公徇私的事情，我绝不姑息。”

刘副总颤了颤嘴唇，终究一个字都没说。他脚步沉重地走出总裁办公室，来到偏僻无人的顶楼露台，抽了根烟，然后拿出手机给秦晴打电话：“孩子……舅舅现在帮不了你什么了，你好自为之。”

当夜，樊歆与慕春寅在家里吃夜宵时，电视上又放出秦晴的新闻。屏幕里一群记者围堵着秦晴，而秦晴狼狈地躲进商场的卫生间里不出来。

昔日红人如今成了过街老鼠，难免让人唏嘘。樊歆摇头，换了个频道。

慕春寅瞥她一眼：“怎么，同情她？”

“有什么好同情的，我又不是圣母白莲花。我只是在想，种什么因得什么果。她如今遭受的惩罚，也是当初的恶报。”

慕春寅一笑，眉梢却有些冷意，拿着手机独自走到露台。

墨蓝的夜空高远宁静，宽敞的平台上洒满银色月光，晚风拂过庭院，在茂密的枝丫间摇曳出满园花香。

慕春寅立在清风白月之中，拨出去一个号码。不到五秒钟那边就接通了，一个含着惊喜的声音响起：“慕少？”

慕春寅的笑里染着庭院馥郁的花香，笑得蛊惑动人：“是我，秦晴。”

秦晴那边都快哭出来了：“慕少，您可想起我了！”她呜咽着，将嗓音压得很低，听起来可怜兮兮的：“慕少，出了这么大的事，您也不帮帮人家！”

慕春寅仍是笑着，显得格外真诚：“我这不是在帮你吗？这样吧，你明天上午来我家。”

“去您家？”

“对，你来我这儿避避风头，顺便商量下该怎么应对公共危机。”

秦晴眸中浮起狂喜：“好！明天我一定去。”

挂了电话后，秦晴握着手机站在房间里，清冷的月华洒在她的脸上，她擦干眼泪，露出欢欣之色，自语道：“虽然舅舅不帮我，但慕少心里还是有我的……我一定要抓住这最后的机会翻身！”

慕春寅站在阳台上，居高临下地俯瞰整个庭院。庭中静到极处，除了小虫的窸窣与浅到低不可闻的风声，都能听到花开的声音，闻到悠远雅致的花香。慕春寅仰起头，乌瞳被月色染亮，妖娆到极致。

须臾，他弯起薄唇，笑意却很冷："这么点儿惩罚，怎能算恶报……管家婆心慈手软，那就我来吧。"

次日上午秦晴果然来了慕家。而与此同时，莫婉婉与赫祈也在慕家。几人似早就知道秦晴要来，反应都很平淡。

慕春寅笑盈盈地按着秦晴往沙发上坐："来来，坐。"又招呼樊歆："慕心，家里来客人了，帮忙倒点儿茶。"

樊歆还真来倒了茶，走时凉凉地瞟了秦晴一眼。

被她一瞅，秦晴有些不安，旋即自我安慰道：哼，一个下人，倒茶天经地义。

慕春寅仿佛没看到樊歆的反应，对着秦晴说："既然来了，午饭就在这儿一起吃吧，人多热闹。"又扭头看樊歆："秦晴来了呢，今天多上两个菜啊。"

秦晴得意地一笑。可没一会儿她就笑不出来了，因为慕春寅在那侧轻轻搭着樊歆的肩，那种家人的亲昵，不言而喻。

樊歆似乎不大高兴，硬邦邦道："我一个人忙不过来，你来厨房打下手。"

慕春寅笑着说："好。"

秦晴以为慕春寅也就随口说说，不想慕春寅竟真去打下手，厨房里不断传来樊歆的指挥："拿个盘子给我！""去冰箱把鱼香酱拿来""把水果切好端出去给客人吃"。

客厅里的赫祈跟莫婉婉闻声大笑，赫祈说："这世上恐怕也就樊歆一人能使唤头条帝吧。"

莫婉婉道："不然怎么叫管家婆，管家管家，家里她最大！"

两人嘻嘻哈哈再次大笑，唯有秦晴笑不出来，她站在楼梯上，一面对两人的话不屑一顾，一面端详着墙上的照片。逛了一圈后她略感无聊，下楼坐回客厅。

莫婉婉、赫祈见她来了，不动声色地交换了个眼神，随后莫婉婉状似无意地问赫祈："听说头条帝还有一座私人的湖心岛，他打算开发吗？再开发我也去帮我爹搞一套，给他日后养老。"

赫祈道："你别打那岛的主意了，我问过头条帝了，那岛比桃花坞的风景还好，他只做私用。他计划在上面盖房，左面房子右面花园后面带温泉，建成之后他跟樊歆两人搬进去……啊，想想简直是神仙的日子啊！"

莫婉婉故意露出羡慕的表情："啧啧，樊歆真是好命。"

"哼。"秦晴忍不住插嘴，"就一下人，慕少带她过去也是为了使唤她做牛做马的，有什么好羡慕？"

赫祈扭头，冷不丁地问秦晴：“你知道吗，那岛的所有权一栏里写的是樊歆。”

秦晴脸色一变：“你说什么？”

赫祈神情淡然：“我说慕春寅买那座岛就是为了樊歆。”

这回连莫婉婉也惊住了：“真的假的啊？”

“骗你干吗？”赫祈道，“这岛是四年前我陪慕春寅一起拍下的，交易流程我记得清清楚楚。当时我还不认识樊歆，就问是谁，慕春寅说是他要等的人。”

赫祈将目光投向夕阳遍洒的庭院，若有所思地说：“其实樊歆在国外这么多年，慕春寅等得很苦。”

莫婉婉道：“毕竟这么多年感情嘛。”

那边的秦晴越发狐疑与紧张：“这么多年感情……是什么意思？”

赫祈神色平静：“你还不知道吗？他们俩一起长大的。”

“什么叫一起长大，”莫婉婉纠正道，“他俩就是一家人啊。”

秦晴坐不住了：“什么意思？樊歆不就是个下人吗？”

莫婉婉朝楼梯上的照片一指：“小浪花，睁大你的狗眼看清楚，那一家四口的合照里，中年男女是慕春寅的爸妈，背过去玩气球的两个孩子就是慕春寅跟樊歆。你觉得樊歆还是个下人吗？”

秦晴不敢置信，想起自己曾陪慕春寅看过的那场古怪电影：“这么说……樊歆是慕春寅的妹妹？”

赫祈摇头，来了句更狠的：“不是妹妹。慕春寅跟我说过，樊歆是他从小内定的媳妇。”

“对。”眼瞧着秦晴的脸色越来越白，莫婉婉强忍住笑，也不管赫祈的话是对还是错，顺着话头就瞎编，“樊歆也跟我说过，要不是她去加拿大深造，她肯定二十岁就跟慕春寅结婚了，因为家长交代过，两人青梅竹马，成年就得结婚。”

秦晴硬撑着自己，反驳道：“蒙谁呢，如果他们感情真这么好，慕少为什么有这么多女人？”

赫祈和莫婉婉继续一本正经地瞎编：“慕春寅从十八岁就跟樊歆求婚，那求爱频率比大姨妈还频繁啊！可樊歆考虑年纪小没答应，不顾慕春寅的反对去了加拿大深造。她走之后，慕春寅为了气她，成天花天酒地找女人。回国之后因为樊歆不愿公开关系，两人不断闹别扭，而慕春寅这人情商低，一闹别扭就去找各种炮灰女人刺激樊歆。”说着向秦晴一指：“比如你。”

秦晴的心理防线终于崩溃，她嘴唇颤抖，伸着嫣红的尖指甲指向赫祈、莫婉婉：“我不相信！你们说的我一个字也不相信！”

她猛地起身，趺趺撞撞冲出了门。

一个小时后，等樊歆与慕春寅将菜端出来，就见莫婉婉跟赫祈两人好整以暇地坐在餐厅，瞅着餐桌旁秦晴空出的座位得意地对视。

慕春寅问："秦晴呢？"

赫祈耸肩，学着电影《东成西就》里张学友的调调，调侃道："她承受不住这失恋的打击……跑了。"

"跑了？"慕春寅道，"爷还没开始秀恩爱呢，她就跑了！"

莫婉婉鄙视道："就这种角色还需要你们出马，姐跟赫祈随便几下就KO了她。"

樊歆："……"

夜深人静，沉沉暮色笼罩着世间万物。

赫祈跟莫婉婉早已在客房睡去，樊歆睡不着，独自坐在庭院里看夜色。墨蓝的苍穹高远宁静，只是星星稀疏，瞧不见几颗。

慕春寅端了杯红茶过来："在这儿干吗？"

"看星星。"樊歆指指天，惋惜地说道，"只可惜太耀眼的城市不适合看星星。"

慕春寅笑道："你啊，就喜欢天上的玩意儿，什么太阳、月亮、星星，小时候爱坐在花园里的阳光下温书，夜里就爱在露台月光下拉琴。"他扑哧一笑，想起儿时旧事："从前你在阳光下看书，阳光走到哪儿，你就把凳子移到哪儿！"

"我要与光同行。凡是明亮温暖的，我都想靠近。"

"你夸父逐日累不累啊？"

樊歆仰头看着天上的星月，双眸平和而坚定："不累。在我心里，光是美好的存在，它代表温暖、明亮、朝气、希冀……看见光，我就相信有无限蓬勃的未来在等我。"

慕春寅道："好吧，回头带你去湖心岛看个够，那里没有高楼大厦，视野很开阔，看星光月光最好了。"

两人对视一笑，夜风渐大，樊歆说："不早了，回屋睡吧。"

慕春寅原本正想跟着她一起去，余光瞥见有人影一闪。慕春寅眸光微闪，忽地便抓住了樊歆的手："等等。"

樊歆扭头："怎么了？你不困……"

她话音未落，慕春寅便搂住了她的腰，蓦地朝着她一倾身，樊歆只觉得眼前光线一暗，随即额头上落下一片温润的柔软，极轻，亦极温柔，含着微微的潮湿，似春风拂面，似落花沾身，似细雨蒙蒙。

樊歆怔在那里，还没回过神来：“你……你干什么？”

慕春寅已施施然将唇移到一旁，目光却望向墙角处的那个影子，果然黑暗中那人身形一僵。

慕春寅目的达成，松开樊歆淡淡道：“生日吻。去年的生日吻补给你。”

见樊歆捂住被吻的额头呆站着，他附在她耳畔理直气壮：“你忘了？小时候过生日，所有家庭成员都会给寿星一个生日吻。”

“可我们都这么大了……”

“大了就不是一家人吗？爸妈不在了我还在，这个吻，就当爸妈给的。”

忆起曾经的温情，樊歆心里骤然滚烫。慕家用的是西方家庭的养育方式，至亲间的感情热情坦率，拥抱亲吻几乎是家常便饭。在她曾幸福的幼年，每年生日她许下愿望后便会收到来自全家的生日吻，那一个个亲昵的吻，是至亲最深的关爱与祝福。

她心中暖流涌过，刚才的惊诧散到了九霄云外，点头道：“谢谢你，阿寅，谢谢珍姨……”她双手合十，仰头望天：“还有天上的慕叔叔。”

樊歆进了屋，男人婆莫婉婉趴在她卧房床上睡得正熟，姿势很不淑女。

梳妆台上的手机忽然一响，屏幕上闪烁着两个字——温浅。

樊歆犹豫几秒，按下接听键：“温先生你好，找我有事吗？”

她直奔主题，没有任何寒暄的意思。那边微怔，但声音还是一如既往地沉稳：“合同我已经发到你们盛唐，签好后送到荣光。”他用平静的语气说命令式的话。

樊歆一时没想明白：“什么合同？”

“关于下一部电影音乐的合作事宜。”见樊歆云里雾里的，温浅又道，“你曾在马尔代夫承诺会还我人情，上次又在发布会上承诺一诺千金，该不会忘了吧？”

“所以您是要我唱电影主题曲来还人情？”

“对。”

樊歆沉默了，见她不答话，温浅道：“签好合同，周五来荣光九楼。”

电话挂断，樊歆还在发愣。他居然不等她的回答就单方面拍板了！

电话那端，数里之外的荣光大厦里，温浅正坐在办公室，慢条斯理地端起桌上的水杯喝水。

浅蓝色的水晶杯里，冰块在透明的杯壁上氤氲出潮湿的水汽，握在掌心里冰凉一片，像是那些年抹不去的幽冷回忆。这原是不甚愉快的感觉，温浅却矛盾地笑了笑。

阿宋抱着资料从旁边经过，说：“温先生，关于跟樊小姐的合同，我已经发到盛唐了，明天我会打个电话确认一下。”

“不用。”温浅摇头，“我已经打了。”

“啊？”阿宋一愣，“这种小事您不必亲自过问的。”他扭头瞥温浅一眼，瞧见他嘴角弯起了弧度，好奇地问："您看起来心情不错，跟智胜的单子谈成了吗？"

他笑一笑推门出去，留下办公室里的温浅困惑自语："我有心情很好的样子吗？"

慕氏的卧房里，莫婉婉被电话声弄醒了，她有些诧异，问："深更半夜的，温浅给你打电话干吗？"

樊歆陷入了沉思中，答非所问："他最近偶尔会联系我，而且都是主动的！"她忐忑地看向莫婉婉："这太不对劲了！就算他曾经帮过我，对于他这么高傲的人来说，我这种小艺人在他眼里就如浮云吧，他为什么却频频联系我呢，还让我唱电影主题曲？婉婉，你说他是不是知道我是谁了？"

见樊歆紧张，莫婉婉立马瞎编起来："他知道个头啊，你别瞎想！"见对方不信，她一本正经："真的！前几天他还跟我谈起过你呢，他现在对你这么主动，是因为爱才。他一向惜才，对有才华的人都会另眼相看，譬如那个胡芬兰，其貌不扬，没一家公司肯签她，温浅却替她写歌。"

樊歆点了点头："有道理，他跟我说过，觉得我的歌喉还不错……"

"咱俩什么关系，姐还能骗你？"莫婉婉信誓旦旦地说，"安啦，温浅一直以为慕心死了，不会对你有其他想法的。再说了，人家当你是个普通人，你却反应强烈疑神疑鬼，这么心虚，就算没什么也会被他瞧出点儿什么的呀。"

樊歆深以为然："你说得对。"

"照我说，你们在一个圈子里，抬头不见低头见，既然躲不了，你就放平心态，当他是个普通人好了。也许时间一长，你就释然了呢？"

樊歆垂下眼帘，轻声道："也只能这样了。"

"所以你就勇敢地跟他合作吧！你想想，他的歌哪一首不是经典？你好好把握，名气肯定会再上一个台阶，这样不就离你的梦想更近了吗？"

樊歆踌躇着："我真能把他当一个普通的合作伙伴吗？"

"打起精神来！你要相信，时间就像一份忘情水、绝情丹、孟婆汤、忘忧草套餐，或早或晚，人都会看开的……不信看看你跟头条帝，先前恨不得你死我活，如今还不是好得很？"

"倒也是。那我就跟温浅合作一回，把他当个普通人看看，不行我就撤。"

樊歆给自己打气后便钻进被窝，却没顾及到另一个重要问题：她愿意跟温浅合作，慕春寅肯吗？

这方两个女人一番唠叨后睡去，而那方别墅的庭院里，一男一女正在凉亭中对视。坐着的是慕春寅，站着的是秦晴。

秦晴是在樊歆离去后出现的。

静谧的夜里传来小虫的鸣唱声，慕春寅还在凉亭里喝茶，是一贯的散漫不羁的神情。

秦晴站在他面前，眼神有几分悲哀几分愤怒。她下午冲出门后，其实哪儿都没去，就一直躲在院子的偏僻角落里。先前凉亭里的慕春寅跟樊歆的对白她隔得远听不清，但落到樊歆额上的那个吻，她却是看得一清二楚。

"慕少……"她听见自己此刻的声音在颤抖，"原来樊歆不是你的下人……"

慕春寅对她的出现毫不意外，他晃着杯中的红茶，漫不经心地笑："我什么时候说她是下人了？"

秦晴噎住话头，片刻后她哭起来，艳丽的面容上梨花带雨，她上前抱住慕春寅的胳膊："慕少，我现在都这样了，求你帮帮我……"

"帮？"慕春寅推开她，薄唇扬起漂亮的弧度，表情真挚而诚恳，"我有帮啊。我将你找的打手丢进警局，我将德里的致癌广告拱手奉上，我还将你雇用的水军公司悉数封锁，更将你的负面消息放给媒体……这不都是在帮你吗？"迷离月色下他笑得越发迷人，"帮你悬崖勒马、痛改前非啊！"

秦晴的脸一瞬间惨白。她怔怔地后退几步，整个人似被一大桶凉水从头泼到脚。

片刻后她仍不死心，扑到他身上，削尖的指甲扣住他的衣袖，脸庞仰起，目光凄哀："所以……你对我只是逢场作戏？"

慕春寅摇头："没有。"

秦晴死灰般的眼里爆出一丝光亮，然而下一刻，慕春寅彻底摧毁了她最后的希望。

他斜靠在凉亭上，唇边的笑意坦荡而凉薄："樊歆跟我吵架，我就找她不喜欢的人气她。"他站起身，揉着心口自语："谁知她不吃醋……这没良心的女人，究竟把我当什么……"

他嘀咕着，语气里有些委屈，转身朝屋里走去。

愣在一旁的秦晴冲过来，抓住他的衣袖，眼泪落下："慕少……你不能这么对我……你不能这么狠心！"

嘟囔不停的慕春寅倏然转身，他散漫的表情尽数敛去，月光映在他脸上，似镀上了一层冰凉的霜。

"还不滚？"他眯起眼，目光冷冽如刀锋，一字一顿直戳她的心，"要我亲自下封杀令吗？"

慕春寅转身离去。

秦晴的身子绝望地晃了晃，一点点瘫软在地。

清晨的阳光洒满庭院，天空高远而澄澈，像薄而精致的瓷釉，呈现出一种淡到近乎透明的色泽，温润得令人心生欢喜。

宅院里的几人坐在餐厅里吃早餐，对于秦晴彻底消失的事心知肚明。

今天的娱乐报已登出秦晴宣布退出演艺圈的消息。

几人看到新闻俱是嗤笑，莫婉婉撇嘴："哼，恶有恶报。"吃了口燕麦又心有不甘地问慕春寅："头条帝你就这么放过她了？她过去往台上砸瓶子伤害樊歆，咱可以以故意伤害罪告她，让她把牢底坐穿！"

慕春寅眉头一挑："牢里这么清静，太便宜她了吧，放在外面多好，身败名裂像过街老鼠，每天都被记者追堵！"

莫婉婉伸出大拇指："够狠！"

慕春寅道："总之这破事过了，有那心思不如想想明天怎么给我过生日！"

莫婉婉惊道："啊？头条帝，你明天生日啊？"

"不然喊你来干吗，当然是要你送礼的。"

莫婉婉："……"

赫祈在旁出声："被流放国外的阿周说明天来陪你庆生。"

"啊，他也要来？"莫婉婉高呼，"啊哈哈，三贱客要聚首了，明天肯定热闹！"

"阿周是谁？"樊歆曾多次听慕春寅提起过，但具体的人她没见过。

莫婉婉发狂般笑了出来："阿周就是一个浪、骚、贱的奇葩男！"

赫祈跟着解释："阿周就是周珅，是跟莫婉婉一样在盛唐打酱油的二世祖，人称史上第一情圣段子手！"

莫婉婉的形容更是入木三分："对，他的段子都超级好笑，以至于大家不得不看一场悲剧才能平缓下来。"

樊歆："……"

赫祈拍她的肩："到时候见到你就知道了。"

翌日，樊歆果然在生日狂欢会上见到了传说中的段子手。

别看这二世祖段子手周珅是个长相斯文的男青年，但语不惊人死不休，时而跟众人抬杠，时而大爆爱情语录，全程妙语连篇，樊歆都快笑喷了。

他关切地对赫祈说："祈祈啊，你都单身了五六年还不找老婆啊？"

赫祈仰头望天，摇头："没找到，你有合适的介绍吗？"

周珅道："没有，但我可以给你点拨。只要你对女人一丝不苟，女人就会对你一丝不挂！”

莫婉婉嗤笑：“得了吧，二世祖，整天把自己塑造成爱情大师，不也没找到老婆吗？”

周珅不屑一顾：“男人婆，你这手都没牵过的懂个啥？来，哥给你一句忠告，风情万种的女人是打火机！请保持好姿态！”

“姐谢你操心啊！”

“不客气，你这种不解风情的是灭火器。”

莫婉婉一脚踩到凳子上：“二世祖，老娘一年没揍你，你就忘了老娘文武双全是吧？”

“来打啊，打不死，哥瞧不起你！”

“你还真是贱啊，把脸给我伸过来！”

“你怎么就爱挑战别人的底线呢？你不知道打我哪儿都可以，就是不能打脸吗？”

“打脸是帮你整容！老娘是拯救你！”

“你会不会聊天啊？哥这颜值需要整？哥这张脸完美到每天早上起来照镜子，都想对自己磕头！”

“你这自恋已经到了神经病的地步了！”

全场都笑喷了。

一群人吃喝玩乐到夜里十一点才结束。

刚才几人一阵疯闹，樊歆的脸上头发上被抹了不少奶油，黏糊糊的太难受，她到家第一件事就是洗澡。

等她从洗浴间出来，就看见慕春寅坐在露台上向她招手。夜深风大，他的睡袍在夜色里微微翻飞，他指指腕表：“快十二点了，我的生日马上过完了，你是不是少我一样东西啊？”

“什么啊，生日礼物我给了呀。”

“你再想想……”慕春寅心有不甘，指指自己的唇提示，“这里……很重要的一件事！”

樊歆恍然大悟：“哦，你想吃夜宵？”

慕春寅气得跺脚：“不是！再想！”

樊歆努力想了会儿：“你太久没有女人……想摇骰子了？”

慕春寅一拍她的脑门：“摇你个头！我告诉你，我跟那些女人都没有关系！”

“真的？”樊歆完全不相信。

慕春寅忍无可忍地喊了出来：“废话别说，快点儿给我生日吻！枉我在寒风中等了半天！”

樊歆踌躇着：“还是不要吧，我谢谢你前天的那个吻。但咱俩都这么大了，不好吧……”

慕春寅眉头一皱，没完没了起来：“长大了就不是一家人了？长大了就不相亲相爱了？长大了爸妈的规矩你就不放在眼里了？再说，我真心实意送了你满含祝福的生日吻，礼尚往来，难道你不该回赠吗？爸妈的生日吻已经没了，就你这唯一一个你也不给。说，你是不想祝福我，还是瞧不起我，你说你说……”

樊歆：“……”

这男人发起飙来变身机关枪，简直让人招架不住。

于是她轻声道：“那好吧……”

“这还差不多！”头条帝凑过脸去，只差主动挨到她唇上了，“快来！”

樊歆将脸伸了过去，慕春寅高她一个头，她将双手搭在慕春寅的肩上，踮起脚，轻轻将一个吻落在他脸颊上。

一吻之后，慕春寅满意地颔首，于是头条帝二十六岁的生日，就在这温馨的气氛中度过了。

原本樊歆以为这生日过得愉快，慕春寅的好心情会持续一段时间，没想到次日两人便吵了一架。

原因很简单，吴特助发来荣光的合同，慕春寅火冒三丈：“什么一诺千金，老子就猜这家伙有阴谋！总之一句话，老子不认！”

樊歆急了：“阿寅，我俩都在记者招待会上答应了的，当着这么多记者的面，不好反悔吧……”

“你还有脸说，背着我就敢答应他的条件！”

樊歆低声抱怨：“你这人怎么这么霸道啊，这是我的工作，你为什么阻止？”

慕春寅浓眉微蹙，眼神阴沉又锐利：“你是急着跟旧情郎见面吧！”

“我只想认真工作，去唱更好的歌，跟男女私情没有关系！”

慕春寅抬高嗓音：“呵，没关系你会离家五年？为了他你甚至愿意去死！”

他说着转身进了自己的房间，砰一声摔响房门，直震人耳膜。

瞅着紧锁的门，樊歆无可奈何。

晚上七点，樊歆守着一桌子的菜发呆。

慕春寅还在房间里生气，把自己关到现在，连晚饭也不下来吃。她上楼劝了几次，他毫不理会。

一直等到八点多，慕春寅还不下来，满桌子的菜早已冷了。

兜里的手机一响，樊歆一看是莫婉婉的电话。接通后，那边噼里啪啦地问：“听说慕春寅对你跟温浅的合作死活不肯？”

“可不是？”樊歆压低声音，“他为这事跟我吵了一架，晚饭都没吃。”

“那你打算怎么办？毁约，不跟温浅合作了？”

樊歆摇头：“答应的事怎么好反悔呢，我再去劝劝慕春寅。”

两人挂了电话，樊歆起身去厨房煮了一碗汤圆，端到慕春寅门口。

这次她没有再敲门，而是拿了钥匙直接打开反锁的房门。她必须跟他谈谈。

坐在沙发上的慕春寅闻声扭头，吼道：“谁让你进来的！滚出去！”

房里只开了一盏小壁灯，幽暗的灯光下可见房内的凌乱，地上有反光的玻璃碎片，很显然，慕春寅发脾气砸了东西。

樊歆将汤圆放到茶几上去收拾房间。桌上的水渍，地上的台灯碎片，她一点点逐步清理干净。

见她半点儿也没要走的意思，慕春寅又吼一声：“让你滚，你聋了吗？”

樊歆平静地收拾着地上的碎碴：“这是我家，我不走。”

慕春寅起身，拽着她的手将她往门外赶：“少惺惺作态，你巴不得离开这里。”

樊歆扣着门死活不走：“这是我家，除了这里我哪儿也不去！”

大概是她泼皮无赖的模样太罕见，慕春寅怒色稍减，一甩手坐回沙发。

见他情绪略有缓和，樊歆走到沙发旁，在慕春寅身边停下，她蹲下身，将下巴搁在慕春寅的膝盖上。

慕春寅一愣。

而樊歆就半蹲着身子，仰起脸看他：“阿寅，我们谈谈好不好？”

“走开！谁要跟你谈！”

他不耐烦地将她的脸推开，樊歆却固执地将下巴再搁上去。她又摆出那副仰头看他的姿势，半蹲在地，一手撑着沙发，一手撑着他的腿，下巴尖抵着他的膝盖，白皙的脸微抬，乌瞳与他对视，像是依赖又像祈盼，目光却极郑重：“阿寅，你是担心我还会为了温浅不顾性命吗？”她摇摇头：“不会的，过了这么多年，或许你还耿耿于怀，但于我而言，已经成了过去……如今的我，只把他当成一个音乐人，就像我敬佩的胡总监、苏雅老师等人一样，只是业界前辈而已。”

慕春寅缄默不语，幽邃的眸光盯着她，似乎在度量她话语的真假。

樊歆抓住他的手，保证道：“我想跟他合作，无非是因为他是音乐界的顶尖制作人，他创作的都是精品，任何歌手都不想错过，包括我。这是一个歌手对音乐本身的热爱与追求，跟私人情感没有半点儿关联。”

慕春寅道：“你要精品，我可以给你大把的精品，优秀的音乐制作人不止他一个，你没必要跟他打交道。”

“那你就一直让我避着他吗？大家都在一个圈子，抬头不见低头见，我能躲到哪里去？而我过分的躲避，是不是证明我心虚？我既然只把他当一个普通合作者，为什么要心虚？坦坦荡荡面对才能证明我已经放下。”

慕春寅没接话，房里一时寂静，夜风吹进窗台，传来院里窸窣的虫鸣。

良久，慕春寅打破这沉默：“我只问你一句，在你心里，是他重要，还是我？”

樊歆端起桌上的汤圆，舀出一个送到慕春寅唇边：“啊，张嘴。”

“你不回答是什么意思？”见她不答，慕春寅怒色骤起，啪地拂开樊歆的手，勺子里的那个雪白汤圆飞了出去，骨碌碌地滚到墙角。

樊歆默了默，安静地拿纸巾将地上的污物收拾干净，再次端起了盛汤圆的碗：“重不重要不是靠嘴上说，我每天跟你在一起，除工作以外，我想得最多的就是下一顿为你做什么菜，你不吃饭我就担心，担心你胃痛，担心你不舒服……我想你的时间比想自己还多，我把你放在心头第一位，这么明显的事还要问吗？”

慕春寅怔了怔，像是不敢确定：“所以……我更重要？”

樊歆抿唇一笑，舀了一个汤圆送到他唇边，哄小孩似的：“吃了这个汤圆我就告诉你。”

慕春寅张嘴吃下，嘴里咀嚼着，视线却自始至终都凝在樊歆脸上。

樊歆又喂了他一个，微微笑着：“温浅早就是过去式了，而你是家人，过去、现在、未来，这一辈子都是。孰轻孰重这还用说？”

慕春寅紧拧的眉终于舒展开来：“这还差不多。”

房内气氛轻松起来，樊歆极识时务地换了个轻松话题，笑着问他：“今天的汤圆是不是格外好吃？我往汤圆馅里加了新的原料哦，很香吧？”

“还成吧！”头条帝微板着脸，傲娇的小性子还在端着，动作却泄露了心底的真正态度。一碗汤圆他一口一个，没几分钟碗里就少了一大半，他还不满地指着汤碗说：“再去添点儿，这几个怎么够！”

“吃完再添。”樊歆又喂了他一个，见他心情好转，笑嘻嘻地凑过脸去：“吃完把合同签了？”

慕春寅含着汤圆白她一眼：“知道！啰唆！”

“那周五我直接去荣光。”

“我跟你一起去，全程陪。”

樊歆：“……”

第十章

金曲

周五那天，慕春寅亲自将樊歆送到荣光总部。

头条帝大驾光临让荣光上下一阵骚乱，荣光员工们全躲在门后窃窃私语，花痴的女人们集体躁动不安。

“噢！头条帝比电视上还要帅！”

“樊歆的命可真好，不仅我们的温先生钦点她，头条帝更是亲自保驾护航……”

“可不是，这派头，天后也不曾有过啊。”

“听说她是头条帝的管家？我看不像，哪有主子亲自开车送管家的。”

“是是非非谁知道，咱就当看热闹呗……呀呀，快来看，我偷拍的这张漂亮吧，头条帝站在电梯旁，身材一流，长相一流，气质一流……光背影就足以让人舔屏啊！”

“我觉得我们温先生也很帅啊，只是太清高难接近……”

“有才华的人都是这样，何况还是个天才……”

一群人嘻嘻哈哈地散了，而樊歆跟慕春寅已乘坐着贵宾电梯，上了荣光九楼。

温浅的办公室位于九楼最里面，房间内宽敞幽静，齐地的落地窗旁是雅黑的三角钢琴，钢琴旁边放着几棵绿植，似乎是兰花，碧绿的茎叶雪白的花，于房间的一角幽幽绽放。

温浅坐在沙发上，对慕春寅的到来一点儿都不意外，只点点对面的沙发，略微表现出一点儿待客的意思：“坐。”

慕春寅拽着樊歆跟他坐在一起，接过小秘书递来的茶，悠悠笑道：“你们谈音乐吧，我就在旁边陪着。”

樊歆愣了，她以为他至多将自己送到荣光就会离开，没想到他还真全程相陪。她推推他的手：“慕总，您还是先回去吧，公司里够忙的。”

慕春寅跷腿喝茶：“不用，今天没什么事，我既然是你的经纪人，就得陪着。”

温浅的眉目里掠过淡淡的讥诮：“那慕总就做好陪上十天半个月的准备，这首歌很难唱。”

慕春寅扯扯嘴角，表情极不友好：“那就拜托温总效率高一点儿，我的艺人半个月后还有其他节目要参加，如果耽误了，温总就为我的损失埋单。”

“如果慕总不在旁边打扰，相信效率会很高。”

两人一来一去，没说几句就有硝烟弥漫，樊歆赶紧打圆场：“慕总，您还是回公司吧，陪我真的很无聊，我没准要在这儿待一下午呢。”

慕春寅拍拍她的头：“操这心干吗，我愿意等，你还嫌？”

樊歆：“……”

慕春寅果然说到做到，坐在沙发上等了四小时。

起先樊歆还顾着他，时不时瞟一眼，后来歌曲的作词人也来了，三人就着歌曲讨论，樊歆不好再分神，便全身心地投入其中。

因着今天是第一天，温浅并没有让樊歆试唱。为了让她找到感觉，除了给她听歌曲Demo，他觉得对歌手解剖歌曲更重要。他跟作词人一道向樊歆讲述歌曲的灵感来源、表达寓意及传达的感情，帮助樊歆更好地理解歌曲的感情。

一番交流下来就是几个小时，直到太阳滑到城市边缘，三人才结束了对话。

而沙发上端坐的慕春寅，已等了整整一个下午。

樊歆起身跟温浅告别，温浅对樊歆说：“明天还是这个点来，我在办公室等你。”话落瞟瞟那边的慕春寅，明明脸上想笑，却偏装作若无其事：“慕总明天还来吗？”

慕春寅起身，优雅地掸掸衣袖。那一身意大利手工小西装经过一下午的坐姿压迫，居然半条褶皱也没有。他笑得倜傥不羁，眼波于夕晖下粲然生辉：“不仅要来，还要带下午茶来。”

樊歆：“……”

次日，慕春寅当真说到做到，把下午茶带进了温浅的办公室。除了下午茶外，他的笔记本电脑、办公用品，全被助理搬了过来。

于是荣光员工就看到了这样一幕奇景：慕春寅跷腿坐在沙发中央，一面办公一面悠然地吃着下午茶，俨然已将荣光少董的办公室占为已有，而办公室的正主温浅却被挤到窗台下的钢琴那边，陪着樊歆对着乐谱找乐感。

第三天，慕春寅依旧如此。而樊歆已彻底熟悉了乐谱，开始试唱。其实一般拥有专业素养的歌手会很快适应谱面，基本上听伴奏跟唱几遍，再进录音棚尝试几遍便能搞定，所以樊歆录歌通常一两天便可完工。但此次截然相反，因着温浅的要求实在太高，发音、吐字、气息、强弱，甚至包括断句都严厉到苛刻。樊歆只能慢工出细活，没达到要求之前不进录音棚，就在钢琴一角，对着谱子逐字逐句找感觉，而温浅就在旁边听，时而提意见，时而用钢琴给她伴奏。

不远处的慕春寅一边办公，一边时不时瞟瞟两人，一旦发现两人间距小于一米，立刻搬椅子挤到二人中间。

第四天慕春寅还想来，可盛唐突然有个紧急会议要召开，头条帝脱不开身，便将此艰巨任务交给了赫祈。

于是天王巨星亲自送樊歆到荣光，还在那里陪了一下午。这事再次在荣光内部引起轰动，荣光的女员工们羡慕嫉妒恨，几乎人人都在问：这樊歆究竟什么来头，怎能让这么多大腕围着她转？

当天的练习结束，樊歆回家后见慕春寅脸色不好，便问他缘由。

慕春寅道："有个重要的项目在谈，我必须去悉尼出差几天。"他抓着她的手，两眼满是幽怨："不然你跟我一起去，你在荣光，我不放心。"

樊歆为难道："这不好吧，我的歌还没录完呢，预定的时间只差几天就到了。"

慕春寅焦躁道："这温浅是处女座的吗？简直吹毛求疵，从没见人录歌这么折腾的，你都唱了多少遍了，还不满意。下次再不跟他合作了，一首歌的时间恨不得可以录张专辑了！"

樊歆忙劝道："他只是追求完美而已。我偶尔也觉得折腾，但我对这首歌的把控能力确实在他的苛刻下越来越好。"她抿唇一笑："据说这部电影的质量可以问鼎国际奖项……如果我唱得好，会不会也跟着电影得个什么奖？那可是国际级的荣誉啊，想想有些小激动呢！"

她一脸憧憬，慕春寅忍不住跟着弯唇一笑，他揉揉她的发："出息！一个奖项有什么了不起的，想要的话，本少爷给你颁一百个！"

"那不一样。"樊歆正色道，"我想靠自己的实力去争取。"

慕春寅见她心意已决，只得道："我不在的这几天本来想让赫祈继续陪你去荣光，但赫祈要参加Z市的节目去不了，我就喊了汪和珍，她会照顾你的。"

樊歆腹诽：什么照顾，就是监视嘛。

第二天一早樊歆送走头条帝慕春寅，在汪和珍与几名保镖的陪伴下去了荣光。汪和珍谨遵老板的交代，尽忠职守在办公室里陪了樊歆一天。

第三天，汪和珍正陪着，却传来一个消息——她远在老家的母亲重病。她心急火燎，又不敢跟慕春寅请假，上次她走后樊歆就被刘志军摆了一道，这次要再请假慕春寅还不得开了她！最后莫婉婉在微信上给了主意："汪姐，你偷偷回老家，我跟樊歆帮你瞒着，至于送樊歆去荣光的事，有我在你怕什么，你还信不过我？"

汪和珍无计可施之下答应了，临走时一番千叮万嘱。

汪姐走后，莫婉婉承担起经纪人的责任，领着樊歆雄赳赳气昂昂地去了荣光，不过她一没带保镖，二也没去楼上，只将樊歆送到了荣光大门口就闪人了，说是回去打游戏。

于是这一天，樊歆只得独自一人上荣光九楼。

光线充裕的办公室内，墙角的兰花吐露着芬芳，阳光在雅黑的钢琴上倾洒，温浅笔直端坐于钢琴旁，双手搭在黑白琴键上。见樊歆一个人来，他浓眉微挑，略显愕然："怎么，慕春寅不把我当人贩子了？"

樊歆哑然失笑，走到钢琴前，说："时间紧迫，我开始了。"

她启唇而歌，温浅就在旁凝神静听，还没唱片刻，温浅手一顿："停，最后一段再来。"

"哦。"樊歆张张唇再唱。

"停！"温浅压住琴声，再次打断。

阳光下他那微蹙的眉峰严厉得不像个合作者，倒像一位苛刻的导师。他看向樊歆，正色道："这不是你该有的水平。"

樊歆看着谱面沉思。唱了这么多遍，不论是音调方面倚音、颤音、转音的处理，还是音色方面共鸣方式的调整，甚至在吐字技巧上几乎都挑不出毛病，但她总觉得还差点儿什么，却找不到原因。

坐在钢琴前的温浅双手环胸，神情疏淡："你的技巧接近完美，但你的歌声没有打动我。"

樊歆默了默，有些愧色："其实……也没有打动我自己，所以我一遍遍地练习，试图打破这种僵局。"

温浅低头跟她一起看谱面，指着最后几句歌词说："这首《期遇爱情》，是一首描绘热恋的歌，欢快，雀跃，甜蜜……在你的歌声里，我听到了欢快雀跃，唯独没有甜蜜。没有感情支撑的歌曲是苍白的，再好的技巧也无法掩盖。"

樊歆深以为然："你说得对……"她揉揉额头："容我想想……"

见她苦恼，温浅提示："你想想热恋的感觉，把这种感觉灌输进去就好了。"

"热恋？"樊歆有些无奈的模样，随后她起身说，"磨刀不误砍柴工，今天我不唱了，我出去找找感觉。”

熙熙攘攘的商业街里人来人往。商场悬挂着巨幅品牌广告，LED屏幕变幻着广告光影。虽然不是周末，但街上依旧热闹非凡。

街角的星巴克旁边，坐着一对打扮古怪的男女——戴着帽子跟大墨镜。

樊歆将帽檐往下压了压，向身边的男人道：“温先生，您没必要陪我来的。”

温浅摇晃着手中香气袅袅的咖啡：“来都来了，坐会儿吧。”他瞟一眼周围的如潮人流，问：“你来这里能找什么感觉？”

樊歆瞅着路过的一对对情侣：“这里情侣多嘛，感受一下他们甜蜜的热恋，也许我就有感觉了呢？”

温浅慢条斯理地喝了口咖啡，淡淡问：“你看别人找感觉？你自己的感觉呢？”

樊歆低下头，刘海碎碎的，落下来：“我没有体会过热恋的感觉，不知道是什么样子的……”

温浅噎住话头。

他晓得她暗恋过他，但暗恋并不是热恋。所以她这话的意思是除了暗恋他之外，她没有过任何的恋情？难怪她唱了几天，感情仍然不够饱满，原来是无源之水。

那边的樊歆轻轻叹气，她说的是实话，她活了二十六年，唯一的一段感情就是对面前的这个男人，却只是见不得光的暗恋。属于情侣之间的热恋，她不曾体会过。

她心里五味杂陈，为着那段没能说出口的爱恋。从前爱慕的人近在咫尺，微微倾身就可触碰到，她却已决心将这一切葬在深凉荒芜的记忆里。

她无声叹息，而身边的温浅却在短暂的愕然后眼神一亮，他说：“真正的热恋不在这里，跟我走。”

寒冬已去，春风拂过，初春的江滩延绵到天边，远方江水滔滔，脚下是蜿蜒的水泥堤坝，坝下有大片青嫩的草与不知名的野花，一丛丛一簇簇，或粉红或雪白，点缀着阳春三月，显出几分活泼之意来。

春天里阳光大好，许多情侣出了门，三三两两坐在草地上晒太阳。比起喧闹而物质的商业街，风景独好的江堤更适合约会。

樊歆坐在江堤边，视线落在前面一对情侣身上。春天的风略有些冷意，大概是拥抱能带来温暖，那对小情侣一坐到草地上就急不可耐地抱在一起，黏腻极了。

樊歆认真地托腮看着，身边温浅的眸里有质疑：“你这样能找到感觉吗？”

“我觉得他俩看起来还挺甜蜜的啊。”樊歆目不转睛。

温浅转过脸去，他不习惯这样注视他人，感觉像在偷窥。

“呀！”樊歆忽然低呼，“他们接吻了！”她惊讶之下冲温浅道：“人来人往的，他们就这样接吻了……”

见那两个小年轻抱在一起，温浅见怪不怪地说道：“江堤也叫鸳鸯林，十对有九对来这里会接吻。”

“我知道啊，但别的鸳鸯都是躲在草丛里，他们就坐在路边呀！好奔放！”樊歆又一声低呼，像是发现了新大陆：“呀呀呀……他们是法式深吻呢！我第一次这么近距离地看别人接吻……”

温浅：“……”

身旁的樊歆悄悄往前又凑了一步，似乎是想看得更清楚，她还回头招呼温浅，压低声音道：“他们吻得好投入好甜蜜，我仔细看看……”

温浅：“……”

就在他打算劝说之时，前方小情侣猛地一回头，看到茂密的草丛后，一对戴墨镜戴帽子捂口罩的怪异男女坐在那里，正睁大眼目光猥琐地偷窥着他们。

女人尖叫起来：“你们干吗！”

被抓个现行的樊歆窘迫一笑：“不好意思，打扰你们了！”

女人再一声尖叫：“看什么看！要kiss不会自己来啊！”

这对情侣一起骂了句“神经病”后气呼呼地走了。

小情侣走后，樊歆对着温浅尴尬一笑：“那个……似乎我的方式不对。”

温浅颔首：“是很奇怪。”

话虽这么说，但这一刻他心里想的是，她奇怪，他比她更奇怪。在这个阳光明媚适合弹琴作曲的悠闲下午，他居然陪着她做一系列莫名其妙的事，在他厌恶的商业街看人声喧哗，在草长莺飞的江堤密林里偷窥情侣谈恋爱！

真是太奇怪了！

“你没必要这样，你可以想想自己的感情，就算没有过热恋，你也会有其他的感情。”

樊歆茫然眨眼：“其他的感情？”

“对，那些出现在你生命中，不一样的男人。即便你们没有热恋，但他带给你的触动是特别的。”

果然，樊歆似乎开窍了，她拨弄着身旁的一朵野花，粉嫩的小雏菊在她白皙的掌心里旋转着，她沉思着，而后一拍脑壳：“哦，有的有的。”

她进入了回忆，开始描绘：“我从前认识一个男孩子，才华横溢。”

温浅颔首。

樊歆托腮憧憬：“他长得高高大大，英俊帅气，很多女生喜欢他。”

温浅再次颔首。瞅着左右无人，他将大墨镜摘下来，一副自恋的表情。他背脊挺直端正上身，摆出一个优雅而完美的pose。

樊歆还在讲："他在学校里很有名气，读书也很好，经常拿奖学金。"

温浅跟着点头，神情依旧是气定神闲，眸里隐含着得意。

樊歆扳着指头数第四个优点："他人品也好，特别乐于助人，大家找他帮忙，他都不会推辞。"

一直点头的温浅微怔。人品好？他人品还成……可是他有乐于助人过吗？

樊歆还在说："他记忆力也很好，那一年他跟我排话剧，我们演罗密欧与朱丽叶，台词我背了三天才背完，他只看了两遍就过目不忘了。"

温浅的脸色僵了僵。他的记忆力是很好，可问题是，他什么时候跟她排过话剧？他明明从前都没正眼瞧过她！

"那天晚上他请我跳舞，我们在花园里放着《杜鹃圆舞曲》，跳得很开心。"

跳舞？温浅越来越觉得不对劲。

"唉，其实他真挺好的，可惜跟我不是一个种族。"

温浅的脸彻底垮下来。这女人到底在说什么？

他优雅的姿势再维持不下去，扭头去看樊歆，就见樊歆对着手机上一个男人的照片出神。

她手机上是个白人小伙子，笑得阳光灿烂，果然如同樊歆描绘的那般高大帅气。

温浅的脸黑了黑："这是谁？"

"丹尼尔。"说出这个名字之时，樊歆嘴角上扬，脸颊上的梨窝微微漾起，"就是我刚才提到的那个家伙啊，很帅吧！"

温浅拿起身旁的水瓶，拧开喝了一口，面上若无其事："你们什么关系？"

樊歆似乎很纠结这个问题，想了半天："呃……他也算是我的男朋友吧。"

温浅一口水呛进咽喉，他忍着剧烈的咳嗽之感，默默将水咽下去。

樊歆见温浅的表情很奇怪，便解释了一句："是过去的男朋友。"

温浅面色平静地再次噎了一口水。

他将水放到一边，面无表情地说："那你还说没有热恋过？"

樊歆老老实实地答："他追我的，我对他不来电，没有那种热恋的感觉……"

听到那句"不来电"之时，温浅这才舒坦些，但总归是心理不平衡，便回了一句："想不到你还有人追。"

樊歆的眸光瞬间黯淡，像是回到了卑微落寞的从前，回到了那个被他讥讽轻视的年岁。果然，不论是过去还是现在，他自始至终都是瞧不起她的。

她听见自己有些自嘲地说："他说看见我在礼堂跳舞，一见钟情，我也觉得挺诧异的……”

原来是被舞姿吸引。温浅蓦地便想起樊歆曾在《歌手之夜》跳过的那支独舞。空旷的舞台、安静缠绵的钢琴乐，灯光幽静而她舞姿翩跹，蓝色的长裙在灯光中轻颤起伏，像一汪蔚蓝而流动的湖……嗯，那画面的确很养眼。

微风习习的江堤上，温浅扭头去看樊歆，她垂着脸，似乎有些沮丧，不住地拨弄着草地上的小花，及腰的乌发滑落在她的脸颊旁，被她不耐烦地撩到耳后，她抿了抿嘴唇，露出两个梨窝，显出几分孩童的可爱。

温浅的眼神不由得柔软了些，问道：“他这么好，你干吗要分手？”

“不喜欢，也不合适。”

“为什么不喜欢？你不是说他又高又帅人品好智商高哪儿都好吗？”

樊歆盯着脚下的茵茵草地。这一刻她选择沉默，心房里却有个声音悄然说道：不喜欢，因为那时心里还有一个你。

当然，这话自然是没说出口的。她只是抬头，疑道：“温先生，你今天好八卦，一点儿也不像平常的你。”

温浅的视线落在遥遥的江面上。江水滚滚向东去，一轮斜阳缓缓向远方的山峦倾轧而去，映得水面霞光万里。他乌黑的眸子被这霞光映染，瞳仁中有辉光流转，他的俊脸浮起一抹兴味：“那平常的我是什么样子的？”

樊歆思索片刻，扳着指头认真地数：“清高，自负，孤僻，傲娇，闷骚，不爱笑，没有人情味……暂时只想到这么多。”

温浅：“……”

不愿再自找不快，温浅转了话题，言归正传：“你在这里看了这么久还没找到恋爱的感觉吗？”

樊歆道：“没有……”

“看来我得给你点儿提示了，看电影时，你最注意看什么？”

樊歆虽然不明白他为什么突然转换话题，仍答道：“人物的动作、台词。”

温浅若有所思：“我喜欢看角色的表情，人最真实的感情，都写在脸上。动作可以作假，语言可以编造，但人的第一反应的表情，却无法隐瞒。”说着他手轻轻往前面一点：“看前面那对男女。”

樊歆道：“我一来就看见他俩了，应该是普通朋友，就只是单纯地看书而已，连话都说得不多。”

“难怪一无所获，原来看的都是表象。”温浅摇头，“注意他们的表情。虽然两人中间隔了半米，但你再仔细瞧，他们真的只是普通朋友吗？”

樊歆凝神去瞧。那两人约十八九岁，应该还是学生，规规矩矩各坐在长凳一端，低头翻着膝盖上的书本。看起来与寻常温书的学生无异，可不经意间，女生抬起头，眼神在翻书的瞬间，飞快地瞅了身边男生一眼，随即她埋头抿唇一笑，翘起来的嘴角有藏不住的欢喜，很微妙的表情，含着微微的羞赧。

樊歆恍然，捂着唇低声说："哦……这女孩子暗恋这个男生。"

温浅反驳："错，是互相暗恋。"

樊歆抬头一瞟，果然，小男生也在偷偷瞟着小女生，顺带还不动声色地把身子往女孩子那边挪了挪。

樊歆扑哧一笑："原来两个人看对眼了。呀，别说，看他俩羞羞答答眉来眼去，还挺有意思的。"

温浅再往后面一指："再看那对情侣。"

这对跟刚才那对"欲语还休"的学生情侣截然不同，他们大大方方地牵着手，没一会儿就吻在一起了。两人都闭着眼，脸上的深情与陶醉一览无余。

"这是热恋啊。"看着男女忘我地拥吻，樊歆道，"他们应该很喜欢彼此，吻了好几分钟还舍不得放开。"

樊歆看了会儿扭过头去，艳羡道："好甜蜜！甜得我都不好意思看了。"

"那你看看那边那对，注意他们的神态。"温浅的下巴略略一抬。

樊歆顺着他的视线看向第三对情侣，就见前方不知何时搭了一个简易的小台子，上面扎满了粉色气球与飘带，气球正中，一个年轻男子单膝跪地，对女生说："嫁给我吧，倩倩。"

他将手中的大束玫瑰送上，捧出一枚戒指："倩倩，今天是认识你的第六百二十七天，我希望把这幸福延长到这一生的最后一秒。倩倩，我爱你，我相信你也一样爱我。我愿意跟你一起创造更多的幸福，请你答应我！"

飘带随风纷飞，周围一群人加油打气："答应他！答应他！答应他！"

女生似乎是太过惊喜，又哭又笑，精致的妆都花了，那幸福感却满满地洋溢在脸上。她重重点头，接过戒指，在众人的欢呼中跟男生拥抱在一起。

不远处的樊歆托腮凝望，为这一幕激动："真幸福！"

"前面还有更幸福的。"温浅指指江堤深处。

"呃？"樊歆睁大眼看去，就见有人在树林里拍婚纱照，新娘子手捧百合，纯白的大裙摆婚纱拖在茵茵草地上。按照摄像师的吩咐，她微微仰起脸，她的爱人稍稍低下头，在她光洁的额上落下一吻。

樊歆低声道："太浪漫了。"

温浅扭头看她一眼，嗓音低沉而柔和："现在有感觉吗？"

樊歆若有所思："有。"又道："你说得对，之前我观察得不够深入，很多细腻的情感都没领悟……”

温浅颔首：“所以这就是为什么激昂的歌好唱，而深情的歌需要一遍遍琢磨。”

樊歆觉得温浅这话越想越对。

她站起身来，冲温浅嫣然一笑，两个梨窝再次扬了起来：“谢谢你温先生，我找到感觉了！”

她说着往前面的小吃摊奔去：“我要去买个棉花糖，我现在感觉棒极了，我得好好维持，哈哈。”

温浅哑然失笑。

几分钟后，樊歆跑了回来，一手一个棉花糖，她将左手的递给温浅：“喏，请你吃糖。”

温浅向来不喜甜食，再说这种公众场合，他一个大男人怎好意思拿着幼稚的儿童零食。于是他摇头，将目光落向远处的滔滔江水：“你吃吧。”

“哦。”樊歆也没劝，一面走一面开吃。棉花糖是彩色的，左手的那个是蓝色，右手的是粉色，她蓝色的咬一口，粉色的咬一口，蓬松的糖被她咬出不规则的缺口，有些孩子气。

她越吃越愉快，连着脚步都轻快起来，没一会儿走到了温浅前头。

天边夕阳如金色巨轮，在对岸青黛色的绵延山峦中慢慢下沉。樊歆沐浴在斜阳光影之中，穿着红色斗篷大衣，脚上是驼色流苏小靴子，像是韩剧里的娇俏女主角。微风吹过，撩起她的大衣裙摆，在这初春傍晚的天色里，亮起一抹鲜红暖色。

温浅注视着她的背影，心情开朗起来，上午跟家人的郁结渐渐消散了些。时光像回到了马尔代夫的那个傍晚，在那优美的岛屿上，两人也是这般一前一后地走着，海滩上有风迎面拂过，耳畔潮声荡漾波涛不绝，天边斜阳欲坠未坠，在水面洒下大片粼粼赤金，整个场景恍如油画般浓墨重彩。

翌日，被点拨通透的樊歆果然表现出色。她没有进录音房，就那样清唱，单纯的音色在无任何乐器的点缀下，越发干净透明，似冬日极地的冰，有清冽而澄澈的韵味。

温浅在旁听着，最后略一点头：“可以正式录了。”

樊歆沉思了会儿，似乎还有什么没有琢磨清楚，摇头：“暂时不，虽然现在感情充足唱得不错，但还不够好……总觉得差点儿什么。”她对着谱子凝神观看，道：“我有个想法，等我回去想好了再跟你说，总之我希望这首歌不唱则已，张口必是惊艳。”

旁边的阿宋笑道：“我第一次见樊小姐这样的人。旁人给温先生唱歌，总说温先生的要求高得变态，温先生点个头那是比过年收红包还开心。樊小姐您倒好，温先生点头，您却还不满意。您可比温先生还严格啊。”

樊歆眯眼一笑，长睫毛扑闪：“因为我想考满分。”

她话落跟温浅告别离去，紫色兔毛束腰大衣显得她背影窈窕纤细，一双米色小靴子，不是尖细秀气的高跟，穿在她脚上却带出了轻快的步伐，像踏着芭蕾舞的节奏。

阿宋目送她离去，笑里含着赞赏：“呀，温先生，想不到她跟您一样，都是完美主义者。”

温浅的指尖轻抚茶杯，微微一弯嘴角：“这还不好？”

“好！”阿宋伸出大拇指，“说明您慧眼识珠。”

樊歆在家对着乐谱研究了一晚上，起先是不停地哼哼唱唱，然后去了乐房，拿着乐器不停地弹奏，最后她拿起笔，一边弹一边在乐谱上涂涂改改。凌晨三点时，她从凌乱的谱面上抬起头，雀跃道：“大功告成。”

隔日一早她便去了温浅的办公室，拿着一张新乐谱，如一个交卷后迫不及待等分数的学生一般，积极地向温浅道：“温先生，你看看。”

温浅扫一眼谱面，跟昨天打印的油墨乐谱不同，这是签字笔画的，上面还略有些小小的涂改，一看就知道是手写的。

温浅眉头一挑：“你把我的谱子改了？”

他的口气微显怪异，不知是愕然还是生气。

一旁的阿宋亦是愣住。这么多年来，温浅谱过的曲，可从没人敢随便改。他以为温浅会甩脸色，然而并没有，温浅的眉头在微蹙片刻后慢慢舒展开来，低头仔细端详。

樊歆像献宝似的，指着乐谱后一部分道：“我把高潮部分改了一下，你先前那个的确很好，但我稍微调整了一下顺序，把音调加高了一些，唱的时候不论是节奏还是情感，层层推进，更具有爆发力。”

“我可是想了一晚上！还打电话跟两个资深老师请教过！”见温浅凝神不语，樊歆坐到钢琴前，兴冲冲地道，“不信我演奏一遍。”

不等他回答，她双手已经放在琴键上，流畅地弹奏起来，音乐从舒缓到轻快逐渐高亢，她的神情亦随着音乐越发愉悦欢快。阳光透过玻璃窗倾泻在黑白的琴键上，随着她灵活的指尖跳跃不已。她弹着弹着，情到深处，情不自禁地唱出来，歌声美妙，随着钢琴婉转不休。

温浅静静听着，指尖随着她的拍子在茶几上轻轻叩动。

阿宋似乎也陶醉其中，听得极认真。

待樊歆唱到后半段时，流畅的钢琴声里倏然插进清脆悠扬的笛声，樊歆扭头，就见温浅不知何时来到自己身侧，手中握着一根玉白长笛。

樊歆微微一笑，继续弹奏。

接下来的时光里，两人一个坐一个站。钢琴前的樊歆姿势端庄，拂过琴键的手连绵如行云流水，而站着的温浅站姿优雅，目光专注。玻璃窗前的帘子随风拂动，日头透过薄绢纱打在两人身上，镀出微微辉光，温柔的岁月仿佛被定格下来，呈现出静谧的美。

三分钟后，曲子演奏完毕，而阿宋已听呆了。

合奏完毕的两人对视一眼，眸里均有赞赏之意。

温浅颔首，给了三个字点评："还不错。"

墙角的阿宋再次挑眉，只有跟了温浅四年的他才知道，能得到温浅言简意赅的"还不错"，可比其他人千万句长篇大论的夸赞更不容易。

樊歆抿唇一笑，两个小梨窝在脸颊边荡漾："我可想了一整晚呢。"

温浅的眼眸里浮起极浅的笑，凝视着她："你这是在邀功吗？"

"我哪敢，您不嫌弃我就心满意足了！"樊歆笑着摆手，"如果您觉得这种更好，那就尽快录吧，早点儿录完大家都安心。"

"谱子既然改了，曲子的编配和音之类也得跟着改，音乐部需要时间……"温浅思忖片刻，"这样吧，你明天下午来。"

"那好，我明天来。"樊歆挥挥手，"我回家多喝几杯润喉茶，好好保护嗓子，明天争取顺利录成。"

她说着起身离开，大概是心情愉快，步态轻盈得像是踏着舞蹈的节拍。

待她走后，阿宋再次感叹："这个樊歆，有才！"

温浅无声默认，目光仍落在那张手写的曲谱上。他微微笑起来，说："那就期待她明天的表现吧。"

翌日正式进棚。樊歆果然不负所望，在戴上耳麦纵情高歌的时候，惊艳了在场所有的工作人员。

她从拿到这首《期遇爱情》开始，反复唱了无数遍。当伴奏响起的瞬间，她脑中浮起江堤上的片段，那一幕幕虽是别人的爱情，可那甜蜜、满足、幸福、美好似乎有震撼人心的力量，她这个旁观者也能真切感受到。她将情感倾注到歌声里，感情一点点丰满，直至入木三分。唱到高潮时，她已进入忘我状态，脑中时光倒转，她又回到了堤坝上，在那对求婚的情侣身旁，于飞舞的彩带与粉色气球中，为他们的爱情欢欣鼓舞……

录音棚内，麦克风前的樊歆面带微笑神情专注，那顺着她歌喉逸出的言语，染了蜜似的甜，众人不知不觉地被感染，皆朝温浅投去赞赏的眼神。

温浅立在一侧，金色阳光落在他专注的侧颜上，他轻轻颔首，听得认真。

歌声还在继续。

爱是枫糖的味道，每次亲吻甜蜜的索要。

拥抱剧烈的心跳，捂着胸口不敢让你听到。

十指紧扣的依恋，要你掌心的温度刚刚好。

约会在陌生街角，花香在风中飘摇。

冰激凌香草，一口口吃掉。

我的蜜桃味口红，印在你唇角。

你眯眼微笑，唇角扬起三十度美好。

骄傲的眉梢，是风景里最美的素描。

wo~wo~

期遇真心，宁可所有只换一个拥抱。

期遇爱情，全世界相加不及你重要。

期遇幸福，有你是命运恩赐的美妙……

歌曲唱完，所有人鼓掌，异口同声道："Perfect！"

樊歆摘下耳麦，朝众人微笑："谢谢，后续工作就辛苦大家了。"

一群人道："不辛苦，你唱得好，我们干劲十足！"

樊歆朝温浅看去，见他的神情没有太大的起伏，乌眸里却含着淡淡的笑，他说："录完了别走，某人找你有事。"

"谁？"

温浅指指门，樊歆扭头看去，就见莫婉婉从外头兴冲冲地奔了过来："樊樊，歌录完了吗？录完了跟姐去玩！"

"玩什么？"

"今天妇女节！"莫婉婉一手搂住樊歆，另一手扯过温浅，"今天女生过节，男生必须请我们吃饭！"

樊歆踌躇着，因为工作她跟温浅相处理所应当，但私底下她不愿过多接触，一是想避开曾经的感情，二是为了慕春寅。当下便推辞道："还是不麻烦温先生了，他工作这么忙，婉婉咱俩去就可以了……"

温浅轻飘飘地截住她的话："我今天不忙。"

樊歆：“……”

莫婉婉仰天大笑，将她胳膊一扯：“走吧！”

傍晚时分，落日的斜晖洒进纱帘半掩的小轩窗，靠窗的位子上坐着两女一男。

这是Y市顶级的西餐厅，装饰得十分清新雅致，客人很多，日日座无虚席。三人订的是雅间，隔开了大厅的嘈杂，安静得很。莫婉婉点了满桌子的菜，不住地劝樊歆吃。

温浅坐在两人对面，一边听着两个女人闲聊，一边用刀叉慢慢切着牛排，仪态优雅。

吃到一半，樊歆包里的手机振动了几声，她起身向两人略一点头：“你们吃，我出去接个电话。”

樊歆握着电话离开后，莫婉婉冲着她的背影笑嘻嘻地对温浅说：“肯定是头条帝的电话，自从樊歆去了你们荣光，他就紧张呀，生怕樊歆去了就肉包子打狗回不来了。”

温浅从容地喝了一口汤：“我觉得他的理解有误，肉包子是我才对。”

莫婉婉哈哈大笑，她夹了只咸酥虾放进嘴里，换了个话题：“齐湘回来了？”

温浅夹菜的手微顿，默认。

莫婉婉冷笑：“哼，当年没心没肺地一走了之，如今又回头找你，犯贱！”

“她只是想让我签她，没别的意思。”

“那你怎么想？签吗？”

温浅答非所问：“这事别让樊歆知道。”

“都在这个圈里，早晚会知道，再说齐湘是谁，就算我不说，记者们也会报道。”

见温浅没搭话，莫婉婉又问：“你不让我告诉樊歆，是怕她心里不舒服吗？你现在对她到底是什么想法？”

温浅言简意赅：“报恩。”

莫婉婉似乎有些失望：“就没其他的了？”

温浅思索片刻，又吐出两个字：“惜才。”

莫婉婉更失望了，过了会儿问：“听说你姐因为刘志军的事不高兴了？也是，他是九重的人，你们荣光跟九重有合作，你却不顾立场帮樊歆出头，对双方关系多少有影响……这时候还加进来一个齐湘，你跟你姐估计更是矛盾重重，她那么喜欢齐湘，你呢，现在……”莫婉婉抬起眼，一本正经地问温浅：“老实交代，你对齐湘还有没有什么想法？”

温浅无奈摇头："没有，满意了吗？"

门外的樊歆打完电话进来，笑着问："聊什么这么开心？"

莫婉婉将面前的餐盘一推，嘿嘿一笑："没什么，姐吃饱了，走，逛街去！"

街道上霓虹绚烂，"三八节"商场里格外热闹，到处都是疯狂血拼的女人。

莫婉婉大包小包地买了许多，樊歆陪着她干逛着，偶尔有看中的，一摸裤兜，老泪纵横。

不过不要紧，她记下了品牌跟型号，回去让慕春寅的秘书替她买。他虽然不给她现钱花，但她看中什么，只需打个电话，就有专人送到家。

几人逛了一路，直到商场快打烊才罢休。温浅一直陪着，并没有露出不耐烦的神色，甚至还主动接过莫婉婉的大包小包。樊歆没想到他淡漠的表象下，还有这么绅士的内在。

逛完最后一家首饰店，一行人正欲打道回府。走出店门的刹那，樊歆的目光被柜台上的某个物件吸引。

那是一串手链，细细的铂金链子，正中有几颗镶钻的星星，被墨黑的天鹅绒台布一衬托，透着低调的精致。

他们几人都戴着帽子和墨镜，还有口罩，导购员没有认出来他们，但明显判断出他们是高消费群体。于是导购员热情地将手链取出来，喋喋不休地推荐："小姐，这款是我们的原创设计哦，别的店没有这种款。"

樊歆拿在手上试了试。她手腕白皙纤细，戴这种秀气的手链十分漂亮，那银色的星星坠在她的腕间，在灯下折射出璀璨的光。

她将手链吊牌翻过来记住了型号，然后递给导购员："谢谢，我再看看。"

导购员以为她嫌价钱高，略有失望地将东西收回。

一旁的莫婉婉凑到樊歆耳边问："你怎么不买？是不是身上没钱，姐给你刷卡。"

当着温浅的面樊歆哪好意思，扯着莫婉婉出了店门："我再看看。"

莫婉婉道："看个屁，我知道你喜欢那串星星手链，你一看它眼睛都亮了！"

樊歆帮莫婉婉拎着鞋盒，抿唇一笑："是啊，樊歆繁星……我就喜欢星星。"

她不知道她的笑正落入几步之外的温浅眼里。

身边的莫婉婉转身："那必须得买。"

"算了，人家都打烊了。"樊歆往外一指，"下雨了，赶紧回去吧。不然拎着这么多东西，打湿就不好了。"

几个人回去还是搭温浅的车。莫婉婉没开车来，樊歆原本打算打的，但雨势太大没拦到，最后被莫婉婉强行拖着上了温浅的车。

莫婉婉的家比较近，十分钟就到了。将她送到家后，温浅继续开车送樊歆。

雨还在下，车窗前的刮雨器来回刮着。车内放着一首悠扬的德语歌曲，樊歆听不懂歌词，但觉得旋律不错，指尖在膝盖上轻轻合着拍子。

一直目视前方专心开车的温浅瞟她一眼，道："这么喜欢音乐？以后我们还有很多机会可以合作。"

樊歆的指尖一顿。自从马尔代夫回来后，温浅对她的态度就异常热情，尽管莫婉婉再三保证他并不知晓她的真实身份，但她还是有些忐忑。默了默，她问："其实圈子里唱歌的人很多，您为什么挑我呢？"

温浅神情平静："你知道吗，我在国际上有个外号。"

"什么？"

"温伯乐。"

"啊？"

温浅一本正经地解释："我是音乐界的伯乐，难得遇到一匹千里马，当然想将她培养成万里马。"

"噗。"虽然这个笑话一点儿都不好笑，但难得他这样冷傲的人会说出口，樊歆便十分给面子地捧了个场。因为这一笑，她刚才的忐忑去了一大半。她看着窗外的雨景，认真地想着温浅的那句话。

其实她是情愿跟温浅合作的。首先，温浅是音乐界的顶尖人物，他的作品在乐坛里首屈一指，没有歌手会拒绝音乐佳作。再者，温浅才华横溢，追求事物精益求精、对待音乐的完美主义理念，都与樊歆期望中的合作对象一致。他虽然偶尔苛刻严厉，但处事沉稳细致，是个值得信赖的对象。

此次合作中，她抛去从前私人的情感，只单纯站在音乐人的立场上谈工作，过程中虽经历小小曲折，她却也在曲折中获得了成长。毫无疑问，她是享受这种状态的。

"怎么，不认可我这个外号吗？"见她半天没回话，温浅问了一句。

"没有。"樊歆回过神来，想起另一件事，道："温先生，你给我的报酬太高了。"

合同是慕春寅签的，她没有留意报酬，直到前天才从汪姐口里得知温浅给她的报酬远超一线大牌的水平。于是她说："你账号多少，我回头让人把钱给你打回去。"

温浅握着方向盘，望着窗外雨丝飘摇，轻笑："我第一次见你这样的人，嫌钱多。"

"确实太多了，我不好意思。"

"拿着吧。"温浅道，"钱是制片方的，不是我的。"

樊歆："……"

车子又开了一会儿，到二环线下被迫停下。前方道路出现了问题，浩浩荡荡的车子排成蜿蜒的长龙，全堵着不动了。

等待的时间里樊歆无所事事，拿出手机刷微博，而温浅则靠在座椅上休息。

倏然叮咚一响，温浅的手机上收到一条短信，他拿起来看了看。手机屏幕的光映出他微蹙的眉，他将手机放了下去，陷入长久的沉默。

原本正在刷微博的樊歆不经意地抬头，问道："你怎么了？刚才还好好的。"

温浅没答。

樊歆忙道："不想说就算了，我就随便问问而已。"

温浅收回手机："没什么，只是有人要我做我不愿意做的事。"

"啊？"樊歆睁大眼，"还有人敢让你做你不喜欢的事？"

她大惊小怪的模样让温浅忍俊不禁，他皱着的眉舒展了些："当然，只要活在这个世上，就会有身不由己的事。"

他没再说话，静静地看向窗外，不知道在想些什么。

雨还在淅淅沥沥地下，车内的音乐切换到了下一首。低缓哀伤的小提琴慢慢地流淌，马路旁灯光昏黄，温浅的面容隐在斑驳的光影中，看不清表情。只有那双幽深的眸子，缓缓扫过夜雨里的繁华三千，那些鲜亮的霓虹与闹腾的人群似乎并不能提起他的兴致，他只是淡漠地瞧着，带着些倦然，像这喧嚣尘世的观望者。他侧过去的背影，在这晦暗不明的光线里，有着无法言喻的孤寂。

那一瞬间，樊歆只觉得沉重，她想起曾看过的一句话——每个人，都逃不脱与生俱来的孤寂。

她不知道该说什么，却不忍心见他落寞的样子，伸手在包里掏出一个口琴，说："温先生，我给你吹首小曲吧！"

她将口琴放在唇边，还真吹起来。琴声节奏欢快，时高时低，听不出来是什么歌，但旋律婉转灵动，在这压抑的气氛里如清风拂过，让人精神一振。

几分钟后，樊歆停下来，带了丝孩子的顽皮："好听吗？"

温浅略思索了会儿，问："这是什么曲子？"

樊歆嫣然一笑，两个梨窝在唇边荡漾："不是什么曲子，我临时瞎编的。"

"难怪我听着这么奇怪。"温浅的视线扫扫她手中的口琴，"你才学的口琴吧？"

"对。"樊歆笑得灿烂，"我前天晚上改谱子时从家里翻出来的，从前我不喜欢这玩意儿，没学，可前晚摸了一把，突然产生了兴趣，就这么揣在身上捣鼓了。你是怎么看出来我才学的，我刚才吹得很差吗？"

温浅眸光淡淡的，却有不易察觉的笑意："你拿口琴的姿势反了。"

温浅将口琴拿过来，双手放上去示范：“应该是这样拿。”见樊歆看不清楚，他干脆把口琴塞进她手中，手把手教她：“双手这样放，大拇指点在这里，食指在这儿，吹的时候指尖这样拂动，气息才会更稳……”

樊歆的手被他轻轻握着，慢慢在口琴上调整着位置。他十指修长，指甲修得干净整洁，指腹有薄薄的茧，应该是长年累月与乐器打交道留下来的，擦过她的手背时，有微微的粗糙感。

彼此肌肤相触，樊歆感到局促，温浅对她的反应毫无察觉，他认真教了一遍，问：“记住了吗？”

“嗯。”心不在焉的樊歆担心温浅还要教她，飞快收回了手，将口琴塞进自己的包，“记住了，等我回去好好练。”

温浅颔首：“如果不会就来找我。”

樊歆左顾右盼，将目光移到车厢外，心想，还是不要了。

温浅扭头看她：“你这是什么表情？”

樊歆手往前一指，答非所问：“路通了，快走快走。”

十五分钟后，温浅将樊歆送到了家。

樊歆回家后第一件事就是跟慕春寅的秘书打电话，告诉对方她想要的手链品牌及型号。许秘书表示明早就会送到家里来，樊歆满意地挂了电话。

天亮时她被许秘书的电话喊醒，她以为手链已经到了，不承想许秘书很遗憾地说，当他赶到店里时，手链已被其他客人买走，且此款手链是限量款，不会再有了。

樊歆挂了电话，心想，既然没缘分就算了吧。

不到片刻，门铃响了，一个衣着整洁的店面工作人员来到慕宅门口，礼貌地将一个礼品盒送上，说是客人的吩咐。

樊歆蒙了，再低头瞅着那漂亮的礼盒，礼盒旁附带一张小小的贺卡，落款只有一个字：温。

那清俊而熟悉的字体樊歆一瞧便知，是温浅。

她讶异地打开盒子，里头银光闪闪，纤细的手链上镶嵌着碎钻组成的星星。正是那条“繁星”。

樊歆将盒子一推，给温浅拨电话：“温先生……”

樊歆后面的拒绝还没说出口，温浅截住了她的话：“别意外，这是礼数，合作伙伴之间赠送礼物很常见。”

“可是……”

温浅再次截住，平淡的语气里透着不容置喙的强硬：“要是不入你的眼，那就丢了吧。”

樊歆：“……”

夜里樊歆将此事告诉了莫婉婉，莫婉婉笑着说：“呀，终于收男神的礼物了？难怪觉得你心情不错！”

樊歆调侃道：“我突然有种捞回老本的感觉！我曾经打了好几个月的工，就为了给他买那支昂贵的笔，如今他回了我手链，我回本了。”

莫婉婉大笑：“瞧你现在跟他相处得挺愉快嘛。”

“是，我学着忘掉过去的事，用平和的心态相处，时间长了，虽然还是有点儿紧张，但也没那么难面对……”

“哈哈，姐欣慰啊，从前你提起他就情绪低落，现在好歹能笑了。”

樊歆一笑，忽然想起往事，想起那青葱年华里的单恋情愫，一时间百感交集。

有风拂过，院内花香四涌。秋千上的樊歆看着掌心的链子，起身离开。

她走进屋内，将链子轻轻搁在卧室梳妆台里，关灯睡觉。

凌晨三点，慕氏大院里夜色岑寂，除开庭院草丛里窸窣的虫鸣，再无其他声音。

院门蓦地被推开，一道颀长的身影穿过院子，随后上了楼。来人的脚步略显急促，似乎迫不及待。

房里的樊歆沉沉睡着，房门吱呀被打开，那道身影走了进去，灯都没开，直接扑到床上。

樊歆还没来得及惊叫，来人径直将她搂进怀里。他的外套上有外头初春的露气，混合着馥郁的花香，而花香底下是樊歆再熟悉不过的男性气息。她在黑暗中拿手摸摸他的脸：“阿寅？”

“慕心。”慕春寅将脸贴在她额头上，拥着不肯松开，仿佛十年八载没见面。

樊歆笑着推他：“你怎么提前回了？哎呀，你快放开我，我喘不过气了……”

“想你呗！”慕春寅的声音里一派欢欣鼓舞，“看到你我心里踏实多了！”

樊歆不敢置信：“真的？我有这么重要？”

慕春寅用力点头，眸子在黑夜中幽亮如星：“真的，我白天想夜里想，每一分钟每一秒钟都在想！想你的菜，想你的饭，想你煲的汤、烘烤的点心、调制的饮品……早餐想午餐想晚餐想下午茶想夜宵想，所以……”他松开她，开了灯，手往楼下一指：“还不快去做饭！”

樊歆：“……”

凌晨四点，为了安抚慕春寅多日不曾填饱的胃，樊歆给慕春寅做了一桌子的菜，头条帝吃得不亦乐乎，消灭了饭菜后又要点心跟饮品。

樊歆在旁边陪他吃着，心里愉快得紧，毕竟他出差一个星期，她不是不挂念的。

吃完饭后樊歆放水给他洗澡，自己则去收拾他的行李箱。

慕春寅脱了外套正要进洗浴间，突然想起什么，走进了樊歆的卧室，将那条“繁星”手链拿了起来，银色细链在他的指尖晃荡，他问：“哪儿来的？”

樊歆一怔，她明明将链子放进梳妆台里了，怎么被他发现了？想来是他又趁她不注意翻查了她的房间。

前段时间两人和好后他对她什么都好，就是总搞突然袭击，时不时检查她的卧室或翻她的手机，一天到晚怕她偷跑了。她抗议多次，但毫无成效。

那边慕春寅还在晃着手链追问：“哪儿来的？”

担心他闹脾气，樊歆没说实话：“婉婉送的。”

慕春寅往旁一扔：“她的东西哪有本少爷的好！”

他说着从行李箱里掏出一个红色的木匣，也拿出一条手链，往樊歆手上一戴。

樊歆定睛一看，手链上亮闪闪的，缀满了各种宝石，巧的是，也有许多颗镶钻的小星星。

慕春寅半蹲在地上，修长的手指握住手链的扣子，一面扣一面说：“前晚许秘书说你看中了一款星星手链，但没货了。我听了就去外头找，没找到你要的那个样子，但是也找了这一串星星。怎么样，赞不赞？”

樊歆低头看着腕上的手链，刚才的不快瞬间便散了。她点头：“赞。”

慕春寅得意一笑，进了洗浴间，门合上之时他在里头说：“天还没亮，你再回去睡一觉吧。”

樊歆睡到日上三竿才起，此时慕春寅正坐在屋后看着杂志晒太阳。和煦的春风如温柔的手，拂过庭院的花花草草，满园清香。

见她来，慕春寅懒洋洋地招招手，往身旁一指。

樊歆坐了过去，听到慕春寅问：“荣光的事彻底忙完了吧？”

樊歆点头。

“那好，接下来你就把精力放在专辑上，毕竟这是你的第一张个人专辑。”

“嗯，我知道，前些天音乐部给我看了曲子，挺好的。”

慕春寅笑着：“那就好好把握，别丢你经纪人的脸。”

樊歆：“……”

而头条帝没多久就为这句话悔青了肠子。

樊歆一旦全身心投入工作，便化身拼命三郎。她为了专辑没日没夜地工作，要么对着歌曲谱面琢磨到废寝忘食，要么在录音棚里为了一句歌词几百遍地唱，要么为了拍歌曲MV的舞蹈练习到汗水湿透几层衣。总而言之，她的宗旨就是，精益求精，力求完美。

这种状态下，她能分给头条帝的精力自然少了，既不能再像以前一样在固定的时间里给他做饭投食，也不能在他需要的时候按摩陪伴。头条帝有种搬石头砸自己脚的感觉，尤其是她没空做饭他只能勉强咽外卖的时候，他就无比怨念。

某天他终于咽不下难吃的外卖，下了十七楼直奔三楼影视部，想将她从练功房里拎出来让她给他做三鲜水饺。当他看到房里的她踮脚旋转纵情舞蹈的时候，他停住了脚步。

宽敞的练功房内，她随着节拍跳跃，太阳穿透玻璃与纱帘，为她笼上一层明亮的辉光。

不，或者这不是阳光，而是她自己的光。随着那轻快的节拍，她高高甩起马尾辫，累到满头大汗却不愿停下步伐。她整个人像是一个发光体，自内而外地释放出一种能量，在这阳光中，比阳光更耀眼。

他静静地看着她，无法形容这一刻的感受。

他知道，她一直很努力。她从前白天工作赶通告，晚上在家伺候他吃完夜宵后还会练舞或者背谱。刘志军的事后，他强迫她在家休息了好些天，但实际上她根本没闲着，她给自己制定了日程表，早上八点到十一点练声，下午两点到五点练舞，晚上七点到十点半练琴……她不爱玩乐，除了陪他之外，其余的时间里几乎全都在提升自己。其实她的艺术素养早已达到很高水准，尤其是小提琴，即便不吃演艺圈这口饭，随便去哪个大学都可以任教，可她仍孜孜不倦，从未停下脚步。

与荣光合作电影主题曲亦是如此。温浅本就苛刻，而她也是能考满分绝不满足九十九分的人，为了达到双方标准，她全力以赴加倍练习。即便如此，她的舞蹈、弹琴等功课仍一样不落。他在国外的那几天，周珅向他汇报过她的事。有一夜几人在莫婉婉家陪她看电影找乐感，看完电影已是凌晨，一群人东倒西歪地在莫婉婉家睡了，只有她爬起来说要回家。夜深风冷，众人拦着不让她走，她却摇头说自己今天的提琴还没练呢……彼时周珅开着玩笑，说她固执，他却听得出来，周珅口中是微带感叹的赞扬。

“阿寅，你怎么来了？”练功房里的樊歆终于发现了门口站着的慕春寅。

“哦。”慕春寅收回思绪，看着樊歆额上的汗露珠般晶莹，心下动容，嘴里却调侃道，“来围观某人走火入魔啊！某人最近为了专辑可是拼了，晚上睡觉抱着乐谱不撒手，半夜里说梦话唱专辑的歌，大早上天不亮闻鸡起舞练MV舞步……简直是魔怔！”

樊歆擦擦头上的汗，抿唇笑道：“我得对得起你的栽培跟粉丝的期望嘛！”

“行了，谁要你对得起了！休息会儿。”

樊歆摇头：“不行，MV就要录了，我的舞蹈还是不到位……我再练练！”见她心意已决，慕春寅只得由她去了。

时间一晃到了五月中旬，樊歆的专辑进入后期，大致的工作都已结束，只剩后期的宣传与发行了。为了配合宣传，樊歆马不停蹄地飞往全国各大电视台上了几次节目，效果还不错。外界对她的新专辑普遍看好，不少粉丝前去樊歆的微博留言，预祝专辑大卖。

樊歆心头如暖泉流过，在微博上写下一句话——人生很长，道路很远，但身后的鼓励与肯定，是前行中最坚定的动力。

正当粉丝对新专辑翘首以盼之时，樊歆的另一首单曲强势袭来，不是别的，正是樊歆为电影《爱的香气》演唱的那首《期遇爱情》。

这首由国际一流音乐家温浅亲自打造的电影主题曲，代表了华语乐坛的顶尖制作水准，再加上精灵歌姬的倾情献唱，随着电影的火爆上映，歌曲便以势不可当的态势席卷整个乐坛。各大音乐排行榜榜首全是《期遇爱情》，便连天后苏越的新单曲都比不过它。

网上热评如潮，赫祈也打电话过来祝贺："樊歆，《期遇爱情》的成绩这么好，还不请吃饭？"

樊歆笑："知道啦，你们要去哪儿吃就去哪儿。"

应赫祈的要求，樊歆在某酒楼做东，请几个朋友和同事吃饭，赫祈、周珅、汪姐及几个影视部高层都到了场。

席上一群人言笑晏晏，汪姐为樊歆高兴，多喝了几杯，大着舌头跟樊歆讲："樊樊啊，这歌唱得真不错，咱争取问鼎SMT国际电影最佳金曲奖！"

这事樊歆也曾想过，但只是想想而已，毕竟那么高大上的奖项，对她这种出道不久的新人来说还是有难度的。于是她笑着答："顺其自然吧，就算不得奖，仰望一下也是幸福。"

汪姐道："什么仰望，你有优势的！这种大奖都是在一流影片里诞生，你刚好为这样的电影献声，而且上一届最佳金曲奖的作曲人正是温浅，如果你这次唱得好，没准还真能成。"

赫祈点头："对，这首歌很富有感染力，国外评审们很在乎这一点！"

汪姐像已经看见樊歆站在颁奖台上一样，喜滋滋道："你知道吗，樊歆，上上届得奖的华人歌手是苏越，得奖后她的身价一夜暴涨数倍，稳坐乐坛第一天后的宝座，如果这次你拿了这个奖，嘿嘿……"她抱着樊歆激动地大笑："那我汪和珍的经纪人生涯里，就又出了一个天后！"

汪姐话里带着玩笑，樊歆的心里却一暖。自入行以来对她最好的人除了慕春寅、婉婉外，就是汪姐了。

樊歆感动地跟汪姐碰了个杯，慕春寅亦拍拍樊歆的肩，说："要对自己有自信！"

高管们喊起来："对！音乐不谈什么新人旧人，动人才是王道！来来来，为了音乐，为了梦想，干杯！"

一群人热情四溢地碰杯，樊歆被他们感染，跟着喊："干杯！"

香醇的美酒入喉的瞬间，她忽然无限满足。

一群人玩到深夜十一点才结束，莫婉婉还没喝够，扯着樊歆说："今天这顿姐没喝痛快！明天换姐单请你啊，咱继续！"

樊歆笑了，以为她说醉话，就敷衍着答应了，谁知道第二天莫婉婉真的说到做到，将樊歆拖出去吃晚饭。

樊歆被莫婉婉拖进Y市最贵的餐厅时一怔，就见席中端坐一人，正慢条斯理地喝茶，那漂亮的手指提起青花瓷的古典水壶，往骨瓷小盏中缓缓注入流水，茉莉花香随着他的笑容弥漫开来，满屋风华。他抬头看樊歆，有种沉稳的从容："来了。"

见樊歆一副意外的模样，温浅略微一挑眉，显出几分恼意："怎么，不欢迎？"

莫婉婉打圆场："怎么会！"她将樊歆往位子上一按，解释道："温浅是我喊来的，人家好歹也是作曲人是不是，怎么能少了他。"

樊歆便没再说话。

三人点了一桌的菜边吃边聊，饭吃到一半，莫婉婉接了一个电话，似乎有什么急事，她撂下两人急急忙忙跑了。

少了插科打诨的莫婉婉，房间里静下来。吃完饭后樊歆将多余的饭菜打包，见温浅好奇地看着她，便解释道："这些别浪费了，可以放在街头树下面，给流浪的小猫小狗吃。"

"你喜欢小动物？"

"嗯。"樊歆微微笑，"以前收养过一只被汽车轧了腿的猫，照顾了它半年，看它重新站起的一刹那，我特别开心。"

温浅道："你倒是好心肠。"

大抵是闲聊能让人精神放松，樊歆不由自主就顺着话接下去："也不全是好心肠，只是看到它就想到我自己，我也有很长一段时间，受了重伤站不起来，做各种手术，很痛苦……"她话说到此处意识到了什么，猛地住了嘴，遮掩道："呃……以前生病了做手术，不是什么大事……"

温浅的瞳仁瞬间紧缩，他懂她的话，他嘴唇张了张想说什么，樊歆却已若无其事地起身，说："不早了，回去吧。"

下楼的电梯里只有两人，两人都没说话，密闭的空间内气氛安静。

温浅的视线落在电梯墙壁上，四壁明净的镜面映出樊歆的身姿，她着一袭小香风春款套裙，鹅黄色的布料将肌肤衬得白皙细腻，那一头如墨长发乌缎般垂在腰际，显得腰身窈窕，盈盈一握。

温浅看着她，想起刚才餐桌上的最后一段话，有瞬间的恍惚。

他无法想象，这样纤瘦娇弱的她，当年为救他身受重伤后吃了怎样的苦。那一句轻描淡写的"做各种手术"，里面包含了多少血泪疼痛，多少挣扎与坚忍，才能一步步熬到今天，以另一个身份，若无其事地在他面前，梨窝浅浅，笑语嫣然，将过去的苦难统统抹去。

她要有多喜欢他，才能做到这一切?

他曾是对"情深不悔"这类词嗤之以鼻的。可如今，他第一次在她的身上体会到，她对他，担得起这四个字。

而同她的深情相反，他不曾喜欢过她，甚至三番五次讥讽她。他这样不值得喜欢，她却甘愿为他舍命，至今半句怨言也没有。见到他，她永远都是那个温和恬然的模样，笑意清雅如莲花，面容有微微的羞赧，温声细语地唤他"温先生"。

他忽然汗颜，不知如何才能报答她的恩情与感情，虽然莫婉婉说她从未想要报答。

叮咚一声，电梯的声响拉回了温浅的思绪，温浅敛了敛心神，跟着樊歆一道走出电梯。

外面的风有些凉意，樊歆的裙角在夜风里翩跹如蝶，两人走出酒店，她回头跟温浅礼貌地告别："温先生再见……"随后又补了一句："您不用送，我自己打的回去。"

温浅默了默，把肚子里的疑惑说了出来："人家明星出行都是保姆车随时伺候，前有助理后有保镖，你怎么老打的？"

樊歆笑了笑，为这事她前几天还跟慕春寅抗议过一次。自从刘志军的事件后，只要她离开慕春寅的视线，慕春寅就要派保镖跟着她，连她上WC都有好几个人高马大的保镖在女厕所门口蹲守。因为太过招摇，她抗议了几次，最后慕春寅经不住她的软磨硬泡，便规定她如果在离盛唐不远的地方可以不带保镖，但前提必须是莫婉婉陪在身边。

当然，这话没必要跟温浅讲，于是她抿唇浅笑："温先生还不是独来独往。"

温浅道："那一道走吧，你去前面打的，而我没开车，步行回公司。"

樊歆点头，跟温浅一道向前方的十字路口走去。想着慕春寅今晚有应酬，不到半夜回不来，她再没什么顾虑，沿着步行街缓步前行，就当是饭后散步消食。

两人隔着几步的距离前后走着，偶尔各自安静，偶尔平和交谈。快走到路口时，樊歆见路旁有个老婆婆正在兜售栀子花，连叶带花地被皮筋扎成洁白的一小捆，十块钱一捆，浓郁花香扑鼻而来。

樊歆不忍见老人家守夜卖花，便将最后三捆全买了去，她将兜里唯一的一张钞票掏出来，没让老婆婆找钱。

买完花后两人继续往前走。

花太多，樊歆抱了一整怀。

温浅与她相隔两步远，他双手插在兜里，似乎在看墙上的影子，又似乎在看她。须臾他开口了："原来你的好心肠，不只是对小猫小狗。"

樊歆道："只是觉得老婆婆很辛苦罢了。"

他神情疏淡地将目光移到她怀里的花上，问："世上值得同情的人那么多，你能全部帮到吗？"

樊歆表情认真："也许在温先生眼里，这种事轻于鸿毛不足挂齿。但我不一样，我觉得勿以善小而不为，所以举手之劳能帮就帮。"

温浅道："如果你要帮她，大可以给钱打发，没必要买花。"

"这打发一词多轻蔑。"樊歆轻笑，"刚才婆婆旁边就有一个乞丐，是个年轻男人，好手好脚却不劳而获。按理说年老的婆婆更有资格这样做，但她宁愿风吹雨打辛苦卖花也不愿接受别人的施舍。对这样的人，你觉得你的打发她会接受吗？"

她看向温浅，一本正经道："不要在助人时践踏他的自尊，不论他贫穷或富有。"

温浅看着她，有一瞬间的静默。

担心自己的话让对方尴尬，樊歆笑了笑，缓和气氛："每个人的想法不一样，温先生不用把我的话放在心上。"

温浅仍是若有所思地看着她，须臾后低声道："不，你说得对。"

此后一路上两人都没再说话，就那么不快不慢地走在小路上。

道路两旁是民国风的小洋楼，路旁栽着许多蔷薇花，一簇簇攀在白色的篱笆墙上，一片粉色锦绣。

温浅不经意地去看身侧的樊歆。那一刻的画面似法国文艺片里的慢镜头：安静的街道，微黄的光线，投在墙上的斜长人影，沉淀着时光的复式小洋楼，路旁白色橡木篱笆与开得热烈的蔷薇花……女主角抱着纯白栀子花自篱笆墙下缓缓穿过，街道、洋房、花朵、灯光皆沦为她的背景。画面中央的她低眉微笑，侧脸轮廓优美精致，浓密长睫似翻飞的蝶翼。

两分钟后两人走出步行街，到了岔路口，樊歆跟温浅告别：“温先生，我走了。”

“嗯。”温浅颔首。在目送她离开后，温浅沿着右边的路往前走。

前方的街道霓虹闪烁，左边车行道上车来车往，右边人行道上红男绿女结伴而过。人来人往，欢声笑语，将整座Y市烘托得如不夜城，温浅沿着路灯的光影，慢慢朝公司走去。

热闹属于别人，孤寂属于他。夜里从外面看起来灯火通明的荣光大楼比月光还冷清，可他没有选择。

他揉揉眉心，倏然觉得倦怠，这念头还未消片刻，他便听得身后传来一阵脚步声，似有人追上了他。

他一转身，就见樊歆气喘吁吁的样子，她看起来极不好意思，用很小的声音问：“那个……您能借我一百块钱吗？我刚才把身上的钱都给了卖花的婆婆，没钱打的回去……”

温浅忍俊不禁，前一刻的倦怠一扫而空：“你一个大明星身上只装一百块？”他的手摸到了兜里的皮夹，却偏偏摆出不合作的神情：“我为什么要借你？”

樊歆竟无言以对。

想想没钱就得走一个小时的路回去，樊歆干脆耍无赖：“你要是不借我钱，我就跟着你到荣光去。我见人就说，温先生好抠门，一百块都不给我……”

她抱着大捧花束，巴掌大的小脸掩映在白色的栀子花中，故作无赖的口吻有顽童般的稚气。温浅从未见过她这番模样，忍不住摇头：“你真是……”后半句没说，只露出无奈又好笑的表情。

最终他还是将皮夹掏出来：“要多少你自己拿。”

樊歆抽了一张一百的，招手拦了辆的士，上车的时候她猛地转身，朝路边的温浅跑来，分了一束花塞到他手里，笑道：“这是借钱的利息。”

温浅瞅着怀里的芬芳微怔，而樊歆早已乘着车一溜烟走远。

幽暗的树影下，温浅闻着花香弯了弯眉梢：“第一次见这么奇怪的利息……”

他看了怀里的花半晌，手机突然嗡地响起来。接通电话，莫婉婉的话噼里啪啦地传来：“你们吃完了？没事，姐就是纳闷来问问你，吃饭时你怎么没宣布好消息啊，你不是说这事已经尘埃落定了吗？”

温浅道：“原本是打算说的，不然不会跟你们吃饭。但后来改变了主意，想干脆等到庆典现场，太早说失了期待，就没了意思。”

莫婉婉道：“这么说，你是想给她一个惊喜咯？”

“这不是我给的惊喜，我只是将它酝酿得更大而已。”

莫婉婉沉默片刻，道：“温浅……你好像变了。”

“是吗？”温浅看着城市斑斓的风景，最终他将目光移到怀里雪白的花朵上，小小的花朵柔软而纯洁，像某人干净清秀的侧颜。

他弯弯嘴角，温声道：“变了就变了。”旋即他挂了电话，抱着怀里的花，在满路芬芳中慢慢走远。

出租车里的樊歆抱着两捧花，脸上没有任何惊喜，她看着手里仅有的一张单薄红票子，只有满肚子忧伤。

不行！她再也不要跟温浅借钱了！太丢脸了！以后传出去，狗仔们会不会添油加醋扭曲成“精灵歌姬苦追天才音乐家，竟以借钱为由屡屡搭讪”？

想到这里樊歆打了个抖。回家一定要跟慕春寅抗议，她要求财政拨款，要求放宽政策，不仅如此，她还要考驾照，她要开自己的车！

她的这个想法酝酿了一晚上，在第二天的午餐时间正式提出。

餐桌上，樊歆郑重其事、认真严肃地提出了自己的诉求，然而头条帝的回应是一心一意地吃饭喝汤。

樊歆拿筷子敲了敲碗：“你有没有听到我的话？我要求你放松看管。”

头条帝咬着嘴里的排骨，丢下五个字：“醒醒，天亮了。”

樊歆：“……”

因着抗议失败，樊歆决定晾资本家几天，沉默对抗。

想是这么想的，不料这计划才实施一个晚上，第二天便被一个消息打破——她收到了SMT的邀请函！

盛唐十七楼的总裁办公室里，做工精致的邀请函上用英文写着邀请她于六月十日前去英国伦敦，参加SMT的国际电影庆典。

虽然早有心理准备，但看到自己的名字印在卡片上时，她仍雀跃不已，前一晚跟慕春寅的不快早忘到了九霄云外，她摇着他的胳膊问：“阿寅，那天是你陪我去吗？”

慕春寅抬起眼皮扫她一眼：“不然还有谁？”

樊歆嘻嘻一笑：“好期待！”

时间一晃已到六月十号，国际电影庆典在伦敦隆重举行。

庆典是在一所具有历史底蕴的皇家礼堂里举办的，一切如樊歆所想，里面众星云集。进入礼堂之前，有一段红地毯，在这红毯上男的身着礼服器宇轩昂，女的身着长裙步步生莲，俊男美女成双成对地翩跹而过，成百上千的相机闪光灯亮如白昼。

慕春寅这些年一直以制片人的身份活跃于国际影坛，既是各国影星攀交的对象，又是各大盛典的座上宾。今日他延续了一贯的骚包风格，从着装的色彩到配饰的细节，都高调又精致。藏蓝色英伦西装配亮红绲边衬衣，挥手致意时，珀金袖扣在灯光下泛着优雅的光芒，仿佛生来就是镜头里的贵族，只为众生的仰慕与喝彩。当他踏上红毯之时，各国媒体争先恐后地狂按快门，闪光灯闪得一旁樊歆的眼睛都睁不开。

见樊歆略显不适，慕春寅轻搂她的肩，将她带入了会场。

会场就是个奢华的大礼堂，帷幕重重的高台上，主持人登场拉开庆典序幕，然后便是国际影联协会主席致辞。

樊歆跟慕春寅坐在第二排正中，是极显眼的贵宾位置，很明显，她是托了慕春寅的福。她不动声色地打量四周，会场上座无虚席，肤色各异的面孔全是大腕。她第一次与这么多的国际巨星同场而坐，难免有些激动。

慕春寅瞥她一眼，压低声音道："激动什么？高兴的时刻还没到。"

樊歆不明就里，想去问慕春寅，头条帝却歪过头去，不理她了。

樊歆将这话咀嚼好久，仍没明白。四十分钟后，直到主持人喊出她的名字，她才明白什么叫"高兴的时刻"！

庆典进入颁奖环节，主持人轮番邀请不同的颁奖嘉宾上台，给"最佳编剧""最佳男主角""最佳女主角"等一一颁奖。待"最佳导演"奖颁发完毕，主持人对着麦克风用流利的英文说道："下面将颁布的是影片金曲奖，让我们先看看入围的四部影片。"

主持人向LED大屏幕一指，屏幕上依次闪过几部影片——《苍穹》《月光部落》《古罗马风云》《爱的香气》。

当屏幕播放到最后一部《爱的香气》时，樊歆微微睁大眼——这不正是她唱那首《期遇爱情》的电影吗？还真入围了！

樊歆将惊讶的目光投向身旁的慕春寅。

慕春寅只是淡淡一笑，继续看着台上的主持人。

一身纯黑西装的主持人拿着话筒，用神秘的口吻说道："这四部电影的歌曲都非常优秀，到底哪一个才是真正的桂冠获得者呢？"他一面说一面拆信封，中奖的名单就在信封里，他拿出里面的信笺，突然绽开微笑，朝身后的屏幕一指。

大屏幕上画面飞快旋转，四部影片的画面如快镜头闪过，五秒钟后，画面定格在《爱的香气》上。与此同时，主持人洪亮的声音传来："下面我宣布，本届获得最佳影片金曲奖的是，影片《爱的香气》的主题曲《期遇爱情》。有请获奖者樊歆！"

当主持人念到樊歆名字的瞬间，哗啦啦的掌声响起，所有镜头齐齐投向第二排的樊歆，台上LED屏上映出她愕然而惊喜的脸孔，她微微张唇，眼睛睁得大大的，在这始料不及的欢喜中怔住。

身旁的慕春寅笑着拿手肘碰她："去啊，愣着干吗？"

樊歆这才回过神来，牵起裙角起身，迎着热烈的掌声走出观众席。而主持人继续道："有请国际音乐家、艺术家，亦是本片作曲人温浅先生上台颁奖。"

拖着长长礼服上台的樊歆再次睁大眼，然后就看见红色的天鹅绒幕布后，一个修长的身影优雅地走了出来。

台下又一次响起掌声。

怔住的樊歆停下了脚步。她飘飘忽忽的，感觉像是在做梦。

亮如白昼的灯光中，樊歆跟温浅站在台上，礼堂里所有的摄像机镜头都投向两人。台下无数双眼睛投过来，肤色各异的嘉宾都在打量着这个名不见经传的华人女歌手。

一旁的主持人用富有磁性的嗓音介绍："樊歆，华语乐坛新生代女歌手，以其干净、富有灵气的嗓音征服了无数位听众，在《期遇爱情》这首歌曲中，她用丰富、充沛的情感，淋漓尽致地诠释出爱情的味道，成功打动了影片评审团的各位评委，金曲奖的获得是实至名归。"

主持人清晰稳健的声音透过麦克风传向全场，台下嘉宾听得清清楚楚，均面带赞赏地看向台上那张陌生又充满灵气的中国面孔。

镜头正中，樊歆穿一袭烟灰色及地长裙，欧根纱的布料质感蓬松，束腰加鱼尾的设计显得她身姿窈窕修长，墨发被松松绾起，脸上着了淡妆，眸光雪亮而唇色樱红，微笑时露出两个浅浅的酒窝。当她的脸庞被LED屏幕放大成特写时，那笑容便因一对小梨窝显得分外甜美真诚，立时博得了全场观众的欢心，掌声再一次响起。

而她身旁的温浅，簇新衬衣外是一身纯白色燕尾服，剪裁妥帖的礼服将他烘托得身材颀长，灯光下他眉清目秀，眼神深邃，漂亮至极。面对满场观众，他淡淡笑着，气度优雅从容不迫。

眼见礼仪小姐走来，温浅从托盘里取出奖杯递给樊歆，用真挚的语气说："祝贺你。"

奖杯的形状是个握着麦克风的小金人，樊歆接过小金人，向温浅道："谢谢。"

樊歆伸出手来跟温浅握了握手。她因为激动，手心微微出汗，一握之后便赶紧撤开，生怕把汗液蹭到温浅手上去。

握过手后，温浅主动张开双臂，做出拥抱的姿势。

樊歆目光飞快地扫过台下慕春寅。那边的慕春寅似也没料到会半路杀出一个温浅来，脸色差到了极点。

顾及慕春寅，樊歆只略微倾身，虚虚向温浅的方向靠了靠。双方虽没接触，但他的气息还是扑面而来，她嗅出专属于他的茶香，似四月里踏过春雨蒙蒙的江南茶园，邂逅一场清幽的芬芳。

这气息就在鼻尖，她有些不自在，随即便见温浅的脸俯了过来，轻贴她的脸颊。

这是最后的贴面礼仪了，当两边脸颊都贴完后，她正待撤离，却见他在摄像机照不到的角度，附在她耳边轻声道："今天，你很美。"

樊歆的心跳瞬间加速。而他已站直身体，施施然走下台去。

她终于回过神来，想起还有最重要的一个环节——发表获奖感言。

她深吸一口气，组织好语言，握住手中的小金人，对着话筒说道："首先，感谢SMT主办方，感谢评审团给我这个机会，我感到十分荣幸。"

她将目光投向台下的观众席，眸里写满温情与真切："其次，我要感谢我的老板、我的经纪人慕春寅慕先生，没有他在背后的支持与扶助，我不会如此顺利地走到今天。"

她背后的LED屏上现出慕春寅的脸。头条帝正歪坐着，看似漫不经心，脸上却闪过得意的笑。

"然后，我还要感谢这首歌的创作者温先生，如果没有他，不会有这部作品的出现。所以这个奖，有温先生的一份功劳。"

LED屏上的画面切换成温浅的脸庞。他笔直地端坐着，嘴角有一抹淡淡的笑意，而不远处的慕春寅不屑地哼了一声。

台上的樊歆还在讲："最后我要感谢我的歌迷，你们的支持与鼓励是我前进的动力，未来，我将为了音乐而不断努力！谢谢大家！"

她说完弯腰鞠躬，掌声如雷中她长裙摇曳，抱着小金人款款下台。

在这掌声此起彼伏的时刻，几十台摄像机全程摄影，将这一幕完整地记录下来，全球直播出去。

这一刻将被永远记载，人们不会忘记，有一个华人女歌手，黑头发黑眼睛黄皮肤，她用平平仄仄、字正腔圆的中国话，唱过一首名为《期遇爱情》的动人情歌。

她的名字叫樊歆。

繁星熠熠，为世歆美。

（第一卷完）

她与光同行

[中册]

尤小七 作品

青岛出版社
QINGDAO PUBLISHING HOUSE

第一章
争角

七月的天，夏蝉在枝头聒噪，酷暑难耐。

距离SMT庆典已有数月，典礼结束后樊歆火了好一阵子，颁奖照片亦被人发到各大网络传媒，不仅上了热搜头条，粉丝更涨了一倍，有人将她过去出的专辑翻出来听，还有人称她为华语乐坛新生代小天后。

火了之后便是井喷式的工作量，今天这个媒体的采访、明日那个电台的通告、后天那家品牌的代言，忙得像个陀螺。

忙忙碌碌几个月，这两天终于能得闲休息，她哪也不想去，就坐在家中庭院发懒。夏天的风一阵阵拂过，苍穹万里无云，蓝得像珐琅瓷的釉彩，有种温润而空灵的美。

院落另一角，慕春寅正坐在秋千上喝红茶，拇指大的冰块沉在水杯杯底，水晶般剔透。一杯茶喝完后，他朝樊歆丢过一沓文件："这剧本你看看有没有兴趣，老唱歌跳舞也会腻，尝试下新鲜的也好！"

不愿拂慕春寅的好意，樊歆将剧本拿起来翻了翻，下一瞬双眸微睁："《琴魔》？是不是那本超级红火的网络小说？"

"对，就是那部玄幻小说，堪称网文界的超级IP，拍成影视剧后仗着百万数量的粉丝，想不红都难。我看好这片子的前景，参与了制作，如果你有兴趣，咱就进组。"

樊歆道："可我没有演过电视剧，演坏了怎么办？"

慕春寅慢悠悠地说道："这不是你操心的事，你只需考虑愿不愿意。"

樊歆一贯乐于接受新鲜事物，加之她原本就对影视剧充满好奇，思量了片刻后，说道："这样，我去《琴魔》打个酱油，纯当新人学经验，日后要有好的影视剧，我也有些基础。"

"就这么点出息！"慕春寅拿手戳她的脑袋，"你既然要去，当然是女一。"

樊歆摆手："不好吧！我半点演技也没有，演砸了那不是坑剧组吗，人家一部片子可是投资几千万上亿的！"

"演技什么的，我给你报个速成班，你跟班学习一阵。其他事你就甭管了。"

他说着起身，再不管樊歆怎么说，把剧本往她手里一塞："有兴趣就好好看，我去公司了。"

一小时后，盛唐十七楼，总裁办。

沙发上的孙副总小心翼翼地提出自己的疑惑："慕总，樊歆的演艺规划不是以音乐为主吗？怎么突然想进军影视？"

慕春寅将视线投向窗外广阔的天地，说道："在这个圈内，覆盖面积越广，根才能扎得越深。"

"您对樊歆的爱重我理解，只是……"孙副总略有担忧地说，"这圈里虽然流行演而优则唱，唱而优则演，但樊歆从未参演过影视，直接去就是女一的话，恐怕……"见慕春寅脸色微沉，孙副总语气立刻一转，"当然了，以盛唐的地位，一个新人出演女一也不是不可能……"

话音刚落，吴特助敲门进来，脸色有些怪异。

慕春寅问："怎么这个表情，苏崇山说什么？"苏崇山是《琴魔》的制片人。

"苏先生说，女一的角色他想替您留着，但有一拨人不停地向他施压，他现在没法跟您保证。"

"什么人？"

"九重的齐三爷。"说到齐三爷这个词之时，办公室的几人同时啊了一声，面上均浮起警惕之意。

慕春寅歪靠在沙发上，慵懒的眼底掠过冷意："齐三？"

"对，齐三爷想把女一的角色给他的亲侄女齐湘，苏先生碍着您，一直没敢答应。"

慕春寅还没答话，孙副总道："齐湘？她回国了？她不是国际超模吗？这么多年打着'最美名媛'的名号，眼高于顶，非一线奢侈大牌不上，如今怎么也掺和电视剧这档子事了？"

另一个人跟着说道："虽然是超模，可她也拍电影的，去年参加拍摄的两部都不错，虽然没有担当主角，但表现可圈可点。”

一群人跟着点头，孙副总却担忧地说道：“如果齐三也掺和进来，那这事就不那么容易了。”

在场的人都面色凝重。这些年，以齐三爷为核心的九重与盛唐的关系一直势如水火。同盛唐一样，九重是个横跨多领域的集团公司，实力雄厚不说，背后的黑道力量更是纵横四海，绝对不容小觑。

良久，慕春寅打破这缄默：“你们都去忙吧，这事我自有安排。”

下属们闻言散去，只剩慕春寅独自坐在办公室。

窗外夕阳渐落，慕春寅这才起身回家。到家后，他像往常一样同樊歆言笑晏晏，关于九重一事，他只字未提。

时间飞快流转，两天后，盛唐十七楼，慕春寅再次跟影视部高层坐在一起，第三次为了《琴魔》角色一事商讨。

孙副总端着茶杯坐在那，问刚挂电话的慕春寅：“慕总，苏先生说什么？”

慕春寅道：“他说九重原本将架子端得很高，可一听说我们也要女一的角色，便立刻改变套路，自称可以不要片酬，友情出演。”

吴特助道：“这话的意思是，九重在故意针对我们？”

孙副总道：“很明显嘛！”

另一位高层颔首：“当然，过去我们跟九重在地产领域交过手，一直势均力敌。但去年桃花坞事件，盛唐的房产项目大卖，在一定程度上打压了九重，九重耿耿于怀。还有刘志军的事，他虽不是九重的直系人脉，但也有些沾亲带故的关系。如今他被我们送到牢里，九重肯定怀恨在心。想必这次争女一角色的事，他们是绝不会罢手了。”

一群人等待上座的慕春寅开口，慕春寅却只挥挥手：“行了，我心里有数，都下去忙吧。”

那边盛唐的会议散了，而这边的茶楼，莫婉婉还在拉樊歆喝下午茶。

见樊歆大包小包满满都是炖汤食材，莫婉婉说：“你也歇歇啊！这两天难得休息，就别做家务了！”

樊歆是在超市大门口被莫婉婉拽来的，原本她买了菜后就想回家煲汤，谁知被莫婉婉拖到了茶楼。她说：“没办法，前阵子工作多，都没好好照顾慕春寅，这几天闲了就想给他补补。”

莫婉婉正要说话，眼眸却突然凝住。

“怎么了？”樊歆循着她的目光看去，就见前面包厢走出年轻的一男一女，两人并肩出了茶吧。男人衬衣西裤，身姿颀长步伐优雅，女的一身露肩白裙，身姿窈窕步态婀娜，从背面看不见长相，但举手投足间姿态极美。

樊歆看着女子的背影，惊讶地说：“那不是齐湘吗？她回国了？”再仔细瞅瞅齐湘身边的男人，“她跟温浅……复合了？”

“不是。”见再也瞒不下去，莫婉婉只能招了，“齐湘一周前回国的，温浅签了她，她现在是温浅的艺人。”顿了顿，加重语气，“只是艺人啊，你别心里不舒服。”

“我有什么不舒服的，温先生想签谁，那是他的自由。再说齐湘确实很优秀啊。”

莫婉婉不屑一顾：“优秀个什么，就是个绿茶婊！”又叹口气，“外貌协会的粉丝们不知道她的真面目，一个个把她捧得高高的，恨不得天上有地下无……如今你跟这绿茶婊争女一，我还替你捏了一把汗！”

樊歆微愕：“齐湘也要演《琴魔》？”

“嗯，九重也看中了这个角色，有意让齐湘出演。但我瞧慕春寅那架势，是非要帮你弄到不可。”

樊歆沉默着，想起曾经听过的传言，隐约有些不安。

夜幕四合，城市街道华灯初上，高楼大厦灯光亮起，辽阔的苍穹一望无际，繁华世界里的灯光与天上的星辉遥相呼应。

慕氏大院灯火通明，慕春寅吃过晚饭在书房里加班。樊歆敲门进去，慕春寅扫扫她手中的蔓越莓小饼干与果汁，笑道：“今天怎么这么乖？”

樊歆瞅着他慢条斯理地吃着饼干，轻声道：“阿寅，我听婉婉说九重也想加入这部剧，别人都说九重心狠手辣，连市长儿子都敢绑架，我担心……”

慕春寅抚抚她的发，将这事说得云淡风轻：“担心什么，一切有我，女一的角色必然是你的。”

“可是……”

“没什么可是。”慕春寅不等她把话说完，直接将她推出了房。

房内的慕春寅坐回到沙发上，拿起电话拨了一个号码出去。

十秒钟后电话接通，那端一个男人的声音殷勤地传来：“哎哟慕总啊，我正准备给您打过去，谁知您就打来了。”

慕春寅歪靠在沙发上，口气慵懒，眸光却在灯下晶亮逼人：“苏先生，你要我给你三天时间跟九重商量，结果怎样啊？”

那边苏崇山叹气道：“哎，我劝了齐三爷好久，让齐湘做女二，片酬我给双倍，但齐三爷不肯，还提出零片酬出演女一……您知道的，我当然是向着您啊，可九重软硬兼施，一会儿拿钱一会儿拿刀子，我是急得脑壳都大了。”

慕春寅挑眉：“所以？”

“所以我想说，既然这事难以抉择，不如就交给大众投票吧！我打算明天在网上开个投票栏，以《琴魔》女主一事征集大众意见，齐湘与樊歆两个候选人谁的票多我就让谁演！这总公平吧！”

慕春寅没答话，苏崇山便继续搅动三寸不烂之舌游说：“慕总啊，其实投票也好，民众的眼睛是雪亮的，让他们去选心中的女一，咱顺应民意，只要民众满足了，咱的收视率就有保障！对不对？”

慕春寅弯唇一笑，这苏崇山一如既往地圆滑，既不想得罪九重也不想得罪盛唐，干脆将烫手的山芋丢给民众。到时不管是哪方落选女一，都怪不到他头上，而且他还能凭投票一事在网上为电视剧免费炒作一把，想必《琴魔》定能凭借两大名人争角色一事，未拍先火。

见他久久不回话，苏崇山催道：“慕总，您觉得这意见怎样？”

慕春寅静默片刻，吐出一个字：“好。”

翌日清晨，微风拂过窗台，温煦的晨光照进房间，床上睡得正香的樊歆被莫婉婉一个电话喊醒：“樊歆，快上微博，看今日头条！”

樊歆迷迷糊糊地点开手机微博，就见热搜头条一行大字——“齐湘&樊歆，谁是你心中的女神清音？”

清音是《琴魔》的女主名字，身份是一位下凡历练的仙界女官。

樊歆发蒙的大脑清醒了大半，就见标题下面有两张照片，分别配有煽动力十足的文案。

左边是齐湘的照片，贫困地区的福利院内，她弯腰哄着哭泣的病患儿童，地上泥水污了她雪白的长裙，她顾不得整理，对着孩子笑得温柔亲切。

照片下的文案是：“她，出身豪门，以天使的面孔与完美的身材为世人惊叹。她是时尚圈的宠儿，名流界的公主，更是慈善界的先锋，天之骄女的身份下有一颗慈悲博爱的心。她被《世纪》杂志评为‘世界最美名媛’。美丽如她，天使如她，是你心中的神女清音吗？”

右边是樊歆在桃花坞的照片，云蒸霞蔚的灼灼桃林里，她云鬓高耸，一袭绯红长裙，广袖翻飞舞姿蹁跹，回眸一笑灿若朝霞。

“她，能歌善舞，清丽脱俗。《歌手之夜》震惊四座，余音缭绕三日不绝。她，桃花坞里红衫罗裙，惊鸿一瞥天外飞仙，被评为‘年度古风广告最美女主角’。她，更以动人的嗓音征服全球，勇夺SMT最佳金曲奖，刷新华人演艺新纪录，被万千粉丝誉为‘精灵歌姬’。天籁如她，惊艳如她，是你心中的神女清音吗？”

双方简介完毕，文案下是一个投票选项栏。樊歆怔了怔，看这架势，是在网选女主角?

不论樊歆对这种方式是接受还是排斥，轰轰烈烈的网选都开始了。虽然樊歆无意争女主角，但投票结果她难免好奇，毕竟是跟齐湘那样的国际女神竞争。

除了她之外，盛唐的人也都在关注此事，樊歆一到公司，汪姐、莫婉婉便拉着她进了办公室，三个女人关起门一起刷微博。

页面刚一刷新开，莫婉婉便爆了句粗：“竞争好激烈！”激动地一拍樊歆的肩，“行啊你，PK最美名媛，没落下风！”

“啊？”樊歆微惊，在她的认知里，齐湘的名声累积多年，远远超过才入行两年的她，她只求票数别差太多就满足了，不想竟没落下风。

汪姐跟着说：“票数相差不大，竞争很有悬念感。”

樊歆瞅瞅手机屏幕，就见投票数像八十年代中分的发型，齐刷刷以平均之势朝两边倒，一个四万五，一个四万三，势均力敌。

自古以来有竞争就有口水，这方投票区积极热烈，那方评论区更是爆满，因着两位候选人的粉丝数量差不多，双方阵营实力相当，打起口水仗来颇为壮观。

【和尚洗头用飘柔】：“支持樊歆！支持樊歆！支持樊歆！重要的事情说三遍！”

【药别停】：“支持齐湘！她出身高贵，美丽优雅，适合出演女神！”

【师太贫僧自己脱】：“她优雅美丽，我们家精灵歌姬就不优雅不美丽了？瞧瞧桃花坞广告，年度最美古风女主角！那出尘脱俗，演仙女再合适不过。”

【捐出同桌保家卫国】：“嘁，樊歆再好也只是一个草根出身，跟齐湘不是一个档次的好吗？”

【求岳母发货】：“草根怎么了？她入行才两年就拿到SMT国际金曲奖，演艺圈里头一个！齐湘，哼，没有家族支撑，她的事业会这么顺风顺水？单看实力，樊歆完胜！”

【性感豹纹俺老孙】：“谁说齐湘不努力？人家当年没进时尚圈可是S大的学霸！全市第二的成绩考入，你让樊歆试试？说是加拿大华人，还不知道是哪个野鸡大学毕业的！”

微博上掐成一片，汪姐拍拍樊歆：“淡定！两人争一个角色，肯定会引起争议。”

莫婉婉跟着道：“对，有争议才会火！”

樊歆点头，在对投票结果的短暂惊讶后，接下来的她有些心不在焉，对几人的话题都不怎么搭理。莫婉婉推她一把：“你想什么呢？担心票数吗？放心，咱领先齐湘几千呢，具有优势！”

樊歆踌躇着：“其实比起票数，我想得更多的是这个角色……这两天我在看剧本，看完后有种对未知世界的迷茫感，我不知道能不能把握好这个角色，而且我居然对女一没什么共鸣……我本来就不是科班演员，现在对人物还不来电，心里更虚了！”

汪姐疑道：“咦，怎么会不来电呢？难道这角色不是你自己挑的吗？”

莫婉婉不屑一顾：“哪轮得到她挑？慕春寅看中了剧本，撂下一句话，准备进组！她就得进了！”

汪姐站在公正的角度客观点评：“说实话啊，工作毕竟是以艺人为主体，慕总的方式有点专制，不利于长期合作，樊歆你有机会还是委婉地提一下。”

“长期合作？”莫婉婉哈哈大笑，一针见血，“no no no，他们是终身合作制！”

樊歆、汪姐：“……”

莫婉婉笑完开始安慰樊歆：“好了你就别纠结了！想想开心的事，这《琴魔》是鸿海影视投拍，鸿海口碑一直不错，几乎是收视率的保障，我估摸着这片子要火！准备迎接你大红大紫的星途吧！”

樊歆若有所思，再瞅瞅墙上的钟，想着饭点要到了，她回到十七楼去准备晚饭。

十七楼的总裁办里，慕春寅正与高管们商量要事，饭后，樊歆原本想说说《琴魔》的事，见状便没打扰他，自己去了内厅看剧本。

窗外夜色越来越深，慕春寅的忙碌还在继续，结束与孙副总的商议后，他并没有要休息的架势，又让吴特助喊了几个下属进来。

那是几个连夜加班的高管，其中一位姓赵的技术总监半敬佩半恭维地对慕春寅说：“慕总，您果然料事如神，樊小姐与齐湘的票数差距越拉越远，下午五点樊小姐只高齐湘五千三百票，现在已经高出八千三。”

慕春寅颔首，沙发上公关部的胡总监笑着说：“这该说是实力还是运气呢？齐湘虽在国际时尚界有一定地位，但名流圈毕竟离普通人太远，便产生了眼下的尴尬局面——她在国际上的规格比樊歆高，在国内的知名度却不如樊歆。”顿了顿，他总结道，“所以这个投票，我们是占了便宜的。”

慕春寅微微笑，幽深的瞳仁在灯下透着笃定的光。他之所以答应苏崇山以网选的方式竞选女主角，当然是算计好了这一点。

技术部赵总监喜滋滋地继续说：“照这速度下去，到明天下午，起码多出三四万票，届时差距就明显了。”

胡总监笑着点头：“到那时候，女主角非我们盛唐莫属。”

慕春寅若有所思地看向窗外，道：“先别高兴得太早，投票时间有三天，指不定后面会发生什么事呢！”

话至此处，他正色看向年轻的技术部主管：“赵总监，这两天加班加点，务必好好盯着数据，一有异常，马上来报。”

“是，慕总。”

一群人散去后已是凌晨一点半，慕春寅结束一整天的工作回了内室。休息室里，樊歆歪靠在沙发上早已睡去，手里还维持着拿剧本的姿势。大概是觉得冷，她猫咪般蜷缩着，慕春寅拿手摸摸她的脚，冷凉一片。他无奈摇头，将她的脚焐在手心，待焐热后才将她抱到了床上。

夜半的灯光明亮，被里的樊歆兀自睡得深沉，一头乌发海藻般散在枕上，愈加显得脸庞白皙秀美而长睫浓密，只是眼睛因为看剧本哭过，略显红肿。

慕春寅坐在床畔看她，几分讶异几分好笑：“这剧本里写了什么，居然看哭了！真是傻气！”

他给她细细掖好了被子，这才去洗漱。

洗漱完后，他裹着浴袍出来，拿起桌上的手机点开了微博，看了投票页面半晌后，微微勾起唇角，扭头看向窗外。

玻璃窗外夜色岑寂，星空下是灯火斑斓的城市夜景。慕春寅将视线落得远远的，末了轻轻一笑：“九重啊九重，票数落后这么多，该反击了……”

慕春寅估算得果然没错，翌日清晨还不到七点，办公室的门被人敲开。

慕春寅披着衣服走到外厅，对着急匆匆进来的赵总监做了个噤声的动作——樊歆还在里面睡觉。

“慕总。”赵总监明明是一脸心急火燎，闻言却不得不压低声音，“九重那边有动作。”

与他的焦急相反，慕春寅慢条斯理地倒了杯红茶，问：“怎么？”他虽然是刚醒，却眸光清冽精干，精神焕发，没有半分惺忪之意。

赵总监道：“原本咱的票数比齐湘多一万多。但从凌晨四点开始，齐湘的票数就以不正常的频率往上涨。”他一面说一面低头翻手中的记录簿，“四点过两分时猛涨了两千三百票，四点半时又涨了一千，五点时分三个阶段涨了四千，六点时又分三次涨了五千，共涨了一万三千票。”

慕春寅问：“现在双方的总票数各是多少？”

赵总监道：“我们九万三，齐湘九万一，又相差无几了。”

两人正说着，赵总监的助理敲门走了进来：“慕总、赵总，九重刚才又刷了两千票，数据跟我们持平了。如果他们继续刷的话，肯定要超过我们。”

小助理见两位上司沉默，揣摩着上司的脸色提议：“既然他们不守规矩，咱也别跟他客气，回头我就去刷一万票。”

赵总监瞪他一眼：“人家刷你就刷啊？”

小助理年轻沉不住气：“那怎么办？咱不能陷入被动啊，他们都刷了一两万了，作弊也不带这么无耻的吧。”

“刷了这么多？”慕春寅颔首，语气一霎急转，却是笑起来，“很好。”

赵总监跟小助理齐齐怔住：“这还好？”

慕春寅晃着手中的水晶杯，茶色液体随着他的动作在晨光中潋滟荡漾，映出他唇角一抹高深的弧度，他问：“数据记录保留好了吗？”

赵总监点头：“当然！虽然九重分批次刷得隐蔽，但我分分钟都在盯着，每一次刷票我都将证据截了下来，几时几点具体刷了多少票，清清楚楚。”

“把数据发到公关部，找最多人用微博的时刻，上传上去。”

赵总监恍然大悟：“慕总，难怪您叫我通宵盯着数据，其实您早就在等着他出手吧。”

慕春寅笑而不语，凤尾般的眼角撩得越发慵懒俊逸。

赵总监又问：“您是想把九重作弊的证据放上去，打压齐湘吗？”

“打压？”慕春寅笑吟吟地伸出手指，往赵总监面前摆了摆，“不！是彻底出局！”

赵总监极是时候地拍马屁：“慕总，这招釜底抽薪，高。”

几人又商量片刻，赵总监这才带着小助理离开。

外厅只剩慕春寅一人，他刚准备走进内厅，就听见里头传来噔噔噔的脚步声，随即休息室门后露出一张小脸，头发乱蓬蓬的，一副刚醒的模样，她扬扬手中的手机，惊讶道：“阿寅，齐湘给我打电话了。”

慕春寅扫了一眼她没穿鞋袜的脚：“又不穿拖鞋！”他走过去将她抱起来往沙发

上一丢，嫌弃地说，“没脑子吗？说了多少次总不听！齐湘是什么了不得的人物吗？有什么好急的！”

“不是，只是好意外，她打电话请我喝早茶，约我九点在香岛茶吧见面。”

慕春寅眯了眯眼：“喝早茶？”

“对。”樊歆道，“她说话好客气好温柔，我都不好意思拒绝。”

慕春寅薄唇翘起，浮起一抹兴味：“那就去啊。”

九点整，两人准时抵达香岛茶吧。

香岛是Y市顶级的茶吧。樊歆随着服务员的指引往二楼雅间走去，二楼走廊幽静，地上铺着厚实的团花地毯，右侧是一个狭长的红木博古架，摆着好些古玩，左侧墙面是绘有花鸟的古风墙纸，悬挂着一帧帧唐宋古典仕女图，走廊尽头放置一双半人高的缠叶牡丹珐琅花瓶，典型的中式复古风格。

服务员恭敬地将两人引到某个包厢门口，樊歆推门而入，脚步微顿。

映入眼帘的是一个极大的包厢，装修似古代贵族的厢房——房间正中是仿明清的红木雕花桌椅，桌椅旁侧置有一扇屏风，雪白绢纱底，绘着几幅雅致的梅兰竹菊。屏风后显出一个女子的窈窕背影，她倚在镂空的朱红小轩窗前，头发松松绾起，一袭素白底绣青花瓷的雪纺长裙，衣袖设计得极别致，是宽大的蝴蝶袖，双臂舒展开时，广袖长裙迎风蹁跹，倒真像从古风画卷里走出来的美人。

只一个背影，便足以倾倒一片。

听闻脚步声，倚窗的美人转身，冲樊歆跟慕春寅笑道：“呀，你们来了。”

她明眸皓齿回眸一笑，竟有让人目眩神迷之感，门口樊歆一霎微怔——从前在S大时她领略过齐湘的美，五年之后的今天，齐湘更是美到不可方物，饶是这百媚千红的演艺圈，也没几个人能跟她相提并论。

樊歆不禁感慨，过去温浅喜欢齐湘是理所应当的。食色是人的本性，如果她是男人，也多半会被这样的面孔吸引。

她犹自发呆，而窗畔的齐湘已姗姗妙步而来，手向桌椅一引，请两人坐下。

樊歆回过神来，跟着慕春寅一道坐了过去。

齐湘又冲着屏风那边道：“浅，客人来了。”

浅？樊歆微愕，就见包厢那头翠竹色的纱帘对半拉开，将夏日光线掩映得格外温柔，有人端坐在暖阳中，背脊笔直，修长的指尖优雅地翻过一页书。笼罩着他的日光本是活泼的赤金色，那窗台原有轻快的夏风拂过，可掠过他周身时，一切都安静下来，以沉默的姿态融入他沉稳的气场中，从此岁月静好，花开无声。

温浅。

见了两人，他放下书卷施施然走过来，坐在桌子对面，依旧是清朗的脸，略微冲樊歆、慕春寅压压下巴，就算打了招呼。

樊歆跟他相处多次，早已习惯他的这种态度。而她身旁的慕春寅摆出纨绔公子哥的模样，歪靠在座椅上，懒洋洋道："少爷忙，有话直说。"

齐湘嫣然一笑，纤纤十指提起桌上的景泰蓝茶壶，往各个杯盏里倒茶，一边倒一边向樊歆温声道："我为刷票一事向樊小姐道歉。"

她开门见山，而樊歆云里雾里："什么刷票啊？"她昨晚一心看剧本去了，并未特意留意刷票结果，闻言，她拿出手机扫了一眼微博，咦了一声，"我跟你票数持平了？"

一侧的慕春寅嗤笑："哟，齐小姐还敢提这事呢，我还以为你要继续刷，刷出个奥斯卡最佳女主角为止！"

齐湘脸上不见任何局促，仍是笑得温婉："我也是今早才知道这事，昨夜里我比樊小姐少一万多的票数，我家小弟一时鲁莽，雇人在凌晨刷了上去。我得知后十分震惊，立刻停止了这种荒谬的做法。"

她抬眸正色看向樊歆，容色磊落："投票一事如果结局落败，齐湘愿赌服输。"顿了顿，她脸上浮起真挚的歉意，再次向樊歆道，"樊小姐，给你造成的困扰我向你赔礼道歉，我保证不会再出现这种情况，还望你原谅我家小弟的年幼无知。"

她目光恳切，坦坦荡荡认错道歉，叫人不好意思抓着不放。樊歆踌躇了片刻，慕春寅面带轻蔑地抢白："你要真想赔礼道歉，那就去跟媒体说清楚吧。"

樊歆扯扯慕春寅的衣袖："算了，不知者无罪，又不是她做的。"

静默许久的温浅出声："齐湘的确是今早才知情。"

见温浅出面说话，樊歆更不愿再得理不饶人，忙岔开话题，向慕春寅道："我饿了，咱们吃点东西吧。"

齐湘含笑看了樊歆一眼，似乎是感激，她拍拍手掌，服务员立刻鱼贯而入，殷勤地送上招牌早点。

大大小小的餐碟摆满一整桌，齐湘一面吃，一面以主人的身份向几人介绍菜品特色——香岛是九重的产业。

快吃完之时，樊歆起身道："我去一下洗手间。"

齐湘站起身，毫无豪门公主的架子，笑得端庄大方："这洗手间有点远，刚巧我也要去，樊小姐随我来。"

两个女人一前一后走了出去，雅间里只剩两个神态各异的男人。慕春寅慢悠悠夹了一个海棠糕，笑吟吟道："恭喜温总，收了齐湘这一员大将。"

温浅浅浅地抿了一口茶："也恭喜慕总，樊歆出演女一号胜券在握。"

"不敢当，只要温先生不护短，别因为旧爱坏我盛唐的事就好了。"

温浅神色平静："如果我想坏盛唐的事，早在慕总的人给苏崇山吹耳边风，提网选这个建议时，我就点破了。"

两个男人的目光隔着茶几在空中遇上，一个清朗，一个冷厉，气场却旗鼓相当。旋即，慕春寅挑眉，饶有兴趣地问："哦，原来温总知道？"

温浅答非所问："慕总一向足智多谋，善于做笼子让人往里跳，只怕这苏崇山跳进了圈套还喜滋滋地被蒙在鼓里呢！"

慕春寅含笑的眸里满是锐利："我突然发现，温总并不像我想象中的那般……"后面的形容词没说出口，口气一转，"在此之前，我一直以为你只有一双弹棉花的手。"

"彼此彼此，慕总也不像我想象中那般只有一张小白脸的颜。"

慕春寅笑意风流："温总这是在夸我颜值高吗？当然，单论颜值，你我的确不是一个档次。"

温浅提壶的手平稳如初，温热的香茗自细长的壶口倾泻，茶盏中一波潋滟，清雅的普洱香溢满一室。他从容道："暂且不提颜值，就说慕总脸皮的厚度，温某已望尘莫及。"

慕春寅冷哼："我的脸皮跟温总的花招比起来，实在算不了什么！"

温浅抬起头来，眼眸里沉凝着刻骨的冷静，末了化为淡淡的讥诮："不敢在慕总面前班门弄斧！慕总当年一招瞒天过海可是厉害得很。"

慕春寅眯了眯眼，神色冷硬起来："温总这话什么意思？"

温浅不答，只冷冷地起身："我也去下洗手间，失陪。"

长廊尽头就是洗手间，装修豪华的洗手间不仅洁净如洗，还被香薰熏得香气袭人。

樊歆用完卫生间，在外面装饰精致的公共洗手台洗手，台子上是用来整理仪容的镜子，她下意识整了整头发。

镜子里蓦地出现一张熟悉的脸，樊歆头一扭，就见温浅站在她身后，颀长的身影将她的光线挡了一大半。她微怔，想起这台子是男女洗手间共用的，正要说点什么，没想到温浅先开了口。他扫扫她的手腕，问："我送你的那串手链呢？"

樊歆道："在家里。"

一贯风轻云淡的温浅今儿一反常态地刨根问底："为什么不戴？"

樊歆不好直说，便换了个委婉的说法："那条手链对我来说很珍贵，所以我把它放到屉子里收藏了。”

“很珍贵吗？”温浅弯了弯眉梢，墨玉般的眸里似闪过淡淡笑意，“那就更应该戴了，旧了再买。”

“别！温先生你的好意我心领了，千万别再破费。”樊歆哪还敢收他的东西，瞧见温浅面色微沉，便道，“那个……真要送礼物的话您可以送齐小姐，我就不需要了，真的。”

她抬脚要走，温浅却身子一转，拦在她面前，凝视着她的眼睛，语气有些像解释：“齐湘只是我的艺人。”

“啊？”樊歆不明白温浅怎么跟自己讲这句话，下一刻便见齐湘从卫生间里走出来。

齐湘见了两人，抿唇一笑：“呀，你们都在啊，那岂不是把头条帝一个人落在包厢了？”

话音刚落，就见慕春寅从雅间里出来，看到樊歆跟温浅站得近，他大步流星地过来，挡住温浅的视线，拽着樊歆就走：“洗完了还磨蹭什么，快点回盛唐！还有事要忙！”

他头也不回地走，樊歆只得扭头向温浅、齐湘礼貌地告别。

齐湘微笑地与她挥手作别，被慕春寅扯着走远的樊歆不经意回头一瞥，就见齐湘驻足于走廊拐弯处，身后是一幅两米长的泼墨山水图。画卷上青山静水，红梅斜疏，齐湘立于丹青画卷正中，有风吹进朱红色的镂空小轩窗，拂起她的墨发与水清色长裙，她姿容端庄迎风俏立，宽大的蝴蝶袖扑棱棱飘飘欲仙，仿佛下一刻就要御风飞升。

那一瞬，樊歆脑海中蹦出一段话：“清音乃谁？瑶池西畔沉月宫，素衣长裙，广袖流仙，姿容最美者也。”

这是《琴魔》里形容女主清音的一段对白。樊歆迷迷糊糊地想，这样的齐湘，跟剧本中描绘的清音，再贴切不过。

回去的路上，樊歆跟慕春寅并排坐在后车座。

高楼大厦不住从车旁晃过，建筑物的影子斑驳地投向车窗。茶色玻璃隔开了外头的烈日与炎热，车厢里慕春寅抚着樊歆的发，问：“在想什么？”

“没什么，只是有些事没想明白。”樊歆撑着下巴，脑中不断回想着齐湘的最后一面，彼时她立在丹青之中，衣袂蹁跹如仙。

“别想了，女一号肯定是你的。”他说完又去拨电话，樊歆见他拨赵总监的号码，问：“你干吗？”

慕春寅头也不抬："让人把齐湘作弊的证据发到网上。"

"你有她的证据？"樊歆手往他屏幕上一按，切断了通话，"算了，她都道歉了。"

"道歉就能抹去作弊时的无耻？"

"那事不是她做的，况且我在她面前表示了不再追究，我不想食言……再说了，从前珍姨老说，能高抬贵手又何必得理不饶人？圈里路本来就难走，我不想多结梁子。"

见她神色执拗，慕春寅无可奈何道："你啊！心太软，早晚要吃亏！"

樊歆将脑袋往他肩上蹭，是个讨好的意思，见他脸色稍缓，趁热打铁地拍马屁："有你在身边，我怎么会吃亏？"

慕春寅冷哼着扭过头去，片刻后兀自笑起来，转身将她圈进了怀里："马屁精！"

两人回了盛唐，慕春寅在办公室外厅办公，樊歆在休息室里头看剧本。

午饭过后是慕春寅的午休时间，慕春寅睡后没多久，樊歆的手机响了起来，竟然是齐湘的电话，她说自己就在盛唐一楼会客厅，请樊歆下去。

七月份正是一年最热的时候，屋外太阳毒辣地烘烤着大地，齐湘就站在炎热之处，额上热得都出了汗，见樊歆下来，她笑着递来一包东西，说："女主角多半是你的了，听说你没有影视剧经验，我这有一些专业教材，市面上买不到的，希望能对你有所帮助，加油哦！"

她笑得真挚又和气，担心樊歆推托，径直把袋子塞到了樊歆手上，随即盈盈地离开了。

汪姐恰巧从这经过，将这一幕收入眼帘，说："齐湘果然如业内所说，没什么架子，这么热居然亲自来送书！"

樊歆点头，视线落在远处的齐湘身上，见她背影窈窕，步态优美，长长裙摆在风中飞舞。

五米之外，两个小前台也站在门边看齐湘，一个压低声音说："这次要不是樊歆姐做女主，我肯定挺齐湘，她气质跟颜值每一样都符合清音的标准……"

汪姐扭头瞪了两人一眼："还不去工作！"

小前台们嗖地跑了，汪姐对着樊歆一笑："别听她们的，女一号是咱的，你好好演。"

樊歆怔了一会儿，道："其实她们俩说得对。"

她说完后再没多话，若有所思地上了十七楼。

总裁办公室里，慕春寅已从午休中醒来，正坐在老板桌后跟人打电话，对面沙发坐着周珅跟公关部的胡总监。

几分钟后，慕春寅挂了电话，二世祖周珅在沙发上跷着二郎腿问："这苏崇山打电话过来干吗？"

慕春寅道："苏崇山说看投票的结果，肯定是我们第一，特意提前来恭喜我。"他慢悠悠地喝了口红茶，又笑着说，"他还说我得谢谢他，是他这个网选的主意好，盛唐才能这么快拿下女一号，不然一直跟九重耗着，还不知何年何月才能分出胜负。"

一贯矜持的胡总监再也忍不住，耸着肩膀大笑起来："这苏崇山还真是把自己当回事了！那投票的主意是他想的吗？自卖自夸也不带这样的呀！"

周珅对此事并不知情，一时云里雾里："难道不是苏崇山的主意吗？"

胡总监看向上座的慕春寅："这全是慕总的迂回策略好吧？"

"怎么说？"

胡总监道："这都是慕总的计划，自从九重掺和进来后，苏崇山对女主一事摇摆不定，慕总便想出网投的点子，买通了苏崇山的心腹，借心腹之口将网投主意告诉苏崇山。苏崇山对提议十分满意，一来盛唐九重都用不着得罪，二来还能给自己的电视剧炒作一把，便喜滋滋地采取了这个方案……估计他现在还在沾沾自喜呢！"

周珅道："春春你这主意太冒险了吧，万一投票结果不如齐湘呢？那岂不是白送齐湘做女主角？"

慕春寅扯扯嘴角，道："少爷我是这种搬石头砸自己脚的人吗？"

"周总监有所不知。"胡总监笑着喝了口茶，"投票这主意看似公正，实际恰好相反。慕总早在向苏崇山提议之前便做过市场调查，发现齐湘在国内市场的支持率不及樊歆，所以他才放心大胆地让苏崇山实施网投计划。"

"这计划还有一个好处，一旦齐湘票数不及樊歆，九重多半会有所行动，咱就可以逮着机会下手……果不其然，九重刷票了。好呀，咱把证据往微博一放，千万网民一起骂，齐湘还不得乖乖出局！当然了，如果九重为这事恼羞成怒也怪不到咱头上，毕竟在外界看来，这投票的主意是苏崇山想的呀。"

周珅朝上座慕春寅伸出大拇指："啧啧，春春，你真是越来越腹黑了……啧啧，跟你这种腹黑心狠的人比，我还是从政去，不然没有活路。"

"从政做什么？"

"小时候我有个伟大的愿望，长大以后要做一名爱国爱民的大官。比如……"周珅两眼望窗外天空，无限憧憬，"中华人民共和国小卖部部长！"

胡总监："……"

慕春寅："你可以下班了，滚吧。"

咻溜一阵人影飘过，周珅消失得无影无踪。胡总监见状笑道："慕总，那我也下去了，想想网选胜出后该发点什么宣传稿。"

慕春寅挥挥手："发吧发吧，赞美褒扬的词别吝啬……反正女一演定了。"

胡总监欠欠身，退出办公室。

胡总监走后，樊歆抱着剧本推门而入。

慕春寅闻声瞟她一眼，问："去哪了？"

樊歆沉默着，反应有些反常，慕春寅追问："你怎么了？"

樊歆抿了抿唇，似在某种矛盾中摇摆，最终她郑重其事地看向慕春寅："阿寅，我们取消那个投票吧。我想演女二号。"

慕春寅微笑的脸僵住："你知不知道你在说什么？"

樊歆清晰地重复道："我想演女二号。"

慕春寅的表情慢慢冷下来，樊歆道："你别生气，其实这几天看完剧本后，我一直想跟你谈角色问题，但你总是很忙，就算有时间，也不愿意跟我谈。"

"谈？谈什么？谈你这蠢货放着女一号不要，要演女二号？"

樊歆道："这不是女一女二的问题，是喜好问题，我感激你为我做的一切，但是你有没有想过，我中不中意这个角色，愿不愿意接演？"

慕春寅的脸色越来越难看："你这话什么意思？你嫌弃？"

"怎么可能！你为我做的一切，我感动都来不及，我只是希望接工作前，你能跟我商量一下，让我对自己的工作有一定的选择权与知情权。"

慕春寅打断她："你需要选择什么？我的决定不会有错，你照我的规划去做就行！"

樊歆不说话了。

慕春寅继续说："你知不知道女一号跟女二号的差别？能做主角为什么要做配角？"他越说越激动，"多少人抢着当女一号，你却不要！为什么，因为你没有演戏的经验？担心演砸了挨骂？还是因为顾虑九重？我告诉你，没必要！"

樊歆摇头："不是这样的，我不担心自己演砸，我虽然没有经验，但我会努力学习。我不怕挨骂，我做好了新人演技差被吐槽的准备，我更不担心九重，因为我相信阿寅的强大……我选择女二号，只是单纯地喜欢这个角色。"

慕春寅静了静，突然冷笑："女二号是什么角色？"

"妖女，反角，与女一号身份对立，跟女一号是情敌。"

“你用不着讲，我看过剧本。”慕春寅嗤笑，“你觉得你符合女二号的设定吗？她城府深沉、血腥残暴、为达目的不择手段。而你呢？单纯没心眼，像一只无害的小绵羊……你一来性格相差十万八千里，二来没有深厚的演技支撑，你驾驭得住吗？”

“还有，你知道反角多招黑吗？演得不好，观众笑你没演技。演得好，观众代入感强，看你虐主角虐配角，玻璃心受不了就喷你。你这不是找骂吗？！”

“阿寅，我知道你是为我好。我也承认女一号招人喜欢，但我无法对她产生共鸣。相反我中意女二号，她是反角，但她因爱受罪，很可怜……看到她自尽的结局我眼泪都出来了，我真的想演她……”

“那你就甘心让齐湘演女一号？她做女主，你绿叶衬托红花？呵，整个盛唐都在为你争取、为你铺路，你就这么点出息？！”

“阿寅，一部真正的好剧不分什么绿叶红花，虽然戏份不同，但每个角色都很重要。”

慕春寅的声音慢下来，满含冷冽：“所以……你坚持要演女二号是吧？”

樊歆看着他，轻轻点头：“如果你同意，我会很高兴……”

“我同不同意有什么用！你都铁了心了！”慕春寅重重搁下手中的茶杯，红茶飞溅出来，“得，你爱怎样就怎样，我再也不管了！”

他话落手一甩，转身进了休息室，房门摔出砰的一声大响。

外厅只剩樊歆一人，有微风吹过房间，纱帘簌簌摇摆，樊歆将视线投向窗外，屋外阳光灿烂，而她的心却如愁云密布。她揉了揉额头。

她知道他为什么生气。

他给的，她不要。

然而这只是最表层的矛盾，深层的原因是彼此思想上的对立。

他强硬的爱，已经从生活蔓延到工作。她想要争取自主的权利，而他不给。

傍晚，樊歆在办公室的豪华厨房做了一大桌的菜。虽然中午跟慕春寅意见不合吵了一场，但一家人再不愉快也要和好，所以吵完之后，她还是想维护彼此的感情。

饭好后，她去敲休息间的门，里面没动静，又敲了几次，仍没反应。慕春寅应该还在生气。

时间一分一秒地过，时针慢悠悠晃到了夜里九点，樊歆焦急起来，慕春寅的胃病就是饮食不规律导致的，他但凡超过夜里八九点不进食，胃疼就会发作。

樊歆再等不得，拿了备用钥匙将反锁的门强行打开。

房间一片漆黑，慕春寅没开灯。出乎意料，樊歆没听见他的咆哮——往常她擅自开门的话，他百分百会发飙。

但此刻他没有，幽暗的房间里静得不正常，只有窗外倾泻进来的大片月光，沁凉如幽幽秋霜。樊歆倏然感到害怕，因为她听到轻轻的吸气声，仿佛有人在极力克制着某种疼痛。她按下灯光的开关，果然——慕春寅缩在床角，用力抵着自己的腹部，额头满是豆大的汗珠。

樊歆赶紧奔过去："阿寅，胃又疼了？"不待他回答，她转身去外面找药，端着热水飞奔过来，送到慕春寅唇边，"快把药吞了。"

慕春寅手一扬，杯子被打落，热水倾洒在地板上，他大吼道："滚出去！"

樊歆无奈地捏着空杯子走了出去。

房门咔嚓合上，像一个被世人遗弃的密室，灯光孤寂地亮着，慕春寅坐在原处一动不动。

原以为这孤寂会长久地持续，谁知两分钟后，门再次被推开，樊歆又端着一杯水走了进来。

她走到床畔，再次将水跟药递了过去，温声道："阿寅，把药吃了吧，胃痛多难受啊。"

慕春寅拨开她的手，表情很冷，语气因为疼痛而轻微颤抖："不需要你假惺惺的！"

他嘴唇发白，豆大的汗珠顺着脸颊一颗颗往下滑，明显是痛到了极点。樊歆急道："好了好了，我听你的就是！不演女二号了！"

慕春寅忍痛瞥她一眼，"真的？"

樊歆用力地点头："真的真的，我保证，你别再折磨自己，把药吃了好不好？"

慕春寅僵持片刻，确定她没敷衍他，这才张开唇，任由她喂了药。药喂进后，樊歆松了一口气，拿手给他轻揉腹部："我给你揉揉，再忍五分钟这药就见效……"

她又拿纸巾给他擦拭额上的汗，哄道："吃点东西好不好？我做了你喜欢的青椒牛柳。"

她温声细语，面上满是关切之色，慕春寅神色缓和下来，压了压下颔。

樊歆忙不迭地端来饭菜，拿勺子一口口喂给慕春寅，一碗饭下肚，慕春寅苍白的脸逐渐恢复血色。樊歆心头石头落了地，又喂慕春寅喝了一小碗汤。慕春寅的胃渐渐不痛了，他瞟瞟樊歆："你先前还铁了心，现在真肯放弃女二号？"

樊歆点头："是啊，前一刻我还坚持底线不动摇来着，下一刻见你痛，就什么都忘了。"她淡淡地笑，"没办法，谁让你是我的底线呢！"

慕春寅眸里有愕然掠过。樊歆的话还在继续："我知道，你让我演女一号，不仅是想让我得到最好的，更是想保护我不受伤害。你想做我的盔甲，把我当软肋去保护，可我愚笨又倔强，总害你担心。"

她顿了顿，眼神澄澈而清明："虽然我不够聪明，但我不会忘记最重要的是什么。我愿意为了底线放弃喜好。"

她话到此处，抬头与慕春寅对视，没人再说话，彼此眸底均有动容浮起。

在这世上，爱有许多种表现形式，可以是牢固的铠甲、脆弱的软肋，也可以是最坚定的底线。

而他们都是彼此的底线。

旋即，慕春寅转身拿起桌上的电话，拨了一个号码出去。

十秒钟后电话接通，慕春寅道："吴特助，通知苏崇山，取消投票网选。"

那边的声音很惊讶："啊？慕总你要取消投票？为什么？"

"不为什么，女一号谁爱演谁去！我只要女二号！"

次日下午，一条重磅消息席卷演艺圈——《剧情神逆转——网选获胜在即，准女一号却退位让贤》。

消息称，在《琴魔》网选投票的最后一天，原本甩出对手十几万票、稳拿女主无悬念的樊歆，突然作出惊人决定，放弃女一号而选女二号。据称，樊歆曾私底下与另一位候选人齐湘见过面，她欣赏齐湘的美丽与气质，认为齐湘更贴合女一号的人设，本着为观众奉献最好作品的心态，她甘愿退位让贤。

此报道一出舆论哗然，毕竟在这你争我抢的娱乐圈，还从未见过这种情况。

网友们反应不一，有人赞樊歆高风亮节，为了作品品质甘愿放弃出风头的机会；也有阴谋论者，认为樊歆弃演是圈内各势力间角逐的结果；更有直肠子的粉丝，想不通就在微博找齐湘，求问缘由。

想不到齐湘还真回了，没有讲述理由，只在微博里上传了一张樊歆的古风照片，配以一行文字——"精灵歌姬的美丽及大气，圈内罕见"。

这一席话明摆着就是夸樊歆了。当然，大气那两字也值得推敲，这意思就是樊歆的确是主动让贤，并不如阴谋论所称，是权力博弈的结果。

樊歆的粉丝一见这话就放心了，虽然多少为她弃演女一号觉得遗憾，但更为自己的偶像感到骄傲，认为她有容人之度举荐之德。而齐湘的粉丝更是对樊歆感恩戴德，原本齐湘的票落后许多，再继续多半得以难堪收场，幸亏樊歆才杜绝了这种难堪的局面。由此齐湘的许多粉丝对樊歆生出好感，潮水般涌进樊歆的微博里，于是一夜之间，樊歆的粉丝量又涨了一大截。

网上闹腾一片，而盛唐十七楼，处于舆论中心的樊歆正看着那篇让全国人民齐齐夸赞她的报道。

她敬佩地说："这胡总监的公关稿写得真好，脸上贴金的功夫登峰造极。"

老板椅上的慕春寅头也不抬：“那当然，一个艺人想要在圈里混好，公关方面至关重要。”

樊歆抿唇笑，手里不停地给慕春寅剥松子：“我纯粹就是个人喜好，这跟高风亮节有什么关系？还有那什么举荐之德、容人之度……妈呀，夸得我脸都红了。”

慕春寅凑过来将她手里的松子叼走，一面吃一面说：“好了，既然角色定下来了，那就准备下一步工作。”

“什么工作？”

“定妆照。”

剧组开机前安排主要角色拍定妆照的原因很简单，一来满足广大网民先睹为快的要求，二来顺便造一下势，好让新剧未播先火。

于是几日后的下午，樊歆顶着盛夏的烈日，换上戏服为《琴魔》剧组拍了几套定妆照。

摄影棚里，她遇见了齐湘，彼时齐湘已经盘好发髻换上了戏服，装扮齐全的她姣美端庄，身姿娉婷，白裙飘飘，活脱脱就是女主清音。

齐湘亲切地跟她打招呼，仿佛两人是熟络的老友。待樊歆梳妆打扮好，一身火红长裙走出来，齐湘由衷赞道：“这装扮真适合你，比桃花坞里还美。”

樊歆谦虚地一笑，站到了摄影机前面，随着摄影师的指导拍了几张照片，然后与齐湘合影了几张。两人的镜头表现力都很好，摄影师一面拍一面激动地道：“太美了！发到网上一定会引起轰动！”

樊歆见他口气夸张，便凑过去看了一眼，的确不错，起码身旁的慕春寅没有异议，而另一方齐湘的经纪人温浅，亦轻轻压了压下颌。

温浅是照片拍到一半时进来的，彼时樊歆刚好穿着戏服出来，红衣如火步态生莲，温浅的眸光不经意投过去，还未来得及收回，头条帝双手环胸大步过来，二话不说，直接挡住他的视线。

温浅：“……”

半小时后，樊歆拍完照片随慕春寅离去，临走时摄影师还在一个劲地赞叹：“这两人的合影太美了，明天放到网上绝对是热门啊！评论肯定要上天！”

果然不出他所料，翌日照片发布到《琴魔》的官方微博上，顿时引来万千粉丝围观，评论几乎全是疯狂点赞，除了男女主的定妆照以外，最让人惊艳的当数女一号与女二号的合照。

高清海报图上是两个女子，两人隔着一架竖起的古琴，一左一右背靠背而立。左边是由齐湘扮演的清音，她云鬓花颜，一袭雪色长裙逶迤至地，衣袂飘飘仙气十足，那纤纤十指握着仙器玉笛，眸光坚定而纯善，神女的高雅端庄被她表现得淋漓尽致。

而右侧画面，樊歆饰演的反角魅姬截然相反，一身火红长裙衬得她肌肤如雪，如瀑的乌发披在肩上，发髻并无任何饰物，只在眉间点了一簇妖娆的花钿，细看是一朵似莲非莲的花，配着那朱红薄唇，竟有勾魂摄魄的美。她并未拿任何武器，半捻的指尖却有一团妖异的火焰在摇曳，随着她流转的眸光，透出蛊惑的气息。

左仙右妖，不同的色调不同的背景，将一正一邪两个女主诠释得入木三分，粉丝纷纷大赞剧组有眼光。

当然，除了夸赞两个女主的美貌外，更多粉丝为樊歆的表现感到惊艳。在他们眼中，精灵歌姬是纯净的、温暖的，今天这张海报却让他们惊喜地发现精灵歌姬的另一面，原来樊歆也可以有这样妖媚的美，非仙非神，颠倒神魂。

网上众口齐赞，海报上的主角却淡定得很，譬如红衣魅姬的扮演者樊歆正在盛唐十七楼给总裁做下午茶甜点，而她背后跟着两个大惊小怪的二世祖。

莫婉婉指着手机上的海报震惊地说："我去！想不到你还有这么妖媚的一面！"

樊歆无奈地笑道："那都是打扮出来的，然后摄影师让我摆出那种……呃，撩人的姿势跟眼神……"

莫婉婉凑过来挤眉弄眼："我听说你在里面有重口味的戏？说是女妖为了吸男人的精气，勾引男人上床的桥段？"

"对，我也在苦恼，完全没有经验啊！"

樊歆一面扶额一面将下午茶端出去给慕春寅，慕春寅浅浅抿了一口，道："刚剧组来电话，说筹备得差不多了，让你一个星期后进组。你不喜欢带助理，那就让莫婉婉陪你去。"

樊歆欢呼一声，再瞅瞅慕春寅，见他有些不对劲，便问："你表情怎么那么奇怪？"

慕春寅面上浮起懊悔，只差捶胸顿足："想想你要在横店待三四个月，没人给我做吃的和喝的，这日子简直没法过了……"

樊歆："……"

第二章

拍剧

时间如白驹过隙，一晃进组的日子便到了。

进组时剧组上下吓了一跳，不是因为樊歆，而是因为头条帝也来了！对于这样的大人物突然空降，剧组赶紧殷勤地去给他订酒店，但头条帝拒绝了，因为他刚刚在影视城附近买下了一套房。这阔绰，只有一句话可以形容——有钱就任性！

慕春寅在影视城附近的别墅规模虽不大，但胜在精致，风景区依山傍水，单门独院的三层小高楼，家居用品一应俱全，拎包即可入住。

樊歆一面瞅着豪华的屋内摆设，一面问慕春寅："你怎么突然决定来陪我拍戏？"

"想来就来了啊。"慕春寅喝着红茶打哈哈，才不会把真正的原因告诉她——今早樊歆出门前，他意外得知温浅也要陪齐湘到横店，防火防盗防温浅，他当然得跟着来。

樊歆还在那嘀嘀咕咕："公司那么忙，没了你怎么办？"

慕春寅道："好办，我把一部分工作分给几个信得过的高管，其他的都带到横店来。反正互联网时代，发发邮件传真，开开视频会议，办公——so easy!"

樊歆："……"

翌日剧组人员都到齐后，举行了一个开机仪式。

过程隆重而简单，主创人员都到场，选一个良辰吉时，墙头拉起一块红色横幅，上面写着"鸿海影视《琴魔》开机大吉"，横幅下摆一张长桌，桌面上铺着红布，摆香炉，两侧置瓜果菜肴，投资人携剧组人员手持高香，对着头顶苍天虔诚祭拜。说白了就是酬神，祈求上苍保佑拍摄顺利、影片红火之类的意思。

开机仪式过后，便正式开拍了。

开拍第一天樊歆多少有些紧张，虽然开拍前她在影视速成班有过培训，而且也曾拍过桃花坞的广告，但那多是一个人的镜头，且没有对白，不像眼下这种有对手、台词一大堆的情况，所以一切对她来说都是陌生的，于是就导致了NG的频频发生。

过度NG对新人来说是非常尴尬的局面，有的导演或对手演员脾气不好，不停NG的话会招来他们的嫌弃责骂，甚至掌掴小演员的事时有发生。

但樊歆毫无压力，因为头条帝就在片场跷着二郎腿镇场，虽然NG情况十有八九，但导演与对手演员一直对她客客气气，耐心有加。

面对众人的客气相待，樊歆其实心里有愧，于是一有时间就坐下学习、看剧本、背台词、琢磨剧情。她比不得专业出身的演员，又没有经验，往往一看就到半夜。

好在功夫不负有心人，历经十来天的NG后，樊歆逐渐进入状态，不过即便她不再频繁NG，但某个烦恼却从拍摄之初一直困扰着她，她很是焦虑。

这天拍摄完后，王导演将她拉到一旁，很温婉地讲述了这个问题。他说："樊歆，你的进步虽然很快，但角色的感觉你还是没把握住。"

导演说的是实话，樊歆很惭愧。

她的确没把握好角色。虽然NG次数变少，但她还没学会在镜头前收放自如，要么表情僵硬，要么表演拘束。而演戏这档子事属于多角配合的事，如果一场戏里有两个角色，那感觉就类似玩跷跷板，一方演技越好越投入，施压的力气便越大，另一方便弹得越高越来劲，双方都将实力拿出来，才能将跷跷板压得更刺激，戏飙得更好。

同理，若一个人力量太小，压不下跷跷板，不仅飙不起戏来，同她演对手戏的人也会觉得很无趣。

樊歆目前就是这种烦恼，因着她太过生涩的演技，跟她对戏的人都不来劲。但好在剧组上下知道她是新人，都挺包容她，包括饰演女一号的齐湘，两人对手戏挺多，出现NG时，齐湘从不说什么，偶尔NG到尴尬，她也是礼貌地笑笑。

不过也有态度不同的，比如饰演男主的李崇柏。他是个急性子，最厌恶对手NG，因为樊歆刚拍戏那几天没经验NG了不少次，他便不大愿意跟樊歆对戏，每次两人对戏，他虽没说什么，但全程都皱着眉。据说，他曾私底下抱怨剧组为什么找一个没有半毛钱演技的新人，早知道他就不来了……这话传到樊歆耳里时，莫婉婉气得厉害，樊歆却让莫婉婉别往心里去。

是的，往心里去干吗？当一个人做某件事无法达标，便无权怪罪别人有意见。她的确是个新人，演技确实不尽如人意，就算李崇柏抱怨几句，那也是她能力不足才落人口舌。

她若真心有不平，口舌之争又有何用，提高演技才最有说服力。

想到这，她向王导道："王导，我回去会多看剧本、多揣摩人物……"

"慢慢来，别有压力。"年过半百的王导是圈内的模范导演，对人和蔼可亲，不像某些导演疾言厉色，稍有不如意就开骂。

王导温声细语地给她提示："你揣摩剧本首要就是揣摩人物。你静下心来想，魅姬是个妖女，什么是妖？妖媚！重点在于这个媚上，举手投足都得有这个媚态，比如走路的姿势，比如眼神，勾魂摄魄……而你本身属于端庄型，没从自身解放出来，媚态就没得到表现，塑造的角色就不成功……"

樊歆深以为然。

导演要去拍下一场戏，临行前拍拍她的肩："收工后回去琢磨一下我的话，最好找点相似角色的影片看看。"

他话刚落，一个含笑的声音插进来："可以找找媚态的角色揣摩，比如苏妲己、赵飞燕……"

樊歆扭头一看，就见穿着戏服的齐湘站在旁边，微笑着说出自己的建议。导演边走边说："齐湘说得好，这些角色很贴切，你回去好好观察体会……"

齐湘话落随着导演离开，临别时还递给她一个鼓励的眼神。

樊歆当晚回去果然把类似的角色翻出来看，而慕春寅在隔壁房间办公。

莫婉婉自告奋勇地陪她一起看，看片之前她问樊歆："你给姐讲讲这个故事，姐加深理解，帮你一起找感觉。"

"故事很简单，就是一个名叫清音的女神下凡历练，在凡间她遇见一个名叫徐长安的男人。这男人是仙门弟子，法术高强。两人因为志趣相投便结伴而行，一路斩妖除魔保护百姓……在这过程中两人相爱了，但他们的恋情招来了女煞魅姬的妒忌，魅姬为了夺走徐长安，将清音视作肉中刺眼中钉，千方百计要除掉她……剧情线就沿着两女一男的纠缠不断发展，直到正义战胜邪恶，神女打败千年女妖，最后大结局。"

莫婉婉道："魅姬为什么要夺走徐长安？"

"徐长安是她前世的恋人。"樊歆唏嘘道，"其实魅姬挺可怜的，她生前是歌舞坊的头牌花旦，花容月貌歌舞双绝。她与一位出身官宦家的公子相恋，但公子家瞧不起歌舞坊的戏子，逼迫公子迎娶她人。公子誓死不从，于一个深夜逃出家门，与魅姬私奔。公子家人发现后带人追赶，将两人追到悬崖上，被逼无奈的两人决定殉情。他们双双许下来生相见的誓言，携手跳崖。崖高千丈，公子当场摔死，而魅姬却被悬崖上一棵树挂住，留了一条命。公子父母见儿子惨死，泄愤于魅姬，他们对未死的魅姬百般折磨，先是将她丢入军营任人淫辱，后将奄奄一息的她扒皮抽筋，还在她临死之时请人作法，让她死后无法投胎转世……就这样，魂魄不得安生的魅姬便寄身于一架古琴内，化为女煞……她在琴内待了一千年，支撑她熬下去的除了生前的怨恨，还有对公子的爱恋。一千年后，公子终于转世投胎，成为蜀道名门的得意弟子，苦守千年的魅姬喜极落泪，想要找前世的情郎，却发现情郎爱上了另外一名女子……”

莫婉婉啧啧摇头：“等待千年，真是痴情……”又问，“那勾引男人吸取精气又是怎么回事？”

“魅姬死后化为女煞，女煞属于邪祟，修为薄弱便不敢见日光……她为了能与公子像正常人般双宿双飞，便幻作美人的模样，勾引不同的男人，吸取他们的精气，增加自身修为……又因为不断吸取男人精气，死在她手里的冤魂不计其数……所以神女清音闻风而来，要收服她，保卫百姓的安全……”

莫婉婉道：“就是这样才杠上的？”

“对，神女要收魅姬，两人见面时，魅姬这才发现痴盼千年的情郎，竟同神女一道来剿灭自己。魅姬的心碎无法言喻，因爱生恨，誓要杀了清音夺回情郎……”

莫婉婉点头：“我明白了，这魅姬看似杀人无数，心里却是最痛苦的人。”

樊歆道：“是的，我觉得这个人物的内心很丰富，具有挑战性才要演的。”

莫婉婉一拍她的肩：“那现在开始吧……魅姬魅姬，要的就是媚！对了，姐知道一部剧，里头有个角色媚得超带感！”莫婉婉说着翻出一部古装剧，指着里头的女主赵飞燕道，“哇哇哇，你看跳舞的这段，这眼神撩人吧，赞啊！”

视频里的赵飞燕长裙旖旎，正向君主献舞，那半捻起的兰花指，那盈盈荡漾的秋波，看得人心头发颤。莫婉婉指着画面道：“你注意到她的眼神没，乌黑的眼珠朝着目标方向一点点转过去，然后弯唇一笑……简直媚态横生，来来，学一个。”

樊歆依言学了一个，莫婉婉扯扯嘴唇：“叫你抛媚眼，不是翻白眼！”

樊歆又来一个，莫婉婉毫不客气地打击她：“这是斗鸡眼吗？”

再来一个，莫婉婉面无表情：“没感觉。”

如此十来遍，樊歆干脆拿起镜子，对镜练习。

于是在这个夜晚，就听到这样的对白。

“无感，再来！”

“不行，再来！”

“再来！”

“再来！”

就这样，樊歆对镜练了一整晚，一个眼神重复千百遍……直到把莫婉婉看到麻木，歪到床上呼呼大睡。

而樊歆还在那里练习，直到练到两眼抽筋。

好在付出总有回报，翌日樊歆再去片场，几个镜头下来，导演看樊歆的眼神有些微妙的变化了，收工时他问：“昨夜里看了很久？”

樊歆抿唇笑：“嗯，看到半夜两点。”

导演点头：“今天有些感觉，虽然镜头上看得不明显，但我能感觉得出来你的进步。继续加油！”

得到导演肯定的樊歆愈加努力，一有空闲就将平板电脑拿出来看，看各个影片里貌美如花的妩媚女人，看完便对着镜子找感觉，或学着她们扶风摆柳的摇曳腰肢，或柔若无骨的举手投足，或我见犹怜的娇声呖呖……总之一连好些天，樊歆都在练习。

为了达到效果，她除了对镜子外还常对着莫婉婉练习，比如将莫婉婉当作男人，时不时抛一个媚眼，或者露出一抹撩人的笑。莫婉婉起先是无感的，随着樊歆技术的愈加娴熟，某天莫婉婉终于褪去了那张面无表情的脸，一摸手臂：“哎哟，鸡皮疙瘩起来了，还真有那么点撩人的感觉！有进步有进步！”

再过几天，莫婉婉变成了肯定加赞赏：“不错不错，老娘似乎从你的眼睛里真看到了电流，电得老娘一个激灵！”

又过几天，樊歆的媚眼抛得越发炉火纯青，莫婉婉的反应渐渐由肯定转为警告：“别再对老娘抛……老娘把持不住了！老娘不想成为拉拉！”

最后，不想成为同性恋的莫婉婉干脆拉来慕春寅，对樊歆道：“这场勾引男人的戏你对头条帝练习吧，老娘不敢陪了。”

满心想着练戏的樊歆顾不得其他，她按照剧本的桥段，俯身将慕春寅往沙发上一压，慕春寅敷衍地配合着她，张开双臂随意一躺。

接下来的慕春寅笑嘻嘻，樊歆却一本正经地入了戏。她凝视着他，白皙如玉的俏脸缓缓凑过来，在离慕春寅嘴唇三厘米处顿住，隔着虚虚的距离，她欲吻未吻，学着电视上妖精勾引人的姿势，微启红唇，徐徐朝他吹了一口气，半娇半嗔道：“大官人……”

她直勾勾地看着他的眼睛，乌黑的瞳仁似一片深邃的海，眸光流转间有不可探知的情愫。旋即，她勾唇一笑，低下头去，手顺着他的肩膀移到衣领，那削葱般的纤纤十指涂着胭脂色指甲油，迷离的灯光下有着别样的诱惑，她的指尖按住慕春寅的衬衣领口，贴着他精壮的胸膛一寸寸往下探，又是一声娇软的呢喃：“好人……”

她呵气如兰，那娇滴滴的一声“好人”，拖着绵绵的尾音，染了蜜糖似的甜腻，听得人心里发颤。

沙发上慕春寅原本漫不经心的脸怔住，竟有片刻失神。不知是樊歆的进步飞速让他惊愕，还是他也跟着入了戏，他双手突然搂上樊歆的腰，是一个受了蛊惑、将美人拥入怀抱的姿势。

他正投入，一旁的莫婉婉陡然一声大叫："咔！"旋即哈哈大笑，"哈，樊歆这场演得真好！眼神姿势表情都很完美，明天就这么演，保准一条就过！"

樊歆笑盈盈地起身，跟莫婉婉击了个掌："好，我加油！明天一条就过！"

两个女人心满意足地离去，留下头条帝独自愣在沙发上，半晌后他缓过神来，拍了拍胸口，看着屋外樊歆的背影自语："这女人到底是拍戏还是练邪门功夫啊？刚才那眼神瞅得我脑子一片空白……"

慕总裁嘀咕着回到自己的房间，关灯睡觉。

当夜他做了一个古怪的梦，梦里的他回到陪樊歆练戏的那一幕，他躺在沙发上，樊歆温香软玉般覆在他身上，娇躯暖暖的、软软的，有女人的馨香。她嫣红的唇凑过来，纤纤十指捻住他的衣领，一点点往下拉，嗓音轻软似梦呓："好人……"

梦里的他被蛊惑了心神，竟捧住她的脸，一点点凑过去，吻她娇艳的唇。

梦到这一幕戛然而止，慕春寅惊醒过来。夜色浓如墨，窗外传来秋虫的窸窣，他坐起身，在没开灯的幽暗中怔然良久。

末了，慕春寅用力拍拍自己的脸，自语道："你疯了！她是慕心！"

第二天在片场，樊歆果然不负莫婉婉所望，拍到魅惑男子的镜头时，一条就过。视频监控器后的导演瞅着屏幕，满脸惊喜："不错不错！刚才那个画面演得到位极了，樊歆真是进步飞速！"

得到导演的肯定，樊歆瞬时信心爆棚，而一个颀长的身影走过来，拖长了话音道："咱们的魅姬有进步真是可喜可贺，还望魅姬再接再厉，别再让人为难。"

说话的正是剧中扮演男主的李崇柏，名气虽然不及赫祈，但也是国内一线演员。他说这话时虽是笑着的，但眸里明显有讽刺之意，话落便头也不回地走了。樊歆身边的莫婉婉顿时拧眉："这人怎么说话阴阳怪气的呀？"

一旁的场务忙道："李哥是这样的人，你们别介意。"

樊歆将莫婉婉拉回去："算了算了。"

莫婉婉不满道："干吗算了！有意见就直说嘛，他碍着头条帝在场不敢说，又总在暗处给脸色是什么意思！不止一两回了！"她拿手戳樊歆的胳膊，"你怎么一点也不生气啊！"

樊歆道："新人嘛，遇到这种情况很常见。与其生气，不如想着怎么提高自己的演技。"又道，"好了，这事你别在慕春寅面前说，他工作本来就多，别让他分心。”

“你真是！”莫婉婉气得头也不回地去了。

樊歆看着她远去的背影无奈一笑。

是的，能生什么气？因为你不够好，不够优秀，不够耀眼到炙手可热，别人才有轻慢你的理由。与其抱怨，不如问问自己，为什么没做到让他们不敢轻视。

莫婉婉气得一下午都没理樊歆，一直到收工回家，她见樊歆愁眉苦脸地抱着剧本，这才开口问：“你怎么这个表情？这两天不是演得很顺吗？又遇到更高级的坎了？”

樊歆盯着剧本说：“明天我得演吻戏。”

“吻戏？”

“嗯，我们演到这一段来了，男主徐长安没有上辈子的记忆，所以根本不记得魅姬，魅姬想唤回他的心，便施展自己的幻术，让徐长安爱上自己，徐长安中了她的幻术，两人亲吻。”

“吻就吻呗，你这么沉重的模样是什么意思？”

樊歆道：“我没有吻戏的经验……而且跟李崇柏对戏，我担心……”

莫婉婉迅速接话道：“你担心NG之后他又脸色不好吗？哼，他再这样，看老娘不抽他！哼，一线明星了不起啊，等老娘继承了家族产业，我还是未来的制片人呢！”

樊歆忙消火：“好了你就别再为这事生气了！我不是担心NG，我是担心他的小助理。”

“什么小助理？”

樊歆道：“我听人说，李崇柏只要心情不好就拿人撒气……前段时间因为我老NG，耽误了他收工的点，李崇柏不敢对我发脾气，就把气撒到自己的新助理身上。小姑娘每次都被李崇柏鸡蛋里挑骨头地骂，我心里挺过意不去的。”

莫婉婉愣了：“真的假的呀，李崇柏还老在电视上表现出一副特别关爱自己员工的模样……原来是作秀！”又道，“难怪你这些天老偷偷让人给小助理送吃的，原来是道歉。”

樊歆点点头：“我得琢磨琢磨明天的戏，好好演，免得小助理又被骂……”

说到这，她哀叹一声：“可怎么办，我不清楚具体该怎么吻啊，完全没经验！导演又不让借位！”

她话落用一种悲伤的眼神看着莫婉婉，莫婉婉猛地后退几步：“你看我干吗？该不会是想让老子陪你试吻戏吧！”她连拖鞋都顾不得穿，打着赤脚一溜烟跑走，“老娘不想成为拉拉！”

“我没说让你陪我试戏……我只是想说吻戏让我郁闷，这是我的初吻啊，要给一个不熟的人……”

她嘀咕半天，最后怀着一腔惆怅走出房门。

出了一楼的门便是庭院，院落不大，但一花一木胜在精致，左侧栽了一片月见草，淡紫色的花开到荼蘼。右面是个小凉亭，有藤萝顺着亭子往上爬，茂盛的枝叶盖满了整个亭子，远远看去就像一顶翠色的亭盖。

樊歆端着一杯果汁在亭中吹风，不多时慕春寅走了出来，问：“大半夜的不睡觉，在这干吗？”

樊歆道：“想明天的戏。”

慕春寅扯扯嘴角：“明天不会又有什么勾引男人的戏吧？早让你别接这个角色，你非不听。现在好了，拍的都是什么东西！”这几天他没去片场坐镇，因为他一看樊歆拍那些与男人卿卿我我的镜头就来气。

见他生气，樊歆笑道：“好啦，那种戏拍完了，后面的戏都很正常。”

慕春寅神色稍缓，谁知樊歆的下一句立马让他再次奓毛——“阿寅，明天我要拍吻戏。”

慕春寅瞪大眼：“什么？吻戏！”

“嗯。”樊歆的表情带着遗憾，“我初吻还没给喜欢的人呢，就这样贡献给银屏了……”

她没再说话，就那么安静地坐在石凳上看夜空。

天上繁星点点，院内花香四溢，溶溶月华倾洒在整个庭院，几缕月光从亭上繁茂的藤萝里漏下，在地上投下莹莹光斑。

庭院一角的铁艺田园风壁灯幽幽地亮着，朦胧地勾勒出樊歆的模样，她侧身而坐，脸庞轮廓优美，长睫如蝶翼扑闪，薄唇轻抿着，露出若隐若现的两个梨涡，整个人托腮静默时有种恬然的美。

有风吹过，摇曳着头顶的藤萝簌簌作响，她绯红色的刺绣连衣裙随风蹁跹，如夜幕里盛放的蔷薇花，于一片沉寂中绽出幽然的香。

凉亭外，慕春寅凝视着她。许是这夜色太安静，静得让人的感官细胞格外敏锐，他脑中莫名地蹦出周珅曾说的话——“春春，不觉得樊歆很正点嘛！你瞧她那窈窕的身段、那鹅蛋脸、那小扇子般的长睫毛，还有那小梨涡，不觉得特美吗？”

彼时他无甚感觉，如今却终于顿悟。

她的确是个美人。

这念头是一种奇异而微妙的感受，仿佛凉亭上的翠绿藤萝，蜿蜒着柔软的触须，一点点钻进心底，挠得人心头微痒。

他倏然想起昨夜那一幕，她温香软玉覆在他身上，如樱的薄唇微启，两人的距离如此之近，近到她的呼吸拂在他的脸上，温热而潮湿，似晚春含着花香的微风……

终于，他结束了发呆，凝视着她："慕心。"

"嗯？"风清月白中，亭里的樊歆抬眸看他，长睫扑闪扑闪，"怎么了？"

慕春寅却只看着她，不说话。

见他沉默，樊歆站起身："没事我就去睡了，明天还要早起赶早戏呢。"

缄默半晌的慕春寅快步拦在她面前，他目光格外幽深，跟往日似有什么不同，然后轻轻开口道："你要试试吻戏吗？"

"你说什么……唔……"樊歆还没听明白，眼前人影一闪，她被一股强劲推到凉亭墙壁上。坚硬的墙面抵着她的背脊，她连挣扎都没来得及，嘴唇便被温润覆上。

她条件反射般去推他，慕春寅却一手箍着她的腰，一手托着她的后脑，以一个束缚的姿势将她禁锢在凉亭一角。她脑子发蒙，不懂他为何突然如此，而他的进攻却越发肆虐，渐渐不再满足于双唇间的触碰，竟趁她张口呼叫之时侵入唇舌。极柔软的触感，却具有极霸道的力量，她挣脱不得。

数秒之后，慕春寅终于放开她，樊歆惊得说不出话："你……"

慕春寅眸光微闪，似乎有些局促，旋即正儿八经道："陪你练习吻戏啊，希望你明天一条就过，没经验老NG的话，你会被占便宜！"

樊歆："……"

这么冠冕堂皇的理由，她竟无言以对。

她捂着嘴唇愣了会儿，还是觉得不对劲，可又没想出哪里不对劲，末了一跺脚："你再这样我就生气了！"

她拿手将嘴唇擦了又擦，气呼呼地回了房。

她走之后，慕春寅立在庭院之中，月光将他的身影投到地面，拉出斜长的一片。他神情再无先前的嬉笑，只摸摸自己的唇，面上浮起困惑。

他仰头望天，正值月中，月亮如一轮饱满银盘，月华似薄纱般洒遍万物，温柔而迷离，看久了竟有恍然一梦之感。

他怔然良久，慢慢地回了屋去。

这边慕春寅想不通透，那边樊歆在二楼洗浴间拼命刷牙。

镜子里照出樊歆满嘴的牙膏泡沫，莫婉婉站在她的旁边，听完樊歆的叙述后，尖叫道："你说啥？你被他啃了？你……"樊歆的手迅速捂过来，"你别嚷嚷，让别人听见就不好了。”又解释道，“不是你想的那样，他是陪我练戏，我明天不是拍吻戏嘛。”

莫婉婉掰开樊歆的手，八卦地问：“那你有什么感觉吗？”

樊歆咕嘟咕嘟含了一泡漱口水，含混不清道：“没有，就感觉两块肉片贴到嘴唇上了。”

莫婉婉：“……”

莫婉婉仍不死心：“你再想想，如果你们不是在练戏，他是正儿八经地吻你的话呢？”

樊歆的表情变得惊悚：“大姐，你别吓人好不好？真要这么做，我会有乱伦的感觉！我跟他是家人啊，怎么能这样！”

莫婉婉：“……”

樊歆回房以后，莫婉婉独自站在卫生间嘀咕，脸上浮上一抹庆幸之色：“没感觉？那就好。”

她说着拿出手机，点开短信框，最新收到的那条短信只有短短两行字：“樊歆感冒好些了吗？让你转交给她的药，她吃了没有？”

樊歆前几日风寒感冒，某人私底下拿了不少进口的特效感冒药来，借莫婉婉的手送过去。

莫婉婉在回复框输入：“早好了，在温哥华好好开你的演奏会吧。”

短信发送完毕，她纳闷道：“这温浅现在怎么这么鸡婆？感冒发烧屁大的事天天问，这是真报恩还是有其他想法啊？”

她笑着，删掉短信，走回了卧房。

一墙之隔的书房内，慕春寅已经坐到了书桌前，跟千里之外的周珅视频。

周珅事无巨细地向他汇报了近几天盛唐的状况，慕春寅嗯嗯听着，有些心不在焉。那头周珅察觉出异常，停住工作汇报，问：“春春，你不对劲啊，一直在走神。”

他观察慕春寅片刻，惊呼：“哇，瞧你面色恍惚、视线无焦、脸颊泛红……实属命犯桃花之兆！说，你今晚做了什么？”

慕春寅仍是恍恍惚惚的模样：“我亲了慕心。”

“啥？”周珅差点从凳子上跌下去，“你不是说你对她没意思吗？没意思还做出这种事！口是心非！禽兽！”

慕春寅苦恼道：“我这不是也没想通嘛！大概是今晚的月色太好，我脑子一昏，就犯浑了……”

周珅鄙夷："你这人忒无耻了，亲个嘴还怪月亮！"又问，"怎么样？亲她有什么感觉没？"

慕春寅点头："有，但不好形容。"

周珅来劲了："什么感觉，让兄弟这个爱情专家帮你参谋参谋！"

慕春寅思索着，陷入了半小时前的回忆："感觉很甜，像喝过蜜桃汁似的……"

周珅："……"这是什么比喻！

那边慕春寅不待他回答，猛地想起另一件事，恼道："妈蛋！烂剧组居然给她安排吻戏！老子合同里明明写着不接吻戏的！"

他一个电话打给苏崇山，也不管人家睡没睡，噼里啪啦轰过去："苏总是想违约吗？我再三声明我的艺人不接吻戏，为什么还有吻戏？"

苏崇山在那边愣了会儿，解释道："多半是导演或编剧疏忽了，您别急，我这就跟他打电话。"

慕春寅怒色稍缓，挂了电话，洗洗就去睡了。

凌晨一点之时，他睁眼醒了过来。

同昨夜不一样，昨夜的他一夜怪梦，而今夜的他半个梦也没有，就那么翻来覆去睡不着，一闭上眼便浮起凉亭里的那一幕。他将她按在亭榭一角，迷离月光下他亲吻她的唇，庭院中花香随风弥漫，他在馥郁的香气中尝到她的清甜，比蜜桃汁还甜的滋味。

翌日清晨，樊歆早起去剧组，出门时遇见刚起床的慕春寅，想起昨晚的那个吻，她尴尬地擦了擦嘴唇，快步离去。而慕春寅却转身进了厨房，径直拿出一杯鲜榨蜜桃汁，面色微带陶醉。

到了片场后，当樊歆抱着没羞没臊的心，打算来一段激情四溢的吻戏之时，却被导演告知吻戏取消了。

樊歆："……"

敢情昨晚上被慕春寅白啃了？

日子就这样在忙碌的拍摄中过了一个月，不知不觉中气温变凉，寒风渐起，树叶随风落满一地，一晃，晚秋到了。

月初时，慕春寅因公务离开横店，要去国外一个月，纵然千不甘万不愿，但看在那笔跨国集团的重要大单上，只能依依不舍离开。临去前，他打算喊十个保镖跟四个助理来陪着樊歆，被樊歆和莫婉婉死死拦住——原本慕春寅跟樊歆进组就已经够高调招摇的了，再来一排人高马壮的黑衣保镖，往剧组排排站，不知道的还以为是打手们在看赌场呢。

看着两个誓死不从的女人，慕春寅只得作罢，当然，前提是莫婉婉拍着胸脯表态，樊歆在她在，樊歆受伤她剖腹……慕春寅这才勉为其难地答应，临走时犹不放心地又将莫婉婉叫到一边，说："我让你陪着樊歆的意思，你懂的，不止是安全问题。"

莫婉婉怔了片刻，旋即用力点头："懂的懂的，你尽管去！"

慕春寅这才离开，随后樊歆便跟莫婉婉继续留在剧组拍戏，此时拍摄已如火如荼地进行到了中后期。

翻翻手机日历，从九月初开拍到如今的十一月，樊歆这枚影视新人的演技历经两个月的磨炼，总算过了入门级，就在她自认为状态越来越好时，不料遭到了拍摄以来最大的质疑——来自网民的集体吐槽。

说起吐槽，就得先说说电视剧的播放模式。国内一般电视剧都是采取全片拍摄完毕再上电视台播放。而《琴魔》采取的是新的播放形式，即一面拍摄一面播，当然，为了给予充足的时间拍摄及后期剪辑，一周只播出四集，类似韩国的水木剧，所以虽只拍摄到一半，但电视台已播出了前几集。

对于这部网友期待已久的仙侠大剧，片子一开播便引来观众无数，虽然只放了前几集，但抵不住舆论汹涌而来。总结观众的点评，网友们的意见几乎一边倒，言简意赅地讲就六个字，"女一好，女二烂"。

具体一两句说不完，且看看评论吧。

【妖孽哪里跑】："看了前六集，齐湘演得很好，不愧是在电影圈里摸爬滚打过的人，清音被她塑造得很真实……反观女二魅姬，唉，有些失望，剧照虽然漂亮，但演起来表情僵硬……"

【丑到拖网速】："虽说两女主颜值差不多，但单论演技，齐湘简直吊打樊歆！"

【我想跟你去优衣库】："以前总觉得齐湘是花瓶来着，如今对她的演技刮目相看。可是樊歆……表情空洞，缺乏感情，对角色诠释都处于肤浅的地步。幸亏她放弃投票没演女一，不然这部剧就毁了……"

【五行缺钱】："支持齐湘支持齐湘支持齐湘！！！至于精灵歌姬你还是回去唱歌吧，影视圈不适合你……"

看到这些评价时，樊歆很是低落，莫婉婉坐在旁边安慰她："哎呀，电视剧才播出开头嘛，那时候你刚进剧组不久，刚学拍戏，拍得不好难免的。谁一拍戏就是天才，就能把角色刻画得入木三分啊。"

樊歆不说话，只将脸埋在膝盖上。

莫婉婉拍拍她的手臂："你别急，虽然开头的确不尽如人意，但磨炼到了七八集后，你就越来越顺啦！你不记得了，前几天导演还说你的表现让人欣慰来着，我相信等后面的内容播出以后，网友们一定会改观的。"

"我知道。"樊歆将头埋在膝盖上，声音满含愧疚，"但我还是挺难过的，觉得辜负了粉丝们的期待。"又道，"谢谢你婉婉，这些道理我懂，你让我静一静，我要好好想想该怎么做。"

此后一个小时，樊歆坐在角落里一声不吭。剧组里有热心的员工过来问，她只是笑着摇头。人群中齐湘是知道缘由的，因为她看了微博，她走上前去，安慰了樊歆几句，樊歆谢了谢她。

与众人的安慰截然相反的是李崇柏，他从樊歆身旁走过，斜睨樊歆一眼，从鼻腔里发出一声短促的冷哼，似乎是嘲笑。

樊歆没有留意到。

傍晚，樊歆的戏份拍完后没回家，她让莫婉婉先回去，莫婉婉纳闷地道："你不回去，在这干吗？"

樊歆坐在小板凳上，看着其他演员拍戏："我看看他们都是怎么演的。"

莫婉婉劝她无果，只得先行回家。

莫婉婉走后，樊歆将小板凳挪到导演身后，跟着导演一起看视频监控器。小小的屏幕将片场里的角色容纳进来，演员的一颦一笑全看得清楚。

导演不经意地瞥到身后的她，一愣："樊歆，你的戏不是拍完了吗？怎么还在这啊？"

导演的疑惑在情理之中。在此之前，因着头条帝对制片人的软硬兼施，樊歆在片场拥有某些待遇，譬如她的戏份可以提前拍，早早拍完收工回家，而其他普通演员也许一大早就来，却要在片场干等一天——其实樊歆很反感这种特殊待遇，她认为角色没有轻重，先拍后拍根据摄制计划来最好。为这事她跟慕春寅抗议了几次，但头条帝只有一句话："不搞特殊就走人。"樊歆无可奈何，只得请剧组上下吃了好几顿饭，算是道歉补偿。

基于此事，一贯收工最早的她今天破天荒没走，导演当然会惊讶。

樊歆一笑："我看看前辈们是怎么演戏的，学习一下。"又道，"导演，以后不用给我搞特殊，早拍晚拍都一样。"反正慕春寅一个月来不了，她爱怎么样就怎么样。

导演笑起来："好呀，这样我也就不难做人了。"他压低声音，"你可不知道，为这事李崇柏没少跟我抱怨，只是他碍着慕总的面不敢发作罢了。"

“对不住您了。”樊歆歉然一笑，问了另一个问题，“王导，我没戏时可以这样跟着您学习吗？”

“干吗这样学习？”王导想了想，“是因为网上的话吗？别妄自菲薄，网友批评的都是过去的成绩，相信后面他们的口风就会变的。”

“我知道批评的是过去的成绩，但未来我想要变得更好。”

她正色看向导演，目光坚定：“虽然我的演技比最初要强一些，但仍只是勉强过关的水准。粉丝们骂我演技不好，不过是爱之深、责之切。我理解他们的心，所以更不愿辜负他们的期望。”

王导面露诧异之色，旋即摸摸络腮胡子，爽朗一笑，道：“好，有决心就好。来，我马上要拍下一段戏了，你跟着我走，好好看看别人是怎么演的。”

接下来的日子里，樊歆除了拍自己的戏外，其余时间便搬着小板凳跟着导演学习。不仅白天跟，夜里拍夜戏也跟，凌晨时大多数演员都回酒店休息，她还打了鸡血般，跟着导演或者副导演一道跑，为此她在剧组得了一个新称号——“导演小跟班”。王导初听摄影师这么喊樊歆时笑着摆手：“使不得使不得！我老头子哪能让精灵歌姬做我的跟班啊。”

“没什么不行的。”樊歆跟着笑，“我没受过什么专业训练，我现在就把您当成我的导师。”

导演这阵子跟樊歆混熟了，便戏谑道：“那成，你端茶敬酒，恭恭敬敬喊我一声师父。”

王导这话原本是玩笑，没想到樊歆当真找了杯茶来，恭敬有礼地递到导演面前，弯腰鞠躬：“师父请喝茶。”

五六十岁的老导演哈哈大笑，接过了茶，衣袖一甩，学着黄梅戏的腔调呦呵一声：“徒儿且跟为师来，为师定要将这一身本领，尽数传于你。”

全剧组笑翻。自此以后，老导演对樊歆的教导愈加尽心尽力，当真是把樊歆当徒弟看待了。师徒俩常对着导演监控器探讨，王导循循善诱地教樊歆观察每一段戏里各角色的神态、语气、姿势，告诉她怎么用肢体语言去更好地诠释角色。樊歆一面用心听，一面拿笔将要点记在记事本上，没事便翻着看。

除此之外，樊歆夜里收工回家后也异常刻苦，往往莫婉婉凌晨两三点一觉醒来，樊歆还在台灯下琢磨剧本。她按着老导演的方法，拿着笔逐字逐句地揣摩台词。莫婉婉不忍见她这么辛苦，几次劝道：“樊歆，一部戏而已，至于这么较真吗？”

樊歆手中的笔仍写个不停：“没事，婉婉你去睡吧，我再看一会儿。”

“都三点了还看！你不要命了？这白天拍戏本来就累得要死，晚上还不睡觉，一天只睡两三个小时，铁打的身子也受不住啊。”

“哪有你说得这么严重！再说这片子还有不到一个月就杀青了，我也就这阵子辛苦点而已。”

“你就是要强！从前大学时就是这样，别人笑你胖，说胖子不会跳舞。你为了争一口气，就疯狂练习。胖子跳芭蕾不好看，你就跳街舞，白天跳，晚上也跳，通宵达旦地跳，半年把别人两年的课程都学完了，还拿了个大奖杯才罢休。”

莫婉婉说了半天，见樊歆眼睛还盯着剧本，将剧本扯过来往枕头下一塞，一副打死老娘都不给你的架势：“姐就是不让你看！睡觉睡觉！”

樊歆：“……”

莫婉婉又道：“对你这种一根筋，就得来狠的！以后你收工回家就只能休息，敢带剧本回来，老娘就没收！”

樊歆：“……”

鉴于莫婉婉采取没收剧本的政策，樊歆只得调整对策——总之让她不琢磨剧本、不做功课是不成的。

于是，她将做功课的场地改成了片场。晚上剧组拍夜戏，她就在旁边看剧本，当然了，对莫婉婉得谎称是拍夜戏，不然莫婉婉会杀过来将她拎回去睡觉。

很快，樊歆发现在片场做功课的效率更高，因为片场的老戏骨很多，她随时可以请教前辈，所以每晚她都抱着剧本坐在小板凳上乐不思蜀。

某天夜里，她正在角落里对着剧本念台词，忽然身旁人影一闪，有人坐到了她身边。她扭头一看，有些意外：“温先生？”

齐湘在横店拍戏，温浅偶尔会以经纪人的身份来瞧瞧，但次数并不多，不像头条帝，没事就黏着。

樊歆笑着问：“陪齐湘拍夜戏吗？”抬头看看屋外的齐湘，她穿着戏服正跟男主李崇柏对戏。

温浅颔首，扫扫樊歆手中的剧本：“你在做什么？”

“做功课啊。”樊歆低头继续看剧本，她咬着笔头，一副好好学生的姿态，只是身上的戏服还未换，朱红色的纱裙拖在地上，头上盘着古装发髻，翡翠珠花与步摇在灯下闪烁着光点，这样十足十的古风装扮，却拿着签字笔跟手机。温浅不由忍俊不禁，再瞅瞅手腕上的表，正色道：“如果我没有看错，现在是凌晨一点半。”

樊歆一时没懂他的意思，伸过头去看看他的腕表，然后很认真地告诉他：“你没有看错，是一点半。”

“……”温浅缓了缓，说道，“我想说的是，这么晚了你还不回去休息？”

樊歆理所应当地说：“当然，我的剧本还没读透呢。”

温浅道：“不要太在乎网上的评价。”

樊歆摇头：“怎么可能不在乎，观众们都是带着期待来看片子的，我演得不好，让他们失望了，自责与反省是必须的。”

温浅蹙眉：“所以你就这样日夜不停地透支自己吗？”

“不然呢？”樊歆扭过头来与他对视，她黑白分明的大眼睛里盈满郑重与坚持，“我一不是科班出身，二没有任何表演经验，三没有什么表演天赋。这样毫无优势的我，除了加倍努力，无路可选。”

温浅神情平静，语气中却有几分无奈：“你还真像莫婉婉说的，一根筋。”

樊歆一本正经地点头：“是的，我从小到大都一根筋。四岁时学小提琴，因为太小，老师便说每天学习的时间不能太久，可我不听，为了早点学会喜欢的曲子，不分白昼黑夜一直练，把手都练出血。后来喜欢上钢琴，我又不停地练……总之，不达目的誓不罢休。”

温浅用一种古怪的眼神看着她，他没再说什么责怪的话，似乎有些感叹：“原来你跟我……”声音低了低，“是同类人。”

是的，同一类人。

她与他，凭什么年纪轻轻便精通数种乐器与舞蹈？凭什么屹立在各自领域的顶尖阶层？不仅是天赋异禀，更重要的是固执的喜爱与狂热的勤奋。

天才？世上哪有这么多天才！所谓的天才大多都来源于勤奋与偏执，而她与他，皆属于两者合一。

他注视着她：“你不累吗？为什么要这样？”那嗓音压得极低，像是在问对方，又像是在考问自己。

“为什么？”樊歆歪头思索着，须臾抿唇一笑，表情是从未有过的坚定，“因为，我想要变成更好的自己。”

温浅幽深的瞳仁一紧，有什么情绪激荡开来，而樊歆却没再理他，又一心琢磨剧本去了。

夜里两点，夜戏终于拍完。

樊歆的功课也做完了，笑眯眯地跟在摄像师身后，准备搭他们的顺风车回家——樊歆住的别墅与剧组下榻的酒店顺路。

前方忽然听见一声喊：“樊歆，过来。”

樊歆探探脑袋，就见十几米开外停着一辆雅黑的保时捷，温浅正在幽暗的车里瞧着她。挺拔的鼻翼衬托出他清朗的侧脸，夜幕中他眸光深邃，沉沉若流光。而齐湘坐在副驾驶座上，脸上虽然还带着笑，却似在思索着什么。

见樊歆站着不动，温浅补了一句："我这有空位。"

那边王导跟着一推樊歆："赶紧去他那啊，师父我这真坐不下了，你看，我们都挤成沙丁鱼了！"说着拍拍胖胖的肚子，表示他真的挤得不行了。

于是樊歆被赶下车，被迫上了保时捷。

温浅的车先经过剧组的酒店，而樊歆的别墅还有一段距离，温浅将齐湘送到酒店门口后继续送樊歆。

保时捷行驶在寂静的马路上，窗外乌蒙蒙的夜，似被一望无际的墨汁晕开。北风呼呼地吹着，席卷落叶纷飞，树影摇曳在道路两侧，随着车子的快速前进，变幻不定。

温浅坐在驾驶座，樊歆坐在后车座，两人各有所思。

十几分钟后，到了樊歆的住址，温浅将车停好，却见后车厢好久都没动静。他扭头一看，怔住了。

——难怪樊歆一路都没有开口，原来根本不是在想什么，而是歪倒在后车座上睡着了！

温浅开了后车厢的门，喊了她一声："樊歆。"

樊歆纹丝不动。

温浅再大点声："樊歆。"

樊歆仍没动静——这些天没日没夜地拼命，想必她早已累得不行。

温浅便没再喊她，而是坐到她身畔的空处，就那么瞧着她。

安静的车厢里，樊歆靠在后车座上睡得正熟。她收工虽脱了戏服，但脸上魅姬的妆还未卸，昏黄的光线中她面容如玉，刷过睫毛膏的眼睫乌密纤长，白净的额上那簇红莲形状的花钿，妖娆绽出几瓣殷红，让这睡颜显出几分媚意来。

温浅伸出手，指尖轻点她额上的莲花印记："拼命三郎。"

樊歆似所有感，咕哝一声，抓着他的手往脸下一压，寻了一个最舒服的姿势，趴在温浅手背上面继续睡。

温浅："……"这是将他的手当作枕头了吗？

他想将手抽回来，却又不忍心将她吵醒。而她大概是觉得手背肉少，枕在脸下硌得不舒服，便像翻枕头似的将他的手翻了个个儿，翻到掌心朝上，将脸趴在他的掌心里继续睡。

温浅的手心传来柔软之意——她的脸埋在他的掌心，那一阵阵呼吸拂过他的肌肤，带来潮湿的暖意，像是春暖时节的南风，温柔了岁月，绽放了时光。而她的唇正巧贴在他掌心之中，娇软若初春枝头的花骨朵。他倏然便不敢再动，唯恐一个力道不稳便伤了那娇嫩的花苞。

最后他就这么静静地坐着，看窗外夜景斑斓，守着车内的睡颜深深。

某个瞬间他觉得周边极静，静得似一切繁世喧嚣都归于永寂，只听得见她平稳的呼吸，他凝视着她的睡颜，脑中蹦出一句话——“岁月静好，光阴绵长”。

樊歆是在凌晨六点多钟悠悠转醒的，因为睡姿不好，枕头上沾上了不少口水，她伸手擦了擦，于是就醒了。

下一秒，她差点没尖叫出声！

哪里是什么枕头，分明是一只人的手，更重要的是，那手上还有一片湿漉漉的液体——她的口水。

谁的手被她糟蹋成这样？！她顺着手臂往上一看，终于叫起来：“温先生！”

她忙不迭地拿纸巾，手忙脚乱地给他擦手掌。温浅什么也没说，就看着她忙碌着。

她擦完后将他的手推回去，讪讪一笑：“呵呵，不好意思，你的手还好吧。”

温浅瞟一眼被擦得干净的掌心，没什么表情，只揉了揉掌心——被她压了三个小时，早麻了，于是他很坦诚地说：“不好，被你压得太久，没有感觉了。”

“你动动，活动一下就好了！”

温浅活动了一下胳膊：“还是没感觉。”

“你再动动！”

温浅仍然摇头。

樊歆曾听说四肢一旦遭受长时间的压迫，可能造成躯干损伤，想到这，她急了，朝温浅的手拍了拍：“现在呢？”

“没感觉。”

“不会吧。”这可是一双国际音乐家弹钢琴的手啊，如果有什么损害她哪赔得起！

她越想越急，想起按摩可以疏通经脉活血通气，她抓起温浅的手臂上下捣鼓，一会儿捏手腕，一会儿揉掌心，一会儿拉手指，一番忙碌很快见效了，温浅发麻的手渐渐恢复了正常。他刚想喊停，可一瞅她满含担忧的表情，口中的话立刻咽到了喉里。

这缘由他说不上来，也许是按得太舒服，也许是被人关切的表情让他不想喊停。而樊歆还在卖力揉捏着他的手腕，一边揉一边问：“怎么样？好些了吗？”

温浅摇头：“没有。”

樊歆沿着手臂往肩上捏，加重劲继续按摩：“现在呢？”

温浅继续睁着眼睛说瞎话：“没有。”

“不可能啊！我按摩手法很好的！难不成真的影响神经了？”樊歆急了，忽然伸手朝温浅的手背重重一掐！

“嘶！”温浅轻吸一口气。

“哈！”樊歆满意地笑起来，两个梨涡分外明显，像打了胜仗，“呀，知道疼就表示没事！太好了。”

她彻底放下心来，拎着自己的包高高兴兴地推开车门，走了下去。

留在车内的温浅，对着手上那被掐红的指甲印，沉默不语。

温浅回到酒店时，天已经蒙蒙亮。

凌晨的酒店静悄悄，他拿房卡打开了门，脱下外套进入洗浴间。明净的镜面照出他的模样，虽然熬了一个通宵，但略显倦意的脸难掩他的好相貌，镜里的人容颜清朗，表情虽稍显淡漠，颜值却几乎秒杀演艺圈各路小鲜肉。

他洗着洗着，突然停下动作，视线落到右手上。

右手背上，那小小的指甲印横在虎口处。他拿手摸了摸，自语道：“这女人真是……”

很嫌弃的口吻，唇角却是弯着的。随即他将手心翻过来，纹理分明的掌心中并无任何异常，他却看了半晌，思绪不经意便回到天亮之前。

黎明之前，安静的车厢里，她枕着他的掌心睡得安稳。

他轻轻笑了笑，通宵未睡的疲倦奇异地一扫而空，他坐回客厅看最新的曲谱。

时间一分一秒地过，窗外的乌蒙越来越通亮，昼夜交替，一轮旭日终于升起。当阳光洒满酒店窗台的一霎，他起身拿起电话。

十几秒钟后，电话接通，那边的声音含着殷勤：“呀，温先生啊，您好您好！这么早打电话来，有什么指教？”

“苏总，我改变了主意，我答应你为《琴魔》作曲。”温浅的声音顿了顿，平静中带着强势，“我只有一个条件——演唱者由我指定。”

苏崇山惊喜至极，随即一口答应：“没问题没问题，您肯赏脸操刀音乐就好了，我哪敢挑！一切由您做主！”

“好。”说完这句后，温浅再不多话，切断了通话后打开了电脑。

电脑刚刚开机，耳畔却响起敲门声。温浅起身开了门，就见齐湘站在门外。

她似乎是准备去片场，早已穿戴整齐。天已入冬，她穿了件皮草外套，衣料是极好的白狐皮子，毛色通体纯白如雪，披在身材曼妙的齐湘身上，有着童话故事里的天鹅公主的优雅。她从容地走进温浅的房间，面上有微微的担忧，问：“昨晚什么时候回的？我等你好久。”

温浅的表情没什么起伏，倒了杯冰水，言简意赅道：“有点事。”

“平安回来就好，我还担心你路上出了什么问题！打你电话打不通，可把我给急的。”

温浅抿了一口冰水，没答话。

方才在车上他的确有收到齐湘的电话，那会儿樊歆正枕在他手上睡得正熟，他怕惊扰她，所以直接摁掉了。

见温浅没什么反应，齐湘又说：“浅，你吃早饭没？今天我没有早戏，我们一起去吃个早饭？”

温浅答非所问：“我想我已经说得很清楚了，请齐小姐称呼我的全名。”他说完也不管她什么反应，径直下了逐客令，“我还有事，你自己吃吧。”

齐湘的脸浮起尴尬，旋即一笑，将所有尴尬不动声色地遮掩住：“那好，你忙。”

她说完退出房间。酒店走廊上光线明朗，她精致的脸庞沐浴在阳光中，一如既往地完美，可到了无人的电梯里，一切阳光被遮去，她的完美终于松动，有黯然浮现在脸庞。

而同一片阳光照耀下的剧组片场，樊歆正端坐在化妆镜前——她回去几乎就没怎么睡，用冷水洗了把脸后，打起精神上片场拍早戏。

她闭着眼，在化妆师给她上妆的间隙，抓紧时间补一会儿觉。

手机铃声蓦地响起，樊歆接了电话，头条帝的声音从大洋彼岸的曼哈顿传来，懒洋洋的声调让樊歆想起他含笑不羁的模样。他似乎心情不怎么好，嘟囔道：“你的戏还要拍多久？”

樊歆想了想：“剧情进入尾声了，还有二十多天就杀青。”

“快拍完就好，这天气一天比一天冷，人家都穿着羽绒服，你却穿着薄纱裙拍戏，再这么下去哪受得了。”

樊歆笑了笑，瞅瞅窗外的天，薄薄的阳光照在窗台上，看着光亮却没什么暖意。剧组的群众演员在窗外晃来晃去，口中哈出一团团白色的雾气，寒冬是真正地到来了。她瞅着身上的羽绒服，对着手机一笑：“你别担心，虽然戏服很薄，但一拍完我就把羽绒服套上，不会冷的。”

那边慕春寅又转了个话题，口气恶狠狠的：“莫婉婉说你最近为了拍戏也是拼了，再让我知道你不顾身体去逞强，你看我回来怎么收拾你！”

樊歆：“……”

两人挂了电话，莫婉婉拿着杯热腾腾的咖啡走进来，往樊歆手里一塞：“给，你的提神神器。”她说着盯着樊歆的眼睛皱眉，“你看你的眼睛，这阵子没睡好，熬得通红，全是血丝！”

樊歆接过咖啡，嘻嘻一笑：“没关系，我相信有付出一定有回报。”

莫婉婉无奈地扯扯嘴角，把平板电脑往樊歆手里一丢：“对啊对啊，你的回报来了！”

“什么回报？”

“昨晚上不是播出《琴魔》第十五、十六集吗，网上的评论渐渐又变了。”

樊歆好奇地朝平板电脑上看去。《琴魔》的微博主页上，因为昨晚更新最近剧情，评论区一片叽里呱啦。

【我萌我有理】：“看了昨夜两集，突然对樊歆改观了……前五六集，人物僵硬生涩，后面就顺畅多了，演技有提升，对她又有信心了。”

【孟婆，来杯优乐美】：“咦，先前还不喜欢女二号的，觉得表演不自然，有些做作，可这几集却越来越喜欢她了……第十五集她穿着露肩长裙，在桥上抚琴勾引路过的书生时，回眸一笑，表情好妩媚……”

【单恋】：“我是齐湘的粉，但樊歆也不错，这几集进步好大，点赞！”

【芒果宝贝】：“只是路人，为了男主而来，对两位女主无感。尤其是魅姬，最开始她的表演并不出彩，被清音的风头所压制，这几集魅姬却惊艳了我，她在酒肆中起舞的模样真美，舞跳得好，演技也有很大提升。”

【娱乐圈八卦小王子】：“听去探班的记者说，樊歆虽然没什么演技，但特别刻苦，早上最早一个去片场，夜里还在片场看剧本看到两三点……且不说演技如何，这种精神就令人佩服……”

评论一条条往下看，樊歆心中越来越暖。

只要坚持与努力，所有的付出一定有回报。

虽然网上评论有好转之意，可樊歆仍不敢松懈。夜里她仍是留在片场做功课。不过此时做功课的队伍已经不止她一个人了，在她的感染下，剧组好几个新人都参与进来。他们虽然是戏份不多的配角，但态度都极认真。一开始，小演员们将樊歆当个腕，总是恭敬地一口一个“樊歆姐”地叫着，可随着时间的推移，众人渐渐发现樊歆毫无架子，便跟她越发亲近。于是在剧组空闲时，众人便看到这一幕，以樊歆为首的一群新演员时而对着剧本咬着笔头苦苦揣摩，时而凑在一起针对剧情进行热烈讨论，气氛极好。

樊歆挺享受这个过程——拍戏原本是极累的事，可她跟着一群小年轻嘻嘻哈哈，疲累在不知不觉中便被化解了。有一日，王导从几人身旁经过，见几人兴高采烈地讨论剧本，笑着道：“你们这是组团学习啊！”

副导演跟着笑：“这可是真正的新人团，团长就是樊歆。”

剧组集体大笑，小年轻们向樊歆看去，极配合地接了一句：“团长好！”

樊歆拿着剧本，学着电视里首长向群众亲切挥手的模样道：“同志们好！同志们辛苦了！”

一群人笑得越发厉害，“新人团”的外号就这么被叫上了。

几天后，就在樊歆带领着“新人团”努力奋斗时，剧组突然来了个不速之客。

那天是夜里七点钟，樊歆的戏早已拍完，她正跟着几个小年轻坐在平日吃快餐的桌前看剧本，倏然一道人影走来，几个小年轻齐刷刷瞪大眼，用一副膜拜顶级大腕的口吻道：“温先生！”

樊歆亦是一怔，估摸着温浅是来接齐湘收工的，笑了笑又低头去看剧本。

原本她以为这事就这么了结了，谁知身旁矮凳上吱呀一响，就见温浅拿着纸笔，已施施然地坐到她身畔。她忙提醒道：“温先生，齐湘在那边……”说着指指屋外的片场。

院落那头，齐湘正跟男一号演着对手戏，一见温浅来，眼睛不住往屋内温浅身上瞟，眸里是止不住的欣喜，然而这欣喜的结果便是NG重来。

屋内的温浅并没看她，对樊歆说：“我是来跟你们一起做功课的。”

一桌子的小年轻目瞪口呆，激动的心情如战鼓高昂——国际天才艺术家居然跟我一起做功课！等下做完功课，不知道能不能要个签名再来个合影？！

只有樊歆不激动：“温先生做什么功课？”

温浅扫扫面前的纸笔，说：“应制片方的邀请，我答应替《琴魔》写歌。可我没有灵感，就来片场转转。”

“啊？”樊歆想不明白，这片场人多嘈杂，能找到什么灵感？但想着这是别人的自由，她无权过问，便又低头看剧本。而一群小年轻虽然亢奋，也不敢有什么举动，都强压着激动，跟着“团长”一道看剧本。

一群人围坐在矮桌上，渐渐地都进入了状态。

片场外的拍摄还在进行，嘈杂的人声不断，可屋内却一片安静，气氛像回到了学生时代的自习室，一群志同道合的人置身一个地方，为了各自的理想，默默奋斗着。

某个瞬间，温浅不经意扭头，就见到左侧的樊歆正捧着剧本看得入迷。她今天的戏份结束得早，脸上的妆早已卸去，白净的脸如出水芙蓉，一头乌黑的长发披在肩上，黑亮似缎子。大概是看得投入，她头埋得很低，不一会儿刘海便从额上滑了下来，她的目光还落在剧本上，只是顺手将刘海往耳后一勾，可没多久头发又滑下来，她再次往后勾。如此几次她不耐烦了，伸手从笔上拔下笔帽，将笔帽当发夹，把刘海直接夹在了额头上。

那特殊的发夹让温浅微微弯起了唇角。

而正在写笔记的樊歆感受到了温浅的注视，抬起头来，立刻便落入一双含笑的瞳仁——乌黑、深邃，像夜间的星空，又像是钢琴上优雅深沉的黑键。

这么近的距离对视，樊歆变得局促起来，忙转过头去看剧本。

可再如何看都看不进去，温浅含笑的眸子一直在她脑海里晃。那一刻樊歆突然意识到，温浅这阵子有了改变。

似乎是笑容变多了。

为什么呢？樊歆想了想，眸光扫到院外的齐湘。

她的目光黯然下去，旋即敛住心神，继续看剧本。

不知不觉到了十点，片场的戏拍完了。齐湘走进屋，依旧端庄优雅，步态却透着罕见的轻快，对温浅说："浅，我收工了，我们回去吧。"

温浅的目光从纸笔上移开，并未看齐湘，而是瞟了瞟伏在桌上的樊歆："一起走吧。"又补了一句，"反正顺路。"

樊歆的脑中还回响着齐湘那亲昵的口吻："不了，我今天要请'团员们'去吃消夜。"

一听这话，小年轻们高兴了："呀，'团长'你还真说到做到啊，走走走，吃消夜去！"——樊歆前几天为了督促他们多看剧本，承诺他们演技有进步就请吃消夜。

大家都笑起来，动作轻快地跟着樊歆一起收拾东西，一群朝气蓬勃的年轻人，看着樊歆的眼神都洋溢着发自内心的喜欢。

樊歆也跟着他们笑，眉梢弯弯，梨涡荡漾，仿佛充满了春天的明媚。

一个声音却硬邦邦地打断了这和谐的言笑晏晏，是温浅的："樊歆，你现在不走，一会儿怎么回去？"

樊歆语气很轻，却透着固执："不麻烦温先生了，我搭'团员们'的顺风车。"

温浅的脸色微沉，扭头便走，齐湘忙追了过去。夜色幽暗，那前方的男女背影，一个端庄矜持窈窕曼妙，一个优雅沉稳笔挺，当真般配至极。

团里有小年轻感叹："瞧这高颜值CP！好配啊，虐死我们这群单身狗了！"

另一个人轻笑："听说他们俩本来就是一对，不然很少跟明星签约的温先生为什么签了齐湘姐，还老来接她……"

"当然得接，齐湘姐美若天仙，当然得看好了，不然被人挖了墙脚哭都来不及了。”

几人碎碎念地八卦着，樊歆在一旁一言不发——只有她自己知道，方才若无其事地与旁人嬉笑，无非是想掩盖内心真正的情绪。

那两个人过去就是一对，现在看架势是要再续前缘的，她感谢温浅好心的顺风车，可她又何必做这电灯泡，而且每次看见齐湘与温浅男才女貌的样子，她就会想起从前的一幕。

那是六年前的某一天，还在念大一的她在S大图书馆外撞见成双成对的温浅与齐湘，那两人一个俊朗清癯一个貌美如花，将她的丑陋臃肿对比得无地自容。彼时温浅的视线自她身上掠过，眸里有疏淡的轻蔑。

图书馆旁有温浅的同学经过，笑着问：“温浅，艺术系的女神终于被你追到了，美不美？”

温浅转头望向齐湘，说：“美。”

他的目光落在齐湘娇艳的脸上，一贯的冷傲尽数敛去，眉目间是从未有过的温情与柔软。

站在图书馆旁的她默默地看着，一句话从胸腔蹿上脑海。

——在你眼里，她倾国倾城闭月羞花，而我，红眼睛蓝舌头绿嘴巴。

“歆姐。”樊歆的思绪被小年轻拉回，有人将话题转到了她身上，团里唯一的女生问，“樊歆姐，你有喜欢的人吗？”许是她觉得这问题太过冒昧，又道，“不好意思，就当我没问。”

樊歆却只是一笑，看向温浅离去的方向，夜色浓浓，那两人的身影早已看不见，樊歆垂下眼帘，浓密的长睫将眸里的情绪尽数掩盖。她自嘲一笑：“有。但我喜欢的人，不喜欢我。”

这夜过后，“新人团”发现一个奇怪的现象，他们的“团长”从此收工异常早，从前她总是看剧本到深夜，如今她看不了多久便收工回家。

团里唯一的妹子心细，留意到一件事——她们“团长”每晚收工的时间跟温先生上片场接齐湘的时间差不多，往往都是温先生前脚一来，“团长”立马就后脚走人，一连三四天都是如此，半分钟都不留，好像故意躲着温先生似的。

为什么？是巧合还是有意？她不知道。但她发现片场里的女一号齐湘最近有了改变。在此之前，齐湘从来都保持着豪门名媛的风范，为人处世客气有礼进退有度，完美到挑不出任何瑕疵，就像她的微笑，每次都标准地露出八颗牙齿，美得无可挑剔，却如模板刻出来般千篇一律，缺乏一种真实感。

而如今，这刻出来的三百六十度无死角的完美笑意，在温浅越发频繁的探班中，逐渐透出鲜活的情绪，有了点接地气的感觉，难道是爱情的力量吗？

这边片场妹子琢磨着疑问，而片场外的别墅里，樊歆正趴在桌前看剧本。莫婉婉站在她身后，狐疑地道：“你这几天怎么回事？怎么不在片场通宵看剧本了？”

樊歆实话实说：“那两人男才女貌在我面前晃来晃去，剧本我看不进去。”

莫婉婉同情地道：“了解，谁让你既是单身狗又是暗恋狗呢？”

樊歆无言以对，扭头继续看剧本：“不说了，我看剧本！明天的戏好难拍，估计我又得看到一两点。”

“还看这么晚！”莫婉婉道，“姐可不管，头条帝刚打电话来下令，说你要再这样透支自己的身体，他以后就不让你拍戏了，让你回家给他煮一辈子的饭！”

樊歆摇晃着她的胳膊：“婉婉，你别告诉他……”又道，“我今天得看晚一点，明天是我最后一场戏，拍完咱就可以回家了，这戏很难，如果不好好看剧本，我估计会NG得很惨……”

“怎么个难法？”

樊歆道：“剧情是这样的，魅姬无论如何都挽回不了情郎的心，加之被神女打成重伤，承受着身体与情感上的双重折磨，濒临绝望……最后，她鼓起勇气将徐长安约到某处，怀着最后一丝希望，跳起了从前两人相爱时的一支舞，希望唤醒情郎的记忆……但徐长安没有记起来，心碎的魅姬再也承受不住，哭泣后绝望地自杀。”

莫婉婉若有所思：“舞蹈戏、表白戏、哭戏再加自杀戏，是挺难的……还要跟那个阴阳怪气的李崇柏对戏……得，姐就准你再看两个小时，十一点准时睡觉！”

翌日，天气晴朗，适合拍外景。

大概因为是与樊歆的最后一场对手戏，李崇柏的表情看起来愉快极了，一副巴不得拍完再也不要合作的模样。

但遗憾的是，他失算了。

这场戏整整拍了一天，远比想象中更难拍，一是天气太冷，正值12月中旬，气温只有几度，樊歆穿着薄薄的纱裙，忍不住冻得瑟瑟发抖，再怎么强撑也会影响发挥。二是这段戏剧情长、难度大，又要跳舞又要哭泣还要崩溃自尽，樊歆拿捏不住火候，导致中途不断NG。她一NG，李崇柏就皱眉不耐，到樊歆NG第三次时，李崇柏催促道：“你能不能快点过啊，太阳都下山了。”

樊歆向他道歉，两人重来，谁知又是NG。见李崇柏黑了脸，导演忙过来打圆场：“这场戏的确不好拍，大家都休息一下，等下再来。”

李崇柏一听这话，丢下手里的道具便走，樊歆拦在他面前，歉然道：“不好意思，下一场我会做得更好。”

李崇柏只当没听到，面无表情地去了旁边。

呼啸的风从深冬树林里刮过，樊歆的脸冻得脸发白，身后的莫婉婉将抱着的羽绒服披到她身上，愤愤不平道：“干吗跟他道歉，哪个演员拍戏不NG？何况是这么冷的天这么难的戏！”

樊歆道：“话是这么说，可NG毕竟不好，何况他女朋友在片场等着呢，他当然想快点拍完收工。”

“好了，你别自责了，姐去给你打点开水来，你喝着暖暖身子。”莫婉婉说着便向放开水瓶的那端走去。

樊歆身上披着羽绒服，可穿着绣花鞋的脚还是冻得厉害。她开始用力跺脚取暖，可还没跺两分钟，突听一声大吼：“李崇柏你说什么！”

这是莫婉婉的声音，听着像是发生了争执，樊歆忙跑过去。

来到临时搭建的帐篷后面，就见莫婉婉跟李崇柏扭打在一起，一群人在那里拉架，厮打的两人谁也不松手。

积满落叶的地面上，莫婉婉将李崇柏压在地上，她练过跆拳道，身手好到流氓见了都得绕道走。她攥住李崇柏的衣领，吼道：“你再给老子说一遍！”

樊歆奔过来拉住莫婉婉的手：“婉婉，有什么话好好说！”

“好好说？”莫婉婉嗤笑，“你问问他刚才说了什么屁话！什么叫猪一样的队友？！”

李崇柏被莫婉婉拿胳膊肘压制在地上，英俊的脸庞沾染了不少尘土，姿势颇为狼狈，见剧组一圈人看猴戏一般围观着，他脸上再挂不住，憋在心里的话终于蹿了出来：“老子说了又怎样！不怕神一样的对手，就怕猪一样的队友！不是因为樊歆，老子现在已经收工了！”

听罢，莫婉婉就是一拳过去，即将打歪李崇柏鼻梁的一霎，摄影师、导演等五六个人的手齐齐拉住了莫婉婉：“别！”

莫婉婉被几个人拉着不能动，李崇柏趁机翻身起来，指着莫婉婉骂：“敢打我！你算什么东西！”

入行十几年第一次被女人揍，他恼羞成怒下竟然理智全无，吼道：“如果不是家里有点臭钱，就你这不男不女的样子，就算出去坐台也没人要！”

“王八蛋！”莫婉婉勃然大怒，奈何却被四五个人紧紧抱住，“别冲动别冲动！”

李崇柏仗着莫婉婉被众人所拦，伸出中指比了个鄙视的姿势，转头就走。下一刻，他的脚步被人拦下，他不屑一顾看着面前的人：“你干吗？想替她出头？”

樊歆挡在他面前，一字一顿道："向我朋友道歉。"

"凭什么？"李崇柏原本还忌惮着樊歆的身份，如今撕破了脸皮再顾不得了，"呵……你是傍上了盛唐这棵大树，可你别忘了，这圈里是按资历排辈的，我入行十二年，你呢，十八流新人一个，有什么资格要我跟那婆娘道歉？"

樊歆一贯温和的眸子盈满固执："是，李先生是前辈，我是新人。但，凡事一码归一码，你对我不满，冲着我来就行，我承认我没什么拍戏经验，耽误你的时间是我不对，可我向你真心实意地赔礼道歉过了，你为什么还要侮辱我的朋友？"

她往前走一步，目光越发锐利："李先生作为一个男人，作为圈里有分量的前辈，作为一个拿过三次影视大奖的演员，你的一举一动都是新闻的焦点，大庭广众之下说出这种侮辱女性的话，不觉得过分吗？不觉得配不上娱乐圈道德模范的称号吗？难道不应该道歉吗？"

她表情温和如初，口吻却鲜见地咄咄逼人，李崇柏竟无言以对。

周围的剧组人员早就有看不下去的，忍不住低声议论："就是……那话也太过分了……"

"对啊，人家新人没经验，包容一下不就好了，谁不是从新人过来的？再说今天的戏这么难拍，连拍了几十年戏的刘老师都说，就算是她也得NG几遍！"

"再说了，这戏本身就不公平，男主穿着厚长袍里面套着保暖衣，暖乎乎不知道多舒服。可樊歆就这么两层纱裙，没冻晕过去就算坚强的了！"

一群人议论纷纷，几乎都偏向樊歆，李崇柏自知理亏，脸上挂不住，可又不愿意道歉，当下便道："要道歉，好啊！明天我们再来拍这场，如果你一条就过，我立马向你跟莫婉婉道歉！日后只要见到你俩，我李崇柏绕道走！"

樊歆盯着他，语气坚定如铁："好，一言为定。"

李崇柏甩手走后，莫婉婉挣脱众人的手，奔到樊歆的面前："你傻呀！他要求这么苛刻你还答应！姐要他的道歉做什么！姐直接喊人揍他一顿，打得他姥姥都认不出来，他自然哭着求着让我放过他！"

莫婉婉气得满脸通红，身上的衣物也因刚才在地上打滚沾了不少土。樊歆替她拍着身上的土，说："婉婉，不论咱打不打他，他都必须道歉。他伤害了你，我就得扳回来。"

"话是这么说，可一条就过……"莫婉婉抖着身上的尘土，颓然道，"这也太难了吧。"

"有难度不代表做不到。"樊歆拍拍她的肩，"我去找导演说说这事，或许有所帮助。"

由于打架风波导致男一号半道负气而去，剧组布置了很久的外景戏无法再继续，导演坐在树底下，看着三三两两停工休息的剧组人员，一个劲地抽闷烟。

樊歆走到导演身边，轻声道："师父，对不起。"

王导摸摸自己的络腮胡："没你的事，是小李不顾大局，就算有什么事，也不能一甩手说走就走啊。为了搭这个外景，我们费了不少心思，他不看僧面也要看佛面吧。"

副导演道："他就是这样的人，上回他跟另一个剧组演员起冲突，他一甩手就罢演。那场地是剧组租来的，他罢演几天，剧组就亏几天的场地费，那可不是小数目。"

场务跟着道："他脾气也不好，一点小事就大发雷霆，上次下榻的酒店档次不够高，他当场发飙，把订房小妹骂到哭。"说着又看向樊歆，"其实他对你的态度算很和气了，他碍着您上头的慕总，火气是一忍再忍……不信你看剧组的其他新人，只要跟他的对手戏没拍好，他的话就特难听……"

"可不是。""新人团"里有小年轻冒出来，"他前天说以我的智商这辈子只有跑龙套的命……"

另一个小年轻道："那算什么，他还叫我去死呢！早死早投胎，下辈子长张能入镜的脸……"

"其实我们都算好的，他对自己的助理更过分，有天他的小助理泡咖啡晚了两分钟，他就把热咖啡整个泼到助理身上……"

一群人你一言我一语，瞬时激起民愤，有小年轻拉着樊歆道："那李崇柏太欺负人了！歆姐你回击得漂亮！明天争取一条就过，让他道歉！"

一群义愤填膺的小年轻齐齐看向樊歆，俨然将她当成复仇的曙光。剧组上下都笑起来，说："看来这李崇柏真是引起民愤了。"

导演是个耿直的人，抽着烟说："小李这人心不坏，只是自大狭隘，适当敲打一下也好……"他抬头看向樊歆，"徒弟，明天你的戏好好演，他欠你一个道歉，你得要回来。"

樊歆道："我也在想这件事，想着怎么克服NG……明明我花了许多心思去琢磨剧本。"

"你找到自己的原因了吗？"

樊歆摇头："这段有些难度，我把握不好角色的心理状态，没有完全入戏。"

"知道自己哪没做好，就已经成功了一半。"王导点点头，随后分析道，"这几个月你的进步很大，驾驭一般的桥段已没什么问题，但最后一段是高潮，情节的爆发、角色的张力、人物的塑造堪称全剧最浓墨重彩的一笔，所以这种戏最难演，演得好，人物就活了，演得不好，那就是败笔。”

樊歆若有所思：“是。”

王导接着道：“怎么演才能把人物演活呢？说难也难，说简单也简单，就是你说的那两个字——入戏。就是从心底钻进这个角色里，而不是浮在最浅的认知上。”

旁边的莫婉婉插嘴：“从心底钻进去？怎么钻？”

“我打个比方。樊歆，你的演技经过这几个月的磨炼，已经能勉强及格，而技巧之类的学习你也琢磨了不少，比如前段时间你对着镜子练媚眼、练神情、练身姿，这些都是为了体现人物的外在……但这些远远不够，你的精力更应放在怎么深入角色里。说穿了就是抛弃本身的自我，进入角色，你感受着她的一切，与她同喜，与她同悲。”

“对。”樊歆喃喃道，“同喜同悲，不仅是技巧的雕琢，更是感情的倾注……可是我的感情总差那么一点儿。”

“没关系，我们帮你找感觉！”王导说着一拍她的肩膀，前所未有地严肃，“来，我们来一场对话，这一刻起，你给我从现实的框框里出来，将自己的灵魂分裂，一丝半点也不留，你不再是樊歆，而是魅姬，那个活在古代为爱疯狂的魅姬。如果办不到，你就当自己被魅姬附身，站在她的立场看任何问题，我问什么，你答什么……准备好了吗？”

导演如此郑重其事，樊歆自然不敢马虎，紧闭上眼，摒弃一切杂念，在心里默念三遍魅姬跟宁郎的名字，而后深吸一口气：“我准备好了，开始吧。”

王导问：“魅姬，你觉得自己是什么样的人？”

樊歆回想着这个角色的经历，道：“我觉得我是个不幸的人……虽然外界看起来，我是噬血残暴的女煞，可我更是一个命运坎坷的女人。”

王导却摇头：“我觉得你的不幸是你太傻，你想啊，你曾是红极一时的角儿，多少达官显贵为了博你一笑豪掷千金，这些恩客有的是逢场作戏，有的却是真心实意的，如果你挑一个好的，让他给你赎身，哪怕回去做个小妾，也比跟那宁郎一起跳崖殉情的要好。”

樊歆集中精力，将认知投入到故事发生的年代：“是啊……如果那时我选择了另一个人，也许就不会落到如此田地，苦苦等上一千年。”

“魅姬，一千年难熬吗？”

樊歆想了想，点头：“难，一年三百六十五天，一千年就是一千个三百六十五天，从白昼等到黑夜，从黑夜等到白昼，一天天，一年年，时间无休无止……”

“这么难为什么还要等，更何况他的父母还这样对你，将你丢进军营受尽凌辱，死前还承受各种酷刑……当时的感受苦不苦？”

樊歆在脑里描绘出一个孤女被百般折磨的场景，将感受不断地扩大不断地联想：“很痛苦，很恐惧……周围都是人，他们以折磨我为乐，扒光我的衣服，剪去我的头发，在我身上烙下通红的火炭……我生不如死。”

导演问：“遭受那么多痛苦……魅姬，你后悔吗？”

樊歆将自己放到剧情之中，摇头道：“不后悔……不然也不会在琴里等待一千年。”

“为什么不悔？”

“为什么？”樊歆不住挖掘着魅姬的感受，“因为我爱他，他愿意为了我而死，我也愿意为了他什么苦都吃，一千年算什么，一万年我都愿意。”

导演同情地说：“可你等了一千年也没用，他不仅把你忘得一干二净，还爱上了另一个女人。”

樊歆咬咬牙，仿佛感受到了魅姬这一刻的愤恨：“所以我要杀了这个女人，我要将我的宁郎抢回来……我不能这么白等一千年！”

“可你杀不了她，她太强大，而你的宁郎还一直帮着她，甚至不惜重伤你。”导演瞅瞅樊歆的腰，“你腰上的伤口不就是他拿剑刺穿的吗？”

樊歆摸摸自己的腰，仿佛那里真有一个伤口：“对……这是他刺的，可我不怪他……他只是忘了从前的事罢了。只要我唤回他前世的记忆，他自然会回到我身边……”

“所以你今天来这里，就是为了唤回他的记忆吗？”

“对。”

“想唤回他的记忆可不容易，你打算怎么做？”

樊歆反问：“你知道我跟宁郎是怎么认识的吗？”

导演摇头：“不知道，你给我讲讲。”

大抵是导演的循循善诱起了作用，樊歆越发入戏，她嫣然一笑，似是真正的魅姬想起与情郎初见的场景，眸里竟有几分甜蜜：“我跟宁郎是在鸳鸯节认识的，鸳鸯节在我们那是非常隆重的节日，那天未婚的男女们会以歌舞交流……”

“哦，原来你们是以歌舞相识。”导演故作恍然大悟，见樊歆状态渐渐投入，飞快向身侧的副导演递了个眼神。

莫婉婉看不懂王导的意思，副导演与王导合作多年，自然了解他的意图，低声跟莫婉婉说：“王导说樊歆慢慢入戏了，叫我们做好准备。”

“什么准备？”

“找个合适的人来给樊歆对戏，更好地帮助她入戏……你去组里找个模样端正的小年轻来，换上男一号的装扮，等我们的指令。”

“哦，好。”莫婉婉撒腿就去了。

这边樊歆继续说：“鸳鸯节那天我正好十八岁，戏班里的小姐妹都出去找情郎了，我却没去……反正我青春年少，不愁找不到好郎君。于是我就去了树林散步。那一日春色正好，我见百花烂漫，就在花亭内跳舞……谁知就遇见了宁郎，他刚好经过，对我一见倾心。”

“你是打算用这一段往事唤回宁郎的记忆吗？”

樊歆脸上露出雀跃的光彩，眸中波光流转，不自觉地染上了魅姬的妩媚：“对！我已经用计将宁郎引到这里来了，我施了法，将整个森林变成当年我们初见的样子，然后我穿上前一世最漂亮的衣服，头上戴着他送的步摇……”

她指指自己的鬓发，入戏的她眉目媚态横生：“就是这个红莲步摇，是他找京都最好的金匠打的，花样也是他绘的，很美吧！这些年我贴身戴着，看到它就像看到了宁郎，半刻都舍不得取下……”

“哦……”王导拖长嗓音，沙哑中含着一丝煽动，“原来是定情信物。”

“对，等下我就戴着它跳舞……”她手一指，指向那头剧组搭好的亭榭，“我就在那个亭子里跳，像过去一样，跳那支惊鸿舞……爱上他以后，我再也没在其他男子面前跳过这支舞，只有宁郎才配看到我的舞姿……”

樊歆眉梢含笑，脑里全是魅姬爱恋之初的甜蜜，越发沉入剧情。导演抓住机会，向副导演再次递过一个眼神，而后对樊歆道：“魅姬你看，那是宁郎吗？”

“在哪？”樊歆顺着导演的手看去，果然见到树丛之中出现一个身影，青衣长袍，头戴白玉冠，只不过距离隔得有些远，看不真切长相。樊歆瞅了片刻，仿佛在认真地辨认。导演推了她一把：“那就是你的宁郎啊，你不是要唤回他的记忆吗？那就快去跳惊鸿舞啊！快！”

樊歆缓了片刻，牵起裙角，一步步踏上亭榭。石榴红的长裙逶迤至地，如稀薄暮色中的一抹浓郁残阳。

到了亭榭之中，她朝“宁郎”看去。天边的夕阳已彻底滑下，即将入夜的光线呈半蓝半灰的幽暗，似墨蓝的釉彩被渲染开来。男子的身躯立在一株高大的冬青树下，翠绿的枝丫后，他眸光深邃，高鼻薄唇，五官清俊如玉。

温浅。

亭榭里的樊歆脚步猛然一顿，好不容易进入的状态似乎因为这张面孔的出现拉回了神。

眼见她眉间属于魅姬的媚色与恍惚褪去，王导急得皱眉：“刚刚还挺入戏，可怎么一见温浅，现实里的樊歆就回魂了呢？”他急得大喊，“魅姬，你愣着干吗！

快跳啊！”

樊歆站着不动，似乎在出神，眼瞅着这感觉要半途而废，夜色中突然传出莫婉婉的声音：“魅姬，他是温浅！可他更是你的宁郎啊！”

她扯着嗓子用更大的劲喊道：“樊歆就是魅姬，本就是一样！想想你的曾经，想想那些年不悔的付出，想想不曾被爱的过往！”

莫婉婉的声音如金石铿锵落地，一旁的人听得云里雾里，可对亭榭中的女子来讲，却是一语惊醒梦中人。

是的，想想过去，想想那些年的痴恋与喜欢……其实樊歆跟魅姬，何尝不是一类人？

魅姬爱宁郎，即使付出生命也矢志不渝。

樊歆爱温浅，舍己救他，即使受重伤也不悔。

魅姬痴等宁郎千年。

樊歆执着温浅数载。

魅姬为了宁郎，在暗无天日的琴中辗转煎熬，宁郎却转身爱上高贵的神女。

樊歆为了温浅，在卑微黯然的角落缄默凝望，温浅却只看得见迷人的公主。

魅姬与樊歆，她们的痴情如出一辙，她们的不被爱何其相似……

一瞬间，思绪起伏如山峦倾轧，亭榭中的樊歆似是陷入恍惚之中，就在导演忍不住再催她之时，她仰头一笑，朝着温浅的方向微启红唇。

“丝竹绵绵，素手纤纤，深雪之中红衣舞翩跹。水中月，灯下影，梦回那年曲水间，蜀葵紫，海棠红，随风落于谁鬓边？”她满含着凄婉的腔调，一字一句低吟浅唱。与此同时，亭后传出悠扬的琴音，不知是谁的纤纤十指拨动琴弦，乐音缠绵悱恻，如泣如诉。樊歆唱着唱着，倏然双袖一甩，合着琴声踏歌而舞。

“长衫青衣，执笔落墨，绘我倾世颜。琴瑟相和，耳鬓厮磨，共看双飞燕……”

歌声绵绵，而天色彻底暗下来，一轮圆月自天边缓缓升起，月光洒满宁静的树林，似给万物披上一层薄纱。朱红碧瓦的亭榭正中，樊歆一面唱一面舞，发如泼墨，长裙如火，整个人沐浴在银霜般的月华中，恍若隔雾之花，时而扭纤腰，时而甩飞袖，时而舒皓腕，素手如兰，身姿如柳，步态生莲。

亭后一群人呆呆地瞅着，有人压低声音道：“这是……又进入魅姬的状态了吗？”

“是，比刚才进入得还好。”

导演做了个噤声的动作：“别说话打扰她。”

亭榭的樊歆还在舞，月影凄迷，霜华零落，那支惊鸿舞被她演绎得淋漓尽致。最后一个姿势，她舒展双臂不住旋转，石榴红的长裙宽袖迎风招展，宛若夜色里盛放的旖旎花朵。

琴音不停，她旋转不休，脑中如走马观花般闪过无数画面，有魅姬苦等千年的心碎，有樊歆暗恋多年无果的惆怅。

某个刹那，她像回到了五年前，在那些寂静的深夜，不被爱的她就像如今一般，在舞房里旋转、旋转，仿佛永无止境的旋转才能忘却那些卑微又强烈的爱恋……

往事愈想愈刻骨，执念愈深愈伤人。亭榭里的樊歆只能不停地跳，不停地跳，将她与魅姬的那一腔痴情，连着那凄然的歌声，随着飞舞的水袖，蹁跹的裙摆，统统倾泻出来。

“丝竹绵绵，素手纤纤，深雪之中红衣舞翩跹。水中月，灯下影，梦回那年曲水间，蜀葵紫，海棠红，随风落于谁鬓边？长衫青衣，执笔落墨，绘我倾世颜。琴瑟相和，耳鬓厮磨，共看双飞燕。一朝惊变，君成陌路，再不记从前。旧盟在耳，前尘缱绻，付过眼云烟。前世姻，今生缘，数不尽阴晴圆缺，换今朝痴嗔悲欢。负一身杀戮罪孽，只为诀别那一句，等待与君再团圆。花开又花落，一春又一秋。一曲一场叹，一生念一人。然，曲终人散，弦断音绝，仍，为你一笑，甘守千年。”

当最后一句词唱完之时，亭榭中的女子终于停住舞姿，她慢慢地抬头，看向温浅的方向，强忍着眉间一抹悲哀，轻声唤道：“宁郎。”徐长安前世名为冯宁。

温浅没动——魅姬的宁郎毫无反应。

樊歆踏前一步，发上那支红莲步摇在月光下熠熠生辉，摇曳在她鬓畔，别样的妖娆，她瞳里的希冀如火苗蹿动，再次轻声问：“宁郎，我的惊鸿舞跳得好不好？”

温浅眸光闪烁，似心有所动，但那头的导演却拼命摆手，示意他照着剧本做出冷漠无情的模样，温浅只得噤声。

见温浅无动于衷，樊歆笑道：“你忘了吗宁郎，你曾经最喜欢这支舞。每逢天气晴好之时，你便将琴搬到庭院内，你抚琴伴奏，而我高歌一舞……我们，多么琴瑟相谐。”

“呵，我们还有很多美好的回忆。每个夜里，你在灯下看书，我便给你磨墨燃香，你笑着说，这是红袖添香夜读书……你还带我游山玩水，有一年仲秋，你我携手前去丹霞山，栖霞霭霭，层峦叠嶂，山泉飞流瀑，枫叶正艳红，你立在枫树之中许诺，永远只爱我一人……宁郎，那誓言你还记得吗？”

温浅薄唇半抿，最终将目光移向导演，读出导演手中白板上的宁郎的台词：“什么誓言？我们人妖殊途，此等荒谬话语你休来蒙我！”

他口吻坚硬冷冰，樊歆注视着他，眸里有悲伤：“人妖殊途？呵，宁郎，我也曾是个活生生的人啊！我也不想变成如今这邪祟……”

温浅举起手中剑，照着白板上的话念道：“妖孽，你作恶多端，无须多言！”

“不！”樊歆急忙辩解，“我不是妖孽！你以为我想杀人吗？我一点也不想，第一次杀人时，我吓得手发抖……生前我连鸡都不敢杀，就是碰到一只小虫小鸟，都是要放生的……”

她垂下眼帘，眸里有自嘲与悲凉：“呵……从前的我多么心慈善良，可现在，我却沦为了世人口中的妖孽恶魔……宁郎，我为什么会成为这样？因为我想跟你在一起……”

“够了！”温浅打断她的话，将手中的利剑冷冷抛下，“妖孽，你罪恶滔天，天地不容，自行了断吧！”

樊歆怔怔地看着他，像是不敢置信：“你让我自行了断？”她眼圈刹那间泛红，“宁郎……我在琴里等了你一千年……一千年啊！”

“那一千年，我跻身于暗无天日的琴匣里，被埋在荒无人烟的废墟间，从日出守到日落，又从日落守到日出……多少次我快被这没有尽头的等待逼疯，我想跳出琴匣，在阳光下将自己暴晒到灰飞烟灭……”

她咯咯笑着，眸里的凄怆越发浓郁：“但我忍了下来，因为跳崖前你曾说，转世投胎后寻我相携白头……于是我就等，等你投胎转世，等啊等，足足一千年……”

“可我等到了什么？”她讽刺地大笑，眸里有水花在闪烁，“我等到了你爱上别人！等到你拿剑将我重伤！等到你让我自行了断！”

“宁郎，她有什么好？是比我美、比我高贵，还是比我更爱你？”她抓着他的衣袖，面有不甘，“她不会比我更爱你，这世上最爱你的人只有我……”

她拔下发髻上的红莲发簪，捧到他面前，像一个垂死挣扎的人，无力而急切地想证明什么：“这是你送我的，上面还刻着你给我的誓言……生前我被丢进军营，营里的士兵见这发簪值钱，欲抢去换钱，我拼命护住，却被他们肆意凌辱……直到死的那一刻，我都紧攥着它不放手……我……”

她的话没说完，他猛地用力拂开她的手，发簪被打到地上，随即他用脚一踩，一声咔嚓的碎裂轻响，那精致的发簪当场断裂为两半。她脸色刹那间变得惨白，似乎被踩的不是那曾以命相护的首饰，而是胸腔里那颗为他而搏动的心。

她踉跄着后退几步，眸里的凄然一瞬间化为绝望，她俯身拾起地上断成两截的发簪，指尖摩挲着发簪，眼光缱绻，仿佛轻抚着一件稀世的珍宝。清幽的月光下，发簪底部刻着两行小字，她傻笑着，呢喃出声：“生死契阔，与子成说……执子之手，与子偕老……”

然后，她又大声地念了几遍：“生死契阔，与子成说……执子之手，与子偕老……生死契阔，与子成说，执子之手，与子偕老……”话越讲到后面，越颤抖得不成声调，不知是哭还是笑。

末了，她低伏的身子将发簪贴在胸口，嘶哑着声音哽咽道：“发簪已断，残念终了……”

她看向他，眸底的灰败似香炉里彻底熄灭的灰：“前尘往事，你再也记不起来……”

她摇着头，泪砸在地上，在月色里泛出水光。温浅的嘴唇翕动，似是想开口说话，突然她猛地起身，仰头放肆大笑，仿佛要将这千年的苦难痛楚尽数宣泄出来：“呵……这一生，为你生，为你死……哈哈哈……”

她张开双臂，迎风而立，像跳那支惊鸿舞那样旋转不休，半丈长的裙裾在混沌的夜幕里层层翻飞，似泼溅开来的潋滟血光，而她的笑声亦凄厉如杜鹃啼血：“哈哈……”

她大笑一阵，敛住脚步，忽地满目决绝：“宁郎！既如此，我就遂了你的愿！”

衣袂翩跹间她手腕一转，掌心里的发簪在月下锋芒一闪，朝着她的命门急刺而下，瞬时没入胸膛……而她还是笑着，远远地看了他最后一眼，眸里有无限的不舍与留恋。随后她倚着亭榭的栏杆软软倒了下去，石榴红的衣裙铺在暗色的地面，宛若凋谢的大红芙蓉花。

十步开外的温浅脸色瞬变，在此之前，他随着她一道入戏，看她着红衣舞惊鸿，看她颦蛾眉凄烟目，看她心碎流泪大笑，看她崩溃绝望疯癫……在她倒地的一瞬，他终于从戏里出来，亲眼见她将发簪插进胸口，他快步过去，将地上的她抱起来，喊道：“樊歆！樊歆！”

他没等到樊歆的应答，却等到众人哗啦啦的掌声，导演第一个说：“演得好！”

副导演跟着道：“好，这次一条就过！魅姬的绝望与痴情真是拿捏得太好了！”

莫婉婉大笑，冲着温浅怀里的樊歆道：“好了，导演说可以了，你起来吧。”

下一刻温浅就见怀里的樊歆慢慢睁开眼，他一怔：“你……”再看看她胸口处扎进去的发簪，微怔。

道具师笑着解释：“这是道具，内设伸缩机关，并不会真的伤人。”

温浅：“……”

而樊歆慢慢坐起身，对他的反应视若无睹。她呆呆地坐在地上，似乎还沉浸在戏里，须臾，她环视四周，捏着手里的发簪，慢慢地走开了。

被完全无视的温浅：“……”

这个夜晚，樊歆和温浅都没有睡好。

樊歆试戏一条就过，本该欢欣鼓舞，可她却自始至终都没笑过，眼瞅着她拿着发簪发呆了一晚，莫婉婉摇头道：“唉，开始是入不了戏，现在是入戏太深出不来……”

而相隔数里的酒店，关了灯的房间里，温浅翻来覆去睡不着，一闭上眼睛脑海里就浮现樊歆哭泣的那一幕，她面色决绝地将发簪刺入胸膛之中，整个人像失去生命的布娃娃，一点点瘫软下去。

思及这画面，温浅便辗转难眠，寂静的黑暗中，他睁着眼睛想了很久，左右不过那四个字——心有余悸。

翌日清晨，樊歆仍是昨夜的状态，仿佛还没从魅姬的戏里走出来。

不过这未必不是好事，由于她状态仍在，片场上魅姬与宁郎的最后一场戏正经开拍时，她果然一条就过，全程顺畅无NG。

彼时，李崇柏目瞪口呆，直到导演喊停他都没反应过来。在莫婉婉带领一群小年轻热烈地鼓掌时，樊歆走到李崇柏的面前，眸中坚定如铁：“李先生，我按照我们的约定一条就过，那么，现在你向我朋友道歉吧。”

李崇柏的眼里闪过不甘，他昨天撂下这句话就没想过会道歉，于是道：“你刚才明明演得不好，肯定是昨晚上跟导演通了气，所以他放你一条就过，好给我难堪！”

周围顿时唏嘘一片，剧组上下的眼神里都含着轻蔑。莫婉婉上前讥诮大笑：“李崇柏你还是个男人吗？做不到就找借口啊！孬种！”

王导跟着瞪眼：“小李，饭可以乱吃，话不能乱讲！我拍了三十年的片子，从没做过这种事！”

一旁的副导演道：“昨晚我们都在现场，是看着樊歆练戏的。她找到了感觉，一条就过，这是她的实力，可没跟什么人通过气。”

摄影师附和道：“对，昨晚我们大家都在，这事不可能弄虚作假……”

一群人七嘴八舌，李崇柏有些局促，却强自辩解：“哼，樊歆是盛唐的人，背后是一手遮天的慕春寅，你们当然帮着她了！这不公平，我不会道歉。”

“李崇柏你犯贱找打！”莫婉婉紧捏拳头，刚想一拳过去，却被樊歆拦住。樊歆正色看向李崇柏：“李先生，我再问你一次，你道不道歉？”

李崇柏斜睨她，双手环胸，下巴抬得高高的：“你没资格让我道歉！”

“好！”樊歆颔首，墨瞳里有古怪的笑意，“李先生记住今天这句话，不要后悔。”

话音刚落，她便转身，拉着莫婉婉就走。

李崇柏瞅着樊歆的背影，她慢慢远去，魅姬的戏服还没换下，一两米的大拖尾长裙逶迤至地，远远一大片石榴红，在光线下招摇地刺着他的眼。他没来由地想起她离去之时那抹颇有深意的笑，竟感到一阵焦躁，最后一甩手，在剧组众人或轻蔑或愤慨的眼光中，离开了片场。

他娇俏的女朋友正在片场外等他，见他来，她露出一丝担忧："崇柏，我刚才听几个剧组的人说你跟樊歆起了冲突。"她摇摇他的手臂，是个劝慰的意思，"崇柏，你就给樊歆道个歉好不好？毕竟我们理亏，而且她还是盛唐的人……你要是实在拉不下面子，我去也行。"

李崇柏眉头一皱，虽然也在为这事骑虎难下，但仍是强硬道："好了，别再想这事了！我就不信她能把我怎么样！"

片场休息室内，樊歆收拾着自己的东西，向王导说："王导，我的戏份全部拍完了，明天就回Y市。"

王导啊了一声："这么快就走啊，那剧组的'杀青饭'你岂不是吃不成了？"又连连摇头，"那可不成，我难得收一个徒弟，'杀青饭'你不能缺席！"

樊歆的戏份虽然拍完，但剧情还没完，后头还有女一号和男一号的戏份，大概还得拍个十来天才能结束。于是樊歆笑着道："我先回家住一段时间，到时候您全剧杀青，提前给我个电话，我立马就来，绝不缺席！"

王导摸摸络腮胡子，满意地点头："这还差不多！"

剧组上下知道樊歆要走，都有些依依不舍，纷纷上前跟她告别，其中最舍不得的就是"新人团"里的小年轻，几人逐个跟樊歆拥抱："团长，我们舍不得你啊。"

樊歆笑笑："你们以后如果去Y市，可以找我。"

小年轻们咧嘴笑："那好！"

第三章
生变

跟剧组道别完以后，樊歆乘车回别墅。车子开在蜿蜒的马路上，窗外是开阔的视野，冬天的寒风刮到玻璃上，发出呜呜的声响。

樊歆瞅着窗外的冬景想起慕春寅，两人分开了四十来天，虽然天天都有视频语音联络，但她仍然挂念他，于是给他拨去了一个电话。

电话很快接通，听到樊歆说戏快拍完了，慕春寅长舒了一口气："裹脚布似的破戏终于拍完了啊！"忽地声音一抬，"我听说温浅有去探班，老实交代，你有没有违反员工合同？"

怕他乱想，樊歆忙解释："他是来陪齐湘的，再说剧组里这么多人，怎么可能发生你说的事！"

"这还差不多！"

怕他继续纠缠，樊歆转了个话题："你什么时候回？"

慕春寅道："本来也要三四天，可是我决定明天跟你一起回。"说着抱怨了一句，"这里的菜好难吃，每天都感觉度日如年……"

樊歆脑补出他对着一桌子不爱的饭菜，露出委屈又傲娇的小模样，不由扑哧一笑："好了，你再忍几天，回家我给你做好吃的。"

两人又聊了一会儿才挂电话。驾驶座上沉默许久的莫婉婉开口了："那李崇柏的事你怎么不跟他说啊？"

"告诉他干吗，他这阵子已经忙得够呛了。"

"也是，他要是不忙，肯定天天赖在横店！那这样吧，等回了Y市，我就找人揍李崇柏那孙子一顿，不把他门牙打断，老娘就不姓莫。”

樊歆摇头：“别，我有其他的法子。”

“什么办法？”

樊歆一笑，眸光里充满笃定：“你等着看。”

“看你这眼神，姐怎么觉得有点狠意？”

樊歆轻笑：“从前李崇柏对我甩脸子说冷话，我没计较，是因为我演技不好，NG的确是我的错。但如今我没有错，他却欺负我的朋友，这就不可原谅。”

她扭头看向莫婉婉，无比认真：“婉婉，我不会让你白受气。”

入夜，樊歆与莫婉婉吃过晚饭便去收拾行李，明早两人就搭飞机回Y市。

收拾到一半，樊歆的手机突然铃声大作，樊歆接了电话后拍拍莫婉婉的肩：“姐们儿，明儿走不成了。王导说我跟齐湘有场对手戏没拍好，明天得补拍一次。”

“哪没拍好啊？”

“不知道谁在片场放了一个矿泉水瓶，被拍到镜头里去了，之前没发现，刚刚才注意到的。”

莫婉婉：“……”

墙上挂钟嘀嗒嘀嗒转了大半圈，黑夜终于结束，白昼已经来到。

樊歆一早便到了片场，原本想着快点拍完穿帮镜头快点走，结果事与愿违，她刚换上戏服，外头便淅淅沥沥下起了雨。

剧组的人全傻了眼，要补拍的那场戏是外景戏，下雨完全没法拍。

没办法，樊歆只能在化妆间里坐着等，期盼雨停之后再拍。

没坐一会儿，化妆间的门砰地被推开，樊歆扭头看去，就见李崇柏满脸愤怒地站在门口：“樊歆，你什么意思？”

化妆间里没什么人，莫婉婉出去买吃的了，樊歆身边一个人也没有。樊歆翻着手中的报刊，头也不抬：“怎么，广告商给李先生打电话了？”

李崇柏大步走进来：“你挖我的广告！你还有没有廉耻心！”

樊歆唇角扬起一抹淡笑：“李先生跟我谈廉耻？在你先出口伤人，继而食言而肥之时，怎么没想过这个词？”

李崇柏一时噎住，樊歆又道：“我再给李先生一个机会，如果你现在当着全剧组的面，诚心诚意地跟我朋友道歉鞠躬，这事就算过了。”

“做梦！”李崇柏瞪眼怒道，“你一个三流小艺人，跟我谈条件！你配吗？”

樊歆不怒反笑：“那我继续去挖李先生的广告好了……凡是你接的广告，我就找到广告商，告诉他们，我愿意零片酬接拍。”樊歆掰着指头算，“我昨天已经挖了李先生一支七位数的广告，来，我算一算，个十百千万十万百万……啧啧，这一下就是好几百万，李先生亏了不少啊。”

李崇柏眯了眯眼，眸里闪过厉色：“樊歆，你确定要跟我对着干？”

樊歆坐直身体，正色看向李崇柏：“我说过会让李先生后悔的。”

“恐怕你还没这资格！”李崇柏轻蔑地道，“你能挖我一支广告，能挖我所有的广告吗？你再怎样名气也不如我，某些国际品牌就算你免费贴着去，人家也看不上！”

“没关系啊，他们看不上我，却一定看得上我朋友。”樊歆晃晃手中的杂志，指着上面的某张图片道，“这人你认识吧！呵，他名气比你大，你当然认识！”

李崇柏像是听见一件荒谬的事：“你当赫祈是什么人，你让他上他就上啊？”

樊歆手里的电话径直拨了出去，那边很快接通，樊歆笑着问：“赫天王，如果我要你零片酬接一个代言，你肯不肯？”

那边毫不犹豫，笑着说：“咱俩可是生死之交啊，别说一个，十个也没问题！”

樊歆顺着话题道：“好，那你就替我接十个，其中一个网游广告下个月就拍，原来定的是李崇柏，你去的话，网游公司一定会为了你踢掉他。”

“成，一切你说了算。”

因为按下了免提，电话里赫祈的声音听得清清楚楚，李崇柏怔在当场，万万没想到自己的网游代言就这样因为赫祈而报废，他再按捺不住，指着樊歆的鼻尖吼道：“樊歆，你欺人太甚！”

樊歆挂了电话与他对视，无半分退缩怯懦：“如果不是李先生欺我在先，我怎会这么做？”她冷冷一笑，“真说起欺负，几个代言算什么？我要是真想欺负你，我就该告诉我的经纪人慕总，再告知莫婉婉的父亲金融巨鳄莫老先生，如果他得知你用那样不堪的言语形容他的女儿，势必会跟盛唐联合封杀你！”

“你……”李崇柏气到嘴唇发抖，手一挥将桌上的水杯推到地上。因着玻璃杯摔碎的脆响，外头剧组的人闻声进来，一群人盯着地上的玻璃碎片面面相觑，王导问：“怎么回事？”

李崇柏看也不看众人，视线紧紧落在樊歆身上，目光锋利如刀刃：“好……樊歆，你狠！你等着！这事我们没完！”

李崇柏放下狠话后离开，樊歆却淡定地安抚剧组人员，大家围观片刻后也就散了。半小时后，莫婉婉回到片场，樊歆将化妆室的门关上，将事情简单讲了一遍。莫婉婉听后竖起大拇指：“姐们儿你这招够狠啊。”

樊歆道："他让你不痛快，我就让他不痛快。"

莫婉婉用一种新鲜而陌生的眼光打量樊歆："樊樊，你好像比以前彪悍了些。"

樊歆道："这是刘志军事件之后的成长。这圈子太复杂，刘志军的事发生后，我就对自已说，我一定要变得强大，保护自己，保护身边的人，让任何人都无法再伤害我。"

莫婉婉深以为然，又问："你还真打算把李崇柏所有的广告都抢了吗？"

樊歆笑道："那是我故意吓他的，抢几支就够了，他的收入里代言占大头，要都抢了，他铁定得吐血而亡，我可不想这么绝。"

莫婉婉哈哈大笑起来："你还是过去的那个你嘛！以前心慈手软，现在手不软了，心还是慈的！"

屋外，雨还在不停地下着，一上午就在两人的嘻嘻哈哈中度过。而相隔甚远的休息室，却不如化妆间那么愉快。

安静的房间里，温浅端着一杯冰水坐在角落，手中的笔不住地在纸上画着什么，似乎是在作曲。房子的隔音效果很好，化妆间发生的一切这边并不知晓。

齐湘站在窗户边看外面的雨景，大概是觉得无趣，便回身看了看温浅，问："你在作那首《琴魔》的曲子吗？"

温浅压压下巴。

齐湘姣美的脸庞露出欢欣："等你作好以后，我一定好好唱。"

温浅头也没抬："这歌不是给你的。"

"肥水不流外人田。"齐湘巧笑倩兮，半开玩笑半正经地说："温老板你偏心，我才是你的艺人啊。"

温浅抬眸看向齐湘，表情郑重："齐小姐，你说得对，你只是我的艺人。"

齐湘仍是笑，旋即将话题岔了开来，面有不满地说："这剧组怎么回事，居然炒我跟李崇柏的绯闻，明明我们下了片场都没说过话……"

温浅面无表情："演艺圈就是这样，为了达到宣传效果，会借用男女主炒话题。如果你不习惯，大可以回到你原本的地方，当一个——"他的声音放低了些，口气却压得更重，重到听得出含有一丝嘲讽之意，"纯洁高贵的公主。"

齐湘的笑意停了，似乎有悲伤在她脸上一闪而过，但不过一瞬，她便恢复了端庄大方的名媛模样，优雅地起身："你忙吧，我就不打扰你了，我出去走走。"

化妆间内，樊歆靠在椅子上睡到一点半才醒，这拍戏的四个月实在是太累了，以至于她一松懈下来，人就犯困。

她刚一睁眼，导演就兴奋地进来："徒弟，雨停了，等地上干一点，我们就去拍，早点拍完你早点回Y市。"

樊歆瞅瞅窗外，雨还真停了，她赶紧找化妆师补妆，等着开拍。

两个小时后，地上干得差不多了，樊歆便跟着众人去外景拍摄点。这场补拍的戏是前面的剧情，在魅姬还未自尽之前，曾与神女清音有过一场打斗，清音拿着武器狠击魅姬的脖颈，魅姬躲避不及，应声倒下，所以补拍的镜头很简单，两人照着剧情互拿武器碰几下，然后齐湘拿着道具法杖往樊歆的脖子上击打一下，樊歆做出倒下去的动作就可以了。

众人准备就绪，场记打板开始。

齐湘与樊歆拿起各自武器对打，齐湘将法杖往樊歆脖颈上击去，为了达到逼真的效果，她多少得使出一点劲，上次拍时，她就拿着法杖将樊歆的脖子拍红了，拍完后立马跟樊歆说抱歉，樊歆笑着说不疼。同为演员，她能够理解齐湘，就像打斗时她也曾将齐湘弄伤过。

这次齐湘一样使了劲。她高声念台词："魅姬！还不束手就擒！"佯装全力以赴的模样，抡起法杖，就往樊歆脖子上劈去。

这一击之后，樊歆一声痛呼，往地上倒去——剧本里是这么要求的。

那一瞬，魅姬痛苦扭曲的表情被樊歆演绎得逼真极了，她捂着脖子，眉眼里皆是忍受不住的疼痛，一面痛苦呻吟，一面往地上倒。

导演很满意，大喊一声"咔"，完美收工。

机器撤去，工作人员也散开了，按理说樊歆应该从地上起来，可她却仍伏在草地上。等在一旁的莫婉婉去拉她，而莫婉婉的手还没伸出去，就突然脸色大变："樊歆！"

一旁的齐湘闻声扭头，瞬时倒吸一口气——樊歆伏在草丛里，鲜血汩汩地从她的脖子上往外涌，那一块的草都被她染红了。在莫婉婉尖叫的同时，齐湘低头看向手中的道具法杖，就见木质的法杖上有两枚钉子，尖锐的尾部刚好朝外。显然，方才她击打樊歆时，那钉子刺穿了樊歆的脖颈，血液狂涌，多半是刺破了血管。齐湘顿时蒙在那，而草地上的莫婉婉一边扶起樊歆，一边高声呼救。

还未等收工的剧组人员有所反应，一道身影冲了过来："怎么回事？"

前来的是温浅，不待莫婉婉回答，他已看到草地上这一幕。他的脸色微变，但不过刹那，他便迅速接过莫婉婉手中的樊歆，一手紧捂着樊歆的伤口，一边向周围惊呆的剧组人员吼道："愣着干吗？送医院！"

回过神来的齐湘跟着剧组的人员上前想要帮忙，温浅却将她拨开，单手抱着樊歆，将钥匙往莫婉婉那一丢："开我的车去！"

被温浅径直拨开的齐湘，瞅着紧搂住樊歆不撒手的温浅一怔。而这时，莫婉婉已将保时捷开了来，温浅抱着樊歆上了车，向最近的医院狂奔而去，剧组的骨干们则开了另一辆车紧跟在后头。

保时捷内，莫婉婉在前面握着方向盘，温浅在后头抱着樊歆，樊歆的血将他的上衣全部染红，还淌了他一手。

车子狂飙在路上，莫婉婉恨不得将油门踩到底。后头的温浅一面用手捂着樊歆的伤口，一面打电话："张医生，被铁钉刺穿脖子，怎么紧急止血……对，血呈暗红色，没有呈喷溅状，是静脉出血……好，用干净纱布或布类按在出血区……"

按照电话里的指导，温浅找出车内干净的毛巾按压在樊歆的脖颈处，动作麻利迅速，跟莫婉婉抓着方向盘手发抖的情况截然相反。

待出血情况有所缓解后，温浅又拨出电话，吩咐道："阿宋，我现在在万安路，马上替我联系最近的医院，让最好的医生准备待命。"

随即他看向前面的莫婉婉："手扶稳方向盘，别慌，看导航，走最近的路。"

莫婉婉嚷道："她流了一地的血，老子能不慌吗？！"估计是害怕，她又嚷了几声，"樊歆！樊歆！你撑住，别吓我！"

樊歆没回答，她被温浅抱在怀里，经过最初的疼痛后，她陷入了昏迷状态。温浅虽然给她采取了紧急止血处理，却不能完全阻止流血状态，鲜血仍在缓缓渗出，温浅的半截衣袖都染红了。

过了一会儿，温浅又想到了什么，将外套跟羊毛衫脱下来盖在樊歆身上，莫婉婉从后视镜看到这一幕，嚷道："对，保暖！你把衣服都盖在她身上，把她抱紧点！保暖很重要！还有，你跟她说话，别让她睡过去！"说着，自己高喊了几声，"樊樊，你别睡！你跟姐说话！你疼你就喊出来！"

她的高嗓门在车厢内回荡，樊歆却听不见，她没有意识了，大概是伤口痛，她靠在温浅的怀里，虚弱地呻吟着。

温浅紧搂着她，一面按着伤口，一面喊她的名字："樊歆！你撑着点！医院马上到！"

樊歆听不见，因为失血过多，她脸色苍白，急促地喘着气，在昏迷中不住胡乱低语："疼……珍姨……慕心好疼……阿寅……我疼……"

她无助地低语，断断续续的，还带着哭腔，温浅握住她的手，俯身附在她耳畔，低声抚慰："马上就到医院……一会儿就不疼了……"

她仿佛听见他的话，渐渐平缓了些，轻声呢喃："温浅……温学长……"

温浅瞳仁一紧，眸里有暗潮席卷而过。在这失去意识的关头，她卸下心防与理智，脱口而出的，再不是往日那客气而疏离的"温先生"。那低沉得犹如自语般的

“温学长”，那段痴恋过他的岁月，在她心底，是不是一直都这样深深地存在着？

“温学长……”怀里人的低呼还在继续，温浅的思绪却恍惚起来。一瞬之间，无数回忆如电影回放，齐齐涌上心头。

那个胖胖的女孩，通宵温习功课，只为了考上他所在的S大。

那个胖胖的女孩，每日躲在琴房后听他弹琴，将他丢弃的曲谱整理收好……

那个胖胖的女孩，晴天做点心蛋糕，偷偷塞进他的抽屉……雨天将自己的伞给他，自己淋雨回去……

那个胖胖的女孩，为了买到他喜欢的笔，风雨无阻打工半年，忍受着别人的嘲笑与讥讽，一天做三份兼职……

她如此喜欢他，甚至不惜付出生命，在生死关头的一瞬间，她不顾一切推开他，她的身子被巨大的力量高高抛起，殷红的鲜血自空中溅开……

回忆不断与现实重叠，车厢里猩红的温热如当年一样刺眼。这飞奔的一路，从止血、包扎、联系医院，温浅一样一样有条不紊……可如今，他再无法维持镇定，那按着她伤口的手，极轻微地颤抖着。

他俯身，将脸贴在樊歆的额头，连连颔首：“我在！慕心，我在这！我是温浅！”

他握着她的手，将她搂得更紧，仿佛一松开她就会随风消散，他说：“慕心，我知道……你为我做的，我都知道……”

他的下巴贴在她的额上，嘴唇擦过她的额头，像是无意中凌乱的吻：“慕心，我对不起你！你给我机会弥补……”

怀里的她没有反应，他的声音陡然强硬起来，像是狠狠的威胁，却又透着惶恐：“樊歆！你给我撑着！我欠你那么多，你债都没讨！六年了，我就等着你跟我讨回去！”

窗外的风呼呼地吹，路旁的风景流水般急速掠过。前面开车的莫婉婉听着听着，竟红了眼。

一刻钟后，一群人抵达医院，当医生心急火燎地将樊歆推进手术室后，在场的人才稍微喘了一口气。但王导的脸还是绷着的，他面有担忧地看向众人：“但愿平安无事，不然我们没法跟盛唐交代。”

剧组骨干无人吱声，皆清楚他话里的含义。

方才狂奔向医院的路上，导演给慕春寅拨去了电话，慕春寅在Y市机场，似乎刚从国外回来，听闻消息后，他瞬间暴怒，吼向那边的机场人员：“叫飞机给老子去横店！”

这音量之大，吼得王导的手机都拿不稳，每个人都心知肚明，如果樊歆有什么意外，照慕春寅的脾气，他们都将吃不了兜着走。

一群人面色凝重，紧盯着手术室的温浅突然回过头来，看向齐湘："这到底是怎么回事？"

莫婉婉则扑上去，狠狠地拽住齐湘，恨不得要掐死她："你给老娘说清楚，你对她做了什么！"

齐湘被莫婉婉推着踉跄几步，表情歉疚又无辜："我真不知道那木杖上有钉子！明明上一次我们拍这个镜头时都好好的。"

一侧的道具师跟着道："对，这事真是怪，昨夜收工我整理道具时，还检查过这根木杖，没有任何问题，怎么一到今天拍戏就有钉子了呢？"

他将木杖带了过来，放在众人面前："你们看，这钉子很新，应该是才钉上去的。"

一群人若有所思，齐湘看向温浅，满脸急切："浅，你相信我，我不可能伤害樊歆啊，我跟她无怨无仇，她还帮过我……我感激都来不及。"

齐湘身后的小助理补充道："对，齐湘姐很喜欢樊歆姐的，一起拍戏时，齐湘姐还给樊歆姐送过吃的。"

小助理说着突然想到什么："我的天！会不会是李哥？我听说李哥今早跟樊歆姐吵了架，还扬言要给樊歆姐好看……"

众人一怔，莫婉婉随即激动地吼道："李崇柏这个浑蛋！一定是他！"

这话提醒了在场诸人，不少人点头道："他的确有嫌疑。"

温浅朝导演丢过一个眼神："打电话给李崇柏。"

导演赶紧给李崇柏打电话，可李崇柏跟他经纪人的电话都打不通，莫婉婉挑眉道："这家伙肯定心虚跑了！"

"看这架势，多半就是他了，不然干吗关机？王导，我们快把他找来，不然跑了就没法跟盛唐交代了！"

一群人七嘴八舌，唯有温浅沉稳自若，他向王导道："迅速喊两拨人来，一拨去片场酒店找李崇柏，另外一拨人去查各路交通枢纽，比如高铁站、汽车站、飞机场等，看能不能查到李崇柏的踪迹。"

诸人依言照做。

一群人散去后，手术室门口只剩温浅、莫婉婉、齐湘几人。莫婉婉接了好几个电话，全是慕春寅的，他顾不得一群空姐阻拦，冲着电话道："我在飞机上，两小时后到！樊歆你给我看好了！"

电话那端空姐在旁焦急地劝道：“先生先生，为了飞行安全，请您关掉手机……”

慕春寅吼道：“都给老子闭嘴！出了事我给你们家一人一千万！没事一人一百万！”

他的气场太过凌厉，没一个人敢接话。慕春寅又对着电话道：“男人婆，你去手术室外喊话，叫她给我撑着！她要是敢死，老子跟她没完！”

两个小时后，慕春寅果然赶到。长长的医院走廊，那一身英伦呢子大衣挟带着外面的寒风大步踏进，一路风尘仆仆直奔手术室。路过走廊上的齐湘之时，他斜睨一眼，眼神凛冽如刀锋，一贯保持着得体仪态的齐湘不禁一凛。

随即慕春寅来到温浅与莫婉婉面前，视线从温浅身上掠过，径直问莫婉婉：“怎么样？”

莫婉婉指指手术室的红灯：“我们也还在等。”

慕春寅看向温浅，冷笑一声，笑声似窗外料峭寒风，他嘴里的话几乎是从牙缝里吐出来的：“温总。”

温浅与他对视，与慕春寅的凛冽相反，他神态从容沉稳：“慕总有何指教？”

见两人气氛不对，莫婉婉急忙拦在中间：“头条帝你冷静点！今儿要是没温浅，樊樊很可能保不住了。温浅可是救命恩人啊！”

她将前因后果赶紧讲了一遍，慕春寅怒色稍减，忽然走廊又冲进来一批人，正中被几个小年轻架住的正是《琴魔》剧组的男一号的饰演者李崇柏。

李崇柏被几个人扭着动弹不得，一路不停地喊：“你们干什么！光天化日之下劫持吗？放开我！放开……”他的呼喊倏然顿住，因为看到了正一步步走近的慕春寅，他的脸色恐慌起来，小年轻们将他重重扔在地上，他瞅着慕春寅仓皇地摇头：“慕总……不是我……这事不是我！”

慕春寅慢慢逼近，唇角弯起，微笑的弧度极优美，却让周围的一群小年轻都觉得背脊发凉，还未等诸人反应过来，李崇柏突然一声叫，就见慕春寅扣住他的咽喉，将他从地上霍然提起，李崇柏一七九的身材，原本跟一八二的慕春寅差不了多少，但此番他毫无还手之力地被慕春寅按在墙上，简直跟擒小鸡似的。

慕春寅紧盯着李崇柏，仍然是笑着的：“李崇柏，你胆子够大。”

他的声音很轻，似乎很平静，可只有李崇柏才知道，对方那只扼在他咽喉上的手使出了多么可怖的力气，他甚至怀疑慕春寅下一步就会捏碎他的喉骨，他惊恐至极，战战兢兢道：“慕总……求你，这事……不是……呃……”

剧痛让他的声音断断续续。慕春寅的笑容还留在脸上，眸里却阴郁到近乎森冷，他一字一顿道："李崇柏，少爷我很不痛快。"

李崇柏此时已完全说不出话，他被掐得脸色通红，翻着白眼像是缺氧的鱼。而周围一群人早已吓在当场，圈里人都听说头条帝喜怒无常，却从不知道他暴戾起来如此骇人，饶是跟他熟络的莫婉婉都不敢上前劝阻。就在诸人噤若寒蝉之时，一个人影霍然拦住了慕春寅的动作。

温浅隔在两人之间，慕春寅视线移到他身上，口吻冷冽如寒冰："温总是想做好人吗？"

全场被吓得脸色发白，唯有温浅神色不动，他慢条斯理地说："事情没调查清楚前，慕总切勿操之过急。"

慕春寅扼着李崇柏的手纹丝不动："温总以为自己拦得住我吗？"

"他与我没关系，你是杀是剐我无所谓。"温浅顿了顿，又说，"我只是听说慕总信佛。"

慕春寅冷冷一笑："信佛又如何？温总还怕我杀人遭神明谴责吗？"

"我知道慕总不惧神佛，但紧要关头，慕总还是心怀仁慈的好，就当为身边的人积德。"话落，温浅便颇具深意地向手术室看去。

莫婉婉赶紧上前劝道："对对，头条帝，樊樊现在在手术室里，你就当为她积德，为她祈福……"

慕春寅的视线落在手术室的红灯上，几秒钟后他手劲一松，李崇柏像濒临窒息的死狗般，倚着墙软软倒了下去。慕春寅道："李崇柏，你最好祈祷我的人平安无事，不然……"他后面没再说，李崇柏却狠狠颤抖了一下。

与此同时，手术室的门终于被打开，一群白大褂鱼贯走出。众人再顾不得方才的纠缠，一起围了过去，慕春寅冲在最前头："她人怎么样？"

主刀医生欣慰地道："所幸送来得及时，伤势已经稳定下来，没有性命之忧了。"又面带赞赏地向温浅看去，"原本情况很危急，钉子扎得很深，还好温先生在第一时间采取了止血措施，不然后果不堪设想。"

诸人心里的石头这才落了地，慕春寅长长舒了一口气："这就好。"

十几分钟后，医生护士将樊歆推到了医院的顶级单人病房。

病房设施高档齐全，樊歆躺在床中央，并未醒来，身上插了好些弯弯曲曲的管子。一群人围在病房旁，原本想守候片刻表达关切之情，但碍着慕春寅难看的脸，没待两分钟便自觉地离开了。见剧组的人一个个走出去，头条帝双手抱胸，斜睨着病房里的温浅："温总还赖在这干吗？"

温浅的视线仍凝在病床上的樊歆身上，齐湘在后面轻拉他的衣袖："我们回去吧。”

温浅恍若未闻，莫婉婉见那端头条帝的表情越发难看，赶紧拽住温浅的胳膊，将他往门外拖：“走走走，这里有头条帝，那我们就回剧组，总得把这件事查个水落石出，对不？樊歆不能白白受苦！”

温浅点点头，收回目光，转身走出病房。

走出房门的那一刻，不知是有意还是无意，他又扭头往回看了一眼，似乎放心不下。这一幕被他身后的齐湘捕捉到，齐湘漂亮的眸里浮起狐疑。

众人走后，房里只剩两人，病房里静悄悄的，除了床头各种仪器的轻微声响外，再无其他声音。慕春寅关上了门，慢慢走向床榻。

已是夜里八点，病房的灯光一片素白，樊歆还未从昏迷中醒来，静静地躺在床上，双眸紧闭，脖子上缠了一圈厚厚的绷带。大概是失血过多，她的脸色苍白，往常嫣红的嘴唇也少了些血色，像一朵缺乏生命力而泛白的花朵。

慕春寅站在床头瞅了她片刻，突然指着她骂：“你这个女人是要吓死我吗？我故意提前回国，打算来横店给你一个惊喜！结果惊喜没给成，你倒是回了我一个惊吓！你怎么这么让人操心啊？你还能让我安稳地活几天吗？你这个祸害！祸害！”

他连着骂了几句祸害，倏然蹲下身去，绕过那些蜿蜒的仪器管子，紧紧拥住了她。他将脸附在她耳畔，低喃着：“你这个祸害，害了我这么多年……还不给我好日子过！祸害！没良心！”

他这口气听着是愤愤不平，更多的却是惊吓之后的心有余悸。他搂着她，隔着层层绷带，伸出手小心翼翼地摸着她脖颈上的伤口，似乎在感受伤口有多大。

许是他的拥抱过紧，昏睡中的樊歆轻哼了一声，慕春寅立刻将双臂松了松，却又不情愿松开，最后就那么虚虚地抱着，一动不动地注视着昏睡中的她。

也不知究竟抱了多久，门被轻轻推开，吴特助的脸出现在门后：“慕总，您晚上都没吃东西，我给您买了点消夜来。”

慕春寅摆摆手，终于松开怀里的樊歆，起身的刹那脚下一崴，这才发现双腿早就蹲麻了。

他缓了会儿神后坐到一旁的椅子上，拨出去一个电话：“王导，这事如果你不给我一个交代，就别怪我翻脸不认人。”

那边诺诺几声：“慕总，我们正在查，相信一定能查个水落石出。”

慕春寅挂了电话，起身走到窗前。窗外夜色似一块巨大的遮天盖地的黑色幕布，几颗寒星零散地悬挂着，他看了片刻，才接过助理手中的消夜，没吃两口却又放下，望着床上的樊歆道：“她也没吃，应该早就饿了吧。”

吴特助听了这话先是好笑，后觉得动容，说道：“慕总，您别担心，医生给樊小姐的药水里配了营养素的，再说她昏睡着，也吃不了啊。”又劝道，“慕总，这消夜虽然没樊小姐做的好，但您还是再吃点，不然夜里胃痛，樊小姐知道了肯定要心疼。”

吴特助极聪明地搬出了樊歆，慕春寅便真把那一碗消夜吃完了，一面吃一面眉头拧成一团：“真是太难吃了……”

吃完之后，他瞅着床上的樊歆，道：“以后不让这个女人去拍戏了，一离开我的视线就出事！”

吴特助笑道：“您现在这么说，回头樊小姐一闹，您肯定又依着她。”

慕春寅无可奈何地叹气，摆摆手让吴特助出去了。

夜渐渐深了，慕春寅将陪护床拖到病床旁，和衣睡去。

但他睡得不深，几乎一小时便起来一次，看看床上的樊歆，又看看床头的各种仪器，生怕有什么疏忽，最后他嫌不停地起来躺下太麻烦，干脆搬来椅子，靠在樊歆的床头睡去。迷迷糊糊睡了没一会儿，耳畔忽地听见有人在喊着“阿寅阿寅”，他抬起头来，就见躺在床上的樊歆在轻轻动弹，口里不住微弱地喊他的名字：“阿寅……阿寅……”

她紧闭着眼，睫毛随着动作不住颤抖，却并未醒来，应该是梦呓，表情看起来有些惊慌，手伸出被子，似乎想在虚空中抓住点什么。

慕春寅怕她乱动会扯掉身上的管子，忙抓住她的手：“我在，慕心我在……”见她面带焦虑，他伸手去抚她的发，是个抚慰的意思，“我在这呢。”

床上的樊歆慢慢睁开眼来，慕春寅见状大喜，刚想去搂搂她，樊歆却面带恍惚地盯着他，轻声道：“阿寅，我不走的……”

慕春寅被她这没头没脑的话怔住，而樊歆双眼迷茫地看着周围的场景，将病房打量了一圈后才恢复了些神志，沙哑着喉咙问：“这哪啊？”她刚做完手术，身体极虚弱，说话的声音低如蚊蚋。

慕春寅哭笑不得，道：“这是在医院，你刚做完手术。”

“哦……”樊歆气若游丝，“身上好痛。”

慕春寅瞪她一眼，火气瞬时又升起来：“痛死你算了，没我在，连照顾自己都不会！走的时候怎么跟你讲的，有事打我电话，你倒好，什么都瞒着！这么爱逞强，自己几斤几两不知道啊……”

这一路的担惊受怕再也忍不住，他噼里啪啦就是一顿训，而樊歆却只呆呆地瞅着他，待他说完后，慢慢道：“阿寅……你瘦了。”

她苍白着脸，忍痛艰难地伸手去摸他的脸，因为浑身乏力，手指抬了抬又垂下，眸里满是心有余而力不足的关切。慕春寅的火顿时消了个干净，口吻变成了委屈：“知道心疼我就快点好起来，把我养胖。”

樊歆想点头，奈何脖子有伤，还套着个保护伤口的脖圈，硬邦邦的脖圈让她无法动弹，她只得眨眨眼答应。

见她状态太过孱弱，慕春寅道：“好了好了，你继续睡。”

樊歆仍是一动不动地瞧着他，不肯闭眼睡去。慕春寅道：“你看着我干吗，睡呀！”

樊歆戴着氧气罩，声音听起来闷闷的：“我不敢……我刚才做梦了……梦见我要丢下你远走……我急坏了……”

疼痛让她语速极慢，几乎是讲几个字便停顿一会儿。这番话讲完后，她力气耗尽，没两分钟便陷入了沉睡，脸上还挂着睡前的表情，微拧着眉，似乎对那个梦心有余悸。慕春寅的视线落在她的脸上，想起她方才那一段忍痛说出口的话，说了一声：“傻气，我怎么会再让你离开！”

他瞧着她，目光深深，随即俯下身去，再次轻轻抱住了她。

床头灯光柔和，将两人的影子投到雪白的墙上，静谧的房间里，只有光影知道，那一霎他眸里的柔软与动容。

这边樊歆再次睡去，而数里外的片场，剧组骨干人员坐在一起，皆面色凝重。

几个人查了一晚上，没有具体结论，片场没有安摄像头，而专门置放道具的小房间又位置偏僻，根本无人留意里面发生了什么。唯一的有效线索是给剧组送盒饭的大叔，他说他中午送盒饭时路过了道具房，曾见过李崇柏在道具房门外，但他急着送饭，没注意李崇柏是不是进了房里，不过，他送完盒饭准备离去时，曾听见道具室内有激烈的噼啪声，似乎是有人在猛烈地砸东西。这话虽没有真凭实据，却让一群早就猜忌李崇柏的人加深了怀疑。对此李崇柏矢口否认，还大呼冤枉，可剧组让他找个人来证明自己的清白的时候，他又找不出来。

至此，调查陷入僵局。

一群人沉默了好久，吴特助看向王导：“王导，我们慕总耐心有限，你要是解决不了，咱就报警！”吴特助忙完医院的事之后，就被慕春寅派到片场，也算是督军了。

王导赶紧摇头拦住：“不行啊，这片子还没拍完，要是警方真把李崇柏抓走了，这片子就烂尾了！这可是投资了七八千万的大制作啊！”

一群人神色越发凝重，而那端静默已久的温浅晃晃手中的冰水，口吻不容置喙地干脆："报警，专业人做专业事。"

他说着掏出手机，他身畔的齐湘却伸手拦住他的动作："浅，不要报警。"

温浅皱眉，不知是因为不满这个称呼，还是不满这个举动。齐湘见状，立马改了口："温先生，导演说得有道理，别报警。"

温浅眸里闪过狐疑："难道你不想证明自己的清白吗？"

今日的齐湘又换了一件新皮草，樱花粉的颜色衬托着玲珑有致的身躯，越发显得优雅雍容。她从容道："身正不怕影子歪，我的清白我不担心，我只是觉得樊歆一定不愿意我们报警。"

温浅还没答话，莫婉婉抢白说："听你这口气跟樊樊很熟似的，她如今受这么重的伤，怎么会不报警追查真相？"

被莫婉婉一阵挤对，齐湘脸上没有半分不快，微微一笑，道："莫小姐，樊歆为这部片子投入了多少精力，你是最清楚的。我相信她比任何人都希望这部片子顺利播出，因为这是她的心血。"

副导演附和着："齐湘说得对，樊歆那拼命劲，圈里找不出来几个人。"

王导亦点头道："我那徒弟是真拼。上回演跳湖的戏，十二月份湖上都结冰了，她穿着薄衣服直接跳下去，那冻得……"

齐湘道："对，她吃了这么多苦，如果片子就此烂尾，她肯定会伤心难过，也没法在医院好好养伤。"

她说得有理有据，一群人都陷入沉默，最后众人达成共识，暂不报警。随后劳累一天的诸人从片场散去，第二天再查此事。

诸人散去后，空旷的停车场上夜风呼呼地刮，莫婉婉与齐湘擦身而过，莫婉婉冷笑一声："齐湘，你什么时候学会站在别人的立场上考虑问题了？这真不像你。"

齐湘纤纤玉手抚了抚额前刘海，笑得一派端庄："我是真心欣赏樊歆，将她当朋友来着。"

周围没什么人，温浅去取车了，莫婉婉再没什么顾忌："真心？过去你也说真心喜欢温浅啊，可听小道消息说他没有家族继承权，你就跑了……跑就跑呗，现在又死皮赖脸回来干吗？怎么，是知道他恢复温氏继承人的身份了吗？"

齐湘的神情略微一僵，而莫婉婉已经上了自己的车，临去前她讥诮地道："你就装吧！"

齐湘的助理拿着东西从后面赶来，正好听见这句话，不满地道："齐湘姐，她凭什么这么说你！等下您去告诉温先生！太过分了！"

小助理气呼呼的，齐湘却面色平静，她注视着莫婉婉的车，淡淡地道："告诉他能解决什么问题？莫婉婉可是他的家人。"见温浅的车开了过来，她递给助理一个眼神，“这个话题到此为止，回酒店吧。”

几个人在半小时后抵达酒店。

车停在停车场，齐湘的助理先行下去，而温浅坐在驾驶座上纹丝不动，副驾驶座上的齐湘便喊了一声：“温浅。”

温浅回过神来，齐湘道：“还在想片场的事吗？我觉得十有八九是李崇柏，直接把他丢给慕春寅得了。”

温浅目视着车窗外的黑夜，道：“事情没这么简单。”

齐湘微怔，旋即下了车，精致的真皮长靴踩在地上，踏出轻盈的脚步声，几步后她突然朝着驾驶座上的温浅回眸一笑，唇角的温柔被夜色晕开，仿佛含着馥郁的花香，语气无比体贴：“温先生，这两天你也累了，就别太操心这事，晚上好好休息。”

这个夜里，温浅并未如齐湘所说的那般好好休息。相反，他一夜未眠。

他不该失眠的——他的失眠症自从在马尔代夫得知樊歆的身份后便渐渐好转——在认为樊歆离世的数年里，他从未睡过一个安稳觉，夜深人静总会想起那年的那幕画面，她的身子被呼啸而来的车撞飞，空中爆出大团血色大花。

他在负罪感中度过了六年，直到樊歆回归，他这才从年深日久的罪孽中解脱。他以为日后都将轻松入睡，可这一夜再度失眠。

像从前一样，房里放着舒伯特的轻音乐，室温调到十八度，壁灯微微昏黄，大床柔软而温暖，枕头云朵般的蓬松，这样的惬意原本最适合入眠，但他就是无法入睡。脑中没再像从前一样想着车祸的一幕，翻来覆去都是昨天的片段。

樊歆蜷在片场的草丛中，鲜血在碧色的草地上晕开，他抱着她飞奔，她的血染红他的衣袖。她在昏迷中喊着温学长，仿佛他是她的依靠与力量。

脑子越想越清醒，温浅干脆起身，坐到了沙发上。已是凌晨四点，冷冷的夜风有一阵没一阵地吹进来，他端了杯冰水，将昨日片场的变故从头到尾细细梳理。

房内灯光幽暗，水晶杯在他掌心轻轻晃动，冰水清透，而他细酌慢饮，一杯又一杯。窗外，亦由凌晨渐渐转为黎明，最后天光大亮。

当金色的阳光洒满整座城市之时，温浅拿起外套，出了门。

目的地很明确——医院。

四十分钟后，他赶到樊歆的病房，情况却出人意料。

病房外的走廊上聚着一堆人，人群正中，一人抱着慕春寅的大腿苦苦哀求。温浅顿住脚步，看着地上不住求饶的李崇柏，眉头微皱。

为了给盛唐一个交代，李崇柏被剧组人员“拷问”了一夜不说，又被吴特助弄到工地旁的水池里，在寒冬腊月的冷水中跪了一整晚，然后被盛唐的人像拖死狗般拖到医院。在医院的长廊上，他半跪在慕春寅的面前，大呼冤枉，表示在片场虽有刁难过樊歆，但木杖一事绝非他所为，甚至还提出一个荒谬的说辞，说樊歆可以证明他的清白。

诸人觉得荒唐，慕春寅亦是冷冷一笑，一脚踢开李崇柏，目光轻飘飘掠过刚到的温浅：“温总好早，过来看戏吗？”

一旁的李崇柏向温浅投去求救信号，虽然并不熟络，但他知道温浅的能力，便高喊着：“温先生救我！温先生救我！”

温浅迎着冬日阳光静默而立，并无其他动作，面上的表情同这稀薄的光线一样，不带任何温度。

求救无果，李崇柏面色一点点灰败下去，慕春寅冷笑一声，突然按住李崇柏的肩，俯下身去，饶有兴趣地看着他：“你知道吗？刘志军在牢里自杀了。”

半跪在地的李崇柏一僵。刘志军被判了七年，按理说，七年出狱后就算新生，人生还有大把奔头，而刘志军却死了，在入牢短短半年里，这绝不正常！

李崇柏的眼神瞬间转为惊悚，看向慕春寅，话都说不清楚了：“是你……是你……”

慕春寅并未回答，只弯唇一笑。

李崇柏的脸越发惨白，他猛地起身，推开身后盛唐的下属，像濒死的人抓住最后一根稻草般，决然地冲向病房。

那是樊歆的病房，一群人冲上去拦住李崇柏，而李崇柏已经推开了房门，冲里面大喊：“樊歆！我跟你道歉！求你帮我说句话！你看到了对不对！”

樊歆昨晚痛了一夜，今早好不容易睡去，慕春寅自然不想任何人将她吵醒，立马向下属吩咐：“还不拖下去！”

几名着黑衣的盛唐保镖冲过来，粗暴地拎起李崇柏的脚踝，像拖麻袋般将李崇柏倒拖在地。就在众人将他拖出房门之时，蓦地一个声音响起：“等等。”

那声音极微弱，众人却都听见了，只见病床上的樊歆已经醒来，睁着眼睛看着门外的李崇柏，用虚弱的口气说了三个字：“不是他。”

诸人愣住，慕春寅道：“你说不是他？”

樊歆躺在床上，虽然昨日抢救及时，但毕竟失血过多，她的脸色仍是苍白如纸，她忍着痛缓慢道：“我看见了……他没进道具室……”

昨天上午，樊歆一直待在化妆室，而化妆室的窗户恰巧可以看见偏僻的道具室，李崇柏找她闹过后便拂袖而去，彼时她对窗而坐，没多久便见李崇柏气呼呼走出去，路过道具室时脚步丝毫没停，径直拐向屋后的停车场。开车绝尘而去之前，他曾对着化妆室里的樊歆留下一记阴狠的眼光，说："你等着。"

樊歆虽对李崇柏那时的态度极为鄙夷，但不论如何，一码归一码，他作过的恶，她要他还，没作过的恶，她也不会冤枉他。

李崇柏显然没料到樊歆会不计前嫌地主动替他澄清，他待在那，嘴唇颤抖，不知是愕然还是感激。一旁的温浅出声："还是把人先带下去，无论结果如何，都不要打扰到伤患休息。"他的视线投在樊歆虚弱的脸上，沉稳的眸里有关切一瞬即过。

慕春寅哼了一声，向下属道："把李崇柏关在酒店，没水落石出之前，哪也不许去。"

下属领命而去，慕春寅走到床头看看樊歆的状况，而樊歆精力用尽，再次陷入昏睡。眼见站在床尾旁的温浅缓慢地向床头靠近，慕春寅拦在他面前，冷眼道："温总好积极，一大早就来探病，不知内情的还以为樊歆是你荣光的人呢！"

温浅从容道："樊歆虽是盛唐的人，但此事却因荣光的艺人而起，我作为经纪人，自然要过来看看，聊表歉意。"

慕春寅挥挥手，懒洋洋地道："不劳温总费心，温总回吧。"

温浅沉默了一会儿，见床上的樊歆睡得深沉，便退出房去。临出房门时他又扭头看了一眼，目光深深。

入夜，剧组酒店的532房仍然灯火通明。

阿宋、莫婉婉围在沙发旁，陪温浅看片场的照片梳理线索。

阿宋说："温先生，我觉得这事未必是李崇柏干的，他虽然脾气暴躁，但不至于蠢到这个地步。再说了，又不是不共戴天的血海深仇，至于下手杀人吗？"

顿了顿，他总结道："我觉得这事有两种可能，要么有人跟李崇柏有过节，借此事让李崇柏背黑锅，要么有人跟樊歆有过节，借刀杀人。"

"我也这么觉得。"一旁莫婉婉接口说，"反正报警了，就看警方能查出什么吧。"——今早樊歆帮助李崇柏洗清嫌疑后，剧组再没有后顾之忧，随即报警了。

她低头扫了温浅一眼，一愣："这么多照片，你老看这张干吗？这张有疑点？"

照片里正是伤人的那根木杖，实物上缴警方了，温浅留下了照片，他将照片逼近看："这木杖有些奇怪。"

"哪怪了？"

"钉子。"

莫婉婉凑近看，就见那两根钉子斜扭着钉在上面，木棍上还有乱七八糟的砸痕。

温浅若有所思："这钉子钉得很奇怪，如果凶手刻意将钉子钉上去行凶，拿锤子对准钉，钉子应该比较端正……但这两根，扭扭歪歪，不像被认真钉上去的，倒像是不经意间砸上去的……"

"不可能，这是木头，不是泡沫，钉子头朝内砸进去本来就难，不借助锤子击打，随手一挥怎么做得到？"

"做得到，我找人看过，木杖是椴木做的，材质较软，敲打的力气够大，钉子头能砸进去。"

莫婉婉愣了一会儿："你的意思是……这钉子也许是被人无意钉上去的？这事根本没有凶手？"

温浅摇头："我只是单纯地分析这个木杖，不代表没有凶手。"

莫婉婉云里雾里："那你到底什么意思啊？"

温浅跟她解释不清，挥手道："你别在这掺和了，去医院照顾樊歆吧。"

莫婉婉："……"

安静的病房内，时间随着墙上的时钟嘀嗒嘀嗒，一晃一夜过去，已经是事发的第三天。

清晨阳光洒满病房，莫婉婉问："警察都查了一天了，还没结果吗？"

慕春寅坐在床尾看着昏睡的樊歆，道："小点声，她昨晚疼一宿，好不容易才睡去。"他也派了人去调查真相，但比起调查结果，他更在乎床上的这个人。

莫婉婉刚要说话，慕春寅的电话响了，王导的声音传来："慕总，请您来一趟，事情查清楚了。"

雅静的房间内有两排长沙发，两批人正襟危坐。左边是王导同公安局的民警，右边是慕春寅、莫婉婉还有随后赶到的温浅与齐湘。

王导解释道："各位，这事警方查了一天一夜，终于查清楚了，不是什么凶手作案蓄意谋害，而是一个民工误打误撞造成的。"

诸人一怔，莫婉婉抢先道："这也太可笑了，我们这是剧组，跟民工能扯上什么关系？再说了，哪个民工误打误撞玩木杖跟钉子呀。"

王导道："听起来是有些不靠谱，但事情还真是那样。那天剧组拍魅姬自杀的戏，按剧本里写，需要在一片树林里有一座亭子，可我们之前在树林里搭建的那个临时小亭早已损坏，因为拍摄时间赶，人手又不够，就雇了附近一些民工帮忙修，为抢时间忙到深夜，民工们的晚饭都是在亭子旁露天吃的。有个民工夜里冷，喝了些酒，谁知道喝多了发酒疯，将地上的道具木杖狠砸了几下，而地面上刚好有些建亭子的钉子，其中两枚就被钉了上来，最后导致了樊歆的受伤。”

莫婉婉又问：“这话就更奇怪了，那木杖不是在道具室吗？怎么又去了树林的亭子旁？难道它自己有腿？”

王导叹气道：“你知道的，咱剧组的道具室跟仓库是混在一起的，平时什么东西都丢在那，民工们帮忙建亭子时，去仓库拿锤子、铁锹之类的工具，其中一个民工有个十几岁的孩子，是放假被父母喊来充当小工的，孩子拿工具的时候看到角落里的木杖，一时好奇就顺手拿了出去……因为片场人多手杂，我们也没注意……而归还的时候木杖被放在原处，所以道具师也没有起疑心，拍戏时直接给了齐湘。”

对这解释，一群人面面相觑。旋即慕春寅摇头：“王导，照你的意思是，一个小孩把木杖带到了片场，然后被一个发酒疯的拿到了，随手一砸，就将钉子砸了上去……且不说这过程过分巧合，单说这木杖砸到了钉子一事，这木杖是硬的，随手朝钉子一砸，钉子就能大头朝内地扎进去，这得多大劲啊！”

有人附和：“是啊，要是钉子尖朝内我还好理解……”

“你们别不信啊，我跟你们演示！”王导早有所准备，他将木杖带了过来，指着木杖对众人道：“这个木杖木质轻软，硬物很容易砸进去！”说着他找来一个钉子，将木杖朝钉子头一敲，那钉子头还真陷了进去，半翘着露出尖尖的钉子尾！

慕春寅不说话了，另一侧的莫婉婉神色凝重，因为王导的演示跟温浅昨夜猜测的一样。

见众人仍是半信半疑，王导身旁的民警郑重其事道：“事情的确如此，虽然发酒疯的民工不记得那晚上做了什么，但经过仔细询问另几位在场的民工，几人的证词吻合，都证明王某在那晚上发过酒疯，拿木杖砸过东西。”

王导道：“对对，为了保证这些口供的可靠性，这几个民工我们都用测谎仪测试过，证词绝不会有假！另外，树林出口处的视频也可以看见，王某的确喝醉了，不信你们看警察同志调出的视频！”

警方拿出了视频，指着上面那个醉汉说：“这就是那个醉酒的民工，走路都是歪歪扭扭的，这视频的真实可靠性我们警方可以担保。”

一群人目瞪口呆地看着视频，陷入了沉默。

这伤人经过虽然牵强到难以置信，却证据确凿得令人无法反驳。

见所有人都不说话，王导讪讪打圆场：“慕总啊，我知道您一时半会儿很难接受，但大千世界无奇不有，事情就是如此……”

慕春寅冷冷道：“照你们所说，这一切只是几个小角色的无心之过？我的人受了这么重的伤，我却连追责的对象都没有！”

王导面有愧色：“这个是我们剧组把关不严，不该雇外来不熟的民工……而且道具师的工作也存在疏忽大意，我已将他辞退，财务还扣了他的工资，算是惩罚……”

慕春寅仍是冷笑，斜对面的齐湘开口道：“慕总，樊歆的事我也有责任，如果拿木杖时我多看一眼，樊歆就不会受伤，等樊歆伤好，我会当面跟她道歉。”

她的嗓音优美，吐词清晰，主动揽责的态度让不少人投去敬佩的目光。

旋即，温浅的声音插过来：“我为我旗下艺人的疏忽致歉，为了表示我们荣光的歉意，樊歆住院护理等一切费用由我方全部承担。”

一个洪亮的声音倏然响起：“又不是温先生的错，怎能让荣光承担呢！”

众人循声看去，就见一个矮矮胖胖的男人推门进来。王导惊喜地道：“苏总！”

来人正是《琴魔》的制片苏崇山，他一来就直奔慕春寅的面前，满脸堆笑：“慕总，这事既然是无心之过，咱就和平解决呗。樊歆的住院费、护理费、误工费，我苏某一力承担。为了补偿樊歆的损失，这部剧我给她双倍片酬，您看成不成？”

慕春寅斜睨他一眼：“我盛唐缺钱啊？在乎你这么点？”

苏崇山又道：“那这样，后期宣传有好的资源，我第一个就给她，也算是补偿！”

慕春寅再看他一眼，轻蔑一笑：“我盛唐缺资源啊？”

苏崇山急得抓耳挠腮，慕春寅在圈内的地位举足轻重，他可不想同这位大佬闹僵，于是狠心道：“慕总，我明年要拍一部大制作电影，女一号原本打算找那个国际影后谁谁的，现在我不找了，给樊歆留着，这总行了吧！”

在场人暗暗咋舌，在演艺界内，混电影圈的往往瞧不起混电视剧圈的，因为电影圈比电视剧圈高大上。如果一个艺人从电视剧圈转战电影圈，绝对是档次的提升。苏崇山如今这么说，那便是充满诚意的道歉。

见慕春寅神色稍缓，苏崇山趁热打铁，笑嘻嘻搭着慕春寅的肩：“慕总啊，咱都多少年交情了，您大人有大量，就一笑而过啊……今儿中午我请，就当我给您赔不是。”说着又看向温浅，口气同样殷勤，“也请温先生一起来，这次的事，多亏您了。”

午饭是在横店最好的国际饭店吃的，头条帝与温浅原本都不想去，碍着苏崇山还有王导一干人不住拉扯，最终都去了。

酒席上，苏崇山又是敬酒又是赔不是，好歹将头条帝的火压了下去，但因为挂念医院里的樊歆，头条帝吃得草率，而桌对面的温浅，亦心不在焉。

吃过午饭，一群人散了伙，头条帝直奔医院，而温浅则若有所思地回了酒店。

酒店房内，阿宋正在收拾行李，见他进来，说道：“温先生，温董事长刚打了电话过来，北欧那边的事不能再拖了。”

温浅眉头微皱。北欧等国年初就定下来几场巡回演奏会，原本前天就该去的，但因为樊歆的事，他一拖再拖。

见他不语，阿宋道："您还在想那件事啊？警方不都说清楚了吗？还有什么好质疑的？"

"细节太完美。"

"怎么说？"

温浅走到落地窗前，窗外晴空万里，他的视线落得远远的，思绪也飘得远远的："案情的经过从警方的结论听来觉得很牵强，但细细推敲，却发现从哪个点去质疑都没有破绽，堪称天衣无缝，就像是完美设计好的。"

这话让阿宋有些糊涂，可仔细思索却不无道理。物极必反，太完美的事物总给人一种不真实感。

两人又沉默片刻，温浅道："但愿是我多想，也许真相的确如此呢？"

下一刻桌上手机铃声大作，阿宋扫了一眼后，说道："温先生，温董事长的电话又打来了，肯定是来催你的。北欧的事，真不能耽搁了，咱得快点动身。"

温浅从思绪里回过神来，道："你替我回个电话，就说我下午就动身。"

"那您现在干吗去？"

"去医院。"

半小时后，温浅到了医院。那时慕春寅刚好不在，房里只剩莫婉婉在陪着樊歆。见他来，莫婉婉问："你怎么来了？"她的声音很轻，生怕吵醒了床上睡着的樊歆——伤得太重，这几天她几乎都在睡。

"我来跟你们道个别，我要去北欧一趟，大概得一个月才能回。"温浅回复着莫婉婉的话，视线却落在樊歆身上，厚厚的被子将床上的人盖得严实，只露出一张苍白的小脸。莫婉婉瞅出了什么，说："我出去透透气，你跟她道别吧。"说完，她便出去了。

薄薄的冬日阳光从玻璃窗倾泻进来，在墙上投下一片蜜色辉光。虽然没什么温度，但却为这过于清冷的病房增添了几分暖意，窗外有微风吹进来，浅绿色的钩花窗帘小幅度摇晃不停。温浅静静地看着她，深邃的眸里有浪潮浮起，旋即他伸出手去，握住被子下她的手。

她的手背有青青紫紫不少伤痕，都是打针打的。怕弄疼她，他只浅浅地握住她的指尖，像是友人间握手的姿势，却远比那更轻柔与小心，他将她干净纤细的指尖放置在自己的掌心，动作轻得恍如拨动风琴上最低音的琴弦。

须臾，他冲她轻声道："加油慕心，好好养伤。"

床上的樊歆还在安静地睡着，梦里的她毫不知晓这一刻的温情。

温浅走后不久，慕春寅回了病房，他觉出不对劲，用力嗅了嗅病房里的空气，问莫婉婉：“刚刚谁来过？”

莫婉婉一本正经地睁着眼睛说瞎话：“没有啊，就只有我一个人。”旋即迅速转了个话题，“头条帝，事情进展如何？”

慕春寅的思绪移开：“吴特助将各项证物拿去做鉴定，都跟警方描绘的一致。”

“所以警方的意思是，这案子事实清楚、人证物证齐全，一切都水落石出了？”

“嗯。”慕春寅沉默半晌，话锋一转，“但我觉得没这么简单。”

两人静了静，齐齐向床上的樊歆看去。慕春寅叹一口气：“结论的真假固然重要，但当务之急是将她的伤养好，没什么比她更重要……”

莫婉婉亦握住了樊歆的手：“对！快好起来！”

此后的时光便在医院中度过。慕春寅推掉了一切公务，哪都不去，就一心陪在病房。赫祈与周珅等人来探望过几次，每次没看多久，就被头条帝赶走，理由是怕打扰病人休养。

而另一面的片场，“道具伤人”的事件已经解决，所以回到了正常的拍摄之中，因为后面的结局戏份并不多，不到十天就全剧杀青了。杀青那天，剧组上下一起来探望樊歆，怕影响她休息，大家都只是在窗外看了一会儿，便安静离去。

临走之时，李崇柏走在人群最后，路过走廊，他顿住脚，对走廊上倚栏看风景的莫婉婉道：“莫小姐，我为我曾说过的话感到羞耻，请你接受我的歉意。”

莫婉婉斜睨着他，那天的风格外大，她一身黑色朋克皮衣站在风口，一头短发被吹得空中凌乱。她背对着李崇柏手一挥，大大咧咧地道：“得了，你滚吧。”

她的表情充满嫌弃，口吻却是轻快的，这便是她和解的表现，众人闻言一起笑起来，过去的不快，就这样随风飘走了。

第四章
流言

樊歆住院的第二十天，伤情渐渐稳定，为了得到更好的治疗及休养，慕春寅将她转院回了Y市。

在Y市某家华侨创办的一流国际医院，樊歆住的病房设施好到可以媲美五星级总统套房，医院还指派了专门的医生与护士，十几号人就只围着她一个人转，另外慕春寅还请了什么营养师、保健师、按摩师甚至心理疏导师，保证樊歆从伤口到胃口、身体到心理，得到二十四小时全方位最佳治疗。

在如此奢侈的治疗下，樊歆的伤势恢复得很快。在横店医院时前一周还日夜不停地昏睡，而不出一个月，她已好了大半，除了脖子仍套着那个笨重的套子外，其余一切正常，甚至可以坐在轮椅上推着自己到处走。见她逐渐好转，慕春寅照顾得越发积极，平日里端水喂饭、陪打针吃药、推轮椅散步透气……几乎除了洗澡之外，任何事都不假他人之手，对此不仅樊歆受宠若惊，就连前来探病的人都惊得不轻。

有一日，周珅与赫祈来探病。到了午饭时间，四个人便一道在宽敞的病房用餐。慕春寅照着老规矩，端着碗，拿勺子一口口喂樊歆，见赫祈跟周珅都在旁边瞧着，樊歆不好意思，慕春寅却眼一瞪："好好吃饭，乱瞅什么？"

他口气不耐，可手里的鸡汤却细细吹了半天，唯恐烫着她。

樊歆一面喝汤一面问："阿寅，我吃饱了，我可不可以去拉会儿琴？"

"伤口还没好拉什么拉！"

"可以的，医生都说了……我好久没摸琴了，前段时间在剧组就落下了功课，趁着现在住院空闲，我练一下！"

“不行！”头条帝扭头看看窗外的日头说，“今天太阳不错，你去沙发上晒晒。”医生嘱咐要适当晒晒太阳，头条帝就在光线充足的窗子下摆了张沙发床，供樊歆偶尔来场日光浴。

不能拉琴的樊歆失望地蹭到床沿，还没等到她摸到鞋子，身子陡然凌空而起，紧接着就是一声惊呼：“哎呀，你放我下来，我自己去！”

慕春寅将她打横抱起，见她在怀里扭来扭去，呵斥道：“别瞎动，再伤着脖子，我就不管你了。”

樊歆果然不敢再挣扎，乖乖地倚在慕春寅的怀里，由着他一步步将她送到窗户那。阳光肆无忌惮地投在两人身上，映出一片光亮，慕春寅小心翼翼地将她放到了沙发床上。

这一幕让赫祈与周珅笑起来，周珅打趣道：“想不到霸道总裁也有变成贴心男仆的这一天！”

慕春寅的口气像是认命，唇角却是弯着的：“能怎么办？她身边也就一个我。”

赫祈和周珅眼里都有动容，须臾两人跟慕春寅挥手告别：“不打扰你们午休了，拜拜。”

阳光透过窗户投进来，晒在米色的沙发床上，樊歆歪靠在慕春寅身上发懒，慕春寅怕她乱动会碰到伤口，伸手搂住了她，圈着她的双臂力道看似霸道，实则小心绕开了她脖子上的伤处。他的下巴蹭在她的头顶，薄唇抿着她的一缕发，扬起唇角哄她睡觉：“睡吧，乖乖的，快点好，我就让你碰你心爱的小提琴。”

阳光正好，气氛安详，两人偎依在暖阳下，渐渐睡去了。而大洋彼岸的北欧，有人从皇家艺术厅走出来，站在白鸽飞舞的广场上，头顶是蔚蓝的天空。

他打开手中的手机，点开手机上的一段视频，视频上是雪白的病房，穿着病号服的女子坐在病床上，见看管的人不在，抓起墙角的小提琴趁机拉了会儿……琴声悠扬，她的表情认真而专注。

男子忍不住弯起唇角，轻声道：“伤似乎好得差不多了呢。”

他再次将目光投向遥远的苍穹，自语道：“还有一周回国。”

温浅回国的那天，正巧《琴魔》剧组去医院探病。

《琴魔》早已杀青，樊歆拍戏时与剧组上下关系良好，众人挂念她，但碍着伤势不稳定，不敢冒昧打扰。而如今樊歆好了七八成，大家这才找了个时间一起到Y市来探病。上至制片导演监制，下至跑龙套的“新人团”团员，病房一时爆满到没地儿坐。

众人聊着天，还给樊歆带来了一个好消息，王导道：“你知道吗樊歆，这些天你饰演的魅姬在网上火得一塌糊涂！”

樊歆摇头，慕春寅说电脑手机有辐射，养病的日子几乎没让她上过网。

“怎么火了？”想起曾经网上演技烂的评论，她有些忐忑，“是差评还是好评？”

“新人团”里的小年轻递过手机：“你自己看。”

樊歆接过手机，就见微博《琴魔》的话题下密密麻麻一大排评论。

【吃饭睡觉打豆丁】：“嘤嘤，看了魅姬之死那一集，那场自尽的戏演得太好了！舍友泪如泉涌，我是泪如喷泉啊！”

【小野猪白又白】：“看完这一集瞬间由清音粉转为魅姬粉啊！以前总觉得她除了颜值啥都没有！但看完这段被彻底征服了！那一舞过后撕心裂肺的哭戏看得我心都颤抖了！”

【笨笨】：“一直支持清音跟徐长安这对CP来着，看了魅姬自杀的那段，突然转变了想法！徐长安，魅姬才是真正爱你的人啊！呼吁编剧改结局！魅姬跟徐长安在一起！魅姬一千年不能白等！姐妹们顶起！”

与此同时，还有无数《琴魔》粉丝跑到樊歆的微博，在上面刷留言：

【烤鸭王子】：“精灵歌姬，看到你受伤的新闻很震惊，希望你快点好起来！”

【北鼻就是我】：“樊歆，伤好了，能否拍个续集？魅姬死了，我太伤心了，希望她能活过来，希望徐长安能想起彼此的记忆，回到魅姬身边。”

樊歆看了半晌，道：“这是……魅姬受欢迎程度大逆转？”

小年轻们点头：“对！现在《琴魔》一剧最受欢迎的角色，你排第一，票数远超清音，最后那段虐心之死让无数观众念念不忘！”

王导跟着笑：“针对观众对结局不满意的情况，我有个想法，咱拍个小续集或小番外，让魅姬跟徐长安在一起，总之，满足观众的心愿，赚赚好评。”

制片人大力支持：“这主意不错，等樊歆伤好了咱就拍，就当拍微电影，要不了多久。”

樊歆亦觉得挺好，毕竟对魅姬这个角色她是怀有感情的，曾深深入过戏，深知角色的痴情与绝望，自然想让角色得到一个好结局。

一群人全票通过，唯有一个人反对，头条帝在病床旁冷哼：“还拍！出了事谁负责？”

樊歆摇着他的手臂，含了点撒娇的意味，慕春寅瞅着她殷切的脸，终是不忍拂她的意，虎着脸道：“我陪着才能去。”

一群人大笑，王导道：“等拍完小番外，咱去吃杀青饭，为了等樊歆，剧组还没吃杀青饭呢！”

众人纷纷举双手赞成，正讨论去哪个饭店大吃一顿时，病房的门被推开，莫婉婉的大嗓门在门外响起：“我去！好热闹！”

诸人扭头看去，便见门外站着莫婉婉与温浅。大概是外头的雨势有些大，两人的肩膀上都淋了些雨。病床上的樊歆有一个多月没见温浅，不由微怔。

长袖善舞的苏制片反应得最快，一见温浅便满脸堆笑：“温先生请进！”剧组的其他人亦纷纷打招呼，将位置腾出来给温浅与莫婉婉坐。

人群中最不友好的当数头条帝，他双手抱胸斜睨着温浅：“温总怎么来了？不是忙着北欧的演奏会吗？”

温浅淡淡地道：“慕总百忙之中还记得我的演奏会，挂心了。”

“温总不也这么挂心我盛唐的员工吗？”慕春寅漫不经心地向前走了几步，恰巧拦在温浅与樊歆视线的正中，“樊歆无大碍，温总回吧。”

温浅道：“上门即是客，这就是慕总的待客之道？”

樊歆在慕春寅身后拉了拉他的袖子：“阿寅，你瞧婉婉满头大汗，让她歇歇。”她说着，下床去给莫婉婉跟温浅拿饮料，慕春寅冷眼旁观。

莫婉婉喝着热气腾腾的红豆奶茶，将手中的礼袋递给樊歆，慕春寅眼尖：“这谁买的？”如果是温浅买的他打算丢进垃圾篓。

莫婉婉笑嘻嘻道：“我买的！樊歆你拆开看看！”

樊歆拆开了袋子，原来是一件雪白的羊绒坎肩，天冷时可以搭外衣上防风御寒。衣料做工精致，领口处的绣花是蜿蜒着的藤蔓形状，极尽繁复秀美。众人起哄让樊歆试试，樊歆便往身上套了一下，不大不小刚好合适。众人直嚷着漂亮，纷纷夸莫婉婉眼光好。

莫婉婉瞟了瞟身旁的温浅，见他目光专注地投在樊歆身上，唇角含着一抹淡笑。

一侧冷眼静观的头条帝已开始逐客：“看够了就散，她马上要打针了。”

一群人笑吟吟地散了，慕春寅挡在温浅面前：“温先生也看够了吧。”

温浅从容地离开，临走时丢下一句话：“这羊绒披肩不错。”

头条帝回了个白眼。

已是半夜十一点，荣光九楼依旧灯火通明。

总经理办公室的门被一只纤纤玉手推开，办公桌后的温浅抬头，面上有被打扰的不耐：“你怎么来了？”

齐湘走了进来，蓬松的米色皮草里头是长连衣裙，一步一步摇曳在脚踝，莲步姗姗。她拎着一个保温盒：“还在加班？我给你带了些消夜。”

温浅摇头：“不需要，你自己吃吧。”

齐湘却固执地将消夜放到了茶几上："留在这吧，一会儿你工作饿了可以吃。"随后优雅地靠着沙发坐了下去，说起另一个话题，"过几天我要去T市参加节目，那个节目很重要，别的艺人都由经纪人陪着。"

这话里的邀约显而易见，温浅却头也不抬："我没时间，你让助理陪吧。"

气氛让人尴尬，齐湘遗憾地耸肩微笑，露出标准的八颗雪白牙齿，仿似镀了光的珠贝："那好吧。"又瞅瞅墙上的钟，"十一点了，我想休息，你可不可以送我回家？"

"齐小姐，你可以自己开车回去，如果不想，去找你的助理，她会为你效劳。"

"为什么不能是你？"

温浅的笔微微停顿，然后继续写着："诚如你所说，深夜十一点，孤男寡女瓜田李下，我不想跟我的艺人传出任何绯闻。"

齐湘的笑再也无法维持完美，有悲伤掠过她的眸子，她说："浅，你我之间为什么会这么陌生？"

她走上前去："你忘了吗？从前的我们多么甜蜜。"她走到他身旁，目光满含希冀，"我后悔了，我希望我们还能回到过去，我不会再像以前那样对你。"

温浅手中的笔都没停，只微微摆首。

齐湘心有不甘："为什么？"

一直伏案的温浅终于抬头与齐湘对视，幽深的眸子沉静如水。须臾他笑起来，笑里有淡淡的嘲讽之意："为什么？你说为什么？"

齐湘的笑微微一僵，有什么情绪在她眼底浮起。

下一刻办公室的门被推开，阿宋匆匆走进来，道："温先生，您要查的那件事有进展了……"他抬头一看齐湘也在，立刻停住话头，"齐小姐好。"

齐湘的表情缓了缓，旋即又是那一抹温柔的笑："那你们忙，我不打扰了，我回家。"

初春的夜下起了蒙蒙细雨，天地间一片朦胧。

荣光大厦外，齐湘紧了紧身上的皮草大衣，迎着寒风走出大楼。

助理小林开车在外候着，见齐湘来，抱怨道："齐湘姐，你看了最新的微博没？真是太过分了！"

齐湘坐到车厢，整理着身上的皮草外套，有些心不在焉地问："什么微博？"

小林心直口快："剧组说要拍番外，内容是李崇柏恢复了前世记忆，对魅姬的死追悔莫及，倾力将魅姬的魂魄送往轮回。若干年后，魅姬转世成一个普通的小镇姑娘，徐长安前去寻她，两人相逢一笑……齐湘姐，你看这算什么事啊？男主最后选择了魅姬，而您这个女一号被架空，反倒成了个女配！”

齐湘的脸色微微一沉：“行了！”

被她一喝止，小林没再说话，车厢内陷入缄默。齐湘指尖轻压着太阳穴，似乎在思索什么，指甲上淡淡的樱花粉在灯光里柔和地闪烁着。

小林揣摩着她的表情，问：“齐湘姐，您想什么呢？”

齐湘从纸巾盒抽出了一张纸，将雪白的纸张在助理面前晃了晃，问：“这纸干净吗？”

这问题问得莫名其妙，小林有点发蒙，轻轻点头：“干净。”

齐湘随手拿起一支笔，在纸上落下芝麻大的一点油墨：“现在呢？”

小林摇头：“不干净了。”顿了顿道，“都有墨点了，我是不会拿来用的，万一沾身上就脏了。”

齐湘似有所感叹：“所以啊，一张纸再干净再完美，一旦不小心落下一丁点儿微不足道的污点，众人便看不到它的洁白了，还会嫌弃它的脏污……”

她话落盯住了助理：“小林，你懂得吧？”

小林怔了会儿，而后道：“齐湘姐您放心，大张是个稳妥人。”

“那就好。”齐湘轻轻地笑了，摆手吩咐道，“回家吧。”

汽车开动。车厢内光线昏黄，齐湘坐在后头，明丽的脸庞逆着光，看不清表情，唯有那嫣红的薄唇抿成一线，透出主人不易察觉的凝重。

时间过得很快，樊歆经历一个半月的休养，终于痊愈出院。出院后她迫不及待地拍摄了《琴魔》的小番外。

拍摄那天，慕春寅全程陪着，二世祖周珅闲得无聊，也跑到片场去玩。演员们拍戏时，他便跟头条帝两人坐在板凳上围观。

见慕春寅似乎在出神，周珅碰碰他的胳膊：“在想什么？”

慕春寅压低声音：“还不是那件事，还没找到线索，老吴甚至怀疑是我多心……我在想，是不是对方的手段太高明，将所有痕迹都抹去了？”

周珅拍拍他的肩：“放心啦，这事让老吴继续追踪就好！再说你现在每天派这么多人保护樊歆，她一定不会再受伤的，你放松点！”说着又朝片场一指，“来，我们看演戏，瞧你的管家婆演得多好！”

“好个屁！”慕春寅的注意力转到了摄像机前——樊歆正跟李崇柏对戏。拍的是魅姬转世后遇到李崇柏的那一幕，两人想起前世深情相拥。慕春寅看到李崇柏搭在樊歆腰上的那只手，啐道：“这姓李的搂这么紧干吗？”

见李崇柏握住樊歆的手，又恼道：“牵手就牵手，还十指紧扣！”

"还摸脸！接着不会还来段吻戏吧……这小子今儿敢真亲我就做了他……"

头条帝嘀嘀咕咕，周珅幽幽来了一句："如果以后樊歆跟别人拍床戏怎么办？"

头条帝毫不犹豫："她敢！"

"啧啧啧……"周珅轻拍巴掌，兴致勃勃地瞅着头条帝，"春春，你把樊歆看这么紧，究竟是个什么心思？"

慕春寅白他一眼："我是她的老板是她的家人是她的太阳是她的天是她的地，她只能跟我亲近，就这么简单！"

周珅嘻嘻一笑："说起这个亲近，这个亲啊……"他压低了声音，挤眉弄眼地问，"你上次不是亲了她吗？感觉如何？还想不想再来第二回？"

慕春寅的视线落在樊歆身上，有些恍惚，似乎是在回味，许久后他摇头："不行，她会生气的。"

日薄西山时，番外微电影杀青，剧组收工后集体去了饭店，苏崇山请客，就当是迟到的杀青宴。

樊歆欣然前往，温浅、齐湘以及那帮"新人团"也来了，众人前呼后拥去了市内最好的饭店，点了满桌的菜，一群人吃吃菜、喝喝酒，前所未有地热闹。

饭间李崇柏郑重其事地向樊歆敬酒，经过道具伤人风波的他，吃了不少苦头，从前的倨傲与自大尽数被磨去。他连喝三杯，第一杯酒时，他说，对不起；第二杯时，他说，谢谢；第三杯时，他说，你是个努力且敬业的演员，希望下次还能跟你合作。

樊歆当然懂这三句话的意思。

对不起，是为他曾经的怠慢致歉。谢谢，是为樊歆不顾重伤，为他洗刷了冤屈。至于最后一句，是对樊歆人品及操守的认定，樊歆很喜欢最后这句话。

病伤未愈的樊歆不能饮酒，慕春寅刚要替她喝，樊歆却拦住他，她以茶代酒，诚恳地回了李崇柏三杯。

她也说了三句话——"没关系"，"对不起"，"期待下次合作"。

李崇柏静静地看着她，这三句话虽然简短，他却再清楚不过。

没关系——过去你的怠慢，我已释然。

对不起——盛唐亦曾伤害过你。

三秒钟后，李崇柏与樊歆对视微笑，自此一笑泯恩仇。

李崇柏甚至还跟樊歆开玩笑："我要是没认识Rose，一定会追你。"

一左一右两道目光瞬时投射而来，左边的是头条帝，他原本正在替樊歆剥着大闸蟹，闻言眸光凛冽如刀锋；而右边的则是温先生，他舀汤的手微顿，目光看似漫不经心，却在刹那间变得冷冽。一侧的齐湘察觉出他的异常，跟着狐疑地看了一眼。

李崇柏讪讪一笑：“说着玩的！我女朋友跟我爱情长跑七年，我怎能有其他心思！”

樊歆迅速打圆场：“对呀，你女朋友既温柔又体贴，你还不把她娶回家！”

李崇柏道：“要娶！明年五一办婚礼！到时请大家喝酒！”

众人大笑，有人问：“团购份子钱能不能便宜点？”

一群人笑翻了去！

酒酣宴罢已是夜里十点，一群人醉醺醺地告别，三三两两走出包房。

樊歆跟王导、苏制片几个人走在最后，慕春寅出门时在走廊上遇到一个金发碧眼的洋妞，是他过去的老相好，洋妞将他喊到一旁，两人窃窃私语去了。

温浅则跟齐湘走在最前面。席上三人隔得远，并未说什么话。中途樊歆去过一趟洗手间，与门口那端的齐湘擦肩而过时，齐湘跟她打了招呼，对她的术后恢复情况嘘寒问暖，但目光落到樊歆的坎肩小外套上时，她端庄的笑容里突然有了细微的改变。

樊歆想不通她那一刻的表情，待要再想，耳畔忽地传来一声尖叫，直刺得耳膜发麻。由于太过高亢尖锐，那一瞬所有人都蒙在原地，一秒钟后有人大喊：“不好！失火了！”

——酒店失火警报！

众人这才反应过来，还来不及逃窜，眼前霍然一黑，整个世界如跌入黑夜——酒店大楼的灯光齐刷刷熄灭，而紧急照明灯竟然也没有开。

一丝光亮也不见的走廊上，所有包房的客人都冲了出来，在黑暗中四处逃窜。人群惊慌失措，有人呼救，有人尖叫，还有孩子的哭泣。

樊歆蒙在混乱的人群中，急得大喊：“阿寅！”——她担心他一心跟女人调情，不知危险靠近。

她喊了几声没有人应，猜他跟那洋妞早就下了楼，心底踏实了些，便随着人群往前走。走廊上不断有人从她身边逃命般挤过，有人蛮横地撞向她，她的身体失衡往前一倾，即将落地前，她心里一慌——走廊上摔倒，不被火烧死，也要被人流踩踏致死！

下一刻，却猛然有力道将她的腰扶住，她晃了晃后借力站稳，紧接着右手被人紧紧握住，那股力量不容忤逆地牵引着她，逆着人流向反方向跑去。

长廊乌黑一片，半点光也没有，她跌跌撞撞跟着这人往前冲。人群拥挤，那人用手不住拨开周围的人，将她护住不跌倒。待跑出十来步，那人突然向右一转，拉着她进了一个窄窄的空间，似乎是转到了楼梯里。

果然，没走几步，带领她的那个人已摸索出台阶的位置，顺着楼梯而下，她跟在后面，一起往下跑。楼道伸手不见五指，空荡的楼梯间只听见两人的喘息声。三十多层楼，楼梯一层层旋转向下，像永远也没有尽头，漫长的奔跑让樊歆上气不接下气，但她丝毫不敢停，脚像机器般高速运转。

当然，她没有忘记关键问题，边跑边喘着粗气问："你是谁？"

对方不答话，仍是紧拽着她不停狂奔。她的疑惑更深，但对方于千钧一发之际救下她，多半是自己人。虽然黑灯瞎火看不见，但她能感受到对方身体高大，起码有178cm以上。

会是谁呢?

慕春寅？不，他应该早就带着洋妞在安全地带了吧，再说了，如果是他，肯定会吱声啊。

剧组的其他人？178cm以上的只有两个人。

一个是李崇柏，但不可能是他，因为宴席还没吃完他便有急事提前离场了。

而另一个人……樊歆暗暗否认——那人跟齐湘走在最前面，事发突然，他应该会护住齐湘吧。

所以她不敢百分百确定，于是试探性地喊了一声："温先生？"

握着她的那只手瞬间一紧，捏得她关节微痛。这样的反应让她越发迷糊，这人到底是不是温浅啊?

没人回答她，奔跑还在继续。也不知跑了多久，她觉得自己越跑越慢，脚累得要断掉，还是没抵达终点。

她重伤初愈，元气本就未恢复，如今一口气跑下二三十层楼，体力实在承受不住。她气喘吁吁地停下来，弯腰扶住墙面，冲那人道："我……我跑不动了……"

那人的手劲分毫不减，拽着她继续往前走，可她早已筋疲力尽，必须扶着墙才能站稳，被人猛然一拽之下她不由脚下一崴，径直朝前扑去，而那人察觉得快，迅速转身，她直直地扑入一个温暖的领域，似乎是来人的怀抱。

她有些狼狈，正欲退回去，安全通道门外蓦地有声音传来，说话的人极度亢奋："火扑灭了！只是烧断了电线，还得等一会儿才来电！"

这声音渐渐远去，而楼梯间的两人齐齐松了一口气。火灭了，总算安全了。

漆黑的狭小楼道中，松懈下来的两人相对着大口喘气，方才那阵狂奔，彼此都撑到了体力的极限。

樊歆气喘吁吁了半晌，忽然察觉不对劲——她还靠在他的怀里。

她赶紧往后退了退，可他搂在她腰上的手丝毫不放。黑暗中那人身形稳如宝塔，纹丝不动。她折腾了半天没结果，恼道："你放开我！"

他却手劲加大，双臂如铁环般将她锁在怀中。她被迫偎依在他的胸膛上，隔着厚厚的衣衫与无法看清的黑暗，她能清楚地感受到他怀抱的温暖与拂在她脸上的气息。

她用力嗅了嗅，倘若来人是温浅或慕春寅又或是李崇柏，她可以从味道中识别，温浅身上有亘古不变的淡淡茶香，慕春寅身上永远都是招摇的香水味，而李崇柏——虽然这个可能性为零，但他爱抽烟，身上肯定是烟味。

她嗅了一阵，最后泄气了——来人饮了不少酒，浑身浓郁的酒香将其他气味尽数掩盖。她猜不出来，急了，仰起头问："你到底是谁？"

来人终于出声，却只是从鼻腔里哼出一声极轻极浅的笑，仿佛这样逗她极有趣。旋即，她面上一热，那人的脸庞似乎向她靠了过来，在离她仅有几公分的地方止住，像在暗中静静地观察她。相隔不到咫尺，他的呼吸吐纳在她的脸上，如南风拂面，一片温热。

她尴尬不已，赶紧转过脸去，摇头间她的唇擦过一片温软的物什，似乎是对方的下巴，又似乎是……总之对方身体微微一僵，仿佛她撩拨了他似的。

她的耳根轰地热了，窘迫之下她扭扭身子，道："你再不放开，我喊人了！我……唔……"

后面的话她还没说完，忽有暖风拂面而来，是对方潮湿的鼻息，紧接着唇上一暖，她那后半句话径直被他吞入了口中，取而代之的是他长驱直入的唇舌。

她蒙了，回过神后猛烈地推他，奈何方才一番体力折腾，她的力气几乎耗尽，螳臂当车的挣扎反倒激起对方更大的兴致——他将她逼到墙角，一手扣着她的双手，一手箍着她的腰，脚顶着她的膝盖限制她踢腿，霸道的姿势全方位禁锢了她的动作，她连挣扎都艰难。

她又羞又恼，张口呼救，可"救命"两字还没有喊出来，就引得他更深入地吻她。她欲哭无泪——这回嘴唇被堵得严严实实，别说张口喊人，连呼吸都困难。她只得用牙咬他，他却在她的领域内灵活辗转，两人游击战般追来逐去，几个回合下来，她不仅没咬着他，反倒狠咬了自己的舌尖一下，痛得眼泪都溢出来了。

最后，她一没力气动手，二无法动口，彻底没招，整个人就像冲上沙滩的鱼，搁浅在他的怀里。好在他右手箍住她腰的手虽然紧，左手却小心翼翼地绕过了她的脖颈，以固定的姿势托着她的后脑，这样误打误撞的姿势不仅可以防止她挣扎，还可以防止伤口二次受伤——当然，这一切樊歆已经顾不得了，她愤慨万千，在心里痛骂臭流氓挨千刀。然而她再怎么意念攻击，他仍一个劲地吻得投入，直到吻得她缺氧，他才放开。她赶紧抓住机会，张口大呼："救……"

——后面的命字还没喊出来，又被他给堵上了。

这个吻相较之前更加缠绵悱恻，前一个满含掠夺之气，长驱直入逼迫她屈服。而这一次则更贴近情人间亲密无间的温存，他轻缓地亲吻着她，自唇舌间一寸寸开疆扩土，逐步深入，带着些许摸索式的好奇，仿佛不满足彼此眼下的关系，渴望得到更多的亲昵。

樊歆却丝毫感受不到，过度的体力消耗与逼仄的楼道，让重伤初愈的她缺氧的感觉愈加明显，她脑子发晕，耳鸣心慌，浑身乏力，软绵绵地只想往墙上靠。

察觉出她的不适，对方总算放开了她，似乎有些依依不舍，他捧着她的脸，又去吻她的唇角跟额头，一切亲昵均在看不见的黑暗中清浅地摸索着，却饱含着极浓的情。

与此同时，眼前的光线骤然一亮，通了电的酒店霎时亮如白昼。楼道里的樊歆看清来人后回了魂，大声尖叫道："慕春寅！"

"咦？"头条帝的反应与她的震怒截然相反，他无辜地眨着眼睛，"怎么是你？我以为是Linda！"

樊歆："……"

她真是一口老血都要吐出来！

酒店的一楼大厅围满了人，众人对这场火灾惊魂心有余悸，三三两两围在一起。樊歆走到人群正中，心里早没什么恐慌，只有被莫名其妙强吻的愤慨，而她身后的头条帝还一副春风得意的模样，又四处找美女寒暄去了。

樊歆坐到偏厅沙发上，刚想歇口气，却有个身影慌慌张张地走过来，问她："温先生呢？"是温浅的助手阿宋，他身侧站着齐湘，表情有些古怪。

樊歆茫然："我怎么知道？"

阿宋焦急道："他去找你了呀。方才我们都被人流挤进了楼道，他却从人群里冲出来，在黑暗中不停喊你的名字，你没听到吗？"

樊歆摇头，忽然一惊——温浅该不会是在慌乱中遇到了什么意外吧？她起身冲向电梯口。

电梯口在走廊里侧，那儿远离大厅，几乎没什么人。樊歆刚按上电梯按钮，门却恰巧打开，里头堪堪立着一个人，身材颀长，一贯沉稳的面容上有罕见的惶然。视线投在她身上的一霎，他微微一怔，所有焦虑瞬间消失，随即他大步跨出电梯，樊歆只觉腰上一紧，人已经被一只强劲的手一带，落入一个温暖的怀抱。

樊歆愣住。

这个拥抱同楼道中的拥抱全然不同，刚才在黑暗里，她面对一个无法猜测的人，只有惊慌与猜忌。而这一次——她无法形容，大脑一片空白，脸颊滚烫，心脏像打了强心针般狂跳，怦怦地就要跳出胸腔。

她感觉他的手掌覆上了她的肩，极轻柔地抚着她的发。他附在她耳畔说话，有长松了一口气后的释然：“你没事就好！”

他的声音醇厚而富有磁性，似钢琴上最深沉的音符奏响，而他宽厚的怀抱包揽着她，像一片温暖的海。鼻翼间传来他熟悉而淡雅的茶香，是命运旅途中最迷人的气息。樊歆有些不真切的恍惚。

楼道远远的另一侧，有人逆着光站在那里，往常完美无瑕的脸庞一霎发白，她捏紧了皮草外套上的腰带，纤细的指节绷得发白。

电梯口的两人还在相拥。直到走道外传来其他顾客的声音，樊歆这才从恍惚中回了神。她似乎有些惊慌，抽出身子退后两步，温浅的怀抱瞬时便落了空。

三秒钟的静默后，温浅说：“你没事就好。”他大概觉得方才那一抱略显唐突，亦向后退了一步，补充道，“失礼了。”

樊歆的脑子有些乱，却仍给他的行为找了个理由：“关心则乱，是朋友，就会关心……那个，没事我就回去了……”

温浅颔首浅笑，视线落在她所穿的雪白小斗篷坎肩上，坎肩并没有扣子，衣襟处用一枚香槟色的水晶胸针扣着，那胸针的设计颇为匠心独具，是个芭蕾舞女造型，配樊歆的气质再合适不过。温浅唇角三十度上扬，眸里透出轻微的自得：“这衣服你穿着很不错。”

樊歆的脚步慢了慢，说：“是婉婉眼光好。”

不知道是不是樊歆的错觉，温浅唇角的笑意似乎更浓郁了些。

樊歆回到大厅，头条帝还在同Linda眉来眼去，见樊歆靠近，慕春寅突然提高了嗓门，向Linda道：“刚才我打算拉你一起跑的，谁知黑灯瞎火看不见，拉错了人。”

樊歆又要呕出口老血来——这死慕春寅吻错人就算了，竟连她的死活也不放在心上，还不如温浅呢！

她黑着脸站在慕春寅的身后，生硬地说道：“你们慢聊，我回去了。”

“一起回，晚上还有事呢！”头条帝用飞吻的形式依依不舍地结束了与美女的寒暄，吹着口哨轻快地离开。

夜里一点，广袤的苍穹下，千家万户都进入了睡眠，樊歆却睡不着。

她是被慕春寅气的，想着被他占了便宜，她去卫生间刷了好久的牙。

躺在床上时，她心乱如麻，脑海中的画面起初是楼道间那场凌乱的强吻，后来渐渐变成电梯前与温浅的那段拥抱。

想起那段猝不及防的拥抱时，她看向头顶天花板上白花花的灯，突然发现自己的脸颊又开始莫名其妙地发烫。

一墙之隔的头条帝也没睡着。

与樊歆的亲密接触成功，原本他心情惬意，可樊歆一晚上都不理他，他便高兴不起来了。

他拿着手机趴在床上向二世祖求教："怎么办，管家婆不高兴！"

"好办！"二世祖道，"女人的心情三分靠打扮，七分靠shopping！明天带她买买买，她一定高兴！"

慕春寅道："这次不一样，她真生气了，我刚才求和了几次，她压根不理我。"

想着二世祖是情感专家，慕春寅便一五一十地将今天的事讲了，二世祖听了后愕然道："你不说你不再这样吗？你这口是心非的禽兽！"

慕春寅理直气壮："我原本没想那样，可她亲了我一口，作为一个风度翩翩的绅士，我当然得礼尚往来。"

周珅鄙视道："她主动亲你？我不相信！"

"那会儿太黑，她可能是无意亲到的吧。"

"那你也太没定力了，人家就无意间撩拨你一下，你就春心荡漾！"

慕春寅："……"

翌日，樊歆还在生慕春寅的气，横竖都不理他，头条帝自讨没趣下只得出了门——腊月二十六了，他得去疗养院把母亲接来过年，而樊歆便留在家准备年货。

入夜之时，慕春寅带着许雅珍回来了。司机跟护士将许雅珍小心翼翼地抱到卧室，慕春寅则兴冲冲地向樊歆道："慕心，好消息！医生说妈昨夜手指动了一下。"

樊歆对慕春寅之前的不满瞬时忘到了九霄云外，惊喜地问："真的吗？"

"真的。"楼梯上专职负责照顾许雅珍的医生道，"这是个好兆头，继续努力，病人就有清醒的可能。"

樊歆的欣喜难以言喻，许雅珍是她心底最大的痛，这些年她活在内疚与自责里，没有一天能够解脱。如今许雅珍有恢复的可能，她激动到哽咽，看向慕春寅道："阿寅……太好了。"

慕春寅拿纸巾给她："哭什么？这是好事。"

樊歆将纸巾丢开，抓住他的手，将眼泪鼻涕全蹭到了他的衣袖上，慕春寅嫌弃地看了一眼，却俯身搂住了她。

因为许雅珍的状况有好转，这个年两人过得极舒心。

但快乐的日子总是过得飞快，安逸了几天后便迎来了开年事业的忙碌，慕春寅再度被公务缠身，全球各地马不停蹄。原本他计划带上樊歆相陪左右，奈何樊歆重伤刚愈，便就此作罢。

家里只剩樊歆一个人，她倒是想去工作来着。《琴魔》播出后，她凭借魅姬一角人气大涨，有意找她谈影视的片商成堆地找上门来，但全被慕春寅推了。慕春寅的理由很坚定，年后三个月内不允许她接任何工作，专心在家休养。对此，樊歆强烈抗议，可头条帝轻飘飘丢出一句话："那种烂片有什么好拍的，把伤给我百分之两百养好，五月份开演唱会。"

樊歆一怔："演唱会？！"入行两年，她还没有开过演唱会呢!

"你出道两年，推出的两张个人专辑都卖得不错，开演唱会也算是顺势而为。"头条帝说着瞟她一眼，"当然，你不想开的话，那些烂片随便接，你……"话还没说完，樊歆的人已经不见了，扭头一瞅，就见她端端正正躺在沙发上，拿被子把自己盖得严严实实，"我不去，我要在家为演唱会养精蓄锐！"

就这样，樊歆开启了自己养精蓄锐的生活，每天在家除了休息就是练歌练舞，直到某天曾一起拍戏的小年轻打来电话，说他们来了Y市，要樊歆请他们吃饭。

作为团长当然得尽地主之谊，樊歆笑盈盈地答应了，谁知到了聚餐那天，才发现来的不仅是小年轻，温浅跟齐湘也来了——热情的小年轻将他们都邀来聚餐。

看见温浅时，樊歆怔了一下，她有一个多月没见过温浅了，自剧组杀青宴后，温浅便去了国外，据说忙得昏天暗地的，年关都不曾回国。

想着在片场他好歹救了她一命，樊歆便礼貌地请他入了座，打算席间郑重地道谢。

而一侧的莫婉婉看着齐湘一路身姿款款地跟着温浅，瘪嘴道："牛皮糖！"见齐湘仍是瞅着温浅一副含情脉脉的样子，又呸了一声，换了个离齐湘最远的位置坐。

因为莫婉婉这一举动，局面略显尴尬，好在小年轻们会活跃气氛，没一会儿就在"两只小蜜蜂呀，飞到花丛中呀，嘿嘿"的猜拳中热闹起来。

吃完饭已是夜里九点多，几人酒足饭饱就此作别。小年轻们跟温浅先行下去取车，樊歆去了洗手间，包厢里只留下齐湘与莫婉婉两人。

莫婉婉叼着根牙签，大大咧咧地跷着二郎腿，看向坐在靠椅上慢条斯理补妆的齐湘："齐湘，老缠着温浅有意思吗？他心里早就没有你了。"

齐湘刚吃过点心，唇彩有些花，其实并不明显，但她无法忍受哪怕一丝半点的不完美——她对着巴掌大的镜子慢慢涂着唇彩，果冻般的唇彩放置在汽水盖大的精致小匣子里，色泽鲜嫩如春日樱花，而她十指纤纤，拿着极细的小刷子精雕细琢地往上描，姿势优雅得如古代仕女在描工笔画。

她描完唇彩，这才从容地说：“藕断丝还连——不知莫小姐听过没有。”

莫婉婉翻了个白眼：“齐湘，你还是跟从前一样，觉得世上的一切都该属于你，只要你想要。”

齐湘弯起唇角，露出珠贝般的八颗牙齿：“我只是想拿回属于我自己的东西，不可以吗？”

莫婉婉冷笑道：“在你眼里，人跟感情都算是东西吗？”

齐湘仍是笑着：“只要我想要，那就是东西。”

三月份了，但夜里仍是寒风料峭。地下停车场的灯光幽幽暗暗，小年轻们上自己的车之前，有人用崇拜的口气请温浅跟自己合个影。

看在他是“新人团”的分上，温浅没拒绝。小年轻们大喜，掏出手机凑到温浅身边拍照留念。拍完后三人聚在一起看照片，其中一人道：“哈哈，剧组的每个人我都拍合影留念了，拍得最美的就是咱团长。”

因为跟樊歆有关，温浅凑过去也瞟了一眼，见他有兴趣，小年轻们把片场的照片全翻出来给他看：“看，这是团长在背剧本呢，好认真！这是她在吊威亚……”

几张樊歆的照片翻过便是其他人的，小年轻指着手机轻笑：“这是李崇柏，那天他跟樊歆姐吵架，脸都气绿了！”

温浅对李崇柏没什么兴趣，正欲抬步离开，视线却突然在相片上顿住。

照片上是凌乱的剧组，镜头里的李崇柏气呼呼，他身后不远处是一个平房，平房的位置应该离剧组较偏远，隐约只看得到半堵墙面与一扇窗。窗里头呈现小而模糊的一团，常人根本不会注意到这个细枝末节，可温浅却将画面逼近了看，发现那团是个人影，似乎穿着白色衣裳。

见温浅一直瞅着左上角的平房，小年轻问：“温先生盯着道具室看干吗？”

温浅问：“这是道具室？”

“对。”

温浅一脸严肃：“你确定？”

小年轻莫名其妙：“确定啊，我在片场上待了好些天，不会记错的。”

“照片是你几点钟拍的？”

“大家吃午饭时，大概一点钟吧。”

温浅紧盯着照片的左上角，眸里一半顿悟一半愤怒：“是她！”

聚会结束的深夜，暮色深深，无星也无月。

Y市最著名的富人区，豪华别墅的洗浴间传来哗哗的水声，足足持续了两小时，浴室里的人才出来。

助理殷勤地递过毛巾："齐湘姐，你怎么洗了那么久？"

齐湘赤着脚走到客厅，雪白的脚指头涂上了殷红的指甲油，随着她轻慢的步伐，似绽放在地毯上的小花。她头发湿漉漉地披着，一双墨瞳却越发显得明亮，她说："没什么，在里面想点事。"

她裹着浴巾去了露台，一面走一面说："小林，替我订下周五去悉尼的机票。"

"下周您不是受邀去巴黎看走秀吗？"小林愣了会儿后反应过来，"下周五温先生要去悉尼，所以您也想去？"

齐湘没答话，站在露台上，神色凝重。

夜风将她额上的刘海吹得颤动不停，她的视线落在茫茫黑夜之中，思绪却回到了今夜的餐桌上。

觥筹交错间，小年轻们给樊歆敬酒，一只手却截住了樊歆的酒杯，递来一杯果汁："女人别喝酒。"

出声的人是温浅，表情很平静，眼神里却有什么情愫一点点地在这热气袅袅的席间宣泄开来。

彼时，齐湘坐在他身旁，扣紧了手中的竹筷——刚才她喝了几杯，他都不曾理睬。

先前她从未觉得樊歆有什么特别之处，不论是长相气质还是家世学历，自己都更胜一筹。要真挑出点与众不同的，也就是樊歆的性子比较倔强罢了，当然，这在她眼里并不算什么讨喜之处。

可就是这样一个没什么特别的女人，不仅让高高在上的慕春寅宝贝般捧着，就连温浅对她也不太对劲了。今晚的聚餐上，他的眸光时不时就往樊歆身上掠去，将她喜欢的菜移到她面前，在她出汗的时候递纸巾，噎着了的时候送水……很小的细节，不动声色却如涓涓细流无处不在。

而那天失火后的电梯间，从来喜怒不形于色的他，罕见褪去了万年不变的沉稳，急切地将她拥入怀中。

那一刻，他脸上的庆幸与欢喜，满满的，藏不住。即便是六年前他与自己相恋之时，也从未见他如此开颜过。

一叶知秋，形势越发严峻。

冷风吹过，阳台上的齐湘终于收回思绪，她微微张唇，声音被风吹散，听起来有些飘，却又无比坚定："我不能再坐以待毙。"

数日之后的深夜，一架开往悉尼的飞机平稳地飞行在高空中，机舱外一片雾蒙蒙。

头等舱上的齐湘喝着饮品，姿态优雅地看着窗外夜色。那上了唇彩的薄薄红唇，在白色吸管上留下了嫣然的吻痕。

她身侧的助理兴冲冲地道："齐湘姐，要是温先生知道您为了去看他，推掉工作，还穿越大半个地球，他一定会感动的。"

"但愿吧。"齐湘眸里透出一丝憧憬，将计划再酝酿了一遍。

齐湘是半夜抵达悉尼大酒店的，但与她想象的截然相反，推开门的温浅没有动容，表情极淡。

甚至在那目光里，齐湘看出了戒备。缓了缓，她问："怎么？不欢迎？"

温浅微拧着眉："这两天你不是有工作吗？"

齐湘凝视着温浅，话里有话："工作从来不是这世上最重要的事。"见温浅仍是面色冷漠，她接着说道，"我知道你忙，不会打扰你。小林去找酒店了，我先在你这歇歇，坐了好久的飞机，人好累。"

再一指自己的皮草外套，略显尴尬地道："外面下了雨，我的外套打湿了，行李在小林那，你能借件衣服给我搭吗？好冷。"

温浅沉默了一会儿，拿起一件西装，丢了过去。那随手扔去的姿势，透出些许不耐。

齐湘接了过来，而后从包里掏出一盒药，递给温浅。温浅抬头，视线在药盒上扫了一眼，又顺着药盒望向齐湘。

都说女人的娇媚从蕾丝开始。齐湘倚在桌旁，单薄的打底衫贴在玲珑有致的躯体上，料子是细腻的水溶蕾丝，先前外搭皮草时可显精致的奢华，一旦褪去皮草，打底衫的一字领设计露出锁骨与香肩，又是另一种妩媚。

见温浅盯着她，她似乎意识到装束略显性感，羞赧地将温浅的西装搭在了肩上。男西装配淑女蕾丝，这原本是不伦不类的搭配，可她一混搭却显出别样的风情。她本就窈窕玲珑，穿这种宽松的男士西装，越发纤细姣美，那领口处精致的锁骨与雪白的肌肤，被墨色西装遮一半露一半，像犹抱琵琶半遮面的美人，反倒更让人想入非非。

她对自己的美了如指掌，且深谙驾驭之道。

她嫣然微笑，将嗓音压得清浅而动听："浅，其实我是来看你的，听阿宋说你感冒了，我一着急就从日本带了药，坐了十个小时的飞机，给你送过来。"

温浅回答得干脆："你没必要这样。"

"怎么没必要？"齐湘的口吻更加真切温婉，"我记得当年我生病，你开了很远的路，陪我去医院打针吃药，风雨无阻……你不知道那时我有多感动，现在我做这些理所应当。”

见温浅沉默不语，齐湘以为他忆起两人的往事，正欲趁热打铁，谁知温浅抬起头，正色看向她：“齐湘，我们解约吧。”

齐湘的笑僵在脸上：“你说什么？”

温浅丢过一张照片，正是从小年轻手机里洗出来的片场剧照。

齐湘朝照片瞟了一眼，随即冷静下来，浮现一贯端庄的笑：“我不明白这照片是什么意思。”

温浅面上风平浪静，口中的话却一针见血：“你很聪明，你找的帮手张伟明也很聪明，犯下几笔大案，却因强悍的反侦查能力逍遥法外……”

他注视着她，目光清冽犀利，像是要看到人的心底深处：“但你别忘了，这世上的一切，只要存在过就会留下痕迹，总有你算计不到的地方成为你的纰漏。”

见事情再遮掩不了，齐湘却并无任何局促，反而笑起来：“是，是我。”随即语气一转，“但不管你信不信，我是无心的。”

随后她说：“我为什么要害她？我没必要跟盛唐结梁子。而且这些年在圈内我很少借助家族力量，都是靠自己，我走到今天不容易，我为什么要为了她，给自己留下污点？”

“原因很简单，人心向上而人性向下。”温浅慢条斯理道，“你的确努力勤奋，你也始终自律自强，督促自己成为完美无缺的人，这是你的正面，你有一颗向上的心。但遗憾的是，你摆脱不了人性最深处的阴影，你贪婪、狭隘、冷血、狠毒……”

“你凭什么将这些不堪的词加在我身上？”

“凭什么？”温浅轻笑，“就拿这件事来说。你可以冠冕堂皇地说你对樊歆是无心之过，那李崇柏呢？你栽赃嫁祸给他，甚至迫不及待地催促盛唐私刑惩罚他时，你有没有想过，他也是一条命？这还不够冷血与狠毒？”

他的语速很缓慢，视线却如利刃寸寸逼近，齐湘别过了头去，说：“那是他倒霉。”

“好，既然你不知悔改，自此以后，我们桥归桥路归路。”

齐湘的眼神渐渐冷却，旋即一眨眼，又恢复了先前的从容。她那涂着金色指甲油的指甲轻叩着照片，语气有淡淡的讥讽：“温先生要跟我解约，恐怕不是因为这张照片，而是因为受伤的那个人吧？”

她笑了笑，嫣红的唇似六月的石榴花：“你姐姐不会允许的，你知道她有多喜欢我，当初签我也是她的主意。”

温浅也笑了，笑里有含而不露的强硬：“你觉得，这世上有人能左右我吗？”

旋即，温浅开了门，道：“今天的谈话到此为止。齐小姐请回，回国后我会办理相关手续，从此你我再无关系。另外，我虽然无权越俎代庖追究你伤人的权利，但你犯案的证据我会发到盛唐。”

齐湘没想到他如此坚定，一怔：“你！”

而温浅已经喊出隔壁房间的助手，冷冷道：“阿宋，送客。”

齐湘不记得自己是怎么走出酒店的，凌晨两点，天下起了小雨，她在蒙蒙细雨中来回地走。

雨渐渐淋湿衣裳，她仰望着无边的雨幕，却轻笑起来，方才的恼怒随着理智渐渐平息，取而代之的是往昔的沉稳与镇静，纷飞细雨中，她轻声道：“我不能让他把证据发到盛唐。”

屋外烟雨蒙蒙，安静的酒店房内，温浅在床上思绪复杂。

时间真是造物主手中最快的刀，将曾经美好的人事千刀万剐，如今面目全非的齐湘让他感叹人生多变。

忽然间便又想到了樊歆。与齐湘、与圈里大多数女人相比，樊歆干净得像水，不势利、不贪婪，眼里只有她单纯的喜好与固执的梦想，在这物欲横流的世界，她坚守着一往直前的倔强，多么可贵。

他翻开手机里的视频——十有八九都是她在医院养伤的片段，莫婉婉录了后发给他的。

他点开其中一个，视频里穿着宽大病号服的她坐在沙发上，脖子上还戴着僵硬的脖套，行动不便，想要低头看书，却看不着，只得将书举起来放在眼前，有种笨拙的可爱。

温浅对着视频摇头轻笑：“这时候还不忘记看书！还真是好好学生啊！”

温浅是在凌晨三点睡去的，然而还未睡几个小时，一个电话将他惊醒，那边传来小林惊慌失措的声音：“温先生，您快来，齐湘姐不好了！”

温浅来到齐湘下榻的酒店时，朝阳初升，明晃晃的光洒满整个城市。

小助理将温浅往内卧里领，只见齐湘紧闭着眼躺在床上，脸颊红成一片，嘴唇却泛白。小林焦急地说：“齐湘姐昨晚心情不好，淋了大半夜的雨，回酒店没多久就发高烧，我说去医院，她非不肯，强撑到现在，人都不好了……”

温浅眸里浮起质疑，他走到床头，将手背贴在齐湘的额头。没有演戏，的确很烫，起码三十九度以上。

察觉到他的到来，昏睡中的齐湘抓住了他的手，一改过去的矜持端庄，哀切道：“浅，那件事我做得不对，我知道错了……你别生气……”

小林见状看向温浅：“齐湘姐烧糊涂了，她昨夜里一直喊着你的名字。木杖的事她真是无心的，那天您不理她，她心情不好去了仓库，随手拿木杖捶了几下泄气，她并不知道两颗钉子砸了上去……”

以上的说辞的确属实，小林观察着温浅的神色，后面的话就开始编排了：“齐湘姐说，樊歆出事以后她很害怕。她欣赏樊歆，怕樊歆生她的气，就一直没敢讲……后来拍完戏，齐湘姐送了不少礼物给樊歆，就是为了弥补心中的愧疚……”

小林将声音压得煽情而真实，而床上的齐湘仍是紧抓着温浅的手不放，满面病容，烧得脸颊通红，语无伦次地说道：“我知道我有很多缺点……我会改……”

小林在旁叹气：“齐湘姐这人心高气傲，话都放在心里不肯说……其实她心里一直都有温先生，不然不会放弃法国如日中天的事业回国。”

小林话落，床上昏睡着的齐湘悠悠转醒，她嘴唇苍白呼吸急促，看了温浅一眼，虚弱地道：“浅。”

“除了你以外，我没有喜欢过任何人……”她美丽的眸里慢慢氤氲出雾气，褪去了往常的矜持从容，目光罕见地哀戚，“我们回到过去好不好？”

她仰着头定定地看着他，眼中泪花点点如梨花带雨，说不出的娇弱动人。温浅却慢慢拂开了她的手，说：“这不可能。”

见他拂袖要离开，齐湘紧抓拽住他的衣袖，眼泪瞬时滑落，哽咽道：“浅，你不能这样对我……”

温浅不顾她的苦苦哀求，推开她的手，然后再不看她一眼，起身将视线投向小林：“小林，你送她去医院。”

小林愣住：“您不管啦？齐湘姐病得这么重！”

温浅微抿的薄唇透出他坚决如铁：“抱歉，我不是医生，爱莫能助。”

他起身离去，齐湘的手伸在半空，仍保留着前一刻挽留的姿势，而温浅却头也不回地离开了。

房中只剩齐湘与小林，听到房门咔嚓关上的一瞬，齐湘的面上终于浮起绝望。她呆坐在那里，小林上前安慰她：“齐湘姐，你……”

她的话没说完，齐湘就将床头柜上的玻璃水杯重重地砸了出去：“滚！”

小林吓得退出房间，而齐湘在房里高声嘶吼：“我是九重的公主，他一个败落的荣光，凭什么拒绝我？凭什么！”

她发泄般砸着房间里的物什，水杯、烟灰缸、台灯、相框……凡是能拿来撒气的，她全部砸了个遍。小助理在房外听得心惊胆战——这是齐湘的两面性，外人面前她是端庄优雅的名媛千金，而另一面，她亦会暴怒失控歇斯底里。

大概半个小时后，齐湘砸累了，慢慢坐到地上。手机铃声突然响起，她看都不看抓起来扔到墙角。手机质量太好，并未摔坏，仍是响个不停。她被扰得暴躁起来，接起电话吼道："干吗！"

那边似被她的火气吓了一跳，停顿了三秒后道："我是樊歆，上次聚餐时你有个小化妆包落在饭店了，饭店捡到，给我打了电话……"

她话到一半，电话那头又传来慕春寅的声音："慕心，在跟谁打电话？早饭还没做好吗？少爷要饿死了！"仿佛怕樊歆听不见，慕春寅又连着喊了几句，"慕心慕心慕心快做饭！"

大概是慕春寅催得急，樊歆急忙向齐湘道："我挂了啊，包我已经托人送到了荣光。"

电话切断，暴怒中的齐湘慢慢冷静下来，自语道："慕春寅叫樊歆什么？慕心……这名字怎么有些耳熟？"

她面色越发凝重，拿起手机拨了一个号码出去："王师兄，跟你打听一个人，你认识一个叫慕心的女人吗？"

那边对她的来电受宠若惊，兴奋半天后道："认识啊，慕心以前可是S大的风云人物，她当年追求温浅可是全校轰动啊！"顿了顿，略显沉重地道，"可惜她没了，六年前出车祸死了。"

齐湘神色一凛。

五分钟后，齐湘收到对方传来的照片，那会儿小林见房间里的打砸声终于消失，便端着热粥走进房，正眼神怯怯地想哄劝齐湘几句，可视线不经意投到了齐湘的手机上，瞬间凝住。

齐湘眯着眼，瞅着屏幕里那个脸上带疤的又丑又胖的女孩，嘴角噙着淡淡的轻蔑："知道她是谁吗？"

小林茫然地摇头。

齐湘尖尖的指甲在屏幕中胖女孩的脸上一点点划过，优雅地轻笑着："就是那个人见人爱的精灵歌姬啊。"

小林张大嘴倒吸一口气，像是青天白日见了鬼："天哪！"

齐湘收回手机，弯唇笑起来："温浅，我就让你瞧瞧女神的真面目！"

两个小时后，Y市的樊歆接到汪姐的电话，她几乎是尖叫着的："樊歆！网上的照片是怎么回事？"

彼时，樊歆正在琴房练琴，闻言她打开电脑，点开汪姐给的链接，当目光触及那张照片时，她的脸霍然变色。

——网页上是一张大照片，那是她大一进校军训时的模样，肥胖的身躯，臃肿到五官挤成一团的脸，以及左脸的伤疤，狰狞得刺眼。照片下一排加大加粗字体《精灵歌姬？整容歌姬！——揭露娱乐圈隐藏最深的假面女星》

那埋藏至深的秘密终于如炸弹轰然炸开！樊歆大脑一片空白。她慢慢转身，脚步虚虚地走到了长廊。那边书房里的慕春寅刚好走出来，樊歆沙哑着喉咙道：“阿寅，不好了……”

慕春寅扫了一眼平板电脑，面色凝重，显然已知道了这件事。

樊歆瞅着照片里的自己，道：“照片被疯狂转载，这事肯定已经传开了……”

慕春寅伸手揽过她，是个安慰的姿势：“怕什么，我在，天塌不下来。”

樊歆将脸颊贴在他的衣襟，强迫自己冷静下来，他宽厚的胸膛及暖暖的体温给予她些许安定，她深吸一口气：“对，我不能慌，越慌越乱。”

慕春寅将她按在沙发上坐着，说：“我现在去公司处理这件事。你暂时待在家，我喊莫婉婉来陪你，你们哪也不要去。”

樊歆点头——消息一旦传开，外面定有许多记者等着逮她，她出去就是往枪口上撞。

半小时后，慕春寅赶到盛唐，一番紧急会议后，公司全影视部便进入随时待命的状态。

会议散后，慕春寅端着杯红茶，立在窗前若有所思。阳光透过玻璃投到他脸上，那侧脸宛若沐在光亮中的美玉，轮廓清俊而优美。

周珅在他身后晃来晃去，纳闷道：“这事谁做的？谁想在背后搞樊歆？”

慕春寅道：“现在不仅要追究幕后黑手，更要将这件事的影响力控制到最低。”

在沙发上沉默良久的赫祈摇头道：“恐怕没这么容易，全国最大最权威的几家网站都报道了此事，这风波只怕会越来越大。”

周珅直皱眉，将心里的疑惑问了出来：“春春，那照片还真是樊歆啊？不敢相信！”

慕春寅瞬间黯然，有浓重的愧疚在他眸中翻涌：“是我的错，以前我对她不好，害她生了场大病差点死掉。为了治病，她注射了很多激素，就变成那样了。”

两人都惊讶得瞪大眼，但看慕春寅一脸沉重，谁都没再说话。

而相隔数里的慕氏大院内，莫婉婉亦是一脸沉重，她翻着网上的新闻，焦急道：“这事闹得越来越大了。”

网络上，相关报道正以如火如荼的架势席卷整个网络，譬如《精灵歌姬老底被端，不是女神是猪八戒》《三观在哪？说好的纯天然女神呢》《眼已瞎！樊歆整容前后大对比》《盘点娱乐圈最大的假面女王》……

相关评论更是满天飞。

【小鸡快跑】："神啊！这就是精灵歌姬？这就是我爱的魅姬？原来她的真面目是这样的……宝宝的内心受到了一万点伤害……"

【泡沫】："一直以为她是真美女，亏我前天还高价买了她的演唱会门票，汗！果断粉转黑！"

【王尔德】："看了这张脸，我深深觉得自己也能出道了！"

【疯狂的石头】："啊！居然是整的，还敢三番五次在节目里自称天然美女！既然脸能整，那歌会不会也是假唱的啊？舞会不会也是替身跳的啊？贵圈真乱！"

网上舆论蜂拥而来，事件进一步发酵扩大。报道起底樊歆曾以慕心的名字就读S大，娱乐记者们深入S大，对樊歆曾经的导师或同学进行采访，这不采访不得了，一采访又爆出一个重磅消息。

——精灵歌姬曾在大学时代疯狂迷恋过天才钢琴家温浅。

被采访过的知情人士集体表态，此事千真万确，当年樊歆追求温浅那叫一个疯狂，几乎全校皆知。

这消息一出，舆论越发疯狂。

【小羊咩咩】："看到这消息我笑了，哈哈哈……撒谎歌姬当年你长成那样，还指望国际天才音乐家看上你……"

【熊妈妈】："噗，我突然脑补出一个想法，莫非撒谎歌姬对温浅的心还没死，所以才将自己的脸整容成漂亮的假脸，妄想继续勾引温浅？！然而并没有什么用，齐湘和温浅才是绝配！"

【灰化肥发黑】："啊！一直以为世上最防不胜防的是白莲花与绿茶婊，现在看来……是心机婊与整容妹啊！"

【哇哈哈】："这种谎言连篇的无德艺人怎么配做公众人物？强烈要求心机婊滚出娱乐圈！大家顶起！"

【曾经心痛】："樊歆滚出娱乐圈！"

【迷迷糊糊】："樊歆滚出娱乐圈！"

【九号公寓】："樊歆滚出娱乐圈！"

愤怒的粉丝们振臂高呼，话题雪团般越滚越大，最后微博上出了一个"撒谎歌姬滚出娱乐圈"的话题，有人愤慨怒骂，有人冷嘲热讽，有人将樊歆的照片P成供人取乐的表情包，更有温浅粉丝现场直播"烧掉樊歆专辑海报"的视频表达对樊歆的抵制，不到几个小时，该视频点击评论转发无数。

就这般，不到一天时间，樊歆从受人追捧的“精灵歌姬”沦为“撒谎歌姬”、“假面丑女”，在面对无数网友呼喊的“滚出娱乐圈”中，她默默关了电脑，将自己关进了房间。

天渐渐黑下来，暮色四合，莫婉婉守在门外，怎么敲门樊歆都不开。莫婉婉急得打慕春寅的电话，慕春寅应该在开会商量对策，没有接。

莫婉婉又去打温浅的电话，事实上她从得知出事起就一直在打温浅的电话，但拨了一整天，电话一直处于关机状态。

等到夜里十点之时，她终于拨通了温浅的电话，心急火燎地把事情讲了一遍。

温浅一天都在飞机上，故而莫婉婉打不通他的电话。他的声音听起来含着浓重的倦意：“叫樊歆接电话，她的电话关机我打不通。”

“她把自己关在房里了，谁敲都不应。”

温浅道：“那你跟她说，我现在就回国。”

莫婉婉反问：“你回国干吗？”

温浅道：“当然是解决问题。”

莫婉婉抛出一连串质问：“温浅，你凭什么解决她的问题，你是她什么人，又站在什么立场？”

温浅那边静了下去。

“你如今对她是什么心思？别说你是报恩，我不相信。”莫婉婉淡淡一笑，“到哪里都想起她，给她买礼物讨她欢心，担心她拒收，借我的手送出去；接下没有兴趣的电视剧插曲，只为了在她拍戏时光明正大地陪在她身边；她重伤流血，你吓得脸色发白；在国外开演奏会无法相陪，非要我每天录视频传到国外；杀青宴后火警声中，人人争先恐后逃生，只有你逆着人流去找她……你为她牵肠挂肚魂不守舍不顾自我，这只是报恩？”

“温浅，别自欺欺人了。”莫婉婉对着话筒道，“你喜欢她！”

她一语中的，温浅那边异常安静，时间像定格了一般，接着是一段长而空荡的缄默。

数秒钟后，温浅回了一句：“叫她等我。”他的声音低而沉，听不出太多情绪，却似酝酿着某种决心，坚不可摧。

慕春寅是夜里十一点到家的，留在慕家过夜的莫婉婉问慕春寅：“情况如何？是不是不乐观？”

慕春寅道：“还在想办法。”随后大男子主义地一摆手，“睡觉睡觉！这不是你们女人该操心的事！你给我陪好她就行！”

莫婉婉：“……”

两个女人洗漱过后，莫婉婉把樊歆拖到床上，关灯就寝。

熄灯的房间静悄悄的，见樊歆翻来覆去无法入睡，莫婉婉碰碰她的胳膊：“睡不着啊，还在为网上的话难过？”

樊歆点头：“有点。”网上的流言蜚语的确伤人，不仅攻击她丑陋臃肿，更抓住她追求过温浅的往事，大肆谩骂嘲讽。

莫婉婉安慰道：“别难过了，又不是你想变成那样，再说喜欢一个人有什么错，这是自己能控制的吗？他们凭什么那么说？”

樊歆只是沉默。

不愿看她难过，莫婉婉转了个话题：“不过话说回来，姐还真挺好奇的，你为什么喜欢温浅啊？你从没跟我讲过，是对他一见钟情吗？”

“不是一见钟情……”樊歆摇头笑了笑，带着微微的苦涩，“说起来可能会让你难过，你确定要听吗？”

“听。”

长长的沉默后，樊歆想起那些年的过往：“与其说喜欢他的人，不如说是先喜欢上他的琴音。”

她的语气里有压抑与黯然：“喜欢他时我刚上高中，那几年我过得不好，在对慕家的愧疚与阿寅的折磨中，我患上了重度忧郁症，痛苦到不想活了，我甚至买了刀片准备自杀。可在计划自杀的那几天，我无意中听到学校琴房里传来的琴音，那天阳光也很好，明亮地照在我身上，那轻快的旋律流过我的耳边，像清澈的溪流，我突然觉得人生还是有美好值得留恋的，就这样，我渐渐放弃了自杀的想法……后来只要心情低落我就去琴房附近，坐在阳光照耀的地方听音乐……

“那会儿琴房的门总是关着，我不知道是谁在弹，以为是某个老师……直到半个月后某次门意外没关，我才看到了温浅。那天琴声很美，阳光很美，他穿着衬衣弹琴的样子也很美……这画面像一缕晨光照进我阴暗的心，后来我就不由自主地经常去，似乎看到他，听到他的琴，人生就有了盼头……

“呵，后来我想，其实我会喜欢他，是因为那时太痛苦了，我的生活需要一些光亮，就像夜里艰难行走的人，原本绝望了，想放弃了，突然看到明亮的星光，便有了继续行走的勇气。”

莫婉婉总结道：“所以，你喜欢上他，是把他当成了黑暗中的救赎……”

“算是吧。”樊歆轻轻一笑，“算了，不说这些陈年往事了，过了这么多年……

都忘了吧。”

“你有没有想过，有一天也许他会喜欢你？”

樊歆难以置信：“得了吧，照片都爆了出来，他不被我吓跑就算不错了！”苦笑了半晌，她说，“好了，不说他了，现在最重要的是怎么解决这场舆论风波，我今天可把自己关在房里想了一天。”

“那你想到什么法子了吗？”

“还在想。”朦胧的光线中，樊歆的眸子似黑夜晶石，抛去了前一刻单恋曾给的惆怅与黯然，口气坚定，“危机存在的意义就是为了解决，我相信一定有法子。”

两人再没说话，不多久莫婉婉睡去了，樊歆轻手轻脚地从床上下来，坐到了窗前。

月色朦胧，夜幕下的庭院景致斑驳，四月的微风拂动树木枝丫，簌簌轻响。樊歆托腮静静地看向窗外，回想着进入演艺圈以来的过往。

时间辗转两年，从一个籍籍无名的新人到名声渐起的多栖艺人，从初入行的青涩懵懂到如今的应对自如，她有过在节目上无人识出的尴尬，有过在舞台上被人驱逐的狼狈，经历过网络民众的讥讽，更遭受过潜规则的殴打与陷害……那些难堪与艰辛，她从未想过退缩，相反，她更努力地唱歌跳舞，更疯狂地强化自身。旁人说她唱歌不好，她就拼命唱，观众讽她演技烂，她就加倍磨炼，她一路跌跌撞撞不断前行，任坎坷磨难，始终不肯停下脚步。

历经风雨都不曾畏惧，这样的她，如何甘心就此缴械投降？

薄唇紧抿，她用指尖扣紧了窗沿，望向遥远的苍穹：“我决不会被一个负面新闻打倒！”

这边的慕宅里有人心绪翻飞，而远隔大半个地球的冰岛，有人正愁眉苦脸。

人来人往的机场，阿宋焦急地说：“温先生，温董事长要是知道你推掉了演奏会十分不满。”

温浅淡淡地答：“那就不满吧。”

阿宋急道：“可你们昨天才因为跟齐小姐解约的事发生争执。”

温浅低头看腕表：“我只想知道，什么时候能回国。”

见他心意已决，阿宋只得道：“从冰岛回国没有直达航班，我们得先转到德国的法兰克福，从法兰克福转北京，再从北京转Y市……抵达Y市最早也是后天中午。”

温浅摇头：“太晚了。”

阿宋道：“那没办法，就算咱现在调架飞机来，这国际航线也不能任由咱想飞就飞啊。”

“夜长梦多，不能坐以待毙。”温浅思索片刻后吩咐道，“把S大李校长的电话给我。”

阿宋将号码翻出来：“您突然要他的电话干吗？”

温浅不答，照着号码拨出了电话。

时间如沙漏，不知不觉一晚上就这样过去。

窗外晨光明亮，庭院内传来清脆的鸟鸣，莫婉婉睁开眼发现床边是空的，再环视四周吓了一跳：“樊歆，你怎么坐那！你该不会一整晚都没睡吧？”

蜜色的晨曦里，樊歆立在阳台正中，庭院鸟语花香，她趴在栏杆上看外面的风景，闻言她背对着莫婉婉轻轻点头。

“我去！你要不要这么纠结啊？”

慕春寅闻声也从房间出来，他的眼圈有些发黑，似乎也一夜没睡好。

樊歆转过脸来，吹了一夜冷风的脸色有些白，目光却澄澈沉稳。这件事发生后，她历经一天一夜的思索，从最初的惶惶不安走出来，取而代之的是一种奇异的宁静与笃定。她说：“我想了一整晚，知道怎么做了。”

“怎么做？”

樊歆微微一笑：“虽然还不知道是谁在背后害我，但我不会让她如愿。”她说着问慕春寅，“你能给我找个合适的平台吗？我想把这事当众解释清楚。”

莫婉婉道：“你先别出面，还不知道这爆你料的人是什么心思呢。”

樊歆摇头：“不论那人出于什么目的，但照片上的确是我，我不会逃避。凡事先面对再解决。”

慕春寅眸里浮起赞同，正要说话，手机响了。他接了电话，然后告诉樊歆：“你要的机会刚好来了。后天是S大校庆，S大校长得知你出自S大，邀请你以S大优秀校友的身份回母校出席校庆。他还说，不论你过去如何，你在演艺界取得的成绩都是不可磨灭的。”

樊歆忖度片刻，颔首道：“好，我去。”

吃过晚饭，樊歆坐在庭院里小憩。

庭院里花香四溢，天上繁星点点。樊歆坐在秋千上，没有晃荡，就那么托腮沉思着，表情有些严肃。风吹过她乌黑的长发，在月光下似一匹柔顺的缎子。

莫婉婉已经回去了，屋里只剩两人。慕春寅坐在藤椅上，久久地凝视着坐在秋千上的樊歆。须臾，他走到她身后，从后面搭上了她的肩，将下巴搁在她肩上，轻声道：“对不起。”

院中树影投到两人身上，摇曳出斑驳的一片。他双臂收拢，慢慢从背后拥住她，话里有愧疚：“如果过去我没有那样对你，你不会变成那个样子，沦为别人的笑柄。”

樊歆看向头顶的夜空。回忆过去，她不是不痛的——那些年，他囚禁她、奴役她、折磨她……但最后她释怀一笑，拍拍慕春寅的手背：“好啦，都过去啦。”

慕春寅的视线滑过她的眉眼，一寸寸移到她的左脸，在那块浅得近乎看不出疤痕的地方，伸手在那道伤痕上轻轻摩挲：“慕心，这疤……你怪不怪我？”

他的指尖微凉，小心翼翼的姿势宣泄出他浓重的歉疚。樊歆仍是看着星空：“以前怪，现在不了……”

“为什么？”

樊歆的嗓音轻得有些飘忽，却清楚地传入慕春寅的耳膜：“因为你是阿寅啊。”

慕春寅眸里浮起动容，一动不动地将她搂着，坚硬的秋千抵得他胸腔微疼，他却牢不撒手，只想让这个姿势一直维持着，恨不能这样的相拥便是天长地久。半晌后，他说：“明天校庆会有许多记者，你别担心，他们问什么我来回答。”

“不，我自己来。”樊歆正色看向他，“阿寅，不管明天如何，你都不要出面帮我，这是检验我的时刻，我想知道，自己有多大的能力，可以做到多好。”

慕春寅踌躇着，樊歆宽慰地一笑：“你知道我白天在做什么吗？我在房里做战前准备，酝酿着明天要说的话。”

慕春寅笑着摇头：“你啊。”

她抬头仰望夜空，满天星辉投入她乌黑的眸子，那一刻她的目光清亮无比，仿佛有某种坚定的力量迸发出来：“阿寅，我既然有勇气走进这个圈子，就更该有勇气面对过去的自己。”

第五章

励志

翌日，S大的校庆典礼十分隆重，在可容纳五千人的大礼堂内，不仅熙熙攘攘挤满了S大的师生，还有闻风而来的各路媒体。不少媒体原本没计划到场，可听闻樊歆要参加庆典，全一窝蜂地跑来，无数个镜头守在礼堂的各个角落，俨然有新闻发布会的架势。

樊歆在校长致辞后以“优秀校友”的身份上台致辞，登台的刹那，她没有料到，等待她的是一场即将拉开序幕的暴风雨。

她刚迈上台，台下立刻响起一片唏嘘声，多半是不屑与轻视的，有来自媒体记者的，也有来自S大师生的，有几个胆大的甚至抗议道：“怎么请了她来！整容撒谎的心机婊！”学生是最容易被煽动的群体，这一有人开头，瞬间便炸开了锅，一群人附和：“对！丢S大的脸！”更有几个男生站到座椅上挥拳大喊：“假面歌姬滚出去！滚出去！”

学生们义愤填膺，场面瞬时陷入尴尬，而握着摄像机的记者们则因抓到了新闻点而心生欢喜，不住狂拍。

幕后的慕春寅见状眉头皱起，莫婉婉在旁愤愤不平道：“现在的年轻人都这么嚣张吗？”

而周珅急得扯了扯慕春寅的衣袖：“还愣着干吗，赶紧派人来，不然出乱子就不好了。”

慕春寅似乎也在踌躇，须臾他下定决心，道：“让她自己来，她说让我相信她。”

“相信个毛线！万一出事了呢？”

慕春寅扫了一眼礼堂，情绪渐渐沉稳下来，眸中有全盘在握的笃定：“有我在，出不了大事。”

几个人将目光再次投向礼堂。礼堂那边为了控制事态，校方迅速找人制止起哄的学生，奈何年轻人血气方刚不服管教，仍有一个男生不顾阻拦高声大喊，保安只得钳住他的双臂将其制伏。瘦弱的小年轻被一群人高马大的保安箍着按在地上，像被警察制伏的歹徒，狼狈又尴尬，学生们不忍同伴受辱，集体闹了起来，有学生呼喊怒骂，有学生推搡保安，更多的人则跟着记者一起拍照围观。

就在场面即将混乱到不可控制时，礼堂中央突然传来一声呼喊：“保安大哥，放开他！”

这一声呼喊洪亮而清脆，众人循声望去，只见台上的樊歆拿着话筒，关切地看向被保安压在地上的学生。见保安不撒手，她不顾校领导的劝阻走下台，对着保安道：“大哥，你们松手，不要为难他。”

保安松开了手，小年轻挣扎时身上蹭了不少灰尘，樊歆从助理那拿了一沓纸巾递给他，见小年轻呆在那，她微微弯唇，露出一抹温和友善的笑：“是干净的。”小年轻的目光在纸上瞅瞅，又瞅瞅樊歆，脸上浮起惊讶。

不止他们，在场的师生媒体皆面露惊愕。

就在前一刻，他们辱骂、驱赶她，她却回之一笑。

地上的小年轻仍怔在那，不敢置信地问：“为什么？”

他问出了全场人的心声，樊歆将纸巾放到他手上，神色沉静地答：“每个人都有言论自由的权利，我理解你们。”她环视全场，眸光坚毅而语句清晰，“我理解你们，也请你们，给予我最基本的尊重。”

这一句话落，现场渐渐安静下来，不少人虽眼中仍有不屑与厌恶，却没人再口出恶言扰乱秩序。

樊歆重新走上台，面对无数双看向她的眼睛，开了口：“今天的场面让我想到我第一次参加《歌手之夜》的情景。”

她自嘲一笑：“那是我第一次登台演出，作为一个新人，没有名声与人气，上台时全场嘘声一片，他们的反应就跟现在的你们如出一辙，充满质疑与不屑。当我唱到一半时，还有人往台上砸酒瓶子，高喊着，‘樊歆滚下去滚下去’！”

她说到这一段，有人在台下微微挑眉——有人并不知道她的这一段过往。

“但我没有滚下去，我只有一个信念，一定要把那首准备好的歌唱完，哪怕满地都是酒瓶摔碎的玻璃碎片，哪怕飞溅的玻璃将我的腿划破，我也要有始有终地唱完。”她顿了顿，往脚下的礼堂一指，声音不算最响亮，却坚毅如金石落地铿锵有声，“就如现在，我来到这里，就必须把准备好的话说出来。这是我的目标，无论发生任何事，我都要完成。”

“我知道你们为什么厌恶我，今天我来，也是为了这件事。”樊歆的目光缓缓自台下观众席上掠过，忽然弯腰鞠躬，“谢谢你们！谢谢厌恶我的每一个人！”

随着她的大幅度鞠躬，不管是在场媒体还是师生，全数愣住——他们厌恶她，她还感谢？

樊歆站起身，迎着诸人的惊愕道：“这个世界上，没有希望就不会有失望，没有喜欢就没有厌恶。大家如今对我的厌恶、愤怒、失望，不过因为曾对我抱以美好的念想与憧憬。不论你们现在如何看待我，我都要感谢你们曾经的喜欢与支持。谢谢！”

她神情真挚，口吻郑重，发自肺腑的话说到了不少人的心坎上。

的确，大部分厌恶她的人皆因曾喜欢她，正因为太喜欢，才无法接受她从前的不美好跟如今的不真实。然而她现在却这样诚挚地跟每个人道谢，不由让人五味杂陈，台下有个大一模样的小女生鼓起勇气问：“那照片上的人真的是你吗？”小女生曾是樊歆的粉丝，她喜欢樊歆拍的电影和唱的歌，即便网上流传了那样的照片，她仍不敢相信那就是她。

台上的人却承认得痛快：“没错，是我。”她说着往身后的大屏幕一指，屏幕上出现一张樊歆刚入S大的照片，身材臃肿的姑娘戴着大口罩大眼镜，圆得像个包子。

樊歆指着照片，坦坦荡荡地道：“这是我大一最胖的时候，159斤。”她笑得有些自嘲，“说出来不怕你们笑话，那会儿我这么胖，读的却是舞蹈系，最喜欢的是芭蕾。老师要求我们踮着脚尖轻盈如羽毛，我却踮着脚尖如大象。”

“噗！”台下有人笑了。

樊歆接着说：“因为太胖还固执地喜欢轻盈曼妙的舞蹈，我成为全系嘲笑的对象。人人说我不自量力，还有人说，你哪里配得上舞蹈，去相扑界没准能拿个奖！”

全场再次大笑，笑过之后，却有淡淡的心酸。

“偏偏我这人倔强要强，旁人越是瞧不起，我越要争口气。他们说我不配跳舞，那我就跳给他们看。我的体型不适合跳芭蕾，那就跳街舞。我花了半年的时间去学习，白天跳，晚上也跳，一天二十四个小时，没有课的时候我连着跳十五六个小时。白天在学校的练功房，晚上在宿舍的走廊，夜半不睡觉去学校图书馆后的小路——那里有灯，我可以对着自己的影子练习……半年后，我学完了别人需要两年才能学完的教程，拿到全国大学生个人街舞第一名。这个奖杯至今还在学校荣誉堂，你们可以去查。捧着奖杯被记者采访时，曾讥诮我的同学，没一个人吱声。

“进入演艺圈后我更加拼命。上《歌手之夜》时，我没有名气，没有粉丝，出场时观众甚至没听过我的名字。在强敌对战的五个竞选歌手里，所有人都以为我会垫底。可我不曾灰心丧气，更没想过临阵脱逃，因为我坚信这世上没有绝望的处境，只有对处境绝望的人。抱着这个信念，我全心全意地唱，毫无保留地跳，最后拿了第二名。”

台下有人看过《歌手之夜》，不由得轻轻点头。

“做了歌手后，我尝试进入影视圈，那部电视剧《琴魔》，最开始我是招骂的，因为没有演技，我被观众一边倒地否定，甚至有人求我回到音乐界，别再毁电视剧了。看到那些评论后我一晚没睡，此后为了提升演技，我就拜剧组的导演还有几位老戏骨为师，有空就向他们请教。每天收工后，我不休息，就在片场看剧本，我拿着纸跟笔，逐字诵读逐句揣摩，琢磨不好就到处请教，剧组拍夜戏到凌晨两三点，我就看到两三点，每天只睡三四个小时，两个月后我瘦了一圈，但却换来了观众的一句话——樊歆演技有进步。”

“拍完戏后，我在微博上更新了一句话——你永远要感谢给你逆境的众生。”

台下有人轻声重复这句话，有人若有所思地颔首，有人窃窃私语地讨论。樊歆一笑，道：“是的，我感谢给我逆境的众生，就如同我感谢大学时代对我冷嘲热讽的同学，是他们激发了我的斗志。我感谢出道之初《歌手之夜》不看好我的观众，是他们让我清醒地认识到自己面对强敌必须更加努力。我感谢每一个在微博上批评我甚至辱骂我演技的粉丝，是他们的鞭策催促我不断提升。我更感谢在座每一个厌恶我的人，还有网络上千千万万个厌恶我的网友，我告诉自己，我一定要变得更好，我一定用实力扭转你们对我的看法。”

台下有人轻轻鼓掌，却是一个记者，他抛出一个问题：“既然你有这么坚定的心，为什么还要弄虚作假去整容呢？”

樊歆淡淡一笑，再次朝身后的屏幕一指。幕布上出现两张照片，第一张是一个八九岁的小女生坐在钢琴前弹钢琴，第二张是十三四岁的少女，抱着小提琴坐在礼堂获奖的场景。两张照片虽都是未长开的小女生，但那鹅蛋脸、大眼睛以及纤细的身姿，跟如今的樊歆如出一辙。

全场惊住，樊歆笑道：“这是我过去的照片，跟现在的我对比，你们还会认为我整容了吗？”

台下有人问：“那脸上的疤又是怎么回事？”

樊歆伸手抚上自己的左脸，这道伤疤代表着她曾经最撕心裂肺的疼痛，也曾是她与慕春寅最大的隔阂，但这是私事，她不想被外人所知。于是她微微一笑，用轻快的口气道：“谁小时候没有磕磕碰碰过？受伤留疤很正常，那是童年的印迹。至于现在疤痕消失，因为做过疤痕修复术，我不认为这是整容——我眼里的整容，是为了变美而强行改造原本的五官，而我，从未对自己的面部有过任何改造，身体发肤既然受之于父母，那么我感恩父母的方式，就是绝不动刀。”

有记者不解地问：“那为什么突然发胖？”

原本侃侃而谈的樊歆突然静默，她微微垂下脸，细碎的刘海挡住了她的眉眼，有黯然与悲伤在她乌黑的瞳仁里浮起，最后她眨眨眼，将方才的情绪尽数收敛，抬头坦诚道：“高中时生了一场重病，药剂里含有太多激素，打了两年多，身体疯狂发胖，病愈后才慢慢恢复过来。”

造假整容的谣言不攻自破，台下顿时释然，不少人更心生同情——要生多重的病，才能去打这么久的激素？好好一个姑娘，因为重病过度发胖本就是不幸，还要承受世人的讥讽甚至诋毁，这其中的痛苦与心酸，非一般人可以体会。

有人开始内疚，又有记者发问：“有报道称你追求过音乐家温浅，这消息属实吗？”

樊歆的神情恍惚起来，似想起往昔之事，须臾她说了句模棱两可的话，却是默认了：“谁没有在青葱年华里喜欢过一个人？”

有记者问：“有小道消息说，他在路上遇到车祸，而你舍命救他？”

这事原本樊歆不想提，可记者既然打听到，她再否认也无济于事，当下便轻轻点头。

台下齐齐一惊——这事居然是真的！

记者还在问：“你不怕死吗？为什么这么做？”

樊歆无奈一笑：“当时哪有时间思考，看车子撞向他，我就冲上去了。”

她轻描淡写，而台下的几千人却都怔住了。

一段感情要有多深，才能在性命攸关之际，不惜一切、不经思考、条件反射地将对方推开？

那记者接着道：“就算你为他付出生命，他也没有选择你，你不后悔吗？”

樊歆换了个角度回答问题：“从前看徐志摩的书，有一句话我记得很清楚，他说，一生至少该有一次，为了某个人而忘了自己，不求有结果，不求同行，不求曾经拥有，甚至不求你爱我，只求在我最美的年华里，遇到你。”

她笑笑，接着补充道：“所以，我庆幸他出现在我的生命中。”

这次不是一个记者问，而是许多人异口同声地开口：“为什么？”

“为什么？”樊歆思索片刻，而后微笑，“人生中能遇到这样一个人，我们都应该满怀感恩之心。

“不管他爱不爱你，接不接受你，他的存在都促使你变得更好。为了吸引他的目光，你在打扮上更加精致；为了赢得他的尊重，你在学识上更加充实；为了博得他的欣赏，你在内涵上更加丰富；为了留住他的兴致，你在视野上更加广阔……他是你勤奋的动力、跋涉的目标，不论结局如何，这个提升自我的过程，即是你变得更优秀的过程。”

台下有掌声响起，是先前跟保安起冲突的小年轻，他凝望着樊歆，眸里有敬佩。

“正如报道所说，我曾暗恋温先生多年。在过去，他是被保送S大的天才少年，为了靠近他，我废寝忘食考上S大，只希望能在同一所学校将他仰望。他是世人口中的音乐奇才，我便勤奋练琴跳舞，只为有朝一日能跟他在同一片领域互放光芒……即便他没有选择我，甚至不曾喜欢过我，我亦对所做的一切无怨无悔。因为如果没有爱过，生命将会有多寂寞？等到日后白发苍苍容颜老去，我回首这一段单纯而固执的喜欢，虽染着青涩与落寞，却是一生中最难忘的时光。”

掌声再次响起，仍是那个男生带的头，随着他的鼓掌，一群人跟着鼓起掌来。

樊歆冲台下微笑，如水的眸里有坚不可摧的力量在迸发：“谢谢你们的掌声，今天我来，不仅是向你们澄清我没有整容的事实，我更想表达的是，不论我整容与否、胖瘦与否、美丑与否，外在的容颜都不能代表一切。”

“不错，我曾是个不美的女孩，但这又怎样，因为我不漂亮，身材不够好，这世界就可以轻视我吗？不，不论我是什么模样，我都同天底下的人一样，有一颗怀揣梦想的心，有一个平等而积极向上的灵魂。我认真工作，努力拼搏，憧憬未来。我相信决定人生的高度是态度，我相信足够勤奋就会被命运眷顾，我相信沙漠里的花朵、冰川下的种子、戈壁上的绿洲、绝境中的曙光，坎坷中定有意想不到的温暖与生生不息的希望。”

缓了缓，她提高声音清晰地总结道：“这二十年以来，我努力寻求一种姿态，让自己无可替代——从未有一刻，我停下过奋斗的脚步。”

台下掌声雷鸣般响起，有人深以为然，有人连连点头，有记者问樊歆：“你一路走来，算是演艺圈的励志典范。励志往往跟梦想分不开，但现实生活的压力下，实现梦想是件艰难的事，你能谈谈你的理解吗？”

樊歆思索着看向窗外。礼堂外阳光温煦，春末的风缓缓而入，她看见湛蓝的天。苍穹辽阔而高远，容纳着世间的一切浩瀚或渺小、光亮或阴暗、希冀与失落、成功与挫折、奋进与抱怨。

苍穹正中，一轮日头鲜明饱满，照耀着世间万物，是这宇宙最光明的所在。

樊歆静静地仰望着那份光明，若有所思道：“在我心中，太阳跟梦想是一样的。”

全场微怔。

樊歆收回目光，说：“读过小说家七堇年的书，她说‘太阳虽远，但必有太阳’，同理，我认为，‘梦想虽远，但必有梦想’。”

随即她一笑："其实关于梦想，我无法给一个准确的定义，它是一股奇异的力量，当我在台上被人喝倒彩，当我面对网民们的谩骂与讥讽，当我遭受刘志军的殴打与陷害，当我演技不好灰心失望妄自菲薄，心底就会有个声音在脑中回响，这点挫折算什么？想想你的目标，想想你未来想要的生活，问问你自己如今的努力配不配得上？如果你想成为一个优秀的歌者、演员、舞蹈家，那么眼前的困难无非是上天设置的关卡，你将在过关斩将中愈加强大，直到达成所愿。

"两年来，我怀揣着这股名为梦想的力量兢兢业业地前行，因为不愿每天浑噩度日，因为不愿这一生庸碌无为，因为是在为自己而奋斗，所以每分每秒都无比充实。"

话至此处，她嫣然一笑："倘若我现在取得的小成绩也算是价值实现的开端，那我应该庆幸，因为我没什么过人之处，有的，只是一双隐形的翅膀，左边是梦想，右边是信念——它们让我一天一天，变成更好的自己。

"诚然，追求梦想的道路上，我会遇到挫折、困苦、坎坷，许多次我也想软弱地哭泣，但是这世上的坚强，就是将眼泪扼杀在眼眶，所以遇到再大的逆境我都不会哭，更不会输掉自己。相信若干年后回顾往昔，我会发现，所谓逆境，不过是迫使我们变得更强大的命运！"

台下再次掌声如雷，不论是在场媒体还是师生，皆拍着巴掌看向台上那名身姿纤瘦却有着坚定眸光、倔强口吻的女人。这个在出场时还让他们厌恶不屑的面孔，不曾因他们的抵触而消极，不曾因他们的攻击而怯场，更不曾因为他们的鄙弃而自我放弃。这一刻她迸发出的能量与光芒，这番慷慨激昂而又直触心底的鼓舞，让他们止不住地想喝彩、想呐喊、想靠近。

此起彼伏的掌声中，有人逆着光立于礼堂最后排一角，隔着远远的距离，他看向她的目光深邃而绵长。一侧的周珅不可置信地啧啧称赞："管家妹子歌唱得好，舞跳得好，戏演得好，没想到演讲也这么好！"

慕春寅眼里含着笑，温煦如窗外拂面春风："这些话她可把自己关在房里想了一天一夜！"

周珅道："你赌赢了，她成功地控制了全场。方才她的气场，跟你有那么点神似。"

慕春寅捋捋头发，细碎的刘海盖下来，将漂亮的眉目半掩，他的笑荡漾开来，发出得意的浅笑："那当然，近朱者赤！"

"说得对。"莫婉婉跟着甩甩短发，无耻地接了一句，"樊樊不愧是跟姐混了这么多年的，这沉着冷静大气坚定的气场，她可是学了个十足！"

周珅毫不客气地拆台："男人婆，脸皮呢？"

几个人低笑着，而台上樊歆的讲话亦到了尾声。即将结束之时，有记者问她：“樊小姐，你曾痴心不悔地对待温先生，如果有机会，你会跟他在一起吗？”

这问题让角落里轻笑的头条帝立刻竖起耳朵，眸光凝住。

台上的樊歆静默许久，最终将视线落在遥远的虚无，她缓缓开口：“有的感情更适合留在回忆，由时光沉淀成琥珀。怀念，何尝不是一种美好？”顿了顿，她将视线一转，投向另一侧。

隔着熙熙攘攘的人潮，她一眼就看到礼堂后排的慕春寅。一阵阵掌声中，她与他静静对视，彼此眸里都似藏有千言万语，仿佛这喧哗的世间，除了彼此，一切繁华都只是背景。

她弯起唇角清浅一笑：“比起早已成为过去式的情感，现在的我，拥有更值得珍惜的人和事。”

又一片雨点般的掌声响起，她终于结束致辞，在媒体噼啪闪耀的闪光灯中，她款款下台，从容和缓地走向礼堂那端的慕春寅。四月的阳光肆无忌惮地透过窗户倾泻而入，慕春寅沐在光亮的中央，身如玉树，笑意雍容。

两人被人群众星捧月般簇拥着出了礼堂，而数里之外的飞机场，有人刚下机抵达Y市。

他马不停蹄地辗转全球三个国家，终于飞回Y市，可他的助手却耸耸肩，惋惜地道：“很遗憾温先生，S大校庆上樊小姐的致辞已经结束，您赶不及了。”

见温浅怔了怔，他递过去平板电脑：“但莫小姐传来了她演讲的视频，您可以看看。”

温浅坐进了来接他的专车，汽车发动后，他点开视频开始观看。电脑的声音开得很大，大到他身旁的阿宋不看视频都能将内容听得清清楚楚。听完樊歆的一席话，阿宋忍不住动容，赞道：“说得真好！”而温浅定定瞧着屏幕，看着那个在礼堂上目光清亮而神情坚毅的女子，一动不动。

她说：“真正的坚强，就是将眼泪扼杀在眼眶。”

她说：“我相信决定人生高度的是态度，我相信足够勤奋就会被命运眷顾，我相信沙漠里的花朵、冰川下的种子、戈壁上的绿洲、绝境中的曙光，坎坷中定有意料不到的温暖与生生不息的希望。”

她说：“我有双隐形的翅膀，左边是梦想，右边是信念。”

她说：“所谓逆境，不过是迫使我们变得更强大的命运！”

视频大概持续了十分钟，温浅握着平板电脑一动不动地从头到尾看了三遍，直到车子驶到荣光大厦，他暂停视频，乘电梯进入办公室。

办公室的门关上，他独自在房内待了一下午，直到傍晚时分莫婉婉打来电话，亢奋地问他："视频看了吗？感觉如何？"

温浅静默半晌，抬头看向天际一抹晚霞，霞光如红翡，像是某人脸颊上飞扬的红晕。迎着霞光，温浅又想起那张脸上浅笑的梨涡，他弯起唇角，说了三个字。

——"很骄傲。"

能被一个这样优秀的人喜欢，是一件多么值得骄傲的事。

莫婉婉哈哈大笑，问："话说你安排她去S大演讲还真不怕出事啊？"

温浅有大局在握的笃定："怎么会，第一排第二排有一半是我的人。"

莫婉婉道："那些提问的记者也是你的人吧？总觉得那些提问有将事态扭向良性发展的感觉。"

温浅反问："你说呢？"

莫婉婉夸道："温浅啊，你这强悍的智商以及滴水不漏的作风，不全力进攻商业圈实在太可惜了……"她说着笑了一声，转了个话题，"你现在对樊歆是怎么个想法？"

春末的傍晚，晚霞倾泻如金。温浅倚在窗台，将视线投向露台上的兰花，雪色小花绽放在碧玉般的枝叶里，格外清幽静雅。温浅突然一阵恍惚，想起等在候机厅的一幕。

彼时两个叽叽喳喳的女孩坐在他的身后，都是情窦初开的年纪，其中一个女孩问她的女伴："什么是喜欢？"

女伴道："书上说，喜欢就是见了对方就脸红心跳。"

座位上的他原本在翻阅邮件，闻言想起数月前片场的某个夜晚，他送她回家，出车门时她没站稳，他扶了她一把。她的手被他握在掌中，微凉的指甲划过他的手，仿佛早春嫩芽拂过掌心的触感，风中飘荡着她深幽的发香，他立刻心跳加速。

机场里的女孩又说："还有，喜欢一个人就是如果见不到他就会想念。"

他瞬间默然——在国外巡回演奏的两个月，无数个忙碌的瞬间过后，他沐在清冷月光之中，独自对着黑白琴键，总会想起她微带羞赧的脸。想起那一日，她抱着纯白栀子花在时光沉淀的老上海洋房中走过，她小巧的下巴抵在花朵上，在芬芳中温声细语地唤他："温先生。"

那小女孩还在说："如果他生病受伤，你恨不得代替他受痛。"

他再次中招。那一日他看她倒在片场的血泊里，他抱着她冲到车上，她在昏迷中无意识地喊他的名字，除了恐慌之外，他清楚地感受到胸腔里某个部位牵扯出的疼痛，那一刻，他宁愿代她受痛。

随后，从葡萄牙辗转大半个地球回到Y市的漫长一路，他终于将自己的心看了个通透。

须臾，他收回思绪，对着手机轻轻一笑。

“是，我喜欢她。”

夕阳缓缓落下，城市华灯初上，远远看去，如星光点缀人间。

盛唐十七楼总裁办亦灯火通明，胡总监推门进来，喜滋滋地道：“慕总，樊小姐的情况越来越好了，我们传上去的视频不到八个小时，点击破百万！网友们的态度简直一百八十度大逆转！”

慕春寅樊歆顺着他的视线看去，就见屏幕上齐刷刷一大排评论。

【最美的时光】：“原来樊歆没有整容，冤枉她了……”

【小蘑菇】：“以前去樊歆微博上骂过的，看完她在S大的演讲后黑转粉，真的很抱歉，当时不该被谣言煽动说那样的话！造谣的人太可耻了。”

【格格就是我】：“S大那段话超励志啊！看得人眼圈红了！每个平凡的女孩都该有樊歆那样的心态，积极生活，憧憬梦想！”

【云南风景】：“看完那段视频我居然泪流满面，我也曾是个胖女孩，也傻傻地单恋着一个优秀的男生。如果那时我有樊歆的勇气与觉悟，努力提高自己，向心上人靠近，那么昨天成为他新娘的，会不会是我？可惜……世上没有后悔药。”

【Cheery】：“早就说我家的樊歆不是撒谎的人，现在看到她童年的照片了，天生美人坯，哪里需要整！”

樊歆看完几十条，笑道：“好像还真洗白不少呢！”

慕春寅笑着说：“你明明就是白的！”伸手抚抚她的发，眼里有怜惜，“好了，你也一天一夜没休息了，去睡吧，剩下的事有我。”

樊歆回了休息室，因为整容疑云得以澄清，这一夜她总算睡了个安稳觉，迷糊中还做了个好梦，梦见曾抛弃自己的粉丝全回来了，微博粉丝量翻了两番。

翌日，她一觉醒来，打开手机一看，还真美梦成真，不仅洗白还新圈了一堆粉丝。

不止如此，她在S大的演讲视频还上了微博热搜，她那一番慷慨激昂的演讲鼓舞了一大批网友。不少人还将演讲里的话语整理出来，列成娱乐圈经典名句，比如那句“所谓逆境，不过是迫使你变得强大的命运”。传来传去，满网络掀起一股励志之风。

与此同时，樊歆与温浅的往事也被网友们翻了出来，有人为樊歆感到心疼，称这段情为娱乐圈最感人的单恋，更有人感叹：“有一种单恋叫樊歆。她为了他，积极上进努力拼搏，甚至舍命相救。然而他却不爱她，然而她却说没关系，然而她还说，谢谢你。”

——“谢谢你，出现在我的生命里，不论结局圆满或遗憾，你都使我变成命运里最好的模样。”

这触动人心的话，无数感性的网友疯转，最后竟成了网络热门，名字就叫“有一种单恋叫樊歆”。

有人跑到温浅的官方微博下留言：“温浅，你知道吗？有种单恋叫樊歆！你感不感动？我们都感动了！”

此话一出，抛砖引玉般引来一大波人，人群里有温浅自家粉丝，他们呼吁道：“温大，你到底有没有跟齐湘在一起啊？如果没有，那樊歆真的很不错！”

有樊歆粉丝：“温浅，我们家精灵歌姬为你付出一切，这么爱你的女人除了你妈以外，世上绝对找不出第二个！快点把齐湘甩了，弃暗投明！”

闻风而来的齐湘粉丝按捺不住了：“宁拆一座庙，不毁一桩婚！最美名媛跟天才音乐家从来就是天生一对，你们就别瞎扯了！”

微博上三路人马混乱对战，谁料一波未平一波又起，两天后又一则关于樊歆的新闻上了网络。

消息称一贯守时守信的最美名媛齐湘无故缺席商演，惹得品牌商不满，记者拨通齐湘的电话，却是由其助理接听，助理表示齐湘最近状态不佳。记者感到其中有猫腻，于是顺藤摸瓜，很快，一条重磅消息浮出水面——齐湘与天才音乐家温浅的恋情告终，疑似第三者插足。记者继续追查却得出一个更惊人的结论——第三者正是刚刚被曝暗恋温浅多年的樊歆！

对此，樊歆在微博上回了一句话：“荒谬。”随后这话被头条帝、赫天王及曾跟樊歆共组拍戏的李崇柏转发。

网络大V们不屑一顾地带过，可地下粉丝们就没这么容易罢手了。消息出来后，舆论便像油锅里撒了一把盐，炸开了。

网友们立场各不相同，有力挺樊歆不可能做第三者的——这都是樊歆粉，他们正被偶像那股“励志劲”所感动，这种小道消息无法动摇他们对樊歆的喜爱。总之他们就一句话，“我的精灵歌姬是因为人红所以招黑”！

有愤怒的——以齐湘粉为代表，他们对可能给偶像造成威胁的人草木皆兵，更何况樊歆自己亲口承认喜欢温浅十年。总之不管做没做，动机是一定存在的！

就这样，粉丝们又开始打起口水仗来，谁知战火燃烧没多久，有当事人亲自给齐湘粉打脸了。

“小三门”曝出的第二天，一贯低调的天才音乐家接受了Y市娱报的专访，记者就“樊歆插足温齐恋”一事提问，温浅微微皱眉，给出圈里演艺大V们一样的答案：

“荒谬。”

记者赶紧追问，温浅神情平静地道：“我与齐小姐早在六年前就和平分手。”

记者微怔，温浅这话再明显不过——他跟齐湘早就玩完了，他目前是单身，所以不论同哪个女人交往，对方都不可能是小三。

记者难得采访到温浅，当然不会就此罢休，便问起其他八卦：“前几日网上曝出S大庆典的视频，樊歆小姐讲述了跟您当年的往事，您有什么想法吗？”

温浅一改先前的面无表情，似被温煦春风吹融了眸底的深雪，墨黑的瞳里含了丝笑意，说：“她谢谢我，我也谢谢她。”

这话说得记者摸不着头脑，记者犹不死心：“您现在既然是单身，有没有考虑过接受樊歆？”

温浅道：“抱歉，三个问题回答完了，第四个我无可奉告。”

记者：“……”温浅接受采访之前，约定好只回答三个问题……

采访内容公布后，樊歆粉一窝蜂去打齐湘粉的脸——温浅都表明跟你们家小公主没关系了，请不要再将她与温浅凑成一对，更不要冤枉我们家精灵歌姬是小三，好吗?

与此同时，樊歆与温浅的粉丝们陷入了不可自拔的臆想中，他们想越兴奋，也不管自家偶像有没有在一起，纷纷行动起来，做书签、P情侣图就罢了，更有甚者以两人恋情为梗，活生生延伸出一部天雷勾动地火的爱情小说。小说里完美幻想了温浅被樊歆S大表白后幡然醒悟，从此男追女爱得死去活来的狗血言情剧桥段，其中亲热戏分外劲爆，直叫莫婉婉看得鼻血狂流。

某个瞬间，樊歆瞥见流血的莫婉婉吓了一跳，莫婉婉抹一把红乎乎的血，介绍道：“姐在看小说——《狂霸天才的痴心爱人》。”

樊歆鸡皮疙瘩起了一身：“什么小说，这么肉麻？”

莫婉婉接着道：“又名《温氏夫妇的甜蜜生活》，男主温浅，女主樊歆，各种香艳戏！”

樊歆：“……”

提到温浅，她又沉默了。

自从她在S大庆典上坦承身份后，虽然她跟温浅都被推上舆论的风口浪尖，但两人私底下却没有任何联系，他就像不曾得知她是慕心一样。

樊歆偶尔会猜测，他是不是生气了？毕竟她瞒了他这么久。而且她主动说出从前的事，这对行事低调的他来说，或许会很反感。

还有，他今天接受采访说的话是什么意思？他没跟齐湘在一起，那齐湘前阵子在媒体面前秀恩爱又是怎么回事?

“想什么呢？”一侧的莫婉婉推了她一把，“你不是说你今天有重要的事要做吗？还要我瞒着慕春寅，什么事这么神秘啊？”

樊歆回过神来，想起自己酝酿几天的计划，面色凝重起来。

窗外日头明媚地落入房间，她的侧脸在阳光中白皙如玉，她将视线落得远远的，声音清晰而坚定：“让那个幕后黑手暗算了这么久，我也该反击了。”

幽静的茶坊包厢内，两个女人隔着茶几而坐。温柔的日光穿透纱帘照进来，阳光下是两张心平气和的脸，半点不见剑拔弩张的对峙感。然而，那你来我往绵里藏针的话，却可以看见彼此暗流涌动。

袅袅茶香，齐湘轻笑着：“樊歆，我低估了你。”上好的普洱，她小口小口地细啜慢饮，那举手投足的端庄从容，仿佛曾经的阴暗与卑劣，跟她没有半点关系。

樊歆亦笑，温温和和：“我也高估了你，曝照这种手法，实在配不上你的智商。”

齐湘缓缓抬头，眸中水波如杯中潋滟茶汁，她抚抚波浪卷的长发，慵懒一笑。

她不动声色，樊歆便也不动，两人慢慢喝着茶，樊歆漫不经心地道：“听说温先生下了令，要在音乐圈封杀你。”

齐湘平静的眸底有涟漪荡起，彼时温浅接受完采访后，这消息就传了过来——他一贯是含蓄克制的性子，如今不仅毫无保留地对着记者说出“双方六年前就已分手”的话，随后甚至下了封杀令。

就那么急不可耐地为新欢报仇吗？

果然……最冷不过人心，最凉不过人性。

她心中思绪翻腾，面上却越发不动声色，仍是优雅地喝茶，一边喝一边感叹：“我突然庆幸自己说出了小三新闻，不然怎么对得起他的无情无义？”

她拿起雪白的纸巾轻轻擦去唇角的茶渍，弯起一抹雍容的笑：“樊歆，你是不是觉得我这招很蠢？伤敌八百自损一千？”

“这不是我说的，是你自己。”

齐湘笑笑：“呵，自损一千也能伤敌八百不是？你们打压了我，我也要你们付出代价，日后不论你怎么洗白，我的粉丝会一直把你认定为第三者，我要你们背上渣男贱女的污点，我要你一生都承受着小三的骂名！”

樊歆晃晃手中的茶杯：“清者自清，别人想怎么看就怎么看，我无所谓。”

“你对名声无所谓，你对温浅也无所谓吗？”

“什么意思？”

齐湘笑了笑：“你以为，一步棋只有一个作用吗？错了，每一步棋，或攻或守，不仅该有它现下的意义，更应有长远价值与多重战略意义。在这场棋局中，我的本意根本就不是吃掉你一颗子，而是阻断你未来所有的出路！”

见樊歆不语，齐湘看向樊歆，半同情半嘲讽地说道：“还不懂吗？表面上我在破坏你的名声，实际上我在斩断你跟温浅的所有可能啊。”

她慢条斯理地逐步说来：“你出身本来就不好，远远达不到温家门当户对的要求，如今我把你小三的身份曝光，让你在业内落得个勾引少董的狐媚名声……这样身世卑微又品行不端的人，那封建迂腐的温家，怎么会让你进门？”

她双眸波光流转微染得意：“这个办法看似很蠢，实则釜底抽薪是不是？”

樊歆静默。

虽然她从未想过要跟温浅有点什么，但齐湘这着后棋的确超出她的预料。换作其他爱慕温浅又想嫁入豪门的女人，估计要在这一着上吃大亏。

于是，她由衷道：“是。”

得到她的回应，齐湘眉梢掠过得意之色，笑道：“我得不到的，你也别想得到。”

樊歆静静地看着齐湘笑，待她笑完，樊歆问：“我一直有个问题很好奇……其实道具伤人事件，你是误伤我的，如果你解释清楚，我不会追究，你为什么还要嫁祸李崇柏？”

齐湘像听到一个笑话，轻笑：“不论有心还是无心，伤了人就是伤了人，就像污点就是污点，洗白也没用。”

她拿出一面精致的珐琅化妆镜，左右端详自己的脸庞，自语道：“我这样完美的人，怎么能有污点？”

她放下镜子去看樊歆，浅笑里含了丝挑衅：“今天我承认这一切，你又能拿我怎样？去向温浅、慕春寅告状？呵……光靠男人解决问题，算什么本事？”

樊歆点头，似乎是认命：“我不能拿你怎么样。”

齐湘露出意料之中的微笑。

然而下一刻她的笑倏然中断，她看到樊歆做了一个姿势，她的视线就此凝住。

樊歆掏出了一个东西来。

——录音笔。

樊歆将那支小巧的录音笔晃了晃，笑盈盈道：“我的确不能把你怎么样，但刚才的话，我一字不漏全部录了下来。”

齐湘的神情不变：“录了又如何，单凭一个录音，我完全能说是伪造。”

“哦。”樊歆慢吞吞又伸出右手，“我还带了针孔摄像头。”顿了顿，加了几个字，“高清的。”

齐湘不说话了。

轮到樊歆开口了："齐小姐怎么这个表情？你曝光我的照，我曝光你的视频，很公平啊！"她语气向下一转，"就是不知这视频传上去，你最美名媛的形象会不会瞬间崩溃？那没有污点的完美人生，是不是沦为一团黑？"

齐湘的脸色慢慢冷下去，三秒钟的静默后，她猛地向桌上一拍。侧门啪地被撞开，一群人高马大的保镖冲了过来。她再不复往昔的优雅温柔，面如寒冰，向保镖疾言厉色道："今儿她不交出东西，就别踏出这个门！"

还未待她说完，樊歆跟着一拍手，门外顿时也涌进一群保镖。

房间顿时被黑压压的保镖挤满，双方手中都拿着家伙，气氛骤然绷紧。

齐湘的视线从樊歆身后的盛唐保镖身上掠过，又恢复了一贯从容不迫的模样："樊歆，从你出门我就知道你带了多少人。我的人比你多……你没有胜算。"

樊歆仍是笑着，看着九重那一个个肩背上有着狰狞的刺青的打手，慢悠悠转了个话题："齐湘，你知道我带了多少人，那你知道我为什么约你来这吗？"

她笑得有些高深，齐湘的视线慢慢凝住。

樊歆往窗外一指："齐湘，你不觉得这是个风水宝地吗？茶馆左边是公安局，右边就是Y市报社。"

她接着点点头："是，我人少，没有胜算……但没关系啊，没胜算也可以打一架嘛，闹得越大越好。反正这茶吧的地理位置好，一旦有动静，警察记者保准第一时间赶到，届时我直接把视频跟录音都交给他们……然后记者就曝光视频，警察就介入道具伤人案件……哦，前面还有个医院，我顺便去做个检查，你前几天的造谣诽谤对我的身心造成了巨大伤害……我要把检查结论上呈司法机关，要求追究你的刑事责任……"

她说着拍拍手，高兴道："一箭三雕！"

齐湘慢慢放下手中的茶杯，香茶已冷，像她此刻冰冷的目光，她盯着樊歆，低声道："士别三日……真是刮目相看。"

樊歆笑得真挚极了："能有这样的成长，亏了齐小姐、刘志军之流。"

这话将齐湘与刘志军相提并论，话意不言而喻，齐湘眸里暗潮一涌。

而樊歆虽话有讽意，面上却温和平淡，她仍是浅浅地笑着，唇畔两个梨涡若隐若现，依稀还是曾经那善良无害不具攻击性的模样，但与过去不同的是，她温和的姿态里早已生出盔甲与锋芒。

旋即门外哗啦啦再次一响，猛地又一拨人冲了进来，就见守在门外的莫婉婉大步跨进。她双手环胸，指指新加入的那一排强壮的荣光公司的保镖，短发利落地一甩："樊歆，这是姐的人！现在咱人数是九重的两倍，这架放心打吧！"

局面迅速扭转，齐湘脸色微变，樊歆笑着去看齐湘：“看来齐小姐今天拦不住我了。”

接下来樊歆人多势众，围拢了大半个包厢。齐湘落了下风，不敢轻举妄动，只凝神将樊歆瞧着。樊歆却并没招呼动手，其实她并不想真的动手，毕竟存在风险。于是她见好就收，掸掸衣袖，在杀气纵横的对峙中，风轻云淡地走了。

临走前，她斜睨了齐湘一眼，轻飘飘落下一句话：“齐湘，不要以为世上的人都是软柿子——任你揉捏。”

这轻轻浅浅的音量不大，力度却不亚于一巴掌。齐湘纤纤玉指紧扣茶几边缘，指节捏得发白。

盛唐的大队人马大摇大摆地走了以后，包厢里一时静得可怕，从小到大，高高在上从未吃过亏的九重大小姐何曾受过这种委屈，她猛地掀翻茶几，怒火无处可泄的她对着下属嘶吼道：“你们这群废物！废物！”

眼见她又开始砸东西，助理跟保镖们急急退下，再不敢上。

噼啪、砰、哐当……包厢内不断传出各种声响，齐湘发狂般将包厢内的物什全摔了后，这才舒坦了些。她拎着包慢慢走出包厢，推门时又是那个人前优雅美丽的名媛大小姐。

门外，她的小助理还守在那，看她出来，略显担忧地说：“齐湘姐，这次的事，您要不要回去跟家里说说，我担心盛唐真会做出对您不利的事。”

齐湘眸里闪过冷意：“哼，盛唐想整我，还得掂量掂量我身后的九重。”

她话落腰肢一扭便去了，长裙摆在风中蹁跹，看不出太多的焦虑。然而，她万万没想到，接下来的几天，她会被一系列猝不及防的事啪啪打脸。

几天后，娱乐界新闻报道了一个大头条——《九重公主或涉诽谤，盛唐愤然提起控告》。

该头条直指九重公主，也就是最美名媛齐湘，在不久前恶意操纵舆论，陷害盛唐当红艺人樊歆，攻击对方为“小三”和“整容婊”，并大肆进行造谣。对此盛唐提出控告，要求追究造谣者的法律责任。而最后一句话最劲爆——“目前，警方已介入调查”。这表示此事绝非空穴来风！

全民哗然。

舆论一片混乱，而远离喧嚣的慕氏宅院内，樊歆正坐在庭院，被慕春寅狠狠地敲了几下脑壳：“翅膀硬了啊，偷偷出门寻仇！”

对于前几日樊歆单独约见齐湘的事，慕春寅知道后到今天还在生气，樊歆一边捂着敲红的脑壳，一边求饶："你别生气，我只是想独立解决自己的问题，我不能老靠着你。"

慕春寅看了她片刻，最后生气变成了无奈："你啊！"

这话很短暂，也很感叹。

阳光中，这个身姿纤瘦却眸光澄澈的女人，再不是当年那个被刘志军侵犯后手足无措、只会慌乱躲避的女孩。历经这一两年的磨炼，她日渐坚韧聪慧，遇事不再逃避、不再退缩……成长的印迹在她身上无比明显。时光果然是人生最好的老师。

最后两人对视一眼笑了起来，樊歆说："原来你早就知道幕后黑手是她！"

"那当然，不然怎么配叫头条帝！只不过我还没下手，你这家伙就抢先了。"

樊歆面色凝重："咱这样告她妥当吗？我担心九重……"

"别担心。"慕春寅眸里是满满的笃定，"若换了其他事，或许盛唐跟九重难决胜负，但这事九重从一开始就输了，因为从齐湘刷票之初，她就在自掘坟墓。接下来我都可以预料九重的动作，先发通稿洗白，再笼络司法部门，但没用的，我们手上的证据这么多，每一个都铁证如山，无论九重怎么公关，是非黑白都难以抹去。"

"那这么说，齐湘坐牢坐定了？"

"我有把握打赢这场官司，但九重也会尽最大努力保护自己的宝贝公主，所以他应该会全力疏通有关部门，到时判个缓刑……"

"放心，就算缓刑不用坐牢，齐湘也会在审判前被羁押一段时间……"慕春寅说到这笑了笑，"其实坐不坐牢不是重点，重点是，一旦罪名落定，齐湘这辈子就身败名裂了！"

樊歆瞬间默然，对于齐湘这种将完美形象放在首位的人来讲，身败名裂可能比死还难受。

两人一时静了下来，须臾樊歆扭头看慕春寅，慢慢抱住了他的胳膊。

慕春寅被她突然而来的热情一惊："你干吗？"

樊歆动容，说："虽然我努力走向自强的道路，但有你陪在我身边，我觉得好温暖。"

慕春寅偏头看她，笑了笑。

须臾，他将心底放了几天的话问了出来："所以……那天演讲上，你说那什么值得珍惜的人，是我吗？"

"嗯。"

反正她跟温浅也不可能有什么，按照温浅过去对自己的态度，如今得知她就是慕心后，只怕再也不会理她了，所以当她踏上致辞台的那一刻，就表明她要放弃这场无望的单恋了。

也好，横竖这场独角戏再继续也没有结局。

见她点头，慕春寅满意地笑了，握住樊歆的手说："在我心里你也最珍贵！"

两人对视笑着，可这温情脉脉的气氛没维持半分钟，樊歆的手机铃声蓦地响起。

慕春寅一听是个男的，立马把电话抢了过去，下一刻他瞪大眼，仿佛被雷劈到了脑壳——电话里的人清清楚楚地说："嗨，你好，我是樊歆的前男友！"

此后的剧情用脚指头都猜得到，头条帝勃然大怒，挂了电话后便对樊歆"严刑拷问"。

"那个叫丹尼尔的男人是谁！什么鬼前男友？"

樊歆被他逼在墙角，一时不知该如何解释，最后点头："嗯……算是吧……"

头条帝怒不可遏："什么时候的事？我怎么不知道！"

"大前年在加拿大，他是我的大学校友……"见慕春寅气得快蹦起来，樊歆拉拉他的衣袖，"我跟他就谈了一天而已，是圣诞派对上同学起哄，说一群人只有我跟他落单，硬把我跟他凑成一对……然后我们就去看了场电影，再跳了一支舞……第二天他再约我，我就拒绝了。"

"既然都没关系了，那他为什么还在电话里说要来中国看你？"

"他要来中国旅游，我作为老同学，尽一下地主之谊是应该的！"

慕春寅一口否决："不行！"

"可我从前答应了他的。"她讨好地晃着他的胳膊，"你要担心，就跟我一起去，你盯着还不成吗？"

"谁有空盯你，我明天要去意大利，起码一周！"

樊歆手指向天，信誓旦旦："我发誓我一点也不喜欢他，你放一百二十个心。"

慕春寅斜睨她："那你喜欢谁？"

樊歆打马虎眼："我喜欢中国男人，黑头发黑眼睛原汁原味……"

慕春寅"呵呵"一声，有点冷意，樊歆担心他想到温浅身上去，忙抱住他的胳膊露出一副陶醉样子："当然了，中国男人里最有魅力的当数我家慕老板啦……英俊、智慧、伟岸、会赚钱……"

这噼里啪啦一串马屁拍得极有成效，慕春寅的怒火渐渐平息，樊歆趁热打铁，一阵温言细语后他勉强答应："那好吧，等丹尼尔来，叫莫婉婉和周珅陪你一起去见他。"

樊歆："……"还真派左右护法来监视啊……

丹尼尔来中国的那天，是个春光灿烂的好日子。樊歆带他在Y市游玩，慕少爷虽然无法亲临现场监督，但左右护法还是来齐了。只不过这俩电灯泡并不给力，莫婉婉督工中不住分心玩手机，而周珅则干脆半道离开了——他在场时盯得很紧，只要丹尼尔露出半点暧昧眼神，便插到两人中间亮闪闪地发光，奈何这效果不持久，盯到傍晚太阳下山之时，他嗖的一声脚底抹油去酒吧把妹了。

没了周珅，晚餐便变成三个人的，樊歆请丹尼尔吃中餐，丹尼尔吃得很开心，一旁的莫婉婉却心不在焉。她一直在低头发短信，似乎是怕樊歆看到短信内容，故意坐在角落里，离两人远远的。

手机屏幕上是两人的对白。

总有贱人想谋害本宫（莫婉婉）："你的事还没忙完啊！再不追樊歆，她就要跟前男友旧情复燃了。"

温氏希年（温浅）："前男友？"

"对！两人约会了一天，逛景点、吃饭、散步，有要和好的趋势……反正我就告诉你这么多，你自己看着办！"

打完这一句，莫婉婉迅速将手机放下，高高兴兴地吃饭，樊歆见她笑得开心，便问原因。莫婉婉摇头："没什么，姐姐刺激下某个人。"

"谁？"

"二世祖啦，好啦吃饭！"

晚饭后，樊歆带丹尼尔去逛街，高高兴兴地陪着丹尼尔买了好些中国特产，这才作罢。

九点半时，几个人结束了一天愉快的行程。樊歆让莫婉婉先回去，自己则打车送丹尼尔去机场。

上车不久，天竟下起大雨来。初夏的雨又急又猛，车子路过樊歆居住的小区时，丹尼尔见雨太大，让司机停下，叫樊歆下车回家，不用送他去机场。

樊歆过意不去，丹尼尔却将她拉下了车，两人在小区不远处的小花坛后面告别。没了左右护法，丹尼尔心底的话终于说了出来。他说他看了网上S大的视频，他为樊歆感到骄傲，他对她的心一如既往，希望她能给他一次机会。

樊歆委婉拒绝，丹尼尔表情落寞。旋即，他掏出一个盒子来，说是告别礼物，不容分说地塞到樊歆手中，樊歆不好拒绝，只得礼貌道谢。

分别时，丹尼尔拥抱了她一下，以老同学的身份祝她幸福。樊歆笑着点头，也祝他幸福。

最后，出租车载着丹尼尔离开，樊歆目送车子再看不见，这才撑着伞往回走。

黑沉沉的雨夜，巷子四周无人，哗啦啦的大雨还在下，樊歆慢慢向小区走去，路上有不少坑洼的水渍，她怕弄湿鞋子，一直低头看路面。走到一半眼前光线骤然一暗，似有什么挡住了她的去路，她抬起头来，表情瞬时僵住。

一个颀长的身影就站在她的面前，没有打伞，也不知道在雨里淋了多久，浑身湿得像刚从水塘里捞起来，连绵的水珠自衣角、发梢、指尖处滴下，被灯光一折射，散发着冰凉的微光。昏黄的壁灯下，他面无表情，薄唇紧抿。

樊歆一惊，脱口而出："温先生？"

这句话说完后便是局促。虽然已决定结束这段单恋，但再见面，她仍然无比窘迫——她的身份已被揭穿，在他面前，她不再是那个美丽而富有才华的樊歆，而是当年那臃肿的、丑陋的慕心。

她不由自主地将脸别开，退后一步，谁知温浅却上前一步，盯着她问："你知道现在几点吗？"

她莫名其妙："快十一点。"其实她可以早点回来的，但暴雨突袭Y市，路面被积水所淹，交通堵得一塌糊涂，等到路通回家，已经十点四十五分了。

他又问："去哪了？"

"陪朋友游玩……您问这个干吗？没事我就回去了。"

料峭的风吹到人身上，带来阵阵冷意，而他的口吻更冷："看两位告别时你侬我侬依依不舍，前男友要转成现男友吗？"

樊歆低声道："他是有这个意思……"后面那句"但我拒绝了"还未说出口，便被温浅的笑打断。

他干净的眉眼被雨水打湿，一如既往地俊朗，只是眸光异于往常地锐利，似要捕捉她脸上的蛛丝马迹："呵，还送礼物了，看你欢天喜地地接下，同意了？"

无边无际的雨幕中，他的笑在这雨夜显得有些飘忽，而唇角的讽刺之意她却看得清楚。她突然想起过去、想起还是慕心之时，所有单恋的辛酸与苦楚。

是的，无论她面对大众将这段情说得如何励志鼓舞人心，真正的苦涩却是永远无法抹去地存在着。

雨水还在下个不停，天地间似铺开一张巨大而濡湿的网，她慢慢往后退，跟着轻笑："对啊，答应了。"

——他是不是担心她公布身份后会继续纠缠他？既然如此，那她就给他颗定心丸。

她继续说："丹尼尔不远万里追到中国，他这么喜欢我，我为什么要拒绝？"

温浅眸光一沉："你不是喜欢我吗？一周前你还在S大庆典上，向所有人公开你对我的喜欢。"

"过去我是喜欢你，但那都是多少年前的事了，以前喜欢不代表现在还喜欢。我清楚地明白你我之间的差距，我早就死心了，那段致辞你大可以理解为我向你做最后的告别。”樊歆推开他往前走，“好了，温先生，你不用再来兴师问罪，向你隐瞒身份是我不对。我知道你讨厌我，我这就走，再不会困扰你……”

温浅截住她的话：“你走哪也找不到比我更好的人！”

他语气里满是骄傲，依稀还是当年那清高自负的少年。樊歆一怔，心底泛起苦意，是的，不管她如何伪装得若无其事，她都掩盖不了这个事实。无论她找谁，都不会比他更好，因为她喜欢谁，都不可能超过他。

十年，人生能有几个十年去这样毫无保留地喜欢一个人，喜欢到性命都豁出不顾?

她眼眶瞬时热了，有巨大的悲伤袭来，她拿手快速抹去，一边走一边倔强地说：“找不到我也得努力找！”

他似乎为她的固执感到困惑：“为什么？”

“为什么？”樊歆喃喃苦笑，“你问我为什么？”

那一瞬，过往如电影片段在脑中飞速掠过。在那青涩的青春年少，他不喜欢她，他轻视她，他奚落她……十年苦恋，三千个漫长日夜的辛酸心碎，她再也忍不住，所有不被爱的心酸如惊涛骇浪汹涌而出，她仰头看他，在这如注的暴雨中爆发出来：“不然我能怎么办？十年了！你一点也不喜欢我！无论我怎么努力你都不会正眼瞧我……可我还像个傻瓜一样为你哭为你笑，看你跟别人甜甜蜜蜜成双成对……我是人，我有感受，我会难过，我会痛苦……我不愿意再伤心，我只能把你忘了，一年不行就五年，五年不行就十年，总有一天我要把你忘得干干净净，你……唔……”

话音未落，眼前人影一闪，瓢泼的大雨中，温浅推开她手中的伞，俯下脸来，捧着她的脸颊，径直拿唇堵住了她的嘴。

她大脑轰地一响，手一松，伞啪地掉在地上。大雨劈头盖脸而来，冰凉地砸在脸上,痴缠的唇却是火热的。她心脏狂跳，全身的血液一股脑儿往脸上冲，除了脸红心跳之外，她竟然感到晕眩。

她从来不敢想象这一幕，她想挣扎，可手脚不听使唤，任他张开双臂将她揽在怀里，由着火一般的热情席卷。

那一刹的感觉矛盾至极，两个人拥在一起，他湿漉漉的衣服贴着她，瓢泼的雨打在身上，顺着领口滑下蜿蜒的凉意。而她身上却又发热，脸上、手心、胸口全是滚烫，烫到她拽着他的衣角，想借助上面的水来浇灭这不受控制的情愫。可她刚抓上去，他便握住她的手，引领着她的手环上他的腰，然后更炙热地吻她。

半晌后，他才放开她，捡起地上的伞，将伞面遮在她头上，她仍呆在那，睁着大大的眼睛看他，还没缓过神来。

温浅的手一伸将她揽进怀里，他的下巴贴着她的额头，低沉而富有磁性的嗓音混着雨声响在她耳侧，有一如既往的骄傲，他说：“你的心明明在我这，怎么能给别人。”

她迷糊地咀嚼着这句话，兜里突然一阵振动，一阵短信铃声突兀地划破寂静的夜，被她抛到九霄云外的理智终于拉了回来。她径直挣脱温浅的怀抱，而后向后退了几步，不敢置信地看看自己，再看看温浅。

与她的震惊疑惑相反，温浅从容不迫地说：“樊歆，我一直欠你一句话——谢谢。谢谢你过去为我做的一切。”

他牵起唇角一笑，纷飞飘摇的雨滴中，嗓音清晰而沉稳地传来：“樊歆，我们在一起吧！”

樊歆没听懂似的：“你说什么？”

温浅认真地说：“请你做我的女朋友。”

樊歆不敢置信地盯着温浅，忽然勃然大怒：“你什么意思！你是想弥补我的救命之恩，就拿感情做回报吗？”

她猛然转身，近乎恼羞成怒：“不需要！为你所做的一切，我从没想过任何回报！”

他伸手拦住她：“我是感激你，可这跟感情无关……”

他的话还没说完，樊歆已小跑着穿过了马路，然后冲进小区，隔着门道：“你回去吧，不管是你的感激，还是你的感情，我都不要！”

这一晚上，樊歆毫不意外地失眠了。

她躺在床上，表情像刚听过一场天方夜谭似的不敢置信。手机被紧紧攥在手心，直捏出一层薄薄的汗意来——里面全是温浅的未接来电与短信。

她甚至不敢闭眼，一闭上眼睛，脑海里就是方才雨里的那一幕，瓢泼的大雨，他炙热的吻与放大到特写般清晰的眉眼……

每每至此，她的心便不受控制地加速，她无比懊恼，连连捶了几下床：“还想什么！人家根本不是真心喜欢你！他只是想报恩！少自作多情了！”

夜色浓浓，远在大洋彼岸的意大利，慕春寅对Y市这雨夜发生的一切并不知情，他正在房间内跟国内的周珅开视频会议。

慕春寅商议完了工作上的事后，端来一盘比萨，哭丧着脸开吃：“好难吃……好想家里的三鲜馄饨、桂花汤……”吃了两口若有所思地说，“下周四管家婆要开演唱会，她的第一场演唱会我得找时间回去镇场！”

周珅差点对着视频跪下去：“我的爷！您千万别回，这金融危机不能松懈啊，你就在意大利好好解决问题，不然盛唐会面临缩水百分之二十的危险啊！”

周珅身旁的赫祈也跟着劝："春春你别冲动！演唱会影视部已按照你的吩咐去做了，保证开得顺顺利利轰轰烈烈。"

慕春寅恹恹道："哎，想着管家婆的第一场演唱会居然是在荣光的地盘开，少爷这心里怎么都不舒坦。等我把欧洲的事解决完，回国就建几个会场，专供盛唐艺人开演唱会。"

赫祈道："没办法，谁让Z市适合开大型演唱会的就只有荣光的音乐堂呢？而且盛唐跟荣光的合作上一辈就开始了，所以即便你将温浅当假想敌，公事上还是得合作。"

慕春寅哼了哼："谁把姓温的当假想敌了？他也配！"

赫祈道："不知道是谁看见温浅就草木皆兵，生怕自家女人跟人跑了。"

慕春寅反驳："瞎说什么，我可没把她当那种关系。"

周珅长叹一口气，向赫祈道："我实在看不下去春春的迟钝与呆萌了，咱捅穿吧，不然等他想明白，到手的鸭子要飞了。"

赫祈做恭敬状："好，下面有请爱情专家为头条帝传授爱情课业。"

周珅深入浅出地开讲了："春春，你到底明不明白自己对樊歆是什么心态啊？Stop！你不要说你明白，你根本不明白，你听我给你讲明白！你还记得以前樊歆不在时，你过的是什么日子吗？要么在公司昏天暗地，要么就跟哥几个一起泡吧，女伴几天换一个，一个月换一打……现在呢？她回来后，你泡吧再没有过——除了工作外，你几乎都在围着樊歆转……这叫什么，收心！一个男人只有爱上一个女人，才会收心！"

慕春寅点头："没错啊，我是爱她啊！可我对她是亲情，我俩一起长大，爸妈都没了，只能相依为命。"

"亲情？"周珅将这两个字眼咬得重重的，"如果只是亲情，你为什么讨厌其他男人接触她？为什么防火防盗防温浅？为什么得知她前任来找她就紧张？人世间的感情，亲情跟友情是博爱的、包的容、多方的，你看你像吗？你对她的情感具有自私性、排他性以及强烈的占有欲，这分明就是爱情。"

赫祈鼓掌："周专家有理有据，说得好。"

周珅接着道："春春你想想，世上这么多女人，为什么就只喜欢黏着她？你口口声声喊她祸害，嫌她这里不好、那里不好，其实你心里从没嫌弃过她，相反，你享受被她祸害的过程，比如她生病受伤，你在医院辛苦照顾却甘之如饴……你说你让她给你做一辈子的饭，看似颐指气使，实则潜意识里渴望跟她白头到老。"

慕春寅微怔，若有所思。

周珅总结："其实你一直把樊歆当老婆看。"

慕春寅似有所动摇，须臾后否认："如果是这样，为什么我对她没有要亲热的想法呢！哪个男人对自己的女人没这想法？"

“这你就不懂了吧！”周珅一本正经，“一个男人越爱一个女人，就越尊重她。你知道喜欢与爱的区别吗——喜欢是欲，爱则是忍，你越爱她，越尊重她，就越不敢亵渎她。”

“有见地！”赫祈深以为然，鼓掌。

周珅又道：“你虽然没想过和她亲热，但你却吻了她，家人间再亲密也不会接吻，更不会像你那样黑灯瞎火把人家推到楼梯间亲那么久！”

慕春寅目光闪烁，末了，傲娇地别过头去，不说话。

周珅哈哈大笑：“哈哈，你看，老子认识他四五年，头一次见他脸红！”

两人拍着桌子笑作一团。赫祈问：“春春，你就回答我一个问题，你愿不愿意樊歆被其他男人娶走？”

“谁敢！”慕春寅瞪眼，“老子辛辛苦苦养她这么多年，半路杀出个来历不明的男人要跟老子横刀夺爱？想得美！”

“这不就得了！”周珅道，“你不想她被别人娶走，那就只有你娶了她！”

见慕春寅表情有所松动，周珅趁热打铁：“娶了她，你就是她的丈夫她的男人她的天，她为你煮饭做汤生儿育女，从此世界再大，她心里眼里都只有你。”

慕春寅摸摸下巴，面上浮起兴味：“虽然我还不赞同你说我对她是爱情……但你说把她变成我老婆后的好处，我倒是很感兴趣，毕竟这终身福利太诱人了，容我想想……”

经过好友们一番鼓动后，慕少爷还真用心琢磨去了。当晚，同老外合作商的会谈结束后，他躺在酒店柔软的床上，睁着眼睛看天花板。

方才电梯上，有个金发碧眼的美人频频对他抛媚眼，他没回应，却盯着美人浓密的长发想起樊歆乌黑如缎的头发。两人在一起时，他经常把玩，指尖覆在那三千青丝上，触感微凉顺滑。

他伸出手对着虚空，想象她在身边，做着抚摸她发丝的动作。这一个动作落下，忽然便无法遏制地想她。想她深幽绵长的发香，想她唇畔的小梨涡，想她的一颦一笑，想她给予的温暖与温柔，思念如潮水，激荡在胸腔间，竟不可控制。

思念的最后，他记起那天在黑暗中的拥吻，伸手不见五指的楼梯间，他将她禁锢在自己怀里，唇齿间的甜蜜追逐，胸腔里的心潮澎湃，从未有过。

这种奇怪而热烈的感受……究竟是亲情还是爱情？

他无法定义……或许，赫祈和周珅是对的——他对她的感情，早就超出了亲情可控制的领域，在岁月的浮光掠影中，逐渐滑向爱情。

他起身走到阳台。宽大的露台传来幽凉的风，城市的夜景在霓虹中斑斓如画。不知这五光十色的城市里，有多少同他一样辗转难眠的思念。

他静静地看了半晌，给赫祈打了一个电话，他的决定言简意赅："等这事结束，我就跟她去领证。"

赫祈一惊："你的速度好快！"

"我用我卓越的智慧想明白了，一来这世上的女人，除了我妈以外，我最爱的就是她，二来我也不知道该找谁做老婆，想来想去没人比她更合适，三来这婚后的福利太大了，像她这种伺候人面面俱到的女人，不要是傻瓜。"

他话落低头看腕表，思索道：我后天可以腾出五个小时的空闲，再加上夜里休息时间，一共有13个小时，我飞回国，除去往返路程跟提前登机时间，还剩一个小时，我利用那段时间求婚。

赫祈再次一惊："后天？你还真说风就是雨啊！"

"那当然！决策能力重要，执行能力同样重要！要不是走不开，我肯定现在就飞回去。"

"我知道你的想法，但樊歆不知道呀，你突然求婚，人家一点心理准备也没有，万一吓到了，不答应呢？再说女人的心思跟男人不一样。我担心她对温浅旧情难忘，要不你先跟她谈谈，摸清她的想法再做准备。起码你得知道她爱不爱你，如果她毫不犹豫说爱，那求婚多半没问题，没有女人不想嫁给自己爱的男人。"

慕春寅深以为然："你说得对，那我后天回国，先探探她的想法。"

两天后，樊歆在家里收拾着去Z市的行李，慕春寅的电话突然打来，让她马上赶到机场，樊歆虽然莫名其妙，但还是去了。

一个小时后，机场VIP候机室内，慕春寅坐在贵宾专属小隔间，一面喝红茶，一脸满足地吃着樊歆带来的三鲜小馄饨——出门前，想着慕春寅肯定没在飞机上吃什么，樊歆煮了一锅小馄饨，拿保温盒带到了机场。

一碗新鲜热乎的馄饨下肚，头条帝脸上笑开了花，通宵赶飞机的疲劳抛到了九霄云外。樊歆在他吃完后又递出一个三层的大食盒，道："这里头是我昨夜包的馄饨，有三鲜馅、虾仁馅跟牛肉馅，你吃不惯国外的饭菜，就让人把馄饨煮给你吃。"

乳白色的食盒内，一层层隔盘将包好的馄饨按馅分开放置，最底下还放了一些下饭的小菜，铺满一碟子的金黄——是慕春寅爱吃的香炸酥脆小鱼干。

慕春寅看着食盒，眼里有动容。那边樊歆还在纳闷地问："怎么突然回来，在机场待不了多久又要走？是因为演唱会来不了提前给我打气吗？"她眯眼笑着，"你放心，我不会给你丢脸！"

慕春寅见她笑得动人，道："算是吧。"

樊歆低头笑得更甜，唇畔梨涡荡漾。慕春寅瞅着她的笑颜，倏然觉得酒窝一词着实取得传神，漂亮女人一旦有酒窝，笑起来当真能醉死人。眼下自己就像几杯香醇的美酒下肚，脑子醺醺然，心里的快乐无法言喻。

他越来越坚信周珅和赫祈的话——他爱上了樊歆，男女之间的爱。也许在她低眉浅笑的这一刻，也许在很久以前，久到他不曾留意的光影流年中，爱一点一滴，水滴石穿，渗入命运的深处。

他伸出手揽住她的肩，注视着她的眼睛，缓缓地、认真地，问出这一路在心头辗转反侧的话："慕心……你爱我吗？"

虽不懂慕春寅为何没头没脑地问这一句，但樊歆仍是点头："爱。"

相依为命这么多年，怎么能不爱？

慕春寅眸里充满欢喜，他将樊歆的手放在自己的掌心，他的左手她的右手，彼此十指交缠紧扣，似两株缠绕偎依的藤蔓。他说："我也爱你。"

樊歆哪能理解他这一刻的激动，她抽了抽手："别，这是公众场合，万一记者看到又要乱写了。"

慕春寅笑道："随他们写去呗。"反正你马上就是我媳妇了——后半句他没说出口，但想着未来记者们都得尊称樊歆为"慕太"，他心情很好，习惯性地想去揉她的发，可又舍不得跟她的十指紧扣，便腾出另一只手抚她的发，说："等我回来，我们就搬到湖心岛，那里的房子已经装修好了。"

樊歆惊喜道："真的？是我想要的中国风吗？"

"当然。花园围绕着中式别墅，别墅左边是温泉，右边是人工湖，湖上有长廊跟亭榭，亭下是白红两色的睡莲。不出意外的话，我们一搬过去莲花就开了。"

樊歆露出憧憬的表情："好期待……"

慕春寅弯唇一笑，随即转了个话题："昨天听说李崇柏用遥控飞机载着花篮与钻戒向女友求婚，你有什么看法吗？"

这话题跳转得突兀，但同是圈里人，互相提起也很正常，樊歆道："很有创意啊，不过我更喜欢热气球上求婚，飞在半空那才浪漫！"

"喜欢什么样的首饰？比如戒指……"

这问题就更摸不着头脑了，但想着他从前也老给她买首饰，樊歆便如实回答："独特一点的，如果有钻，星星形状的最好……但这好像不现实，婉婉说单颗钻石有方的、圆的和水滴马眼状的，但没有星星的……"

慕春寅的眉梢弯了弯，有志在必得的笃定："用心找，就会有的。"接着他问，"有空的话，最想去哪个地方旅游？"

"爱琴海。赫祈在那拍的照片都好漂亮。"

慕春寅颔首，将希腊纳入蜜月规划中。

将重要计划敲定以后，候机厅响起的航班广播提醒着慕春寅该返程了。慕春寅有些依依不舍，问樊歆："我要走了，你没什么表示吗？"

樊歆微怔，伸手挥了挥："哦，一路顺风。"

慕春寅笑了笑，蓦地转身，一手搂住她的腰，在她唇上啄了一下。

他的气息扑面而来，由于许久没有过莺莺燕燕的围绕，再没有从前的馥郁奢靡，只剩一抹华凉的清幽，像一盏深冬腊月的清酒。而他的唇贴在她唇上，不过一刹即离，轻浅似深春花飘、仲秋露落。

极轻，极浅，却蕴含极浓的甜。

然后他说："慕心，我好高兴。"旋即跟她挥手告别，"我走了。"

樊歆被这猝不及防的亲昵愣住，看着他远去的身影，呆呆自语："他高兴什么？"

过了会儿她终于回过神，猛地擦了擦唇，恼道："这家伙怎么又动手动脚？！最近是怎么回事！不行！开完演唱会我必须跟他谈谈……不能再这样了！"

送完慕春寅后，樊歆回到了盛唐。

演唱会只差几天，后天就得去Z市演唱会的会场做开唱准备，趁着今明两天还有些时间，她去了舞蹈室再巩固一下舞蹈动作。

四面明镜映出窈窕的身材，她跟着节奏一遍遍练习。放在窗台上的手机不时响起，她匆匆掠过，目光扫到发件人姓名时便将手机搁下，继续跳舞。

她不用看手机也知道发短信来的是谁。自那次雨夜之后，他频频短信电话，但她一个也没接，短信亦是从未打开看过。

不错，她曾经喜欢他，喜欢到一度将姿态低到尘埃里去。

但感情不能拿来做报恩的工具，她宁愿就这样无望地单恋着，也不要他以情感作为回报——倘若她这二十年还有那么一丝半点骄傲可言，这便是了。

她昂起头，伸直脖颈，舒展双臂做出天鹅的姿态，看着镜中的自己，继续跳。

黄昏日暮，天际一轮斜阳低垂，苍穹的色泽奇妙而矛盾，东边是逼近暮色的青蓝，似景泰蓝上薄而纯净的釉，而西边则被日落与晚霞织成一匹金色的鲜亮绸缎，半青半黄，撞出瑰丽的视觉冲突。

公园幽静的树林内，有人立于乔木下，肩上架着小提琴。音乐同余晖一道跳跃在翠绿的枝丫间，悠扬绵长。

而拉琴之人并未全心投入，他时不时看看树林一侧的小路。曲折的小路蜿蜒到天边，树叶的飒飒声响中，静候着拉琴之人相约的女子。

然而，她迟迟不来。

现在是下午六点半，而他约的是四点——那个雨夜仓促而凌乱，他要表达的未能如愿，她情绪抵触地关门离去后，他立在栅栏外，顿悟自己的唐突，决意再同她心平气和地谈一谈。

可接下来的情况超出他的预料，打给她的电话无人接，发给她的短信无回音，这一冷一热的状态就像彼此曾经关系的对调——昔日，她不顾一切地追逐，他冷眼旁观地无视，不想风水轮流转，眼下换他忐忑小心地靠近，而她坚决果断地回避。

当真是报应，他环视茫茫暮色，苦笑。

而同一时刻的盛唐，樊歆依旧在练功房练舞。到了夜里十点时，莫婉婉拽着她去吃消夜。

消夜后莫婉婉将樊歆送回了家，抵达别墅门口时，莫婉婉并没让樊歆下车，而是慢悠悠地点了一支烟。她抽的是女士的烟，袅袅的烟雾缭绕开来，不同于男人烟的浓烈，自有一股细腻的缠绵。她吞云吐雾一口，说："温浅今天约你，你怎么没去？"

樊歆瞧着车窗外的路："因为我觉得很荒谬。"

是的，荒谬，是谁都不可能是他。

十年单恋，怎敢奢求他将她放入心中。

莫婉婉含着烟低笑："樊歆，其实温浅一早就知道你的身份。"

樊歆的表情僵住。

"怕你跟他相处尴尬，他装作不知道。"莫婉婉道，"后来他陆陆续续为你做了很多事，比如帮你写歌作曲，扶你走上音乐道路，刘志军事件为你洗刷冤屈……"

樊歆截住她的话："如果曾有人为我差点牺牲性命，为了报恩，我也会这么做，这不代表就是喜欢。"

莫婉婉神情鲜见地严肃："如果这不算喜欢，那你知不知道，上次你被木杖刺伤，他抱着你疯了般往医院赶，你的血流了他整个衣袖，他的脸吓得发白……温浅是什么人，我跟他认识这么多年，从没见他这副模样。"

樊歆静默半晌后摇头："我还是不敢有非分之想……"

莫婉婉夹着烟，猛地深吸最后一口："樊歆，别骗你自己，你心里还有他。"

樊歆往后靠在车座上："婉婉，不说了好不好？我回去收拾东西，明天要去Z市准备演唱会了。"

这是她人生中的第一场演唱会，是检验她这些年积累与所得的时刻，她不想为任何事分心。

第六章

表白

翌日，团队出发去了Z市，为演唱会的事提前做准备。

人生中第一场演唱会即将开始，樊歆暂时将温浅的事压在脑后，又拿出拼命三郎的劲，全身心地投入到演唱会的筹备中。

某次樊歆练舞练到大汗淋漓，周围人都看不下去了，莫婉婉跟汪姐强拉她休息，为了让她喘口气，几个人聊起轻松的话题。莫婉婉问樊歆什么样的求爱仪式最浪漫，樊歆想了想，环视身畔的音乐会场，道："对于一个歌者来说，没什么比在舞台上见证爱情更浪漫吧。音乐鲜花烟火，哈哈，如果露天场地能再来个热气球，满载鲜花跟娃娃飞到半空中，那浪漫，是个女人都招架不住！"

见她捧着下巴面带憧憬，莫婉婉笑笑，将这话默默记在心里。

演唱会那天终于到来。

即便做足了心理准备，樊歆还是惊了惊。

可容纳万人的露天演唱会场里座无虚席，熙熙攘攘的台下观众挥着荧光棒，高亮粉丝牌，每一首歌曲后都有雷鸣般的掌声与成千上万的荧光棒挥舞，粉丝齐声呐喊她的名字，同她一起哼唱哭笑，樊歆对观众的热情无以为报，唯有发挥最大的能力高歌热舞。

不少圈内人出席了樊歆的演唱会做嘉宾，不仅有盛唐的同门艺人，更有在《歌手之夜》与樊歆同台竞演的老牌歌手祁峰，曾与樊歆闹过矛盾又握手言和的当红小生李崇柏，其中最令人瞩目的当数天王赫祈。他一出场，全场尖叫，他与樊歆合唱了一首抒情慢歌，粉丝们都听醉了。不少人拿出手机拍照、摄影，将视频放到网上，微博立刻疯转无数。网友围观的同时有人跑到天才音乐家微博上留言：“温大，精灵歌姬开唱了，十年苦恋，不求你爱她，但求像老朋友一样捧个场！”

此话一出，惹来网友点赞无数，可他们万万没想到，惊喜在后头。

舞台正中，樊歆跟赫祈合唱结束后，赫祈便鞠躬退场。他退到了幕后，去休息室休息。

周珅也在休息室，两个好哥们坐在沙发上聊天，赫祈突然想起什么：“我刚从后台经过，见好几个人搬了一大盆奇怪的花进场，这是演唱会安排的环节吗？”

周珅道：“没听汪姐说有这环节啊，莫非是同行送的，或者是疯狂的粉丝？”他想了想道，“谨慎起见，我跟汪姐打个电话。”

电话占线，周珅道：“今天来了很多媒体，对外宣传的事都归她负责，估计她这会儿忙疯了吧。”

须臾他一拍大腿，恍然大悟道：“我知道了，肯定是春春送的，他那天说要给樊歆惊喜，多半指的就是这些。”见赫祈仍埋头思索，笑道，“别担心了，会场这块归莫婉婉负责，她是樊歆的死党，绝不会做不利樊歆的事。”

他这话不假，赫祈想了想，便跟周珅一起继续看屏幕上的演唱会了。

然而没看十分钟，两人脸色猛地大变，脱口而出：“坏了！”

周珅一马当先跳起来，开门要冲出去，却发现门被反锁了。他正要踹门，莫婉婉的脸出现在门外，冲房内两人笑道：“别挣扎了，这门你们踢不坏的。”

“男人婆你干吗！”周珅大惊。

赫祈跟在后面不敢置信地问：“你干吗把我们反锁，会场上是怎么回事！”

莫婉婉双手环胸，甩甩短发得意地笑：“姐在做好事呢！”

见周珅不住踢门，她笑道：“兄弟，你踹开门也没用，整个会场都是荣光与莫氏的人了。”

赫祈跟周珅的脸色瞬间僵住。

会场那边同休息室内一样，樊歆同观众的表情齐齐僵住。

这是樊歆的最后一首歌，今天的演唱会十分顺利，唱完这首她便可以完美谢幕了。最后一首采取的是歌舞结合的方式，她在舞台中央唱，有一个男舞者给她伴舞。按照先前的彩排，她唱出第一小段，舞者就得出场，然后沿着灯光慢慢走到前台，与她共舞。

舞者出场前那段她唱得不错，观众喝彩不断。这小段唱完，音乐进入缓和期，她提着长裙，跟着音乐摇曳出曼妙的舞姿，在歌词的间隙中等候舞伴出场。

下一刻，台下观众表情微怔，樊歆心底轻笑，这位登场的舞伴太帅了吗？昨天跟他彩排了几次，也没觉得多帅啊，还不及丹尼尔呢！

她轻歌曼舞地朝后看去，旋即一呆。

男舞伴没来！

怎么回事？人呢！

未等她想明白，舞台前端的地面突然打开，一个大块头的物什被升降机缓缓送了上来。舞台上便见一个巨大的精美陶瓷花盆，通体纯白如雪，里头放置的不是常见的玫瑰百合，亦不是其他陆地花朵，而是一朵朵绯色的碗莲。碗莲是莲花科里的独特品种，花开至全盛也只有碗口大，但花色艳丽，清香溢远，比寻常的莲花更动人精致。

如今这满盆盛放的碗莲放在舞台中央，灯光从四方投下，千百朵花簇拥在一团，与孩童巴掌大的莲叶一映衬，一绯一碧，一艳一素，似一块巨大美玉，红花是深翡，绿叶是浓翠，相得益彰，十分养眼。

台下都被这一幕惊住，在哇的高呼声中，粉丝们纷纷拿手机狂拍。

台上樊歆亦是愕然，这是谁送的？慕春寅还是莫婉婉？开唱之前他们曾说要给她惊喜，祝贺她人生中的第一次演唱会。

还未待她确定，台下观众又是一阵惊叹。樊歆扭头一瞧，就见舞台上出现一只高大的泰迪熊，虽然是人穿着道具服扮成的，但毛茸茸的枣红色格子衬衣与背带裤，模样十分讨喜。

泰迪熊弯腰向她伸出手来，做了一个邀请的姿势。它憨态可掬的样子让樊歆不忍拒绝，将手搭了上去。

小熊拉着樊歆在舞台上旋转，而会场的音乐不知何时换了风格，由她演唱的曲目变成了悦耳的《洋娃娃和小熊跳舞》。

“洋娃娃和小熊跳舞，跳呀跳呀一二一！他们在跳圆圈舞呀，跳呀跳呀一二一。小熊小熊点点头呀，点点头呀一二一；小洋娃娃笑起来啦，笑呀笑呀一二一……”

轻快的节奏，优美的旋律，整个会场充满欢乐的气氛，台下观众们挥着荧光棒打着拍子，台上樊歆与泰迪熊面对面手拉手，踏着音乐节拍旋转。摄影机将画面投向大镜头，照出它笨拙却可爱的舞姿，她飞扬的裙角与发丝……她笑着，随着泰迪熊旋转旋转，像回到童年无忧无虑的美好时光，圆圈舞一圈再一圈。

曲终乐停，樊歆恋恋不舍地停下脚步，额上冒出了薄薄一层汗，也顾不得擦拭——虽然不知道这是谁给的惊喜，但她快乐极了。

泰迪熊在她对面站着，见她跳得气喘脸红，变戏法般从口袋里掏出了一个巴掌大的小物件，樊歆扑哧一笑，那是个非常可爱的小熊水杯，Q版的设计、精致的做工，晶莹剔透的杯身是水晶的材质，里头浅紫色的液体在灯光下潋滟如宝石，似乎是果汁。

台下观众们对这一幕忍俊不禁，纷纷鼓起掌来。泰迪熊拧开杯盖，殷勤地递到樊歆面前，樊歆抿唇尝了一口，味道酸甜适中，是口感极好的葡萄汁——这对早已唱到口干舌燥的她来说，再贴心不过。

樊歆正想道谢，谁知精彩又来——小熊猛地从身后一捞，捧出一大串气球，大大小小五彩缤纷的冰淇淋色泽，极惹人喜爱，樊歆抱着气球连连说谢谢，眼角都快笑弯成了月牙。

小熊摇头，隔着厚厚的头套看不清真实面容，但樊歆能察觉得到，头套里面的那个人一定是笑吟吟的。泰迪熊见她开心大笑，张开胖乎乎的臂膀，做出索取拥抱的动作。樊歆心情极好，捏着手中的气球抱了一下它。不知是不是她的错觉，隔着毛茸套她嗅到一缕茶香，极轻极浅，像某人清新爽朗的气息，旋即混入嘈杂的会场空气中，消散不见。

她有一霎的失神，而后立马否认，跟自己说，这绝不可能。

那个人从来便高贵优雅、清高自负，怎么会放下身段故扮滑稽地出现在这，这太荒谬。

她笑着摇头，而小熊已经离场，台下有掌声热烈地响起，欢送这一只给予他们快乐记忆的泰迪熊。掌声未落多久，观众席又是一阵尖叫——场内上方天空陡然一亮，无温度的冷焰火从四面八方腾上天空，伴随着震耳的轰鸣声，炸开一朵朵烟花。

焰火原本没什么稀奇，可那焰火却不是寻常花色，而是轮廓分明的星星形状，幽蓝的色泽交相盛放，将墨蓝色的苍穹点缀成熠熠生辉的星空。

旋即更大的欢呼声响起，原来那天上的烟火砰砰炸响后，竟从星状变成宝蓝色的烟火字体，漫天全是“樊歆”两个字。台下不住有人欢呼呐喊——会场已由单纯的演唱会变成了百花齐放的奇景胜地，先是五月赏碗莲，随后小熊出场跳舞玩魔术，接着又是别开生面的烟火，应接不暇。

正当观众将巴掌都拍红时，烟火与舞台灯光猛然全熄，广场一霎归于寂静，幽暗的半空中突现一条长长的“银河”，众人还来不及反应，那银河骤然四散，化作成千上万个亮点散开，一团团缭绕在舞台，惊心动魄的美丽。有粉丝反应快，嚷道：“萤火虫！”

人群骚动起来，有女生不住发出惊喜的尖叫。成千上万的“萤火虫”盘旋在会场，拖着尾部的微光，飘浮在这黑沉的夜色里，似流星闪烁，似水钻璀璨，如梦亦如幻。

台上的樊歆亦目瞪口呆，她从未见过这样浩瀚的“萤火虫”群，“虫儿们”飞舞在她身边，拖出无数道莹莹的辉光，或落在她的拖尾长裙上，或落在她乌黑的发间，还有的大胆地降落在她的指尖……她像是置身于童话里的魔法森林，周身一闪一闪，全是奇异的精灵。

她被这梦幻的一幕冲击得恍恍惚惚，脑里猜测着这究竟出自谁的安排——这么巧的心思，莫婉婉想不出来。

还未待她想个通透，耳畔传来乐器之声，似是有人拨动琴弦，划出徜徉的音符。那一霎全场观众猛然瞪大眼，像是看到难以置信的事物，异口同声地狂喜尖叫："啊——"

仿佛这一声还不足以表达震惊与欢喜，粉丝们齐齐站起身来，疯狂地摇晃着手中的荧光棒，发出一声更大的嘶喊，猛烈如海啸席卷。

这高呼的音量堪称演唱会三小时以来最大的声量，远比其他大牌嘉宾登场时狂热数倍，声波如巨浪席卷全场，似要将这无边夜色冲破。

"啊——"

"啊——"

声浪一声盖过一声，只差将舞台掀翻。

空前的尖叫声中，樊歆慢慢地扭过头去，就见舞台左后处不知何时亮起一束灯光，那幽幽的光束与飞舞的"萤火虫"中，放置着一架雅黑的三角钢琴，有人一身雪白燕尾服，身姿笔挺地坐在钢琴前，十指轻快地弹奏着。

樊歆呼吸一窒！温浅！

"萤火虫"在夜空里肆意翩飞，温浅的面容沐浴在微光之中，朦胧如月下白玉。他抬头看向樊歆，指尖不停，音乐如水般潺潺流淌，舒缓的前奏过后，响起他低沉而磁性的歌声："寄，没有地址的信。这样的情绪，有种距离……"

刚一开口，便激起全场一阵疯狂尖叫。温浅这些年作词作曲亦演奏，但从不献唱。

在此之前，没有人知道他有怎样的歌喉，甚至有人因他从不开口献唱便猜测他五音不全，今天一举打破所有传言。

他的嗓音深沉醇厚，含着一丝微微的沙哑，字正腔圆，音调抑扬顿挫，整个声线优美到无懈可击，一字一句缓缓道来，仿似一块巨大的磁铁，将全场所有注意力吸引而去。

他还在继续唱："你，放着谁的歌曲。是怎样的心情，能不能说给我听？雨，下得好安静，是不是你偷偷在哭泣？幸福，真的不容易，在你的背景，有我爱你。我可以，陪你去看星星。不用再多说明，我就要和你在一起，我不想，又再一次和你分离。我多么想每一次的美丽，是因为你……"

这是蔡旻佑的《我可以》，同五月天的《我不愿让你一个人》一样，属于男生的表白金曲——全场升起疑惑，天才音乐家这是在表白吗？

樊歆也没缓过神来，钢琴那侧的温浅还在从容不迫地弹唱："幸福，真的不容易，在你的背景，有我爱你。我可以，陪你去看星星。不用再多说明，我就要和你在一起，我不想，又再一次和你分离。我多么想每一次的美丽，是因为你。"

伴奏渐大，歌曲压轴的高潮来到，温浅抬头，凝视着樊歆的眼睛，用清晰的口吻朗声唱出那句"我可以"，那样执着而坚定的眼神，被立体声伴奏烘托得深情诚挚。台下观众被这气氛感染，忍不住伸出双手挥动起来，跟他一道大声合唱，千千万万个嗓音交织成声波的浪潮，在广场内激烈冲撞，每一句都满含期待与憧憬。

"我可以，陪你去看星星。不用再多说明，我就要和你在一起，我不想，又再一次和你分离。我多么想每一次的美丽，是因为你！"

歌曲终于结束，万众瞩目中，钢琴前的温浅缓缓站起身，高光打在他身上，纯白的礼服、墨黑的钢琴，构成世间最优雅匹配的色泽。无数"萤火虫"星星点点绕在他身侧，映出他清俊的容颜。他一步一步走到樊歆的身边，从容的姿态、和缓的步履，彰显世家子弟最得体的风范。

广场内所有观众屏息静气，粉丝们预感到要发生什么，全目不转睛地盯着台上。

温浅静静地凝视着樊歆，面上焕发着清润柔和的光彩，乌黑的瞳仁仿似能吸走这世上一切的光亮。他拿起话筒，环视全场观众，薄唇微启，朗朗的声音在会场回荡。

"十年之前，我曾邂逅一位天使，她那样美好，那样喜欢我，我却不懂珍惜。好在上苍垂怜，让我再次遇见她。这一次，我想对她说——"他将视线投在樊歆的身上，大屏幕放大两人对视的脸，他幽深的眸子盈满坚定，他看着她，一字一顿地说，"趁你还爱我，我不能再错过。"

他微笑起来，薄唇弯起三十度的弧度，突然提高声音喊出一句话："樊歆，我们在一起吧。"

顶级配置的音响一字不漏地放大他的声音，全场一片震惊地倒吸气。

表白！真的是表白！

场内一片尖叫，不知是谁开的头，喊了一声"在一起"，紧接着万千呐喊如狂潮般涌起。

"在一起！"

"在一起——"

"在一起——"

粉丝们的呐喊如飓风席卷，而樊歆定定地看着温浅的脸庞，竟失去思考能力。

她从未想过，有生之年，他会踏着一路灯光星火，穿过繁世人海翩翩而来,送她惊艳的碗莲，扮泰迪熊邀她跳舞，制造出梦幻的萤火虫国度，在台上献声歌唱，于万人见证下深情表白。

她不敢相信，她真的不敢相信。

十年了，她爱了他十年。

年少时，他曾立在时光深处，模糊她的信仰。

人生道路上，他是这样独特而刻骨的存在，有限的岁月里，她曾用无限的爱慕追随着他，她会为他的一抹浅笑欢欣鼓舞，会为他的一句话念念不忘，甚至他一个漫不经心的抬眸，便能落下漫天星辰，换她一夜辗转难眠。

她心绪激荡起伏，忘了回应，忘了言语，忘了周身的一切。粉丝的呼喊声一波波在场内激撞，而她兀自发怔。

温浅哪里会给她踌躇的机会，他微倾着身，伸出右手，绅士如舞会上的邀约，他说："如果你愿意，请把手给我。"

樊歆没动，仍是睁着大大的眼睛看着他。

她迟钝的反应让场面略显尴尬，温浅却从容一笑，朝天上一指，道："看，那是什么？"

樊歆仰起头去，就见一架硕大的、圆拱形的、绘着花草云彩等图案的热气球，满载各式鲜花与可爱的布偶缓缓飘落。全场立刻狂欢尖叫，拍照声咔嚓咔嚓此起彼伏。

樊歆怔怔地看着眼前的一幕，想起童年的飞行梦。在她六七岁时，她希望有一个大大的五彩气球，不同于飞行机械的冰冷生硬，装满花朵与布偶，带她飞向更高的天际。

而眼下向往的一幕就在面前，她激动到连话都忘了说。

会场里的流萤还在，闪闪烁烁如飘浮的星辰，不远处绯色莲花如锦如霞，在风中氤氲开清雅的香气。耳畔传来动人的音乐，似乎是口琴，吹着愉快、惬意的苏格兰民调，舞台周围全是人，他们挥舞着亮晶晶的荧光棒，每张面孔上都洋溢着热情而满含祝福的笑意……光影斑驳的会场中，一切情景如慢镜头般缓缓掠过，她看着看着，脑中越发飘忽，觉得自己沉浸于一场奇妙的梦幻。

梦里流光谢尽繁华，而身畔那位英俊的男人正侧头冲他微笑。

他的笑真美，美到拨乱她的心跳，美到慌乱她的年华。

他向她微微欠身，再次沉稳地伸出手来，笔挺的背脊是绅士的风采，他富有磁性的嗓音一半鼓励一半蛊惑："想不想去天上看看？"

他舒展的掌心白皙干净，指节上的薄茧曾无数次在各种乐器上辗转连绵，烙下才华横溢的见证。她看看他的掌心，又看看天上的热气球，鬼使神差地将手抬起来，慢慢放了上去。

他迅速握住，握得紧紧的，似握住某种郑重的承诺。

与子携手，如约盟誓。十年痴恋，终得圆满。

台下响起狂热的尖叫与掌声，粉丝的激动溢于言表——舞台上那纤瘦而倔强的女子，曾经在人生的道路上为爱奔跑，华丽跌倒，然而历尽磨难，终偿所愿。

粉丝们的兴奋夹杂着心酸与欣慰，最后化为更多的疯狂，他们剧烈地摇晃着手中的名字牌与荧光棒，似要将全身的力气都嘶吼出来。

“温浅樊歆！”

“温浅樊歆！”

“温浅樊歆——”

樊歆不记得是怎么走出演唱会场的，门外除了疯狂的粉丝外还有大批的记者——天才音乐家求爱精灵歌姬的消息一经报道，各路媒体便疯了。原本宽敞的会场门外围满了大大小小的摄像机，樊歆被保安簇拥着离场时，咔嚓咔嚓的快门声急切如骤雨，她的眼睛都快被闪花，若不是温浅一路稳稳地将她护着，她多半埋在人堆里出不来了。

连夜回Y市是坐温浅的车，莫婉婉说盛唐的其他人员有汪姐安排，让她不要操心，回家好好休息才是重点。

莫婉婉说这话时，樊歆没听清楚，她的思绪还沉浸在演唱会里的梦幻中，恍恍惚惚便由着温浅将她牵进了他的车，窗外是无数粉丝的欢呼呐喊与记者的抢镜快拍。

汽车穿过繁华的城市街道，将一路霓虹甩在身后，驶向蜿蜒的高速公路。她同温浅坐在后车厢，大概是太过亢奋，她根本无法静下来，脑里全是闪现的画面，一会儿是演唱会上的萤火虫国度，一会儿是那漫天的星星烟火，一会儿又是乘着热气球飞向夜空，那飘乎乎的晕眩感，整个人如漫步云端。

她兀自对着窗发怔，听得耳畔有人问：“今天开心吗？”

她沉醉在演唱会上的回忆中，没顾上说话的人是谁，只讷讷地点了一下头。身畔的人得到回应，似乎很是愉悦，将她的手握得更紧。而她继续发呆去了，哪记得她的手被人握了足足半小时没松开过。

不多时，她迷迷糊糊地睡去——为了这场演唱会，她三天总共只睡了八个小时，她太累了，不论是会前紧绷的状态，还是演唱会中梦幻如童话的亢奋，她的身体与精神都无法再承受。

不知道自己睡了多久，她只知道做了许多光怪陆离的梦，先是温浅在演唱会现场弹琴唱歌，他告白了，对象却是齐湘，而她只是一个在台下凝望的观众。画面一闪回到儿时，八岁的她过生日，一家人高高兴兴地坐在一起吃蛋糕，慕春寅将奶油涂在她脸上，她笑着跟他闹成一团。

梦到这戛然而止，车身的平稳中略有一点摇晃，她闭着眼欲醒未醒，伸手迷迷糊糊地摸了摸身旁的人，指尖触到一粒圆圆的扣子，似乎是衬衣的衣襟，而她正靠在这人暖暖的怀里。她觉得很安逸，满意地发出一声低不可闻的咕哝："好暖……"

她撑着来人的胳膊抬起头，慢慢地睁开眼瞅瞅他，然后将头埋在他的怀里，继续睡。

下一刻，她如梦初醒，猛地再次抬头，周身的场景让她惊住。

车子平稳地开在高速路上，窗外是深邃得看不到尽头的夜色，路边的风刮在玻璃上，发出轻微的声响。昏暗的车厢内，身边的人干净的眉眼、乌黑的瞳仁，清朗的轮廓，漂亮到令人发指，曾是她初恋中最好的人，但却不是刚才睡梦中熟悉的慕春寅。

天窗开了一丝缝隙，五月初的晚风迎面吹来，被这春末的寒气兜脸一扑，演唱会上的恍惚感终于散去，丢了几小时的理智与思绪从九霄云外回到了本尊。

"温先生？"

她推开了他，他微微挑眉："这么了？这样靠着睡，不舒服吗？"

她怔怔地看着面前的人，一时脑子凌乱无比，想换个姿势坐起来，却发现手被温浅握着。她将手抽了抽，对方没松。

温浅以为她是羞怯，眸里含了一丝笑："你该改个称呼了，哪有人这样称呼自己男朋友的。"

樊歆微怔，演唱会上的一幕幕如电影回放掠过，他为她弹琴唱歌，他当着千万人的面表白，他说，如果你愿意，就把手给我……此后，他便与她十指紧扣登上热气球，在高空俯瞰地面的刹那，他捧出鲜花送给她……原来这一切不是白日做梦，都是真的！

她捂起脸，这一刻的思绪既疯狂又焦虑。

疯狂的是，有朝一日，她的男神竟会对她表白，这太不可思议了。

焦虑的是，慕春寅知道肯定要砍死她！

她将脸埋在膝盖上，脑中乱如麻。

一定是今晚的气氛太美好，一定是那粉丝的尖叫太疯狂，那梦幻的场景一出来，她就像被流星砸了大脑，激动、惊喜，甚至有些无措……整个人都是蒙的，导致后面的行为都在非理智的情况下发生了。

她赶紧补救，讪讪地解释："温先生，今晚我有些糊涂……"

她的声音有些小，温浅没听明白，但见她对自己笑，他便也笑了起来，截住她的话："不糊涂，一切都很好，又乖又可爱。"说着伸手刮了刮她的鼻子，很亲昵的动作。

樊歆："……"又乖又可爱，她是兔子吗？

她指指车窗外的夜空，更卖力地解释："温先生，我承认我还喜欢你，但在我眼里，你就像天上的星星一样，我只要远远地看着就心满意足了，从没想过要摘下来据为己有。"

"不用你摘，我是自己跳下来落到你怀里的。"

樊歆："……"

"温先生，我直说了吧，咱俩今晚有些误会，我特别想上那个热气球，可我上不去，刚巧你把手伸过来，我就以为你要拉我上去……所以我的本意不是要答应你……"

温浅："……"

樊歆小心翼翼地看着他的脸："所以今晚的事，我们还是别当真了……"

温浅眸中有失落一闪而过，旋即他沉稳地笑着："在你眼里牵了手不算什么，但在我心里，牵了手就是约定。"

他的固执让樊歆不知如何是好，她深吸一口气，让自己冷静下来，然后认真地看着温浅的眼睛说："温先生，我觉得你不是喜欢我，你只是感激我，你把这种感激当成了喜欢。你的心意我收到了，但我真的不需要。"

见温浅张口要反驳，樊歆止住了他："温先生，咱能不能不讨论这个话题了，我晕车，想再躺会儿。"

温浅面色渐渐黯然，最终说道："好，那你休息吧。"

樊歆迷迷糊糊再次睡去，直到两小时后，车抵达Y市，回到慕氏宅邸。

车窗外路灯略显昏暗，黑色栅栏后是大片花园与三层楼的洋房，月色铺满庭院，晚风将花香吹进车厢。睁开眼的樊歆看着眼前熟悉的一切，睡前凌乱的心似被一只看不见的手抚过，忽然便踏实了些。

果然，家是最让人安心的港湾。

她刚要推门下车，一只手却拉住了她。旋即那只手的力度加大，她身子后仰，瞬时便落入了一个怀抱。

她惊了惊，一扭头便撞进温浅的眸子里，他深邃的瞳仁似一片沉静的海，内里却翻涌着炙热的潮流，他说："樊歆，我很清楚我的心。"

还没等她回答，眼前人影一晃，额上突然一暖，温浅清润的唇印上了她的额头，她耳根一热，想要往回退，温浅却握住了她的手，附在她耳边说："樊歆，我是认真的。"

樊歆才平复下来的心又因这句话掀起波澜。她什么都没说，拿着包包跑了，像只惊慌失措的小鹿，温浅坐在车内，目送她的身影离开。

她开了门，进了院子，上了楼，开了灯。二楼的窗户映出她窈窕的身影，宛若古代剪纸窗花里的曼妙女郎，她探头向这边张望，长睫如蝴蝶翅膀般扑闪着，纤细的脖颈优美似天鹅。而她的呼吸晕开在透明的玻璃上，弥漫出一片雾白，淡而静谧的秋霜色，越发将那剪影的美烘托得犹如一幅画。

车厢内的温浅看着这一幕，蓦地想起方才的归途。四个小时前，汽车疾驰在无尽的夜色中，眼前是蜿蜒向天边的道路，窗外是呼啸的风，而她倚在他的怀里，呼吸绵绵，睡态安然，唇角甚至弯着一抹浅笑，色泽如初春的樱花。

他微微一笑，向那亮着灯的房间自语："好不容易抓住了你，怎能放手？"

空荡的别墅里，樊歆一个人在家。

沐浴后，她坐在露台上看天上的星光。晚风徐徐吹着，她的脑子前所未有地清醒。她给莫婉婉打电话说了现在的想法，莫婉婉大惊："你疯啦！当时要死要活地喜欢他，现在送到眼前了，你却不要！犯贱还是矫情啊！"

樊歆道："演唱会那会儿人是蒙的，全场观众尖叫起来，我的脑子乱成一片……回家冷静后想清楚了，即便我再喜欢他，跟他也不现实。就算他真对我有点什么，我也不好答应，我这还有个慕春寅呢。谈恋爱要分精力的，我本来工作就忙，能陪慕春寅的时间不多，再找个男朋友，我就更没空照顾慕春寅了。"

"你是慕春寅的老妈子啊，你能不能想想自己啊！"

"交给别人我不放心，他这人吃东西挑，爱耍小性子，又有胃病……"

"那你这一生就不恋爱了，不结婚了，就围着他转了？"

"当然要结婚，但我得等他成了家有了老婆伺候才放心……估计还得好几年，一般男人肯定不愿等我，我更不好意思耽搁好男人，所以不管温浅到底是怎么想的，这事还是算了吧！"

"你这是打算为了亲情牺牲爱情？"

"算是吧。"

莫婉婉沉默了，过了一会儿一本正经地问："樊歆，待在慕春寅身边你真的开心吗？"

樊歆静默片刻说："客观来讲，开心跟不开心都有，他大多时候对我很好，但也有地方我受不了，比如性子多变、敏感、疑心重，对我看管得像犯人，扣押证件经济封锁，另外性格暴躁，一点小事就发脾气……"

"是啊，毛病那么多你也受得了。"

樊歆微微一笑，眸子在夜色里如星光闪烁："所以这就是家人啊，家人的相处模式就是他再不好、再多毛病，你再生气、再伤心，最后还是会包容……”

顿了顿，她总结道：“总之，我跟慕春寅之间，只要他没触我的底线，我就不会离开他。”

莫婉婉没再说话，两人结束通话后，樊歆躺回床上，打给了慕春寅，想解释一下演唱会的事。但电话不通，她只得挂了。

翻来覆去中，她慢慢睡了过去。

可她万万没想到，等待她的将会是一场狂风暴雨。

慕春寅是凌晨五点到的家，从万里之外飞回的速度快到令人咋舌，樊歆以为他再快也要明天回，没料到他披星戴月通宵就赶了回来。

窗外的天蒙蒙亮，似一块透着微光的墨玉。慕春寅携着一身潮湿的露水，砰地将房门推开，惊醒了正在熟睡的樊歆。

他大步冲向床边，径直将樊歆从床上拎起来：“去电视台！”

樊歆鞋袜都来不及穿，被他拖着往前走，刚醒来的她一开始还睡眼惺忪，旋即便被他乌云密布的神色给吓住，她问：“去那干吗？”

“还能干吗！”慕春寅浑身散发着凛冽的气息，拎着她的衣领，嗓门吼到窗户都在震，“去向全世界宣布，昨晚你说的都是胡话！”

“还有。”慕春寅猛地回头瞪她一眼，眼神冰刀般刮过她的脸，“出电视台后去民政局。”

樊歆更蒙了：“去民政局做什么？”

“结婚！”慕春寅墨黑的瞳仁席卷着骇人的怒潮，几乎是咬牙切齿，“既然你管不了自己，那就让王法来管！”

樊歆挣扎着甩开慕春寅铁钳般的手：“无缘无故我跟谁结婚？”

慕春寅脚步顿住，拽着樊歆的手冷笑着：“你想跟谁结？温浅吗？别做梦了！我告诉你，这辈子，你的名字就只能挂在我慕春寅的户口本下！”

“你说什么？”樊歆愣了几秒，像是听见这世间最荒诞的事，“我们怎么能结婚！”

“为什么不能，那天你还说你爱我！”她的反应让慕春寅暴怒，他一回头，将她按在墙上，“你前天才说爱我，转身就答应别人！你这朝三暮四的女人！”

屋内的墙面坚硬而冰冷，慕春寅背对着光，高大的影子覆在她身上，投下凌厉迫人的阴影。樊歆的背脊被他强抵在墙面，硌得有些疼，她惊诧地看着他：“我是爱你，可这是家人之间的爱，我一直把你当哥哥啊……”

慕春寅扣着她的手猛地一紧，他盯着她，嘴唇微微颤抖，脸色有些白，不知是震惊还是痛苦。他像是没听清楚，将脸凑过去问：“你说什么？”

樊歆不想瞒他，更不愿将这误会拖泥带水下去，于是稳稳心神说：“我不知道你为什么说那些奇怪的话。但我把你当哥哥，不会跟你结婚的。”

慕春寅踉跄了一下，站不稳似的。纱窗半掩后，室内略显昏暗，楼道上没有开灯，他靠着楼道扶手站定，模糊的光线中，他直直地凝视着她，墨黑的眸里有什么撕裂开来，说道：“你再说一遍。”

“我从没想过跟你结婚。”

这一声清晰无比，慕春寅眸里有剧烈的痛楚弥漫开来，像是再也承受不住这种痛苦，挥手将她一甩：“滚！”

他猛地松手，站在楼梯口的樊歆身子不平衡往后一仰，骨碌碌沿着楼梯滚了下去。天旋地转的磕碰后，她从二楼直直滚到一楼的拐角，膝盖处有什么温热的液体往下滑，滴在睡衣上，鲜红一片。

她痛得说不出话来，怔怔地将楼上的慕春寅瞧着，长长的大理石台阶，交错着灰褐与石青色的斑驳纹路，一级一级蜿蜒向上，构筑成一道冰冷的天堑，天堑尽头是他的脸庞。

台阶顶层的他也在看她，眼里似乎掠过懊悔，嘴唇颤了颤，却没有奔下来。

台阶下的樊歆如坠冰湖，她看了他好久，终于在剧痛中笑起来——他曾保证不再伤她，可他再次食言——像六年前的无数次一样，他一旦脾气发作，便全然不顾她的安危。

她记起六年前的那一天，也是在楼梯口，那天是慕叔叔的忌日，他们发生了激烈的争吵，他用力将她推到墙上，吐出的话如剜心的刀：“想给慕家赎罪？那就去死啊。”

她被这句话震在当场，冲出门去。街道上人来人往，她跌跌撞撞乱走，刚好遇到温浅，在那辆失控的轿车呼啸着冲向温浅时，她不顾一切将他推开。性命濒危的一霎，她躺在冰冷的地上，看着浑身的血疯狂涌出，她居然笑了，破碎的人生在这濒死的剧痛中圆满起来——她救了喜欢的人，更赎了自己的罪，真好……

“呵……”冰冷的大理石上，樊歆收回思绪，越笑越绝望……原来这罪远没有赎够，这么多年了，他依然毫无收敛。

她捂着伤处慢慢站起身，光着脚向门口走去，膝盖上的血顺着小腿滑下来，一步一串血滴子，可她没有痛感似的，脸上什么表情也没有。

推门声让台阶顶端的慕春寅回头，阴暗的光线如纱，将他面上的阴霾虚化得更加浓重。他看着她身后的一串血脚印，扣紧手中的楼梯扶手，指节绷得青白，最终将所有狂涌的情绪都克制住。他张了张唇，说：“今天你敢踏出这个门，就别再回来！”

樊歆背对着他，宽敞的一楼客厅衬托得她背影纤瘦又倔强，寂寂光影中她伤痕累累却背脊笔直，她右手握在门把上，流着血的左脚已踏出门槛，眼底弥漫出浓重的悲哀，旋即她踏出另一只脚，头也不回地离去。

一小时后，樊歆坐在莫婉婉家的沙发上，由着莫婉婉的私人医生包扎伤口。

这是莫婉婉的私人公寓，安全又隐蔽。莫婉婉瞅着她衣襟上的血，怒道："这慕春寅疯了吧！人在楼梯上也能瞎推吗？！"

她说着去数落樊歆："你看吧！你为他掏心掏肺连爱了十年的男人都可以放下！他呢？他是怎么对你的？"

樊歆什么话也不说，只木然地盯着窗户，医生给她冲洗伤口缝针包扎，再痛她都一声不吭。莫婉婉说着说着就住了嘴，她知道，樊歆身上的伤再痛也不及心里的伤，她这次是真被慕春寅寒了心，眼下表面上强撑着故作坚强，内心多半正哭得大雨滂沱呢。

莫婉婉掏出手机，拨了个电话出去："喂，温浅？"

发怔的樊歆回过神，伸手切断了莫婉婉的电话，轻声说道："不要把这件事告诉他。"

"为什么呀？"莫婉婉指指她的伤，"你的额头、膝盖伤得这么厉害，这还不跟他说！他可是你男朋友啊！"

"哪是男朋友了，我没答应啊！"

"你答不答应都没关系了，演唱会后全国都认为你俩是一对！温浅也早把你当女朋友了！"

"你别这样，慕春寅发起火来是个疯子，如果我再把温浅拖进来，矛盾只会越来越激化！反正你别告诉温浅这件事，他如果找我，你就说我去外地赶通告了。"

"你啊！"莫婉婉气得戳了樊歆脑门一下。待医生将樊歆包扎好以后，她推门出去。

莫婉婉同医生走后，樊歆独自待在房间，对着窗外的太阳，一待就是一上午。

晌午之时，莫婉婉回来了，脸色很难看，樊歆问她怎么了，她哼了一声，说："没什么，老娘不会再去盛唐了。"

樊歆猜测莫婉婉多半是去找了慕春寅，可莫婉婉什么也不说，一个人去了阳台抽闷烟。樊歆无奈，给赫祈去了个电话，赫祈一听莫婉婉的名字就来气："这莫婉婉可不得了啊！跟温浅里应外合，演唱会上将盛唐的一干高管全部控制……头条帝为这事要气疯了！"

樊歆这才恍然大悟，难怪那天温浅表白这么顺利，难怪演唱会结束她都没看见汪姐、周珅等人，原来都被莫氏与荣光的人控制了。

赫祈叹了口气，道："不过话说回来，莫婉婉也是条汉子，头条帝想杀她的节骨眼上，她居然敢回来当面对质！"

樊歆一惊："婉婉找慕春寅了？有没有怎么样？"

赫祈道："具体发生了什么我也不清楚，因为她跟头条帝关着门闹的，但两人出来后表情都极度可怕。哦，还有，头条帝也杀到了荣光，他跟温浅那架势，可把人吓得要死！总之这事越闹越大了……你现在是怎么想的呀？"

樊歆沉默了一会儿，对着电话一五一十地讲了。

空旷的阳台那边，莫婉婉已经抽到了第三根烟。

吞云吐雾的袅袅青烟中，她脑中浮起在盛唐董事长办公室的一幕。

宽敞的大厅里她跟慕春寅对立，慕春寅面色阴郁，紧盯着她："莫婉婉，我知道你的心思，所以我当你是盟友，无条件地信任你。"

他脸色难看至极，浑身笼罩着迫人的凛冽，仿佛下一刻就将暴怒而起，然而末了他却只冷冷一笑，缓缓道："我看错了你，但我不动你……我要你好好活着，体会跟我同样的痛苦。"

一晃两天过去了，盛唐一个电话都没跟樊歆打过，原本演唱会后她马不停蹄地要按公司的安排赶通告，如今任何声息都没有，也不知道慕春寅究竟怎么打算的。

她这边猜测不停，而盛唐的十八楼，慕春寅正被周珅、赫祈团团围住。

赫祈恨铁不成钢地说："头条帝，纵然樊歆有千错万错，你也不该对她动手，何况她还没什么错。"

周珅在旁痛心疾首："对啊，女人要靠哄的，怎么能暴力相对呢？"

慕春寅坐在沙发上抽烟，他是极少抽烟的人，如今茶几上的烟灰缸却堆了厚厚一层烟蒂，横七竖八摞起来小山似的。

赫祈接着道："我昨天跟樊歆打了电话，你知道她怎么说吗？"

慕春寅夹着烟的手一顿。

赫祈道："她说她没想过答应温浅，但你连解释的机会都不给她，大发脾气把她推下了楼。"

慕春寅将头埋得低低的，连续两晚没有合眼，让他的状态看起来很是憔悴，眼里全是血丝："其实我没想伤害她的……一天前我还在满世界挑求婚的礼物，她说她要星星钻戒，我不睡觉飞去南非找，又马不停蹄去意大利定制结婚礼服，去英国挑教堂……我想给她惊喜的，我想让她高兴，可等我满心欢喜做好一切，她却说从没想过要嫁给我……”

周珅同情地道：“能想象你那一瞬间的感受，简直是从天堂跌进地狱！”

慕春寅重重地拧熄手中的烟：“说这些也没用了，是我伤害了她……”

周珅接口：“你这行为的确愚蠢极了，不论樊歆对你是爱情还是亲情，她既然愿意为你放弃温浅，你就胜券在握，来日方长，咱可以把亲情慢慢转为爱情。可你不仅不抓住机会，还伤她的心！”

说到这，周珅皱眉道：“我现在担心一点……女人在伤心时会寻找温暖的怀抱，温浅原本没戏的，如今坐收渔翁之利，樊歆多半会投入他的怀抱。”

赫祈道：“那还等着干吗，赶紧将樊歆拉回来，春春你现在就去找她！你……”

他话还没说完，慕春寅已经快步出了门。

周珅推算得不错，“渔翁得利”的一幕正在莫婉婉家上演。

莫婉婉原本正在陪樊歆吃药，半途接到温浅的电话，温浅开门见山地说：“叫樊歆接电话。”樊歆的手机在与慕春寅争执时摔坏了，温浅打不通，这些天只能打莫婉婉的。

莫婉婉拒绝了温浅的要求，温浅似乎猜到什么，坚持让樊歆接电话，樊歆再躲不过去，只得接了。

温浅口气急切：“怎么突然去了F市？什么时候结束，我去接你。”慕春寅闹上荣光后，温浅担心樊歆，想要将她护在身边，但樊歆躲着藏着死活不见他，他长时间联系不上她，这几天已是焦灼难安。

“不用不用！”樊歆还想继续隐瞒，“我还不知道什么时候回，也许要十天半个月。”

话到此处，莫婉婉家的挂钟突然响起，那是个独特的复古报时鸟挂钟，整点一到，便伸出脑袋发出咕叽咕叽般的鸟鸣，因着声音并不大，樊歆便没多做理会。

温浅那边沉默下来，仿佛明白了什么，说道：“我知道了。”声音淡淡的，随即挂了电话。

见他挂了电话，樊歆松了一口气，拖着膝盖的伤处一跛一跛地去阳台，看着莫婉婉靠在栏杆上，在夕阳下听歌发呆——莫婉婉这些天不知为什么，频繁听着某一首歌发呆，那是一首粤语歌，樊歆只知道名字叫《电灯胆》，旋律不错，但歌词大意她没听明白。

樊歆问：“婉婉，听说慕春寅中止与你们莫氏合作了？”

莫婉婉将歌曲按下暂停，点头。

慕春寅虽然没动她，但其他手段却是少不了的，他因莫婉婉迁怒莫氏，中止双方合作，莫氏失去商业强援，损失不小。

当然，合作是双方的，损失也是双方的。莫氏受损，盛唐也好不到哪去，但慕春寅即便自损三分，也拒绝再跟莫氏来往，可见怨恨之深。

“对不起，你也是为了我……”樊歆满是愧疚，“你爸肯定骂你了吧。”

莫婉婉甩甩短发，满脸无所谓：“让他骂去，反正他也骂习惯了……从小就不管我，还找小三气死了我妈！”

樊歆沉默，莫婉婉口中的小三她是知道的，就是温浅的姐姐温雅，荣光集团的实际掌权人。

莫婉婉啐道：“这小三的图谋，姐还不知道吗？！家族落魄了，就想找棵大树拉自己一把。不过话说回来，她手段还是不错的，把我那老头子迷得团团转……”

樊歆道：“幸亏你不迁怒人，虽然讨厌温雅，却没迁怒过温浅。”

“谁说的，很久以前我也讨厌温浅，还老想揍他呢！后来发现他比我更可怜，就不讨厌了。”

“可怜？”

莫婉婉面向夕阳，朋克风的外套满是铆钉，在阳光下闪着微光，一头利落的短发被五月风吹得轻颤，她没心没肺的脸罕见地浮起怜悯：“那样的家庭，怎么能不可怜？”

待要再问，樊歆的耳畔却响起了门铃声，莫婉婉嘀咕道：“谁呀，送水的吗？”

她走到客厅开门，目光扫到门后那张脸上，跟阳台上的樊歆同时愣住。

温浅走进屋里，面对两个自称去了F市的女人毫不意外。当视线落在樊歆伤处厚厚的绷带上时，他一怔。

对这一幕，樊歆不知如何解释，只能挤出一抹讪笑：“这个……我不小心在墙上磕的。”

“对对！”莫婉婉赶紧打圆场，“她来我家玩，楼梯上不知谁丢了块香蕉皮，她就踩到，滑了一跤。”

温浅对莫婉婉的话恍若未闻，只盯着樊歆，目光深邃得近乎通透，仿佛早将一切洞穿，却为了保留她的尊严，不予揭穿。

须臾，他说：“是我没保护好你，以后不会出现这种情况。”

这明显话中有话，声音虽轻，他平静的脸上却透出了些端倪——他眸里有复杂的情绪涌过，似是浓重的自责，又似是疑惑终于得解。末了，他睫毛轻颤，再抬首已是一贯的波澜不惊，向樊歆伸出手道：“我送你去医院。”

樊歆摇头拒绝：“不用了，婉婉的医生帮我包扎好了。”

温浅道：“万一是内伤呢？不去医院拍片子能看出来吗？”

这话提醒了莫婉婉，马大哈幡然醒悟："对，咱还是去医院吧，现在摔跤都能把人摔成脑震荡，何况是从那么高的楼梯滚下来，万一有内伤就不得了了。"

樊歆抿抿嘴唇，没动。

温浅见状温声道："你放心，我有可靠的医生，他们会做好保密工作。"

樊歆抬眸看他，被他说动了——她也担心会有内伤，毕竟磕到脑袋不是闹着玩的。

她站起身，挪了挪脚，扶着墙往前走，膝盖的疼痛让她走路一瘸一拐的，狼狈极了。

莫婉婉正要去搀扶她，温浅快步过去，直接将她打横抱起。樊歆稳稳当当地落在温浅双臂之间，吓了一跳，拿手推他："温先生！你放我下来，我自己可以走！"

温浅皱眉道："这是五楼，你确定你能自己下去？"

莫婉婉跟在后面附和："对，樊樊你别瞎动，碰到伤口就不好了。"

樊歆张口还想说点什么，温浅又来了句："万一再摔跤，伤了腿骨可就影响跳舞了。"

樊歆不敢动了，舞蹈与歌唱可是她的命根子，她不能出现任何意外。

三人一前一后沿着五楼往下走，樊歆靠在温浅怀里，不经意间偷瞟向温浅的脸，他的俊颜一如既往清秀沉稳，可眉头却微蹙，直觉告诉她，温浅在压抑着怒气。

是怪她骗了他吗？她便问："温先生，你是不是在怪我？"

温浅抱着她慢慢走出公寓大楼，沿着小道逐步靠近小区的停车场。林荫道上，树影摇曳，斜晖遍洒。他沐浴在金色的日光中，目视前方，口吻平静："无能的男人才怪女人，我怪我自己。"

他说着低头看她一眼，黑眸中有柔软的情愫一闪而过，落在她额头伤处上，化作轻柔的怜惜。

樊歆被他看得不好意思，偏了偏头，刚巧挨在他的衣襟上，远远看去，像是她依恋地偎依在他胸口。他心中一动，刚想说什么，怀里的樊歆却猛地一僵，身后莫婉婉的惊喊脱口而出："慕春寅！"

温浅抬头瞧去，便见一辆招摇的布加迪威龙停在停车场外，慕春寅立在车旁，脸色铁青，浑身散着迫人的凛冽，周珅与赫祈站在他身后，三人见到温浅将樊歆亲昵地抱出来，全怔在那。

温浅面上有凛冽的眸光一闪而过，像包裹在棉花里的刀，看似不明显，却深藏锋利。他轻声自语："来得好。"见助手阿宋将他的保时捷开了出来，他将樊歆轻手轻脚地放进去。樊歆察觉出他的异样——他表情出奇地沉静，却又透着一种暴风雨来临前的平静感，樊歆抓着他的衣袖问："温先生你要干吗？"

与此同时，慕春寅一步步逼上前来，颀长的身影被夕阳投到地面，逆着光的脸庞布满阴霾。他将手搭在保时捷的车门上，居高临下地斜睨着正俯身安顿樊歆的温浅："你想把她带去哪？"

温浅恍若未闻，只是伸手往樊歆眼皮上轻轻一抚，道："把眼睛闭上。"

"啊？"樊歆还没弄懂什么意思，下一刻耳畔猛地传来砰的声响，似乎是谁的拳头重击到某人的身上。

樊歆大惊，将头探出车窗一瞧，就见慕春寅回击过来，一拳揍向了温浅，旋即两个男人打作一团。

一旁的赫祈、周珅、莫婉婉集体呆住——温浅这爆发得实在太迅猛，前一刻还优雅体贴地去捂樊歆的眼睛，眨眼间却将拳头落到了慕春寅的脸上，而慕春寅的注意力都在车厢内的樊歆身上，这一下猝不及防，结结实实挨了一记。

温浅收回拳头，紧盯着慕春寅，手往车厢内的樊歆一指："你把她伤成了什么样！"

慕春寅伸出拇指擦去嘴角的血，虽然吃了一记拳头，但不见任何狼狈，冷笑着反问："你凭什么介入我们？"话未落，一记狠拳挟着风声朝温浅击去，温浅中了一拳，旋即两人更猛烈地扭打起来。

"别打了！"几个人忙过去拉架，樊歆腿脚不便，只能在车内焦急地大喊。但两个男人哪肯撒手，慕春寅原本是来同樊歆讲和的，可一见樊歆你侬我侬地偎依在温浅的怀里，理智全去了九霄云外，而温浅自猜到樊歆的伤是慕春寅造成后便怒火攻心，只不过顾及樊歆的身体，将怒火强压了一路，打算从医院回来后再去算账。此刻情敌见面分外眼红，怒气尽数爆发，哪还控制得住？

樊歆急了，一瘸一拐地冲出车厢，拦在两个男人的面前："都住手！"

两个男人盯着对方，像两只捍卫自己领域的兽，毫不松动，樊歆只能一个个地劝。她先扯扯温浅的衣袖："温先生不要。"又去抓慕春寅的衣袖，试图让他的拳头松开，"阿寅，你冷静下。"

她这声阿寅含着念旧之情，慕春寅眸光闪烁，口气终是软了些："你跟我走，这事就算了。"

温浅截住他的话："樊歆，不要听他的。"

见樊歆迟疑，慕春寅道："我就跟你说说话，再动粗我就天打雷劈。"

樊歆只想快点将这矛盾化小，便点点头。慕春寅满意地收回拳头，牵着樊歆便往自己的车走去。樊歆走了几步，另一只手却被温浅抓住。见温浅握得紧紧的，樊歆只得劝道："我就跟他说会儿话。"

这口气颇像女朋友对男朋友的交代，温浅心里略微舒坦了些，将手松开。慕春寅见两人眉来眼去，火气腾地又升了上来，眼见又要开战，樊歆赶紧拉住他的手转移注意力："阿寅你要跟我说什么？"

慕春寅将樊歆塞进了自己的车，还不待众人反应过来，他用力猛踩油门，车子轰一声大响，流星赶月般狂奔而去。

樊歆从未坐过这么快的车。她以为慕春寅只是要她去车上说几句话，却没料到他的油门越加越大，炫蓝色的顶级跑车冲出小区后，火力全开，如发狂的猛兽飙过人群，在无数声路人的尖叫中冲出城市，一路飙上郊区。

郊区的道路人烟稀少，汽车如飓风般掠过柏油路，慕春寅打着方向盘，余光扫了一眼后视镜，见温浅的保时捷在后紧追不舍，冷笑道："阴魂不散！"

旋即，他油门一踩，车子轰的一声将速度飙高，车速快到风驰电掣，樊歆就见时速表上的指针瞬间拔高，路畔景象闪成模糊而连绵的影子，惊恐道："阿寅！停下……"

也不知过了多久，布加迪将保时捷甩到再也看不见，慕春寅才将方向盘向右猛打，将车子停到了路边，轮胎戛然而止的那刻，惊魂未定的樊歆坐在副驾驶座上大口喘气，脸色苍白。

许久，她缓过劲来，说："开这么快……你疯了……"

慕春寅手扶着方向盘，漠然盯着前方的道路，眸中有悲凉掠过，笑道："可不是吗？看你们卿卿我我，不疯也要被逼疯。"

樊歆没答话，她受到了惊吓，探头向车窗外瞅去。

她这举动再次激起慕春寅的火气，他抓住她的手腕，将她的身子扳回来："看什么！才分开几分钟，就这么想他吗？"

樊歆忍无可忍："跟他在一起我起码不会害怕！"

慕春寅的神色乌云密布，须臾后他敛起怒容，说："樊歆，你还想不想解决问题？"

樊歆问："你想怎么解决？"

慕春寅凝视着她，前一刻的狂风暴雨收去，倏然弯弯唇角笑了："我给你最后一次机会。"

他话落，从上衣口袋里掏出一个方正的戒指盒，樱桃红的绒面绘有精致的穿心莲藤蔓花纹，咔嚓一声轻响，他玉白的指尖叩开盒盖，动作轻柔如拂过一朵娇嫩的花苞。

盒里璀璨一片，星状的钻石在余晖中闪着光芒，明晃晃直逼樊歆的眼。慕春寅的嗓音无波无澜，却隐含着期待："你戴上它，过去的事我既往不咎。"

樊歆的视线扫过戒指，低头落在膝盖与手肘的伤上，瞧着那包扎的伤口许久，眼里有悲伤浮起："慕春寅，你就只想跟我说这个吗？"

"这是最重要的，其他事我们稍后再说……我知道前几天是我不对，你戴上它，我任你打骂，随你处罚，什么都依你。"他凝视着她，放轻语气去说服，"他有什么好？他有我把你放在心上吗？你说过的话、想要的东西、许过的愿望，我从来都记在心里。你喜欢的星星戒指我找到了，你想去爱琴海，我带你去，你喜欢热气球，我给你无数个……你戴上戒指，从此以后，你想干什么、想去哪，都可以……"

他握住掌心的戒指盒，将目光透过透明车窗遥遥落向远方，天际一轮斜阳终于坠下，只剩山峦间一抹浓淡相宜的晚霞，似铺开一卷宏伟瑰丽的锦缎。他的黑眸里满是憧憬，可他的话还未说完，樊歆垂下眼帘，摇头道："抱歉，我……"

仿佛意识到她后半句的内容，他截住她的话头："你可以考虑一会儿。"

然而樊歆将戒指推了回去，继续说出了后半句话："我不能要。"

不论她能否将他的伤害抛之脑后，不论她还会不会看在养父母的面上回到那个家，她都不会嫁给他。爱情的国度里，爱就是爱，不爱就是不爱，她勉强不来。

慕春寅的笑僵了下来，迎着春末的风一点点变冷——她这般果断拒绝，甚至连半点迟疑都没有。

她的坚定终于激怒了他，他定定地瞧着她，像被逼到走投无路的兽，抛出穷途末路的手段："樊歆，不要逼我封杀你。"

樊歆抓着坐垫的手一紧。

慕春寅一手撑在方向盘上，盯着她，一字一顿清清楚楚地说道："樊歆，如果你一意孤行选择那个男人，我保证，有我慕春寅在的地方，你樊歆永无出头之日。"

樊歆看着他，像是不认识他。

她从未想过有这样一天，他会这样威胁她。

那一瞬，有巨大的沉重排山倒海般倾轧而来，这些年他的束缚专制，他的伤害暴戾，那些年深日久的不甘、愤怒、痛苦肆虐而出，所有情绪交织一团，呐喊着、翻腾着，最终化为决绝。

她目视前方，阴暗的苍穹残留着最后一抹晚霞，凄艳的色泽宛如陈年朱砂。她唇角牵起一抹苦涩的笑，有英雄末路的悲哀："随便你。"

慕春寅的瞳孔骤然一缩，当最后的孤注一掷失败后，这世界仿佛一瞬崩塌，诸神俱死，天地无用，他再控制不住，开了车门，将她往车外一推。

仿佛还不够宣泄他的痛苦，他声嘶力竭地吼："滚！"

布加迪绝尘而去，樊歆就这样被甩在路边。晚风从四面八方拂过，寒意一层层透进衣衫。樊歆怔怔地瞧着布加迪离去的方向，捂住脸，想要号啕大哭一顿。

但她没有哭，因为温浅来了。保时捷轰地停在她的身旁，温浅跟莫婉婉匆匆下车，温浅打量着她，着急地问道："你还好吗？他有没有对你怎么样？！"

莫婉婉也焦急地上前查看，生怕她少了块肉："他没动粗吧！有哪儿伤了没啊？"

樊歆摇头，只觉得无比倦怠，坐在冰冷的地上，半靠着莫婉婉，说道："我没事，我们回去吧。"

回去的路上，温浅仍是担心那天从楼梯上摔下来的伤，将车开到医院，给樊歆做了个全身检查。医生说只是皮外伤，并无大碍，打针吃药休养一阵子就好，温浅长长舒了一口气。

三个人随便吃了点晚饭便回了莫婉婉的公寓，樊歆坐在沙发上，什么话也不说，莫婉婉问她跟慕春寅之间究竟如何，樊歆只是摇头苦笑，并不答话，之后她便回了房，温浅和莫婉婉也就不好再追问。

樊歆睡下后，莫婉婉站在阳台上抽烟，温浅立在一旁，端着半杯冰水，静静地端详城市的光影霓虹。

莫婉婉偏头看他一眼，道："你还在自责啊？"

温浅微拧着眉头："这事是我考虑不周，我没料到慕春寅会对樊歆动粗。"

"这不怪你，连我都不知道慕春寅对樊歆是那种心思，我一直把他们当亲情看来着！以前樊歆对身上的伤要么遮掩要么轻描淡写，所以我没想到慕春寅的暴力这么可怕，要是知道，那晚就是打死我，我也不会把樊歆一个人丢在慕宅。"

两人一阵沉默。

莫婉婉拍拍温浅的肩："别怪自己了，今儿你不是揍了慕春寅吗？这大概是头条帝第一次被人打！"她感叹道，"我还从没见你这么不顾形象地发飙过，在我眼里，你永远都是淡漠又高傲，我还以为你这双手只会拨琴弦，没想到捏成拳头这么粗暴！"

温浅没答话，扭头看向屋内，樊歆的房门紧闭，听不到里头有任何动静。

莫婉婉顺着他的目光看去，劝道："你就消消气，别再去找慕春寅，不然你们的矛盾一旦激化，樊歆肯定没办法安心养伤。"

温浅抿了一口水："我知道，没什么比她的身体更重要。"又道，"不早了，我先走了。"

莫婉婉瞅瞅墙上的钟："才八点啊，这么早就走？"

暮色中温浅的身姿略显消瘦，笔挺如修竹，自有一种静谧而沉稳的风致。他的指尖摩挲着水杯，若有所思："如果我没预料错，明天盛唐将会有大动作。"

莫婉婉也就不再留他："那你回去想对策吧。"

温浅搁下手中的杯盏，步履平稳地从阳台走向客厅，路过樊歆的房门时，他折返回来，大概是放心不下她，轻轻推门走了进去。

房里只开了一盏小壁灯，幽暗的光线里樊歆搂着小熊抱枕睡下了，乌黑的头发散在枕头上，微蹙着眉头，似乎在梦里也极不开心。

温浅站在她床头看了许久，长身玉立，轻轻松松地掩住了壁灯的光，那发梢的剪影逆着光投到雪白的墙上，像旧电影里安静而细腻的长镜头。

镜头越拉越远，虚掩的门外，莫婉婉夹着手中的烟，青灰的烟雾袅袅升起，将她狭长而英气的眉眼遮住，让人看不真切，她面朝房间的方向，有一霎的失神。

翌日上午，一则爆炸性新闻登上娱乐头条——《盛唐召开发布会，高调宣布封杀樊歆》。

一石激起千层浪，整个演艺圈一时被轰动，所有娱乐报刊及网络舆论都大跌眼镜，之前精灵歌姬在盛唐可谓风头一时无两，盛唐总裁亲自陪她赶通告拍电视剧，将最好的资源全拱手奉上，甚至在樊歆因戏受伤期间推掉一切公务亲自照料两个月，这种爱曾让无数女人嫉妒到咬碎一口银牙，而今盛唐翻脸，说封杀就封杀，毫不留情。

记者们在发布会上追问慕总裁缘由，慕春寅什么也不解释，只面无表情地回了句"不稀罕就不想要了"这种让人摸不着头脑的话。记者们听不明白，便一窝蜂去联系当事人樊歆，可樊歆的电话压根打不通。

双方一个不解释一个不露面，正值局面愈加扑朔迷离时，网上有一则小道消息传了出来。某个资深娱乐人爆料，盛唐之所以封杀樊歆，是因其违反员工合同，公司不允许艺人未经同意恋爱，而樊歆却私底下与天才音乐家拍拖，更不顾公司三令五申，于演唱会上高调宣布恋情，这才惹怒盛唐高层，将其封杀以示惩戒。

此消息一出，舆论顿时分为两派，一派是谴责樊歆的，既然跟公司签了合同，就该按契约精神，遵守规章制度。另一派则同情樊歆，毕竟真爱无罪，不论任何工作都不能压抑人追求感情的天性，更有甚者感动道："精灵歌姬宁可舍弃前程也愿不放弃温先生，我又相信真爱了……"

舆论界吵成一团，又一条重磅新闻而至。

——因樊歆严重违反公司合约，盛唐宣布与其解约，并向其提出高达3.2亿元人民币的天价违约金。

此消息一出，全国哗然。

3.2亿！刷新娱乐圈最高违约金，而且高出了数倍！

就在全民热议这天价违约金时，当事人樊歆正蜷缩在莫婉婉的公寓中，手里握着盛唐发来的传真——说穿了就是赔款通知单。

莫婉婉在旁道："慕春寅疯了吧！那谁谁解约也就赔了几千万！他一开口就是三亿！抢钱哪！"

樊歆一动不动瞧着传真文件，白纸黑字的纸张上，那串长达九位数的天价数字冰冷地落入她的眼底。

他果真是说到做到，步步紧逼，不惜将彼此的关系彻底撕裂。

窗外日光倾城，樊歆却指尖发冷，二十七年的感情，即便他们没有走到爱情这一步，也从未想过要以这样极端的方式分道扬镳。

她慢慢抬起手，撕了那份文件，一阵风过，雪白的碎片随着风凌乱散开，她怔怔地瞧着，只觉得身体的某部分也似成了那破碎的纸，拆骨断筋的痛。

翌日上午，温浅来到莫婉婉家，樊歆正在房间打点滴——医生给开了消炎针，每天上午都得按时打。

医生忙碌时，温浅与莫婉婉去了阳台。温浅两眼布满血丝，仿佛通宵未睡，莫婉婉问："昨天怎么联系不到你？新闻你看了吗？慕春寅不仅要封杀樊歆还要她赔钱。"

温浅压压下巴。

莫婉婉义愤填膺："反正我一分都不赔！我咨询了，律师说婚姻自由、感情自由，没有任何工作能凌驾于法律之上，阻止员工谈恋爱这条破规矩无效，咱用不着赔钱。"

温浅答非所问："你没看今早的头条吗？"

"什么头条？还没来得及看呢，我这不是陪樊歆打针换药吗？！"莫婉婉翻出手机，打开新闻网页，猛地一睁眼，"你脑子被门挤了，三个亿啊！干吗赔他！"

温浅看向头顶的天空，苍穹湛蓝流云飘逸，他薄唇勾起一抹弧度，半点肉痛的感觉也没有，反倒显出几分轻松愉悦来，说道："你这智商不会明白。"

"我怎么不明白，赔钱就是妥协了！"

"果然。"温浅摇摇头，用怜悯的眼神看着莫婉婉，"肤浅的人认为是妥协，却不懂这叫以退为进，反守为攻。"

莫婉婉："……"她还真听不懂……

温浅没跟她解释，径直进了樊歆的房间，医生已打完针离开，樊歆吊着点滴坐在窗前，遥望楼底小区花圃里的花，那是一大片金盏菊，黄澄澄金灿灿的，像一个个小太阳，往常她看到总会欢喜微笑，而今却笑不出来。

温浅走到她的身侧，跟她一起看向那片花。从房内往外瞧，方正的窗户像一个相框，将两人的背影定格为画面，他的颀长挺拔与她的安静端坐，刺眼的光线给两人镀上淡淡的光圈。这阳光下一站一坐彼此静默，有着写意风的唯美。

许久，樊歆转过头去看温浅："温先生，那笔违约金……"

温浅猜到她的意图，截住她的话："提钱的话就免了，好好养伤吧。"又道，"如果过意不去那就当借我的好了。"虽然是永远不用还的借款。

樊歆心里腾起感激，为他的体贴与进退有度——她承受不起这样的人情，如果他坚持不让她还，她必定寝食难安，倒不如以欠款的方式解决。虽然他或许就是说说而已，但这笔巨款，她会尽最大努力偿还。

温浅看穿她的心思，说："钱的事已经解决了，至于封杀的问题你别担心，我会替你……"

"温先生，"樊歆仰起头看他，"你是不是想动用你的力量解除盛唐的封杀？"

温浅反问："难道你想被封杀吗？"

樊歆摇头苦笑："我相信你有这个能力，但我不想把你牵扯进来。"

"这事本就是因我而起。"

樊歆否认："这事跟你没关系，我跟慕春寅走到这地步纯粹因为我自己，我对他只有兄妹之情而无男女之爱，有没有你我都会拒绝他的要求。此外，我不甘于他的束缚，内心一直存在反抗的念头，这矛盾早晚会爆发……"

她看向他，郑重其事地请求："温先生，我拜托你，别再插手这件事，我不想把事情越闹越大。"

她微仰着头，一双黑白澄澈的大眼睛凝视着他，温浅竟无法拒绝，半晌才道："那你接下来有什么打算？"

樊歆回头去看窗外的蓝天，苍穹辽阔到没有尽头，几片流云零散地飘荡着，像找不到落脚处的残缺风景。她看了很久，说："暂时还没想好，但我不会因为任何事停止自己的脚步。"

温浅凝视着她："樊歆，如果我不是你的追求者，如果我只是你志同道合的友人。如果我现在有一条崭新的路，你愿不愿意踏上？"

樊歆一怔："什么意思？"

温浅乌黑的瞳仁里藏着期盼，似埋在灰烬里隐约可见的红色的火种，有着不易察觉的炙热，最后他开了口："樊歆，跟我去奥地利。"

数日后，樊歆以证件丢失为由，向大使馆申请补办了新的个人证件，一切准备就绪，在某个夕阳斜坠的傍晚，她拖着行李箱走入机场。

飞机尖啸着冲向高耸的云层，越来越高。

樊歆倚着窗户，机舱外那灯火斑斓的城市在夜色里越来越远，最后只看得到星星点点的光。

她收回目光，将视线落到手中的机票上。

薄薄的机票，墨色小字清晰地印着目的地——巴黎。

法国，巴黎。

是的，她拒绝了温浅，没有去奥地利，独身一人去了法国。

处于封杀风波舆论中心的她，继续留在国内是种尴尬，而且她不愿盛唐荣光两大集团再为了她起纷争。此外，她亦厌倦了那些是是非非纠纠缠缠，或许换个崭新的天地重新出发，是更好的选择。

这一次，她想靠自己。

虽然婉拒了温浅去奥地利的好意，但她心底是感激他的。下午在机场，温浅来送她，两人告别时，她看着他说："抱歉温先生，我辜负了你的好意……"

彼时，温浅立在候机厅,细碎的刘海微微遮住了眉宇,窗外的阳光映入他的瞳仁，莹然如琉璃，他淡淡瞥她一眼，摇头："你不需要愧疚，人生能有想去的远方，也是一种幸福。"

她沉默片刻，问："我拒绝了你，你为什么还对我这么好？"

温浅仰头看向头顶的蓝天，慢条斯理道："樊歆，不管你现在是怎么看我，有句话我必须告诉你。"

湛蓝的天空有大片棉絮般的云朵，于浩瀚中自在徜徉。温浅轻轻一笑，指着那无拘无束的云朵说了一句话："这世上的感情有许多种，比如，他予你禁锢，而我，予你自由。"

第七章

巴黎

抵达巴黎是在夜里八点。

城市里果然能看见电影中的高大的梧桐、迷离的路灯、昏黄的光线、闪烁的霓虹与行走的白人面孔，这异国的浪漫之都有着它独特的韵味。

樊歆在国内便已联系妥当了房子，出租车顺着静谧的小路上去便到了——一套两室一厅的小公寓，面积虽然不大，但胜在简洁雅致。

房东是个热情又绅士的大胡子老伯伯，不仅帮着樊歆搬行李整理房间，还带着樊歆熟悉了周围的环境，樊歆曾学过简单的法语，与老外基础沟通没什么问题，房东便热心地告知周围巴士站、超级市场的位置，甚至连左右邻居都给樊歆介绍了。

与房东关系最好的便是对门这位旅居法国的英国老太太，房东介绍老太太时用了两个词——“可爱”、“才华”……樊歆原本还纳闷七十岁的老太太用可爱两字是不是有些违和，但后来事实证明，这两字适合极了。

比如，老太太没事时会跟樊歆聊天，她有些老顽童的属性，聊到中国文化时很兴奋，她说用中国话讲，她就是个“吃货”，她喜欢看《舌尖上的中国》，馋得各种激动，一边看一边问：“Wow！How？How？So cool this video！”说完后眨巴着蓝眼睛问樊歆：“Star，你会做中国菜吗？”当樊歆点头后，老太太表情期待地说：“太好了！今晚我们一起聚餐吧，各做一道拿手菜！”

于是那晚上，樊歆做了一道番茄炒蛋，此后便引爆了老太太串门的热情，因为老太太发现了越来越多好吃的Chinese food，什么鱼香茄子、蚂蚁上树……喜欢归喜欢，老太太还是有疑惑的，鱼香茄子里为什么没有鱼？蚂蚁能做菜吗……当樊歆做了红烧狮子头时，老太太脸吓绿了："Star！你们中国人连狮子的头也吃吗？"她的第一反应是不敢，当尝了一口之后便停不下来……樊歆对此哭笑不得。

当然，这么多菜不是白吃的，她也热情地邀请樊歆去她家做客。

第一次做客时，樊歆有些意外，因为瞧见老太太家存放了许多乐器与书籍。老太太对此笑眯眯道："每天与你谈论美食，都忘了告诉你，我是一个音乐教授，曾任职英国皇家音乐学院。"

樊歆一惊，这学院是全球顶尖的音乐学府，能在那任职教授，绝对不容小觑。

而老太太得知樊歆曾是个歌手后，也吃了一惊，此后两人的交流就更密切了。樊歆给老太太做美食，而老太太就将她的乐器与书籍同樊歆分享，还跟樊歆交流音乐心得……一老一少志趣相投，倒也愉快得很。

不过，老太太也并非日日在家休息，她是知名教授，偶尔会被各大学或者机构请去演讲。时间久了，信任了樊歆以后，老太太便放了一把钥匙在樊歆那，请她帮忙照看自己的金鱼与盆栽，作为回报，房间里的书与乐器随樊歆使用。

樊歆高高兴兴地接受了。在此之前，她想找唱片公司或者其他音乐机构继续自己的演艺事业，但过程并不顺利，她曾一度失落与迷茫——不过因为遇到了老太太，她的迷茫瞬间被另一种能量充满。

对，那就是新知识。她发现老太太的家简直像个宝藏基地，不仅有上等音质的乐器供她练习，还有数不清的专业书籍，不少还是市面上买不到的教材。那些丰富而精辟的高级专业知识，像给她打开了一扇通向未来的门窗，往她低迷的生活中投进一抹星光，她再次充满昂扬的斗志。

此后的日子，她几乎天天徜徉在书海与乐器里，海绵般不遗余力地吸收着精华与养分。

当然，也有一些深奥的知识，她看得一知半解，于是她会利用空闲向老太太讨教。如果老太太不在家，她会将问题写到便笺上，一旦老太太回家看到，她会在便笺上留下自己的解答……越交流，樊歆越发觉老太太学识渊博功底深厚，出国便遇上这样的邻居，樊歆感叹自己的运气真好。

令人诧异的不止这一点，还有老太太留在便笺上的字迹，那英文流畅又漂亮，遒劲浑厚，难以想象是出自一个七十多岁的老太太之手。樊歆只能暗道妙人自有妙处。

时间一晃一个多月便过去了。

这段时间，樊歆的事业看似停滞不前，但她内心是从未有过的充实与饱满。她甚至庆幸能够有这样一段宁静的时光，让她从娱乐圈的喧嚣忙碌中暂停，每天窝在那小小的公寓里，面对着书本与乐器，不断地学习充电。

其实每个人都该拥有这样一段历程，在轰轰烈烈不断向前的时光中，停下脚步，安安静静地沉下心来，不仅是学习，更是领悟与思考，反省从前的不足，看清未来的道路，明白当前该把握什么，更清楚日后要奋斗什么。

这一个月的努力，让樊歆更加坚定未来的目标，也能更坦诚地对待当下的处境。

——这段孤寂地窝在小公寓里进行积累与强化的时间，或许是她人生中重要的蛰伏期。

而蛰伏，是为了等待更强的爆发。

很快，她在蛰伏中看到了曙光。

她得到一个消息，国际音乐家安东·海登来到巴黎，正在为全球慈善儿童基金会开幕式寻找合适的女歌手。安东先生是享誉全球的顶尖艺术家，堪称业界教父级人物，如果得到这个机会，不管是谁，音乐之路多半会就此平坦。

她想去试试，虽然她知道强敌无数，但迎难而上亦是一种勇敢。

她将这消息告诉了老太太，彼时老太太去墨尔本作演讲了，樊歆隔三岔五跟她网上留言说一下金鱼或者花的事。老太太很快回了话，她支持樊歆毛遂自荐，但也告诉樊歆圈内人对安东先生的评价，安东不仅对专业要求苛刻，而且脾气有些古怪，让樊歆谨慎点。

樊歆将这话放到了心上，晚上思索着对策，不想老太太又来消息了，翻译成中文通篇只有八个字，“知己知彼，百战不殆”。

樊歆看后会心一笑，心想，老太太跟自己想的一模一样，于是她起床将安东先生的过往生平及作品又熟悉了一遍，以备不时之需。

翌日清晨，一切准备妥当，樊歆来到了安东先生下榻的酒店。

刚走进酒店，她被眼前的一幕惊住了。酒店外挤满了人，似乎都是慕名而来想拜访安东先生的，但他们都被保安拦了下来。旋即，樊歆也被保安拦住，保安手一伸：“你有邀请函吗？见安东先生必须有邀请函。”说着朝某个往酒店里走去的年轻人一指，“就像他一样。”

樊歆朝那人看去，对方有些面熟，是一个小有名气的歌手，他畅通无阻地进入酒店，路过那一干被保安拦下的众人时，面有得色地挥了挥手中的邀请函，引来一群人眼红艳羡。

然而他的得意并未持续太久，一刻钟后，他从楼上下来，面色灰败，看样子是被安东先生淘汰了。但他并不甘心，不住地对安东先生身边的工作人员说着什么，似乎是想再争取一次机会。楼上却冲出一个留有少许胡子的四十多岁的大叔，看起来脾气有些暴躁，他不耐地冲那男歌手道：“不用再说了！你不合格！别再浪费我的时间！”

他正是安东先生。

见安东先生下来，人群激动起来，有人在这等了几天都没有得到面见的机会，迫切的人们不顾保安的阻拦冲了上去，大厅里立刻乱作一团，有人还不小心推倒了安东先生的秘书。安东先生冲大厅里的人怒道：“走，都离开这里！既然你们没有资格，就算在这里站一辈子，我也不会给你们机会！”

他说着，喊来了保安，保安将所有人都赶了出去。樊歆远远地站在一旁，听到有人抱怨说，都怪某些狂热的想出名的歌手，不分日夜来酒店拜访安东先生，安东先生被惹怒了，现在没有邀请函谁都不见。

没有邀请函，上门拜访的路走不通了，樊歆回到公寓想对策。

聊天软件上，老太太问樊歆进展，樊歆将情况说了一下，老太太很快回了话，翻译成中文依旧只有八个字：“剑走偏锋，另辟捷径”。

樊歆对着电脑笑起来，为自己跟老太太的默契——她想了一晚上，就是在找捷径。

此后连着三天，樊歆每天都去酒店，却并不是拜访安东先生，而是在有目的有计划地蹲守。

第四天傍晚，樊歆的计划确定下来，她将自己收拾得干净清爽，来到巴黎塞纳河旁的一间咖啡厅。

当然，她不是来休闲的，她向店老板表示自己是个热爱音乐的年轻人，想在咖啡厅拉几首曲子，锻炼自己的能力。

老板应允了，并且给樊歆找了个幽静的位置，樊歆抱着小提琴，开始拉动琴弓。

琴音婉转悠扬，樊歆偏着脸专注而投入，几曲下来，咖啡厅里不少客人都鼓起掌来。只有靠窗的某个客人，慢悠悠地晒着太阳，恍若未闻似的，表情纹丝不动。

对，这个人就是安东先生。

樊歆利用三天的时间，摸清了他大概的作息时间，他一般上午在酒店，下午三四点以后会出来晒晒太阳、去塞纳河看看风景，然后在这家店喝上一杯现磨咖啡。

太多的人登门拜访毛遂自荐，安东先生一定腻烦了这种方式，于是她想找一个特别的方式，不动声色地推销自己，最后她决定用这种婉转的形式。

然而她拉了一个小时，安东先生却毫无动静。他倚着窗户看着杂志，喝完咖啡后，便离开了咖啡厅，自始至终没看她一眼。

樊歆表情有意料之中的平静，她收了琴，跟老板礼貌地告别，约定明天再来。

次日下午，樊歆再次来到咖啡厅，安东先生也来了，还是老位置，点着一杯现磨咖啡，耷拉着脑袋，在太阳下懒洋洋地喝着。

樊歆这次没带提琴，她弹着咖啡厅的钢琴，弹奏的曲子也不同。她想用循序渐进的方式让安东先生接受自己。昨天只是寻常的曲子，无非是想让安东喝咖啡有个好心情，而今天她希望引起安东先生的注意，弹的全是安东先生的作品——没错，为了这短暂的展示，她苦练了一个通宵。

可她失算了，当她弹到第四首曲子时，安东先生的咖啡喝完了，他路过她身边，仍然没瞧她，仿佛根本没听到她弹了什么。

回家后，樊歆想着这几天的经历，微感沮丧，这时老太太来消息了，樊歆告诉了她自己的进展，老太太给了她一句话："别灰心，我相信你是最棒的，加油！"

樊歆看着屏幕笑了起来，心里充盈着温暖，打起精神，她又去准备明天要展示给安东先生的内容了。

第三天下午，樊歆又去弹琴，一首弹完后她正要换下一曲，窗台那边歪着脑袋、慢条斯理翻杂志的安东先生突然往她身上扫了一眼。他灰蓝的眼珠像是阳光下的暗色宝石，那眼神通透犀利，半点也不像喝咖啡时散漫无谓的模样。樊歆心中一凛，她知道，她终于引起了安东先生的注意。

果然，安东先生朝她走了过来。

接下来的事情大大超出樊歆的意料，安东先生的手往钢琴上一压，止住了琴声。他露出一个轻蔑的表情，开门见山道："别弹了，三天前我就知道了你的目的！你的琴虽然弹得不错，但我对你没有任何兴趣，别再来打扰我喝下午茶的心情！"

他歪靠着钢琴，态度倨傲，樊歆却不愿放弃这个机会，看着他的眼睛，说："安东先生,打扰您的下午茶我很抱歉，但您既然知道我这三天都是为了您，就请您看在我的诚意上，给我两分钟的时间，就两分钟，听我说完这段话。"

安东讥诮地笑了一声："好，我就给你两分钟，不管你是哪个公司的，是谁的艺人，甚至跟哪个大牌有关系，对我都毫无作用。"

樊歆摇头："安东先生，我并没有什么特殊的身份。"

她这话发自内心，在国内她的确有一定名气，也曾得过SMT的奖项，但这都是过去的事了。自从她离开Y市来到巴黎，她就决定抛弃过去的经历，以一个新人的姿态重新起航。

缓了缓，她继续说："我来自中国，您可以叫我Star，我没有背景，之所以来到这，完全是出于对音乐的热爱。我知道这世上热爱音乐的人很多，也知道对您说这些话的人不止我一个，但我更知道您在找那个独一无二的好声音，请您给我一个机会，也给自己多一个选择，或许我就是您寻找的那个声音呢？”

安东先生斜睨她一眼，仍旧是一副高高在上的架势：“我凭什么要给你机会？就你这些空洞的语言？”

樊歆道：“不，不仅仅是语言，我还拥有这二十年来坚持不断的磨炼。我爱唱歌、爱演奏，我希望自己的歌声可以传播得更广，或感动人心，甚至成为一种温暖的力量，这就是我的梦想。”

安东偏头笑了笑，灰褐色的头发在阳光下闪着微光，说道：“好，那就让我看看你对梦想的坚持！”说着他松开了手，往钢琴上一指，“弹唱一首。”

樊歆没料到他这么爽快就答应，心下欢喜，稳了稳心神后，双手拂过琴键，弹奏起曾喜欢的一首歌曲——《夜空中最亮的星》。

钢琴声叮咚响起，清脆如泉水飞溅，轻灵如雨打屋檐，钢琴后的女子启唇而歌。

“夜空中最亮的星，能否听清，那仰望的人，心底的孤独和叹息。夜空中最亮的星，能否记起，曾与我同行，消失在风里的身影。我祈祷拥有一颗透明的心灵和会流泪的眼睛，给我再去相信的勇气，越过谎言去拥抱你。每当我找不到存在的意义，每当我迷失在黑夜里，夜空中最亮的星，请指引我靠近你……”

歌声明亮、琴声悦耳，咖啡馆里的客人不自觉地都将目光投了过来，有人露出微笑，有人享受地眯上了眼。而安东先生立在钢琴旁倾听着，唇角浮起微微笑意，正当樊歆心生欢喜之时，意想不到的一幕发生了。

静静站在那倾听的安东先生陡然睁开眼，猛地拿起身旁的水杯，将大半杯冰水全泼到了樊歆的身上！

哗一声水花溅响，全场哗然。

邻座客人们不知所措地看着，咖啡店老板亦吓了一跳。他试着上前查看，却被安东先生的助手及保镖阻拦住。而安东先生仍是那样高傲的表情，双手环胸，灰蓝色的瞳仁里写满了嘲弄，说道：“年轻人，如果你的梦想与坚持换来这样的结果，还是你想要的吗？”

樊歆被兜头淋了一身，头上、衣服上全是水，狼狈极了。

那样的尴尬中，所有人都以为她会愤怒离场或者开口怒骂，然而她却没有，她端坐在那，薄薄的唇紧抿着，透着一股静默的倔强，三秒钟后，在快速擦干琴面后，她继续拨动手中的黑白琴键，坚定如初地弹唱：“我宁愿所有痛苦都留在心里，也不愿忘记你的眼睛。给我再去相信的勇气，越过谎言去拥抱你。当我找不到存在的意义，每当我迷失在黑夜里，夜空中最亮的星，请照亮我前行……”

一曲毕后，樊歆仰起头来，黑白澄澈的大眼睛看向安东，既没有愤怒，也没有狼狈，面色平静地擦去了脸上的水渍，嗓音清楚利落不卑不亢：“安东先生，您可以不尊重我，不尊重许多像我一样无足轻重的小人物的梦想，但我却必须尊重这首歌，尊重这首歌背后的心血与创作的来之不易，既然唱了，我就要有始有终。”

安东先生勾勾唇角，饶有兴趣地看着湿漉漉的樊歆，半丝愧疚也没有，最后一转身，旁若无人地走了。

樊歆瞧着他的背影，这时一个鬈发蓝眼睛的小伙子走到她面前问：“我很喜欢这首歌，能再弹一遍给我听吗？”担心樊歆不同意，他补充道，“今天是我的生日，可我失恋了，心情糟糕透了！”

樊歆被安东拒绝，虽然心中失落，但看着小伙子哀戚的脸，实在不忍心拒绝，便微笑道：“好！祝你生日快乐，也祝你早日找到真爱！”

指尖轻快拂过琴键，十指的跳跃中，琴声再次奏响，歌声亦跟着响起。

在座的观众静静地听着，看着这个安静弹唱的中国女孩，背脊笔直地端坐在钢琴前，水打湿了她的长发与衣衫，浸了水的刘海贴在额上，凌乱的仪表却无法影响她的专注。她的指尖抚过黑白琴键，干净的嗓音随着优美的旋律在咖啡馆里回荡，金色的夕阳从窗外照进来，她微侧着脸，白皙的脸庞写满执着与认真……

咖啡馆静得只听得到她的琴声与歌声，全场被她的态度感染，当最后一个音符落下，在场所有人爆发出热烈的掌声，人们看着她，露出发自内心的敬佩与感动。

樊歆起身，向观众鞠躬致谢，随后擦去了身上的水渍，走出咖啡店。

脚刚踏出门槛，她却步伐一顿，安东先生就站在门后，原来他压根没有离开，而是静静听完了第二遍。

他看着她，这次没有嘲讽，灰蓝的眼珠里有淡淡的赞赏，他将一张名片塞到樊歆手中，说：“准备一下，一周后去维也纳找我。”

樊歆这才明白过来，其实这些刁难都是刻意的考验，她双手接过名片，惊喜地道谢。

安东摆摆手：“先别高兴，评审团很严厉，你的机会也许不到百分之五。”

樊歆一笑：“那我也要争取一次，但凡能够企及的，我就要全力拼搏。”

“很好。”安东先生微微一笑，走了。

夕阳在塞纳河上泛出一片粼粼金光，安东先生沿着河岸缓缓走着，他的助手跟在身后。年轻的助手不解，问：“安东先生，您真想给她机会？这不理智。慈善会开幕式那么重要，她只是一个籍籍无名的新人，我们为什么不选择得过格莱美大奖的海伦女士，或是有二十年演唱经验的奥古斯丁？”

安东笑了笑，望向风景如画的湖面，比出四个手指：“四个原因。

“一她的歌声具有穿透力，音色很美，很干净，符合我对歌者的要求。

“二她是真心喜爱音乐，当我将水泼洒到她身上时，她停下音乐后第一时间不是擦拭自己，而是擦拭钢琴。

“三她是个善良的人，那样狼狈的情况下，她没有拂袖而去，反而为一个素不相识的人弹奏歌曲，足见友爱良善，这一特征符合全球慈善大会开幕式歌手的要求。

“四这是最重要的一点，她足够坚持，我故意刁难和羞辱，她却并未恼怒离场或尴尬放弃，而是选择将一首歌继续弹唱完，可见心性坚定，临危不乱。”

安东总结道：“这样的人才好好培养，未来不可限量。”

顿了顿，他语气一转：“当然，她再好我也是给她敲门砖而已，能不能得到机会，要看她自己的实力，毕竟评审团的两个老顽固，不好搞定……总之祝她好运吧。”

当晚，樊歆回家后将初战告捷的消息告诉了老太太，老太太为她高兴，说要为她庆祝，樊歆只当她又热情奔放地开玩笑，不想一小时后门铃一响，有外卖员送了一个礼盒进来，樊歆拆开一看，竟然是个漂亮的小蛋糕，水果中央居然是一个巧克力叮当猫，可爱极了。蛋糕附带的卡片落款是艾琳，那是老太太的名字。

老太太人在千里之外，还不忘用这样温馨的方式为自己庆祝，樊歆心中一暖，用手机跟老太太发了个消息，谢谢她的关心。

半分钟后，老太太回了一句话：“好的开端是成功的一半。星星，加油！”

樊歆吃着蛋糕，心中暖洋洋一片，而且果酱还是她最喜欢的蓝莓口味，她只能感叹老太太真是太合她的心意了。

接下来的时间，樊歆都在做准备。安东先生虽然给了她机会，但她知道，安东先生这一关顶多只是初审，后面还有多人评审会，她面临的考验将更为严苛。

因此，她更加努力积极地应战，准备了多首不同语种的歌曲，另外她不仅练声、练琴，还要大面积阅读相关专业的书籍，储备理论知识以备评审提问等不时之需。这一大排迎战课程下来，她的时间排得满满的，从早到晚，几乎除了吃饭睡觉根本没有停下来的时刻。

时间如白驹过隙，很快，一周就这样过去了，第六天的晚上，她收拾东西准备去奥地利。

一切就绪后，她躺在床上，想着明天未知的旅程，有些紧张又有些雀跃，这感觉像即将推开一扇未知的大门，而这扇门后，也许就是命运的拐角。

突然手机叮咚一响，提示来了条短信，她点开短信，下一刻表情僵住。

清晰的手机屏幕上，短信提示她的银行卡上汇入了一笔巨款！足足八位数！

哪来这么多钱？她打开网银一查，发现这笔款项来自国内，竟然是盛唐的财务账号。

樊歆打电话问盛唐曾经的同事，她被封杀后同事们不敢跟她明着通话，但有人偷偷发短信给她，说是慕总的吩咐，还说这钱是这几年樊歆赚的酬劳。

樊歆有些蒙。慕春寅这意思是，她赔了他的违约金，于是他就把她入行以来所赚的酬劳一并结清，从此两人互不相欠，再无瓜葛？

她握着手机，看着那串长长的数字，心情压抑而沉重。

曾亲密无间的两个人，曾以为会维系终身的亲情，最终还是在命运的道路上分道扬镳。果然人生如旅，世事无常。

她轻轻叹了口气，放下了手机，将视线投向窗外的夜色，夜空如墨玉深邃，如锦缎浓郁，她默默地看着，手机忽然又来了消息，打开一看是老太太的。

只有一句话："预祝奥地利之行一帆风顺！"

樊歆对着这话看了半晌，笑了起来，将方才的不快与沉重抛到脑后，给自己加油打气："别再想不开心的事了！虽然前路也许会遇到坎坷，但为了梦想，为了妈妈的夙愿，去了奥地利必须好好表现！加油！"

一番昂扬的鼓舞下，樊歆满怀斗志地睡了。可她万万没料到，奥地利之行的惊心动魄远远超出她的预料。

奥地利的首都维也纳。

金色的阳光照耀着这个城市，晴空如洗，万里无云。

"Star，感谢你对我们全球慈善会的关注，但你不符合我们的要求，请回吧！"

宽敞的排练厅内，在唱完三首歌后，樊歆就得到这样果断的一句话。她站在排练舞台上，愕然地看向大厅正中端坐着的三位评委。丢下这话的是正中间的评审霍尔先生，他年过六旬，两鬓已经花白，语气也很平淡，但眼神格外严厉。如果说安东先生是大师级人物，那这位霍尔老先生则规格更高，他是安东先生的导师，堪称乐界泰斗。

安东先生就坐在霍尔先生的左侧，他偏过头凑到霍尔先生耳畔，似乎想帮樊歆说点什么。霍尔先生却径直摇头，话说得很直白："安东，我理解你对她的欣赏，但我们三个评审只有你一个人通过是无效的，毕竟我跟史蒂夫……"他说着指指右侧的史蒂夫，"我们都觉得她没有资格做开幕演唱嘉宾。"

那边史蒂夫跟着点点头。

台上樊歆沉默了一会儿，然后诚恳地问道："霍尔先生，我想知道自己究竟是哪里有所欠缺？是实力、经验……还是资历？"

霍尔老先生端坐在那，虽然已过花甲之年，但衣着整洁、背脊笔直、眼神犀利又通透，自有一股大家风范。他淡淡地瞥她一眼，说："Star小姐，你的唱功的确不错，选取的《白兰鸽》《花儿都到哪里去了》《红河谷》三首歌毫无疑问也很美，但这也有致命的弊端，因为你唱得再好都是翻唱。我们儿童慈善协会作为全球最具有号召力的机构，更希望有自己专属的开幕歌曲，所以你懂我的意思吗？我们需要的是原创歌曲！"

右侧的史蒂夫接口："我们对歌手的要求严格，不仅需要对方是歌唱型歌手，更必须是创作型歌手，我们认为，只有自身一点一滴创作出来的歌曲，才能在歌唱时深入地触摸到旋律的灵魂，打动人心。"

樊歆看着三位评审，说："所以我被拒绝的理由是，我没有原创能力、没有自己的歌。"

霍尔和史蒂夫一起点头。

樊歆不说话了。让她唱歌容易，可独立作曲作词的确在她的能力之外了，她只是业余时学了点皮毛，水平远远算不上专业，之前她敢改温浅的歌，是建立在已有雏形的旋律上修改，顶多只算再加工……所以这一点上，她的确没有资格，亦没有作品能参加慈善会。

但即便如此，静默三秒后，她仍开口问道："如果我能创作出自己的歌曲呢？离开幕还有两个月，如果我能在一个月内创作出独一无二且符合慈善会的歌曲呢？"

"这不可能！"霍尔先生答得很干脆，然后翻翻手中的履历表，向樊歆道，"我看过你的履历，你会提琴、钢琴甚至会跳舞，过去也取得过不少成绩，我承认你的多才多艺，但这并不代表任何事情你一点就通，因为作曲绝不像你想象的那么简单，请回吧。"

"霍尔先生，我相信事在人为，请您别这么快就否定我。我承认，对于创作这一领域来说，我是个新人，但哪个行业的资深人士不是从新人起步的？积累与学习固然重要，但勇气与决心同样重要，它们甚至能创造奇迹。我希望您给我一个机会，或许加倍勤奋与努力，我能够完成这个任务呢？"

"勇气？"霍尔先生淡漠一笑，"我知道你们中国有句话叫初生牛犊不怕虎，无所畏惧的勇气是好的。但空有言语，而没有有力的作品，只能是不切实际的妄想。至于机会，我不是不给，是没有必要给！一首歌的形成，作曲、作词、编曲是一系列复杂而庞大的流程，对于一个门外汉来说太过困难，而你居然想要在一个月内学习熟悉且完成这个任务，这太荒诞了！"

霍尔先生说完转过头去，一副毫无回旋余地的模样，但樊歆还是想再争取一下：“霍尔先生，请您……”

“不用再说，我们不会考虑你的！”霍尔先生打断她，“我的时间很宝贵，后面还有不少歌手等着试唱，请你离开吧。”见樊歆还在台上，他摁了摁桌子上的响铃，语气不容忤逆，“保安，把这位小姐请出去！马上！”

五分钟后，樊歆踏着沉重的步伐走出音乐厅，她没有离开，而是走到了音乐厅顶层。

空旷的顶楼露台上，樊歆脑中回想着霍尔先生那决然拒绝的态度。没日没夜准备了这么久，却得到这样的结果，她不是不难过的。

站在高耸的建筑上，她俯瞰着城市的广阔，鳞次栉比的楼宇、密集如网的马路、川流不息的人群，无边的风空旷地吹来，她静静地看着，忽然有些迷惘。

这庞大的城市，这渺小的自我，这孤独的旅程，这固执的追逐。

奔跑在梦想的道路上，她常觉得梦想是个难以企及的梦，她不知道自己的方向是对是错，不知道自己的选择值不值得，也不知命运的后半段是否还有更多挫折与磨难，她甚至不知道自己努力的前方，有没有彼岸。

然而即便如此，她仍然想要坚定地走下去，不因挫败而退缩，不因坎坷而畏惧，不因灰败而怯懦。

她默默地站了一会儿，张开双臂，迎着阳光而立——她习惯在迷惘或低落的时刻面向太阳，仿佛那些阳光沐浴在身上，就能抚平心中所有的消极。

她仰起头，对着天空轻声自语：“妈妈、慕叔叔……虽然现在心情有些难过，但我不会放弃的。我会继续努力，总有一天，我要成为你们的骄傲！”

她身后十余米的地方，逆着风的方向，有个身影正静静地凝视着她。阳光落在他脸上，映出清朗的轮廓。

她并未察觉，说完这番话后，觉得舒坦了许多，扭头准备离开，却听见不远处有脚步声传来，一抹阴影投在远处的墙上，高挑颀长，像是个男人的身影。

是谁？刚刚在背后看着她吗？

她快步追过去，什么也没看到，待要再仔细寻找，却看到了安东先生。安东耸耸肩，看着她惋惜道：“Star，我欣赏你的才华，但今天的结果我很遗憾……”

樊歆摇头：“安东先生，您千万别这么说，我要谢谢您对我的欣赏与帮助，这次我失败了，是我自身能力不足，我不会埋怨，更不会推脱自己的责任。日后我会多加努力，提高自己的水平。”

安东先生看了她一会儿，突然露出疑惑的表情：“Star，前些天看了你的履历我才知道你的身份，你明明跟温……”他似乎觉得太过唐突，换了另一种说法，“你是个很努力也很坚定的人，但我想说，既然你身边有能力强劲的朋友可以帮你，甚至能直接给你提供机会与舞台，你为什么不借助？也许他还可以给你一座城堡，让你不用四处奔波，免受风吹雨打，你为什么不呢？”

“那是因为……”立在高高的平台上，樊歆隔着栏杆向音乐厅外的平坦马路一指，那路边耸立着一棵茂盛的大树，正在阳光下盎然蓬勃的生长。樊歆的声音很轻，眼神却格外坚定：“我想做一棵树，不依附任何人，独立地向上生长。”

安东先生没再说话，挥手向樊歆道：“那祝你好运！”

樊歆挥手告别，拖着行李箱离开了。安东先生看着她越来越远的背影，末了露出恍然大悟的表情：“我终于明白温浅为什么不仅拒绝霍尔先生的宝贝孙女，还要自动辞去评审团一职了……”他若有所思地点点头，“这个女孩值得他这么做。”

说到这，他话音蓦地一顿，看着身边不知何时靠近的英俊的年轻人：“啊，是你啊？刚才站在这的也是你吧？之前在幕后看她演唱，现在敢露面了……”又指指远处的樊歆，“她已经走了，今天的事好像有些打击她，你要不要前去安慰一下？”

年轻男人身材颀长，浅色衬衣、米色休闲裤，阳光落在他身上，卷袖的洁白衬衣露出修长漂亮的手，墨黑的头发、墨黑的眼睛，脸庞清秀如暖玉。

七月份的维也纳不算很热，温度相当于国内的初夏，大街小巷来来往往的都是人。樊歆拖着行李箱走过熙攘的街道，准备坐巴士去机场。

穿过人流最密集的地带，她听到前方有嘈杂的声响，似乎有人在怒吼，还有孩子的尖叫和啼哭，左右还围了几个行人……樊歆没心思关心这个，她拖着箱子挤过人群，脑中有些乱，思索着下一步回巴黎该做什么打算。

正当她沉浸在自己的思绪里时，砰的一声大响，什么东西砸到了她的行李箱，冲击力让箱子摔在了地上，随之而来的是一阵细微的哭喊，樊歆定睛一看，就见一团衣物般的东西落在了行李箱旁，而里面包裹着的，正是一个小婴儿！

来不及多想，樊歆急忙去查看婴儿，小女婴应该是从楼上不小心坠下来的，顶多是二楼阳台的高度，楼层不高，她包裹得严实，又是屁股着地，砸在樊歆柔软的行李箱上，冲击力减缓，倒也没受什么伤，只是受到了惊吓，张开没长牙的小嘴哇哇大哭。

樊歆抱起婴儿左右张望，正要问问是谁家孩子不小心掉了下来，一个三十多岁的络腮胡大汉冲了下来，离得老远都闻到他一身醉醺醺的酒气。他怒容狰狞，远远地对樊歆吼道：“把她给我！”

而一个瘦弱的女子则紧紧跟在大汉身后，不住拉扯着大汉，冲樊歆哭着尖叫：

“不要给他！他会杀了她！”

“你这婊子！”男人甩开哭泣的女子，去拉扯樊歆怀里的孩子，樊歆本能地向后退了几步，男子狰狞着脸号叫起来，“把那野种给我！”

他红着眼满身酒气，早已失去理智，像一头发狂的兽，樊歆心中一凛，却是将孩子搂得更紧了些，担心暴徒发作伤害人。她连连退了几步，不料男子暴怒，将什么黝黑的物件掏了出来，下一刻樊歆额上一凉，整个人惊在当场。

一支黑洞洞的枪口顶在了她的太阳穴上！

周围人群尖叫着散开，街道上一片混乱。男子发疯般冲樊歆咆哮：“把这杂种给我，不然老子打死你！”

“鲍勃！”随后而来的女子吓得手足无措，她战战兢兢到语无伦次，“你疯了！你竟然带枪……这是犯法的……你停下，你不能这样……她是你的女儿！”

“滚开！你这该死的婊子！你同那老男人的杂种都该死！”鲍勃一脚踹开女人，手中的枪仍是一动不动地顶着樊歆，说着又歇斯底里地吼了一声，震得樊歆的耳膜都要破掉，“把这野种给我！我非杀了她不可！”

枪口下的樊歆抱着孩子不敢动弹，从小到大她从未经历过这种惊魂时刻，生死或许就在眨眼间。她感觉鲍勃的手指触到了扳机，或许下一瞬间她就能听到脑袋开花的声音。

命悬一线，樊歆背脊发凉，她从未有一刻像这样恐惧过，她的手肘动了动，看了怀里的孩子一眼。

她只是无辜的路人，不是圣母。她在乎自己的命，恐惧死亡与疼痛。她不想卷入这场家庭纷争，有那么一刻她想还了孩子，换自己全身而退。

但要递过去的瞬间她又迟疑了。怀里那小小的女婴粉嘟嘟一团，像未开放的花朵，她不敢想象这可爱的孩子下一刻就会血肉横飞。

她要活，可这一条命，同她的命一样宝贵。

她的确不是圣母，但她也做不到眼睁睁地让这孩子去送死。

克制住身体的战栗，樊歆强行稳了稳神：“鲍勃先生，您冷静一下……”

鲍勃焦躁地怒吼：“我没法冷静！这婊子给我戴绿帽子！还生了下贱的野种！”

“鲍勃先生……”

“住嘴！别给老子玩花招！”鲍勃拿着枪恶狠狠地顶着樊歆的脑袋，“你们女人没一个好东西！别以为我不知道，你是想转移我的注意力，好趁机报警！我告诉你，警察要是来了，我就拿你做人质，他们敢动我，我就崩了你！”

“不！您别激动，我没想过报警……”樊歆举起没抱孩子的左手，做出投降的姿势，旋即将手机扔了出去，“您看……我把手机丢了……没法报警的！而且我不会反抗的，您这么高大，我根本不是你的对手……”

见她把手机丢得老远，又的确是个纤瘦的小身板，鲍勃的警惕心松了些：“别再废话！把孩子给我！”说着又暴戾嘶吼道，“他们给我多少伤害，我就给这个野种多少伤害！”

他紧扣着枪，狰狞的笑在这街道内回响，樊歆压抑着内心的恐惧，环顾左右——人群已作鸟兽散，虽然她丢了手机无法报警，但她看到附近有人躲在安全地带打了报警电话，警察肯定马上就到，她现在要做的就是拖延时间。缓了缓，她放平口气说：“鲍勃先生，我相信您一定有苦衷，您不要冲动，也许这只个误会……”

鲍勃狂躁地打断：“什么误会！我辛苦工作养家，没日没夜，就想给她好一点的生活，可这婊子却为了钱，背着我跟那老男人好上！既然她背叛我，我就让她后悔！”

樊歆摇头，看向一旁惶恐的女人：“不，我认为您的妻子没有背叛您，她是爱着您的啊！”

女人在旁哀哀道：“鲍勃……你误会了，我从没跟劳伦斯有什么！他只是我的老板而已！”

鲍勃挥着枪大喊：“少来这套！我再也不会相信你！你这荡妇！”

“鲍勃先生，我想你真的误会了！”樊歆在打量那女人一圈后出声，“你的妻子是爱着你的，不信你看看她的无名指！她还戴着你们的婚戒，跟你无名指上的一模一样。”

顿了顿，她用更清晰稳健的声音劝说：“如果她真爱上那个有钱的男人，她为什么还戴着这枚普通的戒指，她大可以换上昂贵的钻石戒指、宝石戒指！您再看看她的衣服，如果她是贪慕虚荣的女人，跟了有钱的男人，为什么不换上奢侈的华服，还要穿着这一身普通的衣服！你看那褪色的袖口，她起码穿了两三年！”

鲍勃微愣，朝女人看了一眼。女人穿着牛仔衬衣，袖口磨得有些发白。女人举起戴戒指的手哭泣道：“鲍勃……我向上帝发誓，我对你的心从未变过，我们结婚时的誓言，我现在都还记得……我怎么可能背叛你？”

鲍勃有片刻的松动，旋即摇头大喊：“我不信，他们说了，看到你跟劳伦斯在酒店……对，就是去年五月，这野种一定是那时候来的！”

鲍勃的妻子哭道：“鲍勃……不要听他们胡说，格鲁醉后的疯言疯语都是编造的，上次他也说苏珊偷了东西……可苏珊明明是无辜的呀！你怎么还能听他的话，怀疑我对你的感情，还怀疑我们的孩子？”

“你还狡辩！你这谎话连篇的女人！”

“她没有狡辩。鲍勃先生，人世间的流言是最可怕的东西。如果你有眼睛，你就不要用耳朵听别人说你的妻子。”樊歆看着鲍勃，嗓音压得轻柔而真挚，像心平气和地劝说着一个友人，“鲍勃先生，我相信你的妻子深爱着你，你们感情的结晶说明了一切。不信请你仔细看看你的宝贝，她绝不会是你太太与他人生的，因为这孩子有一双紫色瞳仁，跟你的一模一样，这世上紫色瞳孔的概率非常低，像这么漂亮的紫罗兰色更是罕见，她明显就是遗传了你。你再看看她的头发，你太太是红褐色，而孩子的跟你一样，都是漂亮的亚麻色！遗传是最好的血缘证明，这绝不会有错！”

女人跟着道：“是的，鲍勃……你看看我们的宝贝，她的眼睛、鼻子、头发……多么像你啊！”

鲍勃低下头去看孩子，果然，襁褓里那双紫色的大眼睛正冲他一眨一眨的，只是被吓到，哇哇地哭着，满脸都是泪水。樊歆指着孩子的小脸，用诚恳的口气说：“我说得没错吧！她很像您吧！”

鲍勃的眼光不自觉地闪烁，目光却凝在孩子的脸上，很明显，他的内心有所动摇。

樊歆继续说：“鲍勃先生，您心里已经有答案了是吗？她就是您的骨血，是您的女儿，是上帝赐给您的天使……您想想第一次在产房抱她的幸福，想想给她取名字时候的喜悦，想想与她所有的点点滴滴……那些天伦之乐，那些幸福的时刻……您还记得吗？”

鲍勃的表情有一刹恍惚，有柔软在他瞳仁深处浮起，似乎想起了过去与孩子的点滴。樊歆趁热打铁：“您是爱孩子的，您也爱自己的妻子，不要因为冲动蒙蔽了自己的爱，更不要因为谣言毁了自己的家庭与幸福……”

鲍勃怔怔的，握抢的手松开了些。这时，孩子由先前的小声呜咽猛地放声大哭，樊歆抓紧机会说：“咦，孩子怎么哭得这么厉害？是不是刚才从楼上摔下来受伤了，鲍勃先生，您能不能把枪放下，让我检查下孩子有没有受伤……”

鲍勃的妻子跟着也紧张起来：“鲍勃，让我看看孩子……她还这么小，受伤就不好了。”

见鲍勃犹豫，樊歆握握孩子的手：“鲍勃先生，我没有别的意思，我只是想看看孩子的情况，她的手脚好冷，我担心她不仅受伤，还受了凉，受凉严重一旦转为肺炎就糟糕了，会有生命危险……”

鲍勃静默几秒，握枪的手别开了角度，就在此时，樊歆的余光瞥到人群中有人影一闪，她心头大喜，抱着孩子猛地蹲下身。旋即两声闷响，有什么东西击中了鲍勃，他一声痛哼，身子一僵，软软地躺在了地上。

警察来了！

鲍勃被麻醉枪击倒！

警车的尖啸声中，警察冲了过来，躲在安全处围观的人群一下子涌了过来，街道上一阵骚动，女人冲过来抱住了孩子再去查看倒地的鲍勃。

混乱的人群里，樊歆大口喘着粗气，没人知道，重获安全的她，方才那一番看似冷静理智的话，是怎样硬生生地迎着脑袋上冰凉的枪口、克制着巨大的恐惧一字一句说出来的。

摸摸后背，全是冷汗！

而人群的另一侧，有人狂奔着脚步刚刚赶到，看到转危为安的樊歆，他心急如焚的表情终于沉缓下来。

他的助理跟着奔了过来，弯着腰气喘吁吁，话语里含着庆幸："我们来晚了一步，但万幸，樊小姐没事就好！"

身材挺拔的男人点点头，树影落在他脸上，斑驳的光线中，他长舒了一口气，但仍有些惊魂未定的模样。

他身旁的助理问："要是刚才那男人握着枪不肯松手，您会怎么做？"

"还能怎样？"树下的男人没有任何犹豫，"实在不行就交换人质，我换到枪口下，让她平安出来。"

助理猛地扭头，用震惊的眼神看着他。

那一边的混乱还在继续。

当孩子安然无恙地回到妈妈身边后，樊歆也没有再留下去的意义，于是她悄悄地从人群中走了。

深夜，她乘坐航班抵达巴黎。

在那间小小的公寓，樊歆沉沉睡去。奥地利之行简直如过山车般大起大落，她心有余悸，身心俱疲。

然而她不知道，她已经上了新闻！

是的，在她悄然离开后，警察与孩子的母亲四处找她，一个路过的女记者还将她救人的一幕拍了下来，配上激昂的文字，很快成了奥地利日报的新闻热点，标题极为夺人眼球——《枪口救人，女英雄临危不惧》。

新闻上的照片看起来极为惊心动魄，她站在黑洞洞的枪口下，紧抱着怀里的婴孩。

这张照片在媒体上大肆流传，引爆了舆论，更多内容随之而出——譬如：《无名英雄，救人不留名》《英勇无畏，大爱无疆》，甚至还有什么《勇敢不分国界，寻找最美东方女孩》……

看到这些新闻时，是在樊歆睡醒后的第二天，还是老太太给她发的消息，她才知道，自己一夜之间造成了怎样的舆论反响。

她哭笑不得，万万没想到，自己被封杀出国后，第一条新闻不是事业上取得了什么成绩，而是因为枪口救人……简直人生如戏！

她关掉了那些“维也纳女英雄”的新闻页面，这时老太太又发来消息了。

“Star，我为你骄傲！但下次别再这么再冒险，有问题第一时间报警。”

樊歆心想，那会儿我是想报警来着，可人家二话不说就拿枪抵在我的脑壳上了，哪有机会报……笑了笑，她实话实说：“我没想做英雄的，当时可吓死我了！”

老太太回：“我也吓死了。”

樊歆扑哧一笑，没打算再回复，起床去洗漱。没想到老太太又来了一句话：

“Star，好人会有好报。”

老太太这话真准，原本樊歆没放在心上，可是几个小时后，她意外地接到了一个电话，居然是慈善会的评审打来的，还是那高高在上的霍尔先生亲自打来的。

“Star小姐，我为你英勇的事迹感到敬佩，你说得对，无所畏惧的勇气可以创造奇迹……我们一致认为，你的勇气与对孩童的爱心，符合我们慈善会最重要的精神宗旨。我们也相信你的勇气与聪慧能再次创造音乐上的奇迹，我们决定再给你一次机会，一个月后，欢迎你带着作品来维也纳。”

挂掉电话后，樊歆蒙住脸，随即笑起来。

还真是好人有好报！

此后，樊歆便进入了下一个待解决的问题——独立创作一首歌。

虽然得到了机会，但这个任务的艰巨不言而喻，好在迎难而上是她一贯的作风，她去了老太太的宝藏房间，尝试着翻找了一下，还真的找到了不少关于作曲作词的书籍。大喜过望的她一头扎进书海，打算用心琢磨，自学成才。

当然，自学成才没那么容易，当遇到看不懂的地方，她会不耻下问四处求教，比如从前圈内的一些作词人、作曲家，此外她也请教过老太太，老太太不愧是英国顶级学院的资深教授，虽然是教声乐的，但作词作曲也有所涉及，这不禁让樊歆再次庆幸自己人品爆发，几盘中国菜就勾搭上了如此优秀的导师！

于是乎，每到夜里，樊歆会在看了一天的书后将不懂的地方总结归类，然后去网上找老太太求教。老太太虽然在温哥华，但对樊歆又多又杂的问题从来都耐心有加。

随着时间的推移，樊歆越发察觉老太太深藏不露。她不仅知识渊博，讲解问题的思路更是循循善诱深入浅出，三言两语便让人茅塞顿开，樊歆对她既敬佩又感激。

当然，除了音乐上的交流沟通外，两人也会聊八卦、谈美食、谈各地的风景，偶尔也聊生活上的琐碎，譬如公寓里的花、鱼缸里的金鱼……大大小小事物中老太太对樊歆的吃住最为关注，那样絮絮叨叨的亲切，真心的牵挂不言而喻。有一次，樊歆被她问得不行，将自己晚饭的照片传了过去，金红两色的玉米火腿，乳白色的鲫鱼汤……老太太发来一句话："看起来很美味！"

樊歆笑着回复她："等你回巴黎，我做给你吃！"

老太太回了两个字："期待。"

过了一会儿，老太太又发来消息，话题却转了："窗外的星星好美。"

虽然不知道温哥华那边的星空是怎样，但樊歆抬头看了看自己这边的窗外，巴黎的夜空呈深邃的墨蓝色，几颗星星如水钻般镶嵌在天幕，闪烁着迷离的光，于是她笑着回复："我这边也很美。"

那边突然沉默了，房间安静下来，静得听得到屋外的风拂过露台上的花朵的声音，那清幽的、含着花香的仲夏之夜。

长长的缄默后，那边终于回了一句话："Star，I miss you."

当收到这句话时，樊歆的心跳瞬间莫名加快。

这样深情款款的话原本由情人间说出才最有力度，可被老太太玩笑般地说出来，她却有微妙的感觉涌上心头。

岑寂的夜里，她看着窗外的星空，捂着胸口呆了很久，最后想着老太太奔放的性格，说这些话也不足为奇，便一笑了之，关了对话框后去洗漱沐浴。

待洗完澡躺到床上后，樊歆突然想起一个问题。

温哥华与巴黎时差九个小时，巴黎这边是黑夜，温哥华便是白天……老太太怎么看得到星星的？莫非是启明星吗？

没想通透，她打算等老太太过几天回来后再问，随后困倦袭来，她迷迷糊糊地入睡了。

而几天后，这个疑惑终于解开。

她这才知道，真正陪伴着她的邻居，究竟是谁。

那是一个像往常般努力学习的夜晚，腰酸背痛看完一天的书后，樊歆揉着肩背正要去洗漱，耳畔却听见一阵奇怪的声响。

一墙之隔的地方，传来极轻极轻的声音，像是脚步声。

奇怪了，老太太根本不在家，这脚步哪来的……莫非是小偷？

巴黎虽说是全世界公认的高大上的浪漫之都，但治安并不好，街头抢劫频频发生就不说了，平均每天的入室盗窃案就有几十起。

她越想越心惊，把耳朵贴到了墙上，果然，那边声响还在继续……动作很轻，仿佛怕惊动旁人似的。

樊歆越想越不对劲，以防万一，她拨打了报警电话。

电话拨出后，那边的动静还在继续。樊歆有些急了，警察再快也不可能立马就到，而老太太家有不少值钱的物件，人家既然把钥匙给自己，那她就有义务保护她的财产不受侵害。如果这小偷在警察来之前就偷得钵满盆满得手离开，那老太太就亏大了。

想了想，她轻手轻脚地出了门，去楼下找了几个邻居，五大三粗的三个外国热心小伙，听说可能来贼了，义不容辞地帮她上去看看情况。

几人刚走到老太太的屋门口，听得门锁轻轻一响，似乎是里头的人要开门出来。

靠在门边的樊歆心里一紧，怎么，果然这小偷这么快就得手了？准备离开？

她赶紧给小伙们递过去一个眼神，意思是如果人出来了帮忙控制一下，万一真是个贼，可不能让他带着东西跑了。

想是这么想的，可外国小伙领悟错了，大大地错了。

门锁的声音还在继续……咔嚓一声响，一个男人推门而出。守在右边鲁莽的小伙子不待樊歆反应，既不看也不问，抡起手中的棒球杆就朝屋里的男人脑袋挥去。

砰的一声，准确无误地砸到他的后脑，那人一声痛哼，倒在地上。

好像晕了。

樊歆看着地上的人，脱口而出："温先生！"

医院。

樊歆耷拉着脑袋坐在诊室外的走廊上，只想找个地缝钻下去。

她居然带人把温浅当小偷打晕了！

虽然不是故意的，可是太丧心病狂了。

她将目光投向检查室，弥漫着消毒水的空间里，醒来后的温浅在里面做检查，几个医生紧张地围着这位年轻的顶尖音乐家，拍片子、做脑部CT，仔仔细细检查里外的伤口，生怕这颗艺术界的顶级明星就此陨落……

樊歆没脸进去面对温浅，在外竖起耳朵听着里面的动静，所幸没有大碍，不然她只能剖腹谢罪了。

阿宋也在长廊上候着，看着樊歆一副"好想去死一死"的模样，他的眼神充满无限同情："樊小姐，这么久你都没有察觉温先生的存在……我真替他感到悲哀。"

樊歆抬头看他。

阿宋接着说："我可从没见温先生为一个人这样……这三个月，你去哪他跟到哪，从中国到法国，再到奥地利，再回法国……你坐飞机，他坐后几排，你坐火车，他坐隔壁车厢……你住公寓，他住对面，你住酒店，他在你对面的房间……”他说着啧啧几声，“这不顾一切又温柔缠绵的劲真是让人难以置信，一点也不像从前高冷的他啊！”

“他干吗要跟着我？”

“你说呢？”

樊歆不说话了。

阿宋扑哧一笑，似是想起什么好笑的事：“温先生做检查时我拿着他手机，不小心看到他跟你说的最后一句话，他说，Star，I miss you……这么深情款款的话，我都被感动了，而你的回应就是，带人一棍子打晕了他！”

樊歆：“……”

温浅并无大碍，做完检查后，包扎好外伤口就出了检查室。

路过走廊长椅上的樊歆时，他淡淡一笑：“没事，只是小伤。”见樊歆埋头不敢看他，又补了一句，“我是因为公务才留在巴黎的，你别多想。”

樊歆低着头没答话。

其实她心里在想，这理由太蹩脚了，因为公务留在巴黎，怎么那么巧就住在隔壁？

想是这么想，心里却莫名地升起感动。

他是怕她尴尬，才这么说吗？

回到公寓还是半夜，已经暴露的温浅不需要再隐瞒什么，便光明正大地进了对面的公寓，分别时还跟樊歆挥手：“Good night.”

可樊歆哪能安心地睡了，她在床上翻来覆去，一会儿想着温浅的伤势抱歉内疚，一会儿想想温浅住在她对面，惊诧又难以置信。

思前想后，她渐渐都想通了。

从她来巴黎之初，他便跟了过来，老太太只是他的幌子，在取得樊歆的信任后，老太太便功成身退去了温哥华，于是温浅便代替老太太的位置，不动声色地住了下来，而那些书那些乐器、那些她以为的巧合与幸运，都是他事先为她准备好的。那些来自“老太太”热情的教导，每天晚上网络上的愉快交流，也都是他登录老太太的账号在操作。

而迟钝如她，还真把他当成了老太太，网上聊天混熟了说话没有禁忌，有一次来大姨妈了甚至告诉对方她肚子痛。对方不仅问她有多痛，还在半小时后，派了个中餐厅的店员送来一大杯“生姜红糖茶”和止痛药……

现在想想，真是想死……

翌日早上，樊歆顶着个黑眼圈起来，脑子里虽仍乱糟糟地想着温浅的事，但还是按照往常的作息出门吃早点。

可是推开门便看到了温浅，晨曦打在他身上，通透明媚的一片……她的脸忽地一热，快步走了。

对于温浅，她有些局促、有些紧张，总之无法坦坦荡荡跟他做邻居。

她知道他是刻意跟来，想请他回去，不要再跟着自己。可温浅昨天那句话几乎堵死了她的路——他冠冕堂皇地说，我是因为公务才住在巴黎。她没法反驳，难道要她说：“我知道你不是为了公务，你就是为了我！”万一他死不认账，那岂不是显得她自作多情了？

如果他坚持不走……难不成要她走？先不说找房子搬家多么费精力，如今为了写歌的事，她忙得没日没夜，根本无暇分心。而且更重要的是，如果温浅铁了心要跟着她，凭他的能耐，她换了房子，他一样能跟过去。

樊歆矛盾了。

这矛盾的结果就是鸵鸟政策的产生，她抛开这些烦恼，干脆不再想这事，就当温浅不存在，自己还是跟从前一样，整天窝在家里疯狂地学习、努力地写歌。

好在温浅似乎看出了她的心思，也是安安静静地在他的房子里，从没打扰过她。

当然，他不怎么打扰樊歆，却有一个人常来，那就是阿宋！

他经常在饭点就敲开樊歆的门，哭丧着脸说附近找不到中餐厅，他吃西餐要吃吐了，然后可怜兮兮地看着樊歆。樊歆不忍心，便将做的饭菜分一些给他。阿宋吃了两次后，十分满意樊歆的手艺，后来就愈加无耻，几乎顿顿都来蹭饭……

樊歆是想抗议的，但想想她还欠温浅几个亿……人家的下属来吃几顿饭实在不算什么，于是她没好意思赶阿宋。

有一天，阿宋又来蹭饭了，这次他不仅蹭，还打包了两小碗回去……想着阿宋也许是留到晚上吃，她也没阻拦。

不想半小时后，她收到了温浅的短信：“Star，鱼汤很美味，不负期望。”

消息下还配了张空碗及空汤勺的照片，表示他把鱼汤享用光了……

樊歆：“……”

在她以为温浅是老太太时，曾在网上晒过饭菜的照片，还承诺等有空会做给对方吃，彼时对方对着美食的照片说了句期待。

想来那时，看着一张张美食照片的，都是温浅吧。

她突然又觉得不好意思，便没回温浅的话。

此后几天，阿宋一反常态地没来蹭饭，樊歆渐渐回到自己的安静日子里。只是作曲的事一直没什么进展，她有些发愁，干脆在某个午后去音乐厅听音乐找灵感。

去音乐厅的路上还天气晴朗，让人愉快地哼着小曲，可听完后，她一出大厅便愣了。晴空万里的天不知何时阴云密布，轰隆隆响过几声滚雷，几分钟后雨点瓢泼而下，樊歆望着倾盆大雨傻了眼——她没带伞。

她想去打的，奈何雨势太急，街头的的士都载满了客，她拦了半天也没拦到，正焦急时，远远走来一个身影。那人撑着一柄墨绿的伞，身材颀长，浅色的衬衣笔挺的西裤，骤雨于他周身哗哗而下，雨底下的行人纷纷狼狈四处躲雨，唯有他步态从容。

她用疑惑而惊讶的眼光看着他越来越近。而他走到她身边，将伞面移到她头上，一副所料不差的模样："就知道你没带伞。"

身后来往的人群忽然有个中年男人认出了温浅，那人似乎是音乐厅的管理者，显然跟温浅是旧识，恭敬地打招呼："温先生，好久不见，您怎么在这？"

温浅大大方方朝身旁的樊歆一指："下雨了，我来接她。"

中年男人看向樊歆，表情很友好："这是……您女朋友？"

温浅摇头："不是……"含笑瞟了樊歆一眼，补了一句，"但我希望是。"

樊歆转过头去，当没听到。

中年男人笑了起来，法国人语言的浪漫展露无遗："您眼光很不错，她是个迷人的姑娘，愿爱神眷顾你们，祝您好运！"

樊歆继续当没听到。这时人群里有更多的人认出了温浅，不少是温浅的粉丝，粉丝们激动地围了上来，高兴地喊着偶像的名字，还冒雨拿出手机要拍照，瓢泼大雨的音乐厅外瞬时混乱起来。樊歆担心久留会引起更大的骚动，向温浅道："我们走吧。"

越来越多的粉丝却堵住了马路，两人连的士都拦不到了，最后温浅停下脚步，礼貌地与粉丝挥手告别，下一刻他拉住樊歆的手腕猛地向右一拐，说："走！"

樊歆猝不及防地被他带着跑，旋即便见他又拽着她灵活地拐了个弯："这有近路可以回家。"

他带着她在巷子里拐来拐去，大概是考虑她的感受，他没有碰她的手，只隔着衣袖握住她的手腕，一切的触碰都保持在礼貌而绅士的距离内。

过了好久，两人终于将粉丝甩开，这才恢复了正常的行走速度。雨还在下，风挟着雨从四面八方吹来，只穿了件薄针织衫的樊歆感觉有些凉意。她搓了搓手臂，不料身上一暖，温浅的薄外套披了上来。担心她拒绝，温浅还拍了拍她的肩膀说：

“穿好。”

未等她回答，他一声轻喝：“小心！”紧接着他的右臂将她的腰一搂，直接将她拽到马路的内侧，而她方才的位置，一辆汽车飞驰而过，哗啦啦溅起一串大水花——刚才如果不是他眼明手快，她多半要淋得一身湿。

她感激地看了他一眼，两人继续往家走。共在一把伞下，她与他肩挨肩胳膊贴胳膊，他的衣服搭在她身上，纯棉的衣料，上面有他暖暖的体温和淡淡的气息，贴在皮肤上的触感，像刚才那一霎他搂住她的腰，帮她躲过汽车时亲昵的拥抱。

她下意识地瞟向身边的他，相隔咫尺的伞那端，他的侧脸在烟灰色雨幕中晕开俊朗的轮廓。鼻梁高挺、眼睫浓密、瞳仁似秋日湖泊，极具沉稳与高贵的气质……这些与生俱来的特质曾如磁铁般吸引着她，那么多为之心跳悸动的感受烙印在青葱年华里，这一生都将难以忘记。

她渐渐恍惚起来，思绪有些乱了，动容、感激、诧异……交织成一团。

在她心里，他曾是高高在上远若云端的存在，而如今，他来到她身边，做出一系列她从不敢想象的事——不愿她孤身漂泊，他为她放下家族事业，随她奔波万里辗转各国；为护她安全无忧，他纡尊降贵蜗居于狭小的公寓，日夜守候不离；忧她发展不顺，他费尽心思借旁人之口指点迷津；知她渴望突破，他周全备好乐器书籍，创造学习空间；怜她孤苦无依，他用他人身份时刻陪伴。她有疑惑难解，他第一时间解决，她遇到沮丧失落，他费心开导慰藉，她生病不适，他体贴稳妥地照顾……种种付出，他只在背后默默进行，未开口说过只字片语……千言万语，顶多不过每当夜深人静时，轻轻发来一句：“Star,good night！”

很短的话，但她知道，里面其实蕴含着很多。

从音乐厅回来的夜晚，樊歆翻来覆去睡不着，想着温浅，心绪有些乱，正打算强迫自己睡觉，床头柜的电话却响了起来，竟是赫祈打来的。

电话里，赫祈的嗓音温文和煦一如从前，他笑着调侃：“奥地利女英雄，跟你的音乐家发展如何？”

樊歆不知怎么回复，她现在跟温浅的关系，她也不好定义。

见她不答，赫祈道：“如果你跟温浅还没定下来，你要不要回来……春春最近状态不好，我们希望你回来看看他。”顿了顿，道，“我知道，其实你也记挂他。”

挂了电话，樊歆思绪纷飞，忽然便想起前些日子的一件事。那天她在超市购物，远远看见一个背影，竟跟慕春寅有些相似。待要再细看，人已经不见了。事后她笑自己，肯定是看错了。

自封杀她的那一刻起，他便已将两人的关系一刀斩断。那样决然的他，又怎会来到巴黎，出现在她身边？

可心底仍然隐隐作痛，赫祈说得对，无论他对她如何，在她的内心深处，她是放不下他的。

就如她对他的矛盾心理，她生他的气、恼他的伤害、寒心他的冷漠，可二十年的深厚亲情要她一朝割舍，她根本做不到。

此后便越想越睡不着，露台外的雨下了一整晚还没停，细细密密的雨丝飘摇着，像她此时的心情，剪不断理还乱，纠纠缠缠没完没了。

最后，她索性起身坐在桌前谱曲，不知不觉天渐渐亮了，指针指向七点半时，门砰砰砰地被敲开。

阿宋站在门口，焦急道："不好了樊小姐，温先生突然发起了高烧，可我有紧急公务在身，您能不能帮忙照顾一下？"

樊歆即刻赶到了对面的公寓。

房间里一切整齐有序，衣架上温浅要穿的外套好整以暇地挂在那，似乎还在等着主人来穿，可它的主人却静静地躺在灰色的大床上，嘴唇发白，脸上有异样的潮红。樊歆走上前，拿手往温浅额上一摸，烫得她立刻收回了手。

医生刚到，正在旁边忙着检查，拿温度计量过温浅的体温，居然烧到了39.6℃，可是够吓人的。在详细询问一番后，医生断定是昨夜淋雨引起的高烧，配好药水给温浅打了吊瓶，仔细嘱咐一番就离开了。

窗外雨声淅淅沥沥，樊歆看着床上昏睡的人，不知不觉想起昨天那一幕。

昨儿从音乐厅回来的路上暴雨如注，担心她受冷，他将外套脱给了她。两人共撑一把伞，他几乎将伞面全放到她的头上，自己整个左肩跟后背全部湿透，而回家后他做的第一件事不是去换衣服，而是给她送来了吸水毛巾擦头发。

他做着这一切，全然忘了自己。

她将掉落在床脚下的被子替他掖好，轻声道："真傻！有伞不知道给自己撑！"

她这话原本是自语，没想到昏睡中的他却听到了，他睁开眼，往常磁性的嗓音因为高烧沙哑得不成样子，他缓缓道："有你傻？当年一下雨就把伞偷偷塞到我的屉子……那几年，你淋雨回去了多少次？"

提起往事，樊歆半好笑半心酸，最终把头埋下去，有些泄气地嘟囔："不许翻旧账。"

"嗯。"他闭着眼，轻轻地应了一声，靠着枕头躺在那。往常沉稳强大到几乎无所不能的人，如今被高烧病痛折磨，竟也露出脆弱而苍白的一面。

她忽然难受起来，问："你干吗来巴黎？"

他睁开眼睛看着她，苍白的脸浮起浅笑，没打针的左手伸过来，握住了她的右手：“你不肯跟我去奥地利，那我就跟你来巴黎。”

他掌心的热度贴在她的手背，瞬间传到她的心底去，她的心猛地一跳，抽了抽手，道：“其实你不用这样的。”

他却握住她的手不肯松，虚弱至极的身体竟有那样固执的力气，他凝视着她，眼神里有灼热而充满希冀的光，他将她的手按在他的胸口，说：“我心甘情愿。”

樊歆愣住，一瞬间有无数念头在心中打转，过往的一幕幕浮现在眼前，最终理智占了上风。她克制住自己汹涌的情绪，挣脱他的手：“温先生，我很感谢你的付出，欠你的人情我会还，这几天我也会好好照顾你，但我希望以后你还是回到自己正常的生活里去。”

“什么意思？”

“就是……”她不想再耽误他，干脆快刀斩乱麻，“我们不合适，我很感激你，但我现在只想一个人好好生活。”

这拒绝之意不言而喻，温浅的眼神暗了暗：“你确定？”

樊歆将目光转向窗外，雨还在下，雨滴从屋檐坠下，落在露台蔷薇的枝叶上，又从翠绿的枝丫蜿蜒着往下滑，几滴落入粉色的花瓣，在花瓣上摇摇欲坠，仿佛渗到她的心里，她的心有些冰冷的难受。

静默三秒后，她狠狠心道：“确定。”

温浅的眼神越来越暗，最终他闭上眼躺回枕头上，说：“抱歉，刚才是我唐突了。”顿了顿，说道，“病好了我就离开，不会再来打扰你。”

温浅的病在三天后痊愈，离开之时，他只提了一个要求，让樊歆陪他吃一顿饭，就当是告别。

樊歆答应了。

两人是在塞纳河畔的一家法国餐厅进餐的。盘中的食物果然不负法国人“善于吃并精于吃”的名声，精致华美的餐具、色泽相宜的佳肴、醇厚甘甜的美酒，将五官并用的美食理念发挥到极致。

除了有些分别的愁绪，其实餐厅的气氛是极好的，也不知是不是温浅包了场，店子里没什么客人，满屋的服务员都殷勤地围着两人转。店里放着一首悠扬的法国民谣，缠绵的音乐中，两人安静地坐在窗下，一边品尝美食，一边透过雪色钩花隔帘看夕阳下的风景。

饭后，两人一前一后沿着塞纳河畔往前走。

湖面水波粼粼，斜阳投到湖面，铺出金灿灿的一片。温浅看向这片风景，风将他浓密的睫毛吹得微颤，他感叹道："回国了，就看不到这样的风景了。"

樊歆轻声道："你可以拍下来。"

温浅道："你这话里的那个'拍'字，为什么不能改成'留'字？"

樊歆扭过头去，看向水波荡漾的湖面。

温浅自嘲一笑："樊歆，你不公平。这一路你都在要别人给你机会，但你却从不考虑给我机会。"

樊歆偏过头去，刘海垂下来，遮住漂亮的眉眼。她没有回答，只慢慢地往前走。

温浅拉住她，幽深的瞳仁被夕阳照耀，折射出琉璃般的光彩，似要看到她的心里去，他问："樊歆，你到底在害怕什么？一直逃避自己的心，不累吗？"

樊歆只是默然。

她在逃避什么？是因为她曾为爱卑微、为爱压抑、为爱伤情，所以她变成一只河蚌了吗？明明喜欢这个人，却用拒绝做成坚硬的壳，将自己最真实最柔软的内心封闭，妄想杜绝一切可能的伤害。

许是她沉默太久，身侧的温浅面有失望。他向前走了几步，负手看向湖面，夕阳下的他着清荷色的淡雅衬衫，颀长的身形略显清瘦，在这疏阔苍茫的湖水的映衬下，有种孑然伫立的落寞。

气氛一时静得尴尬，却听一声大响，不远处的湖面溅起大大的水花，樊歆回过神来，脸色一变："不好，有人掉水里啦！"

她朝前望去，原来是一对小情侣，女的站在栏杆上玩自拍不小心落了水，男的伏在栏杆上想拽住她，也跟着掉进了水中。

下一刻就见温浅迅速奔去，衣服都来不及脱，扑通跳进了水中，将距离近的女人推上了岸。樊歆是旱鸭子，无法下水帮忙，便在岸上协助，将女人拉了上来。

救了女人后，温浅转身游向男人，待两人靠到堤岸，温浅将男人往上推，男人的个子大，温浅在水里不好推，樊歆趴在河堤上将男人拼命往上拉。堤坝有些高，两人费了九牛二虎之力终于将男人推到岸上，待樊歆将男人拖到安全地带准备再去拉温浅，可一回身的刹那，整个人蒙在当场。

堤坝下空空如也，哪有温浅的人影？再放眼看向河面，离岸不远的地方，有个身影在挣扎，正是温浅，他表情有些痛苦，似乎在一点点往下沉，而身后趴在地上的男人虚弱地说："快……刚才他在水里……好像脚抽筋了！"

水中抽筋最易溺水而亡，樊歆吓得三魂六魄少了一半，冲向栏杆就要往下跳，可是她根本不会游泳，跳下去也无济于事，只能发疯般冲岸上喊："Help！Help！Help！"

好在有路人闻声赶到，两个小伙子迅速跳下水，将温浅拽上了岸。在水里溺水了一段时间，被拖到岸上的温浅落汤鸡般，脸色发白，双目紧闭，似乎已没了意识。

焦急的人群里，樊歆第一时间冲上去给温浅做急救，她压迫着他的胸，给他做人工呼吸……可半天都没有反应，樊歆吓得发抖，一面压一面喊："温浅！温浅！你睁开眼啊！"

仍然没有反应，樊歆拍拍他的脸，继续给他做人工呼吸："你醒醒！温浅！"

还没有动静，樊歆的话到最后都有了哭腔："温浅，对不起！我收回刚才的话！我想留下你！求求你留下来！别吓我呀！"

温浅忽地咳嗽起来。

见他苏醒，樊歆近乎喜极而泣："醒了！可吓死我了！"

周围的人跟着一齐欢呼："谢天谢地！"

温浅还在咳，樊歆拍着他的背让他舒畅些，方才惊险一刻让她惊魂未定，她拍了一会儿后埋怨道："你什么时候也这么乐于助人了？助人也要有理智啊，一个人救两个人怎么救得过来！都不喊个帮手！"

温浅撑在地上咳了好久，语句断断续续："我从不喜欢乐于助人……但想着不救的话，这两人万一没了，照你的性格，肯定会自责……"

樊歆眼圈一红，埋怨道："你怎么这么傻！"她的泪再也止不住，纷纷砸到他脸上，迎风飞溅破碎如水晶，而她的哭泣静止在下一瞬间。

——温浅抬起头，吻住了她脸颊上的泪珠。

人群一阵惊呼，而温浅伸出右手，紧紧揽住樊歆的肩，像怀抱着一件失而复得的珍宝，呢喃道："你这个口是心非的女人……"

到家已是晚上七点半，樊歆坐在温浅的公寓沙发上，将吹风机跟毛巾递给换上干衣服的他——他发烧才好，今儿又一身湿漉漉的，再感冒就不好了。

想到这，她同情地看了温浅一眼。这些日子，他为了她也是拼了，先是被打晕，然后淋雨发高烧，再然后舍己救人差点丢掉性命。

那边擦着头发的温浅突然开口："与其在这看我，不如回你的房间。"

"为什么？你擦头发怕人看？"

"你回去就知道了。"

樊歆云里雾里地去了自己的公寓，门一推开，她瞬间呆住。小小的公寓里摆满了花束，沙发上、茶几上、窗台上、阳台上……全是粉色的郁金香，整个房间宛如粉色的花海，盈满浪漫的色彩与香气。

肩上一暖，有人从后面搭住了她的肩，声音清越而富有磁性："纪念恋爱的第一天。喜欢这个礼物吗？"

樊歆感动得厉害，却低下头嘟囔：“什么恋爱纪念日……我又没答应。”

“你留我下来难道不是答应吗？”温浅挑眉想了会儿，“看来你对礼物不满意。”

“不是！”樊歆摇头，“我是太意外了！这些日子你让我很意外……完全不像过去的你……”

温浅将她扳过来面对自己，有些无奈地笑：“樊歆，我的心里有一道线，你在线外时，与这世上千千万万人一样，我不需要理睬与在乎。可一旦你越过了线，走到我心里，你就是唯一。”

樊歆愣住了，无比动容。

曾经他拒绝她、无视她，可他也这样对待过千千万万人……他不是冷漠，亦非无情，而是不愿将就。这近三十年的人生，他将淡漠化作外壳，坚守着自己的内心，最终却为了她将心门霍然敞开，从此广阔的天地全部赋予她一人。

樊歆讷讷地看着他，想起另一个问题：“你骗人，你也让齐湘过了线。”

温浅笑着摇头，郑重其事道：“你跟她不一样，她是家里介绍的，我那时十七八岁，并不太懂感情，跟她条件登对，也还算谈得来，就以为那是喜欢……遇到你之后，我才发现，原来喜欢不是那样。”

见她低头若有所思，他说：“你不相信我吗？”

樊歆摇头，突然捂住脸呜咽了一声，终于将梗在心头多年的结说了出来：“万一我哪天变回过去那又胖又丑的模样呢？”

温浅毫不犹豫：“那我就去胡吃海喝，把自己变成一个更胖的胖子，来衬托你的美。”

樊歆眼圈又红了，这回是因为感动，她一贯是倔强不爱哭的性子，今天连着哭了两场，有些不好意思，偏头对温浅说：“你转过去……我眼睛有点难受。”

温浅微微叹气，感叹她的倔强，他擦去她眼角的泪，旋即捧起她的脸，覆上了她的唇。

大洋彼岸的中国，Y市最高档的酒吧包房里，三个男人正歪坐在沙发上喝酒。

最左边的周珅被三个低胸短裙的辣妹围住，其中一个大胆地坐在他的大腿上，同他你侬我侬地互喂香槟，周珅一面吃一面招呼那侧的慕春寅：“春春，你也玩啊，哥就是见你心情不好才带你来找乐子的！”

慕春寅没理他，面无表情地看着面前的LED屏幕，屏幕上一群女郎正高歌热舞，可他的眼却没什么焦距，似乎在走神。

周珅摇摇头，放开辣妹们，对身旁的赫祈道：“他又这样了，每次拉他出来，他就只顾着发呆。”

“还在想樊歆吧。”

周珅叹气，恨铁不成钢：“现在想有什么用。当初发脾气就把人家从楼梯上推下来，一生气就封杀……这谁受得了？有时候我甚至怀疑，春春不是爱她，只是想占有她。”

赫祈叹气道：“错了，他不是不爱，而是因为太爱，爱到超出了正常爱的范畴。”

他开了一瓶酒，一边喝一边说：“你不理解，他之所以用错误的方法对待樊歆，完全是被樊歆不在的那五年折磨成这样的……那五年，春春守着老房子，谁劝都不肯搬离。他不允许任何人进她的房间，宝贝般保留她所有的东西，哪怕是一个小小的发夹、一根小小的皮筋。他将她的照片放在皮夹里，那时她胖乎乎的，一点也不好看，可他天天带在身旁，不让任何人碰。

“那时我还不认识樊歆，直到有一天春春喝高了，对着皮夹里的照片胡言乱语，我才知道这照片里的人是谁……我从没见过他这副模样，一个大男人，抱着照片哭得像个孩子……

“也是那时我才知道，为什么专注建筑业的盛唐突然开创演艺子公司，就是为了樊歆……因为春春小时候对樊歆有过承诺，说要给她建造一个世界上最大的舞台……哪怕那时他根本不知道，能不能等到她。

“后来樊歆回来了，春春是含在嘴里怕化了，捧在手里怕掉了……但也正是那五年的痛苦落下了阴影，他有强烈的恐惧症，怕樊歆会离开他，整天患得患失草木皆兵，到了神经质的地步……

“这次他把樊歆从楼梯推下，我也骂过他，可后来我才知道，他根本没想伤害她，当时樊歆说不会嫁给他，他以为她要跟温浅走，绝望又恐惧，不想再听她说那些话，便推开了她，却失手将她推下了楼梯……犯错后他的脑子是蒙的，他认为樊歆再不会原谅他，要抛弃他了……后来樊歆真坐车走了，他跟在后面追，鞋跑掉了都不知道，脚踩到地上的玻璃碎片，鲜血淋漓……”

周珅一怔：“啊？那伤口是这样才来的？”

“嗯，要不是有伤，那天跟温浅打架肯定没那么好收场！”

周珅沉默了一会儿，将话题转到温浅的身上：“这个温浅……不简单。”

“可不是，演唱会挖墙脚的事就不说了，后来违约金一事又将了春春一军！春春根本就没想让樊歆赔钱，他以为按照樊歆要强的性子，决不会要温浅的钱，赔不起就只能回到他身边……谁知温浅压根不跟樊歆商量，第一时间全额赔付，一箭数雕，不仅为樊歆赎了自由身，还能对外将自己塑造成‘为心爱女人一掷千金’的好男人形象，公众形象一旦提升，个人价值随之提升,而他所代表的荣光集团，股票说不定会上涨……总而言之，这钱花得太值了！”

周珅懊恼地拍着桌子：“春春这步棋实在错得离谱！”顿了顿，他问，“那春春现在是什么意思啊？这几个月他去了巴黎好几次，我以为他会把樊歆找回来，结果每次都空手而归。”

赫祈摇头，两人干脆坐到了慕春寅身旁，赫祈开门见山道：“春春，你老这么难受也不行，你要是想樊歆，就让她回来呀，你去了巴黎，人都到了公寓却什么都不做，是怎么想的？”

慕春寅盯着手中的杯子，剔透的杯身在灯光下折射出水晶般的光芒，落入他的眼底，换来他自嘲的一笑：“我要她回，她就会回吗？”

“你不试试怎么知道。”

“算了。”慕春寅看向窗外，乌蒙蒙的夜色像是被墨汁晕开，他的声音低而轻，尾音似乎带着夜风的悲凉，“她不是一直渴望自由吗？”

有压抑的情绪在昏暗的灯光里弥漫开来，旋即他抓起桌面上的酒，整瓶烈性洋酒咕咚咕咚白开水似的灌下一大半，赫祈和周珅忙拦住他：“老大！你再这么喝可要出事了！”

可两人哪劝得住，慕春寅用蛮劲甩开两人，又开了一瓶酒，第二瓶下去后已是醉醺醺，他推开两人的搀扶，摇摇晃晃地起身：“这没意思，散了吧……”说着皱眉嘀咕，“一个人晚上睡不着……家里太空了……我得找个人陪陪。”

话落，他摸出了兜里的手机，胡乱按了一个号码出去，对着那端吩咐道：“来格调酒吧，今晚陪我。”

赫祈给周珅递去一个眼神：“他这是给谁打电话呢？”

“听声音是个女人。”周珅倒是松了一口气，“找女人也好，万一有看对眼的呢？天涯何处无芳草，樊歆要是真不回，春春不可能为了她单身一辈子吧！”

赫祈仍是不放心，问慕春寅：“春春，你跟谁打电话？”

慕春寅醉眼蒙眬地说：“我怎么知道，我乱打的……世上女人那么多，只要爷招招手，她们全会争先恐后地过来……”他嘻嘻一笑，软绵绵地扶着沙发道，“你信不信，不超过一刻钟她就会送上门来！”

十分钟后，果然有人送上了门，赫祈、周珅愣在当场。

光线迷离的包厢正中，来人一身贴身黑色蕾丝露背连衣裙，一双及膝长筒靴，眼睛睥睨着包厢里的所有人，自有一股不怒自威的气场，她居高临下地看着沙发上醉死过去的慕春寅，皱眉道：“怎么醉成这样？”

周珅、赫祈难以置信地看着眼前的女子，感叹慕春寅竟作死地打给了前任女友。

苏越双手环胸看着慕春寅，突然一拍手，立时几个保镖走了进来，苏越向沙发上的人下巴一抬："把他带走。"

两个男人一惊，周珅道："你把他弄哪去？"

苏越冷冷地扫他一眼，眼神似晚秋的风："你们没听到他跟我打电话？他让我今晚陪他。"

赫祈、周珅："……"

第八章
星光

巴黎的天气比女人的心情更善变，昨天还是晴朗无云，今早一醒来，又下起了小雨。

樊歆是在淅沥的雨声中醒过来的，窗外的蔷薇在风中摇摆，一小朵一小朵的粉色，被雨水浸润，散发出芬芳的香气。

樊歆抱着被子，将醒的意识还不清醒，迷迷糊糊地回想着昨天夜里的那个吻。

她跟他，这就算在一起了吗？

十年了，不可思议。曾经只想远远观望，知他喜乐便足矣，如今近在咫尺朝夕相伴。命运当真是世上最难预料的东西。

她笑了笑，习惯性地拿起床头手机看最新的新闻，谁知一个国内头条瞬时锁住她的目光——《世纪大复合，头条帝vs苏天后》。

报道称，×日晚十一点记者在苏天后的小区外蹲守，亲眼见到头条帝与苏天后偎依着进入豪宅。两人在天后的香闺逗留一夜，今早头条帝走出小区时，衣衫略显凌乱，带着些一夜春宵后的旖旎，而天后靠在窗前，依依不舍地看着他的背影。

文字下面配有几张偷拍的图，地点在Y市的明星顶级住宅区，苏越紧搂着慕春寅的腰，一双眸子在小区昏黄的光线中顾盼生辉，褪去了一贯的高冷，透出几分小女人的欢喜与柔软，而慕春寅揽着她的肩，将脸贴在她脖子上，似在亲吻她。两人缠绵地走进屋内，面对身后的保镖与助理，全程不见任何避讳。

樊歆对着图看了好久，虽然有些意外，但也并非不可能，她拒绝了慕春寅，难不成他就不能再找个女人填补下感情世界？而且她一直坚信，慕春寅对自己只是占有欲，不是真正的爱情。再说了，苏越的确对慕春寅是真心的，两人也交往过，有感情基础，复合不是难事。

乱七八糟地想了一会儿，一阵敲门声打断了她的思绪。她穿着睡衣下了床，打开门一看，一怔。

门口站着温浅，身后还放着行李箱及对面公寓里大大小小的各种乐器……温浅淡然道："艾琳女士回来了，我没地方去，来你这住。"

樊歆惊住了，今天才恋爱第二天，就这么火速上升为同居？她赶紧张开双臂去堵门："不行，你去酒店。"

温浅平静道："巴黎的治安这么差，住酒店没有安全感……我的女朋友是奥地利女英雄，跟她住，我比较安心。"说着眼神朝房内一瞟，"反正你还有一个空房间。"

樊歆："……"

不论樊歆如何阻止，温浅还是搬进来了，带着一干大大小小的乐器。阿宋帮温浅搬着乐器时，见樊歆一脸郁闷的神色，还安慰道："你放心，温先生是君子，绝不会强迫女人的。"

樊歆："……"

见樊歆仍闷闷不乐，温浅看了一下手表，道："友情提示，Star，你跟霍尔先生的约定时间不到十天了，你的曲子作好了吗？"

樊歆的注意力立马被转移，闷闷地耷拉下了脑袋。

她有拼命地努力写歌，但能力有限……每次出来的东西都觉得不合格。

温浅坐到沙发上问她："需要男朋友的强力支援吗？"

"不需要。你已经帮了我很多，我不能再要你帮了，我得靠自己。"

"你别这么抗拒，没人说你不靠自己。"温浅将她拉到沙发上坐着，"我的确有为你做过一些，但与你今天取得的没有太大关系。不论是安东先生给你的入围资格，还是霍尔先生给你的复审机会，这些都是你自己争取来的。如果你没有才华与智慧，没有毅力与坚持，我就算将你捧着送到他们面前也没用。"

他说的是实话。一个人的成功，机遇固然重要，但本身的实力与态度更重要。

温浅又道："好了，我不帮你，但你的作品关系到未来的胜败，我只给你把把关，看看质量提提建议而已。如果我这关都过不去，霍尔先生那边绝对没戏。"

樊歆想了想，被他说服了。

温浅一笑，口气却很正儿八经："你要做好准备，专业方面我不讲任何人情。"

"好。"

樊歆口中答应，但接下来，她才领略到这不讲人情的严厉程度，简直是一瞬间由送花表白的浪漫男神变成史上最严导师！

当她把自己修改无数次、认为写得最好的一版拿给他看时，温浅轻飘飘地给了一句点评："都说大脑是人最聪明的器官……你确定，这是用了脑子的？"

樊歆："……"

温浅："重写一首，明早交给我。"

樊歆咬着笔头憋了一天，翌日再交了一版，这回温浅没说什么，樊歆以为是有进步，谁知他直接将作品丢到墙角："重写，明早再交。"

樊歆："……"

她捡起稿子，默默回去再来。

隔天后，她交出第三版，温浅看了看，修长的手臂再次划出优美的抛物线——稿纸又被他丢到了墙角。

樊歆捡起稿子，重头继续。

又一天，樊歆交出第四版，温浅再次用抛物线将稿子送去了墙角。

见她并没有像头两次那般捡起来回去重作，温浅掀起眼皮瞟她一眼，问："还不去继续写？有什么想说的吗？"

樊歆瞅着地上的稿纸："我是你女朋友啊……"严厉有必要，但每次都垃圾般扔到墙角，能不能给点面子啊。

温浅神色波澜不惊："对，于私我们是情侣关系，给予你宠爱与包容是我身为男朋友的义务，而作为女朋友，你还拥有撒娇、任性甚至无理取闹的权利。"话锋一转，"但很抱歉，现在，于公，我是你的前辈与导师，作品是唯一标准，我只会比严厉更严厉。"

樊歆："……"

还从未有人能把深情款款的情话跟雷厉风行的训诫这样完美巧妙地糅合……

关键是她还深以为然，拿着稿纸走了。

第五版送上去时，樊歆抱着死猪不怕开水烫的心态做好再次被丢的准备，谁知温浅居然没丢，只略带嫌弃地说："这版不错，好歹我硬着头皮看完了。"

这话虽狠毒，但大体还是肯定的，樊歆听了后挺高兴。

温浅往樊歆手上一放："再改改给我。"

作曲的事就这样在一遍遍修改中艰难地完成了，接着便进入了编曲流程，编曲的难度远超作曲，对专业的要求更加苛刻，纵然樊歆有过人的音乐天分与扎实的乐器功底，但编曲还是将她累得够呛，所以说若作曲是折腾，那编曲简直就是折磨。

此外，除了编曲，樊歆还得作词。每每晚上咬着笔头琢磨到夜里一两点，努力写了一堆后，被温浅全挑剔地扔进垃圾桶……以至于她夜里做梦都是温浅一遍遍毫不客气地摔着她的歌词："重写！重写！重写！"

梦境中，樊歆对着满天满地的稿纸老泪纵横……

温老师，我什么时候才能达到你的要求啊？！

不过痛苦归痛苦，好在樊歆心性坚忍执着，做事情要么不答应，要么全力以赴，所以即便被一遍遍推倒重来数十遍，她仍是认认真真，一丝不苟。如此数天后，历经无数遍重来，终于将词曲都敲定，此后便进入演唱的流程。

演唱原本是樊歆最游刃有余的环节，可她却再次遇到了难题——语言。

她亲手谱的中英文双语歌词被温浅改成了歪歪扭扭看不懂的符号……好吧，那是德文。原因是慈善会在奥地利举办，奥地利通用德文。如果现场要求用德文唱，她不能不做两手准备。

接下来便是德语的死记硬背，时间紧迫，从头到尾地教根本来不及，温浅便采取了最古老的方式让她将这首歌硬背下来。

他只给了樊歆三小时。

在这短短的三小时内，樊歆对着标注汉语拼音的德文跟着温浅一字一句地学习，读熟以后就脱稿背，每半小时都有任务量要完成，到点温浅会检查，没达标就受罚。

是的，受罚！樊歆万万没想到温浅会拿尺子打她，她一个二十六七岁的人居然会被人一本正经地拿着长尺打手心，就因为她说某个词语时尾音不够圆润完美！

说到这，樊歆还有些委屈，虽说严厉点是好事，终归他还是她的男朋友是不？

另外，她不是才谈恋爱吗？不都说恋爱初期是热恋期，处于这阶段的男女温柔又黏腻……譬如，双方牵牵小手亲亲小脸甜蜜地散步……再譬如，月光极好的时候，在露台上耳鬓厮磨情话绵绵……再譬如，蔚蓝的海面上，她憧憬地张开双臂，他从后面搂住她，用《泰坦尼克号》的姿势，深情地唤她"Rose……"。

然而——啪啪啪，掌心被长尺敲打了三下，打断了她的想入非非！

好痛！眼泪都要出来了！

跟她想象中的甜蜜的画面截然不同！

万年打不死的小强樊歆，被男友严苛地“体罚”后，终于生出了点恋爱中少女的玻璃心……她躲回了房里，揉着手靠在沙发上委屈。

见温浅推门进房，她没好气地道：“你来干吗啊温老师？”

温浅问她：“怎么晚饭只吃了小半碗饭？”

樊歆换了个方向坐，转过头不看他：“要你管！”

她快二十七了，最新嫩的豆蔻青春已然落幕，可如今抱着膝盖嘟嘴生气的姿态，还有那身印有樱桃小丸子的家居服，在温浅眼里，仍是满满的少女情态。

娇嗔、娇憨、可爱，总之美好极了，连小性子都洋溢着恋爱中的一嗔一怒。

温浅不禁一笑，工作上的严苛瞬时烟消云散。他坐到她的身边，嗓音软和下来：“还在生气呢！”

“走开。”樊歆推他，“早知道你是这样的男朋友，我就不要了，跟我想象中的完全不一样！”

“那你想要什么样的？”

“《泰坦尼克号》里的杰克那样的！”

“明明一样啊。”温浅道，“他为露丝跳海，我不是为你跳湖吗？”

樊歆扑哧笑了，但下一秒立刻板回脸去，表示自己虽然被逗乐了，但还是在生气。

温浅伸手摸摸她的头，解释道：“那个词有歧音，如果你没读准，会闹笑话的，但我没跟你说清楚就罚你，是我不对。”见她仍不理自己，温浅有些无奈，“这样行不行，这三下算我欠你的，等这事忙完，我让你打三下。”

樊歆哼了哼，这才算和解。

温浅将她扳过来面对自己，台灯的光线昏黄，他俊朗的容颜没了工作室里的严苛，眸中只有同灯光一般的柔软。他将她抱到怀里，温柔地安抚道：“好了，歌也练得差不多了，去吃点东西，然后好好睡一觉，养好精神，后天我们去奥地利。”

周二下午，天气晴朗，奥地利的首都维也纳。

安静的院落看起来像是私人的豪宅，墙角四周栽着紫藤，阳光下正绽放着花朵。院落正中放着一架纯白色钢琴，樊歆坐在琴前投入地弹唱，这首歌是她亲自创作的作品，驾驭起来自然游刃有余，虽然歌词是她并不熟络的德语，但经过这些日子的练习，早已发音标准，字正腔圆。

温浅与安东先生、霍尔先生就坐在不远处的葡萄架下，看温浅轻车熟路的架势，应该来过多次。他身边的霍尔先生斜靠在藤椅上，虽然穿着随意，但有一张严肃的脸，他眯着眼打量着钢琴后的樊歆，若有所思道：“短短一个月内，曲、词、唱都能完成得这么好，很不错。”

安东先生跟着点头：“这用中国话叫什么？哦，后生可畏。”

温浅微微颔首，午后的阳光投到他身上，为他的发梢与轮廓镀上浅浅的金色。他慢条斯理地喝了口冰水，看着钢琴后的樊歆，浅笑里暗含一抹骄傲。

霍尔先生晃着杯里的伯爵红茶，银白的头发在太阳下闪着微光。沉思片刻，他向钢琴那边招手：“Star，这边坐。”

樊歆坐到葡萄架下，霍尔问：“这首《暴雨中的蔷薇花》，你能谈谈创作灵感吗？”

樊歆想了会儿：“有天夜里狂风暴雨，把我露台上的蔷薇花都吹落了，我感到难过，脑中就冒出了旋律。”

安东先生似乎对这个答案并不满意：“Star，我们的主题是关注世界灾区儿童，你这首歌跟我们的主题有什么关联吗？”

樊歆微怔，在此之前，她一心扑在创作上，虽然知道这首歌是创作给世界儿童协会，但因为时间限制，具体的含义并未深入挖掘。如今安东先生冷不丁这么一问，她倒有点蒙了。

她看向温浅，温浅也正凝视着她，他沉稳的眸子像一片平静的海，有着让人心安的力量，随即他笑起来，仿佛是在鼓励她，又像是在期待她的回答。她原本略显紧张的心倏然便平缓下来。她稳稳心神，向安东先生道：“我们中国喜欢用比喻加深文字的力量。比如蔷薇花与暴雨，蔷薇是什么样的？美丽漂亮，但它经不起外界力量的摧折，风雨一来就凋谢——这不就像这世上的孩子吗？美丽、可爱，却经不起伤害。而暴风雨，我明着写天气，实际在比喻战争，战争是世上最可怕的事，摧毁一切所能摧毁的，破坏一切能破坏的，战争里的孩子就像暴雨中的花朵，他们原本该无忧无虑地长大，却因战火受伤夭折……这是和平社会的悲哀。”

“我只是一个歌者，在庞大的战争与国家利益面前，螳臂当车无力改变，但我希望尽自己的绵薄之力，用音乐的力量呼吁全世界对灾区孩子的关注，传播良善的信念，我希望有更多的人及组织加入进来，为了每一个花朵般可爱的孩子，为了每一个值得尊重和保护的生命，热爱和平，传播爱心，拒绝战争，和睦共存。”

这一番话落，霍尔先生仍是一副严峻的表情，但灰蓝色的瞳仁里有赞赏一闪而过，他与安东先生对视一眼，彼此轻轻点头，表示认同。旋即，霍尔拍拍温浅的肩，道：“温，你的眼光不错。”

而后霍尔先生站起身，伸手做出邀请的姿势，礼貌地喊出樊歆的中文名：“你好，樊歆小姐，我是霍尔·海登，我以国际儿童慈善协会主席的名义正式邀请你参加慈善会，并在维也纳的金色大厅，用歌声向全世界传达我们关爱儿童的理念。”

慈善会开幕式这天很快来到。

在音乐之都维也纳，这个全球瞩目的慈善庆典上，不仅巨贾云集，大腕纷呈，还有不少各国皇室成员参加，规格之高，绝非一般娱乐盛典能相比较。

作为开幕式的演唱嘉宾，樊歆自然赚足了目光。当旋律响起的刹那，那首《暴雨中的蔷薇花》通过顶级立体音响，将她的歌声清晰地传达全场。无数镜头的聚焦下，会场正中的巨大LED屏幕显现出她的面容，她坐在雅白的钢琴前，头戴栀子花冠，与一袭雪白流苏长裙相呼应的是她及腰如缎的长发。她的歌声随着潺潺音乐流淌出来，像她这一刻的打扮，天使般的洁净、轻灵，又富含深沉的情感，场内观众不由眼前一亮。

在此之前，她只是凭借SMT电影金曲奖在国际上略展风采，而今天举世闻名的慈善盛典，才真正让她大放光芒。舞台中央，她娴熟而优雅地抚琴而歌，她一口流利的国际范标准德语，她神态自若地面对各国来宾——闪耀的闪光灯中，这个屡遭坎坷的华人女歌手，不曾因封杀风波一蹶不振，不曾因漂泊异乡而迷惘，无论经历何种境遇，她始终坚持不懈努力，终于凭着过人的才华再次惊艳世人。

一曲毕后，全场动容，掌声如雷。

而台下，有人着一身清荷色衬衫，目光越过人海，深深将她张望，眸中的笑意隐含骄傲。

慈善会结束已是夜里十点半。

樊歆还沉浸在晚会的亢奋中，她不肯回酒店，嚷着要去维也纳的街道吹吹风。温浅无奈，只得陪着去了。

深夜的街道没什么人，樊歆走在光影斑驳的道路上，心情十分愉悦。温浅跟她并肩走着，两人的影子被路灯拉成斜长的一片，肩挨肩，手肘碰着手肘，很是亲昵。

两人走着走着，温浅突然伸出手，向樊歆道：“那三下还给你，你打吧。”

樊歆顿住脚步仰头看他，头顶昏黄的灯光落在她晶亮的眸中，她目光专注而动容。

她哪里还会打，她如今才明白他的良苦用心。在此之前，他严厉苛责，一遍遍将她的歌词曲谱推翻重来，只为让她作出最好的音乐；他用高压政策逼她学德语，甚至为一个单词打她手心，只为能让舞台上的她，从歌唱演绎到咬字发音，完美到无可挑剔……他做这一切，都是为了她能在今天的开幕式惊艳全场。今夜的成功，固然有她自身的努力，但他的付出亦必不可少。

想到这，樊歆感动万分，随即认真地说道："谢谢你温老师。"

温浅被这称呼噎住了，最近她老这么称呼他，其实私底下他并不喜欢这个称呼，刚想纠正，却被她漂亮的眼睛吸引住。

她仰头凝视着他，眼睛黑白分明，丝毫杂质都没有，被温柔的路灯一照，像是苍穹中的一颗星。她眸里含着笑，他看出了她眼里的欢喜与感激，他的心也跟着欢喜起来——他喜欢这样的她，也欣赏着她的才华。在他眼里，她是上好的璞玉，拥有稀世的光芒，他亲手雕琢着她，一点一点，倾尽心血与精力。看着她在他手中一天天变成更美好的姿态，他的心里充盈着前所未有的满足与欢悦。

他轻轻弯起唇角——他从不大笑，笑容都是浅浅淡淡的，似宁静湖泊中缓缓晕开的涟漪，无声的美丽与清雅。他伸手捋了捋她的刘海，说："不许再叫我温老师，我不喜欢师生恋。"

"本来就是老师啊。"樊歆抿唇笑，两个梨涡在脸颊边荡漾，须臾她说，"温老师，我也教你一点什么吧，我们扯平了，我就舒服了。"

她说着眨巴着眼看他："你有什么不会的吗？跳舞会不会？"见温浅不答，口气顿时嘚瑟起来，"不会，我教你吧，快喊樊老师！"

温浅神色从容，手一伸做了个邀请的姿势："你想跳探戈、华尔兹，还是狐步舞？"

他微微弯腰，邀请的姿势绅士而标准，轮到樊歆惊呆了："你不是都会吧？"

话音刚落，一双手已搂住了她的腰，温浅的脚步优雅地划过地面，是华尔兹的步伐，她身不由己地跟着他旋转，精致的高跟鞋擦过地面，敲出清脆的节奏，雪白裙角在夜色中旋转，飞扬如绽放的花。那一刻，她想起曾经听过的歌，那首《爱的华尔兹》里，女声甜蜜蜜地唱着："踮起脚尖，提起裙边，让我的手轻轻搭在你的肩。舞步翩翩，呼吸浅浅，爱的华尔兹多甜。一步一步向你靠近，一圈一圈贴我的心，就像夜空舞蹈的流星。一步一步抱我更紧，一圈一圈更确定，要陪你旋转不停。没有谁能比你更合我的拍，没有谁能代替你给我依赖，甜蜜呀幸福啊，圈圈圆圆转出来。没有谁能比你更合我的拍，没有谁能给我你给过的爱……"

脑中歌声不休，脚下舞步不停，在这异国他乡的街角，路灯静静地亮着，夜风将树影吹得轻晃，路畔花丛盛开着大片不知名的花……景色正好，时间正好，气氛更好，他亲昵地搂住她的腰，她将手搭在他的肩，灯光映出她裙裾翩跹，而他衬衣笔挺，两人微笑投入，进退着、摇曳着、旋转着，一圈再来一圈。

一舞毕后，樊歆的额头冒出了薄薄一层汗，她赞道："想不到温老师的舞跳得不错……唔……"

唇上一片温热，她后头的话被堵了回去，在他悠长的亲吻中，化作脸颊边荡开的红晕。

街头人来人往，她有些不好意思，拿手推他，他却将她的身子一转，轻轻推到了身后茂盛的花丛中，大半人高的花枝隔开了街道与路人的目光，风中淡淡的花香更增添浪漫与甜蜜。他一手搂着她的腰，一手抚着她的肩，唇齿间的亲昵越来越深。

吻了好久，他才松开她，斑驳的光影里，他笑盈盈地看着她。她大概是羞赧，不敢看他，长长的睫毛垂下来，似一柄乌黑的羽扇。薄唇被他吻得红润，像是上了水色的唇膏，透出樱花般的嫣红。他俯下脸去，又一轮亲昵重新开始。

吻得时间太长，樊歆终于抗议，在间隙中挣扎："好了……够了……"

吻她的人恍若未闻，依旧亲吻着她——这大半个月，迷人的女朋友日日在眼前晃，他怎能无动于衷？只不过为了让她专心创作，他一直克制着自己，如今放松下来，怎么还忍得住？

他吻了许久，这才撤离她的唇，将自己的额头贴在她的额头上，是一个亲昵的姿势，低声道："喊我希年。"

"啊？你说什么，温老师？"

他有些恼，轻轻咬了咬她的鼻尖，换来她轻微的痛呼，他热热的呼吸拂在她的耳边，宛若春末的南风和煦，重申道："不许叫我温老师温先生，喊我希年。"

"希年？这也是你的名字吗？"

"嗯，我爷爷给取的，我姓温名浅，字希年，希，希冀的希，年，年岁的年，象征未来美好的岁月。"

"希年？"樊歆试着喊了一声。

她张嘴读出他的名字，发音清脆，吐字轻软，最后一个"年"字唇角微微上扬，像是甜蜜的微笑，满含恋爱的味道。温浅觉得惬意，道："再喊一声。"

"希年……"

"再喊一声。"

"希年。"

"再喊。"

"我又不是狗……啊，温老师我错了，你别亲了，我口都渴了……"

"还喊老师！"

"唔……"

慈善会落幕后，两人没有离开奥地利。霍尔先生邀请他们加入公益巡回演出——他认为那首《暴雨中的蔷薇花》十分具有感染力，希望樊歆能用歌声同他一起传播爱心，樊歆欣然应允。

此次巡回演奏会的规模虽不及联合国举办的慈善大会，但因在不同国家举行，加上霍尔先生声名显赫，影响力不容小觑。

樊歆是以特邀嘉宾的身份出场，在这为期十五天的北欧五国的巡回演奏会上，越来越多的人们通过镜头认识这张东方面孔，西方媒体用诗意而赞美的语言这样描述樊歆："钢琴声的流淌中，那坐在舞台中央的中国女孩，纯净的嗓音、纯净的面容，气质清雅如初夏的莲花。"

听到这番赞美时，樊歆与温浅正坐在丹麦的街头看夜景，广场上喷泉的水花飞溅，那些鬈发如天使般的孩子围在喷泉旁咯咯笑——在这个充满童话与梦幻的王国，是巡回演唱的最后一站，亦是传播良善的最美的地方。

结束巡回演出的樊歆看起来不见丝毫疲累，她坐在长椅上，路灯的光照出她精神奕奕的脸。她正向身边人讲述报道上的事："希年，记者把我夸得像天使。"顿了顿，她问起另一个问题，"他们说我是爱心天使，还说我向灾区儿童捐了一亿……可我没捐啊。"

温浅拍开她肩上的一片叶子，表情平淡："我以你的名义捐了一亿。"

霍尔先生的慈善会岂能白去，既然要出银子做慈善，他干脆借此机会一箭双雕，一来让她露脸，打开国际知名度，二来帮她做慈善，树立一个好形象。名声跟形象都有了，国际市场才好开拓。

当然，这些门道不必让她知道。

——喜欢一个人，有时是欢喜而沉默的奉献。你为她创造条件，铺平道路，让她在自己的天地里恣意翱翔，你陪着她经历蜕变与成长，看她在时光中一天天变成最好的模样。而背后的付出，她不必知晓，你不必多讲。

而樊歆还震惊在那一个亿中，她伸出四个手指头："加上跟盛唐解约的三亿，我现在欠你四亿……四个亿啊！把我卖了也还不清。"

温浅漂亮的眉微皱，佯装嫌弃："那我就勉为其难地让你做'押债夫人'吧。"

"……"

两人又坐了一会儿，温浅提起另一个话题："最近有不少公司找你，你怎么想？"

跟随霍尔先生巡回演奏会的这一路堪称樊歆事业史上的破冰之旅。慈善会不仅让樊歆在国际舞台上崭露头角，更迎来了人生中的重大转机，她在国内虽处于被封杀状态，可在盛唐势力触不到的欧洲却声名渐起。霍尔先生赏识她，让她在巡回演奏会上登台，更将她引荐给许多音乐人。此外，她还以重要嘉宾的名义参加了温浅的演奏会。空旷的舞台上，他弹着乐器之王——钢琴，她奏着乐器之后——小提琴，琴瑟相和天衣无缝，引起乐界好一阵疯狂……于是乎，越来越多的人看到她的光芒与美丽，她成了北欧名气蹿升最快的音乐人，不少公司向她抛出橄榄枝。

樊歆实话实说："我不大喜欢接太多的商演。"她看向温浅，联想起他的好来——她能冲破封杀的阻碍，看到未来的曙光，温浅功不可没，他对她这样用心，她当然要考虑他的意见，于是她说，"你觉得呢？"

温浅沉思片刻，道："那好，后头的事就交给我。"

两人对视一笑，樊歆刚想说点什么，温浅却掏出一样东西放在她的手上，是一个红色珠宝匣，樊歆打开来看，金丝绒布上放着两枚古典的首饰，她问："这是什么？"

"古时的发簪，称作鬓花。"

"鬓花？"樊歆将那首饰拿起来端详，这鬓花通体由粉色芙蓉石雕琢而成，乃是合欢花的款式，做工精细，花瓣下垂着一排细密的流苏，匠人的手艺极好，细若羽丝的花瓣雕刻得栩栩如生。

"它的名字叫合欢意，三年前在拍卖会上拍的，据说拥有几百年的历史。"温浅想起那年拍卖的经过，那次他是陪着朋友去的，原本没有参与的欲望，可当这鬓花推出之时，他的内心升腾起强烈而莫名的冲动，仿佛这物什天生就该属于他。没有再多犹豫，他拍了下来。时至今日，等他再次与樊歆重逢，他才明白这鬓花的意义——有一日，樊歆坐在巴黎公寓的窗台，窗外的风将屋外的蔷薇花吹了几朵进来，恰巧落在她的鬓上，那刚洗过的长发墨黑如缎，衬着那粉色的花，再清丽不过。他倏然想起自己收藏的"合欢意"，如果这一刻那朵粉色的鬓花别在她的发间，是不是比那蔷薇更美？

于是他将珍藏三年的"合欢意"取了出来，挑选今天这个特别的日子，亲手送上。

樊歆还在对着鬓花发怔："合欢意是什么意思？"

温浅抬头看看天空，夜空如墨，一轮饱满的圆月挂在正中，月光如薄纱般洒满人间。温浅若有所思道："明月映七夕，缱绻合欢意。比喻情人之间琴瑟相和，欢喜之意。"

这解释瞬间提升了首饰的档次，樊歆珍爱地看着掌心的"合欢意"。温浅附在她耳边说："这是七夕礼物，奖励你最近的努力。"

樊歆一怔，她这阵子在各国间辗转，忙到没去留意日子。她的手抚摸着鬓花上的流苏，眼中有动容："这个……可以当成是你送的定情信物吗？"

恋人间自古都有定情之物，人们总想用最特别的事物，纪念最深刻而独特的爱情，她也不例外。

温浅粲然一笑，墨瞳在昏黄的光线里沉沉如墨玉，他不顾街道人来人往，轻吻她的额头：“当然可以。”

这个七夕的夜，樊歆握着温浅送的定情信物，在床上欢喜得睡不着。

夜深人静时，她将礼物拍成照片，在私人的朋友圈分享自己的喜悦，却不经意在手机新闻里看到了新一期的国内娱乐八卦。

消息自然是关于头条帝的，她并不意外——双方虽然分开了好几个月，但她常看到有关他的报道，而且最近的报道越来越倾向于他与苏越的事——媒体已经由最初的复合猜测变成了肯定，那两人一会儿一起出席节目，一会儿疑似戴上差不多类型的戒指秀恩爱，一会儿深夜相会被抓拍，而今天的新闻，则是说两人在某楼盘附近出现，疑似感情一日千里共筑爱巢等……

看到这些铺天盖地的新闻时，樊歆希望这些消息都是真的。眼下，她既然选择了温浅，便对慕春寅更不可能有男女之意，与其让慕春寅在无望中痛苦，不如让他早点看开，找个爱自己的女人好好过日子。

结束丹麦的行程后，樊歆回到了法国。由于温浅对欧洲的市场比较熟悉，接下来的工作都是他安排的，现在的他对她而言，不仅是男友，还是未签合同的经纪人。

此后，樊歆以华裔女歌手的身份，有计划地接商演与通告，保持稳定的曝光率，与此同时，她的外语专辑在温浅的操办下，进入紧锣密鼓的创作期。

制作专辑的过程中，她忙碌而充实，自己加入了创作的队伍，每天跟温浅坐在工作室作曲、写词。灵感迸发时，他弹琴她唱歌；没有灵感之时，两人便出去旅游，放弃飞机、动车之类速度超快的工具，坐着古老的慢火车，从这个城市驶向那个城市。在车轨轻响的节奏中，斑斓的风景自车窗外渐次呈现，或是广袤平坦的青黄原野，或是一望无际的浓翠森林，或是阿尔卑斯山脉皑皑的白雪，或是美到惊心的缤纷花海……不同色泽交织而过，如电影里一帧帧漂亮的远镜头，最后烙于脑中，变成永久的回忆。

当火车经过那片如梦如幻的薰衣草花海时，列车里的樊歆将头靠在温浅的肩上，她闻见他衣领上淡淡的茶香，那是她中意的味道，她微微笑起来，说：“谢谢你。”

轻微摇晃的车厢内没什么人，温浅低头轻吻她的发，答：“不客气。”

时光如白驹过隙，这一年的夏秋两季就在列车的摇晃中结束，转眼，已是一月初。

初冬的巴黎气候寒风阵阵，樊歆心中却温暖如春。

——历经四五个月紧锣密鼓筹备的专辑终于大功告成，发行到欧美市场上销量不错，因为有天才音乐家温浅与音乐泰斗霍尔先生的强烈推荐，主打歌排到了流行音乐排行榜的前端，可喜可贺的成绩后是樊歆唱片签售会场场爆满。

专辑大卖之后，樊歆主动接拍了几个公益广告，广告里的她打着一把伞，把伞面全撑在孩子身上，天寒雪大，她浑身沾满雪，可看向孩子的脸，荡漾着真诚的微笑。

这则以“呵护儿童”为主打的广告，原本是为了还安东先生人情拍的免费广告，不想歪打正着，因为广告寓意温暖深刻，被电视台及各大媒体纷纷推广播放。一时杂志、网络，甚至街头的LED屏幕，随处可见她那张洋溢着爱心微笑的面孔，更有媒体将她形容为“最美的星星”。这绰号传出去后，被粉丝一呼百应，偶尔走在路上，会有粉丝认出她来，指着她，惊喜地喊：“Oh！Star！”

与名声一起涨起来的，还有樊歆的片酬跟身价。基于樊歆被大众认可的正能量及天生丽质的个人形象，广告商们纷纷找上门，其中不乏国际一线品牌，一时间，樊歆成了炙手可热的演艺新贵。

自此，樊歆彻底走出国内封杀风波的阴影，从初入巴黎无人识的中国面孔，不仅风光地重回大众视野之中，还一步步地迈向另一片空前广阔的舞台。

时间过得很快，一晃就快到寒冬腊月了。

某个樊歆睡后的午夜，温浅还在房间继续加班忙碌。一旁陪着的阿宋瞅瞅墙上的钟，道：“温先生，都一点了，您去睡吧。”

温浅依旧审视着手中的合同，道：“美洁公司的代言很难拿到，既然这次争取到了，合同就不能出错。”

阿宋看着他，有些欲言又止，最终还是说了出来：“您对樊小姐这么用心，就怕董事长知道后会有意见……这几个月您不仅大手笔帮温小姐，甚至牺牲自己的工作去陪她，荣光内部早已议论纷纷，董事长虽然没说什么，但脸色并不好看。”

温浅沉默了一会儿，道：“这事我会去解释的。”

“您都在外面待了大半年，还是回总部一趟吧，不然我担心董事会那边没办法交代。”

温浅若有所思，看着忠心耿耿的部下，道：“这事我也正在考虑。”

待樊歆拍完美洁公司的唇膏广告后，温浅对樊歆说了这事：“樊歆，我过几天要回国，年底公司的事很多，我得回荣光总部处理，大概需要一两个月。”

窗外雪花飘飘，开了暖气的屋内温暖如春，樊歆停下了筷子。现在已是阳历一月底，年关将到，如果他回去，必然会留在国内过新年，届时她岂不是一个人孤单地待在国外？

她本能地不舍，但理智让她没有任何挽留的说辞——他本就公务繁忙，顶住压力在国外陪了她大半年已是不易，她怎么还能贪求更多？

“那你回去吧！”她垂下眼帘，声音不由自主地带了丝希冀，“过完年还能再来吗？”

温浅看着她，突然握住了她的手：“樊歆，跟我一起回国。”

樊歆惊愕地抬头。

温浅继续说道：“你一个人在这，我不放心。再说，忙了大半年，过年了，你回国好好歇一阵子，养精蓄锐明年再继续。”

见樊歆不答话，温浅一语中的：“你不想回去吗？因为慕春寅？”

樊歆低头盯着碗里的饭粒——他说得对，荣光总部在Y市，慕春寅也在Y市，回国极可能会遇到慕春寅，她不知道该怎么面对他。即便时间过了大半年，可提起那场封杀风波，她仍尴尬而痛苦。

温浅温暖的掌心伸了过来，将她埋得低低的下巴托起来，让她与自己对视：“樊歆，你们已经没有任何关系了。”

见樊歆仍是凝神不语，温浅道：“我在Y市郊区有套房子，你可以住在那，那远离市区，你不会被任何不想见的人打扰。等过年了，咱俩一起过。”

樊歆若有所思，温浅以为她不同意，道：“不想回国就算了，我想办法把国内的工作移到巴黎来，总之，我不会把你一个人丢下。”

“不。”一直低头沉默的樊歆突然抬起头，“我跟你一起回去。”

她不想再让他为她牺牲，更重要的是，温浅说得对，她跟慕春寅早就没关系了。在他下达封杀令之时，他便彻底撕裂了两人的温情。再说，即便躲，能躲一辈子吗？若终究要见面，该来的迟早会来。

第九章
归国

数日后，樊歆跟温浅一起，登上了回国的航班。

两人下飞机便回到温浅郊区的别墅。这栋别墅位于秀丽的风景区，是半山腰的位置，景色独好。

樊歆将行李搬了进去，站在阳台上俯瞰Y市的景色，时隔八个月，再踏上Y市这片故土，心中不由得百感交集。

但这感叹没多久便被中断——莫婉婉的声音兴奋地从门外传来：“樊歆樊歆！可想死老娘了！”

晚上，莫婉婉留在别墅里过夜，两个女人睡在一张床上叽叽喳喳到半夜，莫婉婉坏坏地笑：“姐有没有打扰你们的好事？比如，占了某个人的位置？”

樊歆笑着推莫婉婉：“我跟他还没到那地步。”

“什么！”莫婉婉大惊，“你俩在法国同居了八九个月，每天朝夕相对的，还没啥啥，是你太矜持还是他有毛病？”

樊歆脸一热：“你别瞎说，他是个正人君子。”

莫婉婉笑了，没再继续八卦，黑暗中她摸索出耳机：“姐听歌，你听吗？”

樊歆也有睡觉用耳机听歌的习惯，便将莫婉婉的另一只耳塞接了过来。

安静的夜色中，歌曲在黑暗中连绵起伏，是一个男生唱的歌，曲风缓慢低沉，旋律很陌生，但曲子不错，是一首伤情的歌。

音乐插入了大提琴与钢琴，伴随着歌词一字一句入木三分，仿佛在诉说一段得不到的爱恋，压抑的伤感与心碎在这岑寂的夜中格外让人悲情。

樊歆忍不住问："这是谁的歌？"

莫婉婉打着哈欠摇头："不知道，叫《鸦片》，是一个不知名的网络歌手唱的，不知道唱哭了多少人。"

樊歆细细听了一阵，道："歌词写得撕心裂肺，作词人应该处于失恋的痛苦之中。"

话落，她无奈一笑，歌曲再撕心裂肺又如何？这世间，每个人都有自己的悲欢离合，唯一不同的是，欢乐可以与人分享，痛苦却少有人感同身受。就如同，她根本不知道作词人是谁，又怎能体会他的痛苦？

心下压抑一片，想说点什么，可见莫婉婉鼾声四起，便噤了声，接下来静默的夜，只留她一个人在黑暗里听着歌。

伴奏悠扬，音乐往往最能勾起灵魂深处的回忆，某个瞬间，她想起了藏在心房深处的那张脸。

其实在国外的无数个瞬间，她常常会想起他，想起那张没有爱情、却远比爱情更刻骨更疼痛的面容。

一年前，他曾让她在伤害中寒心离开，可分离了这些日子，那些疼痛与愤怒渐渐被时间冲淡。如今在她心中停留最多的，还是曾经的温情，彼此一起长大的时光，剥去所有痛苦的外壳，一起偎依着取暖的过往。

她曾放不下，犹豫着想要回头。但从他封杀她、亲手放逐她的那一刻，她似乎就失去了回头的资格。

她已不知道该如何面对他。

翌日便是小年，原本樊歆避嫌不想出门，但想着有许多生活用品需要添置，还是同温浅出了门。

这边两人出去购物，而半城之隔的顶级自助餐厅里，盛唐三剑客正在用餐。

周珅又新交了个G罩杯的混血女朋友，两人吃饭，你喂我我喂你，全程都在秀恩爱。

赫祈受不了那肉麻劲儿，而慕春寅则放下刀叉说："你们玩，我出去走走。"话落站起身往外走。

赫祈似是想到什么，脸色微变："今儿小年，你该不会……"

可慕春寅已经走了，他高挑的身影穿过酒店，消失在玻璃旋转门外，餐桌前的周珅问："什么小年？"

"去年小年是樊歆陪头条帝过的，她陪他看电影、打电玩、吃小吃，两人特别开心，我怕头条帝今天触景伤情。"思量一会儿，他起身道，"我瞧他脸色不对，我还是跟过去看看。”

周珅看着慕春寅的背影叹气：“唉，春春让我想起一句歌词——这世上最痛苦的事，是你不在我身边，却在我的心里……”

街头熙熙攘攘都是人，大街小巷放着喜庆的节日音乐，这繁华城市里的男女老少，洋溢着临近年关的快乐。

赫祈开着车，沿着崇圣路向盛唐广场驶去，过节交通堵塞，他开得很慢，短短一公里的路堵了二十分钟才走出去。

堵塞结束后便看到盛唐广场，灯火通明的商业中心与黑压压的人流构成了Y市最大规模的节日胜地，人们趁节日打折购买年货，成群结队拎着大包小包。

赫祈顾不得热闹，一面开一面向四周张望，车水马龙的道路上，一辆炫蓝色布加迪停在路边。周围的车黑压压一片沉闷的暗色系，唯有这点亮色，折射出五月晴空的色泽，点缀在拥挤的车潮中央，孤独得如此漂亮。

赫祈将方向盘右拐，穿过身旁拥挤的车，慢慢向布加迪靠拢，布加迪的车窗是开着的，里面的情况他看得清楚。待跟布加迪贴近时，他摇下窗子，伸出手去敲慕春寅的车窗，在未触及玻璃的刹那，动作一滞。

慕春寅坐在车里，背脊笔直，手握着方向盘，纹丝不动地看向前方。也不知前面有什么，他的表情极度古怪，那双幽深的眸子在车厢的昏暗中非常耀眼，竟透出灼热的光。

赫祈纳闷地探头看去，这一看也怔住了。

在前方广场喷泉旁无数相拥的男女中，有对偎依的情侣，女生穿着大红色斗篷跟小靴子，头上戴了顶绒帽，帽檐由一排白色的兔毛点缀，遮住了小半张脸，似乎是怕被人认出来，她还戴了副可爱的粉红色镜框——没有镜片的那种，空框后眼睛乌黑澄澈，正咬着嘴里的糖葫芦笑嘻嘻地瞧着身旁的男人。

樊歆。

赫祈的心咯噔一跳，将目光移向樊歆身边的男人。

那挺秀颀长的男人自然是温浅，许是为了配合樊歆这身装扮，他居然也戴上了帽子与眼镜，两人并肩一起颇有情侣装的甜蜜。樊歆大概在国外许久没吃糖葫芦，一下买了两串，一左一右吃得欢。温浅侧过脸看她，似乎觉得她吃相可爱，拿手指轻轻刮了一下她的鼻尖。她咯咯地笑，隔得这么远都能听见她笑声如铃。她将糖葫芦塞到温浅的嘴里，温浅不肯吃，却张开双臂拥住了她，他宽厚的英伦风呢子大衣包裹住娇小的她，英俊的脸庞没有了一贯的孤傲，显出满满的温情与柔软。而她一脸灿烂地靠在他怀里，笑靥如花。旋即温浅低下头来，吻上她唇畔的梨涡。

音乐喷泉水花飞溅，折射出广场上的霓虹流光，亦倒映出这甜蜜的一幕。车内的赫祈慢慢转过脸来，将视线转向身畔的布加迪。

光线混杂的车厢内显出慕春寅的侧脸，他仍维持着刚才的姿势，一动不动地盯着前方。路灯从半开的车窗投在他的脸上，随着街头两人接吻的一幕，他眸里先前的光亮与炙热，宛如被雪水浇灭的焦炭，只剩那只握在方向盘上的右手，绷得指节泛出青白色。

布加迪里放着那首最近红遍网络的情歌《鸦片》，歌手的嗓音随着沉缓的音乐在缄默的车厢内回荡，一字一句，印证着他这一刻的挣扎。

广场中央，他和你贴面缠绵。
你的脸，一颦一笑，随烟花绽放，定格慢镜头瞬间。
独留我，守着回忆一夜又一年。
而你随他远去，大洋彼岸的天蓝，我的风筝断了线。

旧照片放在床头，去年的新年，你微笑很甜。
我俯身亲吻相框里的脸，假装你还在身边。
当承诺无法兑现，能不能告诉我，时间怎么倒带从前，
那想念重播的黑夜，如何盼到光明出现。
你的发香，你的气息，你的誓言，
你的一切过往是鸦片，我默数时钟旋转，看幸福被搁浅。
春去秋又来，花开你不在，
你给的温暖昙花一现，我还日夜不休，将你盼作归雁。

你的发香，你的亲吻，你的誓言，
你给的幸福昙花一现，我点滴刻在心头，随呼吸缅怀。
容颜是鸦片，微笑是鸦片，
你的一切过往是鸦片，我还日夜不休，将你盼作归雁。

歌声持续不休，小提琴与钢琴的伴奏中，渲染出刻骨的哀伤。慕春寅静静地听着，点了一支烟，青烟袅袅而起，氤氲出如雾般的朦胧。这一刻的画面似影片里冷色调的慢镜头，主人公棱角分明的侧脸在烟雾里若隐若现，斑驳的光影稀释了他眼中压抑的情绪，香烟缓缓在他指尖燃着，恍若要燃尽宿命里的光与热。红色的星火渐渐吞噬整支烟，最终燃到他的指尖，在皮肤上放肆灼烧，可他仍是看着前方，恍若未觉。

赫祈终于忍不住伸手用力敲了敲布加迪："烟！你没知觉啊！"

慕春寅闻声回过神来，将烟头丢进茶色的烟灰缸，见赫祈隔着玻璃窗看他，慕春寅眨眨眼，方才所有的情绪藏于乌黑的眸底，仿佛什么都没发生。

他这样平静，赫祈倒不知该说什么好，只得将目光移到前方，道："她回来了。"

慕春寅的神态早已恢复如常，视线轻飘飘地从喷泉旁划过，并没有说话。

须臾，他猛地一踩油门，向赫祈招手："喝酒去。"

超级轿跑的引擎陡然发作，轰的一声冲出人群，引来不少路人艳羡，赫祈在后头摇头："口是心非。"

两人一前一后地离开广场，而喷泉旁的樊歆早已结束了这浪漫的小年夜之吻，她睁开眼来看看四周，不知是不是她的错觉，眼角有熟悉的蓝色疾风般掠过，似乎是某人的座驾。她突然心狂跳，不由自主地捏紧了掌心，向马路张望，然而拥挤的道路上，压根没有布加迪的影子。

她松了一口气，摇摇温浅的手，说道："不早了，我们回去吧。"

此后，樊歆便在温氏的别墅住下。白天，温浅去公司总部忙公务，夜里他会回来陪她。樊歆宅在家，练琴跳舞或者练声，依旧积极勤奋。就在她以为会日复一日就这样过下去时，两天后她接到一个意外的电话。

是赫祈的电话，他知道她回国了，打个电话问候。樊歆很高兴，无论她跟慕春寅的关系如何，赫祈依旧是她的朋友，这点不会改变。

赫祈说明天是他的生日，邀请樊歆参加。樊歆倒是想去，但碍着慕春寅最后婉言拒绝，赫祈略显失望，却没强迫她。

挂电话后，樊歆有些后悔，入行几年，赫祈帮了她许多，如今他生日，亲自打电话邀请，她不去说不过去。

樊歆把这事琢磨了一晚上，第二天跟温浅说是同学聚会，然后独自去街上挑了件礼物，送到凯越酒店——即便不参加派对，也该送件礼物聊表心意。

赫祈的派对把整个十二楼都包了下来，樊歆想着慕春寅在上面，便没上去，她站在一楼给赫祈打电话，让他下来拿，五分钟后却见赫祈与周珅一道下了楼。两人收了礼物后不让她离开，樊歆哪抵得过两个大男人，被连拽带拖地扯上了十二楼。

十二楼并没有樊歆想象中那么宾客云集，赫祈只开了小规模的私人派对。樊歆忐忑地扫视一圈，还好，一群人围在前方兴奋地吃蛋糕玩纸牌，大厅内盈满腻人的糕点甜味与香槟醉人的香气——并没有慕春寅的身影。

樊歆松了一口气，接过侍者递过来的蛋糕，吃几口后想要离开，却突然被不远处的某个女郎认了出来。

那女郎很面熟，也是圈里的，她瞅着樊歆，惊讶地道：“呀，那不是樊歆吗？！”

所有视线一瞬间齐齐投来，前方本聚在一团玩纸牌的人群纷纷散开，随着莺莺燕燕如浮云般飘散，一张熟悉的脸孔自人群中缓缓露出。

樊歆呼吸一窒。

慕春寅。

原来他在这，只是方才坐在沙发上，被纷扰的人群围住了而已。

看到她的出现，宾客们的眼光瞬间变得怪异——樊歆是被盛唐封杀的人，如今出现在盛唐总裁的面前，照盛唐先前对她的封杀以及天价违约金等一系列赶尽杀绝的做派，接下来还不知要发生什么事。

人群中的樊歆有些局促，她盯着自己的脚尖，似乎是想走。慕春寅却截然相反，靠在柔软的真皮沙发上，单手支着下巴，目不转睛地瞧着桌上的纸牌，伸出漂亮修长的手指，慢悠悠地出了一张黑桃A——从始至终，他从容地玩着纸牌，仿佛压根不知道她的出现。

赫祈走过来，试图替樊歆解围：“樊歆刚好路过，我请她吃块蛋糕……”

他的话在硕大的空间内显得无比突兀，没人敢吱声——头条帝在场，敢搭理他封杀的人，岂不是跟他对着干？

一时间大厅内寂寂无声，樊歆尴尬地想要离场，不料一个怪里怪气的声音响起，那嗓音低沉磁性，原是十分动听的男低音，此刻却含着讥讽之意：“樊歆？樊歆是谁？”

全场将目光投向沙发上的人，不明白头条帝这句话是什么意思。

慕春寅自沙发上站起了身，他一袭休闲装，宽松的款式仍穿出了玉树般的挺拔修长。阳光投进来，打了柔光般温煦，照得他的脸温润如玉，他乌黑的眉宇微微挑起，有股漫不经心的轻佻与蔑视。

他慢慢靠近樊歆，蓦地轻拍脑袋：“哦，我想起来了！不就是那个不知好歹、忘恩负义、水性杨花的女人吗？”他一字一顿，将那“不知好歹、忘恩负义、水性杨花”几个词咬得重重的。

众人惊在当场，赫祈和周珅齐声阻止：“春春！”

樊歆无地自容，像被人当众甩了一记耳光。她将未吃完的蛋糕放到了茶几上，对赫祈说：“我还有事，先走了，再次祝你生日快乐！”

她在人群或同情或讥诮的眼神里匆匆离场，走出派对大厅时，兜里的手机一响，她接了起来，是温浅的电话。

他的声音一如既往地清雅温文，隔着虚空辗转传来：“同学会玩得开心吗？”

樊歆握着电话，怕他听出什么异常，努力将声音放得平静：“开心呢，已经结束了……我马上就回家。”

“好，我去接你。”

“不用！我坐同学的顺风车！你忙吧，本来事儿就多！”

温浅似乎是想她了，煲着电话粥不愿放，转了话题：“我中午吃的外卖，味道不好，想念你的鸡汤。”两人住在一起后，她便时常下厨做饭给他吃，他渐渐也对她的厨艺产生了依恋之情。

电话里的他温声细语地拉家常，樊歆听在耳里没来由地心安，方才的紧张渐渐缓和下来，她对着手机说：“你再忍几个小时，回来我弥补你的胃。”

“做什么？”

“桂花汤圆好不好，不然虾肉馄饨，或者……”

这话没说完，身后劲风一扫，她掌心的手机被劈手夺走，她还没反应过来，身子被人一推，便被塞进了派对大厅外的更衣室。几乎是同一时刻，咔嚓一声响，更衣室的门被反锁住，这不足十平方米的房间，迅速变成一个封闭的密室。

被推到门后的樊歆在惊魂未定中抬起头，就见慕春寅的脸出现在眼前。他关掉她的手机重重甩开，手机被摔裂在地上，樊歆吓了一跳，想起方才被他当众羞辱的愤然，口气并不好：“你干吗？”

她的视线随之投到他身上，忽然便愣住，近一年没见，他瘦了一圈，上衣里显而易见的空荡，窗外的风如鸽子般扑棱棱钻进，在他的衬衫衣袖里鼓起一片。

那一瞬，方才的愤然忘了个干净，她脑中只想着，怎么瘦了这么多……

她还没想出结果，慕春寅已逼上前来，高挑的个子挡住了光线，阴影将她尽数覆盖——两人这样对峙，他居高临下地将她睥睨，她的心再次不安，她低头声音放小了些：“慕总，你做什么？”

慕春寅紧绷的脸出现了微妙的变化，咀嚼着这个称呼：“慕总？”

樊歆摸不透他的心思，道：“我还有事，先回去了。”她急着离开这，连墙角摔裂的手机也不顾，伸手就去开门。

门吱呀打开，露出一点缝隙，外头的光线投进来，映出一束窄窄的光亮。门缝中出现周珅与赫祈的脸，那两人守在门口，似在听房里的动静，接着所有的面孔与光线骤然消失——慕春寅的手猛地一伸，将门压了回去。他挡在她的身前，嘴角噙着一抹冷笑，问：“回去做什么？”

樊歆不知如何回答，怕激起他的脾气，有些支支吾吾：“我……”

慕春寅目光如针尖锐，似要将她内心所有洞穿通透：“回去给他包馄饨做汤圆？”他弯起唇角，像是自嘲，更像是深埋的痛楚倾泻出一丝半缕，笑道：“呵，你曾给我的一切，现在都给他了吗？”

樊歆不敢看他，将手搭上门把，试图找机会逃出他的桎梏。

她的无声反抗终于激怒了他，慕春寅猛地将她的手腕拽住，拉到自己面前，她踉跄了一下，将桌上的物什撞到，零散的小东西滚落一地，乒乒乓乓发出一串声响，像两人此刻焦躁不安的心。外头偷听的两人察觉不对，对着门喊道：“春春，你好好说，别冲动！”赫祈担心慕春寅动粗，推门欲进，奈何门被反锁打不开。

屋里的两人还在对峙，慕春寅抓着樊歆的胳膊：“还真是绝情啊，一年没见，一句话不说就走。”

他掐得她有些痛，樊歆受不住，努力想要抽出自己的手腕：“你放开，很痛。”

“痛？”慕春寅加大了劲，换来她的痛呼，眼眸里浮起报复的快意，“你也会痛？”

“你怎么会比我痛？”他凝视着她，眸里有汹涌的浪潮翻涌，声音却很低，像是梦呓，“痛到每晚闭眼，都希望自己不要再醒来。”

他双手箍住她的肩，眼眸里的漆黑化作无尽的绝望撕裂开来，他将她往墙上一推：“你能体会这种绝望吗？每天每夜地等，等一个也许永远不会再回来的人！从前五年，现在又一年！”

墙面坚硬冰冷，樊歆磕在墙上，可她忘了喊痛，只怔怔地看着他，他在笑，眸里挣扎着绝望——二十余年相伴相陪，她看得懂他的悲伤，他最难过之时，往往都是笑着的。

她说不出话来，感觉自己的心跟着他的笑一抽一抽地疼，可她不知如何安慰他，他要的她给不起。她只能低声颤抖着说：“阿寅，对不……”

最后一个字还没出口，他蓦地俯下脸，将那句未完的歉疚吞进了唇舌，他将她箍得紧紧的，不顾她的反抗用力吻她，破碎的言语在激烈的吻中逸出来，像是无法发泄的愤怒，更像是卑微的乞求：“不要跟我说对不起！我不要对不起！”

这句话说完，唇齿间的挣扎越发强烈，他不再是吻，是近乎咬啮般的宣泄。门外的人终于意识到事态不对，用力拍着门：“春春！春春！头条帝！”

还有一个熟悉的女声混在里面，不住地喊道：“春寅！春寅！你在里面干吗？”

樊歆的心一紧，苏越来了！

慌乱中，她再顾不得那么多，胡乱抬腿一踢，也不知道具体踢到了他哪里，他闷哼一声，吃痛地放开了她。与此同时，房内光线陡然一亮——门被人用钥匙强行打开，半敞开的门外赫然站着目瞪口呆的苏越、赫祈与周珅。

屋内一片狼藉，角落里的樊歆面色狼狈，她捂住嘴唇想要掩饰什么，却欲盖弥彰。而慕春寅站在一旁，面无表情，只伸出漂亮的指尖慢慢抹去自己唇边的液体。

屋外三人神色各异，苏越狐疑地瞧着慕春寅，而赫祈、周珅则焦急地看向樊歆。三秒钟后，樊歆抓起地上的手机，冲出房去。

樊歆回到了温氏别墅，心头依旧狂跳不安。

手机被重启开机，温浅的电话再次打了进来——他对樊歆之前的突然关机感到疑惑。

樊歆稳了稳心神，道："手机刚才出了点问题，现在好了。"

温浅问："刚才是去哪个朋友的派对？"

樊歆支吾着，不敢坦白说："是过去的同学，你不认识……"

温浅沉默着，仿佛猜到了什么，但他没有问得直白，只说："樊歆，你现在是不是感到害怕？"

樊歆没答话，略微急促的呼吸体现出她的不安。电话那端一阵长长的缄默，末了，温浅说："好了，我知道了。"

打完电话，樊歆独自坐在房里发呆。虽然温浅的通话给了她少许安慰，但她的内心仍然凌乱不安。

她原以为分离近一年的时间，多少能让彼此冷静一些。可到今天见面，她才明白，她仍没法正常地面对慕春寅，看到他消瘦，她会难过，看到他痛苦，她会心疼，当他的暴戾发作，她又觉得恐惧。

一阵门铃声清脆地响起，打断了她的出神，她起身开门，下一刻愣在那。

屋外天气阴沉，似又有大雪要落。阴暗的天色中，门外的那张脸庞俊朗如玉。

"希年？"樊歆一惊，"你怎么回来了！这么早，你下午不上班吗？"

温浅摸摸她的发："因为挂念某个笨蛋。"

他声音平和，入耳如琴弦拨动般动听，旋即张开双臂搂住了她。她心下感激他的体贴，脸埋在他的衣襟上，细腻的羊绒衣料上染着屋外的潮湿与花香，更多的却是他清雅的气息，她嗅了嗅，道："挂念我做什么？我不是好好地待在家里吗？"

他的下巴抵在她的发上，问："告诉我，之前究竟发生了什么？"

她顾左右而言他："你不是中午没吃好吗？我再去给你弄点！"

见她不愿正面回答，他拉住她，低头细细端详着她，下一刻视线便凝在了她嘴唇的小伤口上——更衣室内，她剧烈挣扎，在跟慕春寅的纠缠中不小心磕破了皮。

樊歆捂住唇，面上透着惊慌："这……没什么，今天派对上吃蛋糕不小心被叉子划破了皮……”

他一怔，眸里有激烈的浪潮翻涌而过。须臾，他缓和下来，将她重新搂在怀里，拍拍她的背脊安抚她的情绪，问：“今天是赫祈的生日吗？”

樊歆看着温浅，温浅乌黑的瞳仁平静如海，仿佛什么情绪也没有，又仿佛早已洞悉了一切。

樊歆不知该如何回答，许是担心继续问下去让她难堪，温浅转了个话题：“好了，你去做饭吧，我想喝点汤。”

“嗯，好。”

入夜，樊歆十点就睡了。

房里只留了一盏微亮的壁灯，樊歆的睡颜沐在昏黄的光线里，有种安详的恬静。温浅坐在床头凝视着她，许久，他伸出手来，替她捋了捋额上微乱的刘海。他的指尖沿着刘海往下滑，来到她的薄唇，在那小小的伤口上，他的视线久久停顿。

半晌，他一声清幽的叹息，嗓音含着自责：“是我的疏忽。”

这句话落，他随即起身，高挑的身影出了房门，再出院门。车库里的保时捷被发动，然后穿越茫茫雪地，轰然离开。

凌晨一点，银光酒吧。

银光酒吧是Y市最高级亦最热闹的酒吧，因为辣妹够多，不管是商贾名流还是黑帮混混，都爱去那消遣。

银光酒吧有个包厢叫极地包厢，是酒吧里最奢华的包厢，一贯只供顶级VIP客户享用，譬如盛唐总裁。

盛唐总裁自从封杀了小花旦樊歆后，似乎有些无所事事，没事就上酒吧找乐子，极地包厢快成了他的御用娱乐之地。因为慕总阔绰，但凡来必然是一掷千金，所以每逢他驾临，酒吧老板跟服务员便笑开了花，鞍前马后地跑腿服侍，只差跪在地上喊一声万岁爷。

今晚万岁爷又御驾至此，可反常的是，老板却笑不出来了。

因为包厢里还坐着一个人——荣光的少董。

年初，盛唐慕总跟荣光少董为了小花旦大动干戈的事被传得满城风雨，有小道消息称两人曾为樊歆闹得不可开交，这一说法不知真假，但可以看出双方关系之剑拔弩张。如今这冤家碰了头，就怕一言不合大打出手。两个都是Y市举足轻重的人物，届时不管哪个有所闪失，银光酒吧就等着歇业吧。

老板战战兢兢，又不敢阻止，只好蹲在包厢门口，防着里面出事。

厚重的隔音门后，一张胡桃木茶几，一对真皮沙发，两个男人隔着茶几对视着。左边的男人交叠着双腿歪在沙发上，亚麻色的碎发在水晶灯下晕开微微的辉光。他的左手把玩着一个金属质感的打火机，眉宇间透出散漫的意味——这是全然不将对手放在眼里的架势。

与他闲散从容的气质相反，坐在他对面的男人清雅内敛，简单的衬衣西裤，背脊笔直气质端庄，双手搭在两侧的扶手上，双脚优雅地微倾，堪称世家子弟的完美风范。灯光投到他身上，他俊朗的长相略显疏淡，深幽的眸底像宁静的海，透出超乎常人的沉稳。

穿着衬衣打领结的侍者走过来，对着神态各异的两位大人物，小心翼翼地问："慕总、温总，两位想喝点什么？"

"红茶加冰块。"慕春寅懒洋洋地换了个坐姿，依旧跷着二郎腿，眸里悠悠笑意如晨光浮动。

温浅姿势不变："茉莉花茶。"

慕春寅微微挑眉，眸里浮起兴味："不是说荣光温总只喝冰水吗？怎么改了口味？看来温总是个善变的人，不知道对感情会不会也这么善变？"

温浅淡淡地道："世上没有一成不变的事，只要那件事值得让人改变。"随后补了一句，话里有话，"樊歆说冰水伤胃，为了她，我就戒了，改喝茶。"

侍者将红茶与花茶端了上来，慕春寅接过红茶在手心晃荡，上好的红茶清亮剔透，冰块在里面半沉半浮如水晶。慕春寅漫不经心地问："温总这是在宣示主权吗？"

袅袅茉莉花香盈满一室，温浅端起茶盏轻嗅茶香："慕总明白就好，还望慕总有自知之明。"

"自知之明？温总凭什么？"

"凭全世界都知道我跟她是一对。"

慕春寅鼻腔里发出短促的笑："呵，我跟慕心二十多年的感情，认识的时间比温总早，相处的时间比温总多，温总一个半路冒出的第三者，有什么资格说这些话？"顿了顿，他薄唇逸出轻蔑，"就是排队，也轮不到你。"

温浅端详着手中的茶杯，那是景德镇上好的骨瓷，薄如蛋壳，瓷器通体纯白如雪，置于灯下微微透光，温浅修长的手指白皙如玉，托着精致的瓷盏，相得益彰，格外漂亮。他抬起头来，唇角弯起极浅的弧度："慕总，这世上什么都需要排队，唯独爱情——"他加重了口气，"不需要。"

慕春寅握着茶杯的手微微一顿，旋即深以为然地点头："是啊，温总都能在演唱会上大做手脚，用卑劣的手段得到女人的心，这样的人又怎会去乖乖地排队？"

“不敢当，论起手段，温某哪里比得上慕总，当年樊歆明明没死，慕总却欺瞒我六年。”

慕春寅冷笑一声，转了个话题：“你以为她真的喜欢你吗？”

“不然慕总有何高见？”

慕春寅问：“你们在一起，她是不是常常给你做桂花汤圆、虾肉馄饨、香菇鸡汤？”

“慕总对我们的菜单有兴趣？”

“不是你们的，而是我们的。”慕春寅品了一口红茶，红茶泡得不错，香气浓郁带着糖香，滋味醇厚回甘，他眯眼露出享受的神情，慢悠悠道，“这二十年为了让我活得更幸福，她努力学习厨艺钻研各种美食，我有胃病，吃少了胃就痛，每次吃饭她都是哄着劝着，那些你自以为是的菜单，也就是她最拿手最常做的菜，其实都是我最爱的菜……”

他笑了笑，看向温浅的目光里略含怜悯：“这都是她为我而付出的心血，而你现在，不过是傀儡般，受用着因我而产生的一切。”

温浅从容不迫地扣了扣茶盖，道：“慕总眼下就像一个没落的王朝，在向人炫耀着自身曾有的辉煌。”他叹一口气，“可惜，再风光也是昔日之事了。”

“怎么，新政权想篡位，就以为能轻而易举地推翻王朝的统治吗？”慕春寅道，“她同我二十年感情，朝夕相对形影不离，一起吃饭一起上学一起睡觉，没有血缘关系却亲如一体。她知道我的一切生活习惯与个人喜好，衣服的尺码、喜欢的口味、热爱的球星、银行卡密码，甚至内裤的颜色、身上的每一颗痣。反之，我熟知她的所有，最爱的菜肴、喜欢的颜色，甚至内衣的罩杯，用的卫生巾品牌……而这些，你知道吗？”

慕春寅喝了口水润喉，看向对面的温浅，温浅端坐在沙发上，沉稳如初。慕春寅接着道：“还有，她是个根本就不爱慕名利的人，却不顾一切地进入这个圈子，你就不好奇，她是为了什么？”

温浅道：“慕总无须提醒我樊歆对音乐的狂热，我同她琴瑟相和，再清楚不过。”

“音乐？”慕春寅摇头，眼神一点点变为嘲讽，“看来你不知道，她埋在心底最深的秘密。”

温浅疏淡的眸光在微不可察的角度慢慢凝结，慕春寅捕捉到这一蛛丝马迹，越发步步紧逼：“嫉妒吗？这个秘密只有我知晓。”

温浅垂下眼帘，乌密的眼睫将所有情绪瞬间掩盖，忽然嗡嗡一阵振动声，手机铃声大作，闪烁在屏幕上的是“Star”。

温浅接了电话，那边的声音含着惺忪的绵软，似乎从梦中刚醒："希年，你在哪？怎么我一觉醒来家里就空了？"

温浅道："我在荣光加班，有点急事。"

"半夜还去加班啊！外面下了好大雪，你穿得够吗？冷的话我去给你送衣服。"

"不冷，这么晚了别出来，好好在家睡觉。"

"我睡不着，白天睡太多，现在坐在阳台看外面的雪，想你在干什么。"

那端嗓音娇软清甜，仿佛浸了糖汁的梅子，不由自主地含了丝娇憨，温浅牵起唇角，仿佛漫不经心，又仿佛蓄意为之地将声音提高了一些："我才离开一个小时。"

沙发那头慕春寅的笑渐渐敛去。

温浅不动声色地扫一眼对面，问："樊歆，在你心里，我是你的什么人？"

那边似乎对这个问题感到纳闷，但没有犹豫多久，她肯定地答："是我喜欢的人啊，这还要问吗？"

"除我之外，能接受跟其他人在一起吗？如果有个人很爱很爱你。"

那端沉吟片刻道："不能……我的爱情里只能容下一个人，其他人再好我也没办法，不喜欢就是不喜欢。"

温浅露出满意之色："好了，你睡不着就去上网，我结束这点工作，马上回家陪你。"

那边哦了一声，挂了电话。

温浅将手机收起来，转头看向慕春寅。慕春寅神色漠然地坐在那，看不出有什么反应，唯有那扣着玻璃杯的手指，仿佛加大了劲，指节处微微泛白。

温浅慢条斯理地品了一口香茗，道："慕总与樊歆情同手足，我的确不如慕总了解她，但温某也拥有慕总没有的，比如……"他晃了晃手机，主屏幕上是樊歆亲吻他的合影，"樊歆全部的爱恋。"

慕春寅凝视着那张照片，衣袖上的铂金袖扣在灯光下闪着微凉的光，像这一刻他唇畔的冷意，须臾，他恢复如初，轻笑道："爱情算什么？无非是一股荷尔蒙的新鲜劲，热恋期一过，淡了倦了也就完了，不然世上这么多分分合合哪来的？不要以为这一刻的拥有就是天长地久，人生在世，爱情亲情友情，维持一生的，只有亲情。"缓了缓，道，"不然我为什么敢放她去巴黎？我就当她是一时新鲜，在家里闷久了，想出去撒欢……等玩累了，腻了，自然就会回家。"

温浅低低一笑，眉梢有含而不露的不屑。

接下来，两个男人都没再说话，就那么静静地对视着，从最初的平静到逐渐尖锐，彼此眼神都透出一种矛盾的古怪，似在炫耀自己所拥有的，又似为对方拥有的耿耿于怀。

喝红茶的男人注视喝花茶的，他嫉妒对方拥有她的十年爱恋。

喝花茶的男人凝望喝红茶的，他不甘心她与对方的青梅竹马。

久久对峙，双方目光安静而犀利地对抗，像无声的硝烟弥漫。最终温浅站起身来，说：“她还在家里等我，先走一步。”话落，他优雅的步伐微顿，不露痕迹的神态微微含了丝胜利者的浅笑，“慕总勿送。”

慕春寅还坐在原处，发出一声短促的笑：“温浅，你以为你能跟她走多远吗？就你姐那性子，你们长不了。”

温浅眸光微闪，随即推门，头也不回地离去。

包厢外的大厅红男绿女还在浮躁地舞着唱着，变幻交错的迷离灯光中，穿过人群的温浅似有一种无形的气场，既不寒冷如冰霜，亦不凛冽如锋芒，他薄荷色的衬衣，米色的长裤，面容清俊而安静，身姿笔挺如修竹，步伐缓缓而行，干净温文中透着孤傲，路过那衣着暴露、眼神轻佻的舞女，路过偷偷摸着女伴低胸装的猥琐小年轻，路过喝着下等酒讲着低俗笑话的街头小混混……那浮世的喧嚣如污泥混浊，却无法沾染他分毫。

慕春寅静静地注视着他离去的背影，面上不见任何失落与颓然，只剩满满的笃定：“不信吗？那我就拭目以待。”

第十章
阻碍

临近年关，樊歆猫咪般宅在家，慕春寅没再进入她的生活，日子过得风平浪静。

几天后，温浅担心宅太久会把她憋坏，带着她出门参加S大的校友会。那个热闹的同学会上，樊歆看见一张意外的面孔——齐湘。

彼时的包厢内热闹异常，温浅坐在沙发上陪大学导师说话，樊歆出包厢去接莫婉婉的电话。

寒风从长廊刮进来，另一个包房的门突然打开，一个熟悉的身影自眼角掠过，依旧是曾经优雅的步伐，那雪白貂皮外套在风中蓬松而贵气，将来人精致的脸庞衬得愈加小巧。

见了樊歆，她略显惊讶，却是从容不迫地打招呼："巧，从法国回来了啊。"

她言笑晏晏，丝毫没有仇人见面的尴尬与眼红："好久不见，看樊小姐志得意满的样子，看来在国外过得不错。"

樊歆扫她一眼："齐小姐脸上笑嘻嘻的，嘴上笑嘻嘻的，就是不知心里是甘露，还是莲子？"

她这话一语中的，齐湘笑意渐冷，这一年她的确过得不如意，一年前被盛唐告上法庭，差点身陷囹圄，最后虽在家族的全力周旋下免受牢狱之灾，但社会形象早已全然崩塌，原本指望家族帮她重整旗鼓，谁知九重掌权人齐三突然中风，集团内群龙无首，各势力为了庞大利益明争暗斗，哪还有人有闲工夫帮她处理娱乐圈的鸡毛蒜皮的小事？

眼瞅着曾如日中天的自己风光不再，而过去被她不屑一顾的樊歆，虽被盛唐封杀，却在国际上混得风生水起，她心底愤恨不已，却不想在这大庭广众之下失了风度，毕竟不远的包房内还坐着她想结交的制片人。

她恢复了一贯的从容："樊小姐如今事业顺风顺水，还望年年有今日，岁岁有今朝……当然了，最好感情也能长长久久。"她将这长久一词咬得重重的，重到透着丝嘲讽之意。

樊歆眉一挑。

"咦？"齐湘做出惊讶的模样，"瞧你这反应，还没去过温家？"

樊歆待要说话，一个颀长的身影从包厢走出，拿衣服披在她的肩上："怎么在这？走廊上不冷吗？"

樊歆扭头看去，就见温浅来到自己的身后，注意到一侧的齐湘，他伸出右手搂住樊歆的肩，是一个保护的姿势，口吻冷如脆玉："走吧，跟这种人有什么好讲的。"

齐湘笑盈盈的脸刹那间僵住，而温浅搂住樊歆，头也不回地离开了。

结束聚会回到了家，樊歆坐在粉翠盎然的花厅，回想着齐湘的话，脑子有些乱，见温浅走过来，她注视着他的眼睛，问："希年，你是认真地在跟我交往吗？"

温浅莫名其妙："不然这是在过家家吗？"

樊歆道："可我发现，我并不是很了解你，我甚至对你的家庭和亲人一无所知。"

温浅俯身抱抱她："我觉得没有必要提，重要的是以后。"

樊歆沉默，既然他不想提，这个话题就此结束了。

倒是温浅反问："你进这个圈子，除了展示才华外，还有其他原因吗？"那天与慕春寅的交谈，他心里便留下了一个梗。

见樊歆不语，温浅表情微黯："算了，每个人都有自己的秘密，不想说也没关系。"

樊歆抿唇静默。

他对自己的家事守口如瓶，她却不愿对他有所隐瞒，于是她伸手在脖颈处摸出一块乌黑的碧玺，说："我进这个圈子，其实目的是想找一个人。"

深夜十一点，温浅回到荣光加班。空荡的办公大楼里没什么人，只有雅白的灯光兀自亮着。

回想樊歆今夜向自己袒露的秘密，既然是她的要事，他就会想办法帮她解决。

正想着，传来几下叩门的响声，办公室的门被推开。来人是个中年女子，身量适中，穿着套小香风套裙，精致的五官跟温浅很是相似，如果不是眼角被遮瑕霜掩盖的鱼尾纹泄露了年纪，乍看上去会以为只有三十岁出头。

她轻车熟路地走了进来，扫了一眼温浅手中的文件，道："希年，还在加班？"

"嗯，新项目有很多问题。"温浅的眼睛并未看她，在文件里的白纸黑字上游离着。

美妇人饶有兴致地看着他批阅文件，转了个话题："听说你把樊小姐带到了清泉别墅？你可从没把任何人带去过。"

温浅颔首。

美妇人道："希年，你这年纪谈恋爱很正常，但你为她出了天价赎身费，在圈内引起不小的轰动，荣光老臣对此议论纷纷。"

温浅的笔尖一顿："姐姐，我的个人财产轮不到旁人有异议吧？"

"你这孩子！姐姐就提了下，又没有怪你！"温雅半是宠溺半是抱怨，看温浅的眼神不像是看幼弟，倒像是看孩子，"不过话说回来，像我们这种家世的，男人在外为女人一掷千金很常见，姐姐理解，年轻人嘛，都喜欢找乐子。"

温浅抬头与她对视，眼神郑重而沉稳："你知道的，我从不找乐子。"

温雅的坐姿慢慢绷直，她看着温浅，漂亮的眼里有涉世已久的锋芒与锐利，她说："希年，从小爸妈不在，你是姐姐一手一脚拉扯大的。姐姐给你一句话，女人，可以宠，不能爱。"

温浅回答淡淡的："没有爱，哪来的宠？"

温雅还在笑，优美的笑意里透着一种恒久的固执："希年，我们温家的媳妇，不因爱而存在，而因振兴温氏而存在。"

温雅走后，阿宋走了过来，他看着温雅远去的背影说道："温董事长似乎并不喜欢樊小姐。"

温浅面色凝重，许久后道："任何人的不喜欢，都不会影响我的喜欢。"

"可是……"阿宋还想说什么，却被温浅打断，"阿宋，替我联络D电视台的张台长。"

"您怎么突然找他？"

"解决樊歆的问题。"

樊歆虽被盛唐封杀，但在温浅的周旋下，仍然上了电视台的访谈节目——《独家专访》。当然，为了回报电视台的支持，温浅也出镜了。

这是两人公布恋情后首次在镜头前接受采访。访谈中主持人问了不少恋爱细节，在大庭广众下秀恩爱，樊歆略显羞赧，倒是温浅落落大方，沉稳对答。

主持人问："你们最喜欢对方哪个部位？"

温浅："梨涡。"

樊歆上下打量温浅一圈，脸红了红："没有不喜欢的。"

主持人问："现在最想对对方说什么？"

樊歆望向温浅，由衷道："谢谢你。"

温浅看着樊歆，口吻有些无奈："应该的。"不顾左右摄像机在录，握住了她的手，一切动作亲昵到自然而然。

节目到最后，樊歆站起身，拿出脖子上的碧玺坠子，郑重其事地说："打扰各位两分钟，今天我来，还有一件要事，我想找一个人。"

她将碧玺对准镜头，接着说："这块碧玺二十八年前购于上海田子坊，是一个男人送给妻子的新婚礼物，底座上刻着八个字——'繁星熠熠，为世歆美'。我想找这个男人，如果你还记得这块碧玺，请你联系我，因为你对我非常重要。"

录完节目，两人回了家，莫婉婉过来蹭饭吃，晚饭时她问樊歆："你干吗不在电视上明说找的人就是你爸？"

樊歆摇头："我爸有过案底，明说的话担心会对他不利。"

"哦。"

樊歆道："其实我心里没底，都失踪了二十多年，是死是活都不知道……也不知道这次借助媒体能不能得到消息，如果能找到，我妈在天上就能安心了……当初带着妈妈的遗愿回国，人海茫茫不知去哪里找，想着如果能站在一个万众瞩目的地方，应该更好找些，所以才入了娱乐圈。"

她扭头看着温浅扑哧一笑："本来我想在去年演唱会结束时发布这个消息的，谁知他突然出场，我一紧张……正事都忘了。"

三人对视笑起来，莫婉婉拍拍樊歆的背："放心啦，姐跟温浅都在，我们会帮你的！"

温家别墅在火锅的气氛里热气腾腾，而同一时刻，盛唐十七楼里却人人噤若寒蝉。因为总裁办公室里慕总裁正在收看这一期的《独家专访》。按照以往的经验，每次他看见那两人的消息就要暴怒，这次两人光明正大地上节目……还不知慕总裁会怎么发飙。

然而，今天并没有他们想象的这么可怕，慕春寅坐在沙发上，看起来一切如常。

连周珅都讶异了："春春，你是不是心里在滴血但装作若无其事？没事，难过你就说，兄弟陪你……"

“我为什么要难过？”慕春寅盯着电视机笑起来，“我开心得很，他们就高调吧，到时都用不着我出手，温雅自然会替我料理干净。”

周珅恍然大悟：“兄弟啊，你的智商终于回来了！”又连连点头，“对，我们就隔岸观火，借刀杀人！”继而啧啧有声，“温家大姐那可是终极boss，啧啧……二十年前就把圈内四五个风云大佬玩得团团转，整个圈内最可怕的女人，没有之一，齐湘连给她提鞋都不配！”

慕春寅没再说话，继续看电视，某个瞬间周珅注意到，当电视上出现那两人牵着手的镜头时，慕春寅将脸别了过去。

那一霎周珅想，嘴上说不难过，不过是为了掩饰心里的伤。

慕春寅的预料没错，樊歆在两天后与温雅见面。

那是除夕的前两天，温浅去了公司。在家的樊歆突然接到一个电话，一个低缓的女声响起：“樊小姐吗？我是希年的姐姐，我想请你去博物馆逛逛。”

她平和的语音自有一股强硬，仿佛藏在海绵里的针，看不见，可含着不容忽视的锋芒，说完也不管樊歆答不答应，径直挂了电话。

樊歆握着电话怔在那，逛博物馆？

上午十点，樊歆站在北杨路23号，这是一幢普通的写字楼，她在Y市生活了这么多年，从没听过这里有什么博物馆。

沿着小洋楼的侧门往里走，才发现里面别有洞天，写字楼后竟有个开阔的庭院，几株玉兰树后有一幢略显老旧的洋房，像三十年代的复式楼。

她看了看门牌号，没错，温雅说的地方就是这里。她停住脚步，脑里掠过莫婉婉在前天跟她提过关于荣光及温雅的事。

莫婉婉说：“二十多年前，荣光集团遭遇重创濒临破产，温浅的父母承受不了压力自杀。四岁的温浅自此失去双亲，此后便由大他十几岁的温雅带大。温雅名义上是长姐，实际承担父母的身份。她对温浅的教育极为严厉，任何方面没达到完美，便会重重处罚。温浅八岁那年，因为奥赛题考了99分，被罚在没膝的雪地跪了一晚，直到冻晕。另外，她还很专横，从小不许温浅交朋友，除了音乐，也不许他有其他爱好，温浅的房间、教室都安了摄像头，就为了全天候监视他练琴学习。”

莫婉婉说：“你别以为温雅是真心瞧得起音乐，这些年，温浅天才音乐家的名声让他在全球备受欢迎，他不仅是世界艺术厅的常客，还是不少王室的座上宾。他的才华让温雅打开一条通向顶级名流的捷径，她利用温浅拉赞助招商引资各种手段壮大荣光。温浅于她，一面是血脉同胞，另一面则是她复兴荣光的工具。

莫婉婉还说："随着温浅的成长与成名，姐弟间的矛盾在他十六岁那年爆发，姐弟俩大吵一架，温雅放松了对温浅的看管，再然后温浅成年，按照父母的遗嘱继承了公司部分股权，温雅便不好再过多干涉。不过像她这种强势的人，习惯了控制别人，没那么容易松手。

"但你别担心，温浅是个能力很强的人，过去受制于人是年纪小，长大后他便培养自己的力量，慢慢挣脱家族的桎梏……不过问题也来了，一个是羽翼渐丰的他，一个是控制欲强的温雅，两人对集团的主张几乎背道而驰，矛盾越来越尖锐，关系也随之紧张……"

莫婉婉说到这，口吻一转："说实话，虽然我讨厌温雅，但不得不承认她很不容易，她爸妈死时，温氏负债累累四面楚歌，她在风雨飘摇间以十九岁的年龄接任董事长，为了家族吃了不少苦。"

"樊小姐！"一个声音突然传来，打断了樊歆的思绪，只见一个西装革履的小伙子站在樊歆的面前，往洋房朱红的木门一指，"我们董事长请你进去。"

"哦。"樊歆回过神来，点点头。

朱红木门旁是镂空的雕花窗，古代小轩窗的感觉，樊歆向窗内扫了一眼，光线很暗，看不见里头有什么。

木门被打开的一瞬，樊歆听到属于老旧门板摩擦的吱呀声，阳光从屋外照进，尘埃肆意地飘浮在光线里，樊歆慢慢看见里面的场景。

这是一间狭长的房间，具体说更像一个幽深的长走廊。走廊旁都是老式的家具摆设，木质的博古架，木质的案几，上面摆放着些古玩，也不知是不是古董……经历了太长时间，这些木制品皆透出一股腐朽的味道。

墙上挂着许多相片，是按时间排序，先是现代的彩色照，相片上的中年男子西装革履，樊歆并不认识。随着脚步往前走，照片变成黑白色，再不是先前西装革履的男人，而是另一张穿着中山装的陌生面孔，再往前走，中山装变成类似民国时期的马褂。再往前，胶卷质感的照片没有了，成了手工画像，清一色的淡黄宣纸黑色墨，一笔一画勾勒出更多的面孔。画像上人的马褂装变成蓝色长袍，还配有带翎羽的帽子，像满清官员装扮，或英姿飒爽地跨在马背上，或官威十足地坐在庭院中，充满封建时代的贵族派头……

到最后一幅画时，长廊终于走到尽头，画像下竟有一案几，上面摆着果盘，燃着白色蜡烛。四周安静无声，冷风从长廊那吹头进来，火烛幽幽地闪了闪，一屋子的画像挂在冰冷的墙上，像追悼会上的遗照，睁着空洞的眼齐齐望着樊歆，她霎时背后发凉。

一个身影缓缓走近，影子随着烛光投在地上，仿似还带着阴森森的风，樊歆吓了一跳，扭过头去，就见一个女人的背影出现在她的面前，穿着暗红色呢子大衣，修身的款式显得纤瘦高挑。她缓缓转过脸来，领口绣花盘扣的复古设计，让她看起来像是从民国走出来的女子，竟跟这老式走廊一样有发黄的陈旧之感。

“樊小姐来了。”来人看着樊歆打了声招呼，如果忽略眼角的细纹，那明眸薄唇，跟温浅一样，是极出挑的容貌。

樊歆礼貌道：“温董事长好。”

温雅客气地向周围一指：“樊小姐参观我们温氏祠堂感受如何？”不待樊歆回答，她步伐优雅地走到中央，浅笑里含着骄傲之色，“这可是我们温家沉淀了三百年历史的地方，堪比博物馆。你既然跟我们家希年交往，多了解一下是必要的。”

烛火又一阵摇曳，那些逝去百年的面孔正一个个在墙面上将樊歆俯瞰，一股凉气没来由地从脚底下往上蹿。樊歆不由困惑，就算要了解，为什么要到这样奇怪又阴森的地方?

她还没问出疑惑，温雅已向她招招手，引她走到供奉台上的第一张画像前。

那画上是一个坐在庭院里的男人，身穿清朝官服，头戴翎羽官帽，笔直地端坐着，一脸坚毅。温雅微微摊开右手，拇指朝内，四指并拢，用一个恭敬的姿势指着画像道：“这是我们温家的始祖——温善，满洲镶黄旗人，在世于康熙年间，官至大学士。”又补充道，“大学士的职位类似于宰相。”

她微笑着指向第二张图片，那张是个骑在马背上的将军：“这是温家太祖温鸿，乾隆年间在世，曾任吏部侍郎，后为国捐躯，追封一等伯爵。”

她往前走两步，指向第三张图：“我温家烈祖温棱，任两广总督，乾隆帝诏嘉烈祖抚绥有方，赏双眼花翎……”

话到此处，她转头看向樊歆：“樊小姐知道什么是双眼花翎吗？”

樊歆摇头。

“双眼花翎是清朝官服的一部分，花翎分为单眼、双眼、三眼，按照立功大小来赏赐几眼翎子。乾隆在位几十年，被赐双眼花翎的只有二十多人，在当时是千古犹荣的恩宠。”

樊歆点头，温雅又接着指向下一张图片。

接下来的半小时，温雅就着画像一一往下介绍，基本都是各种先祖们受过的殊荣，至高尊贵的身份……樊歆曾听说温氏显贵至极，却万没料到屹立三百年的家族竟这样尊荣显赫，一品官员就出了六七个。

温雅讲完了祖先，慢慢走向近现代的照片：“这是我曾祖温年，历任Y市市长、Z省省长。”

“这是我祖父温青，也就是我爷爷，他虽弃政从商，却是国内煤矿业与钢铁业先驱，被称为国内企业家之首。”

温雅的目光落到最后一张彩色照片上，那是一个西装革履的男人，斯文儒雅的脸跟温浅有几分相似。温雅的指尖小心翼翼地摩挲着，像看一件稀世珠宝：“这是我父亲温横。他继承我爷爷的志愿从商，致力于煤矿、金属及轻工业，当年Y市乃至附近的C市、T市，四分之一的GDP靠他支撑。现在的盛唐在那会儿不值一提，而九重压根没出现。”

她垂下眼帘，光彩鲜亮的神色渐渐黯然：“只可惜，80年代经济改革，企业调整失败，遭到重创。”

这段往事樊歆是听过的，她轻轻点头。

温雅从照片上移向樊歆：“樊小姐，我给你讲了这么多，你懂我的意思吗？”她加重了语气，问道，“你懂希年的使命吗？”

樊歆抬眸看她。

温雅随手拿起博古架上一柄鎏金短剑，也不知这是哪个祖宗留下的古董。温雅拔出刀鞘，锋刃的光闪过樊歆的眼——这封闭数百年的短刃，岁月不曾抹去它的光泽与锐利。温雅把弄着短刃说：“我们温氏泱泱三百年，曾有的显赫与荣光是你们想象不到的，即便遭过重创，但我坚信重现昔日光芒指日可待。”指了指手中短刃，“就像这把剑。”

樊歆盯着那把光芒流转的剑，一时无话。

荣光，荣光，原来是温氏集团数辈人的夙愿所在。

温雅将刀刃放回刀鞘，道：“想要重振荣光，作为这代唯一的子嗣，希年是家族最重要的希望。”

“为了把他培养成最优秀的接班人，我费心费力百般教导。”她眼风向左飘去，指着角落里一个残破的蒲团，“看到那蒲团没？他儿时淘气，我就罚他跪在列祖列宗面前悔过，一跪一整晚，天长日久蒲团被跪破了，烈性也就磨圆了。”

她转了个身，面有自得：“所以，现在的希年多么的优秀……这是我为温家做出的最大贡献。”

她郑重其事地看向樊歆：“我对他如此爱重，也请樊小姐万分谨慎。对你，我只有一句话交代。”她伸手往右侧墙上一指，一帧发黄的横幅里龙飞凤舞地写着一排字。

——“知人者智也，自知者明也。”

樊歆看着那横幅，温雅笑了起来，眼里有笃定：“樊小姐是聪明人，我就不再多说了。”

温浅很快知道了这件事。就在夜里樊歆犹豫着如何开口之时，他已从旁人那里得知。他随即去了房外，跟温雅打了很久电话，也不知道两人说了什么，他面色紧绷。缓了会儿，他去花厅找樊歆，他抱了抱她，说："以后我姐再找你，你要第一时间告诉我。"

"那会儿你在开会，我就没让秘书转接。"

"是我的疏忽。"温浅去吻她的脸，是个歉疚的表情，"她说的话你不要放在心上，这事我会解决，你别有压力。"

樊歆思绪万千，却不知如何开口。温雅的话让她倍感压力，而"博物馆"之行，让她对温浅的过往有了更深的认识。

那残破的蒲团，阴森的祠堂，幽暗的烛火，画像上无数双像鬼一样空洞的眼……年幼的孩子在极端的恐惧里，一跪一整晚……她震惊、心疼，难以置信。

她更无法想象，他残缺的人生有那样多的不快乐，可在外人面前，他永远都是沉稳平和、冷静而强大的姿态。

其实那些伤、那些孤寂、那些痛苦与破碎，她希望他能跟自己说说，可他从不，或许他没有向任何人倾诉的习惯。

她忽然难受起来，但她不想强迫他，每个人心底都有伤口，突兀地翻开或许是二次伤害。她慢慢地抱住他的肩，将下巴抵在他的背上："希年，明天就是除夕了，能不能早点回来，我们一起吃年夜饭？"

温浅有短暂的愕然："除夕了？这么快，这几天都忙忘记了。"随后拍拍她的手，"好，我明天早点回来。"

"好，那我准备好年夜饭！"

翌日除夕，樊歆张罗了一大桌子菜。可等到晚上六点，温浅还没有回，她打了个电话过去，是阿宋接的，他说公司出了点急事，温浅在同几个骨干开会。

樊歆只得挂了电话，看春晚打发时间，末了竟迷迷糊糊躺在沙发上睡着了。

墙上挂钟一圈圈走着，快十一点时，门被推开，温浅颀长的身影携着屋外的寒露与雪花一道走进。沙发上蜷成一团的樊歆闻声醒来，高兴道："回来啦！"

她起身急忙忙向餐桌走去："我去把菜热热，吃年夜饭。"

年夜饭樊歆花心思烧了十六个菜，色香味俱全，饭后樊歆又上了一锅饺子，温浅刚咬下第一个，便触到一个硬邦邦的玩意儿，吐出来是个硬币。樊歆瞅着硬币欢呼着："哇，你吃到了钱，新的一年会交好运！"

温浅抬眸："真的？"

“嗯。”樊歆用力地点头，“在我们那，一锅饺子只有一个饺子里有硬币，有福气的人才能吃到！”

温浅笑了笑，突然却沉默了，只看着一桌子的菜。

见他不再动筷子，樊歆问：“怎么了？菜不合胃口？”

温浅似是感叹：“我有二十多年没有吃过年夜饭了。”

樊歆一怔：“你姐姐都不跟你一起吃年夜饭吗？”虽然关系紧张，总不至于年夜饭也不在一起吃吧。

然而温浅摇头：“她太忙了……从小我就一个人在家，吃饭、学习、睡觉……除夕夜也是，要么点外卖，要么去酒店……今天要不是你，我都不知道过年的流程该是怎样，贴对联、吃年夜饭……我从没感受过这种气息。”

他望向宽敞的别墅：“这次要不是带着你，我不会回到这，太冷清了……来来回回只有自己的脚步。”

说到这，温浅轻声一笑：“你怎么不说话？”

樊歆低声道：“知道你过去并不幸福……我很难过……”

“没什么好难过，幸福是件奢侈的事，得不到也很正常。”温浅垂下眼帘，乌黑的睫毛遮住了幽深的眸光，有压抑的情绪在里面激荡。

樊歆倏然心疼起来，握住他的手：“今年有我……这里不会再冷清了。”

他颔首，将她的手合在掌心。旋即她笑道：“好了，难过的事不想了！马上12点了，我们去院里放迎春炮。”

她拽着温浅到了庭院，拿出一条挂鞭。温浅正要点，她却拦住他：“等等，迎春炮有规矩的，不能这样放。”说完煞有介事地找了块没雪的地方，将炮铺开拉成一条线，摆出经验十足的模样，“可以了，放吧。”

温浅没正儿八经地过过年，不懂这些门道，便由着她捣鼓，炮仗点燃后，噼里啪啦的声响中，樊歆捂着耳朵向后退。她戴着毛绒帽子，想围观炮仗，又怕被飞溅的火星炸到，便躲在温浅的身后，将头从他的臂弯下穿出，露出白皙的小半张脸，被明亮的火焰映得微红，有些孩子气的可爱。

炮仗的震天响声中，她扯着嗓子对着温浅喊：“好棒！这炮又响又顺，来年一定红红火火顺顺利利。”

温浅哑然失笑，原来方才她又是找洁净的地面又是把炮拉成一字形，是为了图炮的吉利。

身旁的樊歆也笑了，伸手从衣襟处掏了掏，将一样东西塞在温浅手里。温浅低头一看，竟是她那块贴身戴着的碧玺吊坠，墨色的物件还染着她的暖意，她郑重道：“你送了我合欢意，我找不到更好的送你。这是我爸爸给妈妈的定情物，上面刻了我的名字，现在送给你。”

她口吻虔诚，看向那碧玺，眼神异常珍爱——那是她母亲留给她的唯一遗物，她如珠如宝贴身携带，一刻也不曾离开，如今却送给他，足见对他情深义重。

炮仗还在继续响着，樊歆又跑到另一侧，去点那排早已准备好的烟火。火花尖啸着冲向黑夜，绽出姹紫嫣红。与此同时，屋内的钟声发出悠长洪亮的大响。

“当！当！当！”

樊歆在钟声里仰起头来，背后的夜空上烟火肆意盛放，她拍着手向温浅笑道：“希年，新年快乐！”

灼灼烟火中，她笑得粲然夺目，乌眸中似千万朵烟花坠落，而她唇畔的笑意温暖如春。温浅看着她，竟有些怔忪，他将视线平移向她身后的背景，这温氏旧宅像往常的冬天一般白雪延绵，却又有截然不同的风貌，方才他回得匆忙，竟没仔细看。

眼帘里庭院与屋子里灯火通亮，玻璃窗后的屋内有热腾腾的饭菜，屋外门口贴着红彤彤的对联，往常空荡的墙上挂着喜气洋洋的中国结，花厅里的树木悬着许多缀有流苏的小红灯笼，清冷的枝丫被张灯结彩，簌簌的白雪还在飘荡，墙角却不知何时堆了两个可爱的雪人，雪人的手中各握着一串糖葫芦，紧靠在一起，像亲密的家人……这一幕的热闹与喜庆，像电视剧里的新年般团圆美满，他从未经历过——往年除夕，他独自在荣光九楼，在那只有清冷月光与钢琴的房间，倚在落地窗前，端着一杯冰水，看着万家灯火的团圆与欢乐。

那时的他，是冰冷而孤寂的，同杯中的冰水一般，同样的温度，年复一年。

如今，孤独被曾仰望的灯火与温暖取代，他看着周围的一切，心房陡然充斥暖意，似被柔软而丰盈的羽绒一点点裹紧，为这虚无的人生寻到最妥帖坚实的倚靠。

烟火的光亮中，樊歆扭头看他，清澈的眼里有希冀：“希年，你喜欢吗？”

他摩挲着手中那枚碧玺，光滑的触感上暖意还在，他静静地看着她，问：“为什么这样？”

他突然安静，她不由忐忑：“你不喜欢吗？”

见他仍沉默，她小声问：“是不是我太自作主张了？我只是想让你快乐点，弥补从前缺失的……如果你不习惯，那我下次就不……唔……”

她话还未说完，纷飞的大雪中，他倏然倾过身来，捧住她的脸，用力吻她。他的吻这样热烈，封住她的呼吸、她的思绪，随着天幕上一重重的烟火，几乎让人晕眩过去。

他吻了许久，突然将她打横抱回屋子，屋外大雪如梨花飘荡，屋内温度适宜如春。他的步伐沾染着屋外的风雪，平稳踏过一级级大理石阶梯，将她抱到他的卧房。房内没有开灯，阴暗的光线中，他将她放到他宽大的双人床上，吻得没完没了。

床褥柔软得像是儿时的摇篮，樊歆躺在床中央，看着他高大的身躯覆到自己身上，落在身上的吻跟从前截然不同。在此之前，他对她的亲昵就如清茶，淡雅、清幽、和缓，无处不在的如水温柔。而这一刻他的呼吸是热的，随着吻暖烘烘拂到她的脸上、唇上，又移到了耳朵跟脖子上，一点点向下滑，带着某种急促，火一般燎原。

她从没被人这样对待过，羞怯到不敢动。她感到有只手沿着她的衣襟摸索，随即睡衣的扣子被修长的指尖解开，她脸轰地红了，心脏狂跳。

大概是太过紧张，她战栗了一下，覆在她身上的人敏锐地察觉了出来，他停下动作，在黑暗中凝视着她，嗓音含着丝沙哑："你紧张？"

她握住他的手，摇头："不……不紧张。"她的声音有些飘乎，内心却是欢喜的。与初夜有关的疼痛与恐惧，她听过不少，但若是跟自己喜欢的人，再大的痛她也愿意挨。

窗外蓦地一朵烟花炸响，房间被金色的火光点亮，映出彼此的脸。两人在这一霎的光亮中对视，他墨黑的瞳仁像一片深邃的海，倒映出她小小的脸，而她的眸子黑白分明，半分杂质也没有，那满满洋溢的，除了羞赧，全是对他的喜欢。

她这样喜欢他，喜欢到紧张得厉害，却强撑着否认。

他看着她半晌，却松开了她，他替她将睡衣上的扣子扣好，翻身睡到她身边，她有点蒙，这是……就此作罢了吗？

仿佛瞧出她的疑惑，他手臂一伸，将她搂进怀里，说："睡觉。"

她轻声问："怎么了？"

不到三分钟，温浅便恢复了往日的沉静，他抚着她的发，姿势温柔而轻缓，方才那些紊乱的呼吸与心跳仿佛从未发生过，他说："刚才有些冲动，现在还不是时候。"

樊歆没明白这话的意思，但温浅的怀抱温暖坚实，她嗅着他衣襟上清幽的茶香，渐渐困意来袭。

屋外的烟火还在放，是其他人家点燃的喜悦。炮仗的声响中，即将陷入混沌梦境的她忽然想起前年的除夕。两年前的这一晚，她跟慕春寅在一起，除夕敲响的钟声里，她曾看着他悲伤的眼眸，保证再也不离开他。

可是，终究还是食言了啊。

果然，这世上，最强大的就是命运，可以将一切誓言击溃。

她难过起来，混混沌沌想了许久，渐渐睡去。

她睡后，一直搂着她的温浅睁开了眼，他在昏暗中俯身凝视她的睡颜，她的呼吸清悠绵长，一点点拂到他的脸上，而她的气息弥漫到空气里，是淡淡的莲花香。

他看了她许久，轻轻凑过去，在她唇上落下轻轻一吻，轻浅如屋外白雪飞絮。

随即他起身，轻手轻脚地下了床，坐到了花厅。

窗外的鹅毛大雪还在下，从二楼望去，院落被覆上了厚厚的积雪，一片银装素裹，唯独那大红灯笼还在雪里喜气而活泼地亮着。温浅泡了一杯茉莉花茶，将肩上的羊绒披肩裹了裹，那是樊歆前几天学着网上的款式给他织的，浅浅的烟灰色透出低调的优雅，柔软的触感像她温暖的拥抱，他很中意。

手机突然响起，是莫婉婉的，她噼里啪啦一顿："温浅，给你说声新年快乐！刚才跟哥们儿打牌忘记了！你快点给我封红包，我输得精光！"

温浅沉浸在自己的思考中，过了会儿他回过神来，道："好，一会儿给你。"

莫婉婉不满道："你在想什么呢？大脑怎么慢一拍！"

温浅眼睛看向缥缈的夜色，大雪在天地间纷飞若舞，他若有所思地道："我在想一件重要的事。"

"什么事？"

温浅扭头看向卧室的方向，隔着厚厚的玻璃拉门与酒色隔帘，双人床上樊歆抱着被子睡得恬静，被窝热烘烘的，将她雪白的脸颊熏出淡淡的红晕，仿若四月桃花。

温浅瞧着她的睡颜，深邃的眸光渐渐柔软下来，他对着电话说了一句话。

那边莫婉婉的呼吸猛地一窒。

年后，温浅给自己放了两天假，陪着樊歆逛街购物放松休闲，年前加班太多没法陪樊歆，这两天便算是补偿了。当然还有一个人也在，莫婉婉。

三人吃饱喝足去看电影，远离大众坐在VIP包间。樊歆被电影感动得泪眼婆娑，温浅半好笑半无奈地哄她。

两人浓情缱绻，另一侧的莫婉婉没跟两人搭讪，她坐在那，一反常态地沉静。

樊歆觉得不对劲，探头看她一眼，吓了一跳："婉婉！你眼睛怎么也红了？"

莫婉婉胡乱抹了一把脸："受不了这电影要死要活的煽情！"

樊歆却瞥见莫婉婉齐耳的碎发里有银白物什一闪，是耳塞。

樊歆好奇地问："婉婉，你看电影怎么还戴着耳塞？"

莫婉婉拔出耳塞，里面传来轻响，樊歆一怔——莫婉婉在听歌，根本没看电影……那她是为什么红眼？她纳闷地问："听什么歌呢？给我听听。"

莫婉婉道："《电灯胆》。"

她这阵子老听这首歌，樊歆问："这名字好奇怪，什么意思？

莫婉婉的脸闪过局促，她拍开樊歆的手："去去，跟你男人缠绵去，别打扰姐看电影！"

电影院外，一弯月牙挂在墨蓝的夜幕中，城市的霓虹耀眼如不夜天。

距离电影院不远的高耸写字楼内，有办公室灯火通明。

宽大的老板桌后，保养姣好的女郎歪靠在座椅上，面色稍显疲态，但当秘书将新的文件送来之时，她疲惫的脸立刻显出精干之色。

翻阅了片刻文件，秘书送了咖啡进来，女郎接过咖啡，目光仍是留在文件上，摇摇头道："这项目真是让人头疼，稍微有些纰漏就要坏大事！"

她端着咖啡浅啜一口，皱起眉头："不过比起项目，希年的事更让人头疼！"她抬头看着秘书，"那樊歆还没离开吗？"

秘书犹豫了下："是，还在清泉别墅。"

温雅端起咖啡在屋子里转了一圈，尖细的高跟鞋在地毯上踏出轻微的闷响，她自语道："我给她留面子，委婉着说，她听不懂吗？非要我让她有自知之明？"

她站在落地窗前，黑沉的夜幕下，城市一片星火辉煌，她思索半晌，蓦地一笑。

大年初六这天，温浅突然接到一个急电，说有紧急要务需去H市出差一周。临行前匆匆与樊歆告别，樊歆舍不得他，将他送到了机场。去机场的路上，温浅一直一副若有所思的状态，还微皱着眉，樊歆见状便问："怎么了？为什么事出差？很棘手吗？"

温浅颔首："先是出席荣光年庆，只是有个项目要同时进行，有点麻烦。"

"怎么麻烦了？"

温浅也不瞒她："公司在进行一个大项目，但是资金链出现了问题。"

即便樊歆不懂商圈，也知道资金链断掉是怎样的危机，极有可能导致运筹已久的项目流产，而温浅一贯从容淡定，此番能拧着眉，还加上一个"大"字眼来形容该项目，一定是了不得的事。

樊歆想帮温浅，奈何不通商道，只能给他打气："你这么棒，一定可以圆满解决。"

温浅颔首，摸了摸她的头。

樊歆抱住了他的胳膊，装作兴致勃勃的模样："那我等你凯旋。"

为了解他的闷，她面露憧憬之色，转移话题："等你将项目的事解决了，回来我们刚好可以过元宵节，过完后，我就回巴黎复工……新的一年我们一起加油，做出更好的成绩！我计划好了，我要在巴黎开一个属于自己的工作室，然后推两张个人专辑，再奋斗一把，冲击我心中的目标奖项格莱美！再然后，我想开一场演唱会，在加拿大的温哥华——我的第二故乡，告慰我的妈妈！到时候我带你去看我妈妈，我要跟她说，喏，妈妈，这是我喜欢的人！他叫希年，超级棒的男人，我要努力变得更优秀，跟他并肩站在世界的中央！”

她双手握拳，斗志昂扬，面上满是憧憬的微笑。他看着她，眉头舒展开来，笑了——为她给予的鼓励安慰，更为她的乐观积极。

她一直是这样坚定又上进的人，这些天哪怕在家里休息，她也从未停下奋进的脚步。而这一年在国外的磨炼，她从最初的迷茫到觉醒，由一个盲目寻梦的女孩变成一个学会规划人生的操盘手。她一直都在努力地倚靠自己，打开更广阔的舞台，绽放自己的光芒。

见他笑了，她松了口气，想起眼下的事，说：“我在家会好好照顾自己的，你不用担心我，你去H市路上小心。”说着拨开他的衣领，看到那块自己送的黑色碧玺，“去那么远，你得把这个戴好，辟邪的。”

温浅弯弯唇角：“我不信鬼神一说，你不如说这是你的定情信物，所以我不能丢。”

他突然说这种话，樊歆红了脸，好在车内只有司机跟阿宋。她将头埋在他怀里，强调道：“我不管，反正你得好好戴着。”

温浅忍俊不禁：“知道，见它如见你，除非我不喜欢你了，不然我就一直戴着。”

樊歆猛地抬起头看他：“你会不喜欢我吗？”

她微仰着脸，像个焦急的孩子，温浅不忍再逗她，说：“开玩笑。”

樊歆这才放下心来，而机场已经抵达，温浅俯身抱了抱她，说：“我先走了，你回去路上注意安全。”

温浅离开后，樊歆开始了为期一周的单身生活。

日子便平静地过了，头两天她还跟温浅打过电话，但他那边项目难度似乎远超想象，每次打电话他都格外忙碌，有天夜里她打过去，他喉咙沙哑，声音听起来疲倦极了，应该是连着几个通宵都没睡好。樊歆很心疼，叮嘱了一堆，那边温浅嗯了一声，在挂电话之前突然意外沉默，说了一句话：“Star，对不起。”

樊歆有些莫名其妙，可温浅又忙去了，她便没再追问。此后几天怕打扰他，她没再打他电话，转去骚扰同样受邀庆典回H市的莫婉婉。原本以为这二世祖会很闲，两人定能像从前一样唠嗑到深夜，不料莫婉婉也不对劲了，心不在焉的，往往樊歆说了一大堆，她只是淡淡地回一个“哦”字。

樊歆问她原因，莫婉婉似乎不想多说，最后在追问下说跟她老子吵了架——她三天两头跟她老子吵架，樊歆见怪不怪，为了让莫婉婉开怀，樊歆还唱起了幼稚的《三只小熊》。

她压着嗓子，故作憨厚的声音，莫婉婉果然被逗笑了，说：“樊歆你这二货！”

樊歆大笑：“婉婉，我们是二货死党！”

莫婉婉那边深吸了一口气，似乎是在抽烟，樊歆道：“你少抽点，虽然姿势很帅，但真的伤身。”

莫婉婉哈哈大笑：“樊歆，这是姐见你第一面时你的开场白。”

樊歆亦笑了，想起八年前的往事。那时她作为大一新生报到刚进宿舍，莫婉婉留着短发穿着铆钉鞋手上有文身，一副不良社会女青年模样，吓得宿舍另外两个女生都不敢接近她，唯有自己看着走廊上抽烟的她，好心让她少抽点。

电话那端的莫婉婉也想起了这段过往，她说：“那会儿你真是胖，姐本来不想理你，但你说了这句话后，姐突然对你有了好感……再然后，居然就成了死党。”

樊歆跟着感叹：“不知不觉我们认识八年了，婉婉。”

莫婉婉在那端沉默良久，没头没脑问了一句：“樊歆，如果我做了对不起你的事，你会原谅我吗？”

“你能做什么对不起我的事，以前大学时碰到流氓你还要我先跑呢，我去哪找你这么讲义气的姐们儿呀！”

莫婉婉笑了笑，旋即转了个话题：“你跟温浅在一起快乐吗？”

“快乐啊。”樊歆认真想了下，“虽然他这阵子很忙不能陪我，但他对我很好，什么都将就我，别人说恋爱中摩擦吵架什么的，我从没体会过……几乎算得上是一个无可挑剔的男朋友。”她口吻一转，倏然带了点苦恼，“不过也因为太好太完美，我偶尔会不踏实，觉得自己在做梦，怕什么时候梦就醒了……”

莫婉婉鄙夷道：“得了吧！给你好的你还挑！”

两人哈哈笑了一阵，又一阵天南海北瞎聊，一直聊到十二点才各自入睡。

时间一晃已是正月十三，温浅离开了六天，算算日子差不多要回了，希望他一切顺利。

想着元宵节要到，樊歆便去超市采购食材做元宵，温浅喜欢果仁口味，于是她买了不少果仁，除此之外还买了些莫婉婉爱的芝麻，虽然不知道她元宵节来不来，但还是备着。

路过豆沙馅时她呆了呆，想起慕春寅。往年元宵他都要吃这口味，孩子似的总赖着她喂，一高兴便能吃下十几颗。

下一刻她摇了摇头，将回忆甩掉，每次想起慕春寅便是个矛盾的感受，她心疼他挂念他，却又戒备他恐惧他。那些有关他的记忆永远都带着疼痛，她害怕倒带重播。

打起精神来继续购物，元宵节她计划做一桌子菜，比如温浅喜欢的孜然鸡翅、鱼头豆腐汤，莫婉婉喜欢的炭烤猪排……菜一样样往购物篮里丢，篮子被装得沉沉的，虽然拖着累，但想着那两人面对十几道美味的愉快，她瞬时心满意足——他与莫婉婉，是这世上她最喜欢的男人和她最亲密的姐妹。

她笑着去排队结账。结账的队伍很长，她无聊中仰头看超市里的电视。电视里正播报着娱乐新闻，说是某导演喜得老来子，老导演对着镜头笑得欢，樊歆亦笑得欢——这人正是拍《琴魔》的导演，她的师父。

她刚想打个电话过去道贺，谁知下一则新闻便让她视线凝注。电视机上出现一个类似庆典般的场景，男男女女香槟酒液的穿梭之中，播报员的声音含着喜气传来："据悉，正月十一日晚，在商界叱咤风云的荣光集团举行年庆，庆典嘉宾云集……"

荣光庆典因为排场够大，最近新闻满天飞，樊歆见怪不怪地看着，等待着想念的面孔出现在镜头，果不其然温浅出现了，墨黑的西装、雪白的衬衫，繁杂的人群遮不住他的出类拔萃。樊歆心中一阵柔软，然而随着播报员的下一句话，她的笑瞬时僵住。

播报员道："隆重的庆典上，荣光董事长温雅宣布一个重磅消息，年庆亦是荣光少董温浅温先生的订婚宴。"

那订婚宴三字如惊雷炸入耳膜，樊歆睁大眼，电视里的声音还在继续："温少董的真命天女，不是其对外宣称的正牌女友樊歆，而是莫氏集团的千金莫婉婉……"

啪的一声响，樊歆手中的购物篮掉到了地上，食材骨碌碌散在地上，她不敢置信地看着电视，电视里的盛宴上，温浅坐在主席位，一个高挑窈窕的身影在众人的簇拥下款款而来，坐在他身边。

樊歆揉了揉眼睛，望向那穿着拖地长裙、将利落短发整理得别致、甚至化了精致淡妆的女子，她的装扮那样陌生，不是一贯的朋克风，可面孔却那样熟悉。相识八年，她的记忆不会有错。

莫婉婉。

樊歆仍不死心，再次用力揉了揉眼睛，真是莫婉婉。而旁边，千真万确是温浅。

播报员还在用轻松的语气播报："据悉，两人不仅门当户对，更是青梅竹马两小无猜，难怪温少董会弃貌美的小花旦而选莫千金……"

接下来樊歆便什么都听不到了，她不顾超市人员惊讶的目光，抛下购物篮冲出人群。

她不知道自己要跑去哪，思维在一瞬间消失得无影无踪，脑中反复重播着方才电视里的画面，她拿出手机疯狂地拨打温浅跟莫婉婉的手机，然而两人都关机。

小区外就是商业街，百货大楼外的大LED屏幕上也在放着温浅与莫婉婉订婚的消息，来来往往的路人指着LED屏热烈地讨论这事。樊歆将自己狠狠掐了一把，胳膊上剧烈的疼痛赫然昭彰地提示她，这是真的！她不是在做梦！她仰头用力盯着LED屏幕，将那两张面孔确认了一遍又一遍。

没错，是他！是她！是他与她！

六天前，她还在他怀里醒来，清晨的阳光里，她嗅到他怀抱的温暖。她去机场送他，他微笑着拥抱自己，说："在家乖乖的。"

三天前，樊歆给她打电话，为她唱《三只小熊》，说要给她做喜欢的炭烤猪排，她还笑着说："樊歆，你这二货！"

这是她爱了十多年的男人，这是她信任了八年的死党。她不相信，她没法相信，她摇着头慢慢后退。

她惶恐而茫然地来到马路中央，道路上车辆的喇叭声响起，她听不见，红灯在亮，她也看不见，横穿马路时一辆汽车差点撞到她，车主隔窗大骂："不要命了！"

她恍若未闻，脑子乱哄哄地穿过熙熙攘攘的车流往前走，也不知道走了多久，她来到一个高耸的大厦前，两个耀眼的金色字体映入眼帘——"荣光"。

樊歆呆站在那，天气阴沉，厚厚的云层堆积在苍穹，冬末的寒风一阵阵吹到她身上，被这寒气一凛，她的神志终于清醒过来，她对门口拦着她的保安道："我要见温浅。"

订婚消息是两天前的，虽然她不懂媒体为何现在才播，但算算日子，温浅今天应该要回了。

保安认出了她，赶紧向上级汇报，很快一个管理层模样的人下来，对樊歆道："我们少董在外忙公务还未回，樊小姐请回。"

樊歆口气执拗："我不相信，让他出来见我。"

对方见她态度固执，劝了一会儿后便作罢，离开时还跟保安耳语了一阵，自此保安便将樊歆看得紧紧的，虽然不敢驱赶，但也绝不让樊歆踏进荣光一步。

空荡的荣光大门口，樊歆一动不动地站在那，目光定定地看向九楼的方向。

她要见温浅，无论事情是真是假，是豪门噱头还是残酷真相，她都要当面问清楚。

然而，一直没人下来。寒风渐渐四起，天色随即不正常地缓缓暗沉，空中堆积着铅色的云层，似乎有大雨将至。

不多时当真落下雨来，先是一点一滴的飘摇雨丝，随后变成了瓢泼大雨，路上行人都被雨驱赶得缩回了屋子，唯有樊歆纹丝不动在那站着。

见她被淋得透湿，一个于心不忍的荣光副总走上前来，劝她回去。

大雨如千万道利箭射向地面，樊歆立在雨幕中间，淋得眼睛都睁不开，却仍是那句话："我要见温浅。"

对方无可奈何地摇头离开，临去时自语道："这丫头真倔。"

之后再没有人来劝樊歆，大雨还在不停不休，仿佛天破了个窟窿似的，要将无尽的水全泼向人间。樊歆的衣服从外面的棉袄到最里层的秋衣，全部透湿滴水，零下几度的气温，寒风一吹，她冻得脸发白，但她仍是站在那，维持着最初的姿势。

也不知淋了多久，起码有三四个小时，樊歆觉得自己要冻僵了，浸透在水里的脚已经没有了知觉，关节全僵硬起来，脸上想做出一点表情都牵不动面部神经。巡逻的荣光保安见了她都是吃惊的模样，几人小声议论："天这么冷，雨还这么大，再冻下去不得了，她嘴唇都紫了。"

另一个压低声音，略显不满地说："听说温董事长就在上面，光看着不下来真够狠心的。"

"嘘……你想被炒鱿鱼啊……快快！别说了，外头来了好多记者，有人将樊歆来荣光的事曝光，他们一窝蜂来采访了，快去把门堵上！"

樊歆没有回头，但她听到身后有人在喊她的名字："樊歆樊歆，回答我们几个问题好吗？"

"樊歆，您是来找温先生的吗？"

"樊歆，跟我们说几句好吗？我们这有伞，给你打……"

果然是记者的声音，樊歆没有回头，凭着凌乱的脚步就知道起码来了十几个，保安的声音跟着响起来："走开走开，我们不接受采访！"

随后咔嚓一声响，传来大门紧闭的声音，那嘈杂的记者声再听不到。

与此同时，荣光大厦里的玻璃内门霍然打开，一群人走了出来，为首的女人一袭靛紫色呢子大衣，一双深邃的眸子缓缓扫过众人，透出涉世已深的锋芒。

温雅。

樊歆木然许久的眸光终于一亮，迎着这张漂亮的面孔说："我要见温浅。"被冻得太厉害，她吐词都有些颤抖。

温雅居高临下地站在台阶上，修身的大衣显得她身材高挑，充满贵族气息的靛紫色让她看起来有股皇家范的清高与疏离。她身后的秘书帮她撑着伞，墨黑的伞面下，她挑眉看向樊歆："你不是见到了吗？在新闻里。"

樊歆仍然重复那句话："我要见温浅，我不相信新闻。"

"樊小姐，看来那天我的话你并没有明白。"温雅黑色的高筒靴一步步自台阶下来，"我说了，没什么比温氏的复兴更重要，而我弟弟，现在只是作出最正确的决定。这是真新闻，也是真决定。"

"不管真假，让他当面跟我说。"

温雅耸耸肩："他如果有时间跟你说，还会让我来吗？"

“那我就等到他来为止。”

温雅的表情忽然诚挚起来，她叹了一口气，用真切的口吻道：“大家都是女人，何苦彼此为难呢。这事我跟你摊开了说吧，荣光最近遇到了问题。相信在年前你也看到了希年的工作状态，凭他的能力，疯狂加班必然是棘手的大问题。如果不解决会引来大麻烦，这节骨眼上我们需要有力的强援，而莫氏则是最好的选择。双方联姻能让实力合并，利益及抗风险能力都达到最大化。他是深知这其中的道理的，不然也不会答应联姻一事。你不要怪他，他也是被逼无奈，好歹跟你交往过一年，多少都有点感情，只是家族要紧，不得不忍痛割爱。如今他避而不见，不过是心里有愧吧。”

樊歆微怔，联想到温浅那阵子没日没夜地加班，荣光出现危机应该是确有其事。她沉默了一会儿，抹了一把脸上的雨水，仍是反驳道：“他跟其他人我或许还信，跟婉婉不可能。”

温雅眸里含着讶异：“樊小姐跟婉婉七八年朋友，不会没看出来吧？这些年家里逼着她去交男朋友去谈恋爱，只差没绑着她去相亲，她死活不肯，而且她为了温浅不惜跟盛唐翻脸，你真以为是哥们儿义气？”

樊歆喉里的话顿时噎住。

温雅还在说：“比起你对希年的十年，婉婉的时间更长，她不开口，不代表爱得比你少。人心都是肉长的，希年怎么会不动容，况且两人从小一起长大，情分绝非一般人能比。”

她看向樊歆，锐利的目光似要将樊歆洞穿：“将心比心，樊小姐同慕总也是二十多年感情，慕总在你心中的地位是别人能取代的吗？而慕总一往情深的痴恋，难道你一点动容都没有吗？”

“你对慕总是怎样的心态，希年对婉婉就是怎样的心态。或许你能狠心拒绝慕总的痴情，但我那心软的弟弟，却未必能拒绝婉婉，更别提眼下荣光急切需要莫氏帮忙的局面。”

顿了顿，温雅总结道：“所以我弟弟选择婉婉，于情于理，无可厚非。”

她一席话有理有据，潮湿的雨幕中樊歆怔了片刻，仍是固执摇头：“我不相信，希年明明还要我在家里等他。”

“樊小姐是聪明人，话说到这份儿上怎么还不明白呢？”温雅笑容温婉，“这事换了我，我也会这么安抚，毕竟订婚一事非同小可，如果现任女友死活不肯分，跑去大闹会场，我荣光岂不是要沦为全国笑柄?

“我知道这事情来得突然，樊小姐一时无法接受，我能理解。但我仍想问樊小姐一句，你觉得希年对你是真爱吗？”

“当然。”

“樊小姐就别再自欺欺人了，我知道这一年来他为你做了很多，但这能代表什么？如果一个女人愿意为一个男人付出性命，那是个男人都会因感激而接受这女人的爱，我弟弟是重情之人，自然也逃不了这种抉择，所以这一年他对你的好，你能分清究竟是感恩，还是真心喜欢吗？”

樊歆无言以对。

她可以坚信温浅的人品，却不能坚信他对她的感情。

温雅一针见血地指出她埋藏在心底许久的疑问——他真的爱她吗？他承诺过会对她好，这一年他说到做到，她却总觉得那些完美无缺的温存里少了点什么。在她面前，他永远都是那副沉稳从容的模样，那些有关寻常人的大笑大哭大怒的波动，她从未在他身上见过。他从不跟她提及心底最深处的话，就像他从未开怀地面对她大笑过。他将自己的心藏得那般深，剥去完美而温柔的外壳，也许她根本没有触及过真正的他。

这一年之中，他对她说过许多话，比如“我会对你好”、“我要给你最好的”、“我要为你打开一个新的天地”。

那么多动人而暖心的言语，却唯独没有一句“我喜欢你”。

雨终于敛住落下的趋势，樊歆面色苍白，状态却比淋雨时还要差。她觉得如今的自己像一块脆弱的木板，而温雅的一席话就似漫天凌厉的雨点，一字一句兜头而下，几乎将她打成千疮百孔的筛子。她浑身痛得厉害，也不知是现实的肉体痛，还是精神遭到重创承受不住。

她垂下的右手五指并拢，尖锐的指甲狠掐入掌心，用疼痛激发自己最后的力量。她看向温雅，一字一顿：“希年没回来，你说的，我不相信。我只信他。”

温雅平静的脸浮起愕然，似没料到她这样倔强。随后她笑了，乌眸中有些怜悯的意味，她向身后下属一摆头：“把东西拿来。”

下属递过去一个锦盒，温雅掏出锦盒里的首饰，递给樊歆：“这是他让我转交给你的，他的意思，你该懂了。”

樊歆视线就此凝住——墨黑的碧玺坠子悬在温雅玉白的指间，晃荡着，在阴沉的雨天里泛出温润的光。

她不肯接，倔强地答道：“这是假的！一定是你仿造的！我不会上当！”

“碧玺是天然宝石，世上天然的东西都不可复制，我去哪仿个一模一样的呢？再说了……”温雅将碧玺翻边，将后面一行字对着樊歆，“你看清楚，后面的字，是不是证据？”

雨幕中，墨色碧玺后那两行字迹落于樊歆眼帘——樊星熠熠，为世歆美。

是她的坠子！

樊歆步子踉跄了一下，强撑的理智与坚持终于被最后一根稻草压垮。倘若说温雅所有证据与说辞，她都能抵死不信，但这坠子她无法再自圆其说，那楷体字迹一模一样，那年深日久经她佩戴磨出的痕迹，绝不可能仿得出来。

这满怀她情深义重的坠子，除夕之夜她亲手给他戴上，贴在他脉搏跳动之处。他那样的人，有谁能逼着他将脖子上贴身所戴的东西交出来？

除非是他自愿。

机场的一幕瞬时浮现在脑海。

“希年，去那么远，得把这个戴好，辟邪的。”

“我不信鬼神一说。你倒不如说这是你的定情信物，所以不能丢。”

“我不管，反正你得好好戴着。”

“知道，见它如见你，除非我不喜欢你了，不然我就一直戴着……”

樊歆的脸刹那间失去所有血色。

而台阶上的温雅突然松了手，坠子啪的一声砸到地上，她呀了一声，却并无多少诚意：“抱歉樊小姐，没拿稳。”

碧玺骨碌碌滚了几滚，跌入台阶后积雨的水坑，樊歆急忙伸手去捞，冰冷的水刺着她冰冷的心，而温雅已经带着人离开，只剩她独自在雨中淋着。

樊歆站起身，将碧玺缓缓贴到胸口，碧玺握在掌心冰凉凉的一团，有什么温热的情绪却涌到眼角，跟湿漉漉的雨水混在一起，不知是咸还是苦。她慢慢仰起头来，将那温热的液体强咽而下，化作苍凉一笑。

“希年，你真的把它还给了我……”

樊歆不记得自己是怎么离开荣光大厦的，记者们居然还蹲守在门外，见她出来，他们一窝蜂围了过来，无数个话筒递了过来。

“樊歆，你跟温氏少董的恋情真的结束了吗？”

“樊歆，据称与温先生订婚的莫氏千金是你的好友，对吗？从前她还常陪你出席各种活动……”

“樊歆，相恋近一年突然结束，荣光有给你什么补偿吗？”

“传闻温少董阔气地在巴黎为你置下豪宅名车，这算是补偿吗？”

“樊歆，你简单讲两句嘛……”

被记者簇拥的樊歆一言不发，她紧握着手中的碧玺往前走。她想，她现在的模样肯定狼狈极了，浑身上下湿透，到处都在滴水，长发湿漉漉地贴在脖子上，像凌乱的海藻，她的脸色也一定难看至极，苍白的、灰暗的、痛苦的。

记者们还在不停地拍，不停地追问，她的头又开始剧烈地痛，先前跟温雅说话时便不对劲，眼下被这七嘴八舌一吵，更是痛极了。寒风呼呼吹过来，她浑身冰冷，呼吸却是异样的热，甚至有些发烫。眼前视线莫名其妙也恍惚起来，她有些难受，转身朝那些一张一合的嘴道："你们别吵了！"

那些人却仍旧没完没了，无数个问题魔音绕耳般还在继续，她再无法忍受，迈开步子往前狂奔。

她不要待在那个地方，不要让他们看笑话，不要让那些世俗的冷眼将她当成茶前饭后的谈资。

她几乎是用尽全力狂奔，穿过马路，走过小巷，转过陌生或熟悉的商业街，也不知道跑了多久，那些记者终于不见了。

她气喘吁吁地躲在某个商业街的地下车库里，看着那群向另一个方向寻去的记者。在潮湿而阴暗的空间里，她茫然呆了一会儿，胸腔里的痛苦无法抒发，身上的疼痛反而更加明显。

头痛越发厉害，呼吸也更加灼热，大脑里嗡嗡作响，思维都停滞不前似的，脚步亦越发沉重，每一步迈出去似乎都有千钧重，她扶着墙，强撑着想要离开这里，眼前场景却恍惚起来，重影般晃来晃去。

凌乱的视线中，她迷迷糊糊地瞥见两个人影，一大一小，似乎是个牵着孩子的女人，看到她，女人惊叫一声："樊歆！"

这人的脸虽然看不清楚，但声音很亲切，樊歆想回应一句，一阵天旋地转，她倚着墙慢慢滑下去。

接下来，她感觉自己躺到了冰冷的地面，那女人更加惊慌，撒开孩子奔过来，一声尖叫："怎么浑身湿成这样，身上怎么这么烫……倩倩你看好姐姐，妈妈去喊人帮忙……"

随后樊歆的神志更加不清，迷糊中似乎来了一群人，将她带到了什么地方，那地儿空间逼仄，还晃来晃去不停移动，是车子吗？

她似乎被其中一个人抱着，那人用了好大劲，几乎是箍着她，她都要透不过气了，他不停跟她说话，她耳膜里却只有嗡嗡声，什么也听不见。

也不知道过了多久，摇摇晃晃的感觉停了，她到了另一个地方，雪白的墙壁雪白的床褥，来来往往都是雪白的衣袍。她被一群人围绕，凌乱的脚步声中，有声音断断续续传来："估计是淋了大雨受了寒……导致发高烧晕倒……"

还有人操纵着机械在她身上探测，随后手腕传来尖锐的疼痛，有什么东西如游蛇般滑进体内，冰冷地在血脉里渗透。

昏昏沉沉间，她觉得自己又痛起来，除了欲裂的头部，咽喉跟关节也一并发作，但这不是最痛的，最痛的是心房的某一处，脑中过电般都是那两张面孔，挺立俊朗的男子，短发利落的女子，一个说“好好在家等我”，一个说“樊歆你这二货”。两人跟她说着笑着，最后却换成庆典一幕，男子与短发女子坐在一起，镜头前甜蜜对视。

她心如刀绞，痛到后面又变成了冷，像是寒冬腊月里被人丢进了天井，刺骨的凉让她忍不住哼出声来：“冷……好冷……”

随着她这声低呼，立刻有人在她身上加了更多的被子，屋里的温度也被调高了些，她渐渐失去所有知觉。

恍恍惚惚间，她又开始做梦，一会儿是除夕夜跟温浅在一起放烟火，一会儿是跟莫婉婉在S大一起上课，那时她还那样快乐，而如今所有美好全都破碎……或许梦境能反映出人内心最深的伤害，梦里的她哭得厉害，现实里也不知不觉流下泪，她是这样倔强的人，但凡清醒时刻，在外她鲜少掉泪，可这无知觉的梦中，她的泪一滴一滴，打湿了医院纯白的枕套。

迷蒙中似有什么伸过来，擦去她眼角的泪，随后是一声清幽的叹息。

是谁？她不知道。她只知道那人没走，他俯下身来，紧紧拥住了她。

他的怀抱好暖，好安心，像儿时珍姨和慕叔叔的怀抱，每逢打雷闪电之时，他们便会抱着她说：“慕心不怕，打雷不怕，我们在身边……”

她渐渐止住了眼泪，静静在那人的怀里睡过去。

此后的时间，尽管窗外昼夜明暗交替了几回，她仍是沉浸在无边死海里昏睡，偶尔疼痛畏寒，偶尔迷蒙做梦……疼的时候她会哼声，做噩梦时会说胡话，虽然是无意识的，但总会有个人走过来，要么给她按按揉揉，要么轻轻抱抱她……这人的陪伴让梦里的她觉得舒坦与安心，她甚至希望就这样沉睡下去，永远不要醒来。

（第二卷完）

尤小七 作品

她与光 同行

[下册]

青岛出版社
QINGDAO PUBLISHING HOUSE

第一章
湖岛

墙上的时钟嘀嗒走着，时间一分一秒地过，不管床上的人有多不想醒来，这漫长的梦终有结束之时。

樊歆睁开眼的那一刻，是在一阵清脆的鸟鸣声中。窗外阳光倾泻进来，照得房间一片明亮，她许久未睁的瞳孔受不住这强光刺激，忍不住闭上眼缓和了片刻。

再次睁开眼，她慢慢转动眼球打量周遭的一切。

下一瞬，她一惊，这是穿越了吗?

她躺在一个古香古色的房间里，身下是雕花的木制床榻，抬头可以看见缀着流苏的床幔，床右侧是个绘有花鸟的红木屏风，左侧窗户是古式的朱红小轩窗，阳光被格子缝隙分成丝丝缕缕。清朗的风吹进来，送来沁人心脾的花香，隐约有起伏的浪潮声钻入耳膜。

这到底是哪儿?

未待她想明白，门被推开，一个颀长的身影踱步而入。来人着藏青色衬衣、墨色长裤，明媚的阳光洒在他亚麻色的碎发上，映出一圈光晕——这个人现代风的打扮提醒她并没有穿越。

见她醒了，这人面无表情地走过来，伸腿踢了踢床，口吻嫌弃："没死啊，睡了三天终于活了？"

说着，他转身端来一杯水，重重往床旁的桌上一放，硬邦邦地丢下两个字："吃药。"

樊歆瞧着面前的这个男人，讷讷地说："慕春寅……这是哪里？"昏睡了三天，她嗓音沙哑得不成样子。

慕春寅不回她的问题，仍是紧绷着脸看向水杯，见她不动，他干脆过来，直接拿药往她嘴里一塞，然后给她灌进一杯水，樊歆被迫咕咚咕咚一阵吞咽，药就这么进了肚。

喂她吃完药，慕春寅径自把门一关，走了。

樊歆抱着被子斜靠在床头，神情恍惚地打量着周围的一切。

慕春寅说，她昏睡了三天。

三天……

她脑子又凌乱起来，一时是这三天梦境中的痛苦与煎熬，一时是三天前她在大雨中无助而慌乱地奔走……这痛楚的记忆让她分不清是庄周化成了蝴蝶，还是蝴蝶化成了庄周。

片刻后，两个穿着白大褂的人推门进来，见了她客气地笑："樊小姐醒了，慕总让我们进来看看你。"

两人说着，给她检查了一番，又是量血压，又是测体温。忙碌了十几分钟后，医生道："樊小姐没什么大碍了，静养几天就成。"转头又对门外道，"慕总，这几天注意给樊小姐保暖，不能再受凉，另外，要多喝热水，多吃水果。"

外头慕春寅淡淡地应了一声，原来他一直守在门外。

医生走后，慕春寅拿了一盘洗净的水果进来，往桌上一放，丢下一个字："吃。"

樊歆看着那满盘红彤彤的樱桃，没有胃口，好在慕春寅也没强迫她，只将她往床上一按："不吃就继续睡。"

樊歆重病初愈，本就没什么力气，被他这么按回床上，顿时觉得浑身软绵绵的，没多久就再次昏沉地睡去。

当然，临睡前她问了慕春寅一个问题："这是哪儿？"他别墅太多，他一向偏爱中式风格的房子，她分辨不出这里是哪儿。

慕春寅立在门口，昏黄的灯光将他颀长的身影投到墙上，拉出斜长的一片阴影。他背对着她，淡淡地道："湖心岛。"

樊歆睡了一觉后醒来。

岛上的夜格外宁静，清幽的月光从小轩窗透进来，在棕色的地板上漏下几块斑驳的光影。樊歆躺在床上一动不动地瞧着，在这月光清冷的空间里，竟有恍然一梦之感。

这三天的昏睡，她觉得自己像做了一场梦，或者说，这一年过往都是一场梦。在那荒诞的梦里，自己同暗恋多年的男神恋爱了，她与他奔向浪漫之都巴黎，工作上他们配合默契，感情上亦如胶似漆。风景秀丽的塞纳湖上，他亲吻过她的脸；那盛开着粉色蔷薇的巴黎公寓内，他对她许下过美丽的诺言；那沸腾的烟火之夜，她亦送出自己最珍爱的宝贝……她曾以为，会牵着他的手微笑到永远，然而一觉醒来，不是巴黎，不是那开着蔷薇花的小公寓，身边也从未有过男神的痕迹，她的碧玺仍贴身戴着……而她还是在Y市，在她曾经期待过的湖心岛上，陪在她身边的，依旧是那个爱恨交织二十年的慕春寅……

一切过往就像云烟，匆匆来又匆匆散，幸福究竟是水中倒影，还是黄粱一梦？

她后来便再没睡着，睁着眼睛到了天明。

太阳出来后，房间门被推开了，入目的却不是慕春寅神情严肃的脸，而是汪姐。

汪姐坐在床头看她，心有余悸地感叹："没事了就好！"

樊歆躺在床上没答话，许久后沙哑地开了口："汪姐，你手机带了吗？能不能搜一首名叫'电灯胆'的歌给我听？"

这要求莫名其妙，汪和珍还是依言照办，不多时，邓丽欣的那首《电灯胆》响起。

> 假使不能公开妒忌，学习大方接受。
> 同行时要殿后，谁冷落旧朋友？
> 节日约我三位一体的庆祝，
> 沿途明亮灯饰闪映着沉重，言谈越炽热内在更冰冻。
> 谁当初无心将两方撮合，然后留低（下）只得这寂寞人。
> 仍是你们密友呆望你们热吻，应该伤感还是快感。
> 能回避吗我怕了当那电灯胆，黏着你们来来回回委屈中受难。
> 一个我被撇低（下）却又很不惯，要走的一刹又折返。
> 能承认吗我故意当那电灯胆，他日你们完场时入替也不难。
> 善良人埋藏着最坏的心眼，妄想一天你们会散。
> 会选我吗……

窗外传来清脆的鸟鸣，床上的樊歆将耳朵贴在手机上，一动不动地听着，歌曲终于放完，她轻声道："原来……婉婉是真的喜欢他。"

迟钝如她，倘若早点儿听到这首歌，看清这首歌词，她就会知道真相。

她低声苦笑，却仍是不死心地问："汪姐……我躺了这么几天，荣光那边有动静吗？"

汪姐低声道："温先生人并没有出现，但荣光与莫氏都认可了那个新闻……"

她说着打开手机新闻，一大排新闻都是关于荣光与莫氏的：《荣光莫氏宣布结成战略同盟，共同开发SED技术》《业内强强联合，荣光莫氏联姻》《莫氏董事长拍下天价珠宝，赠予爱女做嫁妆》，等等。

白纸黑字，樊歆缓缓闭上眼，痛苦浮现在脸上："看来，联姻的事是真的了……"

"樊歆，我说句话你别难过啊，早在你选择温先生时，我就不看好你们，恋爱是浪漫，而婚姻是现实，他选择了婉婉，当初我虽感到意外，但这其实是情理之中的事，毕竟豪门中人的婚姻，最先考虑的就是利益。"

"所以……我变成弃子了，是吗？"

汪和珍沉重地叹了口气。

樊歆伸出手，慢慢蒙住了脸："汪姐，请你先出去，我想一个人静静……"

汪和珍无奈地走了出去。

门关上的瞬间，樊歆的眼泪滚滚而落，日头下，化成光。

其实她没想哭，她只是呆坐着，可不知不觉眼泪就往下掉。某个瞬间她不经意扭头，就见身后静静地坐着一个人。

慕春寅——也不知道他是什么时候来的，又在这儿看着她哭了多久。

樊歆觉得难堪极了，哽咽着道："请你出去。"

慕春寅纹丝不动："我为什么要出去？这是我的房子。再说，你这样铁石心肠的人，都多少年没哭了，我可得好好欣赏。"

他的口吻幸灾乐祸，樊歆将泪一抹，掀开被子便要下床。可人想离开，四肢却使不上半点儿力，没走两步，便软绵绵地摔了一跤，歪倒在地上，狼狈极了。

一旁冷眼旁观的慕春寅哼了哼，将她扶起来往床上一按，又拿了一碗粥往她面前一放："要哭也要等吃完再哭。"

被他强行按在床上，樊歆动不了，看着那碗热气腾腾的红豆粥——她哪有心思吃，失恋的痛让她看起来呆呆的。

慕春寅眉头一皱："你再不吃我硬灌了啊。"

他端起碗作势强灌，碗沿碰到樊歆的脸，烫得她躲了一下，手肘不小心撞到了碗，热乎浓稠的粥全泼到慕春寅的裤脚上。樊歆以为他会发火，但他并没有，只喊人进来打扫地上的残羹，自己则端着碗离开了房间。

房间打扫完后，汪姐又进来了，手里端着碗香甜的藕粉，她将藕粉往樊歆面前一递："来，来，吃点儿。"

樊歆情绪仍然低落："谢谢，我吃不下。"

汪和珍可不敢忘记自己的使命，这藕粉是慕春寅在粥泼了后递她手上的，说樊歆这两天没吃什么东西，让她劝着吃一点儿。于是，汪和珍舀了一勺喂到樊歆唇边，哄孩子似的："我知道你难过，但难过咱也得吃东西啊，乖，这热腾腾的，多好吃啊。"

她诚挚而关切地劝着，樊歆再不好拒绝，勉强吃了几口。汪姐端详着她，用庆幸的口气说："幸亏那天我陪女儿去看动漫展，把车停到那儿，不然哪儿碰得到你！你那会儿可真吓人，浑身湿得像从水里捞出来的，脸色苍白，嘴唇发乌。"

那天在地下车库发现樊歆的人就是汪姐，樊歆冲她露出感激的神色，苦笑道："我那时一定很可笑吧。"

可笑，当然可笑，在大雨里淋了六七个小时，被一群记者追逐，那失魂落魄的样子被拍下来放到网上，她成了名副其实的"豪门弃妇"。

事实上，这几天的新闻的确有她，什么《荣光少董另娶他人，樊歆豪门梦碎》《恋情告吹，精灵歌姬上门讨说法》……若不是盛唐极力控制，估计这些天的头条都是她。

见樊歆神色黯然，汪和珍拍拍她的手："别那么想，你还有慕总呢。"

"是你跟他说的？"

"嗯，当时我急得团团转，把电话打给了吴特助，他这人心地好，我想跟他商量一下怎么处理，谁知没一会儿，慕总就到了……"

回忆起四天前的事，汪和珍还很诧异。那天她发现了车库里晕倒的樊歆，曾犹豫着要不要报给慕春寅，后来打消了这个念头，毕竟樊歆是慕春寅亲自封杀的。无奈之下她打给老好人吴特助，电话里的吴特助在陪慕春寅开会，她故意把声音压低，生怕被慕春寅听见。不料一刻钟后慕春寅竟来了，见老板知晓这事，她吓得心怦怦跳，生怕他发飙。谁知慕春寅压根儿没瞧她，他步子迈得极快，几乎是冲进地下车库的，见了地上昏迷的樊歆，抱起来就往外冲。

几人匆忙上了车，吴特助开的车，汪和珍坐在副驾驶，慕春寅抱着樊歆坐在后头。樊歆一直在发抖，衣服里的水顺着真皮后座往下滴，一旁的慕春寅神色复杂，似乎是焦急，又似乎是愤怒，末了冷哼："活该！"

前座的汪和珍对老板这矛盾的话摸不着头脑，正纳闷儿，从后视镜里看到的一幕让她微愣。

慕春寅一面嫌弃，一面麻利地将樊歆的外套跟毛衣脱掉，随后将自己的外套脱了下来，将樊歆紧紧裹住。见她头发上仍湿漉漉地滴着水，他脱掉了毛衫给她擦头发，而他身上只剩一件单薄的衬衣。

他捧着她的头发擦拭，动作认真细致，口中却依旧不饶："蠢货！吃苦头了吧！自作自受！"

他骂骂咧咧，最后却张开双臂，将怀里的人搂住。她湿湿的头发贴着他的脸，他没有半点儿嫌弃，还将手搓了搓，试图用掌心将她冰冷的脸焐暖。

到了医院，医生们围过来检查，樊歆体温滚烫，脸色苍白如纸，脸颊却潮红，不仅血压低得吓人，温度更是直飙40℃。看到体温计的那一刻，慕春寅脸色微变，直接喊来院长，点名要最好的医生。

虽然专家都到了，但高烧并非一时半会儿就能下降，病床上樊歆的状态很不好，时而浑身滚烫蹬被子，时而冷得牙齿打战。慕春寅守在她身边，握着她打针的手，防止她胡乱甩掉针头。末了，烧糊涂了的樊歆说起胡话来，一会儿喊疼，一会儿嚷冷，迷迷糊糊也不知叫着谁的名字："珍姨……我疼……慕叔叔你在哪儿……希年……你骗我……"

梦呓许久后她哭了出来，眼泪大串大串往下滑，像一个找不到家的无助孩童："妈妈……阿寅……"

一旁慕春寅脸上再不见先前的冰冷，他不顾左右医生护士还在，俯下身紧紧拥住她，在她耳边回应："我在呢，慕心，我在。"

他擦去她的泪，将脸贴在她脸颊上，拍着她的肩哄道："都过去了，有我在，都会好起来的……"

这一幕定格在汪和珍的脑海，彼时她站在屋子一角，最后一个场景让她没来由地红了眼——那个一贯被媒体冠以"花花公子""头条帝"称号的盛唐总裁，紧握着床上女子的手，幽深的瞳仁褪去玩世不恭，满含郑重与珍爱，将一个吻深深地印在女子的额上。

"汪姐，怎么了？"樊歆的话打断屋内汪和珍的思绪，汪和珍回过神来，将目光移向窗外。朱红的小轩窗外阳光灿烂、鸟语花香，汪和珍笑道："没什么，我觉得慕总对你是真心的。"

说曹操，曹操到，房门霍地被推开，慕春寅又走了进来，见那碗藕粉没动多少，他将一大碗浓汤放到樊歆面前，撂下一个字："吃。"

汤是墨鱼炖排骨，里头加了不少药材，滋补效果显而易见。见樊歆又一副没胃口的表情，慕春寅皱眉道："挑什么！你要么把汤喝了，要么打营养针。"

见樊歆无动于衷，慕春寅端起汤直接给她灌了下去，把旁边的汪姐看得瞠目结舌。

可大半碗汤下肚，还没等慕春寅松口气，樊歆挣扎着推开他，张嘴哇地吐了。这一下吐得够呛，不仅把这半碗汤吐了，还把先前的藕粉全吐了，地上一片污秽，而樊歆身子弓得像虾米，吐得脸色发白。

两人忙喊来医生，医生委婉地劝说慕春寅不要强行让樊歆进食，也不能喂她过于油腻的食物，病人身体尚未复原，吸收能力不如往常，强行进食只会得不偿失，甚至引发呕吐。

医生说完，给樊歆打了营养针，折腾了一番的樊歆虚弱地躺在床上，脸色比先前更差。

汪和珍见状，只得离开，而慕春寅坐在床头，虽然久久未说话，却一直都陪着。等到点滴打完，小护士来抽针，就见樊歆已靠在床上睡去，而慕春寅坐在她身边，看着她苍白的脸沉默不语。

樊歆睡醒是下午三点，慕春寅还在旁边，见她醒了，将她扶起来坐着，还替她在腰后垫了个靠枕。

他脸上的线条再不像之前那样冷冰，虽仍没有笑意，但平和了许多。他端来一碗排骨汤，汤汁清澈透亮，并不见过多油腻，想来是为了清淡刮去了油脂，而里面的肉都熬碎了，一看就知炖了好几个小时。

见樊歆仍是不想进食的模样，慕春寅道："我不逼你，你能喝几口就喝几口。"

樊歆默了默，端起碗，拿勺子喝了两口。慕春寅似乎觉得两勺太少，脸上虽没有笑，但口吻放得轻柔："你再喝一口。"

樊歆又舀了一口。

可她小勺小勺地喝，根本喝不了多少。慕春寅抢过勺子，舀了一满勺递到樊歆嘴边，担心她不肯再喝，又不能逼她，憋了半天说出一句话："再喝一口我就给你买宾利。"

樊歆差点儿被嘴里的汤呛到。

慕春寅脸上一本正经："你不是喜欢那个车吗？"

樊歆承认："是喜欢。"可他从前不让她买，整天把她看得紧紧的，就怕她逃。

想到这儿，樊歆没再说话，将勺子又拿了回来，安安静静地把一碗汤都喝完。

傍晚六七点时，慕春寅又端来一碗汤。只不过说的话跟中午比有了改变，由"喝完买宾利"变成了"喝一碗买一辆"。

樊歆："……"

她要这么多车干吗？开车展啊！

接下来的几天，慕春寅的脸再没紧绷过，而樊歆按时打针吃药，配合食补，情况稳定了些，只是仍浑身乏力，每天只能躺在床上。

这天她打着点滴，坐在床头看窗外的风景。

朱红小轩窗外，广阔的庭院风景如画，慕春寅还真如从前所言，不仅将温泉开辟出来，还在院内挖坑凿塘，引入活水，栽了一大片睡莲，这初春三月，也不知道他是怎么养的，睡莲居然全开了，满塘花朵，红如绯霞，白如纯雪。

耳边忽听几声爽朗大笑，抬头望去，竟是许久未见的赫祈与周珅，两人一前一后进了房，一个抱着大大的布偶，一个抱着娇艳的百合，笑逐颜开地塞到樊歆手里，算是探病礼物。周珅笑道：“妹子可算回来了！爷的心终于踏实了！”

赫祈亦是笑，拍拍她的肩：“回来了就好，无论怎样，你还有我们。”

樊歆心里一暖。或许真正的友谊就是如此，不是在你志得意满时他们锦上添花，而是在你伤痕累累时他们的一声安慰。

一旁慕春寅看着两人陪樊歆聊天，未曾插嘴，只在风大时将窗户关上。樊歆扭头看他，眼里有感激。

两人在岛上陪樊歆聊了好久才离开，临走时赫祈跟周珅把慕春寅拉到一旁，周珅夸赞道：“春春做得好！女人的爱情可以源于怦然心动，也可以源于点滴感动。今天我在她眼里看到了对你的感动！你加油！用真心抚慰她的伤痕，争取打动她的芳心！”

赫祈补充：“注意要改掉过去的毛病！管住脾气，别再动手动脚！”

慕春寅不耐烦：“知道了，你们滚吧。”

那边男人商量着如何俘虏女人的心，而这边房间里的女人在想其他的问题。窗外夕阳将坠，远方的湖水翻着金色波浪，撞出飞溅的水花，一波波前赴后继，即使破碎也要义无反顾地抵达彼岸。

樊歆有些恍惚，如果岛屿是浪花的彼岸，那她的彼岸是哪儿？

这些天，她一直在思考。

在岛上待了五六天，身体的病痛渐渐好了，心里却空落落的，想起某对男女时仍会剧烈地痛，但不会再失去理智。

虽然情绪在随着时间恢复平静，但未来规划被打乱了。先前她决定元宵节后就回巴黎，可如今她与温浅一朝情断，巴黎那边的人脉有部分是温浅的，她不好再接触。

至于岛上，她继续待着似乎也不合适，她感激慕春寅救了她，但彼此复杂的关系也让她感到局促。

可即便这些感情让她痛苦又迷茫，人生还是要继续，她不愿沉浸在失恋的阴影里消极，她想出去走走，假以时日或许她能淡忘那一段伤，重新开始新的生活……不论是事业还是情感，总之一切都是未知的。

计划好这一切，她决定第二天跟慕春寅说，先好好感谢他，然后心平气和地谈谈自己的打算。

然而计划不如变化快，第二天她正想着找时机跟慕春寅说，慕春寅却接了一个人来岛。

樊歆站在庭院内，看着一群医生将沉睡的许雅珍小心翼翼地往屋里抬。慕春寅向她解释："既然你在岛上休养，那我就把妈接来，你好久没见她，心里应该想得很，这些天你就陪陪她吧。"

樊歆瞅着床上的许雅珍，一时无言。她的确很挂念许雅珍，去年大半年在国外，看不到许雅珍，年前回国虽去疗养院看过两次，但怕被慕春寅撞见了会尴尬，每次都是偷偷见一会儿就走，其实她对许雅珍是深感愧疚的。

于是，她将舌尖上那句想离岛的话压了下去，继续住了下来。

此后的日子，她几乎都在陪许雅珍，医生说许雅珍的状况比以前要好，对外界越来越频繁地有反应，或许是要苏醒的兆头。樊歆听了极高兴，照顾得越发殷勤。

当然，不止是她一个人照顾，慕春寅也在。这些天除了有重要的公务他会去盛唐，其余时间都在岛上。白天他跟樊歆把许雅珍用轮椅推出去，让许雅珍晒晒太阳、闻闻花香，夜里两人就一起伺候许雅珍洗澡、擦身、换衣、喂药。看两人如此贴心默契，不知情的老护工开起了玩笑，对着床上的许雅珍道："慕老夫人，你可得快点醒来，看你儿子儿媳多孝顺！"

慕春寅听了没反驳，转过脸去，唇角一抹浅浅笑意。

樊歆不想引起误会，对护士说："我是她女儿。"

护工愣了一会儿："慕总不是独生子吗？再说你姓樊啊！"说着，露出一个"你明明就是害羞不敢承认"的表情……

樊歆重申："我真不是。"

护士哧哧笑："不是？那你跟慕总是什么关系？"

樊歆："……"她也不知道现在两人具体是什么关系……养兄妹？家人？竹马哥？她曾拒绝的追求者？封杀过她的老板？

不过尴尬归尴尬，因着许雅珍的到来，全天候陪伴许雅珍的过程仍让两人关系破冰回温。慕春寅还趁热打铁做了不少让樊歆感动的事，比如吩咐厨子做她喜爱的食物，备了许多她爱的杂志与CD，在她独自散步时偷偷跟着……是怕她失恋想不开跳湖吗？

以上细节就不一一列举了，某天他还趁樊歆照顾许雅珍不备时，将她眼睛捂住，神神秘秘地推着她走到屋外，然后让她默数"一二三"睁眼。

睁眼的刹那，樊歆就见不远处停着一辆崭新的宾利，还被改装成她最喜欢的藕荷色，车厢里放满了鲜花，车门上亦悬挂着许多五颜六色的气球，看起来十分漂亮。

樊歆呆了，虽然这是她曾经想要的车，但她不好接受，话还没说完，慕春寅抢着说道："不开可以放在那儿。"

她要说话时，"二世祖"周珅不知从哪儿冒了出来，指着车牌号道：

“775719……有点谐音啊，是什么意思？”

赫祈也走了过来，托着下巴琢磨。

须臾，周珅一拍脑袋：“我瞧出后面四个数的意思了，5719，我心依旧，至于前面那个77，哈哈哈……”他与赫祈对视一笑，异口同声道：“歆歆我心依旧。”说着，挨着车扭扭屁股抖了两抖，拉长声音道，“啊呀呀呀——好肉麻……”

樊歆：“……”

慕春寅倒是很淡定，将周珅往旁一推：“去，去！这车也是你能摸的！”

送完车后的第二天，慕春寅不知道从哪儿弄来了条船，邀上周珅、赫祈，还有汪姐，集体湖上泛舟。樊歆原本不想去，兴致高昂的众人却不容她多说，七手八脚地把她拉上了船。

船慢悠悠晃到了湖中心，众人坐在甲板上赏景，此时暖阳遍洒，微风拂面，湖面波光粼粼，船儿轻悠荡漾，一晃一晃似幼年里母亲的怀抱，说不出地惬意。

然而，有个人半点儿也不惬意！

这就是樊歆，她居然晕船！

在一干人优哉游哉地游湖时，她趴在船尾只想吐……她想靠岸缓缓，可不好打扰那几个人的兴致，便忍了下去。

突然一根鱼竿递到她面前，樊歆一扭头，就见慕春寅的俊脸出现在她身侧。樊歆摇头：“我不会钓鱼。”

那边周珅起哄：“没事，让春春教你！他是高手！”

“对。”赫祈跟着道，“他曾一小时钓一桶，可让我们开了眼界！”

汪姐在船头拿着鱼竿，正跟周珅一起钓，闻言劝道：“学学嘛，樊歆，你要是晕船，找件事转移注意力就不晕了。”

一听还有防晕船的功效，樊歆半信半疑地将鱼竿接下。因为不知道正确握竿的姿势，她的动作有些笨拙，这时一只手伸过来，将她的姿势摆正，随即慕春寅的话响起：“这样握，大拇指放这儿，其他指头托在这儿……”

他长身玉立地斜靠在栏杆上，风姿清逸，嗓音低沉沙哑，伴着湖面上的风轻柔地响在耳侧，显出别样的磁性。他一点一点帮她矫正姿势，教她投饵引诱鱼群，再帮她在鱼钩上装饵下钩，又跟她讲了些诀窍。樊歆一心想转移晕船的感受，加上看风景有些乏味，便认真听了，只是头一次接触这个，多少有点儿云里雾里，但慕春寅没有半点不耐烦，仍是细细教导。

讲了个大概，慕春寅问她：“还晕吗？”

“好些了。”注意力被转移，反胃感果然减缓了些。

忽然水中鱼漂动了动，樊歆一惊，刚要喊“有鱼”，慕春寅做了个嘘声的动作，压低声音道：“这位置好，背风、向阳、水草多，而且今天运气不错。”

话落，他将手搭上了竿，樊歆见他来，忙把手抽走，慕春寅却将掌心覆在她手背上，轻声道：“别动，我教你提竿，这点很重要。”

怕鱼跑掉，她不敢再动，便由着慕春寅连竿带手地握住，他的掌心干燥而温暖，有阳光的味道，而他全神贯注地盯着湖面，若有所思地低语：“应该是草鱼。”

樊歆还未来得及问，慕春寅倏然手腕向上一挑，同时肘部往下一压，透明的鱼线带着鱼跃出了湖面，一条十几厘米长的鱼被甩到了船里。樊歆一看，还真是草鱼。

慕春寅轻拍她的头，问：“看清楚我怎么提竿了吗？”

樊歆摇头，他速度太快，她压根儿没看清。慕春寅将鱼往桶里一丢，随后握住了她的手：“那再来。”

不多时，鱼漂又动了，慕春寅感受了一会儿，附在樊歆耳边轻声道：“鲫鱼。”

樊歆刚想问原因，慕春寅猛地抬起手，线往后甩出漂亮的弧度，啪的一声响，一条鲫鱼活蹦乱跳地砸在船上。

樊歆呆了，心想他怎么这么准！

而慕春寅眨眨眼，问她方才那个老问题：“看清楚我怎么做了吗？”

樊歆：“……”她还是没看清。

“那好。”慕春寅大大方方地再次握住她的手，“那再来。”

船头那三个人捂着嘴，拼命不让笑声溢出来——这家伙动作那么快，明明就是不想让樊歆看清，才好有理由一直握着人家的小手嘛！

门外汉樊歆哪里懂这些门道，她还沉浸在对慕春寅高超的钓鱼技巧的羡慕之中——鱼漂再次微颤，樊歆习惯性地看向慕春寅，用眼神问他是什么鱼，慕春寅略有失望之色，瘪嘴道：“湖虾。”

果不其然，拉起一看，一只一寸来长的小虾在钩上晃荡。

慕春寅取下虾，又握着樊歆的手将钩往下放。没多久，他露出兴奋的笑，面色笃定：“一条起码有三斤的大黑鱼。”手用劲一抬，果然是一条好大的黑鱼。

樊歆的眼神已变成了震惊，不仅鱼的种类准确，连重量都这么准，这到底是钓鱼功夫出神入化，还是神算子天机妙算？

慕春寅瞧出她的疑惑，问她：“好奇吗？”

樊歆点头。

这下她全神贯注，果然不晕船了。

慕春寅微微一笑：“其实很简单，鱼种类不同，咬饵的特点也不同。比如草鱼性急，吞饵快，鱼漂浮沉一两次后就会有拖漂的情况；而鲫鱼吞饵习惯尾朝下头朝上，鱼漂情况往往是先下沉几厘米，后往上轻浮一点；黑鱼则力气大，咬钩拖劲大，会在水里拽来拽去。至于那只虾，凭那个头及力度，傻子也能判定……”

一席话说完，樊歆五体投地……这么复杂、细致、高超的专业感受，他还轻描淡写地说得如此简单。她由衷称赞道：“你好厉害……”这话倒是真心，她知道他精通摄影、赛车及品酒，也知道他会垂钓，却没料到技能这么登峰造极。

那边周珅扑哧笑出声来：“那当然，当年春春凭着这一手可泡了不少妹子！”这话立刻换来赫祈跟汪姐齐齐出手，两人默契地捏向他腰间软肉，周珅一声痛呼，“我什么也没说啊，你们继续！”

老底被揭穿，慕春寅多少有点尴尬，他跟樊歆并肩站在一起，看向同一片湖面，表情虽然跟方才无两样，口吻却有些正儿八经的意味：“以后我只陪一个人钓鱼。”

“好耶！”那边周珅拼命鼓掌，“那个人是指我吗？噢！春春，以后我也只陪你一个人钓鱼！好‘基友’一辈子！”

“闭嘴！”一本正经表白的慕春寅被破坏了气氛，捡起桶里一条小鱼砸过去，“‘二世祖’你不说话会死啊！”

赫祈和汪姐大笑起来：“活该！”

那边樊歆并未留意慕春寅那句话，方才他表白时她一直盯着那鱼漂，只想着怎么把这鱼拉上来。

慕总裁的心意虽打了水漂，但没有气馁，仍是兴致勃勃地继续教。接下来他松了手，让樊歆自己钓，而他在旁指导，这回他不再“别有用心”了，认认真真教樊歆看钩提竿，顶多在提竿时帮一把。不多时，樊歆摸索出了点儿诀窍，还真钓上来几条鱼。二十七年第一次自己钓到鱼，樊歆有种小小的成就感，看着桶内活蹦乱跳的鱼，这些天低沉的脸上终于浮起了笑。

见她高兴，慕春寅也高兴。他侧身站在她身边，湖风将他的碎发吹起，在阳光下泛着微微的金色，更衬得脸庞清俊如玉。见樊歆专心致志钓鱼，无暇注意其他，他往前不动声色地迈了半步，贴着她的背，一手绕过她的肩，轻轻搭在木制的船舷上，老远望去，像他在后面轻搂着她，而她偎依在他怀里垂钓。

湖风如一只温柔的手，她的发被拂起几缕，飘到他鼻翼，有淡淡的莲花香。他将脸往前凑了点儿，唇虚虚贴着她的发，几经犹豫后，趁她不注意，轻浅地落上去，将一个吻印在那墨色的柔软之上。两人的身影投到甲板上，那样亲密温柔，蜜色的阳光都似缱绻起来。

慕春寅亲完一下，眯眼享受了片刻……然后，再来一下……

意犹未尽，再来一下……

垂钓中的樊歆不是没有感觉的，第一下头发动了动，她以为是湖风吹的，没有理会，第二下、第三下又来，她觉得不对劲了，好像有谁在扯她的头发，她纳闷儿地转过身，却见身后什么也没有，慕春寅在离她半步外的地方站着，根本就没有挨着她，还一本正经地指着湖面道：“别分心，鱼要跑了！”

她赶紧回头看鱼漂，没多久身后又发生了异常，她一转头，依旧什么也没有，慕春寅笔直地站在一旁，双臂环胸，正专注地欣赏湖面风光。

怪了，她摸摸后脑勺……莫非真是幻觉？是这湖风太大？

十步外的船头，那三个人捂着嘴快要笑到岔气，他们可是把这一幕瞧得清清楚楚——只要樊歆专心钓鱼，慕春寅就从后面搂住，偷香窃玉，而樊歆一转头，他立马收回手，立正笔直站好，若无其事地看向其他地方。而樊歆转过去，他再搂，樊歆扭头，他再收……整个过程行云流水、一气呵成，不得不佩服他敏捷迅疾的身手与出神入化的演技。

三人忍笑好久才恢复如常，那边樊歆还未发觉，而得手数次的慕春寅已愉快地吹起了口哨，瞧那略带得意的脸，哪儿像快三十岁的青年才俊、霸道总裁？倒像个情窦初开的毛头小子。

惬意的小曲中，樊歆侧过脸看他，虽然没有证据，但目光有怀疑：“你干吗这么高兴？”

慕春寅指着鱼桶，一脸真情实意：“钓了这么多鱼心情好嘛，晚上可以吃烤鱼了。”

樊歆瞅瞅桶里的鱼，再盯他半晌，无言反驳。

那边三人再次捂着唇狂笑，赫祈压低声音道：“‘头条帝’好久没这么开心了。”

周珅颓然地看向湖面：“爷有点儿忧伤！这一年我想尽法子哄他，连无节操的脱衣舞都跳了，都没博他一笑……如今管家妹子一回来，哪怕她不笑，春春都笑得跟花似的！哎，果然兄弟如手足、女人如衣服，春春是宁愿断手断脚也不肯裸奔的！”

汪和珍跟着嘿嘿一笑：“慕总心情好就好，我也不用担心被炒鱿鱼了……”这一年慕老板心情不好，没事就炒员工鱿鱼……

几人笑了片刻，赫祈若有所思地转了个话题：“最近荣光不正常。”

周珅托着下巴琢磨：“嗯，据可靠人士透露，温浅几天前从H市回来，对报纸上订婚一事好像并不知情……还有，与他订婚的莫婉婉也失去了踪影……”

汪和珍道：“是很奇怪！听吴特助说，温浅昨天还派人来过盛唐，似乎是想看樊歆在不在……”

见樊歆不经意地将目光望向这边，周珅猛地咳嗽起来，掩盖住几人的话，一面指着湖面道：“鱼上钩了！快拉！”一面低下头道，“管家妹子看过来了，千万别提温浅的话题。她好不容易回来，咱得好好把握，快点帮春春搞定她！”

于是几个人一脸无辜地继续钓鱼。

这一日满载而归，夜里当真吃的是烤鱼，地点就在莲花池上的亭榭里。微风习习，风清月朗，亭里花香四溢，众人一面吃着烤鱼喝着酒，一面赏亭外的莲花跟月光，聊聊天、讲讲笑话，倒也惬意得很。

吃完烤鱼，岛上的厨子又端来一锅香浓的鱼汤，正是白日里钓的那条大黑鱼——小鱼烧烤，大鱼煲汤。

慕春寅第一个给樊歆盛，然后问她："味道怎样？"

樊歆点头，慕春寅道："那就多喝点，黑鱼温补。"

樊歆喝了小半碗，然后继续烤鱼，鲫鱼肉嫩味鲜，烤着吃再美味不过，就是小刺多，她用筷子剔了半晌，还是险些被刺到。慕春寅又给她盛了碗汤，叫她再喝点儿汤，自己却将盛鲫鱼的盘子拿走。

樊歆也没多想，又喝汤去了，一碗汤下肚后浑身暖洋洋，再瞟瞟慕春寅，就见他不知何时将那盆鲫鱼送回了自己面前，雪白的鱼肉放在盘里——刺早被剔得干干净净。

见她怔在那儿，慕春寅拍拍她的头，道："愣着干吗，还不吃？"

樊歆看着那细心剔好的鱼肉，一阵动容，夹起一块鱼肉放进了嘴里。慕春寅瞧着她，也弯起了唇角，自己的鱼早冷了也不知道。

酒足饭饱，男人们还在亭里聊天，樊歆先回了屋——晚上她还得帮珍姨擦身、喂药，尽孝道。

伺候完许雅珍，樊歆去厨房冲了杯热牛奶，刚一转身，就见慕春寅立在厨房门口望着她，目光深邃如海。

每逢两人独处，他这样含情脉脉地看着自己时，樊歆就觉得局促，她找了个话题："你是不是晚上没吃饱？"其实他不大爱吃鱼，今晚吃烤鱼，他定是没吃饱的。

慕春寅点点头，眼里流露出喜色："你要给我做吃的吗？"

樊歆看看冰箱里的食材："你想吃花饭还是想吃面条？"

慕春寅道："花饭吧。"

怕饭太干难以下咽，樊歆问："想喝什么吗？"

"我想来杯红茶。"

"哦。"樊歆转头找食材，轻车熟路地忙碌起来：鸡蛋、蔬菜、茶包、柠檬……一样样准备充足。慕春寅就在她身后餐桌边坐着，看她穿着温馨的居家服，围着围裙在料理台前有条不紊地忙碌着，鸡蛋在锅内散发出香气，金黄的饭粒混着蔬菜一起翻炒……香喷喷的雪菜蛋饭做好后，用水果刀将柠檬切片，跟白糖一起放入茶中，拿搅拌棒搅匀。

这一饭一茶，简简单单的流程曾在往昔重复过无数遍，亲切得让人动容，慕春寅看得目不转睛。

见慕春寅不动筷子，樊歆问："怎么不吃？是不是不想喝热红茶？红茶虽然冷藏才好喝，但这个季节喝多了凉的伤胃，你就将就着喝热的吧。"

"不是。"慕春寅看着碗中喷香的饭粒，声音含着感叹，"你好久没给我做饭了……我怕吃完了，下次就没有了。"

樊歆不知如何回答，将目光移向桌上的炒饭："快吃吧，凉了就不好吃了……"

慕春寅吃了一口花饭，目光却一直在樊歆身上，半碗花饭下肚后，他凝视着她的眼睛问："你这两天开心吗？"

樊歆微微笑："开心。"他想着法子让她开心，她不是不感动。虽然午夜梦回，她仍能想到那场倾盆大雨中的心碎，但比起先前的痛彻心扉，这些天在慕春寅、汪姐和赫祈等人的调节下，已缓和许多。

见她笑，慕春寅跟着笑了，灯光下的他薄唇高鼻，唇角稍稍扬起，五官漂亮至极。他放下筷子，慢慢握住她的手，说："我也好久没这么开心过了。"

樊歆一时不知该说什么，将手抽了回来，道："我有些困，先去睡了。"

樊歆回房后，慕春寅去了书房，汪和珍已经离去，赫祈、周珅正端坐在沙发上，脸色凝重，再不见吃烤鱼时的嘻嘻哈哈。

见慕春寅进来，赫祈指指他留在办公桌上的手机："刚才你去厨房，我帮你接了吴特助的电话，他说，温浅今天夜里去了盛唐。"

慕春寅斜靠在沙发上："前天他是派助手来，今天可是亲自上阵啊。"接着一声轻笑，"来呗，他没有证据证明樊歆在我这儿，凭什么要人？再说了，现在全世界都知道荣光少董另娶他人，他既是有妇之夫，有什么资格跟我要人？"

周珅摸着下巴若有所思："话是这么说，可我总觉得荣光在这事上前后矛盾，新闻大张旗鼓地放出温浅的订婚宴，温浅五天前回Y市却对此事一无所知……这太怪了，哪有人连自己订婚都不知道？还有，年庆这么重要的事，荣光应该会请大批媒体到场，那天却闭馆进行，除开交好的几家，其他媒体一概谢绝……而且庆典视频等了两三天才放出来，这不符合新闻的及时性……"

赫祈接着说："蹊跷的不止这些，我把视频仔细看了三遍，越看越不对劲……"

"怎么说？"

"声音……看起来像是当场致辞，口型却对不上，像是后期配音的。"

"这还不简单，温浅被人摆了一道。"慕春寅笑起来，"这小子摆了我几道，如今也被别人摆了！想想真是痛快！"

周珅纳闷儿："他那样的人，心思缜密得不像话，谁能摆他一道？"

慕春寅道："人不是机器，再缜密也会有纰漏。只要足够信任某个人，对方就有机可乘。"

"信任的人？"周珅琢磨着，与赫祈对视一眼，忽然哈哈大笑，用膜拜的口吻道，"温家大姐果然是圈里最狠的女人。"

赫祈没笑："如果温浅真是被算计，等误会解除，他来找樊歆，你怎么办？"

慕春寅换了个姿势坐，依旧还是吊儿郎当、东倒西歪的模样："我管他是不是误会，反正我现在一条心到底，慕心要是不嫁我，我就不让她出岛，她出了岛就得是慕太，是慕太太，她这辈子就是我的了。"

"那万一她不肯，坚持要离岛呢？"

"那我就把岛连着市里的那条路打断，我说路坏了，走不了，我就在岛上陪她……几个月、大半年，朝夕相对、日夜陪伴，我做小伏低、百依百顺，什么都让着她，我把她供到天上去，我就不信她不感动！"

"半年？公司你不要了！"

"管不了了，媳妇第一！"

他把玩着桌上的签字笔，墨色的笔被漂亮的手指转来转去，他的表情颇像个无赖，周珅点评："什么叫王八吃秤砣，我算是知道了。"

慕春寅抓起一本书砸过去："呸，你才王八！"说着他又笑起来，"没办法，爷这一年过的是什么日子啊。反正一句话，没慕心我就不快活，谁要把她从我身边夺走，那还不如给我一刀来得痛快。"

夜里十一点，赫祈和周珅自岛上离去，慕春寅进了樊歆的房间。

樊歆已经睡下，房内只开了一盏小小的壁灯，昏暗的灯光下，她窝在被子里，睡颜恬静，长长的睫毛覆盖下来，像一个安静的瓷娃娃。

慕春寅坐在床畔看着她，黑眸幽深如水。须臾，他自语："奇怪……以前没觉得你好看……"

从前看她就跟看寻常女人一样，两只眼睛一张嘴，没什么稀罕。可在她离开的这一年，他才顿悟她的美。

这一年他对她进行封杀，勒令娱乐圈对她的信息全部屏蔽，可这样赶尽杀绝，真正的内幕却只有他知道。

那么多个辗转难眠的夜里，酒吧买醉后，他会在空荡荡的家里，点开她的视频，在她过去的一颦一笑里，重温曾有的温暖。

他看过她与温浅在乌镇合拍的那个古风MV，她墨发及腰，身上一袭绯色长裙似云锦，白皙素手撑着一把红梅纸伞，在斜风细雨的巷子口，向马上翩翩而过的年轻公子深情张望。烟雨朦胧中她仰起脸，梨窝浅笑，惊鸿一瞥。

画面定格在音乐静止的这一幕，醉酒的他随着这个镜头呼吸变慢。

花不迷人人自迷，原来她的美早已无须过多姿态，便能成就一道惊鸿。

只是，只是，她已在他人怀抱。

灯还在幽幽亮着，床畔慕春寅缓缓伸出手去，轻抚床上女子的脸颊，他的触碰让她觉得痒，她无意识挥手，推了几下便又沉沉睡去。

慕春寅一笑，将她伸出被子外的手握住。她手掌细腻柔软，手指白皙纤长，指甲修得整齐圆润，在灯下闪着珠贝的微光，仿佛出自玉雕师的艺术品。他细细摩挲着，忽地送到唇边，在那柔嫩的指尖上轻轻一吻，虔诚如新郎在教堂亲吻戴上婚戒的新娘。

许久，他低声道："我再不会让你从我身边离开。"

日子这般过了几天，汪姐又来到岛上，在庭院暖暖的春光中陪樊歆说话。花庭广栽迎春花，一支支鹅黄的娇花嫩蕊在翠绿的枝叶中盎然盛开，这春日的美景灿烂如斯。

两人看着花，汪姐道："一晃三月中旬了，你来岛上大半个月了。"

樊歆颔首："与世隔绝的生活过得真快。"

是快，来岛上的半个月，醒来后她最初还看过新闻，照顾她的护士怕她无聊，开了电视机，谁知入目便是"精灵歌姬梦断豪门"的八卦新闻，她淋成落汤鸡的照片出现在大屏幕上，难过得她晚上没吃饭……慕春寅得知此事后，直接将小护士赶出了岛，此后怕再刺激樊歆，岛上的网络便断了。电视、电脑不能用了，她的手机又在那天大雨里丢失，便这样过上了与世隔绝的生活。

她感叹道："这么多天，不知道外面发生了多少事……"

汪姐踌躇着："你是想知道荣光那边的情况吗？温先生大概在十天前回到了Y市……"

汪姐的话说一半便打住，忐忑地看着樊歆。

樊歆虽没吱声，但注意力集中了，爱情就是这么犯贱的事，就算他不打招呼地离开，她还是会对他的名字条件反射般敏感。她开了口："然后呢？"

汪姐将目光移开，没有看樊歆的眼睛："没……没什么反应。"

樊歆垂下眼帘，久久无声，汪姐小心翼翼地问："你现在对他什么想法？"

樊歆道："觉得他欠我一个交代。凡事有始有终，两个人交往光明正大，分手也要清楚明朗。就算结束，我也希望他能当面说清楚。"

"你恨他吗？"

樊歆摇了摇头。

她伤心过，愤怒过，却从没恨过他。这段情他单方结束，固然欠她一个交代。但除此之外，他曾对她那样好过，在她最狼狈无助时，是他拉了她一把，那近一年的暖心陪伴，她铭记在心。

苦涩无法咽下，那些甜蜜亦抹杀不了。此情虽痛，但不言悔。

汪姐轻拍她的肩，安慰道："人要朝前看，没了温先生，你还有慕总呢，这些天我瞧他在挑剧本，都是高价买的好剧本，说是给你留的，瞧他对你多好，别的人做梦都得不到。"

樊歆默然，汪姐这些天除了劝慰自己，还有点儿在做慕春寅说客的意思。汪姐见她不再接话，也就没再说什么，瞧着天不早了，便离了岛。

不想汪姐离去后，又来一个说客——赫祈。

赫祈是在晚饭后来的，彼时樊歆正端着一杯热牛奶，坐在亭榭旁赏莲。

头上苍穹如墨，月朗星稀，院中花香四溢。赫祈穿着宽松的休闲衫，双手插在兜里，一副闲情逸致的模样。两人四五年的交情，说话用不着兜圈子，他开门见山地问樊歆："怎么，还是想离开这儿？"

樊歆点头："嗯。"

"别这么武断。"赫祈的目光平静而真挚，"樊歆，我知道你是怕待在Y市触景伤情。可Y市虽给过你痛苦，但同样给过你快乐与满足。就像有人伤害你，还有更多的人关心你，春春、我、二世祖、汪姐，还有盛唐许多人……别的不说，就说'头条帝'，这些天他对你怎么样，你看得到。"

樊歆低头看着手中的牛奶："我知道他对我好，我也很感激他为我做的，但我跟他的性格……"她摇摇头，无可奈何道，"从前太多事情证明，我们俩就像两只刺猬，在一起总是互相伤害。"

"我知道你有阴影，过去他许多事的确做得不对，你走后我跟周珅骂了他好几次。他也意识到错了，你就看在过去的情分上给个机会。感情是可以弥补的，你们有感情基础，不要轻言离别。"

"你去了巴黎一年，你不知道他过的是怎样的日子，要么疯狂加班，要么就酗酒抽烟，那些烈酒一灌就是几瓶，我跟'二世祖'拦都拦不住！"

樊歆微怔："不是说他前阵子跟苏越在一起吗？难道苏越都不管吗？"

"哪儿在一起了，苏越倒是有这个想法，还故意炒了些花边新闻，可我们都知道，'头条帝'对她半点儿意思也没有，他一直在等你。"

见樊歆不说话，赫祈道："我知道你还放不下温浅，基于我们的友情，从前我一直尊重你的意愿，但现在，经历过这件事，我必须针对温浅这个人，给你一个客观的分析。"

"什么分析？"

“虽说感情是自由的，但其实这现实的世界，爱情是需要门当户对的，所以从这一层面讲，温浅并不是你的良配。春春为什么一直反对你跟温浅，他爱你，他的确有私心，但不能否认，他也是为你好，因为你跟温浅根本就是两个世界的人。

“盛唐跟温氏合作多年，温氏作风我早有耳闻，在那个封建腐朽、陈旧又不可一世的老氏族里，每个人都沉迷在过去的光辉里，做着纸醉金迷的梦。温雅野心勃勃地想要复兴温氏，将自己与家人都当作筹码，她一心想让自己的弟弟找个门当户对的天之骄女，甚至更好的对象，你觉得你符合她的要求吗？

“除了她，还有温氏的元老。‘二世祖’曾这么形容温氏，他说温氏是个奇怪的集团，除了强势的女王温雅外，还有一群同样棘手的元老，这些人都是温氏血脉分支，在辈分上温浅称他们为世叔，他们虽不像女王君临天下，但他们也有一些势力……而温浅就像是未来的储君，温浅的确有能力，但温氏情况太复杂，绝非以一人之力能够扭转，只要女王和元老存在，温浅就会活在束缚里，他不可能自由自在地跟你在一起。”赫祈语气笃定，“我能肯定，温氏不会接受你这样的媳妇，我曾听圈里人说，温浅的父亲温横曾爱过一个平凡的女人，可这女人怀孕时，那些自认为拥有贵族血统的温氏族人，担心普通女人生出来的孩子会辱没温氏门楣，竟趁温横不在，活活将女人打到流产。”说到这儿，他同情地摇头，“外界都说是企业的经济压力导致温横自杀，其实不全是，这男人是个情种，孩子没了后，女人自杀了，他跟着殉情跳楼。”

樊歆倒吸一口凉气，没想到温氏这样迂腐绝情。

“我跟你说这么多，只是想让你了解，每个温氏继承人的命运都未必掌握在自己手里，他们背负着家族三百年的使命，强势如温雅，也不能逃脱为保住企业而在十九岁嫁给老头子的命运。同理，温浅也无法摆脱这种命运……所以，樊歆，别再勉强自己，为什么要追逐一个不适合自己的人？人这一生，活着不就是为了开心吗？为什么要为一份不现实的爱情让自己伤痕累累？”说到这儿，赫祈语气一转，“而春春不同，不论你现在怎么看他，我仍要说，其实你们俩是合适的，因为他能主宰自己的命运，跟他在一起，你轻松无忧，没有压力，这才是幸福生活该有的基础。”见樊歆沉默不语，赫祈拍拍她的肩，“回去好好想想我的话，如果你能想通，能彻底放下温浅，也许就会发现‘头条帝’的好，这么多年，他一直深爱着你，也在等你……不信你去听去年流行的那首《鸦片》，词是春春写的。”

想起那首曾在夜里让人听得潸然泪下的歌，樊歆怔住了。

赫祈颔首：“没想到吧，去年一年你不在，他守着空荡荡的房子，把对你所有的想念都写进了词里，什么叫刻骨铭心，这就是。”

樊歆久久无言，心里百感交集。

末了，赫祈淡淡一笑：“书上说，人不要错过两样东西，最后一班回家的车和一个深爱你的人——希望你不要错过。”

大概是今日想了太多，这晚樊歆无法入眠。

人人都让她忘掉过去，选择慕春寅，可爱情其实是那样艰难的一件事，无论爱与不爱，都身不由己。

有人终其一生，都没有遇到过真正的爱情。而有人终其一生，都无法放下那个不能再爱的人。就如她明知跟温浅不合适，明知不能再爱，可是连放下都这样艰难。

黑暗的房间里，她睁着眼睛看天花板，心头一阵阵钝痛。白天面对众人她不能难过消沉，可在这无人的夜里，她再也忍不住，将被子蒙在脸上无声啜泣。

忽然，门吱呀一声开了，灯光点亮的瞬间，有低沉的男声问：“怎么了？”

樊歆快速擦擦眼睛，就见一个高挑人影立在床畔，正目光关切地瞧着她：“做噩梦了吗？”

樊歆摇头，装作若无其事的模样：“没有，风有点儿大，睡不着。”

她的眼睛略红，慕春寅显然已经看到，但什么都没说，只转身将窗户关紧，随后坐到了床头。

樊歆在被窝里侧过身，问道：“你怎么这么晚还没睡？”瞅瞅墙上的钟已是午夜十二点。

慕春寅道：“不敢睡，你刚来岛的前几晚老做噩梦，我怕你害怕，时不时就进来看看。”

他言语真切，樊歆心中动容，说了句：“谢谢。”

慕春寅摇头：“不要跟我说谢谢，过去我对你不好。”他话落俯身，将她的刘海拨开，视线落在她额头上，“额头留疤没？”

他指的是上次把她从楼梯上推下去的事，樊歆摇了摇头。

“其实我很后悔，我不该那么对你……”房间明亮而窗外夜色如墨，他的瞳仁似窗外夜色般深邃，清楚映出她的小脸，他的口吻无比郑重，“慕心，对不起。”

樊歆没料到他突然道歉，有些惊讶。

“你别再生气了，我知道自己不对，这一年过得不好也算是对我的惩罚，我们就不要再闹了……你回家，别再去其他地方。”

樊歆沉默一会儿，抬头凝视着慕春寅的眼睛：“阿寅，我很感激你这段时间的照顾，我承认你是这世上我最亲的人，但我不知道该怎么面对你，因为你要的爱情，我没法给。”她郑重其事，声音清晰明朗，显然是思索多日，“阿寅，我谢谢你挽留我，我也承认失恋对我的打击不小，但人生还是要继续，我还有许多事情没有完成，我想靠自己的能力实现，我想去外面奋斗拼搏。”

“外面有什么好！”慕春寅截住她的话，“你要是尴尬，感情上我不逼你，我退回原位，你就把我当哥哥，当家人……你回盛唐，一个人单枪匹马我不放心，我们像以前那样相处，你做你的艺人，我做我的经纪人，你爱干什么就干什么。其他方面我不会再干涉，你想要车，现在有了，想开到哪儿都可以，你想要个人账户，我马上给你办，以后你的个人证件我不会再管，也不会再翻看你的手机聊天记录，不再派人监管你……总之你不喜欢的，我都改。”

他这样退步，令樊歆十分意外。

见她不吭声，慕春寅又道：“从前你老说我束缚你，好，你要恋爱我给你自由，你享受了爱情一年，我从没打扰过，现在分手了你就该明白，你迷恋的不一定在乎你，你追逐的也不一定适合你。这世上最把你放在心上的，只有我。”怕她不相信他的话，他抓起她的手贴在自己胸膛，他的心跳平稳有力，他再次重申，“只有我。”

这番话推心置腹，樊歆竟不知如何回答。见她有些动容，慕春寅趁热打铁：“你还记得曾说过的话吗？你说你不会再把我一个人丢下，你说要陪我一起，等妈妈醒过来……现在妈妈就在身边，你还要走吗？”

樊歆心中愧疚如浪涛翻腾。慕春寅拍拍她的手背，说：“我不会强迫你，你可以慢慢考虑……”

他看向她的目光无比诚挚，隐含着期待与欢喜，瞳仁里似有熠熠星光闪动：“多久我都等。”

这一晚上，慕春寅离开房间后，樊歆整夜都在做梦，一会儿是慕春寅，一会儿是珍姨，一会儿又是温浅、莫婉婉，脑壳都要炸了。

翌日，她睡到早上八点才醒，往常这个点儿慕春寅已把早餐端了进来，每次都要盯着她把营养餐吃完才放心，今天他却没出现在房间，送早餐的是保姆陈嫂。陈嫂满脸堆笑地将燕麦粥和蛋糕放在桌上，道：“慕总今天有事，一早就出去了，嘱咐我好好照顾您，您有需要随时喊我。”

樊歆点头，穿衣起床去洗漱。

用完早餐后，她推着许雅珍在庭院内晒太阳，许雅珍斜靠在轮椅上，依旧昏昏沉睡，虽然医生说病情有好转，可谁也不知道她究竟何时才能醒来。

樊歆静静地看着这张面孔，十几年的沉睡让许雅珍的年龄似乎冻结，她还是那年三十七岁时的模样，温婉、美丽、慈爱……想起过去她对自己的疼爱，又看看她眼下的植物人状态，樊歆心头发酸，曾决意远离的计划，在亲情与歉疚中摇摆。

眼前的是她的养母，不是亲生，胜似亲生，如今成为这模样，她有不可推卸的责任……再想起昨夜慕春寅那番推心置腹的话，她更是十分纠结。

未来固然重要，可她无法割舍慕家的恩与情。

要不，改变计划……她留在国内，一面照顾许雅珍，一面为事业奋斗。只是她不回盛唐，未来的路亦不再依靠任何庇佑与羽翼。她开一个自己的工作室，全权打理自身演艺事业，保持经济独立。至于慕春寅，双方抛开过去的芥蒂，回到家人的位置，日后会怎样，顺其自然。

樊歆将这想法酝酿了个大概，想等慕春寅回来再沟通沟通。不料慕春寅忙到入夜都没回。樊歆只得去给许雅珍洗澡擦身，忙完已是夜里十点，看着时间不早，便回了自己的房间，放水洗漱。

房间虽然是中式风格，但浴室仍是现代化的装修：纯白的浴室瓷器，精致舒适的浴缸与莲蓬头樊歆将头发放下来，刚要脱衣进水，想起汪姐昨天来给她带了些新的沐浴乳放在客房，她起身去拿。客房她虽来得少，但一眼便看到那鲜亮的沐浴乳手提袋，打开手提袋，除了沐浴乳，竟还发现了其他的东西，是一团精致的蕾丝。

她好奇之下拎出来看，差点儿红了脸——那团蕾丝展开在手中……竟然是情趣内衣！

多半是汪姐送沐浴乳时把自己新买的情趣内衣落这儿了……樊歆顺手将蕾丝塞进了袋里，打算先替汪姐收着，不然万一被旁人看到，岂不是要出糗。

她拎起袋子起身，不小心踢到茶几旁的小柜子，柜门被她撞开，一样东西映入眼帘，她的视线瞬间定住。

她的包包。

不是说她的包包在昏倒时掉了吗？怎么会在客房的小抽屉里？

她心中疑惑渐起，打开包，里面东西完好无损地放着，钱包、银行卡、个人证件，还有手机。

手机是关机模式，她习惯性地按下开机键。

按下后她有些茫然，她还开机干什么，这手机曾跟荣光某人的手机是情侣机，如今恋情夭折，再留着也没什么意义。

可就算没意义，也要把里面的照片删掉，既然选择结束，那就痛痛快快半点儿不留。

手机屏幕亮起的一瞬，她顿时呆住。

屏幕上清楚地显示着三百个未接电话，其中一百个是莫婉婉打来的，两百个则是温浅打来的。

这是怎么回事？

她还没想明白，手机铃声猛地一响，一个电话打了进来。

她脸色微变。

而与此同时，在Y市市区，繁华的二环线上车水马龙，霓虹的光影闪耀中，一辆商务豪车在人流里轰然而过。

舒适的车厢里，司机在前方开车，周珅坐在副驾驶座，而慕春寅坐在后头。他靠在车窗上，衣衫有些凌乱，手撑在额头上，一副微醺的模样。前头周珅扭头看他一眼，关切地道："你还好吧，叫你少喝点儿，你非不听。"

"喝少了怎能签下德国人的大单？"慕春寅半眯着眼，笑嘻嘻地答，"少爷要挣很多的钱养老婆！"

"得了吧，八字还没一撇呢，瞧把你给高兴的。"

"你不懂……她的性格我最了解，她的心是水做的，会因为感动而接受。昨晚上她很感动，我看出来了……只要我趁热打铁，一直对她好，她一定会答应我……"慕春寅嘿嘿笑了两声，突然冲司机嚷道，"老马，停车！靠边停！"

周珅问："你干吗？"

"买点儿东西。"车子停下，慕春寅推开车门，摇摇晃晃地向路边一家汤馆走去。

不多时，他拎着一碗打包好的汤走回来，周珅问："好端端的买什么汤，岛上不是有吗？"

"这家汤馆是经营三十多年的老店，你别看店面小，味道一级棒，慕心最喜欢。"他说着，笑了笑，看着怀里的汤，眼里透出别样的缱绻，"特别是红枣乌鸡汤，她每次来都能喝两碗……"

他坐回车厢，唯恐汤冷，将汤包好抱在怀里，前头周珅吓了一跳："这刚出锅的汤起码八九十度，你贴着皮肉不怕烫啊？"

"烫？是有点儿。"慕春寅低头瞅瞅自己的前胸，毫不在意地道，"烫就烫呗，反正不能让汤冷……"

"冷了回去热一下嘛。"

"不行，再加热就不好喝了，我得把原汁原味的给慕心。"

周珅摇头无奈："慕春寅，你这辈子就栽在她手上了！"

慕春寅抱着汤哈哈大笑："爷乐意！你管得着！"

周珅瞅瞅他衬衣里的皮肤，那皮肉早已泛红，他叹气："管不着，管不着，我只希望你不要被这碗汤烫死。"

"烫死我也乐意！"

"……"

半个小时后，车将慕春寅送到了湖心岛。天不知什么时候下起了雨，飘飘摇摇似一张潮湿的网。慕春寅抱着汤碗走出车厢，前排周珅扫一眼他衣襟内，那里面皮肤全都烫红，只差没有起水泡。周珅同情地问他："老大，你的胸还好吗？熟了没有？"

“好得很！”怕雨将汤碗打湿，慕春寅将汤碗拿外套里三层外三层裹住，歪歪扭扭地走了。

走过细雨飘摇的庭院，再穿过精致的曲水亭廊，慕春寅端稳了汤，脚步轻快地向樊歆房间走去。

出长廊不过十步便看到她的房间，窗子透着灯光，雨幕中，水滴自屋檐一滴滴往下坠。

灯亮着，看来她还没睡——是在等他回来吗？以前每逢他晚归，她都会在家等他，关切地问他饿不饿，再端上一碗美味的夜宵。

他心中腾起欢喜，加快了步伐，这初春的斜风细雨扫到身上略有寒意，他却丝毫感受不到，那胸臆间微醺的酒意此刻早酿成香醇的蜜汁。

门是虚掩着的，里面有声音传来，她在跟陈嫂聊天吗？他走过去，刚要笑盈盈地推门，表情却猛地一僵，所有笑意在刹那凝结成冰。

时间退回到二十分钟以前，樊歆拿着手机回到了自己的房间，手机一直在响，“婉婉”两个字拼命在屏幕上闪烁。

樊歆紧抓电话的手，像握住一团灼人的火，指尖在接与挂之间徘徊。

最终她按下了绿色的接听键：“喂。”她感觉自己的嗓音有点儿抖，沙哑得不成样子。

那边似没料到会接通，听到樊歆的声音，惊喜得有点儿语无伦次：“喂，樊歆，你在哪儿？我跟我家老头儿吵了一架，他把我关在家十几天不让我出门，等我从二楼跳窗出来时你已经不见了！老娘到处找你！你的电话又打不通，可急死我了……”

那边噼里啪啦一阵，似乎还是曾经那仗义直率的莫婉婉。樊歆却一霎红了眼。

如今电话里的莫婉婉，是用怎样的身份对待自己？是她八年的闺密，还是前男友的现任未婚妻?

莫婉婉还在噼里啪啦，见樊歆这边不吭声，她停了话头：“喂，樊歆，姐跟你说话呢！你有没有在听？”

樊歆沉默片刻，问：“婉婉，你是不是真的喜欢温浅？”

那边莫婉婉顿住了，气氛陡然沉默，静得能听到彼此的呼吸声。樊歆苦笑：“如果你喜欢他，他也选择了你，我无话可说。”

“选择个鬼啊！”莫婉婉出声，“温浅压根儿没考虑过我！他这几天找你找疯了！”

“还找我做什么？你们都订婚了！”

“你误会了，我俩都是‘被订婚’的，那是他姐跟我家老头儿弄的！你看到的那订婚视频是加工过的，其实就是个普通的庆典，根本没有谈订婚的事，温浅像往常一样出席……而我，好吧，我承认，我知道我家老头儿想借此撮合我跟温浅，他早就看穿了我的心思……但我发誓从没想过从你手里夺走他，这种挖闺密墙脚的事杀了老娘我也做不出来……当时我就想着，暗恋这么多年，终于有一次机会，可以光明正大地穿着裙子，打扮得美美的，以女伴的姿势坐在他身边……就这么一次也好。”

“我真的只有这一个念头，我打算庆典后就跟你解释……谁知视频一出来就变成了订婚！我急得想回Y市跟你当面说，我家老头儿却把我关了起来，手机也被没收，我没法再联系你……”

樊歆握着手机，不出声。

莫婉婉急道：“樊歆，老娘跟你发誓，我说的每一个字都是真的！”

隔着遥远的距离，电话两端彼此沉默相对。终于，樊歆抿了抿唇，轻声道：“我相信。”顿了顿，“基于我们八年的友情。”

这话音一落，过往八年同莫婉婉的一幕幕浮现在樊歆眼前。

她还记得大学时代，当那些人翻着白眼对她这又胖又丑的女孩冷嘲热讽时，唯有莫婉婉，那个离经叛道的“富二代”，不曾对她有任何歧视。

成为朋友后，她在偏僻的图书馆后花园练舞，莫婉婉在旁抽着烟。那年冬天的风很冷，她问莫婉婉，大半夜你不睡觉看我练什么舞？莫婉婉吐了一口烟，答，老子怕有流氓劫你的色！这笑话多么好笑，彼时她那样丑，有谁肯劫色？莫婉婉却这样关心她的安危。

她记得大一下学期，两人一起去找兼职，遇到骗子公司，两人跟他们干了起来，莫婉婉拦住三个虎背熊腰的男人，让她先跑。

她记得前年《琴魔》的片场，李崇柏出言侮辱她，是莫婉婉替她出头，二话不说跟李崇柏打作一团。

她记得剧组拍最后一场戏时，她被道具上的钉子刺伤，浑身是血。莫婉婉疯了般飙车送她去医院，连闯三四个红灯，将驾照的分全扣光……

往事如电影镜头般掠过，樊歆渐渐哽咽——虽然外人说莫婉婉爱自作主张、自以为是，却只有她知道，如果这世上最爱她的男人是慕春寅，那么世上对她最铁的女人，一定是莫婉婉。

谁说一对闺密同时爱上一个男人就会翻脸成仇？她不会。

“婉婉，我信你。”樊歆口吻郑重，“我承认，我仍然爱着温浅，可我同样爱着你，爱着我们的友情。”

这世上爱情固然重要，友情亦同样珍贵。

电话那边莫婉婉狠狠吸了吸鼻子，似乎在呜咽：“你信我，那你就相信温浅。当天庆典压根儿没有半个字提到订婚，他为了早点儿回Y市陪你，几个通宵把那棘手的项目搞定了。庆典后他正要回去，可有个大型石油项目找他，这是个跨国项目，一旦搞定，对荣光的发展帮助巨大。原本是温雅亲自前去考察，但登机时她称自己不舒服，温浅只得在没任何准备下临危受命。临行前温浅给你打过电话，不知为什么没接通，当时飞机要起飞了，他只能关机，等到了目的地再打。可到了目的地他才发现，那石油项目根本不像温雅所说的在大城市，而是位于太平洋某小国的荒岛上！压根儿没有任何信号！没有信号便联络不了你，他又不能丢下项目不管，就这样在岛上待了一周，考察结束后他匆匆回去，没想到国内满天满地都是订婚的新闻，而你却不见了！那视频不是你看到的那样，那段话温雅明明在说集团情况，可电视台播出时却成了婚讯……是温雅找后期配音，对着口型把致辞改成婚讯。温浅为了澄清误会，对外宣布订婚一事为不实报道……温雅气得跟他大闹一场，逼着他跟你断绝来往。温浅不为所动，仍是到处找你，可你像人间蒸发了一样，怎么都找不到。前几天他还去了盛唐，一无所获，昨天有消息说汽车站有个像你的身影，搭上了去无锡的大巴，他二话没说去了无锡，现在还没有回来……"

樊歆呆呆地听着："那碧玺是怎么回事？"

"什么碧玺？"莫婉婉茫然，"我不知道呀！电话里说不清，我们见面说。"

"不，婉婉，我跟他真的有很多问题，不仅门不当户不对，连感情都很奇怪。如今你说的那个人，跟我认知里的那个人不一样……他看起来对我很好，我却常猜不到他的心，我心里极度不踏实，我甚至觉得，他不曾喜欢过我……"

"怎么可能！你知道除夕夜他说了什么吗？他说，他第一次有结婚的冲动！他这样寡情的人，若不是爱，根本不会谈婚姻！"

"好了，樊歆，无论你跟温浅有没有问题，你出来，你们面对面解决……"

樊歆沉默着，最终道："好。"

不管事态如何，不论温浅究竟怎样看她，她都得跟两人见一面，这一出闹剧她得弄明白，她不能无故背上那"魂断豪门"的可怜虫名声。即便她跟温浅真有问题，要以分手收场，但他们的开始是光明正大的，那她也必须结束得清楚明白。

那边莫婉婉道："那你现在在哪儿，在Y市吗？我开车去找你。"

樊歆道："我在……"

后头"湖心岛"三字还没说，一股猛劲袭来，掌中电话被一只手瞬间劈飞，啪的一声砸向墙角，摔得支离破碎。

樊歆扭过头，就见慕春寅站在身后，浑身笼着骇人的气息，他盯着她问："你要去哪儿？"

他的表情太过可怕，樊歆不由自主地往后退了一步："我想出去找婉婉问一些事……"

“是找莫婉婉，还是温浅？”

“阿寅，你别生气，我只是想把事情弄清楚……”

“弄清楚以后呢？跟他双宿双飞吗？”慕春寅面色阴郁，一声接一声地发问，“你到底有没有良心？这些日子我对你不好吗？你生病我彻夜不休地守着，医生给你打针出了血我心疼，你不开心我比谁都急，你爱喝汤我就老远带回来……你要什么我都给，百依百顺……这还不够吗？”他猛地吼起来，指着自己的心，“你到底要我怎样？把心剖出来给你吗？”

“我知道你的好，我没有说出去要跟他怎样！”樊歆试图安抚他的情绪，“你冷静点儿！我保证，我出去不是为了跟他和好，我只是想知道真相，我不想像个傻瓜一样被骗！”

慕春寅嚷道：“我没法冷静！一想起你又要丢下我一个人，我没法冷静！”他焦躁地在屋里来回走，仿佛怒火无法发泄，他将手中的汤碗摔向了窗外，紧接着将桌上的小物件乒乒乓乓全扫到地上。

下一刻，他紧盯着椅上的包包，里面樊歆的个人证件从拉链里露出了一点，他瞪大眼：“你骗我！”他狠劲扯开拉链，将证件一股脑儿往地板上丢，“你还说没想跟他和好？这些证件你都找齐带好了！不是为了私奔还能有什么？”

“哪有私奔！你乱想！”

“是我乱想，还是你心虚？你……”慕春寅的质问陡然顿住，他的目光再次凝结——随着包里的证件跟杂物，一样东西跟着跌落地面。

那是一团黑色的蕾丝——是樊歆在客房发现的那件情趣内衣。

慕春寅的脸一霎惨白，他拿起蕾丝衣，指尖在颤抖：“你竟然……”他胸膛不住起伏，恼到极点，有些语无伦次，“你还说不是去找他……”

樊歆百口莫辩：“这不是我的！是汪姐……”

慕春寅打断她的话：“可它装在你包里！”他的眼睛红得像暴怒的兽，最后一丝理智终于被击溃，他伸手去掐她的肩，吼道，“你还有没有廉耻！”他的手铁钳般紧扣着她的肩，将她推到墙角，“你还要不要脸！我慕家养你教你，你却成了一个荡妇！你……”

啪的一声脆响，房间瞬间静止。

慕春寅愣在那儿，而樊歆震惊地瞧着自己的右手——当他的暴力击垮她的克制，二十多年来第一次，她扬起了她的手。

她愣愣地看着他：“对……对不起……”

“你为他打我……”

“对不起……阿寅……”

她想去查看他的脸颊，然而他的暴怒让她害怕，她慌不择路地退到身后浴室，门还未来得及反锁，便被一股大力踹开，慕春寅硬生生闯了进来。他将樊歆一推，她身后就是宽大的浴缸，方才她放了水，还没来得及洗。因着慕春寅这一推搡，她往后跌进浴缸里，水花四溅，她呛了一口水，剧烈的咳嗽中她挣扎着说："你干什么？"

慕春寅气息森冷："告诉你什么是真正的浑蛋！"

他的眼神从未这样可怕过，她从浴缸里爬起来，跌跌撞撞地往外冲，湿着的脚踩在地板上打滑，还没走出浴室便滑了一跤，他将摔倒的她丢进浴缸。旋即他翻身进水，哗啦啦的水声大响，他右手按住她的肩，另一只手去扯她的衣服。

两人厮打般在浴缸的水中翻来滚去。慕春寅酒后蛮劲格外大，樊歆如何挣得过他，衣服被撕碎，她吓得快哭出来，半浸在水中，湿漉漉的头发贴着脸，向他求饶："我不找他！你别这样！阿寅……"

她哽咽着哀求，那只手却根本不松，他扯开她最后的遮羞布，俯下身去亲吻她天鹅般的脖颈，那带着酒气的呼吸喷在她肌肤上，沿着她的下巴锁骨往下移，急切如窗外骤雨。樊歆一面哭，一面用力推他，指甲在他肩背上挠出交错的血痕。他将她双手一按，固定到头顶不能动弹。

双手被束缚，脚也被压制，无计可施的她抬起头来，张口咬住慕春寅的手，慕春寅痛哼一声，将她往水下一按……四面八方的水一霎涌进耳鼻，混混沌沌中视线再看不清。昏沉中的樊歆用尽最后的力气摸索到浴缸边沿，挣扎着起身，却被慕春寅再次拖进水中，他扣住她的双肩，下一刻，一股剧痛将她整个贯穿。

她痛得睁大眼，难以置信地盯着她身上的男人。窗外雨声大作，轰隆隆的电闪雷鸣中，她仿佛听见血液倒流回心室的声响，心脏一点一点收紧，最后停止搏动，似乎那被猛力撕裂的不单是她的身体，更是她的灵魂与意志。

屋外的雨依然瓢泼而下，似要将整座岛屿倾覆。暴雨之下是浑然死寂的夜，樊歆仰在浴池中，在彻骨的剧痛里呆望雨幕，那一眼望不到头的阴沉中，她的人生随之堕入永夜。

自此，星辰皆陨，末世无光。

雨还在下，无边无际，笼罩着万物。也不知过了多久，走廊里第一间的门被打开，有个身影摇摇晃晃地走了出来。他衣衫凌乱，头发湿漉漉的，鞋都没穿，夜里只有七八度，寒风携着冷雨呼啸而过，他却丝毫不觉得冷，踉踉跄跄地朝着长廊走去。

长廊底下就是莲花池，往常开得娇艳的花被暴雨冲刷得七零八落，慕春寅愣了好一会儿，猛地翻过栏杆朝池中跳去。扑通一声水花飞溅，惊得躲在屋后的下人冲了出来，对着池里大喊："慕总！您别想不开啊！"方才房间里的动静他们都听到了，只是没人敢去。

莲花池里的水并不深，只到慕春寅胸口，慕春寅泡在冷水中，先前一腔酒意彻底醒了，水面映出他此刻失魂落魄的模样。

众人慌忙跳下水，将慕春寅扯出水池，试图劝慕春寅回屋，却被慕春寅吼着赶走："都给我滚！"

众人讪讪离开，庭院里只剩慕春寅一人。

慕春寅慢慢走到莲花池旁的小道上，那地方空荡荡的没有遮挡物，地上被雨水冲出大小不一的积水小坑，慕春寅突然仰头躺了下去。

他横躺在地，倾盆大雨肆无忌惮地打到他身上，远处长廊的灯光映出他此刻的模样，他表情从未如此痛苦，有酒醒的懊悔震惊，还有铸下大错后的惶恐。

他仰头看向天空，那墨色的苍穹，云朵像团团铅色的烟雾堆积而成，大雨自云层深处如千百道利箭一样砸向他。他在雨地里抡起拳头，狠劲砸向地面，随之而来的是他的嘶喊。

"慕心！慕心！"

慕春寅自罚般在雨地里躺了两个小时才回屋，他换了一身干净的衣服，在樊歆卧室门口站了好一阵，这才推门进去。

他做好一切准备，随她打骂。推开门的瞬间，狂风裹挟着暴雨从窗子刮进去，他迎着风雨猛地怔住了。

房间里空荡荡的，樊歆根本不在卧室。

第二章
治愈

淅淅沥沥的雨下了一周，Y市阴沉沉的天气，一如盛唐大厦里压抑的气氛。

大厦里的盛唐员工这阵子都噤若寒蝉，自从不久前樊歆，哦不，是老板娘失踪后，慕总裁便阴晴不定、暴戾无常，几乎每天都有员工被他炒鱿鱼。

是的，樊歆失踪了，如人间蒸发一般，无论慕春寅如何天上地下寻，就是一无所获。

当然，找她的不止慕春寅，还有荣光的少董。

双方为了找她差点儿大打出手，慕春寅坚称樊歆是自己太太，而荣光少董则反击此说法压根儿是子虚乌有。

除了与盛唐的矛盾不断升级，荣光内部的矛盾也越发尖锐。众所周知，温少董除了是位艺术家，更是一个集团的准掌舵人。至于这“准”字，各路媒体态度都很微妙。据说封建保守又重男轻女的温家，在前任董事长离世时，只留了极少的财产给长女温雅，而大部分的股权则给了唯一的男丁温浅，只不过那时温浅年幼，便由温雅代为持股，说穿了温雅是以摄政王的身份掌控温氏。

照理说，真正的继承者温浅长大成人后，温雅应将权力还回，可温雅及集团内阁却以温浅尚过年轻、历练不足等理由，迟迟不放权。而温浅大抵是感激长姐的养育之恩，也从未开口催促，任由长姐大权在握。

媒体原以为温氏少董会一直这么放任下去，谁知自订婚乌龙事件后他一改从前的态度，开始活跃在董事会所在的各大场合，参与各种重要决策……相较从前的低调，着实反常。有明眼人看了出来，荣光少董这似乎在为夺权做准备啊。

这猜测没错，成年后隐忍十余年的温浅开始了自己的政变，而且谁都未料到，那个端坐于高雅殿堂，有着修长十指、清秀容颜，永远文雅抚琴的男人，一入商海会这样雷厉风行——当然，这是后话。眼下局势只是刚刚拉开序幕，众人难测结果，注意力还在他的动机之上，他隐忍了这些年，从未流露出对权力的渴望，这番扭转实在怪异。

对此，商圈里流传着两种说法。一是他不满家族打压已久。他自成年后加入温氏决策层起，就与长姐及元老在集团发展战略上的意见南辕北辙，董事会固守着陈旧的模式不肯变更，而温浅的目光则投向新技术的改革与开发。元老害怕温浅的变革会导致温氏动荡，一直想方设法打压，而作为温浅唯一胞姐的荣光最高管理者温雅，对此却一直睁一只眼闭一只眼，用打太极的方式将制衡之术运用到极致，元老的阻碍及长姐的牵制，压抑着温浅的才华与抱负，只不过他生性深藏不露，虽然内心波澜激荡，仍是不动声色地布设棋局，只待一有机会便冲破包围，绝地反击。

第一个原因有模有样，第二个则更让人遐想。据说这位看似清高孤傲的温氏少董，入了商海让人刮目相看，入了情海更是痴心绝对。家族极力反对他与知名女歌手樊歆的恋情，更曾上演“被订婚”闹剧，导致樊歆误会之下伤心远走，如今音信全无……为了挽回心爱的女人，也为了给自己的恋情铲除障碍，他只有用强有力的方式取得荣光决策权，才能掌控自己的人生。

而提到樊歆，好事者则更多，她莫名失踪，不仅让盛唐和荣光两大集团齐齐寻找，更惹得两大集团的核心人物隔空对呛，荣光少董当着媒体的面说樊歆是自己名正言顺的恋人，更毫不遮掩地用了“深爱”一词来形容……旋即盛唐总裁便召开记者会，他的话坦白直接又锋芒毕露，他说樊歆是他慕家的养女，从小就被当作儿媳妇看待，早就是顺理成章的慕太了，由不得什么阿猫阿狗来深爱。

对此，温氏少董只是嗤笑：“慕太太？结婚证呢？婚礼呢？有什么证据证明她是慕太？还有，谁规定收养了小孩，就能剥夺她的人权、包办她的婚姻？”

盛唐拿不出证据，却更赤裸裸地呛声荣光：“温总一个早就分手的过气前任，有什么资格来质问？”

荣光则借记者的口对呛：“我与歆歆都视对方为不可替代的存在，从未想过要分开。”记者还留意到少董的手机屏幕图案是与樊歆的合影，照片上两人穿着米色情侣毛衫，拿着奶茶贴脸相拥，甜蜜极了。而少董在采访完毕后，低头看了手机良久，最后轻轻伸出手去，摩挲着屏幕上那张娇俏的笑脸……

这边Y市两男争一女的局势愈演愈烈，而邻近的H城，金色阳光照在雪白的墙上，一片春末的安静。

床上坐着一个清瘦的女人，长发披肩，面色略显苍白，她斜靠着栏杆，状态有些虚弱。

床边坐着一个中性打扮的女人，一头利落短发，穿着朋克风的外套与板鞋，只是左手上包着厚厚的绷带，似乎受过伤，动作有些不便。她用没受伤的手朝床上的女人递过去一个削好的苹果："怎么又发呆了，来，吃点儿水果。"

床上的女子并没有接苹果，仍然在发怔，眼神没有焦点。

这两人便是失踪已久的樊歆与终于寻到她的莫婉婉。

那次湖心岛之夜，不堪忍受痛苦的樊歆在绝望中逃了出来，身体疼痛如裂，心头的痛更是犹如凌迟。

她房后就是一条花园小径，沿着小路可以出岛，于是她翻窗出屋。浓重夜色与倾盆暴雨给她做了最好的掩护，她绕过保安，如亡命之徒般逃出了岛。

大雨瓢泼而下，她朝着岛外不断狂奔，她不知道要去哪儿，只有一个念头，离开湖心岛，离开慕春寅，永远！永远！

也不知道在雨中痛苦疯跑了多久，她竟遇到了莫婉婉——两人的电话虽被慕春寅打断，但莫婉婉从最后一个"湖"字推断出她的位置，然后直奔湖心岛，两人就这样遇到了。

大雨中，樊歆上了莫婉婉的车，莫婉婉见她失魂落魄又虚弱狼狈，追问她的遭遇，但她一言不发，这一夜的经历让她疼痛难忍，更让她难以启齿，她只能固执地说，她不要再见慕春寅，也不要再见温浅，她要离开，离开！

最后莫婉婉尊重了她的意见，将她秘密带到H市，虽然离开了梦魇般的湖心岛，但樊歆的精神状态却越来越差，那些令人恐惧的伤害酿成了心病，她处于极度的不安与焦虑中，时常坐在阳光下发呆，很少说话，不知道在想些什么。

好在莫婉婉一直陪在她身边，而樊歆虽然精神差，但还是注意到莫婉婉的异常——莫婉婉手上包着厚厚的绷带，显然是受伤严重，樊歆这才知道，在"被订婚"后，莫婉婉被家里锁了起来，她着急找樊歆，从二楼跳窗，结果把手摔折了。

那一刻，从前所有的不快抛到了九霄云外，樊歆紧抱着莫婉婉，无声流泪。

时间如指间沙，一晃就在这儿住了十来天，莫婉婉的保密措施做得好，盛唐的人并没有找到这里来。

虽然已过去了数天，但被伤害的阴影仍让樊歆紧绷着神经，如惊弓之鸟。白日她尚能在莫婉婉的陪伴下过去，可夜里最是难熬，她失眠得厉害，常一闭眼便梦到湖心岛那一幕，她溺在浴缸里，撕裂般的疼痛中，她不住哭喊挣扎，却无法得到救赎。

这一夜，她再次被噩梦惊醒，莫婉婉闻声起来："怎么了，又失眠了？"见她一头冷汗，脸色发白，莫婉婉着急地追问，“到底在湖心岛上发生了什么？你告诉我呀。”

樊歆不说话，只是抱着膝盖沉默，长长的眼睫覆盖下来，像脆弱的蝶翼。

莫婉婉忧心忡忡地道：“你每天郁郁寡欢，夜里也睡不好，再这么下去人要垮了！”顿了顿，她又说，“我让温浅来开导一下你，行不行？”

一直沉默的樊歆猛地摇头：“不要！我不要见他！”

“为什么呀！”莫婉婉一脸无奈，“我不知道你跟慕春寅发生了什么，但你为什么不见温浅啊，他又没做过对不起你的事！”

樊歆的沉默里有强烈的不安，莫婉婉见状只得拥住她，她拿手轻轻拍着樊歆的背：“好了，好了，你不想说我就不问……总之不论发生什么，姐永远站在你这边。”

这厢闺密俩静静依偎，而同一片月光下的Y市，从前的“盛唐三剑客”正在愤怒对视。

从国外闻讯赶回来的赫祈揪着慕春寅的衣领，声音里是从未有过的暴怒：“慕春寅！你怎么能这么对她！”

慕春寅嘴角渗出了血，满脸痛苦地低笑：“伤了你的心，是不是？”

赫祈吼道：“老子没你想得那么卑鄙！”他用力将慕春寅推开，“我要不是把你当兄弟，还真想劝樊歆跟温浅走！”

一旁的周珅死活拉住两人，这才将僵持的两人劝开。

夜幕降临，暮色渐渐笼罩这一方天地。风呼呼而过，结束争执的三个男人站在走廊里，姿势各异。

慕春寅一直在发愣，被人掏了心似的。而赫祈站在走廊另一边，靠着窗户吹风，不知在想些什么。

风鼓起赫祈的白衬衫，周珅递了根烟来，赫祈接住。

萦绕的烟雾中，周珅道：“你小子瞒得严实啊，要不是今儿爆发我还不知道……仔细想想其实早就该发现了，但凡樊歆有事，你十有八九会出面，樊歆跟春春吵架，你多半会站在樊歆那边……去年夏天你还去了巴黎两回，说是旅游，其实是去探望她……”

赫祈吐出一口烟：“我对她……不是你们想的那样。”

“那是哪样？”

赫祈没答他的话，掐灭烟，下了楼。

赫祈走后，周珅晃回长廊另一侧，慕春寅依旧靠在冰冷的窗前，晦暗不明的光线里，他目光黯淡，面色异常苍白——自樊歆失踪后，他几乎自罚般不怎么吃喝，也不睡觉，每天发疯般找，周珅看着他憔悴的样子，觉得可怜又可恨："你做的什么事！"

慕春寅逆着光站在窗下，嘶哑着声音说："那会儿我真疯了，我只想留下她……"

同一片月光照耀下的荣光九楼，也有人夜半难以入眠。

月华如银霜倾洒在露台上，映出男子萧索的背影，他倚在露台旁，静静看向远方。城市的霓虹灯光映在他的乌眸中，瑰丽如深夜烟火，灿烂着喧嚣，又落寞着泯灭。

须臾，男子问身旁的人："事情怎么样？"

阿宋道："您少安毋躁，老吴那边得了一些可靠线索，如果是真的，很快就会有结果了。"

温浅的轮廓在夜色中若隐若现："那就好，不然我总担心夜长梦多。"

"是。"阿宋颔首，过了会儿，略显头痛地说，"这事真是越来越复杂，之前我们怀疑樊小姐在慕春寅手上，但没证据去要人，后来有了证据，樊小姐却又真的失踪了……"

温浅声音不大，却满是坚定："总之不惜一切代价，都要让她平安回来。"

"我理解您的心，但……"阿宋踌躇着，"我们最近费了大量人力物力寻找樊小姐，为此还不惜跟盛唐撕破脸皮，董事会那几位老爷子估计又得去温董那儿念叨了。"

温浅如墨的双眸寒光闪动，面上却一派平静："他们不是为了这事闹，是为了前几天我提出的改革举措闹，樊歆的事，他们无非是借题发挥。"

阿宋附和道："集团改革削弱了他们的权力，他们心有不平是肯定的。"

"随他们闹，这问题必须解决，没得商量。"

阿宋道："我就担心温董那边……"

温浅看向窗外夜色，淡然的眉宇透出强硬："姐姐姑息他们已经很久了，我不能再姑息。"

"知道了。"提起温雅，阿宋嗓音透着愧疚，回到了最初的话题，"温先生，这事都怪我……是我没把碧玺保管好，给了温董可乘之机，如今不仅樊小姐不见了，你们姐弟还闹这么僵。"

说起这件事，阿宋只差没负荆请罪。庆典前一日，温浅脖上碧玺的系绳因为年深日久磨损得厉害，担心会断，温浅吩咐他去找人换根新的。他拿着碧玺正要出门却遇见了温雅，温雅自称有熟悉的首饰工匠可以做，想着温雅是温浅的姐姐，他便没有多虑，将碧玺交给温雅。谁知温雅便在不日后借碧玺大做文章，令樊歆误会并且离去。

温浅转回了屋内，灯光将房间照得通亮，他倒了一杯茉莉花茶，道："这不全怪你，我也有责任。"

"您别自责，您有什么责任？"

"如果不是因为这件事，我还没意识到自己跟她之间存在的问题。"温浅垂眸看着手中的花茶，乌密的睫毛在眼睑上投下一圈弧形阴影，他略显自责地说，"是我没有给她安全感。"

阿宋劝道："眼下您想这些也没用了，还是回去休息一下吧，不然等找到了樊小姐，她看到您几天几夜不睡也会心疼的呀！"

温浅默了默，站起身向外走："那好，我回家，你们一有进展立刻上报。"

阿宋点头，旋即明白过来："您要回清泉旧宅？那儿离市区太远了，您还是住公寓吧。"

温浅静默着，视线穿过玻璃窗，越过市区的斑斓霓虹灯光，落向茫茫远方，道："家，再远也是家。"

深夜两点，温浅离开荣光，驱车回了温氏旧宅。

小院里一片漆黑，温浅原本明亮的目光暗淡下去。

多少次他回这个地方，总是怀抱一丝希冀，希望屋里灯光是亮着的，还同从前一样，玻璃窗后有昏黄的暖色调光芒，而某人听到汽车的声音便欢喜地迎上来："希年，你回来了！"

她冲上来拥抱他，要么搂着他的腰撒娇，要么拿着刚做的小吃往他嘴里塞，如果他不吃，她便嘟起嘴唇，故作生气的样子尤为可爱。

等他进了门，她便会像个贤惠的小妻子围着他转，给他拿拖鞋，替他脱外套，接着她便让他在沙发上等着，没多久厨房传来阵阵饭菜香，两人便有说有笑地用晚饭。

饭后她喜欢窝在他身边，他看文件，她就看乐谱。他累了倦了，她会替他捏肩捶背，偶尔还会讲笑话博他一乐。她的笑话都是冷笑话。譬如，一天小明在看古文，爸爸问他在干什么，小明说："古文（滚）。"爸爸："啊？"小明又说："古文（滚）。"最后爸爸把小明打了一顿。再譬如，"木兰，我喜欢你！我们在一起吧！""你知道我是女的了？！""你是女的？！"……

奈何他是没什么笑点的人，这些笑话他从来不觉得好笑，往往一个笑话讲完，只有她独自笑得在沙发上打滚……原本觉得无趣的他，看她笑得捂着肚子，红扑扑的脸埋在抱枕下，最后也笑了，不是因为笑话好笑，而是因为她太可爱。

是的，太可爱。可爱到他无法不爱。

世界上再没有一个人能像她一样，不求任何回报，不因任何理由，掏心挖肺地喜欢他，倾尽所能地对他好。

唯有一个她。

他从前仅仅觉得自己喜欢她，不觉得有多爱。在他眼里，喜欢与爱是不同的两个词，喜欢是一时之欢，爱是终生之诺。他是天生淡漠的人，爱这种炙热到需要终身断守的情感对他来说，太过奢侈。而她离开之后，他才发现，他对她，其实早就不止喜欢。

他早就爱上，也许是在巴黎一起嗅着蔷薇花香的日子，也许是在她一次次撤下他的冰水换上花茶的瞬间，也许是在那个烟火盛放、年饭飘香的除夕夜，也许是在她将最珍爱的碧玺送上之时……在无数琐碎而温暖相伴的瞬间，爱一点一滴，无孔不入，最后深入骨髓。

可这些，都没有了。再没有人为他做可口的饭菜，再没有人在他沉闷之时费心逗他开心，再没有人，在这样孤寂而茫然的夜里，为他点一盏归家的明灯。

夜色岑寂，温浅缓缓穿过庭院，庭院里的蜡梅花与茶花早已凋谢，海棠在枝头打满了花苞，这样美丽的景致，她应该是喜欢的，可惜没看见。

他静静伫立在花树下，过往的甜蜜一幕幕浮现在眼前。

微凉的冷风吹过来，风中飘荡着的，回忆的、破碎的，都是梦。而树下的人还在遥望远方，盼着梦里的那张面孔，回家。

Star，让我找到你，让我带你回家。

也不知是不是心诚则灵，这个夜里，温浅刚刚睡下没多久，电话铃猛地响了，温浅接了电话，眸里猛地掠过狂喜。

H市的凌晨，朦胧的夜里下起了雨，莫婉婉仍在陪着失眠的樊歆聊天。

两人从凌晨两点聊到四点，絮絮叨叨着许多从前读大学时的趣事，大概是旧时光的快乐让人放松，樊歆从梦魇的恐惧里渐渐缓了过来，还跟着莫婉婉一起听从前的老CD。

当曲子切换到一首熟悉的旋律时，两人都不由自主地愣了愣。

巧，居然是温浅的曲子。

见樊歆发怔，莫婉婉小心翼翼地说："姐们儿，我一直有个问题想问……以后我会尊重你的意见保持中立，不再做某人的'神助攻'，但老实说……你两个月没见他了，不想吗？"

将脸一直埋在膝盖上的樊歆抬头，声音轻轻的："那你呢，不想吗？"

这是两个女人在半个月里首次谈起那个人，在此之前，关于他的话题是一个敏感地带，谁都觉得该说点儿什么，但谁都没有开口。而这一刻，许是因为这段时间贴心的陪伴，彼此都打开了心结。莫婉婉一笑："我想有什么用，人家现在想的肯定是你！我早就死了心。"

"你对他……什么时候开始的？"

窗外的风刮进来，将莫婉婉的一头短发吹得凌乱，她抬手拂了拂："我自己都不知道，可能从小没什么玩伴，我有些孤单，偶尔会去骚扰他……虽然他老不理我，但对我还可以，比如我找他江湖救急要银子，他从不拒绝，过年还会以舅舅的身份给我封大红包……那会儿我不知道这是喜欢，只觉得他看着高冷但实际挺好，后来我遇到了你，我觉得你也挺好，于是我就撮合你俩……可撮合了后，看你俩甜甜蜜蜜，我却蒙了，为什么自己这么难过？原来老子竟对他起了色心！可怎么办呢？你俩已经好了啊，我要横插一脚那也忒不仗义了！于是，我就把这心收着，怕你多想，也没跟你说。"

莫婉婉对樊歆笑道："反正你别再瞎想，我跟他真没什么，上次庆典虽坐在一起，那是因为同为集团继承人……坐在一起时我才发现，从前他手机相册里都是什么乐谱合同，现在全是你……那感觉就像万箭穿心，瞬间将我爱情的小豆芽削得一根不剩！"

她用豪爽掩饰着心酸，樊歆一时不知该说什么，或者说什么都是多余的。身不由己地喜欢没有错。她们虽爱上同一个人，但不被爱的感受，彼此都承受过。她慢慢伸出手去，握住了莫婉婉的手。

大抵是气氛过于沉重，莫婉婉道："你这表情干吗？别担心，我不难过。或许你们认为爱是两个人的事，但我的爱是一个人的事，是自由的。对方喜欢我，我高兴，不喜欢我，也没什么可悲，相爱需要运气，没运气姐认了。山高水远，姐祝他幸福！"她说着，拍拍樊歆的肩，"你要为我高兴！失恋有什么呀！哦不，我这不叫失恋，叫暗恋终结……感觉像心里的一部戏终于结局了，虽然不是好的结局，但姐可以换台追新剧了！这是个新的开始！"

莫婉婉回到自己的房后，屋外的风雨越发强劲，呜呜的风声穿过屋檐窗棂，像怪兽的低吼。樊歆倏然想起湖心岛那个相似的风雨夜，心扑通扑通直跳，她将门窗紧闭，又将耳塞塞进耳里，把音乐调到最大，这才踏实了些。

也不知听了多久，突然有人砰砰敲她的房门，就见莫婉婉的小跟班急匆匆进来："樊小姐，屋外有人说要找你。"

樊歆脑子轰的一声，刚才好不容易舒缓下来的心，再次怦怦直跳！

该不会是慕春寅找上门了吧！

她屏着呼吸，推开窗慢慢探出头来，目光落在院墙外时，陡然凝住。

雪白的墙外，雨丝交织在空中，被微光一照，拉出千万道光亮的丝线。一个高挑的身影立在墙下，正抬头往上看，他没有撑伞，清俊的脸庞被细雨打湿，有着温润的色泽。

温浅！

樊歆猛地蹲下了身，向小跟班道："你去跟他说，你从没见过我，叫他快点走。"

小跟班下了楼，而闻声过来的莫婉婉往窗外一看，也惊了："呀，这家伙怎么找来了？我真没通风报信啊！"

樊歆没吱声，她低着头，似乎在压抑自己激动的情绪。莫婉婉往窗外看了会儿，问："现在怎么办？我的小跟班在劝他，但他不肯走。"

樊歆蹲坐在墙角，抱住自己的膝盖："那就让他待一会儿吧，没准以为我不在这儿，他就走了。"

墙上时钟嘀嗒嘀嗒走着，半小时后，小跟班进来说："他不肯走，一直盯着你房间的窗户，好像知道你在这儿。"

樊歆默然。

莫婉婉看向窗户，同情地道："我不是帮他说话，但既然他找来了，你们还是见个面，要聚要散说清楚。"

樊歆捂住脸："不是我不想见面，是我没法再面对他了……"

"为什么？"

樊歆只是摇头，一个字都不肯说。

小跟班在旁于心不忍："那您也不能让他在雨里站着呀，他浑身都淋湿了！"

樊歆曾在雨地里淋过，深知这其中酸楚，她忍不住往窗外看去，只那一眼，她握着窗栏的手一紧。

矮矮的院墙外，温浅刚好望过来，两人视线碰撞，随即锁住。

一个多月没见，再见竟都有隔世之感。墙外之人乌眸沉沉如玉，视线穿越风雨与夜色，牢牢盯着她，似悲似喜，最后所有情绪化为坚定的执着。

而楼上樊歆纹丝不动，隔着飘摇的雨雾，就那么看着院墙外的他，心中痛如刀绞。

虽然这些天她不停地强迫自己忘记过去，但湖心岛那夜，却是永不会再除去的阴影了。

最后她啪地关上了窗，冰凉的玻璃隔开了两人的视线，樊歆对小跟班说："你去跟他说，我跟他没关系了，叫他别再来了。"

她神情坚定，小跟班只得下楼去，一侧莫婉婉叹了口气，也随之下搂。

两人去后，樊歆将房内的门关上，老式灯泡光线微弱，她走到墙角，坐在冰冷的地面上，抱住自己。

窗外的雨越来越大，砸到玻璃上噼啪作响，角落里的樊歆将头抵在膝盖上，压抑着呼吸，没有流泪，心却早同这窗外的天气一样，大雨滂沱。

不多时，院外几人劝着温浅的声音听不见了，樊歆想，温浅应该是走了。

当这念头出来之时，樊歆捂着发热的眼睛对自己说："不要难过……不要难过，你们不合适……"

门外传来脚步声，有人推门进了房，樊歆胡乱抹抹眼睛，尽量将声音放得平静："婉婉，他走了吗？"

"没有。"回答的是个低沉的男声。

这声音再熟悉不过，樊歆猛地抬起头，就见透着微光的房门口，有人容颜清癯，目光幽深如海洋。

没有开灯，一片阴暗里，他一步一步朝着墙角走来，樊歆慌乱退后："你别过来！站住！别过来……"

她的话没说完，身上一重，那黑暗中的身影陡然倾下身来，用力抱紧了她。他衣服湿漉漉，身上都是雨水，沾在她身上冰凉一片。她不住地推他："我叫你走……你回去，别再来了……"

任她如何推搡捶打，他却纹丝不动，只紧紧抱住她，他的嗓音响在她耳畔："我好不容易找到你，为什么要走？"

他声音低沉而坚定。樊歆怔怔地看着这张熟悉的脸庞，看着他隐在黑暗中真切的眼神，这些日子的痛苦与心酸陡然爆发——这短短两个月，她历经接踵而至的变故，曾在大雨里心碎奔走，曾被施虐强暴，曾夜半在泥泞中无助逃亡……可她将自己的心压抑得紧紧的，不曾在任何人面前流泪。

不是她不疼不苦没有知觉，而是即便流泪哭泣，也没有给予安慰的对象。

而现在，从没有这样一刻，她面对一个湿漉漉的根本算不上温暖的怀抱，有那样强烈哭泣的冲动。可她却忍住眼泪，拼尽全力将他推到了门外，反身用背脊牢牢抵住门。

反锁的门像一道天堑。他在外用力敲打，她在里默不作声。

须臾，她沿着门无力下滑，坐到冰冷的地上。昏暗的房间内，有晶莹的水珠在夜色中一闪，一颗又一颗，跌落到地上，破碎如星光。

她终于哭了起来，在这无人看到的夜。

可她连哭都这样倔强，不愿让人看见，也不愿让人听见。她捂住自己的唇，咬着自己的手指，不让自己哽咽出声。

也不知哭了多久，似乎哭到两眼红肿快看不见，她终于哭累了，昏昏沉沉靠在门上，忽然有沉沉的倦怠。

她太累了，这些天她因恐惧时刻绷紧神经，不曾有一晚真正入睡过，她的精神与体力早已处于透支状态。

忽然砰的一声大响，大风将窗户重重刮开，樊歆陡然清醒，她看向窗外，目光浮起恐惧。

屋外风一阵阵加大，吹得树枝狂晃，窗户噼啪作响，雨势也在加大，铺天盖地砸了下来，厚厚的云层里隐有雷声滚滚。

她忽然想起湖心岛那一夜，没人知道那次的事对她造成了多大的创伤，此后她害怕浴缸，害怕黑暗，害怕狂风暴雨的夜……她攥紧了拳，不受控制地战栗。屋外黑沉如墨，哗啦啦的暴雨中，一道银白的闪电如狰狞巨虫，骤然撕开这乌沉的天空，旋即雷声大作，震耳欲聋。

她的表情僵住，指甲扎进掌心，仿佛时光流转，再次置身于那电闪雷鸣的夜。温热如血的水中，千钧力道倾压在她身上，剧痛撕裂着她……

她脸色惨白，不住后退，然而背脊抵着门板，根本退无可退，闪电与暴雷还在不断交替，像要将整个世界摧毁。她捂着耳朵，冷汗涔涔，末了，她恐惧地尖叫一声，世界一霎全黑。

医生很快便来。诊断结论是因恐惧昏厥，因着樊歆未醒，医生对她的病因无法询问，到此成了个谜。

床畔的温浅脸色从未有过地严峻，而莫婉婉靠在窗前，一根接一根地抽烟。

温浅问："你跟她在这儿住了半个月，不知道原因吗？"

"我问了她呀，她死活不说……我以为她是和慕春寅闹了，慕春寅又伤了她的心，所以她不说，我也不好逼着……"莫婉婉抽了一大口烟，又若有所思道，"可刚才我把这事前思后想一番，觉得事情没这么简单，我怀疑慕春寅不止伤了她，而且还……"

后头她的话没说，只做了个姿势，温浅却已看懂，手中一次性纸杯瞬时捏作一团。

莫婉婉赶紧劝慰："你先别激动，毕竟我也没有确凿的证据。当务之急是治好她的心理创伤，没什么比她更重要。"

温浅薄唇紧抿，最后松开手中的杯子，将医生喊了进来。

一番商讨后，医生离开了，而莫婉婉也回到了自己的房间。

须臾，她背着自己的包出现在温浅面前，温浅一怔："你要干吗？"

莫婉婉咧嘴笑："这儿就交给你了，我得滚了，去日本。"

"怎么这么突然？"

“还不是我家老头儿，上个月喝醉了抱着我的腿哭，要我去东洋学点儿东西，不然莫家就后继无人了。想想我糊里糊涂这么多年，是该收心了。本来上个月就该走的，可没找到樊歆就一直拖着，如今你来了，我放心了。”话落，莫婉婉又恶狠狠威胁，“你给我看好她！再有这事我揍你！别以为你是我舅，我就不敢动手！”

温浅瞅瞅她左臂上厚厚的绷带：“你这手能去日本吗？”

“骗人的，没受伤，无非是用养伤为借口不让我家老头儿把我绑去东洋而已！”怕他不信，她还用力拍了拍伤口，一脸不痛的样子。

温浅再问：“你不等樊歆醒来，跟她道个别吗？”

“不了，这种分别的场面她会感伤的！”

见她去意已决，温浅只得道：“我让人送你出去，到了日本一切小心，有需要找我。”

莫婉婉挥挥手：“得了，别婆婆妈妈的！姐走了！”

她转身走，临出门时小跟班惊讶地问：“大小姐，咱这就走啊？”

莫婉婉笑了笑：“是啊，公主的王子来了，女骑士当然得走了！”

她甩甩短发笑得无所谓，眉梢却有淡淡寂寥。话落，也不管护士听不听得懂，兀自去了。临走时不小心在门板上磕了一下手，痛得龇牙咧嘴：“伤口刚才拍狠了！现在一动就痛！”

樊歆是在傍晚醒来的。

她没在莫婉婉那郊区的小房子，而是置身一个宽敞的陌生房间，米色灯光照亮温馨的田园风房间，房间摆放着象牙色的家具，贴着小碎花的墙纸，沙发上放着可爱的抱抱熊，窗台上盛开着粉色蔷薇，空气里弥漫着醉人的花香。

她将视线投向窗外，呼吸一顿。

明净的玻璃窗外，夕阳下一片浩瀚的薰衣草花田，现在是六月初，数以万计的薰衣草在风中摇曳，开得轰轰烈烈，满天满地都是梦幻般的蓝紫色！

樊歆揉揉眼睛，以为自己看错了。而房间的门开了，一个长身玉立的男人走进来，那是一张熟悉的面孔，可这张面孔的主人却一改常态，没再穿清淡的浅色系衬衣，而换了件橙色针织衫，是向日葵般温暖的色泽。

男人向她靠近，露出和煦的笑，问她：“醒了？”

她昏昏沉沉地瞧着他，怀疑自己在做梦——那些绝望的时光里，她有好几次做梦，在痛苦中渴盼着他的出现，带她离开那些阴暗的不堪。

可这个梦还没完，男人俯下身来，将她肩上的被子掖了掖。他掌心一片温热，不经意擦过她的脸颊，她这才回了神！

不是梦！这触感是真切的！

她迅速起身，瞧着四周问：“这是哪儿？”

他目光温柔，声音像是安抚：“你不用紧张，这里很安全。”

她左顾右盼：“婉婉呢？”

“去日本了，这是她留给你的话。”温浅递来一张对折的小卡片，看对折的痕迹，温浅应该不曾打开过。

樊歆展开卡片，只见龙飞凤舞的几行字，是莫婉婉一贯的“狂草”。她从没想过，莫婉婉会用这样文雅的方式留言。

女人，我去东洋啦，不用担心我，过两年我就回来。

临走时想起八年前的事，很感叹。

八年前我们刚认识，我生日那天，一个人喝着啤酒在宿舍阳台上哭起来，你看到了，问我为什么哭，我说想念我妈做的云吞面，可她没了，我再也吃不到了。

你问完就走了，我以为你像那些同学一样，不过是客套的嘘寒问暖。可两个小时后你气喘吁吁地回来了，抱着一个保温盒，我打开一看，是云吞面。

那天下着大雪，天气很冷，你回家煮的，那会儿你胖得很，跑起来特别吃力，抱着保温盒不好拿伞，你落了一身雪，手都冻僵了，还拼命将筷子塞我手里，说：“快吃！再不吃云吞要被泡软了！”

你大概没做过云吞面，手艺很不地道。可我吃着吃着还是哭了，不是因为我十二年没吃过，而是我突然发现，很多东西我以为是永久的失去，但其实上天会以另一个方式补偿我。

就如同，我失去了母亲，却收获了一个姐妹，这是不幸中的幸运。

我曾好奇过，不可一世的“头条帝”喜欢你，高高在上的温浅也喜欢你，甚至连我这种跟谁都处不来的刺儿头也喜欢你。后来我才想明白，因为你是暖的……没有人会拒绝温暖。你焐暖了清冷的温浅，而我，花了十几年时间都没做到。

扯远了，言归正传……其实我想说的是，上天未必绝情，有人伤害了你，总会有一些人治愈你。对我如此，对你也是如此。

我不能肯定你遇到了什么伤害，但温浅千里迢迢找来，可见真心，如果还有可能，我希望你再考虑考虑，或许这是上天对你的补偿。

你永远彪悍的女骑士

樊歆握着卡片，从未料到豪迈的莫婉婉会有这样的细腻温情。

三秒钟后，她抓起手机拨了出去，几声响后那边接通，声音嘈杂，像是在机场，不待对方开口，她已开门见山问道："婉婉，不管我是怎样的人，我只问一句话，如果不是我，你会甘心折断心里的小豆芽吗？"

"讲真的啊？"莫婉婉在那边笑起来，"应该不会，没了小豆芽，姐大不了再种排小树苗啊！"

她忽然安静下来，嗓音无比郑重："樊歆，就因为我砍掉了自己的小豆芽，所以你不需要再砍掉你的。"

顿了顿，她提高声音说："好好珍惜你们的小豆芽！"

樊歆的眼圈一红，有温热的液体往上涌："婉婉……"

其实这一切冠冕堂皇，不过都是借口。这个短发利落、从来任性恣意的女人，这一刻的离开，只是不愿看到三人相对的尴尬。

她一贯玩世不恭，嘻哈的外表下却有着决绝的内心，在爱情与友情间，她毫不犹豫地斩断爱情，捍卫了友情。

樊歆终于哽咽出声："婉婉，以后你生日，我还给你做云吞面。"

"好，面别再煮老了……"莫婉婉故作嫌弃地笑，挂了电话。

电话切断了，里面只剩嘟嘟的忙音。须臾，一只手伸过来，安抚般拍拍樊歆的脊背，是温浅的。樊歆扭头看他一眼，经历一个多月的别离，千言万语不知从何说起，她偏过了身子，背对着他沉默。

温浅的手空在那儿，面有失落，须臾，仍温声道："你别紧张，我不会伤害你。姐姐做的事我向你道歉，我知道这段时间你吃了很多苦，我很抱歉，希望你不要因此而疏远我，更不要误以为这是分手，我从没想过要分手。"见樊歆不答话，他试着去握她的手，"歆歆，这次是我的疏忽，以后不会再发生这种事了。"

樊歆再次避开他的手，轻声问："你说这些话，是因为责任心，还是因为爱？"

温浅默了默，问："你觉得我不爱你吗？"

樊歆摇头，浓密的眼睫遮住了眸中的情绪："我不知道，你是很好，可你的心太深，我摸不到……我常常觉得不踏实。"

温浅凝视着她，他蹲下身去，与床上的她平视。

他的位置改变了，窗外落日的光一瞬打到他脸上，她这才看清他的模样，他眼里布满血丝，下巴上还有青青的胡楂儿，人也瘦了一圈，这是一贯清冷的他从不曾有的状态——是为了找她奔波劳累的吗？

她的心一紧，嘴唇不由得颤了颤，他察觉出她的变化，抓起她的手，轻轻贴到了他的颊上。

他说："我怎么会不爱？这个月我上天入地找你，没睡过一个安稳觉。有天在监控里看到有个背影像你的人上了去往无锡的大巴，我便追到无锡……还有天梦见你去了巴黎，在开着蔷薇花的公寓里等我，我醒来后就往巴黎赶，坐了十几个小时的飞机，却只看到空荡荡的公寓，那会儿我坐在你曾经的卧房，失落极了……得到你在H市的消息后，我一分钟都不敢歇，马不停蹄往这儿赶，汽车行了大半夜泥泞路来到这儿，看到窗户上出现你的影子，我眼睛都不敢眨，生怕一闭，你就成了幻觉。

"我知道，这次分离我有不可推诿的责任，我性格上有些自闭，内心的话不习惯向人诉说，让你没有安全感，以后不会了，我不会再对你有所隐瞒……包括我的家庭。"

她惊讶于他的坦白。他向她凑近了些，轻声感叹道："歆歆，如果人生可以选择，我宁愿不要生在温家。"

"为什么？"

"呵，凡是去过我们温家的人都会惊讶，这是一个怎样畸形的家族。封建社会结束了这些年，族里的人还停留在遗老遗少的阶段，小时候我最讨厌的就是家庭聚会，叔伯们在客厅抽着老式的烟筒吞云吐雾，一面陪小老婆玩牌，一面让保姆跪下来捏脚捶背……每到这时，我父亲就会将我带走，带我去没有烟熏火燎的地方。"说到这儿，他对樊歆一笑，"我还没跟你讲过我爸爸吧，他是一个与家族格格不入的人。说是商人，其实更是艺术家，他走的那年我只有四岁。我对他的记忆不多，但印象都很深，他教我弹钢琴，陪我放风筝，温柔耐心，我走上音乐之路就是受他影响……可惜他性格懦弱，被家里逼着放弃了心爱的女人与艺术，转去经商，不擅经营的他让温氏赔了不少钱，为此饱受族人责备。"

"压力太大加上婚姻不顺，他同当年的恋人复合了，他有愧于我母亲，想净身出户。族人为了阻止他，把那怀孕的女人打到流产，女人痛苦之下自杀，而我父亲在家族压迫之下，加上情伤而跳楼。到现在我都记得他跳楼前的模样，就在他的办公室，他对我说的最后一句话是，希年，对不起，爸爸这一生太无能，以后温家就交给你了。"

窗外的天渐渐暗下来，像笼着一层墨色绢纱。温浅的嗓音沉稳不变，血脉至亲自杀而去的往事，原是让人痛不欲生的感受，他却神态如初。可在他的平静下，樊歆听出了话中浓浓的悲伤。

"他就这样把温家丢下，此后我发奋努力，想要不辜负他的期望。而我姐姐也为了家族做出了巨大的牺牲，也因为她的压力大，所以对我分外严厉，我的成长阶段没有个人空间，没有朋友，没有自由，除了疯狂地学习，什么都不被允许……长大后我吸引了不少女生的目光，初二时有个女生给我写了封信，姐姐发现后找到那女生说，你父母都只是小职员，以后别再来自取其辱了。那女生哭着走了，我以为事情就此结束，谁知姐姐打电话到学校，闹得全校皆知，还逼那女生退了学……其实那女生很优秀，可辍学后前途就毁了……对那女生我很愧疚，此后我渐渐疏离同学，对喜欢我的女生更是淡漠……到后来我好像有了心理障碍，自闭，冷淡，不愿跟人接触，心底的话也从不向任何人说。”

樊歆默了默，问：“所以大学时你才对我那么冷淡？”

温浅颔首：“是，怕给你们女生招来不必要的麻烦……至于后来跟齐湘走得近，也是因为姐姐。姐姐的严厉虽令我压抑，但这些年她为我、为温家付出太多，我内心深处仍敬爱她、心疼她。她中意齐湘，我便顺了她的意，加上那会儿受父母的影响，我对爱情很悲观，几乎不抱希望，便跟齐湘见了几面。”

“没想到对齐湘，不仅是姐姐喜欢，就连整个温家都喜欢。我们交往的第二天，叔伯们便急不可耐地约见齐氏骨干，说是为两个孩子高兴，可谈来谈去变成项目合作及资金支援，我的感情就这样成了工具。叔伯们竟还振振有词地说，温氏正是缺钱的当口儿，哪个女人有价值我就该利用。”

樊歆默然不语。这般清高傲气的温浅，被当作棋子利用，那一刻的愤慨无法想象。

温浅接着道：“不止是感情，在集团发展上我也与家族理念不同。叔伯们固守着传统，不肯改革陈旧的技术，而我则致力于新技术开发，想开辟一条新的道路。叔伯们不愿投入资金，姐姐也不看好新技术。正因为这些分歧，她迟迟不敢放手归权，因为一旦我将股权全部继承，就会成为荣光第一股东，自此集团就由我做主。”

樊歆轻声问：“你有没有想过要回自己的权力？”

温浅淡淡一笑：“当然，没有男人愿意受制于人。”

又道：“这些年我虽不在权力之巅，但对温氏早看得通透，温氏外有强敌虎视，内部风气败坏，叔伯们贪污腐败、结党营私。我曾多次劝姐姐整顿，但叔伯们这些年形成的势力不容小觑，除掉他们不亚于自断一臂，况且他们是宗室长辈，关系又盘根错节。姐姐生性谨慎，顾忌甚多，导致犹豫不决……事到如今，已到了尾大不掉的地步，我不能再放任姑息，姐姐不忍自断一臂，我来断。”

“那你姐姐……”

“姐姐的事我想了很多，也是因为她，这些年我迟迟没有行动。我跟她虽人生观不同，可她是我最亲的人，即便我要做这荣光的主人，我也要用一种温和的、不伤害她的方式……况且这些年她太累了，太压抑了……我希望她放下担子歇一歇，享受一个正常女人该有的安逸生活，不要再没日没夜地辛苦劳碌……”

话落，温浅又说："当然，还有一个原因，其实这计划最初没想这么快实施，但跟你在一起后，与其想方设法减轻家族阻力，不如站在权力最巅峰，彻底打破所有束缚，让你我没有压力地在一起，也让你可以轻松自在地生活。"

樊歆微怔，她从没料到他早已想得那么长远，更没想过有一天，一贯深沉的他会自己毫无保留地和盘托出。

她一时间不知要说些什么。这个少年早慧的男人，未成年前他安静蛰伏，用音乐攀上艺术殿堂，积累国际顶尖人脉。成年后一面养精蓄锐培养自己的势力，一面不动声色地削弱族人的权力，击溃对手的这盘棋从他年少开始布局，历经十余年，所有雷厉风行都藏于如绵秋水中。

默了默，她问："这些话为什么不早点儿跟我说？"

"温氏的情况太复杂，我不愿把压力转移到你身上……另外，我担心你会害怕。"

"怕什么？"

他却问了个风马牛不相及的问题："知道齐湘为什么跟我没多久就分了吗？"他短促一笑，"呵，吓的……这些家族成员曾迷恋老式大烟筒，如今自诩与时俱进，丢掉了大烟筒，却换上了更恶劣的'神仙丸'……他们强邀齐湘参加聚会，我的叔伯，远方表亲，社会上不三不四的人全围在一起吸，嗨（high的音译，兴奋之意）劲上来，男男女女各种不堪入目……齐湘不是没见过世面的人，连她都受不了，可见当时的龌龊……"

温浅说到这儿便止住了，眸里有深深的厌恶，樊歆知道'神仙丸'是什么，也惊了，温氏内部的奢靡荒诞她早有耳闻，却没想到堕落到如此地步，难怪温浅决意要整顿。

末了，温浅的声音低下来："不论我有多厌恶他们，也不管权力最后在谁手上，他们总归是我的宗亲，万一以后家族聚会再有这种情况，你看到了会怎么想？这些龌龊，我宁愿你永远都看不到。"

樊歆怔了。

温浅接着说："我更担心你对我产生偏见，担心你会像齐湘一样离开我，因为我不是你想象中那么美好……歆歆，我曾是个寡情的人，对未来、对感情少有期盼，可跟你在一起后，我才了解什么是爱情。就好像没有尝过糖的孩子，突然得到了一块糖果，从此念念不忘……"他慢慢握住她的手，"你就像这块糖，让我尝到从未有过的感觉，甜蜜，欢喜，我的人生好像甜了起来，每一天都充满期待……我想永远留你在身边，所以，对于那些可能会给你造成阴影的事，我才有所隐瞒……"他将她的手心贴在脸上，低笑着叹息，"连我自己都没想到，有一天我会这样喜欢一个人，喜欢到小心翼翼，患得患失。”

她的手背抵在他青青的胡楂儿上，有些粗糙的疼意，她难以置信地看着他。

在她眼里，他与她的爱情从来便不平等，他是高高在上、远若云端的存在，她爱慕着他，也仰望着他，她从没想过，他的内心也会因为她而卑微。又或者，再骄傲的灵魂深处，都会藏有卑微的阴影。

下一刻他倾身过来，说：“有句话你听好了，以后不许乱想。”

他凝视着她的眼睛，像看着一件失而复得的珠宝，口吻清晰而郑重。

“樊歆，我爱你。”

第三章
婚前

春光明媚，樊歆就这样在花田住了下来，因为莫婉婉说，这是送给她的礼物——她让樊歆在这儿住段时间，多闻花香，开阔心胸。

其实这里也好，她暂时不想面对纷扰的外界，她想要一段安静的时光去治愈自己，等她调整好自己，她就会走出阴影，再次起航。

此外，风景也是吸引她的重要原因。她的栖身之处是个小木屋，外面围了排茶色栅栏，圈出一个错落有致的小院，木质的建筑是返璞归真的田园风。不仅房子养眼，房外风景更是让人惊叹。

满天满地全是花的海洋，小木屋像是被花海包围，屋前是大片薰衣草田，梦幻般的紫色在风中摇荡，屋后则是粉色玫瑰花田，一簇簇娇俏的花朵织出豆蔻时期最甜蜜的梦，这里堪称梦幻国度！

花田的时光很安静，温浅一直都在，却与她保持着适度的距离——这大概因为那晚的尴尬，那晚他几乎掏心挖肺地毫无保留，那一句信誓旦旦的“我爱你”，等了太多年，久到入耳的刹那，她几乎要落下泪来。她相信他的真心，可当他表白后想去拥抱她时，她却战栗了一下——湖心岛之后她对异性产生了抗拒，但凡靠她太近的异性，她都会本能地躲避。

好在温浅并未追问原因，他似乎知道她的阴影，但他用循序渐进的方式让她打开心结。

比如，此后他保持着不会让她紧张的距离。她在院中赏花，他便隔着一两米在门边同赏；她出门散步，他隔着三步之遥跟在后面。无论她做什么，他总是以不打扰她的方式陪伴。

再比如，他会主动与她聊天解闷。如今两人的相处模式来了个大扭转，从前她话多爱闹，而他总是安静聆听。现在却都是他找话题同她聊天，或是谈某个作曲家，或聊某一场电影，或某本书，他还给她讲了不少温暖的治愈小段子，她虽没有过多议论，心里却觉得很有意义。

不仅如此，他还下厨做饭。某个傍晚，看到一贯衬衣西裤笔挺的他围着围兜，端着三菜一汤从厨房出来时，她平淡的脸露出惊愕——她从没想过他会学做饭。他笑着解释："你不在的日子，想你了，我就学着下厨，一面做一面想，从前你为我做饭时是什么感受……现在体会到了，看喜欢的人吃自己的饭菜，是一种满足。"顿了顿，他笑容更深，替她舀了一碗鱼汤，"快喝汤吧，要冷了。"

樊歆瞧着热腾腾的汤，有些恍惚，鲜美的汤汁混着晶莹的米饭含在嘴里，那香气袅袅的鱼汤后，那从前远若云端、高傲清冷的男人，如今越来越像一个普通的居家男人，就在她身旁，笑容很温暖，给她布菜添饭，有真切的踏实感。

就连每日最难熬的深夜，他也在想办法帮她度过。他先是弄了两台小香薰灯，橘黄的温馨光芒笼罩在床头，既能看清周围事物，让人不再害怕，不甚刺眼的光也不会妨碍睡眠，薰衣草精油散发的香气，还有助眠的功效。樊歆渐渐习惯了这种灯，不再像从前那样恐惧黑夜。

还有一次雨夜，就在她最恐惧的时刻，他居然抓了许多萤火虫回来，一闪一闪的小虫子，在房间里飞舞，像一颗颗闪烁的星星，这幽暗的房间瞬时化作一个微型星空，而房间一角有琴声传来，是他在弹着那首著名的《月光》。他指尖弹着琴键，眼睛却凝视着她，他的瞳仁无比深邃，像一片平静的海，有着令人安定的力量，她看着他的眼睛与漫天的"星星"，再听着婉转的琴声，窗外那令人心悸的雷雨夜似乎不再那么可怕，雷电过后她竟在舒缓的音乐中睡去。

迷糊间她感觉有手抚过她的发，那掌心的力度，像春风拂过了花朵，轻柔又温暖。那一刻梦中的她，再没有对异性的抗拒与反感，只觉得安详无比。

这一夜，她破天荒地没有做噩梦，一觉到天亮。

此后，她在他温暖的怀抱中，渐渐摆脱了过去的阴影。

他不愿她宅在家里，总是带她外出。天气好时两人会在花田里散步，呼吸新鲜空气，偶尔他用口琴给她吹小曲儿，临时编的调子婉转动听。他还弄了两辆单车来，偶尔两人骑着单车，围着花田饱览风景，停下来歇脚时，他给她编过花环，紫色薰衣草花冠戴在她的长发上，有沁人心脾的香。他还拖着她写过生，无奈两人都对绘画没什么天赋，她画的花海像大海，而他画她，将她的鹅蛋脸画成了包子脸。末了，画着画着变成了涂油彩的游戏，双方蘸着油彩往对方脸上抹，你一下我一下，直到变成两只大花猫……

他甚至带她去参观附近的精油加工厂，这是一趟奇妙的旅程。樊歆亲眼看到厂房工人拿镰刀将新鲜的薰衣草如麦子般割下。新鲜的花朵被放入器具内，长长的接管那边，花朵被蒸馏，流入桶子里，水油分离出来，上面漂浮的是精油，而下面的液体则是纯露。不止如此，樊歆还看到一块块精油皂被做出来，上好的精油皂能拉出绵软的细丝，丝滑如同浓糖。樊歆觉得新奇极了。

除了参观景点，还有更有趣的事。某天下雨不能出门，两人在家一起做了个风筝，不是普通的蝴蝶、蜜蜂，而是个星星风筝。天晴后他骑着单车载她在花海小径上穿过，她坐在后座举着风筝迎风放飞，当那颗星星风筝飞上高空的一霎，两人看着蓝天白云，像回到了单纯快乐的童年，孩子般笑起来。

风筝越飞越高，樊歆露出了久违的笑容，她觉得自己消沉多日的心，像这个风筝一样，再次飞到光明而开阔的天空。

她扭头看向温浅，目光里有动容。他也看着她，和煦的笑容比阳光更加明媚，他的声音似有感叹："四岁以后我就没放过风筝了，这些天很开心，好像在弥补自己童年的遗憾……"顿了顿，说，"谢谢你陪我。"

她说："应该是我谢你才对。"

她凝视着他，想起这十来天他为她所做的一切。

她不确定他是否知晓湖心岛一事，或许他早已知道，但他用不追问的方式保护着她的感受。他陪伴着她，照顾着她，费尽心思地让她开怀，为她布置温馨的小木屋，为了她学做可口的饭菜，带她饱览唯美的风景，安排奇妙的精油之旅，甚至抓来萤火虫化为屋内繁星，赶走她对雷雨夜的恐惧……剥去从前清冷的外壳，他是这样一个温柔细腻的人，他用无微不至、春风化雨的方式，用加倍的包容与关爱去弥补她曾受过的伤害。

樊歆猛地眼眶发热——这么多天来，她第一次从伤痛里释怀。婉婉说得对，上天未必那么绝情，命运曾让她坠入难以解脱的阴影，而眼前这个眉目清朗、笑容温暖的男子，就是那道破开雾霾的光。

她心下百感交集，再次重复一遍："谢谢你。"

他弯起唇角笑了笑，开起了玩笑："要谢啊，一个吻足矣。"

在他不抱希望地扭过头去后，她从单车后座倾过身去，慢慢贴近他的脸颊。他表情微愕，似没料到她会主动凑过来，他伸手想去拥抱她，然而即将挨到之时，单车重心不稳，陡然往下一倒，两人都摔到了花丛中。

厚厚的花丛像一床柔软的毯子，他落地时下意识护住了她，她重重摔进他的怀里，胳膊肘顶得他胸口一痛，他闷哼一声，却并未喊痛，而是低头瞅着她的唇。

她急得去看他的伤："你没事吧？"而这一声呼唤刚出口便被堵下去，他低头覆上了她的唇，将这呼唤在唇齿间化为一片汪洋的温柔。

相思刻骨，情意相投。这数月的漫长分隔，这想要靠近，却保持距离，不断压抑的十来天守候，思念早已疯长如野草。他低头吻她，渐渐不再满足这样的接触，他将她抱到自己腿上坐着，双臂紧紧拥住她，以环抱的姿态将她纳入自己怀里，似要敞开他全部的领域，为她筑一方不受风雨侵害的港湾。

樊歆亦回吻着他。她无法再控制自己的心，这两个月，她是如此想念他，这世间，再没有比唇齿间的诉说更能深刻地表达爱恋。

吻越发热烈，仿佛还不够宣泄积攒数月的思念，他抱着她慢慢压到了花丛中，她被他吻得意乱情迷，直到左手手指上有异样的触感，才回了神。

他的手不知何时从腰上移到她的手指间，在那无名指上轻轻套着什么，是微凉而坚硬的一个环。

她抬起手来，就见一个精致的戒指，在指间闪烁着光芒。

旋即他站起身，背对着蓝天白云与浩瀚花海，单膝跪地，用无比郑重的声音说："歆歆，嫁给我。"

三天后，一则头条新闻刷爆了所有媒体报刊：《小花旦失踪多日今现身Y市机场，与荣光少董十指紧扣公布婚讯》。

报道上一男一女携手走出机场，女的纤瘦清丽，千真万确就是失踪二十多天，曾让荣光和盛唐几乎大打出手的樊歆，而男人身姿挺拔，体贴地陪在她左右，正是荣光少董温浅。面对围堵的路人与记者，两人都心情大好的模样，不仅礼貌地回答了记者的提问，还大大方方宣布了要在七夕举办婚礼的消息。

消息发布到网上之后，引起了轰动。

对于外界的轰动，樊歆并没有理会，她有更重要的事要解决。

从接受求婚并决定回Y市后，她就下定决心与慕春寅做个了断。

有生之年狭路相逢终不能幸免，逃避不是办法，解决才有解脱。

她在抵达Y市那一刻就做好了狭路相逢的准备——其实她不做准备，慕春寅也会找来的。且不说媒体对她与温浅现身机场的事大肆渲染，其实盛唐的人早在几天前就找到了H市，若不是温浅一直在布迷魂阵，慕春寅早就该找到花海。

只是她没有想到，狭路相逢会这么快，就在她出了机场，刚刚抵达温浅居所时。

彼时樊歆与温浅进屋还没有十分钟，蓦地外面一阵引擎声响，听阵仗起码来了一个车队。樊歆闻声往窗外一看，就见院外黑压压站了一排人，为首笔挺修长的人正是慕春寅，他正不住地往屋内看，而他的身后，一排五大三粗的黑衣保镖，与荣光的人阴狠对视，每个人腰间鼓囊囊的，显然都带了家伙，做好了强抢的准备。

双方登时气氛紧绷，在温浅要推门而出时，樊歆出声了，她是冲慕春寅说的：“慕春寅，让你的人退后五百米，有话你进屋说。”

慕春寅循声便看到了她，面上又是狂喜又是忐忑，立刻让保镖撤得远远的。

樊歆又扭头请屋内的温浅出去，她要跟慕春寅单独聊聊。

温浅哪能放心，但樊歆的表情十分坚定：“这是我跟他之间的事，我要自己解决。”

她心意如铁，温浅只得尊重她，在布置好荣光的安保措施后走出了房。而屋外慕春寅走过来，两个男人擦肩而过时，一个面色阴冷，一个高度警戒，四目相对，皆目光逼人。

五秒钟后，慕春寅推门进屋，而温浅就守在门口，万一有意外，好第一时间冲上去。

樊歆就坐在屋内沙发上，慕春寅慢慢走过去，在七八步的距离处，她一直看着他，平静得像什么都没发生过。房间安静到极点，静得墙上挂钟的嘀嗒声清晰入耳，静得让人有些不安。

慕春寅迎着她的目光走到她身边，千言万语不知从何说起，最后轻轻蹲下身去，蹲得矮矮的，双手抱住了她的腿，将脸贴在她的膝盖上，低低唤她的名字：“慕心……我知道错了。”

这卑微的姿势与呼喊，是他从未有过的姿态。过去两人相处，一贯是他高高在上、颐指气使，而如今终于轮到他卑躬屈膝。

樊歆没有任何反应，只不言不语地看着他。

他仰起头看她，阳光中她穿着宽松的衬衣，白色纯棉布料裹着她纤瘦的身形，脆弱到仿佛一折就断，可就是这样娇小的身躯，却透出一种奇异的镇定。

许是她从未有过的态度让他不安，他去拉她的手，将这一路准备许久的话都讲给她听，道歉、保证、愧疚，甚至苦苦哀求，他恨不得将心剖出来给她。

然而，无论他如何哄劝哀求，樊歆都无动于衷，她淡漠地看着他，看着这个她当作亲生兄长般爱了二十八年的男人。有限的岁月里，她曾无限地忍让、迁就、后退，退到懦弱与自伤。

现在她不会了，无论他说什么，她的眼里一丝波澜都没有。

他终于承受不住，抓起果盘里的刀子放在她手上，他握着她的手将刀往自己身上抵：“慕心，我对不起你，你来……只要你能消气，什么都可以。”

“慕春寅。”她摇摇头，将刀收回，“这一生我伤害谁都不会伤害你。”

他眼里爆出喜色，以为她回心转意，下一刻却见她将刀朝着自身抵去，她的声音很冷，像含着冰块一字一字往外蹦：“我不伤害你，不代表我不会伤害自己。今天你给我一个痛快，要么放了我，要么……”她将匕首陡然翻转，尖锐的刀锋正对她的胸膛，“就杀了我。”

慕春寅大惊，伸手去夺她的刀，樊歆却将刀尖往下一按，哧的一声响，刀尖扎透衣料，刺进皮肉，薄薄的衣衫瞬时被染红。

伤口涌着血，她仿佛感受不到疼痛，嗤笑起来，眸里有快意：“慕春寅，就算你今天拦得了我的刀，明天呢？后天呢？这一辈子呢？你拦不住的。”

慕春寅脸色惨白，他看着她，她还在笑，锋芒在手，满面决绝。

血不停地往外渗，慕春寅身子踉跄一下，最终跌跌撞撞出去。

此后，慕春寅果然没再来，而樊歆与温浅这对即将执手的新人，开始有条不紊地操办婚事。

距离七夕还有两个月，足够樊歆和温浅筹备挑婚房、装修、选订婚礼场地等各种大小事情。终身大事，彼此都希望给予对方最好的感受。

当然，樊歆没有忘记工作，事业搁浅了大半年，也该复工了，胸口的皮肉伤好了后，她便忙里偷闲筹备复工的事，她独立筹备自己的国内工作室，聘请了专业的经纪人与助理，只待繁忙的婚礼过后，全心全意投入工作。

除了搁浅的事业得以起航，另一件事也突破了原有的格局。

这两个大龄男女青年，终于在婚礼前一个月行了深层次的交流。

那是七月初的一天，两人挑好了新房，是个三层楼的小洋房，前有花园后有露天游泳池，还有秋千与专供宝宝玩耍的小草坪，两人满意极了。憧憬着未来的美好生活，两人愉快地吃了顿大餐庆祝。回家路上，天下起小雨，飘飘洒洒更添浪漫，两人没打伞，就那么手牵着手，漫步过昏黄的路灯与高大的梧桐树，颇像法国文艺片里的镜头。

因着白天气氛极好，便为夜里的爆发埋下了伏笔。晚上到家后，说是看电视，温浅非要将樊歆抱在自己膝上坐——重逢后他格外爱用这个姿势，一个娇宠着又爱怜着的姿势。

大抵是她沐浴过后的气息太过迷人，他从背后吻她的发，细碎的吻沿着她的发再过耳垂再到唇，深深浅浅的缱绻中，他将她压倒在沙发上。

他的气息重了起来，火热的，有些急促，藏着男人的渴望。但他似乎又陷入了矛盾之中，热烈亲吻着，却没有下一步动作——这大半年以来，他唯恐引起她的不适，两人亲昵时他从没越过底线。

但今天的她让他把持不住，她的浴袍在嬉闹时散了些，雪白的肩露出来，灯光下直晃人的眼，他忍不住又去吻她，细碎的吻沿着下巴往下移，落在锁骨上时他还是停住了，声音有些沙哑：“歆歆……可以吗？”

她有些羞赧，点了点头。

于是，在这个夜里，她真正把自己给了他。许是因为爱，许是因为感激，更许是她在历经风雨后看清了很多。

她二十八岁了，而他三十岁了。人生的道路上他们彷徨多年，得到过，也失去过，而上苍这样吝啬与善变，今日给予的幸福不一定明日还有。她的人生已被剥夺太多，眼下她只剩下他。这唯一的温暖，她想离得更近，不管是身体，还是灵魂。

得到她的允许，他抱起她回到卧室，粉红帐幔随着两人的动作轻微晃动，罗帐里弥漫着彼此的气息，他眼神炙热，动作却分外轻柔。他顺利解开了外衫，可到内衣就青涩起来，一贯无所不能的天才也有不明了的事物，女人的内衣扣摸索了好几次才解开。然而，正是这生疏与笨拙，才越发显出这段情感的真挚。

月光倾洒在窗外，投下薄而轻柔的光，宛若铺开的银色绢纱。昏暗的光线穿透帐幔漏到两人身上，她长发墨黑如绸缎，微乱地垂在肩颈上，衬得她肌肤赛雪压霜。他的吻沿着她脸向下，在那高低起伏的山峦或沟谷流连辗转，他温热的掌心拂过她每一寸肌肤，像音乐家抚着他最珍爱的乐器，而彼此紊乱的呼吸与战栗，是琴音最绝妙的和鸣。

她搂着身上的男人，这一刻的感受既奇妙又紧张。爱当真具有神奇的魔力，甚至可以抵御曾有的恐惧。在他温暖的怀抱拥进她的这一刻，所有阴影烟消云散。

最终他覆身而上，怜爱地将她尽数拥有，躯体最深刻的眷恋中，他将脸埋在她耳畔，唤她的名字，嗓音低沉浑厚，似大提琴琴弦拨动，满含深情地回响。

她长睫微颤，攀着他的肩，在他的深情中琴瑟和鸣。

亲昵过后，两人都没有睡。柔软的被褥里，他拥着她低声问："刚才有没有弄疼你？"

她脸红了红，摇头——方才他一直小心翼翼，这种干柴烈火的时刻，他竟还保留着最后的理智，时不时观察她的反应。一旦她露出不适，他就立刻停下去安抚她。

她想起另外一个问题："要是今晚有了怎么办？"虽然这个概率很小。

温浅笑着去吻她的额头："那我真有福气，娶一赠一，而且孩子的名字也很好取，就叫温歆……温心，温心，多好听。"

她笑着去打他，他捉住了她的手，放在唇边吻，说："如果这次没中，以后我会采取措施，怀孕是件辛苦事，等你把身子彻底养好再说。"

她心中动容，将脸抵在他怀里，笑着说："睡吧。"

他握着她的手，睡去了，而她没有睡着，就在黑暗中静静看着他。

睡梦中的他传来轻轻的鼾声，显出主人的疲累。她有些心疼，这阵子荣光的权力之争已经进入白热化，他忙得像陀螺，却还要事无巨细地操办婚事，不让她受累。

她知道，他们的婚事遭到了荣光集体的反对。那些高压攻击，他以一人之力尽数扛着，从未向她吐露过半个字，更不曾让她承担半分——她是女人，虽然并不软弱，但他不愿让她承受任何压力与不快。

她又想起他为她所做的一切，他千里奔波找寻她，抚平她的累累伤痕，打开她的梦魇心结，如今又扛下所有压力，对她呵护备至、百依百顺。

她百感交集。

回首十一年，她曾在追逐他的道路上磕磕碰碰，也曾为他吃过苦头，可上苍是公平的，付出往往与获得成正比，认真的人终会被岁月眷顾——当初追他有多艰难，如今他就有多值得。

她感谢自己最初的勇往直前——人在历经磨难成功后，都会感激曾经坚持的自己。

她环着他的腰，轻轻凑过去吻他的下巴，声音低低的，满是欢喜："温先生，我爱极了我当年的厚脸皮。"

温浅睡着了，没听到她的话。她在黑暗中笑起来，自己答了自己的话。

"没有它追不到你。"

婚礼一天天逼近，一切都在按部就班地进行，但也遇到过突发状况。某个傍晚，她与温浅在小区附近散步，一辆私家车没头没脑地向她撞来，好在身边温浅眼明手快拉了她一把，车头擦着她险险过去，她的膝盖当场擦出伤口，估计再慢0.01秒她就得被撞飞。

虽然只是擦伤，但温浅怒不可遏，将司机逮住，查出是酒后驾驶，送到了警察局。但就算送去局子严办，温浅还在进一步追查，他担心是某些力量蓄意安排。

见他心有余悸，每天恨不得要派一列保镖武装出行，樊歆笑着安慰："你别紧张，就是意外而已，你每天派这么多保镖跟着我，我出门购物都要上新闻了。"

见他仍皱眉担忧，樊歆亲亲他下巴，笑着说："好啦，不想这些不愉快的事了，过两天要照婚纱照了，开心点儿啊。"

她的亲吻转移了他的注意力，他将她抱在了怀里。

拍摄婚纱照的地点在拥有无敌海景的马尔代夫，在这美得让人惊叹的风景中，蓝天碧水像一幅画卷，樊歆在海滩铺开了纯白拖尾的大婚纱，温浅单膝跪在她面前，亲吻她戴着婚戒的无名指。这一刻他的虔诚、她的微笑，被相机永恒定格。

这愉快的婚纱照过程像是一场两天一夜的简短蜜月，即将进入新婚中的樊歆幸福极了，可没想到几天后，她便遇到了一件糟心事。

那是某日清晨，温浅刚去公司，家里便来了一位不速之客——温雅。

她不请自来地进入客厅，半靠在沙发上，脸色写满疲惫，似乎通宵没睡。

还未等樊歆开口，温雅便说话了，似乎没有任何情绪，又似在强压着怒火："樊小姐，趁我现在还有理智，请你离开我们温家。"

樊歆一怔，温雅虽一直不待见她，但碍着温浅的面子，从没有过分的举动。温雅又道："我希望你不要再来纠缠希年。就当我求你，我请你离开希年，回到你的盛唐，那里也有一个男人爱你爱到不顾一切，跟着他，做盛唐的女主人，不好吗？"

她频频提到盛唐，樊歆道："我不懂温董的意思。"

温雅道："不懂？看来当初给我说的自知之明，樊小姐是彻底忘了。"

她说着，拍拍手掌，门外保镖迅速涌进来，温雅将下巴一抬，下令："将樊小姐的东西清理一下！立刻把她请出去！"

樊歆眉一挑："谁敢！"她口吻并无怒意，面色却有凛然不可侵犯之感。她看着温雅，声音清晰而坚定，"温董让我有自知之明，我倒要问问温董有没有自知之明。不错，你是希年的姐姐，我应该爱屋及乌，尊你敬你，所以过去的事我不计较。但如果温董还用老一套应付我，那我也有句话想同温董说清楚，追求人生幸福是每个人都有的权利，任何人都不能阻止。希望温董自重，不然凭希年的性子，温董只会适得其反。"

爱让她有了底气，她对上温雅的眸子，半分退让也没有。而此时温宅的保安也出动了，与温雅的保镖对视，场面一时僵持不下。旋即，一道人影自门口大步走入，他张张口，声量并不大，但足够震慑所有人："都给我住手！"

只这一声，保镖都看向温雅。

温浅走到樊歆身边，将她往身后一护，向后道："阿宋，你先陪歆歆出去走走。"

"好的。"阿宋点头，樊歆却不想离开，温浅拍拍她的手，"你去，我一会儿来。"

樊歆走后，保镖和保安也撤到了门外，温浅的视线移到温雅身上，问："姐姐，你这是干什么？"

温雅冷着一张脸，将那条绣有繁复花纹的裙裾牵起，慢条斯理地道："清君侧啊！我在清理荣光未来主君的身侧，清祸水，驱小人。"

温浅眸里的克制敛去："姐姐注意自己的措辞，她是我的妻子！你的弟媳！"

温雅陡然站起身，强忍了一夜的怒火瞬间爆发："你还要瞒我到什么时候！慕春寅都告诉我了！我没这样恬不知耻的弟媳！婚前失贞，不知廉耻！"

"够了！"温浅高声打断温雅的话，他脸色铁青，显然是怒到极点，"如果姐姐不尊重她，我也不会再尊重你。"

"你别再执迷不悟！你知道慕春寅找我说什么吗？如果我们非要死磕，他就奉陪到底，他说他能一手创建盛唐，也能弃掉盛唐，他死也要拉荣光做垫背！”温雅晃着温浅的肩膀，“希年你醒醒，慕春寅现在是疯了似的要这个女人，得不到就鱼死网破！你不能跟他一样！趁他还没彻底失控，你马上去宣布婚礼取消！”

温浅拨开她的手：“男人的战争不该让女人做牺牲品。”他将口气放缓，“姐姐你冷静点，我不会让鱼死网破的场面出现。”

温雅不管不顾：“我没法冷静！女人比起家族大业来不值一提，樊歆不是你的良配，你若真为温家着想，就该选择婉婉！”顿了顿，又道，“老实说，这些年我也只看中齐湘跟婉婉两个人，其实我对齐湘不是特别满意，这女孩有真心，但也太势利，当初她误以为你没有继承权，单方面宣布分手，我心里很不痛快……前年她回来，我不过是看在跟九重的合作关系上才没拒绝她。但婉婉不一样，婉婉对你是真心，人也知根知底……”

温浅截住她的话：“她是你的继女！是我的外甥女！”

“那又怎样！”温雅道，“好，如果你真割舍不了樊歆，大不了你学范蠡忍辱负重，你把她先送回去，他日我荣光将盛唐碾压脚底，你再让她回来就是，那时你娶了婉婉，婉婉跟她关系这么好，也不会容不下她，让她做个外室，总没什么问题。”

温浅闭上眼，不想再争论。

温雅步步紧逼：“希年，你做什么我都可以忍，改革也好，夺权也罢，但你现在想娶樊歆，不行，不可以，不能够！”

这一串“不”字下来，字字掷地有声，态度决绝可见一斑。

温浅倏然睁眼，隔着茶几看温雅，淡漠的神情下是不显山露水的强势：“我心意已决，婚礼绝不会取消。”

“你！”温雅紧盯着温浅。姐弟俩静静对视，温雅锋芒紧逼，温浅决心如铁，神态不一又同等强硬。

温雅嗤笑着，看着眼前这个羽翼已丰，无法再掌控的幼弟，神情转为悲凉：“希年，你长大了，不把姐姐放在眼里了！”

“好，好！”她连吐了两个“好”字，拂袖而去，“你别后悔！”

婚礼一周前，Y市发生了一件轰动性的大事。

彼时温浅和樊歆正在礼服店试婚礼喜服，阿宋突然冲了进来：“温先生，不好了，温董她……自杀了！”

店内几人齐齐愣住。

最先反应过来的是樊歆，她知道温雅对温浅有多重要，她推了温浅一把：“赶紧去！”

狂奔向温雅的一路上，樊歆已将自杀的始末了解了大概。

温雅今早给温浅打过电话，她带着最后一丝希望想要阻止这场婚礼，却遭到温浅断然拒绝。无力回天的温雅在荣光办公室割腕自杀，下属发现后企图阻拦她，温雅却狂笑着，将刀刃横到了自己的脖子上，表示温浅若不出现她就割喉。

车子飞驰回了荣光，走出车门时，樊歆看到温浅的唇抿得紧紧的，她知道，温浅在恐慌，即便他表现得不明显——温家姐弟虽有过矛盾，人生观、价值观亦截然不同，但温浅的内心一直都在乎着这唯一的至亲。

樊歆停住了脚，向温浅道："你去吧，我就不去了。"温雅的情绪已经崩溃，她还是避而不见，不去刺激的好。

荣光十五楼。

宽敞的董事长办公室，温家姐弟僵持着，温雅的手腕已有划痕，虽然伤口不深，但一直在流血。温浅担心她情绪失控，劝说她放下水果刀，但温雅的固执显而易见，这个一贯雍容华贵的女人，此刻像被逼到绝路上的兽，她拿着水果刀架在脖子上，摇头道："没什么好谈，我给你最后一个小时，立刻通知所有媒体，宣布你跟她再也没有任何关系。不然，我就把刀压下去。"

水果刀在阳光下闪着冰冷的锋芒，温浅默了默，吐出一句话："姐姐，拿开你的刀吧，你不会死，你也不想死。"

温雅一怔。

温浅目光犀利得像是要将对方看个通透："如果你真一心寻死，你不会选在满是下属阻止你的公众场合，你不会拿刀割在非致命处的手腕左侧，甚至，你根本不会等我来。"

他一语中的，温雅的脸色微变。旋即，她移开脖子上的刀，徐徐笑起来，优雅如荼蘼之花："是，我一点儿也不想死。家族的遗愿未完，我怎么能死！"

见温浅转身就走，她喝道："你尽管走，也许我现在不死，下一刻就想死了呢？割腕、上吊、吞安眠药、卧轨、跳楼……只要我想，随时随地都可以，你不可能每次都能拦下我。"

温浅转过身来，眸里有克制不住的情绪："我只是爱一个人，你为什么要这样！"

"爱？"温雅笑起来，"谁没有爱过？十八岁时我也爱过一个男生，最后我却嫁给一个大自己四十多岁的老头儿！只为了一笔融资！希年，我能忍痛割爱，你为什么不能？"

"这就是我们不同的地方。那所谓的复兴之路，那虚无的家族荣誉，那碾压国内企业、垄断全部的梦，你明知根本不切实际，仍愿舍弃自己的一切，包括这一生的自由与情感、信仰与良知，可我不愿意！"

“哪里虚无了？”温雅上前几步，指向墙上的照片，“看，爷爷的照片！太爷爷的照片！他们都在看着我们姐弟，期待我们振兴温氏。”她扯着温浅的衣袖，指着那扇窗，“爸爸是怎么死的你还记得吗？就是从这扇窗户跳下去的！当年荣光濒危，债主上门，身为最高决策者的爸爸对内无法交代，对外无法还债，最终从这十五层一跃而下！”她哽咽着，“如果荣光足够强大，爸爸就不会走了……他活着时这么努力，这么想要振兴荣光……希年，你是他唯一的希望啊！”

她满面哀容，温浅却面色倦怠：“别再拿这套说辞！爸爸是因荣光而死，却不是被债主所逼。如果没人逼他丢掉喜爱的工作，如果不是叔伯一再排挤，如果妈妈没杀了他心爱的女人跟孩子，他不会死！”

温雅瞪大眼，有些惶恐：“你知道？”她陡然暴怒，“谁告诉你的？他乱讲！”

温浅的声音无波无澜：“谁告诉我的不重要，因为早逝的爸爸，我更加厌恶这个家族，这个从内到外的腐烂家族：贪婪势利的遗老遗少，冷漠无情的规章制度，自诩贵族将人分成三六九等的可笑观点……压抑人性情感，压抑梦想追求！够了，这些年我受够了！”

“呵？你够了？”温雅看着他，猛地退后几步嗤笑，“那我呢？我难道没有受够吗？可我没得选！我生是温家的人，死是温家的鬼！这个家族能振兴最好，不能，我就跟着一起腐朽死去！这是我的使命！也是你的！”

“抱歉，我不能。我要自己的人生，这温氏的腐烂能剔除我就剔除……不能，我就抛弃！”

温雅难以置信地望向温浅：“你说什么？”

温浅的目光在倦怠后渐渐化为决绝：“如果温家容不下我的理念，我的抱负，我爱的女人与我想要的生活，那我宁可不再姓温！”

“你真是疯了！为了那个女人，你改革，你夺权，你要赶走那些老不死的，还要将自己的亲姐姐一并驱逐！你甚至连温家都不要！！”

“希年从没想要这样对待姐姐，但姐姐总认为我为一己之私争权夺利……既然姐姐不相信我，那我就离开，免了姐姐对权力之争的烦恼，也免了无谓的姐弟之争。”

温雅嘴唇抖了抖，陡然歇斯底里地冲上去，揪住温浅的衣领，长指甲将他攥得紧紧的：“你想得美！想离开温家！你想也不要想！”

温浅目光无波无澜，平静中又满是决绝：“我会尽快召开记者发布会，宣布脱离温家，并将荣光股权及所有个人资产尽数归还，就算是报答姐姐这些年的养育之恩。希望姐姐以后永在高位，高枕无忧。”

温雅的脸一霎惨白。

温浅转身离去，毫无留恋。

温浅是傍晚才回的家。晚饭时樊歆按捺不住，问："你姐姐……还好吧。"

温浅低头吃菜，道："皮外伤，包扎了，没什么大事。"话落，他抬头看向樊歆，神情无比郑重，"歆歆，从前我一直想完成父亲及爷爷的遗愿，可我现在厌倦了这一切……如果我放弃所拥有的，你还会跟我在一起吗？"

樊歆将手覆在他手背上，清浅一笑："无论你选择什么样的生活，你都是你。"

她这话意思再明显不过，温浅将她的手握在掌心，窗台的月光融融一片，映出他眼里的动容。

月光所照的地方，还有荣光的十五楼。

董事长办公室里没有开灯，一个纤瘦的人影就那么坐在黑暗中，雕塑般一动不动。

秘书走进来，忧心道："温董，您就吃点儿，一天都没吃了。"

月华如霜，温雅跪坐在角落，从未有过地失态，头发散乱，眼神麻木，浑身上下笼着一层绝望："还吃什么，他都不要我了……"

她仰头看向窗外，孤寂的空中冷月如霜，两行清泪沿着她苍白的脸缓缓滑下，她却哧哧笑出来："谁要跟他夺权了……呵，为了一个女人，他要抛弃我，抛弃这个家……"

她兀自悲鸣，秘书无奈，端着饭盒走出门。

也不知过了多久，秘书再次敲门进来，这次还跟了一个人，是某私立医院的院长，跟温雅相熟，他手里拿着个牛皮纸袋，道："温董，您的检查报告出来了。"

见温雅仍是失魂落魄，秘书急道："温董，刘院长既然亲自来，检查结果肯定不一般。"

温浅呆滞的眼珠转了转，向秘书道："你下去吧。"随后起身向刘院长拿体检报告。

将报告递给温雅的一瞬，刘院长的面上浮起沉重。温雅已经摊开了报告，白纸黑字，在看到最后一行时，她的瞳仁骤然一缩。

那一霎仿佛呼啸的北风从窗户灌入，将她脸色吹得灰白，一丝血色也没有。她抬起头，身子晃了晃，声音有点儿抖："这检查结果……确定吗？"

刘院长垂眸看着地上："不止我的医院，我还拿到另外几家看了，结论一致。"

温雅扶着墙，仿佛随时会跌倒："我还有多少时间？"

"最多六个月，最快……"刘院长的声音有不忍，"也许一两个月。"

啪！温雅手中的报告单掉到了地上。

刘院长走后，温雅独自在办公室待了大半夜，没人知道她把自己关在里面做什么。秘书坐在隔壁房间，起先听到一阵号啕大哭，秘书吓了一跳，他跟在温雅身边十几年，从没见过温雅这样哭过。他犹豫着要不要进去看看，哭声却渐渐止住，变成死一般的寂静。

最后办公室的门开了，温雅出现在他面前，眼眶略红肿，精神状态却恢复如初，那步伐的优雅与眸里的干练，跟刚才房里痛哭的女人判若两人。她拿着一个匣子放到秘书面前，利落吩咐："把这个送到希年那儿。"

"现在？"秘书抬头看看墙上的钟，此时是凌晨一点二十五分。

"对。"温雅道，"马上去，我快没时间了。"

虽然疑惑于后半句的意思，秘书还是抱着匣子去了。

凌晨两点，温宅来了个不速之客。樊歆被声音扰醒，隔着窗睡眼惺忪地看着胡秘书站在院内，捧着一个木匣子恭恭敬敬地递给温浅。

温浅疑道："这是什么？"

胡秘书摇头："我也不知道，但温董叮嘱您一定要亲自过目。"

温浅拿着匣子回了房，樊歆好奇地凑在旁边看，却见匣子里是个记事本。

泛黄的纸张显示这本子有些岁月了，边边角角磨破了不说，上面的字迹也模糊了。

是温雅的日记本，温浅翻开了第一页。

×年×月×日

这本子是阿凡送的圣诞礼物，虽然不值什么钱，但我实在喜欢这个猫咪的封面，我决定把它当我的日记本，纪念每个少女都该有的青春年华。

还有，今天很高兴，我的十七岁圣诞，阿凡在身边，我们背着家里交往一年了，希望一起考上剑桥后，爷爷能同意我跟他在一起。

×年×月×日

收到了剑桥的通知书，可是去不成了，家里发生了一些事，我只能留在Y市。阿凡去了，我送他上的飞机，很舍不得。希望荣光的风波能早点儿过去，我就可以去英国找阿凡了。

×年×月×日

去英国彻底没戏了，爷爷告诉我，荣光陷入了前所未有的困境，我看到有债主逼上门来，爸爸一直坐在办公室抽闷烟。我心里难受，坐在花园里发呆，一只小手伸过来，摸摸我的脸，用稚气的声音问我为什么不高兴，是不是吃了太多布丁被妈妈训了。

我看着小小的人哭笑不得。

那是我小小的可爱的弟弟，希年，还不到四岁，喜欢弹钢琴，喜欢吃布丁，以为世界上的每一个人都跟他一样，都爱钢琴跟布丁。

×年×月×日

今天是我人生中最灰暗的一天，爸爸跳楼了，从十五楼跳下去了，无数尖叫声中，希年呆呆地看着血泊里的爸爸，吓得都不会哭了，我大哭着捂住他的眼睛，说："不要看，不要看。"

×年×月×日

上个月妈妈承受不了爸爸的死，吞安眠药自杀了，而今天，爷爷也在医院过世了，心肌梗死。

爷爷死的时候一直不肯合眼，直直地盯着我，我抱着希年，跪在地上不停磕头，说："爷爷你放心，我发誓，我会看好温家，看好希年。"

×年×月×日

希年这些日子不肯睡觉，夜里找不到爸爸妈妈会害怕。我抱着他说："没事，姐姐在呢，你睡吧。"

希年睁大眼睛看我："姐姐，孤儿是什么意思？张嫂为什么说我是孤儿？"

我忍住心里的痛，抱紧希年说："谁说你是孤儿！没了爸妈，你还有姐姐！姐姐会像爸妈一样爱你。"

希年在我怀里睡过去了，我看着天花板，想哭，更想爸妈。

其实我害怕，一年之间，我从一个无忧无虑的千金大小姐，痛失双亲，变成了一个临危受命的潦倒企业接班人……外有债主，内有虎视眈眈的叔伯，我害怕，我真的害怕。

×年×月×日

荣光的情况越来越糟，再这样下去就要破产了。

我盯着天花板，一夜没睡。

×年×月×日

我结婚了，讽刺的是，新郎不是我喜欢了三年的阿凡，而是一个大我四十六岁的老爷爷。我做他的续弦，而他给我资金，拯救荣光。

这一晚，我带着献祭一样的心情躺在床上，身体上很痛，心里也很痛。

我想起昨晚的电话，阿凡哭了，他痛恨自己没有能力帮我，我也哭了，因为我选择了家族，背弃了他。

三年啊，一千个日夜，我曾心心念念的那个大男孩。我爱你，但对不起。

这一夜，老头子睡着后，我躲在被子里，泪流满面。

但我并不后悔。破碎的温氏需要我，年幼的希年需要我，从我选择向爷爷发誓的那一刻起，我就没资格再拥有爱情。

×年×月×日

荣光越来越好，我总算能松口气了。但是我害怕夜里，因为老头子喜欢折腾我，我身上有很多伤，很痛，但想着老头子能帮荣光，再痛我也得忍下去。

除了痛，还有一股恶心感。每次在床上看着老头子那具松弛的长满老人斑的躯体，想着他对我做的一切，我几乎要吐出来。

×年×月×日

老头子死了，突发心脏病死的。

遗产我分了一半，圈里人看着我眼睛都红了，说："温家那个命真好，才跟了两三年，就分走张氏小半身家！"

他们不知道我有多难过。我才二十二岁，同龄人还在读大学，还在爱情中享受着青春年华，而我，已经成了一个寡妇。

我躲在房间里抽泣，不想让任何人听见，可七岁的希年还是察觉到——爸妈去世三年，他从一个爱哭的娃娃变成了一个内敛寡言的小小少年。

他站在我面前，伸出手给我擦眼泪，他说："姐姐不哭，希年会快点长大，快点保护你。"

原本没想哭的我眼泪唰地流下来，这一刻，我觉得我做任何事都是值得的。为了希年。

×年×月×日

我又嫁人了，对方是金属业大亨。我很快怀孕，初为人母的我高兴极了，可我发觉希年情绪不好。我问他为什么，他问："姐姐，等你有了小宝宝，你爱他会不会超过爱我？"

这原本是孩子气的问题，我却惶恐起来。

是的，连我自己也不敢保证，我爱自己的孩子会不会超过爱荣光、爱希年。

这惶恐的结果是我把孩子拿了。我曾跟希年保证过，我会像爸妈一样去爱他，把他放在第一位去爱。我不要这世上的任何人和事动摇我对希年的爱，就算是我自己的孩子，也不行。

×年×月×日

拿孩子的事我撒了谎，说是不小心摔跤所以没了。前不久谎言却被揭穿，老黄跟我大吵一架，骂我毒妇。后来他回家的次数便越来越少，即便我想挽回，他也不再理我。再后来，他带着一个女演员走到我面前，扔下了离婚协议。

就这样，我结束了我的第二次婚姻，这一年，我二十四岁。

签字的那一刻，我的内心充满悲凉。可我根本没时间悲伤，因为希年生病了，病来得猛烈，医生说很可能熬不过去——昨天希年奥数没有考满分，我很失望，他这么聪明，我又这么全力培养，他不该不考满分的，我罚他在雪地里跪了七个小时，没想到冻出了毛病。

我懊悔得要命，跪在祠堂里整整一晚，我知道我错了，我求菩萨，求列祖列宗，求你们保佑希年，如果可以，我愿意折寿二十年。

×年×月×日

时间过得真快，希年十三岁了，今天是他获得青少年国际钢琴比赛金奖的日子，也是他被媒体称为天才少年的日子。是的，天才，无论是学业还是艺术造诣，面面俱到且完美无缺的他，堪称天才。

我坐在颁奖台下，骄傲到无法言喻。

爸爸、妈妈、爷爷，看，我为你们培养了一个多么优秀的希年。

×年×月×日

我的第三段婚姻又结束了，老李指着我说："你跟你弟过一辈子好了，这世上你最爱的男人就是他！"

我笑了，为破碎的婚姻觉得可悲，但又承认老李说的话有道理。

来到这世上，我的使命是荣光，可我最爱的，是希年。

×年×月×日

今天是希年十八岁生日，我高兴极了，我的小小孩子终于长成了男子汉。很想抱抱他，但他上小学后，为了锻炼他独立坚强的个性，我一直严厉到苛刻……如今想抱，都不好意思了。

×年×月×日

几年没写日记了，今天心情很不好，就来写几笔。

刚才跟希年吵了一架，他喜欢上一个叫樊歆的女孩子，女孩模样不错，就是出身太差，我希望希年找个家世好些的姑娘。

希年说我封建，是的，这方面我讲究门第。我让他看在温家的分儿上跟女孩分手，希年拒绝，眼里还流露出对温家的厌弃。

我知道，他一直不喜欢温家，虽然他是温家人。

呵，可我又喜欢温家吗？不喜欢，一点儿也不喜欢，这辈子我背负着温氏的重任艰难前行，背弃爱情、牺牲孩子、毁掉婚姻……我的一生都被温氏毁了！可没有办法，这是我的使命，当初选了，跪着也要走完。

可希年不懂我的心，就像他不懂我为什么坚持要挑个门当户对的弟媳。

为什么？因为家境好的媳妇日后可以帮温家，希年的担子就轻一点儿。

×年×月×日

今天世叔们又来了，谈希年的股权问题。

希年成年了，按理说属于他的股份我都要给他。可叔伯们要我不要给，让我继续垂帘听政，呵，那些老古董的心思我还不知道吗？说是担心希年太年轻不稳妥，实际是防范希年。

希年大了，渐渐有了自己的主张，他的能力让老古董们害怕。

最终我只归还了一部分股权，不是不相信希年，而是因为“百足之虫，死而不僵”，老古董们虽然迂腐，但是宗族里势力盘根错节，一时半会儿无法根除，我担心对希年造成不利，不如使用缓兵之计，先减缓这些人的警惕再慢慢来。再者，我出面解决这些人要比希年出面好。到时他们要恨只会恨我，怪不到希年头上。

希年你放心，姐姐会替你铲除所有障碍，给你创造一个干干净净、毫无阻力的荣光。

×年×月×日

今天跟希年吵架，他说我不懂爱。我一夜没睡。

我想起上个月的事。上个月得到阿凡的消息，他病重，希望见我最后一面。

我去了。他瘦得不成样子，还看着我笑：“二十年了，你还像当年一样好看。”

我心如刀绞，真恨不得吐出一口血来。二十年了，我嫁过四个男人，遇到过无数个男人，却真正只爱过这一个。可是，他要死了，他要死了！

这么多年，所有人都说我心狠手辣，冷漠无情。可如果真的无情，为什么每每午夜梦回，我总是梦见阿凡，笑容浅浅，一如当年。

阿凡，你再等等我，等希年顺利上位，娶妻生子，荣光振兴勃发，我卸下这一身重担，去地下找你。

自此，一生一世一双人，生死相随。

日记本渐渐翻到了最后，合上日记本后，温浅久久无声，只有一旁相陪的樊歆知道，某个刹那他红了眼。

樊歆推推温浅的手："你要是心里难受，就去找姐姐吧。"

温浅慢慢起身，向楼下走去。

屋外不知何时下起了雨，冷风呼啸，纷纷扬扬的细雨将夜色晕开。

下一刻，温浅的目光顿住。

那漫天风雨里，有一个纤细的身影，正立在门外，似乎已站了许久。

这个夜晚，樊歆没有睡着。她坐在二楼，将空间留给温家姐弟。

一楼客厅里，温雅伏在温浅肩上，将这二十年的辛酸悲苦化作一滴滴潮湿的泪。

翌日黎明，温浅回到了房中，他什么都没说，只抱了抱樊歆，道："姐姐说，有话跟你说。"

樊歆下了楼，温雅坐在沙发上，双眼微显红肿，再无从前的凌厉与城府。她轻声道："我跟希年谈好了，他为了温家留下，股权我将全数给他，以后我不再管荣光的事。"

温雅又掏出一个镯子，套在樊歆手上："这是妈妈离世前给我的，让我日后交给温家主母。"

那碧玉的镯子翠色通透，樊歆有些无法相信："温董，您的意思是……"

"喊姐姐吧。"温雅道，"从前是姐姐不对，你别记在心上，以后我们就是一家人了。"

樊歆没料到局面会扭转得如此之快，但事实的确如此。两日后，荣光总部的董事会上，在无数双眼睛的见证下，温雅将手中所持股权全交由温浅。

在媒体噼里啪啦的闪光灯中，荣光迎来了新的掌权人，这个饱经风雨三百年的泱泱大族，即将揭开历史新篇章。

夜里，荣光举行盛大的酒宴，温浅偕着樊歆一道向温雅敬酒，温浅凝视着温雅，只有一句话："希年谢姐姐。"

短短五个字，包含多少感激与深情，樊歆感同身受。

就像她知道，方才镜头中那新旧政权交替的和睦一幕，底下有多少暗潮涌动——

温雅突然交权，族中元老自然极力反对，可温雅是铁了心，强硬镇压一切反对力量，甚至不惜与几位世叔翻脸，也要扫平障碍，将温浅送上最高位。

这其中的压力与委屈，不是一般人能够承受的。

这厢温氏晚宴还在继续，而相距遥远的盛唐总部，有人在对着电视机嗑松子。

周珅看着屏幕上的温氏庆典，向身畔的赫祈道："我有种预感，一旦温浅上位，荣光定会强势崛起，这圈子的格局要变了。"

赫祈颔首："只能说温氏姐弟的车轮战打得太好了，温雅这二十年来辛苦筹谋，为荣光的崛起奠定了坚实的基础，放手弃权前，还不遗余力为温浅铺平道路……温浅本就是厉害的主，没上位时就已不容小觑，如今只怕更是难以应付。"话落又问，"'头条帝'去哪儿了？最近都没见到他。"

周珅瘪嘴："还能去哪儿？樊妹子就要为别人披上白纱了，春春肯定是去找袈裟了。"

赫祈沉默片刻，问了另一个问题："前段时间温雅突然自杀，是不是跟春春有关系？"

周珅点头："应该是，也不知道樊歆跟春春之间发生了什么，春春不敢再逼樊歆了，就将矛头转向荣光，近来双方商场上你死我活，春春这次是狠了心，那伤敌一千自损八百的打法，就算温雅不疯，盛唐董事会也要疯了。"

赫祈无奈道："春春啊……"末了，不知说什么，只是摇头。

周珅摇头："哎，都不知道该怎么劝他！"

他话落低头，想起自己前些日子跟慕春寅的交谈。

彼时慕春寅从新闻上看到了樊歆的婚纱照，那一晚便呆坐在公司露台上吹了一宿冷风。他心有不忍，劝道："春春，你就想开点儿，别再难过了。"

慕春寅点了一根烟，湖心岛一事后，他后悔莫及，几乎没日没夜地折磨自己。袅袅烟雾升起，他从前匀称适中的身材消瘦了许多，夹着烟的手腕上看得清暴突的青筋，他的声音满是沉重："我不是看不开，我是恨我自己……为什么当初要那样伤害她？如果没有那件混账事，她不会这么绝情，我或许还有机会……其实，明明我是那样想对她好啊！"

"世上没有后悔药，如今她心意已决，你就放手吧，何必为难对方也为难自己？你这样逼荣光，她未必会回到你身边，也许还适得其反。"

"可就算是孤注一掷，也得试试是不是？难道我要坐以待毙，眼睁睁看她跟别人走？"

"春春，你别钻牛角尖，爱一个人不就是让她幸福吗？她既然找到了自己的幸福，你就成全祝福，给彼此留下最后的好印象不行吗？"

慕春寅弹弹指间的烟，轻笑："是啊，你们一个一个都劝我，说爱一个人就是让她幸福。我也曾按你们的话说服自己，每天每夜都跟自己说，她开心就好，幸福就好……"他深吸一口烟，低低笑起来，垂下的眼睫像夜半的蝶翼，青灰色的烟雾笼在他身上，将这一贯叱咤风云的男人烘托得无比孤寂。在吸完最后一口后，他蓦地抬高声音，"可你们说得容易，做起来根本做不到！无论自欺欺人说多少句我都做不到！我要的爱不是她幸福我就幸福，我要的是实实在在的人，她能陪在我身边，我摸得到，抱得到，感受得到，热的，暖的……而不是半夜对着空荡荡的房子，对着冰冷的相片，抱着她的衣服，一夜一夜睡不着！现在她要嫁给其他人了，一辈子我都得这么过了，你懂这种感受吗？你不懂！因为你根本就没有爱过！"他指指自己的胸口，指着心脏的位置，近乎失态般吼道，"就跟挖心似的！疼！老子疼！你懂不懂！"

那日的嘶吼仿佛还在耳边，让人心情沉重。周珅收回思绪，拍拍赫祈的肩，感叹道："哎，春春现在就是那句话——自古多情空余恨，此恨绵绵无绝期。"

赫祈颔首："没办法，樊歆就是他的劫。"

周珅道："可不是，就算痛死，他也只想往怀里揽。"

两人对视一眼，齐齐叹了一口气。

那厢两人长吁短叹时，这厢荣光的晚宴已经散了。

温浅今儿心情好，不免多喝了几杯。温雅扶着弟弟叮嘱樊歆："把希年扶回去，醉了难受，记得喂点儿解酒药。"

樊歆扶着温浅回去了，温雅站在宴会门口，看着温浅的背影，目光深沉。

最终曲终人散，晚宴的人走了个干净，只剩温雅与她的秘书。温雅站在空荡荡的礼堂中央若有所思。

在这里，她不仅完成了荣光权力的交替，更强力镇压了反对温浅的一干元老。她想着想着，突然笑起来，自语道："希年，温家就交给你了。"

秘书跟在她后面，道："温董，时候不早了，我送您回去吧。"

"回去？"温雅摇头，"事还没忙完呢。"顿了顿，她扭头看向秘书，满脸肃容，"胡秘书，跟刘部长说，明天十点，计划准时开始。"

秘书好奇，大着胆子问了句："温董，您说的是……那个计划吗？"

温雅不语，问了个风马牛不相及的问题："胡秘书，你知道古代帝王之术，除制衡外，还有什么吗？"

秘书没料到她突然发问，摇头："请温董指示。"

温雅道："从古至今，帝王之术除制衡外，更要绝情弃爱。想要站在巅峰，就须舍弃一切情爱。就像我那曾祖父，他为什么可以将荣光送上巅峰，因为他可以娶他不爱的女人，甚至可以拿亲骨肉做交易……"

“比起元老旧势力，我更担心的是希年，他被儿女情长蒙蔽了双眼，我劝不了他，只能出此下策。”

秘书瞅着她凝重的表情，突然有些害怕：“温董，您说什么呢？”

温雅不答，手一挥：“你下去吧，我交代你的事别忘了。”

秘书走后，温雅慢慢走到窗前，看着广阔天空中的弯月，紧抿嘴唇，眸里浮起飞蛾扑火的决绝：“希年，你既断不了她，姐姐就帮你斩断情丝！”

她仰起头，看了天空很久，银白的月光中她苍白着一张脸，温柔的夜风慢慢吹来，她眸里锋芒褪去，只剩最后一抹淡淡悲凉，像这一刻的月光。

她轻轻笑了笑，有些感叹：“多美的月亮啊……可惜，最后一晚了……”

柔柔的月光一泻千里，洒在晚宴厅温雅的脸上，也洒在温氏别墅的窗台上。

绯色的帐幔里，樊歆关灯正要入睡，不料身边男人将她揽进了怀里，他的气息染着些酒气，是甘洌的白酒香，他将头埋在她脖子上轻笑：“歆歆，今天我很高兴。”

樊歆当然理解他，从前他在爱情、亲情以及家族中矛盾辗转，可眼下所有问题都被解决，他得到他爱的，也能留住爱他的，而奋斗多年的事业终能一展抱负，未来开疆扩土，指日可待。

作为男人最重要的三样，事业、女人、家庭都齐了，当然值得高兴。

她笑着抚抚他的脸，说：“我也高兴……睡吧，累一天了，现在都一点多了。”

她困得慌，偎依在他胸口睡去，呼吸轻悠绵长。

房里静悄悄的，月光如霜般洒满窗台，谁也没想到，这样平和的夜晚过后，一场惊涛骇浪即将爆发。

第四章

惊变

荣光权力交接的次日，温浅去了公司，在家准备婚礼琐碎事务的樊歆接到温雅来电，温雅说她在医院，身体不舒服，让樊歆去陪陪她。

自荣光移权以后，樊歆便将温雅当作自家人，温雅身体有恙，她这做弟媳的当然不能袖手旁观，二话不说便答应了。

温雅先约定在三楼妇科，等樊歆奔到三楼后，温雅说："有事，这不方便，咱换个地方说。"

温雅提出要去顶楼平台说，这地点太过蹊跷，樊歆正纳闷儿，却见温雅的眼圈红了，樊歆的心咯噔一下，莫非温雅去医院，查出身体有什么大毛病?

她没多想，跟着温雅去了十楼。

十层楼顶很空旷，只有风。

温雅穿着一件白色外套，很难描述的一种白，透着死气沉沉的灰，像古时的寿衣。温雅见四周无人，表情渐渐转冷："樊歆，你可真会骗我们姐弟啊。"

她口吻极冷，眼眸里满是讥诮，樊歆有些蒙——自从温家姐弟和好以后，温雅便一改过去冷漠的态度，对她亲切和蔼，简直跟亲姐姐似的，眼下怎么又变了脸?

樊歆问："姐姐，你这话什么意思？"

"别叫我姐姐！"温雅从身后将一个文件夹砸到地上，道，"也别给我装了，之前我为了希年能忍下你，但既然我知道了这档子事，我就不可能再忍。一个不能为我温家生育子嗣、开枝散叶的媳妇，我绝不会接受！"

"你说什么？"樊歆没明白，正要低头去看地上那文件夹，温雅猛地将手一伸，

“你不配戴我们温家的镯子！还给我！”

人影一闪，温雅已朝樊歆抓来，指尖划过樊歆手腕，划出长长的抓痕。樊歆一痛，本能地推了她一把，温雅踉跄着向后退。

温雅摔在地上，樊歆想去拉她，温雅却做了一件让樊歆瞠目结舌的事，她翻到医院平台的水泥墙围栏上，水泥墙窄窄的，稍不留神就会摔下去，从十层楼的高度摔下去，只有死。

樊歆赶紧去拽她：“你干什么？！快下来！”

温雅推开她的手，前一刻的凛冽突然化作哀戚：“樊歆，就当我求你，你离开希年，离开温家。”

“不可能！我爱他，他也爱我，我不会离开他！”

温雅朝后看了一眼，面色陡然变得决绝：“你不答应我，我就从这儿跳下去！”

她说着，当真伸了一条腿出去，虚虚踏在空中。因为单脚立不稳，她摇摇晃晃，几乎一阵风就要将她吹下去。樊歆吓了一跳，又不敢上前刺激她，只得道：“你不喜欢我可以，但你犯不着为我跳楼，如果你有什么意外，温浅一定……”

她没说完，温雅的脚滑了一滑，重心向后仰去，千钧一发之际，樊歆冲上去拽住了她，局面看起来惊险至极，温雅像个摇晃的风筝般挂在医院十层楼的外墙上，樊歆半趴在围栏上，紧抓着温雅的双臂，只要她稍一松懈，温雅立马掉下去。

樊歆吓得脸色苍白，她想将温雅拉上来，可是力气不够，她扭头朝四周大喊：“救命！来人啊！救命！”

顶楼空荡荡的，除风声外什么也没有。温雅挂在外墙上，没准下一刻就会从高空掉下去摔死，可她居然还在笑：“别叫了，这里没人……你松手吧……”

樊歆哪里敢松手，倒不是她有多在乎温雅，她只是看在温浅的分儿上，不愿让他失去最后的至亲。

樊歆死命拽着温雅，扯起嗓子叫：“救命！有没有人？！救命！！”

回应她的依旧只有风。就在樊歆绝望之际，平台那扇通往楼下的小小的门被推开了，樊歆目光一亮，但在看清来人后一愣，随后还是不管不顾地喊道：“慕春寅！快来拉她！她要跳楼！”

慕春寅探头扫了扫，这么十万火急的场面，他却慢悠悠笑起来：“我为什么要拉她，我跟她很熟吗？”

樊歆紧拽着温雅，力气本就不够，还要扯着嗓子跟慕春寅讲话，过度耗力让她脸涨得通红，她向慕春寅道：“你就当帮我一个忙！”

慕春寅耸耸肩：“咱俩不是早就如你所说，没有关系了吗？我为什么要帮你？”

樊歆噎住，慕春寅接着说：“当然了，你对我狠心，我却不能对你狠心……”他语气一转，“但我是商人，我不做赔本生意。这样吧，慕心，我救她一命，你就把你这条命给我。”

樊歆还没弄明白，慕春寅从口袋里掏出一张薄纸，递在她面前：“来，只要签字画押，我就救人。”

他摊开的五指下压的是白纸黑字的一份表格，最上一行是“结婚申请登记表”。

见樊歆不动，慕春寅佯装恍然大悟：“哦，我忘了，你拽着她没法写呢，没关系，你按个手印就好，字我来签，反正咱俩从小到大二十年，模仿对方的签字足可以假乱真。”

“你走！”樊歆扭过头去，不再指望他。她深吸一口气，将力气攒在双臂，试图用一己之力将温雅拖上来。可温雅却笑了，她挂在半空中，半点儿恐慌都没有，眉梢弯起，勾起轻蔑的弧度：“别装了，樊歆，你根本不想救我，如果你想，那就去按手印啊……”

见樊歆没反应，她说：“你看看我脚底下，你真愿意我死这么惨吗？”

樊歆只顾着看抓她的手臂，根本没来得及看底层，闻言，视线朝下一瞟，瞬时倒吸一口凉气。

紧贴着住院部旁边的地被人挖出好大的坑，看起来是个建筑施工场所，大楼地基刚打好，坑里密密麻麻都是钢筋，细长的钢筋插在地里，像千百根利箭直指天际——温雅若是摔下去，定会被钢筋万箭穿心，捅成蜂窝煤。

樊歆的脸吓得毫无血色，她的手在发抖，咬紧牙关拽住温雅的手，奈何力气即将用尽，温雅的手臂在缓缓下滑，最终滑到了手腕。温雅满脸快意，讥诮道：“别假惺惺了，想让我死就下手吧！”

“闭嘴！”樊歆忍无可忍，“别以为我不敢下手！”

“要杀就杀！你这失贞放荡的戏子，我温家怎能容忍你这种残花败柳侮辱门楣！我死也不会让你进门！”

樊歆一气之下险些松了手，她深吸一口气，攒足力气后猛地大骂：“温雅你够了！你对你弟有变态的占有欲就罢了，还这样侮辱我，我忍你很久了，今天你死了也好，死了我就可以独霸希年，独霸你们温家……”

她拼尽全力大骂，脸涨得通红，手却攥得紧紧的——她不过是使激将法，一旦激起温雅的怒意，或许温雅就不想死，就算是跳起来跟自己对骂对打也是好的。

可樊歆错了，温雅一点儿也不生气，她那样惊悚地吊在墙外，生死一瞬间，她却没有常人该有的恐慌，她甚至缓缓弯起唇角，露出一抹诡异的笑，像是阴谋得逞。还未等樊歆看透这个古怪的笑，下一刻温雅忽然变脸，颤抖着哀求道：“樊歆！是我不对！那件事我知道错了，那天我不该那么对你，我不该找那辆车……我不想死，你别松手！”

樊歆没法思考她古里古怪的话，她快坚持不住了，手几乎要被拽脱臼，浑身脱力似的疼。她扭头看身后的慕春寅，即便两人芥蒂颇深，即便他是落井下石的态度，她仍想得到他的救援。

可慕春寅没有要出手的意思，他退到露台侧门处，双手环胸站在门后，将这生死一幕望着，挂着吊儿郎当的笑，仿佛在看戏。等不到救援的樊歆几乎绝望，不想温雅又用力扯了她一下，似想要挣脱她的手，旋即听温雅用更大的声音凄厉尖叫：“樊歆，求你别松！”

这一声叫喊凄切无比，震得樊歆耳膜发麻，刚要想尽力再将她拉得紧些，掌心忽然一阵剧痛传来，似被利刃划过，人体对剧痛的本能反应让她闷哼一声，手不受控制地松开。松手那一瞬，耳畔传来温雅撕心裂肺的绝望惨叫，再无任何力量拉拽的她像断线木偶般，伴着呼呼的风声，从十楼笔直坠落。

没有想象中砰的一声大响，而是哧哧的怪响，像是布料撕碎的声音，或者是皮肉被穿透的声音。空中扬起一阵血色的雾，目光在触及底层那一幕时，樊歆脑子轰地一片空白。

温雅被钢筋丛一霎贯穿！

樊歆不知道自己是怎么下楼的，建筑工地旁，围观人群此起彼伏地发出惊恐尖叫。

温雅的尸体钉在钢筋丛中，面朝着天，在空旷苍茫的蓝天下，像一个被利刃刺穿的纸人——高空坠落的过程中，五根钢筋将她贯穿，两根穿胸而过，一根捅穿腹部，一根刺穿大腿，还有一根最惨烈，从后脑穿入，再从左眼捅出来，整个贯穿脑部，红的血与白色的脑浆混合在一起，沿着灰褐色的钢筋往下滑。

这直面死亡的惨况让樊歆瘫软在地，她哆哆嗦嗦爬起来，却见一张熟悉的面孔自远处快速走近。

樊歆颤抖着向他靠去，话都说不清了：“希……希年……”

温浅没看她，他望向温雅的方向。当视线触及温雅的尸体时，他的脸一瞬惨白。

樊歆独自在温氏别墅待了三天。昨天照理说是举行婚礼的日子，但因为温雅的惨死，已经没人再记得。

自温雅出事后，温浅再没回来过。提起那惨烈的一幕，樊歆跟做噩梦似的——温雅的尸体被众人从钢筋上扯下来，被钢材贯穿的地方只剩一个一个血窟窿，汩汩往外冒血，最可怕的是头部，脑浆血液之类沿着眼部血窟窿疯狂往外流。围观人群中有人当场吓晕过去，若不是她强撑着，多半也要晕倒，太惨了，这死状太惨了。

最受打击的温浅反而没晕，他冲过去，从解救人员手中接过温雅的尸体，温雅的血流到他脸上，他扑通一声跪在地上。

此后两天，樊歆便再没见到温浅，她想，他也许是料理后事去了，也许找了一个地方哀伤去了，如果他需要这样的方式消化悲痛，她不会打扰。

原本她打算静静等着温浅，谁知第三天下午，她意外从保镖口中得知一个消息。

保镖说，外头流传说，温雅不是跳楼自杀，而是被她推下楼坠落身亡。

樊歆脑袋轰地大了。

她给温浅拨电话，电话不通，她冲到荣光，想找温浅说个清楚，保安却说温先生不在。

樊歆急得彻夜难眠，一个好心的保镖跟她说："您别急，后天就是温董的葬礼，会有一个告别仪式，到时您去解释清楚，如果被冤枉，真相总会水落石出。"

樊歆默然，也只能这样了。

葬礼在樊歆的煎熬中来到。

她去了灵堂，一大圈白色的花圈包围着硕大的灵堂，墨色幕布透出黑压压的沉重感。灵堂挤满荣光的人，众人着黑衣，衣襟别白花，面色悲戚地看向灵堂正中的灵柩。

离灵柩最近的温浅则与众人相反，他跪在地上，不是着黑衣，而是着白色孝袍，头上戴着麻草，这是典型的中式传统孝子服。

灵堂在樊歆到来的一瞬鸦雀无声，默哀的人群齐齐看向樊歆，脸色全变，温氏宗族里的一位世叔当先嚷道："你这杀人犯，还敢来！"

"我为什么不敢，我没杀人！"樊歆将声音提高，目光一直落在温浅身上，然而温浅跪在灵柩下，背对着她，不曾回头。

见温浅没反应，樊歆更大声地说："温董没了我也很难过，可她不是我推下去的，无缘无故我为什么要逼死她？"

她走到温浅面前，道："希年，我没有杀你姐姐，是她要我陪她去医院，我就去了，可她把我约到平台，突然要收我的镯子，我不给，她就要跳楼，我……"

"嗬！现在还满口谎话，诋毁逝者！"先前那位温氏世叔截住樊歆的话，手一招，"胡秘书你来，把那天的事当面对质！"

"是。"一身黑衣的胡秘书走了出来，道，"去医院的事的确是温董要樊小姐陪她去的。温董不舒服要做妇科检查，我们男下属跟着不方便，所以温董便将樊小姐喊了去，而我在医院走廊外候着。至于收镯子的事我不知情，我只知道从病房里传来争吵，我不知道两人为什么吵，但她们越吵越厉害，最后温董不想在大庭广众之下争吵，就跟樊小姐上了顶层。"

樊歆越听越蒙："在三楼我什么时候跟她吵过了？你有证据吗？证人，还是监控？"

胡秘书道："妇科检查室内怎么能安监控？但当时病房里有位姓徐的医生，大家可以问问徐医生。徐医生的丈夫刚好是医院院长，医院由温氏控股，徐医生夫妇也算是温氏员工了，今天的葬礼他们也许会来，大家看看在不在。"

话音刚落，一个声音响起："我在这儿。"

旋即，一个黑衣女人从人群里出来，轻声道："樊小姐跟温董的死有没有关系我不清楚，但那天两人的确在病房发生过争执。"

樊歆还没出声，人群里便有人问了出来："他们俩为什么吵？"

"因为温董发现了樊小姐的身体情况……也算是秘密吧。"

"什么秘密？"

"这……"徐医生垂下眼帘，目光在跪着的温浅身上扫了扫，显出为难的神色，"樊小姐是Rh阴性血，温先生是阳性血，樊小姐如果跟温先生生育子女，因为两人血型的问题，会出现新生儿溶血症，造成滑胎或者早夭……"

周围一片唏嘘，跪着许久的温浅转过身来，视线落在樊歆身上，眸里有惊愕。而樊歆根本没听懂医生的话："你说什么？什么溶血症……"

徐医生没有回答她，继续道："温董先前并不知情，一心想让樊小姐为温家开枝散叶。得知实情后，她气恼樊小姐对她隐瞒实情，两人便这样吵了起来，最后就上了顶楼。"

先前那位世叔冷笑道："樊歆，少装傻抵赖，我只问你一句，你是不是Rh阴性血？"

樊歆道："我是阴性血，但我不懂你们说的溶血症，而且我没有跟温董争吵，更不存在逼死她！"顿了顿，她想起什么，"慕总那天也在，他也看到了，我一直想救温总！"她起身在人群中搜索——作为商界同道，哪怕曾有过过节，死者为大，慕春寅出于商会礼节也是会来吊唁的。

果然，慕春寅就站在大门左侧，全场目光瞬时集中到他身上去，气氛一瞬间变得微妙。

如果慕春寅那天真的也在场，那他就是见死不救。在商言商，生意上各自为利，这天经地义。但人命关天，撇开生意外的见死不救，这事就大了。荣光与盛唐之间的梁子本就因樊歆结得深，再来一个温氏掌门人之死，只怕凭温氏的作风，即便不占优势，也要拼死报复。

气氛紧张起来，慕春寅却弯起唇角，无辜地耸肩："我不明白樊小姐在说什么。那天我虽去过医院探望生病的下属，却并不知道你跟温董也在。"说到此处，他笑了笑，眉梢染上一丝轻佻，"但我慕某人是念旧的性子，如果樊小姐哄得我高兴了，做做伪证也无妨。"

樊歆眼里的光亮慢慢黯淡。

是啊，他怎么可能给她做证……且不说这惹祸上身的事，他巴不得她跟温浅误会越大越好，早点儿断个干净！

在场的荣光的人亦都惊住了，慕春寅却压根儿不在意旁人眼光，只朝温雅灵柩的方向鞠了一个躬，再朝温浅道：“温总节哀顺变，慕某还有急事，先告辞了。”

他话落便去，留下一堆人面面相觑。

局面重回僵持，片刻后，人群中有个荣光骨干说了一句话，是对温浅说的，语气很疑惑：“温董，那天您第一时间去了现场，难道没看到什么吗？”

温浅的视线一直停在灵柩里的温雅上，大概是死状太过惨烈，温雅整个人都被布蒙着，温浅跪在那儿，对着温雅的遗体，自始至终没说话，没人知道他在想什么。

见温浅不答，先头那人又问：“就算温董没看到什么，就算平台上没人，医院那么多人，难道楼底下的人也没看到吗？”

某个温氏子弟拍着脑袋道：“对对对！我记起来了，我记得医院保安说，听到有个女声凄厉地大声求救，但没三秒钟人就摔下来了。如果这保安说的是事实，那应该就是温董死前曾求过樊小姐，但樊小姐没理会，将她推了下来……”

处于不利之地，樊歆反而冷静下来，环视灵堂诸人道：“既然你们说我将她推下楼，好，拿出你们的证据来！”

“还要什么证据！”一位温氏元老道，“事情再清楚不过，樊小姐无法为温氏诞育子嗣，温董与她争吵，樊小姐一怒之下将温董推下楼去，这一切虽没有直接人证物证，但胡秘书、保安、医生都可以间接做证。”他快走几步，到温浅面前，“事情已水落石出，还望董事长秉公处理，为温董申冤！”

众人齐齐大喊：“请董事长为温董申冤！”

温浅跪在那里，薄唇紧抿，须臾，他迎着众人的目光抬起头来，道：“姐姐的死因我自然要追查到底，但现在没有证据，口说无凭，我不会冤枉任何无辜的人。”

灵堂一霎安静，就在温氏元老焦躁之际，有声音自人群里响起：“刚才警方查到一个视频，说是医院隔壁大楼的居民想拿手机玩自拍，却不小心留意到这一幕，便录了下来，这算不算证据？”

众人齐声道：“拿上来。”

樊歆松了一口气，如果有监控，就能证明她的清白。

可在看到监控的一霎，她才明白自己错得有多离谱。

投影仪上清楚地放出监控画面，视频拍摄的角度很巧，没拍到里侧的慕春寅，却将十楼的水泥围栏上的樊歆与温雅拍得清楚。温雅挂在外墙上，樊歆趴在水泥围墙上，两人的手抓在一起，情况有些混乱。手机像素不好，画面有些晃动，但隐约听见樊歆吼道：“别以为我不敢下手！”

视频里温雅道：“要杀就杀！你这失贞放荡的戏子，我温家怎能容忍你这种残花败柳侮辱门楣！我死也不会让你进门！”

视频里的樊歆张口大骂：“温雅你够了！你对你弟有变态的占有欲就罢了，还这样侮辱我，我忍你很久了，今天你死了也好，死了我就可以独霸希年，独霸你们温家……”

温雅似被她吓到，颤抖着哀求：“樊歆！是我不对！那件事我知道错了，那天我不该那么对你，我不该找那辆车……我不想死，你别松手！”她惊恐着，最后凄厉地号叫：“樊歆，求你别松！”

樊歆却猛地松开，温雅的身影如断线的木偶，直挺挺坠下。

视频定格在这儿，全场人的眼神都变成了惊骇，温浅缓缓转过头来，难以置信地看着樊歆，似是猜忌许久的事得到印证，面上一丝血色也没有。

胡秘书道：“董事长看好了，这视频不可能伪造！”他扭头看向樊歆，“樊小姐，这视频上你的脸千真万确，这声音虽有点儿模糊，但也是你的，现在证据确凿，你别再抵赖了！”

樊歆冷眼横视：“你们断章取义、颠倒是非，且不说视频是真是假，杀人也要有动机的，即便我是熊猫血，对生育有影响，我也不至于要杀她，难道杀了她就能隐瞒真相？纸包不住火，日后我嫁给希年，难道还能瞒得住吗？”

元老一怔，无言以对。

“呵，当然不全因为生育问题。”胡秘书冷冷一笑，“其实董事长死前的话已经很清楚了。”他将视频回放，指着其中一个画面，视频里的温雅凄厉道：“樊歆！是我不对！那件事我知道错了，那天我不该那么对你，我不该找那辆车……”

一群人看着视频愣住：“这话什么意思？”

胡秘书笑了笑，看向同样不甚明朗的樊歆：“樊小姐，你戏演得好，就别装了，其实你一直都知道，你上个月遇到的车祸，就是温董指使人做的。”

樊歆面色微变，胡秘书继续道：“那场车祸如果再晚一步，你可能就没命了，你知道真相后怀恨在心，一直伺机报复。”说到这儿，他摇头道，“其实温先生事后也查出是姐姐下的手，但他并没有向你坦白，所以你更加愤怒，再加上一直与温董不和，她又曾在顶层辱骂你，你新仇旧恨干脆一起来，横竖周围没人，把她推下去也没人知道……”

他滔滔不绝，而樊歆只是扭头看着温浅——原来那次“酒后驾驶”的车祸根本不是什么意外，而是温雅一手策划，若不是她命大，现在也许小命早已不保！而温浅早已知道真相，却只字不提。为什么？怕影响彼此的感情，还是为了保护温雅？

温浅也在看着她，眼神似是痛苦，又似是矛盾。

那边元老已嚷了起来："樊歆，你好毒的心！温董的确有错在先，却并未得逞。但你却毫不犹豫地将她推下高楼，置她于死地！"

"这事没什么好说的了，杀人手段、过程、动机、证人、证词，一切都明了！咱温董死得冤！死得惨！"

一群人七嘴八舌，一个两鬓花白的元老走出来，向周围的人问："杀人行凶，按温家家法应如何处置？"

他是温氏辈分最高者，在家族内素有威信，立刻就有人答道："回温三伯，先杖五十，再处死刑！视情节而定是处绞死还是斩杀！"

也有人偷偷瞟一眼温浅，示意道："温三伯，眼下这年代……处私刑不好吧。"

温三伯将声音放轻了些："那就交给警方处理。"他瞅瞅温浅，是个试探的意思，"您觉得呢，董事长？"

温浅缄默不语，只定定瞧着人群里的樊歆。此时温三伯又说话了："董事长，人证物证俱在，您不能偏袒凶手，躺在灵柩里的可是您亲如母亲的姐姐啊！"他话落，冲上前，对着灵柩三叩首，旋即仰头望天，面色决绝，"温家列祖列宗在上，不肖子孙温焕今日冲撞灵堂，实是无奈之举，侄女温雅为歹人所害，含恨惨死，不肖子孙定要为她申冤雪恨，不然，侄女九泉之下死不瞑目！"

他言毕，重重磕下几个头，力度大到地板砰砰响。随着他叩头，几个世叔也跟着跪了下去，再然后更多温氏子弟齐刷刷跪倒下去，齐齐叩首。

温三伯站起身，朗声喝道："温家儿郎听命！董事长已被这毒妇迷惑心智，既然他不愿为亲姐报仇雪恨，那温家的血仇就由我们来报！"

不少人被温三伯的激昂鼓动，跟着捏紧拳头，高声大喊："报仇雪恨！"

温三伯随即大喊："将这毒妇押下去，杖五十后处绞刑！"

樊歆没有开口求救，只是看着温浅。果然，温浅慢慢站起身，将樊歆往身后一带，说了两个字："谁敢？"

很轻的两个字，仿佛一阵风就可以吹散，却似含着千钧的力道，原本围着樊歆的几个小年轻立马松了手。

温浅转过身来，视线从在场所有人身上掠过，眼神像他的声音一样清淡，却没人敢跟他对视，只有温三伯强撑着道："董事长，温董尸骨未寒，您就放纵凶手，你对得起温董在天之灵吗？对得起列祖列宗吗？你就不怕天打雷劈吗？"

温浅冷冷道："对不对得起是我的事，若遭报应，天打雷劈也是我的事。"他声音清清冷冷，却含着从未有过的强硬与决绝，容不得半点儿忤逆。

"你……"温三伯气得胡须颤抖，末了，一甩手道，"好啊！我老头子老了，不中用了，董事长哪里会放在眼里！好，这事我管不了，我再也不管了！”

他拂袖而去，随着他走的还有他的直属部下与不少温氏子弟。明眼人一眼就看出这阵仗——这事多半会烙在双方心底，加快温氏内部决裂的速度。

人群散了后，樊歆目光还凝在温浅身上，温浅却只是背对着她，说：“你回去吧，不要再来这里了。”

他口气是从未有过的疏离，樊歆定定地瞧着他：“这话什么意思？”

温浅看向温雅的灵柩，温雅的遗体被白布蒙着，但即便隔着白布，仍能想象出那惨烈的一幕，她被钢筋整个贯穿，浑身血窟窿，脑浆迸裂，死无全尸。

终于，温浅的声音响了起来，樊歆几乎不相信是他说出的话，可这几个字落入耳膜，却无比熟悉。

他说：“樊歆，没有人，愿意这样死去。”

樊歆的世界轰然倒塌。

九月的阳光倾洒在窗台上，是温煦的暖金色。

碎花窗帘随风飘荡，窗台下坐了个鹅蛋脸女子，表情恍惚，呆若木鸡。日头缓缓从苍穹高处滑下，最终落在青黛色的山峦之间，暮色降临，房间里的光线一点一点减弱，直至夜色吞噬整个视野。

不用猜，黑暗中静坐的女子正是樊歆。

她浑浑噩噩地过日子已经有大半个月了。自从温浅在葬礼上斩断两人关系后，她便进入了这种状态。最初她闹过气过，不接受他冤枉她，她甚至紧抓着他的衣袖，不让他走。

可她还是没能留住他。她的五指扣着他的手腕，他那双曾与她十指紧扣，教她吹口琴、写曲谱的手，毫不留情地掰开她的指尖，一根接一根，从大拇指到食指、中指，再到无名指，到最后那根小指头时，她心里仿佛有根紧绷的弦，随着他毫不留情地转身，铮的一声，断了。

她心如刀绞，却仍不信他会一刀两断。此后，她还住在温宅，盼着他回来。

她想，爱情真是一件犯贱的事，明明含冤的是她，受委屈的是她，她却从没想过负气离开，她还想等他，等到澄清冤屈，他会上门和解。

然而，他杳无音信。

她迫于无奈，将那个象征温家主母的镯子托人送了过去，她希望他有些什么表示，哪怕只言片语也好。可镯子送出去好些天，如石沉大海。

她抱了最后一丝希冀，再次拨出他的号码。这熟悉的号码，这个月她拨了无数遍，每次拨出时怀揣忐忑的希望，而最后得到的全是失望。

她以为这一次顶多只是失望，却没想到三秒钟后电话里传出提示：“对不起，您拨的号码是空号……”

那端电子女声甜美而无辜，而她呆坐在那里，心一瞬被掏空。

他换号了。

他是铁了心要跟她断。

接下来，她始终无法相信他与她的结局。

除开伤心，更是不甘。她可以接受他不爱她，却不能接受他冤枉她。人人都可以认定她是刽子手，唯独他不可以。

可他还是这么做了。

她伤心欲绝，此后无数个难眠的夜，她坐在黑暗里，强迫自己接受分手的事实，一遍一遍跟自己说，他放手了，不论是误会还是纠葛，她与他都结束了，那两年所有的美好她必须尽数忘记。

可是，怎么做得到，怎么做得到！

十二年，她爱了他十二年，他早已成为她生命的一部分，随岁月扎根在她的人生，所有年少美好的情感都与他有关，可上天这般吝啬，给予的幸福永远都有期限。

她无法接受，她抚过两人曾共弹的钢琴，看过彼此共作的曲子，那张他说要两人合作的专辑，还只完成了一半，他曾说要写一首名为“三生所爱”的歌曲送给她，词只写出来一小半儿，这段情便戛然而止。

她抱着谱子，想着曾经的甜蜜，再想着如今的绝情，不知不觉眼圈就红了，或许眼泪是见证情感的最好存在——她从未想过自己会有这样脆弱的时刻，眼泪根本不受控制，她躺在床上，用被子蒙着头，哭累了睡，醒来了再哭。晨昏颠倒，日夜不分……直到有一天早上起来，她坐到钢琴前，看着窗外的雨弹琴，想用歌声宣泄这一刻的苦痛。

可张口的一瞬她愣住了。

她唱不出来了，她居然唱不出来了。她一次一次地试，可嗓子里好像堵着什么东西，一提气心肺处就剧痛，歌声在锥心的疼痛中破碎了，一个音节都发不出来。

她想起曾听过的歌，王心凌唱：“爱是花儿的芬芳，是蝴蝶的翅膀，是伤心的蒲公英迷失她的方向……”

那一刻，她才知道自己究竟失去了多少。与他分手，她失去了跟他的爱，情人之爱，爱人之爱，还有琴瑟相和的知己之爱。

她喜欢音乐，迷恋音乐，有多少奋斗是因为他。他是音乐界的天才，为了与他并肩，这些年她付出了多少。

如今他抽离她的生命，她的信仰随之崩塌，她像失去了翅膀的蝴蝶，失去了芬芳的花，失去了方向的蒲公英，她这个歌者，再无法歌唱。

她离开了温氏别墅，临别前那个夜晚，她通宵没睡，坐在露台上拉小提琴。

她拉着那首《云雀》，他们过去因此曲相识，她曾将它当作红娘，可如今更像一个讽刺。

旋律在满屋回荡，没有一秒钟歇息，月光下有什么冰冷的液体滚落下来，砸在提琴上，她却不管不顾。

她的指尖出了血，滴在琴面像暗色的花。她没有痛觉似的，直到天边月亮彻底滑下，最后一个音符落下，她站起身，举起这把他亲手送给她作为生日礼物的琴。

砰的一声响，琴重重摔向地面，尘埃四起，金属琴弦发出嗡嗡声，一霎齐齐断开。那断了的琴弦卷翘起来，像万劫不复的心，再连不上。

樊歆大笑起来，泪珠飞溅，满面决绝。

因琴相识，因琴相惜，因琴相恋，因琴相许。如今琴断音绝，情意终绝！

这个阴湿露重的黎明，樊歆回到了自己的公寓——回Y市后她替自己买了一套公寓，原本打算用作出嫁的女方住所，迎亲时从这儿接新娘，但现在已没有必要。

她把自己关在公寓，没人知道她在里面干什么，房里一片死寂。

数日后，樊歆新招的助理小金放心不下，敲开了公寓的门，进门后她倒吸一口气。

窗台下，那个一贯带着恬静微笑、眼神执着的清丽女子，此刻像被冰霜压败的花，带着一身无法言喻的萎靡。短短半个月，她暴瘦了一圈，头发凌乱，面色苍白，赤脚坐在地板上，目光呆呆的，像哭干了眼泪。

她憔悴得让人心酸，小金上前怯怯地问：“樊歆姐，你要不要吃点儿东西？”

这些天她几乎到了寝食俱废的地步，不然不会暴瘦成这个模样。

她没有回话，小金换了个话题：“下面那些记者还在，都这么多天了，还不肯走……”

她怕刺激樊歆，尽量用平静的语气诉说，实际却是心急如焚——温雅的事件爆发后，作为商圈内赫赫有名的集团，掌权人的暴毙引起全国性轰动，不知是谁将消息放了出去，舆论几乎都认为温雅的死是樊歆所为，流言什么都有，媒体甚至将“刽子手”“影圈毒妇”等恶毒的字眼扣到樊歆身上。而这么大的事，警方却没有介入，导致事件越发扑朔迷离，于是更多的媒体蜂拥而来，一个一个都想深入调查，挖掘头条。不论白天黑夜，整个小区门口都被媒体蹲守。

见她仍坐在那儿发怔，小金走过去摇了摇她：“樊歆姐……”

窗外夕阳西下，金色残阳挂在天际，血一般凝重，樊歆看了好久，呢喃道：“小金，我好像看不见光了……”

小金一怔：“什么意思？”

樊歆轻轻笑起来，满目苍凉。

禁闭在公寓的日子里，她呆坐在房间，守着日头的光影从东边起来，一寸一寸移到西边，落下，黯然，最终换成月光，清冷地从西边起，在星辰的沉默中往东边坠，孤寂的光影中，她回想着这二十八年来的过往。

这些年，她勤奋、自律、执着……她那么努力地想要握住命运的手，然而，命运就像惊涛骇浪，她不断爬起，又总在最幸福的巅峰被浪头狠狠抛下。

十四岁之前，她拥有慈爱的养父母，贴心的手足，美满的家庭。她勤奋学习、苦练才艺，想要用更优秀的自己反哺恩情，她以为这就是人生最好的模样，可一场灾难毁掉了这个家庭，也毁掉了年少的她，从此她背负罪名，泥泞前行。

十九岁那年，她被亲生母亲找到，她以为这是上天迟来的补偿，可不到四年，她最爱的母亲死在枪口之下，母亲的血染红她的衣，她抱着血衣，流着泪，在月下唱了整整一晚的歌。

二十六岁那年，她与慕春寅终于和好如初，她以为还可以回到过去，回到慕家，守着养母，守着她当作亲生兄长的他。可他却强暴了她，她在苦痛中恨不能死去。

二十八岁那年，她要结婚了，她以为自己遇到了世上最好的他，他在慕春寅给他的伤痕累累后，用那样的温柔治愈了她。她以为幸福生活即将开始了，以为上天终于眷顾了她。然而，他终是负了她——短暂的治愈后，他给了她一记更重的刀。

而她不仅痛失一切，更是声名狼藉。她由曾经美好的“精灵歌姬”“励志女神”沦为灭绝人性的“影圈毒妇”。所谓万人唾骂、千夫所指，不过如此了。

如今的她，没有父母，没有亲人，没有爱人，没有兄弟姊妹，而她曾坚定奉为信仰的歌喉也一朝痛失……就连她不认识的万万千千世人，也可以辱她、冤她、轻贱她……这世上再无半分温暖可倚靠，她真正成了一个孤家寡人。

有生之年，历经数次大起大落，从不肯屈服的她，第一次发现，她的人生看不见光了。

多么可笑，她一生都想站在光明下，与光同行。可现在她才发现，她早已被命运的巨手推入深渊。

小金离开了，而樊歆仍坐在原位，直到太阳彻底滑下，月上中天，六七个小时内她木偶般一动不动。

夜半时分，木偶般的人终于有了动静，是因为客厅的电视机——小金离开时大概觉得公寓太过冷清，打开了电视机。

深夜十一点，晚间新闻过后变成了过去某音乐节的重播。

有一段音乐意外地让人熟悉，像是从前的老时光回放，樊歆缓缓扭过头去，呆滞的视线慢慢聚焦。那居然是她曾经的一段MV。璀璨的舞台上，她一袭利落短裙，橘红的颜色像是燃烧的火，她踏着旋律甩着长发舞动，光影随着节拍变化，台下人声鼎沸，荧光棒浪潮般摇曳。绚烂的光芒中，她笑意飞扬，那么大幅度的舞，那么高亢难唱的歌，她边唱边跳，浑身汗湿也不曾慢下一拍，整个人仿佛有着源源不断的能量与朝气。

那一刻的自己，如此灵动，光彩照人。

而这一刻……她缓缓转动眼珠，看向身后衣帽间的立镜。

昏黄的灯光下，镜面映出一张女人的脸庞，寡瘦的一张脸，从前轮廓优美的鹅蛋脸成了网红的锥子脸。皮肤是没有生气的白，像陈年的宣纸，头发枯槁发黄，凌乱地搭在肩上，像干枯的海藻。刘海下眼珠依旧乌黑，却不见从前的明亮与光彩，眼神倦怠、厌弃、麻木地看着周遭的一切……

她看着镜里的自己，看着这张晦暗无光的脸，猛地蹲下身号啕大哭。她生平从未有过一刻，哭得像个孩子，被命运推进黑暗的深渊却又不甘挣扎的孩子。

也不知哭了多久，她抓起身边的遥控器，用尽全力重重砸向镜子。

砰的一声响，镜面四分五裂，里面那个消极的女人亦随之四分五裂。镜片碎裂剥落，碎片四溅中，屋里瘦弱的女人对着镜面吼出了声，嗓音大得几乎要震破玻璃：

“樊歆！你不能再这么活！不能！不能！不能！”

当禁闭多日的樊歆出现在记者面前时，所有人大吃一惊。

只是十来天的时间，这个女人暴瘦得不成样子，一米六七的身高却瘦得只剩七八十斤，仿佛纸片人一般，风一吹就倒。

然而，让人视线顿住的，绝不只她的暴瘦，还有她的头发。这个一贯留着齐腰长发的女人，竟剪掉了那一头直顺的乌发，过度齐整的发梢像是自己一刀斩断。齐到生硬的利落切口，显示出主人下手时的决绝。这秋日的夕阳冷风中，头发短到及耳的位置，衬着那消瘦的身姿，雪白的脖子露出来，自有一种孤独的倔强。

顾不得惊讶，蹲守多日的记者一窝蜂围过去，一个记者抢先将话筒塞到樊歆面前，口气尖锐：“樊歆，你剪去长发是想表达什么吗？”

另一个也把话筒塞了进来，问题更尖锐：“樊歆，你暴瘦这么多，是因为遭受良心的谴责吗？”

七嘴八舌中，樊歆转过头来，原本无波无澜的眼睛在一瞬间变得明亮，那苍白的脸仿佛有了血色，她对着话筒，声音清晰而冷静：“我最后再说一遍，我没有杀人。”

记者一阵唏嘘，显然没人相信，有记者轻嗤道：“做了这种事，就别再端架子了！”

“就是！”旁边有记者轻讽，“有小道消息说她声带出了问题，哼，歌喉都没了，还逞什么能？”

一直向前看的樊歆倏然扭回头，围着她的媒体俱是一震。这一眼，让方才那个神情淡漠的女人似生出了凌厉的刺，她环视众人，脸那样苍白娇弱，目光却如利刃般尖锐。围观记者不由得心头一凛——这个女人，的确是樊歆，却又不是她了。她平静的躯壳内似有某种物质，被剧痛与绝望逼发出来。她跟以前再不一样了。

记者们不由自主地后退了几步，樊歆再不看他们一眼，转身离去的步伐无比坚定，及耳短发在风中飘荡，有一种破釜沉舟的决绝。

“没有歌喉就完了吗？你们未免太小看人了。”

第五章
破茧

十二月初的伦敦寒风瑟瑟，簌簌雪花飞入街道，附在树木枝丫上，停在千家万户的窗台上，飘飘洒洒如柳絮。

街道左侧三楼的某个房间窗户半开，淘气的雪花落入了一些，朦胧的玻璃上映出屋内大概的模样。

房间收拾得整洁，但不像是居家的场所，没有什么家具，只奇怪地摆了两个高高的竹架子。一个身姿纤瘦、留着及耳碎发的女人正在竹架上，时而摆臂，时而旋转，时而跳跃……似乎在跳着某种奇怪的舞。

一个戴黑框眼镜的胖胖的中年妇女在旁边看着舞蹈的女子，摸着下巴说："这个青雀舞的确有创意，就是难度太高。"

一旁站着个二十来岁的小姑娘，梳着清爽的马尾辫，跟着说："可不是，那么高的台子，瞧把歆姐给摔的！多亏涂了特制药，不然这腿绝对会留疤！"

中年妇女感激地拍拍小姑娘："芳姐谢谢你了，星星好福气啊，找了我这么好的经纪人，又找了小金你这么好的助理，我还从没见过哪个艺人助理还学过临床护理学！"

小金摸摸鼻子，笑道："没办法啊，谁让我是歆姐的骨灰级粉丝，老本行都不要了，来照顾她的日常起居！"说着朝女人挥挥手，"歆姐，跳了五六个小时了，下来歇会儿吧，不然伤口受不了的。"

台子上女子闻声扭过头，捋捋及耳短发，满脸的汗掩饰不住清丽的五官，随着抿唇的动作，颊边露出两个浅浅梨窝。

正是樊歆。

九月中旬，她离开了Y市，此后便在国内外辗转奔波。

回看这几个月的历程，离开Y市时她与慕春寅在小区门口不欢而散的事被报道出来，千篇一律都是轻蔑的口吻，比如《疑因良心受谴，樊歆暴瘦如纸片人》《凶案扑朔迷离，樊歆抵死不认》《深陷杀人丑闻，樊歆四面楚歌》，甚至还有天涯一干帖子，说什么《“八一八”与盛唐撕破脸皮、为荣光所弃的奇葩女星》《得罪圈内一干大佬，樊歆星途就此终结》，等等。

就在舆论认为樊歆的演艺生涯及她这个人就此完蛋时，两个月后，一则消息打破了曾有的定论——《舆论焦点女星樊歆，成为T.K最强黑马》。

T.K是什么？有人称呼为“The King”，是火爆全球的舞蹈竞技赛，规模之大，堪称舞蹈界的奥运会。规则是先在各国内角逐出最强选手，最强选手再到国际舞台上进行巅峰对决，直至决出全球舞王、舞后。

这则报道出来之时，樊歆早已离开Y市，奔赴香港参加中国区决赛，她的到来引起了轩然大波，争议在于有污点的女艺人能否参赛。但最后不知为何，组委会还是允许了樊歆参赛。

铺天盖地的争议并没有影响樊歆的发挥，也没有影响专业评委的打分。樊歆不去则已，一去惊人，初赛时她头发绾起，着一袭黑色蕾丝短裙，以一段优美的古典芭蕾舞选段让八个评委全票通过，而决赛时她一改从前柔美的典雅，穿着宽松的嘻哈装，跳起了劲爆街舞，这快歌辣舞让评委眼前一亮，更看到了她的可塑性与多变性，于是又以压倒性的成绩从全国十强直送前三名。这惊艳的两连跳，让她瞬时成了夺冠热门。

关于赛事的新闻炒得沸沸扬扬，媒体态度也很微妙，既不明白这种有污点的女人为何能进入国际赛事，又对樊歆的卷土重来很是意外，在爆出“涉嫌杀人”丑闻后，他们都以为樊歆就此game over（游戏结束）了，没想到她还想要重整河山……

另外,媒体对她的新发型也有些不习惯，这个一贯在世人面前留着齐腰长发、笑容轻柔的女人，现在短发及耳，衬着那消瘦的身姿，一扫过去的温柔恬静，越发倔强干练。

不少媒体有冷眼旁观感。哼，一个杀人嫌犯，以为剪了头发改头换面，就能逃过这一身恶名吗？东山再起哪儿有这么简单！T.K的角逐这么激烈，即便拿到了国内冠军又如何，到了国际上强敌如林，哪儿那么容易杀出重围?

于是，不少媒体抱着看戏的心情作壁上观，没想到接下来的比赛结果一次一次打了他们的脸。

11月12日，樊歆获得中国T.K赛区冠军。

11月19日，樊歆过五关斩六将，进入国际十强。

11月27日，樊歆凭借过人天分及勤奋，杀进国际前五。

前五是什么概念？里头还剩两个男的、三个女的，干掉对方，舞王、舞后的桂冠就是自己的了。

对于舞王组，因着两个男人不相上下，所以结局极具悬念。而舞后组就不同了，里头那个叫戴安娜的选手，不仅人如其名，长得像戴安娜王妃一样貌美倾城，实力更是强到可怕，是蝉联三届的舞后，不出意料的话，舞后多半又是她了。

果然没有悬念，争夺舞后的初赛，戴安娜便将樊歆干掉了。八个评委再加两个大众评委代表，每个人十颗星共计一百颗星的满分成绩，戴安娜拿了八十五颗星，而樊歆是七十九，只差六颗，虽败犹荣，但输了就是输了，樊歆在一片惋惜声中下了场。

国际记者唏嘘不已，国内媒体也收到了风声，媒体意见不一。樊歆作为中国最强选手出征T.K，有媒体因为爱国情结高声呐喊，也有媒体抛开对樊歆的偏见，中肯地对樊歆杀入国际赛感叹："原来樊歆的舞比歌更厉害，只是从前没显山露水。"

更有人冷嘲热讽："再厉害还不是被干掉了，戴安娜连拿三年舞后不是白拿的，想赢她，樊歆再去练个十年八年吧。"

然而，这句话说完没多久就再次被打脸。

就在戴安娜上半场干掉樊歆与另一个叫黛尔的选手后，复活赛启动了。为了保证公平，舞台规则如下：决赛分上下两场，上半场如果有人赢了所有对手，那么她将成为准舞后，而输了的对手里，将有一个复活名额，这个复活选手会作为对准舞后的最后考验进入下半场，双方将以上下两场星数相加为总成绩，如果准舞后捍卫住总分领先的地位，那便是实至名归的全球最强舞后，如果被后来者超越，那么舞后的位置就得让贤了。

比赛至此由决赛排名聚焦到"复活名额"上，即在樊歆与黛尔中选出一个。至于怎么选，一半靠评审团的投票，一半则靠大众评委。

评审团的投票5:5，旗鼓相当，胜负就只能看大众评委了。

大众评委就是观众的网络票数，说穿了就是拼粉丝。投票时樊歆有些忐忑，她在国内备受争议，虽有人因为爱国情结支持她，但也有人戴着有色眼镜看她，而黛尔在舞蹈界成名比她早，去年前年都参加了T.K，虽没拿到舞后，但积累了许多粉丝。

但她的担心是多余的，网络票数她居然比黛尔高。

她没想到除了支持自己的爱国本土粉丝，竟还有一大批国外潜水粉丝。

就在投票当晚，不仅有大批国内粉丝踊跃参与，还惊喜地冒出了两个国家的军团。

一个是法国，樊歆曾在法国待过一段时间，彼时她不仅唱歌出专辑，还做了许多公益，关于她为孩子雪中举伞的公益广告曾传遍法国的大街小巷。去年她回国后因各种羁绊没有再去欧洲，但对“Star”这个名字，仍有不少粉丝在等待。时隔一年她重出江湖参加T.K，那惊艳的舞姿，让等待的粉丝眼前一亮。粉丝对温雅在国内的事并不知情，但这个叫“Star”的女人，不仅会唱歌，会弹奏，跳舞竟也这么棒。浪漫热情的法国人激动了，于是拿着手机，投投投！

除了法国，另一个国家是奥地利。

樊歆没想到奥地利人民会这样热情，她去年只在维也纳待了十来天，就跟安东先生跑了几场慈善会，根本没积累名气。但她哪儿知道，奥地利人民根本不是冲着歌舞上的名气来的，而是冲“维也纳女英雄”来的。曾经樊歆在维也纳街头冒死救下一名婴儿，那张她顶着黑洞洞枪口的让人惊心动魄的照片一夜间传遍奥地利，这位女英雄的光荣事迹，从此留在奥地利人民心中了。加之她本身舞蹈功底就深厚，而奥地利本国又没有选手进入决赛，于是理所当然地把票投给了樊歆。

如此，各国粉丝军团强强联盟，最终为樊歆拿到了复活赛名额。那个复活之夜，樊歆站在舞台上，三步之外，她的对手戴安娜傲然挺立，老牌舞后的气场浑然外露，激起粉丝狂热呐喊。可舞台一侧，樊歆笑容浅浅，目光坚定，无半点儿畏惧。

除了现场呐喊的粉丝，网上粉丝也是各种激动。戴安娜出身英国，粉丝在脸上画着英国国旗，而樊歆的粉丝则全画星星，既显示了五星红旗，又配合“Star”这个名字，相得益彰。热情的粉丝还成立了“樊歆后援会”，可爱的男女老少自拍视频并上传，一面晃着脸颊上的五角星，一面对着视频齐声喊：“Star,go（加油）！go！go！”灯光一照过来，黄灿灿一片，那叫一个群星璀璨！

……

而眼下，粉丝的偶像这些天正在练功房内为了决赛疯狂练习。

因为训练强度太大，樊歆两天前不慎从一米五高的高架上摔了下来，伤了脚，涂了药后她带伤继续练。

这天，换药的时间又到了，樊歆坐在椅子上，看着小金替她包扎伤口，换药的空当，经纪人芳姐将这几天的报道拿给她看，鼓舞士气：“星星，咱一定要加油！要对得起粉丝的呐喊，也要让不认可咱实力的人大吃一惊。”

小金点头：“可不是，参加T.K后就有无数嘲笑与质疑，还有人说我们收买了评委……呵，他们不知道吗？歆姐从前在加拿大那会儿跳舞就很牛了，好吗？拿了温哥华的好几项奖，大学还没毕业就有多家经纪公司想签，只是歆姐想回国拒绝了……再加上回国后重心放在歌唱上，舞蹈功底没露太多而已。”

樊歆只是笑。

小金又义愤填膺地说：“咱不仅要惊艳世界，更要让那些背后说风凉话的人刮目相看！你知道吗？那天有记者去采访评委，问，你们知道樊歆在国内的负面新闻吗？你们允许这样有污点的人成为舞后吗？我当时气得抓狂，空口无凭泼脏水啊！”

与小金的气愤相反，樊歆一脸平静：“然后呢？”

小金一笑：“呵，幸亏评委够客观，冷冷地说，作为一个专业舞蹈平台，我们只看艺术造诣，选手的私人生活我们不作任何评价。”

樊歆颔首：“评委说得对，我们靠实力说话。”

几人沉默了一会儿，小金低头看着樊歆肿如馒头的脚踝，忧虑道：“希望伤口快点好，不然再有实力，决赛也跳不了啊。”

“就算不好，我也会跳完。”樊歆浅笑里含着坚定，“我要向所有人证明，没有歌，我还有舞。”

小金半无奈半心疼：“就算这样也别这么拼啊，拿到第五名已经很棒了，这么多年没人像你一样，头次参加T.K就拿到这么好的成绩。”说着，她将目光投到身后的练功房，别人的练功房都是平整的，樊歆的练功房里却满是架子与高台，高台之间连着细细的竹篙——不知道的压根儿不会想到这是舞蹈道具，还以为是玩杂技呢。

小金指着架子埋怨：“你干吗编那么难的动作，非要从台子上跳下去，换个动作不行吗？就算要表达内涵也别这样折磨自己啊！”

樊歆不以为意：“没难度拿什么与戴安娜对决？我的名声与功底本来就不如她，再不想点儿心思，怎么赢？”

“既然这样，上半场时您就该把这舞拿出来啊，万一发挥超常就赢了呢？”

一旁芳姐拿指尖敲敲她额头：“小丫头，这就不懂了吧，这叫策略。”

樊歆点头解释：“田忌赛马，总是要输一场的，何不把撒手锏留到最后？”

小金默了默，慢慢了然。

这段舞是樊歆的王牌，如果一早亮出来，即便上半场赢了戴安娜与黛尔，戴安娜仍会复活出战，下半场再没有压轴戏，守不住准舞后的位置仍然是个输。既然如此，还不如直接输掉前一场，让戴安娜干掉黛尔，自己保存实力再与戴安娜一对一对决。

小金对樊歆竖起了大拇指。樊歆却将短发捋了捋，喝了两口水又接着练去了。芳姐看着她脚上的伤，想让她休息一会儿，她却一笑：“最关键的几个舞步我还没领悟好，后天就要登场了，这时候休息就功亏一篑了！”

芳姐拦不住她，只得由着她去了。

高高的竹架上，那个身姿纤瘦的女人时而低伏，时而旋转，时而振臂，那些高难度的动作让她跳得满头大汗，而她不觉得累似的，那齐耳的利落短发露出雪白的后颈，投在墙上的身影都如此倔强。这三个月以来，她没日没夜、不眠不休：累了，冲个澡继续；困了，拍拍冷水再来；伤了，绷带一扎继续……这顽强不屈的她，跟四个月前那个坐在公寓地上，颓废绝望的女人截然不同。

“真是拼命三娘啊！”芳姐感叹着，将目光投向窗外，雪花还在纷飞，她低声道：“希望决赛一切顺利，别出什么意外！”

可她万万没想到，比赛不仅出了意外，而且是大意外。

两天后，T.K总决赛在伦敦开幕，这个决赛的夜晚，不亚于影视界的奥斯卡、运动界的奥运会，全球目光都聚焦于此。

舞王争夺赛结束后，气氛推向了高潮。哗啦啦的掌声后，便是舞后之争了，按规矩守擂的准舞后先上场。戴安娜一袭金色钉珠短裙，立在璀璨灯光之中，耀眼如恒星，一上场便引起尖叫无数。

她跳的是热情的伦巴，那强劲的节拍、准确无误的姿势、明快洒脱的表现力，引发一阵阵掌声，狂热的掌声中她忽然腰身一转，双手叉腰立正站好，音乐瞬间切换，伦巴一眨眼变成了踢踏舞，轻快的舞步中，她踢踏着双足，每一个动作都踏在节拍上，而她微笑着，明明是四十岁的人，笑容却如孩童般纯粹，仿佛舞蹈是一件欢喜而享受的事，观众不由自主地被她感染，随着她沉浸在舞蹈的欢快中。

可踢踏舞不过片刻，戴安娜蓦地转身，甩下身上金色的短裙——里面竟是个性感小背心，背心下缀着流苏，在灯光下招摇着火热的美，而她收住了踢踏舞的步伐，纤腰与丰臀摆起，瞬间变成了肚皮舞，她热烈地扭腰转臀，边跳边眼波流转，随着节拍肆意张扬着火热的美——一秒钟从稚童变成性感女郎，观众再次为这欢快的变化而惊喜。

接下来的惊喜简直让人眼花缭乱，恰恰、探戈、爵士……短短的五分钟，戴安娜跳了七八种舞，游刃有余地自如变换，不仅展现了她多元化的风格，更展现了她超高的驾驭能力，场下尖叫声、呐喊声、喝彩声声声入耳，快将舞台掀翻，甚至有人在台下直接喊“舞后”两字了，那狂热，俨然今晚的桂冠已是戴安娜的了。

听到那些呐喊时，舞台一侧候着的樊歆团队不由得都觉得“压力山大”。小金紧张得满手是汗，低声道：“我终于知道为什么戴安娜蝉联三冠了，太强悍了！”

芳姐颔首：“前几局她根本就没有发挥真正实力，今天压轴才拿出来，实在可怕。”再瞟瞟舞台下不住点头的评审团，道，“这分数肯定要上九十星！”

“九十？”小金道，“那我们压力太大了，她上局八十五，樊歆姐只有七十九，本身就差了不少，这局她再来个九十，樊歆姐起码得拿到九十七才能赢她！娘啊，九十七啊，这么多年T.K上就没有人拿过啊！最高分也不过九十三！”

芳姐面色凝重：“咱就祈祷她没有九十吧，万一评审团有人不喜欢这种风格呢？”

小金颔首：“但愿。”

然而，两人下一刻便被毫不留情地“打脸”了。

五分钟后，戴安娜本场成绩出来——九十二！比九十还多！

看到屏幕上那一排排星星时，小金要哭了。九十二！意味着樊歆必须拿到九十九才能赢。

九十九啊，近乎满分，几乎是不可能的事！小金觉得天要黑了，身侧一贯镇定的芳姐脸色也变了，但关键时刻，她经纪人的精神仍然存在，她拍拍樊歆的肩说：“别有压力，尽力就好，大不了咱明年再来！”

樊歆与团队的紧张相反，她面色沉稳，眼睛在灯光照耀下明亮如星，目光坚定：“先把今年做到最好。”

她话落一笑，在主持人说完串场语后，登上了台。

台下观众还沉浸在戴安娜带来的疯狂中，不出意外的话，舞后的结局已定。他们为这高分激动欢喜，连下一个选手登台的掌声都忘了给。

直到音乐响起，他们的注意力才被拉回来，在看到舞台布景的一霎，全场一怔。

幽暗的舞台幕布缓缓拉开，出现了几个高高低低的架子，还缠有翠绿的枝丫嫩叶，像是人工树，三三两两凑在一起，像是片小树林。

这是……舞台剧吗?

观众疑惑的注视中，架子上却出现了一个纤细的身影。她一袭青色长裙，头戴翠绿的翎羽头饰，裙裾上的羽毛缀着珠片，随着身姿摇曳，闪烁如水晶……然而,让观众眼前一亮的不是她奇异的穿着，而是她的出场姿势。

她不是走出来的，而是蹦出来的！

她单腿沿着台阶跳到了高台上，趾尖以芭蕾舞的形式立起，踩在竹篙中央，头发如鸦羽纷飞，那纤细的脚踝在数根竹篙间轻盈地来回跳跃，那优美的脖颈微扬向天，配合着那轻灵的姿态、妙曼的律动，像一只出没在夜色里，神秘又空灵的青鸟。

观众恍然大悟，这舞蹈是有剧情的，她是在模仿青鸟，不愧叫“青雀”。

有点意思，众人投入了。舞台上灯光幽暗，那高台模拟的茂密枝丫间，青鸟在树丛中起舞，她时而蹁跹轻跃，时而双臂舒展摇摆作飞翔状，时而踮起脚尖轻快旋转，宛若一只活在丛林里的快乐生灵……

台下光看舞蹈是很养眼的，可当看清道具后，所有人齐齐瞪大了眼。这些动作单放在平地上不难，但在高达一两米的高台上，还是踩在细如手腕的竹篙上，就不可相提并论了。这原理好比踩钢丝，保持平衡是第一要务，力度稍有偏差，就会从高处摔下去。而除保持平衡外，还要在上面做出各种舞蹈动作，这就难上加难了。

台下观众爆发出了掌声，为这别开生面的舞蹈，也为这高超的舞技。

青鸟继续在丛林里欢快起舞，从这个枝头跳到那个枝头，舞台光影效果极佳，枝丫簌簌抖动，婉转的鸟鸣音乐十分应景，那纤巧的身姿仿佛真化身成了鸟，灵巧跳跃，在轻盈中找到平衡点，做出一个一个高难度的动作，激起一片又一片掌声。

下一刻台上传出呼啸的声响，似乎是风声，舞台上树林被风刮得枝丫乱颤，旋即砰的一声，惊呆了全场观众！

鸟儿摔了下来！

是结结实实地摔！从一人高的台子狠狠摔到地面，舞台都轻抖了一下。

是发挥失误还是舞蹈剧情？观众席里齐呼："Oh,my God!（啊，天哪！）"心里均是一紧。

一侧主持人和评审团也一惊，将目光转向樊歆团队的经纪人，芳姐露出一个释然的笑，示意这是剧情，众人这才放心地继续看。

舞台上风的呼啸声还在，灯光暗了下去，霹雳声渐次响起，大屏幕上出现阴云密布、狂风暴雨的场景，顶级音响传出哗啦啦的雨声，台上树摇叶动，枝丫狂摆，整个舞台化身成暴雨下的密林。

被大风刮下来的青鸟露出痛苦的表情，她扇动着翅膀，在暴雨中狼狈地挪动，可翅膀使不上劲，颤抖几下又伏了下去，光影时明时暗，模仿着雷电的交替，怒雷闪电与倾盆大雨中，小小的生灵躲无可躲，面对恐怖的自然界，浑身战栗。

暴雨终于停下，在阴霾的树林里，鸟儿蜷缩着，被雨淋得奄奄一息。虚弱的她挣扎着拍动翅膀，想站起来飞回树梢，可她刚刚站起，一个趔趄便摔倒在地，她弯着右腿，做出疼痛的姿势，显然狂风将她从枝头吹下时，右腿摔伤了。

鸟儿不甘心，一次一次站起来，又一次一次摔倒。舞蹈者的表演极生动，她指尖颤抖着，贴着地辗转挪移，手臂举起数次又无力放下，将努力拍动翅膀却无力飞翔的鸟儿表演得入木三分，台下的观众心弦被紧扣，目不转睛。

音乐从狂风暴雨换到了悲凉抒情的风格，衬托着鸟儿的无助凄凉，让人身临其境。不断的挣扎中，舞蹈者突然昂首向上，伴随着音乐里的尖啸，舞蹈者紧绷着身体，像鸟儿般昂头向天发出悲鸣。

那一声啼叫不仅含着痛苦，更含着对命运的不甘、不屈与愤慨。全场人的心被这声啼鸣倏然攥紧，看向这只被厄运袭击的鸟。

这一声啼鸣后，鸟儿像是积攒起全身力气，奋力起身，她摇摇晃晃，受伤的右脚因为疼痛一跛一跛的，走不了几步便要重重喘气，可她即便忍着剧痛，一步一挪，也要倔强地挺立——全场不禁鼓起掌来，为着这只不屈的鸟，也为着这生动的舞蹈表演。

芳姐跟小金不由自主地也鼓起掌，小金低声道："歆姐发挥得真好！刚才那下摔得好逼真！那表情，绝了！"

芳姐却眉头紧锁，似乎发现了什么，须臾小金脸也变色了，她看着舞台，猛地瞪大眼："完了！刚才是真摔！歆姐的伤口肯定扯开了！"

与此同时，台下评审团与观众也在大屏幕上看出了不对劲，舞台上的女子还在舞动，可她身上的青色羽裙上，似有梅花朵朵盛开，而她经过的地面，留下点点滴滴的鲜红血滴。

方才表演从树上被风刮下来时，一个高难度的跳跃触发了樊歆脚踝上的伤，剧痛之下她真像舞蹈里的鸟儿失足从高架上摔了下来，膝盖重重磕在舞台上，当场皮肉就裂了口，只是长裙遮着看不到。而随着动作越发剧烈，伤口的血便越发汹涌，但即便如此，她也从未流露出任何不适，仍是全心全意地投入到舞蹈之中。

主持人及评审团还有场下观众都惊了，惊讶之后便是骚动，有观众交头接耳，有观众摇头，焦灼难耐，可台上舞者却转过脸来，对着镜头露出坚定的微笑，仿佛在用眼神告诉所有人："没关系，我可以。"

这个眼神仿佛有着神奇的魔力，所有骚动一霎化为安静。安静过后是深深的动容，观众掌声热烈响起，给这只青雀，更给这个流着鲜血，忍着剧痛，也要完成舞台使命的女人。

而那边，评委团的评委也在一边鼓掌，一边低声交谈：

"我觉得3号选手Star棒极了！精神可嘉！创意也很精彩！用舞蹈来展示大自然生灵的美，让人产生一种对生命的喜爱与敬仰。另外，舞蹈的表现形式也很巧妙，融入了舞台剧的表演方式，生动、活泼，让人眼前一亮。"

"更让人讶异的是舞蹈难度，就像在钢丝上跳舞！听说她只练了一个月，我的上帝，你让我练一个月，我都未必能站稳！太难了！难度系数可以单独打分吗？有十颗星我得给二十颗。"

"不止是难度，对舞蹈文化的认知以及运用也很惊艳，你们仔细看，她踮脚跳的时候有芭蕾舞的轻盈，而其他借用竹篙的舞蹈动作，又借鉴了中国少数民族的竹篙舞……她将中西方的传统文化与现代文化完美融合，舞蹈内涵要比戴安娜那个深刻得多！"

"不，我更看重她对舞蹈的态度，刚才一个动作时舞裙掀了起来，我发现她脚上有好几处伤口……脚踝、膝盖上都有伤……膝盖的伤应该很严重，血将绷带全部染红了！就算这样，她也没想过退缩或者放弃……这种顽强的精神，值得赞叹！"

"你们都说得很对，但我觉得这些都不是最重要的，最重要的是她的舞台表现力！有一句话可以形容她的表现——用生命在舞蹈。她好像真的化身为鸟，或者，这只鸟就像她灵魂里的自己，历经风雨还要往上爬！这种将自我代入的淋漓尽致的表演具有强大的感染力，你们看观众的反应就知道……"

“对！”几个评委一起点头，再次跟着观众一起鼓掌。

此起彼伏的掌声中，舞台那侧，小金轻声跟芳姐说：“歆姐太不容易了……”

芳姐看着台上的樊歆，说出了跟评委一样的话：“这只鸟不就是她吗？她是在舞蹈，可也是在诠释自己啊！”

小金重重点头。

舞台上音乐与灯光还在变幻，青鸟的剧情逐步推到了高潮，这世上恐怕再难有舞蹈能像今天这般，角色与演员如此完美重合。剧情里这个被狂风袭击，从高枝摔下，深受重伤的青鸟，忍着剧痛爬起，哪怕流着血，也要一次一次扑扇翅膀，尝试飞翔。而它的演绎者也曾遭遇坎坷，被命运碾压，可她从未放弃，就像这只鸟，即便摔伤翅膀、折断双腿，也要擦干眼泪，忍着剧痛，一步一步顽强地走出命运的深渊。

灯光倾洒在舞台上，给舞者镀上一层银色的光芒，或者，那不是灯光，而是舞者的光，这一刻翩翩起舞的她，不再是几个月前关在房里哭泣颓废的她。她不顾伤痛，不惧折磨，不畏坎坷，踩过鲜血，熬过绝望，挺过炎凉，在痛苦中觉醒，在绝望中新生……她在舞台上纵情摇摆、旋转、跳跃，将每个舞姿发挥到极致。她的身体里充满了能量与光芒，哪怕是落在地上的影子，都张扬着力度与激情。

她的激情和坚持终于引爆了全场，在最后鸟儿历经痛苦终于重回枝头的刹那，雷鸣般的掌声响起，台下观众有人眼里含泪，有人将掌心拍得通红，更多的人跟评审团的评委一道起身，为了这段舞，更为了这个不屈不挠的倔强灵魂！

鼓掌致意！

飓风一般的欢呼声中，几个评委同时大喊“perfect（完美）”！

在无数人的欢呼和掌声中，评审团开始打分，而观众用不可思议的眼神仰望着那个膝盖流血，却仍站在舞台中央笑容浅浅的女子。

这是一个怎样的女子？要有怎样的勇气，才能忍着一步一锥心的痛楚，将整段舞蹈的各种高难度动作完美完成？又要有怎样的毅力，在受伤浴血的这一刻还在台上保持背脊笔直，对着观众真诚微笑？

这必须是从心底深处，从命运深处，热爱舞蹈、热爱舞台的人，才能有的虔诚与执着。

观众更加动容，疯狂晃着手中的荧光棒，齐声朝评委大喊：“满星满星满星……”

呼喊如浪潮般翻腾，快将屋顶掀翻，远比戴安娜评分时更加澎湃。五分钟后，全场的掌声中，主持人揭开了T.K史上最激动人心的一幕！

满星！一百星！

十个评委每人都给出了满星，不仅为了这段别开生面的舞蹈、惊艳四座的演绎形式、励志感人的剧情，更为了这坚持到底的舞台精神与百折不屈的舞蹈之魂！

这是当之无愧的“The King”！

因着T.K出了位历史上首位夺得满星的舞后，樊歆离场时，无数媒体蜂拥而至，闪光灯像雨点般频繁闪动，粉丝更是汹涌如潮，每个人脸上都挂着激动与兴奋。

随之而来的，就是爆红。

一夜之间，几乎所有国际新闻都是她，用芳姐的话说，就是一个无名小将猛然打破奥运会纪录，干掉老将夺得金牌，自此全球瞩目。

听到这话时，樊歆正在看新闻，电视新闻上也是她自己，那是昨夜里她以舞后身份立在舞台正中，头戴象征T.K的皇冠，在排山倒海的欢呼声中，加冕成为新一届舞后的视频。

小金指着电视机说：“姐，你当时戴这个皇冠简直是霸气外露！”

“是吗？”樊歆笑着看视频。

小金点头，又去看樊歆摔伤的膝盖。那地方被包得如粽子般厚实，小金的亢奋渐渐远去，忽然吸吸鼻子，拉住樊歆的手说：“姐，你知道吗？你从台子上摔下来时吓坏我了，我好怕你再也起不来……”

“怎么会？”樊歆淡淡地笑，“离开Y市的那一刻起，我就对自己说，失去歌喉又怎样，只要我活着，就不会永远跌倒哭泣……这次T.K之战，是我重回舞台的第一站，更是我最重要的跳板，我就是爬，也要爬起来！”

她温声浅笑，目光却坚毅如铁，小金看着她，一时百感交集。

一侧芳姐插话进来：“知道我为什么跟星星合作吗？因为我看得出来，她这样的人，承受得越多，就会越强。”

“是啊，磨难未必全是坏事。”樊歆将目光落向窗外，屋外苍穹高远、世界广阔，她笑了笑，眼里有不可动摇的坚定。

“使我痛苦者，必使我强大。”

T.K比赛大获全胜后，樊歆没有回到国内，而是借T.K为命运的跳板，奔向下一站更强的自我。

此后的一年时间，樊歆马不停蹄地辗转各国，顶着满星舞后的头衔，参加了多个国际舞蹈界的顶尖活动，一步一步摘下更多荣誉，同时趁热打铁举办了自己的独舞演出。另外，积极发挥自己的其他才艺，例如提琴演奏、歌曲创作，将知名度与曝光率拓展到极限……她多元化的才能让越来越多的人认识她，喜欢她。

这一年在她的勇往直前下，事业很顺利，大概印证了那句“情场失意，商场得意”的话吧。

不过也有不快的地方，在她靠努力与勤奋一步一步取得更多成绩时，总会有声音在身后泼冷水。

“呵……以为混到了国际就能洗白吗？人在做，天在看，即便成了舞后，还是个杀人犯、刽子手！”

彼时樊歆正在奥地利准备演奏会，一旁小金在微博上看到这些话时，怒骂：“浑蛋！你们全家才刽子手！我们不需要洗白！我们本来就是白的！”

见钢琴那端的樊歆一脸平静，小金问：“姐，你不生气啊？”

樊歆道：“生气有什么用？如果人人都能互相理解，这世上就没那么多孤独了。”

小金云里雾里，而樊歆看向窗外，晚秋的天空苍茫到看不到尽头，浩瀚云层下，芸芸众生显得那样渺小无依。

房间一时极静，叮咚如流水的钢琴声里，樊歆的声音传来：“小金，总有一天你会明白。人生在世，活着，就是一种巨大的孤独。不被理解，不被认可，甚至不被爱。而我们能做的，就是用更多能量去填满这种孤独，譬如梦想、信念、价值……如此，无处安放的灵魂才不至于空虚无依。”

小金甩着马尾辫，懵懵懂懂地点头。

樊歆一笑，继续低头练琴。

只是一霎之间，思绪飘到了很远的地方，是一年前不堪回首的过去。

历经昔日绝望，她在一夜之间大彻大悟，命运将她打进深渊，她失去了前进的光，于是，她变成自己的光。将痛苦与绝望熬过，期盼用更多物质填补破碎的灵魂。

等到有一天，重新充沛，焕然新生。

这一年便这样过了，第二年很快来到。

新的一年，樊歆在拼搏事业的同时，还接触了许多新鲜事物，比如电影。

这事说来也巧，还是因为安东先生。安大好人一有时间就搞慈善拉捐款。而樊歆虽命运波折多难，但从小受两位善心的母亲教养，耳濡目染之下也成了善心之人，事业走上正轨收入渐丰后，她将自己所得的一部分捐给了安东的慈善基金。

原本这钱捐出去没想要回报，没想到真是应了“好人有好报”的话，樊歆竟在慈善会上遇到了托马斯。这个她人生中，影视生涯里最重要的伯乐。

托马斯是谁？国际鼎鼎有名的大导演，其导演的十部片子，五部拿奥斯卡、三部拿金熊、两部拿金棕榈。这导演功底，放眼全球也是没谁能比了。

托马斯是安东的老友，彼时他正在寻找新电影里的某个角色，虽然只是个配角，但人物很出彩，而且对角色要求很高，不仅要颜值高，会跳舞，还要瘦，瘦得纤细轻盈如蝴蝶，最重要的是眼睛必须有灵气……托马斯对几个候选人都不满意，看到樊歆时他眼睛亮了！考虑到樊歆一直活跃于歌舞领域，他担心她不愿跨行影视，还专程托安东搭桥，才拍板了这事。

影片拍完后，凭着托马斯的名头，自然是场场爆满，樊歆的戏虽然不多，但她饰演的那个纯洁灵秀的精灵公主，头戴花冠，身穿雪纱长裙，有着透明的翅膀与精致的面容，在密林轻盈一舞后的回眸一笑，深深惊艳了全球观众。

自此，也真正打开了樊歆电影界的大门。

因着这部电影收获好评无数，托马斯又让樊歆抽空接拍了他某位朋友的作品。因着剧本很棒，人设很赞，导演功底很好，即便樊歆中规中矩地发挥，第二部仍然再获好评。

接着，第三部、第四部又开始了，数次合作，托马斯发现了她在影视上的天赋与可塑性，这次自己的电影直接让她演女二号，有很重的戏份。拍戏时托马斯处处提点她，樊歆本身就聪慧，加之又是勤奋好学的主，一旦投入就容易超常发挥……最后，这部戏她一不小心拿了金熊奖最佳女配角，另外，还帮托马斯拿了个最佳影片音乐奖。

说起音乐奖，完全是歪打正着——托马斯原本有专业的音乐团队，但樊歆本身就参与影片拍摄，对故事理解更深，闲暇时有音乐灵感她就记录下来，不料编成曲后收录到影片中，竟被大赛组委会相中，得了音乐奖。

对此樊歆认为只是运气，其实她编曲功底不算出众……但她越推辞，托马斯越觉得她谦逊，再想到一部影片她为自己抱了两个奖，便越发器重樊歆，但凡有作品筹备，必定想到樊歆。

除此之外，也有其他导演通过托马斯的作品认识了樊歆，越来越多的影片找上门。樊歆虽不是科班出身，但勤奋认真，敬业专注，为人又能吃苦耐劳，只要剧本好，女二号、女三号、女四号都不挑，所以导演、制片都对她极为满意……最忙时她一个月在四个剧组间穿梭，渐渐从不起眼的影圈新人变成影坛熟悉面孔。

春去春又来，出国打拼的第二年，她就在各大剧组中辗转而过了。

第三年夏天，在樊歆拍了好几个角色后，托马斯又来找樊歆了，这次竟给了女一号，吓了樊歆一跳。多少演员跑了无数年龙套也没熬到主角，可托马斯几部片子就将她扶上了正位。

樊歆受宠若惊，自是竭尽全力。她的努力没让托马斯失望，虽然没摘下影后桂冠，但也入围了戛纳最佳女主角，美美地走了一趟红毯。噼里啪啦的闪光灯中，她左手挽着国际最知名的导演，右手挽着国际影帝，也就是影片男主角。两个男人穿着笔挺黑西装，一左一右，绿叶衬花般同她一道走红毯。她一袭D&G高级定制手工长裙，大拖尾裙摆长达两米，垂眸一笑梨窝浅浅，身边影帝还绅士地替她整了一下裙摆，似是被她的魅力倾倒，这一幕被摄像机拍下，成为这年戛纳最惊艳的话题。

影视界混得风生水起之时，另一个好消息也重磅来袭。

樊歆万万没想到，她曾以为失去的歌喉竟在恢复。

想来命运就是这般柳暗花明，三年前她痛失歌喉，曾以为人生就此黯然，不料黑暗之后，她迎来了更耀眼的星光。

她几乎喜极而泣，推掉了几部影片，拾起从前的歌者之梦，开始筹备专辑。

专辑很快推出，因着她过去本身就是口碑不错的音乐人，又曾出过四张专辑，对于此次回归后的新专辑，粉丝期盼已久，再加上宣传造势的成功，唱片成绩不俗。收获好评的同时，粉丝还惊喜地发现，专辑的大部分词、曲、唱，都是樊歆一手包办。这个历经多年磨炼，最初只会演唱的歌唱型艺人，已成长为一个全能型的音乐人，这是她向粉丝、向自己交出的最好成绩单。

第一张专辑卖得火热，樊歆趁热打铁推出了第二张，她邀请了更多实力音乐人加入，想将后续作品推上更高水准。如果前一张专辑的定位是“精品”，那么第二张则是“经典”。

因着这两年她在圈内谦逊做人，专注做事，积累了极好的人缘及口碑，不少著名音乐人纷纷出手相助，其中，最大咖的当属音乐教父安东先生。如果说樊歆在影视方面的贵人是托马斯，那么音乐方面的贵人当属安东。这些年，多少人求着安东作曲，他都爱搭不理，可对樊歆就另当别论了。这两年他拿了樊歆大把善款，本就对她的人品持褒扬态度，而樊歆对事业的专注与勤奋，他也尽收眼底。基于对樊歆的欣赏，他火力全开，成了樊歆第二张专辑的强助攻。

果不其然，在一圈顶级大咖的联袂协助下，第二张专辑的成绩爆好，上架便售罄，主打曲在各大音乐网站排行名列前茅。而安东先生不仅在热卖时帮忙吆喝，还将主打曲推荐给了他的导师霍尔先生。霍尔这位带出了安东、温浅等高徒的音乐界泰斗，素来以严苛出名，几十年难得夸人，听完樊歆的歌曲后他同样没夸，高冷着一张脸，似乎什么也没听到……谁知夜里却在自己的博客上默默转发……如果说安东是樊歆的强助攻，那么霍尔就是秒杀全场的神助攻。他这转发推荐虽在无声中进行，却比任何媒体夸一万句更有效，樊歆排行榜的成绩原在前三名浮动，音乐泰斗这一强推，立刻独占鳌头、睥睨群雄。由此，她又创造了两个纪录，一个是在榜首时间最长的纪录，另一个则是打破十几年来，从无华人女歌手冲到榜首的纪录。

这些好成绩让她在音乐界，奖项拿到手软：“年度最佳金曲奖”“年度金唱片奖”“最佳流行音乐原创奖”……她还受邀参加各大国际音乐节，其中就有英国举办的格拉斯顿伯里音乐节。在这个全球规模最大的露天音乐节上，她与数十位全球顶尖音乐大腕一道红毯入场，舞台上她边舞边唱，头顶是浩瀚夜空，身下是十几万歌迷环绕。来自全球各地的观众仰望着她，无数根荧光棒随旋律摇动，掌声、呐喊、喝彩、尖叫……声浪在空中激撞，仿佛要将整个世界颠覆，那架势，俨然她已是乐界新兴天后……

音乐节后，樊歆毫无疑问地再次上了新闻。

无数热情洋溢的文字都是关于她，关于这个渐渐染上传奇色彩的女人的。

外媒给她冠上的标签很多，从前她是“中国的精灵歌姬”“天才音乐家的伴侣”，而如今她摆脱过去，来到更广阔的天地，一步一步成为“最强满星舞后”“最具才华女星”“慈善天使”“最美东方面孔”“托马斯御用女神”“好莱坞蹿升最快女星”“歌舞影三栖女神”“星途开挂的女人”“世界的星星”“迷住国际名导与音乐教父的中国女人”……

这些标签，除开最后几个是戏谑，其他几乎囊括了樊歆这三年的历程。

短短三四年，她创下了演艺界从未有过的奇迹。她的星途就如媒体所言，开了挂一般，勇往直前且战无不胜。演艺界在某一领域做出成绩就颇为不易，她却在舞坛、影坛、歌坛遍地开花。她不断创造骄人成绩，又不断刷新纪录。人们仰望着她，仰望着这个不断给予世人惊喜，令人觉得不可思议的女人，她会跳舞、演戏、演奏、歌唱、创作……她几乎是个超实力全能偶像。

但她并没有就此满足，反而将三个领域交叉辐射，她参演的影片会由她献唱，她的专辑歌曲会有她电影片段的MV，她的演奏会可以推她的新专辑……她将所有资源强强整合，推出积极有效的营销策略，明星效益几乎翻倍增长。除此之外，她还参加时装秀，成为各大奢侈品牌的新贵，热心投入公益，成为慈善界的楷模……外在塑造颜值与衣品，内在塑造人品与口碑，使个人影响力及覆盖面达到最大化。

她用执着与勤奋，一步一步走向巅峰。

至此，国际演艺界，“樊歆”这两个字，已如日中天。

这一年冬天就在大丰收中来到，欧洲热闹的圣诞节过后，很快逼近了国内的年关。

这些年，芳姐与小金跟着樊歆在国外奔波，忙得几年没回国跟家人吃除夕团圆饭，樊歆心下有愧，给员工封了大红包，整个工作室放假，让大家高高兴兴地回国与家人团圆。

员工回国后，樊歆待在工作室也是形影相吊，便去了机场，买了一张去加拿大的机票。

一月底的温哥华，冬雨淅沥。

寒风斜雨中，温哥华的山景公墓里人烟稀少。没人知道，最近风靡全球的“三栖天后”，此刻正在园中哀思。

纤细的身影半跪在园内的某个洁白墓碑前，将鲜艳的花束放好，然后细细拔掉墓碑旁的杂草，再用干净软布擦去墓碑上的尘污。

打理完毕后，她停下动作，看着墓碑上的照片，轻轻笑道：“妈妈，我来看你了……好想你……”

照片上的女人也是微笑着，五官静雅，眼神温柔。樊歆的指尖小心翼翼摩挲这张慈爱的面容，声音含着自责：“对不起，妈妈……这么多年了，我还是没实现你的愿望……虽然我很努力地找，去了越来越高的平台，有了越来越大的力量，但还是没得到爸爸的消息……”

照片里的女人静静地看着她，微笑一如从前，好像在说，好孩子，不怪你。

樊歆又说：“我在想，是不是爸爸早就没了，你在天上也找找看，万一他也去找你了呢？如果找到了，给我托个梦，告诉我你们团聚了，很幸福很快乐……我就知足了。”飘飞的细雨淋在她发间，她絮絮叨叨，“好了，你也别操心我，我这儿好得很，事业很顺，身体也倍儿棒……感情上嘛，几年前跟那谁掰了，也伤心过一阵子，但你别担心，我记着你当年那句话呢，你说要我找个好人，好好过一辈子，别像你那样孤独终老……所以我会找的，就算被爱情伤过，也不会失去爱的勇气，毕竟还有长长的下半生要过呢！”

她似想起了什么，补充道：“真的，我没骗你，我现在桃花满天飞，什么人都有，多到招架不住……”

说到这儿，她扑哧一笑。自从爆红以后，她这个集颜值、才华、聪慧、勇敢于一身的大牌，笼罩无数光环不说，还被评为“全球最美面孔”（位于第七，国内顶级天后苏越才排第四十二位，被甩出N条街了）。

如今她这位全球第七的最美面孔，桃花不叫桃花，叫桃林，浩浩荡荡能演几部电视剧。

而在这部剧里，有几个段子被人津津乐道。第一个段子的主角是国内某个煤矿大佬。此暴发户想在圈内摆谱，表示愿出高价请国际女神共进晚餐。有人说樊歆不吃这套。暴发户眉一挑，粗声粗气道：“进这个圈的女人不就为了钱吗？不吃，是因为钱不够她的档次！”又问，“国内一线女星一场饭局多少钱？”

旁人答：“据说这两年最红的萧倩是两百万。”

大佬志在必得地笑：“国内两百万，好，我看樊歆是国际一线，我给她脸，两千万！翻十倍看她吃不吃！”

圈内人纷纷咂舌，都在猜测国际“三栖天后”会作何选择。

没想到，几天后，天后还真回应了——吃。

大佬大笑，嘚瑟地登上去巴黎的航班去与美人共用晚餐。

那个傍晚，大佬阔绰地丢下支票，看着传说中的全球最美面孔，那叫一个春心荡漾，他打算饭后再丢一张更大额的支票，怎么也得尝尝这尤物的滋味——那激动的心，仿佛经商不如盛唐慕春寅与荣光温浅，但睡过了他们的女人，就能跟对方一样牛似的。

于是，他急不可耐地掏出了另一张支票，正要说意图，浪漫烛光后的美人盈盈一笑，没有半点儿天后的架子，温声说："谢谢王总的美意，我也有礼物要送给王总。"

大佬受宠若惊，看着美人在灯光下笑靥如花，魂儿都要被勾去几分，下一刻就见饭店包厢的门猛地被推开，噼里啪啦的闪光灯中，一群记者冲了进来，其中领头的说："感谢王先生对我们儿童慈善协会的大力支持！"又激动地接过樊歆手中的支票，说："感谢樊歆为我们筹募的善款！那些重症患儿有救了！"

樊歆会心地笑，慈善协会各位骨干又转身围住暴发户，一个一个轮番握手："感谢王先生！"

"王先生，感谢您的无私与奉献！"

"王先生，您的善良，上帝看得到！"

……

这么多人在场，大佬哪儿还能对樊歆做什么，就这样眼睁睁吃了哑巴亏，赔几千万换了个"好人"的名声。

这事传开后，圈内笑成一片，有人说暴发户"偷鸡不成蚀把米"，更多人夸赞樊歆机智聪颖。

除了这个暴发户的笑料，还有一个小王子的故事。

说是某个阿拉伯国家的王子，偶然看到樊歆的倾世一舞，惊为天人。此后不远千里追寻樊歆：樊歆在巴黎开演唱会，他就去巴黎；樊歆在美国拍戏，他就追到美国片场……被拒绝无数次仍不气不馁，一片痴心。

因着他显赫的身份，这事自是被媒体添油加醋，以致樊歆身上的标签又多了几个——"王的女人""××国准王妃"……

听到这外号，樊歆笑喷了，小王子今年还不到二十岁呢，她大他近一轮，压根儿就没考虑过。

后来小王子放弃了，不是因为樊歆的拒绝，而是因为他老子，也就是××国国王。他派人将儿子绑了回去，小王子走时哭得稀里哗啦，托人给樊歆带话——"真主保佑，我心与你同在……"

墓碑前的樊歆无奈一笑，收回了思绪。下一刻笑容顿住，眼风向后一扫，对着墓碑轻声道："说曹操，曹操到，又有桃花到了！"

阴沉的天空雨丝如织，可头顶的雨却没有飘到她发上，而是被一顶墨蓝的伞挡住。

樊歆扭头，看着身后撑着伞的儒雅男人，问："程先生，你怎么来了？"

男人冲她一笑，斯文干净的一张脸上，湿润的雨雾衬出读书人的书卷气，只是稍稍羞赧，不敢与她对视太久，似乎有些紧张，可眸里又藏着满满的喜悦。

程之言。

程之言是谁？如果说暴发户、小王子以及其他甲、乙、丙、丁都是烂桃花，那么程之言算得上稍微靠谱点儿的。

这三四年里樊歆忙于工作，并不想谈感情，再加上那些年为温浅所伤，多少有点杯弓蛇影。可别的桃花她能躲，程之言她躲不过，因为他是表舅介绍的，就是那个加拿大华裔商人的表舅。表舅一直对她很好，曾照顾她母女多年，眼瞅着樊歆都快三十岁了，想起表姐临终嘱托，急了，又觉得圈内的明星都不靠谱，不放心樊歆跟艺人交往，于是八卦又热心的表舅妈就将自己的得意弟子程之言介绍来了。

程之言，三十三岁，是加拿大有名的华人大律师。配樊歆这国际天后虽差了点儿，但一年上千万的收入也足够过安逸生活。

担心樊歆不肯见面，半年前表舅夫妇还专程带着程之言从温哥华千里迢迢飞到奥地利。樊歆不好直接拒绝表舅，便同表舅与程之言吃了一顿饭。可就是那顿晚餐，让樊歆发现程之言的用心。

这个在法庭上滔滔不绝的大律师，见了她居然手心出汗，脸通红，话都讲不清楚。但即便如此，他仍然努力讲笑话，活跃气氛。

也是这顿饭，才让樊歆知道，程之言是她十年的粉丝。那时她还在加拿大读书，只是参加了个普通的电视节目，他就注意到了她……此后他的目光追随她去了中国，看她从一个默默无闻的新人，一步一步走到如今，成为天后……她的每张专辑他都有买，每部影片他都会看，每场演唱会他都花重金买最前面的座位，只为了能近距离看到她……而这顿饭，说是舅妈介绍的，其实是程之言找舅妈求来的。

那一刻，樊歆知道，程之言是真心喜欢她，他看她的眼神，就如同当年她看温浅的一模一样。

许是被感动，许是不好拂表舅的好意，当程之言提出以普通朋友先相处时，樊歆没有拒绝。此后两人偶尔会有联系，樊歆太忙，都是程之言主动联络她，有时打个电话问候，有时发个节日祝福短信，节假日时程之言还从加拿大飞欧洲几次，总说是替她舅舅、舅妈送东西，其实目的不言而喻……但他到了也不打扰她，或是在片场安安静静地等，或是在台下与观众一起看她的表演，从不给樊歆造成负担。

两人关系的突破是在半年后，也就是今年的圣诞节。平安夜打电话时，樊歆无意中说想吃舅妈做的熏火鸡肉，不想一觉醒来后，清晨的雪花纷飞中程之言出现在她的门外。他冻得瑟瑟发抖，怀里却紧抱着个保温瓶，里面正是她舅妈做的熏火鸡肉。十几个小时的飞机，他怕冷了，就一直搂在怀里。

樊歆大为感动，于是那天两人吃过晚饭后，程之言邀请樊歆一起散散步，樊歆没有拒绝。

之后两人的关系就进了一步，电话、短信多了起来，程之言总担心她工作太累，没事就四处搜罗笑话发给她，让她能在繁忙的工作中轻松一下。

如今，这爱发笑话的家伙来了，可一见樊歆脸又红了，撑着伞站在细雨里，大律师的气场全无，像一个见到暗恋对象的十六七岁的小伙子，期期艾艾。

还是樊歆开的口："你来这儿多久了？"

程之言说："一个小时前来的，不好打扰你，就在后面等着，但现在雨大了，你又没带伞……我就上来了。"又说，"如果你跟妈妈还有话没讲完，你继续，就当我不存在，我只是一把伞……"

樊歆笑了，看着这把"移动伞"问："你怎么知道我在这儿？"

"舅妈告诉我的，叫我来接你回去吃晚饭，说做了你爱吃的熏火鸡肉。"

雨越来越大，樊歆站起身："走吧。"

烟雨朦胧中，两人共撑一把伞，在这安静的墓园里越走越远。

两人走远后，墓园中苍翠的松柏后，缓缓走出一个高挑的身影，身着笔挺的藏青色风衣，身姿静默如松，安安静静望向樊歆离去的方向，眼神却如波涛汹涌，翻腾着无尽情愫。

很久后，他转过身来，朝着樊歆刚跪过的墓碑深深鞠躬，低声道："伯母。"

程之言也跟着在表舅家吃的晚饭，舅妈一个劲儿地给两人夹菜，快把樊歆吃撑了。

饭后，程之言小坐了一会儿，说是陪表舅下围棋，可眼神时不时就往一旁吃水果的樊歆身上看去，眉目间的欢喜不言而喻。

夜深时，程之言起身告辞，表舅跟表舅妈二话不说将樊歆推了出去："歆歆啊，舅舅、舅妈要睡了，你帮忙送送客……"

于是，樊歆就将程之言送到了门口。夜深风大，似又有大雨要落，樊歆催促程之言快走，程之言却凝视着她，脚步分毫不挪。须臾，他鼓起勇气，将一个小巧的珠宝盒往她手中一塞，说："谢谢你今天陪我吃晚饭，我很开心，这是送你的新年礼物，希望你喜欢！"

他怕樊歆拒绝，立马开车就走，留下樊歆拿着礼物愣在院门口。

樊歆拆开盒子一看，是条星星项链，细链子上有个星形吊坠，在她纤细的指缝荡来荡去，于幽暗中闪着水钻的光。樊歆一笑，正要将链子装回去，倏然眼角有黑影一晃，似是有人快速在巷子口拐过。

“谁？”她一惊，追了上去，却见空荡荡的巷子口什么也没有，她怀疑是自己多心，低头一看，却见角落垃圾桶上有一堆烟头。

明显是才抽过的烟头，是顶级的高档烟，却没有一根抽完，每根都只抽了一半，甚至几口便被拧熄，透出抽烟之人心情不畅，频频拿起又频频放下。

她越发起疑，站在巷子口往前看了看，发现这个位置不仅能看到舅舅的房子，而且角度竟然正对着她睡的那间卧房。

如果这人真是冲她来的，会是谁？

是他？不可能，他虽然抽烟喝酒样样来，但只爱昂贵的古巴雪茄，从不抽这个品牌的烟……再说那死变态已经被她赶走了无数次。

难道……是他？不，更不可能，两人断了这么多年，而且他一贯是烟酒不沾的……瞧瞧这烟头，起码有一整包，这不是他的作风。

或者，只是她多心了。想了半天没有头绪，她慢慢往屋里去了。

春节过完，团队回归，樊歆丢开疑惑，投入到紧张的工作中。然而，这紧张没持续多久，一个电话打给了她。

亚洲最大的影视文化节将在国内G市举行，热烈邀请国际影视界风头正盛的托马斯大导演与他的御用女神樊歆做压轴嘉宾。

樊歆不大想去，曾经她借着T.K为跳板，跻身国际舞台，之后就一直留在欧洲发展。绝非是她看不起国内舞台，相反，她对国内一直有抹不去的眷恋，只是近乡情怯，过去的疼痛太多，她不堪回首，怕触景伤情。

托马斯那边来消息了，他最近身体不便，去不了文化节，但文化节的主办方与他交情很好，他对不能到场深感愧疚，请樊歆务必带着他的心意到场。

对此，芳姐兴奋不已，对犹豫不决的樊歆说：“回去！咱必须回去！你忘了当年我们出国时那些说风凉话的嘴脸了！哼，该轮到咱回去打他们脸了！”

第六章
荣归

二月二十六日，G市。

在这个天气晴朗的冬日，樊歆阔别国内舞台三四年后，荣归故里。

这次她的回归轰动媒体网络，隆重又高调，真正叫风光无限。

怎么个风光法？专机回国，天王赫祈、王导、莫氏大小姐、周氏二公子一干大腕亲自接机。大腕们的拉风豪车就不说了，樊歆团队就自带一排车队。两辆保镖车前头开路护航，后一辆车坐经纪人跟多个助理，再后一辆车坐化妆师、造型师，另外还有一辆车装衣服、珠宝、配饰等，而樊歆则是在中间的保姆房车里，车内设置豪华舒适，堪称移动酒店。

一大排车从机场浩浩荡荡驶向G市市区，尽显国际天后阵势，进入主城区时，无数人围观，差点儿引起交通瘫痪，而无数媒体闪光灯追逐着樊歆的车队，一秒钟都没停。

时间紧迫，一行人没有抵达下榻的酒店，而是直达文化节会展中心。会展中心门口早有闻风而来的记者和粉丝守候，里三层外三层都围满了，若不是保安跟保镖拼死相拦，估计会展中心的门都要挤爆。

车子抵达入场口的红毯才停，万千视线下，樊歆从车内款款而出，黑白拼色风衣配哑光高跟鞋，刚过耳垂的利落中碎发，墨镜遮住精致的眉眼，只露出薄唇与优美的下颌，保镖助理隔开人群团团护在她身边，将她簇拥进场。

原以为门口的人已经够多，没想到红毯会馆里的人更是爆满。

上百家媒体高举摄像机守候在两旁，大大小小的明星不断登场，激起红毯旁记者的骚动与亢奋。在天后苏越出场时，闪光灯噼啪不断，苏越对着镜头，笑得像一只高傲自信的天鹅。

然而不过片刻，她的高傲渐渐敛去，因为红毯一头，出现了一张相识的面孔——媒体的热情因为这张面孔陡然暴涨，尖叫声、呼喊声、急骤如暴雨的闪光灯声，响到全场最高峰，所有人的目光中只有这个面孔，方才为苏越的喝彩，全然忘到脑后。

这才是真正的压轴。

压轴的女人，褪去了半小时前下车时的风衣外套，着一身黑色丝绸露背长裙，并未戴多余花哨饰物，只在光洁的脖子上配了条碎钻项链，该项链由国际顶级珠宝品牌S&Q赞助，此品牌严苛高傲，六十年来只选过四位代言人，樊歆是其中唯一的亚洲女星。明亮的灯光中，樊歆的装扮大气不失简雅，璀璨的珠宝闪耀在她胸前，宛若明亮的星光,而她步伐端正优雅，偶尔有人喊她的名字，她便轻收下颌，示意摆手。

士别数年，当刮目相看。几年的风雨打拼，这个被闪光灯聚焦的女人，已被岁月磨去了棱角与锋芒，唇角虽弯起淡淡笑意，却不再是过去那个温文浅笑的她，一颦一笑、举手投足满满是上位者的威仪，姿仪极美又气场凛然，登时秒杀一干花枝招展的女星，包括苏越。

提起苏越，镜头正中的樊歆也颇有感叹，多年前她与苏越一起走红毯，彼时她只是小小配角，而主角苏越盛装压轴，对谁都不屑一顾。而今风水轮流转，她成为如日中天的国际"三栖天后"，在万丈光芒中踏过骄人红毯，而曾经的天后苏越，却只能寂寥地看着旁人的荣耀。

那一刻樊歆想，时光果然是最好的雕琢师，她曾在痛苦中黯然失色，然而，那些坎坷与绝望终是成就了她。

她终于成为这一瞬最闪耀的星。

文化节落幕后，赫祈做东，为樊歆接风洗尘。顶级的酒店包厢里，一干人喝得分外痛快。最高兴的就数芳姐，她拍着樊歆的肩说："哎呀，今儿看看那些媒体我就痛快！几年前他们踩低捧高、冷嘲热讽！哼，现在呢？你大红大紫，过去的事再没人揪着了，一口一个天后，那谄媚样儿！"

樊歆喝着啤酒，只是笑。

原本她打算低调回国的，但芳姐死活不肯，非要安排那些阔绰排场，就为了出这口气。樊歆也没拦，数年前她们在某些无良媒体的围剿中离场，舆论的伤害几乎将人压垮，如今苦尽甘来，扬眉吐气也不为过。

想到这儿，她给芳姐敬酒，由衷道："谢谢芳姐，这几年陪在我身边，辛苦了。"

芳姐将酒杯推回去，声音满满感叹："我苦什么！你才苦！这几年只有我才知道你有多难！别人眼红你蹿升快，说你跟某导演、某大佬有关系！我呸！你要不红那是没天理！圈里就找不出比你更拼命的！没一天睡觉超过四个小时！身上到处都是伤！看着只拼了几年，可付出的努力是别人十年也赶不上的……我要敬你！来！干！”

“干！”樊歆跟她碰了一杯后，喝高了的莫婉婉抱着酒杯也上来碰杯，碰完后抱着芳姐直号：“我姐们儿在外遭这么多罪我居然不知道……”——莫氏大小姐刚刚结束东洋留学之旅，原本打算去巴黎看樊歆的，不想樊歆主动回国了。

芳姐也喝得差不多了，抱着莫婉婉呜咽：“是真苦啊！你知道那满星舞后是怎么拿的吗？她从那么高的架子摔下来，膝盖当场骨裂，那么疼，地上都是血！她眉头都不皱！观众都哭了，她还在跳……还有，去年冬天在北欧开巡回演唱会，下好大雪，我们说取消演唱会，但她不愿让粉丝失望，坚持开演，那可是露天体育馆啊，歌迷都穿着棉袄，打着伞，她却为了舞台效果只穿短裙，冻得嘴唇发紫，还要在风雪中又唱又跳！下台就晕了！我们送医院后发现她掌心有血，她说怕自己在台上冻晕，撑不住就猛掐自己！指甲活活把掌心掐破的！”

莫婉婉眼睛都红了：“这骗子，每次跟她打电话，她都说很好很好……叫我不要担心……”

“她嘴可硬了……就没见过这么倔的……”

两个醉酒的女人抱在一起，絮絮叨叨，终于哭了出来。

而桌子那边，樊歆看着一群喝得东倒西歪的家伙，对身边的赫祈道：“别用这个眼神看着我，婉婉有句话说得好，想要牛，必先吃苦。”

赫祈笑了笑，表情很认真：“吃这么多苦……埋怨过吗？”

樊歆点头：“当然，曾经恨死了这老天！可埋怨有什么用，它就会可怜你、同情你，甚至放过你吗？还不如想想怎么改变……”说到这儿，她笑起来，“再后来有一天，看到一件事，就释然了。”

“什么事？”

樊歆抱着啤酒瓶喝了一口，这些年她在国外偶尔失眠会喝酒降压，久而久之，酒量提高，如今一圈人都喝倒了，她却仍神志清醒，眼睛在灯下明亮如星。

她说：“有一年路过一个养珍珠的湖，看到养珠人往蚌壳里放沙。蚌那么柔嫩，沙硌进去多疼啊，但蚌就这样硬生生将沙磨成了珍珠……很久后我想，那些不好的经历，就是命运给我的沙子，它让我很疼很痛……但我熬过这一段，把痛苦化成动力，就变成更有价值的自己了。”她笑着眨眨眼，拍拍胸口，“成了现在的国际‘三栖天后’！”

赫祈静静地瞧着她，幽邃的眸里满是动容。

这个像珠蚌一样的女人，命运予她疼痛的沙砾，她却将它孕育成了珍珠。

他伸手揉揉她的发，她齐腰的长发早已剪去，不规则的碎发在他指尖穿过，他笑着说：“好励志，想奖励你一个拥抱，但你现在今非昔比，我已经不够你的咖位了！”

樊歆转身抱住他：“才不！你永远是我心中最牛的天王巨星！”

赫祈也回抱着她，眼里盈满友爱的暖意：“樊歆，我曾经觉得‘Star’这个名字不妥当，太过招摇，可如今我发现，只有这个词才足以匹配你。”

顿了顿，他拍拍她的肩，爽朗大笑：“世界上最亮的星星，看到你现在的模样我真高兴！”

两人相视一笑，樊歆推他一把：“好，晚了，散了吧，明天我还有事。”

赫祈点头，这顿接风宴便散了。

接风宴后，大概是这天事有些多，樊歆夜里睡不着，坐在酒店露台上吹风，冬末的夜，寒意仍在，刮在脸上有些冷意。

小金一贯将樊歆照顾得体贴又周到，她端了夜宵过来，再给樊歆加了条薄毯，问：“姐，你干吗把明天的访谈推了？那是国内最有名的访谈节目，收视率好高的，咱现在虽然名气大，但多露点儿脸也不是什么坏事。”

樊歆道：“明天去不了访谈，我要去隔壁S市，有要事。”又道，“届时我一个人去就可以了，你们就当放假吧，在G市里好好玩玩。”

一提到S市，小金已然猜了出来：“姐，你又要去看她？”

樊歆点头。

小金默了默，道：“咱现在回国了，你一个人去……要是遇到那两个人咋办啊？”她说着，不经意看看露台下，目光一顿，惊道，“我的天啊！我这嘴怎么这么准！”

樊歆目光往下一扫，酒店车库的方向，一抹幽蓝正在黑夜中发光。

与小金的惊讶相反，樊歆平静地收回目光：“回屋，睡觉。”

小金指着下面道：“可是慕……”她怕樊歆不快，将名字换了一个称呼，“可他在那儿啊！”

“在就在，有什么大惊小怪的。”樊歆淡淡地道，“这些年遇到他又不是一两回，跟大力和小远说声，他要是敢进酒店，你们就把他扔出去！”

话落，她转身进了洗浴间，若无其事地洗发淋浴。

这些年，樊歆虽断了跟慕春寅的联系，但只要她还在这个圈子，她就避免不了跟慕春寅有关系，谁让人家是影视界投资玩票的大佬呢？这两年彼此狭路相逢过几次，或是在顶级颁奖晚会，或是在电影节后台，擦肩而过时她目不斜视，仿佛他只是个陌生人，而他永远都是笑盈盈的，甚至某次在化妆间不期而遇，他还凑过去说："慕心。"

彼时的她淡定地拍手，喊了自己的保镖来，面无表情地吩咐："以后慕总一靠近我，你们就立刻拖走他。"

打拼数年，地位不一样，气场也不一样，她的声音利落干脆，有了天后该有的决绝与锐利。黑衣保镖立刻毫不留情地将"头条帝"架走……而被架走的"头条帝"也不生气，没事人似的，还跟樊歆挥手再见。

于是……下次他们不小心再见，保镖依旧出动，拖走慕春寅。

再下次，再拖走。

樊歆一眼都不想看他。

如此拖了几次，直到上个圣诞节，也就是程之言去巴黎看樊歆的那天。两人在塞纳河畔一家日式馆吃饭，吃到一半，隔壁桌子来了位客人，着长风衣、英伦靴，身材高挑，面容英俊，只是看向程之言的眼神有些冷，可不就是慕春寅。

樊歆本想拍掌招保镖驱赶，可不愿影响饭店的正常营业就作罢了。接下来，她该怎么吃就怎么吃，跟没看到慕春寅似的，而程之言背对着慕春寅，是真不知道"头条帝"的存在。他一会儿给她夹菜，一会儿给她倒果汁，体贴又绅士。而慕春寅就在另一桌，点了一杯酒，慢慢抿着，冷眼旁观。

樊歆以为这次就是巧合，毕竟那日式馆太出名，许多大腕都爱去，便没放在心上，只是叮嘱保镖，要永远将慕春寅隔离在她的三步之外……

昔日相隔咫尺面对面她都能面不改色，而今既然决定回国，就做好了狭路相逢的准备，反正她再不是从前那个慕心了，对他，对任何人，她都无所畏惧。

……

沐浴后，樊歆上了床，关灯，在安静的夜色中渐渐睡去。

而幽暗的酒店露天车库，有人静静坐在车内，在袅袅的雪茄烟雾中，仰望酒店房间的那扇窗。

烟，由长到短，一根接一根，仿佛要燃烧整个漫长的黑夜。

又或者，这些年无数个漫长的夜，他就是这样度过的。

车窗外的月光如纱般倾泻，将万物镀上一层银白的光芒，而千里之外的Y市，也有人并未入睡。

白炽灯照耀下，偌大的办公室里只有一个人，孤零零的影子投到雪白的墙面上，房间更显冷清。

墙上的LED屏放着影视文化节的视频，着墨纱长裙、身姿曼妙的女子自红毯上款款而过，高清镜头推进特写，映出她长睫乌目，颊边梨窝若隐若现。她淡淡一笑，容颜并未随着光阴褪色，反而在岁月的打磨中，如蒙尘之玉拂去尘埃，光芒乍现，倾国倾城。

房里的男人定格了电视机上这个特写镜头，他缓缓伸出手，隔着冰冷的LED屏，他的指尖一点一点触摸她的脸。那样轻柔的动作，像抚着一件稀世的珠宝。而他幽深的眸子，压抑着苦痛的挣扎。

他抚了很久，最终将左手端着的一杯冰水尽数饮下。

灯光下，一盒拆了一半的香烟，在棕红色的办公桌上静静放着。

翌日，樊歆出现在S市郊区疗养院。

即便不愿再跟慕春寅有什么关系，但她的另外一个母亲，她一直挂念在心，这些年她虽然在外奔波，但隔上三五个月，一有空她就会飞回国内，去S市疗养院探望。只是她行事低调，没人发觉。

探完后天色已晚，她在离疗养院不远的一家酒店下榻。自风光回国后，她到哪儿都会引起轰动，于是她此行刻意打扮得朴素低调，也不带助理跟保镖，好歹避开了记者与粉丝的追踪。

大概是与许雅珍的见面让她想起了很多往事，关了灯的黑暗中，她躺在酒店的床上翻来覆去睡不着。

嘀嗒一声响，一条短信发了过来。她打开一看，又是程之言发来的笑话。

她心情好了些，但还是不想说话。那边程之言似乎感觉到什么，拨了一个电话过来，开门见山地问："你是不是一个人在国内感到孤单？"

他的直觉如此敏锐，樊歆沉默不答。程之言说："我明天刚好出差去中国……我顺道去看你，给你带你舅妈做的熏火鸡肉，好不好？"

他的借口如此蹩脚，关心却如此实在。樊歆笑了："我在S市呢！你真要来？"

程之言也笑了，只说："你地址发我，明早等着推门看。"

电话至此便结束了，樊歆抱着手机慢慢睡去，心里很暖，还真有些期待一早推门程之言就站在那儿，穿着厚而温暖的呢子大衣，怀里抱着她舅妈的爱心牌熏火鸡肉。

一夜过去，天亮起来。二月底的天，原以为初春而至必然暖阳高照，却没想到又下起了鹅毛大雪，寒风瑟瑟，让樊歆想起圣诞节那天程之言站在雪地里等她的场景。她探头往下一看，银装素裹的酒店后院还真站了一个人，背对着她，身姿掩映在花木里看不清楚，但那身黑色呢子大衣，跟程之言的那件很像。

没想到这家伙还真飞越半个地球来了！樊歆穿好衣服下楼，决定要用吃大餐的形式来感谢他的熏火鸡肉。

然而，踏上酒店后院雪地的一霎，她瞳仁一紧。

那人根本不是程之言。

翠绿的万年青背后，那人立在风雪中，身材颀长，笔挺的羊毛大衣衬出雍容的气度，他缓缓转过身来，那双幽深含笑的眸子熠熠生辉，唇畔笑意风流。

慕春寅。

见樊歆的脸色迎着风冷却，慕春寅笑道：“怎么？看到我很失望？”

樊歆在短暂的惊愕后回归镇定，吐出四个字：“阴魂不散！”

保镖不在身边，她没法将人赶出去，但没关系，她转身走就是——这三年不敢说脱胎换骨，定力是大有长进的，不然也不会面不改色，仿佛什么都没看到。

慕春寅明显不会善罢甘休，他快走几步，一只手搭上了她的肩。她顿住脚，冷冷道：“慕总自重！”

那只手却丝毫不松，樊歆微一皱眉，眸中的克制敛去，猛地拽住那只手，反扭，屈膝撞向对方软肋……只听砰的一声响，前一刻还站如松的“头条帝”被她一个过肩摔，丢到了雪地里。

被撂倒的“头条帝”坐在深雪中，眼里有惊愕。这恐怕是他人生中第一次被女人摔了过肩摔。

今时不同往昔。那个一味忍让迁就的慕心早就不在了，取而代之的是这个站在雪地里神色冷漠的女人。北风呼啸而过，她及耳的短发在空中翻飞，黑色及膝靴踩在雪地里，目光锐利，凛然不可冒犯。

她拍拍手道：“慕总，离我远一点儿，不然下次就不止过肩摔了。”

人红风险大，这几年她跟保镖学了点儿贴身格斗，还专门学了几招女子防狼术，虽然只有几个招式，但练得多了，威力不容小觑，慕春寅猝不及防，被撂倒也是正常的。

见她又要走，慕春寅一笑：“去哪儿啊？不等你的程先生了？”话锋一转，“哦，你恐怕等不到他了。”

樊歆缓缓转过身，目光如针：“慕总是什么意思？”

慕春寅从雪地里起身，满身是雪却毫无狼狈感，他一面拍着外套上的雪，一面带着恶作剧般的笑：“你猜？”

樊歆默了默，掏起手机拨出号码，那边程之言很快接通，口气却有些期期艾艾，像是痛苦，又像是不忍，最终他说：“对不起，我没法去看你了……我是真喜欢你，但我不能这么自私……对不起，真的对不起！”

他说完便挂了，樊歆握着电话站在雪地里，由着雪花一片片飘到身上。她转过脸来，看向慕春寅：“你对他做了什么？”

慕春寅眉宇披着淡淡雪光，高高在上又难掩快意：“没什么，他不是有家事务所吗？还有六七十岁的老父老母，大他两岁的哥哥嫂子，四岁的小侄女……我让他做个选择，是要这一家老小，还是要你？”

樊歆心头一瞬闪过震怒与憎恶，旋即慢悠悠笑了起来，这些年的打磨已练出她的耐性，于是她用优雅迷人的微笑、风轻云淡的表情，吐出锋利的话语："这些年了，慕总还是一如既往，无耻卑鄙，不择手段。"

慕春寅坦坦荡荡承认："对，我就是这样的人。慕心，你知道我的性格，从小到大我要什么东西，就必须得到。我要是得不到，那别人也别想得到。"

樊歆笑容更明艳，拍手感叹道："慕总不仅卑鄙无耻，这变态的心性也更变本加厉了，简直无药可救。"

"有药的，不就是你吗？"慕春寅道，"呵，我知道，你现在是国际天后，顶级名流，我拿你没辙儿……可没关系，我动不了你，大可以动你身边的人。程之言、杨永、威尔斯、杰瑞德、劳伦……这些对你痴心妄想的男人，来一个，我毁一个。"

他缓缓贴近她的耳畔，压低了声音，微笑的表情下，是越发阴狠的语气："谁要是不知死活，我就要谁万劫不复。"

樊歆没再笑，只是看着他，目光越来越冷。阴沉的雪空里，慕春寅目光流转、笑意荡漾。面对那样漂亮的一张脸，那样熟悉的笑，她却只有一声冷笑。

如果几年前温雅跳楼时，他肯伸手拉一把，温雅或许不会死，她跟温浅就不会走到这个地步。

可他没有，他漠视生死，冷眼旁观，甚至落井下石。

如果当初灵堂上她被众人诬陷之时，他肯公平做证，她不至于背上杀人毒妇的罪名，受千夫所指、世人唾骂。

他甚至还曾带一帮媒体看她的笑话，笑盈盈地往她伤口上撒一把盐。

他做的还不止这些。

这几年她渐渐想明白了——当年温雅的死就是个圈套，就为了离间她与温浅。而温雅选择死这种决绝的形式，大概是因为走投无路。至于走投无路的原因，盛唐多少负有责任，若非慕春寅举盛唐之力向温雅施压，温雅的压力不会这么大。

所以，从另一个层面讲，慕春寅同温雅一样，都是将她推入绝境的幕后推手。

那些年，她在无助与愤然中离去，从温哥华辗转巴黎，从巴黎辗转奥地利……日益风光的背后，吃了多少苦，受了多少伤，挨了多少痛，只有自己知道。

她不后悔那些疯狂的付出，亦不憎恶这坎坷的人生，但如果能够选择，谁会犯贱地选择在痛苦中饱受磨难？

而时至今日，他依旧步步紧逼，甚至还来耀武扬威。

"呵……"寒风呼啸而过，大朵雪花跌在两人身上，冻得肌肤发寒。沉默的女子迎着雪空嗤笑出声，极尽讥讽之意。

一晃三四年，他以为她还是当年那个任人揉捏的慕心吗？

“好！”她迎着他弯眉浅笑，绵绵的笑意里似藏了刀，又重申一遍，“好！”

她扭头看着身边的男人，容颜清艳如雪中蜡梅，乌眸却灼灼如焰，仿佛要在人身上烧出个洞：“既然慕总疯了似的想要我，那我就大发慈悲，如你所愿。你不是就想要那个证吗？去啊。”

慕春寅得意的表情终于顿住，他慢慢逼近她，似在揣测她话意的真假，瞳仁在飞雪里幽邃如渊：“怎么，想通了？”

“对，想通了。”樊歆颔首，用平淡的口气说出刻毒的话，“这些年，慕总折磨我，也该轮到我折磨折磨慕总了。”

慕春寅的笑褪去，他紧紧凝视着她，目光如炬，仿佛要穿透她的灵魂。

“怎么？我愿意施舍给你，你倒不敢要了？”她将“施舍”二字咬得重重的，近乎挑衅，话落，转身往回走去，“那就当我没说，慕总回吧，山高水远，此生不……”

最后一个“见”字还未出口，她的手腕一紧，慕春寅将她拽到了怀中，他箍着她的腰，将她的身子贴向自己，是个全盘占有的姿势。而樊歆仰头冷冷瞧着他，目光冷冽，没有半分退让。

彼此的气场在风雪中激撞，如势均力敌的暗潮汹涌澎湃。

最终，慕春寅一字一顿道：“你说的，就算是折磨，也得一辈子。”

结婚的事一出口，两人便雷厉风行地回了Y市。

簌簌大雪中的深夜，天上没有星月，四周全是黑暗，像一只洪荒大兽张开巨大的嘴，吞噬着世间的一切，而车里缄默的两人，决然地奔向怪兽腹中。

“在想什么？”慕春寅开着车，睨她一眼。这满是深雪打滑的路，稍不留神也许车子就会出事，他居然还有心思跟她说话。

樊歆靠着窗，看着汽车驶过大桥，闻言，漫不经心地睨他一眼，笑靥如花：“我在想，路况这么差，万一翻车掉下桥，可就有意思了。”

慕春寅握着方向盘，跟着笑：“好啊，生不能同眠，那就死同穴。”

抵达Y市时已是早上，樊歆以为慕春寅会开车回家，不料他却将车直接开到了民政局。

民政局刚刚才上班，也不知慕春寅是想抓紧时间还是真迫不及待，他以最快的速度将樊歆带到照相房，咔嚓一声响后，结婚登记照照了出来。

虽然拍照人员说“一二三，笑”，但照片里的男女，一个撇嘴不屑，一个出神发怔，谁都没有笑。

照片拍完后便是填写结婚申请书，所有信息填写完毕后签字，再由工作人员盖章，这段婚姻在法律上就成立了。

樊歆的笔飞快，到了签字一栏，她的笔尖顿住，看向身边的慕春寅，道：“慕总，你要我嫁你，就不表示点儿诚意吗？”

慕春寅抬眸，幽深的眸子里映出她的脸：“你要什么诚意？”

“你不觉得缺了什么仪式吗？”樊歆往地上一指，圆润的指甲闪着珠贝的光，眼神自上而下地瞟着，有淡淡的轻蔑与傲然，“跪啊，跪着求我嫁你啊。”

虽然民政局给两人安排了个小房间单独领证，但当着两个在场的工作人员，慕春寅仍是一怔。

连工作人员也呆了。要堂堂“头条帝”在大众场合下给女人下跪，这不可能吧。

樊歆还在笑：“愣着干吗？求婚男跪女不是天经地义的吗？莫非慕总以为自己是盛唐老总高高在上，就可以免这一关？”她换了个姿势坐，跷起大长腿靠在沙发上，口气满是不屑，指尖在茶几上轻轻叩着，“没诚意就算了，不真心的男人我看不上。”

这句话后气氛更是紧张，工作人员都尴尬了，正想着要怎么缓和情况，忽地地板一声闷响，尘埃飞扬的光影中，沙发上的男人单膝重重跪在了地上。工作人员吓了一跳，就见他半跪于地，背脊笔直，仰头凝视着樊歆。

樊歆也看着他，坐在沙发上纹丝不动，眼里没有常人被求婚的激动与惊喜，只有刻骨的冷静。

跪着的慕春寅没什么表情，但语气清晰，缓缓道：“我慕春寅今天跪在这儿，真心诚意求樊歆樊小姐嫁给我。也请身边所有人为我见证，这一生，我爱她如生命。”

樊歆居高临下地低低一笑：“行了，起来吧。”话落，她伸手虚虚扶了他一把，像个君临天下的女王，客套地扶起自己的臣子。

求婚之后，樊歆痛快签了字。她扭头看身边正要签字的慕春寅，笑盈盈又丢出一句话。

“慕总，结婚可以，但我不尽任何夫妻义务。”

慕春寅笔尖一顿，工作人员也呆了，说：“您这样……婚姻不长久的……”

樊歆说：“要长久干吗？我结婚就是为了离婚。法律不是允许婚后分居两年就可以离吗？我等着呢，到时候离了还能分走他一半身家！多好啊！”

这下没人再劝了，从进屋来两人间的气氛就如暴风雨前的夜，气压低到骇人。现在更是频频扔出重磅炸弹，气氛紧绷到下一刻就会爆炸，工作人员不敢再劝了，都退后噤声。而登记台前，樊歆推推慕春寅，继续讥诮挑衅：“怎么，不接受？也好，这事还是考虑清楚再说……那我不奉陪了，您慢慢想！”

就在她拎包起来的刹那，慕春寅笔尖一转，签下了自己的名字。

红本本办好后，工作人员拿两个小红木匣装好递给两人。慕春寅将匣子装进了自己的包，小心翼翼将拉链拉紧，而樊歆看都没看，走出民政局大门时轻蔑一笑，将匣子甩进了垃圾桶。

一直无甚表情的慕春寅面色一沉："你干什么？"

樊歆无所谓地笑："如你所见，丢垃圾啊！"

慕春寅的脸色再次阴沉下去，樊歆却视若无睹，向马路上招招手："出租车！"

一辆出租车停在她面前，慕春寅拦住她："你去哪儿？"

"去机场！"樊歆对司机说，随后扭头拂开慕春寅的手，"慕总，四年前你不顾一切逼我拿这个证，我今儿满足你，就是想奉劝你一句话，别以为有个证就代表一切，心不是你的，一百个证也没用。"

她说着，洒脱地挥挥手："人各有志，互不相拦……我明天还有通告，失陪了。"

G市文化节结束后，樊歆又开始了忙碌，新一年她的工作排得满满当当，出专辑、开演唱会、接广告、拍电影，偶尔还要捧场安东的慈善募捐……几乎成了个陀螺。

五月时莫婉婉去看她，偶尔提到了慕春寅，樊歆才在百忙中记起来，哦，原来自己年初时跟这个人拿证了。

莫婉婉听闻此事大惊："你疯了，就算跟温浅完了也不要找他啊！"说到这儿，又开始骂温浅，"这浑蛋，老子眼瞎了才把姐妹介绍给他！"

樊歆笑道："好了，陈芝麻烂谷子的事就不提了。"

莫婉婉仍是怒不可遏——当年温浅跟樊歆分手时，她还从日本飞回来调停，但温浅压根儿不见她。自此她提起温浅就来气，对樊歆很愧疚，恨不得剖腹谢罪。

过了一会儿，莫婉婉继续前一个话题："你找谁不好找慕春寅？这些年还没受够？"

樊歆道："你以为我不想找个好人？关键是慕春寅这样的疯子，发起疯来什么都敢做，我可不想让对我真心的男人都变成受害者……"

"那你打算怎么办？"

"先耗着呗，反正他不让我好过，我就不让他好过。"

这话没错，樊歆确实没让慕春寅好过，虽然她与他在法律上已是夫妻，但拿证后三四个月，她一直晾着他，他的电话她不爱接就不接，不爽就拖黑名单，他若来找她，她就啪啪拍掌，让保镖直接拖走他。

但慕春寅不以为意，还是十天半个月地来一次，拍片子时他探过班，出席活动时他也去过，他不愿再被保镖拖走，就远远坐着。而樊歆从不搭理他，该干吗干吗，收工了径直回家，看都不看他一眼。

有一回，慕春寅跟着她去了她的公寓，她将他反锁在外，慕春寅敲了好久的门，她充耳不闻。她以为他会离开，便自顾自安心睡觉，不料一觉醒来，倾盆大雨中，慕春寅还在门口，衣服湿透。

然而，樊歆面不改色，冷冷道："慕总，以后别来我家，虽然领了证，但我不想让外界知道你我的关系，我不想影响我的事业。"话落，啪啪拍手招来了保镖，直接将慕春寅"请"了出去。

看着他拂袖而去的背影，樊歆恍惚片刻，自己这冰冷的话语跟表情，如果放在几年前，她一定会觉得狠心，但现在她竟什么感觉都没有。

她想，在过去一次次的伤害里，她柔软的心终变成了麻木的石。

慕春寅在那次走后，好久没再来，樊歆乐得自在，巴不得他永远都不出现。但没想到不久后还是见面了，还是她去国内自找的。

七月中旬时，赫祈给樊歆打电话，说自己首次触电做制片人，筹拍了一部电视剧，请樊歆来演女一号，他自己兼男一号，而导演就是樊歆过去的师父王导。赫祈这些年对她不薄，不提其他，单说她在欧洲打拼的几年，他也提着大包小包地来看了她好些次。

铁哥们儿的要求怎能拒绝，于是樊歆推掉了两部国际名导的影片，回了国。

八月初，剧组浩浩荡荡地奔向贵州片场，开机仪式过后，拍摄工作正式开始。

本着"做事就要做最好"的原则，樊歆全身心投入拍摄，每天早早到片场，最晚离开片场，夜里常看剧本背台词到凌晨一两点。

她对自己简直要求苛刻，台词必须照剧本一字不错，哪怕标点符号的停顿她都会留心。小金曾劝她："樊歆姐，你每次拍戏能不这么拼吗？台词背错点儿没事，你看女二号，就开拍前瞟几眼，记不住就张嘴胡说几句，反正后期要配音！"

樊歆拍拍她的头："小时候读书，爸妈没告诉过你要跟好的比，别跟不好的学吗？"

小金唠叨着给她弄夜宵，又给她按摩发酸的肩膀："我不是心疼你吗？每天晚上只睡几个小时！要是不这么较真儿，你就可以多睡会儿了。"

樊歆笑道："我的确可以糊弄过去。但在其位谋其政，我既然接了这个戏，就得演好这个角色，要是连剧本都不看仔细，还怎么演？"

小金默了默，没再说话，照顾樊歆越发殷勤体贴。

除此之外，在专业方面樊歆亦投入大量精力——这部名为"民国有佳人"的电视剧，讲述的是民国时期军阀世家的爱恨情仇。女一号是出自梨园的伶人，善唱昆曲，樊歆在剧中有多场舞台唱说的戏，片里虽不会要她真唱，但昆曲的走步、身段等表演技巧，她得达到专业水准，经得起观众的考验，方能符合电视剧主打的"良心之作”。

为了让自己快速入戏，她聘请了一位专业的昆曲老师，老师手把手地教。此外，她还大量观看昆曲视频，一个动作一个眼神地学。时常夜半三更酒店里的剧组同人都睡了，她还在房间里一遍一遍练习。

刻苦加上聪慧，让她进步神速，对角色的把控能力越发让人惊艳。有一日，在片场她穿上昆曲里的戏服，在中式复古的庭院里拍一场《西厢记》的桥段，曲水回廊古朴秀丽，山石流水交相辉映，和着昆曲诗意婉转的曲调，镜头中的她莲步轻移，俯首低眉，袖舞长空，衣袂翩跹。那清婉动人的扮相，那举手投足间的神韵，将昆剧的柔美与精致发挥得淋漓尽致。

当镜头结束之时，在场诸人鼓起掌来，导演伸出大拇指："徒弟，干得漂亮。"

樊歆跟着笑，这段戏王导原本打算用专业替身，是她坚持不要，导演以为她也就是试试而已，没抱什么希望，没料到效果这么出彩。

掌声一片，樊歆笑着准备下一场戏去了。没人知道，为了这短短十三秒钟的镜头，她苦练了整整一个月。

她这厢拍得如火如荼，Y市那边慕春寅也是如火如荼。不过，樊歆忙的是戏，慕春寅忙的是女人。

自从上次在欧洲不欢而散后，慕春寅便本性暴露，回国后频频上头条。今日跟着某艺人在街头相拥，明天跟某嫩模在酒吧喝交杯酒，后天又跟不知名的辣妹开房……媒体都不知道他在法律上已是已婚人士，还频频将某女星或某嫩模列为"盛唐老板娘候选人"。

对此，樊歆不过一笑，继续拍戏。

她按捺得住，却有人按捺不住了，不日后，"头条帝"一个电话打来："你这戏什么时候拍完？"

樊歆慢条斯理地回答："拍完这部我就回法国，后面的日程很满，今年我们不用见面了，想想真高兴。"

"你！"慕春寅憋了半天，回到最重要的话题，"这阵子新闻你看了吗？"

"看了。"樊歆漠然，不过就是那些桃色新闻嘛，有什么好提的。

她反应平静，慕春寅更加气恼："对于老公泡夜店你没什么想说的？"

樊歆扑哧一笑，似是对"老公"二字的嘲讽："慕总，你玩你的女人，我拍我的戏，大家互不干涉。你没必要拿这些破事来让我不痛快，我不在乎。"

"嘟，嘟，嘟！"电话挂断了。

樊歆以为这事就这样过了，谁知半个月后的一件事吓了她一跳。那天夜里两点，她收工后又累又困，进房灯都没开，直接往床上靠。可没等她靠定，身旁突然触到一个东西——热的，活的，有呼吸的，是个人！

她惊得起身，来人却将她压到了身下，他蹭着她的脸，似乎是想亲她，她毫不客气地一脚将他踹到了地上："这变态又发什么疯！"

没有开灯的房间光线幽暗，慕春寅撑在床边，乌瞳在夜色中深邃如晶石："我在查房，看你有没有给我戴绿帽子。"

樊歆迎着他的视线冷笑，揉着自己的腰作疲劳状："前几天一直有，今儿累了，才让小鲜肉们走的！"

慕春寅紧绷着脸静默好久，随后扭开床头的灯，昏黄的壁灯下他望着她，将一沓报纸丢在她面前，吐出两个字："解释。"

樊歆扫扫报纸，原来是她跟男二号的吻戏剧照，她嗤笑："我觉得这吻戏拍得很棒啊，简直完美！明天我要跟导演申请加床戏！"

慕春寅定定地瞧着她，似是怒气无处发泄，用力捶了墙面几下，拂袖而去。

几天后赫祈得知此事，开导樊歆："你别跟他赌气，他那性子你还不知道，就一小孩，如果你不顺着他的意，他就哭闹撒泼，用各种手段引起你注意，之前放自己跟女人的照片是为了这个目的，现在探班跟你闹也是为了这个目的，总之就一个意思，我不高兴，我不高兴，少爷我不高兴，快来哄我！"

樊歆深以为然，即便厌恶慕春寅也不得不承认，他变态的外表下是个孩子。从前她就哄他，对他百依百顺，只差没供起来，可现在……樊歆的笑容落寞下去："现在不是过去了，想哄，下辈子吧！"

"吵架归吵架，反正证是拿了的！"赫祈笑着拍了樊歆一下，"你俩不够意思啊！拿了证，糖也不给一颗！"

樊歆扑哧一笑："你看不出来我拿证是一种反讽吗？我打算过两年就红本换绿本，分割掉他一半财产，气死他……到时我全拿去做慈善，安东估计得乐疯！"

她自顾自笑着，笑容却慢慢在脸上冷却。

世上还有她这样奇葩的婚姻吗？说是婚姻，更像是战争，双方以各种形式攻击对方，她以为他刀枪不入，他以为她百毒不侵。

许久，赫祈瞧出她笑里隐藏的低落，道："其实……过去的事对你打击真挺大的。"

"过去的事……"樊歆垂下眼帘，想起几年前的悲欢离合，那些让她痛苦心碎的面孔突然从封存的记忆里翻腾出来，她轻声道，"别再提了，行不？"

樊歆抵触回忆，却没想到，她会在几天后，以猝不及防的形式，再次遇到三年前那张令她痛彻心扉的面孔。

彼时已是八月，剧组转移到贵州某山区拍外景戏。

山沟沟里啥也没有，有时候连手机都找不到信号，好在风景不错，闲暇时樊歆喜欢跟助理小金两人在片场外的小树林乘凉。

这天拍完戏后，她又带着小金去转悠，剧组那位名叫苏琮的男二号闲来无事也跟着来了。盛夏的树林凉爽宜人，草丛可见五颜六色的花，让人心情不错。

前方蓦地传来一阵窸窸窣窣的脚步声，一句话钻入耳膜："温先生，注意脚下，项目位置就在前面。"

这声音带着殷勤，像是下属对着上位者的口气，樊歆不经意扭过头去，视线就此凝结。

隔着光影斑驳的苍翠树林，时光仿佛缓缓后退，穿过纷沓而久远的记忆，她清楚看到一张脸，这张曾让她痛彻心扉的面孔，依旧温润如玉、清俊如昔。

她脚步顿住。

三年多，快四年了！她以为自己可以风轻云淡，然而那些隔世经年的事还是从记忆深处翻涌而出。

树林那端也察觉到了这边的三人，为首穿着薄荷色衬衣的男人转过头来，视线落在樊歆身上时，手中拿着的图纸一松，掉到了泥土上。

樊歆也在看着他，看着这张她爱过十四年，最终分道扬镳的人的脸。

多么讽刺，十四年爱恋。

无数个朝朝与暮暮，却堆积不成天长地久。

彼此对视着，时间像被定格在刹那。最终她别过脸，错开他的目光，用平淡的口吻对小金道："走吧。"

"嗯。"小金点头。

樊歆往后退，却在转身时脚崴了一下，重心不稳向着地面跌去。

那一霎她感觉远处有目光一紧，随之身边一只手及时伸来，牢牢稳住她的胳膊，苏琮的声音响在耳畔："你还好吧？"

她借着他的力量起身，摇头道："没事，不知道怎么崴了一下。"

远处那道视线还凝在她身上，隔着繁茂的树林与斑驳的光影将她紧锁。她拍拍身上的尘土，向苏琮道："我们回去吧，下场戏快开始了。"

三人离去后，树林重归安静，那端穿着薄荷色衬衣的男子还在站着，似乎在出神，直到他的下属弯腰捡起了图纸，递给他，他才回过神来，修长的指尖摊开图纸，怔然良久。

这一夜，樊歆失眠了，喝了一些酒，但翌日晨光一起，她又是那个朝气蓬勃的她，专心投入到拍摄之中。

接下来的戏都是高难度的，用小金的话说，这不叫高难度，叫折磨人。

跳河的戏就不说了，有场戏的剧情是女主角被情敌推下了河，为了侮辱她，情敌故意将她推进一条奇脏无比的臭水沟。为了让镜头更有真实感，剧组真在荒郊野岭找了一条受过污染的水沟，那水臭气熏天。饰演情敌的女二号不忍心推樊歆，樊歆笑着鼓励她："不要紧，你狠劲推，一定要把对我的厌恶表现出来。"

女二号闭眼，狠心一伸手，扑通一声，樊歆落了水，脏污的水溅出水花，这还不算完，樊歆狼狈地爬到岸上，女二号的丫鬟们还得恶狠狠拦住她，将她的头按在臭水沟里一次又一次……

拍摄结束后，樊歆从河里爬起来，浑身脏污，没有一处干净，好端端的姑娘为戏折腾成这样，摄制组不少人摇头，更多的却是佩服。

后来又有一场戏，女主角被男主角的对手绑架，对手将她扒光衣服浸在满是冰块的大木桶中，折磨女主角作为对男主角的报复。

这场戏，樊歆穿着抹胸衫浸在水里，光露着肩在镜头前做出被扒光的模样。先前导演于心不忍，只在水里放了一点一点冰块，镜头能捕捉到冰块即可。拍出后樊歆看了导演监控器，发现这段戏出来的效果不好，要求重拍，为了保证影片的真实感，她拼命要求加冰块，导演跟赫祈都于心不忍，她却说："既然要拍，就拍到最好。"

后来导演一狠心，哗啦啦加了两大桶冰进去，水温顿时降到零下，樊歆身上被无数冰碴儿硌着不说，冰块还在吸收她的温度不断融化。樊歆冻得牙齿打战、脸色青白，还要一遍一遍念台词，几次因为太冷没念好，不住NG再来。等到这一条终于过，她被赫祈拿着浴巾拉出水，已冻得浑身冰冷，嘴唇发乌。

那一瞬间，她看到剧组好些或敬佩或动容的眼光，副导演还在轻声说："我算是知道天后为什么蹿升这么快了！这么拼！啧啧……当年要不是为了温浅，照这股劲，只怕现在更不得了！"

樊歆耳尖，这话一字不落地入了耳膜，但她什么也没说，裹着衣服便离了场。

自从立志振作以后，她便将生活的重心全部转移到影片上，她很少再想起那个名字，除了午夜梦回。

失恋初期偶尔她会做梦，梦见未分手时他对她种种的好。他的气息、他的亲吻、他的温柔，她曾抱着这些回忆苟延残喘，每次梦醒她都会坐在黑暗里流泪，一遍一遍听着辛欣的那首《我一直站在被你伤害的地方》，流泪到天亮。

"……我一直站在被你伤害的地方，你一直留在让我哭泣的远方，爱一直停在你曾爱我的那晚，你曾经对我那么好。你说你爱我到老，现在我还忘不掉，什么天荒地老，不到最后不会知道……"

而今她不会了，伤口未必痊愈，但她学会用理智压在心底，无论难过还是怀念，再痛也只是一声轻叹。

就这样吧。她相信时间是世上最强大的PS（图片处理）软件，每一段情伤都像一张不完美的照片，PS打柔光，磨皮去伤口，将所有阴影增白调亮……最后这不堪回首的记忆里，千疮百孔都被淡化，所有尖锐的疼痛都被磨钝，直到我们可以心平气和地面对。

她更相信，总有一天，这PS能将记忆里那张伤她最深的面孔，从她的人生里彻底P走。

她满心期待，却没料到，在这张面孔还未消失时，日子再起波澜。

那是九月底的一个夜晚，她收工回酒店，小金知道她夜里没吃饱，去给她买夜宵。十分钟后，小金回来，脸色极度怪异："樊歆姐，楼下有人找你……"

见她表情不对，樊歆估摸着又是慕春寅来了，昨天他又打电话说要来探班。她揉揉太阳穴，赶紧下楼去把他打发掉——除了最亲近的几个人，她不想让旁人知道他们的关系。

当脚步踏下最后一阶楼梯时，她的视线一霎僵住。

酒店外夜空苍茫如墨，空荡荡的街道立着一个颀长的身影，着墨绿衬衣、咖啡色西裤，光芒映着精致的五官，那样漂亮的一张脸，却不是慕春寅。

而是，温浅。

他立在昏黄的路灯下，而他身后，成排的路灯向后拉去，蜿蜒出长龙般的光亮。他被斑斓的灯光簇拥着，乌黑的眸子却比这千万盏灯还要明亮。下一刻他喊出她的名字："歆歆。"

她站稳，短暂的惊愕后回复镇静，仿佛面前根本不是那个曾让自己痛彻心扉的男人，只是一个陌生人。她语气淡然："温董突然来这儿，有事吗？"

话一出口，她自己也微愣，她以为她会用疏离的口吻说声"好久不见"，但"好久不见"是寒暄，她与他，早已没有寒暄的必要。

大概是气氛太过尴尬，她给了一个稍微说得过去的理由："是霍尔先生说了什么吗？放心，我早就跟他解释过了，我跟温董你没关系了，他孙女喜欢你，尽管大胆追。"

天不知何时下起了雨，飘飘摇摇如织如梭，五步之外，温浅的表情有片刻僵硬，不知是因为那句生疏的"温董"，还是因为她沉稳得看不出来任何情绪的话。

沉默半晌，他嗓音含着沉重的歉疚，说："对不起，是我错怪了你。"

这句话落，樊歆的平静终于有了波动，不是因为温浅，而是这几年含冤受辱，她终于得到了清白。她沉默下去。

没人知道，这几年她过着怎样的日子，被万众唾骂，被爱人所弃，在心碎中等待，在绝望中远走……那么多苦痛挣扎、失声流泪的夜晚，他怎么会懂！

任心中浪潮狂涌，她表情仍是平静："哦。"声音轻飘飘的，像头顶的雨丝。

温浅微愣，似没料到她这样风轻云淡，他说："歆歆，我知道道歉已经太迟，但……"

樊歆打断他的话："我接受你的道歉。"

温浅眸里爆出火花，随后又暗淡下去，因为樊歆说："温董，除开道歉，我不接受其他任何要求。"

她接受道歉，因为她受过冤屈，她不愿再背着黑锅前行。而其他，比如情感，永不再谈。

她扭头往酒店内走，温浅步伐一晃，挡在她面前，似乎还想说什么，樊歆脚步径自向旁绕。

双方擦肩而过的刹那，温浅抓住了樊歆的手。他凝视着她，目光极深邃，似有千言万语想说，又不知如何开口，眼里是满满的挣扎。

与此同时，一辆亮蓝色的跑车从街道对面飞驰而过，如炬的灯光扫向这边，映出雨幕千丝万缕、纷纷扬扬，更映出酒店侧门默然对立的男女与紧握的双手。

车里男人瞳孔一霎紧缩，旋即猛打方向盘，逆着车流往回狂飙。

这边樊歆已经拂开温浅的手，声音冷如脆玉："晚了，温董请回！"话落，抬脚就往电梯走去。

深夜的电梯没什么人，樊歆踏进电梯后，眼前身影一晃，温浅大步跨了进来，面色从未如此急促："歆歆！"

他似乎想拦住她，心一急揽住了她的腰。她挣扎着推他，他越搂越紧，狭小的空间内彼此气息绕在一起，直往鼻翼里钻，他眸里压抑许久的情愫瞬间被点爆，他捧住她的下巴，猛地低头往她脸上凑。

即将触到她唇的那一刻，啪的一声脆响终止了这一切。

樊歆的手扬在半空中，面色铁青，声量不高，却有凛然不可冒犯之感："温董请自重！"

他怔在当场，不知是为这一耳光，还是为她眸里的厌恶。他看着她，感觉不到痛似的，嘴唇颤了颤，讷讷地问："歆歆……你还爱我吗？"

樊歆弯起唇角，露出一抹讽刺的笑。

爱又怎样，不爱又怎样？

她曾为他心如蒲草般坚韧，而他心狠如铁头也不回。

她笑了笑，用最轻的声音说出最决绝的话。

"温先生，我结婚了。"

窗外的雨越下越大，樊歆回到酒店房间，屋外阴沉一片，雨地里几道蜿蜒的车轮印拖得长长的，像要伸到天边，那是温浅的车离开时留下的印迹。

方才那句话落，温浅的脸一瞬惨白，而她再不看他一眼，掰开他的手，就像当年他一根一根掰开她的手指一样，头也不回地上了楼。

再然后，透过这扇窗，她看到温浅在雨地里失魂落魄地待着，倾盆大雨利箭般砸到他身上，他恍若未觉，随后阿宋与一群下属急忙打伞上前，几乎是连拖带拽将他请进了车里。

无边雨幕中，车子轰然离去，樊歆看着看着，眸中压抑已久的情绪终于化作温热，她仰头让那温热回流，想起很久之前在书上看过的一段话。

"这一生很长，我们留过长发，剪过短发。

错过爱的人，也爱过错的人。

红过脸，也红过眼，追求爱情，又看透爱情。

命运是一场赌局，豪赌到老，可以输，不能哭……"

"歆姐，你身上怎么都湿了？"小金的声音打断了樊歆的思绪——方才在雨地她身上都淋湿了。小金拿毛巾给她擦头发，无意看了窗外一眼，一愣："马路那边怎么了？堵成一团！还来了不少警察！"

樊歆回过神来，往那儿看去，方才她净顾着发呆，没注意到远处的马路。这一看也一惊，那停在人群正中的一辆车，是招摇的亮蓝色，不正是慕春寅的座驾吗？

他真来了？怎么还出事故了？

说曹操，曹操到。下一刻房门被人重重踹开，当头闯进的正是慕春寅,他红着眼，像头发怒的野兽，吼道："人呢？"

这声吼震得门窗都在颤，他吼完冲进房间内侧，先是掀开被子，然后打开衣柜，在里面一通翻腾，嘴里不住吼道："人呢？你把他藏哪儿了？"

他的狂躁吓到了小金，只有樊歆镇定如初，她看见慕春寅胳膊上有血迹，可他不管不顾，又去阳台翻腾。吴特助从外头气喘吁吁地跑了进来，飞快地对樊歆道："慕总来探班，在马路对面刚要往酒店拐时看到您跟那谁了，他一气之下逆着车流往酒店冲，要找那谁算账……结果逆向行驶不说，一脚大油门撞坏了栏杆，将交警引来了……"

话音刚落，几个交警进了房，几人显然认出了"头条帝"，又要执行公务又不好得罪这位大佬，正骑虎难下，阳台上传出一声暴喝："都给老子滚！"

是慕春寅的声音，看样子是对交警吼的。交警面面相觑，好在吴特助机灵，好声好语道："几位同志，刚才那车是我开的，我这就跟你们走一趟，你们放心，这事我会给你们一个说法。"

有人出面负责，交警求之不得，一行人走了出去，吴特助临去还拉走了小金。

房间门关上，只剩慕春寅和樊歆两人，慕春寅搜索一圈一无所获，从阳台冲进房里，嚷道："人呢？给老子出来！"

他声音太大，樊歆担心会惊动其他房间的剧组人员，喝止道："够了，发什么疯呢！"

"你偷人还不许我捉奸啊！"慕春寅冷笑，"我亲眼看见你们俩卿卿我我！说，你把他藏哪儿了？"他扭头向房里大吼，"温浅你这孬种！是男人你就出来……"

"够了！"樊歆忍无可忍，向门一指，"给我滚出去！立刻！马上！"

慕春寅转身盯了樊歆三秒，忽然将她推到床上。樊歆翻身而起，一脚将他踹倒在地："慕春寅，你又发神经是不是！"

慕春寅不答话，起身再次将她压下。樊歆烦了，张口想喊保镖，但一想大半夜若保镖破门而入，肯定会闹得整个剧组皆知。

于是，她继续一脚过去，又将慕春寅狠踹下了床。可慕春寅不罢手，又去扑她，樊歆抬脚想再来一次，谁知这次未中目标，因为慕春寅压住她的膝盖，她抡起手想给他一击，他又将她手扣住了。他的劲儿超乎想象地大，樊歆反抗半天无果——原来她的近身搏击根本制伏不了他，他是没跟她真动手。

慕春寅显然怒到极点，但他似乎在努力克制自己，压迫她的力道只是刚好压制住，对她不会造成伤害。樊歆挣脱不得，再顾不得，张口喊保镖："阿……"

可才喊出一个字，眼前人影一近，声音瞬时被他的唇吞咽下去，他一手扣着她双手，一手箍着她腰，堵住了她的唇。他炙热的呼吸喷在她脸上，有浓郁的情愫，她重重咬了他一口，推开他怒骂："滚开！你这变态！"

"你凭什么！"慕春寅的克制终于敛去，他抬起头来，双手按着她的肩，居高临下地望着她，王者俯视臣服的子民般，"你睁大眼看清楚，现在压你身上的是谁！你是我慕春寅的女人，老子碰你天经地义！"

"变态！滚……"

她的声音又被他的唇堵住，她膝盖猛地用劲儿一顶，这一下好大的劲儿，正好击中他的关键位置，教她的保镖曾说这招是对男人的必杀技，十个男人有九个会痛得嗷嗷叫。不料慕春寅没有，他忍着剧痛闷哼，额上起了汗，脸都白了，却仍亲吻着她不松开。

控制与反控制仍在激烈地继续，她撞到他车祸中受伤的胳膊，血顺着他的手臂往下流，她指甲无意划到他手臂的伤口，指甲在边缘扯出更大的伤口，血如泉涌。樊歆道："你再不住手我还划！你手废了不要怪我！"

胳膊上的血汩汩往下流，慕春寅眸里没有丝毫波澜，只吐出一句话："你能剪了满头的发，我也能废一只手！"

他俯身揽住她的腰，焦躁的吻像雨点般，含着热烈的情愫往下走。

身下的她却突然止住了动作，他一怔，停了下来，手也松开了，她的手腕在挣扎中无意撞到墙上，蹭出小片的红。他眼里浮起怜惜，凑过去轻轻地吻，浑然忘了自己的伤口还在流血，前一刻的怒意在这一刻化为无比温柔。

然而，身下的人发出一声轻笑，满含讽刺。樊歆仰头看着他，目光清冷逼人："你继续啊，假惺惺的做什么！你不就爱强迫女人吗？"

"来啊！"她说着，将自己的脸正对着电视机的那面墙，"我不挣扎了，你大可以肆无忌惮，反正这房间我安了监控，事完了直接告你婚内强奸，到时去了局子，我们新账旧账一起算。"

慕春寅脸色微变。

樊歆的头靠在两个枕头间，灯光照进她乌黑的眼，满是厌弃与嘲弄："咦，慕总怎么是这个表情？这种事您不是轻车熟路吗？曾经在湖心岛，慕总是怎么对我的，还记得吗？"

她轻笑，清艳的脸越笑越快活，嘴里的话却像刀子："需要我一点一点帮你回忆那天的事吗？"

慕春寅的脸色越来越白，浮起极度的苦痛与歉疚，五秒钟后他慢慢起身，翻身睡到床的另一边。

两人静静躺着，房里安静到令人觉得可怕。因为灯光太白太亮，越发显得房间空荡荡的。

或者不是房间空，而是彼此的心房太空。现在他们并肩而卧，咫尺的距离隔着不可跨越的汪洋。

他与她，如吻之近，似海之远。

许久后，他动了动，伸出手来，摸向她的脸，他指尖碰到一片湿意，在她的眼角处，像早春的露，微凉，而她厌恶地用力打开他的手："滚开！"

她坐起来，下床去了卫生间。

卫生间里传来淋浴的声音，哗啦啦的水声像是要冲走他留在她身上的一切，他胳膊上的血，他的汗液，还有那些斑斑点点的吻痕。

半小时后，她穿好衣服出来，他坐在床上看她，她没有上床，更不曾看他一眼，她迎着他的目光面无表情地坐到桌子前，翻开剧本，开始看。

慕春寅靠在床上，一动不动地瞧她，她背对着他端坐，乌黑的长发早已剪掉，头发的长度还不及肩，衣领外露着消瘦的脖颈，拿笔的手纤细清瘦，衬着白色的灯光、白色的墙，像一帧单薄的剪影。

孤独着，却又那么倔强，那么尖锐，仿佛沉默都可以成为她戳心的利器。

他静静地看她，影子投在空荡荡的墙上，似乎也成了一幅剪影，只是指尖还残留着那滴露，凉得人心微颤。

这一夜，樊歆通宵没睡，次日顶着黑眼圈去了片场。一个小时后慕春寅竟也到了片场，可把剧组上下惊到了，随即众人便恍然大悟——“头条帝”是赫祈的老板兼好友，定是来探赫祈的班了。

剧组上下瞬间坦然，该干吗干吗。不过这平静没能保持一会儿，剧组里便有人提出了疑问：“据说这片子‘头条帝’也有投资，既然盛唐出了钱，怎么还会请樊天后做女一号，两人不是有过节吗？”

当然，疑问归疑问，让他们去问“头条帝”，是没人敢的——“头条帝”似乎心情不爽，左手臂不知怎么缠上了绷带，一直绷着脸坐在片场，气场比冰山还冷。

除此之外，众人还发现一个蹊跷的地方，“头条帝”说是来探天王的班，视线却时不时就往天后那里瞟，眼神很复杂……

众人不约而同地想起流传甚久的消息——多年前“头条帝”曾疯狂追求过天后，但天后为了天才艺术家将“头条帝”甩了，“头条帝”生平头一次被女人抛弃，因爱生恨之下将其封杀……

如此说来，“头条帝”该不会是旧恨未了，要来找天后的麻烦吧！

再看向天后时，众人的目光不禁多了些探究。

众人猜测到傍晚，网上突然爆出一条重磅头条——荣光集团在最大的媒体门户上发布重大消息，是一封致歉信：

荣光已查清前任董事长温雅之死乃从高楼失足摔下，与樊歆无关，樊歆自始至终心地纯良，不曾有过伤人恶念。对过去产生的误会及伤害，荣光向樊歆赔礼道歉，愿尽一切能力弥补对其造成的伤害，也望舆论给予樊歆平反。致歉人：温浅及荣光上下。

此信一出，网络沸腾。

有人讶异，有人唏嘘，有人痛惜，有人钦佩。讶异的是堂堂荣光董事长离世一事，竟是这么大个乌龙；唏嘘的是樊歆好好的一个艺人，无辜蒙冤数年；痛惜的是昔日男才女貌一对璧人，因此误会分道扬镳；钦佩的则是荣光掌权人能面对大众坦荡认错、诚恳道歉，作为公众人物，精神可嘉……总之，说什么的都有。

剧组也因这事炸开了，相对于剧组的沸腾，当事人的反应略显平淡，她看完了致歉信后将手机塞进兜里，向身后助理招手：“收工吧，小金。”

五分钟后，天后换好衣服回了酒店，留下片场一堆人议论纷纷。随后不久，赫祈也收工了，“头条帝”跟着一起走了，说是去吃夜宵，脸色却比早上来时还要绷得紧，像有人欠他几个亿似的。

夜幕降临，影视城旁边的大排档围了不少人，几乎全是各大剧组的员工，烧烤的浓香与啤酒的清爽构成了最好的休闲方式。人群里侧，角落的桌子里坐着两个男人，夜里光线太差，两人戴着帽子，穿着卫衣，居然没人认出来是赫赫有名的“头条帝”与赫天王。

赫祈点了一大份烤串，就着啤酒一口一口地吃，慕春寅是瞧不上这些食物的，所以他只喝酒，不吃肉。

两人喝了五六瓶酒，赫祈道：“你俩昨晚怎么回事？动静大得整个剧组都听到了，要不是我拦着，估计都去围观了。”

慕春寅喝着酒，不答话。

“心情不好？因为今天的头条？”赫祈点头，“也是，这温浅不仅在大庭广众下赔礼道歉，还承诺全力弥补樊歆的伤害，明显是想求她回心转意呢。”

慕春寅不答话，砰地再开了一瓶啤酒，啤酒泡沫咕嘟嘟往上冒，白花花的酒泡不断升起又破灭，像他这一刻煎熬又不安的心。

赫祈拍拍他的肩：“你要是怕，我有主意，把你这些年攒的东西都给她看！好让她知道你付出了多少，她多半会被感动得痛哭流涕！”

慕春寅不屑一顾：“男人为女人付出就是为了邀功吗？”

赫祈摇头，恨铁不成钢：“看到没，看到没，这就是你跟温浅的差距！知道过去樊歆为什么对温浅另眼相看吗？区别就在这儿！”

“什么区别？”

“表达方式。”赫祈喝了一口酒，“温浅做事都会给樊歆看到，女人是感性动物，看到了，知道了，就感动了。而你呢，明明做得比情敌更多，但你没给她看见啊，不仅如此，你的坏脾气还将所有的好都掩盖，所以你再努力，也都是无用功。”

慕春寅若有所思地喝酒，很显然，赫祈的话说进了他心底。

赫祈继续说：“就比如上次墨西哥的事……多危险啊！我跟‘二世祖’快吓坏了，你还真去！可你为她不要命，她知道吗？”

“她是女人，知道这些事干吗？”慕春寅皱眉叮嘱道，“这事你别告诉她，别吓到了她。”

“好好，不提这事，我就问你，你那东西攒了几年？攒多少张了？敢不敢当着我的面数一数？”

“不用数，四百五十七张！”

赫祈啧啧几声，满脸敬佩：“不容易啊，机票、火车票、住酒店发票，一张一张都留着……那你留那些的意义是什么？凑到一千零一张，拿到她面前许愿？”

慕春寅苦笑一声：“要是能许愿，那我就许一个，求她看我一眼，一眼我就心满意足了。”

赫祈感叹：“你这真是爱得疯狂，又爱得卑微……”

喧哗的露天排档，两个心绪复杂的男人一杯一杯继续喝。

窗外夜幕深深，屋内灯光明亮，樊歆靠在床头，看着手机。

屏幕上是一则短信——“歆，昨晚是我唐突了，对不起。不知道你那时说的是不是气话，希望你能给我一个机会弥补。”

樊歆沉默片刻，按下删除键。

嘎吱一声轻响，房门突然被推开，一个高大的身影走了进来。樊歆光听脚步声就知道是谁，她没有回头，只冷冷道：“慕总还来干吗？非要我不留情面，大庭广众之下喊人请你出去吗？”

慕春寅抓住她的手，语气强硬：“这是我老婆的房，我为什么不能待在这儿？”

樊歆抬头与他对视，乌瞳在灯下明亮异常，唇角弯起一抹冷笑，似对“老婆”二字的嘲讽，她的声音冷静而清晰：“很抱歉，慕总，我们虽然在所谓的红本子上留下了名字，但在我心里，慕总从来配不上丈夫一词。”

慕春寅的强硬渐渐褪去，竟浮起浓重的哀伤，他突然俯下身搂住她，嗓音低沉，透出微微的乞求：“慕心，你别这样对我……”

樊歆一把推开他。

他今晚喝多了，樊歆用力一推，他便软绵绵地摔下了床，坐在地上还抱着樊歆的腿，将脸贴在她的脚踝上，像个死缠烂打的孩子：“慕心……这么多年了，别再气了……”咕哝了片刻又道，“其实昨晚我没想对你怎么样……我就想抱抱你……以后没你允许，我不会碰你的……”顿了顿，又道，“还有，我真把脾气改了，以后打不还手，骂不还口……你要怎样就怎样……”

他喃喃咕咕半晌，身子朝地上一歪……醉倒了！

樊歆：“……”

这一晚樊歆没睡着，慕春寅醉在地上，怎么都叫不醒。她拖不走他，又不好喊保镖惊动剧组，最后就把慕春寅丢在地板上睡了一晚。

醉酒的慕春寅倒是睡得香甜，还打起了鼾。樊歆被吵得无法入眠，翻来覆去到四点半好不容易睡去——五点的闹钟响了，她得起来去赶早戏。

这阵子早戏特别多，接下来她连拍了四天早戏，而慕春寅一直没走，白天要么在酒店用电脑忙他的工作，要么去片场晃悠，说是探班赫祈，眼神时不时就往她身上去。到了夜里，他就赖在她房里，死活不出去，樊歆趁人少时把保镖喊进来，把慕春寅丢了出去。

原以为这样就能睡个安稳觉，谁知慕春寅也不知用了什么法子，拿到了她的房卡，竟趁保镖不注意摸进了房。大半夜的，樊歆睡到一半起来上洗手间，脚踩到一个软绵绵的东西，吓了一跳！开灯一瞅，有个人正贴着床角睡在地板上。

樊歆拿脚踢了踢，居高临下地看着他："慕总，我不是再三请你离开吗？"她将"请"字咬得重重的，听得出浓重的讽意。

慕春寅揉着惺忪的眼睛，没睡醒似的："请我离开是什么意思？"

樊歆言简意赅："滚。"

慕春寅再次揉揉眼睛，看了她一眼，滚了。

是真的滚……一米八二的男人抱着头在地板上翻跟头滚，健硕的身体撞得地板微微作响。

咕噜、咕噜……像个球似的滚个不停。

结果滚到了房门后，又掉头滚回来，樊歆抬起眼皮瞅他一眼："滚就滚远点儿，还回来干吗？"

慕春寅揉揉在地上磕疼的脑袋，一副委屈又无辜的模样："我来回地滚，所以又滚回来了……"

樊歆忍无可忍，撤去了所有克制："慕春寅，你能有点儿廉耻心吗？你能不能别让我烦，别让我恶心，别让我讨厌！"

慕春寅坐在地上，保持着刚结束的滚的姿势，以往倜傥的发型此刻乱如鸡窝，他丝毫看不出廉耻心，只把手机掏出来，点开视频。

樊歆看着视频，就见黝黑的宋小宝在屏幕上猥琐地冲她笑，"婀娜多姿"地伸手一指："讨厌我的人多了！你算老几啊！"

樊歆："……"

最后，她踹了慕春寅一脚："好！既然你喜欢睡地板，我就让你睡个够！"

慕春寅没脸没皮地回："嗻！"说着，抱着枕头滚到了地上。

"去门口的地板！别在我面前招人嫌！"

"嗻！奴才谢娘娘恩典！"

"犯贱！"樊歆拉过被子蒙住脸，睡觉。

这一晚上又没有睡着。翌日，樊歆终于撑不住了。

于是乎，片场里发生了一件大事——男女主角对戏时，女一号台词念到一半就晕倒了。

彼时片场一片混乱，赫祈刚要弯身去扶樊歆，一个颀长的人影挤进人群，径自将樊歆抱了起来。

众人一惊，就见片场一侧的“头条帝”不知何时冲了过来，他将樊歆打横抱起就往片场外冲，常年的默契让赫祈立刻跟了过去，开车去医院。

留下片场导演、副导演以及各位演员面面相觑——看这情况，“头条帝”哪里恨樊天后了？明明还念念不忘，心疼得很。

一群人将樊歆送到最近的医院，经检查，樊歆是劳累过度导致昏厥，休息几天即可。

医生将樊歆安排到最好的病房，樊歆打着点滴躺在床上昏睡，面无血色——她真是劳累过度，没日没夜地拍了两个月的戏，每天夜里看剧本熬到一两点才睡，平均一天只睡三四个小时，如今被慕春寅闹得几个通宵几乎没睡，晕倒是必然的。

剧组上下见没大碍才放了心，唯有慕春寅仍在病床边守着，眼神一刻都不离。见樊歆脸色太差，他眸里浮起心疼，摸摸她的脸，将她没打针的手握在掌心。

剧组同人还在病房看着，而他这番亲昵光明正大，全程无避讳。众人偷偷用眼神交流了一下，意思是“‘头条帝’这是要跟樊天后旧情复燃的趋势”。

大家正为这八卦兴奋，转念记起方才的新头条，瞬时暗暗咂舌。

就在上午九点，一贯低调的荣光掌权人再次上了新闻，据说是在某会议结束后有记者采访了他。记者绕了一圈后委婉地问到了关键问题：“温先生，荣光在您的带领下已开拓出崭新的局面。事业上大丰收，那您的个人情感收获如何？”

“个人情感？”鲜少在外透露私人问题的温浅一反常态地答了，表情很平静，“抱歉，我暂时不能给你答案，因为我还在等待。”

“等什么？”

温浅淡淡一笑，答得含蓄又风雅：“记者女士在学生时代有给男生写过情书吗？送出去的信笺是怎样的等待，想必大家都有体会。”

这话回得好听却没有答案，记者不死心：“全国的女粉丝应该都在好奇，这封情书的对象是谁。”

温浅一霎沉默，面上浮起浅浅的恍惚，似追忆着曾有的甜蜜时光。须臾，他轻声道：“老情书，最动人。”

采访至此结束，但这意味深长的六个字却让网民的八卦细胞沸腾起来。

老情书，最动人——动人当然是因为爱，这老情书又是什么意思？莫非是指老情人？哦，旧爱樊歆！三天前温浅还发表头条当众示意了的，肯定是指她！

将这六字玄机参破，网友沸腾了，一窝蜂地跑到温浅的微博底下，直接艾特（@）樊歆与温浅世纪大复合。见樊歆没回应，居然还有人注册小号，名字就取为“温浅君肚里小蛔虫”，再艾特樊歆——“樊歆樊歆看这里，我要跟你在一起！”

此评论虽是冒牌表白，却获点赞无数，更点爆网络气氛，无数人在温浅与樊歆的微博下刷屏求复合，关于温樊复合的话题更是嗖嗖嗖上了热搜榜首，万千网友像看偶像剧般无限憧憬——他们心中最匹配的男女主角历经种种误会、风波、挫折，仍以强大的爱意冲破一切世俗的阻拦与困苦，最后执子之手，厮守终生！噢，完美！

网友欢欣鼓舞，不少人又相信真爱了！可他们万万没料到，又一条重磅消息即将来袭！

好了，这是后话，八卦镜头拉回，继续聚焦医院病房。

病房内，剧组众人还在思索这三角恋的纠葛，不想樊歆醒了过来，一群人惊喜地围了上去，慕春寅更是坐到了床头，毫不避讳地将樊歆扶起来，问她："感觉好些了吗？"

樊歆缓了缓神，推了慕春寅一把："离我远点儿！"

慕春寅被她推了一把，又好脾气地坐回来，趁她身子无力将她的手轻轻握着，讨饶般哄道："我知道错了，你别生气……我改还不行吗？"

这众目睽睽之下的亲昵，还有这充满小言情范儿宠溺的语调……病房里的看官老脸齐齐一红，不约而同地转过身去，不好意思再看。

只有一个人没转身，瞧着慕春寅，目光略含冷意。

剧组男二号苏琮。

这苏琮是圈内有名的"富二代"，父亲是建筑业大亨，拍戏就为了玩票。有传他也是樊歆的粉丝，这次带资进组拍戏就为了接近樊歆，这些日子他对樊歆格外殷勤，可樊歆只当他是普通同事，但她越不在意，他越来劲。

床上樊歆这才反应过来，瞅瞅一排转过去的剧组人员，再看看身旁搂着她的慕春寅，气得给了他一掌，慕春寅哎哟哟地叫起来，眉眼却笑得弯弯的，还不要脸地想凑过去亲她的头发，见樊歆摆出要踹他的动作，又讪讪地将脸缩回去了——其实她三四天没洗头了。民国戏要做造型，不方便天天洗头，她头发都出油了，他还一副好想亲近的模样，全然不在乎那边苏琮又冷了几分的目光。

苏琮慢慢上前，不请自来地坐在了病床另一畔，跟慕春寅相对，两个男人一左一右将樊歆夹在中间，气氛顿时怪异。樊歆也察觉出来，问："苏琮你在这儿干吗？快回去拍戏吧！"

苏琮不说话，只是看着慕春寅说："慕总日理万机，还请先回吧。樊歆这儿有我跟剧组一干人照顾，不必担心。"

慕春寅毫不在意地笑："慕心就不劳苏二公子操心了，二公子快回吧，我就不送客了。"

"客？不知道慕总凭什么以为自己是主？"

慕春寅散漫的眼神一霎变得犀利，他将目光转向导演，清晰无比的声音落入在场每个人的耳膜："王导，我给我太太请几天假，她太累了，需要休息。"

"太太！"整个病房的人齐刷刷瞪大眼。导演也愣了，说话有些不利索："太太？樊歆她……"

樊歆冷冷别过头："什么太太！我不承认！"

慕春寅没说话，他浅浅一笑，身子不经意一动，一个红盒子从他腰包里滚落，众人一惊——就见摔开的盒子里出现了一个红本本。

慕春寅若无其事地捡起来，笑道："不好意思，东西掉了。"看到众人惊讶好奇的眼神，他干脆举起来，像展览物品似的晃了一圈，"既然你们看到了，我也没法再瞒下去了。这是我们的结婚证！欢迎参观拍照晒微博！"

樊歆："……"

一旁的赫祈扑哧笑出声，向众人解释："这两人玩低调，非要隐婚！其实咱的天后娘娘早就是慕太了。"

"哦，那我们就不打扰慕太休息了……"一群人强忍内心一万匹野马奔腾而过的震惊，将O形嘴慢慢收了回来，跟着导演往外走。只剩苏琮呆了呆，难以置信地瞧着樊歆，好一会儿才走出去。

他走后，慕春寅借着抽根烟的理由也跟着出了门，追上了苏琮的步伐。

长廊内，两个男人面对面，苏琮脸色略冷，慕春寅却弯唇一笑，话里有话："苏二公子似乎入戏太深。"

"慕总什么意思？"

慕春寅挑眉："二公子不是演剧里的小叔子吗？我只是提醒一下，这部腹黑小叔子暗恋大嫂的剧，就要杀青了。"

他笑得散漫不羁，折下长廊窗台绿萝的一片叶子，放在手心把玩："还有，忘了告诉苏二公子，我慕某人什么都好，就是小气了点儿。如果有人觊觎我的宝贝……"慕春寅指尖一拧，娇弱的绿叶登时撕成两半。

他后面的话没再说，又开始笑起来，那笑意慵懒软绵，可三步之外的苏琮却分明看到，那笑意深处锋芒毕露，掠过脸上如北风侵袭，让人生疼。

便是这一微怔，慕春寅已丢下叶子走了，苏琮还待在那儿，他一贯自恃镇静沉稳，可这一瞬他摸摸自己的手心，不觉竟生出了冷汗。

十分钟后，秒杀对手的慕总裁优哉游哉地吹着口哨回到了病房，进门时撞到了赫祈，赫祈将他拉到一旁，将手机里的消息给他看。

是有关温浅那则"老情书，最动人"的消息，慕春寅不屑一顾道："哼，爷这正室都没出来秀恩爱，他一过气前任瞎蹦跶什么？哼，还老情书？爷马上一把火烧得干干净净！"

赫祈一愣："呀，怎么底气这么足了？前几天谁喝着闷酒来着？"

"去！爷那是偶尔多愁善感，可不会天天都这样！"慕春寅双手环胸，思索片刻，眉间有淡淡冷意掠过，"好，既然'小三'叫板，爷就让他知道，谁是正宫娘娘！哦不，谁是皇帝老子！"

接下来，两个男人嘀咕一番，赫祈便去了，而慕春寅笑吟吟回了房，等着接下来的戏。

傍晚，樊歆正在吃晚饭，就见屋外三三两两站了好几个人，手里还拿着相机。樊歆放下碗，疑道："怎么有记者来？"

慕春寅微微皱眉："不知道剧组里谁把咱俩的事说了出去，现在记者一窝蜂要来采访，人太多了，医院保安拦了半天还是溜了几个进来……没事，你在房里继续吃饭，我让赫祈、王导他们去打发了，记者进不来的。"

樊歆继续吃饭，没一会儿发现慕春寅不对劲，他温柔体贴到"令人发指"，一会儿给她端菜递水，一会儿递腰枕整被子，一会儿给她削水果……

樊歆冷冷瞥他一眼："不需要，我有助理，你别在我面前晃荡。"

慕春寅不以为意，手中水果刀一圈一圈削着小香梨，那玉白的皮自他玉白指尖滑下，像是艺术品，他盈盈笑道："你忘了，你助理今儿不舒服。所以今儿我顶你助理的职，你可千万别客气，想怎么使唤我就怎么使唤！"

"我不想使唤你！"

"可我想被你使唤！"

"……"

见樊歆再次露出不耐烦的表情，慕春寅立刻转移话题，扭头望窗外："咦，那记者怎么还没走，我去看看！"说着把香梨塞到她手里。

他去了，几分钟后，记者果然不见了。

樊歆以为这事到此就结束了，谁知一觉过后，第二天一早，无数条重磅消息砸向各大网站。

《荣光情书作废，樊歆已成慕太》《慕氏夫妇忒低调，秘密隐婚无人知》《万千女粉丝哭晕在厕所，"头条帝"浪荡半生情归天后樊歆》《昔日花心大少，终成爱妻狂魔》……

这还不算什么，有媒体将医院采访的视频放了出来，内容更加劲爆。

先出镜的是赫祈，他以铁杆兄弟的身份向记者道："慕总现在在照顾太太，不方便接受采访，有什么问题你们问我。"

记者问："请问慕总、慕太太什么时候结婚的？这实在太突然了！全国人民都很好奇呀！"

赫祈道："樊歆是我的好朋友，她的事我都清楚，当年与温先生分手后她十分痛苦，暴瘦了二十斤，把我们这一圈朋友给急的呀……"说到这儿，他笑了笑，"当然，我们再急也没某人心急，慕总千里迢迢追到国外，辗转多国守着樊歆三年多，好在这一番苦心没白费，最后感动了樊歆，两人今年年初结的婚。"

记者感叹："看来是真爱啊！"

王导接着入镜："当然是真爱，你是没看到咱慕总，老婆拍戏都来陪着，夜里拍到几点就陪到几点，盛唐的事全丢一边了。"又朝病房内一指，"这感情好得呀，你自己看！"

镜头移到病房，隔着透明玻璃窗拍摄，画风瞬时变为韩式浪漫唯美甜蜜风。

布置温馨的病房内，窗帘随风飘荡，窗户上放着小盆的绿植与向阳花，光线明媚的另一侧，慕氏夫妇在共用晚餐，樊歆打着点滴不方便，慕先生端着碗勺喂饭。慕太太似乎在闹别扭，不肯接他手中的饭，还将慕先生推开。但慕先生始终好脾气地笑，将红烧鱼块里的刺一根一根挑出来，送到慕太太面前……

饭后到了服药时间，慕太太似乎觉得药苦，眉头皱成一团，慕先生赶紧上甜瓜解苦……

慕太太吃完药后眯眼小憩，慕先生就在床边守着，那眼里含情脉脉……无数女粉丝已哭晕在厕所……

粉丝痛哭后回归了理智，既然生米都煮成了熟饭，那就给予偶像祝福吧！再看看那视频，慕总对天后怎么看怎么有爱。又看看记者采访赫祈后给的文绉绉的文案，感动得稀里哗啦。

"慕先生、慕太太两人年幼失亲，彼此扶持相依，感情非常人所能比。慕先生痴恋慕太多年，奈何慕太心有荣光某人，始终不接受慕总爱意，慕总痛苦之下放纵风月，流连烟花……好在，三十年痴情守候，终于守得云开见月明……"

粉丝飙泪了！再配上视频中一张一张男女主角从小到大的合影，看着两人从小小的人儿手牵手慢慢长大，从三四岁的懵懂幼儿，到穿着小裙子、小背带裤的天真童年，穿着校服的青涩少年，再到最近病床上的她与守候在床榻旁的他，无数个镜头中他都陪在她身边，粉丝更是泪如泉涌！

这就是韩剧的青梅竹马、两小无猜！这就是郎心不悔，三十年守候坚贞如歌！

樊歆对温浅十四年，可"头条帝"是三十年啊！女粉丝动容不已，原来花心总裁是忠犬！她们决定再也不帮荣光那谁谁求复合了，一心誓死捍卫忠犬总裁！

网上粉丝感动不已之际，医院里的樊歆也睁大了眼，她看着电视机里那段"慕氏夫妇"病房秀恩爱的视频，再听听那肉麻又鬼扯的记者文稿，再看看床边慕春寅那打了胜仗扬扬得意的脸……花花公子就这样洗白成了绝世忠犬？网友还真是容易被煽动啊！

樊歆在两天后出院，慕春寅强烈要求让她休息一周，但樊歆不愿耽误剧组进度，无视他的意见，径自回了片场。慕春寅不放心，死活不肯走，白天在片场陪着，夜里死皮赖脸睡她房间的地板上……

对此，樊歆只有一个反应，啪啪拍掌，保镖齐齐上来，将慕总丢了出去——在医院被这家伙缠了几天，她早就烦了，反正现在关系公开，她破罐破摔也无所谓了。

将人丢出去后，她担心他半夜会溜进来，又安排了保镖在外面守门，四个人高马大的保镖往那儿一站，那气势，跟天兵天将镇守南天门似的。

原以为这样就能安心睡觉，没想到她大大低估了慕春寅的脸皮厚度。这厮进不来，居然就抱着被子睡在了房门口。

没错，堂堂“头条帝”居然像个无家可归的流浪汉，睡在酒店走廊上。

可把路过的人给吓坏了。

而他睡就算了，一旦有人路过，还哼哼唧唧说：“哎哟……命苦啊，老婆一生气，就不让我进房……”

“呀，记者同志，来，给我拍个特写，老婆脾气不好就家暴，你看我头上的包……造孽啊……”

如此折腾几天，不愿名声再被糟蹋的樊歆忍无可忍开了门：“死变态，你给我滚进来！”

于是……慕总裁一骨碌从走廊地上爬起来，欢天喜地地去睡地板了。

死变态就这样睡了一个月地板，直到十二月初，片子杀青。

杀青这天，大伙一起吃饭。饭间，王导突然起身向樊歆敬酒，樊歆惊了一惊，照理说王导是导演，又是她师父，理应樊歆先举杯的。王导却拦住她的杯子，面有感触：“徒弟，看到你现在的模样，我真高兴！真好！”

说着，又笃定道：“徒弟，师父有预感，这部片子明年播出一定能获奖！而且一定是你！我就当先喝你的喜酒了！”

樊歆一饮而尽：“明年的事明年再说吧，总之这个角色我尽力了，没有遗憾。”

一群人笑起来，望着屋外雪花飞舞，盼望今年的努力能换来明年的回报。

第七章
婚姻

冬去春来，夏落秋至，片子杀青后，第二年便这样匆匆来到，又匆匆迈向年尾。

晚秋的寒意里，樊歆在G市同团队商量下一场国内演唱会事宜。

去年拍戏后，她便马不停蹄地继续拍戏、出专辑、开全球巡回演唱会……国内外地点不定，忙得团团转。

对慕春寅还是那爱搭不理的老样子，虽然他隔一阵子就去探望她，但她仍不待见他，永远都是一副嫌弃的样子，但他不以为意，睡地板睡得不亦乐乎。

嘀嗒一声短信响，正在同伙伴沟通舞台效果的樊歆瞟瞟手机，是慕春寅的短信，说今天刚好出差路过G市，到时候找她吃饭。

樊歆暗道了一声烦，回了一条：“没空。”

那边毫不气馁：“那你几点有空？”

“几点都没有！”

那边继续坚持：“那我带吃的去找你？”

“不需要。”

那边垂死挣扎：“你住哪个酒店？”

“走远点，别烦我！”

“哦。”

那边再没有回话，樊歆满意地放下了手机，继续商量演唱会的事。

夜里十一点，樊歆结束工作回到酒店。

连着忙活了半个月，精神状态不好，回到房间她没开灯，锁好门后嫌外套有工作室的烟熏味，又嫌内衣绷得难受，便一并脱了，搭了条薄毯仰在沙发上休息。

屋外夜色沉沉，无星也无月，她久久看着，铺天盖地的疲惫侵袭了过来，她有种巨大的茫然感。

可她没有选择，五年前与温浅分手时，她懂得了一个道理，太过依赖一个人，不死也半残，每个人的人生只能靠自己。如果她是条船，从她选择远航开始，就只能一直航行下去，因为她后无退路，前无港湾。

孤独的夜里，她长叹一口气，起身去沐浴，可未等她走出两步，脚忽然踩到一个软绵而温热的东西！

她以为是贼，一惊后本能地抬脚猛踹，就见一声闷哼传来，随即她开了灯，就见慕春寅躺在地上，被她一脚踹到了脸，痛得五官都扭曲了。

樊歆怒道："你神经啊！大半夜躺在屋里不吭声！"

慕春寅摸着被她踹痛的脸，委屈地道："我等你回来等得睡着了，不敢睡你的床，只能睡地上啊……"

他说着，一道鼻血突然流了出来，樊歆以为他是被自己踢到了，正准备去查看，却见慕春寅直直盯着自己的胸……她低头一瞅，原来方才她一踹之下，上身披的毯子掉到了地上，春光乍泄。她气得扭身钻到窗帘后，嚷道："大力！小远！把这变态给我扔出去！"

"是！"整齐利落的一声回应后，四个彪形大汉推门而进，齐齐将慕春寅扔了出去，被扔的一瞬，慕春寅还在垂死挣扎："慕心……别，我是来给你送东西的……"

但樊歆关了门，一个字都没听见。

酒店长廊上，尊贵的"头条帝"大人被人扔麻袋般扔到地上后，惆怅地从兜里掏出了个小礼袋："我真是来送东西的……"

鼻血还在滴，他回过神来抹了一把，面容在灯光的映衬下仍然英俊，只是口气有些懊恼："丢脸……是这么多年没女人，欲求不满才流鼻血吗？"

翌日一早，樊歆起床去工作，就见慕春寅还在门口待着，他卷了床被子来，就睡在门外。

走廊上没有人，樊歆再按捺不住："你怎么还在这儿？你堂堂一个总裁每天没事干吗？我很忙，真的，我求你回去行不行？"

慕春寅低着头，看不见表情，但状态有些恹恹的。樊歆赶着去工作，没有管他，临走时还丢下一句话："今晚回来别让我看到你，不然我马上就把绿本子领了！我不分你的一半身家了，求你让我清净清净。"

这一天的工作中，樊歆左思右想不对劲，她从未把自己的行程告诉慕春寅，更没透露过自己下榻的酒店与房间号，可为什么他总是知道，一找一个准？而且更离谱的是，他还有她的房卡，即便权势再大，也不是每个酒店都敢让他这样放肆吧。

她将各种蛛丝马迹想了一下午，渐渐有了些头绪。

傍晚与团队一起吃饭时，她看到小金像往常一样又躲到角落，边玩手机边吃饭，她不动声色地走上去，探头一看，小金被她吓了一跳，有些慌张地收起手机。

樊歆看着她笑："小金啊？一天到晚给谁发短信呢？交男朋友啦？来，给姐姐看看，帮你把关。"

"我哪有……"小金支支吾吾，但见樊歆眼神从未有过地锐利，她心一虚，将手机递了上去。

樊歆翻了翻，手机空空的，短信被删得一干二净，明显有猫儿腻。

她不动声色，问："小金，你是跟10086谈恋爱吗？这个月你给它打了七十多个电话。"

小金低头盯着脚尖，不敢看她："我……我那是查话费呢！"

樊歆拍拍手掌，不可思议地感叹："小金，你是联通卡。"

小金："……"

樊歆手往桌上一拍，面上不见厉色，但这些年的打拼早让她在无形中散发出气场，不怒自威："小金，你跟了我这么多年，我把你当妹妹看，你跟我好好坦白，我不计较。说，你为什么待在我身边，是因为他要你监视我吗？他给了你什么好处？"

小金的脸煞白，慌张之下不打自招："我没有收他好处……我承认，我是慕总的人，但他是派我来照顾你的呀，绝对没有监视的意思。"

换樊歆怔住。

小金生怕她不相信，脸都涨红了，拉住樊歆的手道："姐，我没骗你，四年前你招助理时，慕总就想方设法把我塞了过去，原因是我是学护理的，那些年你在国外打拼，太辛苦，也常受伤，我是护士，心细、懂医，还会做一手好饭菜，有我在身边照顾你再合适不过。"顿了顿，她补充道，"其实保镖队里也有两个人是慕总的……就是功夫最棒、枪法最准、速度最快、头脑最好的那两个……"

樊歆："……"

看小金的表情不像撒谎，樊歆换了个角度问："你为什么帮他，你不要他的任何好处却对他言听计从……这有点儿……"

小金急忙摇头："我是跟慕总做了个交易，他让我在你身边照顾你五年，就帮我追……追我喜欢的人。"

"谁啊？"

小金脸通红，揉着衣角，声音低低的："赫祈……"

樊歆："……"

这个二十岁出头的小丫头，为了自己的心上人，无怨无悔地为另一个人服务五年。樊歆仿佛在她身上看到了自己曾经的影子，爱得疯狂，爱得盲从，一时竟有些五味杂陈。末了，她掐一下小金的大腿，一句话带过了此事："死妮子！喜欢他就告诉我啊，我不会帮你追啊！"

小金难以置信地瞧着她："姐，你不生气啊？"

樊歆无奈地笑，戳戳她脑门："我怎么会生气，你这爱太伟大了。"

小金默了默，长睫轻眨着，鼓起勇气说："我的爱再伟大也不及慕总。"

她突然而来的话让樊歆微怔，小金索性竹筒倒豆子般都说了出来："姐，我知道你怨慕总，他曾经跟温雅一起算计你，让你蒙受不白之冤，逼你跟温先生分手……这事的确混账透了。"

"我一个小助理没资格说什么，但我是真心希望你好。慕总是有错，但归根结底是他不想让你嫁给别人，不想失去你。你可以怨他怪他，却不能因错就抹杀他的真心。"

"你知道吗？那年你跟温先生分手后，你把自己关在房里不吃不喝，你不晓得他多着急，他想上去劝你，可你恨他，死活不开门，他只能托我每天去给你送吃的……还有，出国前媒体攻击我们，出国初期还有人追到国外泼脏水，但这种情况第二年、第三年再也没有过，你就没想过为什么吗？一方面你的确是用成绩震慑了他们，另一方面是有人扭转了舆论，给你澄清洗白……这个人仔细想想就该知道，只会是慕总。"

"在国外这几年，你天南海北忙个不停，担心你的安全，他总会偷偷安排人保护，你参加比赛、开演唱会、拍电影……你干什么他的人都护在身边，你还记得那次墨西哥之行吗？我们被抢了东西，其实那不是一次单纯的街头抢劫，而是当地黑社会盯上了我们，他们很有势力，最后我们能毫发无损，是因为慕总去了墨西哥，和当地老大谈判！你知道那些人有多可怕？都是配枪的！但慕总还是去了……所以，这些年看似世界和平，其实是有人将风雨挡在了外头。"

"大前年慕总出了件事，胃大出血，人险些没了……因为工作太忙，饮食不规律，更作死的是，他几乎把所有休息时间压缩，就为了能挤出空闲到欧洲，你的演唱会他去过，独奏会他去过，电影首映他去过，你参加的大大小小的节目，他都在……你恨他、不待见他，他就很少出现在你面前，只在角落远远看着，然后把要送的东西托我交给你……那些年，你受伤生病，都是他送来最好的药，你爱吃的国内特产、喜欢的衣服都是他送的……偶尔他来不了，就叫赫祈来，大包小包满满的都是他备的。"

"高强度的工作下，他本来就有病的胃越来越差，前年加班时突然胃出血，送去医院的路上大口吐血……他怕自己会有意外，撑着不肯进手术室，非要给你打电话……但你把他拉进了黑名单，他打不进去，只能打我的，你当时在台上唱歌，我就把手机从后台偷偷伸过去，让他听到你的歌声……当时他在手术室外，把手机贴在耳朵上听，满足地笑了，可周围很多人哭了……”

“你们婚后他几乎没脾气了，我不了解从前的他，但现在这个在你面前的人，根本不像报道上那呼风唤雨、高高在上的‘头条帝’，而是一个处处讨好，处处迁就，无论老婆冷脸还是热脸，骂他还是打他，赶他还是晾他，都无底线接受的男人……”

说完这一长长大段，小金叹了一口气，说：“歆姐，我听过一句话——为情所困，因爱而伤，我觉得这是慕总的最好写照。是，他确实错了很多，可人生这么长，谁没有错过？再说，这些年你也应该看清了，即便你最爱的人不是他，但他最爱的人却一定是你。”

这个斜阳欲坠的傍晚，小金的话让樊歆若有所思，没有回答。樊歆坐在窗台上，看落日的光芒倾泻在整个城市，渲染出油画般的效果。

夜里，她一如既往地与团队一起投入工作，只是脑中不时回想着小金说的那八个字。

为情所困，因爱而伤。

收工已是半夜一点半，回酒店的归途中，樊歆漫不经心地看着夜景，心想，慕春寅应该不在酒店了吧，毕竟今早她气势汹汹的。

不料到了酒店，樊歆推门便怔住，慕春寅竟还没走，他进了她的房间，缩在床脚的地板上，正抱着她的衣服睡得深沉。约莫是地板上太冷，哪怕铺了薄毯，他仍是蜷缩成一团，原本长手长脚的高挑个儿，如今看上去像只畏寒的大猫。

她脱下鞋走过去，看着他静躺在那儿，忽然百感交集。堂堂盛唐总裁，要风得风、要雨得雨的万人迷“头条帝”，蜷在她的地板上睡了一年多。

偶尔连她自己都会迷茫，她究竟有什么好，即便要他卑微如斯，他也甘之如饴。

房里灯光昏黄，她一声叹息：“疯子！”足尖轻碰他，常日里硬邦邦的语气终是软了些，“慕春寅，去沙发睡吧。”

地上的人没动静，她又碰了一下，还是没动静，她蹲下身拿手推了他一下，这一推吓了她一跳，他身上滚烫！再凑过去细看，就见他脸颊发红，呼吸灼热，嘴唇干裂，明显是在发高烧！也不知道到底烧了多久。

她急忙拍他的脸，他迷迷糊糊看了她一眼，抱着她的衣服无力拒绝：“我不去沙发……我要睡地板……要睡你旁边……”

他有些意识不清，多半是烧糊涂了，樊歆再顾不得那么多，冲房外喊人：“大力，小远！”

G市人民医院。

病房满是消毒水跟药水混合的味道，慕春寅躺在病床上，闭着眼睛沉睡，药水滴滴答答顺着管子往下流。

床畔，樊歆看着新测的体温计松了口气，这家伙送到医院时烧到39.5℃，医生猜是昨晚在酒店走廊睡了一晚着了凉，今天又在地板上睡，加上这些年太过操劳，底子日渐空虚，一受凉就扛不住了。

医生护士都已轻手轻脚离开，房间静悄悄的。樊歆坐在床旁边，离开五年后首次认真端详慕春寅，时光并未在这个男人身上留下什么痕迹，他依旧是当年的模样，浓眉如墨，鼻梁高挺，浓睫安静地覆盖下来，像蛾子的翅，只是他清瘦了不少，下巴上起了青青的胡楂儿，眼圈有淡淡的瘀青，显然是长时间操劳过度。

她将被角掖好，目光转向床头柜上那块压扁的月饼。

方才几人给慕春寅换病号服时，发现他兜里有块月饼，大概放了几天，被压得不成样子。

也是那一刻樊歆才知道，慕春寅是专程来G市给她送月饼的，明天是中秋节。但她没听他解释，径自喊人将他丢了出去。

听他的下属说，这月饼是他做的，他是个烹饪白痴，也不知烘烤了多少遍，才得了这么一个勉强过得去的，拿糖纸层层包裹，宝贝似的装进了兜里。

正对着月饼发呆，床上躺着的人有了动静，他双眸紧闭，明明是虚弱的状态，却在被子里轻笑了出来，唇角弯起的弧度漾着满足，像做了什么甜梦。

樊歆凑过去，听到他梦呓般嘀咕："追来了，追来了……慕心你快跳！没事，我会接住你的……"

樊歆一怔，忽然便心潮翻涌，陈年旧事隔着发黄的时光浮出脑海。

那年，两人都只有七岁，在H市的老外婆家过暑假，隔壁院子的石榴结了果，挂在树上红灯笼似的可爱，她想摸一摸，但邻居那小气的爷爷不让他们碰。小小的他便趁人不备，带着她翻上了高墙。当她终于心满意足地摸到小果子时，老爷爷出来了，怕被人误会是偷东西，两人立刻就跑。他跳下了墙，她却不敢，他站在墙下，张开稚嫩的怀抱对她说："你跳，我接你……"

她扑通一声跳了下来，他真接到了，但悲剧的是，他的小身板受不住她猛跳下来的冲击力，摔倒滚进了墙角的蔷薇花丛……蔷薇茎上满是刺，眼看她就要跌进去，他本能地将她往怀里一扯，于是那些大大小小的刺，透过薄T恤，扎到了他的背上。

那个晚上，他像刺猬一样趴在凳子上，外婆拿小镊子一根一根拔刺，弄了两小时才算完，他疼出了一身汗。

伤口处理完毕后，外婆像往常一样将两人放在一张竹床上睡。他背疼，只能趴着，她看着他背上的千疮百孔以及纵横交错的划伤，心疼得哭了，毕竟他是为她而伤。他哄了半天没用，只能板起脸吓她："不许哭，再哭就不要你了。"

她果然不哭了，眼泪却流得更厉害，他拿衣袖怎么擦都擦不完，最后凑过头去亲了她。

他一亲之后，一滴泪沾到了她唇边，他想也没想，将嘴唇贴了上去。

他的吻，轻轻的，柔柔的。小小的人儿，并不懂唇吻的含义，只是知道，看你流泪，我心疼。

窗外月落，启明星渐起。房内，樊歆收回思绪，看向床上沉睡的男人，目光分不清是喜是悲。

谁说不是呢？这家伙从小就爱惨了她，以至于长大后爱成了一个变态。

她怔然良久，直到一轮旭日缓缓挣脱地平线，在晨曦中，她将桌上的月饼拆开袋子，咬了一口。

不愧是他做的，好难吃，馅都煳了，豆沙馅烤成了黑糖味，简直是黑暗料理……

虽然皱着眉，但她仍一口一口，整个吃完。

慕总裁的感冒在两天后就痊愈了。原本是可以忽略不计的风寒小病，出院时医生却将樊歆单独请到了办公室，出来后樊歆一脸凝重。

接下来让人疑惑的事发生了，樊歆开完G市的演唱会后，暂缓了后几个月的工作，回到Y市慕氏老宅。不仅照顾慕春寅的一日三餐，还将S市疗养院的许雅珍也接回了家，每天除开处理最紧要的工作，她像个普通居家女人一样，褪去大明星的光环，买菜、做饭、洗衣，伺候婆婆，照顾男人。

好吧，其实原因很简单，医生说慕春寅的感冒没什么事，但胃病问题很大，再不好好调养，吃喝没规律，作死地追着她满世界没日没夜地跑……早晚要出大事。

要樊歆眼睁睁看着慕春寅为她翘辫子，她做不到，于是便遵从医嘱，暂时放下了工作，留在Y市好好调养慕某人脆弱的胃。

然而，这一番好心落在不知内情的慕春寅眼里，俨然变成了恐惧。

某日，周珅来拜访，慕春寅将他拉到房内，隔着门听了外面好久的动静，确定樊歆不在，才压低声音说："你有没有觉得我媳妇不对劲？"

周珅云里雾里的："哪儿不对劲啊？"

慕春寅难以置信地说："你没看到吗？她竟然给我做甜汤！还是我最爱的桂花小圆子！"

周珅更加摸不着头脑："不做甜汤，难道做毒药？"

慕春寅沉重地道："我倒宁愿她给我做毒药！"

周珅不可思议地感叹："甜汤不要要毒药，对你好你还不高兴，你是犯贱还是自虐啊？”

慕春寅将那一头漂亮的亚麻色短发揉了又揉：“就因为太好才觉得不对劲！你想啊，从前她打我骂我赶我，一口一个死变态，可眼下画风说变就变，不打不骂，和和气气，甚至还给我做夜宵！你说，她怎么变化这么大！她是不是想跟我离婚？”

他伸手翻翻桌上的台历，越想越深以为然：“她说过了，结婚满两年就跟我离！算算日子快到了！所以她现在是因为内疚吗？”他想了想，又焦躁地揉了一把头发，“肯定是，她本来就不喜欢我，再加上那温浅贼心不死，上次还没脸没皮地追到了巴黎，哼……”

周珅打断他的喋喋不休：“你就别自己吓自己，有什么事你直接找她摊开说不就得了。”

慕春寅果断摇头：“万一她现在还只是酝酿，我这一捅破，她立马痛快承认，然后拉着我去换绿皮本子怎么办？”

周珅道：“不会的，你别结婚了还想着这些有的没的！”

“你不懂！”慕春寅完全听不进去安慰。他越想越心惊，翻箱倒柜地将身份证、户口本等证件拿出来，一股脑儿往周珅手里塞，“你把这些东西都带走，走得远远的！万一到时她真要离，我就说东西都丢了，离不了……”

周珅：“……”

战战兢兢，害怕老婆会离婚的慕总裁，终于在不久后的某次宴席上彻底爆发了情绪。

那是一个月后的圣诞节，商会主席老爷子六十大寿，广发请帖，慕春寅推托不过，带着樊歆一起去了。

谁知一进大厅就脚步一顿，云集的宾客中，慕春寅一眼就看见了自己的情敌！

三人同时出现在宴会，气氛微妙起来，目光几乎全聚焦在三人身上。几年前这位天后娘娘以荣光少董未婚妻的身份出席某喜宴，如今摇身一变成了盛唐慕太，当真人生如戏，世事难料。

但慕总裁是谁？即便内心翻江倒海，外人面前仍是一副处世沉稳的大佬模样。对一干人复杂的眼神，他若无其事，拉着樊歆给商会老爷子贺喜，老爷子笑呵呵地应了，将夫妇俩请到了上座，而温浅正好整以暇坐在那儿。

温浅表情如初，依旧是泰山崩于前仍风轻云淡的模样。慕春寅只当没看到他，笑盈盈入了座，还很绅士地替樊歆拉开椅子。

一旁刚好有个慕春寅交好的公子哥，见慕春寅入座，热情地同他寒暄：“春哥，好久没见你了？怎么现在约你都不出来？”

慕春寅含笑瞟了樊歆一眼：“你嫂子不让，说夜里出去应酬多了伤身体。”

公子哥点头："也是！唉，有媳妇就是好啊，有人疼！"说着，扭头对樊歆笑，"嫂子，春哥娶了你好福气啊！"

樊歆硬着头皮点头，慕春寅笑着握住她的手，眼风往温浅那边扫了扫，从容地回着公子哥的话："那可不！有媳妇跟没媳妇就是不一样！从前我一个人，吃饭有一顿没一顿，胃疼死也没人管……现在不一样了，有你嫂子我一日三餐都定时定点，胃疼了有她端水喂药，跑医院她守着寸步不离，那叫一个体贴疼人……"

众人笑，慕春寅在满桌艳羡的目光中点头，顺手还去搂樊歆的腰，碍着左右都有人在，樊歆没好拒绝。旋即她腰间一凉，似有人的目光凉凉掠过，她下意识抬头，正与那道目光对撞。

就这一眼，身旁慕春寅似是意识到什么，立刻咳嗽起来，越咳越厉害，直将脸咳得通红。樊歆赶紧收回视线，替他拍背顺气，嘱咐道："喝汤慢点儿，油厚了容易呛！"

她说着，给他倒热茶，慕春寅也不接杯子，佯装无力的模样，就着她的手喝，老远看去像是她在喂她。喝了半杯热茶，他舒缓下来，凑到樊歆耳边，明明是对她的耳鬓厮磨、温言软语，声音却清晰得满桌都听得到："还是我媳妇疼我。"

两人距离近得像若有若无的吻，碍着这么多人，樊歆不好推开他，只不动声色地往后躲了躲，不想手被慕春寅捉住，他毫不避讳，低头在她掌心落下一吻，眼神温柔得快滴出水来。

一干人起哄大笑，皆道慕总花式"虐狗"。

席上只有荣光的掌权人没有笑意，他神情疏淡，正将一口香槟缓缓饮下，对慕氏夫妇的恩爱恍若未见。不过无人留意的角度，他眼风飞快一转，在被慕春寅吻过的掌心停顿片刻。

那一霎，目光如霜。

夜风徐徐，酒店后的庭院雪花飞舞，落在建筑与树木上，绵延出起伏的雪线。

樊歆坐在庭院里看雪，她吃到一半，出来接莫婉婉的电话，接完后想着回去跟一群男人吃饭也没什么意思，索性在后院赏雪。

大雪似柳絮鹅毛，飘飘洒洒，落在花圃上厚厚的一层，樊歆随手捏了个雪团子把玩。身后蓦地传来咯吱轻响，是鞋底踩在雪地上的声音，一步一步，沉稳中略带点急促，朝自己越来越近。

肯定是慕春寅这家伙出来找自己了！樊歆毫不犹豫，抡起胳膊反手往后一砸雪团——谁让他吃饭时动手动脚。

啪的一声砸中，她转身刚想来一句"活该"，下一刻眼神顿住。

身后雪地里立着一个人，身材颀长、面容清俊，不是慕春寅，而是方才坐在她斜对面的温浅。

樊歆一怔，随即转身，然而那身影一晃，挡在她面前。她目光清冷，面有愠色："温董，我想我的态度你应该明了。"

自从去年宣布婚讯后，不知温浅是不敢相信还是心有不甘，明里暗里找了她许多次，有几次甚至千里迢迢，辗转多地，但她只避而不见。

从前的他有多绝情，现在的她就有多冷漠。时间果然是世间最可怕的力量，曾经亲昵无间的爱侣，如今只剩漠然的对立。

"我只说一句话。"见她抬步又要走，温浅伸手虚虚拦了她一下，他凝视着她，深邃的目光穿越风雪，历经悲喜离合，最后却无语凝噎。

终于，他开了口："为什么是他？"

樊歆愣了一会儿，轻轻一笑："因为这世上唯一不会抛下我的，只有他。"

是的，她心知肚明。慕春寅纵有再多不好，可这世上唯一不会抛下她的，也只有他。

不论是曾经铸下大错害死至亲的自己，还是肥胖丑陋、备受歧视的自己，无论他是爱她还是恨她，是疼她还是怨她，他永远不会抛下她。这段婚姻也许是一时赌气，也可能是人性最本能的选择。

她话落，转身便走。

可她没走出几步便顿住了脚。十步开外，另一个高大的身影立在花庭那边，正将"老情人"会面的这一幕收进眼帘。

正是慕春寅。

风雪太大，樊歆与温浅的话他听不到，樊歆担心他又要误会吃飞醋，谁知他脸上并无怒气，只缓步过来，拂去樊歆肩上的雪花，将自己的毛呢外套搭在她身上，温声细语问："怎么在这儿？这儿风大，别冻着了，想玩雪回去我陪你……"又往屋里一指，"王太太找你呢，说你的靴子好看，非要问你在哪儿买的。"

樊歆不放心，万一她一离开，这两个男人就打起来了呢？慕春寅看穿她的心思，笑道："放心，我跟温董都是要脸面的人，这大庭广众的，我们不会动手。"

樊歆默了默，还是将保镖招来，盯住了两个男人，这才去了偏厅。

庭院只剩两个对视的男人。雪花飘摇的夜色中，慕春寅笑盈盈道："温总这是怎么了？从前不是挺爱惜名声的吗？现在怎么老盯着有夫之妇呢？也不怕人笑话！"

温浅唇角弯起嘲讽的弧度："若要真笑话，慕总的下作之计，更值得被笑话。"

慕春寅坦荡荡："那又怎样？我爱她，光明正大也好，不择手段也罢，我就是要得到她。她恨我也好，怨我也罢，反正我会一辈子对她好，天长日久，水滴石穿，她总会懂我的心。”

温浅亦是冷笑，眸里满是悲凉：“是啊，最难猜透的就是人心。正如我没想到我姐姐会以死算计我，而歆歆信任了二十多年的你，会跟着我姐姐一起算计她。”

“啧。”慕春寅露出讥诮的笑，“你凭什么站在道德制高点拷问我？负她的是你，伤她的也是你，因为你，她剪掉了一头长头，更曾失去歌唱的能力……这世上，伤她最深的人不是我，而是你。”

温浅沉稳的瞳仁终于有了变化，汹涌的情愫宣泄而出。慕春寅将这一幕纳入眼底，道：“怎么，想弥补过去的错吗？”

“别垂死挣扎了。”他的口气明明风轻云淡，出口的话却一字一顿，如剜心的刀，“过错可以弥补，错过却永不再来。”

雪花漫天飞舞，像素白蹁跹的蝶。樊歆从偏厅出来，就见慕春寅已经来了，神色如常，向她招手说：“回家吧。”

樊歆点头，跟他一道走出饭店。

街道对面，司机早已开着车守候多时。地上的雪化了些，走上去脚底打滑。慕春寅见状，想扶樊歆，她不肯，被拒的慕春寅也不管她的脸色，一把将她打横抱起，直接往车子去。

饭店外有宾客正出来，见此一幕，笑出了声，有人说：“这慕总还真是转了性。”

也有人没笑，立在一辆保时捷前面，目光深深，最后只落寞地转过头去，任由风雪落在肩头。

那边慕氏夫妇的车厢内，由于慕春寅换了台空间远比布加迪大得多的豪车，所以他能轻轻松松在车厢后座抱着樊歆坐在他腿上。

“你又来！想我喊人丢你是不是？”眼下没人，樊歆胳膊肘一撞，将慕春寅顶开。被拒的慕春寅松手，靠窗低头沉默。

车内安静下来，只听得到CD的低吟浅唱。樊歆坐到边上，一面听着音乐，一面看着窗外的风景。漫天飞舞的纯白大雪中，一辆熟悉的墨黑保时捷正逆向而过，樊歆无意瞟过一眼，眸里条件反射般浮起复杂的波光。

但这情绪浮动不过一秒，她立刻收回了目光，仿佛什么都没发生过，只有那低垂着的浓密睫毛，掩住了眸中不为人知的情绪。

这一切，被左侧的慕春寅尽数收进眼底。

到家是夜里九点，樊歆直奔许雅珍的房间，与护工一道替她擦洗换衣。而慕春寅则坐在顶楼，端着红茶看着院外的雪，给“二世祖”打电话。

察觉出慕春寅的低落，周珅问：“你又怎么不高兴？不是在宴会上碾压了对手吗？这回应该志得意满啊！”

慕春寅褪去了晚宴上的从容，淡淡地喝了一口茶，道：“那又怎样？虽然我很镇静地宣示主权，很镇定地打击情敌，但在她看着他的眼神里，我还是看到了不一样的东西。”

周珅劝慰道：“正常啊，十四年感情，就算一刀两断，也不可能全部都放下，毕竟人的大脑又不是手机，格式化了就能一了百了。你得给她时间去消化。”

慕春寅苦笑，浓密的睫低垂，遮住了眼里落寞的情绪：“我想给她时间，我担心她不给我时间。”

“怎么，你还是怕她放不下他，跟他走？”

慕春寅端起茶杯，将最后一口残茶饮尽，毫不掩饰：“是。我怕留不住她，怕现在好不容易得到的幸福，长不了。”

夜里十点半，樊歆将一切打理完毕，刚准备回房歇息，却见慕春寅坐在她房间里的沙发上，不知在想什么。灯光将他的影子投到墙上，雪白的墙上呈现一片孤零零的暗影。

樊歆上前问：“怎么还不睡？医生说了早睡养身体。”

慕春寅摇头，往常平静的目光有些不一样了，他凝视着她，眼神深邃得像一片海，旋即他手一用劲儿，将她拉到了他身旁，抱住了她。

“怎么了？”樊歆躲着不让他抱。

慕春寅却紧抱着不撒手，旋即低头去吻她，樊歆不住往后退，轻斥道：“好端端的你又发什么疯！”

见她拒绝，慕春寅的目光暗淡下去。樊歆也觉得尴尬，抿唇不语。

如今她对慕春寅感受复杂，曾恨过怨过，现在那些怨恨渐渐淡了，虽回归到了和平共处，但让她跟慕春寅像普通夫妻般卿卿我我，她过不去那道坎儿，她一直将他当哥哥。哪怕两人领证快两年了。

平日只要她露出不满，慕春寅便会收手，可今晚他异常固执，被拒的短暂尴尬后，他按上她的肩，将她推倒在沙发上，随后他更加热情，她不让他吻嘴唇，他便吻她的下巴、她的耳垂与脖颈。细碎的亲吻混着彼此的气息，他像孩子一样贪恋。

“慕春寅，别闹了！”她终于脸色一沉，喝止道。

他指尖还在她衣领上，是个解扣的姿势，樊歆紧按着衣领，捍卫最后的底线。她抬头与他对视，澄澈分明的瞳仁没有丝毫情欲，只有薄薄的厉色。

慕春寅也凝视着她，旋即伏身用力抱紧她。他的头埋在她脖颈里，蹭着她的脖子：“慕心，我对你不好吗？”

樊歆表情一僵。

平心而论，如今的他，好到无可挑剔。从前阴晴不定的脾气收敛了，每日赔着笑脸，温柔体贴，百依百顺，恨不得她一声令下，就是让他下水去捞月亮，他也是毫不犹豫的。

见她出神不语，他眸里的失落越发浓重，他握住她的手，在她耳边不甘心地追问："慕心……我到底哪儿不如他？"

"慕心，我都改了，凡是你不喜欢的我都改了……我不会再惹你生气，也不会再叫你伤心……这些年你不在，我没有碰过任何女人，我每天都在等你回家，就睡在你的房间，抱着你的衣服，想着你，念着你……现在结婚了，我会一辈子对你好……你信我……"

他将她抱得那样紧，像要将彼此嵌进对方的骨子里。可他的声音却那样无助，如孩子般呜咽，有悲伤弥漫开来。他将她的手贴在自己脸上，像是贪恋她掌心的温暖，他嗓音低低的，竟透出微微的乞求："慕心，你别这样折磨我，你给我一颗定心丸……"

许是这一刻拥抱太紧，许是他的无助太痛，许是他的哀求刺中了她，她眼睫微颤，最后轻叹一声，慢慢闭上了眼。

见她紧按衣领的手松开，慕春寅乌黑的眸里爆出火花，他将她从沙发上抱起来，一步一步进了自己的房间。

屋外雪花还在飞舞，远远的城市商圈中，五彩斑斓的霓虹灯光与车水马龙交织，平安夜的疯狂仍在继续。

城市的广场旁，一辆墨色保时捷静静停在旁边，车内的人瞅着窗外，也不知是在看那广场喷泉，还是看热闹的人群。

许久，副驾驶上的人出声了："温先生，还不回去吗？都十一点了。"

见对方不答，阿宋探头瞅瞅广场，纳闷儿道："这有什么好看的？您都看了两个小时了。"

后车座的人终于出了声，神情有些恍惚："那一年平安夜就是在这儿，我跟她……"

他的话头突然止住，扭头向司机道："去清河别墅吧。"

车子发动，穿过无边的风雪，渐渐将城市的喧哗甩在后头。

半小时后，抵达清河别墅。

车门却没开，摇下的车窗露出一张脸，目光深深向那花木映衬的别墅张望。房子是中式的装修风格，透过朱红的小轩窗，仿佛还能看到里面的红木家具与双人床。

副驾驶上的下属面有不忍："温先生，您要是挂念就进屋看看吧。五年了，每次来，您都坐在外头，一坐大半宿，您别再这么折磨自己了。"

温浅缄默不语，车窗外的冷空气涌进来，将他的呼吸冻成白色的雾。他摇头，慢慢点了一支烟，弹琴的修长手指夹着烟，透出难以言喻的寂寥。袅袅的青烟肆意散开，他的嗓音比烟火还落寞："还去干吗？她都不在了。"

阿宋脸色亦是黯然，须臾道："这不怪您，当时您太难了。"

温浅薄唇微抿，自嘲道："错了就是错了，没什么理由可找。"

车厢内一阵沉默，末了，温浅收回视线，道："算了，回荣光吧。"

半夜两点，荣光九楼依旧灯火通明。

在批完一大摞文件后，温浅抵挡不住沉沉的倦意，靠在靠椅上眯了一会儿。

混混沌沌的半梦半醒中，耳边有人银铃般娇笑："希年！希年！看我给你做什么夜宵啦？"

那笑容上两个梨窝浅浅荡漾，穿着那年他送的白色羊绒坎肩，周身带着淡淡的莲花香气，温香软玉近在咫尺，仿佛一伸手就能揽到怀中。

于是他伸出手，想留住她的香，然而他摸了个空，下一刻他睁眼醒来，眼前空荡荡一片，除开灯光，什么也没有。

他怔怔地瞧着灯光，思绪飘回五年前，那时每夜回清河别墅的家，都会有盏灯在夜色中静候，昏黄的，安静的，像她坚定的温柔。

可是后来，他怎么失去了那片温柔呢？

最开始，他是想要保护她的。

葬礼前后，意图造反却被他镇压革职的元老狗急跳墙，要跟他同归于尽。担心她被卷进这场风波，葬礼前后他与她保持了一段时间的距离，给对方放出假信号。

可后来，事情便像刹不住的车，不受控制了。

葬礼上的体检报告，新生儿溶血症的说明，还有温雅死前的视频……他的内心一万个不相信她会是杀人凶手，可铁证一个接一个，那视频清清楚楚看到她的脸，还有她对温雅的辱骂，那置人于死地的凶狠，千真万确是她。

他多希望那视频是后期加工的，他将视频送去各大机构，一次次的鉴定结果告诉他，那张面孔就是她。是她松开了温雅的手，将他在世上的最后一位至亲以最惨烈的形式送上黄泉路。

可她还在拼命辩解，她说，她没有推，是温雅自己跳下去的。

他没法相信，他真的没法相信。那个呼啸的风雪夜，温雅送来她的日记本，那个养育了他三十年的长姐，那个从来都坚定刚强的女强人，第一次伏在他肩上，哭得像个脆弱得需要保护的普通女人。

但哭过后，她擦干了泪说："你放心，姐姐会一直代替爸妈陪着你，看你成家立业，看你振兴荣光。只要你在，姐姐就在。"

彼时她还口吻坚定，语气铿锵，又怎会轻易结束自己的性命？

更何况，还是那样惨烈的方式——那一幕他至今还记得清楚，他当作母亲般敬爱的长姐，从高高的十楼坠下，被钢筋整个贯穿，鲜血汩汩，脑浆一地……

他想相信她，拼命对自己说她是无辜的，姐姐的死跟她没关系，是姐姐莫名其妙要自尽，还选了一个最痛苦又死无全尸的办法！

他没法说服自己。

亲姐死得那样惨，如果他还同害死她的人在一起，简直该天打雷劈。

可人就这么奇怪，分手后，哪怕理智千百次告诉他，他不该再找她，不该再想她，脑海里却仍萦绕着她的身影，挥之不去。

分手后许多个夜里，他坐在清河别墅外，看着楼上的灯光，二楼的琴房传来她的提琴声，音乐弥漫着无止境的悲伤，像这一刻他的心境。除了琴声，更多的夜里他听到她的哭声，断断续续地，像把锯子来来回回锯在他心头。他想，她是不是后悔了？他想，也许她不是存心的，姐姐从前就待她不好，姐姐那样辱骂她，她是怒极攻心才犯糊涂……他甚至疯狂地想着，如果她认个错，哪怕只有简单一句“希年，我错了”，他就立刻冲进屋去原谅她，至于亏欠姐姐的血债，日后下了九泉，便是罚他上刀山火海、五雷轰顶，他也认了。

可她倔强如斯，自始至终没有半点悔意。再然后，她居然走了，不知去向。

他当时又急又恼，四处寻找后发现她去了香港，他想，就让她去吧，就当是反省。想通了，知道错了，他就接她回来，将从前的恩怨对错全都抹去，自此好好过日子。至于外界怎么看他，说他薄情不孝也好，说他被狗吃了良心也罢，他认了。

谁知她这一走就不再回，重回了演艺圈，在国际上开辟了新的事业。幸亏演艺圈就这么大，只要她生存在这片土壤，他就会知道她的消息，她开了演奏会，演了电影，与谁合作，在哪个城市，他悉数知晓……他还去过她的片场、她的演唱会，甚至她在加拿大的舅舅的家，隔着来往的人群，将她远远张望。

他像进入了一个怪圈，想念她，却不靠近，也许是还没从温雅的阴影中走出，也许是一种赌气。

可再怎么气，他们还是见面了，在贵州山区的那片树林，隔着斑驳的光影与数年时光，他与她四目相望。那会儿她很意外，却不知道，他已在附近待了一周——其实贵州的项目他大可不用亲自上阵，可当他得知她的剧组就在项目附近，他毫不犹豫地出发前往。

是，他不过是想她罢了。四年了，他不想再隔着片场与人群看她，不想再在报纸上看到她与男艺人的绯闻，更对慕春寅时不时的骚扰万分警惕。

于是，他安排了重逢。

再次重逢，他以为做好了心理准备就不会紧张，可当面对事实，他竟连手中的图纸都没握稳。

如果这时她冲过来抱住他，他所有心防定然尽数倒塌。如果她再来一句娇声软语，估计从前的事他也会统统不顾。她认不认错，悔不悔改，是什么样的人，都无所谓了。他认了，分别数年，他无法再忍受，这该死的想念快把人折磨到发疯。

然而并没有。他所盼望的画面没有出现。她看着他，并没有他想象中的激动，她面无表情地转过头去，拉着身边的人离开。

他拂袖而去。此后两个月，他再没出现在她的片场。

其实后来他想，他无非是吃醋罢了。那天在小树林，他看出来了，那个在报纸上跟她传绯闻的苏家二公子，就是林里陪在她身边的男人，她转身离去时不小心崴了脚，苏家公子小心翼翼扶着她，那眼神里的怜惜，身为男人，他看得懂。

他气，气她犯了错不知悔改，还这样得寸进尺，他下定决心要晾她一阵。

几个月后，直到一样物品出现在他面前，他才如梦初醒，原来错的根本不是她，而是他！

九月底，荣光持股的圣爱医院院长因病去世，临终时把他请到床头。老院长抓着他的手说："温先生，我突然染这病，也不知是不是昧了良心才遭报应……这些年我骗了你，当年的事，是我们被温董逼着发了毒誓，才瞒到今天……"

他颤巍巍掏出一个文件夹，里面是一本病历，报告单的最后一行清楚地印着五个大字。

乳腺癌晚期。

那一瞬，仿佛晴空落下一个霹雳，他几乎快站不稳。

他最敬爱的姐姐，那个愿为他付出一切的姐姐，那个他看了日记发誓用一生保护的至亲，用生命布下一个最大的局。

她以死化作利刃，将他的爱情，一刀毙命。

那一夜，他开着车发疯般往苏州的片场赶，天下着暴雨，豆大的雨噼啪砸到车窗上，一如他内心这一刻的大雨滂沱。

他无法表述这一刻的感受，想笑，更想冲进雨地仰面痛哭。

在至亲与心爱的女人之间，他选择了相信养育自己三十年的亲姐，而辜负了深爱他十四年的女人。

而他不仅辜负，更错得离谱，错得荒诞，错到自以为是，还以为自己爱得伟大、爱得深沉、爱得她该感激涕零。

十一个小时后，他抵达片场，他站在楼下等她，他没有勇气上去。

她缓缓下楼来，一步一步，还是他心中最想念的模样。他看着她，千言万语哽在喉中，不知如何才能得到她的原谅。他辜负了她，他宁愿她大哭大闹甚至歇斯底里，然而她只淡漠地看着他，一头乌黑的长发已经剪去，眼神从未有过地陌生。

他犹豫再三，问出那句话——你还爱我吗？

如果她说爱，他这一辈子都感激她。当然，他做好了她说不爱的打算，无非厚着脸皮从头再追一次，一年也好，十年也罢，天涯海角都不放手。

可他错了，原来最坏的打算不是不爱，而是她轻轻启唇，用风轻云淡的声音说："温先生，我结婚了。"

那一刻，他听到整个世界崩塌的声音。

"温先生。"

敲门声拉回温浅的思绪，他从回忆中回过神："进来。"

阿宋推门走进，手里端着杯茉莉花茶，见温浅桌上还有一大摞文件，劝道："温先生，您还是回家歇歇吧，这些明天再看也不迟。"

温浅恍若未闻，接过茶，翻开一沓文件。

阿宋无奈，换了个方式劝："温先生，这年代的婚姻都很脆弱，可以结婚，也可以离婚，只要活着就有希望。可您要是这么操劳，万一哪天出了意外，那希望就彻底没了。"

他话里有话，温浅黯然的神色一亮，像是幽暗中燃起一簇火焰，旋即，他合上文件起身，道："我回公寓。"

翌日一早，大雪停了，久违的太阳重新出现，穿透云层，温柔地照耀着大地。

慕氏别墅的主卧内，将醒的慕春寅眯了眯眼，伸手去摸身侧，却只摸到一个枕头。

他睁开眼来，却见床那侧空空的，房里根本没有樊歆，他起身下了床。

光线充足的厨房内，樊歆果然在那儿，穿着纯棉睡衣，围着碎花围裙，正用平底锅煎鸡蛋，厨房里弥漫着早餐的香气，这是专属于家的温馨气息。

慕春寅立在厨房门口看她，清晨的阳光投过来，照得她侧脸温润如玉。脖颈跟锁骨上可见几颗红紫的"草莓"，那是昨夜他留下的痕迹。

昨夜卧室那张真皮双人床上，她对他的亲昵虽没有配合，却也没有抗拒。那幽幽暗暗的壁灯光中，他在她身上辗转索求，而她闭着眼沉默无声，那微颤的长睫覆在下眼睑上似蝴蝶的羽翼，轻盈又充满风情与诱惑。

很奇怪的感觉，这原本是激烈的躯体交缠，可他却感到从未有过的宁静与充实。他像是回归故里的游子，奔跑着，追逐着，翻过山峦河川，穿过萋萋芳草，踏过淙淙溪涧，要将命运里那只曾飞走的蝴蝶抓住，捧在掌心，嵌入灵魂，化作生命的刺青与胎记。自此，化蝶成双，生生不离。

慕春寅从旖旎中回过神来，从后拥住樊歆，咬着她的耳朵问：“怎么起这么早？”

“做早餐啊。”樊歆没有回头，继续翻鸡蛋。

慕春寅也没走，细细碎碎的吻沿着她的耳郭一路吻到了肩窝，轻柔得一如昨晚——提起来，樊歆还有些讶异，彼此有过不愉快的第一次，她多少有些阴影，却没想到昨夜他一改过去，温柔又耐心，几乎是小心翼翼，珍爱有加。结束后她有些乏，还是他仔细给她穿的衣。

鸡蛋出锅装盘，她扭头看他，这才见他裸着上身，只穿了条短裤，流畅的腹肌线条在阳光中再招摇不过。虽然彼此早已“坦诚相待”，但她耳根还是红了红，转过头去轻斥：“快回去把衣服给穿好！”

慕春寅纹丝不动，反而迎着她的目光嘚瑟地问：“为什么要穿？难道我的身材不好吗？”说着，还自恋地摆了个姿势。

樊歆：“……”

好吧，她承认他身材很好。到目前为止，她只看过两个男人的身材，两个人都很好。第一个是温浅，略偏文人的那种清癯，一举一动却沉稳有力。而慕春寅，表面上看着是小白脸，实际上他经常健身，什么胸肌、腹肌，他块块都有……

想了想，樊歆承认：“好，但家里还有照顾妈妈的护工，你能注意点儿吗？”

她的意思是怕旁人看了尴尬，可慕春寅的理解显然跟她不在一个范畴，他恍然大悟地双臂环抱：“对哦，我这完美的身躯只能专属于你，怎么能让她们染指！”

说着，他一溜烟奔上了二楼。

樊歆：“……”

吃过早饭，慕春寅去公司上班，这一天都春风得意，像股票大涨似的。傍晚还没到下班的点，他就回了，吃饭，散步，陪着樊歆一起照顾许雅珍。

待琐事完毕后，终于到了最值得期待的入睡时间，他积极地沐浴更衣，将自己打理得干干净净，还洒了点香水，那心情比要侍寝的妃子还激动。

为了掩饰自己的急不可耐，他开了电视机，躺在床上装模作样地看球赛。可球赛的上半场都快结束了，樊歆还没来……最后他按捺不住下了床，看到她竟在书房慢条斯理地翻剧本、做笔记，一副好学生的模样，半点儿没有要回房的趋势。他又气又急，将她手中的剧本一丢，二话不说将她扛回了房。

接下来，自然又是一夜痴缠。

此后的日子，便经常这么痴缠了。

他精力好，几乎每晚都缠着她，温柔又热烈。激情的浪潮退去后，他喜欢将她搂在怀里，在充满她淡淡体香的夜色中，听着她安静的呼吸睡去，彼此交颈相拥而眠的满足无法言喻。

不过，幸福中也有一些小小的失落。

比如，她不喜欢他的吻。

是的，他感受得出来。每每亲昵之时，她沉默地躺在那儿，像一个安静的娃娃，又像一片包容的海，他做什么她都不拒绝，唯独除了吻。

每次他将唇落在她唇上，她都会转过头去，不让他触碰。

他不明因由，其实他很想认认真真地吻她一次，无关情欲，只因爱恋。

可惜，他与她，从没有。

他眸里有深深的黯然，最后他又拥紧了怀里的人。

就这样吧，人不可有太多贪念，她起码不再拒绝他的亲密之举，他应该学会满足。

日子一晃便到年关。

一月的时光过得闲适安逸。白日慕春寅去盛唐办公，樊歆便留在家里，要么伺候许雅珍，要么看新剧本或者观摩经典影片提升演技，总之，孝心充电两不误。

一月底时，她收到了一个邀请函，本年度的电视剧赏析大奖即将揭开帷幕，邀请她出席参加。

一月二十八日，颁奖典礼到来，地点恰巧就在Y市。

颁奖典礼上大腕云集、星光璀璨，奖项一个一个揭晓，去年樊歆与赫祈拍摄的《民国有佳人》今年播出了，凭借超高收视率及超好口碑获得最佳电视剧奖。看着年逾五旬的王导站在颁奖台上，举着奖杯感慨万千，樊歆亦是感触颇多。这部剧王导投入了太多的心血，光是剧本他就琢磨了三年，得到荣誉是实至名归。

莫婉婉陪樊歆一起来的，她轻语："你们这部《民国有佳人》评分超高，力压所有国产电视剧，不知道你会不会凭这个剧拿奖？"

樊歆笑着摇头，不置可否。

下一刻莫婉婉道："呀呀，宣布最佳女主角了！"

果见LED大屏幕上飞快地出现候选名单，四部影片的女主角，包括她的《民国有佳人》。

樊歆平静地瞧着LED屏，就算入围也不代表什么，有小道消息说，最佳女主角是老戏骨裴庆珠。她扫了那边的裴庆珠一眼，果然裴庆珠一脸志在必得的模样。

樊歆将目光重回屏幕，LED上名单走马灯般转动，四个女主角的剧照越转越快，随着主持人倒数"三、二、一"，屏幕骤停，却是定格在一张昆剧花旦的脸上。随后，照片变成动态的视频，曲水回廊的苏州园林内，身着昆剧戏服的女子踩莲步、扭纤腰、甩水袖，声情并茂地唱着一段《西厢记》。

全场目光凝住，主持人的声音随之而起：“本年度最佳电视剧赏析大奖，最佳女主角，樊歆！”

哗啦啦的掌声中，聚光灯全部聚到台下的樊歆脸上，樊歆在短暂的愕然后，牵起裙子上了台，长裙摇曳，珠宝璀璨，没有太多花哨的姿势与表情，名角气场却浑然外露。

颁奖前，主持人热情地同她寒暄：“你又打破纪录了，每次我看你都像看一个奇迹。”

樊歆浅笑，目光明亮：“是吗？”

主持人点头：“当然！你可是‘四后’啊！”

台下有人起哄：“说错话了，是‘视后’，不是‘四后’！”

“哪儿说错了，是‘四后’！”主持人故意眼一瞪，“她半年前在柏林电影节拿了个影后，这次回来又拿了国内视后，现在是集舞后、歌后、影后、视后于一身，统称‘四后’！我哪儿错了？”

观众哈哈大笑。主持人扭头跟樊歆调侃：“樊歆，我要谢谢你啊，你破了自己的纪录，也破了我的纪录，这是我主持节目二十二年来第一次遇到‘四后’，也是演艺圈内一百年来第一个‘四后’，你现在可谓是前无古人，后也未必有来者，成了一个传说了！”他说着，看向观众，“我说得不对吗？掌声在哪儿？”

掌声哗啦啦如骤雨密集，现场气氛活跃极了。

主持人将主题拉回：“好了，言归正传，导演说你拍这部片子吃了很多苦，拿到这个奖是必须的，你怎么看？”

樊歆对着镜头，回想去年在片场的情景，感触良多。

为了塑造好这个角色，整整四个月，每天她的睡眠不超过四小时，看剧本，背台词，练昆剧……为呈现最好的影片效果，她跳过脏污的水沟，在臭气熏天的烂泥里一遍一遍重来；她浸过冰桶，在满是冰块的水里冻得瑟瑟发抖；她曾冒着39.6℃的高烧坚持拍片，收工后挂着点滴继续看剧本；她更曾劳累过度晕倒在片场，草草休息后强撑病体继续开工……

那些苦她从不觉得是苦，那些痛她亦认为是生命必经的坎儿。她或许不是最优秀的演员，但她一定是最努力、最勤奋的演员。那四个月的拼搏，她对得起自己的付出。

见樊歆沉默过久，主持人打圆场：“几年没回归国内大屏幕了，樊歆这些年的经历也是跌宕起伏，比电视剧还电视剧，你现在一定感触良多，给我们说几句。”

樊歆握着话筒，回忆这些年的过往，那些登上云端或坠入深渊的大起大落，那些欢乐、痛苦、绝望、希冀，一幕幕浮现在眼前，她百感交集。

组织了一下语言，她面对镜头说：“首先我想说，拿到这个奖项我要感谢导演与制片，感谢剧组所有人。”顿了顿，她提高声音，“但我更想说，感谢我自己。”

全场被这话一惊。

她的声音还在继续：“几年前，我历经人生最黯淡的时光，痛失爱人，痛失歌喉，痛失名声，痛失曾拥有的一切美好。我将自己关在房内没日没夜地哭，我的人生好像失去了光，再也无法明亮了。”

“我浑浑噩噩了很久，直到有一天，我看到一面镜子，我无法相信那个泪流满面、容色枯槁的女人就是自己。我问自己，我怎么就变成了这样？过去那个积极向上的我呢？过去那个永不服输的我呢？我为什么要被命运打倒？我为什么要一蹶不振？我的梦想呢？我的信念呢？我的人生价值呢？那些曾怀揣的美好、憧憬过的未来，统统去了哪里？”

“那一刻我幡然醒悟，我不该再这样活，我不该为了一段坏的经历就将自己的人生全盘否定！”

“我试着走出来，强迫自己忘掉那些痛苦与不堪……但这过程这么痛，痛到我不断跟自己说，坏的记忆就像腐肉，除掉它会疼，但不除，你永远无法痊愈，永远无法获得新生。”

“好在，我最终获得了新生，我走了出来，走到你们面前，用一个崭新的姿态！”

场内掌声一片，台下有人目光敬佩，有人语气唏嘘。

“等我走过这一段，回头再看曾受过的一切，其实人生不就是这样吗？生命那么长，风雨那么多。我们不断遇到挫折失败，不断跌撞摔倒，不断痛苦失去，又不断顽强爬起……直到有一天，我们在一次次的奋起中，强大到刀枪不入，百炼成钢。”

她的声音顿住，她的眼眶湿润起来，屏幕放大的特写显出她眼眸里的水花，她却仍是对着镜头笑着：“有人说，要感谢命运所有的磨难，但我从不这么认为，生命的意义在于追求美好的自我，而不是遭受痛苦的折磨。没有任何一种痛苦是我们应该承受的，痛苦只能增加生命的沉重，我从不感谢；相反，我感谢的是那个不断战胜痛苦、不断熬过磨难的自我，那个勇敢向上而无所畏惧的自我。就像我从没想过自己要多么杰出、多么耀眼，我只希望，百年之后，如果有人路过我的墓碑，她会说，哦，樊歆！她是个勇敢的人，没什么能打倒她！这样就够了！”

掌声雷鸣般响起，掌声落下后，会场内安静到极点，台下观众都仰头看着台上的女子。这个泪中带笑的女人，出身孤苦，年少失亲，漂泊多舛，曾因肥胖丑陋被世人嘲讽歧视，曾用十年真心换一个男人的辜负，曾顶着杀人犯的恶名被千夫所指……然而，所有折磨她全都承受下来，不放弃，不言败，不退缩，不怯懦，她将命运的种种不公化作最倔强的坚定，即便是流泪，也要笑着说，“没什么能打倒我”！

最终主持人带头，全场再一次爆发出经久不息的掌声。

掌声中，主持人擦了一下眼，动容道：“感谢樊歆！感谢你的正能量。”

台下哗啦啦的掌声再度响起，不知谁插了一句：“就知道感谢，还不快颁奖！”

气氛瞬时被调动了起来，主持人忍俊不禁：“她说得太好，我把正事都忘了！”说着，他问樊歆，“知道谁给你颁奖吗？”

樊歆摇头，主持人又故作高深地问观众：“大家猜猜！”

观众起哄，一会儿说是某影视大佬，一会儿说是电视台台长，一会儿又说是文化局局长，主持人却向后转头，对着会场朗声宣布：“下面有请盛唐总裁慕春寅慕先生，为本年度最佳电视剧赏析大奖最佳女主角颁奖！”

全场愣住，旋即掌声大作，就见一个高挑颀长的身影从幕布后缓缓走出，聚光灯追在他身上，他西装笔挺，面如暖玉，笑如春风。

樊歆先是一怔，随即抿唇一笑。这家伙不是说出差吗？怎么来这儿颁奖了？

主持人看着慕春寅调笑：“这可是颁奖典礼上绝无仅有的夫妻档啊！慕总裁，第一次给太太颁奖，有什么要说的吗？”

慕春寅站在樊歆身边，似是准备了许多话要倾诉，连连颔首：“有。”

主持人刚把话筒递过去，不料，慕总裁做了一件让全场瞠目结舌的事，他抱着奖杯砰地单膝跪到樊歆面前。

樊歆吓了一跳，伸手去拉他，他却仰头看着樊歆，大屏幕上清晰地显现出他的脸，他紧握住樊歆的手说：“慕心，拿证时我虽给你跪了一次，但我觉得那回不够正式，我甚至连花都没有准备……”他说着，从身后拿出一捧热烈的郁金香，郑重地捧在樊歆面前，“现在，我当着在场所有人，当着电视机前千千万万的人，认真补上这一跪。慕心，谢谢你嫁给我！”

台下一片尖叫，本就气氛热闹的颁奖典礼瞬时点爆，主持人在旁摇头咂舌：“简直‘虐狗’啊！”

见樊歆不动，主持人催促樊歆：“你老公求婚了，你没反应吗？你该不会不答应吧！”

跪着的慕春寅迅速接口：“她要是不答应，今儿这奖杯我不颁给她了！”

全场爆笑。而樊歆轻轻点头，接过了慕春寅手中的鲜花与奖杯，见慕春寅还不起来，樊歆伸手扶他，可慕春寅就是不起来，仰头眨巴着眼，还在看樊歆。

主持人乐了，也伸手扶慕春寅：“慕总裁，婚求完了您就起来啊，地上凉！”

“婚求了还有其他事呢！”慕春寅赖着不起，“趁今天人多，我赶紧把要紧的事提了，当这么多人的面她不好拒绝。”

主持人好奇地问："什么事？"

慕春寅两眼亮晶晶地看向樊歆："今年……我想要个大宝。"全场再次爆笑，主持人问樊歆："慕太太，这要求你依吗？"

樊歆瞟瞟地上的慕春寅，自从两人和好后，这家伙每天就在盼望小慕慕的到来，仿佛有了娃就能把她拴一辈子似的，奈何她措施做得好，慕总裁只能夜夜失望地对月叹气。

樊歆想了想，道："看他表现。"

慕春寅明显会错了意，信誓旦旦地道："放心慕太太，我会表现得很好，我每天都有坚持锻炼，身体健康、弹药充足，时刻准备着。"

樊歆哭笑不得，赶紧去拉慕春寅。主持人也跟着道："慕总裁，你太太已经答应了，赶紧起来吧。"

"我还有第三件事……"慕总裁仍赖在地上，两眼亮晶晶，"明年我还想要二宝……"

全场的人早已笑得人仰马翻。

樊歆忍着笑将慕春寅硬拽起来，担心他再说什么三宝，她朝台下鞠躬后便扯着慕春寅离开。慕春寅却顿住了脚，道："我还有最后一句话。"

"什么？"

慕春寅立在舞台正中，聚光灯的光打在他脸上，衬出他鼻高唇薄，越发俊朗无双。这一刻的他收敛了先前的嬉皮笑脸，目光像一片广袤的星空，他深深凝视着身畔的她，当着现场千百人与无数的摄像头，朗声说："慕心，从前我老说你笨，那都是逗你玩的。"

他指向自己的胸口，在那跳动的心脏之处，指尖停住。

旋即他郑重其事，一字一顿："这么多年，你一直都是我的骄傲。"

颁奖典礼在哗啦啦的掌声中继续，高清摄像机将这一幕直播到千家万户。Y市西郊的某别墅内，有人无意中看了电视机一眼，表情微变。

这是一间书房，棕黄色的大排立柜前是墨色书桌，一位老者正伏案看文件。大概是累了，他坐起身来，双鬓的头发虽然花白，但一双深褐色的眸子精光闪烁。

他喝了一口茶，手朝电视机一指，下属立刻拿起遥控器将电视机打开，老人不经意地挑挑眉："咦，这不是盛唐那小子吗？"

"是盛唐的慕总。"

"几年没见了，他在电视上干吗？"老者语气微显不屑，"又在大谈房价上涨论吗？其实就是想卖他的房子呗！"

下属恭敬道："三爷，这是演艺圈的颁奖典礼，盛唐的慕总担任颁奖嘉宾。"又道，“三爷您前天才出院，您有所不知，这几年内圈里发生了许多事。比如盛唐把主要资本转移到国外，荣光的少董温浅继位，这温浅比温雅还有手段，短短几年荣光就上了一个新台阶。曾经我们九重压制着他，而现在……五爷跟六爷在他手底下吃了好几回败仗。”

齐三爷没半点惊愕：“早在湘儿跟他交往之时，我就说，温家的年轻人不简单。可惜湘儿有眼无珠，放弃了对方。”

过了一会儿，他道：“这慕春寅怎么把资产都移到国外了？是看我病了太久没有对手了吗？我跟盛唐的账还没算清呢。”他说着，将目光转向电视机，“我看看，他颁个什么奖？”

下属轻笑：“他是给自家老婆颁奖呢！”

“哦？娶妻了？是跟哪家联了姻？汉田石油，还是华中电气？”

“不是，只是个普通艺人而已。”下属将身子挪了挪，好让主子看得更清楚。

屏幕中出现一个身着黑礼服的女郎，她白皮肤、鹅蛋脸，正捧着奖杯微笑，齐三爷的视线在一霎凝固。

下属察出异常，赶紧问：“三爷您怎么了？是不是哪儿不舒服？”他说着，要去柜子找药，却被齐三爷喝住。

齐三爷定定地瞧着屏幕：“她是谁？”

天黑之时，星光熠熠的颁奖晚会终于落幕。

樊歆被慕春寅牵着离场，樊歆说要回家，慕春寅却不肯，拖着她去了盛唐，说是盛唐上下为她举办了“老板娘欢迎会”！

夜里七点半，樊歆站在盛唐二十三楼的派对（party）大厅，明亮的水晶灯与缤纷的气球、彩带晃得她眼花缭乱。

虽然挂着“盛唐老板娘”的称呼，可实际她五六年没来过这儿了，看着那些新旧的面孔，她感慨万千。

好在汪姐、胡总监那些曾对她关爱的面孔都在，他们拿着喷雪筒喷出五颜六色的丝带，对着慕春寅、樊歆欢乐地大喊：“欢迎老板与老板娘！恭喜老板娘获奖！”

樊歆笑着，眼角不知不觉有些湿，兜兜转转这么多年，她还是回归到这个地方，回到这一群亲切的人之中。宴会高台上有人砰地开了香槟，浅金色酒沫在全场的大笑中飞溅而出，将摞起来五层高的香槟杯缓缓倒满。

众人拿了杯子，在慕春寅的带领下，快乐地碰杯：“新年快乐！盛唐万岁！”

觥筹交错，酒液激荡，每个人脸上都洋溢着会心的笑。

待喝到一半，有下属进来附在慕春寅的耳边耳语几句。慕春寅放下酒杯，道：“来即是客，迎。”

大门打开，一行人走入大厅，盛唐的人俱是微微睁大眼，有人轻声道："咦，这不是九重的人吗？"

人群之中一人年过半百，举手投足如岳临渊，自有久居上位之人的气场，正是执掌九重三十余年的齐三爷。慕春寅纹丝不动，只派两个下属迎了过去，自己停在远处端着酒杯慢悠悠地笑："呀，什么风居然把齐三爷吹了过来？"

有侍者给齐三爷送去香槟，齐三爷拿起一杯，慢条斯理地走上前，道："老了，不中用了，在医院住了几年，眼下身体总算是好了些，想着许久没见慕贤侄，便来探探。"

他客气地笑，眼神却移向了樊歆："这位是？"

慕春寅搂住樊歆的腰，道："我太太樊歆。"

齐三爷的视线停留在樊歆脸上，笑得风轻云淡，可樊歆却觉得对方的眼光分外锐利，仿佛扫描仪一般，逐行逐句将她眉眼鼻唇渐次端详。最后他笑起来，道："樊歆？好名字。不知道这名儿是谁取的？"

樊歆当他是寒暄，便客气回答："是我妈妈。"

一旁慕春寅将樊歆往后护了护，眸里有不动声色的戒备："三爷叱咤风云一辈子，怎么对内子的家事有了兴趣？"

齐三爷和煦地笑："哪里，只是觉得慕贤侄好福气罢了。"

慕春寅亦是笑："那是当然。"

两人又寒暄几句，齐三爷道："齐某有事先走，改天约慕贤侄喝茶。"

他将手中酒杯放下，再不管诸人反应，头也不回地走出大厅，留下盛唐的人面面相觑。

慕春寅若有所思，旋即恢复之前的亢奋，冲众人道："来来来，继续嗨（high）！"

深夜，慕总裁抱着老婆回了家。樊歆被热情万丈的盛唐员工轮番敬酒，最后醉得不省人事，趴下了。

慕春寅开了灯，把她放在床上，自己坐在床边看她。

她身上还穿着抹胸晚礼服，脖子上戴着珍珠项链，墨色丝缎礼服与珍珠白项链衬得她皮肤雪白，莹莹有珠玉之光。脸上的妆还没卸，薄薄的红唇宣告着三十岁的轻熟妩媚，翘长如芭比的睫毛却透出二十岁的活泼清丽，她将女人与女孩儿的特质混合，杂糅成一种奇异又和谐的美。

慕春寅将手撑在床头，慢慢俯下身去，将唇印在她的唇上。

方才庆功宴离场后，他将酒醉的她抱回家。电梯从高高的二十三楼往下，他抱着软绵绵的她，怕她冷，便脱下外套将她裹住。她窈窕纤瘦的身子被他宽大的西装包裹，有别样的风情，他禁不住低头去看她。她半靠在他怀里，脸色酡红，呼吸含着香醇的酒意喷在他的脖颈上，仿佛轻软的毛刷拂过皮肤，所有毛孔如被热水冲击，一瞬激活。那一瞬间他俯身想吻她，可碍着电梯里的下属，他只能作罢。

现在这个未完成的遗憾，终于能弥补了。对，他要认真地吻她一次。

在他眼里，吻是爱，性是欲。对他而言，性是爱的产物，他喜欢性的亲密无间，可他更想要爱，那是命运的相依与灵魂的归宿。可她一直在闪躲，他想要，而她吝啬如斯。

可今晚她醉了，他吻了下去，她没法像往常一样闪躲，也没有给予任何回应。纵然如此，他还是吻得认真。唇齿的依恋像藤蔓缠绕，将这三十年共度的时光交缠凝固，化为永恒。

窗外月色静谧，屋内的深情还在继续，而城市的另一端，有人坐在荣光九楼，端着花茶，将颁奖典礼“最佳女主角”的那一段翻来覆去地看了几遍。

最后，他起身，将花茶换成冰水。

冰水入喉冰冷，而周身的世界更冷。

巧合的是，几条街道相隔的另一处，齐氏别墅中，也有人坐在书房，将这一段翻来覆去地看，他手中还拿着一张相片，照片上是个二十多岁的年轻女人，穿着20世纪80年代的白衬衣，笑容恬静。

他将电视中的人与手中照片中的人对比数次，喃喃道：“像……眼睛、嘴巴，几乎一模一样……老张，你来看看……”

老张点头：“看着是像！三爷您别急，咱今天不是弄到了樊歆的头发吗？DNA结果几天后就出来了。”

时间一分一秒地过，苍茫的夜色随着月亮的滑落渐渐褪去，启明星升起，一轮红日挣脱了地平线。

当阳光透过窗帘照进这宽敞的卧房时，樊歆醒了。她想翻个身，奈何翻不动，身旁有什么挡住了她。

她拿手推了推阻碍物，没推动，她睁开眼，十厘米开外的地方，慕春寅的脸近在咫尺，他已经醒了，拿手托着脑袋侧身含笑看她，见她睁眼，他凑过身去吻她。

她别过脸仍被他亲到了下巴，旋即他抱着她在床上一滚，不怀好意地说：“还早，我们来一次。”

见樊歆摇头，他将脸在她肩上蹭了蹭，委屈地道：“昨晚看你睡得香我就忍了，现在醒了你就不能心疼我一下吗？”

“别。”樊歆揉着额头，“你忘了，今早你要赶飞机去G市，再不起来，飞机就晚点了。”

慕春寅的热情瞬时被浇灭，心有不甘地抱着樊歆腻了好一会儿才罢休。

洗漱完毕，慕春寅在家吃过早餐后出发，临行前抱住樊歆道：“我走了，顶多五天就回来，到时刚好一起过除夕。”

见她点头答应，他握着她的手，低头吻她手心。她不让他吻唇，他就吻掌心，像一个即兴的单纯盟誓。

她掌心残存着化妆时的乳液，还有洗手后涂的护手霜……女人的化妆品混合在一起，沾在唇边是苦的，嗅在鼻中是香的，吻上心头又是甜的。这又甜又苦，可不就是爱情吗?

慕春寅笑着，回味着这个吻，满意地走了。

第八章
波澜

慕春寅走后，樊歆想着马上过年了，开始置办年货。

她跟助理大包小包地在商场超市进进出出，却没注意，有辆车子跟了她几天。

似是怕引起注意，这辆车是一辆普通的沃尔沃，隐藏在马路上川流不息的众车中，毫不起眼。

车后座坐着一位老者，隔着车窗向走进商场的樊歆张望。老者旁边的下属道："三爷，要不要我把她请上来见一面？您这才出院，总这么跟着，我怕您身体吃不消。"

齐三爷摇头，仍是注视着商场门口。须臾，老张想起什么："哦，我想起来了，樊小姐曾经有段视频，说要找什么人。"他拿出手机，搜到多年前的那段电视访谈。

视频里，那会儿还一头乌黑长发的她对着镜头拿出一块碧玺说："打扰大家几分钟，我想借此机会找一个人……这块碧玺二十八年前购于上海田子坊，是一个男人送给妻子的新婚礼物，上边刻了八个字……"

齐三爷盯着屏幕上的碧玺，嘴唇颤了颤："是她！不用等DNA结果，不会有错！"

而与此同时，老张接到一个电话，他脸上浮起喜色："三爷，DNA结果出来了，是的，是小姐！咱现在下车，跟小姐相认？"

许是这惊喜太过突然，齐三爷靠在后座上闭了一会儿眼，须臾，他情绪缓下来，摇头："等等，现在还不是时候。"

老张想了想，道："您担心五爷跟六爷？"

齐三爷幽深的目光一变，却是默认了："我病了几年，老五、老六为争九重闹得不可开交，一个一个都盼着我死了好瓜分九重，眼下我后继有人，他们的美梦岂不是要碎？我担心他们狗急跳墙对我闺女不利，所以等我先收拾了烂摊子再说。"

老张颔首："三爷言之有理。"

齐三爷又低头看看手中的视频，换了个话题："咦，瞧这视频里我闺女跟温家小子挺好的呀，怎么现在嫁到了盛唐？"

老张道："据说是当年温雅作梗，小姐跟温浅被迫分手……不过据反馈的情况来看，温浅对小姐还有意思。毕竟两人交往了两三年，而且小姐追求了温浅十几年。"

"十几年？"齐三爷微怔，"这孩子脸皮，哦不，性格真是随了我，当年我追阿英也追求了七八年。"又道，"我对温浅这小子印象很深，我第一次见他时，他安安静静坐那儿弹琴，脸上一点儿野心都没有，所有人说他一心追求艺术，淡泊名利，我却在他眼里看出了不一样的东西，当时我断定，他绝非池中物……现在果然不得了，好！配我齐某人的女儿，刚好！"

老张为难道："三爷，小姐嫁人了呀，还是盛唐总裁……"

沉稳端坐的齐三爷突然露出黑社会狂野的一面，右手往车座一拍，横眉立眼："哼，我这岳丈泰山都没同意，这厮就把我闺女拐跑了！"

"您不满意那慕总？"

"也不是不满意。"齐三爷消了火，慢慢坐回去，"照理说，慕家把我闺女养大，养育之恩我定是要重谢的……但要我把闺女放心给他，我这心里……这么说吧，慕家小子的能力我心知肚明，只是这家伙从前就爱泡风月场，女人换了一个又一个，之前那谁，哦，苏越不就在他那儿吃了亏嘛……我担心他在外面玩惯了，收不住心，那我闺女以后就得受委屈了。"

"不行，我得试试他……"齐三爷摸着络腮胡子，若有所思，"他要是没过，那就对不住了。"

"要是过了呢？"

"过了？我就这一个闺女，现在才相认，恨不得把所有都补偿给她……这慕家小子要是过了，我拿整个九重做嫁妆！"

除夕夜前一天，慕春寅还没有回，樊歆已张罗着除夕夜的团圆饭了。想起慕春寅曾闹腾着要吃粤式香肠，樊歆便去超市购买。

过年了，街道上喜气洋洋，樊歆穿着羽绒服、戴着帽子、系着围巾，包得像个粽子，没人认出她。

采购结束后，她去地下车库取车，却见一个学生模样的女孩正抱着一沓宣传单挨儿个往车门塞，见了她，女孩怯怯地说："姐姐，你也拿两张吧。"

见樊歆摇头，女孩急道："姐姐，我是做兼职的学生，一天也就几十块钱，必须把这么多传单发完，你就帮帮忙。"

瞅着她可怜兮兮的眼神，樊歆便拿了一张。可在手触到广告页时，她顿时觉得不妙，广告单上似涂了一层液体，接着她闻到一股奇怪的味道，头晕了晕，意识越来越模糊，最后眼前一黑。

半小时后，某阴暗的杂乱仓库里，失去意识的女子双手被绑，躺在冰冷的地上，几个人举着DV，对着她不住拍摄着什么，还有个满背文身的男人对地上昏迷的女人凶狠地挥着刀。

这奇怪的拍摄结束后，旁边等候已久的老者招呼左右，拿毯子将地上的女子盖好："把她扶到车上，暖气开好，别冻着了……"看着几个五大三粗的男人，又骂道，"给我当心点儿！笨手笨脚的！别把她磕着了！"

一群人小心翼翼地将女子扶出去后，老张走了过来，见左右人少，不解地问："三爷，咱为什么要录视频？就把小姐放这儿，让慕春寅亲眼看看，不是更有震慑力吗？"

齐三爷高深莫测地一笑："把人质的情况与准确位置放在对手可以了解的地方，不亚于给对方应对之法。而放在对手看不见、顾不着的地儿，他毫无头绪、无计可施，才能阵脚大乱，逼出本性啊。"

老张竖起大拇指，身边另一个手下问："那您干吗拍视频，直接在房里军事演习不就好了。"

"呸！你们没有闺女的不知道心疼！这么冷的天，老子一直把闺女放在地上不冷啊！冻着怎么办？拍段视频就够了！只要演得像，还怕蒙不了人？"

老张忍俊不禁："是演得真像！视频里阿力那刀，我看了都害怕！"

齐三爷冷哼一笑："不像怎么唬那小子！"又道，"等下他来了，通过了考验人就还他，没通过，哼哼……闺女我就带走了，另找好女婿！"

"是！"

"得了，给慕小子打电话！"

半小时后，提前结束出差，准备回家给老婆一个惊喜的头条帝刚抵达机场，兜里的手机就响了。

慕春寅接了电话，那边略显倨傲："慕总吗？我们三爷有点儿事想跟你面聊。"

慕春寅轻哼："找我的秘书约时间。"语气重了重，加上四个字，"不论是谁。"

那边一笑，道："点开你的手机，给你看样东西。"

手机屏幕亮起，慕春寅视线一霎凝住："你们在哪儿？"

这是一间位于郊区废弃的仓库，老旧的平房掩映在夜色中，连着周围的荒草，一股尘埃之气随风而来。

一辆超跑追星赶月般驶过来，颀长的身影跨步而出。仓库外把守的几个壮汉，为首的黑衣男人阴狠一笑，谨慎地向来人周围打量片刻，道：“慕总很守信用嘛，果然是一个人来的。”话落手一摆，向随从下了个指令。

九重小弟一拥而上，将慕春寅团团围住，慕春寅却眉头不皱，只向仓库内打量：“我媳妇呢？”

黑衣男人道：“慕总少安毋躁，只要答应我们几个条件，就可以见到尊夫人了。”

慕春寅冷笑：“你也配跟我说话，叫你们头儿出来。”

黑衣男子掏出枪，指向慕春寅的太阳穴，咔嚓的扳机扣动声在夜色里清晰无比：“慕总，如今你独身一人，而我有人还有枪，这枪子可不好说话。”

慕春寅不以为意，脚下又向前迈了一步，仿佛抵在那太阳穴上的，只是一根草。

他斜着眼，瞟瞟枪支，懒洋洋地道：“小兄弟，哥三岁就玩枪，手枪、步枪、冲锋枪、机枪、特种枪，半自动枪、全自动枪、转膛枪、气动枪……拿这吓哥没用，你有种尽管开。反正哥的人已经围到了九重总部，哥半小时没走出去，九重上下全体给哥陪葬。届时你爸你妈、你儿子女儿、爷爷奶奶、外公外婆、太公太婆……没死的都要死，死了掘坟鞭尸再死一次……”

他这些话仍是笑嘻嘻的，玩笑似的随口道来，可当他目光漫不经心地落过来，却有不动声色睥睨之意，黑衣男子没来由地觉得自己矮了一截。他扣着扳机，愣了片刻，却听仓库里传来一个洪亮的声音：“行了，阿光，让慕总进来。”

还未待阿光应声，砰的一声响——不是枪声，而是慕春寅，他重重踹开了仓库的门，大步踏进仓库，风衣在夜色中翻飞，像呼啸的旗帜，那一刻骨子里张扬出的强大与无惧，让那拿枪指着他脑壳的手，不由自主地微颤。

仓库门后，一盏昏暗的老式灯泡照得室内忽明忽暗，里面有一张老旧桌子，齐三爷正在慢条斯理地喝茶。这位纵横黑道三十年的大佬坐在油腻的小板凳上，不见任何不适，反而有种稳如泰山之感。他往对面的空茶杯里倒了一杯茶，做了个招呼的动作：“慕总，来，坐。”

慕春寅奔到了矮桌前，对着齐三爷道：“我的人呢？”

“这么急干吗？喝杯茶。”齐三爷坐在矮凳上，指指桌上的茶。

“原来三爷前几天说请我喝茶是这个意思！”慕春寅跷腿冷哼，“明人不说暗话，要什么，你挑明说！”

“这事简单，我那宝贝侄女向我哭诉，说慕总曾为了太太欺辱过她，我既是这孩子的伯父，自然不能让人白欺了她，于是我将尊夫人绑了来。如果慕总肯跟我合作，我就放，不肯嘛，我就拿她出出气！”

慕春寅道：“她人呢？你先让我看看。”

齐三爷一摊手：“我担心慕总耍手段，已经将人质转移了。”他说着，递上一个平板（电脑），上面播放着一个视频。樊歆在某幽暗房间的角落，反手被绑，一动不动地躺在地上，似乎是晕了过去。

慕春寅眸中一霎风起云涌，旋即静下来：“你以为做个假视频就能糊弄我？”

齐三爷冷冷一笑：“假的？”他猛地冲手机一声大喊，“阿力出来！”

话落，视频里出现了一个打着赤膊的健壮男子，满背是狰狞的青紫文身，而他手中的刀，明晃晃地反着银光。

齐三爷得意地一笑，摆了摆平板：“我这平板连通监控，随时可以指挥他们做任何事，慕总以为是假的吗？”说着，又冲视频道，“把刀架到她脖子上去！”

视频里的打手果然听到了齐三爷的话，将刀逼向樊歆的脖子，而樊歆昏迷着，浑然不觉。

慕春寅眉一挑：“你敢动她试试！”

齐三爷波澜不惊：“动不动她就看慕总的态度了。”

慕春寅脸色阴沉：“怎么合作？”

齐三爷拍拍手，下属端了个托盘来，上面摆了六杯水，齐三爷当着慕春寅的面，将一包白色粉末倒进其中一个杯里，一面搅拌，一面说：“这玩意儿叫氰化钾，服用后会头痛、呼吸困难，然后抽搐昏迷，最后呼吸心跳停止，整个猝死的过程只需十几秒。”

他缓缓将头抬起来，拿东西遮挡杯子，在慕春寅看不到的角度打乱，说：“这剧毒我只放进一个杯子，六个杯子慕总自己挑，六分之一的死亡概率，慕总敢不敢玩？”

慕春寅盯着六个一模一样的杯子，挑了挑眉：“谁知道你是不是在每杯都下了毒？”

“慕总要是不信，我喝给你看。”齐三爷从容拿起一杯，一饮而尽。十几秒后，齐三爷安然无恙，笑道，“慕总的机会只剩下五分之一了。”

“慕总不喝也成，我也不会把你怎么样！”齐三爷拍拍手，对着视频道，“动手吧，湘儿这口气总是要出的。”

说着，他抬高声音对着视频喝道：“给她个痛快，对着脖子一抹就成！”

监控那端的赤膊男一得令，手随即使劲，刀锋对准了樊歆的动脉，他抬起手，腕部微翘，下一刻便要蓄力往前一送。眼瞅着即将血溅当场，一个声音吼道：

“你敢！”

齐三爷一拍桌子，尘埃四起：“你看我敢不敢！人在我手里，刀在她脖子上，眨眼就能下去，难不成你能飞进视频去救她？你现在便有天大的本事也只有两条路可选——”

他阴冷一笑，下一刻猛地踹翻桌子，黑帮老大的气场狂霸而出。在桌子轰然的四分五裂中，他吼起来：

“慕春寅！要么你赌，要么她死！”

十分钟后，九重的吴老九的手机收到了指令，吴老九看完短信后，对身边的老伙计一笑：“老徐，看来咱的姑爷通过了考验。”

老徐探头看看他的手机，疑道：“咦，三爷开始不是说，通过考验就把人送还慕总吗？怎么又改计划，让咱直接送小姐回慕家？”

“谁知道，三爷吩咐的，咱照做就行。”

引擎声一响，车子载着后车座昏睡的女子，平稳地穿过茫茫黑夜，向城区驶去。

眼看慕氏宅院再过两个路口就到，谁知就在此时，车子被一辆疾驰的法拉利当街拦住。

一个染着橘红头发的年轻男人从法拉利走下来，叼着一根烟，拍着吴老九的车道：“呀，巧啊，老九你去哪儿？”

车上，吴老九的心咯噔一跳。

此番他奉命送樊歆回家，齐三爷再三交代，绝不能被齐五、齐六知道，可谁知竟遇到了齐六的儿子，也就是这个拦车的年轻人齐郁，人称齐二少，就是齐湘的弟弟，是个仗着家族势力整日厮混的纨绔公子哥。

吴老九讪讪一笑：“没什么，我们得三爷的命，赶着送点儿东西。”

“要你们俩亲自送东西，那肯定是不一般的货！给我瞧瞧，看是什么好玩意儿？”齐二少不顾阻拦，伸过头往车内一探，目光顿时定住，“这不是樊……”

他的话没说完，暧昧一笑：“啧啧……我一直以为伯父不近女色，原来不是……”他看着樊歆在座椅上昏迷不醒，又道，“啧啧，下了药吧，想不到老人家都六十岁了，还这么重口味，好迷奸这一口！”

吴老九百口莫辩，又不能将樊歆的真实身份说出来，只能道：“二少，这事您别传出去，我们先走了。”

“慢！”齐二少手一伸，拦住，“你们走可以，把人给我留下！”

吴老九惊道：“二少这是什么意思？”

齐二口中酒气熏人，显然是喝了不少，他又吸了口烟，猛地将烟喷到吴老九脸上，挑衅道：“你别不识抬举！我伯父既然享用完了，我这个做侄子的，难道不能跟着尝尝滋味？”

吴老九眸里有不满，往后避开了烟雾，语气有些呵斥的意思：“三爷要是责罚下来就不好了！”

“少来这套！我伯父膝下无子，一贯拿我当亲儿子看，就算知道，难道会舍得因为一个女人伤我们叔侄的感情？”

车内副驾驶上的老徐插嘴劝阻：“二少，这可是慕春寅的女人！”

“哼！”齐二撇嘴道，“慕春寅要算账就算伯父头上吧，又不是我拐了她的女人！”旋即冷冷一笑，瞅着车内的樊歆，目光轻蔑，“哼，说什么国际天后，不就是个婊子吗？都卖给我伯父了，再卖给我一回又如何？”

齐二一向为人暴戾又贪色，眼下又喝了不少，酒意冲上脑门儿，什么混账事都敢干。见车内两人不合作，他手一招，竟喊了十几个拿砍刀的小弟，直接抢人。

虽然吴老九和老徐拼命阻拦，仍无济于事，眼睁睁瞧着齐二领着一帮人强行打开了车门，把樊歆抢走了。

一群流氓走了以后，吴老九焦急道：“赶紧给三爷打电话！这天杀的齐郁，越来越无法无天了！”

老徐拨了几遍，没通。

吴老九一面心急如焚地检查车子，一面吩咐老徐：“给慕春寅打！叫他快点儿来救老婆！”

须臾，车内老徐拨通了电话，吴老九稍微松了口气，但目光落在老徐手机屏幕时一惊：“我让你给慕春寅打，你给温浅打干吗？”

老徐表情无奈又无辜：“我没有盛唐的电话……只有荣光的……”

吴老九：“……”

光影昏暗，国际大厦1512房间，有人坐在宽大的席梦思旁，端详着美人，啧啧不绝。

床上躺着一个昏睡的女人，脸庞白皙，乌眉长睫。男人的手抚过她的脸颊，几分轻浮，几分感叹：“啧啧……果然是极品！难怪盛唐跟荣光当年为了她大打出手！”

他说着一笑，眉目闪过一抹阴狠：“哼，当年我姐输给她，现在这仇由我报回来，也不错！”

话落，他目光往下移，朦胧的光线下女人肌肤莹白润泽，隐隐有珠玉之光，衣领由于一路奔波敞开了些。男人越看越燥热，空气仿佛都热了起来，他扯着自己的衣服开始脱。

衣服一件一件甩到地上，健硕的身体露出来，有着江湖气息的粗鲁与彪悍，男人慢慢俯身，伸手抚过女人的肩，粗粝的指尖在女人身上摩挲不停。

他的手触到她的衣扣，正要扯开的一霎，房外忽然传来噼啪声，似乎有人跟守门的小弟打作一团，齐二扭头正要查看，房门砰地被人一脚踹开，来人清冷的面容有按捺不住的滔天怒火，拳头已狠狠跟着暴喝挥了过来："滚开，齐二！"

齐二猛然一愣！

"温浅！"

汽车行驶在马路上，夜色浓如墨，北风刮过车窗，发出呼呼的声响。

樊歆在颠簸中睁开眼，头还有些晕，她捂着脑袋向左右看了看，就见自己横躺在汽车后座，身上盖着一件藏青色呢子大衣。

这是哪儿？谁的车？

她抵抗着还未消退的眩晕感，慢慢撑起身，目光移到前方驾驶座时一怔："温先生？"

"醒了？"温浅背对着她，没有回头，隔着驾驶座只看到他的后脑，看起来一切如常，他说，"旁边有水，不舒服就喝点儿。"

樊歆扭头，果然有瓶水，粉红色爱心花纹的保温杯，是她曾用过的杯子，隔了这么多年，居然还在他车上。

她看着杯子，缓了一会儿，疑问一霎涌上心头，从前的冷言冷语也顾不得了："温先生，我怎么在你车上？我明明……在车库啊？"

温浅握着方向盘没答，不知是在思索着如何回答，还是为了强稳住自己专心开车。樊歆等了半天没等到结果，将脑袋伸了过去，催道："这到底怎么回事？你……"话到一半，猛地顿住，"你怎么一身都是伤！"

温浅目视前方，淡然道："滑了一跤而已。"

"不可能！"樊歆打量着他，他嘴角与脸颊有瘀青，胳膊肩上都是伤……樊歆倏然想起此前一幕——昏暗的光线中，迷糊中她曾睁眼一次，就见十几个人在狭窄的房间里对殴，其中有个面孔她再熟悉不过，她急得想出声制止，想上去帮忙，可身体根本动弹不了……

想到这儿，樊歆猛地变了脸色："是九重对不对？你们怎么打了起来？他们是不是伤了你？"

见温浅不答话，樊歆拍打着车窗："停车！说清楚！不然我就跳车！"

车子停下，樊歆推门冲入副驾驶，她打量着温浅的伤，被他白衬衣上的斑斑血迹吓到："赶紧去医院！"

温浅拒绝："不用。"

他口吻清淡，固执却显而易见。他素来高傲，让他浑身是伤、狼狈不堪地去医院怎么可能。大概是怕樊歆担心，他风轻云淡地道："皮外小伤而已，前面快到清河别墅了，我去擦点儿药就好。”

然而，还没到清河别墅，温浅体力不支的状况便越发明显。樊歆打开车厢内的灯仔细打量温浅，这才发现根本不是所谓的“皮外小伤”，胳膊肩膀上的衣服被血渗透了一大片，血还在汩汩流出，她急道：“不行，你停车，手不能再乱动了，得赶紧去医院。”

安全第一，她再顾不得温浅意见，径自拨打了120。

通知救护车后，她扭头看了看温浅，他没有再勉强驾驶，将车停在了路边。等待救护车的时间樊歆不愿浪费，瞅瞅清河别墅就在前面，利落地问：“你家还有医药箱吗？我先给你紧急包扎下！”

温浅注视着百米外的别墅群，似是想到了遥远的过去，面色有些恍惚，须臾，他回过神来，说：“当时是你收的，你自己进屋拿。”

樊歆没时间磨叽，推开车门一路小跑，奔到别墅门口才意识到她没有钥匙——当年离开时她什么都没拿。

门没有钥匙，也可以用密码开启，她照老习惯随便输了几个数字，没想到门竟然开了。

她微愣——这串数字曾是他与她的恋爱纪念日，这么多年了，他还没改。

进了门，漆黑一片的院子显示屋内并没有人。樊歆快步走着，看着过去熟悉的院落，喉中倏然一堵，这套房子是世上让她最甜蜜亦最痛苦的地方，她曾在这儿笑着憧憬过未来所有的幸福，亦在这里守过清冷的月光，痛哭着斩断所有憧憬……然而，再没有任何关系了。

时间紧急，容不得感叹前尘往事，她冲进屋拿了医药箱。

几分钟后，她回到车内给温浅麻利地包扎止血。这些年她东奔西走，受过不少伤，基本的伤口处理对她来说不在话下。当然，包扎时她将双方距离拉得很开，避免肢体接触。

他一直没说话，多数时间都是歪靠在座椅上，状态有些虚弱，但投在她身上的目光仍深邃得像一片海。车厢里安静到连彼此的呼吸都听得见，樊歆觉得尴尬，也怕他伤口痛，便转移话题：“温先生，你屋里的照片该处理了，再放着挺不妥的。”

方才她进屋拿药，一进去便撞见客厅里挂着的婚纱照，是他们过去拍的。湖面碧波荡漾，风吹起她雪白的婚纱，他半跪在地上，虔诚地亲吻她戴着婚戒的手。

温浅的回答轻得像自语：“不丢。”轻轻的声音满是固执。

樊歆抿了抿唇：“不丢留着干吗？又没什么意义。”

温浅没有答话，须臾，转了个话题：“他……对你好吗？”

樊歆微怔后点头：“挺好的。”顿了顿，她有些感叹，“如果一早就这样，也不会有中间那么多是是非非了。”

她这是实话。如今的慕春寅一改过去的暴戾无常，对她温柔体贴、百依百顺。如果那些年他也是这般，即便她对他没有爱情，照她心软又重情的性子，指不定某天就在稀里哗啦的感动中嫁了，也不会再跟温浅有那些是是非非。

他听完，没再说话，只是闭上眼，歪歪地靠在方向盘上。

樊歆继续包扎，给胳膊上完药后，她猛地一惊，这才发现温浅后脑上的伤远超胳膊，之前头发遮着她没看到，现在鲜血顺着发丝流下，染红了衣领，而温浅似乎是再撑不住了，呼吸有些急促，人软绵绵靠着方向盘往下滑，樊歆吓得扶住他：“温先生……救护车马上就到，你再撑一会儿！”

温浅歪到了车窗上，头枕着胳膊，声音断断续续地传来，似乎在忍着剧痛：“别担心……我早就交代好了……出了意外……我的一切都是你的……”

樊歆喉头一哽，一霎心潮起伏，却不知道说什么。

而靠着方向盘的温浅终于抬起头来，樊歆这才发现他脸色苍白，整个人状态虚弱到极点，他身上的伤口还在流血，也不知道是怎样忍着这一路剧痛将她从虎口中救出来的。

樊歆心中焦灼难耐，唯恐他出事，止住他的话：“温浅你别乱想，不会有事的！”

听到这“温浅”二字，再不是从前生疏的“温先生”或者“温董”，温浅一路强行隐忍的情绪终是爆发，他凝视着樊歆，眸里满是歉疚与苦痛：“歆歆，过去……对不起……”

樊歆摇头：“我早就不怪你了，你也有你的苦。”

“可我怪我自己……”他说着，低笑起来，满目苍凉，头慢慢向她凑过去，在她耳畔用尽力气道，“那首歌我写好了……想亲自弹给你，可惜……”

他的话像断了的弦，就此失了声，而他的眼睛闭上，身体沿着座椅软了下去。樊歆吓得几乎魂飞魄散，此时耳畔传来救护车的鸣笛声，樊歆挥手大喊：“医生！这里！”

她跌跌撞撞冲出去，将护士医生统统引了过来，医生将温浅抬到了担架上，樊歆跟着担架一起下了车。

昏暗的夜色里只有救护车的灯在闪烁，忽明忽暗的光影像人焦躁凌乱的心。樊歆小跑着跟上救护车，下一刻，脚步猛地顿住。

离救护车不远处立着一人，脸色苍白如纸，正定定地瞧着她。

“你怎么回来了？”她愣了两秒，走上前去，见来人脸色太差，她指着救护车解释道，“你别瞎想，他为了救我受伤，我就叫了救护车……所以……”

慕春寅打断她的话："所以，在你心里，他的命比我的重要。"

樊歆断然摇头："不是的。"

慕春寅一眨不眨地盯着她，看似什么表情也没有，又似乎要在她身上烧个洞。须臾，他短促一笑，瞳里浮起刻骨的情绪，震怒、绝望、悲哀，交织成滔天的浪潮。末了，他一转身回了车，只听轰的一声引擎响，车子冲进茫茫黑夜，再也不见。

樊歆跟着急救车去了医院，一番急救后，温浅脱离了危险。待医生将温浅送入病房后，樊歆对一旁的阿宋道："你好好照顾他，我回去了。"

阿宋道："您不等温先生醒吗？"

樊歆摇头："医院里这么多人守着，我就不帮倒忙了。"

"可是，他一定很想睁开眼就看到你。"

樊歆默了默，没说话。

阿宋踌躇着，拦住了樊歆："我知道您还在为过去的事难过……温先生是有错，但这些年他也从未好受过。您换个角度想，即便他在认为您伤害了他唯一的亲人的情况下，他也没想过要报复，还在想办法要保护您。"

见樊歆露出愕然的表情，阿宋点头："是的，当年的事闹得这么大，视频铁证如山，而您没有任何证人证词，警方是有权将您列为嫌疑人的，再加上元老的施压，也许这个罪就真定下来了。但温先生护您，一直在周旋，所以警方没有介入这件事……也正是因为这事，温先生彻底与元老撕破脸皮，双方争得你死我活。虽然最终温先生将他们都解决了，但付出的代价是您难以想象的。"

"这些年您在外东奔西跑，吃了很多苦，可是他的痛苦也不少于您。人在矛盾中爱着一个人最是痛苦，可能在他心里，他从没想过要跟您分手，他只是太痛苦了，需要时间去消化……不然您的每一样东西他不会都留着，也不会常悄悄去看您……您还记不记得那年尼泊尔的事？那年安东拉您做慈善，路过尼泊尔山脉发生雪崩，您的车被雪压住了，跟助理冻晕在里面……"

樊歆一怔："你怎么知道这事？"

"因为救您回来的人根本不是搜救队，而是温先生……那么冷的天，他把厚外套脱下盖在您身上，自己只留了一件衬衣，路被大雪堵死了，救援力量进不来，他穿着单衣，在狂风暴雪里，背着您一步一步走出山脉……到救援地时，他整个人几乎都冻僵了，在医院躺了好些天才缓过来……"

樊歆久久沉默，阿宋道："您不信问问安东……刚才的话，我没有一个字说谎……"他说着，掏出一样东西，"这是温先生的皮夹。"

他打开来，皮夹里夹着一张照片，是两人过去拍婚纱照时她拍的一张单人照，温浅最中意这张，过去他拿来做了笔记本主屏，却没料到他还洗了一张卡包照放在皮夹。照片应该是被人时常拿出来看，即便是加塑的边角，都磨损了。

樊歆看着照片上的自己，嘴唇颤了颤。阿宋说：“您留下吧，温先生睁眼时要是看见您，这些年的苦也值了。”

走廊上一时极静，听得樊歆苦苦一笑：“我真心谢谢他救了我，可如今的我，能用什么身份留下呢？”

阿宋露出失望之意，最后也不好再说什么，目送樊歆一步一步下了楼梯。

到家快两点了，主卧的灯亮着，樊歆走了进去，立刻被眼前一幕惊住。

主卧里一片狼藉，茶几、矮凳、电视机、立柜……除了床，几乎所有家当都被砸了个稀烂。听到她的脚步，坐在狼藉之中的慕春寅一声吼：“滚！”

樊歆没走，她看着他：“你的脚怎么出血了？”

他光着脚坐在地上，应该是被玻璃碴儿割的。她急得要查看，猛地一个东西砸到地上，是一个台灯。慕春寅的怒吼再次响起：“谁要你的假惺惺！滚！”

复古台灯摔得粉碎，樊歆喝道：“慕春寅！你老毛病又犯了是不是？你就不能听我好好解释？”

“到底是谁有毛病？”这句话仿佛点爆了火药桶，慕春寅猛地起身，将樊歆往沙发上一压，脸色极度骇人。

他紧紧盯着她，像压抑着滔天怒火：“樊歆，这么些年，你看着我为你疯，看着我为你狂，却永远无动于衷……到现在，你甚至不顾我的死活，去跟老情人私会！”

他眸里满是痛苦与绝望，几乎嘶吼一般：“樊歆！你有没有心？有没有！！”

当这厢樊歆为这句话睁大眼时，相隔半城的齐家大院内，怒吼几乎冲破了房间。

“混账！老子给他一个笑脸，他就不知道自己是个什么东西！”齐三将桌上摆件摔到地上，“老子今天没扒他的皮，算他命大！”

怒吼声震得窗户上的玻璃都在颤，底下的人大气都不敢出，唯有老张端了杯茶过来，劝道：“三爷，您就别气了，二少爷的性格您还不知道，一喝酒就犯浑！刚才您拿鞭子抽了二少一顿，没剥他的皮也够他受的了！”

见齐三爷仍是一脸怒容，老张又搬出了樊歆：“您消消气，万一血压一高那可不得了，现在找到了小姐，您可不能再出什么事。”

齐三爷连喝了几口茶才平复气息，他靠在椅子上，缓了好一会儿后，转了个话题：“今儿这温浅倒是超出了我的意料，原先以为他为了温雅抛弃我闺女，多少有些薄情，现在看他不顾安危来救我闺女，倒是个情种。”

“情种可不止这一个。”老张忍俊不禁，想起几个小时之前的一幕——那会儿盛唐总裁喝了那杯有五分之一概率致死的毒酒，凛然赴死……不想过了半天安然无恙，以为是自己运气好，叉着腰大笑，“老不死的！把人还我。”

齐老爷子脸色僵硬……原本他是正要还女儿的，顺便还要将自己与樊歆的关系知会女婿一声，但一听“老不死”三个字立刻发了飙！立刻堵了一句让对方也奓毛的话：“我早把人给温浅了！你配不上她！”

慕总裁气得差点儿跳到桌上……

想到这儿，老张笑道：“被您玩了一把，这慕总脸都绿了，如果他知道那水根本没毒，估计要吐血。”

齐三爷露出解气的模样：“不玩他玩谁？敢喊我老不死的！他爹当年都不敢！”

老张笑。

齐三爷喝了口茶，瞥他一眼：“笑什么，我是觉得温浅这后生挺好，盛唐这小子虽对我闺女是真心，但脾气太差了！要是还能选择，我肯定要好好考虑……”过了一会儿，老爷子叼着烟斗笑起来，“不愧是我齐三的闺女，瞧把这圈里最好的公子给迷得神魂颠倒！”

正笑着，有人敲门进了房，躬身对齐三爷道：“三爷，五爷、六爷来了，说是因为二少爷的事要给您负荆请罪！”

“都来了？”齐三甩开烟斗，面色渐渐凝重，“单老六是为了儿子……可老五怎么也来了？”

老张朝窗外瞅了片刻，眸里浮起疑惑：“不仅五爷，八虎、黑鬼他们都来了！咦，前段日子他们不是才联手闹事，被您调到了内蒙古吗？”

窗外微弱的光线里脚步杂乱，显示来人不少，人影变幻，气氛一瞬紧张，竟有着风雨欲来的肃杀。老张警惕道：“这事不对……二少爷的事没准儿是个幌子！我怀疑他们的计划有变，狗急跳墙！”

齐三爷目光渐渐凝结，有备战前的冷意，旋即他笑起来，面色镇定如初，眼底浮起厉色：“来就来，老子这一生刀口舔血怕过什么！哼，就算鱼死网破，我也早把所有的都转给了我闺女……九重，他们半毛钱都拿不到！”他说着，挥挥手，“你先下去，喊阿力进来，万一今晚有什么变故，你照我们之前的计划行事。”

老张想起那个决绝的计划，有些忐忑：“三爷……”

“快去！”齐三爷将一个匣子塞到他手上，“记得，一切以小姐为重。”

“是。”老张颔首，转身带着匣子离去。

走出房间的一霎，他下意识地回头看了一眼，齐三爷幽深的房间隐在夜色里，院内有无数双蠢蠢欲动与高度戒备的眼睛，气压低到骇人，像狂风暴雨来临前的海面。

老张压抑着心中的不安，自语道：“但愿今晚不要出什么事。”

他话落，离去了，万万没想到，事情的激烈远超他的想象。

时间在夜色中一点一滴流走，翌日清晨，樊歆坐在庭院里，看着院里的花出神。

桌上报纸刊登着昨天深夜九重的变故，她没心情看，想着昨晚的事。

昨晚她彻夜没睡，慕春寅完全不听她解释，甩下那句话就走了。

樊歆以为他只是赌气而已，像过去一样，生几天闷气就回家。可她没想到，慕春寅这一去，就是四个月。

而四个月后他首次回到家门，不是因为想通了，而是另一件猝不及防的大事——许雅珍醒了！

樊歆听到这消息，喜极而泣，推掉所有工作，去S市疗养院将许雅珍接到了Y市，母女相见，涕泗横流。

回Y市的当晚，许雅珍想着从前的事感慨万千，跟两人聊到深夜，最后她拉着樊歆的手说："好孩子，当年把你抱回慕家，我就想着要把你变成世上最可爱的女孩，长大嫁给我儿子，陪他一生，如今还真是心想事成！"

樊歆笑得勉强，那边慕春寅扭过头去，面无表情。

樊歆以为许雅珍的醒来会让夫妻关系缓和一些，然而并没有。

这个夜晚，当许雅珍睡去以后，慕春寅凝视着樊歆的眼睛，说："我不想跟你过了。"

清楚明朗的一句话，让樊歆像被人打了一闷棍："你是认真的？"

慕春寅自嘲一笑："这些年你不是一直想散伙吗？那么爱旧情人，我就成全你。"

樊歆一怔。

平心而论，当初结婚她的确是负气之举，也曾一度适应不了慕春寅，甚至两人亲密她会有不适之感，可经过两年多的磨合，她的心态逐渐改变，慢慢接受彼此婚姻的事实，甚至计划今年生大宝，因为她知道他想要小孩。

可是，她的丈夫现在这么郑重其事地跟她说散伙。

樊歆慢慢笑了，为了慕春寅最后的一句话，她抬头看他，犀利的目光中透着嘲讽，声音无比清晰："所以在你眼里，是我樊歆不忠不贞，婚后还跟老情人藕断丝连？"

慕春寅冷笑打断："别再提这些龌龊事，今天我来是想告诉你，我慕春寅未必非你不可，你有你的老情人，我也能找到我的真心爱人。没错，前些天你看到的报道都是真的，我在外面有人了，这次是认真的，我已经向她求了婚。"

樊歆杯中的水差点儿洒了出去，她静静地看着他："你再说一遍。"

慕春寅闭上眼，靠在了沙发上，似乎极度疲惫，须臾，轻声说："这么多年我一直追着你的脚步，我累了，不想再爱了，我想找个爱我的女人，好好过日子。"

停顿了三秒，他一字一顿说："我们离婚吧。"

初夏时节，清晨的雨有些凉意，樊歆坐在街头西点店。窗外的雨淅淅沥沥落到玻璃窗上。街道上人来人往，被雨痕模糊成一团团移动的彩色，像蒙了雾的油画。

“喂，樊歆，跟你说话呢。”莫婉婉推了发呆的樊歆一把。

樊歆回过神：“你刚才说什么？”

“姐在跟你讲九重惊心动魄的内乱啊！齐家几兄弟为了争实权快打破头！之前九重是齐三掌权，中间他病了几年，齐五跟齐六就都想取而代之，几个月前齐三病好了些，大概是察出兄弟们对他虎视眈眈，齐三就逐步将外放的权力收回来。齐五、齐六当然不肯，意图造反却被齐三镇压，原以为这事就以齐三的胜利为结局，没想到两月前峰回路转，齐三病情再次复发，又进了医院……”

莫婉婉喝了口果汁润喉，继续道：“这病发得突然又蹊跷，圈里猜测说齐三不是发病，而是被那狗急跳墙的两兄弟下手了！”

见樊歆又开始出神，莫婉婉推推她：“你到底咋回事啊？丢了魂似的。”

樊歆抿着果汁轻轻苦笑：“慕春寅昨晚跟我说，他认识了一个叫曾心雨的女孩儿，要跟我离婚。”

“不可能，要是随便一个女人就能把他勾跑，那他就不是慕春寅。”

“可我今早问了赫祈，赫祈承认确有其事，两人好了几个月，只是怕我难过，赫祈一直瞒着。”

樊歆低头搅动杯中的果汁，想起早上跟赫祈的对话。

赫祈给她看了曾心雨的照片，是个大学生，墨发齐腰，素净如清水芙蓉，也是舞蹈系的。

赫祈说：“樊歆，这个曾心雨跟之前的所有女人都不一样，春春从没这样对一个人上过心，不仅送了戒指，求了婚，还拍了婚纱照……”

“所以……你的意思是，他是真心的。”

赫祈忖度着：“心也许不是真的，但态度是真的。”

赫祈还给她看了慕春寅跟曾心雨的婚纱照。照片上，希腊蔚蓝的海面一望无垠，曾心雨穿着拖地婚纱，环着慕春寅的腰，面上洋溢着甜蜜与幸福，而慕春寅将一个吻落在她额头上，那眼里有着满满的温柔与爱意。

三十余年相处，她知道，慕春寅这一刻的表情是真切的。

夜里六点半，慕家别墅内灯火已亮，樊歆结束与莫婉婉的聚会，回家陪着许雅珍吃晚饭。

像前几天一样，慕春寅没回，就婆媳两人对着吃。樊歆吃着吃着又开始走神，许雅珍停下筷子，问：“慕心，怎么又没有胃口，你最近瘦了许多。”

樊歆回过神来，讪讪一笑：“没事，工作有点儿累而已。”这阵子，眼看着许雅珍的身体状况越来越稳定，樊歆恢复了一些工作量，偶尔会跑通告，接商演。

许雅珍一语中的："你不是工作累，是心累，你也不是身体有毛病，你是心病。"

樊歆一怔，最后低下头去，盯着桌上的千鸟格桌布沉默。

"慕心，阿寅已经把你们的事跟我说了。虽然你不是我亲生的，但这些年你跟阿寅在我心里同样重要。你有任何感受都可以跟我讲，妈妈会理解你，妈妈希望你开心幸福。"许雅珍凝视着樊歆，眼里的疼爱无法遮掩，"慕心，你告诉妈妈，嫁给阿寅，你快乐吗？"

这问题让樊歆愣住。

毫无疑问，是快乐过的，但太稀少，不论在这段婚姻之前，还是这段婚姻之中，他们之间的矛盾永远是信任，他从不相信她，永远都在怀疑她，那些不信任的累积，将这段婚姻伤得千疮百孔。

见她不答话，许雅珍问："如果回到过去，你还会嫁给他吗？"

樊歆抬起头看着窗外，雨还在下，庭院外乔木的叶子在风中簌簌而落，初夏的凉意顺着窗子缝隙钻进人的心里。

许久，她摇了摇头。那一刻眼神的悲凉，像窗外坠落便无法挽回的树叶。许雅珍将这一幕收进眼底，轻叹一口气。

饭后，樊歆去了书房看剧本。屋外雨还在不眠不休地落，慕氏别墅的大门却打开，一个人影撑着雨伞走了出去。

有人来到了盛唐，在一群人恭敬殷勤的目光中，推开总裁办的门。办公桌后，慕春寅微怔，起身道："妈，你怎么来了？"

许雅珍向儿子一笑："我来看看公司现在的样子，顺便也找你聊聊慕心的事。"顿了顿，她开门见山，"你真想好了，要离婚？"

慕春寅点头。

许雅珍将头靠在沙发上微闭了一会儿眼，道："你既然已经下定了决心，我尊重你的选择。但有些话，我还是要替慕心讲的。"

"我要告诉你一件事，十几年前那个雨夜，慕心说雨太大，让我们不要去颁奖仪式，但你爸爸非要去，而此前车子的刹车就有了故障，你爸粗心忘了修，开到那座垮塌的桥面前，我们看到了危险，你爸爸想停车，可车根本停不住，跟着断桥冲进了湖里……"

慕春寅的眸子难以置信地睁大。

"你别不相信，这是真的……"许雅珍说，"所以你一直都冤枉了慕心……今天我打电话给莫小姐，详细问了这些年你们的事。莫小姐告诉我，出事后的很多年你对她不好，打、骂、囚禁，甚至拿刀划破她的脸，而她永远都在承受。”许雅珍的声音还在继续，“阿寅，你一直怪慕心爱温浅而不爱你。你有没有想过，是你自己扼杀了她的爱。在她十六七岁，情窦初开很可能会爱上你的年纪，你对她却只有伤害。没有女人会爱上伤害自己的人。”

慕春寅不说话，脸色越来越白。他点了一支烟，指尖莫名颤了几下，火没点着。

许雅珍道：“莫小姐说那段时间你折磨慕心，让她患上了重度忧郁症，甚至想要自杀，直到后来遇到了温浅，慕心被他的琴声治愈，这才渐渐恢复对生活的向往……所以她喜欢上他，完全是把他当作了绝望中的光……”许雅珍看向慕春寅，“爱本身没有错，你要真计较，也只能怪自己。你如果当年对她温柔以待，她不一定会爱上那个人。”

慕春寅嘴唇颤抖，许久，吐出低低的话：“是我的错……”

“阿寅。”许雅珍走到慕春寅身边，将手放到他肩上，是个抚慰的意思，“妈妈跟你说了这么多，是希望打开你的心结，你不要再追究谁对谁错，也不要再耿耿于怀她曾爱过谁。既然在一起，就好好待她，爱一个人是要她快乐幸福，如果给不了，好聚好散也是一种尊重。”

夜渐渐深了，许雅珍走后很久，总裁办的慕春寅仍然未出来。

凌晨一点，“二世祖”推开了总裁办的门，屋内黑漆漆一片，他嘀咕着：“文件在哪儿？死春春又让爷加班！半夜还要给他审文件……”

嘀咕到一半，周珅猛地一蹦：“谁！”再定睛一看，就见有人坐在黑暗中，一言不发。

周珅开了灯，光线盈满房间，他一愣：“春春你干吗？大半夜不回家，待在办公室也不开灯！”

慕春寅没有反应，灯光照亮屋外空旷的露台，慕春寅失魂落魄地坐在露台冰冷的地上。周珅走过去问：“你怎么回事？”他想了想，“是不是你妈来跟你说了什么？你怎么这个模样，木偶似的。”

呆滞的慕春寅终于回过神来，压了压下巴，旋即就见慕春寅猛地甩了自己几个耳光，周珅忙去拦住他：“你干吗？”

慕春寅呵呵笑着，眼里却有苍凉掠过：“那些年，是我错怪了她，我那样伤害她，简直不可原谅……”

虽然周珅云里雾里，但仍拍拍慕春寅的肩：“知错就好，以后好好过日子，对她好点儿，慢慢弥补吧。”

慕春寅摇头苦笑：“我犯的错太多，已经不知道要怎么弥补了……前几天我说离婚，是觉得自己爱得太累了，无论怎么做，她心里还是更在乎别人，我绝望又委屈，发脾气、赌气，只不过是想让她在乎我，多看我一眼……可现在，我才发现，其实不是我爱得累，而是她被我爱得累。呵……可笑这些年我一直都在本末倒置，我把温浅看作我们之间的第三者，但其实他们俩从头到尾都是相爱的，真正的第三者是我……现在，我不想再做这个第三者了……”

“你这话什么意思？你要放她走？”

慕春寅遥望着窗外深深的雨夜：“是，那是因为我终于明白，爱不是占有，而是让她幸福。从前我不懂，爱她恨她，都要把她攥在手心，对她没有信任，也没有尊重，因为害怕失去，因为恐惧离别，所以我不停地猜忌、试探、争执、吵闹，到现在我才发现，那些以爱为名其实都是伤害……我不想让她再受到伤害，再流一滴泪。她喜欢谁，就跟谁去；想过什么样的生活，就自由自在……我想让她下半生每一天都开开心心……”

“你别发疯了，好不容易在一起！”

“呵，你不明白……活了三十多年，我终于彻底觉悟……我痛恨过去的自己，如果可以，我愿意拿一切去赎过去的罪……”慕春寅的声音伴随着窗外淅沥的雨，低沉得像是哽咽，他不住地摇头，眼里浮起悲恸，“可是……可是……”

他坐在墙角，看不清表情，幽暗中忽有水光一闪，一颗一颗滴到地上，破碎如水晶。那一刻，一贯高高在上的“头条帝”像个失去一切的无助孩子，失声痛哭：“可是怎么办，怎么办？那些已经造成的伤害，我赎不回来了……是我自己亲手将这份爱凌迟了！”

水光还在一颗颗破碎，这潮湿的雨夜，有巨大的压抑弥漫开来，一如院外绿植的萎败、雨滴的哭泣、落叶的坠毁，灵魂中似有什么东西，即将随着这一夜比一夜萧瑟的雨意，走到宿命的终结。

雨还在继续，墙上的钟嘀嗒不停，阴沉的夜色在钟表的运转中过去，白昼渐起。

七点半时，樊歆起了床，正要叠被子，冷不防房门被人推开。她扭头，便被眼前一幕惊呆了。

慕春寅站在她面前，头上、衣服上湿淋淋的，裤腿上还有泥，眼睛布满血丝，仿佛一夜没睡，冒着雨在外面暴走似的。

樊歆正要问，慕春寅却将一张纸放到她面前：“慕心，我们签协议吧。”

看到这白纸黑字时，樊歆微怔，他竟然连离婚协议都拟好了，想必已考虑清楚。但即便如此，她还是认真凝视着他的眼睛，无比郑重地问：“你考虑好了？”

慕春寅回答得无比郑重：“是。”

樊歆点头：“好。”

婚姻是一种契约，但不是捆绑感情的理由，他既然考虑清楚，那她就尊重他。

也好，既然不能温暖以待，就别再互相伤害。

签完字后，樊歆回到自己的房间，打电话告知了莫婉婉这事——虽然还没领绿本子，但既然协议都签了，她也不想再尴尬地住着，收拾好东西，明天搬去莫婉婉那儿暂住几天。

半小时后，城市西郊的湘菜馆内，莫婉婉啃着鸡翅对温浅说："你这顿必须请我，因为姐有个好消息要告诉你。"

温浅从容地喝着汤，听她继续往下讲。

莫婉婉咬了一大口肉："你等的人自由了。"

温浅手中的汤勺一顿，漫不经心的眼神凝住："说具体点儿。"

"就在刚才，她签了离婚协议。"

温浅什么也没说，只是连喝了几口汤，似以这种形式抑制着内心巨大的狂喜。

"本来说今天就领离婚证的，可签完协议都下午五点半了，民政局下班了，想明天领吧，但明天端午节，连放三天假，所以只能等四天后再去了，然后……喂，你去哪儿啊？饭都还没吃完呢。"

温浅已走到了包厢门口："今晚有场拍卖会，听说有几件稀世宝贝到场。"

夜里七点，拍卖会座无虚席。

八点半，Y市的头条被刷新——《荣光总裁豪掷4.2亿，拍下26克拉稀世蓝钻命名"Star"》。

九点，拍卖会结束，刷新国内珠宝拍卖新高的温董事长在镁光灯的闪烁下出了场。

走到会场门口，满载而归的温董正要打道回府，手机却响了起来："温先生吗？我希望跟你聊聊。"

夜里九点半，商业区的茶楼还在营业。幽静的光线照着布置优雅的包厢，临窗的女人慢条斯理地举杯，将杯中咖啡小口饮下。

她不说话，坐她对面的男人便也不开口。彼此都安静地喝着咖啡，也在安静地打量对方。

许久，女人终于开口："温先生不必惊讶，其实我早就想见你一面。"

她又一笑："不，应该说这是第二面，很久以前我就见过你。"

温浅想了片刻，摇头道："慕夫人见谅，我实在不记得何时与您见过。"

"你不记得也是正常的，都是二十多年前的事了，那会儿你才六七岁。那时是圈内一个聚会，各公司骨干都有出席，女眷把子女带了出来，我把阿寅跟慕心也带上了，各家孩子都在一起玩。玩到一半慕心跟我说，珍姨，有个小哥哥很厉害。我过去一看，就见打闹的孩子里有一个与众不同，别人在玩，而他在安静地拉提琴，这个孩子就是你。慕心当时还没有学琴，就是听到你的琴音才迷上，开始了学琴之路。那天说来也好笑，别的小孩在玩，你在拉琴，而慕心喜欢你的琴声，就围着你唱歌跳舞，孩子气地乱唱乱跳。有大人问你最喜欢这里的哪个小朋友。慕心说，喜欢会拉琴的哥哥。大人又跟她开玩笑，那以后当他的新娘子好不好？慕心不懂新娘子的意思，大人解释说，当新娘子就可以永远听哥哥拉琴了！慕心毫不犹豫点头，气得旁边的阿寅发脾气，他说慕心找了新玩伴就不要他了，他再也不跟慕心玩了，还气得晚上饭都没吃！”

温浅愕然，原来他们早就见过，只不过那时年幼，匆匆即忘。

许雅珍感叹一声：“慕心小时候嚷嚷着要给会拉琴的哥哥做新娘子，长大后真的就喜欢上了他，你说，这到底是巧合，还是命运？”

温浅垂眸，声音温和，却有不可忽视的坚定：“是命运。”

这世上千千万万人走过他眼前，却唯独她走进他的心。

这只能是命运，命里注定的运。

“可是命运让她嫁给了我儿子。”许雅珍的神色渐渐落寞，“我本来很高兴，从小我就刻意培养慕心，教她善良、勇敢、坚强、勤奋、宽容……我想让她成为世上最可爱的姑娘，来配我的儿子……他们终于结婚，我却发现她不开心。我很难过，非常难过。”

温浅看着杯中的花茶，微抿的薄唇透着凝重。

“如今俩孩子协议离婚，我虽舍不得，但我尊重他们的选择。”许雅珍收敛起眸里的黯然，看看窗外的天，“天不早了，我也就不再闲聊，温先生，我直接说今天来的目的。”

“慕夫人请讲。”

“下面我说的这些话，不再是以阿寅母亲的身份，而是以慕心母亲的身份问你。”许雅珍顿了顿，无比清晰地问，“温先生还爱不爱我的女儿？”

温浅颔首，回答同样清晰：“爱。”

“如果我女儿还愿意给你机会，你拿什么向我这个丈母娘保证，一生一世待她永如此时？”

温浅摇了摇头。

许雅珍微怔。

温浅缓缓开口：“我不知道怎样才能让慕夫人满意，但我可以保证的是，无论慕夫人开什么条件，我一概接受。”

次日一早，樊歆拖着行李走出慕家，谁知临出门时事情突然有变。

原本要送她的许雅珍接到一个电话后对樊歆说：“慕心，妈妈不能送你了，你海南的老姑婆病重，怕是不行了，妈妈得赶紧去探望。”

樊歆默了默，想起儿时老人家对自己的好，说：“我也去吧，她那么大岁数，以后未必还能再见了。”

飞机航行两小时抵达三亚，几人下了车，直奔老姑婆家。

老姑婆还是住在过去的房子里，樊歆到的时候，老人家刚刚吃完药睡去，可一听脚步声她就睁开了眼，看到许雅珍后，几人眼都亮了，顾不得手上还打着点滴，不住招呼着：“雅珍！慕心！”

几人拎着礼物围到了床边，老人家拉着许雅珍的手，又握着樊歆的手，瘦弱的脸上笑成了花。旋即她看向门口说：“阿寅过来，让婆婆好好看看！”海南探亲，慕春寅也来了。

慕春寅走到床边，老人家不住打量着两个小辈，笑道：“十几年没看到你们俩，可想坏婆婆了。”又佯装生气，“结婚都不告诉婆婆，还是你们叔看新闻才知道！”生气过后，抓住了慕春寅的手往樊歆手背上一放，瞅着两人，眯眼笑起来，“结婚了就好……从前你妈妈把慕心抱回家，就说是自己的童养媳……现在还真心愿达成！”

两人讪讪地笑，看老人家笑得那么开心，不好意思把离婚的事戳穿。许雅珍大概也是顾及老人的情绪，没说破，只是赔着笑。

老姑婆还在说：“结婚好啊，你们爸爸在天上看了肯定也高兴，以后你俩一定要夫妻恩爱，白头到老，百子千孙……”

两人静静听着，慕春寅的手仍被姑婆握着放在樊歆手上，彼此的体温互相传递，在这协议离婚打算斩断所有关系的第二天，无比尴尬。

几人陪着老姑婆聊了半小时，姑婆累了，许雅珍陪着她去休息。然而，表弟表妹却不肯休息，他们难得遇到城里的大明星表哥表姐，热情好客地非要带两人去玩。

最后一群人将两人扯到了附近某个景点，先是爬山，等樊歆累死累活爬出一身汗，小年轻居然又说要去山下峡谷玩漂流！

几个人包了一个筏子，嘻嘻哈哈地将两人拉了上去。

漂流地带处于山谷腹地曲折的峡谷中。水流起先比较和缓，樊歆坐在竹筏上，欣赏着周围的风景，眼见峡谷幽深，两岸山峰险峻，奇石多姿，倒也有点儿意思。

可没过几分钟，船陡然一个打转，似乎被一股猛流冲击，樊歆没坐稳，差点儿后仰到了水中，慕春寅的相机也差点儿落了水。待回过神来，就见船跌进了落差一米多的另一弯水道。樊歆抓着竹筏边沿问表弟：“水这么急啊！”

表弟笑嘻嘻道：“慕心姐你抓好了！这段路是勇士探险漂流，河道复杂，水流落差大，玩的就是心跳！”接着一声喊，“坐稳了！刺激要来了！”

话落，砰的一声响，船身一拐，水花大溅。在竹筏里众人的尖叫声中，樊歆晃得天旋地转。她原本就晕船，小时候还落过水，三十几年来一直是畏水的性子，而今这薄薄的竹筏半浸在水里，不禁让人产生随时会翻的恐惧感。她一慌，手一左一右抓住了身边的表弟表妹。

旋即船体又一阵剧烈摇晃，水花翻腾，激起尖叫连连。这还远远没结束，又有人喊："注意啦！来了个更大的！"接着便砰的一声，船遇到了一个大落差的下坠。樊歆一晃，人几乎都要颠了出去。那一瞬间她晕得看不清周围，表弟表妹的手也在颠簸中松开，恐慌中她胡乱一抓，又抓住了一只手，而那手的主人似乎知道她畏水，将她往身后一带，她于晕头转向的恐惧中遇到了坚实的倚靠，这才安心了一些。

此后一路，就见船顺着蜿蜒凶险的水道，不断在绿色雨林、飞流瀑布、险峻绝壁中穿梭激进，跌宕起伏中，水花四溅。樊歆的眼根本睁不开，像闭着眼玩云霄飞车一样，几次觉得自己要飞了出去。

最狠的一瞬终于来临，船猛地一个大转弯，高空飘落，船身恨不得要翻转了去。在所有人惊慌的尖叫中，樊歆也叫了起来，更紧地往身边人那儿凑，差不多猫进他臂弯才算安全。

剧烈的颠簸后，水流渐渐和缓下来，小船不再乱晃了，平稳地漂向前方终点站。

到了站，表弟表妹在刺激中嘻嘻哈哈离开，只有樊歆还心有余悸地待在那儿，脸色苍白，腿都软了，脑袋还躲在那个坚实的怀抱中，没从颠簸中回神。

直到表弟喊她的名字，她才晕晕乎乎抬起头，这不看不知道，一看吓一跳。

抱着她的那个人，正是慕春寅，慕春寅整个后背及胳膊全部湿透！而她被他护在怀里，除开裤子和衣领上溅了一点儿水，其他完好无损。

因着樊歆受到了惊吓，表弟表妹回去都挨了一顿骂，最后还是许雅珍从中周旋，长辈才允许他们上桌吃饭。

晚饭后，几人向姑婆告辞。天色已晚，没有航班回去，樊歆以为要找酒店下榻，就坐上了慕春寅招来的车。

车子一路驶出市区，来到了市郊风景区，就见树木葱郁，连绵的绿色中掩映着十几栋错落有致的小别墅。车子停住后，慕春寅提着女士们的行李，走进了其中一套别墅。

樊歆跟着进去，里头是简约风的装修，家具齐全崭新，进门换鞋时，拖鞋并非普通酒店那种均码式的鞋子，而是粉色绣花的软垫拖鞋，尺码竟完全符合她。樊歆道："都说海南的别墅酒店设施好，看来是不错，连拖鞋都这么温馨。"

慕春寅在那边放行李，闻言，凉凉看她一眼："这是我的房子。"

樊歆："……"

樊歆低头瞅瞅脚上的鞋，想着他总爱带各种女人度假，万一是那些女人穿过的呢？她有些嫌弃。

身后许雅珍似乎看穿她的心思，说："这鞋吊牌还在呢！"

是新的，樊歆放下心来，穿上鞋噔噔噔跑去了二楼。

来到卧室她才发现，慕春寅的眼光令人叹服。

仿佛是专门为了饱览风景而设计的房间户型，大卧室采用双面玻璃窗，虽是一个房内的两面窗户，可效果截然不同。从北面窗户往外看，山峰秀美，重峦叠嶂，无边绿色简直就是一个天然氧吧。而南面窗外则碧波万顷，蔚蓝的海在月光下泛着粼粼波光，像一面反射着银光的巨大魔镜。

原来这别墅是在沿海的山上造就的。故而一面是山，一面是海，依山傍海，风景绝佳。

真是风水宝地，不愧是开发商自己的房子，樊歆想。

虽在老姑婆家吃过饭，但几人吃不惯当地饭菜，都没吃饱，正当樊歆想着要做点儿什么夜宵时，别墅门被敲开了，穿着衬衣、打着领结的侍者将食物送了进来。

是慕春寅点的外卖，看样子就是大酒店的档次。放在桌面上的都是顶级海鲜，配上新鲜可口的沙拉，还有樊歆喜爱的芒果冰，丰盛极了。

樊歆一面吃，一面跟珍姨聊着未来的打算，母女间气氛很融洽。

吃完夜宵后，她开了个椰子，含着吸管慢慢喝椰汁，露出酒足饭饱的笑意。慕春寅坐在沙发右侧，静静地看着她，一言不发，幽深的目光极为复杂，似满足，又似悲伤——这一切快乐渐入倒数的悲伤。

翌日，一家三口原本计划返回Y市，不料出发前又接到老姑婆家里的电话——老姑婆凌晨发病了，被紧急送医。

三人商量了一番，许雅珍去医院，樊歆跟慕春寅还有工作，就先行回Y市。

娘仨分别时，许雅珍再三交代慕春寅："你俩就算回Y市拿证离了，慕心也是一家人，过几天她要去国外，你还是要好好送她。"

慕春寅颔首，娘仨这才告别，一个向东去医院，两个向西去机场。

然而，两人即便顺利抵达机场，也没有顺利登上航班——因为台风即将到来！

台风导致航班取消，两人没法再回Y市，最后只能回到了别墅，等着台风快点儿过境。

可到了下午，情况都没好，狂风将阳台上关着的窗户砰地撞开，樊歆赶紧去顶楼关窗户，可地板被飘进的雨淋湿，滑溜溜的，她一不留神重重摔了一跤。

她疼得哼出声来，慕春寅闻声从楼下冲了上来，他脸上再不见这几天的淡漠，焦灼地问："怎么了？"

她无奈地看向自己的脚，膝盖上磕破了皮，出了点血。其实伤口不严重，只是在膝盖的位置，导致行动不便。

慕春寅是想扶她起来，但见下面长长的楼梯，她的伤显然经不起折腾，于是他蹲下身将她背了起来。

她在他背上扭了扭，他皱眉呵斥：“别动！摔成了跛子看你还怎么跳舞？”

这句话颇有威慑力，她没再反抗，由着他继续背下楼。楼梯蜿蜒向下，长廊旁摆着一盆盆绿植，也不知道是什么花，茂密的枝丫里缀满蓝色小小的精致花朵，镶嵌在绿叶中如一颗颗星星，空气里有醉人的花香。

樊歆的心情无端好了起来，脚上的疼也忘了，而慕春寅似乎注意到她对花有兴趣，脚步放慢了些。

谁都没说话，他背着她走在花香弥漫的长廊上，步伐沉稳而坚定，而她趴在他背上，那一刻她想起遥远的曾经。十二岁那年，全家出去远足，体力不支的母女俩走不动了，慕叔叔便背起了珍姨，而慕春寅虽才十二岁，却也冒充起大人，自告奋勇背起她……此后一路，男人们背，女人们便唱歌加油打气，一家四口，真的很快乐。

一晃，二十年就这么过了，二十年前他背她，二十年后的他还在背她，他的步伐比当年更沉稳，肩背亦宽厚了许多，小小少年成长为真正的男人，她有莫名的安心感……只可惜，最后一次了。

她轻轻叹息，手臂将慕春寅搂得紧了些。

到了楼下，慕春寅将她放在了沙发上，拿着药棉小心翼翼给她上药，药入伤口，她疼得吸气，他安抚地拍拍她的手背：“很快就好！”见她仍是皱眉，他凑过去吹了几口，面色沉稳，眼里却有藏不住的温柔。

休息了一会儿，樊歆不再那么疼了，开始张罗晚饭。菜洗净切好后丢进锅里，菜香四溢，满屋充满温馨的气息。

而慕春寅一直在身后看着她，大概是担心她腿疼，以前从不进厨房的少爷竟主动前前后后不停端盘子递碗打下手，还真是三十几年来头一遭。

炒菜的时候，她蓦地想起方才他背她，也是他们结婚以来的第一次。她有片刻的失神，随即一笑，从锅里夹了一筷子菜给他：“尝尝咸淡。”又追了一句，“味道怎么样？”

他慢慢咀嚼，目光仍是落在她脸上，轻轻点头。他目光深邃得像一片海，樊歆与他四目相对，不知该说什么，想起这或许是最后一顿饭，心里百感交集。

最终樊歆扭过头去，说：“好了，去拿碗吧，准备吃饭了。”

晚饭的菜并没有海鲜大餐那么奢华，但也吃得丰盛，鲫鱼鲜汤、清炒鲜蔬、清蒸大虾、油炸小银鱼……鱼汤鲜美醇厚，鲫鱼肉质极嫩，还能品出微微的甜意，藕带配青椒炒得爽口宜人，大虾剥开辅以佐料，让人吃得不亦乐乎。而油炸小银鱼是慕春寅的最爱，鱼皮鱼刺都炸得金黄，外酥里嫩，慕春寅吃了一大盆。

除了佳肴，樊歆还开了一瓶葡萄酒，她从不主动喝酒，今儿给自己倒了一杯，就当是最后一次共进晚餐的纪念吧。见她喝，慕春寅也给自己倒了一杯，樊歆拦着不让，慕春寅道："只喝一杯，死不了。"说着，他指指身边的烛台，半开玩笑地道，"都吃起了烛光晚餐，不来点儿酒怎么应景？"

经过这两天的探亲之旅，虽然两人没说什么话，但关系比起之前缓和了许多。听了这话，樊歆笑了——什么烛光晚餐，明明是把菜端上桌时，台风刮断电线导致停电，才不得已点上蜡烛。

雪色蜡烛放在空着的水晶杯里，置于饭桌中央，烛光闪烁，衬得这露台幽亮朦胧——他们将饭菜搬到了二楼露台。在这苍穹顶部全钢化玻璃包围的大露台，屋外台风还在肆虐，吹得枝丫狂颤、树叶横飞，透明玻璃内却安逸而温馨：长桌椅是胡桃木色的，暖色烛光照耀着桌上精致的菜肴、香甜的水果，还有一束芬芳的鲜花。男与女对坐着，吃菜品酒，平和交谈——水晶般的天窗简直像一座奇妙的城堡，隔开两个截然不同的世界，屋外狂风呼啸，屋内岁月安宁。

烛火摇曳，桌旁的人安静地吃着，这是两人历经半年冷战与离婚风波后，首次心平气和地用餐。某个瞬间樊歆抬头，发现慕春寅竟破天荒地伸手夹蔬菜，她欣慰地开口："蔬菜其实也没那么难吃吧，从前你老不爱吃，以后要多吃点儿了，不然哪儿来的维生素啊。"

慕春寅哦了一声，继续埋头喝汤。

他难得吃饭这么温顺，樊歆突然感触万千，可他头半低着，碎碎的刘海垂下来，遮住了漂亮的眉眼，她看不清他这一刻的表情。

现在的他，是不是也像她一样，其实有些舍不得，这几天看似充实欢笑的背后，心底有挥不去的难过？

两年多婚姻，三十多年感情，这几天才发现，原来要彻底分道扬镳，有那么多放心不下。

但她很快调节好自己的心态——最后一晚愁眉苦脸做什么，来个好的结局吧。

于是，她啜着红酒，找话题聊天："这房子做得这么好，应该不计划卖吧，准备留到日后给自己养老吗？"

慕春寅拿勺喝汤的手一慢，头仍是低着，声音也很低："房子是给你做的。"他抿了抿嘴唇，唇畔弧度染着些涩意，"想着什么时候你怀宝宝了，停下工作，我们就搬过来，这里环境好。"

"是吗？"樊歆微微笑，喝了一口杯中的酒，"其实今年年初我只把工作排到了八月，八月以后我计划哪儿也不去，就在家养身子，养好点儿后要孩子。"

慕春寅微怔，终于抬起头来看向樊歆。

“看我干吗？我没骗你。”樊歆又抿了一口酒，酒气上涌，情绪越发放松，“我原本计划是今年一个，后年一个，最好先生个哥哥，再来一个妹妹，凑成一个好字。”他的表情更加惊讶，她笑了笑，“只可惜计划不如变化快……算了，都到这地步了，再说这事也没什么意义，还不如谈点高兴的。”

慕春寅神情略显沉重，但见她笑嘻嘻的，便跟着转了话题：“高兴的？好，这几天你高兴吗？”

樊歆喝着红酒，点头。

“为什么？”

樊歆薄薄的唇贴在水晶酒杯上，映出模糊的唇印：“这是我们结婚两年以来过得最和谐的几天，你不吵不闹也不胡乱猜忌，还对我很好，漂流你护我，脚崴了你背我，还给我涂药，做饭给我打下手，温柔又体贴……这是你留在我心里最好的一面，我会永远记得。”

烛光中慕春寅慢慢笑了，笑容有些飘忽：“那是这几天的我好，还是温浅好？”

樊歆摇头：“这不能比，你们是两个人，各有各的好。”

慕春寅认真凝视她，说起另一个话题：“从前是我不对，其实爸爸的死不是你的错……可那些年，我却一直在伤害你。”

樊歆挥挥手，笑意里有宽容与豁达：“都过了这么多年，不提了。”

不愿让他自责，樊歆起身走到慕春寅面前，主动跟他碰了碰杯子。她穿着长裙的影子投到墙上，在烛光下拉出斜长一片，像花绽开了花瓣。她笑盈盈地说：“咱俩干了这杯，从前恩恩怨怨全部揭过。”

她也不管他答不答应，径自一口饮尽。

属于这段婚姻的最后一晚，她百感交集，再没像从前一样克制自己。酒精让她的情绪亢奋又放松，喝完，她咯咯笑起来，侧脸在灯光下显出优美的轮廓，长睫毛在烛光下扑扇如蝶，他的目光一直凝在上面。她对上他的视线，突然郑重地喊他的名字：“慕春寅。”

“干吗？”

“我有最后几句重要的话对你说，你一定要好好听。”

“你说。”

她的眼神正儿八经：“虽然过了今夜我就不是你媳妇了，但我还是想唠叨你一遍……以后烟少抽点儿，酒能戒就戒，每天按时吃饭，加班不要熬太晚，少吃凉的，养好你脆弱的胃……”

她唠唠叨叨说了一堆，他却只注意到第一句：“你的意思是……你现在还是我媳妇。”

樊歆端着酒杯想了一会儿，虽然签了协议，但还没拿离婚证，在法律上他们的夫妻关系仍然存在。她点头，再次强调自己的目的：“嗯，所以人生中最后一次跟你苦口婆心，等明天回Y市拿了证，我就再也不说了，以后该怎么操心，都是你未来老婆的事了。”她说着，又举起杯子，“来吧，为了彼此的未来，干！”

慕春寅却按住了她的杯子，他盯着她的眼睛，眸里情绪复杂万千：“如果此刻你还是我媳妇，我也有最后一句话想问。”

“问。无论问什么，我都认真回答。”

他一动不动地凝视着她，面上是从未有过的肃穆：“慕心，结婚两年，你有没有爱过我？”缓了缓，语气加重，“哪怕只有一秒钟。”

樊歆的乌眸在烛火中一闪，仿佛有喜悦与悲伤同时翻涌。旋即她敛住情绪，眨眨眼，露出了孩童时淘气的表情：“我不告诉你。”

温暖的烛光中，慕春寅的眼神从期待到忐忑，随着这句话骤然跌到落寞。

是怕打击他吗？

都说分手后，女人最伤心的不是男人说我不爱你了，而是我从来没爱过你。

其实男人也一样。

最终，他低低笑出声来，有些自嘲：“就知道没有。”

樊歆却莫名有了些薄怒，盯着他，瞳仁明亮如星：“喂，慕春寅，在你眼里，我就是一个没有感受，没有心肝的女人，对吗？”

慕春寅不知她的怒意从何而来，坐在椅子上，仰头看她。

他的迷茫让她越发恼怒，酒意上涌，脸颊越发地红：“你说我没有心肝，那你呢？你也没有心肝，没有感受吗？我爱不爱你，你感觉不到吗？”

见慕春寅不答话，她抬高声音，有了负气之意：“是，你说得对，我不爱你，过去、现在、未来从没爱过你，我今晚跟你所说的话、所做的事，都是可怜你！包括现在！”

话落，她开了一瓶香槟，一仰头灌下大口酒。酒精似给予了她无限勇气，她咕咚咕咚喝了好些以后，狠狠重申道：“对，没错，我就是可怜你！可怜你，可怜你，可怜你！”

还未等慕春寅反应过来，她将瓶子往桌上一丢，按着他的肩，猛地低头做了一件让慕春寅愣在当场的事。

她的唇印在了他的唇上。

两年夫妻，三十二年相依相偎，怎么会不爱，只是离别前的夜，再说爱，不过平添伤感。

于是，三十二年以来，第一次，她主动吻了他。

她雷声大雨点小，看似气呼呼俯下身，最终只轻轻落下。她闭着眼，长睫毛覆盖下来，唇浅浅贴了上去，纯洁得像豆蔻年华里向心上人献吻的少女。

慕春寅在愣了片刻后陡然爆发，将站着的她抱到自己腿上，一手搂着她的肩，一手托着她的下巴，瞬间反客为主。

不知是被这猝不及防的震惊扰乱了思维，还是从未想过的情节击溃了理智，他忘了从前那些娴熟的技术，几乎是杂乱无章地吻，深吻与轻吻、舌吻与唇吻在凌乱的意识中交织。吻到最深处，他几乎将她整个人全部箍到怀里。

窗外的风还在呼啸肆虐，屋内却烛光闪烁，屋外的暴烈与屋内的安详仿佛成了感情最好的催化剂。吻越来越热，空气都似乎升了温，情感的闸门一旦破开，便如决堤的洪水，根本止不住。他一面吻，一面将她往屋里推，剧烈的喘息声中，他将她放到了床上，他伸手摸到了她衣襟处的扣子上，终是存着最后一丝理智，喘息着问："可以吗？"

在这最后一晚的告别，让他最后一次，亲近她。

她没说话，抬起双手移到了他衬衣领口，衣料摩擦的簌簌声中，她替他解开了第一颗扣子。

这无言的默许让他双眸骤然一亮，他俯下身去吻她。她亦回应着他，虽然有些笨拙，但再不像从前那般漠然不睬。他得到了她的鼓励，吻铺天盖地落下来，最终拥有了她。

这一番似火热情过去，他歇了片刻又来，她没有拒绝，拥住了他的背脊。

第二次他放慢了速度，倘若说第一次是疾风骤雨，这一次他如四月春雨温柔绵长，他一点一点亲吻着她，自她的额头、眉眼、鼻唇一点一点辗转而过，再到锁骨、肩膀、手臂、指尖，甚至亲吻了她的脚趾。

小小的脚趾曾被她千万次踮起，舞动芭蕾成为命运的支点，然而现在，他却将它们小心翼翼含在嘴里，像是对待稀世珍宝。

那一刻，在炙热中辗转的她差点儿落泪。

她曾看过一本书，书上说，愿意亲你脚趾的男人，才是真正爱你的男人。因为这个姿势，代表臣服与渴望。

她眼角不知不觉湿了。躯体的欢愉还在继续，心里的悲伤如潮水肆虐侵袭。这复杂的感受中她无法揣度他真正所想。这一刻她只想对他好一点儿，倘若这是他最后的爱，她也要给他更多——这两年的婚姻中，她是个太不合格的妻子，她对他爱的回应，少到吝啬。

她想要补偿，也许太晚，可即便是亡羊补牢也要补一次。她伸出手去，含着满满怜爱，替他擦去额上的汗，问他：“累吗？”

他停下动作，为她今夜罕见的积极与温柔而怔住。他在幽暗中看了她三秒，前一刻如提琴般和缓的前奏再次被点燃，他蓦地翻身而上，再次将她全部占有。

剧烈的驰骋中他的汗滴落下来，落在她的脸颊上，她顾不得擦，只用力抱着他。忽明忽暗的房间里，他将她的手放下来握住，与她十指紧扣，埋在她脖颈边低低唤她的名字：“慕心，慕心……”

她像柔软的藤蔓攀附着他，轻轻应他：“嗯。”

他又问：“我是谁？”

她眯着眼气息紊乱，含糊的嗓音中含着软糯：“阿寅……”

他接着说：“慕心，喊老公。”

她缓了缓，眼神回复片刻的清明，他附在她耳边，含着她的耳垂，几乎是连哄带求：“你说的，今晚还是我媳妇，就这一次……最后一次……”

她垂下眼角，微含情欲的面上浮起羞赧，最终轻声吐出了那两个字：“老公。”

结婚两年，她头一次这么喊他。有些生涩，有些悲伤。

时间一分一秒流去，这离别的夜，屋外风声还在密集地喧嚣，两人的亲昵比风声还要密集。他千百次地吻她，无止境地索要，而她的身躯柔软若春水，包容着他的激荡与炙热，任他予取予求。

感官极致的沸腾中，细密晶亮的汗珠一层层自毛孔里透出，在黑暗中一滴滴沾染到彼此的肌肤，是温热的，却让双方越发失控。两人拥着吻着，像是临别前最后的放纵，交换躯体做情感上最后的狂欢，又像是无法割舍的依恋，疯狂着、透支着，恨不得祭出灵魂与胸膛里滚烫的心，将后半生所有的热情为彼此耗尽。

结束时，已是凌晨四点。

屋外的风已经停了，这黎明到来前静悄悄的，只听到彼此的心跳。樊歆倦极了，昏昏沉沉地睡去。睡了没多久又醒来，身上汗液黏糊糊的太难受，她没法睡好。

她无意向旁边看了一眼，身边慕春寅竟然没睡，睁着眼睛似乎在看墙上的钟。她问：“怎么还不睡，看着钟做什么？”

他说了一句让人摸不着头脑的话：“觉得那针像一把刀。”

樊歆云里雾里，也瞅了瞅那钟，忽然便睡意全无。

红色的秒针颤巍巍移动，一圈便是一分钟，十圈便是十分钟，再来几十圈，天就亮了，然后彼此便永久分别。

她拿被子盖住了自己的脸，不愿直视时间的流逝。

而慕春寅还在盯着那钟，不知道在想些什么。许久，他侧过身去，将她搂进了怀里。此后的时间，他抱着她，隔着薄薄的被子亲吻她，他吻她的额，她的脸颊，她的眉毛、眼睛、鼻子、下巴、耳郭、头发……他似想用吻勾勒出她的轮廓，将这最后的亲昵，永久刻在脑海。

时间不曾为谁留下，天终于一点一点亮了起来。

当窗外阳光照进来时，慕春寅起来了，去刷牙洗脸。洗浴室内哗啦啦的水声中，樊歆抱着被子慢慢坐了起来，看向卫生间的方向。

这一刻的心绪极度复杂，方才他温暖的怀抱拥着她，她闭着眼睛没有一秒钟睡过，心里就只有一个念头。

马上就离婚了，以后就没关系了，这个从小拥有到大的怀抱再也不属于她，她再不是谁的慕心，她也再不能叫他阿寅……

叮咚一声短信提示音打断了她的思绪。是慕春寅的手机，放在枕头边，方才就响了几次，只不过洗浴间的慕春寅没听到。

鬼使神差，樊歆竟打开了他的手机。

是曾心雨的短信，两条。

“今天是要跟她去办手续吗？”

“晚上我等你吃饭，在家做了你喜欢的小汤圆。”

樊歆默默放下手机，方才的巨大不舍在看到两条短信后消失殆尽。

昨晚的一切只是一场疯狂的告慰，他已经有了别人，甚至有了新的家。

最后的狂欢告别式后，她该退场了。

第九章
遇险

飞回Y市后，两人直奔民政局，办理离婚手续比想象中要快。平时面对寻常小夫妻离婚，民政局人员还会调解几句，可到了这两人，热心肠的大婶似乎畏惧慕春寅的脸色，二话不说就把手续办了。

一切关系解除后，两人走到了大门口。分别前，一直沉默的慕春寅终于开了口，他盯着樊歆的脸，表情很郑重。

他说：“我终于不爱你了，这一生都不爱了。”

她轻轻点头，强稳住情绪后，回了一句话：“保重。”

三十二年爱恨纠缠，到最后，只有这短短两个字。

这句话落，两人一左一右转身，背对着越走越远。他进了吴特助开来的车，而她进了另一侧莫婉婉的车。

莫婉婉早就等候多时，她拍拍樊歆的肩：“别难过啊，离婚不是坏事，单身也有单身的好！”

樊歆回了个苦笑，低头去看手机——今早开机时发现好多短信，只是没心思看，就放那儿了。

未读的短信有赫祈的、小金的、珍姨的，居然还有一个人——樊歆没存这个号码，但这记过无数遍的号码让她一眼就知道是温浅。

她沉默了数秒，没有打开内容，直接退出短信页面。

而那边开车的莫婉婉没察觉出她的情绪，问：“饿了吧，一会儿去哪儿吃饭？那个……要不要喊上温浅？”

樊歆摇头："不去了，我一个人待一会儿。"

莫婉婉一愣："你不想见他？可你这都离婚了，不打算跟他在一起吗？"

樊歆道："我又不是为他离婚的，为什么要跟他在一起？"

莫婉婉这才意识到问题的严重性，扭头严肃地看着她："你不会对他没感情了吧？"

樊歆注视着车流穿梭的马路："我跟他分手都快五年了，五年的时间足够发生很多事，也足够改变很多认知。比如我跟慕春寅结婚了，婚后两年改变了我对他的认知。从前我把他当哥哥，后来慢慢习惯了，也就当作了丈夫……虽然这段婚姻过得不快乐，但我没想过要回头找温浅……"

"那你接下来有什么打算？"

"能怎样，没有感情还要继续干事业啊。"

"也是，人生还那么长，谁知以后会发生什么事呢？保不准温浅追到国外又把你追回来了呢？他缠人的本事也挺厉害……"

莫婉婉笑着缓和气氛，没想到她的这句话瞬时应验，一件从未预料的事陡然发生——砰的一声响，像是轮胎爆炸的声音，车子在路上打了个急转，幸亏车速不快，这快拐入小区的幽静道路上也没人，这才没出什么事。

车子被强制急停，莫婉婉下了车，盯着左前轮，骂道："咦，怎么好端端的爆胎了？"

樊歆也跟着下车一起查看："是不是地上有什么东西扎破了胎？我……"

她话没说完，猛地嘴被人捂住，一个黑影兜头罩下，她眼前瞬间看不见，却听那边莫婉婉大叫："你们是谁啊？"

噼里啪啦的声响中，似乎是莫婉婉跟一堆人打了起来，樊歆被两三个人摁着，她拼命反击，却没料到后脑传来剧痛，似有硬物重重敲了她一下，她软绵绵地歪了下去，再无知觉。

待清醒过来时，樊歆发现自己在一个陌生的地方。荒郊野岭，周围是枯黄的树林，地势有些高，她手脚被绑，嘴唇被胶带封住，躺在地上的落叶上。前方站着一群粗壮的男人，或操着长棍，或操着枪，一个一个眼神凶狠。

见她醒了，有人吱声："六爷，大小姐，这女人醒了。"

樊歆趴在地上，艰难地转过头去，就见身后站着一男一女，左边的男人是个光头，穿着皮衣皮裤，手臂上文着狰狞的虎头文身，有些年纪了，但眼神凌厉，远比年轻人更甚。右边的年轻女人则截然相反，穿着粉色连衣裙，优雅地半靠在一棵树旁，正是齐湘。

齐湘对着樊歆一笑，露出八颗牙齿："醒了也好，趁这最后的时间好好呼吸一下新鲜空气吧！”

樊歆的嘴被封，身子也被绑得不能动弹，即便想呼救也只能发出“嗯嗯”的声音，齐湘见状一笑：“怎么，你是想问我为什么把你绑这儿来吗？”

那边光头的齐六打断齐湘的话：“湘儿，别跟她磨叽！一会儿解决了她，九重的事就一了百了了！”说着，对着山峦那边左顾右盼，“咦，老五怎么还不来？约定好一起动手的呀！”

齐湘的眼神从樊歆身上转过去，也跟着看了半晌：“爸，你说五伯会不会故意不来？”

齐六眼神凌厉：“你的意思是老五想让咱们把这丫头杀了，他干干净净置身事外？哼，他想得美，这点子就是他出的，在药里做手脚让老三病情复发进医院也是他的手段！这小子一肚子坏水，现在想撇干净赖我身上，没门！今天我就算要杀了这丫头，也得逼他亲自动手！日后帮里查出这事，人也不是我杀的！”

见地上的樊歆偷偷挣扎，齐六不耐烦地瞅她一眼：“动什么动！信不信老子崩了你！”吐了口唾沫又道，“算了，看在你我也是叔侄一场的分儿上，我就让你做个明白鬼！”

“要怪就怪你命不好，投胎做老三的女儿！这些年老子低三下四地伺候他，就指望日后九重他给我留个半壁江山，谁知这王八蛋找回了失散多年的你，什么都要给你！”

樊歆如被雷劈，嘴里却发不出声音。

“是不是很惊讶？之前我们也很惊讶，都以为你是齐三的情妇，没想到你居然是他女儿……”那边齐湘冷笑，拖长话音道，“可惜啊，你有千金小姐的命，却享不了千金小姐的福！你……”

她话没说完，只听一阵骚乱，就见一群人猛地朝林子冲过来，手里都拿着家伙，钢管、砍刀乒乒乓乓地砸了下来，樊歆吓得想躲，奈何身子被绑着不能动，她心急如焚，手腕处猛然有凉意掠过，原来是有人拿刀替她割断了绳子。一个两鬓斑白的男人拖着她就往后退，还冲打手吩咐道：“保护大小姐！”

打手齐齐应命，统统护到樊歆面前。樊歆云里雾里地被中年男人拽着走，中年男人一面走，一面对樊歆道：“大小姐别怕，我是老张，是三爷的人，他现在虽然重病不醒，但他早就料到齐五、齐六会有这一手……”他说着，将什么东西塞进樊歆口袋，道，“老爷早早留下了遗嘱，以备不时之需，我将遗嘱送来，万一老爷有个三长两短，小姐可凭遗嘱继承九重的一切！”

樊歆还是蒙着的，这一切来得太过突然。正当她想开口问清楚，噼啪又是一阵厮杀声，就听一声吼在耳畔响起：“老张，我看你这老鬼往哪儿跑！”

樊歆扭头一看，就见左面黑压压堵了一群人，为首的瘦高个中年男人正是齐五。而右边也缓缓逼近一群人，是齐六跟齐湘。两派人呈包抄模式将老张的人围在中间，已然是瓮中捉鳖的架势。

一群打手抡着武器，面容凶狠地走近，包围圈越来越小，猛地砰砰几声枪响，有子弹擦着几人而过，打到了树上，众人一愣，齐五高喝："谁？"

他话还未落，林中一阵簌簌作响，又一大拨儿人冲了过来，跟齐五、齐六的人混战成一团，砍刀、长棍横飞中，樊歆随人群躲避。混乱中，听齐六喊了一声："龟儿子你要玩儿是吧！老子奉陪！"

旋即便是砰砰砰的枪声，流弹四飞的场面像电影里惊心动魄的黑帮恶斗，其中一颗子弹打到了护着樊歆的老张，老张捂住小腹，踉踉跄跄倒了下去。

看到鲜血爆出的一霎，樊歆本能地吓得一退，还未等她出声，有人捂住她的头将她往旁边一推，一个熟悉的声音响在她耳侧："让开！"

是慕春寅。

慕春寅拖着她躲到一大块岩石后，树林里激战还在继续，盛唐的人被两方势力包围，渐渐寡不敌众，慕春寅见势不妙，拉着樊歆向更深的密林内奔去："走！"

树林茂密，慕春寅利用天然的树木山石做屏障，拉着樊歆一路狂奔，身后不住有声音传来，也不知道发生了什么事。樊歆没法思考，她被慕春寅紧攥着手，疯狂向前奔。

狂奔一路，樊歆气喘吁吁地问慕春寅："你怎么来了？"

慕春寅头也不回，仍是拽着她拼命跑："你的手机拨了我的号！"

樊歆怔了，她什么时候拨过？慕春寅还在说："应该是你无意碰到了快捷键……我通知了警察，但我来不及等警方，先过来了……我们现在向山下跑，警方应该就快到了！"

他突然顿住脚，似乎在倾听什么声音，忽然一皱眉："坏了，这不是下山的路！"

在陌生的山林迷路再正常不过，何况还是这样一番亡命狂奔。樊歆没说话，只向前方远远看了看，这一看，立时愣住。

前方地势陡峭，再往前看，居然是小悬崖！

两人往前走了好些步，发现悬崖下面居然是条峡谷河流，悬崖到峡底河流起码有二十多米的落差。

二十多米的距离，相当于六七层楼的高度！

前路不通，两人正想从原路退回，却听一声吼："你们想去哪儿？"

小树林里窜出两个身影，是齐五与齐六，只不过两人身后的随从都不见了，模样还颇为狼狈，齐五的衣袖撕破了，而齐六的肩膀上更是殷红一片。见了两人，齐六捂着伤口对樊歆冷笑道："想不到老三的女儿还有点儿能耐，不仅盛唐来救她，荣光跟莫氏也都来了！"

齐五呸了一声，骂齐六："你还说！我早叫你防着温浅你不听！现在被他的人跟莫氏的人联手，将我们的人都围剿了！"

方才，原本九重的两拨儿力量好不容易前后夹击压住了盛唐，眼瞅着拿下樊歆稳操胜券，不想半路杀出荣光与莫氏，一番打斗下落了下风。这两人要不是在小弟的掩护下跑得快，估计早被温浅擒了。

齐六听着兄长骂自己，反驳道："你还怪我，你自己点子烂！你以为今儿没有荣光、莫氏咱就赢了？盛唐的人喊了警察来，正往山上赶呢！"说到这儿，他狠狠瞪了一眼慕春寅，"你小子别嘚瑟，老子反正也不要命了，今儿不论是被荣光剿了，还是被警察抓，横竖都得让你陪葬！"

慕春寅却只一笑，将樊歆护在身后，道："齐六，这么多年了你还是这么蠢！我要是你，以现在的情况，肯定要挟持几个人质做挡箭牌！"

齐六怒了，他枪里已经没了子弹，便挥着手中的匕首道："你才蠢！睁大你的狗眼看看，现在我们两人拿着家伙对你们俩，而且你的家伙还没子弹了，你凭什么跟我们大呼小叫！"

他说着，正要掏枪，齐五却喝道："老六，他说得有道理！我们就挟持他俩做人质！"

两人缓缓掏出家伙，一个拿着枪，另一个挥着长棍，正要扑来，却听慕春寅冲另一侧吼道："温浅你这王八蛋！想英雄救美勾引我老婆？"

"温浅来了？"齐家兄弟齐齐扭头向后看去。

说时迟，那时快，人影闪电般一晃，只听齐六一声嘶吼，就见慕春寅以无与伦比的速度拳击齐六的伤口。齐六吃痛的一霎，手中的枪松了开来，齐五反应快，转头抢枪，慕春寅见没有夺回的可能，干脆抬脚飞踹，将枪踢下了悬崖。失去了武器的齐五大怒，挥拳就冲了上来。

樊歆原本站在最后面，还没反应过来，慕春寅已将她往后一推，而他瞬间跟齐五、齐六扭打作一团。

齐家兄弟打了一会儿便换了策略，齐五主攻慕春寅，右肩受伤的齐六负责逮樊歆，慕春寅眉一挑，道："冲我来，动女人算什么！九重都是孬种吗？"

齐六被他激怒，提了长棍奔到慕春寅面前厮打，虽然慕春寅大多灵巧躲过，但仍看得人胆战心惊。好在慕春寅也有优势，他个子高大又年轻，而齐五、齐六都五六十岁了。最后，齐五干脆发狠硬拼，拖着慕春寅滚在地上，齐六则操着长棍猛击慕春寅，一旁的樊歆也加入了混战，虽然力气不比男人，但她多少也练了一些搏斗的功夫，拼命缠着齐六的长棍，不让他偷袭。

几次出手被阻，齐六再忍不住，一脚便踹到了樊歆胸口，直踹得樊歆胸口剧痛，气都喘不上来。而原本跟齐五打斗占上风的慕春寅扭头去看樊歆，这一分心，后背就挨了齐六重重一棍。

这一棍好狠的力道，压在齐五身上的慕春寅似被打蒙，齐五趁机翻身，而齐六握着长棍，瞄准了慕春寅的后脑，双手用力一挥，长棍对准致命处狠狠一击。

千钧一发之时，砰的一声响，齐六的长棍在离慕春寅后脑还有十厘米的地方霍然停住，他软软倒了下去。

他的身后——樊歆举着块大石头，重重砸向了齐六的后脑，齐六后脑上鲜血汩汩直流。

没了对手帮忙的齐五瞬时落到下风，正当被慕春寅打得无力招架时，耳后突听一声脆响："慢！"

慕春寅转过头来，就见身后不知何时又来了一个人，她衣衫凌乱，显然经历了一番奔波，但她手里拿着一把枪，抵着樊歆的太阳穴。

是齐湘。

乌金色的枪在齐湘手中握着，她朗声道："慕春寅，你再动一下，我就崩了她！"

慕春寅指着奄奄一息的齐五："你崩了她，我也杀了他。"

齐湘笑道："随你，他是我叔，又不是我爹，我不心疼。"

慕春寅瞳仁渐渐缩紧，紧盯着齐湘："你想要什么条件，尽管开。"顿了顿，道，"包括……活命。"

"慕总真是会谈判，知道亡命之徒都想活命！"齐湘话锋一转，冷冷道，"可惜，我今天最想要的不是这个！"

她拿枪抵着樊歆，表情悲凉起来，冲樊歆大骂："你凭什么？你哪点比我好？他竟然为了你想要我的命！"

樊歆的声音很平静："我不知道你跟他发生了什么，我也没什么好的，但我跟你最大的不同就是，我从不会主动害任何人。"

"虚伪！"齐湘大骂，转眼见慕春寅在悄悄接近，她高喝，"站住！不然我就开枪了！"

话落，她慢慢笑起来，拿枪的手不仅不放，另一只手还从兜里摸出了一把小匕首："呵……你不是很宝贝她吗？我今天就要为难为难她！"

"你想怎样？"

“当年你是怎么对我的，你还记得吗？”齐湘眼神凌厉，“我要你跪下来求我，解我的恨。”

在枪口下一直保持镇定的樊歆终于喊出来：“阿寅不要！”

慕春寅却没看她，只瞅着齐湘道：“好啊，我照你说的做，你就放了她。”

“你凭什么跟我谈条件！她的命在我这儿！我杀她不过是眨眼的事。”齐湘将刀抵到樊歆咽喉，银色锋刃在阳光下反射着寒光，只要稍微使劲，便能切入她白皙的脖颈。

樊歆却顾不得什么，道：“阿寅别跪！”

“不跪是吧！”齐湘等得不耐烦，手往下一压，一声轻响，刀割破了樊歆的皮肤，鲜血沿着脖颈往下流。

一贯沉稳的慕春寅眼神一紧，终于出了声：“慢！”

“不要！”樊歆大喊。骄傲如他，她宁愿不要这条命，也不要让他卑微地跪下。

然而，扑通一声响，有微微的尘土飞扬，膝盖磕地的声音传来，那个一贯高高在上、睥睨众生的男人，那个只甜蜜跪过自己心爱女人的男人，跪到了地上。

樊歆嘴唇颤抖，眼里有潮热往外奔，而她身后的齐湘笑起来：“哈哈哈……慕春寅，你也有这一天！”她右手紧握着枪，左手撤去了樊歆脖上的刀，远远地朝慕春寅丢了过去，“你以为跪一跪就完了？你再自捅一刀，我才放她！”

樊歆再忍不住，冲齐湘喊起来：“齐湘你不是恨我吗？冲我来！”她扭头又朝慕春寅道，“你不许伤害自己！你……”

她的话倏然停住，因为慕春寅捡起了地上的刀。

他拿起刀，脸却是笑着的：“齐湘，记好你的话！”

话落，他再没半点犹豫，刀一点一点举向自己的左肩，利刃扎进皮肤，鲜血渗出来，艳若朱色蜀葵。樊歆的眼泪瞬时流出来，吼道：“住手！你住手！”

齐湘像是看到了世界上最不可能的事，晃着身子笑得花枝乱颤：“哈哈哈……堂堂盛唐总裁任由我为所欲为……”

可她的笑突然静止，跪倒在地的慕春寅趁她笑得弯腰之际陡然爆发，快得像闪电，在齐湘还未反应过来的刹那，左手匕首猛然抛去，锋刃擦过齐湘右臂，划出一道血口，齐湘痛得尖叫，手松了开来。

枪落在樊歆脚边，樊歆扑过去要抢，齐湘一把将她推开，跟着一起抢，眼见齐湘抢到了枪，樊歆拽着她的手用力夺。樊歆学过贴身格斗，齐湘不是她的对手，混乱的推搡间，樊歆的手扣动了扳机。

砰！血光一闪，齐湘瞪着大大的眼睛，难以置信地倒了下去，她的小腹上，正中一枪。

樊歆吓得尖叫，这些年她虽用格斗撂倒过人，但长这么大连鱼都没杀过，何况是人！那边慕春寅也奔了过来，见她吓得脸发白，刚要出声安慰，就听一声悲恸嘶吼：“湘儿！”

昏迷的齐老六醒了过来，他发疯般起身，眼里有鱼死网破的疯狂。

发狂之下他的力气格外大，慕春寅竟没拦住他，而樊歆身后就是悬崖，齐六猛地将她推向悬崖。樊歆的身体不受控制地向后仰去，千钧一发之际，一股劲将她从齐六手中夺走，推向安全地带，而那股劲的主人在用尽全力后随着发狂的齐老六一起坠到了悬崖边。

樊歆扑了过去，死死抓住悬崖边慕春寅的手：“阿寅！”

慕春寅想要爬上来，奈何脚下吊着个齐六——两人一道滚下去时，齐六抓住了他的脚踝。

高高的悬崖边上，两人像半空中悬挂的一串风筝，齐六绝望的笑在风中荡开，嘶哑得像将死的乌鸦：“哈哈哈……要死一起死！”

樊歆不管齐六，用尽全力抓着慕春寅，试图将他拖起来，奈何两个男人的重量她根本撑不住，她脸涨得通红，向慕春寅道：“你别松手……我想办法……”说到这儿，她向左右大喊，“救命！救命！”

没有人回应，樊歆也不想再浪费精力，她将所有力气攒在手上，咬紧牙关抓着慕春寅往上扯，可两人的手还是在巨力下慢慢松开。慕春寅仰头看着她，他的话因为体力过度透支有些断断续续：“慕心……我撑不住了……”

樊歆吼道：“你必须撑！”

慕春寅却只轻轻一笑，似乎是自嘲：“想不到……还是便宜了温浅那小子……”

“你别便宜他！”

“不成了……”两人的手越松越开，只剩最后指尖垂死挣扎地相扣，樊歆急得快哭起来，慕春寅用留恋的眼神看着她，说，“如果我挂了，你别哭……因为……”

顿了顿，他用尽最后一丝力气说：“我不爱你……”

话未落，两人的手像绷紧的弦，绷到极限断开，一阵风声后，慕春寅跟齐六齐齐坠入峡谷。

呼啸的风声里，樊歆绝望嘶喊，如杜鹃悲鸣。

“阿寅——”

樊歆不记得后面是怎么过的，悬崖上陆陆续续来了许多人，盛唐、警方，还有荣光跟莫氏……她看到千百张嘴对着自己一张一合，温浅跟莫婉婉还在向她靠近，似乎是要安抚她的情绪。

然而，她只是一个劲儿地摇头，大脑一片空白，来来回回只有重复的词：“阿寅……阿寅……”

末了，她发疯一样往悬崖下跳，仿佛这样，就可以把坠下去的人拉上来。

她被人死死抱住，是温浅与莫婉婉，她不知道自己说了什么，温浅的脸极度苍白，可她根本顾不上，跟着警方找的小路往悬崖下冲。

在悬崖下的谷底，警方找到了慕春寅，他身上好多血，湿漉漉地泡在峡谷冰冷的河水中。樊歆一眼看过去，差点儿晕倒，但她强撑着，跟着一群人将慕春寅往医院送。

医院的长廊外，她一遍一遍问路过的医生与护士：“他没事的对不对？没事的，没事的！”

医生并不知道两人离婚的事，如实相告：“慕太太，您先生从高空坠落，虽然落在河流上，但巨大的冲击力还是让他内脏受损，左肺破裂大出血，情况并不乐观，还请您做好心理准备……”

她像听不见似的，仍是说：“他不会有事的……不会……不会……”

医生苦劝无果离开后，樊歆靠在手术室门口，将脸贴在手术室门上，似乎想要听听里面的动静，不断自语：“他不会丢下我一个人……不会……不会……”

也不知道过了多久，莫婉婉走过来，劝她：“樊歆，你吃点儿东西，你都一天没吃东西了！”

樊歆摇头，仍是将那句话翻来覆去地念：“他不会丢下我一个人……不会……结婚时他就说了，这辈子就算是死，也要跟我死在一起……”

许雅珍也赶过来了，与樊歆的失魂落魄相比，这个名门望族出身的女人自有一种沉稳，虽然为手术中的儿子揪心不已，但她仍然以超人的冷静对樊歆说：“慕心，你先别慌，去把脖子上的伤处理一下。”樊歆被齐湘的刀划破了皮肤，伤口虽然不深，但也需要包扎，只不过她心系慕春寅，守在手术室外死活不肯走。

樊歆被逼着去包扎了伤口，包好后回到手术室外，跟着许雅珍一起等。

等待的过程中，她站在窗前，紧握着脖子上的碧玺，一遍一遍呢喃：“妈妈……请你保佑阿寅……一定要保佑他……”

她一遍一遍说着，仿佛这样就会有奇迹出现。

谁也想不到，数小时之后，奇迹果然出现了。

手术室的大门被推开，做了六个小时手术的医生疲累地出来，但每个人脸上都带着笑，说：“情况虽然很险，但好歹救了回来。”

听到这句话时，常人往往是喜极而泣，樊歆却靠着墙瘫软了下去。

这一天的奔波，这数小时手术室外提心吊胆的折磨，已经将她的精神逼到了极限。众人将她扶起来，她才喝了一口水。

悬着的心落下来以后，樊歆遵从医嘱回去给慕春寅拿住院要用的东西。她是被司机送到家的，一路上脑子里还在回想今天惊心动魄的事，失魂落魄，也没注意其他。直到下了车，推开慕家的门，她才发现身后跟了一个人，曾经她在某婚纱照上看过的漂亮面孔——曾心雨。

小姑娘看着樊歆，怯怯地说："樊小姐，我知道你很讨厌我……但求你让我去医院见见他好不好？我在医院门口守了一下午，他们不让我进去……"

见樊歆没答话，她哭得梨花带雨："樊小姐，我求求你……我真的很担心……你让我看他一眼，就一眼！"

樊歆不知道该说什么。于情，曾心雨的确跟慕春寅好过，两人甚至还拍了婚纱照；于理，她已经跟慕春寅离婚，曾心雨要探望慕春寅，她无权再干涉。

她的大脑乱得不像样，只想快点儿收拾好东西给慕春寅送过去，便没管曾心雨，进了屋。

曾心雨居然跟着樊歆进了厅堂，上了二楼，再进了卧室，看着樊歆翻箱倒柜地整理东西。

樊歆当她是空气，自顾自将慕春寅的家居服一件一件拿出来，叠好放到包里，然后再整理各种生活用品。

一切备好后，樊歆准备拿着包出门，不经意却看见慕春寅房内的侧门开着。

就是慕春寅那间神秘的小房间，终年上锁，从不让人进。

鬼使神差，樊歆推开了那扇房门。

映入眼帘的一幕，让樊歆愣在了那儿。

阴暗的房间内全是照片，光线暗到需要开灯，想来是间专门洗照片的暗房。

咔嚓！樊歆打开了灯，这一下更是惊呆了。

四周墙上、天花板上、门后面、窗户上，甚至桌子、椅子上，全部贴着照片！密密麻麻不下上千张。而这些大大小小、形式各异的照片，内容全是一张相同的面孔！

鹅蛋脸、双眼皮、墨黑头发，笑起来唇角有梨窝……樊歆呼吸猛地一滞！

而她身后，一直低低啜泣的曾心雨像是看到了世上最可怕的事物，她指着一张大幅照片，手不住颤抖。樊歆顺着曾心雨的视线看去，这一看也惊了，那是一张大幅的婚纱照，背景是湛蓝的大海，西装笔挺、捧花下跪的新郎是慕春寅，而弯腰微笑的新娘则是她自己。

她什么时候跟慕春寅照过婚纱照了？

身后的曾心雨却控制不住地呜咽："这不是我跟他在希腊照的吗？他……他……把我的脸换成了你的！"

她哭着跑了出去，跌跌撞撞只差没摔下楼梯。而樊歆待在暗房里看着满目的照片，一个字也说不出来。

她随手取下了一张照片，那是八年前的，她刚出道，参加《歌手之夜》，穿着蓝色蝴蝶袖连衣裙在舞台上彩排……她将照片翻了过来，发现反面竟有字，漂亮工整的钢笔字，是他的笔迹。

“慕心比赛第二场，加油！”

她又取下一张照片，是她参加某电视台的活动，穿着晚礼服，反面也有字。

“慕心这笨蛋，人瘦还穿紧身黑裙子！哎，太瘦了……要怎么才能让你胖一点儿？”

她又翻了几张照片，这才意识到每张照片背后都有他的话。与此同时，她发现照片是按照时间顺序排的，从左边墙上开始，从她幼年到少女时期的照片，往右往上延伸就是越来越大的她。

那些童年、少年的照片几乎都泛黄卷了边儿，他却用精致的夹子小心翼翼挂着，她翻开其中一张幼儿园时的照片。四岁的她坐在玩具中央，却不知道为什么哭。照片背后的字是：“慕心这个傻瓜，有这么多玩具不要，非要小提琴，找不到琴就哭……”

她再拿一张，是小学一年级入少先队的那天，她戴着红领巾，在操场上微笑。反面的字是：“慕心是班级里最先入少先队的！瞧她高兴得！”

下一张是四年级的，她在教室里坐着，跟几个要好的女生一起做功课。反面的字是：“成绩那么好干吗？每天放学总要被同学缠着讲解题……我只能去踢场球等她……”

下一张是初一的照片，学校的元旦演出，她穿着白裙子独舞。反面文字是：“这场舞下来，估计慕心的书包又要塞满信了……真烦，这帮不自量力的小子，会看股票走势图吗？会赚钱吗？能给她摘天上的星星吗？什么都不会，还敢写情书！”

再下一张是她十七岁的模样，他们的关系因为养父母的事故陡然进入冰点，她患上了抑郁症，身材臃肿地坐在阳台上拉提琴，月光洒在她身上，雪一般悲凉。

反面只有五个字：“慕心，对不起。”

再一张，突然没有她了，照片里是空空的房间，是她的卧房，窗外似乎是阴沉的雨天，阳台上的花被风吹得东倒西歪，而屋内一片清冷。

“慕心失踪了，到处找不到她……”

下一张照片是凌乱的啤酒瓶与烟头，微闪的模糊光影显示照相的人没拿稳相机，应该是在醉醺醺的状态下照的。

“慕心，我知道错了……我再也不会那么对你……”

空白无人的照片堆积了很多，都是慕春寅拍的零碎儿，或者是她卧室里没人入睡的床，或者是许久不曾动过的衣柜，或者是她曾钟爱的提琴，琴上落了灰，琴弓孤零零地放在一旁……阴暗的光影里，所有景物寂寞而荒凉，像拍照之人孤寂等待的心。

樊歆一张一张地看，随后一张终于由景物转成了人像。

是二十五岁的她，是她刚回国被他逮到的日子，照片里的她躺在粉色床上睡着了，长发铺在枕头上，被一只手轻轻握着，是慕春寅的手，他应该是在她睡着后偷拍的。照片后的字有些潦草，仿佛激动得握不住笔："五年了！她回来了！"

此后的照片统统都是她，或是她在庭院浇花，或是她在厨房烹饪，或是她在外出席各种活动……不论是在家素面朝天的她，还是在外光彩照人的她，都被他无数次地用镜头记录下来，像是一种特殊的日记。配图的文字也一改先前等待的落寞，变得轻快活泼，语气渐渐亲昵。

"这笨蛋第一次上台参加节目，本来担心她紧张出错，没想到唱得挺好，看来在加拿大几年很是磨炼了一下啊。"

"瞧我那笨蛋管家婆，看书入了迷，饺子都煮破了……"

"桂花今天开了，管家婆爬到树上说要摘桂花做汤圆，结果还没爬上梯子就把脚崴了，我只能将这个笨蛋从花园里抱回来……"

"今天是二十六岁生日，管家婆送了我生日吻，很高兴……想起爸妈曾希望我二十七岁前结婚，很想完成他们的遗愿……可是为什么我没有结婚的欲望？只想跟管家婆赖在一起！"

"赫祈说我对管家婆是爱情，虽然不大相信，但我吹着墨尔本的夜风又开始想管家婆了……酒店里一个洋妞老对我抛媚眼，烦，不知道我喜欢黑色直发的女人吗？想到这儿我又忍不住想管家婆了，奇怪，为什么她回来后，我对所有女人都不感兴趣了？难道真是爱情？"

"夜里睡不着，梦见上次电梯里那个长吻，她的味道好甜……"

"准备跟管家婆求婚了！是不是爱情都无所谓了……只想跟她过一辈子！准备了一个星星形的钻戒，哈，好期待她看到戒指的表情！别的女人被求婚都会哭，她会不会？"

欢快的照片到这儿戛然而止，下一刻画风陡转——因为慕春寅的婚还没来得及求，她便被温浅告白，牵手成功。

再后来，应该是她去了法国的日子，所有的照片再次沦为空白的房间与寂寞的光影。

其中一张是楼梯的照片，长长的台阶蜿蜒向下。后面的字含着浓浓的悔意："在楼梯上坐了一晚上，想着那一天……如果我没有把她推下去，如果没有伤害她，她会不会还在我身边？"

之后的照片几乎都是楼梯，他拍了许多张，似乎在冰冷的楼梯间待了许多个日夜，照片反面没有写太多字，都只有单调的名字。

那一声声“慕心”“慕心”“慕心”……仿佛千言万语，却不知道从何说起。

有一张是逼近的大理石地面，上面有一滴剔透的水滴，照片反面的话比前些张多了起来——“今天是你去法国整整半年的日子，半夜里听着你曾唱的歌，呵……黑暗的楼道，快三十岁的男人，居然哭了……”

楼梯终于没了，变成了花园的秋千，没了她，空荡荡的秋千在花间停着——“慕心，你要自由我就给你自由，总有一天你会发现，你追逐的未必能给你幸福……”这句后留下了大大的墨渍，似乎情绪激荡难以控制，笔尖长时间停留后，他接着写下了六个字——“慕心，等你回家。”

再后来，大概都是“慕心，慕心，快回家……”类似的话，光影不同的照片里，每一张都含着深深的期盼与渴望。

照片上压抑沉重的基调持续了好些张，或是阴雨天，或是茫茫黑夜，隔了几十张后突然转为明亮的阳光。而那张照片中，她再次出现了，可她已不复当初的模样，花庭里的她逆着光线而立，及腰的长发剪了去，消瘦的背影在晨曦中显出别样的倔强。

照片后只有一句话：“无论如何，你回来了。”

可她回来了，他的照片并没有变得明媚，流露的情绪甚至充满浓浓的悲伤。

“经常无意识地发呆，偶尔失眠，厌倦我的触碰……是因为在想他吗？”

“你宁愿为他哭，也不愿给我让你笑的机会。”

“一加二等于二加一，那么，我爱你等于你爱我吗？”

“有时候我想，我拆散了你的爱情，你恨我理所应当，如果有人拆散了你我，我也会对他恨之入骨。所以，这都是我咎由自取……可是慕心，我该怎么办，这么多年了，我明知你心里只有他，却仍奢望分得一席之地。”

“今晚又发脾气了，每到这个时候就格外痛恨自己……为什么不好好说话，为什么总伤害你？”

“我知道你累了，我也累了，在想，是不是放手才是我们的出路？”

“签了离婚协议，我在花园坐了整整一晚，天下着雨，打在身上没有感觉，楼上你房间的灯还亮着，你应该在收拾离家的东西吧！我盯着那灯光，想冲上楼去跟你说，我反悔了，我不要离婚，我从来没想过要离婚，然而，理智逼停了我——你嫁给我并不开心……”

一张一张地看着照片，樊歆的情绪在胸口激荡，终于到了最后一张照片。是大幅的婚纱照，慕春寅与曾心雨拍的，但他将曾心雨的脸换成了她的。照片上的新郎、新娘并肩走在沙滩上，十指相扣。

婚纱照下面有几行字。

“慕心，结婚又离婚了，我居然还没有跟你照过婚纱照，好遗憾。于是，只能找了一个感觉像你的女孩，自欺欺人。”

“慕心，如果时间能倒流，如果命运能重回，我多想回到十四岁之前，我要好好对你，不打你，不骂你，疼你，爱你，宠你，信你，护你，陪你做你喜欢的事，陪你去世上任何想去的地方——让你在遇上他之前，爱上我。”

“拿离婚证的那天，我跟你说，我不爱你了，这一生都不爱你了。”

“可那一刻，我的心那么那么那么难过，它明明在说——”

这句后留下了大大的墨渍，似乎情绪激荡难以控制，笔尖长时间停留后，是最后一句话。

“慕心，我这一生，即便到死，都无法不爱你。”

“慕春寅！”强忍许久的樊歆颤抖着嘴唇，猛地蹲下身去，号啕大哭。

坠崖之前，这个男人最后的一句话是，不要为我哭，我不爱你了。

他多么口是心非，这千百张相片，每一张全写满他刻骨的爱。

第十章

结局

几日后，重症室里的慕春寅醒了过来，樊歆喜极而泣。

接下来的时光日复一日都是在医院，樊歆二十四小时都在病榻前照顾，几乎寸步不离，端水喂饭、递汤送药、净脸擦身……大大小小的事琐碎又繁重，但樊歆甘之如饴，从不假他人之手。

与她的欢喜相反，慕春寅醒来后便一副淡淡的样子，有一日甚至对樊歆说："你走吧，我不用你照顾。"

樊歆道："说什么话，我怎么能走？"

慕春寅道："咱俩离婚了，没关系了，你走。"

樊歆抓住他的手，郑重其事地看着他："别再说气话了，我知道你爱我，我不会走的。"

慕春寅推开了她的手，道："我知道你感激我救了你的命，但我不需要感谢。"

樊歆再三解释，可慕春寅无论如何都不信。樊歆无奈，默默去削水果了。

他不信她，不要紧，时间很长，她可以慢慢去证明。

时间不紧不慢地过去了两个月，慕春寅依旧对樊歆不冷不热，樊歆也没往心里去，每天该怎么伺候就怎么伺候。

原以为日子就这么过了，却没想到慕春寅在出院的前一天失踪了。

临走时，他让吴特助转交一封信给众人，内容很简单，说他走了，去一个无人的地方待一阵，叫大家不要找他。

樊歆拿着信怔在那儿，旁边是目瞪口呆的周珅、赫祈。周珅道："春春疯了吧！

他不要这个家了，还有那么大的盛唐，他丢在那儿，给几个元老看着他放心啊？”

樊歆将信纸叠好，道：“他这个计划应该酝酿了有一段时间，只是我以为是气话，没有当真。”

赫祈道：“他会去哪儿呢？”

周珅叹了口气：“谁知道啊，世界那么大！这家伙要真躲起来，我们找不着！”

樊歆问：“前两天你不是还来探望过他吗？他有没有说什么话？也许是线索。”

周珅道：“线索似乎没有……但他最后说了一句挺伤感的话。”

“什么？”

周珅道：“他说，他知道温浅还在等你。”

樊歆摇头道：“这家伙……总放不下这个。”

赫祈插话进来：“他放不下，那你放下了吗？”

樊歆默然无声。

赫祈忽然一笑：“樊歆，其实你一直没弄懂自己的心。”

“什么？”

“你没发现自己对温浅与春春的区别吗？不可否认，你曾深爱过温浅，可他负你一次，不管以后再如何愧疚弥补，你都不曾回头。而春春，无论他怎样伤害你，你即便再生气、再难过，最后都能包容原谅……这是为什么，你从没想过吗？”

樊歆一怔，混沌的脑中霍然如醍醐灌顶，纠缠她多年的问题终于拨开云雾，她这才明了自己的心。她嘴唇颤了颤，用力点头：“是……你说得对。”

一旁周珅插嘴：“什么对？你们在说什么？”

赫祈笑而不答，而樊歆眉眼舒展，有释然后的开阔：“我知道怎么做了。”

从盛唐回家的路上，樊歆再次看到了那辆熟悉的车。

这两个月，她常常看到这辆车，有时是她推着慕春寅在医院周边散步，有时是她独自出门为慕春寅采购，甚至在慕春寅抢救的那天，由于Rh型血液不够，是这辆车调到了足够的血浆，才保证手术顺利进行。

这辆车总是待在她也许会路过的位置，车里的人也永远都背脊笔直地端坐，以不打扰她的方式，静静守护着她。

那些时刻，樊歆无数次从车前走过，而今天，她站住了脚，目光远远地看向车牌。

车牌尾号是319，她的生日。

她看了一会儿，最终拿出手机，拨出那个很久都不曾拨出去的号码。

“温先生。”

“我在。”

简短的对话。她站在林荫小路旁的人行道上，而他停在林荫路那侧的车行道，双方仅隔几米。

然而，就是短短数米，却没有见面，树影婆娑中，彼此就那么打着电话，你问我答。

她继续问："明天有空吗？下午四点。"

"有。"

"我想约你在凤凰路公园见面。"

"好，不见不散。"

翌日下午，樊歆三点四十分就赶到了预定地点，她是不喜欢迟到的性格，往常赴约都会提前十分钟。

却没想到，温浅比她来得还早。

树影幢幢的小树林内，雪白的三角钢琴摆在那儿，他坐在钢琴前，轻轻弹奏着一首歌。她慢慢走了上去，他从琴谱中抬头，看到她抱着小提琴款款而来。

他微微一笑，停下了手中的琴："来了？"

她也跟着浅浅笑："想跟你合奏一曲。"

"合奏什么？"

"爱德华·埃尔加的《爱的赞礼》。"

"好。"

下一刻，他指尖轻快拂过黑白琴键，叮咚的琴音如珠玉落盘，而她的琴声优美如流水潺潺。

有风吹过，林中有轻微的簌簌声，旋律回响在枝丫间，时高时低，时而婉转时而徘徊，仿佛还是那些年，他们在演奏会上天衣无缝地配合，一个是乐器之王，一个是乐器之后，钢琴声清亮，而小提琴婉转，错落有序，完美融合。

午后阳光投入树林，为两人镀上一层淡金的光芒。音乐随着高潮不断推进，旋律的激荡中，他微微垂首，浓密的眼睫静雅如画，而她专注偏头，侧脸在风中恬静白皙，有树叶随着风从枝头坠落，飘到两人肩上，但两人无暇顾及，手中旋律不停。

一曲终了。

她放下提琴，抬头看他，脸是笑着的，低声道："希年。"

时隔数年，她再这样唤他，他笑了，应她："歆歆。"这称呼在热恋时，他曾亲昵地喊过无数遍。

她低头，从兜内小心翼翼掏出了一个盒子，递到他面前："希年，这是当年你送我的合欢意，现在物归原主。"

他的视线落在盒子上。

她轻轻笑了："希年，我来，是跟你告别的。"

顿了顿，她说："我们有认真地开始过，却没有正式地告别……纠纠缠缠十几年，这一次就彻底结束吧。"

他握着装合欢意的金丝绒盒子，轻笑起来："好，我尊重你。"

"谢谢。"

他凝视着她，张开双臂说："我想最后抱你一次。"

她还没答应，他倏然倾身将她揽入了怀里，他的怀抱还是那样温暖，他的气息一如既往地清雅宜人，唯一不同的是他手臂的力度，那样紧，像用尽了全力，要将她嵌进他的生命里，再不松手。

然而，最终他还是松了手，附在她耳边说了三个字，很轻的口吻，却似乎有着千言万语："要幸福。"

她重重点头，也回了三个字："你也是。"

怀抱终于离开，他平静地说："你走吧，不要回头。"

她怔了片刻，最终抱着小提琴，一步一步离去。昏黄的天，涂满油画般的色彩，金色的阳光穿过枝丫，在林里投下重影，枫叶红得像血。

林中渐渐有音乐传来，应该是温浅坐回了钢琴前，用琴声相送。

那一霎，她眼圈一红，百感交集。

这个她从豆蔻年华开始爱着的男人，这个她曾寄托全部人生幸福的男人，她曾爱他像信仰，她曾将他深烙在心上，成为生命里最重要的一部分，然而，再如何深爱，他终是成了回忆。

可是这又怎样呢？即便缘分止步于此，他仍然是她心中，那年端坐琴房，穿着干净衬衣，有着修长十指的清俊少年。

最美好的记忆，岁月不会忘。

太阳渐渐沿着轨迹滑下，樊歆离开了，斩断过去，奔向未来，而树林里的琴声却不眠不休，弹奏着，似要将所有情感注入永不停息的旋律中。

从他看着她抱着提琴过来，他便懂了她的心。方才的合奏，在每一个音符落下的同时，他都清楚知道，这是最后的休止符。

过去他们因琴相识，因琴相知，然而今天，以琴作别。

这一生，她曾用十几年的光阴在爱他，他也以为，他会用加倍的爱去回报她。可这世间强大的就是命运。他终究错失了她。

他曾以为还有机会回头，然而珠宝易碎，真心难回。那颗曾为他跳动的心，渐渐在命运的逆流中，越行越远。

日后，他再如何竭尽全力，也无法企及彼岸的她了。

只剩这最后的旋律，为她而奏，为她而鸣，而那么多夜深人静发了疯的想念，他再没机会向她倾诉。

斜阳终于滑入黛色的山峦之后，琴音终停。

而当他转过身，一滴晶莹的液体，飞溅于这晚秋的最后一缕余晖中。

自此，他人生中最明亮的那束光，再也不会照耀他。

很多年后，他曾问自己，假如那年在温雅的葬礼上，他没有松开她的手，结局会不会不一样？

然而，这世间哪有什么假如，很多时候，错过一瞬，便是一生。

樊歆离开小公园后去了市郊医院，不是慕春寅曾住的那家医院，而是另一家。

重症病房内，她托起老人的手贴在脸上，老人没有反应，依旧躺在床上无意识地昏睡，樊歆给他打气："爸爸！你要加油！医生说情况有好转！我会一直等你醒来的！"

她笑了笑，看向窗外朦胧的夜，微笑道："爸爸，你也给我加油吧！我一定会把你女婿追回来的！"

八月末，Y市的环球演唱馆人声鼎沸。

在这场别开生面的演唱会上，樊歆的死忠粉激动万分，早早买了票，挤满了演唱会现场。无数个荧光棒跟名字牌在夜色里摇晃，像一个一个微型的霓虹灯，万紫千红只为舞台上的那个人。

舞台中央的那个身影，立于光芒正中，发丝轻绾、长裙摇曳。唱到高潮，歌迷晃着荧光棒，跟着她一起合唱。每一首完毕，无数呐喊便自会场四面八方传来，洋溢着满满的喜欢与支持。

歌曲一首接一首，喝彩声、掌声此起彼伏、绵延不断。

终于到了最后一首，在这演唱会的压轴曲中，全场观众仰起脸看着舞台正中，看向那不停不休唱了三个小时却仍然精力饱满的女人。方才的十几首歌中，她或婉转徘徊、低吟浅唱，或挥洒汗水、纵情高歌，聚光灯打在她身上，她却比灯光更耀眼。

然而这一刻，她突然静了下来。

因为她安静，全场都安静下来。万千观众看着她，等待她的最后一首。

然而，旋律却没响起，灯光反而幽幽暗淡下来，舞台正中的女子握住话筒，缓缓开口："最后一首歌不是自己的，但我非常喜欢，昨晚我将这首歌单曲循环无数遍，想了很多。今天，我想站在这个舞台，将这首歌送给一个人。"

鸦雀无声的广场里，音乐渐起，她拿起话筒，唱了第一句。

"从你眼睛看着自己，最幸福的倒影，握在手心的默契，是明天的指引。"

只这一句，安静的场内陡然爆发一片掌声，很多人听出这熟悉的音乐，正是S.H.E的《我爱你》。

歌声还在继续：

无论是远近什么世纪，在天堂拥抱或荒野流离。

我爱你，我敢去，未知的任何命运。

我爱你，我愿意，准你来跋扈地决定世界边境。

偶尔我真的不懂你，又有谁真懂自己。

往往两个人多亲密，是透过伤害来证明。

像焦虑不安我就任性，怕泄露你怕所以你生气……

第一段高潮落下，音乐低缓进入下一段，演唱者可以稍稍喘息，等待下一轮旋律爆发，然而樊歆没有。她握着话筒，在歌声的间断中面向广场，朗声道："你有没有听到？我在用这首歌，向你表白。"

全场一片尖叫，虽然一头雾水，但"表白"二字激起所有人的兴奋点。

樊歆对着话筒继续道："是的，你没有听错，我在向你表白。上台之前，我反复听着这首歌，想着要怎么对你开口。"

音乐渐渐小些，变成独白的背景乐。

樊歆站在舞台中央，轻轻一笑："昨夜我想起很多往事，想起很小的时候，你说要给我建一个世界上最大的舞台，如今你做到了，我正站在你修建的环球演唱馆歌唱。谢谢你，真的很谢谢你，三十三年，你爱了我三十三年，只是我一直不懂你的爱。

"曾经在我心里，你霸道、强硬、多疑、善变……我抱怨着，抗拒着，却从没想过，这根本的原因却是我自己——你爱我，比世上任何人都爱我，但我却不曾给你安全感。

"我想悔改，想亡羊补牢。你却累了，你说不爱我了，要一个人离开……可是你这个笨蛋，连说谎都不会。你的衣帽间，那两千一百三十五张照片，每一张都是我，每一张的右下角都写着你爱我！"

满场登时唏嘘一片，这告白来得太突然、太深情，每个人眼中都写着震惊与疑惑。

台上的樊歆还在继续。

"以前你总怪我，从没跟你说过甜言蜜语，现在你听好了，我的表白，你一字一句听清楚。"

全场的欢呼声中，音乐再次响起，樊歆随着旋律无比清晰地唱出来。

我爱你，我想去，未知的任何命运。
我爱你，让我听，你的疲惫和恐惧。
我爱你，我想亲，你倔强到极限的心。
哪里都一起去。
一起仰望星星，一起走出森林，一起品尝回忆。
一起误会妒忌，一起雨过天晴，一起更懂自己，一起找到意义。
让我爱你，我不要没有你……

音响将她的歌声烘托得无比深情，全场被她感染，跟着一起高声大唱。

我爱你，我想去，未知的任何命运。
我爱你，让我听，你的疲惫和恐惧。
我爱你，我想亲，你倔强到极限的心。

歌声在场内激荡，一阵又一阵，终于随着音乐落幕。

最后一句唱完后，樊歆对着全场喊道："你听到了吗，我的表白了？听到了你就上来，我在这里等你。"

这一句落，她突然朝着话筒朗声喊道："我知道你在这儿，慕春寅！"

名字脱口而出的刹那，全场再次呐喊，所有人惊喜地左顾右盼，看被表白的对象是不是在会场。

下一刻又一阵尖叫海啸般爆发，舞台上的追光灯打到阴暗的观众席上，一点一点移动，投到了左侧后排的某处。

那里坐着一个男人，鸭舌帽压得很低，但露出的半张面孔清俊如玉。摄像机捕捉到了他，他的脸被投到了舞台LED大屏幕上，全场尖叫如狂，高呼着："'头条帝'！'头条帝'！'头条帝'！"

然而，慕春寅坐在人群之中，纹丝不动。万千目光中，他将视线落到了舞台上。

舞台上的人也在看着他，她说："慕春寅，我们曾经错过了很多，也曾经彼此伤害……但没有人的感情一帆风顺，如同没有人的性格完美无瑕，这磕磕碰碰三十三年，我或许固执、倔强、自我，或许为别人哭过、笑过，但最后我才发现，其实我想握住相伴一生的，是你的手。"

“今天，我穿上了白纱。”她忽然弯腰，在及膝的裙裾处轻轻一扯，蝴蝶结丝带松开，那半身白色蓬蓬裙猛地向下一放，收卷处竟有雪纱落地，层层叠叠铺泄开来，当真是一件设计别致的婚纱。

全场再次发出高呼，人群中的慕春寅目光闪烁，有浪涛在幽深的眸子里翻腾而过。

而台上樊歆举起手来，将掌中一枚物件展露了出来，灯光明亮，那枚星星钻戒在她白皙的掌心璀璨闪耀。她郑重其事地看着他：“这是你曾经为我准备的星星戒指，今天在万众瞩目之下，我穿上了白纱，等着你上来，替我戴上这枚戒指。”

全场一起鼓掌高呼：“戴戒指！戴戒指！戴戒指……”

海潮般的欢呼中，慕春寅盯着舞台上闪耀的钻戒，放在膝盖上的手动了动。台上的樊歆仍然托着戒指，微笑道：“阿寅，我还没被你亲自戴上戒指。你上来，给我戴上，从此，你去哪儿，我去哪儿。”

她说着，另一只手慢慢下滑，放在了小腹上，小心翼翼摩挲着，像抚着一件绝世珍宝，她语气温柔地补了一句：“还有，我们的宝宝。”

这句话落后，观众席上的慕春寅双眸猛地睁大，再没有一秒钟的犹豫，他猛地冲了上去，万千观众一面尖叫，一面给他让路。

下一刻，‘头条帝’冲上了台，用力捧住樊歆的脸，将一个吻落了上去。台下瞬时发出振聋发聩的呐喊：“啊！！！”

万千目光的注视中，台上的吻炙热而绵长。

接下来又是飓风般的欢呼，“头条帝”拿了戒指单膝跪下。舞台背景乐不知何时换成了《今天你要嫁给我》，轻快甜蜜的旋律夹杂着观众的欢呼与掌声，慕春寅虔诚地拿起戒指，戴在了樊歆的无名指上。

万千粉丝仰头看着台上这一刻的幸福，有人眼里泪光闪动。

台上樊歆的笑里也有泪，她看着这个跪在她面前的男人，感受着这一刻的幸福与甜蜜，忽然百感交集。

人这一生，有许多追求与梦想，但命运更像一趟无法回头的单程旅行，我们会遇到许多五彩斑斓的风景，会邂逅形形色色的人群，也会尝到人世百种滋味，会笑，会哭，会高兴，会痛苦，会爱过，也会错过，就让过去的面孔成为窗外路过的风景，封存在记忆中，剪辑成旅途的声光丽影。

而接下来，时光的列车还要往前走，告别过去，拥抱未来，才是命运更有意义的期待。只盼轰轰烈烈的山川起伏后，让细水长流成就最温柔的时光。

而当人生的列车轰隆而过，其实生命回归完整的状态，来来回回不过是——生老病死，喜怒哀乐，爱恨情仇，悲欢离合，酸甜苦辣……尝过了，才没白活。而尝完了，一生也就完了。但希望完结的终点，还能够牵着那只手，走完人生最后一程，这才是最圆满的幸福。

也愿天下每一个期盼幸福的人，能企及的都努力，拥有的都珍惜，得不到的都释怀——这才是人生最好的模样。

（全文完）

番外一
新婚轶事

结束演唱会后，在万众粉丝的欢呼声中，樊歆被慕春寅抱上了车。

不仅抱，还是“虐狗”的公主抱，在粉丝又一轮疯狂的欢呼声中，车子驶出人群。

樊歆和慕春寅坐在后排，对视着，从前一刻演唱会喧哗中激动到现在安静地独处，竟有些无所适从。

须臾，慕春寅向前排司机和吴特助吩咐道：“半小时内不许回头，也不许看后视镜。”

樊歆不懂他这话的意思，刚想问，唇却倏然被封住。慕春寅搂着她的肩，热烈地吻她。

碍着前排还有人在，樊歆轻轻推他。慕春寅却顾不得，干脆将她抱到了腿上，让她窝在他怀里，而他揽着她的腰，将这绵长的吻继续。

结果……就这样，真的吻了半小时。

长吻结束后，对视着，眸里都有动容与幸福。慕春寅张开双臂，再次将樊歆搂进了怀里，两人静静拥了好一会儿，慕春寅才放开她。他将目光下移到樊歆小腹，小心翼翼摩挲着，问：“多大了？”

樊歆抿唇一笑：“骗你的，没有！看你不上台，我站着都累了！”

慕春寅无语。

他轻咬她鼻尖，换来她撒娇般一声疼后，他立马又心疼起来，咬变成了亲。原本是安抚性的亲鼻尖，结果亲着亲着又吻住了唇，他一面吻，一面右手下滑摸到了她的小腹，虽然没有娃娃，还是在那儿摩挲了一会儿：“你想做妈妈，回去我会努力，很快就会有的。”

樊歆抿唇一笑。

慕春寅也跟着笑，掏出手机拨了个电话，在一串长长的仰天大笑后噼里啪啦地说道：“‘二世祖’、赫祈，你们看到演唱会没？啊哈哈哈，老子今天的心情简直像过山车！前一刻还以为自己要在太平洋的小岛孤独终老了，结果下一刻我又欢欢喜喜找回了媳妇！哈哈哈……你们备好红包！我要补办婚礼了！记得双份啊，结婚一份，生娃一份！现在没有，很快就会有的！”

樊歆：“……”

关于结婚一事，照樊歆的意思，两人把离婚证再换成红本本就够了，低调简单最好。

但“头条帝”死活不肯，他理直气壮地说，演唱会上跪下来戴戒指就是求婚，如今万众之下求婚怎么能不办婚礼？必须办！不仅办，还务必高调、隆重、盛大、奢华、唯美……总之，他一定要风风光光。

于是，樊歆风风光光地结婚了。

结婚那天，可谓是全国轰动的大头条，婚礼排场就不说了，场地空前奢华浪漫，婚车清一色是千万级以上绝版豪车，婚纱、礼服、首饰耗资不亚于婚车的价格……

而新郎迎亲的却不是什么汽车，而是大红花轿！据说是新郎官想给新娘子一个特别的婚礼，于是就选了传统的中国风。马路上喜乐声四起，新郎一身大红的长袍马褂，坐在高头大马上，浩浩荡荡的迎亲队伍簇拥着八抬大轿，里面是他凤冠霞帔的新娘子。

说到新娘子，大喜之日的这天，也以其传奇式的人生经历登上头条。

镜头中的这个女人，是靠实力与才华在演艺领域拼得一方天下的励志代表，是盛唐总裁情系一生的挚爱，是荣光掌权人念念不忘的红颜知己。除此之外，她还是九重董事长齐三爷的独生爱女，亦是下一任九重集团的唯一继承人。

她的身份，是盛唐王后，是九重王之女，而未来，她将成为女王。

对于这样的传奇，媒体怎么可能不疯狂……于是，在大婚那一日，她的特写照片比“头条帝”还多。

不过，“头条帝”没觉得老婆抢他风头有什么不好，相反，他一副欢天喜地的模样，婚礼上他的视线全程都在老婆身上，一秒钟都不挪，那眼里的恩爱，连瞎子都感受得到。

夜里闹洞房是最热闹的时刻，伴郎团全不是省油的灯，各种折腾新郎就不说了，还逼着喝高了的“头条帝”对新娘讲荤段子。最后，慕春寅爬上桌子，拿着个话筒，大声道：“老婆！这一生我甘愿为你精尽人亡！”

闹洞房的人哄堂大笑不说，周珅还把这段录下来转发到了微博。于是，那晚上微博的点击量暴增，万千网民看到了这样奇葩的一幕。

新郎慕春寅涂上了大红嘴唇，嘴角旁点了两颗媒婆痣，戴着长长的波浪卷假发，被扒掉了马褂上衣，穿着比基尼（差点儿崩开了），比基尼里塞着一红一绿两个气球，裤子外套了条红裤衩，左手拿着个灰太狼布偶，右手拿着收废品的喇叭，学着灰太狼的调调喊：“老婆！我会去给你抓羊的！”

旁边人大喊：“这段子一点儿都不荤，再来一个！不然就逼你老婆吃香蕉！”

不愿让老婆难堪的“头条帝”赶紧爆了句：“老婆！这一生我甘愿为你精尽人亡！”

视频放到微博被疯狂转发，据说，那晚全国观众像看春晚一样收看“‘头条帝’的洞房直播”……于是，微博的服务器崩溃了……

那边微博的服务器崩溃，而洞房里的新人，终于能在损友离开后，好好体验洞房花烛了。

房间是中式风设计，没有开灯，高脚烛台燃着大红喜烛，清一色红木家具，新娘子蒙着盖头坐在鸳鸯合欢花床幔后，安静中也不知是羞赧还是欢喜，画面场景像极了古时的洞房之夜。

慕春寅原本被一干损友灌得醉醺醺，可一见新娘子端坐在那儿，脑子如被清风拂过，一霎清明，他慢慢挪过去，掀起了盖头。

烛光下，雪腮粉颊的新娘子抿唇一笑，还是少女般的娇羞。只这一笑，慕春寅心脏一瞬狂跳，仿佛几个轮回的夙愿终于达成，无法言喻的欢喜浪潮般撞向他的心。他欢喜到无法抑制，揭盖头的手都在微颤。

三十三年了，爱了她三十三年，从不敢想象会有一天，她也能这样对自己，倾心一笑。

千言万语不知如何表达，他凑过去吻她。

不是彼此的第一次，他却当作第一次珍惜。

轻轻放她的发，轻轻解她的扣，轻轻褪她的衣，轻轻执她的手，轻轻结她的发，一切轻柔皆真爱万分。

当这一晚的温柔旖旎过后，他吻她的额，说：“慕心，为我把头发留长吧，长发长发，才好与我结发呀。”

她含笑颔首：“好。”

帐内的新人缱绻地交颈睡去。红烛还在帐外缄默地燃着，灯影重重的案几上，压着两张剪花的朱红婚书。

与夫：与君结发，此生尽赋予你，相依相守，或生或死。

与妻：与汝执手，余生共你白头，予取予求，不离不弃。

番外二
怀孕轶事

小慕慕来得很快，婚后第三个月，樊歆查出有孕。

拿检查报告的那天，她家男人扬扬得意、无比嘚瑟，恨不得在微博上晒出报告单——这可是他婚后夜夜辛苦耕耘的收获！

樊歆就此进入养胎阶段，暂停了工作，被老公与婆婆像对待菩萨似的供着。

她三十多岁了，早过了最好的生育年纪，这些年在外疯狂打拼，底子远比一般孕妇要虚。作为过来人的婆婆唯恐她怀孕辛苦，一天到晚在家研究各种食补及药膳，在樊歆还没显怀的头几个月，这纤瘦轻盈的舞者身材，就被婆婆喂得珠圆玉润。

而她的老公慕春寅，婚后则像生了一种名为“肌肤饥渴症”的病，症状就是时时刻刻都要腻着老婆，亲吻、拥抱，连体婴儿似的永不分开。

可不能二十四小时都这么腻着呀，盛唐一大把事呢！慕总裁每天早上被逼着出门时，都是哭丧着脸的……

对此，他媳妇好笑又无奈，后来便改变了政策，只要无事便去盛唐陪老公。老公在外办公，她在里厅休息。慕春寅没过一会儿就进来跟她腻一会儿。

当然，除了慕总裁热烈欢迎媳妇来公司陪上班，盛唐的各位高管以及下属也热烈欢迎老板娘入驻公司垂帘听政。

为什么，因为老板娘就是他们的救星！

慕春寅平日里是个直肠子、暴脾气，下属认真干事他会大大嘉奖，但若做事不力，给脸色、摔本子是常有的事，还曾将胆小员工训哭过。所以，每次员工在总裁办里汇报工作时总是战战兢兢，唯恐哪里没做好，被训成狗。

但自从老板娘入驻十七楼后，这种战战兢兢的情况就一去不复返了。

每当老板要摔本子时，就会因为顾及老板娘在里厅休息，而慢慢放下手来，这一缓，怒气就不自觉消了一些，如果这时老板娘再出来轻声细语地打圆场，老板便是有再大的火，也会因为这场及时雨而不了了之。

但也有慕总裁忍不住的时候，一次某高管犯了大错，总裁大动肝火，指着下属鼻子吼得天花板都在震，哪怕垂帘听政的老板娘在里头咳了好几声，总裁的火也没熄。

一群人想，死定了，这次老板娘出面都没用了。

不想下一刻，老板娘在里面软绵绵地哎哟一声，老板呆愣了一秒钟后，闪电般收起怒容就往里厅跑。

十分钟后老板出来了，面上再无怒色，也没有再追究的意思，挥挥手道："都下去吧。"挥手时眼里似乎还含着一丝笑。

一群人劫后余生般逃了出去，下电梯时都在想，老板娘究竟给老板下了什么蛊，老板进去时还一副要杀人泄愤的样子，出来就一副如沐春风的幸福感……

其实原因很简单。

慕春寅听到这声呼喊，以为老婆是哪儿不舒服了，吓得心突突跳。等他提心吊胆地冲进去，就见他老婆坐在沙发上，捂着半隆起的肚子，一脸惊喜地说："阿寅……好像是小家伙动了一下！"

这是两人的宝贝来到世上的第一次胎动，樊歆初为母亲，首次亲身感受生命的迹象，竟为这奇妙感欢喜到无以言表。

慕春寅也怔了，看着她的肚皮，将手轻轻贴了上去，仿佛感受到他的亲近，肚里的小家伙又倒腾了一下，樊歆再次哎哟一声，脸上却满满是幸福："宝宝在跟我们打招呼呢！"

慕春寅也笑了，震惊生命的奇妙与血缘的融合，方才办公室的不快早忘得一干二净，凑过去亲亲樊歆的肚皮："你好，宝贝！我是爸爸！"

自从感受到胎动以后，夫妻俩的幸福指数就噌噌噌往上涨，不过也有烦恼。

那就是……每个夜里，"头条帝"抱着老婆在床上磨磨蹭蹭，欲言又止，想要又不敢要……

樊歆同情地看了他一眼，坚决地指指小腹："不可以。"

"头条帝"拿被子蒙住脸，欲哭无泪，盯着樊歆的肚子道："喂，宝贝，你为什么非要十个月才出来，现在出来不行吗？你爹我都憋了四五个月了！你可怜可怜爹，快点儿出来！"

樊歆一巴掌拍在他头上："没十个月能出来吗？娃能活吗？"

随着肚子一天天长大，关于生儿子好还是生女儿好的问题，讨论得越发激烈。

对此，樊歆的意见是儿女都一样。

慕总裁态度却十分强硬："不行！必须是女儿，老子才不要跟其他男人分享你的爱！"

樊歆："……"

说起女儿，慕总裁已经到了执念的地步。一方面是对老婆变态的占有欲，另一方面是源自慕总裁曾做的一个梦。

他梦见上辈子樊歆也是自己的老婆，两人生了个女儿，但悲惨的他还没看娃长大就挂了……所以慕春寅的内心深处藏着一个"女儿梦"。自从樊歆怀孕后，他便对生女儿的渴望越发强烈。

这种渴望一直到了瓜熟蒂落的那一刻。

产房外，慕春寅双手合十，对着天空默念："母女平安！母女平安！母女平安！"

随着哇一声响亮啼哭，他惊喜地冲过去，朝着产房道："老婆！女儿！我来了！"

助产士："恭喜你慕总，小少爷健康又可爱！"

慕春寅："……"

尽管慕春寅在美梦碎后失落了好一阵子，但第二年他又打起精神重新耕耘。为此，备孕时他还喝了好多酸奶，就是迷信"酸奶能改变体内酸碱值，导致生女儿"。

对此，樊歆无奈道："伪科学！"由他去了。

又一个十月怀胎、瓜熟蒂落的时刻，樊歆生老二的前一晚，慕春寅做了一个美梦，梦见一个冰雪可爱的小姑娘穿着蓬蓬裙，挥着小手向他奔来。

慕总裁半夜梦里笑出了声。

于是，第二天老婆要生时，他自告奋勇要去产房陪产。一来给老婆打气，二来要成为首个抱小公主的人。

于是，他雄赳赳气昂昂地去了……

可万万没想到，不仅没帮上忙，还制造了一场产房混乱。

慕总裁晕血。孩子生到一半，老婆没痛晕，他晕倒了。

一群围着生产的人又要去急救他，简直是一团糨糊！

数小时后，慕总裁从昏厥中醒来，问了老婆的平安后，迷迷糊糊喊："把我女儿给我看看……"

护士："慕总，恭喜您又得了一个小公子！"

慕总裁："！！！"

梦果然是反的，现实就是这么残酷！

不过，经过产房这一幕，慕总裁才知道生孩子这么痛苦，他默默打消了自己的女儿梦，不再让老婆吃苦了。

但没想到，他老婆第三年又怀了！这一年一个的节奏让圈内人送红包都送不完。

结果，毫不意外……又是个儿子！

慕春寅觉得天要黑了！

他再没好脾气给孩子取名了，早先慕老大叫"慕樊"，慕老二叫"樊慕"，这俩横刀夺爱的小兔崽子已经完全霸占了他媳妇，如今又来个老三，估计他媳妇多看他一眼的时间都没有了。

慕总裁愤然又忧伤地决定报复老三，取个小名叫"樊不烦"。

自从"樊不烦"出生以后，慕总裁彻底断了自己要女儿的心，不过虽然惆怅，但偶尔在阳光晴好的下午，看着一大家子闹哄哄在一起，老婆在厨房给他做下午茶，几个小家伙围着他，或拽着他的衣角，或拱进他的怀里，或用依赖的口吻，仰头软糯地喊着"爸比，爸比"……慕总裁又觉得满足极了。

就这样吧，人生哪能如此完美，得一个贤妻、三个健康活泼的兔崽子，够了。

正当慕总在追求女儿的道路上鸣金收兵时，结婚的第五年，他老婆又怀孕了！

这次慕总已不抱任何希望了，因为算命的说，他这辈子是没闺女的命。

所以，当助产士抱着孩子从产房出来时，不待她报喜，慕总已挥手怏怏地道："不用说了，恭喜我又生了个公子对吧。"

他淡淡瞟了一眼，也没接孩子，径自去产房看老婆。助产士头一回见到得了娃还一副爱搭不理的模样的父亲，纳闷儿半天后说："慕总……恭喜你得了个小公主。"

慕总裁脚步僵在那儿，慢慢折了回来，眼里陡然蹦出狂喜的光，下一刻他接过自己的小公主，没来得及细看，狂奔到产房，冲到了老婆身边。

刚生产完的孩子她妈面色虚弱，慕春寅抱住她，低头吻她的额，快四十岁的男人，眼里有泪。

五年四个孩子，只有他才知道她的辛苦。

他曾在生完老二后就不愿再要，可她说，天上的爸爸在世时希望家里人丁兴旺，她要趁还能生的年纪，给慕家多开枝散叶。

生完老三后，他彻底不想要了，是她偷偷撤掉了避孕措施，冒着三十八岁高龄产妇的风险，又替他怀上一个。

这次不是为了慕家，而是为了他。

她不顾安危，竭尽全力，也要圆他的梦，替他生一个小小的，像花朵一样可爱的娇弱女儿。

番外三

百年孤独

我是莫婉婉，爸爸是莫氏集团董事长。

莫氏集团是Y市重要的支柱性产业集团，作为莫氏的大小姐，莫氏集团唯一的继承人，这些年我泡在金钱与权势的罐子里，活得是要风得风，要雨得雨。

但在那些花天酒地、纸醉金迷的背后，我并不开心。

我妈去得早，我爸是个工作狂，很少陪我，这些年除开给我钱钱钱……几乎再没有任何父爱的表示。

于是，我拿着大把的钱花花花，最胡闹的一次，我花二十三万买了一双鞋，把吊牌标价拿给我爸看，然后当着他的面只穿了一次就丢了。

他什么话也没说，又给我打了一大笔钱，叫我再挑一双喜欢的。

那一刻我觉得悲哀，其实我很想他像个普通的老爸一样，批评我，甚至撸起袖子揍我："你这浪费钱的兔崽子！"

这样，起码他可以跟我多说说话。

可我的策略失败了，他还是那样，忙忙忙，一天到晚不管我。这冰冷的房子，除开厚厚的钞票，一丁点儿家庭的温暖都没有。

我就这样在无人管教中长大，我以为这种人生已经够没意思了。没想到八岁那年，我遇到一个比我还没意思的人。

是我继母的弟弟，辈分虽然比我大，却只大我一岁。我这人向来讨厌被占便宜，所以从不喊他舅舅，总是直呼名字喊他温浅。

温浅的生活无趣极了，我的生活虽然无趣，时不时还可以拿着我爹的钞票肆意挥霍，或者喊兄弟们出去喝喝酒、打打架。但他就不一样，他的业余时间几乎都是被囚禁的，关在小小的房间里，练琴、练琴、练琴……永无止境地练琴。

我很是同情他，打抱不平的女侠之心某天泛滥开来，撬开了反锁着他的那道门，说："走吧，出去玩吧！姐让你自由了！"

谁知他只凉凉地看了我一眼，又把眼光收回去了，还没彻底长开的"小正太"脸庞，散发着某种特有的高冷，而他指尖下的节奏居然一点儿都没慢。

见他不理我，吃力不讨好的我气得摔门说："不要就算了！"

打那以后，我就没再理他，觉得高冷范儿"小正太"太作了。

然而两年后，他改变了我的看法。

那是某天放学后的下午，我被几个初中生模样的小混混围住了，那些家伙知道我有钱，趁今天司机没来接我，想抢我的钱。

我是什么人，马上就跟他们打作一团，虽然我女汉子的名声在小学四年级就已经彪悍到全校皆知，但这次对方人多势众，我一个对四个，有些勉强。

就要输架时，曾经无视我的高冷范儿"小正太"出现了，我从没想到那双弹钢琴的手打起架来这么狠，他一副斯文又温润的模样，却将一群人都打倒了。

他救了我之后，什么话也没说，表情淡漠地走了，像什么事都没发生过。而我待在原地，回想着他方才出手的狂暴与迅疾，他的背影霍然在我视线中高大起来，我恨不得远远地喊一声："老大！收了我做小弟吧！"

我们的关系就此改变，我常主动找他。一是喜欢跟身手好的人厮混，二是想让他教我几招。

然而，他依旧不理我，仍然弹琴、弹琴、弹琴……如果我烦他烦得厉害了，他就会把书本砸到我脸上，丢我八个字——好好学习，天天向上。

但我哪有这么乖，还是一路做着坏学生，肆意张扬地长大，从不知"勤奋努力"为何物。

我以为我这一生都不知努力为何物，但当我进入大学，认识了一个叫樊歆的女孩儿后，一切都改变了。

我从未见过这样的人，努力、执着、自律、倔强，跟温浅一样，有着完美主义强迫症……我找不出合适的形容词，但这些我曾不屑一顾的东西，仿佛有着某种神奇的魔力，让我慢慢靠近她，最后竟成了她最好的姐们儿。

我这人虽纵情恣意，没什么太多的优点，但有一点好，讲义气。

自从知道我姐们儿暗恋温浅后，我就开始各种撮合……不得不说，这两人真是坎坷，从二十岁一路磕磕碰碰，到二十七岁历经无数磨难后才终于牵手成功。

他们俩在一起的那天，我高兴极了，一口气喝了七八瓶酒。

可是很快，我高兴不起来了。

那是某天傍晚，吃完饭后我像往常一样，拖着这两人一起陪我逛街。

这两位刚刚牵手，属于热恋阶段，难免腻歪。在我试鞋子的一瞬，我看到身后温浅趁人少的间隙，轻轻吻了她的发。那样清冷的人，眼里竟有那样浓烈的缱绻。

那一刻我怔了，有股异样的感觉从心底冒出来，牵扯着神经，竟然有些疼。

此后，我发现我疼痛的次数越来越多，或是在他们甜蜜对视的瞬间，或是看到他们十指紧扣的画面，或是在他不经意吻她的温存之中，他越腻，越温柔，我越痛。

活了二十八年，我头一次意识到这个严重的问题。

我早就爱上了我姐们儿的男人，爱上了这个看似清冷，而内心强大又温柔的男人。

讽刺的是，情不知所起，却一往而情深。

而更讽刺的是，这一往情深，居然持续了这么多年。

直到他与她因误会分手，几年后她另嫁他人，为他人生儿育女，而他孤独到不惑之年，我还在一往情深。

我不想再孤零零地一往情深，于是，在我三十七岁那年的圣诞节，我把他扯出来陪我吃饭，我俩对着喝酒，结果我没倒，他倒了。

其实，我是有意把他放倒的，他酒量不好，我知道。

那晚，我扶着醉酒的他跌跌撞撞进了他家，心里忐忑地想着谋划已久的计划。

他爱的人既已有了好归宿，为什么他不能找一个好归宿，还要继续沉浸在孤独与痛苦里？而我这些年，被别人笑话、诋毁，活到快四十岁也没有谈过男朋友，又为了什么？

不过是因为喜欢他，喜欢到宁愿终身不嫁，也要自由着一颗心，无拘无束地痴恋他。

我不想再空等下去。今夜就是我下手的机会，我要扑倒他。照他保守的性子，没准下半生就和我在一起了呢！

于是，我连灯都没开，直接将他扑倒在床上，他衬衣上有淡淡的茶香，指尖上有浅浅的烟草气息，呼吸有酒液的醇香，一切都在蛊惑着我的神经，我凑过去吻他，很笨拙。

他闭着眼，在三秒钟后居然回吻了我，他搂着我的腰，猛地将我翻身压下去，那样激烈又强势的吻，一点儿也不像平日淡漠的他。他握着我的手，呼吸粗重又急切，像是多年压抑的情感终于爆发，从我的脸上吻到脖颈上，一遍又一遍。

我心里紧张又欢喜，思维也乱了，而他一边吻一边含着酒意嘟囔，微沉的声音听起来莫名有些哽咽，像是狂喜，又像是震惊：“你回来了……还是我又在做梦……”

我没听仔细，但为他这一刻的亲昵无比动容，伸手搂住他清瘦但有力的腰："是我，不是做梦。"

只这一声，他仿佛被雷劈过，动作僵住。旋即他扭开了床头台灯，昏暗的灯光下，他再不见前一瞬的狂热，仿佛从酒意里幡然醒悟，眼神里满是震惊："怎么是你？"

我愣了，借着台灯才看到卧房全景，墙上、桌子上、床头柜上，全摆着他与她曾经的婚纱照，而床头还整整齐齐放着一摞女式衣服，也都是她的。

一时之间，我不知该仰头大笑还是坐地大哭，明明我在这个房间，可这个房间里所有的一切，包括他心房里的所有空间，都属于另一个人，十几年，几千个日夜，不曾有过任何改变。

我怒了，因伤心而怒，我扑过去揪住他的衣领吼道："她嫁人了！嫁人了！这么多年你为什么还放不下！你再爱，再在乎，又有什么用！"

他坐正身体，慢慢拢好衬衣领口，清晰而沉缓地说："她嫁不嫁人，与我爱不爱有什么关系？相爱是两个人的事，爱却是一个人的事，不管她嫁人、生子，或者生，还是死，没什么能改变我爱她。"

我气得恨不得掐死他："你为什么这么倔！为什么要活在痛苦里，她不会再回到你身边，你就不能找个人代替她吗？"

灯光下他的眸子清明澄澈："她就是她，世上无人可以代替。"

"那我不代替，我求求你凑合跟我行不行？从前你被她的爱感动，为什么就不能被我的爱感动，我也可以对你很好，甚至为了你穿裙子，留长发……"我说着，又扑到他身上，这些年的辛酸陡然迸发，我抓着他的衣领不依不饶，像个孩子般大哭起来，"你看不到我吗？这些年，我对你的心，半点儿也不比她少啊……她不在了，还有我……"

大概是我的哭泣让他心软，又或者是他骨子里的绅士风度使然，他在静了片刻后将手搭到了我肩上，哄孩子似的轻轻拍着，口气很温和，态度却无比坚定："婉婉，你只是太寂寞了。"

那一晚我离开后哭得很惨。

我这一生中的第一段恋爱还没有开始，就已经结束了。

不过，也许他说的话是对的，这些年，我的确太寂寞了。

我想，我要放下这段感情，去找真正适合我的人了。希望找得到。

可他能找到吗？也许没有可能吧。他的性子，不爱则已，一旦爱上，便是一生。

我想，这漫长的下半生，等待他的，注定是一场百年孤独。

番外四

星的泪光

我是小星星，当然，小星星只是我的小名，我的大名叫慕歆。其实我不懂我大名的含义，但我知道，这是爸爸对妈妈爱的表现。

爸爸爱妈妈爱到什么地步呢？赫祈叔叔很委婉，说我爸爸是“宠妻狂魔”，而周珅叔叔就一点儿面子也不给，说我爸爸一旦爱上一个人，就会变成一个大变态。

是的，我也觉得他有点儿变态。

譬如爸爸对我的态度，作为他唯一的女儿，我也觉得他爱我爱到变态了。

据我妈说，我小时候躺在摇篮里，我爸能眼睛眨也不眨地盯着我五六个小时，纹丝不动。

据我妈说，别家的娃一岁就会走路了，我到两岁还不会。就因为我爸整日把我抱在怀里，生怕我摔了、磕了、伤了，都不让放我下地。要不是我妈联合我奶奶跟他狠狠吵了一架，估摸我现在还不会走路，更别提跳舞了。

变态的爸爸在对我的昵称上更是变本加厉，什么“爸爸的小公主”“小心肝”“小心脏”“小宝贝”“小乖乖”“小猪猪”“命根子”……他几乎将这一生最肉麻的情话都放到了我身上，总听得周围人一阵恶寒……而每次他呼唤我时，三个哥哥就开始哭，因为爸爸从没这样温柔又慈爱地对待他们，爸爸对他们永远只有一个称呼——“小兔崽子”！

爸爸这样重女轻男，几次引起一家人的公愤，其中反应最激烈的不是奶奶跟妈妈，而是爷爷。

对，是爷爷，我的继爷爷，就是我亲外公，赫赫有名的黑道齐三爷。

这话说起来就长了，我亲生爷爷早就过世了，这些年我奶奶一个人，而我外公也是一个人。妈妈嫁给爸爸后，外公唯恐爸爸对妈妈不好，没事就来慕家视察，顺便探探我们这些孙辈。外公看着很威严，其实很会讲故事，而奶奶很温柔，总在一边细心照顾我们，我们四个小孩都喜欢外公跟奶奶。有一天，外公看完我们要回家，三哥拉着他的手不让他走，外公笑了，说："不走，晚上外公没地方睡！"

三哥那会儿也才四岁，傻呵呵地说："那就跟奶奶睡。"

我觉得主意很好，都是一家人，爸爸可以跟妈妈睡，我可以跟哥哥睡，外公为什么不能跟奶奶睡？于是我用力鼓掌，换来奶奶轻拍我跟哥哥的额头："小孩子乱说话！"

而外公什么也没说，只转过身去不自在地笑。

虽然三哥这话不对，可接下来的日子，我发现外公跟奶奶都有了改变。外公来慕家看我们的次数比以前更多，给我们带礼物，给奶奶也带。奶奶总是很礼貌地道谢，温柔地笑着。

有一天，外公又来了，那天他一改过去随意的穿着打扮，一身西装加衬衣，胡子刮得干干净净，花白的头发染黑了，看起来很精神，一点儿也不像六十岁的人。

在奶奶去倒茶时，外公偷偷问我："小星星，外公今天帅不帅？"

我点头："帅。"

外公喜滋滋地去了花茶厅，透过半拉开的门帘，我看到奶奶在厅里泡茶，外公站在一旁跟她唠嗑。奶奶泡茶的姿势优雅斯文，五十多岁的人了，穿着一身雅致的连衣裙，看起来根本不像奶奶，而像阿姨。妈妈曾怎么形容奶奶来着？虽然我不懂意思，但应该是个好词——名门闺秀。

再后来……两年后，外公就成了外公兼爷爷。

对此，爸妈都很欣慰，外公和奶奶这些年独身太孤单了，如今找个合适的伴儿也是好的。

不过也有烦恼，那就是——外公跟爸爸的脾气不对付，两个男人没事就吹胡子瞪眼。譬如，为了爸爸重女轻男一事，两人就吵了无数架！

外公："兔崽子！你再喊我外孙兔崽子试试！"

爸爸："你再喊我兔崽子试试！别以为你年纪大了我就不敢揍你！"

外公："你再说，信不信我现在就把女儿带回家！我让你一辈子没老婆！"

爸爸："你信不信，我立马让我妈离开你，我让你也孤独终老！"

外公："你等着，我立马就拨温浅的号码！他现在还在等我闺女呢！"

爸爸："哼，你拨啊！我这三个儿子一个女儿，我就不信我媳妇还能跟他走！哼，生这么多不是白生的！"

外公："我女儿跟你生的孩子多，不代表以后不能跟别人生！我女儿暗恋这么多年不是白暗恋的！到时候跟温浅再生几个，我高兴得很！"

爸爸气得跳到了桌子上。

外公一脚踏到了凳子上。

两人唇枪舌剑、面红耳赤，妈妈跟奶奶两人路过，无奈抚额。

我对外公话里的其中一个词感到好奇，因为这个词老是让爸爸爹毛。我就问妈妈："温浅是谁啊？"

妈妈的表情很复杂，许久后说："妈妈的一个老朋友。"

她没有多说，反而引起了我更浓厚的兴趣。直到一年后的一天，我终于遇到了妈妈的这位老朋友。

那是在爸爸某个商圈的聚会上，爸爸将我带去了（他应酬时从来不喜欢带哥哥，去哪儿都喜欢带我）。

可我觉得这种事很无趣，便一个人偷偷溜到了会馆后花园。

后花园藤椅上坐着一个男人，他把我落在地上的小皮球捡了起来。看到我的模样，他有恍然大悟的神色，淡淡地笑了起来，仿佛十分熟稔："哦，原来是小星星啊！"

我仰头看他，他生得十分漂亮，不比我爸爸差。于是，我大胆地给他取了个称呼："漂亮叔叔，你认识我？"

他笑了，轻轻拍我的头，眼神很亲切："在你出生时，我就见过啊。"

就这样，我跟漂亮叔叔认识了，后来才知道，他就是温浅。

漂亮叔叔能弹一手好琴，比妈妈弹得还要好，我很喜欢钢琴，但妈妈没有时间教，家里便一直张罗着给我找一个最好的老师。而听到漂亮叔叔的琴声后，我跟妈妈说，我要找漂亮叔叔做老师。

妈妈没有说话，外公笑眯眯，奶奶有些尴尬，爸爸则意料之中地爹毛了。

但最后家里还是妥协了，因为对钢琴的喜爱，我用了一切孩子撒娇的办法，哭闹，打滚，不吃饭……

最后是外公跟爸爸去找的漂亮叔叔，漂亮叔叔表情很冷，但一口答应了。

于是，每个周六的下午，我都会去荣光大厦，找漂亮叔叔学琴。

一周一次，时间只有五个小时，但是漂亮叔叔教得很认真，我进步也很快，虽然他没夸过我，但在他的眼里，我看得出来满意。

不过，我也有小小的疑惑，为什么每周都是外公或者司机送我来，妈妈哪怕有时间也从不送，好像是刻意回避漂亮叔叔。而爸爸呢，每周六下午就他一副惴惴不安的模样，依依不舍地看我出门，然后抱着妈妈在房间做游戏。

对了，说起这个游戏我很好奇，爸爸老爱跟妈妈在房里偷偷玩，把门锁得死死的，不让我们看。有一天窗户没关紧，三哥不小心看到了，床上的爸爸吓得差点儿翻下来。

五岁的三哥还很萌地问：“爸爸妈妈，你们不穿衣服在干什么？”

“兔崽子，你烦不烦！”爸爸要丢枕头过去砸三哥，妈妈按住了他，妈妈比爸爸镇静，说：“乖，我跟爸爸在玩游戏，你出去。”

三哥懵懵懂懂，随即很高兴地往外走：“游戏？好，那我也去找哥哥玩！”

爸爸愣住了。

还是妈妈机灵，说：“这个游戏只能是男人跟女人。”

三哥仍是一副萌萌的模样：“那我去找妹妹！”

爸爸妈妈：“不可以！！！”

于是，这一个下午，爸爸妈妈就忙着将三哥抱在怀里，跟他解释，这个游戏只能是妈妈爸爸才能玩……

好吧，话扯远了，总而言之，每逢我周六学琴，爸爸就很不开心，有种担心女儿跟老婆都会离开他的忧患感。

不过对于爸爸的忧伤，年幼的我没有太大感受，我的注意力完全在钢琴这个新鲜事物上。

不得不说，漂亮叔叔是个极好的老师。他认真耐心地教我，偶尔我童心大发，分心玩耍，他也从不训斥，只是用一种特别的眼神注视着我。

这种注视，不同于我犯错后妈妈的“瞪”。他的眼神于安静平和里有种无形的力量，让我觉得这么做是不对的，于是便乖乖改正，不敢放肆。

但还只有几岁的我并非时刻都有那样的自觉。在某个下午，练了无数遍还弹得乱七八糟后，从来温和好脾气的漂亮叔叔生气了，他抓过我的手，拿着小尺子打了我三下。

从小到大这是我第一次被打。要知道，在家里我这个小公主简直被捧上了天。

我委屈极了，像所有受了委屈就要找爸爸妈妈的小朋友一样，喊着爸爸妈妈，哇哇大哭着冲出了办公室。

门口的阿宋叔叔拦住了我，问我原因，我哭着说：“我再也不要‘温爹地’了！”

是的，我不是叫他老师，而是称呼为“温爹地”。他是我的音乐启蒙老师，教导时毫无保留，某次，赫祈叔叔开玩笑说：“瞧温浅这架势，是想把音乐上的毕生所学都给小星星啊，那他就是小星星的音乐教父了。”

我不懂教父是什么意思，问哥哥，大哥刚上小学二年级，凭字面上的意思将教父理解为教导父亲，而父亲不就是爸爸吗？于是，我就把温老师当音乐上的教导爸爸了，但爸爸只有一个，我就学着奶奶看的TVB影片，喊“爹地”。为了区别这个“爹地”与真正“爹地”的不同，我自作主张加了姓，叫“温爹地”。

不过这个称呼我不敢当着爸妈的面叫，因为妈妈不许，而爸爸一听就要爹毛。温老师第一次听我这么喊他时，也一怔，最后他什么都没说，只摸摸我的头，笑了，自此就这么叫了下去。

眼下，我被一贯宠我的“温爹地”打了手心，我小小的心难过得简直不亚于“温爹地”不要我了。

我站在办公室门口，一面委屈，一面又舍不得。

突然门开了，“温爹地”走了出来，手里拿着个纸鹤，拉拉翅膀还能动。我觉得新奇极了，立刻忘了刚才的不快。

那个下午，大概是为了哄我，“温爹地”没再让我练琴，他带我去了海洋馆。我们两个人大手拉小手，看各种游来游去的鱼。看海豚表演时，人太多太挤，他就将四岁的我举到了肩上，他双手扶得稳稳的，我抱着他的脖子，坐得高高的。周围的老奶奶听到我喊他“爹地”，还以为我们是父女，对“温爹地”说：“你好福气哦，女儿真可爱！”

从未大笑过的“温爹地”笑得特别开怀，点头说是，然后把我举得更高。

那真是个欢乐的下午，游玩结束后，“温爹地”让阿宋叔叔送我回家。我玩累了，靠在车上睡着了，迷迷糊糊间听阿宋叔叔跟另外一个秘书阿姨说：“温先生好久没这么高兴了，要不是碍着慕总，温先生肯定要亲自送小公主回家的。”

秘书阿姨说：“那可不，温先生这些年一个人，日子多难过，没遇到小公主之前，我三五年都没见他笑过。”

阿宋叔叔点头，感叹道：“这就是移情吧……没办法跟小公主的妈妈在一起，能以另外的身份陪着心爱女人的孩子，也是一种寄托。”

我就这样甜甜地睡去了，做了场美梦。接下来的几年，我的生活一直像浸在蜜罐里。亲人齐全，手足和睦，安和富足，万事无忧，钢琴才艺方面也在“温爹地”的指导下，获得了很多少儿奖，顶着“温爹地”与妈妈的名声，我成了下一代最被看好的音乐家。

然而，就在我以为自己音乐家的梦想一定会实现时，一切陡然发生变故。

十岁那年，给予我五六年指导与关爱的“温爹地”不行了。他才四十九岁，却长年累月为了公司操劳成疾，活活累垮了。

那天的场景我永远记得，我站在雪白的病房外，看着从不跟“温爹地”见面的妈妈站在病房里，一脸悲伤。

“温爹地”却很平静，在医生的搀扶下，坐到了阿宋叔叔刚送到的钢琴前。

“温爹地”跟妈妈说，从前为妈妈写了一首歌，一直没有机会弹，如今趁着最后的机会，了了这个遗憾。

音乐响起，声音如流水叮咚，“温爹地”轻轻唱着那首《三生所爱》：

假如，倾尽一生痴迷，岁月能否让我如意？

曾看过的花开，遇到的春季，踏过的小溪。

十指相扣的甜蜜，耳鬓厮磨的佳期。

永不会别离。

琴弦无法停止，弹奏那首等你。

琴弦停了，我在下曲等你。

花儿谢了，我在春天等你。

风雨来了，我在港湾等你。

生命尽了，我在来生等你。

三生所爱，三生所系。

不能相守，亦不哭泣。

下个轮回再寻你。

而这一世，这一世。

我是金岳霖，你是林徽因……

结束后，“温爹地”问妈妈好听吗。

妈妈点头，旋即失声大哭。从我出生到现在，我从来没见她这个模样，简直撕心裂肺。

“温爹地”却笑了，撑着最后的力气给妈妈擦眼泪，然后他闭着眼慢慢去了，一手握住一枚奇怪的鬓花，一手握着妈妈的手贴在脸上，神情满足而眷恋。

我听到他临终前的最后一句话，他对妈妈说——

“歆歆，如果有来生，我要在他之前遇到你。”

番外五

碧海歌声

炎热的夏天，知了在树上扯着嗓子聒噪。

盛唐十七楼里，“头条帝”又在看安保调来的监控了。他已经连续看了四个小时，眼睛都不眨。

他常这样莫名其妙地看监控，我好奇了很久，终于凑过去问：“你每天看这东西干吗？”

“头条帝”抬眉懒懒看我一眼：“找人。”

我调侃他：“找谁？妹子啊？你想要的人还需要找，随便勾勾手指就有一堆。”

“头条帝”散漫的表情一瞬间变得凝重，他点起了一根烟，似乎满腹心事：“找一个失踪了好些年，对我很重要的人。”

“长什么样？”

“一个女胖子。”

我笑了笑：“我也找人，是个瘦子，可我连她的真名都不知道。”

“头条帝”哼了一声，以为我在逗他，又自顾自地看监控去了。

其实我没逗他，我是真的在找人。

确切来说，这个人是我的救命恩人。两年前未婚妻阿语意外去世后，我陷入了无尽的悲痛中，甚至失去了活下去的勇气。

我去了加拿大，在阿语说过最想去的海滩坐了一上午，然后抱着阿语的遗物一步一步往海里走。

然而，我的自杀没有成功，一个纤瘦的姑娘拼命将我往岸上拖。

我怕连累她一起死，就上了岸。

那个下午，这个见义勇为的好心姑娘坐在海滩上，一直开导我，她说，人生的挫折很多，但只要活着，就是最大的幸运，没什么坎儿过不去。

可我听不进去，仍是一脸悲伤。

最后她没辙了，给我唱歌。她居然没有认出我是亚洲天王赫祈，还在我面前班门弄斧地唱。

可她一开嗓我就惊呆了，她的声音很好听，清脆、嘹亮、干净……像玉龙雪山清透的雪水。

她唱了很久，婉转的歌声像潺潺的水，拂过人的心灵，我的痛楚不知不觉消散了一些，竟打消了寻短见的念头。

那个傍晚，我们在浪潮的起伏中告别，唱了一下午的歌我还不知道她的名字，问她，她抿唇一笑，露出两个梨窝，说“Star”。

听说她准备去中国发展，我给了她一张名片，叫她到了中国找我。她摇摇头，拒绝了，大概是不想给我添麻烦。

总之，我们就这样作别了。

离开加拿大后，我回到了中国，走出曾经的阴影努力过上新的生活。很多个不眠的夜里，除开想念阿语，偶尔也会想起海边那个拥有治愈力量的优美歌声。

渐渐地，我坚定了想法，我要找到她。

无法形容这种冲动，不是男女之情，也不是普通的友情……就是想找到她，仿佛看到她，再听一遍她的歌声，生活就能美好起来。

但是我找啊找，找了两年都没找到。

而另一边，“头条帝”还在继续找那个女胖子。

继续疯狂地查看公司各处的监控视频，不停地派人出去打探消息……他无止境又徒劳的寻找终于引来了苏越的不满。

那天我听到苏越在办公室歇斯底里地吼：“慕春寅！你一面说不爱这个女人，一面又疯了一样找她！你把我当什么？你把我这些年的付出当什么？你有爱过我吗？有吗？”

我没听到慕春寅的回答，几分钟后苏越哭着冲出了办公室，我认识苏越三四年，还从没见一贯高冷的她哭成这样。

不久后，这两人就掰了。数一数，这恋情也不过维持了四五个月。

苏越消沉了好久，看得出来失恋对她的打击很大。而春春似乎还是那个样子，每天昏天暗地地工作，或是昏天暗地地看视频查监控。

后来，有一天我问春春，你爱过苏越吗？

春春沉默了很久，说：“连我都不知道自己对她到底是什么心，只是某天生病时，她来我家看我，给我做了一锅馄饨，那时觉得特别亲切……然后莫名其妙地就在一起了。”

那时我想，春春跟苏越在一起，不过是因为寂寞。

我为苏越感到可悲，但也没法责怪春春，这些年他捧红了苏越，对她有知遇之恩，至于没能给她渴望的爱，那也是勉强不来的事。毕竟这世上，爱不爱，都身不由己。

与苏越分手后，春春似乎更寂寞了，虽然时常出入各种夜店，但左拥右抱的背后却是深深的寂寥。某天他喝醉了，没有像平常一样抱着妹子撒酒疯，而是静静地坐到街头。

谁能想到，堂堂“头条帝”坐在脏污遍地的墙根喝闷酒。

他一个人抱着酒瓶说着醉话：“慕心……今天是你生日，我订了一个好大的蛋糕，是你喜欢的栗子慕斯味……你为什么还不回来……”

嘀咕到最后，他竟然伏在地上低声哭了，我跟周珅找到他时都吓了一跳。

那天晚上，我将死狗般的慕春寅送到家后，问周珅：“慕心究竟是谁？”

周珅指指墙上某张照片，上面有个女胖子。

我大惊失色：“春春口味真重，居然为这样的女人痴狂。”

周珅抚额：“我也不能理解，他的脑子是坏了吗？”

就在我们俩都不能理解时，几个月后发生了一件大事。

那是一个下午，我在外面接受一个杂志访谈，半途接到了春春的电话，他的声音听起来充满了狂喜，以至有些颤抖。

他说：“她回来了！回来了！”

三天后，我赶回了Y市，想看看传说中能把“头条帝”迷得七荤八素的女人究竟是什么样。

推开包厢的门，博古架上，绿萝如碧玉，而那绿萝后一个女子缓缓转过身来。

那一刻仿佛时光流转，我又回到了几年前的加拿大海边，那对着大海唱歌的女孩，依旧抿着唇，笑靥如花。